世界经典文库

世界二十大名著

悲惨世界

第八册

人类苦难的百科全书　人性向善的精神史诗

图文珍藏版

[法]雨果 著
马博 主编
兰银春 译

线装书局

图书在版编目（C I P）数据

悲惨世界 / (法) 雨果著 ; 马博主编. -- 北京 :
线装书局, 2016.1（2021.6）
（世界二十大名著）
ISBN 978-7-5120-2006-1

Ⅰ. ①悲… Ⅱ. ①雨… ②马… Ⅲ. ①长篇小说－法
国－近代 Ⅳ. ①I565.44

中国版本图书馆CIP数据核字(2015)第258800号

悲惨世界

作　　者：［法］雨　果

主　　编：马　博

责任编辑：高晓彬

出版发行：线装書局

地　址：北京市丰台区方庄日月天地大厦B座17层（100078）

电　话：010-58077126（发行部）010-58076938（总编室）

网　址：www.zgxzsj.com

经　　销：新华书店

印　　制：北京彩虹伟业印刷有限公司

开　　本：710mm × 1040mm　1/16

印　　张：84

字　　数：1020千字

版　　次：2021年6月第1版第2次印刷

印　　数：3001－9000套

线装书局官方微信

定　　价：4980.00元（全二十册）

目　录

导　读

雨果(1802—1885)是19世纪法国重要的诗人、小说家、戏剧家和社会活动家。1802年2月26日出生于法国东部的贝尚松省,雨果在文艺思想上支持浪漫主义,在政治上支持资产阶级自由主义,1827年发表了韵文剧本《克伦威尔》及其《序言》,这篇《序言》成为当时浪漫主义运动的重要宣言,雨果也被认为是浪漫主义运动的领袖。雨果的代表作有:长篇小说《巴黎圣母院》(1831)、《悲惨世界》(1862)、《海上劳工》(1866)、《笑面人》(1869)等。1871年巴黎公社起义时,雨果正在布鲁塞尔,公社遭到残酷镇压之际,他大声疾呼为公社会辩护,全力争取对公社社员的赦免,1877年发表的长篇小说《九三年》是雨果后期的重要作品,集中反映了作者的人道主义思想。

《悲惨世界》是一部揭示社会问题的长篇小说,作者雨果称这部小说为“社会的史诗”。小说写成后,用9种文字同时在欧洲一些国家出版,受到进步作家们的热情赞赏。

20世纪30年代,《悲惨世界》开始介绍到我国,引起读者的极大兴趣,著名作家茅盾把它同列夫·托尔斯泰的《战争与和平》并提,说它“有《战争与和平》那样伟大的气魄,那样多方面的生活描写,那样多的篇幅”。《悲惨世界》是一部规模宏大的巨著,它共分五部:第一部芳汀;第二部珂赛特;第三部马吕斯;第四部儿女情长与英雄血;第五部冉阿让。五部各有独立的故事,但又都以主人公冉阿让的活动为主线,结为一个整体。失业工人冉阿让,因偷面包,被捕入狱,出狱后受“仁爱”精神感化,努力从善,一次偶然机会使他成了资本家,并被任命为市长,他乐善好施,尽自己可能帮助像芳汀、珂赛特一样受苦的人们,但警官沙威一直追踪他,使他不得不隐姓埋名,四处流亡,最终也未摆脱沙威,小说描写了冉阿让、芳汀、珂赛特三位主人公的悲惨遭遇,无情地揭露了在资本主义社会制度下“贫穷使男子潦倒”“饥饿使妇女堕落”“黑暗使儿童羸弱”这一主题。

作者序

只要因为法律与惯例导致的社会压迫存在一天,在文明盛世之中人为地将人间变为地狱并让人类天生的幸运变成无法躲避的灾难;只要本世纪的三大问题:男人因贫穷而潦倒,女人因饥饿而堕落,孩子因黑暗而瘦弱,还没有得到解决;只要社会的毒害还存在于一部分地区,换言之,从广义上来说,只要这个世界上还存在着蒙昧与磨难,那么,本书还有和本书类似的作品都不会是没有价值的。

1862 年 1 月 1 日于奥特维尔别馆

第一部 芳 汀

第一卷 正直之人

一、米里哀先生

一八一五年的查理·佛朗沙·卡福汝·米里哀先生是迪涅的主教。自一八〇六年起,这位大概七十五岁的老人就开始在该区主教的任职。

这样的小事即便与下面即将展开的故事并无关联,但在他上任之初,人们曾津津乐道地散播有关他的一些风流韵事——为确保叙事的准确性,此类叙述是十分有必要的。不管是否可信,公众的流言时常在某类人的日常生活中,尤其是在他们的命运中扮演着举足轻重的角色有时甚至与他们亲历的事情一般重要。米里哀先生作为艾克斯法院的某位参议的儿子,自然成了司法界的贵族。相传其父为让他承继那个职位,在他十八岁或二十岁的时候,就依照那会儿司法界贵族家庭间普遍遵照的惯例,帮他谋划了一门亲事。已经完婚的米里哀先生依旧经常成为公众茶余饭后的笑谈。虽说他身材短小,但是品貌完美无缺——面貌英俊,风流倜傥,谈吐不凡,这让他人生的最开始阶段全部沉迷于交际场所,沉浸在与女子厮混的快乐中,可谓纸醉金迷。革命爆发后,政局不安,司法界家族也因此受到株连,他们被摧毁、驱赶从而流亡他方。我们的米里哀先生在革命伊始时就流亡到意大利。他的妻子非常早就因为患上肺病而去世。他们膝下无子。之后他还会有什么经历呢?跟着法国旧社会的烟消云散,他的家庭的分崩离析,加之被传媒渲染和夸大了的恐怖的九三年的各种悲剧,难道不会令他深感人生的凄凉与孤独?确实,人能够忍受生活或财产上的沉重打击而依然笑对人生,可是也会有一种打击击碎人的心灵,让你精神萎靡,笑颜难开——整天在快乐与温情的怜爱中的米里哀先生,难道定能经受得住这种突发而至的打击?无人知晓,我们只清楚他从意大利回来后当了一名教士。

一八〇四年,米里哀先生成为白里尼奥尔的本堂神甫。他那会儿已上了年纪,过着安静平淡的生活。

拿破仑行将加冕时,他去了次巴黎,也许是为本区的一件什么小事儿。他代表教区的信众们跟上级汇报要事,曾经与一群上层人物携手受费什红衣主教的接见。某天,皇上看他的舅父(即费什),这位本堂神甫恰好在前厅等待接见,皇帝也恰巧经过。这位老人用一双好奇的眼睛打量着皇帝,他回转身来,突然问道:

"看着我的那人是谁?"

"我尊贵的陛下,"米里哀先生答道,"您看一个汉子,我看一个天子。我们刚好合算,互相抵消了。"

皇帝当天晚上马上向红衣主教询问这位本堂神甫的姓名。没过多久,任命米里哀先生为迪涅主教的消息抵达当地。

此外,公众可以密切关注的米里哀先生的早期生活的轶事,是真?是假?无人知晓。几乎没人明白米里哀先生一家在革命之前的状况。

对所有人而言,刚到一个善言辞而少思考的陌生的小城镇总得忍受各样生活的坎坷,米里哀先生也是一样。因为他是主教,而且正因他是主教,他更必须忍耐。所有和他的名字有关的谈论,可能单单只是闲谈,很多是道听途说的只言片语和一些捕风捉影的东西罢了,或许连捕风捉影都还说不上,假使用南方人那种直白的口吻来说,仅仅是"胡诌"而已。

但不管怎么说,在迪涅担任九年的主教而后,原本惹得议论纷纷的那些谈话的题材,早已彻底被公众遗忘。几乎无人再敢提到,甚至没有人再敢回想过去的那些闲话了。

初到迪涅时,有位老姑娘陪伴着米里哀先生,她就是巴狄斯丁小姐——比他小十岁的妹妹。

他们只有一个仆人,叫马格洛大娘,她与巴狄斯丁小姐年纪相当,现在,她成为"司铎先生的女仆"之后,获得了一个双重称呼:小姐的女仆兼主教的管家。

巴狄斯丁小姐身材修长、面容清秀、秉性温和,一位妇女假使要让人产生"可敬"感,必须经历过做母亲的阶段,可偏偏不能在她身上得到验证,她的举止均能体现出"可敬"二字所包含的内容。她一辈子没有最美丽的时刻,陪伴她的只有做不完的清洁工作,这让她的身体显现白色的光芒,也叫得她将至耄耋之年时就具有了很多人所羡慕的"慈祥之美"。即便青年时她非常消瘦,好像成了一种缺陷,可到她半老时,自然转为一种清虚疏朗的气度与风韵,颇有天使的圣洁美。她简直就是一个天使,即使是处女也难与之相媲美。那似乎是由阴影构成的身躯其实并没有能充分展示性别的实体,除了那一丝泛着微弱光芒的物质,从来都是低垂着的羞涩的秀美的眼睛使你误认她为暂居人间的圣女。

马格洛大娘终日忙于劳作,加之有气喘病,她总是气喘吁吁,这是个身材矮胖、年龄较大、体态臃肿、忙碌无定的妇人。

米里哀先生到迪涅就任以后,人们照例将主教地位列在仅次于元帅的位置并按这类律定所规定的礼节,让他住在主教院中。市长携议长向他作首次拜访,而米里哀先生,也向将军和省长作首次拜访。

诸类部署完毕,迪涅城静静等候这位主教的吩咐。

二、米里哀先生更名换姓

迪涅的主教院和医院相隔咫尺。

主教院是一七一二年的迪涅主教亨利·彼惹——巴黎大学神学博士、西摩尔修道院院长在前世纪初动工兴建的,这是座布局壮阔、外观华丽、石料构建的大厦。说它是座华贵的府宅确非夸张,从主教的私邸到大小不一的客厅,从各类房间到格调宽广的院子,从极具佛罗伦萨风格的穹隆的曲折回廊到树木葱茏,花木敏盛的园林,所有的一切无不具有豪华的气息。主教院楼下朝花园的一面有一间雍容华贵的游廊式的长厅,主教亨利·彼惹于一七一四年七月二十九日在这间餐厅里宴请了以下诸位要人:

昂布伦亲王——大主教查理·勃吕拉·德·让利斯;

经堂神甫——御前普通宣道士——塞内士贵人——主教让·沙阿兰;

嘉布遣会修士——格拉斯主教安东尼·德·梅吉尼;

法兰西祈祷大师——雷兰群岛圣奥奥雷修道院院长菲力浦·德·旺多姆;

格朗代夫贵人——主教恺撒·德·沙白朗·德·福高尔吉尔;

梵斯男爵——主教佛朗沙·德·白东·德·格利翁。

七位声名显赫,德高望重的人物的画像终日与那间长厅为伴,而那个颇令人怀念的日子——"一七一四年七月二十九日"也用金字镌刻在厅中一块白色大理石石碑上。

相形之下医院毫无光彩,那是所狭小简陋而又矮小的房子,是有个小花园没有二层楼的房子。

米里哀先生到任三天后便站在这所房子里。参观后,他恳切邀请医院院长到他家中做客。

"尊敬的院长先生,"他问,"现在医院里有多少病人?"

"共有二十六个,我的主教。"

"与我刚才数的没有差别。"主教说。

"可是,"院长接着说,"这些病床一张紧挨一张,它们彼此靠得太近,这简直糟透了。"

"我也注意到了。"

"况且,病房都是些小房间,空气难于流通,这对病人很不利。"

"我也觉察到了。"

"而且,如果有一缕阳光射进来,那个园子也不足以容纳刚刚起床的病人们。"

"我也见到了。"

"两年前这里流行过疹子,在传染病方面今年又流行过伤寒,我们常常害怕这种流行,面对一拥而入的百余个病人我们总不知道如何是好。"

"我恰巧想到了。"

"又能做什么呢?我的主教?"院长叹道,"除了将就,又能怎么样呢?"

这次谈话正是在主教楼下那间游廊式的餐厅里举行的。

主教沉默苦思片刻,猛然面向院长。

"院长,"他说,"您能估计一下,就这间餐厅大致能容纳多少个床位?"

"您——主教的餐厅!"不知所措的院长惊叫一声。

主教再次打量四周,仔仔细细地,似乎在用目光估量。

"至少,这里可以容纳二十张病床!"他自言自语道,紧接着,他大声说道,"您看,院长先生,你们二十六个人住在那么矮小狭窄的五六间小屋子里,而我们三个人却住了六十个人的地方,这是多么大的错误!我对您说,院长先生,这是个很大的错误。您得来住我的房子,我得去住您的。您得还我的房子。这才是您的家,我还给您。”

这样,在谈话的第二天,二十六个病人舒舒服服地定居在主教府中,而我们的主教呢,就呆在医院里。

米里哀先生的家早在革命时期破产,正如以前所提到过的,他绝对没有任何财产。他的妹妹凭借每年五百法郎的养老金生活,仅仅够得上一个人在神甫家居住的生活费。米里哀先生凭主教身份从政府那儿获得一万五千法郎的薪金。米里哀先生早已决定——从他搬入医院的房子去住的那天起——将这笔款项作各类用途分拨。下面便是我们抄写的一份他列的清单:

我的家用分配单

教士培养所薪金	一千五百利弗
传教会薪金	一百利弗
孟迪第圣辣匝禄会修士们薪金	一百利弗
巴黎外方传教会薪金	二百利弗
圣灵会薪金	一百五十利弗
圣地宗教团体薪金	一百利弗
各慈幼会薪金	三百利弗
阿尔勒慈幼会补助费	五十利弗
改善监狱用费	四百利弗
囚犯抚慰及救济事业费	五百利弗
赎免因债入狱的家长费	一千利弗
补助本教区学校贫寒教师津贴	二千利弗
捐助阿尔卑斯省义仓	一百利弗
迪涅,玛洛斯克,锡斯特龙等地妇女联合会,贫寒女孩的义务教育费	一千五百利弗
穷人救济费	六千利弗
本人用费	一千利弗
共计	一万五千利弗

米里哀先生在他当迪涅主教期间,几乎从未改变过上述分配方案。众所周知,他喻之为“分配了他的家用”。

巴狄斯丁小姐以百倍拥护的顺从态度接受了这种分配方案。对这位圣女而言,米里哀先生是她的哥哥,同时更是她的主教——是她在人间的朋友和宗教中的上级。她爱他,当然会以单纯而明朗的服从的方式回报他。她会俯首恭听他的每一句高谈阔论;她会紧随伺候他的每一个细微举动。大家知道,这位主教仅给自己留下一千利弗作为生活费,加上给巴狄斯丁姑娘的养老金,每年也不过一千五百利弗。两个老妇人与一个老头儿都靠这仅有的一千五百利弗过活。

若是镇上的教士来到海涅拜访主教,米里哀先生总有办法招待客人。这多蒙马格洛大娘的极尽节俭之能事、巴狄斯丁姑娘的极尽算计之巧功。

到达迪涅大概有三个月时的某天,主教说:

"这样的生活再继续下去,我真有些撑不住了!"

"那是当然!"马格洛大娘答道,"主教大人并没有要来省里应给的一笔城区车马费和教区巡视费。可前任的几位主教照例都是有这笔钱的。"

"对!"主教说,"您讲得对,马格洛大娘。"

他向省里递交了申请。

过了一段时间,省务委员会讨论了他的申请,并以"主教先生的轿车、邮车和教务巡视津贴"的名义通过他的申请,同意每年给他三千法郎的津贴。

这件事却惹怒了当地的士绅阶层。曾有一位帝国元老院的元老,曾做过五百人院的那位元老,曾赞助雾月十八日政变的那位元老,也就是住在迪涅城附近的一所豪华富丽的元老宅第中的那位元老,为此特意写了一封密函递交给宗教大臣皮戈·德·普雷阿麦内先生,据说是怨声载道,怒冲云霄。我们不妨节录它的一段原文:

> 轿车津贴?对于一个人口还不到四千的小城,能有什么用场?邮车和巡视津贴?这种巡视能有何种用途是应质疑的,其次,这样的山区,连路都没有的山区,如何能走邮车?骑马是唯一可行的方法。从迪朗斯到阿尔努堡的那座桥也仅能走小牛车罢了。所有的神甫均是贪婪而吝啬的那种类型。这一位在上任之初,还戴着伪善者的面具。事到如今,也毫无例外的和其他人一样,他不坐轿车和邮车是无法过活了,他不享受以往那些神甫所过的奢侈生活是无法过活了!唉!这些没出息的主教!伯爵先生,什么事都好不了也不可能好——除非皇上替大家肃清这帮吃教的魔头。打倒教皇!至于我个人,我是仅仅拥护恺撒的……

而事情的另一端,马格洛大娘相当兴奋地接受了这个消息。

"太好了!"她对巴狄斯丁姑娘说,"主教起初只为别人着想,但终于也不得不为自己考虑了。他既然已经分配好了他的各项慈善捐款,我们终于有了属于我们自己的三千法郎了。"

就在那天晚上,主教交给她妹妹下面这张单子:

车马费及巡视津贴

供给住院病人肉汤的津贴	一千五百利弗
艾克斯慈幼会的津贴	二百五十利弗
德拉吉尼昂慈幼会的津贴	二百五十利弗
救济被遗弃的孩子	五百利弗
救济孤儿	五百利弗
共计	三千利弗

这就是米里哀先生的分配表。

若是有额外开支,或者是请求提早婚礼费、特许开斋费、婴孩死前洗礼费、宣教费、教堂祝建费、私立堂祝圣费、结婚典礼费等等,米里哀先生总是到有钱人那里要来再发给穷人,他取得匆忙给得也匆忙。

不久以后,不同地方捐助的钱财源源不断地流入。无论是富有的人还是贫乏的人,他们都习惯于敲主教家的大门,不同的是,后者来请求前者所捐送的钱物。还不到一年时间,米里哀先生便成为所有慈善捐的保管人和苦难的救星。无计量的大笔款项流经他的指尖,但没有任何东西使他为自己的生活增添一点多余的东西——除了那些日常生活所必需的物品,也没有任何东西能轻微——哪怕是一点点改变他的生活方式。

除此之外,我们知道,社会下层的穷苦与凄惨与社会上层的博爱与宽容总是难以相提并论的,因而,所有的款项早在收入以前便尽其所用,这正如干涸的土地上的水,他凭空收进一些钱,却理所当然地不可能有余款;于是他又开始搜刮自己。

依照旧例,主教们把他们的教名写在主教们的布告和公函头上。当地的穷人,出于一种真心的拥护与爱戴,在这位主教的几个名字中,精选了一个对他们最有意义的名字——卞福汝主教。当然,我们也会随之称呼他。更何况,这个称呼使他愉快。

“我喜欢这名字。”他说,“卞福汝比主教大人亲切得多。”

我们不敢妄称描绘了一个极其逼真的主教大人,我们只敢说近似之类的话语。

三、传教工作

主教先生并没有因为没有马车可坐而减少他的巡回视察工作的次数。迪涅教区条件相当艰苦。正如刚才我们提到的,这里平原少,山地多。这儿共有三十二个司铎区,四十一个监牧区,二百八十五个分区。巡视所有的地区可非易事,可这位主教先生却能完成他的工作。若是在不远的地方,他便步行;若是在平原,他便坐小马车;若是在山里,他便乘骡兜。那两位高年龄的妇女还时时伴随左右。如果路途实在太艰难,他便一个人去巡察。

一天,他到了一座古老的主教城——塞内士,他的交通工具是一头毛驴。那时他正一文不名,穷得叮当响,不可能有别的坐骑可资利用。当地方长官来到主教公馆门口迎接他,亲眼目睹他从驴背上下来的全历程,感觉相当不雅观也有失他主教的身份,围观的几位绅士也难掩笑态。

“亲爱的长官先生和主教先生,”主教说,“我知道你们发笑的原因,你们或许还会感到尴尬,你们一定会觉得这样一个既穷又没有地位的牧师居然敢跨着耶稣基督的坐骑,这未免也太有些妄自菲薄。但我想说,我并不是为了虚荣,确实,我是无可奈何地这样选择。”

米里哀先生在巡视过程中一贯保持着谦虚和蔼、纯朴亲切的风范,他常常与公众漫无边际地闲谈,很少停留于枯燥无味的说教。他一贯反对将品德问题讲得望尘莫及、高不可攀,同样,他也不愿将遥远的不现实的东西作为他传教的论据和范例。对某一乡的居民,他会讲述邻乡的优点,在一些苛刻对待穷人的镇上,他会对比着讲:“让我们看看布里昂松地方的人吧。他们将特权赋予穷人、寡妇和孤儿——他们能比别人提前三天收割他们草场上的草料。假如他们的房屋即将坍塌,总会有人义务为他们重盖。这真是一块倍受上帝保佑的圣洁的土地呵。时间过去了一个世纪了,这里没有发生过一起凶杀案。”

在那些精心计较各人利润、收获物的村子里，他会说："让我们看看昂布伦这块土地吧。假如恰逢收割季节，一个家长的儿子都在服兵役，他的女儿呢，在城里工作，他自身又因为有病而无法劳作，本堂神甫便会在宣道日将他的情形公之于众，到了礼拜日，公祷结束，村中所有的人——无论男女老少都会到他的田里帮他劳作并会把麦秸和麦粒搬进仓中。"对于因为银钱和遗产纠葛而分崩离析的家庭，他会说："让我们看看福宜山区的人吧。那里遥远而冷清，你难于听到黄莺婉转的歌声。可是，如果有一家的父亲死了，他的儿子会把家产全部留给女孩，好让她们都有个好的归宿，他们自己呢，就出外谋生，漂泊不定。"在那些嗜好争吵，乡民往往因告状而丧尽家财的地方，他会说："让我们看看格拉谷的那些善良纯朴的人们吧。那儿的人口达三千万，天哪！那真是一个小小的共和国。可那儿的人不知道有审判官，也不知道什么叫执法官。乡长会处理一切事宜，他分配各类捐税，以一颗公正无私的心向各人抽捐，义务排解相互纠隔，帮助子女分配遗产却不要任何酬金，处决案件却不收任何讼费，他因正直不屈受到大家的爱戴，不管处决的结果怎样，大家都相信他的判决。"而在一些没有教师的村子里，他又会谈到格拉谷的居民："你们猜他们怎么办？"他说："这个村子只有十家到十五家人口，长期聘用一个乡村教师当然没有必要，这样他们全谷共同聘用几位教师在各个村落里轮流教学，或在这村留任七八天，或在那村呆上十天。那些教师们经常在市集上游荡，我时常在集市上碰见他们。他们的鹅毛笔插在帽子的带子上，这成为辨认他们的明显标志。教人读书的教师只带一管笔，教人读书，算数的教师带两管笔，教人读、算和拉丁文的教师带三管笔。这些教师都是学识相当渊博的人。做一个毫无知识的人，处于蒙昧状态的人是多么可耻！你们真该向格拉谷的公民学习啊。"

他就这样——似父兄般地严肃地谈着；如果实在是没有实例可资举证，他会臆造一些言近意远的话语并通过简洁的描述与驰骋的想象直达他谈论的目的；这才是耶稣基督的真正拥护者,他有着自信的禀赋与以理服人的卓越辩才。

四、身体力行

米里哀先生的谈话亲切而令人愉快。他一再告诫自己谈话程度应适合与他相伴的两个老妇人的知识层次。如果有一天,他笑了,那才是真正的孩童般的圣洁的微笑。

马格洛大娘由衷地称呼他为“大人”。有一天,他从他的围椅里站起来向书橱走去,想从那儿拿一本书。那本书恰巧在最上面一层,而他由于身材过于矮小而难以企及。

“马格洛大娘,”他说,“麻烦您给我搬张椅子过来。本大人究其实还没有这块木板‘大’呢。”

德·洛伯爵夫人是他的一位远亲,她每逢合适的时机,便念念不忘在他面前提及她的三个孩子的未来。她有几位年龄已经很大的即将入土的亲戚,毫无疑问她那几个孩子自然是财产的继承人。三个孩子中年龄最小的一个将从他的一个姑祖母那儿获得一笔整整十万利弗的财产,第二个则有望继承他叔父的公爵头衔,年长的孩子自然依惯例承袭他祖先的世卿爵位。主教经常洗耳恭听这位“伟大”母亲所做的自豪而可笑的标榜,他只是保持缄默。不过终于有一天,当德·洛夫人再次啰啰嗦嗦地谈及她引以为荣的那些继承和希望时,米里哀先生好像比平日里更加心不在焉。她终于按捺不住,以不耐烦的口吻问道:“噢,我的上帝！我亲爱的哥哥！您在听我讲话吗?”“噢,我在想一句奇怪的话。”主教说:“可能是奥古斯丁讲的:把你们的希望寄托在那些可怜的无可继承者的身上吧。”

还有一次,他收到本乡一位贵人的讣告,在这么一大张纸上,排满了亡人的各种各样的荣誉头衔,以及他所有亲属的封建的和贵族的尊称,无一疏漏。他喊道:“多么强壮呵,逝者的身躯！别人授予他一副多么显贵的荣誉的负荷！这些人也未免聪明过头了,他们甚至连坟墓也不放过,还要以此来展露他们的虚荣心！”

他适逢恰当时机,总会说出一些讽刺的话语,初看上去,这些言词并不激烈,细细品味,则无时无刻不包含着深沉的意味。一次,大概是封斋节前后,一位年轻的助理主教到达迪涅并在天主堂里传播教义。他口才很好,选择“慈善”作为讲题。他呼吁富人帮助穷人,并强调唯其如此富人才能避免堕入万劫不复、阴森可怕的阿鼻地狱,才能进入听他讲来相当幸福、温馨动人的美妙天堂。在场的听众中,端坐着一位商人,他是惹波兰先生——酷爱放高利贷,在制造布匹、哔叽、毛布、高呢料帽子时曾赚了五十万——现今已休闲在家。惹波兰先生平日间从未对穷人产生过恻隐之心。可自从那次布道过后,他每逢星期日都会把一个苏交到天主堂大门口那几个乞讨的老婆婆的手中——这是大家有目共睹的。她们共六个人,平分那一个苏。偶然间,主教又撞见他在行那件好事,他意味深长地对她的妹妹说:“惹波兰先生再次在天主教堂门口购买他那一个苏的天堂了。”谈话间,笑得神秘莫测。

若是话题波及慈善事业,他总要极力想出些诸如此类的话语,即使遭遇到反驳与鄙薄的嘲笑他也决不会后退半步。一天,他留在城中的某家客厅里替穷人筹集捐款。当时有一位出了名的吝啬鬼也在场,那便是年老而富有的商特西侯爵,他既是极端保王党,又兼是极端伏尔泰派。这样的所谓怪事决不罕见。主教走到他的面前，拉拉他的胳臂说："侯爵先生，请您务必为我捐几文吧。"侯爵厌恶地转过脸去，干脆利落地回绝道："我的主教大人，我也有我自己的穷人要募捐呢。""把他们交给我吧，很简单的事。"主教说。

一天，在天主堂里，他开始讲道：

"我所敬爱的兄弟姐妹们，我亲爱的朋友们，法国的农村里，一百三十二万所房子都是仅有三个洞口；一百八十一万七千所房子仅有二个洞口——门和窗；剩下的三十四万六千个棚子只有一个洞口，也就是门——看吧，这就是法国的农村。是什么把村民的生活逼得窘迫到如此地步？这就是那些门窗税。劳驾你们把穷人、老妇人、小孩子塞在那些房子里吧，你们请擦亮眼睛，仔细看看那里有多少热症和疾病！上帝！上帝把空气送给人类，法律却把空气作为交易的工具。我并不是要攻击法律，相反，我会不遗余力地颂赞敬爱的上帝。在伊泽尔省、瓦尔省、两个阿尔卑斯省即上下阿尔卑斯省，农民们连起码的交通工具——小车都没有，他们只能将肥料负在自己的背上，一步一移地走；他们用松脂和燃着松脂的小段绳子照明，连起码的蜡烛也没有。在多菲内省，所有的山区无一例外。他们的面包是用干牛粪烘出来的，而且做上一次面包便要维持六个月。冬天来临了，他们用斧子砍开冰硬的面包，在水里整整浸泡一天，这种面包才能够食用。我的兄弟们，你们难道忍心看着你们的兄弟过着这种凄惨决绝的生活而无动于衷吗？请你们伸出双手吧！"

他是在南方出生的，所以掌握南方的各种方言于他而言并非难事。他学过朗格多克省的方言："Eh be！ moussu，sèssage？"学过大阿尔卑斯省的方言："Onte anaras passa？"学过上多菲内省的方言："Puerte unbouen moutou embe unbouen froumage grase，"以这种方式他易于接近群众并赢得他们的欢迎，对于他接触各类的人不无裨益。他呆在草房里或者山林中，如同在自己家中一样，他明白应该用最鄙俗的俚语来讲些最圣洁的真理。他既然能说各种语言，当然也能和所有的心灵深切相融。

不仅如此，对于上层的人和下层大众，他是一视同仁的。

在还没有最大限度了解他身处的环境之前，他从不凭直觉或经验草率地为一件事下定论。他爱说这句话："让我们先看看这个错误产生的所有经过吧。"

他经常随意地将自己称作回头的浪子，他本来也确是个回头的浪子。他厌恶那种布道者——他们只会唱着严肃主义的论调，他不遗余力地宣扬他所信奉的教义，但他厌恶像那些劣质的卫道者那样粗暴地传播某种不为公众理解的所谓深奥的哲理，他的教义可以简明地概括如下：

"人的肉体作为客体实在既是人深重的负荷，同时也是人的神秘的诱惑。人负荷着肉体并不由自主地受它的控制。"

"人应该关注它，束缚它，只有到了最后关头，不得已的时刻才能服从它。在这种服从里，也还会有错误的事情发生；但是以这种方式造成的过失是可以原谅的。这还只是一种堕落，仅仅到达膝头，若你诚心祈祷仍有挽救的余地。"

"当一名圣人是极其特殊的情况，当一名正直的人却是每个人都该走的阳光大道。也许你们会在各种选择中犹疑、失足、犯错误，但你们总该是一个正直的人。"

"做人的根本在于尽最大努力少犯错误，若想不犯错误只是幻想而已。生活在尘世间，谁都难免有犯错误的时候，有时候，错误就像地球吸力一样不可避免。"

若他巧遇众人争论不休并且因此伤了和气时,他会微笑着说:“看来这正是我们中的每个人所犯的严重的罪过呢。当下的争论无非是因为我们戴的伪善的面具被揭穿,我们出于恐慌而急于表白心迹、掩他人耳目罢了。”

他很宽仁厚道地对待法国社会压迫下的妇女及穷苦的大众。他说:“所有的妇女、孩子、奴役、没有力量的、贫困的、毫无知识的人的所谓过失归根结底是由丈夫、父亲、主人、富豪、有钱人和有教养的人的过失造成的。”

他又这样呼吁道:“你们应该尽你们的最大努力来教育那些没有知识的人;社会的罪过就在于它没有负担义务教育的责任从而滋养出黑暗和罪恶。若是一个人的心灵被黑暗占据,罪恶便会无声无息地滋生出来。犯罪的人并没有罪,有罪的正是那些制造黑暗的人。”

由此我们可以推断出他对待和批判事物的角度是新颖而独到的。我不得不猜测他是否从《福音书》中获得了思考的源泉。

有一天,在一间客厅里,大家热烈地谈论着一桩正被官方研究调查、行将交付法院审判的案件。一位穷苦窘迫的人,为了养家糊口,确切地说,为了他的爱人和他的孩子的爱,在无路可走时铸造私钱。在当时的环境下,铸私钱将被处以极刑。他的爱人拿着他铸造的第一个私钱去用便被发现了。他们拘捕了她,但是他们只有她一个人犯罪的证据。没有她的情人犯罪的证据,没办法将他送上天堂。但她是不会告发的。尽管他们费尽心机,追问不休。她始终缄默不语。这时,检察长想出一个恶毒的伎俩。他告诉那女人她的情人变了心,并依此伪造了很多信件的片断,用那些暧昧的言辞,使那苦闷痛苦的女人相信那个男子的负心举措,相信她有一个情敌,可怜的女人终于被说服了。在失望与痛苦的交织下,她控诉了她的情人,招供了一切,证明了一切。她的情人终于到了万劫不复的境地。没过多久,他将到达艾克斯与他的同谋女犯共同受审。大家热衷于论说这件事,佩服那位官员的卓越才干;赞叹他竟能利用女人的妒忌心理使真相公之于众,而法律的威严也因女人的复仇的心理得以实现。主教静听大家的论说,到无人说话时,他问道:

“那一对将在何处接受审判?”

“地方厅。”

“那位检察长将在什么地方受审呢?”他又问道。

一件悲剧事件曾在迪涅发生。一个人因为谋杀罪被判处死刑。那位不幸的人并非完全无知无识,虽然也不是什么读书人,他曾在市场上以卖技为生,也摆过书信类的小摊。城中的人相当关注这件案子。恰在死刑执行的前一天,驻狱神甫突然染病。这就需要另一位神甫在那受刑的人临终前帮他超度。便有人请本堂神甫帮忙。他似乎是不太愿意介入此类事件,他说:“这事与我毫不相干。那个要把戏的人和此类无聊的事件都与我毫不相干,我近期也不太舒服,更何况那块地方不在我的管辖范围之内。”这些回答被传送到主教那儿之后,主教说:“的确,本堂神甫说得有道理。这是属于我的范围,而非他的。”

他不顾病体,立刻跑到监狱,找到那“要把戏的人”的牢房,他呼唤着他的名字,亲切地拉紧他的手与他谈话。整整一天一夜过去了,他一直陪伴在他的身边,忘记了饮食,忘记了睡眠,他不停地做祈祷——为那“要把戏的人”的灵魂,也为了那囚犯能拯救自己的灵魂。他向他讲述极其简洁明了而又是最善良的真理。他确实成为他的父亲、兄长、朋友；他丝毫不像一个主教——若不是那声声祝福祈祷在时时提醒着你。他安抚他动荡的情绪，抚慰他罪恶的灵魂，把他所有的一切都教给他。“要把戏的人”原先准备带着满目的凄凉与绝望堕入地狱。之前，死对于他而言，无异于万丈深渊，他站在那令人战栗的边缘上，为前方的阴惨恐惧，为后方的推促心惊胆战。他还没有罪恶到连对生死都漠不关心的地步。他所经受的判决似乎极其沉痛地给他一击，使他想见以前所未曾想见的事情，只是此时，那堵隔在冥秘的自然与我们鲜活的生命之间的墙坍塌了。那缺口当然已无法补救，他就只能从这缺口中拼命地向外张望，企冀着一丝光亮，他却只能见到黑暗。就在此时，主教给他带来了一线光明。

第二天，狱吏来带走这位不幸的人，主教依然不离左右。他伴在他左右。他披上那漆色的披肩，颈上悬着主教的十字架，与那在绳索中的受难人相携出现在公众面前。

他们一起走上囚车，一起迈上断头台。那个不幸的受刑人，昨天还是那样愁眉不展、凄楚哀怜，今天却完全变了，他满怀希望地等待那个时刻，他的目光不再畏缩。他期待着上帝来拯救他的灵魂。斧子行将落下，主教拥抱着他，并说：“人杀了人，上帝会使他复活；兄弟们所排斥的人会再见天父。祈祷与信仰渗透在生命的每个时刻。天父就在前方。”当他从断头台走下，他目光中的某种东西使众人恭然后退。是他那惨白的面色，还是那神态的超脱，使得众人肃然起敬，我们无由得知。他回到的那间破屋子，虽然这一向被他戏称作“他的宫殿”，他对他的妹妹说：“我刚才举行了一场庄严的典礼。”

这件事再度引得城里人议论纷纷，许多人都认为他矫揉造作，要知道，最优秀的东西往往是很难被所有的人理解并赞成的。不过，这也无非产生于上层阶级客厅里罢了。人民，他们是不会恶意诽谤圣事活动的，他们由衷地感动了，他们由此更加敬重主教。

对于主教而言，目睹断头台的行刑的确令他许久难以安宁；过了好长一段时期，他的心情才彻底平静。

断头台，作为一种行刑的媒介，当它竖立起来屹立多年时，确实，颇有一种令人惊惧的定力；也许我们在没有亲眼看见断头台时会对死刑漠然、无动于衷，对这种刑法也没有看法；然而，若是有一天，我们见到了一座断头台，那种令人惊骇的程度会逼着你表明赞同或反对，不置可否只是一种幻想罢了。有人赞叹断头台，像德·梅斯特尔。有人痛恨断头台，像贝卡里亚。断头台的别名叫“镇压”，作为法律的象征，它不是中立的物品，更不会让人中立。所有见过它的人都会产生强烈的神秘感与恐惧力。在那把普通的板斧的四周一切的社会问题都紧密集结并提出质疑。断头台是幻想的产物。断头台不是一个空洞的架子。断头台不是一种运转的机器。断头台不是只由木头、铁器、绳索构成的冷冰冰的机械。断头台像某种恐怖的动物，它具有一种难以言表的主动力，这种力使你见到它便会为它震慑。换句话说，那架子能看见，那机器能听见，那机械能了解，那木条、铁器、绳索都有知觉。断头台的出现使我们的心灵陷入恐怖的沉思，遥想它所作所为的所有的一切，这时，它的面目就更加狰狞。断头台无异于刽子手的代名词，同样在干着吞噬东西——吃肉饮血的勾当。这个由法官和木工合力筑造的怪物确是一个鬼怪，它的生命力，它的活动有赖于自身所制造的死亡而进行、张扬。

行刑的印象留在主教的脑海中挥抹不去,行刑的第二天和许多天以后,他还经常掩饰不住惶恐的感觉——本来,行刑也确实给人留下恐怖的印象。随着当日佯装的镇定自若的消失,他总感觉到在社会威力的压制下的鬼魂与他终日纠缠没有尽头,以前他巡察回家总是神采飞扬,带着满载而归的愉悦,此刻的他却总是自责不已。有时候,他自言自语,吞吞吐吐,小声说着那些凄凉悲惨的话语。一天晚上,他妹子听到他的只言片语,便记了下来:“以前,我从没想到会如此恐怖。看来,若只专一于关注执行上帝的法则而无视人间的法律是错误的事了。死,是仅仅属于上帝掌管的,人类,有什么权力来管理这些没有被认识的事情呢?”

随着时间的流逝,那些印象在人们的脑海中或已渐渐减退,或竟了无痕迹,然而主教大人,在公众的眼光中,自那以后总是尽可能避免经过那刑场。

主教可以被随时叫到病人或临死的人的床边。他比任何人都明了他最大的责任与义务在何处。无须邀请,他会主动前往寡妇和孤女的家。他也会在失去爱妻的男子和失去孩子的母亲身旁静静陪伴,以此来慰藉那份失落与苦难。他懂得闭口的时刻,当然也懂得开口的时刻。啊!这令人崇敬赞叹的安慰人的人!他不愿以遗忘的方式来消却苦痛,却情愿让苦痛来临,默默承受,使之显得伟大而光荣。他说:“应留神您关于死者的想法。不要停留于那溃烂的尸体。悉心体会,您定能在宇宙的尽头看到您想念的死者的生命之光。”他深知信仰对于人的重大作用。他尽最大的努力安慰失望的人,他让他们学会退一步海阔天空,让他们的悲痛由俯视墓穴转而为仰望星光。

五、节俭的主教·奢侈的主教

米里哀先生的家庭生活和他的社会生活近似,它们是在相同的思想支配下。迪涅主教过着一种自甘淡泊宁静的生活,这使得任何有机会接近、观察他的人都为之震撼、感动。

所有的老年人及大部分思想家都只有很少量的睡眠时间,米里哀先生也不例外,他睡得很少,但是这短暂的睡眠时间也能使他睡个好觉。早晨,他先静坐一个小时,然后开始念他的弥撒经——有时在天主堂里,有时则在自己的经堂里。念过弥撒经以后,一块黑麦面包加上自家牛的乳汁作为早餐,他吃得自得其乐。这以后,他开始一天的工作。

主教总是过着忙碌的生活,每天,他都要接见主教区的秘书,即一个司祭神甫,此外还得接见他的助理主教们。他得主持相当多的会议,检查整个宗教图书馆,还得诵弥撒经、提问教理、日课经等;此外还有许许多多的训示等着他写,若干讲稿等着他的批示,而教士与地方官之间的争端也有赖于他从中调解,教务方面的信件、行政方面的信件同样急需办理,在政府与宗教的双重角色中,他有着做不完的事。

除去上述无穷尽的事务、他的日课以及祈祷,所余下的时间寥寥无几,他却首先留给贫病和痛苦的人;在痛苦和贫病的人之后留下的时间他多半用来劳动。有时在花园里铲土,有时则用于读书、写作。对这两种看似不同的工作他以一种称呼概之——“种地”,如他所说:“精神是一种园地。”

时至正午,他吃午餐。午餐与早餐是一样的。

将近两点时，如果天气不错，他会在乡间或城里散步，经常踏入那些穷苦潦倒的人家。人们常看见他一个人独行，垂着眼睛，身着那件相当保暖的紫棉袍，脚上套着紫袜和笨重的鞋子，拄着一根长拐杖，戴着他的平顶帽，三束金色流苏从帽顶的三只角里垂下。

无论他经过哪里，哪里都像过节一样。简直可以如此形容，他一路走过，就播撒了一路的温暖与阳光。无论孩子还是老人，都像迎接阳光般迎接他，他们为主教而走到大门口来。他祝福大家，而大家也为他祈祷。任何有需求的人们都会受人指点走入他的住所。

他不定时地停伫脚步，与小男孩小女孩聊天，冲着母亲们微笑。只要是有钱的时候，他去找穷人；没钱的时候，他去找有钱人。

他的道袍已经穿得太久，他害怕被别人察觉，因而当他进城时他不得已地套上他的紫色棉袍。若是在夏季，自然会使他感觉不太好过。

晚上八点半，他与他妹妹共进晚餐，马格洛大娘便立在他们旁边服侍。再没有比这种晚餐更简单的晚餐了。但是如果主教留下一位神甫共进晚餐，马格洛大娘会抓紧良机为主教做些美味的湖鱼或珍稀的野味。既然所有的神甫都成为预备盛餐的借口，这么看来，主教也有让人摆布的时候了。除此之外，他平时的伙食不过是水煮蔬菜和素油汤。难怪城里人如此评论：“主教不吃神甫菜的时候，就吃苦修会的修士菜。”

晚餐之后，他先与巴狄斯丁姑娘及马格洛大娘闲聊半个小时，然后他回到自己的房间开始写作，有时候他用一种单页纸，有时候则在一种对开本书本的空白边上留下一段文字。作为一个文人，他有着极其广阔的视野，使得他留下的五六部手稿显得那么与众不同，其中之一便是对《创世纪》中关于“上帝的灵运行在水面上”一节的研究。他选取了三种经文做比较：阿拉伯语的译文叫作“上帝的风吹拂着”；弗拉菲于斯·约瑟夫翻译为“上界的风骤临下界”；而翁格洛斯的迦勒底文的注释则标明为“从上帝处飘来的一阵风吹拂在水面上”。在另一篇学术论著中，他详尽论述了雨果有关神学的著作——他是普托利迈伊斯的主教，也是这本书作者的叔曾祖；他还论证说在许多世纪以前用笔名巴勒古尔发表的各类学术作品都是那位主教的作品。

偶尔，他正处于阅读状态，便突然陷入深远的思考之中——无论他正在看的是何种著作，思考过后，他会立即在原书中写下几行文字。经常，写下的文字与手中的书是毫不相干的。让我们来看看他在一本四开本书的边上所写的注，那本书叫《贵人日耳曼和克林东、柯恩华立斯两位将军以及美洲海域海军上将们的来往信件结集》，由凡尔赛盘索书店和巴黎奥古斯丁河沿毕索书店出版发行。

那段注是这样写的：

“啊！你，存在着啊！”

“《传道书》称你为全能，马加比人称你为创造主，《以弗所书》把自由的称呼灌输给你，巴录则称你为广大，《诗篇》以智慧、真理颂赞你，约翰叫你光明，《列王纪》称你做天主，《出埃及记》呼唤你——主宰，《称未记》虔诚地叫你神圣，以斯拉用公正来呼唤你，《创世纪》则叫你为上帝，大众呼唤你为天父，然而所罗门愿意叫你慈悲，其实这也是你的名称中最完美的称呼了。”

快到九点钟时，两位妇人便悄悄离开，回到楼上她们自己的房间中，他一个人独自呆在楼下，直到天光大亮。

六、没有锁的房间

前边我们已经提及他住的房子，那是一座仅有一层楼的楼房，楼上三间，楼下三间，最上边是一间气楼，楼后边是一个约有四分之一亩大小的园子。两位妇人住在楼上，主教则住在楼下。与街道相连的第一间房屋是他的餐厅，第二间是卧房，第三间作经房。从经房出来，必然会走过卧室；从卧室出来，也必然得经过餐厅。经堂下边，有小半间暖室，只能容得下一张预备留客人寄宿的床。主教常常把床位留给一些因管辖区事务或需要来到迪涅的农村的神甫们住宿。

以前医院的药房是间小屋子，它在园子里，可以直接通达正屋，现在已经被改作厨房及贮藏食品的处所了。

除此之外，园中还有一间屋子，以前是救济院的厨房，现在被当作牲口棚，主教在那里喂养了两头母牛。不管能从那两头母牛那儿获取多少牛奶，每个早晨，他总会分给医院中的病人一半牛奶。他说："这就是我交的什一税。"

他的房间显得相当空旷，在气温低下的时候，保暖是件相当困难的事。木材在迪涅的价钱相当昂贵，他由此想办法用木板在牛棚中隔出一小块地方。天气寒冷时他整夜呆在这个小小的空间里。他戏称之为"冬斋"。

和在餐厅一样，在冬斋里，除去一张白色木制方桌和四张麦秸心的椅子之外，再也没有任何别的家具。餐厅里无非多了一个外层敷着淡红胶的旧碗橱。主教还用了一个同样的碗橱来点缀他的经房——他用白色帷边和假花边罩在上面，使之有些许的亮色并以此作为他的祭坛。

迪涅的许多富有的女忏悔者和虔诚的女信徒们，无数次地凑了钱，想给主教的经房重修一座富丽气派的新祭坛，主教多次感谢她们的好意，收了钱，却又多次分发给了穷苦的人。

他常说："最漂亮的祭坛，是一个从上帝那儿找到了安慰而由衷地感谢上帝的穷苦人的魂灵。"

他的经堂里置放着两张麦秸心的祈祷椅，卧室里有一个有扶手的围椅，同样是麦秸心构造的。偶尔他不得不同时接见七八个人，像省长、将军或者驻军的参谋云云，或者是教士培训中心的几位学生，他们便不得不四处搜集——去牛棚里寻找冬斋的椅子，去经堂里寻找祈祷椅，去卧室里寻找围椅。只有这样，他们才能凑够十一张接待客人的椅子。每回有人采访，总会有一间屋子被搬空。

若有时候有十二个人拜访，难免会陷入一种尴尬的境地，主教为掩饰这种境况，冬天时他主动站在壁炉的旁边，夏天来临时，他便提议到园中看看风景。

那间小暖房里，确实还有一个椅子，但已残破不堪——椅子上的麦秸已经脱落了一半，而且只有三条腿，只有靠在墙边时才能用。巴狄斯丁小姐还有一张非常大的木靠椅，曾经涂过金边，还有锦缎料子的椅套，可是这靠椅因楼梯太窄的缘故，从窗口吊到楼上，所以它无法成为可以挪动的坐具。

巴狄斯丁小姐的梦想是能拥有一套客厅里用的家具，那该是荷兰产的黄底团花丝绒的天鹅颈式紫檀座架的家具，再配上一套长沙发。可是这样一来，至少得花销五百法郎。为了这一套家具，她省吃俭用，五年下来，也仅只省下四十二个法郎和十个苏，从此，她不再做如此打算。那么，还有谁能实现她的梦想呢？

想象一下主教的卧室吧，那是再简单不过的事。有一扇窗门朝向园子，它的对面是一张床——铁制的，有着绿色的哔叽帷子，是一张医院里用的病床。在床的背面，即帷子的后边，还摆设着一套梳妆用具，这残存着他以往浪迹于上流社会时做人的那种漂亮习气；卧房中有两扇门，一扇紧挨着壁炉，直通经堂；一扇靠着书橱，直达餐厅；书橱里满满排列着书，那是个大的玻璃橱，壁炉里，一般是不会有火的，它的木柜，描刻着仿大理石的花纹；壁炉里有一对铁炉篦，这还算是标志主教级别的一种奢侈品——篦的两站装饰着两个瓶，瓶上缠绕着花串和槽形直条花纹，并用银箔粘贴；上边，平常是挂镜子的处所，挂着一个已经褪去银色的铜十字架，它被钉在一块破旧的黑绒布上，装在一个金色的破敝的木柜里。窗门旁边，有一个大桌子，上面有一个墨水瓶，乱糟糟的纸张和大量书籍随意堆放其中。桌子前边便是我们提过无数次的麦秸椅。床的前边，摆放着一张从经堂里搬来的祈祷椅。在床两边的墙上，挂着两幅半身油画像，它们装在椭圆形的像柜里。画幅的素淡的背景上，写着几个小小的金字——它们就在像的旁边，注明一幅是圣克鲁的主教查里奥教士的像，一幅则是夏尔特尔教区西多会大田修院院长阿格德的副主教杜尔多教士的像。主教在医院的病人离开、他自己住进这间房时，就已经看见这两幅画像，他就让它们保持原状。他尊敬他们，只有两个简单的理由：他们是神甫，要么就是施主。他对于那两个人物知之甚少，他只知道他们在同一天，也就是一七八五年四月二十七日，遵照王命，一个被授以教区，一个被授以采地。马格洛大娘无意间取下那两幅画来擦去灰尘，主教才发现在大田修道院院长的像的背后，有一张用四片胶纸粘着四角，日久发黄的方片纸，上面用淡淡的墨水注明了这两位人物的出身。

窗门上，挂着一条历史悠久的粗毛呢窗帘，它已经破旧不堪，但为了节省起见，马格洛大娘不得不在正中大动干戈——大大缝补一番，使缝补后的纹理恰成一个十字形。主教经常指给人看。

“这缝得多好啊！”他赞叹着。

屋子里所有的房间，无论是楼上还是楼下，全部是用灰浆粉刷而成，营房和医院也不例外。

但是，在以后的日子里，马格洛大娘又相继发现了一些壁画，它们就在巴狄斯丁姑娘房间的装裱的墙纸下面，以后我们还会谈到的。这间房子，在它成为医院之前，确是一些士绅们的聚会场所。难怪能有那种装饰品。每间屋子的地上都用红砖铺盖，它们每周被清洗一次，床的前边都铺有麦秸编成的席子。总而言之，在两位妇人的照料下，这所房子，上上下下，里里外外，都变得非常整洁。这是主教唯一许可范围内的奢华。他讲：

“这毫不有损穷苦人的利益。”

但是我们必须如实讲清，在主教以前的拥有物中，还是有些奢侈品的，像那六套银制餐具和一只银的大汤勺，这令马格洛大娘兴奋不已，她每天都会满怀欣喜地盯着那些银器，看着它们在白粗布的台毯上放射着灿烂炫目的光芒。既然我们要如实描述迪涅的这位主教，就不得不提到他的几次谈话：“我觉得我很难做到——如果不让我用银器盛东西吃。”

除去那些银器，他还有两个粗重的银制烛台，那是他从一个姑祖母的遗产中得来的。那对烛台经常摆放在主教的壁炉上，上面还插着两支蜡烛。每次，当他留客进餐时，马格洛大娘便会点上这两支蜡烛，和蜡台一并放在餐桌上。

在主教的卧室里，有一张壁橱，它就在床头边，每个晚上，马格洛大娘就把这六套银器和大汤勺塞在橱上。橱门上的钥匙是向来没必要拿走的。

在四周那些鄙陋劣质的建筑物的映衬下，那个园子，也一样显得不怎么光彩。园子里共有四条小路，它们会合成十字形，正中间是一个水槽；另一条小路正好沿着白色的围墙围绕着整个园子。小路与小路之间，正好构成四块方地，在方地的四周种着黄杨树。其中三块方地由马格洛大娘照料，她种了些蔬菜，主教则在第四块方地上种了些花卉。还有几株果树四散在园子各处。

有一次，马格洛大娘亲切地打趣他说："您在每方面都算计，可这儿的一块方地，您却没派上用场。种些生菜在上面，不是比花好多了吗？"主教却说："您是错的。美与适用是同样重要的。"稍停片刻，他又补充一句说，"也许美更加重要"。

主教的那块方地又分成三四块，主教和他在书本里所费的劳力一样，精心炮制那块土地。他喜欢在这块土地上呆上一两个小时，为花修枝、除草，这里那里，随意在土里挖几个窟窿，播下种子。他和一般的园艺工作者不同，他并不仇视昆虫。他的想象力在植物学上几近于零；他并不懂得分科，也根本没听说过所谓骨肉发病说，他不会去思考如何取舍杜纳福尔和自然操作法，他不会替胞囊反对子叶，也不会帮舒习尔反对林内。他并不是植物的研究者，他只是美的赞赏者而已。他相当敬佩科学家，但他更敬佩没有知识的劳作者，在双重敬佩的推动下，每个夏日的黄昏，他都会提着那把绿漆白的喷壶去浇花畦。

那整所房子没有一扇门能够锁上。我们从前提到过，餐室的门以前如同一扇牢门一般，它装上了锁与铁闩，打开后直通天主堂前的广场。而今，那些物件早已被主教派人拿掉，所以这扇门，无论白日黑夜，都只用一个活拴扣住。无论哪个过路的人，无论在什么时刻，都可以摇开那扇门。刚开始时，两位女性因为那扇从来都不关的门愁眉苦脸，非常担心，迪涅主教便对她们说："如果你们乐意，不如就在你们的房门上，装上铁闩。"到了后来，她们看见他如此安心，她们也不再担心了，更确切地说是不让他看出担心的样子。有时候，马格洛大娘仍然难免提心吊胆、惴惴不安。主教的想法，也早已在《圣经》边上所写的三行批注里表明了，或者说，至少是提了出来："医生的门与教士的门，从来都是只有极其微小的一点区别：医生的门，从来都不该关上；教士的门，永远都该开着。"

在一本名为《医学的哲学》的书上，他写下这样一段文字："我们难道不和他们一样也是医生吗？我同样有自己的病人。第一，我有着被他们叫作病人的病人；第二，我还有着被我称作不幸的人的病人。"

在另外一个地方，他还写下："不要追根究底地询问向你求宿的人的姓名，那些不愿意将自己的姓名告诉别人的人往往也是最需要找地方住的人。"

有一天，一位声名远扬的教士突然来到迪涅，我已经忘记了是古娄布鲁教士，还是叫作彭弼力教士了，他或许是受了马格洛大娘的指使，突发奇想地询问主教先生，大门日日夜夜地敞开，无论是谁都可以进来，他是否相当确信不可能发生任何意外事件，是否相当确信在他这个警戒几乎于无的家庭中不可能发生任何不幸的事。主教先生亲切却严肃地拍拍他的肩膀，告诉他："上帝要想保佑这家人另当别论，除此之外即使有看守也是无济于事的。"

他最爱说的一句话是："教士自有他自己的勇敢，如同龙骑队长有龙骑队长的勇敢一样。"除此之外，他还补充了一句："教士的勇敢应该是安宁的。"

七、天主堂的宝物

这里当然还有一件事，我们不该也不能忽略，通过这件事，我们可以充分明白迪涅的这位主教先生是个怎样的人。

在阿柳尔峡一带，曾一度横行着加斯帕尔、白匪帮，虽然主力部队已被击溃，还有一位叫作克拉华特的部级将领藏匿在山林中。他带领他那帮乌合之众，加斯帕尔·白的残留部队，潜伏在尼斯伯爵的领地里，过了些时候，他们又转移到皮埃蒙特区，继而他们又进入法国境内，出没于巴塞隆内附近。起初，有人在若齐埃看见过他，然后又在瞿伊尔看到他的踪迹。他居住在鹰轭山洞里，从山洞里走出来，走过玉碑和小玉碑峡谷，走近居民区和乡镇。他的胆大妄为到了极致——他贸然进逼昂布伦，夜半时分悄悄潜入天主堂，偷走圣衣库中的财物。他的劫掠行为使得那个村落的居民终日惶惶不安。警察的追查毫无结果。他多次逃脱，甚至在众目睽睽之下抵抗。他确实是个恶贯满盈的罪犯。正在这时，主教来了。他当时恰巧在那一带巡视。乡长立刻赶到沙斯特拉来找到他，极力劝他回去。那时克拉华特已经占据了鹰轭山，或许已经到了阿什一带，甚至延及更远的地方。即便有卫队护送他回去，也难以保障安全。这件事无非就是把三四个警察的性命送上西天罢了。

"这样的话，"主教答道，"我是不会带卫兵去的。"

"主教大人，您怎么可以这样做？"那位乡长惊异地说。

"我已经这样决定，我坚决反对卫兵护送而且我将在一个小时以内离开。"

"走？"

"走。"

"一个人走吗？"

"一个人。"

"主教大人，您不可以这样决定。"

"在那里，"主教继续说，"那里是个穷困的小村子，就这么一点点大小，我还是三年前看到了他们。所有在那里生活的人都是我的好朋友。那是些和蔼忠诚的牧羊人。他们终日放羊，每三十头母羊里只有一头属于他们自己。他们会做各色的羊毛织成的绳子，非常漂亮。他们用那六孔小笛吹奏各种山歌。他们需要上帝，需要有人来和他们谈谈这位圣主。若是连主教都害怕去，他们会怎么想呢？若是连我都不到那里去看看，他们会怎么说呢？"

"但是，别忘了，主教，您怎么应付那帮土匪，万一您遭遇到他们！"

"对了，"主教说，"我突然想起来了。您讲得很有道理。我能够碰到他们。他们也渴望能有人给他们谈论慈悲的上帝。"

"主教先生，那可是一伙强盗呀，是一群禽兽呀！"

"敬爱的乡长先生，没准耶稣就要我去做他们的牧人呢。谁能知道得清清楚楚那主宰的旨意？"

“主教,他们会把您所有的东西都抢去的。”

“我没有任何可以抢的东西。”

“他们会要了您的命的。”

“杀害一个念着经文过路的老教士?咳,这有什么好处?”

“天哪!我的上帝!万一您遇见他们,您怎么办?”

“我就恳求他们为我的那些受苦受难的穷人捐几文。”

“主教,看在上天的份上,不要到那可怕的地方吧!您可是跟自己的生命开玩笑呢。”

“乡长先生,”主教说,“仅仅就这点小事吗?我之所以在这个世界上活着,并不是为了保全自我生命的完整,而是为了来保全世人的心灵的。”

大家无可奈何,只好同意他的决定。除了一个自愿充当向导的孩子,他就只有一个人。他的那种固执使得那个乡村掀起轩然大波,每个人都为他担忧祈祷。

他并不愿和他的妹妹同行,也没有马格洛大娘陪伴。他骑上骡子,经过山路,没有碰到任何人,便安安全全地到达了他的那位“好朋友”——牧羊人的家中。他在那边呆了两周时间,传道、行圣礼、教育民众、启迪心智、感化百姓。即将离开的时候,他打算以主教的名义做一场规模较大的弥撒。他便与本堂神甫商量这种事。可是没有主教应有的饰品,他该怎么办呢?他们只有那间凋敝的农村的圣衣库可供他使用,那里也只剩下些破旧的,缝着假金线的所谓锦缎祭服。

“不要着急!”主教说,“神甫先生,我们可以把准备做大弥撒这件事在下个礼拜时,告诉公众,也许会有办法的。”

附近的几个天主教堂都被寻遍了。这些破烂的教堂的所有物件的组合,加起来连装备一个大天主教堂的唱诗童子都不够。

大家正在忧虑时,有两位骑着马的陌生来客,他们把一个大箱子带来送给主教先生,他们刚把箱子送入本堂神甫家就离开了。原来,箱子里面装的是一个月以前,昂布伦圣母堂里的圣衣库里被抢的法衣,有一件金线呢披氅,一顶以金刚钻装饰的主教法冠,一个大主教的十字架,一支精美的法杖,无一遗漏。箱子里还有一张纸,上面写道:“克拉华特恭奉给卞福汝主教。”

“我早就讲过一切都会有的!”主教说,并面带微笑地补充了一句,“自甘做神甫的人受到上帝的恩赐,送来了大主教的披氅了。”

“我的主教,”神甫点点头,也含笑低声说道,“不知道是上帝还是魔鬼呢。”

主教紧紧盯住神甫,许久许久,严肃地说:“是上帝!”

他回到沙斯特拉的路途中,再次成为公众注意的焦点,人们纷纷来看他,议论着这件事。在沙斯特拉的神甫家里,他又见到了巴斯格丁小姐和马格洛大娘,她们也正在热切地盼望着他的归来。他对他的妹妹说:

“不错吧,我没计划错吧?我这个一文不名的穷教士,一贫如洗,如山里的穷百姓般过活,现如今却满载而归。那天我离开时,满怀着对崇敬的上帝的信仰与诚挚,归来时,又带来了那个天主堂里的宝库。”

那天晚上,睡觉前他还在说:

“永远都不要畏惧小偷、杀人犯法者。他们仅是身外的威胁。我们最害怕的是我们自己。盗贼的同义词是偏见,杀人犯的同义词是恶习。我们的心里其实潜伏着最大的威胁。又何必畏惧那些威胁我们性命,要拿走我们钱财的人呢？我们只要想到妨害我们灵魂的东西就足够了。"

他又回转头来,对妹妹说：

"妹妹,作为一名传教士,任何时候都不该去警惕他的邻人。他们所做的事,自然是经过上帝允许的。当灾难、危险即将降临时,我们只能向上帝祷告。祈祷上帝,并非是为了我们自身,而是为了我们的兄弟姐妹别因为我们去重蹈覆辙。"

一言以蔽之,他的一生,没有什么传奇的故事。我们也只能谈论些我们所知道的事情。不过,在他这一生中,他的每时每刻都是一种重复——他总是在同样的时刻做着同样的事。他的一年的一月,如同他的一月的一时。

至于昂布伦天主堂的"财宝"的处置问题,对这样一个话题,我们无从谈起。那些是炫目的,令人心动的,绝对值得拿去救济穷苦人的东西。更何况那些东西也不只是一两次被盗了。这种冒险的行为还只完成了二分之一,剩下的工作是变换偷窃的目的,将之向穷人的困苦辛酸靠近就可以了。我们不能发表言论。不过,可以肯定的是的确有人在主教的废纸堆中发现了一张言辞模糊的纸条,没准儿指的正是这件事,是这样写的:"矛盾处即在于这东西该归天主堂还是归医院,这问题如何明确。"

八、高层的哲学

以前,我们曾经谈到过一个元老院的元老,他是个极其精明、工于心计、做事果断的人,他一生的行事,干脆利索,面临人生中所遇到的诸多问题,像良心、誓言、公理、职责等等他是不会念念于心的;他坚定地走向他为自己确定的目标,在这条通往飞黄腾达的道路上,他从来都没有犹豫过。以前,他做过检察官,事业相当顺手,他的性格也随之渐渐趋向随和,他绝不是有不良企图的人。在他的生活中,他极其善于把握每一个好的职位、好的机会与好的财源,在这之后,他对他的孩子、女婿、亲戚乃至朋友,也会尽力施些小的恩惠。至于剩下的事情,在他的眼中,似乎根本不值得做。他很幽默、精通文艺,自夸为伊壁鸠鲁的信徒,实际上,也许不过是比戈·勒白朗之流罢了。对于那漫无边际的宇宙、永恒不变的宇宙以及"老教士的诸种可笑的言谈",他善常以揶揄的口吻重新描述。有时候,他以一种平易近人却又居高临下的气度公然讽刺米里哀先生,而米里哀先生也听任他的嘲笑。

有一次,大概是在举行某种半官式典礼时,那位伯爵,也就是上述那位元老和米里哀先生均应邀在省长公馆里参加宴会。会程过半、该吃点心时,这位元老已有些许酒意,不过依然装出道貌岸然的样子,他庄重地说：

"主教先生,让我们来聊会儿。一个元老与一位主教相互见面,肯定会有些做作的举止。就像狼和狈一般,我们心里都很明白。我想和您推心置腹地谈一谈。我有我自己遵循的一套哲学。"

"您讲得对,"主教回答说,"人在思考他的哲学的时候往往是躺在床上时,更何况元老先生您——是睡在那舒适的金砖砌成的殿堂里。"

元老突然来了激情,接下来说：

"我们做个好孩子吧。"

"做个顽皮的孩子也没什么要紧。"主教说。

“我对您说,”元老说,“阿尔让斯侯爵、皮隆、霍布斯、内戎先生这些人都不可轻视。在我的书室里他们的书边上都被烫了金。”

“正如同您自己一样,元老先生。”主教抢白说。

元老接下去他的高谈阔论:

“我不喜欢狄德罗,这个大空想家,只会吹嘘,居然还要领导革命,实质上他还是信仰上帝,比伏尔泰更进一步。伏尔泰讥讽过尼登,他这样做其实是错误的,因为尼登的鳝鱼已足以证明上帝的毫无用途。一匙面糊和一滴酸醋相拌,便足以代替圣灵。让我们扩大那一滴酸醋,加大那一匙面糊,加起来便是这整个的世界。人即鳝鱼。又何必要永生的安慰呢?主教先生,耶和华的那种假设就已经令我头脑发昏了。它对于那些无能之辈也许是有些用处。反对那个使人头疼的万物之主!虚无万岁!只有虚无才能让人自在地活着。从心底里说,而且我要痛痛快快地说,认认真真地向您陈述一番,我要对您讲,我是正确的。您信奉的那位劝人谦让,又鼓励大家奉献的耶稣无法逃脱我的密切关注。他的讲述无非是吝啬鬼对穷人的劝慰。谦让!凭什是吗?牺牲!凭什么?我还从不知道一只狼会为了另一只狼过得愉快而牺牲它自己的幸福。我们还应该是尽情纵乐才对。人是自然界万物的主宰。我们本该有高深的哲学。如果鼠目寸光,人又怎么能称得上是万物之灵?让我们糊里糊涂地过这一生吧。人生,意义在于拥有一切。胡说什么人在某个住所,在天国地狱或是个别的什么地方,还会有另外一个来生,我才不相信这种胡说八道。哼!有人居然劝我要谦让,劝我要奉献,这样的话,每一个举止,我都得小心翼翼,我都得不得不思考什么善恶、是非、从违等等问题。何必呢?据他们说是对自己的一举一动我都要在将来有所交代。什么时间交代呢?死后。这是多么美妙的幻想!若在我死了之后,能有人抓得住我,这才叫神奇呢。您见过有一个鬼能抓一把灰给别人看的吗?我们都可谓经历过很多事情了,我们也都眼见了许多黑暗与阴森,让我们说句心里话,这个世界上只存在生物,既没有所谓的善,又不存在所谓的恶。我们应该寻觅真理,不停地追寻下去,直至源头,这有什么了不起的!我们应该闻得出真理,追究到底,直到你自己掌握住了真理。只有这样,你才能拥有真正的愉悦。唯其如此,你才能对自己充满信心,笑看人生。我一点也不糊涂——我。主教大人,所谓人是永生之类的话也只能用来哄小孩子。哦!多么动听的承诺!您去相信您的永生说吧。用来哄骗的空把戏。人是魂灵,人能够变做天使,人能够在肩胛骨上长出一副蓝色的翅膀。有运气的人能够从这个星球转移到那个星球,这话好像是德尔图良说的,您最好确认一下。就算他说的正确。我们将变成星空中游移的蝗虫。还能亲眼见到上帝云云。什么天堂?空谈罢了!上帝的存在不过是胡扯的。当然,我是不会在政府的刊物里说这样的话的。在你我之间,这样谈谈无关紧要。酒后之言嘛。为了天堂的所谓存在而牺牲人世间的行乐,无异于要捕麻雀却捉它的影子。被这种荒谬的学说欺骗!还没有愚蠢到那种地步。我是一穷二白的。我的名字是一无所有伯爵,元老院的元老。在生我之前,有我吗?没有。我死了以后,有我吗?没有。我是什么呢?我仅仅是一颗与各类有机体组合而成的尘土。在这个世界上,我要做什么事情?我能够选择——受苦还是享乐。受苦,那将我带到什么境况呢?我会一无所有的。这样我就得一辈子在苦难中挣扎。享乐,又将把我带到什么境况呢?仍然是一无所有。可这样我就可以快乐地过一辈子。我已经决定了。自己不吃就会被别人吃,做牙齿还是胜于做草料的。这也就是我聪明之处。此后,就顺其自然地发展,总会有人来挖坟地的,坟地就是像我这样的人的祠堂,一切都会充满在那个空旷的洞中。万事大吉。一切都是空,什么事都算清楚了。这就是一切都化成虚空的结果。连去死的权利都不可能再拥有了,请相信的我话。胡说什么还会有一个人等着我前去拜见,我想想这话就忍不住要笑。奶奶的杰作。奶奶创造了妖怪来震慑幼童,又创造了上帝耶和华来震慑成人。不,我们的未来漆黑一片。在坟墓的背后,什么都没有留下,这对于无论什么人来说都没有区别。即使你曾经是萨尔达尼拔,即使你曾经是味增爵,结果都是同样的——两手空空。这是真理。所以我说,享乐比任何事情都重要。当你还是你自己的时候,你应该好好把握你自己。说实在话,我告诉您,主教先生,我有我个人的一套完整的哲学,也有人赞同我的这套哲学。我决不会被那些虚妄的无稽之谈所左右。但是,对于那种生活在底层的人,即那些打光脚的、穷鬼、无赖,他们应该有另一种东西。我们不如用种种传说来安慰他们,加上幻想、灵魂、永生、天堂、星座来抚慰他们。让他们细细品味,让他们用这些涂抹在他们的干面包上。一无所有的人总算还拥有一位万能的上帝。这是毫不出格的事。我个人并不反对,但为了我个人考虑,我还是更加拥护我的内戎先生。慈悲的上帝仅仅对于平民来说,是必要的。"

主教双手合击,大声说道:

"好啊!精彩的言辞!唯物主义,真正是一种无比神奇美妙的东西。你是想再找一种都找不到的。好啊!一旦相信了唯物主义,谁都不会再受骗上当了,谁也都不会再呆头呆脑的像卡托般被逐得四处漂泊,像艾蒂安般听任旁人用石头击死,像贞德般活活被人烧死。这种珍贵的唯物主义的人,自然能感受得到一种个人可以不必负任何责任的快感,并觉得个人可以问心无愧地拥有一切——土地、俸禄、名誉以及或正当或非法弄来的权利，可以为金钱抛弃义气，为利益出卖朋友，做尽了坏事还美其名曰及时享乐，享乐至极，便在墓床上一躺了事。自然，这是无须犹豫的快乐勾当。我这话当然不是针对您讲的，元老先生。但是，我由衷地向您表示祝贺。你们这些达官贵人，确实有一套自己的哲学，它编制得多么巧妙、高明，可它是仅只为你们服务，仅只适用于你们的阶层，它是能中和各种矛盾、增加人生快感、美妙至极的哲学。这种哲学是由技巧高超的钻井家从若干层地下挖掘出的吧？一般的平民的哲学就是信仰上帝，这和他们把案子烧鹅肉当作蘑菇煨火鸡一样，可您老还认为这是坏事，您可真是位仁慈的长者。

九、妹妹眼中的阿哥

为了进一步说明迪涅主教先生的家庭情况，为了确切描述家中那两位妇女怎样学会适应主教的习惯与意愿，使他连开口的必要都没有，她们就会替他打点好一切——要知道，女性有着易受惊恐的本能，有着自己的行动、想法，做好可并不容易，我们只好把巴狄斯丁小姐写给她年幼时的朋友，如今的波瓦舍佛隆子爵夫人的一封信展示在诸位面前。这封信恰巧在我们手中。

我尊贵的夫人，我们终日都在谈论您。这当然已经成为我们的习惯，但除此之外还有一个原因。您一定想象不到，马格洛大娘在打扫天花板和墙壁时，无意间居然发现了许多物品。这样一来我们这间屋子和您那富丽堂皇的子爵府第相比，真是不再相形见绌——虽然这仍是两间糊着旧纸刷着灰浆的房间。马格洛大娘撕光了所有的纸。纸下面竟然有东西。我们的那间客厅，平日间我们用它来晾衣服——因为这里面没有家具，这间客厅大概十五尺高，十八尺见方，它的天花板和梁上都画着仿古金花，与贵府的一样。以前这是个医院，它被人用布遮挡住了。还有我们祖母时代的板壁也幸存下来。再来看看我的值得一看的房间吧。马格洛大娘在厚厚的墙纸下面找见了一些油画，虽然技艺不是很高巧，但也还说得过去。画面上的场景是密涅瓦（艺术和智慧之神）封忒勒玛科斯（智勇之神）为骑士。还有一幅园景图中也有他。那个花园的名字我现在想不起来了。不过肯定是罗马的贵妇人在某个晚上呆过的地方。我下面要说什么？对了，那画上的主人公是罗马的男子、妇女和他们所有的随从人员。马格洛大娘清理干净了一切，她还准备在今年夏天，修理几个有些许破损的地方，全部重新漆过，这样的话，我的屋子将会是一个真正的油画陈列馆了！她还在那个顶楼的角落里发现了两个古式的壁几。不过，重新上一遍金漆将要花费两枚银币，还不如留着救济穷人呢；而且式样也不好，我更中意的是紫檀木圆桌。

我过着无忧无虑的生活。我哥哥从来都很宽厚，他把他能给的都送给了穷人和病人。我们的生活相当艰难。冬天来临的时候，这里就相当艰苦。可是帮助穷苦的人是分内的事。不管怎样，我们还算有火有灯。这样的话，也算是挺温暖的。

哥哥有他与众不同的嗜好。在和我们闲聊时，他总会说作为一个主教理当如此。您知道吗，我们家中的大门从来没有关过，随便什么人都能闯将进来,而且开门正对的便是他的房间。他什么也不害怕,连黑夜也吓不倒他。用他的话来说,这是他独特的勇敢之处。

他不需要我为他担心,也不愿意马格洛大娘为他担心。他面临着各种危险,却还不愿我们流露出恐惧的神情。我们早已习惯该如何去服从他的意思。

下雨天他经常出门远行,走在水中,严冬时,他会出外旅行。他不惧怕黑夜,更不恐惧无定的道路与未知的遭遇。

去年,他一个人去了土匪的老巢。他不要我们同去。他离开了两个星期。到他回来时,也没遇见任何危险。我们都以为他已经不在人世了,可他依然很健康。他说你们看我被劫掠了没有。他还带回来一个大箱子——是那帮强盗送给他的,里面满载着昂布伦天主堂的宝贝。

那一次,他快要回来时,我和他的几个朋友一起,到不远处去欢迎他。我真是很想责备他几句,但我只是在车子开动时才讲话,小心翼翼地,以防被别人听到。

刚开始时,我经常自言自语道:"没有任何威胁能使他的脚步停伫,他实在太令人放心不下了。"可时间久了,我便习惯了。我会经常向马格洛大娘递眼色,叫她好自为之,别去惹得他不高兴。他想冒险,那就随他好了。我拉着马格洛大娘回到我的卧室。我为他向上苍祈祷,然后我安心睡觉。我心境平和,因为我很明白,如果有一天他遭遇不测,那我也是断然活不下去的。我会跟着哥哥、我的主教一同去见上帝。起初,马格洛大娘极其不适应他的粗心大意的习惯,可事至如今,她也没什么不习惯了。我们两个人共同恐惧,共同祈祷,然后就去睡觉了。魔鬼当然能去接近那种能让它为所欲为的地方,可是在我们的家里,能有什么可害怕的呢?实力最强大的事物总是与我们做伴,魔鬼自然会从这儿走过,可是毕竟,宽厚的上帝是永留在我们家里的。

这种生活,我很满意。现在,我的哥哥根本不用再吩咐我什么,即使他不说话,我同样明白他的用意。我们都是天主的人了。

这就是我们与这个胸襟广阔的主教的相处。

您问我有关傅家的历史,我已经从我阿哥那儿得知了。要知道,他知道得非常清楚,记得也相当明白。都因为他一贯是保王党的忠实信徒。傅家确实是居住在卡昂税区的一家历史悠久的落曼底世家。五百年间,出了一个拉乌尔·德·博,一个让·德·博,还有一个托马·德·博,他们都是贵族,有一个还是罗什福采地的领主。最后那个是居伊·艾蒂安·亚历山大,他在布列塔尼的轻骑队中有着举足轻重的位置,他还做过营长。他有一个女儿叫玛丽·路易丝,他把她嫁给一个法兰西世卿、法兰西警卫军大佐和陆军中将路易·德·格勒蒙的儿子阿德利安·查理·德·格勒蒙为妻。傅是他们的姓,一共有三种写法:"Faux","fauq","faolcq"。

仁慈的夫人,麻烦您代求贵戚红衣主教为我们做祷告。您亲爱的西尔华尼,她没有足够富裕的时间来给我写信——既然她难得见着您一面,那自然是可以理解的。听说他身体依然很好,而且懂得按您的意愿工作,并且像以前那样爱我,我还要苛求什么呢?我觉得很快乐,能从您这儿收到她的问候。我的身体还算可以,不过是渐渐瘦下去了。这张纸已满了,只好就此住笔,再叙。

一切都好。

巴狄斯丁

一八……年,十二月十六日,于迪涅。

又按:令嫂仍和她令郎的家属住在这儿。您的侄孙好可爱!您知道的,他马上就五岁了!昨天有一匹马经过,他看见马的腿上裹了护膝,他便问:“马的膝头上是什么?”这孩子,总是这样令人喜爱。他的弟弟此刻呆在他的房间里,拉着一把旧扫帚,把它当车来拉,嘴里还不停地嘟囔着:“走!”

这一封信便足以使我们明白,这两位妇人是怎样发扬她们那比男人更懂得男人的天分适应这位有个性的主教,屈从于他的生活方式。迪涅城的这位主教的身上有着一种坚定不移、温柔敦厚的脱俗气质,这使得常能做出一些伟大却又要承担很多风险的举措,可是即使他本人好像也没有觉察得到。她们因为他的冒险终日担惊受怕,可是还得听任他去做。有时候,马格洛大娘企图在之前劝退,但是她从不会在事情过后多说半句话。如果他已经开始着手干什么事情,她们决不会从中作梗,甚至不流露出任何担惊受怕的神情。有时,她们仅仅是依稀感觉得到他在做着一位主教该做的事情;他从不表白自己在尽主教的职责,更确切说来,他本人可能根本没有那种觉察力,但是,他的心灵是那么高贵与自然,这使得她们的存在,不过是两个影子。她们按他的意愿伺候着他,听从他的每一句指令,该到她们回避的时刻,她们就主动回避。她们都有一种自然的、纤细的感知本性,她们最清楚,过分的关切只能使他不自在。我不敢保证她们充分理解他在想什么,但我绝对确信她们了解他的性格,所以即便是他处于极其危难的境地,她们也不能过问半句话的。她们犹豫着将他托付给了上帝。

何况巴狄斯丁还一再强调,若是哪一天她的哥哥遭遇不测,她的生命也会随之结束——正是刚刚念过的那段。马格洛大娘虽然没有明确表示这个意思,但是她也是有所打算的。

十、国民公会议员

前边几页里,我们曾提及一封信,就在那封信写作当天过后,大概还没有几日光景,他又干了一件相当危险的事情,这件事情在全城人的眼中,是比上一次他在山中险遇强人的冒险更加危险的事。

一个孤零零的、与外界断绝往来的人就住在离迪涅不远的一个小乡村中。那个人曾经做过……不要犹豫,让我们告知你他那极其不入耳的官职:国民公会的代言人。他叫G。

在迪涅那种小地方,话题一旦波及国民公会的G代表,谁都不免有震慑感。当一名国民公会代表,多了不起的事!那种称呼是存在于称呼“你”而非“您”,称呼“某某公民”而非“某某先生”的时代里的。那种人也和魔鬼相距不远了。即便投票宣判国王死罪的不是他本人,那距离又能差多远呢?那是个与谋杀君主罪名相当的人。那是个令人惊恐的人。正统的君主回国了,为什么不把他带到特别法庭接受判决呢?保全他一条性命,也并非做不到的事,的确,人都该慈悲为怀么,但是,最起码也该判他个流放什么的,这总不是过分的呵!咄咄怪事!大家谈论的便是与此相近的话。而且，他还与那些人一样，也从不相信魂灵之说——所有这些无非是毁谤的论调罢了。

G到底是不是雄鹰呢？丝毫不差——如果着眼于他与世隔绝的生活中独特的蛮横无理的话。他并没有投票表明对处决国王的赞成，所以每每的驱逐令上都将他的名字划掉，他才得以滞留在法国境内。

他的居所在某个不为人知的角落里，与所有的村民聚集地隔绝，与所有的道路疏离，或许就在哪个荒山野岭中，我们只知道那地方距离城市有三刻钟的路程。听说他还有一块土地、一个洞和一个巢穴。四周没有邻人，更没有人从那里经过。以前有一条路通向他的住处，自打他住在那里以后，也湮没在乱草荒坟中了。众人一旦提及他的住所，就像他住在刽子手的家中一般。

然而主教不能像别人那样淡漠，那位国民代表的住所，那山谷的入口处有一丛树木，他经常若有所思地遥望那遥远的地方，自言自语道："那里住的是一个孤独的灵魂。"

而在他的内心深处，他进一步说："我总得去看看他。"

可是，说实在话，这念头的产生之初是相当自然的事，当他反复思虑了之后，他也感觉这个念头有些不合实际，好像这是无法办到的，也是无论自己还是别人都无法忍耐的。事实上，他和平民大众持有相同的观点，国民公会代表的名称给他一种几近于痛恨的感觉，就像是"格格不入"四个字传入耳中所能产生的那种憎恨感。

然而，羊羔的癣疥就能使牧人望而却步吗？决不应该。更何况，那是何等与众不同的一只羔羊！

为了这件事，仁慈的主教辗转反侧。有时，他坚定地朝那个方向走上几步，马上却又回转身来。

一天，被派往窖洞里服侍那位G代表的年轻牧人到迪涅城中找医生，说那位恶人得了瘫痪症，恐怕熬不过这晚了，他已经到了生命的尽头。这话在城中飞速传扬，人们都长出一口气："感谢上苍。"

主教再没有任何犹豫的举措，他立即拿上他的拐杖，披上那件外衣——他的道袍过于破旧，一阵风似的离开了。

他走向那无人愿提、无人愿去的地方，已是日落时分，黄昏时刻。他知道他马上要走进那令人发指的魔窟了，他的心情因之而无法平静。他迈过一个水沟，跨过篱笆墙，推开栅门，便来到一个荒凉的菜园中，他稳住心神，坚定着自己的脚步，终于穿过了园圃，跨过那一大丛荆棘，他找见了他的"家"。

呈现眼前的是一间小木屋，矮小，狭仄，但非常干净，木屋的前边有一排葡萄架。

就在小木屋前边，一位白发苍苍的老人凝视着太阳，微咧着嘴角，他坐在一张可移动的旧围椅里。

一位少年站在这位老人旁边，他便是牧童。他正把一杯牛奶递给老人。

主教还在环顾四周，那老人高声说道：

"谢谢，这就足够了。"

说着，他笑转回头，看着那孩子。

主教继续他的脚步。那椅子上的老人，惊异于居然有陌生人的脚步声传来，他微张着嘴巴，转过头来。
“我已经住在这儿很久了，”他说，“可这还是头一回受人拜访。先生。可以介绍一下吗？”
主教答道：
“我叫卞福汝·米里哀。”
“卞福汝·米里哀！我曾听人提及您。您就是那位常被人提及的卞福汝主教吗？”
“正是在下。”
老人和蔼地笑笑，又说道：
“这样说来，您就是我的主教啰！”
“差不多。”
“进屋吧，先生。”
那位国民公会代表伸出手来，但是主教并不打算伸出他的手，他只是说：
“看来我是受骗了。瞧您现在的样子，根本没有病。”
“先生，”老人答道，“我挺好。”
沉默片刻，他又说：
“不到三个小时，我就会离开人世的。”
接着，他说：
“我粗通医学，我很清楚老之将至的感觉。昨天，我只觉得脚冰凉；今天就有寒冷侵上膝头；现在我觉得腰部发冷，再过会儿，冷到心中时，我就要入土了。夕阳无限好，不正是这样吗？我想在临终前，再看看我四周的景物，看看我住了许久的地方，所以叫他把我推到房外。您尽管说您要说的话，我的体力还支撑得住。我由衷地欣慰，您会来看我这个快要死去的老人。死之尽期，还会有一两个人相伴，是太不容易做到了。谁没有过非分之想，我此刻就希望能把生命延长到天亮时。但我无法欺骗自己，我的时间所剩无几，连三个小时都不满。那时，正是乌黑一片。不过，这有什么要紧！死，太容易了。何必一定要拖到早上！天命如此。我会和星星相伴、与月亮相随离开。”
老人回头对牧童说：
“你，快去睡吧。你昨天晚上一宿没合眼，你得休息了。”
牧童走进木屋。
老人一直看着他走进去，好像在自言自语：
“他睡去，我长眠。都在梦中，正是好相伴。”
也许您以为主教会被深深打动，这仅是您的幻想。他总以为这样离开人世的人会感受到上帝的存在。我们最好把话说得更明白些，一个博大的胸怀，这其中也会有各种细枝末节的矛盾，这是同样不能回避的。若在平日，面临此类场景，若是有人叫他一声“主教大人”，他根本不会发笑，而时至今日，没有人叫他“我的主教”，他反而感觉不舒服，竟至于想颠倒一下称这位国民公会代表为“公民”了。在一种强烈的厌恶感中反而涌上一种亲切待人的欲望，这对于医生、神甫而言是很起码的要求，可对于他，是生平第一次。无论如何，主教的心情非同寻常，他变得严肃起来，他面前的这位老人做过国民公会代表，当过人民的代言人，还有过叱咤风云的时刻，面对这一切，他第一次感到心情沉重。

国民公会代表却以一种真诚谦虚的态度望着他，在这种眼神里，我们感受到面临死亡时常人的恐惧与痛苦。

主教平日间对自己严格要求，决不容许自己任意猜度他人心理，他从来认为有意探究别人的隐私，实质上就是对他人的不尊重、对他人权利的侵犯，然而此刻，他不得不悉心揣摩面前这位国民公会代表；这种思想的缘起根本不是同情，若是换一个人，他定会谴责自己的不慈悲。可是对于他——国民公会代表是可以破例了，毕竟他的思想多多少少不同于别人，即使是宽厚的法律都没有授权保护，更何况是他呢？

G 的健康状况足以使生理学家惊叹上一段时期：他虽然已经八十岁，却并未流露太多衰老的迹象，他的神情安宁，脊背并不弯曲，声如洪钟。革命时期产生了很多这样的人，他们无愧于那个特定的时代。从他的身上，我们能够想象得出他经历了多少重磨难。没有人比他更逼近死亡，他的身体却还几乎保持在健康的状态中。他目光敏锐、口气坚决、肩膀强劲，所有这一切都使死神踌躇不前。即使是伊斯兰教中的接引天使阿兹拉伊尔看见他也不由得他不害怕，误以为找错了地方。看上去 G 好像要马上死去，是由于他愿意这样的缘故而非其他。可他在这种时候还能成为自己的主人，虽然他的两条腿无法运动——也仅只是他的这一部分被幽魂控制了。他的两只脚不再有生命，冷了，可他的大脑还在运作，依然昂扬着青春的活力，并且时时刻刻都处在运作的最佳状态。他处在这样一个危严的时刻，像东方神话中的那位国王一样，上半身是鲜活的肉体，下半身是冰冷的石头。

他的身旁正好有块石头。主教自然地坐在石头上。不经意间，他们的对话开始了。

“祝贺您，”他以一种责备的口吻开始对话，“您最后总算还是没有赞成判国王的死刑。”

国民公会代表似乎并没有体味到“总算”两字的讥讽意味。他开口讲话，变得严肃起来：

“您祝贺得太过分了，先生。我还投票同意庸君的末日。”

坚硬的口吻显然是针对着主教的严肃的口气，

“确切地说呢？”

“我的意思就是说，人类中存在着一个暴君，它的名字叫作蒙昧。我投票赞同这个暴君的末日的到来。王权正是因蒙昧而产生，它只是一种人为赋予的权力，唯一真正有权力的是知识。只有知识才值得统治人类。”

“这样的话，良心处在何等角色呢？”主教问道。

“这是同一种东西。良心，就是深藏于我们内心的天生的一点点知识。”

这种论述卞福汝主教以前闻所未闻，他听了，很是新奇。

那老人接着说下去：

“我并不赞同有关路易十六的处理。我以为我没有剥夺别人生命的权利；但是我坚定地认为我有消除恶的义务。我肯定他的末日必将来临，也就是说，将妇女从卖身制度中解救出来，将男子从奴役制度中解救出来，将孩子从凄惨童年中解救出来。当我在共和制上投下庄严的一票时我就认可了这一切。我支持着博爱、和谐、光明！我尽力消除黑暗与谬误。正是它们的分崩离析才会带来光明。我和我的同伴们打破一个旧世界，这个世界如同一个充斥着灾难的瓶子，当它被推翻时、颠倒时，才会变成一把欢乐的壶。”

“奇异的欢乐。”主教说。

“更恰当地讲，是灾难重重的欢乐，一八一四年革命成果被颠覆以后，时至今天，也只剩下稍纵即逝的欢乐了。太遗憾了！我不能不承认那次革命的不彻底性；我们的行为仅仅停留在破除了现实生活中的旧的枷锁，却没有从根本上——即思想上消除旧的事物的影响。停留于铲除旧习俗是远远不够的，重建习惯是急待完成的工作。就像风车没有了，而风依旧吹着一样。”

“您毕竟摧毁了旧的东西。没准儿这件工作是有益的。但我不能违心地称赞那种夹杂着满腔怒气的摧毁工作。”

“正义同样有愤怒，主教大人，而且正义的愤怒是推动社会发展的重要因素。不管别人如何评价，这都无关紧要，法兰西革命都是人类历史上前所未有的一场大革命，它有力地推动着历史的车轮向前。当然，革命的不很彻底，可是那是多么辉煌。它将社会上一切伪善的面纱撕裂给人看。它清洗了旧世界，它慰藉了人的心灵，启迪人的心智，它一度使得文化的巨流冲击全球。它是仁慈的。法兰西革命造就了人类历史上前所未有的辉煌。”

主教忍不住小声道：

“真的吗？九三！”

国民公会代表竟直接站立起来，表情严肃，以一种悲壮的神情、尽他最大的力量大声地喊着：

“对了！九三！这让我等了好久的字眼！人类在蒙昧状态下度过了一千五百年。好容易过了十五个世纪，出现了曙光，可您呢，还要谴责那带来曙光的人。”

那位主教，不由得战栗，仿佛潜伏于内心深处的某种东西被他说中了，虽然，在口头上他是不肯服输的。但他依然镇定自若。他反击道：

“法官说的话是法律的体现，神甫讲的话是慈悲的显现，相比而言，慈悲是更高级的一种法律，如此而已。公众的谴责总不至于弄错对象吧。”

他又直直地盯着那位国民公会代表，附带着说：

“路易十七呢？”

国民公会代表伸出双手，紧紧抓住主教的胳膊：

“路易十七？哦。您在悲悯谁？那无辜的小孩吗？好的。我乐意陪您哭。那幼小的王子吗？我得仔细琢磨琢磨。我以为，路易十五的孙子的是个无辜的孩子，他唯一的错就是他做了路易十五的孙子，从而导致了杀身之祸；卡图什的兄弟是个同样无辜的孩子，他唯一的错就是他做了卡图什的兄弟，从而导致了他的不幸——人们捆住他，将他吊在格雷沃广场，直到完全死去，难道他不悲惨？”

“先生，”主教说，“我并不乐意听到这两个名字被同时提起。”

“卡图什？还是路易十五？您到底在为这两个人中的哪一个鸣不平？”

无言的沉默。一时间主教有些后悔多此一举，可内心深处，他觉得有些被他打动了。

国民公会代表又说：

“咳！主教先生，您拒绝接受真理的一针见血。以前的基督可与您不同。他会拿着拐杖来清理圣殿。他用他那条耀目的鞭子自居为代表真理的人。他喊着“让小孩子到我这里来”，说这话时，他并没有区分孰轻孰重。他能对巴拉巴的长子和希律的储君一视同仁。先生，天真自身就是一顶王冠。即使它什么也不做，仍有着高贵的气质。它的高贵并不会因穿着褴褛衣衫与锦缎服装的区别而有所区别。”

“的确。”主教附和着。

“我坚持我的看法，”国民公会代表G接着说，“您刚刚提到路易十七。我们在这个问题上可以达成一致。我们不是都在为能有社会中无论上层还是下层人们的无辜的受难者、殉难者、孩子们痛哭吗？我是会和您一起痛苦的。但是，我已经跟您说了，让我们回到九三年之前。让我们从九三年以前开始痛哭。我会和您一道为王室无辜的孩子流泪，如果您乐意陪我一道为平民的孩童痛苦。”

“我为他们——所有的人流泪。”主教说。

“地位同等吗？”G强调道，“如果分量不相等，最好倾向平民那边吧。平民的苦难太多，太久远了。”

另一阵沉默。国民公会代表再次打破静谧。他直起腰，一只手臂撑着，他的拇指和弯曲的食指捏着腮，和诸位在质问、审讯时无意做出的神态类似，他质问主教，目光中凝聚着无穷的力量。几近于一番狂风骤雨式的轰击。

“是的，先生，平民的苦难是过于长久了。即使这样，您居然还跑来找我，谈这谈那，还跟我大谈特谈路易十七，您居心何在？我跟您素未谋面呵。自打我搬到这儿以后，我一个人孤独地呆在围墙里，从不迈出那围墙一步，除了一个服侍我的孩子，我未见过任何人。是的，您的大名时不时就会传到我的耳中，而且我承认，您的名声还挺好，但这根本难以说明什么，聪明人用来愚弄老实巴交的平民的伎俩可谓层层叠叠。说来奇怪，我刚才竟然没有听到您的车子的声响，您可能把它放在了路口的那丛林子背后了吧。我从不认得您，您听清楚了，先生。您对我讲您是主教，但是主教丝毫不能向我表明你这个人的人品如何。我只好再次提出我的问题。您是谁？一个主教，也就是教门中的贵族，迪涅的主教，有着一万五千法郎的正式年薪，外加一万法郎的特别费用，共二万五千法郎，您坐享这些，装着金子，身披铠甲，坐吃利息——这样的王爷比比皆是，您不外乎是其中之一，自己的厨子，自己的侍从，好饭好菜伺候，星期五吃火鸡，仆役前后簇拥，昂首阔步，出门坐舒适的轿式马车，住在富丽的高楼大厦，打着圣洁的耶稣基督的幌子，高车四马，招摇撞骗，主教就是这类人中的一个。您作为一位高级教主，年薪、宫室、骏马、庭筵等等人生的享乐您都拥有，您与他们同样，拥有所有的这些，您还和他们同样，享受着所拥有的东西，好呵，事情是相当明白的了，不过似乎又没有足够明白，你来到这里，可能是发了誓，要用耶稣基督来开化我，可是您至少得先让我认清您自身的人格。我到底是在和谁交谈？您究竟是什么人？”

主教垂下眼睛，小声说：“我是一条蛆。”

“一条坐轿车的蛆！”国民公会代表咬牙切齿地说。

此时的较量结果为：国民公会代表意气洋洋，主教却低人一等了。

主教强装笑颜，说道：

“先生，算您讲得对。但是请您务必帮我讲清楚：您凭什么断定，我那辆离树林不远的轿车、我的筵宴、我在星期五吃的火鸡、二万五千法郎的年薪、我的居所与我的仆人,这些东西就不能证明仁慈是一种高尚的品质,宽厚是一种做人的根本?九三年不是特别凄惨的一年呢?”

国民公会代表的一只手放上额头,好像要拨开层层迷障。

“在向您解释之前,”他说,“我得向您道歉。先生,刚刚我言语冒犯了。在我的家中,您是我尊贵的客人。我应该尊重您。刚刚我们争论不休,我的确应该仅仅反驳您的论点,您的花天酒地的如意生活,我当然能在辩论中拿它来攻击您,但这是不合适的,我不该这样。我不会再提这些了。”

“非常感谢。”他说。

G 接着说:

“我们回到刚刚讨论的话题吧。刚才,我们讲到哪儿了?您刚刚说……九三年是凄惨的吗?”

“凄惨的,正是如此,”主教说,“您怎样看待马拉看着断头台欢欣鼓舞这件事?”

“那您怎样看待博须埃在处置、迫害新教徒时高歌圣诗这件事?”

他的回答极其犀利,犹如利剑直中对象。主教大为震动,他没有可资反攻的言语,不过,博须埃以那样的角色被人提及,他总是不太舒服的。再高明的人也有他尊奉的偶像,而且会常常因为不受别人的同等尊重而心中痛恨。

G 先生喘得愈来愈激烈,本来,他已经气力不接,再加上临终前呼吸不畅通,他的谈话变得若隐若现、时断时续,只有那双眼睛,表明他还处在很清醒的状态。

他继续说:

“我们再随便聊几句,我非常高兴。总之,那次革命还是博得了人们的一致颂扬的,遗憾的是九三年被某些人利用、渲染了。您认为那一年是凄惨的,死了许多人,但是,您考虑过国家的专制政体吗?主教,卡里埃被人称作土匪;那么,您如何来对待蒙特维尔呢?富基埃—泰维尔既然是个无赖,您对于拉莫瓦尼翁—巴维尔又有何高见呢?马亚尔固然恶贯满盈,索尔—达瓦纳又怎样呢?杜善伯伯残暴凶恶,您又如何对待勒泰利埃神甫呢?茹尔丹屠夫当然是个妖魔,可是与卢夫瓦侯爷相比,是不是小巫见大巫呢?先生呀先生,我是同情大公主和王后玛丽·安东尼特的无辜遭遇,可是我的眼泪更多地抛撒给那信仰新教的穷苦的妇人,一六八五年大路易统治法国的时候,尊贵的先生,她在哺育她的孩子时被人绑在了木桩上,赤裸裸地,孩子被扔在一旁;她的乳中满是乳汁,胸中满是悲伤;那个可怜的孩子,遭受着饥饿的侵袭,脸色煞白,看着妈妈的乳,只能断断续续地哭着;杀人的人却对那母亲喊道:“重新做人!”强迫她做出选择,是要她的亲生骨肉还是要她的信仰。让一位刚刚做了母亲的人忍受这种骨肉分离、永远不能相见的苦难,您还要为那刽子手辩护吗?先生,您应该牢记,法国大革命当然会有它产生的原因。在以后的日子里,人们会理解这场革命中久久郁积的愤懑的。它的成功之处就在于它使世界变得稍稍美好了一些。对人性的关注与抚爱在它那毫不留情面的鞭打中显现出来。我要节省气力了,我不再谈这个,我的论据过于充分。何况我将要入土了。”

之后,这位国民公会代表的眼睛移向别处,他用了简短的几句话结束了他的论述:

“的确，革命是进步的暴力。往往是在暴力结束之后，人类才会认识到这个真理：尽管在这一过程中人类被无情地解剖，毕竟，人类又向前迈进了一步。”

国民公会代表相当明白他接连不断地攻破了主教的心底防线，但是还剩下最后一道防线，也就是这道防线成为卞福汝主教反击的唯一依据，这样的言辞经由卞福汝主教的口中讲出，使得空气中再度弥漫着火药的气息。

“进步就更该崇拜上帝。从不信仰宗教的人身上没有善的表露，无神论者从来都引导人们走向深渊。”

年老的国民公会代表默不作声。他身体微微颤动，仰望苍天，满含热泪，渐渐地，泪珠顺着那青灰色的面庞悄悄地滑落，他呢喃自语，几近于连不成句，他的目光在渺远的苍穹中迷失了方向。

“啊！理想的境地！唯有你——理想才是永存的！”

由衷地，主教为这种情绪所感染。

又是一阵沉默。国民公会代表举起一个手指，直指上天：

“世界是存在着的无极的状态。看，它就在那儿！假如我不存在于无极的境地中，我本人就是无极的归宿，它也就不能称其为无极了；用另一句话来讲，无极并不存在于世界上。所以这其中一定有我这样一个人。无极中这个存在着的我，就叫上帝。”

这行将离世的老人发表了他的最后几句言论，声音洪亮，他好像是看见了什么人，身体颤抖不已——那似乎是一种灵魂与肉体将要脱落的快乐的颤抖。声音消失了，他合上双眼。突然的兴奋耗竭了他的精力。他生命的最后几个钟点，已经在这突发式的兴奋中消散了。他刚才的那段言词使他愈来愈接近了死神。生死关头来临了。

主教深知所剩的时间无几，他提醒自己是以神甫的身份找到这里，不能忘记此行的目的，他的心，从冰冷的山谷逐级陷入炙热的火焰之中，凝视着老人那双紧闭着的眼睛，他突然握住那双干枯冰冷的手，俯身下去，对那可怜的老人说道：

“这个时刻是属于上帝的。假如我们仅仅像现在这样地相聚，您不会觉得少些什么吗？”

国民公会代表睁开双眼。一种庄重而忧郁的神态在他的眉宇间若隐若现。

“主教先生，”他说，语速缓慢，大概不单单是体力不支的缘故，更多的因素乃是他内心深处的孤傲，“我的一生都在深沉地思考、专心地致学、细密地观察。在我六十岁的时候，我应祖国的号召去处理国家大事。我主动接受号召。那时候社会的旧习弊端比比皆是，我坚决抵制；暴虐统治的国家机制存在着，我取消了暴政；人权与法令是合理存在的，我拥护它们并且积极宣传。我们的国家被外敌侵犯，我捍卫领土的完整；法兰西遭遇外敌威胁，我不惜抛头颅、洒热血。以前，我并不是富翁，今天依然贫困如故。我一度成为政府的首脑人物，那时候现金满满堆积在国库的地窖里，甚至金银堆满了墙头，以至于它难以承受这种压力随时都有倒塌的危险，不得已我们用柱子支撑着它，而我呢，在枯树街，我吃的是二十二个苏一顿的饭。我向受压迫的人们伸出我的援助之手，我抚平他们心灵的创伤。我弄碎了祭坛上的布毯，确有此事，可这是为了抚慰祖国的创伤。我的一生都致力于推进人类社会的进步，有时候也不情愿地看到这种进步的残酷性，以至于想反抗。条件许可的话，我保护我的敌人，也就是你们这种人。佛兰德的比特罕，就在墨洛温王朝的遗址，矗立着一座乌尔班派的寺院，也就是波里尔的圣克雷修道院，是我在一七九三年使它免受破坏的。我在我的职责允许的范围内做事——尽我最大的努力,做各类善事——以我满腔的真诚。这以后我却过着一种被驱逐的生活,我被追查、通缉、迫害、诬蔑、讥讽、侮辱、咒骂,我没有公民权。事隔多年,现在我满头白发,依然感到许多人自以为高我一等可以鄙视我,而那些处在蒙昧状态的公众把我当成魔鬼。我并不怨恨别人,我只能躲开别人对我的憎恨,现在,我已经八十六岁的,要死了。您要想知道什么?"

主教答道:"我给您带来祝福。"

他下跪。

主教再次抬头时,那位国民公会代表表情严肃,气绝身亡。

主教回到家里,陷入一种无可言喻的沉思中。一个晚上,他一直在祈祷。第二天,有几个好奇勇敢的人,费尽心机,想让他对于那个G代表谈点什么,他只是指指天。从这以后,他对于孩子和身处痛苦的人寄予更多的同情,给他们更多的帮助。

任何谈论,只有涉及"G老贼"三个字,总会使他处于一种忐忑不安的状态中。没有人能肯定,那个人对于他一生的昭示,那颗心在他的良心上造成的反响,能丝毫不影响他那愈来愈高尚的心灵。

那次的"乡村之行"自然难免会被本地那些小人捕风捉影一番:

"那个恶魔的病床前也可以让主教靠近吗?那个恶魔,根本没有改邪归正的可能。革命党人都是和教义格格不入的一群。如果这样,还有必要劳他大驾吗?那儿有什么吸引人之处呢?太奇怪了,连魔鬼收魂之类的事,他也要看个究竟。"

有一天,一个阔寡妇,当然也是那些自以为是的冒失鬼的一员,这样打趣他道:"有人想知道,主教先生,您什么时候会带上一顶红帽子。"

主教答道:"呵!呵!那是多么高贵的色彩,谢天谢地,鄙视红帽子的人幸好还憧憬着红法冠。"

十一、内在愤懑

依据上述论述,我们也许会以为卞福汝主教有颗哲学头脑,或者说他是个爱国的神甫,这样认为是不正确的。他与那位国民公会代表G先生的相遇——或者说是他们心灵的会合,无非给他留下了一段美好的回忆,每每回想至此,他都会变得更加随和、良善。

虽然卞福汝主教没有脱离政坛,但我们还有必要简要叙述他对于当代国家要事的诸种看法,如果卞福汝主教曾经设想过他应该形成一种看法的话。

让我们来回想一下若干年前发生的事。

米里哀先生刚刚荣任主教时,便被皇上封为帝国的男爵,与此同时还封了几个别的主教。众所周知,教皇于一八〇九年七月五日到六日的夜晚被关押,米里哀先生为此还被拿破仑皇帝叫到巴黎来参加法兰西和意大利的主教会议。

一八一一年六月十五日,红衣主教斐许主持召开第一次会议,地点是巴黎圣母院。参加会议的主教共九十五位,米里哀先生只是其中之一。然而仅仅在一次大会、外加三四次特别会上,他都到场了。作为一名山区的主教,平日间与山水相亲近,过着粗淡简陋的生活,他感到他的出席使得会场气氛有些不和谐。他像被人推着一般回到迪涅。当有人问起个中缘由时,他回答道:

“他们并不愿见到我。我带着山区的气息，与他们不协调。在他们眼中，我好像是一扇关不上的门。”

还有一次，他说：

“我能怎么样呢？那些主教大人们都是富贵中人。我呢，不过是一个一无所有的农村主教。”

他的确有时候不讨人喜欢，说些奇怪的话。有一天晚上，他在他的一个同事家中，说出了这种话，——他的那位同道有相当的社会地位——或许是不经意的：

“这么多美丽的挂钟！这么多漂亮的地毯！这么多别致的服装！这种东西真是多余！它们好像无时无刻不在我的耳旁喊‘多少人还在挨饿呢！多少人还在受冻呢！穷人遍地都是！穷人遍地都是！’”

附带说一句，厌恶富丽的摆设也许并非明智之举，这种厌恶经常暗含着对艺术的不认可。然而，对于教会中的人而言，是不该使用那么多豪华的摆饰的，当然，表明身份和举行仪式是个例外。那种东西直接表明了解济贫困百姓时的装模作样。教士生活得舒舒服服，无忧无虑，这和背离他的职责无甚区别。教士的职责是靠近穷人。设想一个人不分昼夜地与灾难、痛苦、贫穷打交道，他就不可能自己还保持着养尊处优的生活，就如同在劳动时不可能不沾上尘土一样。

您能够想象吗，一个工人长年累月呆在熔炉旁边，而他的头发从未被烧掉过、他的手指从未被熏黑过，他的脸干干净净，没有滴下汗珠，也没有留下灰屑？教士，对于主教而言尤其如此，只有他们本人过着清苦的生活时，他们才会对旁人慈悲。

这便是迪涅主教先生的观点。

我们不该持这种观点，即在一些相当难以处理的问题上他会附和时代的趋向。他几乎从不参加当时的神学论争，有关政教的彼此纠缠他也不讲明自己的看法；然而，如果有人追根究底，便能看出他倾向于罗马派而非法国派。诸位，我们现在是在描写一个人，而且不能有所保留，我们应该讲清楚他对于行将衰败的拿破仑的看法是几近于冷漠的。一八一三年以后，他参与，或者欢迎过各种反抗活动。当拿破仑从厄尔巴岛归来时，他明确拒绝到路边迎接，“百日帝政”期间，他也没有为皇上准备公祭。

他的亲人，除了妹妹巴狄斯丁姑娘以外，还有两个兄弟，一个做过将军，另一个做过省长，他们频繁通信联系。一段时期，他对他的第一个兄弟极其不满，他镇守着普罗旺斯。就在那时拿破仑在戛纳登陆，他的兄弟率领一千二百人前往阻截，可不过是装装样子罢了。此外的那个兄弟，曾做过省长，是个仁厚之人，他在巴黎卡塞特街隐居，所以他与这个兄弟的往来更具兄弟情谊。

所以，卞福汝主教同样有他自己的政见、不满以及隐私。在看似温和敦厚、追求永恒的事业的外形之下，他也曾经爱憎分明。当然，他的身份决定了他最佳的处事原则——不要有个人的观点。请诸位留神，我这里所指的“个人观点”并不是针对热切渴望的人类进步而言，也不是针对那种热切的爱国主义、民主主义、人道主义思想，那种能构筑强大内核力的思想，请不要搞混我的意思。探讨那些与本书内容间接相关的问题并无必要，我们的意思是说，如果卞福汝不是保王党，如果他能一直沉醉在他的信仰之中，并且能“纵浪大化中，不喜亦无惧”，在他的信仰中能感受到真理、公平、仁慈三道交织着的光亮，那是再好不过了。

上帝创造了卞福汝主教，当然不仅仅是因为政治需要，但我们应该为他敢于抗议人权和自由的行为感到敬佩，确切点说，就是他敢于鄙视那位高高在上的拿破仑皇帝，尽管这随时可能使他身处险境。然而鄙视一个失势的人的行为与鄙视一个得势的人的行为相比，毕竟还是后者更让人钦佩。我们仅仅倾心于危险性的斗争，无论何时，最有资格歼灭敌人的还是那最早参加战斗的人。在事业如日中天时，没有人声明最严正的反抗，到了失败之日，也不该有人可以说话。声伐过胜利的人才有资格判决失败。而我们这些庸碌之辈，在失去上天的庇护，遭遇灾祸时，只能顺其自然罢了。一八一二年武装解散。一八一三年，那个一贯保持沉默的立法机构，面临外敌的入侵，竟然增添了百倍的勇气，大加声难，这种无耻的卑劣行径难道还值得为之鼓掌吗？一八一四年，我们那些尊贵的将军们卖国求荣，上院从一处挪向另一处——均是些龌龊处所，开始被人尊崇，接着便大加责难，从开始的奉为圣贤到中途的改弦易辙、横加侮辱，这难道还不能使我们厌恶吗？一八一五年，最后的末日终于逼近，法兰西因大难临头而身处危险境地，滑铁卢似乎也模模糊糊展现在拿破仑面前；那个时候，人们对于那个失势的人的欢欣鼓舞是绝无什么令人诧异的原因的，何况，姑且不论那个专制者的人品，在这个国难当头的时刻，总该是万众一心的时刻，可像迪涅主教这样的言辞似乎不能简单视之。

除了这件事，不管是什么事情，他都是正直、诚实、公正、睿智、谦虚、稳重的，广泛布施，关心他人，当然是一种美德。他首先是一个神甫，一个贤明的人，更是一个大丈夫。我们刚才批判了他的政治观点，我们本来应该更严肃地批判他，但是应该强调一点，他虽然持有那种观点，与我们这些正在谈论的人相比而言，没准儿还更加朴实、更亲切一些呢。市政府的那个门房，起初是皇帝安排下的。原先他是一个下级军官，隶属旧羽林军，曾获得奥斯特里茨战役勋章，是一个相当精明的拿破仑的狂热信徒。这个不幸的人常常在不经意间发些牢骚，在当时可是“叛逆言论”。勋章上的皇帝侧面像被取消之后，为了不再佩带那个十字勋章，他的着衣便没有再合乎过当时的标准。他亲手将皇上的御影从那十字勋章上取了下来，那地方从此便空洞无光，可他对于补进其他的装饰物毫无兴趣。他常说：“在我胸前补上三个癞蛤蟆，不如让我死去！”他有意高声讽刺路易十八。他还说：“带着英国绑腿的臭鬼子！拉着他的辫子回普鲁士吧！”他生平最恨两样东西。普鲁士和英格兰，在这一句话里他居然骂了它们，他得意非凡。所谓得意忘形，他骂的过分了，终于没了官职。他领着一家子，一文不名，在街头流浪。主教却叫他来，稍微责骂了几句，便叫他在天主堂里做持戟士。

在他的教区里，米里哀先生是一个名副其实的神甫，是所有人的朋友。

九年过去了，他行为高尚、气度可亲，迪涅城的人们一致欢迎他，崇敬他。他对于拿破仑的极端厌恶也终于为人民所接受并且宽恕，那些人原本就是善良顺从的羔羊，他们崇拜统治他们的拿破仑，也同样推崇他们的主教大人。

十二、主教的尴尬

将军的四周常常围绕着许多的年轻军官，主教的四周，当然也会有许多的小教士。这些小教士被方济各·撒肋称之为“白口教士”。对任何事情都想插手的人，常常会跟随这当中的成功者。这世道，不存在一种没有阿谀奉承的势力，也不存在一种没有奴仆的尊贵。谁老想有一个美好的未来，谁就会追随当下的达官显贵。

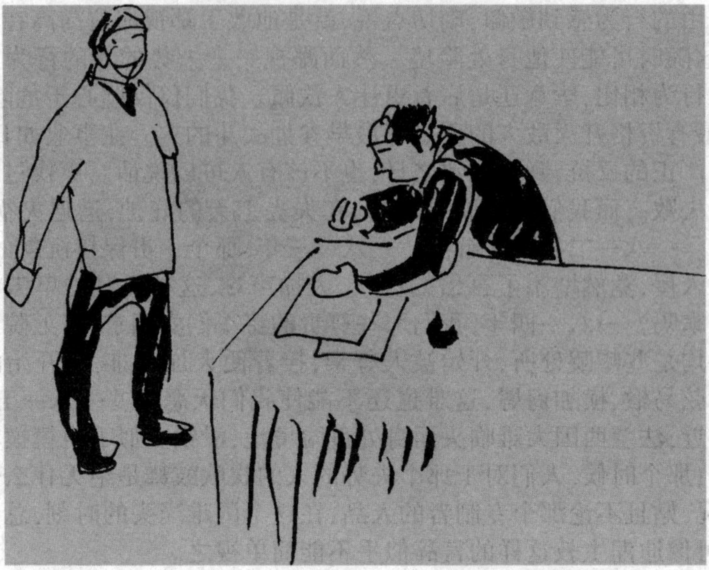

幕僚聚集在各个主教衙门。天使似的小修道士在主教院里巡察、守护、照料、围拢在哪怕仅有一点点权势的主教的四周,准备随时讨主教大人欢喜。若是蒙主教大人看得起,那无异于交上了好运,此后也许就能做五品修士了。人人都想往上爬,上帝的信徒怎么能对不起他的手下呢?

高帽哪儿都有,教堂里也不例外——这就是壮丽的法冠。具体说来便是那些主教,权财两备,坐吃年息,靠玩弄把戏获得上层社会的青睐,他们会求人办事,当然更会命令别人,他们能让整个教区的信徒都来拜见,他们是教会与外交界联系的纽带,他们充当教士绰绰有余可并非真正的神甫,他们充当教廷执事不成任何问题可也并非真正的主教。人们都为能和他们接触而欢欣雀跃!身居要位的人,善于分配"公务",于是乎,那些围拢在四周的长于阿谀奉承、殷勤服侍、博他们欢欣的青年们,分别获得了有油水可捞的教区、居家修行者的赡养费、教区督察官官职,随军教士官职、天主堂的差事等等,他们还指望着晋升为主教的那一天,会有更大的荣光。他们本人升迁,随从们自然也升迁,就如同太阳系中太阳与它的卫星们的关系一样。他们的光亮照耀着那些随从。可谓"一人得志,鸡犬飞升"。主教的教区范围愈广,宠爱的地区也愈宽广,何况还有罗马呢?主教升为总主教继而升为红衣主教,他能升你做红衣主教的随从,这样,你踏入宗教裁判所,你佩上绣着黑十字的白呢料子的飘带,——恭喜,你已经是陪审官了,进一步,你当了内廷机要秘书,再进一步你就当上主教了,主教与红衣主教之间无非一步之遥,而红衣主教与教皇之间不过差一张所谓选举的空头文字。所有戴着教士小帽的人都在梦想着教士头顶的三重冕。当今,唯有神甫能逐级地坐上王位,更何况那是怎样的王位!高高在上,俯视众生。这样,教士培养所无异于一张温床,野心在其上无声息地滋长。它诱惑着多少害羞的唱诗童子、多少年轻教士,结果,不正同贝莱特的奶罐一般!孕育野心的人自夸是虔诚的信徒,自认为那很容易做到,或许他的确能做到,天知道!沉醉其中,日久天长,自己都会奇怪。

卞福汝主教并不从属于那些尊敬的主教们，我们知道，他一直过着朴素、清贫、安宁的生活。他并没有青年教士们左呼右拥——从这一点我们可以明显得出结论。而且我们很清楚他呆在巴黎的结果。任何一个年轻人都没有自信将自己的未来寄托在那样一个老人身上。任何一株稍有雄心的幼苗都不曾指望在他的绿荫下茁壮成长。他手下的教士、助理主教全部是安守本分的老年男子，他们是与他一样的平民，一同生活在那个不可能“生产”红衣主教的地方，他们与他们的主教好像并无两样，差别仅在于此：他们完了事，而他成了事。大家都有同感：在卞福汝主教手下，别指望有一天你能飞黄腾达，缘于此连那些刚刚毕业于教士培养所的年轻人，把他任命为神甫之后，就飞也似的远离了他，另寻高攀的机会了——诸如艾克斯主教、欧什总主教之类。这句话，多说一遍也无妨，是人都想望有晋升的机会。一位严于律己的圣人同样可以做一个耽误他人前程的人，他没准儿便带你一道儿走向一条无法挽救的绝路，使你全身发僵，无可挣扎，一句话，他会要作你亲自实行你内心里并不愿意实行的所谓谦让之礼。因为这个缘故，众人都害怕这种看来很高尚的品性。这也恰巧说明为何卞福汝主教“门前冷落车马稀”。我们很无奈，生活在这个年代，自由而下的腐蚀教育的结果就是无数人争着向上高攀。

随便讲一句，成功也是丑恶的。看上去它是个人奋斗的结果，实质上也是以假乱真罢了。

众人经常会混淆成功与优越感，以为这二者是一样的。成功不过是才能的虚假的表现，历史在其中充当了受骗的角色。我们所知道的，只有尤维纳利斯和塔西佗表露过他们的愤愤不平。今天，几种几乎为举世人公认的所谓哲学真理做了成功的奴仆，它赞叹成功，并不惜为之奉献一切，哪怕是尊严。尽力当成功者吧，这是真理。富贵与能力可以画等号。你只要中头彩你就能被公认你的才华。得势的人便会受到尊崇。只要你的命好，什么都大有希望。只要你的命好，什么都会掌握在你手中了。只要你万事皆顺，别人就服气你。除去几件轰动世界的事情之外，这个年代所有的赞扬都是盲目的。金漆与真金画了等号。是猫是狗，无关紧要，成功才是最重要的。世界上的俗品，和那顾影自怜的水仙一样，也会推崇俗品。不论何人，在哪一方面，只要实现了他的目的，便有人为他喝彩，夸他的出众才能，夸他堪与摩西、埃斯库罗斯、但丁、米开朗琪罗乃至拿破仑相媲美。被人们称为天才的人就是这种人，诸位可以仔细看看：一个书吏做了议员，一个假高乃依作了一本《第利达特》，一个太监坏了宫廷规矩，一个穿着军装的纸老虎偶尔打了一场胜仗，一名药剂师用纸鞋底充当皮革，向桑布尔、默兹军区提供供给从而获得四十万利弗的年薪，一个百货贩子通过不法途径聚集了七八百万家财，一名宣道士因其重鼻音而升迁为主教，一位望族的管家在行将离职时成为富翁，从而当上了财政大臣，诸种此类的人物均被称作天才，如同他们赞赏穆司克东的嘴脸、克劳狄乌斯的气派一般。他们可以把苍穹中的星光与鸭掌踏在烂泥中的迹印相提并论。

十三、他的生活

对于宗教的实质的问题的看法，我们不敢对迪涅的主教先生妄加推测。我们只能怀着满心的赞佩对待他那样的一颗心。毫无疑问，他是一个心地正直的人。更何况，我们坚信，人的品性的方方面面都能在信仰中得以发展——只要你具有了某种品质。

他究竟如何看待这种教义或是那种神秘呢？深藏于内心深处的隐秘，只有那座不接受任何虚假的东西的生命之终——坟墓才明了。但我们至少能够确信一条，即他对于信仰问题从来都是坦诚相待。金刚石当然没有腐烂那一天。他竭尽所能地信仰上帝。他常讲要“信天父”。而且，他在施善的过程中希冀着某种程度上的对得起自己，也无愧于上帝的满足。

还有一点我们有必要强调，即主教还有一份或许是过了头的仁慈凌驾于他的信心之上。正基于此——过分仁爱，那些庄重、严肃、通达的人认为他不正常，而这些字眼也是生活在这个悲惨世道上的人所乐于采用的——他们通过贬低别人来炫耀自我。那过分的仁爱究竟是什么？是一颗平和的关心他人的心，他的关心达到了无微不至的程度以至于有时候牵涉到其他生命。他从未想过奚戏他人。他也不苛责上帝的创造。无论何人，哪怕是最有良知的人在对待动物时都难免流露一种粗暴的气象。许多神甫也一样，可在迪涅的这位主教身上你根本找不到。当然，他还远离着婆罗门教的境况，可是他们似乎已经反复地思虑过《圣经》中“谁知道动物的灵魂归宿何处”这句话。形貌丑陋、本性怪异都无法使他惊异或者感到被侵犯。相反，他会由衷地感动几近于哀怜。他苦苦思索，好像努力追寻生命背后的起源、依据及苦闷。有时候他好像真切恳求上帝改变些什么。他以一种犀利的目光——近于语言专家研究前人遗墨的眼光——来静察默思自然界至今依然存在的各种各样的杂乱事件。这种思考常引发他一些怪异的言论。比如一个早上，他在园中散步，他的妹妹在他身后，他没看到，还以为是一个人，猛然间他停下脚步，看着地上的一只模样可怖、黑色的毛茸茸的大蜘蛛。他说：

“可怜！这并非它的错。”

这种充满怜悯的孩子气的言语，说出来有什么不妥呢？这自然是幼稚的，但是别忘了，阿西西的圣方济各与马可·奥里略都曾经如此幼稚。有一天，他扭伤了骨头——仅仅是为了避免踩住一只蚂蚁。

这个正直的人的生活便是如此。有时候他在园中睡觉，听上去颇令人神往。

听说，以前的卞福汝主教，在他青年时期甚至在壮年时期还是一个相当有激情的人，没准还很粗暴。他晚年形成的那种囊括一切的仁慈固然包含了本性的因素，但更重要的还是他在生活中一步步地悟出的结果，您知道，人心好比石头，都有被滴穿的时候。一旦形成空隙便不会再消失，如同一旦有了成绩，便不会再磨灭。

可能我们以前已经提过，一八一五年，他七十五岁的时候，看上去似乎还不到六十岁。他既矮又胖，为了防止势态进一步发展，他总是做较长距离的步行；他行走矫健，背稍微弯着，这都是些琐碎小事，我们不打算在这上面耗费太大的精力。格列高利十六是个坏主教，他也是直到八十岁还身体挺直、面带笑容。而卞福汝主教的相貌正合乎乡民们所谓的“美男子”型，但是他的平易近人早已使人忘记了他的面容。

他在谈话过程中时不时地笑上几声，夹杂着孩童的稚气，这也形成了他的风范。我们已经说过，他的谈话使你如坐春风，靠近他的时候你充满着愉悦和欢欣。他的皮肤富有光泽，他有着洁白齐整的牙齿，这也增添了他平和亲切的风范，这种风范往往能使人们称呼一个壮年人做“好孩子”，也能使人们称呼一个老年人为“好汉子”。别忘了，这就是若干年前他留给拿破仑的印象。初看上去，他初次与人见面时留给别人的印象确实也仅仅是一个好汉子。但是若是我们和他接触久了，只要稍微注意到他动了心计，那个所谓的好汉子就会逐渐地变了形，会使你莫名地产生敬畏感；他那原本在白发的映衬下就显得庄重、尊贵的额头，也因了他的思索而愈发庄严；慈祥的背后便是威严，可是这慈祥的气息不时地散布；我们会为之感动，正像一位圣洁的天使在我们面前一边舒展着双翅，一边微笑着。你会感到一种敬意穿透心胸，你会感到一位意志坚决，饱经沧桑的仁慈的长者站在你的面前，他既然有着开阔的心胸，自然也有着温和朴实的性格。

大家有目共睹，他的生活都在为一些琐事填充着：祈祷、祭祀、布施、抚慰伤痕、种田、仁爱、节食、待客、律己、学习、劳动等等。“充满”二字恰如其分，更何况这种生活还洋溢着良善的思想、言语、作为，直至完美的境地。然而，晚上，那两个妇人离去休息后，若因为气温低下或是雨天，他无法在园中滞留一两个小时后再去睡觉，他就觉得这一天过得不甚完满。望着渺茫宇宙中浩渺的场景，默然沉思，等待就寝，似乎已成为他的习惯了。偶尔在夜深人静时，两位妇人还未入睡，她们常听到他的脚步声，回荡在那几条小路上，时快时慢。他一个人呆在那儿，虔诚、安宁，热爱一切，以心之静谧面对星空之静谧，在黑暗中体会星斗的外观的美、上帝的深隐的美。那个时刻，花儿奉献出他们的芳香，他也奉献出他的心灵，那闪烁在点点星光中的明灯游荡在没有尽头的光芒中，赞赏无已。他搞不明白是什么牵绊着他的心灵，他只知道有东西从体内飞出，也有东西从外界飞回。美妙呵，心与宇宙的交汇——神秘的交汇！

他感受到上帝的伟大，也感受到上帝在他身边；念及那无尽止的未来是何等地无可预测，无可追问，他感受到人的渺小；念及茫茫太空就在他的面前无穷尽地伸延开来；他并不是要追究这一切的根源，他只是努力关照这一切。他不研究上帝，因为他心境愉快。他只是想到原子的巧妙构建使得物质呈现它的外观，使得在结合中产生出力量，个体在整体中脱颖而出。长度与广度在时空中显现，无其数在无极中生出，而且经由光线展示它的风采。这样没有止境的结合也没有止境地轮回着，所以有了生死。

他靠着一个干枯的葡萄架，坐在一张木凳上，透过果树瑟缩着的阴影凝视星空。这是个只有四分之一亩大的地方，树木稀少，敝屋拥挤，但是他感到满足并且眷恋。

这样看来，老人的一生没什么悠闲的时候，仅有的一点也在劳动中度过，到了晚上他又用来思索深刻的命题，他还有希冀吗？虽然是一小块土地，天空同样庇护着它，对于他那件美妙超凡的工作——敬仰上帝已是足够了。确实，这样已经是了无缺憾，还要再希冀什么呢？他能够仁游在这个小小的园子里，神游在一片苍茫的天空下。脚下，他可以劳作、收获；头上，他可以追寻、思虑；地下，是几朵花；而天上，是万点星。

十四、令人困惑的问题

最后的描述。

因为以上详尽的叙事，有人可能将泛神论者的称呼加给主教——尤其在这个年代，哲学流派纷纭复杂，有时候难免会对一些孤独的人产生影响以至于取代了宗教思想，我们的描述也许会使人误以为他有着与众不同的一套哲学，赞扬也好，批判也罢，我们要强调的是，所有认识卞福汝主教的人，没有谁这样认为。他的无伪饰的心灵造就了他做人的坦坦荡荡，也由此构建了他的睿智。

他不是墨守成规的人，并且敢于承担责任。探幽发微，总使他精神懵懂；没有迹象证实他曾探讨过玄学。可能他认为很多问题应该留给智慧的人解决，他的才能不足以探讨，想的多了反而于事无补。玄学的大门散布着恐怖诱人神秘的光芒，那些幽晦的大门向所有的人敞开，可一种声音始终在你耳边回响——“不要进去”，进去的人会遭灾的！而那些明了教规律令的天才们仍旧从抽象理念、唯理学说出发，向上帝提出质疑。他们的祈祷导致了激烈的论辩。他们的颂赞声中夹杂着责难。这种宗教要求你直接信仰，谁要是不识好歹还想质疑些什么，必然会自寻烦恼、自讨苦吃。

人类的幻想绝无尽头。而且在幻想中，人们往往不畏惧困难，分析研究并且进一步追寻为他敬仰的境界。我们甚至可以这样论述，人们的幻想甚至能因为一种神奇的反馈而使宇宙惊异，我们周围的这个神奇的世界甚至会打开那扇奇妙的大门，这样仰望着它的人们同样有可能被仰望。你无法否定，总有一些真实生活在这世界上的人，他们在心灵的深处，清晰地看到了绝对真理的制高点，看到了那耸入云霄的山峰的令人惊眩的场景。当然，卞福汝主教并非天才，也完全不属于这类人。没准儿他还为那种极致的聪慧而惴惴不安，要知道，有些才华出众的人就是因为太聪明了而陷入非正常的状态中，像斯维登堡、像帕斯卡尔——当然，梦想有着强烈的诱惑力，而且它还作用于人的身心，而且，坚定地穿过那荆棘丛生的道路我们就能到达理想的彼岸。然而，他只走了一条捷径——《福音书》。

他不希望他的祭服上有像以利亚的法衣似的皱褶，这混乱时代人事的起伏变幻并不能给他以希望；他也不幻想能使某一件事物的力量渐渐壮大，他不在乎那些先知和方士们的狂妄。他那高尚的心灵只懂得爱，如此简单。

他的祈祷和一般人祈祷时怀的期望不太一样，这是很可能的，可是首要一点是应该先有了深切的爱，才能做深切的祈祷，如果仅仅因为祈祷的内容超出经文的规范就判定那是异端，那样的话，圣泰莉沙与圣热罗姆不是异端是什么呢？

他经常照料那些被病魔缠绕或奄奄一息的人。他眼中的世界好像是一种茫茫无边的苦难，遍地都是，他能做的是诊察疾苦、医治创伤，却不想明白个中究竟。人世间的凄惨教化他那颗慈悲的心灵，为自己的解脱也为了教化别人，他竭尽全力地寻找抚平创伤、医治苦痛的灵丹妙药。存在着的一切，都能引发这位善人的怜悯之心与济世宏愿。

无数的人在努力营造财富，他，仅仅在努力变得更仁慈。天下人的苦难就是他挖之不绝、取之不尽的矿床。这也给了他随时随处行善的机会。他的教义只有一句话——“你们应当彼此相爱”，他希望所有的人都能这样，如果能这样的话，就足够了。那位自命“哲学家”的元老院元老曾对他说：“您把这世道看个清楚吧，人们为了各自的利益争战不休，真理就掌握在胜利者手中。您所谓‘互爱’真是谬论。”卞福汝主教却不加以反驳，只说：“就算是胡说八道，人还是应有‘互爱’的心情，就算它像珍珠藏在蚌壳中不外露，人也该这样啊。”他本人就是那样隐藏着、生活着，百分之百地知足，无视那种种有诱惑力却令人惊骇的问题——像抽象理论未知的前途。形而上学的泥涅等——有关此类问题的诸种学说他避而无视，他把它们送给上帝的信徒，否定上帝的论者，让他们去讨论命运、善恶、生物及它们之间的争斗、动物的半睡半醒状态、死后为何物、生命的总结。旧世恩缘对今世的人的一种无可理喻的情结、本质、元精、色空、灵魂、本能、自由、必然以及巨神们——人类智慧的结晶者探讨的高深莫测的问题，以及卢克莱修、摩奴、圣保罗、但丁，这些人曾经以热切的目光，注目那似乎能令群星脱离运行的浩渺宇宙。

而卞福汝主教，还只是一个凡人，他所触及的还仅仅是那些高深问题的表面，他不愿进一步探究或推进这项工作的进程，以防自寻烦恼，然而在他的灵魂深处，他以一种深重的敬畏感望着幽冥。

第二卷　沉沦

一、过　客

一八一五年十月初，时近黄昏，一个步行的人走进了狭小的迪涅城。居民们这儿一簇，那儿一堆，站在他们家的门口或窗前，有些心神不宁地凝视着这个行人。恐怕再也碰不到一个比他更落魄的过客了。他身材中等，体格强壮，恰逢壮年，有四十六七岁的样子。他戴着一顶皮檐便帽，低低压至眉端，部分遮掩了他被晒得黝黑、满头大汗的脸。他穿着件黄色的粗布衬衫，领子上扣着一个小银锚，露出他那毛茸茸的前胸，他的领带随便地扭了几下，那条蓝色的棉布裤也磨得不成样子，一个膝头磨得发白，另一个膝头有一个大洞，他的外套——破旧不堪的灰布衫，肘端都缝上了一块绿呢布；他背着个布袋，装的满满当当；手中拄着根弯弯曲曲的棍子，光脚上套着双钉鞋，头上没留头发，胡须倒还挺长的。

流汗、热浪、奔走、旅行使得那原本潦倒穷困的人显得更加狼狈不堪。

他的头发本来已全部剃光，如今满头的发叉，加上只长出了一点，看上去很长时间没有修理过了。

没有谁知道他，当然，他仅仅是一个过客。他从哪儿来？南方？或者海边。他进迪涅城走的那条路，刚好是七个月前拿破仑从戛纳到巴黎时所走的路。他一定已整整走了一天，看上去他相当疲惫。他在加桑第大路的树下小憩一会儿，又在广场尽头饮水——据那些住在下城旧区的妇人们讲。他一定相当渴，据那些追着看他的孩子们讲，他又在两百步外的小菜场的水管下喝了许多水。

到巴许维街的拐角处，他左转，走向市政厅。他走进去，过了一刻钟又出来了。一个警察呆在门旁的石凳上，三月四日德鲁埃将军向诚惶诚恐的迪涅居民宣读茹安港宣言时，就是站在这个石凳上。那男子取下他的帽子，冲着警察恭敬地行礼。

那警察并没有反应，上上下下打量着他，看着他走了一段路，便回到了市政厅。

那时候，“柯耳巴十字架”是迪涅的一家装修富丽的旅店。它的主人叫雅甘·拉巴尔。城中的人都认定他是另一个拉巴尔的亲戚，那个人做过向导，还在格勒诺布尔开了三太子旅舍。当时谣传贝特朗将军在正月间曾化装成车夫，多次出没于该地，给士兵分发十字勋章，给士绅分发大批量的拿破仑。而事实是：皇帝进入格勒诺布尔城后，不想呆在省长公署，便谢绝了市长，说：“我想到一位熟悉的朋友家去住。”他就呆在三太子旅舍。拉巴尔由此得到的荣光竟一直照亮了二十五法里以外的另一个旅舍的拉巴尔。人们都说他是格勒诺布尔城中那位叫拉巴尔的人的堂兄。

那位过客走向这个旅店，这也是当地最好的旅店。他走进厨房，厨房的门靠街，和街道靠齐。每一个灶中都生着火，大火在壁炉中迅猛燃烧。那旅舍的主人，兼任厨师，正在忙着为车夫们准备一顿美味佳肴——他还听见他们在隔壁有说有笑。有过旅行经历的人都知道车夫的饭食是最讲究的。一只肥田鼠夹在一串白竹鸡和一串雄山雉中间，被串在长铁叉上在烈火前转动。两条乐愁湖的青鱼和一尾阿绿茨湖的鲈鱼也在炉上惺惺作叹。

主人听见门开的声音，两眼仍紧盯着炉子，没有抬头，问道：

“请问先生要什么？”

“吃、睡。”

“多么简单啊，”主人答道，他回转头，打量着那旅客，低声说道，“……这是要付钱的。”

过客从灰布衫的口袋中拿出一个大钱包，说道：

“我有。”

“我来服侍您。”

他把钱包放回口袋，放下行囊，搁在门前，手里还紧握着那根棍子，坐在火旁边的矮凳上。迪涅地处山区，十月份的夜晚寒气逼人。

可是，那主人来来回回，不时地打量这旅客。

“现在能弄些吃的来吗？”

“请稍等。”主人答道。

这时，新来的客人转过身去烤火，而旅舍主人装模作样地从衣袋中拿出一支铅笔，又从随便丢在窗台边桌上的旧报纸上撕下一块。他在这纸边上写了些什么，又折好报纸，也没有封，递给一个小厮——他好像充当厨役与跑腿的双重角色。旅舍主人还在小厮的耳边说了些什么，他便冲着市政厅跑去了。

那位客人压根没注意这些。

他再次问道：

“现在能弄点吃的来吗？”

“稍等会儿。”主人答道。

小伙计回来了。他手里拿着那张纸。主人急切地打开，似乎在等候回答，他看似专心地读着，点点头，又想了一会儿。终于，他走到那看上去不甚安心的旅客身边。

“抱歉，”他说，“我不能招待您。”

那人挺直了上半身。

“为什么？您害怕我不交钱吗？您要不要我先付账？我告诉您，我有钱。”

“不是这个原因。”

“那是什么缘故？”

“您有钱……”

“有。”他说。

“可是，”主人说，“我，我这儿没空屋。”

那人亲切地答道：“我住马房好了。”

“不可以。”

“为什么？”

“马已经占了所有的地方了。”

“这样的话，”那人又说，“就住阁楼的一角吧。一捆草就可以打发我了。先吃饭吧。"

"我不能给您开饭。"

那客人对这种貌似礼貌实则坚硬的态度有些奇怪。他站起来。

"啊！笑话！我就要饿死了。天一亮，我马上就走。我走了十二法里的路。我不是不交钱。我得吃顿饭。"

"我这儿没有可吃的东西。"主人说。

那过客纵情大笑，转向炉灶。

"是么？这些呢？"

"那些东西已经有人定了。"

"谁？"

"车夫们。"

"他们有多少人？"

"十二个。"

"可这东西足够二十个人吃。"

"这是经过预定并且交了钱的。"

客人又坐下来，以同样的口气说：

"我已经来到这客栈，我饥肠辘辘，我不会离开的。"

主人弯下腰，贴近他的耳朵旁，以一种命令式的口气说：

"快点走！"

这时候，旅客弯下腰去，用棍子的铁端拨弄着炉中的炭块，蓦地，他转过身，想开口说话，旅舍主人的眼睛死死盯着他，像开始一样，小声说道：

"先生，我已经说得够多的了。您还要我再说吗？冉·阿让。您还要我指明您的身份吗？您刚来时，我还有点怀疑，我已经让人去了趟市政厅，这是回复。您总识字吧？"

他这样说着，边递给客人那张打开着的、辗转于旅舍与市政厅之间的纸。过客瞟了一眼。旅舍主人沉默片刻，接着说道：

"不管是对谁，我一向以礼相待，您快走吧。"

那人低着头，捡起他那放在地上的布袋，离开了。

他沿着那条大街向前走。他沿着墙根，独自前行，仿佛受了侮辱，满腹委屈。他的头再没有回过。如果他回头，可以看见那个旅馆主人站在门口，四周围绕着旅舍里的旅客和路上的行人，他们指指点点，指长论短；他从那些人的目光中知道他不久会使得迪涅满城风雨。

他并没有看清楚全部经过。情绪失落的人是很难看走过的路的。他们只预感到灾难的来临。

他走了一段时间，不停步地走，穿过许多条陌生的街道，他不知道什么叫疲乏——这是人在沮丧时常有的感觉。他忽然觉得饥饿难耐。天就要黑了。他环顾四周，希望找到住宿的地方。

既然豪华的旅馆拒绝了他，他打算找一个简单的酒家，一个破敝的屋子。

幸好在街的尽头亮着盏灯，闪在昏暗的暮色中，有一根松枝挂在曲铁上。他向前走去。

的确，那是一个酒店。也就是沙佛街上的那个酒店。

过客伫立片刻，透过玻璃窗看见酒店的下层厅房，桌子上灯光明亮，壁炉上火光苗苗。几个人在饮酒。主人也靠着火。一只铁锅悬在吊钩上，被火烧得不时作响。

这个酒店同时也是旅店，共有两个门，一扇靠近街道，另一扇直达堆积着粪土的天井。

他不敢走临街的门。他先走进天井，停了一会儿，又提开门闩，推开门。

“谁来了？”主人问。

“想吃和睡的过客。”

“好，这儿有食物，也有地方。”

他便走了进去。正饮酒的人也都回转头来。他的正面是灯光，侧面则是火光。大家都注视着他，尤其当他取下口袋时。老板对他说：

“这儿正好有火，晚饭就在锅里。烤烤火吧，可怜的人。”

他便进去，呆在炉子旁边，伸出疲乏极了的双脚，靠近火光，食物的香味扑鼻而来。那顶便帽依旧紧压在眉头，在他的脸上显露出一种时有时无的闲适，夹杂着另一种遭遇苦难而引发的愁苦。

那是一张剪影——坚强而又充满忧伤。这长相世间罕有，给人的第一印象是谦恭，当你看上第二眼或第三眼时，便成了严肃。他的眼睛闪着咄咄逼人的光亮，仿佛是荆棘丛中的一堆火。

在场的人当中有一个靠卖鱼为生的人。他来到这间坐落在沙佛街的酒店之前曾在拉巴尔的旅舍呆过，将他的马匹暂寄在马房，那个早上他凑巧看见这个面貌凶恶的陌生人在阿塞湾和……（我记不清楚了，可能叫爱斯古布龙）之间行走。那陌生人在巧遇他时已经体力不支，当即恳求他允许他在马臀上呆一会儿，这鱼贩子却支支吾吾地，快马加鞭地离开。半点钟以前，鱼贩子还是围观雅甘·拉巴尔的人中的一员，而且拉巴尔亲口叙述了那令人不舒服的事件。此刻，他以眼神示意酒店老板。他当即走了过来。他们小声说了几句话，此时那疲乏的客人若有所思。

酒店老板走回壁炉旁，猛然肩拍拍过客的肩膀，对他说：

“你得离开这儿。”

过客回转身来，以恳求的口吻问道：

“您知道了？”

“是的。”

“他们拒绝我进那家旅馆。”

“这儿同样拒绝您。”

“您能让我去哪儿呢？”

“其他的地方。”

陌生人重新拿好他的棍子与布袋，离开了。

他刚出店门就碰到几个顽童，他们是从柯耳巴十字架尾随而来，专程在这儿等他，他们用石子砸他。他不得不转身，举起棍子做打人状，他们才四散而逃。

他路过一个监狱，那门上有一个铁链子——是用作敲钟的。他拉着那根铁链。

墙上的小洞打开了。

“尊敬的看守先生，”他摘下便帽，毕恭毕敬地请求，“您能让我在这儿借住一晚吗？”

一个声音答道：

“监狱又不是旅馆。你总得先被人逮捕，才能从这扇门走进来。”

小洞关闭了。

他穿过一条小街，沿途有很多花园。为了装扮小街，几处仅仅用篱笆圈点。透过花园和篱笆，他看见了从一个小平房的窗子里射出的灯光。他又透过玻璃窗向里看，如同他刚刚做过的那样。这间大屋子用灰浆粉刷过，里面摆设着一张铺着印花棉布床单的床，一只摇篮摆在屋子的角落里，此外墙上有一支双管枪，还有几张木椅。正中间是一张桌子——食品就摆在上面。在铜灯的映照下，那铺在上面的台布显得极为素雅，盛满了酒的锡壶泛着如银般的亮光，黄色的汤钵上空散着热气。一位四十岁上下的男子坐在桌旁，他笑容满面，他的膝头还有一个小孩子，他正颠着那孩子逗他开心。一位年轻的妇女在他身旁，给一个婴儿喂奶。笑容展现在每个人脸上——父亲、母亲、孩子。

面对这样温馨的场景，异乡人有些出神。他在想什么？只有他自己知道。也许他在想，这样一个快乐幸福的家庭应该不会拒绝一个远道而来的客人吧，这样一个快乐天堂里应该有一丝怜悯与同情吧。

他的手指头轻轻地叩击在玻璃窗上。

没有人听见。

第二下。

他听到那妇人说：

“当家的，我听见有人敲门。”

“你听错了吧。”

第三下。

丈夫站起身来，拿着灯去开门。

这个人身材高大，看上去半农半工。他围着一件宽大的皮围裙，一直披到左肩，一个铁锤、一条红手巾、一只火药匣，其他琐碎的东西都装在围裙里，一根腰带横腰拦住，他的肚皮高高鼓起。他穿着一件翻领衬衫，敞着胸，他的头向后微仰，显露出那白皙细腻的长脖子。他眉毛很浓，留着一大片胡须，眼睛突出，下颏微凸，这样组合而成的脸庞，看上去洋洋自得。

“先生，”过路人说，“不好意思打扰您。如果我付钱，您能否允许给我点吃的，让我在园子的角落里呆上一个晚上？请问您，如果我付钱的话，您能允许吗？”

“您是谁？”主人问。

他答道：

“我来自壁马松。我走了整整一天，十二法里的路。如果我付费，您能答应我吗？”

“我不会拒绝留宿一个愿意出钱的正道人，”主人说，“可是，您怎么不去旅店呢？”

“没有地方了。”

“开玩笑！怎么可能呢？今天又不演杂技，也不是赶集的时间。您去拉巴尔家了吗？”

“去了。”

“怎么样？”

过路人有些尴尬，答道：

“怎么说呢，他不愿意招待我。”

“您去过沙佛街的那家旅店吗？”

异乡人更觉难以回答，他支支吾吾地说：

“他也不肯接待我。”

警惧的神情袭上他的脸庞，他上上下下看了一番，突然颤抖着说：

“难道您就是那个人吗？……”

他又瞟了那过客一眼，后退几步，把铜灯安放在桌上，又拿下他的枪。

妇人听见她丈夫说了那句话之后也惊慌失措地站起身来，抱着那两个孩子，藏在他身后，不知所措地盯着那异乡人，敞着怀，瞪大双眼，说道：

“佐马洛德。”

这一切的迅疾程度超出我们的想象。屋主打量了他一番，仿佛他是条毒蛇，重新回到门前，说：

“给我滚出去！”

“请您发发善心，”那可怜人哀求着，“给我杯水喝吧！”

“给你一枪！”农民恶狠狠地说。

这样说完以后，他“砰”的一声关上大门，插好两根门闩。再过会儿，他又关上窗子，上铁闩的声音划破黑夜的寂静。

夜色更加苍茫。冷风吹起。可怜的流浪者隐约看见街边的花园中有个牛棚，似乎是草堆成的。他坚定信心，跨过木栅栏，进入花园里。他冲着茅棚走过去，它的模样凋敝，很像筑路工临时在路边搭起的风雨棚，它的门——也许不能叫门，只能说是一个窄小的洞。他误以为那是筑路工的休憩处；他现在饥寒交迫，再也撑不下去了。他不再希冀能弄到什么吃的，可他还想望着有一个地方能为他挡风遮雨。那种棚子当然不会有人住。他全身着地，爬了进去。地上薄薄地铺着一层麦秸，他感到温暖。他躺在麦秸上，过于劳累以至于挪动不得。他背上的口袋压得他难受，他开始解皮带以取下口袋，这也正好是一个枕头。就在这时，一阵凶恶的声音传来，他抬起头。黑暗中一只狗头露在洞口。

那居然是狗窝。

他本人是力大无比、勇敢坚强的，他以棍子为武器，以布袋为盾牌，一点点地爬出去，他那本已破烂不堪的衣服更加惨不忍睹。

他出了花园，被迫向后退，用武术教练的“盖蔷薇”的棍术来对付那只大狗。

他竭尽全力，翻过木栅栏，重又回到街心，他独自一人，没有归处，即使那堆麦秸、那个狗窝都容不得他，他随便呆在一块什么石头上，好像有人听到他说话："妈的，我连狗都不如!"

过一会儿，他站起身，继续向前。他走出迪涅城，四处寻找树木、干草堆之类的东西以供他休憩之用。

他垂着头，向前走。他开始向四周张望时，是他觉得自己已经远离了人群的时候。他走进田野，一片矮丘呈现眼前，那上面残存着收割后的麦茬，齐整得似那被剃光了的头。

夜幕已完全降临，除去夜晚的黑暗，极低的云层逼近那矮丘，又渐渐升起，覆盖天空。月亮却慢慢地爬上来，夜幕的余晖还残留在天空中，云彩片片，一个洁白的圆顶在空中形成，从那上面反射下一丝微弱的光芒。

这样地面反而比天空更加明亮：矮丘的狭小孤立的轮廓在黑色穹宇的映衬下辨不清楚，如死灰般的色泽令人恐怖。这就是丑陋、卑微惨淡、无价值的所有事物。在田野与矮丘上，除去一棵扭曲着的树，一无所有，那棵树与流浪者相去不远，一样地蜷缩着、摇摆着。

很明显，这人的感知本性谈不上细腻，无论从智慧上，还是从精神方面来看，所以他静观事物的万千奇妙的变化，然而在那特定的时候，他不能不产生一种悲戚的况味，在那浩渺的天空下，在那孤寂的矮丘上，在那空旷的田野里，在那扭曲的树梢头，目力所及均是凄惨的引子，因而他注目良久之后，突然回转头，离开了。他的本能常使他感觉到大自然的不友好。

他原路返回。迪涅的城门紧闭着。宗教战争时期，迪涅城曾受到过围攻，到一八一五年的时候，有着方形碉楼的城墙还环绕在它四周，很久以后才被拆除。他通过那个缺口回到城中。

已经是晚上八点钟了，他随处乱走，反正他也不知道。他这样走着，经过省长公署，经过教士培养所。他又经过了天主堂广场，此刻，他仇恨地举起了拳头。

广场角上是印刷局。这个印刷局首次印刷了拿破仑的《羽林军告军人书》以及他在厄尔巴岛上口授，后来被带回大陆的诏书。

他已是精疲力竭，不再有任何想头，径直躺在印刷局门前的石凳上。

刚好一位老妇人从天主堂里走出，她注意到了这个躺在黑暗中的人，说道：

"您呆在这儿干吗，我的朋友?"

他满腔怒气，恶狠狠地说：

"您瞎了眼吗，老婆子，我在睡觉。"

那老太婆就是R侯爵夫人。

"就呆在这石凳上吗?"她问。

"我睡过十九年的木板褥子，"他说，"今天我要来睡石板褥子了。"

"您服过兵役吗?"

"是的，当过兵。"

"您怎么不去旅馆呢?"

"我没钱。"

"唉!"R夫人叹道，"我也只有四个苏。"

"给我好了。"

他接受了四个苏。R 夫人接着说：

“这点钱不够您住旅馆。您去试了吗？您总不能在这儿呆一晚呀。您肯定又饿又冷。可能会有人发发慈悲，留您住一宿。”

“我已经敲了所有的门了。”

“如何？”

“没有一个地方肯留我。”

R 夫人强拉住他的胳臂，给他看广场对面主教院旁边的一座矮房子。

“所有的门，”她强调道，“您都敲过了？”

“是的。”

“那扇门呢？”

“没有。”

“去敲那扇门。”

二、恐怖之夜

那个晚上，迪涅的主教先生照例散步，回来后，他闭上门，在自己的房间呆得很晚。当时他正准备写一部有关“义务”的著作，不过并没有实现。首先，他得整理出神甫和博士们就这个问题曾发表过的言论。他的作品分成两大部分：第一部分着重论述大众的义务，第二部分着重论述社会的各类阶层中的个人的义务。最主要的义务是大众的义务。它可以分成四类：即对天主的义务、对自己的义务、对他人的义务、对众生的义务——这是他依据《马太福音书》做出的分类；至于其他种类的义务，主教又在其他地方搜集了有关义务的界定，比如在《罗马人书》中提及的人主与臣民的义务；圣保罗宣布了的官吏、妻子、母亲、青年男子的义务；《以弗所书》中规定了的丈夫、父亲、孩童、奴婢的义务；《希伯来书》中涉及的信徒的义务；《哥林多书》中规定了的女儿的义务。他在致力于将这纷繁芜杂的义务协调为一个有机的整体，以备后来的人攻读。

到了八点钟他仍然在工作，他艰难地在一块方纸片上写着什么，膝头那本厚书好像使他行动不便，这时，马格洛大娘照例去他床边的壁柜里拿银器。又等了一会儿，他估摸着一切都准备好了，她们可能在等他，他才合上书，走进餐厅。

那是一个长方形的房间，里面有一个壁炉，门朝着街，窗户朝着花园。

马格洛大娘刚刚摆好餐具。

她虽然忙个不停，仍能抽个闲空与巴狄斯丁姑娘闲聊。

桌子就在壁炉旁边，上面有一盏灯。炉中火势正旺。

让我们想象一下那两位年过半百妇女：马格洛大娘低矮、肥胖、活泼，巴狄斯丁小姐高挑、精瘦、温柔，她甚至比哥哥还高一点，她身穿一件藏色的绸袍——那可是一八〇六年的流行色，当年她在巴黎买了这件衣服，竟一直穿到现在。用个比较难听的字来说——虽不好听却能达意，马格洛大娘活像个“村婆”，而巴狄斯丁小娘却贵如“夫人”。马格洛大娘戴着白边饰的帽子，胸前是一个小小的金色十字架，也算是这里出众的饰品了。她穿着件藏青色粗呢袍子，袖子过于短、又太肥大，领口开得不高，显出那条雪白的围脖，她还围着红绿方块相间的棉布围裙——外加一根绿带子束腰，披着相同布料的胸巾，最上面的两只角用别针扣着，脚上套着马赛妇女常穿的黄袜子与宽大的鞋子。巴狄斯丁小姐的袍子是按照一八〇六年的流行款式做的，上身很短，束腰，肩部高耸，盘花扣绊。她的头发已经斑白，故而披着波浪式的假发。马格洛大娘生性善良、活跃，她那一高一低的两只嘴角——上唇厚，下唇薄——仿佛时刻告白着主人的性急与不安分。主教沉默时，她会以一种了无痕迹的敬重态度与他说个没完没了；主教一旦开口——正如大家所看到的，她马上变得与巴狄斯丁小姐一样唯命是从。巴狄斯丁小姐则根本不发表言谈。她仅仅是听哥哥的话，讨他的欢喜而已。她不很漂亮，哪怕是她青春年少时，她的那双蓝眼睛过于突出，鼻子又太长而且不直，可是她仍有着一种温文尔雅的高贵气质，这是我们以前谈过的。她天性仁慈，而信仰、慈悲、愿望三样东西又逐渐将之升华为圣德。她也许生来就是只听话的羔羊，宗教又把她变幻成天使。可爱又可怜的圣女呵！不可回首的美好往事！

巴狄斯丁小姐曾无数次地向别人讲述这个晚上在主教院里发生的一件事，详尽得以至于几个现在还生活在世间的人仍能够清晰记得。

当主教先生进来时，马格洛大娘谈兴正浓。她正在与巴狄斯丁姑娘讨论大门的门闩——这个问题已经是不止一次地被讨论过了。

大概是她去买晚餐原料时，听见了好几处在传着大致相同的话。都说有一个长相丑陋的人，没准儿是个臭名昭著的恶棍来到了迪涅城中，没准儿哪个准备晚归的人便会撞上，他们都说警务办得很差劲，省长与市长又钩心斗角，都恨不得出点岔子好让对方倒台。所以大家应该万分警备，保护好自己，紧闭房门，尤其是应该好好地把各人的房门关上。

马格洛大娘的最末一句话尤其响亮，遗憾的是主教大人刚出了那间冰冷的屋子来这里取暖，又在想别的东西。她并没有在意马格洛大娘说了些什么。她只好重复一遍，巴狄斯丁小姐为了救回马格洛大娘的面子，又不至于使阿哥生气，只好低声问道：

"哥，您听见马格洛大娘的话了吗？"

"多少有一点吧。"主教说。

之后，他将椅子转了一半，两手着膝，燃势正旺的炉火照亮了他那微笑着的诚挚脸庞，他抬起头对老女仆说：

"挺好的。会出什么事？我们能出什么大不了的事？"

于是乎，马格洛大娘开始她第二次的讲述，当然有些言过其实。她说很多人传言有一个无业游民、一个光着脚、一个叫花子到达了迪涅城。他到雅甘·拉巴尔家中请求留宿，拉巴尔拒绝了，还有人看到他在大街上左右闲荡，就顺着加桑第大街一路走来。他面容凶神恶煞般可怖，背着一个大口袋，还带着绳子。

"是吗？"主教平静地说。

他竟然主动询问这件事，马格洛大娘自然得意扬扬，这至少说明主教先生已有些防范了，她接着讲道：

"真的，就是这样。大家都断定今晚一定出事。更何况警局防备松懈。在这样偏僻的山区，到了黑夜，街上也没有灯！一出门就是漆黑一片。我这样说，主教，其他人也这样说……"

"我个人，"巴狄斯丁小姐打岔道，"我无所谓。我听从哥哥的安排。"

马格洛大娘接下去发表她的高谈阔论，好似根本不存在被驳斥这回事：

“我们都担心这屋子的安全程度，如果主教不反对——那是再好不过了，我马上就去普兰·缪斯博瓦铜匠那儿，请他装好那些铁门闩——反正那些东西都原封不动地在那儿，安装不费几分钟就好了，再说，即使为今晚考虑也该装上了，我们的屋子，任何人都能随便出入，这是多么恐怖的事！再说，您平日里从不管这些事，大家都随便来住，就是在深更半夜的时候，我的天！不用允许……”

正在这时，敲门声响起，只有一声，却相当清晰。

“请进。”主教说。

三、不会说“滚”

门开了。

极宽大地敞开了，好像那人下了很大的决心，用了很大的力气才把他推开。

一个人走进来。

我们已经很熟悉这个人了，他就是那个四处求宿、无依无靠的流浪者。

他进了屋门，上前迈一步，站住，门在他身后大开着。他背着个破布袋，拿着根木棍，目光中流露出粗暴、放荡、疲倦、凶狠。火光照亮他的面容，着实可怕至极，像是恶魔降世。

马格洛大娘吓得叫不出声。她的嘴巴微张着，瞪大了眼睛。

巴狄斯丁小姐扭头正好看见他进门，她的身体微弯，好一会儿才转向壁炉，看着主教，渐渐地，她恢复了本色。

主教平静地凝视着陌生人。

他正想开口问这陌生人有何贵干，那人却打量着他面前这三个人，双手紧靠在棍子上，抢着大声说道：

“请听我说话。我叫冉阿让。做苦役犯。我在监狱中呆了十九年。到今天我才出狱四天，我打算去蓬塔利埃。我从土伦过来，整整走了四天，今天就走了有十二法里。我到这儿时，天已经黑了，我到一家旅店请求住宿却被驱逐出来，就因为我在市政厅验了护照。可那是必须得验的。我又找到另外一家旅店。他们只对我说：‘滚！’没有人肯收留我。我甚至连监狱都问过了。我还在狗窝里呆了一会儿。连狗也不容纳我，它赶我出来，好像它知道我的来历，好像我连它的同类都不如。我来到田野，想在那儿呆一晚。可是天空中没有星星。我估计快下雨了，我又没法儿让它不下雨，只好又回来找住的地方。我发现了一块石板，打算躺下去，一位老妇人指着您这所房子，说：‘去敲那扇门。’您瞧，我刚刚敲了。这是什么处所？是客栈吗？我能支付得起。我在监狱里呆了十九年，挣到了一百〇九个法郎十五个苏。我有钱。我又累又饿，我整整走了一天。您愿意容我歇一晚吗？”

“马格洛大娘，”主教说，“再去拿副刀叉。”

那人又上前几步，走近台上的那盏灯。“不，”他说，好似没听明白，“您误会了。您没听明白吗？我是个苦役犯，是个罪犯。我刚从那里头出来。”他从口袋里取出一张大黄纸，打开说：“您看我的护照。黄色。它让我处处受冷遇。您要不要念？我可以，我读过书。牢里有学校，可以进去念书。这上面写着：‘冉阿让，苦役犯，刑满释放，原籍……’您没必要知道我打哪儿来，‘狱中生活满十九年。曾越墙行窃，判五年。企图四次越狱，十四年。为人残忍非常。’就是如此。所有的人都排斥我，您愿意接待我吗？您这儿是旅店吗？您愿意给我食物、让我留宿吗？马房也可以。”

“马格洛大娘，”主教说，“请您在壁厢里的床上铺条白床单。”

我们已经描述过她们服从的本性。

马格洛大娘出了房门。

主教先生回转身来，面对冉阿让。

“先生，请坐下，暖和暖和吧。我们马上就可以吃晚饭了，您吃饭的功夫，床也会给您铺好的。”

这时，那个人才彻底醒悟过来。他那一贯阴云密布的面容难以压抑那诧异与欢乐，他像一个孩子般细声问道：

“真的？您愿意留我在这儿？您不赶我？我是罪犯，您称我‘先生’！您不用‘你’称呼我。人们都叫我‘滚！狗东西！’我本来没抱希望呢。而且我早就说明了我的身份。啊！那位好妇人，她指点了这个地方。我有得吃了！有得住了！有一张铺着褥子和床单的床！和别的人一样！我已经有十九年没有尝过睡在床上的滋味了，您真的不撵我？您真是个好人呵。我有钱呢。我会付钱的。您姓什么？不论您开价多少，我都乐意。您是个大善人呵。您就是这儿的客店老板吧？”

“我是住在迪涅城的神甫。”主教说。

“一个神甫！”那个说，“多好的神甫！您难道不收钱吗？是本堂神甫吗？那个大教堂的本堂神甫，对吧？哎呀，我真傻，我竟然没有注意您的小帽子！”

他边说边把布袋和棍子靠着墙角放下，把护照放回衣袋，坐下，巴狄斯丁小姐关切地望着他。他又说道：

“您真是仁义的好人，本堂神甫先生。您一视同仁。一个好神甫真是不错。您不要我的钱吗？”

“不用，”主教说，“留备他用吧。您有多少钱？您是不是说有一百〇九个法郎？”

“外带十五个苏。”那人答道。

“一百〇九个法郎再加十五个苏。您用了多少时间挣的？”

“十九年。”

“十九年！”

主教长叹。

冉阿让又说：

“我的钱都在这儿。这四天我只花了二十五个苏，这二十五个苏是我在格拉斯帮别人卸货挣的。您是神甫，我告诉您，以前我们牢中有一个布道神甫。他是马赛马若尔教堂的主教。是凌驾于一些神甫之上的神甫。您别见怪，我不太会说话；我真的讲不好！您得原谅，我们这类人！他曾在牢房的一个祭台上做弥撒，顶着一个尖尖的、金色的东西。在正午阳光的照射下显得格外刺目。我们排着队，围成三层。我们面前摆了很多大炮，用来点火的绳子也烧着了。我们站在那儿只看见个轮廓。他对我们布道，可是他站得过于远了，根本听不见。那就是我见过的主教。”

他说话的当儿，主教去关敞着的门。

马格洛大娘进来的时候，手中已多了一套餐具，她摆在桌上。

“马格洛大娘，”主教说，“麻烦您把它摆在靠火的地方。”他回过头对他的客人说：

“阿尔卑斯山中的夜风刺骨。先生，您觉得冷吧？”

每当他温和庄严、发自内心地说出“先生”两字时，那个人总掩饰不住他的兴奋。对于一个受尽歧视的罪犯而言，被称作“先生”正如同送水给墨杜萨的受难者。蒙受耻辱的人尤其想望着他人的尊重。

“这灯，”主教说，“太暗了些。”

马格洛大娘便走进主教的房间，她出来时，手中便多了两个银烛台，她点亮，摆在桌子上。

“神甫先生，”冉阿让说，“您太好了。您根本没有看不起我的意思。您让我呆在您的家中，您还点燃了蜡烛欢迎我的闯入。我并没有向您隐瞒我的真实身份，我也毫不讳言我是个背运的人。”

主教就在他旁边，把手轻轻搭在他的手上。

“您没必要强调您的来历。我不是这所房子的主人，它是属于耶稣基督的。这扇门不在乎进来的人是谁，它在意的是那人是不是痛苦。您既然痛苦，您既然饥寒交迫又那么地劳顿，您就呆在这儿吧。您不应该感谢我，更不应该说是我收留了您。除了那些需要归处的人，谁都不是呆在自己的家中。您是一个过客，所以不能说我在我的家中，说您在您的家中会更确切些。所有的东西都是您的奴仆。我何必要知道您叫什么呢？何况在您告诉我您叫什么之前，我已经知道了您的名字。”

那人目瞪口呆，有些摸不着头脑。

“是吗？您原来就知道？”

“没错，”主教答道，“您的名字是‘我的兄弟’。”

“真是怪事，神甫先生，”那人忍不住说道，“我刚来的时候饿得一步也迈不动了，可是您的热心款待使我忘记了饥饿，我没有饿的感觉了。”

主教看着他，对他说：

“您一定受过很多磨难吧？”

“我身穿红色囚衣，拖着沉重的铁链，睡在光亮亮的木板上，忍热受冻，当苦力，在苦囚队里挨打！即使你没犯错也会被夹上铁链的。若是不小心说错了话，等着关黑屋子好了。病得起不了床也要带着链子，连狗都比我们自在些！十九年的生活！我现在四十六了。可是还摆脱不了这张黄色的护照。”

“唉，”主教叹道，“您遭遇了许多磨难。您听我说。固然上帝喜欢那些穿着白衣的善人，可是它更欢迎一个流着忏悔的眼泪的罪人。您受了那么多的苦，如果您依然满腔仇恨、怒目他人，您是太可悲了；可是如若您依然善良、平和、关爱地看待这一切，您的确是比我们中间的任何一个人还高尚得多。”

马格洛大娘摆出晚餐。一盆加了白开水、植物油、面包和盐的汤，外加一块咸肉、一块羊肉、无花果、新鲜的乳酪及一大块黑麦面包。此外，她额外加了一瓶陈年母福酒。

主教先生忽然高兴起来——那是那些好客的人常常带有的快乐表情。他急忙说“请坐”。按照平日间留客的惯例，他请冉阿让坐在右首，巴狄斯丁小姐则镇定自若地坐在他左边。

主教照例开始祷告，然后亲自分汤。可怜的人狼吞虎咽。

主教猛然道：“似乎少了样东西。”

确实，马格洛大娘忘记了摆设那三副绝非虚设的餐具。有客人来时，他们习惯于摆上那六副银器。这实在是可有可无的摆设。这种摆出来的奢侈已成为他们生活中必要的情趣，尽管显得幼稚，却能避免一贯的清贫场景，略显富丽堂皇的气派。

马格洛大娘明白他话中的含义，她悄悄走了出去，过不多久，那三副银制餐具便齐齐整整地在那台布上闪着炫目的光芒。

四、蓬塔利埃的乳酪厂

为了大致讲述那天的聚餐，我们最好转述一段巴狄斯丁给波瓦舍佛隆夫人的信，那上面无一遗漏，真实地记录下谈话的全部内容。

……那苦役犯不在意任何人。他只是像一个饿鬼般——他也确实饿坏了。吃过汤后，他说：

“仁慈的神甫先生，这一切食品简直太美味了，可我不得不承认，不愿与我共进晚餐的那些车夫的晚饭也要比您的丰盛许多呢。”

“说句实在话，我觉得这话不太入耳。”我哥哥却说，“他们的生活比我辛苦的多。”

“‘不，’那人否定道，‘他们富裕着呢。您过着清贫的生活。我知道。您也许还没当上本堂神甫吧。您仅仅是普通神甫吗？太不公平了，如果上帝是平等对待万物的，您就该做个神甫。”

“仅仅用公平二字难以涵盖上帝的诸种恩赐。”我哥哥说道。

停了一会儿，他又问：

“冉阿让先生，您决定去蓬塔利塔的啰？”

“那是无可更改的。”

我记的这是他的原话。他接着又说：

“我明天一大早就得走。这段路程艰险重重。夜晚阴冷，白天炎热。”

“那倒真是个好所在，”我哥说，“大革命来临时我家破产，我便隐蔽在法兰什、康地，自食其力。我有惊人的耐力。只要我们愿意好好干，就能找到许多活儿。那儿有相当多的工厂，像造纸厂、制革厂、蒸馏厂、榨油厂、规模相当的钟表制造厂、炼钢厂、炼铜厂、铁工厂更不用说了，最少有二十家，有四家在洛兹、夏蒂荣、奥当库尔、白尔，这些厂都相当大。”

我觉得我没弄错，他说的一定就是这几个名字，当即他又打住，问我：

“妹妹，我们在那儿还有亲戚吗？”

我答道：“曾经有过，像蓬塔利埃的卫戍司令德·吕司内先生——当然，是大革命以前。”

“确实，”哥哥说，“九三年之后大家都是独立的个体，都自食其力。我当过工人。您的目的地，也就是蓬塔利埃，有被人称作果品厂的乳酪厂——那些厂家可是有着极悠久的历史，这项实业本身也很有意思。”

我哥哥一边给他加食品，一边具体地讲述蓬塔利埃乳酪厂的情况。那厂矿有两类，一类是属于富人阶层的所谓“大仓”，他们养着四五十头母牛，每年夏天酪饼的产量可以高达七千到八千个；另一类是穷人经管的所谓合作果品厂，乡下人把他们的牛赶到一块儿让大家养，大家也一起分享成果。他们雇用了一个制酪工人格鲁阐，他负责收集各会友的牛乳，一天三次，并记在双层板上。四月底，乳酪厂开始运作；六月中旬，制酪工人们就赶着牛群回山里了。

那个人吃着，状态也渐渐好起来了。我哥哥请他喝母福酒，他说那酒太高档，所以拒绝了。我哥哥带着已为您所熟知的那种愉悦感给他讲述各种事情，殷切之意流于言表。他三番五次地说格鲁阐是个好地方，那神情仿佛是他急于让冉阿让知道他有一个多么好的安身立命的所在，可作为局外人他又不方便直截教导似的。有一件事令我终生难忘。我刚刚说过他是一个苦役犯，可是我哥哥在谈话期间没有说过一句标明他的身份、也标明他自己身份的话语——除了那人刚进门时，我哥哥谈了几句有关基督的话。那种场景，最适合教导他两句，使他牢牢记着教训，并且用主教的名义压制他。换了别人，即便有同样的仁义心肠，会以好的食物慰藉他，可是他们一定不会放弃这样一个大好机会——略带责备地劝诫一番，浪子回头金不换云云。哥哥却压根儿没有提及他的籍贯与历史。要知道，他的失误深藏在那段历史中，哥哥显然是在回避那些能勾起他的回忆的话语。他提及蓬塔利埃的村民，他说他们生活悠逸、环境优雅。他还说他们过得愉快——那是因为他们没有过失——他却突然就此打住，担心这随口说出的两个字使那犯人多心。我当时一愣，后来才明白他用心良苦。他一定在想，那可怜的冉阿让已经受了太多的苦楚，所以最好让他过得轻松一些，假装什么都没有发生过，像对旁人一样对他，让他心安。即使他只有片刻的安宁感，也好呵！这难道不是最深切地理解了仁慈的内涵之后才做出的举措吗？亲爱的夫人，他置训诫、教训于不顾不正是体恤至极高明至极吗？人若是有了伤心事，不去触摸伤口不正是最好的抚慰吗？这一定就是我哥哥的所思所想了。可是，即便他这样想，——我简直可以打保票，他丝毫不曾对他人流露出这个意思，他一直都还与平时无甚两样，他那个晚上与冉阿让共进晚餐，就如同身边坐着瑞德翁·勒普莱服先生或者总司铎辖区的司铎一般。

晚餐就要结束了，我们吃着无花果来消遣时，传来一阵敲门声。来人是瑞波妈妈，抱着他的孩子。哥哥吻吻那孩子的头，从我这儿拿走十五个苏交给瑞波妈妈。此时，冉阿让已自在些了，而且也不怎么注意四周的情景了。他不说话，看上去相当疲惫。那可怜的妇人离开了，哥哥念完了谢食文，便回转身去，对他说："您现在应该睡个好觉。"马格洛大娘立马清理餐桌。我知道我们该退出，便一起上楼，让他去睡觉。等了一会儿，我又让马格洛大娘把我屋里的那张黑森林麂子皮送到他的床上。夜凉似水，这就能防冻了。遗憾的是那张皮上的毛已经全部脱落，因而破旧不堪。这还是哥哥以前在德国多瑙河发源地附近的多德林根城买的，他同时还买了一把象牙柄的小刀——至今我还在吃饭时使用。

马格洛大娘很快就上了楼，我们一同在那晾衣服的屋中祷告，之后，就回房睡觉，再没说些什么。

五、静　谧

还是回到晚餐后的场景吧，卞福汝主教跟妹妹道了晚安，随后交给他的客人一个银烛台，他也在桌上拿了一个，说道：

"先生，让我来领您去您的房间。"

那人走在他身后。

以前我们描述过那座房子的布局，无论是进入那个有壁厢的祈祷室还是从那儿出来，都必然路过主教的卧房。

他们穿经他的卧室时，马格洛大娘照例做着她每晚入睡之前要干的最后一件事——将那些银餐具放入床头的壁橱。

主教让他的客人住在壁厢。那儿已准备好了洁白的床铺。冉阿让把烛台放在一张小桌上。

"好了，"主教说，"祝您睡个好觉。明早，您出发之前，再喝杯热牛奶。"

"谢谢主教大人。"他说。

这句平和的话刚刚说完，他忽然做出一个怪异的动作，幸好那两位妇人不在场，否则她们定会吓得目瞪口呆的。时至今日，我们依然无法确知是什么力量主宰他那样干。他是想警告还是威胁？还是源于一种他本人都无可预知的本性的冲动？他突然转身面向主教，两手叉腰，恶狠狠地盯着这位仁慈的长者，而且厉声叫道：

“哦？真的？您让我睡的离您这么近？”

接着传来一阵可怖的笑声，说道：

“您那么自信吗？谁跟您保证我不是杀人犯呢？”

主教抬起头，盯着天花板，答道：

“那是上帝的事。”

之后，他庄重地移着嘴唇，如同在做祷告，或者在自言自语，他伸出右手的两个指头为冉阿让祈福，那人却不低头，也不回头或者向后看，径直走向自己的房间。

平日里，若是壁厢里有人居住，他常会拉开一块大哔叽帷布盖住神座。这次当他经过帷布时，又跪下祈祷了片刻。

又过了一会儿，他便在那园子中散步、苦思、冥想，他的精魂全部集中于上帝为夜间未眠的人展示的崇高奥妙的事物上。

那苦役犯，因为过于劳顿，连那雪白的床单还未来得及享受，便用鼻孔弄灭蜡烛——囚犯们的一贯行为，一头栽在床上，进入梦乡。

主教从园中回来时，指针刚好指向十二点。

又过了几分钟，那住宅中的一切都入睡了。

六、冉阿让

半夜里，冉阿让醒了。

让我们来介绍一下这个人吧。他是布里一个贫苦农民家里的孩子。他小时候是个文盲。长大后，他在法维洛勒当一名修剪工，他的妈妈是让·马弟，他的父亲叫冉阿让或是让来之类的，没准儿让来是绰号，即“阿让来了”的缩读。

冉阿让天生就爱思考，可他并不孤僻，这是情感丰富的标志。可是从外像上看，他总有些昏昏沉沉，不知轻重。他幼年父母双亡。他的母亲得了乳炎，误诊致死。他的父亲也是个修剪工，不小心摔死了。冉阿让唯一的亲人就是他的已做了寡妇的姐姐，她有七个孩子。也是她把冉阿让抚养长大。丈夫活着时，她一直照料着她的幼弟。丈夫死了。七个子女中最大的才八岁，最小的仅一岁。冉阿让刚刚年满二十五，便代替父亲的职位，给姐姐帮忙，以报答她的养育之恩。那都是一种自然而然的事，如同履行某项天职，冉阿让做得可能还更过分些。他在那俸禄微薄的艰苦工作中度过了自己的年轻时光。没有人谈起他有个“女朋友”。他没功夫思考这个问题。

他常常到夜幕降临时才回去，人像走了形似的，不说话，闷头喝菜汤。他吃饭时，那位让妈妈往往从他那儿舀出一些最好的食物，像一块瘦肉、一片肥肉、白菜心之类递给她的一个孩子。而他，几近于趴在桌上，头几近于浸入汤中，头发就飘在旁边，盖着眼睛，他只是吃，任别人拿，仿佛什么都没看见。

在法维洛勒街，阿让茅屋的斜对面处，有一位叫作玛丽·克洛德的农村妇女，经常遭遇饥饿的阿让家的孩子有时难免以母亲的名义去她家里借勺牛奶，然后藏在篱笆后面或是路角处“分赃”，他们忙着争来抢去，搞得小女孩子的身上、颈上都是奶。妈妈若是得知这不法行为，决不会放过这群小骗子。而冉阿让怒气冲天，骂个不停，却总是瞒着姐姐付牛奶钱给玛丽·克洛德，使他们免受皮肉之苦。

修剪树枝的时节，他一天能挣十八个苏，之后他便做小工、割麦零工、牧牛人、苦工。他干他力所能及的事。他的姐姐也做工，可是那七个缠人的小家伙怎么办好呢？他们是一群生活在烦恼世界的人，穷苦是这世界的主旋律。有一年冬天，冉阿让没活儿可干。家里却没有面包。绝对没有哪怕是一丁点的面包，却确确实实有七个孩子。

穆伯·易查博是一家面包店的老板，他家就在法维洛勒街的天主堂广场上，某个星期日的晚上，他正打算去睡觉，忽然听到敲击声从面包铺的装上铁丝网的玻璃窗上传来。他跑来看时，正撞见一只手从那网和被拳头打破的窗洞中伸入偷出了一块面包，易查博立即追出，小偷没命地逃，最终，易查博追上了他，抓住了他。他的面包丢了，胳膊上鲜血淋漓。他就是冉阿让。

那正是一七九五年。冉阿让以“黑夜破坏有人居住的房屋并入内行窃”罪被送进法院。他枪法很好，而且爱好私自打猎，他的猎枪自然也成为对他不利的证据。公众对于私下打猎的人早已形成一种成见。他们与走私者一样，与土匪相当。可是我们还得强调一点，与城里那些品迹恶劣的杀人犯相比，他们的行径根本不算什么。要知道，私下捕猎的人呆在森林里，走私者则呆在山中、海上。而城市是凶蛮的发源地，它会使人走向堕落。山、海与森林却仅仅使人变得粗犷。它们仅仅扩展了野性，却丝毫不泯灭人性。

冉阿让由此被判罪。呆板的法律条文不容情。在所谓的现代文明中，有很多使人齿冷的时刻——多半是刑法置人于进退两难的尴尬境地时。一个有头脑的人为社会所拒绝，遭遇不可挽回的摒弃，他该过着多么凄凉的生活！他被判五年苦役。

一七九六年四月二十二日，巴黎城庆祝着意大利前线总指挥的芝泰洛泰大捷。同一天，比塞特监狱里增加了几条长铁链。冉阿让也成为其中之一。当时的一个狱吏至今依然清晰记得——虽然他今天已经快九十岁了——那个可怜的人被锁在第四条链子的末尾，他瑟缩在院子的角落里。他和其他犯人一样原地坐着。他似乎什么都不知道——除去他已相当清楚他的可怕的处境。没准儿在他那毫无阅历的单纯思想里，总觉得这判决过分得令他难以接受。所以当狱吏在他脑后钉着木枷上的大头钉时，他放声大哭。他呼吸艰涩，泣不成声，人们只能听到他的只言片语：“我是法维洛勒的修剪工。”他一边流泪，一边举起右手，逐渐地向下按、愈来愈低，重复七次，那样子像是摩挲过七个不同高度的头顶。我们不难猜到，他做的一切均是为了那可怜的孩子。

他前往土伦。他的颈上挂着铁链，搭乘小车，二十七天后，到达目的地。在那儿，他换上红色囚衣。自此，他的生命磨灭了，甚至包括他的名字。他不是冉阿让，他叫二四六〇一号。姐姐如何呢？可怜的孩子如何呢？谁来照料他们呢？正值青年的树叫人齐根锯倒，那残留的小苗能好得了吗？

这几乎是一模一样的经历，那些造物的杰作，可悲的生动活泼的个人，自此便没了依靠。没了目标，没了归宿，他们只能听从命运的派遣，四处游荡，谁能讲得清楚呵？自此人各一方，慢慢陷入贫苦的人的那种无处可逃的窘境中，之后便加入人类社会的悲惨行列，之后他们与那些遭遇悲凉的人一样，逐个地消却了生命。他们远离了家乡，家乡的钟塔不记得他们了，田地边的界石也不记得他们了，连他们自己，经过几年狱中生活之后，也不记得那些东西了。他的心中曾有一道深深的刀口，渐渐地只剩下了印痕，如此简单。至于他的姐姐，他在土伦总共只听见别人略提过一次。那好像是他在牢狱里度过的第四个年头。我记不清楚他是从那儿弄到的消息。一个认识他们的老乡说见过他姐，还说她在巴黎。就在常德尔街，那是穷人聚集区，离圣稣尔比斯教堂不远。她只带着她那个最小的男孩子。其余的哪儿去了呢？可能她自己都还不清楚。早上，她去印刷厂做装订工人，那厂子就在木鞋街三号。她每天早上六点必须到厂，在冬天，天还没亮呢。那印刷厂里还有一个学校，她便天天送那七岁的孩子去念书。只是她六点进厂，学校七点才开门，那孩子不得不等上一个小时才能进校。冬天来临时，他就在黑暗的、寒风呼号的院子中熬过那一个小时。有人说孩子麻烦，因而他不能在厂里边等候。工人们一大早上工时，常看见那可怜的小东西躲在一个黑暗的角落里，呵欠连天地坐在石子路上，要么便是蹲着，趴在他的篮子上进入梦乡。若逢雨天，看门的老婆婆着实于心不忍，便叫那孩子进屋，那间破屋子也只摆设着一个旧床、一架纺车、两把椅子，孩子就蜷缩在角落里，紧抱着猫儿以多获取些温暖。等到七点钟，学校门开了，他一溜烟地跑进去。以上是冉阿让听说的情况。那人在那天告诉他这些，他知道了他牵挂的那些亲人们的境况——但只是极其短暂的瞬间，就像突然打开的一扇窗子——立即又关闭了。自那以后，他再没有听见别人谈论过他的家人们，再也没有有关家人的任何信息，再也没有机会与他们相见，而且即便在这段凄惨故事的后半部分，我们也不可能再见到他们了。

入狱的第四年年尾，冉阿让找到了越狱的时机。他的同伙从中相助——这种事是同处患难中的人之间极其常见的。他逃出了牢房，在田野中“自由”地闲逛了两天，然而所谓的“自由”内涵如下：受到围攻，不时往后看，为一点轻微的声响不安，害怕所有的事物，害怕冒烟的屋顶、过往的行人、狗吠、马奔、钟响、白昼、黑夜、大路、小道、树林和睡眠。不幸的是他在第二天的晚上又被带回牢房。他不吃不睡的状态持续了整整三十六个小时。海港法庭对他这次越狱判决延长拘禁期三年，总共是八年。到第六个年头他有了逃跑的机会，他想充分利用但没有得逞。点名时发现他跑了。警咆轰鸣，晚上，巡夜人发现他藏在一只正在建造的船骨里，他拒绝被捕但是失败了。出逃加之拒捕，使他接受了加禁五年的判决。这五年中，得带两年的夹链。总共十三年。第十年，他又企图越狱，仍以失败告终。这又使得他多判了三年。总共十六年。到最后，可能是第十三年，他又试了一次，结果是四个小时后又被抓住。那四个小时的结果是三年监禁。凡十九年。一八一五年十月他被赋予自由。他于一七九六年进狱，就因为弄碎了块玻璃、拿了块面包。

我们有必要在这儿加句题外话。这种因偷窃一块面包而导致了终身悲剧的案例——据本书作者对刑法问题与法律裁判的研究——并非绝无仅有。克洛德·格偷了块面包，冉阿让也一样。据英国的一个统计家讲，伦敦的五件偷窃事件，其中有四件是因饥饿导致的。

冉阿让进狱时痛哭着、战栗着，可他出来时心如死灰，他进去时悲观失望，出来时则老气横秋。

他的心，曾泛起过波澜吗？

七、他的苦闷

我们来尽力描述一下。

既然这些都是社会造成的，它更应直视这种事。

我们前边提到过，冉阿让不怎么识字，但他生来就具备了灵性，故而并不愚蠢。愁苦更点亮了他心中的点点微光，棍棒、鞭笞、禁闭、镣铐、疲乏之苦不时袭来，并受着毒日的熬煎，躺在那囚犯的床上他自省其身，反复回味。

他为自己建构法庭。

他开始审问自我。

他承认自己是有罪过的，而且应该受那样的判决。他自知他的举措是冲动的，应受处罚的；如若那时他去乞求那面包商，人家也未必不给；无论如何，他是该在别人的同情或者个人的工作中去等待面包的来临；有人会问，饥饿也能等待吗？这种借口不是无可反驳的；世间原本就少有真的饿死的事情；更何况幸运与否，人类有生俱来的坚忍本性，使得他们在精神上、肉体上遭受多重折磨而不至于离开人世；故此忍耐是重要的；即便看在那帮可怜的孩子们的份上，也该寻找一个妥善的途径；像他那样一个下层的人居然也妄想与整个社会对抗，还自以为是，想着偷到面包就能消除困境，真是狂妄之举；总而言之，你要想经由一扇门后就不再受穷困的折磨，同时也保全你的声誉，这种门总归是坏的；总之，他是弄错了。

之后他又反问自我：

在这通向绝境的通道上，他是否是仅有的一个犯了错的人？渴求工作，却找不到工作，希望劳动，却又没有面包，首先，这事是不是很严重呢？以后，做了错事并且承认了，所受的判决是不是太过分了呢？法律在判决方面所犯的过失难道不比犯人在犯罪方面的过失更大呢？这两端，加在处罚上的砝码不是过重了吗？苛刻的判决当然无法消却过失；苛刻判决的结果对局势的转变于事无补，处罚者的过失当然不能代替犯罪者的过失，当然也不可能让犯罪的人转化为受害者，让债务人转化为债权者，让侵权的人同样接纳人权保证，这样看问题对吗？试图出逃一次，接着重罚一次，这样不就形成了强者迫害弱者、形成社会对个人的侵犯，而且敦促这罪行反复重犯，一直延至十九年之后吗？

他又问自己：人类社会是否容许它的成员在特定情况下接纳它的不合理的漠然态度，而在另外一种情况下又接纳它的不合情的怀疑态度，并且让可怜的人们永远处在那要么缺乏工作，要么有过量刑罚的境地中呢？偶然的机遇便促成了贫富差距，在社会各阶层中最贫穷的人当然也最需要别人的关心，反而，这社会对这批人要求苛刻，这难道就是合理的吗？

他思考着上述问题并且推出了结论，这样以后，他犀利地批判社会并认定这是个充满罪恶的时代。

他满腔怒火，判它有罪。

他论证他的痛苦，社会应负担部分责任，他暗暗决定，他迟早都会跟它算这笔账。他比较他的行为给别人造成的损失以及别人对他造成的损失——看上去是那样的不成比例，他终于认定把所遭遇的一切岂止是不公正，简直就是不平等。

极端的愤怒或许是疯狂，或者是荒诞，发怒有很多时候是错误的，可是，人若不是在某处过于感慨是不至于愤怒的。冉阿让感到自己极为愤怒。

再加上，社会赋予他的只有迫害。他眼见着的社会，一贯都是那副凶神恶煞般的样子——它对于它的迫害对象自称是正义。人们平日间与他的交往，最终都是以伤害他为结局。他与其他人的交往，从来都只接受打击。自他幼年时起，他失去了母亲，失去了姐姐，没有人友善地对他讲话，也没有人和蔼地对待他。从痛苦走向另一个痛苦，他的结论是：人生是一场战争，在其中他是失败者。他所能采用的武器只有仇恨。他坚定信念，他要在牢里不停地磨炼这武器，并且要终生相携。

一些无知的教士在土伦开办了一所囚犯学校、教授一些有用的课程——针对犯人中的有毅力者。他就是那些人中的一员。他四十岁时入校，学读、写、算。在加深知识的同时，他的仇恨也在增强。特定情况下，教育与智力都是济恶的必要手段。

我们不得不遗憾地讲，他审判了给他带来重重磨难的社会以后，他又着手审判那社会的创造者——上帝。

他同样判了上帝的罪。

十九年苦刑、奴役的生活使得他的心一边在上升，一边在堕落。他时而醒悟，时而糊涂。

我们早就明白，冉阿让并非天性如此。刚入狱时他仍然心地良善。然而当他在牢里判了社会的罪后他的心肠变得凶狠了，而判了上帝的罪后他觉得自己已是无所畏惧。

我们必须在这儿多思考。

人的性格难道真的可以从头至尾地改变吗？上帝创造了人，人性本善，还可以经人力变恶吗？灵魂是否因了解的命运的影响也绝对恶化呢？莫非人心也会被后天扭曲成各种残废——如同那矮屋下的脊背，因受了太多的压迫而扭曲变形？在人们的内心深处，尤其是在他的心灵深处，真的就没有一丝善的火星？那火星来自上帝的赋予，它在人间不会腐朽，在天上不会熄灭并因善而发扬光大，焕发着炫目的光芒，而且，它永远也不会被恶扑灭。

这些问题相当复杂、深奥，难以回答，可是任何一个人，如果他在土伦看到这苦役犯交叉双臂，坐在绞盘的铁杆上若有所思，链头刃为避免拖拉而放入衣袋，他那神情是郑重、严肃的，不说一个字；如果他看到这为法律所不容的人每每以愤恨的目光注视着每一个人，如果他看到这被文明拒之门外的人每每严肃地盯住天空，他对上述问题最末一个的答复会脱口而出：“没有。”

当然，无须讳言，他在这儿看到那难以挽救的局态，他也许会生发怜悯之心，为那可怜的犯人喊冤，可是他根本不会去想怎样医治他的创伤，他只会回避那人心灵上的伤口，甚至和那掉头背向地狱的但丁一样，擦去上帝在每个人的生命的前额上写下的两个字——“希望”。

我们尝试着浅析了他的思想，可冉阿让本人是否这样明白他自己的思想呢？

他能否看清那构建他的精神痛苦的各个组成部分？他又能否看清它们的形成过程？他的思想在逐级发展，他终日都为那惨淡的事情所围困，以至于长年累月以后他的精神世界总是局限在那些景象的范围内，不甚文雅的他清楚这思想的发展层次吗？他是否明白自己思想的起伏跳跃呢？我们无法肯定，也难以相信。他的知识过于贫乏，以至于他虽然遭受苦痛，可仍是懵里懵懂，他根本讲不清楚他所感受到的东西。冉阿让生活在黑暗中，所以他在哪里吃苦，就在哪里憎恨，也就是说，他什么都恨。他的生活环境是黑暗封闭的，就像盲人，或者梦游人在胡摸乱撞。不过，偶尔，他也会莫名地感到一阵愤怒，一阵刺心的痛苦，还会感到一道暗淡的、闪电般消逝的光照亮他的内心，在它的照耀下他一生中诸种不可测的深谷与凄凉的未来闪现于他的四周。

闪光亮后仍是无边的黑暗，他在哪儿？他不知道。

他所受的刑罚是极不科学的，因为这种刑罚是最能够残害人的精神的，它的折磨会使人由慢慢地毒害深化成野兽，甚至会化成猛兽。冉阿让的多次逃狱行为，充分证明了这种法律在人的心灵上产生的负面影响。显然他的计划根本于事无补，是极不切实际的，可是，一旦有时机，他都有一试的欲望，他不会去想再次被抓回的结果，也不会总结先前的经验。他如同一只狼，只要看见关它的门开了，就想急速出奔。本能敦促他“逃走！”理智的声音响起“等等！”在那难以抗拒诱惑下，他的本能占据了主要地位，理智终于渐渐消逝。在他那儿运作的是满腔的兽性。他的再度被捕给予他新的判罚，这又让他惶惶不可终日。

他的体格相当强壮，牢狱中的任何人都无法与他相比——这件小事我想应该强调一下。干苦力时，不管是扭铁索还是推绞盘，冉阿让都与四个人的气力相当。他能举得起，扛得动相当重的事物。有时候他甚至能取代一个千斤顶，我们以前称之为“骄子”，顺便说一句，巴黎菜市场附近的那条骄子山街就是由此得名的。冉阿让被他的伙伴们叫作冉千斤。有一次，土伦市政厅正在整修阳台，那下面放着很多彼惹雕的人形柱子，漂亮可人，其中有一根忽然脱了榫，看上去马上就要倒下来。冉阿让碰巧也在那儿，他就以肩头撑住那摇摇欲坠的柱子直到别的工人赶来整修。

而他行为的敏捷比他的力气更令人喜欢。有的囚徒一年到头都想着越狱，因而他们巧妙地组合了巧与力，从而建构一门真正的科学。那些艳羡飞虫飞鸟的囚徒们终日都致力于练习那奇妙的技艺。对于冉阿让来讲，他擅长攀援绝壁，在不易着脚的地方找出着力点。他在墙角里，他能运用背部、膝部和肘部的屈伸，紧贴着石块的凸凹表面，像要魔术一般飞升到四楼。他有时，也会以相同的动作直抵监狱的房顶。

他总是沉默。他从没有笑脸。除非受到很大刺激时，你才能听得到他那似魔鬼般狰狞、伴着回声的笑声，就是这样的笑，一年当中也最多一两回罢了。他的那副神情，似乎总在留神着将要发生的什么惊心动魄的事件似的。

确实，他总是若有所思。

本来，他的天赋就是残缺的，加上智力上所受的摧残，经由他的片面的判断力，他模模糊糊地感到一个什么怪物附体。在那晦暗、苍白、处于昼夜之间的地方过着一种非人的生活，他每每转过头，向上空凝望时，便既愤怒又惊惧地看到他的上边，重重叠叠地堆着那许多令人恐怖的东西，那当中有法律、偏见、人、事，高高地堆积着，那高度难以估算，直耸云霄，他无法弄清楚它的形状，可是那体积的确让他心惊胆战，其实，那也不是什么怪物，无非是座庞大的金字塔，现代文明的象征。不论这里还是那里，有一堆堆的人群，他们或呆在那看似缓缓挪动、形状怪异、若即若离的不可名状的东西上面、或呆在那难以企及的高原上面，那些人的脸庞被刺目的光线射得清清楚楚，或是带棍棒的狱卒，或是手把钢刀的警察，或是戴着高帽的总主教，而制高点，也就是那一片圆光的汇集点，是戴着冠冕、引人注目的帝王。更远处那种种奇迷的景致非但不能将他拉回现实，反而让他更加忧郁、困惑。所有的法律、偏见、物体、人与事都按照上帝指定的有关文明的神秘布局，在他的上空转来转去，用那种残忍而又宁静、安宁而又苛刻的无可名状的方式折磨他。那些可怜的人们——他们被压在厄运下，打入无可回复的十八层地狱，为法律所不容，他们似乎负荷了社会的全部重量，处于它外边的人害怕它，处在它下边的人同样害怕它。

在此类的境况下，冉阿让思绪飘荡，但他的思维的实质究竟是什么呢？

如若呆在磨盘下的黍粒能思考，它一定跟冉阿让想的相差无几。

最后，他的内心构建成一种无可比拟的复杂状态——那是由充满了魔鬼的现实和充斥着现实的鬼宅交织构成的。

有时候，他正在牢里干活，突然间便停了下来，思虑着什么。他的理性又开始了新一轮的反抗——当然，是更成熟也更混乱的理性。他感觉他受到的一切待遇都有失公平。他四周的一切都是冷冰冰的。他常常以为自己在做梦，有时候也看着那离他不远的狱卒，误以为那是一个鬼，可就是那个鬼突然给了他一棍。

这个清晰丰富的自然界于他而言是可有可无的。我们甚至可以这样讲，对于冉阿让来说，太阳，春秋佳日，碧空以及四月的晓景没有什么区别。那统治他的心的，该是一束何等晦暗的光！

最后，让我们把上述言词做个总结，那就是，冉阿让，前法维洛勒的一个安守本分的修剪工，今土伦的一个坚强的囚犯，受着监狱的潜移默化的作用的影响，十九年来能做两种坏的举措：第一种行为是完全出自本能的对痛苦的反攻，那几乎是迅疾的、浮躁的、不用思索的；第二种行为是他多次考虑过的从痛苦中得出的错误观点，那行为是阴沉的、稳重的、平心静气的。他的计算往往经由了思虑、决心与固执三个连续的步骤，这也正是个性的体现。这事的起因是满腔的愤怒，内心的苦懑、由长期被冷眼相待而引发的深切的感觉，对他人的反抗，这其中有善良、无辜与公正的人，如果这世界上还真有这类人的话。他所有的思想都源于对人类法律的憎恨；那种恨，最好能在发展期就加以遏止，否则的话，便转化为仇视人类，继而仇视造物主，最后则不管是谁是人就想杀，——这呼吁着理智的来临。据我们所知，那张护照上写着冉阿让“为人异常凶狠”不是毫无道理的。

时日飞逝，他的灵魂渐渐地，无可挽救地枯萎了，他的心也枯萎了，他的眼泪干涸了。到他出狱的那天为止，凡十九年，他未流过一滴眼泪。

八、遇难者

有人落海了！

那有什么关系！船依然要前行。风继续吹，这条航船有它艰险的旅程。它行驶过去。

那个人在水中忽沉忽浮，一会儿消失，一会儿又出现，他挥手、求救，却没有人听见。那船在狂风中正摇摆不定，所有的人都忙于工作，海员和旅客则是连一眼都不愿多看那溺水者了，他那可怜的头无非是沧海之中的一粟。

他凄厉地号叫着。那刚刚过去的船无异于一个鬼影！他盯着它，似发了疯似地。它渐渐远离，影子渐渐淡了，船也渐渐小了。刚才他还呆在那船上，是水手中的一员，是一个鲜活的生命，有着属于他自己的空气与阳光，刚才他还与别人一道儿在甲板上巡逻。现在怎么会这样呢？他不小心脚下一滑，摔了下去，这就完蛋了。

他处于惊涛骇浪的包围之中。他的双脚踩不着实物，只能不停地下坠。随风劈下的波涛恶狠狠地掀打着他，大的波浪使他起伏不定，白色的浪花不时拍击在他的头上，一阵阵的狂澜向他扑来，而巨浪几近于吞噬了他；他多次下沉，都模糊望见那黑不见底的深渊，他被一些不认得的植物缠住了双脚，好像要被拉下去；他感觉自己也是一个漩涡，是泡沫的一个组成部分，波浪反复地拍打他；他吃了几口咸涩的海水，那海水似乎一定要将它吞噬，不达目的决不罢休，那海的国度居然用他的生死来开玩笑。好像这儿的水与他前世有仇似的。

但是他并不放弃希望，他努力护好自己，抖擞精神，努力泅泳。可是他那点儿力气很快就用没了，他仍得在波涛中奋斗。

船呢？前面。那水天相连，暗淡无光的地方，似乎有一只船。

狂风怒吼着，浪花无止境地猛扑向他。他抬眼上望，看见了灰蒙蒙的云。他奄奄一息地目睹浩海的壮观，可这壮观已将他推至绝境。他听见一声很奇怪的声响，那好像是从世外、从不知哪里的恐怖的国度里传来。

云中有很多的飞鸟，就像在现世的灾难上面有很多天使。但是它们与他有什么关联呢？他们自在地飞翔、高歌，而他，只能在凄厉的求救声中死去。

他感觉是同时为两件硕大无边的东西所掩埋，——大海与天空，一种做墓穴，一种当作殓衣。

黑夜降临了，他已经在水里呆了好几个小时，气力皆无，那艘船，载人的船已渺无踪影。他一个人陷入那可怕的、为暮色所笼罩着的深渊中，他在下坠，他在挣扎。海底有多少可怕的、素未谋面的怪物呵。他喊道。

没有人。上帝在哪儿？

救命呀！救命呀！他不放弃生还的希望。

水边什么也没有，天边亦如此。

他恳求空间、波涛、海藻、礁石，它们默不作声；他哀求暴风，可它只听从太空的命令。

环绕他身边的是夜色、暮霭、孤寂，随波逐流的恐惧感以及起伏不停地波涛。他的身体中只剩下了困顿与畏惧。他的脚下只剩下了虚无。他没有立足之地。他难以想见他那尸体在空旷的虚冥中漂流的场景。无边的寒冷使他发僵。他的手变得麻木，握住的还是虚无。哪里飘来的风，哪里飘荡的云，涡流、狂风，璀璨的星光！他能做什么？放弃希望的人只好听任命运的捉弄，无可奈何的人只好静待噩运的到来，他只能听之任之，随之漂流，他失却了反抗的勇气了，现在，他算是开始坠入趋于死亡的深渊中了。

啊，人类社会亘古不变的航程：多少人在这旅途中失却了魂灵；人类社会如同汪洋大海，漂流着无数被抛弃了的人；最凄惨的莫过于无人帮助；啊，这正是心死啊！

大海，那残酷的法律摒弃它的反抗者的渊头；大海，无尽的苦难的源泉！

漂流在深渊中的心灵终有一天变得僵硬，谁能使它回转来呢？

九、所谓“自由”

冉阿让出狱时，有人附在他耳边对他说“你自由了”，这一刻他盼了许久，至今反而是在虚幻之中、是在梦中一般；一道从未有过的炫目的光芒，一道真正的人生的光芒忽然刺入了他的心灵。然而这道光，马上就淡下来了。刚开始冉阿让一想到自由，便兴奋不已，他终于盼到新生了。可是他马上就回到了现实中，既然现在他手中的仍是张黄护照，他的自由也就那样吧。

而且在这事上他有许多的苦衷。他私下里算过，如果按照他在狱中度过的时间来算，他的积蓄应该是一百七十一个法郎。还得指明，这十九年当中，礼拜日和节日的所谓休息至少使他少挣了二十四个法郎，那数目他还没计入总账呢。简单地说，经过层层盘剥，那储蓄到他手里时，只剩下一百〇九个法郎十五个苏。这就是他出狱时的积蓄。

他虽不明白这中间是怎么回事，但他一直认定有人占了便宜。也就是说，有人偷了他的东西。

出狱后第二天，他抵达格拉斯，他看见很多人聚在橙花香精提炼厂门前帮忙卸货。他主动要求帮忙。那会儿他们干得正忙，便答应了他的请求。他大干一番。他是那样一个强壮、聪明、能干的人，他干得相当卖力，因而老板也满意。他正干活时，有位警察路过，看见他便询问他的证件。他不得不取出他的黄护照。那警察看完以后，冉阿让继续工作。起先他问过一个工人干那种活一天能挣多少。工人说：“三十个苏。”晚上时，他就去跟那香精厂老板要工资，因为他第二天一早就得赶路。厂主什么也没说，给他十五个苏。他表示不满。那人说：“我已经对你不错了。”他还要，老板瞪大了眼睛对他说：“当心黑屋子。”

那回，他感觉自己又被盗了。

社会、政府在付给他储蓄时盘剥他一次，如今又轮到那臭小子来盘剥他了。

被释放并非意味着获得了自由。他的确离开了牢狱，却永难离开曾有的罪名。

这就是他在格拉斯的经历，至于他以后在迪涅城受过的待遇，我们就不用再说了。

十、恶　念

天主堂的钟的指针指向两点时，冉阿让醒了。

也许是那床过于舒服，以至于他早早醒来。他已经近十九年没有体验过床的感觉了，虽然他照例不脱衣服，可是那种新奇感还是对他的睡眠产生了影响。

他睡了四个多小时，消却了疲乏。他已经习惯于短时期的休息。

他睁开双眼，环顾那黑暗的四周，然后他又闭上眼睛，想再睡会儿。

假如白日里经历了太多的事情，脑子里有了太多的感触，我们也许只能睡，而非入睡，睡当然容易，再睡可就不那么容易了。这正好符合冉阿让的状况。他无法再睡，他只能想。

他此时正陷入思维混乱的状态，一种他搞不懂的东西在他脑海中翻来覆去。旧恨新愁在他的心中反反复复，一片混乱，梳理不清，既失去了原先的形状，又

无限地扩大了它们的外延，随即好像一下子便消逝在澎湃的激流中。他想了许多许多，可是有一件事比其他的任何事件都重要，而且在他的脑海中多遍地显现。这件事，就是——他看见了马格洛大娘摆在桌上的六副银器与那个大汤勺。

他烦躁不安。那些东西离他只有几步之遥。刚刚他穿过隔壁那屋子走进房中时，那老太婆正准备把它们放进床头的小壁橱里。他尤其注意到了壁橱。餐室，右拐。它们多好啊！何况还是古银器，仅仅那个大勺，最少就能卖二百法郎。那是他在十九年里赚钱的一倍多。确实，如果“官府”未进行“盗窃”行为，没准儿他还会多得几文。

这念头在他脑海中折腾了有一个小时之久。三点了。他又睁开眼睛，猛然坐在床上，先去摸摸他立在壁厢角里的那个布袋，然后他放下两只腿，又把脚放在地上，似乎还不知道怎么坐成了现在这个姿势。

他就这样坐着，愣了一会儿，屋里的人全部睡熟了，只有他醒着，若有谁看见他这个样子，一定会吓坏的。他又弯下腰，脱了鞋子，放好在床前的席子上，

又像先前那样发呆，一动不动。

在这种非良性的发呆中，那念头不停地在他的脑海中翻腾，进去又出来，出来又进去，像一种莫名的压力折磨着他，而且连他自己都搞不懂，他怎么会像做梦般想起以前他狱中的同伴布莱卫，他的裤子用一根棉织的背带吊住。不知为何，那背带的棋盘格花纹不时地浮现在眼前。

如果没有那只挂钟的敲击——报一刻或者是报半点，那挂钟敲了一下——他就会保持那种状态，很可能一直坐到天亮。可是那钟敲了一下。好像鼓励他："来吧！"

他站起身，踌躇片刻，又侧耳倾听，房子早没有任何声响，于是他一步挨一步地往前凑，终于走到了那轮廓模糊的窗子前。那是个风清月白的晚上，夜色不算太暗，还可看得见片片白云；云来遮月，云过月明，正由此，窗外忽明忽暗，屋内也有些许光亮。那一丝光亮，已能使屋内的人走路，由于行云踪迹不定，屋内同样忽明忽暗，那情景就如同一个人在地下室里呆着，由于窗户外边有人来来往往使得室内的暗淡光线也强弱不定。冉阿让走到窗前，认真地看着窗——没有铁闩，扣着活拴——这也是当地的习俗。园子就在窗外。他打开窗户，一股冷气忽然闯将进来，他马上关好窗户。他认认真真地把那园子看了一遭，或者说，是研究了一回。园子的四周围着一道白色的围墙，不高，很容易翻过。在园子的尽头，也就是围墙外边，他望见成行的树梢，它们等距排列，表明那定是一条林荫大道，要么便是栽满树木的小路。

看过之后，他下定决心，坚定地走向壁厢，拿起他的布袋打开，从中拿出件什么东西放在床上，然后又把他的鞋子放在袋里，扣好，搭在肩上，戴好他的便帽，拉低帽檐，又伸手去拿他的棍子，靠好在窗户旁边，走回到床边，坚定地拿起他刚刚放在床上的东西。依稀可见那细长形的物体的一端磨得似标枪一样，像一根铁棒。

在这种"暗无天日"的环境中我们难以断定那铁棍何以被弄成那种怪样子。没准它是用来撬东西的，也可能是一个铁杵。

倘在白日，我们就知道那不过是平常矿工们的工具——蜡烛钎。那时候，犯人们经常被派遣到土伦四周的高岭上开采矿石，他们由此得带着相应的器具。他们的工具以粗铁条制成，一面磨得很尖，以便于插在岩石中。

他轻手轻脚，悄无声息地朝隔壁房间走去，手中紧握那器具，他走向主教的卧室。他看到那虚掩着的门，留着一条缝。主教没有关门。

十一、付诸实施

他侧耳倾听。毫无声息。

他伸出手。

指尖轻轻地触动门边，如同一只犯了过失想溜进屋的猫。

门挪动了那根本无法察知的一点点，相应地门缝宽了一些。

稍过片刻，他又推门，用更大的力量。

悄悄地，门缝加宽了。那道缝足以让他进屋。不幸的是，门边恰巧有一张桌子，挡住去路，也阻碍他从门缝进去。

他相当清楚这事的难度。不管怎样，他需要加大力度。

他决定继续，用更大的力量。可是，碰巧因为干枯的门臼的缘故，一种嘶哑干裂的声响划破黑夜的寂静、持续许久。

冉阿让极其诧异。那宣判世界末日到来的钟声似乎就在他耳边响起。

最初行动的那刻，过于丰富的想象力使他误认作那门臼是个活物，而且充满激情与活力，如同一只不可一世的狗张狂着，要警醒所有沉睡的人们。

他先前是脚尖着地，现在则是完全着地了，他全身发抖，不知如何是好。他似乎听见他的动脉如同小锤般敲击太阳穴的声音，也似乎听见了山洞中回荡的风声——那不过是他呼出的气的声响。他觉得那门臼发出的那种声响是如此之大，不吵醒全家人那简直是不可能的。那扇门先前就有所警醒而且已经发出警告的声响；那老人马上就要被惊醒了，两个妇人马上就会大呼小叫了，然后会惊醒众多的围观者；不过十五分钟，整座城市都会被吵醒，警察也就要来了。他觉得自己死定了。

他站在那儿，呆若木鸡，不做任何举措。

又过了几分钟。门敞开着。他大着胆子环视那间屋子。还是没有声响，他侧耳细听，整栋房子没有任何声响，好像没有人被吵醒。

第一次的危险安然度过，可是那在他心中引起的恐慌似乎还没有度过。但他没有因此而退缩。即便在他失去了所有的希望时，他也没有后退的念头。他只想速战速决。他上前一步，迈入卧室。

那屋子仍处于沉睡之中。呈现于眼前的只是一些混乱物体的形象，如果在白天当然看得到，无非是些纸张、册子、堆积在凳子上的书籍、堆满衣服的椅子，还有一把祈祷椅。可这个时刻，它们统统化作无限模糊的深渊与迷茫模糊的一片。冉阿让继续着他的脚步，小心翼翼，生怕碰到家具。他听到主教那安宁、均匀的呼吸声，知道主教就睡在屋子的尽头。

他忽然停伫。他不曾想他这么快就来到主教的床前。他确乎是站在主教的床前了。

上天往往会造就一些精妙的时刻，使得自然景象和人的行为巧妙相结合从而造就深远的影响，似乎在敦促我们想些什么，可能是在半个小时之前，天空就布满了乌云。可就在冉阿让立在床前的当儿，乌云四散开来——那简直就是有意的，再加上碰巧射入窗内的月光，正好映照着主教那苍白的面庞。主教睡得正熟。他也没脱衣服，用一件棕色的羊毛衫盖着双臂，垂至手腕——因而山区的夜晚寒气逼人。他仰躺在枕上，相当随意的姿势，一只手搭在床沿，他——主教的指环扣在指上——这只手做了多少慈悲的事啊。他的面容隐现出满足、知足与安宁。那岂止是笑容，更带着生活的激情。他的额头反射着灵光——当然，我们这些庸人看不到。心地良善的人即便在熟睡当中也不忘去注目上空。

一线来自上空的光芒正射在他身上。

他本人，也是同样晶莹剔透的，毋庸讳言，他心中就是一片天空。那片天，也就是他的信仰。

当月光射入，与他的心光相吻合时，梦乡中的主教好像为一圈灵光所围绕。那是一种静谧的、隐逸于明明灭灭之中的光。这个时刻，万籁俱静，天空是无声的月光，地上是无语的寂寥，园子里了无声息，房子中安宁平和，所有这些都使这位仁慈的老人的睡眠显现出一种庄重的神态，尤其当那圣洁的光芒射在那苍苍的白发、那紧闭的眼睛、那蕴含希望与赤诚的面庞上的时候。

这主教无意之中流露出的尊严堪与神灵一比高下。

站在黑暗中的冉阿让一动不动，拿着烛钎，他似乎有些害怕这位全身闪着光亮的老人。他从来没有见过这种人。那种热忱让他震惊。这是何等壮丽的场面：一个心存不轨，徘徊于罪过至境的人在凝视一个进入梦乡的至高至贤的圣人。

他孤单的一个人，却能安然睡在一个素未谋面而看上去凶神恶煞的人的近旁，那种广阔的心胸使冉阿让敬佩，但他并不感动。

难以确切描述他的心境，也许他自己都讲不明。若是一定要诉诸文字，也许可以指一种凶狠强暴的力与一种柔和至极的力的对峙。而这种对峙即便从他的表情上，我们也很难看出个中一二。他永远都是那副凶恶、让人恐怖的面容。他看着，仅止于此。他是怎么想的呢？天知道。当然，他还是有所感动并有所困惑的。可那究竟是何种内质的感动呢？

他一直注目着那老人。我们只能从他的姿势与面容上看出一种复杂的犹豫表情。换句话说，他正面临着双重选择，自绝的路与自救的路，这让他为难。他似乎立马便要去击破那头或那手。

又过去了一会儿，他极缓慢地举起左手直至额头，取下他的帽子，然后又以同样的速度回落。他再度陷入沉思当中，左手中是帽子，右手中是烛钎，头发散乱。

无论他是以何等凶狠的目光盯着主教，主教都保持着先前的姿态。

月光隐约射在那壁炉上的耶稣受难像上，他的两只手似乎同时伸给了两个人，降福其中一个，宽恕另一个。

猛然间，冉阿让决定行动了，他戴好帽子，不再看主教，沿着床边，走向那隐约可见的壁橱，他举起那铁钎准备撬锁，却看到钥匙，于是他开了橱，看见一篮银器，他以极快的速度拿起它，快速走出房间，走进祈祷室，推开窗户，拿好木棍，越过窗台，放下篮子，把宝贝扔进布袋，便通过园子，飞速跃过墙头跑了。

十二、赎回魂灵

第二天清早，主教依例在园中散步。马格洛大娘神色紧张地跑向他。

“主教，”她语无伦次地问，“您，您知道那放银器的篮子在哪儿吗？”

“知道。”主教答道。

“上帝保佑。”她叫道，“我刚刚还奇怪它怎么不见了。”

正在此时，主教看到了花坛角落里的篮子，递给马格洛大娘。

“篮子。”

“天哪！”她看了一眼，叫道，“一无所有！银器呢？”

“啊，”主教说，“您指的是银器吗？我不知道。”

“上帝！一定被人拿了！一定是昨晚上那个人！”

片刻间，马格洛大娘以最快的速度跑入祈祷室，穿过壁厢，又折回到主教身边。

主教刚好弯腰下去，抚摸那株被篮子压伤的秋海棠，很明显，篮子从花坛上掉下来又压倒了它。主教听见马格洛大娘说话，直起身子。

“我的先生，那人跑掉了！他偷走了银器！”

她边喊边注视园子的一角，那儿还保留着翻墙的痕迹。连墙上的垛子也掉了一个。

“没错儿！他就是从那儿逃跑的。他跑到了车网巷！无耻的家伙！他居然偷了我们的银器！”

主教静思一会儿，随即神色庄严地轻声说道：

“可是，那些银器难道真的归我们所有吗？”

马格洛大娘不敢作声。一阵静默。主教继续说道：

“马格洛大娘，我已经强占它们很长一段时间了。它的主人是穷人。那人是什么样的人呢？正是穷人。”

“上帝，”马格洛大娘说道，“我并不是因为我曾是小姐，我们是无所谓的。可是我不能不想想您。现在，用什么东西装食物呢？”

主教做出一副诧异的样子。

“这是什么话？我们要锡器做什么用呢？”

她耸耸肩膀。

“那有股臭气。”

“铁器也不错。”

马格洛大娘做出一副怪相：

“它有股怪味。”

“这样的话，就用木具吧。”

又过了一会儿，他就在冉阿让座过的那桌子旁边吃早饭。他一边吃，一边把面包直接放入牛奶中，不用木匙或是刀叉——他那副欢乐的神情让马格洛大娘内心唠叨个不停，让他那妹子无话可说。

“真没想到！”马格洛大娘一边来回走动，一边愤愤不平，“收留这种人，还请他住下！谢天谢地，他只是偷东西！我的天！直叫人打冷战。”

正当他们要离开餐桌时，敲门声响起。

“请进。”主教说。

门开了，一群满是凶相的陌生人站在门前。三个人抓着另外一个人。这三位是警察，另外一个，正是冉阿让。

一个警察队长，当然是那群人中的头目了，站在最前边。他走进门里，行礼后，向主教跟前走去。

“主教……”他说。

冉阿让本来是没精打采地低着脑袋，听见这称呼，突然抬头，诧异万分。

“主教？”他嘟囔着，“他自然就不是本堂神甫了……”

“住口！”一个警察厉声呵斥，“这是主教大人。”

可是卞福汝主教以高龄人当中最快的速度迎了上去。

“是您呀！”他面向冉阿让，大声说道，“再次看到您真高兴。我是连那对烛台一并送您的，那也是银的，可以卖二百法郎。您为什么不一起带走呢？”

冉阿让睁大眼睛，望着这位令人敬佩的主教。他的神情已经超出了文字的表达范围。

“我的主教，”警察队长说，“难道他真的讲了实话？我们撞见他时，他看上去想要逃跑，所以我们截留了他。这些东西……”

“他对你们讲，”主教和蔼地插入，“这些是一个神甫先生送他的，而且他在那儿呆了一个晚上。我知道这事。你们却把他抓了回来。是吧？你们搞错了。”

“原来如此，”队长说，“那我们可以放走他了？”

“那是自然。”主教答道。

他们松开了冉阿让，他条件反射般向后倒退几下。

“真的吗？”他觉得自己在做梦，说出的话也在空中飘摇不定。

“是的，我们放了你，你听不见吗？”一个警察说。

“我亲爱的朋友，”主教说道，“您走之前，务必带走那对烛台。”

他走到壁炉旁，把那两对银烛台递给冉阿让。那两位妇女只是注目着他的一举一动，她们不会有任何言谈与举动来阻止这件事。

冉阿让浑身颤动。他如木偶般接了烛台，不知所措。

“现在，”主教说，“您安心走吧。哦，对了！您再来拜访时，没有必要走园子。您任何时候都能走前门。我不会关它们的。”

主教又对警察说道：

“先生们，辛苦了。”

警察离开了。

冉阿让像在做梦一样，昏昏沉沉。

主教走到他身旁，小声说道：

“永远记着，记得您对我的承诺，您拿了这些是为了变得诚实。”

冉阿让并不以为他做过承诺，他无法开口。主教的叮咛是逐字逐字说的，他又庄严地讲：

“我的兄弟，亲爱的冉阿让，您现在已经从恶的一方走到善的一面了。我用这些赎回您的魂灵，我让它远离了黑暗的思想与自甘堕落的精神并将它送回给上帝。”

十三、罪　行

冉阿让疯狂地出了城门。他飞也似的逃窜在田野中，随处乱走——只要是有路的地方，他没有感觉，不知道他在转圈。他胡跑了一个上午，什么也没吃，也并不觉得饿。他为一大堆崭新的思想占据了头脑。他的愤怒似火山般即将迸发，可他不知道是为了谁、为了什么。他自己也不知道他是感动还是受辱。偶尔有一种盈盈的感动袭上心间，这与他经历过的二十年间的仇恨心情格格不入，他却想极力抵制。他极为苦恼。他所受的诸种不公正的裁决早将他推向恶的极致，可是如今，他的决心在一点点崩溃，他为之深感不安。他自问：自此以后他拿什么来替代以往的决心？有时候，他甚至觉得若他不曾经历这些，他还在和警察相“厮守”，他的心中就会少一些波澜，这样他可能会愉快些。那时虽然时令已晚，在绿丛林中，你却还能发现三两朵开放的花，花香飘来，他忆起许多童年的事情。那已经是不堪回首的了，多少年来，他都不曾想过。

所以在那一天，他的心头涌动着千千万万种无可名状的想法。

夕阳西下，连小石子都拖着长长的影子，冉阿让正坐在一丛荆棘后面，那荆棘生在荒凉悠旷的红土平原上。远远地，看到阿尔卑斯山。这村的钟楼却是看不清楚的了。可能冉阿让已经离城有三法里了。距荆棘不远有一条直通平原的小路。

他在苦思冥想时，——这时若是有人走近看见他的神情，再对照他那身破衣烂衫，定然感到可怕。这时，一阵欢乐的声响传来。

他回转头，看见一个孩子沿小路走来，那孩子十岁上下，挂着一个瑶琴，背着一个田鼠笼子，唱着歌，这正是那种类型的孩子——他们穷苦，却很快乐、随处闲荡。

那孩子一边唱歌，一边停一会儿，拿着几个钱——可能那是他所有的财产——玩“抓子儿”游戏。其中有一个价值四十个苏的钱。

孩子在那丛荆棘边停住——他并没注意冉阿让，抛出他的一些钱，非常伶俐，次次都稳稳接在手背上。

可是这枚值四十个苏的钱不太顺利，它向前滚去，在冉阿让的脚边停下。

冉阿让稳稳踩住。

那个孩子的眼睛紧随着钱币，他知道他踩在下面。

孩子并不害怕，径直向前走去。

那地方渺无人烟。视力所及的地方，没有任何人从平原上、小路上走过。只有一群鸟从高空掠过，传来轻微的鸣叫声。孩子背对着太阳，使他的头发显出金黄色，使冉阿让那凶狠的脸显出紫红色。

“先生，”孩子天真地问道，“我的钱呢？”

“你叫什么？”冉阿让说。

“小瑞尔威。”

“滚！”

“先生，请您还我的钱。”孩子恳求道。

冉阿让低着头，不语。

他又说：

“给我钱，先生！”

冉阿让的眼睛紧盯地面。

孩子喊道：“我的钱！还我！我的银钱！”

冉阿让似乎丧失了听觉。小瑞尔威抓住他的衣领，推着他。并且使劲推他那只鞋——它压着自己的白角子。

“还我的钱！值四十个苏的钱！”

孩子开始哭泣。冉阿让抬起头，却依然无动于衷。他目光呆滞。他似乎有些诧异地看着孩子，便伸手摸住棍子，大声问道：

“谁？”

“小瑞尔威，”孩子答道，“先生，是我！请您还我的钱？求您，挪开这只脚!”

他虽然年幼，却生气了，想要硬拼：

“您到底听见了没有？拿开您的臭脚!”

“哈！还是你!”冉阿让说。

他站起身，脚依然踩在上面，说：

“你到底走不走?”

孩子好像吓坏了，他看着冉阿让，浑身发抖，愣了一会儿，逃走了，他没命地跑，不回头也不作声。

可是当他跑了一段距离之后，他喘着气停住。在杂乱的心情中，哭声又传入冉阿让耳中。

又过了一会儿，孩子消失了。

夜幕又降临了。冉阿让一天没吃东西，没准儿他在生病。

自打那孩子逃后，他一直站着，不曾变换那种姿态。他的呼吸长短不齐，胸部起伏不停。他的目光在他面前一二十步的地方游移不定，似乎致力于对那野草丛中一块碎蓝瓷片形状的研究。

猛然间，他打了个哆嗦，感到寒气逼近。

他再次将他的帽子紧扣在额上，如机器般扣紧布衫，向前一步，弯腰捡起地上的棍子。

可是那个价值四十个苏的钱忽然映入眼帘，尽管他那一脚已将它半没入土中，它依然在石头上耀着刺目的光亮。

“这是什么?”他似乎条件反射一般，紧咬牙关说。他不由自主地后退几步，又停下来，目光死盯着他的脚踏着的那点，那东西在黑暗中散布着光亮，如同一只眼睛同样死死盯着他。

几分钟过去了。他猛然扑向那个银币，拿起，站直，注目于平原的尽头，直至遥远的天边，浑身发抖，像一只受了惊吓、匆忙寻找安身之所的野兽。

他看不见任何东西。夜幕已近于完全降临，四周空旷而苍茫。紫色的雾缓缓升腾。他“呀”了一声，飞速赶向那孩子逃跑的地方，似乎他还刚刚离去。走了一百多步以后，他停下，向前张望，却看不见任何东西。

于是他大声喊道：

“小瑞尔威！小瑞尔威!”

他仔细倾听。没有回答。

那是空旷阴森的原野。四周是看不到尽头的荒地——除去看不尽的黑影与划不破的寂静，什么都没有。

一阵刺骨的北风吹过，所有的景致看来都是那般“凄凄惨惨戚戚”。矮树摇曳着那枯瘦的枝条，似乎蕴藏着无尽的愤怒，要追吓什么人似的。

他继续前行，紧接着又开始跑，边跑边停，在空旷的田野上，喊着：

“小瑞尔威！小瑞尔威!”

即使那个孩子听到了他的呼喊，也一定会吓得躲起来。可是当然，那孩子，早已走了很远了。

他撞见一位骑马的神甫。他走到他身旁，问他：

“神甫先生，您看没看见一个孩子经过？”

“没有。”神甫说。

“他叫小瑞尔威。”

“我没看见任何人。”

他从钱袋里拿出两枚五法郎的钱递给神甫。

“尊敬的神甫先生，这用来救济您的穷人。那个孩子有十来岁，他带着一个田鼠笼子、一张瑶琴。他朝那个方向走去。他平日里干些捅烟囱之类的活，您见过吗？”

“真没见。”

“真的？小瑞尔威不是就在这儿住吗？您告诉我好吗？”

“听您这番描述，那一定是来自别处的孩子。他们打这儿经过，却没有人认识他们。”

他再次拿了两个五法郎的钱递给神甫。

“这钱用来救济您的穷人。”他说。

他又有些恍惚地说：

“教士大人，麻烦您让人来逮捕我吧。我是一个小偷。”

神甫收紧双腿，催马向前，丢魂落魄般地飞奔而去。

冉阿让继续跑向既定的地方。

他就这样走了许久，可是再也没见着一个人，他四顾、呼喊、叫号。在那空旷的原野里，只有一点像是躺或蹲着的东西，他就会急急跑上前，这动作反复了若干次，每次都换回失望——那不过是些杂草，或者是露出地面的石头，后来，他在一个三岔路口停下了。月亮升起来。他向着远方，最后一次呼喊：“小瑞尔威！小瑞尔威！小瑞尔威！”那声音被暮色吞噬，连回响也没有留下。他依然念叨着“小瑞尔威”，只是声音极低，语不成声。这不过是他最后的尝试，他的膝盖猛然间折下，看上去那良心上的负荷终于形成一种压力将他镇倒，他终于没了精力，瘫软在一块大石头上，紧抓着头发，头埋在两膝间，大喊：

“我是一个无耻的无赖！”

他的心也有了破碎的时候，眼泪悄无声息地滑落，那是他生命中的第一次。

冉阿让离开主教家时——正如我们都已经看到的，他已经与先前的思想脱离了。只不过他当时尚未弄清楚那时他的心境。他还试图抵拒那位老人的德行。“您答应过我做诚实人。我赎回您的魂灵，我让它远离了黑暗的思想与自甘堕落的精神并将它送回给上帝。”这些话不时在他耳边作响。他试图用傲气对抗那种至极的仁德，唉，所谓傲气不过是人类心灵罪恶的聚积地。他依稀感到，神甫的宽恕有着一种巨大的力量与攻势，压得他浪子回头，若他对抗到底，他就会彻底无望、不再回头；若是他接受，他难免不丢弃这被别人种在他心中、也在其中茁壮成长，令他自命不凡的仇恨。这真正是一个关键时刻，这是一场关系全局的争斗，在他的仇恨与神甫的仁慈间拉开帷幕。

他带着这种似懂非懂的思想一步一晃地走着。在他这样走着的时候，他是否明确意识到了这场意外事件对他的影响呢？人生之中常常有某些神秘的东西搞得我们心神不宁，他是否也听到过呢？是否有种声音在他耳边响起，说他正遭遇着生命中最重要的抉择呢？他连中立者也做不成了，要么回善，要么堕落，他没有任何犹豫的余地，若是他一心向善，他将变成天使；若是他自甘堕落，他将成为恶魔。

这里，我们理应再度提及在以前的篇目中涉及的一些问题，这些是不是多多少少影响了他呢？我们确实提及，艰苦的生活磨炼人的性格、启迪人的心智，可是对于冉阿让那样的人来说，他能否分析我们讲到的这些仍只是疑问，即便他有所感触也不过是屈指可数的一些，他并不能站在相当的高度来看待，而且那种想法只能增添他的困扰与苦痛。他带着牢狱中持有的不正常的、阴暗的思维走出牢狱，主教便刺伤了他的精神，这正好比过于强烈的光芒反而会伤害那双在黑暗中呆久了的眼睛一样。未来的生活——那种纯善、体面、完全可能成为现实的生活让他惶惑不安。他的确不知如何是好。这正像是一只突然看到日出的鸟，他也因为突然见到了美德而不适应，而且几至于失去视力。

不过我们确实能肯定一点，而且也是他深信不疑的，那就是他再不是以前的冉阿让了，他的心已经彻底变了，他没有自信再去做那些主教未曾与他谈及也根本不曾涉及的事情了。

就在这种混乱的状态下，小瑞尔威撞见了他，并被抢走了四十个苏。为什么呢？他自己根本不知道，莫非这就是他从监牢中带出的那种恶习，就像是人之将死时的回光返照、冲动行为后的惯力，物理学中称之为“惯性”作用的结果吗？的确。或许还不是全部。我们只能这样说，抢东西的是只野兽而不是他，不是他这个人，那只野兽基于习惯与本能抢了钱，这正发生在他的思想斗争时期，他为那初次感受到的苦恼而痛苦的时期，他便一脚踩在银币上了。到他完全清醒后，意识到他的所作所为，他才感到心碎、后退，而且恐慌地叫出声来。

他所做的事情已经不是他愿意干的事了，这种意外事件只有当他处在混乱状态时才可能发生。

但总的说来，这最后的恶劣行径给了他致命的一击。它穿过他的思维混乱并且区分清楚，将黑暗和光明置于两个境地，而且触及他的内心，这就如一种化学反应一样，它对一种混浊物发生效用，沉淀一种元素的同时澄清另一种。

起初，在自省之前，他心情极度惶恐，他像一个被追的人拼命逃跑，直到能找回那孩子还钱给他，后来他知道太晚了，他再也不可能还钱时，他才极度失落地停了下来。他喊“我是一个无赖”的那一刻他才看穿了自己的灵魂，也只有在那一刻，他才离开本我，站在高空俯视本我——他看到一个鬼，也就是那个活生生的、相貌凶狠的罪犯冉阿让，拿着根棍子，围着布衫，背着的布袋里满载着偷窃之感，面目狰狞而忧愁，满脑的卑鄙伎俩。

我们强调过，过多的痛苦激发了他的幻想力，也正如身处幻境之中，他的确看见一个凶神恶煞的、野蛮的冉阿让。他极度地讨厌那个人，并且几欲开口询问那人是谁。

在幻想当中的人，时而沉寂得让人害怕，时而又处于极度兴奋之中，这时候，人往往不会想到现实情况，冉阿让那时的状态就是这样。他不知道他周围为何物，他只看见一个幻影在眼前晃动。

这样来说吧，他与他自己面对面地审视，而且穿过那种幻景他在无限延伸的远方看到一丝光亮，刚开始他还误以为是火炬之类的东西，可当他认真审视那微弱的光亮时，他才看出那其实正是个人形——主教。

他的心灵无数次地分辨、思虑他面前的两个人：主教与冉阿让。只有前者才能使后者顺从。因为某种奇妙的作用，他的幻想得以长时间地维持，同时主教的形象显得愈来愈高大，光芒四射，而他则变得愈来愈渺小，模糊不清。到一定时间已经只剩个影子。再过会儿，他就不见了。只有主教还立在原地。

那灿烂的光芒温暖着这位可怜人的身心。

他的泪珠接连不断地落着，泣不成声，比妇女更软弱，比孩子更无助。

而正在这个时候，他的脑海中一片光明，那是一种独特的光，一种惹人喜爱而又令人害怕的光。他以前的生活——初次的过错，长年的赎罪，长相的丑陋，内在的顽固，打算在出狱以后彻底地报复的诸种计划，比如他在主教家中做的事情，以及他对那孩子的无礼行为，而且在主教宽恕他的罪过之后他如此做，显得尤为卑鄙、无耻；他脑海中浮现出种种诸如此类的回忆，清晰地浮现出来，——那是他所未曾见过的清晰度。他回首那种生活，无边的丑恶；回顾他的心灵，无极的卑俗。可是毕竟有一束柔和的光照在他的生活与心灵上。他好像在天堂的光中看到魔鬼。

他这样哭了多久？之后，他又干了什么？他又去了哪儿？没有人能回答。但是我们可以肯定一点，在那天晚上，一辆去格勒诺布尔的马车于凌晨三点钟途经迪涅，路过主教院街时，一个人跪在下福汝主教大门的路边，在黑暗中祈祷。

第三卷　一八一七年

一、一八一七年

一八一七年是这样一个年头，路易十八以那种蔑视众生的狂傲口吻宣扬他的第二十二个年头的统治的开端。这也是布吕吉尔·德·沙松先生声名远扬的那一年。

家家假发店老板都满怀信心地等待扑粉与御马再度显现，等待着它们刷着蓝色灰浆和百合花的装饰。这个圣华年代里，蓝舒伯爵身着法兰西世卿服装，佩好红绶带，挺着长鼻子，带着那种名噪一时的人物所特有的威严，每个礼拜日，凭着理事员身份坐在圣日耳曼·代·勃雷教堂的公凳上。一八一四年三月十二日，蓝舒伯爵作为任波尔多的市长将之拱手让给昂古莱姆公爵，他以此获得了世卿的官职。

一八一七年，风靡一时的时装是一种羊皮帽，当时所有四到六岁的男孩都乐意戴它，那种帽子的两边都有耳遮，类似爱斯基摩人的高统帽。法军都换上了奥式军装，改“联队”为“驻防部队”，取消番号并以行省代之。拿破仑仍在圣赫勒拿岛，他不得已——英国人不供应蓝呢布——便再穿旧装。一八一七年，佩勒格利尼在高歌，比戈第尼姑娘在跳舞，博基埃正走红，奥德利还没出生。沙基夫人在福利奥佐之后走红。当时法国境内还留有普鲁士人。德拉洛先生成为知名人士。大好河山日渐巩固，当然，这是以刀斩普勒尼埃、加尔波洛和托勒龙为代价的。大臣塔列朗王爷与钦命财政总长路易教士，如同两个巫师一样在作弊之后心照不宣地微笑，一七九〇年七月十四日在马尔斯广场举行的大弥撒的主角就是这两位，塔列朗凭主教身份主祭、路易助祭。一八一七年，在马尔斯广场旁边的小路上，有几根蓝漆的木柱斜躺在雨水与乱草中，柱子上的金鹰与金蜂都失却了先前的光泽只残存一丝痕迹。这些柱子还是为两年前开五月会议搭礼台准备的。它们早已被驻扎在大石头附近的奥军的露营部队烧的伤痕累累了。其中的几根早已被露营部队当柴火用了，而且它还被用来烘烤日耳曼皇军的巨掌。五月会议的特殊之处就在于它于六月时在马尔斯广场上举行。一八一七年，发生了两件广为人知的事情：伏尔泰—都格事件与刻在鼻烟壶上的宪章问题。巴黎最新消息便是有关杜丹的罪行——他把他弟弟的脑袋丢入花市的水池中。海军部着手调查海船墨杜萨号事件，这事使得肖马勒感到屈辱，使热利果感到体面。塞尔夫上校到埃及做沙里蒙总督。竖琴街的浴宫新装了一个修桶匠的铺子。克吕尼宅子的八角塔平台上，你能看到一个木板房子，这正是梅里埃的天文台，他是路易十六的海军天文官。比拉公爵夫人呆在她那富丽的客厅里——那里摆设着天蓝色交叉组合型家具——为她的朋友们朗读她写的但尚未公印的《舞刀卡》。那在卢浮宫中的“N”正被人刮掉。奥斯特里茨桥已更名为御花园桥，这巧妙的更替恰好遮盖了奥斯特里茨桥与植物园。路易十八尤为专注地读着《贺拉斯》，尤其关注那些当皇帝的英雄和木匠出身的王子，这是拿破仑和马蒂兰·布吕诺给他带来的。法兰西学院的征文标题为《读书乐》。伯拉先生的出众口才已为官府确认。而且在他的指教下，未来的检察长德勃洛艾先生以学习保尔—路易·古利埃的刻薄为目标并已初见成效。一八一七年，出现一个假冒夏多布里昂的马尚吉，进而出现一个假冒马尚吉的达兰谷。大家推崇《克勒尔·达尔伯》和《马勒尔—亚岱尔》。当时为众公认的首席作家当首推歌丹夫人。法兰西学院的知名人士从花名册上划去拿破仑·波拿巴。国王下令昂古莱姆建海军学校，作为优秀海军军官的昂古莱姆所住的昂古莱姆城当然就具备成为良港的所有优良的条件，要不然这还能叫什么君主制？法兰柯尼在他的告示上凭空增添一些骑术插图，惹得许多野孩子兴奋不已，从而导致了内阁的一场激烈的辩论。《亚尼丝阿》的创作者巴埃先生，他方方的面庞，脸上长着一颗肉痣，多次在主教城街沙塞南侯爵夫人家中举办小型室内音乐会。那时，爱德蒙·热罗创作的《圣阿卫尔的隐者》深受小姐们的喜爱。那时，《黄矮子报》更名为《镜报》，朗布兰咖啡馆以皇帝的名义压制拥护旧王朝的瓦洛亚咖啡馆。早为卢韦尔盯梢的贝里公爵娶西西里的一个公主为妻。斯达尔夫人死了一年了。近卫军常常嘲笑马尔斯小姐的演技。各种报纸纷纷压制版面，不过还是有相对的自由的。《立宪主义者报》当然是拥护宪政。《密涅瓦报》有意将夏多布里昂的名字中的“d”改成“t”。他们以此讥讽这位举世闻名的作家。一八一七年，一些收受贿赂的报纸开始恣意痛骂于一八一五年被清算的人们，大卫当然是不怎么样的，亚尔诺的文思平庸，卞诺毫无廉耻，苏尔特当然是常败将军，拿破仑也的确没什么才能。众所周知，写给一个被驱逐的人的信件是难以以正点到达的，那帮人正以扣留此类信件为神圣的使命呢。这事也并不新鲜了，笛卡尔不是早已倾诉了他的愤愤不平了吗？大卫由于未能收到信件而在比利时的一家报纸上痛骂一通，便勾起了保王党刊物的胃口，他们趁此良机嘲弄那可怜的流放者。两个人之间的差异完全可以从一个词中清楚地体现：是“弑君犯”还是“投票人”，是“敌人”还是“盟友”，是“拿破仑”还是“布宛纳巴”。一八一七年，路易十八被叫作“宪章的不朽的制定者”，所有分析过局势的人都认定这革命的时代将永远一去不返。新桥的桥堍平地上，那建造亨利四世的铜像的底座上已被刻上“更生”两字。比艾先生筹划在戴莱丝街四号举行一次秘密会议来巩固君主制度。石派领袖在生死关头总说着一句相同的话：“我们该给巴柯写信了。”加奴埃、奥马阿尼、德·沙伯德等人正筹备着“水滨阴谋”，这或多或少得到了御弟的默许。“黑别针”一派也另有图谋。德拉卫德里与特洛果夫间的谈判正在进行。德尔兹先生不管怎样，他总还是有点自由主义的东西——大权在握。夏多布里昂先生每个早晨站在圣多米尼克街二十七号的窗子前面，用那马德拉斯产的绸巾围着他那灰白的头发，穿着长裤，拖着便鞋，他对着镜子，一面用着全套的牙科手术工具修牙一面向他的秘书传述《君主与宪章》的解释。时势评论家推崇拉封而非塔尔马。德菲勒茨先生的签名画，“A”，霍夫曼则划“Z”，查理·诺缔埃埋头于《泰莱斯·阿贝尔》的创作。离婚不再合法。中学校又改名为中学堂。衣领上装饰着金质百合花的中学生为罗马王的事情争论不休。宫廷侦探私下打报告说人们到处挂着奥尔良公爵的画像，而且他身穿轻骑将军制服，看上去比身着龙骑将军制服的贝里公爵更英姿焕发，这似乎不太合适。巴黎自行凑钱重新装修残废军人院的屋顶，确切点讲，是又饰了金。正道人士相互询问：德·特兰克拉格先生将会被怎样处置？似乎在克洛塞尔·德·蒙达尔先生与克洛塞尔·德·古塞格先生之间存在着很多矛盾，德·沙拉伯利先生好为不怎么得势。喜剧家比加尔，他是戏剧学院的院士，曾在奥德翁戏院演出《两个菲力浦》，在那戏院的门上，还很明显地残留着“皇后戏院”的痕迹。众人对古涅·德·蒙达洛的论调不一。法布维埃是反动武装，巴武则是革命党。贝里西埃书店新出了一本叫作《法兰西学院院士伏尔泰文集》的书。那位可爱的店主认为“这样就能招来买主”。查理·罗丛先生已成为世所公认的本世纪的天才人物，他惹人羡慕，这也预示着光荣，还有人为他写了这样一句诗：

鹅雏徜可飞，何以藏其蹼？

红衣主教费什不愿放弃手中的权力，调解的结果是亚马齐总主教德班先生成为里昂教区的总管。杜福尔统领的一篇密奏导致瑞士与法兰西争夺达泊河流域的斗争的开始，他也因此当了将军。默默无闻的圣西门还在空想社会主义。科学院曾出过一个大名鼎鼎的傅立叶，不过也已被后人遗忘，不知道又从哪儿冒出一个傅立叶，却将为后人永远铭记。拜伦初展头角，米尔瓦将他引见给了法国，在一首诗的注释中他写道：“有某贵人拜伦……”大卫·德·昂热还在研究大理石粉。加龙教士在斐扬死巷极力向一批小教士称赞一名叫费里西德·罗贝尔的无名神甫，不久之后他以拉梅耐闻名于世。汽船出现了，它是幻想家做梦的结果，它在杜伊勒里宫的窗下、王家桥与路易十五桥间的塞纳河上往返，它漫布着烟雾、响声如同一只潜水的狗发出的声响，那东西确乎像玩具，没多大实际用途。巴黎人冷眼相待。德·沃布兰先生强迫科学院进行改选，在他的一手包办下，筛选安插工作完成了，可他什么也没得到。圣日耳曼郊区、马桑营都盼望着德纳福先生能当警察局局长，因为他是个虔诚的天主教徒。杜彼唐与雷加密就耶稣基督的神性问题在医科学校展开激烈的辩论，他们争得面红耳赤以至于要挥戈相对。居维叶在注目《创世记》的同时将目光更多地聚焦于自然界，他拿化石证实经文，以猛犸歌唱摩西，以此讨得那帮反动势力的欢心。佛朗沙·德·诺夫沙多先生，作为帕芒蒂埃的忠诚信徒，不遗余力地推行“马铃薯”读音的更改工作，他想让大家读为“帕芒蒂埃”，事实证明他不过在做梦。前主教，也是前国民公会代表、元老院元老格列高利神甫竟被保王党称作“无耻的格列高利”。这种“竟……”句式是由罗叶—柯拉尔创见的。耶拿桥的第三桥洞下，人们依据颜色的新旧可以容易地分辨出一块新石头，那是为填补布帕芒蒂埃于两年前因炸桥而凿开的火药眼的。阿图瓦伯爵进了圣母院，目睹这一过程的人大喊道：“真他妈的！波拿巴与塔尔马同入舞池的好日子是一去不返了。”法院立即审判了他，以有叛徒之嫌判他六个月监禁，叛国者大胆地暴露在光天化日之下，有些人甚至在作战之前就背叛了祖国，却不以获胜为耻，而且明目张胆地炫耀这种无耻的富足。再来看看里尼及四臂村的一些无耻的家伙吧，他们并不因干了卖国的勾当而耻于见人，他们竟公然表示他们因为效忠国王的诚心，连英国公厕上写的“Pleaseadjustyour dress before leaving”也忘记了。

在那今天没有人提及的一八一七年发生了如此众多的事。啰里啰嗦，随处可见。历史似乎淡漠了这些，那实在是太多了，忘却也是很自然的。但我们决不能因此称之为小事并忽略它的作用；要知道，世纪就是由日积月累的小小动态堆积而成的，人类若没有了小事，就如同植物没有小叶一样可怕。

一八一七年，四个巴黎青年开了一个“玩笑”。

二、四位青年

那四个巴黎青年，均为学生，在巴黎求学，他们来自不同的地方，一个是图卢兹人，一个是利摩日人，一个是卡奥尔人，一个是蒙托邦人，不过既然是学生，当然也算得巴黎人，也算是生活在巴黎。

他们都是些普通人，是为公众所熟知的那种平庸者的标本：不向善、不作恶，不博学亦不无知，非天才亦非笨蛋，他们刚刚二十岁，如同初春的阳光散发青春的美丽气息。他们是平庸的奥斯卡尔，当时，阿瑟尚未出生。那时满大街唱着：“为他，我们点上龙涎香，奥斯卡尔向我们走来，奥斯卡尔呵，我们去看他！”《欧辛集》已不再有轰动效应。公众推崇斯堪的纳维亚式及苏格兰式姿态。很久以后，英国式姿态才风靡全城，更何况，这距离让阿瑟派的首脑人物威灵顿声名远扬的滑铁卢战役还没多久。

这四个人中那图卢兹人叫斐利克斯·多罗米埃；卡奥尔人叫李士多里；利摩日人叫法梅依；那蒙托邦人叫勃拉什维尔。当然他们都有自己的情人。勃拉什维尔的情人叫宠儿，她去过英国回来后便改了名；李士多里对以花名命名的大丽一见钟情；法梅依则深爱着瑟芬—约瑟芬的爱称；多罗米埃则倾心于芳汀，那人有着一头金发，由此得了个金发美人的称呼。

这四位姑娘正值青春年少、娇媚可人，但仍残留着女工的气息，虽然她们处在恋爱之中，却没有完全脱离做工，她们的脸上仍留有劳动人民的庄重神情，她们的心灵深处仍留有诚实这种美德——它并没有因为当了情妇而消逝。四个人当中，年龄最小的被称作小妹，最大的则被叫作大姐。大姐二十三岁。毋庸讳言，其中的三个人都比芳汀有阅历，故而凡事有主见，拿得起放得下，芳汀却依然沉浸在初恋的兴奋之中。

无论是大丽、瑟芬还是宠儿，尤其是宠儿，都消却了曾经有过的激情。她们的感情生活短暂而多舛，她们的情人由阿尔多夫变成阿尔封斯进而又转移为古士达夫。贫苦与爱美是两种矛盾的力量，一个报怨，另一个逢迎。平常人家的美人儿便是如此，每一个人都附在耳边不停地呢喃。涉世不深的心便唯命是听了。这是她之所以落入陷阱，也是旁人下石的原因所在。可是那些庸人们却总会拿一些苛刻的标准来要求她们，诸如纯洁了、贞操了。唉！你总不能让她们饱受饥寒之苦吧？

宠儿去过英国，这招惹了瑟芬与大丽的艳羡之情。她有个家。她的爸爸脾气暴躁、善于吹牛，他是个数学老师，没有正式成家，尽管已是一大把年纪，还得靠给人补课来维持生计。他年轻时，偶然看到炉遮上挂的一件女仆的衣服，便春心萌动。她不时地碰到她爸爸，他会给她施礼。偶然的一个早晨，一个行为古怪的老婆子找上门来，问她：“小姐，不认得我吗？”“不。”“我是你妈妈。”她当即开开菜橱，一通大吃大喝，之后又弄来了她的一床褥子，安家了。这位唠叨个不停、信上帝的妈妈从不跟宠儿讲话，她能在几个小时内一语不发，她在一天内的饭食抵得上四个人，还会去串门，讲她女儿的不贞。

大丽投入李士多里的怀抱，没准儿她还在别人的怀抱中呆过，她做此选择的原因就在于她那非常可人的红指甲。她怎么忍心让这样的指甲去干活呢？若是想保全个人的忠贞，就不该放不下那双娇嫩的手。而瑟芬，她总是娇媚地对法梅依说："是呀，先生。"这也是令法梅依心动的主要原因。

这四个青年是同学，四位姑娘则是朋友。那种关系的爱情总是离不开友谊的作用的。

自爱与自知是截然不同的两个概念。姑且不论她们那种奇异的结合方式，我们先来证实宠儿、瑟芬、大丽有自知之明，可是，芳汀却是那种自爱的类型。

我们可以这样称她吗？多罗米埃怎样看待呢？所罗门也许会说爱就是自爱之一道。我们却只能这样讲，芳汀的爱是她的初恋，她的真诚的无怨无悔的付出。

她是那四个人当中唯一一个只允许一个人对她称呼"你"的。

芳汀出身于平民社会的下层，那显然是一个高深莫测的深渊，可是她的那种高贵的气质使人难以相信她的出身与家境。她的出生地叫作滨海蒙特勒。她的父母是谁？天知道。没有人见过她的双亲。她的名字是芳汀。为什么取这个名字呢？因为没人知道她的其他的名字。她出生的时候督政府还在。她没有家，故而没有姓；教堂不再考虑这种事，是以她没有教名。她幼年时光着双脚走在马路上，一个路人叫她"芳汀"，她就叫了"芳汀"。她接受这个名字，如同下雨的时候，她的额头接受了天赐的雨水一般。大家叫她小芳汀。除外，没有人知道有关她的任何其他的事情。她的来历就如此简单。十岁时，她到城外的庄户人家做工。十五岁，她来到巴黎"碰运气"。她很漂亮，她一直保留着她的纯洁。那是个有着雪白的牙齿、金黄的头发的女孩子。她有黄金和珍珠当嫁妆，只是黄金带在头上，珍珠含在口中。她工作，是为了谋生，直到以后，她恋爱了，同样也是为了谋生，因为心灵也会饥渴的。她深爱着多罗米埃。

多罗米埃看待这种事情是随便的，轻佻的，可是芳汀，却付出了全部的真感情。那个拉丁区，挤满了青年人的拉丁区目睹着全过程。在先贤祠的高坡附近，那发生过无数事件的大街小巷中，芳汀曾不止一次地躲避多罗米埃，可这似乎有些矛盾，躲避的目的还是为了相见。人世间确实有一种逃避，是为着追求的需要。一句话，故事开始了。

四个青年人在多罗米埃的统率下形影不离，他自有主张。

多罗米埃手头宽绰，他有四千法郎的年息，这足以够他在巴黎大学恣意挥霍了，他是那里的有老资格的学生了。三十有余，恣意作乐，损伤身体也在所不惜。他的脸上已有了皱纹，牙齿也脱落了，秃顶，他却并不在意，"三十岁的头顶秃，四十岁的膝头僵"是他的口头禅。他的消化能力一般，一只眼睛经常无缘无故地滴泪。可是尽管青春离他愈来愈远，他的欲望却愈来愈强烈。他以戏谑来代替牙齿，欢乐代替头发，嘲弄代替健康，笑容代替那满是泪光的眼睛。他已是过度劳累，却不肯放弃任何一次机会。虽还未到老年，青春先行离去，他却还能综观全局，边战边退，劲头十足，在别人眼中，依然充满活力。他写过一个戏剧，不幸的是未被采纳。他随时都有诗作产生。而且，他自以为是，勇于质疑一

切，这使得他在那些胆小的人中也变作一个好汉。所以，他还是当了带头人——尽管其貌不扬、善于挖苦。“Iron”在英语中的意思是“铁”。莫非“Ironie”——讽刺的英语表达就源于这个词吗？

一天，多罗米埃叫齐了三个人，指指点点地说：

“芳汀、大丽、瑟芬和宠儿提议我们选件奇特的东西，这都快成为一年前的事了。我们曾经不含糊地应允了。时至今日，她们还念念不忘，尤其常在我面前提起。那不勒斯的老太婆常常冲着圣詹纳罗喊：‘黄面皮，显灵吧！’我就和那保护神处在同样的处境中，我们的美人儿也常问我们：‘多罗米埃，什么时候你才拿得出你送我们的宝贝？’而且我们的父母又不时给我们写信来施加压力。双重围攻。我觉得时机已到。我们来策划一番吧。”

谈到这儿时，多罗米埃压低声音，不知讲了些什么，使得那四个人同时放声大笑，同时勃拉什维尔还赞道：

“这主意真不错！”

他们走进一个热雾缭绕的咖啡馆前，迈入。会议也在黑暗中结束了。

这次会议的结果招致了下个星期日那个别开生面的郊游活动，那四位姑娘接受了青年们的邀请。

三、芳 汀

今天我们已很难想象四十五年前他们郊游的情景了。巴黎的郊区至今已是面目全非了，时间过去了半个世纪，我们以前所谓的巴黎郊区生活已彻底改变，以前子规鸣叫，今天只能听到火车的汽笛声；以前有游艇的地方，今天改为汽船；以前人们谈论圣克鲁，正好比今天人们讨论费康一般热烈。一八六二年，巴黎已成为一个有名的近郊城市了。

那四对情人尽情体会在那时候的农村所能拥有的剧烈的欢乐。他们开始了暑期生活，在这明媚的夏光里。宠儿是四人中唯一认字的人，在出发的前一日她代表四人写给多罗米埃一句话：“青早出门很快乐。”为了这个缘故他们在凌晨五点就出发了。他们乘上马车，到圣克鲁看瀑布，他们遗憾地说若是有水一定很壮观。他们在黑头饭店里吃了午饭——那是连加斯丹还没到过的，在大池边的王株林里玩七连环的游戏，在游乐场稍做停留，登上塞夫勒桥，押下杏仁饼去赌了一局，在普托采花，在讷伊买芦管笛，途中吃苹果饺，享受着生活的愉悦。

她们好似一群离开笼子的小鸟，叽叽喳喳，笑个不停。这才叫真正的狂欢。她们不时地与青年们打闹。这是年少时的醉生梦死！美好的时光！震颤着的蜻蜓的单薄的翅膀！你不管是何许人也，你也总难忘记吧？你是否穿过丛林为你心爱的人披荆斩棘呢？雨后，你从湿漉漉的斜坡上滑下，你的爱人握紧你的手，喊着："看我的新鞋！搞成这样了！"你有何体会呢？

那突发而来的大雨，是个意外，自然令那些玩兴正浓的人有些失望，尽管在出发之前宠儿就以教导式的口吻提醒过："孩子呵，蜗牛在爬，这可预兆着要下雨了。"

四位姑娘的美超越了文字述及的范围。当时，拉布依斯骑士先生——名噪一时的古典诗人，也有美人儿左右相伴的人，那早恰巧就在附近游荡，她们在上午十点左右经过时，正好被他撞见，他马上想起三位美惠女神，心想："可惜多一个。"宠儿和大姐家那田间的幼年女神，她们在翠绿的林中穿梭往复，跃过泥沟，跨过荆棘，意兴勃发，叫着笑着。而瑟芬、大丽，她们手挽着手，形影不离，相互亲近，好像是英国式的优雅，若说这种行为是基于友谊，还不如说出自爱美的本性。《妇女时装手册》才刚刚出版，她们就非常急于模仿，就像男子们仿效拜伦一般，当时女性的头发已经流行披肩发了，可瑟芬和大丽的头发还是转筒式呢。李士多里与法梅依正议论他们的老师，给芳汀讲述戴尔文古先生与勃隆多先生的差异。

勃拉什维尔的天生职责好像就是负责在礼拜天帮宠儿挽她的德尔诺式绒线披肩。

多罗米埃走在最后。他同样欢声笑语，可是仍然带给大家一种长者的感觉。他穿着一条南京布长裤，用铜丝带扎住裤脚，手中拄着一根价值两百法郎的粗藤手杖，他的笑声总难免统治者的仪严，而他确实不拘小节，他还衔着一支雪茄烟。他真是什么都不在乎，竟然当众吸烟。

"多罗米埃确实与众不同，"大家不由的产生敬意，"他穿着那种裤子！真有个性！"

芳汀，她是欢乐的象征。她那光彩迷人的牙齿分明从上帝那儿带回了笑的使命。她戴着一顶小高帽，白色的长飘带垂着，不过她经常拿在手中。她的头发蓬松，泛着黄光，不时地飘洒开来，这便要求她不时地梳理，似乎它的作用是为垂柳下的天仙遮羞。她那令人动心的樱唇，总是讲个不停。她的嘴角稍稍上翘，暗含着一种鼓励进攻的符号，近于爱里柯尼的古代塑像；可与此同时她那犹疑不决的睫毛低低耷拉着，好像说着"行不得也哥哥"之类的话。她的装束有着一种和谐与出众美。她身穿玫瑰紫的毛织薄呢袍，一双闪亮的小巧的鞋子，鞋带交叉系在两边的白袜上，披一件轻罗短衫，那是马赛人的独创，叫做什么"加纳佐"，其实是"八月十五"的变音，加纳皮尔大街上人们都这样读，意思是"晴暖的南国"。剩下三位小姐，我们提到过，生性毫不拘谨，故而放纵地袒露着胸部，在那五颜六色的帽子下，在那炎热的时令里尤能拨动人的心弦，不过我们应该指出，芳汀的那件“八月十五”总是呈现着一种神秘美、若隐若现，好像更加与众不同、耐人捉摸。没准儿塞特子爵夫人，那位有着海绿眼睛的夫人主导的那举世闻名的情宫会把服装奖颁给这件独出心裁的“八月十五”。最天真的人也可能是最高明的。这毫不奇怪。

芳汀有着光滑的面颊，秀美的侧形，一双深蓝色的眼睛，凝脂般的皮肤，秀气而微翘的脚，各个部位肥瘦适宜，浑然一体，白皙的皮肤暗蕴着奔腾着的血脉，双颊红润，脖颈肥硕——有如埃伊纳岛的朱诺，后颈窝柔和得恰到好处，两肩似乎是库斯图的成品，轻纱下微微透出其中那动人的圆涡，多愁善感，冷如石刻，面似婵娟。在那平实的衣着深处，是一尊塑像，它的深处，是不死的魂灵。

芳汀出落得相当秀美，只是她本人不太注意。有些人用完美来判断一切事物，即使是这些人看到了芳汀，也该体会到了古时候圣乐的完美谐和了。这长在深谷中的姑娘无论在气质还是在容貌上都是无与伦比的。气质是幻想中的形象，容貌是幻想中的东西。

我们谈论过这一点，芳汀是欢乐，芳汀也是贞洁。站在旁观者的角度来认真分析芳汀，你才能得出这个结论：她在她的年纪，所处的时节、理想的沉迷中所流露的无非是一种恭谨忍让，决不苟且的神态。连她本人也为之诧异。这种单纯的诧异，正是普赛克与维纳斯之间的细枝末节的差异。她的手指，细长而白皙，正像手拿金针拨那火灰的圣女。尽管她对多罗米埃有求必应，可是她的神情在静处时依然圣洁如处女，而且有时候，她的神情看上去是那样地庄严、冰冷、无可侵犯；她的快乐能迅速逝去，根本没有任何的中间阶段便沉入静思，这是何等奇妙的场景！这种无可预知的庄重，有时看上去很严厉，像女神不屑的神态一般。她的额、鼻、下颏协调得恰到好处使得她面部匀称，从鼻底到上唇那段，是模糊可见的奇特的窝痕，那是一种贞洁之美，以前红胡子之所以爱上那幅狄安娜的圣像，正是为了这种贞洁之美。

让我们承认吧，爱是过失。可是芳汀是飘摇在过失上的贞女。

四、夏日、生机、愉悦

那一整天都是充满活力的。全部的大自然都似在过节，在欢唱。圣克鲁的花坛飘来种种花香，塞纳河的微风轻触着嫩叶，树枝随风起舞，蜂群围绕着茉莉花，流浪的蝶儿飞舞在蓍草、苜蓿与小麦间，流浪的鸟儿飞翔在国王庄严的园囿中。

四对情侣，洋溢着快乐与激情，沉浸于日光、田野、花丛、树林之中。

他们交谈着、歌唱着，相互追赶、跳舞，捉蝴蝶，采野花，他们那粉色的袜子为深草打湿；她们是鲜活的，疯狂的，善对每一个人，每个人都准备接受任何一个人的吻，除了芳汀，她仍坚守着她的所爱，她内心抵抗着别人的吻。“你，”宠儿对她讲，“你总这样。”

这才叫快乐。他们的行为是对自然与人生的欢呼，他们让四周都散发出爱与亮光。很早以前，一个仙女专门为痴情的伴侣设定了草地与树林。自那以后，不断地有情人逃课外游，无穷无尽，无论早晚，只要田野和学生存在一天，这样的事便会继续一天。难怪哲人们总眷恋春日。王孙公子、磨刀匠、公卿、缙绅、朝廷命官与城市平民都服从了那仙女。他们欢乐，彼此追求，连空中都泛着喜气洋洋的气息，爱使得天地同辉！月下老人就是上帝。那娇媚的细语，草林中的互追，顺手相搂的纤腰，动听的娇骂，只需一个音节便表露出的狂爱，从这里抢到那里的樱桃，等等等等，都如同烈火般地直通云层。美丽的小姐们甘心牺牲色相，这是没有尽头的事了。哲学家、诗人、画家们面对这种恋情早就迷离了，不知所措。华托呼吁大家回归爱乡。朗克雷，那位平民画家深情注视他的那些飘入空中的仙女，狄德罗赞美爱情，杜尔菲甚至这样说，古代的祭司们焉能不动心？

吃过午饭，他们抵达了王家方城，欣赏那据说是来自印度的植物——那是株小树，奇妙、美丽、枝长，无穷的如线般的侧枝蓬松着，不长叶子，满树点缀着无数小小的白花，就像是缀满花朵的长发。无数的人在不停地发表赞赏的言论。

欣赏之后，多罗米埃高声说道："我请你们骑驴！"与赶驴人讨价还价之后，他们便从凡沃尔和伊西回来。到了伊西，他们有了意外的惊喜，也是凑巧，军需官布尔甘占据的那个国有公园正好大门敞开。他们经过铁栏门，经过岩洞时看了一眼那像木头人一样的隐修僧，而呆在那众人皆知的明镜厅时他们又玩了一些新奇的小东西，不过这倒是一个陷阱，若是一个已是富翁的登徒子或者是幻为普利阿普斯的杜卡莱，这还符合身份。一个大秋千网系在伯尔尼神甫祭祀过的两株栗树间，他们便耍了一会儿。美人们轮流玩，裙角飘荡开来——若是戈洛在场，一定会大受启发；这时，多罗米埃可能看到此时此景而极受感触吧，他以一种缠绵悱恻的音调演唱了一支旧时的西班牙歌曲：

我从巴达霍斯来，
情魔主宰了我，
我所有的魂灵，
在眼中聚焦。
为何，
你要露出大腿。

四个人中，只有芳汀不上秋千。

宠儿生气地说："我讨厌别人装模作样。"

下了毛驴以后，他们又有了新的乐子，他们乘上船，经过塞纳河，从巴喜一直抵达明星区便门。我们知道，他们是在早上五点钟就出发了，可是，那又有什么呢？"星期日中没有'疲倦'这个词，"宠儿说，"疲倦也去过星期天了。"下午三点左右，这四对欢乐情侣，登上俄罗斯山——那可是坐落在坡式高地上的一种新兴的建筑，若透过爱丽舍广场的树梢，你就能看到那绵延曲折的轮廓。

宠儿不断地问：

"那新鲜的东西呢？我还等着呢。"

"别着急。"多罗米埃说。

五、晚 餐

他们从俄罗斯山下来后，感觉到饥饿，毕竟折腾了一整天，还是有些累了，他们便进了蓬巴达酒家，玩兴仍浓，那家酒店是远近闻名的饭店老板蓬巴达在爱丽舍广场开的连锁店，它的招牌相当醒目，你在里沃利街、德乐麦通道边就能看见。

那间屋子虽然还算宽敞，可是相当简陋，有一个壁厢，厢底还有张床——因为是星期日，人多为患，有这样的场所也算不错了，还有两扇窗，从那儿可以看到榆树外边的河水、河岸，灿烂的阳光射入窗口；屋内共有两张桌子，其中一张堆满了鲜花与各种帽子，他们便占据了另外一张，围绕在那杯盘瓶碟四周就座，桌上胡乱摆着啤酒罐与葡萄酒瓶，桌下则更无秩序可言。

米里哀似乎讲过这样一句话："他们的脚把桌下搞得乱七八糟。"

以上便是从早晨五点到下午四点半钟的全部情况。太阳落山，但这并不妨碍他们的兴致。

爱丽舍广场满载着太阳与人群，从中你还可以看得到阳光与灰尘——正是这两种因素构建了光芒。一群石马——那还是马尔利的杰作，它们在如金粉般的烟尘中后蹄着地，引颈高鸣。富丽的马车来回穿梭。一队神气的近卫骑兵沿着纳伊林荫大道走着，吹着喇叭，一面白旗在夕阳的映照下呈现出浅红色，飘扬在杜伊勒里宫上空。协和广场已满是人群，拥挤不堪，他们面有喜色。那银质的百合花仍然饰在白色缎带上，在众人的衣纽上闪闪发光，这种东西即使到了一八一七年仍没有销声匿迹。这一堆或那儿一片，一群群的女孩子跳着团圆舞，唱着波旁舞曲，招来了无数的过客，他们唱的舞曲原来是用作反对百日帝政的，一直传了下来，其中有几句是这样的：

还给我们根特的伯伯，
还给我们的伯伯。

许多郊区平民身着节日盛装，个别人还学神士带一朵百合花，他们呆在大广场和马里尼广场上，做七连环的游戏或者骑着木马闲逛，还有一部分人在喝酒；几个印刷厂的学徒戴了纸帽，有说有笑，到处都有明媚的阳光。我们不得不承认，那时代歌舞升平、君权稳固。警察局局长昂格勒斯曾经向上递交一份密折，细述巴黎附近的局势："陛下，据各部门的严密监察，他们不足畏惧。那是像猫儿一样地惫懒驯服的人民。外省的下层人民爱闹事，巴黎的人民却刚好相反。这都是些小角色，陛下，双重此类的小民相重叠才相当于一个近卫士兵。我们完全不必担忧巴黎的民众。五十年间他们变得更矮小了，这是尤其有必要强调的，尤其是巴黎郊区的人民，胆子更小了。他们无足挂齿。总而言之，一句话，这些人是驯服的贱民。"

他们是绝对肯定猫不能变作狮子的，然而事实印证了这种可能性，而这也正是巴黎人民创造的奇迹。以猫为例吧，昂格勒斯极端地鄙视猫，然而在古代共和国里，猫是有着无上的地位的，它被看作自由的象征，科林斯城的公共广场上铸着一只紫铜锚，看上去是与比雷埃夫斯城中那个无翅的密涅瓦塑像遥遥相对。复辟时期的警察单纯得可爱，他们小看了巴黎人民。事与愿违，他们绝非所谓“驯服的贱民”，巴黎人与法国人相比和拿雅典人与希腊人做对比一样，虽然他有着更安稳的睡眠，也着实更加惫懒，更加容易忘却以往，但你千万不要以为他们“驯良”，他能够百般地消沉，然而一旦展现光明的预兆，他就会不惜一切代价地干任何事。若给他一支矛，他定能重现八月十日的英勇；给他一支枪，他定能再有一次奥斯特里茨。他支持着拿破仑，赞赏着丹东。有什么问题困扰了国家？他赴汤蹈火；有什么问题阻碍了自由？他抛血街头；注意！他的怒发让你终生铭记；他的衣服堪与希腊宽袍一比高下，他同样会像在格尔内塔街那样，威迫强敌投降。注意！一有恰当的时机，他们就会成长起来的。他们会站直了，怒目相向，他那瘦弱的胸中，呼出足够的怒气，化作飓风，变动阿尔卑斯山的沟壑。正是巴黎郊区的民众，保证了革命的成功。他高歌，因为他快乐。他的歌定是合乎他的个性的，你不信？他若是颠来倒去地唱《卡玛尼奥拉》，自然他只能打倒路易十六；他若是反复高歌《马赛曲》，他就要拯救全人类。

现在我们已经在昂格勒斯密折上补充完了这段评论之后，再回头看看这四对情人。他们已经结束晚餐了。

六、伊甸园

餐桌上的谈话与情侣间的谈话同样神秘莫测，如果把情侣间的谈话比作天上的云霞的话，餐桌上的谈话就是缭绕着的烟雾。

法梅依与大丽自得其乐地唱着小曲儿，多罗米埃自斟自饮，瑟芬与芳汀微笑。李士多里则在试吹从圣克鲁买的木喇叭。宠儿风情万种地看着勃拉什维尔说：

“勃拉什维尔，我爱你。”

这便引出了勃位什维尔的一个问题。

“宠儿，如果我不再爱你，你怎么办？”

“我？”宠儿叫着，“天哪！别说这种话，也别开这种玩笑，千万别说！如果你不再爱我，我会跑到你身后，抓破你的皮，死拽你的头发，往你身上泼水，让你进法院。”

勃拉什维尔含蓄地微笑，他的自尊心得到无上的满足，自然非常幸福。宠儿又说：

“哼！我找警察！你以为我什么都不敢干？坏蛋！”

受宠若惊的勃拉什维尔靠在椅子上，满意地合上双眼。

大丽一直在吃东西，并在间隙中问宠儿：

“你呀，对勃拉什维尔太钟情了吧？”

“我，我讨厌他。”宠儿以相同的语调回答，再次拿起叉子。“他很小气。我更爱住在我对面那个人。你记得吗？他蛮英俊呢。是有些戏子的味道。我很喜欢戏子。不过，他一进家门，他妈妈就会说：‘天！上帝！我又没有安宁的时候了！他又要吵闹了。唉，你要我头痛欲裂吗？’因为他一旦回去，就会上到那黑黑的阁楼上，并且到最高的地方——那儿可是耗子的聚集地，在那儿他又唱歌又朗诵，天知道他都干了些什么？下边的人都能听见。他给一个律师写讼词，每天挣二十个苏。他爸爸在圣雅克教堂唱诗。哦！他可真漂亮。不过，他也非常迷恋我，有一天，他偶然看到我调灰面做饼，便说：‘小姐，您用您的手套做饼子，我也会吃下去。’这才是艺术家。哦！他好潇洒。我已经快支持不住了。不过，我还会告诉勃拉什维尔我爱他。我是多么高明的说谎者！不是吗？我多会撒谎！”

宠儿稍停片刻，又说：

“大丽，你知道不？我多烦呀。这雨下了一个夏季，这风让我无法忍受，它又熄灭不了我的怒火，勃拉什维尔这个小气鬼，而菜市场中又不常有豌豆，他就会吃，这真像英国人说的，我得了‘忧郁症’，奶油又那么贵！而且，您说这可笑不，我们在这间别人睡觉的地方吃晚饭，我还不如不活了呢。”

七、高谈阔论

这时，几个人高歌，几个人高谈阔论，不分前后次序，一片嘈杂。多罗米埃说道：

“我们不该乱说一气，也不该讲的过于快速，”他高声说道，“让我们扪心自问是不是在炫耀口才。信口开河多了，不过是浪费精力，多傻的行为呵。流出来的啤酒起不了泡沫。先生们，‘心急吃不了热豆腐。’我们就餐，也该有点规矩。让我们细嚼慢咽，细细品味吧。何必着急呢？比如说春天吧，若是它来的过于迅速，就会燃烧的，也就是说，植物也不能发芽了。太多的热会伤害桃花与杏花。它也会破坏盛宴的兴致与愉悦。先生们！不要心急！拉雷尼埃尔与塔列朗都持这种观点。”

一阵震耳欲聋的反抗声立即传出。

“别胡闹，多罗米埃！”勃拉什维尔说。

“反对专制魔王！”法梅依说。

“蓬巴达！蓬彭斯！彭博什！”

“星期日还没结束呢。”法梅依又说。

“我们没胡来。”李士多里说。

“多罗米埃，”勃拉什维尔说，“您别忘了，我可是安安静静在这儿呆着呢。”

“在这点上，你可算得上侯爷了。”

这句简短的双关语像一块丢入池塘的石头一样。安静山侯爵可是当时一位远近闻名的保王党，他们全都沉默了。

“朋友们，”多罗米埃再次以领导人的口吻说道，“请安静。不要为这种无意发出的玩笑恐慌。双关语无非是飞翔着的精灵所遗失的垃圾，笑话俯首皆是，精灵们在开过玩笑之后便又返回上界了。虽然它拉下了许多的脏东西在岩石上，可依旧自在地翱翔、无拘无束。我并非要非议双关语。我不过是根据它作用的大小而寄予相应的崇敬。凡是人，也可能是非人，所有有尊严，优秀的、可敬的人没有不说过双关语的。尊敬的耶稣基督就讲过一句跟圣彼得相关的双关语。摩西在论及恺撒、埃斯库罗斯、波吕尼刻斯时，克娄巴特拉在论及屋大维时也不回避双关语。还得提醒你们，克娄巴特拉的双关语是在亚克兴战争爆发之前发表的，即便没有这句话，也不会有谁记着多临这座城市，在希腊语中，多临不过是一个勺罢了。说完这件事以后，我会再来谈论我的劝词。我再强调一遍，我亲爱的兄弟们，不要过于热心于俏皮话、戏谑与双关语，即便要说的时候也不要得意忘形、别太夸张。请听我说，我有着安菲阿拉俄斯的细心与恺撒的秃顶。即便是在猜谜时，也该有个度呀。小姐们，你们爱吃苹果饺，但吃多了也不好呀。而且也该讲究吃的艺术吗。吃多不消化。就像蛇吃象。多数人的胃病的原因就是因为贪吃。上帝专门设置了痞积病来教训胃。而且你们应该牢记：人的欲望——当然，爱情也在其中应该有个限度，不要过贪。无论是什么事情，我们都该知道在合适的时机写一个'终'，关键时刻，我们就该管好自己，约束自己的欲望，主动反省，请求责罚。聪明人往往知道在合适的时候主动约束自己。我，你们还该对我有点信心，我总算学过点法律，我的考试成绩是最好的证明，我能很好地区分存案与悬案，而且我还用拉丁文写了一篇《缪纳修斯·德门行弑君者的度支官时期的罗马刑法》的论文，我马上就是博士了，所以说，我不太可能当蠢材了。我忠心劝你们节欲。这是我的真心话，如同我就叫斐利克斯、多罗米埃一样真实。到了恰当的时候，我就会像西拉或者奥利金做的那样，决心悄然引退，做一个真正快乐的人。"

宠儿专注地听着。

"斐利克斯！"她叫道，"多精彩的名字！我喜欢。它的意思是'兴盛'。"

多罗米埃又接着说道：

"公民们，先生们，少爷们，朋友们！你们应坚决放弃床帏之思，丢弃儿女情长呵！毫不冲动地放弃的确艰难。不过这儿有一剂良药：柠檬水，体操锻炼，过度劳动，疲劳，背重东西，缺乏睡眠，守夜，多喝含硝质的饮料与白荷花汤，尝试罂粟油、马鞭草油，坚决节食，饿着自己，洗冷水澡，用草索束身，带铅块，用醋酸铅摩挲身体，再敷以热醋汤。"

"我会更乐于向女人求教的。"李士多里说。

"女人！"多罗米埃叫道，"你们得当心了。水性杨花的女人们，若要你信任他们那简直是自找苦头。女人都是不能信任的。她们恨蛇，无非是出于对同行的妒忌。蛇与女人相离甚近。"

"多罗米埃！你喝多了！"勃拉什维尔叫着说。

"那可不！"多罗米埃说。

"那么，你找点乐子吧。"他又说道。

"没意见。"多罗米埃答道。

他一边斟酒，一边站起来：

"光荣属于美酒！请喝吧，酒神们！很抱歉，小姐们，我说了西班牙文。女士们，证据就是如此。何种民族就有何种的酒量。卡斯蒂利亚的亚洛伯能装十六公升，阿利坎特的康达罗装十二公升，加那利群岛的亚尔缪德则为二十五公升，巴利阿里群岛的苦亚丹二十六公升，而沙皇彼得的普特三十公升。伟大的彼得万岁，而更伟大的普特万万岁。女士们，请听我做朋友的奉劝一句：你们应该为所欲为，广结好友。胡碰正是爱情的实质。爱情不需要人们在一个地方死守——像那在膝盖上擦了疙瘩的英国女仆那样死守在一个地方。可是那可爱的爱神并非如此，它只是随心所欲地四处乱撞，有人说过，撞错还算个人情呢；可我要说，撞错也还算作爱情。女士们，我喜欢你们当中的任何一位。呵瑟芬，亲爱的约瑟芬，美人，你要是不噘着嘴就更有魅力了。你这副神情仿佛有人随随便便地坐在了你的脸上。至于宠儿，呵，那山林中的仙女，美丽的缪斯！某天，勃拉什维尔沿着格雷—巴梭街的小溪，看见一位漂亮姑娘，光着腿，穿一双白袜子紧拉着。还正是他心中的姑娘，所以勃拉什维尔动心了。他心爱的人就是宠儿。呵，宠儿！你有着爱奥尼亚人的嘴唇。以前曾有位希腊画家欧里翁，别人都叫他嘴唇画家。只有那希腊人才有资格画你的嘴唇。听我讲话！你出现之前，没有人配得上他作画。你的出生和夏娃一样，因为吃苹果而出生的，你就是美神。你创造了美。呵，我刚刚提到了夏娃，夏娃是由你创造的。“发明美女”的证书只应该属于你。呵，宠儿，我不再叫您为你了。我马上要从诗歌改入散文了。刚才您还提到了我，您拨动了我的心弦，可是，不管我们是什么样的人都不该轻信别人。名实未必相符。我叫斐利克斯，可我不快乐。字是用来骗人的。我们不能凭空想象它的含义。要写信去列日买软木塞、去波城买皮手套是多荒唐的事。亲爱的大丽，我若是您，我就改叫玫瑰，花应该散发芳香，女子应该拥有智慧。至于芳汀，我就不想多说什么了，这个爱幻想、爱做梦、爱思考、多感想的女孩子，有着仙女体态与信女纯贞的精灵；她不小心坠入风尘女子的行列中，却又隐藏在幻想中，她歌唱的同时边祈祷边仰望星空，可也搞不明白她看的是什么；她仰望星空，自信她在那美丽的花园中，处处鸟语花香，究其实花与鸟并不多。芳汀，您应该搞明白：多罗米埃仅仅是虚幻的，可是这位神思恍惚的金发女郎，她听不进去我的话！她有着情趣、青春、美好的人生。芳汀呵，您不愧被称作白菊或者明珠，您是一位有高贵气质的妇女。我的第二个忠告便是：千万不要嫁人，结婚与嫁接是同样的道理，效果好坏与否都很难说，你们可别自讨苦吃。噢，天啊！我在这儿乱说了什么？我说错话了。小姐们在结婚这个问题上是无可自拔地。旁观者清，我们所讲的根本不能动摇你们这些做针线活儿的姑娘们去梦想心中的白马王子。唉，就是这样，不要想得太多，不过，美人儿，你们可得留神：你们吃糖过量了。你们唯一的错误就是爱吃糖。你们真真正正地属于皓齿类，你们的皓齿何以对它恋恋不舍？认真听我说，糖是一种盐。所有的盐都吸水。而糖的吸水能力最强。它能通过血管提取血液中的水分，于是血液凝结、进而凝固，从而得了肺结核而致死。糖尿病经常与痨病一起产生。所以，你们想长寿的话就少吃些糖吧！现在再来谈谈男人。先生们，大量占有女人吧。你们之间不要有所顾虑，相互拥有吧。这种情场中朋友之说是无关紧要的。一个漂亮的女人总能引发公开的争斗，不分地区，总要拼个鱼死网破！这女子往往成为一场战争的导火索，它简直也是一场众目睽睽下的偷盗行为。这已是为历史所证明了的。罗慕洛掳掠了萨宾妇人，威廉抢走了萨克森妇人，恺撒则掳走了罗马妇人。男人若没有人爱，就会像饥鹰一般盘旋于别人的情妇的上空。对于我而言，我向所有没有牵挂的人推荐波拿巴写的《告意大利士兵书》：“兵士们，你们一无所有。你们的对手却有。”

他的话被打断了。

“歇会儿吧，多罗米埃。”勃拉什维尔说。

勃拉什维尔唱着一支忧郁的歌，李士多里、法梅依和声，这种歌是随便编的，听来转韵的情况很多，实际上根本没有韵；又毫无实在意义，像那被风掠过的树的影子，空虚，又如同烟斗中产生的雾气，也和雾气一同消失。以下是他们对多罗米埃言论的回答的一段：

几个老头子，
把银子给了跑腿的，
呼吁克雷蒙—东纳先生，
圣约翰节当上教皇，
克雷蒙—东纳先生不能当教皇，
他根本不是教士，
跑腿的气冲云霄，
交回他们的银子。

可是这种歌不足以对付多罗米埃反应灵敏的辩才。他喝干了酒，斟满，又开始了。

“推翻圣人！你们无须介意我的言论，我们扔掉清规戒律吧，让我们放开手脚，别总是这样小心翼翼。我为欢乐干杯，狂欢吧，朋友们！让我们把纵情享乐与酒肉当作课程吧！吃喝，消化。把查士丁尼当作雄的，把酒囊饭袋当作雌的。喜气四处弥漫吧！造物主！愿您长寿！地球这颗大钻石！我快乐。雀鸟真有情趣，盛会遍地皆是。黄莺儿才是真正受人欢迎的艾勒维奥。我欢呼，夏日！呵，卢森堡，大人街，天文台路的竹枝词！呵，神魂颠倒的人！呵！那看孩子又找笑料的年轻貌美的女佣。假使我无法拥有奥德翁的长廊，那就让我倾心于美洲大草原吧。我的魂灵直奔向森林深处的处女地与一望无尽的平原。什么都这么美好！连苍蝇都在日光下挪动轻盈的舞步。蜂雀在阳光下飞舞，呵，来吧，芳汀。”

他却搞错了，他吻的是宠儿。

八、一匹马之死

“爱同饭店比蓬巴达酒家好多了。”瑟芬说。

“可是我更加热爱蓬巴达，”勃拉什维尔说，“这里多宽敞，有点亚洲的味道。看，我们下边那个大厅，它的四面都镶了镜子。”

“我只看盘中有什么。”宠儿说。

勃拉什维尔却仍然强调他的论述：

“再看看这些刀吧。这把刀柄可是银制的，爱同饭店的刀柄是骨头做的。银子自然比骨头珍贵多了。”

“那些有着银下巴的人除外。”多罗米埃说。

透过蓬巴达的窗户，他凝视着残废军人院的圆屋顶。

一片沉静。

“多罗米埃，”法梅依忽然说道，“刚刚我跟李士多里争论来着。”

“争论当然好，对骂尤为妙。”多罗米埃说道。

“我们论争哲学问题。”

“哼！”

“笛卡儿骂斯宾诺莎，你更青睐哪个？”

“我钟情于德佐吉埃。”多罗米埃回答。

做了这一论定之后，他喝了口酒，又说：

“我乐意赖在这世上。这世界还容得我们做做梦，说明末日尚未来到。我赞美永恒的神灵！我们说谎话，可是我们的内心在偷笑，我们肯定一切，同时也难免怀疑。你常常会在三段论中找到悖论。有意思。终归还有一些人探究那些独特的见解，并且得出一些与众不同的结论。女士们，你们静啜着那产自马德拉的酒，你们理应明白，那是古拉尔·达·弗莱拉斯地方产的，那儿高出海平面三百十七个脱拉斯！想想吧，动人的饭店老板蓬巴达依着这三百十七个脱拉斯，却仅要价四法郎五十生丁！”

法梅依再度中断他的话：

“多罗米埃，你是法律的化身。你最喜欢哪个作家？”

“贝尔……”

“贝尔坎！”

“不，贝尔舒！”

多罗米埃紧接着讲：

“蓬巴达，至高无上的光荣！他若给我送上门一名埃及舞女，他简直可与艾勒芳达的缪诺菲斯相提并论；他若能把一名希腊名妓送上门来，他简直就是喀洛内的迪瑞琳！知道吧，女士们，蓬巴达也曾呆在希腊和埃及呢。阿普列乌斯就曾经这样对我们说。遗憾的是，世界总是重复着相同的步伐，没有任何新鲜玩意儿。造物的产品中，已经没有什么能重新发表的东西，所罗门就这样说：‘在太阳下面没有新奇的事物。’维吉尔也说：‘各人的爱究其质并无什么两样。’现如今，学生们乘上圣克鲁的篷船，和若干年前亚斯巴昔、伯利克里乘船向萨摩斯进发一样。最后的言词。女士们，你们了解亚斯巴昔吗？她出生的时代，女子还没有魂灵，可是，她明明就是一个魂灵，而且是紫红色的，欲要燃烧的，无比艳眩的魂灵。亚斯巴昔是女性两种极端的混合体，她作为一名神妓，正是苏格拉底与曼侬、列斯戈的合成。亚斯巴昔的出世本来就是应了普罗米修斯的需要。”

多罗米埃就这样絮叨个没完没了，若当时没有那匹倒在河沿上的马，估计他还会继续下去。那猛然的一击使得那辆车与这位舌头长的人一齐打住。那是一匹羸弱的博斯母马，已相当衰老，当然也不怎么漂亮，它拖着辆相当有分量的车子。走到蓬巴达的门前时，这可怜的马气力皆无，只是不停地喘气，再也不能多走一步了。这场意外事件倒是惹来不少的看客。车夫一边不停地嘟哝，一边不放下手里的“工作”，他气冲冲地挥舞着马鞭，对准马的脊背，凶狠地打了一击，还不忘口中的咒骂——“贱畜生”，可是那可怜的马，已是躺倒在地面上，立不起身了。在这嘈杂声中，多罗米埃所有的听众都转移了目光，注视着那不幸的生物，多罗米埃也借此机会以下面这节哀愁的诗总结了他的高谈阔论：

这个世道呵，
小车、大车，

相同的遭遇；
可怜的劣马，
如犬般苟活，
所以难免劣马的经历。

“可怜的家伙。”芳汀叹息道。

大丽便开始大呼小叫：

“看看我们的芳汀，连匹马她都要鸣不平！傻瓜！”

宠儿抱起双臂，抬起头，盯住多罗米埃说：

“好了好了！你给我们的新鲜玩意儿呢？”

“对了！时机已到，”多罗米埃答道，“先生们，这正是我们送上礼物的时候呵。女士们，请稍等片刻。”

“要先来一个。”勃拉什维尔指着自己的脸颊说。

“亲额头。”多罗米埃补充道。

每个人都郑重其事地吻了她的情人，然后四个男人依次出了房门，都保持着相同的姿势——一个手指轻触着嘴唇。

宠儿拍着手，看他们出去。

“已经是很有趣了。”她说。

“别去太久，”芳汀小声说，“我们还等着呢。”

九、新奇的礼物

几位姑娘一起呆着，她们三个一堆、两个一组地趴在窗户边闲聊，伸出头，隔着窗户对话。

她们目睹那四个人手拉着手出了蓬巴达酒家。他们甚至还转过头，微笑着向她们挥手，然后便在爱丽舍广场每周都难免的那种星期天的喧闹中，渐渐不见了。

“别让我们等太久！”芳汀高喊着。

“他们准备拿什么新鲜玩意儿回来呢？”瑟芬问道。

“我想是些很漂亮的东西。”大丽说道。

“至于我，”宠儿道，“我希望看到金子般闪亮的物品。”

她们透过大树的枝梢，看着水边的活动，也觉得很有意思，没过多久就不再想这件事了。那当儿，邮车与公共马车正好要出发。当时发往西部与南部的货物，差不多必经爱丽舍广场，多半沿着河道，经由巴喜便门出去。几乎每差一分钟，你便能看到一辆黄色或黑色的大车，满载沉重的货物，各类箱、包混杂地堆高，车中人头晃动，四周响着马蹄声、铁索声，忽然间，它们穿过拥挤的街道，穿过熙攘的人群，辗过路面上的碎石子儿，过处，便是滚滚烟尘，恰似那由炼铁炉中迸出的火星与浓烟，一下子便都走了，下一分钟便是静寂。她们同样兴奋地看着那个场面，宠儿大呼小叫地说：

“好热闹！那铁链在跳舞呢。”

这会儿，她们好像看见一辆车停了一下——因为榆树枝叶相当浓密，她们也看不准——然后又飞奔而去。这事引起了芳汀的兴趣。

“好奇怪！”她说：“我不知道公共客车还能在中途停留呢。”

宠儿耸耸肩膀。

“这个芳汀就是怪，刚刚我有意观察了她。她会为最不值得提的琐事大发议论。如果我在那辆车上，我对那司机说：‘我得去前面办点儿事，劳驾您经过河道时载我上去。客车开过来，看到我，自然会停下来，让我上车。’这是多平常的事情。我亲爱的芳汀，你也太不现实了。”

又过了一会儿，宠儿颤抖一下，好像刚从梦中醒来。

“对了，”她说，“他们要送我们的东西呢？”

“对呀，我也要说呢，”大丽也说，“那我们要了许久的新鲜玩意儿呢？”

“他们也太慢了！”芳汀说。

她刚刚叹完气，服侍她们进餐的那位先生走了进来，他好像拿着什么东西，看上去像一封信。

“这是什么？”宠儿问道。

服务员回答道：

“这是刚刚那四位先生写给你们的一张条子。”

“为什么过这么久才拿过来？”

“刚刚那些先生们叮嘱过的，”堂倌又说道，“他们说我一定要在一个小时之后再把这东西送过来。”

宠儿马上从他手中抢过那张纸。的的确确，这是一封信。

“好奇怪，”她说，“这上边没写收信人的名字，只写了这样几个字：

这就是新鲜玩意儿。

她手忙脚乱地拆开信，打开，念道：

呵，我们可爱的情人！

我们告诉过你们，我们都是有双亲的人。也许“双亲”这个词，你们不怎么清楚。它也叫作父亲与母亲，这是简单却很能说明问题的民法当中的规定。我们的亲人们，长辈，和蔼可亲的老公公，慈祥可爱的老婆婆，他们在无数遍地抱怨相思之苦，他们渴望着看到我们——哪怕仅只是一眼，他们急切地等我们回家，并且准备好了一切来欢迎我们。我们只有听从他们的主张。要知道，我们可都是讲品质的人。在你们念这封信的时候，我们已经呆在马车中，向归家的路途上迈进了。事实就如同博须埃所讲的那样，我们又合作了，拆台了。我们走了，我们已经离开了。我们在拉菲特温暖的怀抱中，在加亚尔坚硬的翅膀上飞走了。开往图卢兹的公共客车解救了我们，啊，我们在陷阱中呆了这么久，呆得无可自拔！呵，你们，可爱美丽的小姑娘，你们就是陷阱呵！我们又重新回到了社会、职责与秩序当中，马车响着，马蹄声清晰可闻，一小时走三法里的路，我们必须服从祖国的需要，它让我们去做长官、当家长、当乡吏、当政府顾问——我们没有丝毫例外之处。你们得尊重我们的选择。我们也在做一种最大的牺牲。为我们痛哭一场吧。帮我们找到替身吧。如果，万一你们感到这封信使你们心碎，你们不要迟疑，把它撕得粉碎，以此来报复吧。永别了。

我们在这两年里给你们带来了无数的欢乐，千万不能怪我们。

勃拉什维尔　法梅依

李士多里　多罗米埃（签字）

又及：餐费已付清。

她们面面相觑，无言以告。

宠儿最先打破沉默。

“好啊，”她喊着，“真是个不错的玩笑呢。”

“有情趣。”瑟芬说。

“这主意肯定是勃拉什维尔想出的，”宠儿接着说，“这反让我喜欢他了。人都是如此，总在爱着不在眼前的东西。”

“我不同意，”大丽反驳道，“多么明显呵！这肯定是多罗米埃搞的鬼！”

“既然这样的话，”宠儿说，“勃拉什维尔万恶不赦，多罗米埃万万岁！”

然后，她们纵声大笑。

芳汀同样高声大笑。

又过了一个小时，她走回自己的房间，泪流满面。我们前边提到过，这是她的初恋。她自己主动充当了多罗米埃的妻子的角色，她早已托付了自己的一生，而且，这可怜的女人，她已经有了一个孩子。

第四卷　寄托与断送有时是等同的

一、两个母亲的相遇

在巴黎附近，有一个叫孟费郿的地方，在本世纪最初的二十五年中，那里存在着这样一个客店：它大致与饭店相同，不过现在已经没有了。客店的经营者是一对夫妇，名叫德纳第。客店位于面包师巷。在店门头上，钉着一块木板，是平钉在墙上的。板上是一幅画，画的主体是一个人，他背上还背着一个人，被背的人戴着金色的大肩章，是将军级的，肩章上还镶嵌着几颗大银星；除此以外，还画着一些代表血的红色斑纹；剩下的部分看上去好像是烟尘，估计是用来描绘战场上的情景的。往木板下端看，写着“滑铁卢中士客寓”几个字。

按理说，一辆大车或小车停在客店门前，是极为平常的，原本不足为奇。不过事有例外，一八一八年春季的一天傍晚，在滑铁卢中士客寓门前，却停了一辆颇为惹画家注意的大车，与其说它是一辆大车，还不如说是一辆车的残躯，它停在客店门前，几乎把街道完全堵塞了。

那是一辆重型货车的前半部，这种车一般在森林地区才用，主要用途是装运厚木板和树干。它由两部分组成：一部分是一条笨重的铁轴，安装在两只巨大的轮子上；另一部分是一条大辕木，就嵌在铁轴上。从整体上看，这辆车就像一架大炮的座子，既庞大又粗笨，而且形状也是稀奇古怪的。沿路的泥坑，给车子涂上了一层黄污泥浆，这泥浆活像一种修饰天主堂的灰浆，是许多人喜欢用的，泥浆涂得很均匀，车轮、轮边、轮心、轮轴和辕木上比比皆是，一条粗粗的铁链横挂在车轴下面，想来是适合苦役犯歌利亚的那条，泥浆隐藏了木质，铁锈又隐藏了铁质。看到这条链子，人们会涌起许多联想：它让人想到它所能驾驭的东西，如乳齿象、猛犸之类；不过，你决不会想到它能用来捆载巨材；从外表看，它既像是从一个恶魔身上解下来的，又像是来自某个监狱的，也许是巨人或怪魔的监狱吧。有了它，荷马一定能缚住波吕菲摩斯了，莎士比亚也能捆住凯列班了。

那样一辆重型货车的前部，停在街心干什么呢？可能有两个目的：首先，堵塞交通；其次，让它进一步锈下去，直至锈完。这类东西在旧的社会组织中，是有许许多多的，它们根本没有其他的理由存在，却同样大摇大摆地堵在道路上。

这段垂下的链条，中段距离地面很近，每到黄昏，总会有两个小女孩坐在链条的弯处，她们其中一个两岁半左右，另一个仅有十八个月，她们并排坐着，大的搂抱着小的，相偎相依，一副亲密无间的样子。为了防止她们摔下来，一条手帕连接在她们之间，将她们巧妙地系住。初次看见这条丑陋的链条时，一个母亲就兴奋地说：“太好了，这东西可以给我的孩子们做玩具。”

那两个小孩子特别惹人喜爱，她们坐在铁链上，就仿佛是两朵蔷薇花开在废铁中一般，看她们那欢天喜地的样子，一定是有人精心照料的；她们都有一双神气十足的大眼睛，小脸蛋儿娇嫩细腻，挂着甜甜的笑。她们的头发一个是栗色，一个是棕色。在她们天真无邪的面庞上，流露着又惊又喜的神情。一股香味弥漫在她们周围，人们都认为是来自她们身上，殊不知，这实际上是野花的功劳，在她们附近，有一丛野花，正在对着行人暗送“香”波。那个十八个月的小女孩，露着小肚皮，赤裸裸的，可爱之极，用“天真烂漫”来形容真是恰如其分。两个小宝贝真是娇艳夺目，全身上下洋溢着浓浓的幸福甜蜜，而那个高大宽阔的车架，恰恰立在小宝贝们的顶上，满身黑色的铁锈，丑陋的外形，一个野人洞口似的门拱，再加上许多纵横交错的曲线、张牙舞爪的棱角。她们的母亲站在几步以外，她的相貌并不漂亮，但此刻，脸上却满是慈爱，让人觉得分外可亲；她怕孩子们发生什么意外，因此蹲在客店门口，目不转睛地盯着她们，手里拉着一根长绳，不时拉动，摇荡着两个小宝贝。她呈现出一副只有母亲才有的神气，看上去像猛兽，又像天神。那些链环不但丑陋不堪，而且每荡一次，还会发出一声刺耳的尖锐叫声，听起来好像谁发脾气似的。两个小女孩非常开心，斜阳似乎也知人意，凑过来为她们助兴。这可真是世上一件极其有趣的事，一条魔鬼的巨大铁链变成了两个小天使的秋千，这大概就是天意的安排吧。

母亲摇荡着两个孩子，嘴里还不停地哼着歌，她哼的是一首当时颇为流行的情歌，但她的音调却不很准确，只听她唱道：

作为一名战士，就一定要这样……

她一面入神地哼着歌，一面注意着两个女儿，街上发生的事情，她是视而不见、充耳不闻了。

她动情地唱着那首情歌的第一节，这时，有人走到了她身边，在她耳边说：“这两个小宝贝真是太可爱了，大嫂。”

对伊默琴说吧，她美丽而又温柔，

母亲依然唱着情歌，算是作为回答，随后，她把头转了过来。

只见在她面前，离她只有几步远的地方，站着一个妇人。在这个妇人的怀里，也抱着一个孩子。

除此以外，她还带着一个随身的大衣包，看上去似乎很重。

妇人的孩子很可爱，像神话中的小仙女似的。是一个女孩，大概只有两三岁。她的衣着很艳丽，装饰也十分精美，完全可以与那两个小女孩媲美。她头上戴着一顶饰有瓦朗斯花边的细绸小帽，身上披着一件斗篷，飘带飞扬。两条雪白的腿，细嫩而又坚实，藏在裙子下边。她有着红润的脸色，是个身体健康、惹人喜爱的孩子。两颊是那样鲜艳，像两个熟透的苹果，让人一见就生出一种想咬一口的欲望。至于她的眼睛，我们还不能说什么，因为她正在熟睡，不过想来一定很大，配着秀丽的长睫毛。

她睡得好甜！这样无忧无虑、甜美的睡态大概只有她这样小小年纪的孩子才会有。是啊，睡在饱含着慈爱的慈母的臂弯中，怎么会不甜呢？

那位母亲则不然了，她虽然很年轻，但是眼角眉梢却透露一种贫苦忧郁，至于她的职业，从装束上并不能明显看出来，既像名女工，又露出这样一种迹象

——似乎依然想做个农妇。她长得漂亮吗？可能会很漂亮，不过，她的装束丝毫显示不出她的美。她戴着一条头巾，在颏下紧紧地系住，头巾又丑又窄，就像巫婆用的一样，遮住了她的头发，怎奈“春色满园关不住”？还是有一缕金发偷偷“钻”了出来，显示出了她的头发的厚密。她不爱笑，几乎是从来不笑，因此，那一口美丽的牙齿便被隐藏了起来，没有显露的机会。她眼中的泪水虽然已经干了，但看上去似乎依然存在。她脸色惨白，透出一种掩饰不住的疲乏，好像有病一般，没有一丝血色。瞧着睡在怀里的女儿，她呈现了一种异样的神情，这是一种只有亲自哺乳的母亲才会有的神情。在她的腰上，遮着一条粗蓝布的大手巾，手巾对角折着，这种手巾，通常是伤兵们用来擤鼻涕的。她的双手布满密密麻麻的斑点，干枯黑瘦，食指上长着一层粗皮，上面斑斑点点全是针痕，她身穿布裙袍，足蹬一双大鞋，一件蓝色的粗羊毛氅披在她肩上。芳汀，她是芳汀。

是的，她确实是芳汀。已经几乎认不出来了。不过，只要你仔细看看就会发现，她的风采依旧，她依然美丽。在她的右脸上，横着一条皱痕，含愁带怨，看上去冷冷的，似乎含着一种轻蔑的冷笑。装束也迥然不同了，从前是轻罗华服，丝带飘飘，散发着醉人的丁香味儿，那种种装饰让人愉快，使人狂欢，又如同一曲奇妙的乐曲，而今，这些像树上的霜花一样消失殆尽了，这些霜花，虽然在日光下像金刚钻一样耀眼，但一经融化，却只能留下一根根深黑色的树枝。

十个月了，自从那次“妙玩笑”开过，已有十个月了。

这十个月中，到底怎么样呢？不用问也可以想象得到。

首先是遗弃，接下来就是无边的苦难。宠儿、瑟芬和大丽都不知去向何方，芳汀再也见不着她们了；不但与男子方面的关系断绝了，就连与女子的关系也被拆裂了；现在，她们已形同路人，连再做朋友的理由都不存在了，如果有谁在十

五天后依然把她们作为朋友看待，那一定会使她们惊奇的。如今，芳汀是孑然一身。这是多么残酷的事情啊，他走了，她的孩子没有父亲了！她和多罗米埃发生了关系，从那以后，她就很少劳动了，相反，却增加了娱乐的爱好，从前学会的

那些小手艺，她早已不放在眼里了，在她来说，是“今朝有酒今朝醉”，将来会怎样，她从没认真想过，于是，当他们绝交后，她一下子茫然了，这绝交毫无挽回的余地，她只剩下孤零零的一个人，举目无亲，真到了山穷水尽的地步了。没有人会来拯救她。芳汀仅仅认识有限的几个字，而且还不会写，她唯一能写的，就只有她自己的名字，这还是她小的时候别人教她的。她曾给多罗米埃写过一封信，不过，是请一个摆写字摊的先生写的，不久后，她的第二封、第三封信也相继发了出去。信发出去了，却如石沉大海，久久没有回音，多罗米埃没有给她回信。“这种孩子有谁会要？顶多不过见了耸耸肩而已！”望着她的孩子，一些爱搬弄口舌的女人这样说，一天，这话恰被芳汀听到。多罗米埃也不会认这孩子的，他一定也只是耸耸肩了，可孩子有什么错呢？想到这儿，她心灰意冷了，她对多罗米埃不抱希望了。可是，今后怎么办呢？应该去找谁、向谁求救呢？她完全不知道。她原本是一个纯洁无瑕、贤淑美丽的女子，这是我们所知道的，可如今，她走错了。这样一种预感袭上她心头：前途会更加苦难、更加艰难，而且，这就在不久的将来。要想承受这一切，她必须有毅力；事实证明，她有，她站住了，没有倒下。她的家乡是滨海蒙特勒伊，她想在那里也许会有认识她的人，也许能找到一份工作，于是她想要回去了。这看上去是一个好主意。但也有一个前提：不能让别人知道她犯的错误。隐隐地，她预感到，生离的苦痛又要走到她面前了，而且，与上一次相比，这一次会更加令人心痛。她的心乱极了，这是何等揪心的事啊，不过，她最终狠下了心，决定这样去做。芳汀是勇敢的，她能够正视人生，这一点，在将来我们也许可以看得更清楚些。

拿定了主意，她开始行动了，她放弃了从前那些装饰，换上了一套布衣，对于作为她唯一的荣耀的女儿，她精心修饰，以前她所用的丝织品、碎料子，飘带、花边，如今一股脑儿地出现在了女儿身上。她把所有的东西都变卖了，用所得的二百法郎还清了各处的零星债务，做完这一切后，留给她的只有八十来个法郎了。一个晴朗的春天的早晨，她，二十二岁的芳汀，离开了巴黎，陪伴她的只有她唯一的幼小的女儿。看着她们母女俩走过，的确是一件令人心酸的事。在这个世上，只有她们母女俩相依为命了，芳汀只有这个孩子，孩子也只有芳汀。芳汀不时地咳嗽着，因为刚刚给女儿喂奶，使她的胸脯亏累了。

对于斐利克斯·多罗米埃先生，似乎就此打住，以后没有机会让我们谈到他了。我们只能告诉大家，二十年后，在路易—菲力浦王朝时代，他还会出现，那时，他已成为外省的一个公家律师，财大气粗，满脸横肉，而且有权有势，他兼任了多重身份：既是乖巧的选民，又是严厉的审判官，此外，还有一个更为重要的身份——登徒子，到处寻芳猎艳。

芳汀找了一种每法里三四个苏的车费的车，这种车当在被称为巴黎郊区小车，乘坐着它，来到了孟费郿的面包师巷，到时尚是白天。

经过德纳第客店门前时，她看见了那两个小女孩，适时她们正在那奇形怪状的秋千架上玩得开心，这情景使芳汀心花怒放，她不由得停下来，出神地望着眼前的快乐景象。

世上的确是有诱惑人的妖怪的。对于做了母亲的芳汀来说，那两个小女孩无疑便是这种诱惑人的妖怪了。

望着这两个孩子，她被深深感动了。正如看见天使就好像亲身到过天堂一般，望着她们，芳汀似乎看见客店上这样的神秘字样——上帝在此。你看，她们多快乐啊！她痴痴地望着，心中涌出几多羡慕、几多感动，怀着这样一种复杂的，难以名状的心情，她乘着那位母亲在两句歌词间换气时的空隙，说出了刚才那句话：

"这两个小宝贝真是太可爱了，大嫂。"

当人家抚摸它的幼雏的时候，即使是世界上最凶猛的野兽，也会变得驯顺的。母亲仍蹲在门槛上，但却抬起头向她致谢，随后又指了指门边的条凳，请她坐下。两个母亲开始交谈了。

两个女孩的母亲先开口了："我叫德纳第妈妈，我和我的丈夫开了这家客店。"

说完，她又转而哼起了她的情歌：

我必须这样，因为我是骑士，
巴勒斯坦是我正要去的地方。

这位德纳第妈妈，赤发、多肉、呼吸也不顺畅，简直是个典型的母老虎，也许是香艳小说看得过多的缘故吧，她总是显出一副心事重重的样子，有时弄得人莫名其妙。不过细想想也不足为奇，对她这样一个扭捏作态、不男不女的客店老板娘来说，那些已成为古董的旧小说能产生如此的影响，也是一件很正常的事。从年龄来看，她未满三十，按说还很年轻。她身材魁梧无比，看起来有点像游艺场中的活菩萨，幸好她是蹲着，假若站起来，那位女客也许会被吓跑的，信心也会因此而一扫而空，而如果那样，也就没有我们所要讲的事了。看来，一个人的一举一动有时是很重要的，甚至可以关系到他人的命运。

女客开口了，她谈起了自已的身世，不过，其内容并非完全与实际情况相符。

她告诉德纳第妈妈，她原本是一个女工，丈夫不幸亡故了，在巴黎又找不到工作，于是她不得不离开那里而另投他处，现在她是打算返回家乡。那天早晨，她带着孩子，步行离开了巴黎，正走得疲倦时，来了一辆车子，要到蒙白哥尔城去，她便搭乘了一程；到了蒙白哥尔城，她又一路步行，来到孟费郿；孩子因为还小，只走了一点路，余下的路都是她抱着，不知不觉中便在她的怀中睡着了。

说到这儿，她给了女儿一个热烈的吻，女儿被她给弄醒了。小女孩睁开眼睛望着，那是一双蓝色的大眼睛，极像她母亲的那双，她在望什么呢？孩子流露出一种特殊的神情，似乎在望着一切，又似乎什么也没有望，这神情是儿童所特有的，一本正经又时时透出严肃，其中满含着天真与光明，而这些，在我们这些面临着日益衰败的道德的大人身上，是无从寻觅的。也许他们内心有一种灵感，知道我们是凡人，而他们自己却是天使。紧接着，小女孩绽开了笑靥。她大概想要下地了，一副跃跃欲试的样子，很快地，她挣脱了母亲的怀抱，滑到了地上，在她身上，似乎有一种不可抗拒的力量支持着她这样做，忽然，她停住了，下意识地伸出舌头，脸上满是羡慕，原来，她的目光落在了那两个坐在秋千上的小女孩身上。

于是，两个小宝贝被德纳第妈妈解下来了，她们下了秋千，只听她们的妈妈说：

“你们三个一起玩吧。”

都是同龄人，很快，她们就混熟了，一分钟后，她们彼此就相处得很融洽了，三个人一块儿在地上挖洞，玩得很开心。

这是一个活泼有趣的新伴侣，她的快乐里融会了母亲的善良，她用一小块木片当铲子，用力掘了一个洞，不过那洞仅容得下一只苍蝇。

这本来是掘墓工人干的活，现在却由一个小女孩来做了，真是有趣得很。

两个母亲继续着她们的谈话。

“您的女儿叫什么名字？”

“珂赛特。”

其实不是珂赛特，应该是欧福拉吉。欧福拉吉才是孩子的本名。不过，这是母亲的一种本能，平民也常有这样一种本能，例如，他们喜欢把约瑟华改成贝比达，把佛朗索瓦斯变成西莱特，芳汀也同样，她用珂赛特代替了欧福拉吉。这大概是一种字的转借法吧，不过，单凭字源学家的学问，却是难以解释的。我们认识的人中有一个人，她的祖母竟然把泰奥多尔这个名字改成了格农。

“她多大了？”

“还不到三岁。”

“那和我的大女儿差不多。”

在她们谈话之时，三个女孩已凑在一起，神情快乐而又焦急，因为那时，地里钻出了一条肥大的蚯蚓，在她们看来，这算得上一件大事，她们全神贯注地看着。

她们三个的头紧挨着，就像在一圈圆光里似的，个个都是欢欢喜喜的。

“您瞧，这三个小家伙混得多熟啊！不知道的人一定会把她们当作亲姐妹的！”德纳第妈妈大声对芳汀说。

这句话对于这位母亲来说，犹如迸发了一个火星，她等的不就是这个吗？她直视着德纳第妈妈，紧紧握住她的手，说：

“您能帮我个忙吗？替我照顾一下孩子吧。”

德纳第妈妈听后一惊，这一动作并不能说明什么：既没有表示同意，却也没有拒绝。

紧接着，珂赛特的母亲又说了：

“我要回家乡去，但孩子却不能带着，这你能明白吗？这是为工作所迫。如果带着孩子，我甚至连一个安身之所都找不到。那个地方的人，就是这样奇怪。幸好上帝仁慈，让我见到了您，当我经过您的客店门前的时候，我一下子就被吸引了，因为我看见了您那两个小天使一般的孩子，她们是那么干净漂亮，个个都那么快活。我对自己说：‘这才称得上一个优秀的母亲啊。’啊，看她们三个的样子，真会成为亲姐妹的。而且，我还要回来的，不会太久。帮我个忙好吗？照顾一下我的孩子。”

“这，让我先想想。”德纳第妈妈说。

“我付给您钱，每月六个法郎。”

正在这时，客店里传出一个男子的声音：

“不行，一个月要七法郎。而且，一定要先付齐六个月的。”

德纳第妈妈接过了话茬：“六七四十二。”

“可以，我照付。”那母亲答道。

“还有，刚接手时还需一笔费用，就算十五法郎吧。”男子的声音又传了出来。

“一共五十七法郎。”德纳第妈妈紧接着说。

话音刚落，歌声即起，她又唱了起来：

一个战士说，必须如此。

“好，我付就是，”那母亲回答，“我一共有八十法郎。如果我走回去，那么，剩下的钱还够我做路费的。回到家后，我很快就能挣到钱，一旦有了钱，我马上就来接我的宝贝。”

男子的声音又响起来：

“那孩子可有什么包袱？”

“那人是我丈夫。”德纳第妈妈介绍说。

“有，她当然有了，我的宝贝女儿，太可怜了。他是您丈夫，这一点我已知道了。她不仅有包袱，而且包袱还装得满满的！只不过它似乎太满了，有些不近人情。里面装的全是些成打的东西，此外，还有一些绸缎衣服，就是那种和贵妇人衣料一样的。包袱就放在我随身的衣包里。”

男子说：“您必须把它交给我们。”

“那是自然！我总不会让我的女儿赤身露体，如果那样，岂不是天大的笑话！”母亲说。

作为主人，德纳第摆出了他应有的面孔。

“很好。”他说。

买卖算是做成了。当天晚上，母亲就住在了客店里，第二天早晨动身出发了，孩子留在了店里，付了五十七法郎的费用，她随身携带的，只有那个随身衣包，因为孩子的衣服被取走了，衣包一下子缩小了许多，也轻便了许多，她带着希望走了，盼望着能早一天回来。对于亲生骨肉的离合，人们往往爱打如意算盘，但结果却多半是事与愿违。

这位母亲走了，在路上，她与德纳第夫妇的一位女邻居打了个照面，这位女邻居回来后说：

“刚才在街上，我看到了一个妇人，唉，她哭得好伤心啊！”

那男人等珂赛特的妈妈走后，对妻子说：

“这下好了，我可以付那一百一十法郎的期票了，明天它恰好到期。一开始，我的钱还不够，差五十法郎。你知道吗？别人告发我的拒绝付款状，法院执达吏就要送过来了。这下，你靠了你的两个宝贝。当上了财神娘娘。”

“我真是想不到。”德纳第妈妈说。

二、速写——两副丑恶嘴脸

对于猫儿来说，逮住一只瘦老鼠，也会令它欣喜异常，如今，一只瘦老鼠被逮住了。

那德纳第夫妇到底是什么样的人呢？

现在，我们先大概地说一说吧。至于他们更清晰的轮廓，就留待以后再描了。

这种人属于混杂阶级，位于中等阶级和所谓的下层阶级之间，这一阶级的内部成员是一些爬上天的粗鄙人和失败了的聪明人，他们集下层阶级的某些弱点和中等阶级的绝大部分恶习于一身，在他们身上，什么工人的大公无私的热情，什么资产阶级的诚实的信条，一概都谈不到。

这纯粹是一些小人，在恶毒的煽动下，他们是最容易变质的，而且往往变得非常凶恶。那妇人做一个恶婆是绰绰有余，那男子也是极好的做无赖的材料。在向罪恶方面发展这一点上，他们具有极大的潜力，而且一经发展，必然猛不可挡。世上有这样一种人，他们如同虾一样，只是不断地向黑暗中退，在他们的一生中，根本就没有“前进”二字，有的只是一味地后退，这还不说，他们还会抓紧时机，积累经验，随时增加自己的丑恶，使他们的败坏日胜一日，与此同时，心地也随着更加狠毒。德纳第夫妇，就是那样一对家伙。

那个叫德纳第的男人更甚，谁如果企图观察他，就一定会变得局促不安。对某些人来说，只需望一眼，就足以令我们生起畏惧之心，而他们，无论哪一方面，都给我们一种阴森之感，人前，他们趾高气扬，不可一世，人后，却又战战兢兢。他们的内心深藏不露。他们曾经有过什么行为，将来还会做出何种举动，我们根本无从而知。唯一可以揭露他们的，只有他们眼中透出的那种隐隐晦晦的神情。对于他们在过去生活中所做的一些不可告人的丑事和今后生活中的一些阴谋诡计，只要仔细观察一下他们的言谈举止，便显而易见了。

如果德纳第的话还能够让我们相信的话，我们可以知道，他曾当过兵；他声称曾是一名中士；一八一五年的那次战役，他大概参加过，据说战争中，他相当勇敢。至于他究竟如何，将来我们总会知道的。他酒店的招牌上画的，是他的一次亲身的作战经历。画的作者就是他本人，他属于那种什么都会一点、但什么都干不好的人。

古典主义旧小说在当时较为普遍，最初的书还称得上高雅，如《克雷荔》和它以后的《洛多伊斯卡》，后来就日渐庸俗了，由初始的斯居德黎小姐渐渐降至布隆—麻拉姆夫人，从拉法耶特夫人沦落到巴德勒米—哈陀夫人，巴黎乃至郊区那些看门女人，读了那一类小说，情火纷纷被点燃了。德纳第妈妈是个足够聪明的女人，恰恰适合读那样的书。她凭借着自己微弱的脑力，全身心地投入其中，废寝忘食，大概是受了书的熏陶吧，她无论年轻时，还是年龄稍大时，在丈夫面前，总是做出一副忧心忡忡的样子。她的丈夫是一个正经的鲁男子，虽然把“在性的问题方面”作为口头禅，却很有分寸，从不越雷池半步，这个人深沉狡猾，略通文法，游手好闲，在他身上，粗鄙与精明兼而有之，他常读的言情小说是比戈—勒白朗的。在年龄上，他比他的妻子大十二到十五岁。随着岁月的流逝，德纳第太太日渐变丑，头发也渐渐花白了，她成了一个十足的妇人，一个肥胖丑恶的妇人，而且，下流小说的滋味，她也尝过了。一个人如果读了坏书，受其影响自然是不可避免的了。这体现在了她女儿的名字上，她为大女儿取名爱潘妮。小女儿呢，就更不幸了，差一点被叫作菊纳尔，好在她的母亲又看了狄克莱—狄弥尼尔的一部小说，这部小说出人意料地救了她，使她有了阿兹玛这个名字。

顺便说一下，现在我们所谈的那个时代虽然很古怪，就连给孩子们取小名都混乱不堪，但也并非事事如此。刚才我们指出的那种因素，是一种较浪漫的因素，除此以外，还有社会影响这个因素。现在，阿瑟、亚福莱或阿尔封斯都可以做平民孩子的名字，与之相对的，子爵也可以用托马、皮埃尔或雅克这样的名字，这些都不足为奇。平民用高雅的名字，贵人用粗俗的名字，这大可看作一种交流，也是在平等思想激荡下的新产物。“窥一斑可见全豹”，仅此孩子的命名一例，就可看出新思潮的深入，这种趋势是不可阻挡的。法兰西革命恰恰是存在于这种混乱现象后面的一种东西，它是深刻而又伟大的。

三、百灵鸟

如果仅有狠毒，也不能够发达。那家客店就是一例，它的光景不是很令人满意。

德纳第幸免了官厅的追究，期票的信用也得以保持，这一切，全都仰仗于那个女客的五十七法郎。下一个月来到了，他的钱还是不够用，于是，那妇人又开始打珂赛特衣服饰物的主意，她把它们带到了巴黎，送入一家当铺，换取了六十法郎。用完了那笔款子，那孩子在家里的地位立刻改变了，德纳第夫妇声称，他们是为了救济别人才带那孩子的，因此，他们给予那孩子的，也仅仅是被救济者的待遇。她穿的衣服都是德纳第家小姑娘穿剩的，已经破旧不堪了，而她自己的衣服，早已被他们典当光了。她通常的同餐者只有猫和狗，她的食物都是大家吃剩的，优于狗的，又次于猫的；珂赛特的木盆，和猫狗用的一般无二，她与它们做伴，在桌子底下吃饭。

在滨海蒙特勒伊，她的母亲找到了住处，这些我们以后再谈，每个月，她都请人写信，询问女儿的消息。德纳第夫妇的回答一律是：“珂赛特一切安好。”

六个月很快过去了，第七个月，她母亲寄去了当月的七法郎，此后，每月都准时寄钱过去。可是还不到一年，德纳第就有意见了：“她真是太给我们面子了！一个月七个法郎，能够干什么的？”于是，他写信索取十二法郎。他们告诉这位母亲，她的女儿健康快乐，这消息使母亲迁就了他们的要求，改寄十二法郎了。

对某些人来说，有爱的一面，就必然要有恨的一面。德纳第婆子就是这样，她自己的两个女儿，她爱若至宝，可外来的孩子，却倍受她的厌弃。作为一个慈母，她的爱也有丑恶的一面，这不能不说是一件令人失望的事。在她家里，珂赛特仅占一席之地，但仍令她不满，好像珂赛特夺去了她一家人的享受，就连她两个小女儿呼吸的空气，她也觉得像是被珂赛特分去了似的。每天，那妇人总要进行发泄，这其中有一定数量的关爱，也有一定数量的打骂，许多和她同一类型的妇人都是这样的。假如少了珂赛特，尽管她百般宠爱自己的两个女儿，但料想她们也一定逃不开她的打骂的。那个外来的女孩，正好充当替罪羊，代替她们接受打骂。她的两个女儿所享受的，就只有她的爱抚了。珂赛特无论做什么，等待她的都是一阵野蛮凶狠的殴打，来势如冰雹一般凶猛。这样一个柔弱、幼小的女孩子，甚至连人生和上帝是什么都不知道，却时时遭受着虐待：没完没了的惩罚、辱骂与殴打，那两个与她一样的女孩子，正充分享受着童年的幸福，可她，却只能眼巴巴地瞧着。

爱潘妮和阿兹玛同她们的妈妈一样狠心。有其母必有其女，幼小的孩子，就像是母亲的再版。所不同的就在于版本的大小。

一年过去了，新的一年又来到了。

那个村子里的人看法一致，他们说：

“德纳第一家人真是太好了。他们在自己不宽裕的情况下，还承担起了抚养一个被人丢弃的穷孩子的义务！”

在大家眼中，珂赛特的母亲早已忘记她的存在了。

德纳第汉子消息很灵，他不知从什么地方探听出了孩子的身世：她是私生子，母亲难以认她，于是，他以那“畜生”要东西吃为借口，每月向母亲索要十五法郎，并扬言，如果不给，就把孩子送回去。他大吼着：“谅她也不敢不听我的话！我只把孩子送给她，管她什么瞒不瞒人。不给我加钱就不行！”无奈，母亲只得改寄十五法郎。

随着孩子一年年的长大，苦难也随之增加了。

在极小的时候，珂赛特还只是那两个孩子的替身，代她们受罪而已；在她不到五岁时，这家人看到她的身体也长大了，又把她当作仆人来使唤。

说起来也许有人不相信，她才五岁呀。可是，这却是千真万确。在人类社会中，痛苦的起始与年岁是无关的。最近不就有这样一个案子吗，身为案犯的土匪杜美拉是一个孤儿，从五岁起，他就开始独自谋生，一边给人家做工，一边进行偷盗，这一切，不都明文记录在官厅的文件上吗？

家中的杂事，诸如打扫房间、扫院子、街道、清洗杯盘碗盏，他们都交给珂赛特去办，甚至有时还让她搬运重东西。她的母亲呢，还在滨海蒙特勒伊住着，不过近来，她不像从前那样准时寄钱过来了，这更使德纳第夫妇有了虐待孩子的理由。钱已经有好几个月没寄来了。第三年年底，孩子已经变得让人几乎认不出来了，假如她的母亲此时到孟费郿来，一定不会认出她。刚到这一家时，珂赛特是何等美丽的一个小女孩啊，面色红润，可现在，却变得又黄又瘦。也不知怎么了，她的一举一动都显得缩手缩脚的。对于此，德纳第夫妇送她一个词——鬼头鬼脑！

艰苦的生活把美丽的她变丑了，不平等的待遇又改变了她的性情，她变得暴躁了。尽管那双秀丽的眼睛还是依旧，但却是那么大，仿佛里面饱含着无穷的愁苦，看了让人十分难受。

冬天，可怜的孩子天还没亮就已经出来了，挥动着一把大扫帚打扫街道，寒风凛冽，她衣衫褴褛，不停地哆嗦着，一双小手冻得通红，那双大眼睛的边上，挂着一颗晶莹的泪珠，她才不到六岁啊，看着怎能不叫人心痛。

那里的人送她一个好听的名字——百灵鸟。与小鸟比起来，她大不了多少，还总是哆哆嗦嗦的，一点儿小事都会令她慌慌张张、战战兢兢，在那一家乃至那一村里，每天早晨第一个醒来的总是她，天还没亮，那小小的身影便已出现在了田野里或街道上，缘于此，一些人便借了百灵鸟这个名字来比喻她。

不过，这是一只不爱唱歌的百灵鸟。

第五卷　倒退之路

一、烧料细工厂发展史

孟费郿一带的居民都以为，那个孩子的母亲把她抛弃了，可那位母亲到底怎么样了呢？她在哪儿？以何为生？

在德纳第夫妇那儿，她为女儿珂赛特找到了一个安身之处，随后，她又上路了，回到了故乡滨海蒙特勒伊。

那一年是一八一八年，我们没有忘。

自从芳汀离开她的故乡，到现在已有十个年头了。滨海蒙特勒伊已发生了变化。芳汀是走出一个苦难，随即又陷入另一个苦难，故乡却不同，它日益蓬勃发展起来。

在那个小地方，仅用两年的时间，就发展起了一种轻工业，这不能不说是一件大事情。

我们觉得，这些细节有必要叙述出来，因为它关系重大。进一步说，我们还要重点叙述它。

滨海蒙特勒伊很早就有了一种很特别的工业，那就是仿造英国黑玉和德国烧料，至于具体时代已无从考证了。但那种工业所需原料贵，工资要受影响，因此一直不发达。后来，在那种“烧料细工品”的生产中，发生了一次规模空前的改革，芳汀正是在这以后回到滨海蒙特勒伊的。一八一五年年底，这城里来了一个人，谁也不认识他，在制造中，他选用漆胶代替了松胶，在手镯方面，他尤其进行了创新，他采用了一种新方法来做底圈，只把两头靠拢，摒弃了过去那种两头连接焊死的办法。可别小看这一点微不足道的改革，它的确起了很大的作用。

原料的成本因这一极小的改革而降低了，这样一来，工资就能增高了，这给一乡都带来了实惠；另外，制造的改进，给消费者带来了好处；因为售价的降低，利润一下子增加了三倍，厂主也有了赚头。

这真是一举三得。

不到三年，发明这方法的人连同他周围的人全都发了财。他好像是外省人。他的籍贯在哪儿，没有人知道，他过去的事情，也几乎不为人知。

他初来这城里时，据说并没有多少钱，大概就几百法郎的样子吧。

就是凭着这点微薄的资本，他精心研究出了那种巧妙方法，并付诸实践，给自己、也给全乡带来了利益。

初来滨海蒙特勒伊时，看他的穿着和言谈举止，简直就是一个工人。

他来到滨海蒙特勒伊小城的时间，似乎是十二月的一个黄昏，那天恰好村公所失火，他的装束很简单：身背一个口袋，手握一根带刺的棍。那天，他冒着生命危险，冲入火里，把两个小孩救了出来，说来也巧，救的恰是警察队长的儿子，因此，他的护照，也没人想到验看了。从那以后，大家都开始叫他的名字——马德兰伯伯。

二、马德兰伯伯

他是一个神情忧虑的人，性情很好，五十岁上下。我们只知道这一点。

经过他的巧妙改造，那种工业迅猛发展起来，重要的企业中心的称号便也属于了滨海蒙特勒伊。西班牙销售大量烧料细工品，它的大宗产品，每年都是来这里订购的。在这种贸易上，滨海蒙特勒伊几乎可以与伦敦、柏林竞争。马德兰获利丰厚，第二年，他就盖起了一座高大的厂房，厂里分男、女两个大车间。如果你无衣无食，尽可以去那里报名，工厂会给你工作和面包。对于男工，马德兰伯伯的要求是要有毅力，女工的要求则是有好作风，关键一点是贞洁，这是男女都应具备的，为了能让姑娘们和妇女们安心工作，马德兰伯伯特意把男女分开，让他们分处两个车间。在这一点上，他态度坚决，毫不动摇，他的唯一一处无可通融的地方也在这里。因为滨海蒙特勒伊这个城市驻扎军队，容易使人腐化堕落，所以提出这个要求也是理直气壮的。更何况，是天意安排他出现，他能来到这里，实在是一件好事。马德兰伯伯没来的时候，各行各业一片萧条，如今，大家各尽所能，生活得很充实。到处是一片欣欣向荣的景象。不再有苦难，不再有失业。一乡之中，已经没有一个人穷得拿不出一文钱，也没有哪一家人愁苦不堪，终日难展笑颜。

雇用人时，马德兰伯伯始终坚持一点原则：诚实！无论男女都必须诚实！

在这一活动中，我们认为，马德兰伯伯始终起着动力和中枢的作用，他只是一个普通的商人，但却做出一件令人奇怪的事，即他似乎不把获取财富当作主要目的。他好像总为别人着想，却很少替自己考虑。一八二〇年，他以个人的名义，在拉菲特银行里存了六十三万法郎，这是众所周知的；不过在这以前，他已用去了一百多万，全花在了这座城市和穷人身上。

考虑到医院经费不足，他出钱设了十个床位。滨海蒙特勒伊共有两城：上城和下城，他住在下城，那里只有一个校舍破旧不堪的小学校，他为男孩和女孩各造了一座校舍。他自己出钱，给两个教员作津贴，这与他们微薄的工资相比，竟整整多出了两倍；有人对此表示惊讶，一天，他解释说："乳母和小学教师，这两种公务员在政府中是最重要的。"他出资设立了一所贫儿院，在当时的法国，这可称得上创举，为了年老和残废的工人，他又创办了救济金。原先，以他的工厂为中心，附近住着许多一贫如洗的住户，后来，那里却成了一个崭新的天地，一所免费药房在那里出现了。

初始，有些头脑简单的人这样评价他的做法："财迷一个。"后来，人们发现，每当他替自己找钱时，总是先使当地繁荣起来，于是，那几个头脑简单的人又得出了这样的结论："此人是个野心家。"那种看法似乎道出了问题的实质，在当时，信仰宗教是受人尊敬的，他就这样做了，而且，在一定程度上，对于教规他还是挺遵守的。每个礼拜日的普通弥撒，他必定按时参加。这使得当地那位议员对那种宗教信仰产生了戒心，因为对于是否有人要同他竞争，他平时总是很留意的。帝国时代，他曾是立法院的一员，他有着和富歇——一个经堂神甫（奥特朗托公爵）相同的宗教思想。他同那神甫是朋友，也是由那神甫一手提拔上来的。没人时，他经常偷偷地嘲笑上帝。马德兰，这位有钱的工厂主常去做七点钟的普通弥撒，这使他不禁想到：这个人有可能成为议员候选人，一种想要超过他的决心便油然而生了，于是，他找了一个耶稣会教士，供奉为自己的忏悔教士，大弥撒和晚祷也从不落下。在当时，野心简直如同钟楼赛跑一样。不过，他们的恐慌却给穷人和慈悲的上帝带来了好处，医院的床位一下子变成了十二个，这其中有两个就是那位光荣的议员所设。

一八一九年的一天早晨，城里传来这样一个消息：国王要任命马德兰伯伯为滨海蒙特勒伊市长了，因为他在地方上起了积极的作用，省长先生极力保荐他。这可以算一个符合大家愿望的消息了，听完后，那些从前说这个新来的人是“野心家”的家伙们异常得意，他们不失时机地大喊着：“怎么样！我们的话没错吧？”这消息轰动了整个滨海蒙特勒伊。消息是真的。几天后，《通报》上刊登了委任令。可第二天，马德兰伯伯就婉言谢绝了。

同年，工业展览会里陈列出了一种产品，正是用马德兰发明的方法生产出来的，国王从评奖委员的报告中得知了这一点，授予这位发明家一枚荣誉勋章。再一次，小城被轰动了。“噢！原来，他是在盯着十字勋章！”可是，十字勋章也被马德兰伯伯推辞了。

这简直是个谜一样不可捉摸的人物。头脑单纯的人词穷力竭了，只好这样说：“不管怎样，这个家伙总是想往上爬的。”

我们应该看明白这个人了，他给地方带来了许多实惠，是穷人的依靠；他是那样的有用，叫大家不能不油然而生敬意；他又格外和蔼可亲，叫人无法拒绝去爱他；特别是他的那些工人们，对他爱得近乎发狂，对这样的敬爱，他却是郁郁寡欢，以一种庄重的态度来接受。他富翁的身份被证实后，社会上的“贤明人士”纷纷向他致敬，他的称呼，在城里也被改为马德兰先生，但最令他满意的，

还是他的那些工人和孩子们的称呼——马德兰伯伯。随着地位的升高，他接到的请帖也越来越多了，就像雨点儿一般密集。他为“社会”认可了。当初，滨海蒙特勒伊的那些小客厅个个装腔作势，对他紧闭大门，因为他那时仅是个手艺工人，而如今，面对这样一位百万富翁，大门纷纷敞开了。他们想方设法，为的是要笼络他。可他却丝毫不受诱惑。

但那些头脑单纯的人的嘴是不易堵住的，尽管这样也不行。“那个人没有半点知识，也没受过高等教育。他到底来自何处，还不为人知呢。在交际场合中，他简直就是手足无措。谁也无法证明他识字与否。”

当初，他赚了钱，有人说他是“商人”；当他施舍钱时，人们又把他叫作“野心家”；当他推辞光荣时，人们又叫他“投机者”；现在，当他谢绝交际时，人们又评价他：“简直是个大老粗。”

到一八二〇年，他到滨海蒙特勒伊已有五年了，在那片土地上，他发挥了明显的积极作用，由于当地人民的共同期望，国王再次将当地市长的职务交给他。他依然推辞不受，但群情热烈：省长一马当先，要他上任，所有重要人物纷纷出头规劝，街头上，出现了群集请愿的人民。盛情难却，他接受了。当时，人民中有一个老妇人说了句气愤的话，有心人注意到，这竟成了促使他下决心的最大力量。老妇人当时有些怒不可遏，在他的门口大声向他喊着：“一个有用的人才会成为一个好市长。在能办好事时却退缩，这可以吗？”

在他上升过程中，这是第三阶段。马德兰伯伯不见了，取而代之的是马德兰先生。现在，马德兰先生又被市长先生代替了。

三、存在拉菲特银行中的款子

不过，他的生活依然朴素，与当初一样。他头发灰白，目光严峻，黝黑的面色让他看起来像个工人，而沉郁的精神又把他与哲学家联系起来。他的日常装束是一顶宽边帽，还有一身直扣到颌下的粗呢长礼服。上班时，他履行市长的职责，下了班就大门紧闭，深居简出。他经常与之交谈的仅有少数几人，一般的寒暄，他能躲则躲，通常他仅对人从侧面行个礼便匆匆逃开；他避免交谈的办法往往是微笑，而布施又是他避免微笑的有效途径。他被妇人们称为“一只乖巧的熊！”他喜欢在田野里散步，借以使自己消遣消遣。

吃饭时，他总是在面前摆一本书，一个人边吃边看。他的那个小书柜非常精致。书籍是他的好朋友，它们沉静而又忠实可靠，深受他的喜爱。随着钱的增多，他的空闲时间也越来越多了，这些时间，好像成了他提高自身修养的手段。与初来滨海蒙特勒伊相比，大家一致认为，他的言谈举止正在逐年改变，变得更高雅、更谦恭、更讲究了。

散步时，他总爱带一只长枪，尽管难得一用。偶尔开一枪，就有收获，令人惊叹不已。对于无害的野兽，他从不至于死地，小鸟也并非他射击的对象。

据说他有着不可思议的体力，完全不像一个上了年纪的人所应有的。在必要时，他时常助人一臂之力，把一匹马扶起来，把一个陷在泥坑里的车轮推出来，或是握住一头壮牛的两只角，阻止它逃跑。他每每出门，衣袋中总要装好多钱，回来时却囊中空空。每当他经过一个村庄时，就会有一群衣衫褴褛的孩子像小飞虫似的扑到他身边，个个都欢欢喜喜地，把他紧紧围住。

他常常教给农民各种有效的秘诀，因此，大家猜测，从前的他，也许经历过田野生活。在仓屋上喷洒普通盐水，并用它冲洗地板缝，这样能够把蛀麦子的飞蛾杀死，把开着花的奥维奥草挂在墙上、屋顶上、屋子里、合璧里，能把米蛀虫驱走，这些都是他教给他们的。对于田里那些妨害麦子的寄生草，诸如野鸠豆草、黑穗草、鸠豆草、山涧草、狐尾草之类，他有许多除去的办法。他把一只巴巴利小猪放在兔窝里，利用它的臭味，使兔子免遭耗子之害。一天，他看到村里许多人在忙个不停，原来是在拔除荨麻。荨麻已被拔出了一大堆，已经枯萎了，看过之后，他说："死了，实际上这种东西很好，就是我们不懂得利用。嫩荨麻的叶子可当蔬菜，味道非常鲜美。老了以后，荨麻像亚麻或苎麻一样，会产生纤维和经络。与苎麻布相比，荨麻布毫不逊色。斩碎的荨麻可以做鸡鸭饲料。磨烂了能给牛羊吃。如果把荨麻子拌在刍秣里，能使动物的毛变得光鲜润泽，有一种黄色颜料是把它的根拌在盐里制成的，色泽相当赏心悦目。无论如何，这种草料都能收割两次。而且，荨麻有些什么要求呢？照顾与培养都是多余的，仅仅一点土而已。不过收获它的籽有些不易，因为它是边熟边落的。荨麻是有害还是有用，关键在于我们是否去管它，稍费点力，它会为我们造福，反之，它就来妨害我们了。这样一来，我们就不得不拔除它。世上许多人也是这样，与荨麻大同小异。"片刻沉默之后，他继续说，"请记住，我的朋友们，在世界上，不存在坏草和坏人，有的只是坏的庄稼人。"

用小小的麦秸和椰子壳，他会做成各种各样有趣的小玩物，因此，赢得了孩子们的喜爱。

每当看到天主堂门口布置成黑色时，他总要进去看看。探访丧礼对他而言，就好像别人探访洗礼。他非常关心别人的不幸，如丧偶或其他事情，这大概与他温和的性格有关。居丧的朋友，守制的家庭、在柩旁哀叹的神甫，这些是他常常接触的。那些诔歌里，饱含着乐土景象，能够把思想沉浸其中，对他来说仿佛是无上的乐趣。在死亡的深渊边，酸楚的歌声久久回荡，他静静地听着，眼望苍穹，似乎想把自己的心愿倾诉给无极中的神秘。

别人总是偷偷摸摸地干坏事，可他做的许多好事，竟也是在秘密中进行的。他常常在晚上，悄悄走进别人家里，乘其不备，蹑手蹑脚地摸上楼梯。住在破屋子里的一个穷鬼外出归来，常发现房门或是被打开，或是被撬开。他不停地喊叫："来小偷了！"走进屋中，首先映入眼帘的，却是一枚金币，就放在他的家具上。马德兰伯伯恰恰是光顾破屋的"小偷"。

他是一个和蔼而忧郁的人。一般平民评价他："他有钱而不骄傲，幸福而不自满。"

在有些人眼中，他则显得很神秘，他们硬说没人到他的房间里去过，那是一间放着有翅膀的沙漏的密室，是真正的隐修士住的，两根死人的股骨交叉放着，连同几个骷髅头，一并组成了房间的装饰。这样的话广为流传，有一天，他家里来了几个滨海蒙特勒伊的青年女子，这几个调皮而时髦的女子要求他："市长先生，我们想看看您的房间。听说是个石洞。"脸上挂着微笑，他把她们领到了"石洞"里。眼前情景使她们失望了。那是一个房间，而非石洞，摆着桃花心木的家具，相当难看，墙上裱着一张纸，是十二个苏一张的那种。值得她们一看的东西，只有放在壁炉上的两个旧烛台，它们看上去像是银的，“因为官厅的戳记印在上面。”这种见识体现了浓郁的小城市风味。

这以后，传说照旧，大家依然说没见过他的屋子，把它说成是隐士住的洞穴，像土洞，又像坟，仅仅能供人梦游。

关于他存在拉菲特银行的那笔“巨款”，人们议论纷纷，他们总结出了一个特点：那些存款随时都能被他提取出来，而且，很可能在某一个早晨，拉菲特银行中就会出现正在签收据的马德兰先生，十分钟之内，他会将他的两三百万法郎尽数提走。事实上，却如我们前面所说，不是“两三百万”，而是减少后的六十三四万了。

四、穿丧服的马德兰先生

一八二一年初，米里哀先生逝世了，他是迪涅主教，别称为“卞福汝大人”，消息很快在各地的报纸上登了出来，他入圣时，已是八十二岁高龄了。

不过，各地报纸省略了一点，在这儿，还是由我们来补充上吧。在去世前几年，迪涅主教的双目就已失明了，但这却让他感到快乐，因为他妹子一直陪着他。

顺便说一句，世间的事本难圆满，眼睛看不见了，还有所爱的人在身边，那的确是很幸福、很甜美了。你的身边能经常有个相依相伴、共同生活的人，或是妇人，或是姑娘、姐妹，或者是个可爱的人，知道彼此间互不可少，从相处时间的长短上，能够经常推测出她的感情，而且，可以告诉自己：“她的整个心已经属于我了，因为看得出，在我身上，她花费了自己全部的时间”；虽然看不见她的面目，但对她的思想却了然在胸；生活是与世隔绝的，但一个人的忠诚却能让你深切体会到；感受到的好似小鸟振翅一样的声音，正是她的衣裙在摇曳；她来来往往、进进出出，又说又唱，听到这些足音、话语、歌声，可以想见的到，它们的中心正是自己；将自己的愉快时时表露出来，常常拥有一种越是残缺、自己就越强大的感觉；那种黑暗把自己变成了一个星球，足可以成为这可爱的安琪儿的归宿；这不正是人生的乐事吗？几乎没有什么可以比得上了。有人爱自己，能感受到这种爱，人生的幸福大概没有高于此的了；有人爱你，因为你是这样，甚至，不管你是什么样儿，心依然不变，那是一种盲人才有的感觉。面对那种痛苦，服侍就代表着一种抚爱。他还有什么可缺的呢？什么也不缺了。在爱的面前，失明就不值一提了。而且，这种爱是何等深厚啊！这种爱，完全是构筑在高尚品质上的。瞽瞢在平安之处是没有的。在摸索中，一颗心寻求着另一颗心，而且，占据了它。更何况，那是一颗妇人的心，不仅被得到了，也被证实了。她的一只手扶着你；她用自己的嘴在你的额头上拂着；你听得到她呼吸的声音，那么近，就在紧靠着你身旁的地方。她的一切都被你拥有了，包括她的信仰、她的同情，与她永远相伴，她用那种柔弱的力量给予援助，那是一根坚韧不挠的芦草，足以让你去倚靠，借助这种力量，接触神明，拥抱神明，那简直是上帝，而且有血有肉，太幸福了，几乎无法比拟！在一片神秘中，这颗心开放了，仿佛一朵奥妙的仙花。如果让我们牺牲这朵花，来换取重见光明，是万万做不到的。身旁时时萦绕着那灵魂，如天使一般；如果她走了，那为的一定是再转来；她的消失如梦如幻，而再次出现却又是那样现实；她来了，我们会立刻觉得，身旁有一股暖气渐渐趋近。静谧、愉快和赞叹，这些，我们难以言尽，如果黑暗中有光辉，那一定是我们自己。那万千种的照顾，无微不至，空虚中，具有重大意义的恰恰是那许许多多的小事。那女性的声音，是不可磨灭的，能让你尽快入睡，你那失去的宇宙，也会从中觅得。灵魂给你爱抚。虽然，你看不见什么，但她的爱护却能让你明显感受得到。在黑暗中，这就是天堂。

卞福汝主教便经历了这个天堂，如今，他又渡进那个天堂了。

滨海蒙特勒伊的地方报纸上，也将他的噩耗转载了出来。第二天，马德兰先生换了装束：全黑的衣服，戴了黑纱的帽子。

他的丧服，引起了城里人的注意，一时间众说纷纭。似乎从这里，或多或少可看出一点与马德兰先生的来历有关的东西。这位年高德劭的主教，一定是和他有什么关联的，人们得出如此的结论。马德兰先生的身份一下子有了很大的提高，这一举动，使滨海蒙特勒伊的高贵社会，对他也开始器重了，原因正如那些客厅里的人所说的，“他给迪涅的主教戴孝”。当地有一个小型的圣日耳曼郊区，从前十分歧视马德兰先生，如今却想取消歧视了，因为他们推测，他与那主教很可能有亲戚关系。从此，马德兰先生的地位更优越了，年老的妇人给了他更多的屈膝大礼，年轻女子给他的笑容也多了，他本人明显感受到了这些变化。一天晚上，一位老妇人出现在那个小小的大交际社会中，她自命不凡，觉得自己资格老，足以去管闲事，不管是否冒失，就上前问他：“市长先生，那位不久前辞世的迪涅主教与您是表亲吧？”

“不，夫人。”他答道。

老妇人又问：“那您怎么为他穿丧服呢？”

“是这样的，我幼年时，曾是他家的仆人。”他答。

另外还有一件事，也是大家知道的。如果那城里有通烟囱的流浪少年经过，每次总会被市长先生召去，只需报上姓名，就能得到一些钱。那些通烟囱的孩子们得知了这一情况，许多人都故意从那里经过。

五、闪电，在天边隐现

随着岁月的消逝，各种敌意也消失了。起初，马德兰先生还遇到一种势力的对抗，即人心的险恶和谣言的中伤，这不足为奇，那些地位日益升高的人，都有过这种情况；后来，存在的就仅是一些恶意了；再往后，有的只是一些戏弄了；最后，一切都消失了。取而代之的，是一颗颗恭敬的心，它们真挚而又完整一致。一八二一年前后的一段时期，在滨海蒙特勒伊人民口中，“市长先生”几个字的语调，差不多与一八一五年迪涅人民口中的“主教先生”四个字一般无二。向马德兰先生求教的人越来越多，范围扩展到周围十法里以内。他被公认为仲裁人，大家仰仗他排解纠纷、阻止诉讼、和解敌对双方的矛盾，来维护自己的正当权利。在灵魂方面，他仿佛拥有一部自然法典。六七年过后，那种尊崇已像具有传染性似的，普及了全乡。

只有一个住在那里的人没有受到传染，对于马德兰伯伯的所作所为，他总是表现出一种桀骜不驯，仿佛他身上有一种本能，既不能软化、又难以撼动，这本能时时使他不安，提醒他警惕。可能这种本能确实存在于某些人心里，这是一种真正的兽性本能，但也是坚贞纯洁的，与其他本能一样，一个人具有了这种本能，就会产生同情和厌恶，会疏远人们的关系，甚至让他们再也不会复合；他这个人果断镇定，从不讳言，从不认错；他是一个坚定果敢的人，糊涂，却又卖弄聪明，智慧的一切箴言，理性的一切批判，都是他顽强抗拒的对象，一旦他的兽性本能发作，不管命运如何安排，他总要去密告，对狗说猫来了，对狐狸说狮子来了。

每当马德兰先生从街上走过，显得那样恬静和蔼，赢得大家一致的赞叹时，就会有一个人迎面走来，他身材高大，身穿铁灰色礼服，手拿粗棍，头戴平边帽，他先是走到马德兰先生背后，然后回过头注视着他，直到再也看不见；这人两条胳膊交叉着，脑袋缓缓摇动，嘴唇向上翘着，几乎能翘到鼻端，那丑态似乎别有用意，好像在说："他究竟是个什么东西呢？……我似乎见过他，一定见过。……总之，我是没有上他当的。"

这人属于那种令人望而生畏的人物，他神色严厉，几乎令人恐怖。

他是公安部门的，叫沙威。

在滨海蒙特勒伊，他担任的是一些侦察职务，往往困难，却很有用。马德兰先生开始时是什么样，他根本不知道。沙威是凭借夏布耶先生的保举而获得这个职位的，在昂格勒斯伯爵任内阁大臣期间，夏布耶先生做过秘书，当时正在巴黎警署当署长。当沙威来到滨海蒙特勒伊时，那位大厂主已经发财了，由马德兰伯伯变成了马德兰先生。

某些警官的面目是与众不同的，它由两种神情组成，一种是卑鄙，另一种是权威，沙威的面孔也是那样，只是少了卑鄙而已。

如果我们的信念把灵魂作为可用肉眼看见的东西，那么，有一种奇怪现象就会很清晰地呈现在我们面前，即在人类中，每个人都能找到一种和他类似的禽兽；人的性格里，具备一切禽兽的性格，由牡蛎到鹰隼，由猪到老虎，而且，某种动物的性格会在某个人的身上具体体现，这原本是思想家也难以完全弄清楚的道理，我们却毫不费力地发现了。有时，好几种动物的性格会同时在一个人身上表现出来。

禽兽对我们而言，仅是好坏品质的形象化，而并非别的什么东西，它们就像我们的灵魂显出的鬼影，时时游荡于我们眼前。也许是上帝想让我们自己产生反省意识，特意拿出它们让我们看。不过，上帝并不想改造禽兽，因为它们仅是一种暗示而已；更何况，这样做又有什么意义呢？与之相反，我们的灵魂是实际的，有着各不相同的目的，所以，上帝才将智慧，也就是可教育性赋予给它。无论从何种类型的灵魂中，社会的良好教育的长处都可以发挥出来。

当然，这里所谈的只能来自狭义的角度，针对的只是尘世间的现象，至于一些灵性问题，关于前生和来生的，是不应该被牵涉其中的。那些问题太深奥了，已经超出了人的范畴。如果思想要否认无形的我，是不会得到有形之我的允许的。我们只有把这一点保留住后，才可以再说别的。

现在，对于任何人身上都具有禽兽的本性这一点，如果大家能够暂且认可，就像我们一样的话，那关于那个公安人员沙威到底是何等物件的问题，我们就不难言明了。

阿斯图里亚斯地方的农民对这样一件事都深信不疑的，即每胎小狼中都不可避免地存在一只狗，不过为了防止将来其余的小狼被它吃掉，母狼一定会先将那只狗弄死。

如果你在那狼生的狗的脑袋上安一张人脸，那就构成了沙威。

沙威的母亲以抽纸牌算命为生，父亲是做苦役的，他生在一所监狱里。长大以后，他丝毫没有抱进入社会的希望，在他意识中，自己是游离于社会之外的。他亲眼所见，有两种人被社会无情地置于其外，一种是攻击社会的人，一种是保卫社会的人。他的选择，只能是二者之一，他仇恨自身所属的游民阶层，这种感觉是难以名状的，与此同时，他又自认为本身具有一种难解的本质：刚毅、严谨而又规矩。于是，他选择了警察。

四十岁时，他就成了侦察员，可谓一帆风顺了。

青年时代，他到过南方的监狱，在那儿工作了一段时间。

现在，我们先得弄明白一个词——人脸，然后才能往下谈，这个词是我们刚才用在沙威身上的。

初见沙威的脸的人，一定会觉得难受，那张脸可以这样形容：两片森林，两个深洞，所谓森林，是指两大片一直蔓延到鼻孔边的络腮胡子，所谓深洞，是指他那塌鼻子上的两个深鼻孔。沙威难得一笑，笑的时候总是张开两片薄唇，让他的牙和牙床肉暴露无遗，鼻子四周还会出现一圈扁圆粗糙的皱纹，活像野兽的大嘴，这形状简直狰狞得怕人。沙威郑重时，活像猎犬，笑的时候，又如同老虎。除了上面提到的，他还有一副小小的头盖骨，大大的牙床，头发挺长，越过前额一直来到眉边，一条中央皱纹如怒星一般，固定在两眼间，再配以紧紧闭合的嘴唇，深沉的目光，叫人一见便心生畏惧，总而言之，如同凶神恶煞一般。

尊敬官府与仇视反叛是这个人的两种主要感情。本来，这是两种相当简单的感情，而且可以用好来形容，只是在他来说就有些作恶了，因为他执行得过分了。偷盗、杀人，他都觉得是反叛，他把一切罪行都当成是不同形式的反叛。他对在政府中有一官半职的人，怀有深厚、甚至是盲目的信仰，不管他是内阁大臣，还是乡村民警。而那些曾犯过法的人，则成了他鄙视的对象，他憎恨他们、厌恶他们。在他头脑中，根本不存在例外二字，他是一个走极端的人，他总说："官员和公务人员永远是对的。"可他还说过："这都是些无药可救的人。什么好事他们也不会做。"一些思想过激的人认为，既然法律是人制定的，那它就有权随意把谁定为罪犯，必要时，也有权给某人落实罪状，而且，处于下层社会的人是不可以申辩的，这种见解，恰恰说到了沙威心坎上。他铁面无私，果断严肃而又具有梦想者的沉郁，是一个像盲从的信徒那样的能屈能伸的人。他的目光中闪烁着寒光，仿佛一把钢锥，直刺向人的心脾。"警惕""侦察"，这两方面是他一生中最下功夫的地方。在人世间，哪怕是最曲折的事物，如果让他来理解，那眼光也会是直线式的；对自己的作用，他深信不疑，对自己的职务，又无比热爱；他用别人做神甫的态度来做暗探。不管是谁，倘若不幸落入他手中，一定无法逃脱！哪怕越狱的是他的父亲，也会被他逮捕；就算潜逃的是他的母亲，他也要去告发。做那些事对他来说，就像做善事一样，让他洋洋得意。同时，他的生活中没有娱乐，有的只是禁欲、克己、刻苦与孤独。他像斯巴达人理解斯巴达那样理解着警察，对于职务，他绝对堪称大公无私；他有着侦察者的无情，诚实人的凶顽，包探的铁石心肠，他当之无愧地是一个具有布鲁图斯性格的维多克。

就整体气质而言，沙威善于藏头露尾，是一个贼眼觑人的家伙。当时有一个梅斯特尔玄学派，对于各种所谓的极端派报刊，他们善于用高深的宇宙演化论为其装点，在他们看来，沙威一定是个象征性人物。他的额头埋在帽子下，他的眼睛压在眉毛下，他的下颏沉在领带里，他的手缩在衣袖里，他的拐杖藏在礼服里，一切都不为人所见。但一旦时机成熟，这一切——筋骨凸出的额头、阴森恐怖的眼睛、怕人的下巴、粗糙的大手、模样古怪的短棍，就会突然跳出来了，就如同黑影里的伏兵那样。

书籍是不受他欢迎的，但偶尔得闲时，他也会读一点书，所以在文墨方面他并非一窍不通，从他的谈话中就能看出来，他是很喜欢咬文嚼字的。

至于那些不良嗜好，他一样也没有，我们曾告诉过大家。如果非常高兴，他会闻一点鼻烟。他的人性大概也只有在这点上还能体现出来。

在司法部的统计年表上，有一个被称为“游民”的阶级，那个阶级把沙威当成阎王，对此，我们是可以理解的。听到沙威二字，他们就会退避三舍，更不要说见面了，他们往往因沙威的露面而大惊失色。

沙威的形象就是如此，像一个恶魔。

沙威像是一只眼睛，总是盯着马德兰先生，充满着疑惑和猜忌。马德兰先生后来明白了这一点，不过，他觉得，这似乎无关紧要。他从不向沙威问话，对于他，不找也不避，至于沙威那种恼怒逼人的目光，他坦然地承受着。他像对待其他人一样，用一种轻松和蔼的态度对待着沙威。

沙威很可能暗中对马德兰伯伯进行过调查，掌握了一些他从前留在别处的踪迹，这是我们根据沙威的口气所做的猜想。他的种族特性中具有那种好奇心，本能与意愿兼而有之。似乎有些底蕴也在他掌握之中，他曾经半遮半掩地说，某地有一个人家消失了，有人已在调查有关的情况了。他在一次自言自语中，冒出这样一句话：“他的把柄已被我抓住了，我敢肯定。”从那以后，一连三天，他都埋头苦想，一言不发。看样子，那根他自认为握住的线索是再次断了。

并且，下面出现的这点修正，也是必不可少的，因为对某些词语而言，其含义往往过于绝对，人类的想象实际上并非毫无差错，再说，有时候，由于外界因素，本能也会遭到扰乱、困惑、甚至被击退，这也正是本能的特性。如果不是这样，智慧将低于本能，人类也会比禽兽还愚蠢了。

马德兰先生那种恬静安闲、若无其事的态度，显然使沙威有些困窘了。

可是，有一天，马德兰先生仿佛受到了他那种怪异行为的刺激。事情大致是这样的。

六、割风伯伯

滨海蒙特勒伊有一条小街，没有铺石块，一天早晨，马德兰先生从那儿经过。远远地，传来一阵嘈杂的声音，他望见前面有一堆人。他匆匆赶去。原来，是拉车的马滑倒了，把一个老年人摔到了车子下面，那老人名叫割风伯伯。

当时，马德兰先生有少数几个冤家，他们一贯歧视他，其中就有割风伯伯。割风是一个农民，略通文墨，从前做过乡吏，他的生意走下坡路时，马德兰刚刚到那里。割风的生意日渐衰败，而马德兰这个普通工人却渐渐富裕起来，看到这一切，这个大老板油然而生妒意，想方设法寻找机会暗算马德兰。后来他终于破产了，那时年纪已大，孑然一身，迫于生计，只好利用仅有的一辆小车和一匹马去驾车。

那匹马跌坏了两条后腿，无法站起来，老头子在车轮中间困住了。他摔得很不巧，胸口上承担了整个车的重量。车上装着很重的东西。割风伯伯着急了，惨叫着。旁人想把他拖出来，试了试，却不见效。如果找不出一个合适的办法帮助他，只是乱来，一阵摇动就会把他的命送掉。要想救他出来，只有从下面撑起车子，此外别无选择。正当出事之时，沙威赶到了，他派人找个千斤顶过来。

马德兰先生也恰巧赶到。毕恭毕敬地，大家给他让了一条路出来。

割风老头大喊着："救救我！哪个是好孩子，帮帮老人吧。"

马德兰先生转过身，问观众：

"有千斤顶吗？"

"有人已经去找了。"一位农夫答道。

"多长时间才能找来？"

"是到福拉肖找的，那地方最近，有个钉马蹄铁的工人就在那儿，不过，不管怎样，一刻钟的时间总是要的。"

"什么？"马德兰大叫道，"一刻钟！"

地是湿的，因为前一晚下过雨，随着车子的逐渐下陷，那老车夫的胸口被压得愈来愈紧了。看样子，等不到五分钟，他就会被折断肋骨的。

"不能等一刻钟了！"对着在场的那些农民，马德兰说。

"只能等。"

"不过，那一定等不及了！那车子正在下陷，你们难道没看见吗？"

"圣母。"

"听我说，"马德兰又开口了，"那车子下面不是还有地方吗？如果有一个人爬进去，用背顶起车子就行了。只需半分钟，这个可怜的人就能得救。这要一个有腰劲、有良心的人，这儿有吗？可以得到五个金路易！"

那堆人没有一个动的。

"十个路易。"马德兰说。

在场众人纷纷低下了眼睛，其中一人小声说：

"那人必须有神力。否则，弄不好会把自己也压死的。"

"二十路易！干吧！"马德兰又发话了。

还是没有反应。

一个人说："这并非他们没有心肝。"

马德兰先生转身一看，原来是沙威。刚来时，他并没发现他。

沙威接着说：

"他们力气不足。如果不是一个极其厉害的人，是无法用背扛起这样一辆车的。"

他随后将目光落在马德兰先生身上，一字一顿地、着重地说：

"马德兰先生，我所认识的人中，只有一个人有这样的能力，可以按您的话去做。"

马德兰感到惊讶。

带着一副不经意的神情，沙威继续着他的话，眼睛却始终盯着马德兰先生。

"从前，那人做过苦役犯。"

"啊！"马德兰说。

"就在土伦监牢里，做过苦役犯。"

马德兰面色惨白。

那时，那辆车依然在缓缓下陷。割风伯伯一边喘气，一边吼叫着：

"我出不来气！肋骨快断了！快找千斤顶来！别的也行！哎呀！"

马德兰先生四下看看。

"难道谁都不想得到二十路易，来救救这可怜的老人吗？"

在场的人谁也不动。沙威又发言了：

"在我认识的人中只有一个，即那个苦役犯，只有他才能替代千斤顶。"

"啊！压死我了！"那老人喊叫着。

马德兰把头抬起来，正与沙威的眼睛相遇，那双鹰眼一动不动地盯着他的脸，看看那些木然不动的农民，马德兰苦苦一笑。随后，他什么也不说，双膝往地下一跪，还没等观众叫出来，他人已到了车子下面。

那一阵静候的辰光，真是让人惊心动魄。

大家看到，在那堆可怕的东西下面，马德先生几乎是平伏着，有两次，他想让肘弯靠近膝头，却都失败了。大家纷纷喊着："快出来吧，马德兰伯伯！""马德兰先生！请赶快出去吧！这是我命里该死，你看！由我吧！您也会被压死的！"年老的割风也这样对他说。马德兰什么也不答。

观众惊慌失措，呼吸都有些滞塞了。车轮又向下陷了一点，看来已经没有多大机会让马德兰从车底钻出来了。

突然，大家看到，那一大堆东西正在摇动，车子在缓慢上升，陷在泥坑里的轮子起来了一半。一个有气无力的声音传来："快，帮个忙！"是马德兰在叫，他最后的一点力气刚刚用尽。

大家蜂拥而上。所有人的力量和勇气，由于一个人的努力，一下被带动起来了。在十二条胳膊的努力下，车子竟被抬起来了。割风老头从大难中幸免。

马德兰站起身来，头上大汗淋漓，但面色却发青。他身上满是污泥，衣服也被撕破了。所有的人都哭了。那个老头子在他膝头上吻着，给他一个称号——仁慈的上帝。而他，脸上显出了一种惨痛，那是无可名状的，至高至上而又无比快乐，他的目光依然恬静自如，在沙威脸上注视着，沙威也一直看着他。

七、在巴黎，割风成了园丁

割风把膝盖骨跌脱了。马德兰伯伯叫来人，抬着他进了自己给工人们准备的疗养室，那疗养室就设在他工厂的大楼里，在里面服务的，是两个修女。第二天清晨，老头子看到床头的小桌子上有东西，是一张一千法郎的票据，还有一样是一句话，马德兰伯伯亲笔所书："您的车和马，我买下了。"车子早摔碎了，马也成了死的。伤是治好了，割风的膝头却成了僵直的。经那些修女和本堂神甫的介绍，马德兰先生给老头找了一个事干——做园丁，就在巴黎圣安东区的一个女修道院里。

过了些天，马德兰先生受命当了市长。初次见到马德兰先生披上那条绶带，那条意味着掌握全城大权的标志时，沙威好似一条从主人衣服底下闻到狼味的狗一样，全身颤抖着。他从那以后，总是极力避开他。若是迫于公务需要，必须见市长的面，他就毕恭毕敬地与他交谈。

在滨海蒙特勒伊，马德兰伯伯造成的那种繁荣，有些事实是明摆着的，我们已经指出来了，除此以外，还有另一种影响存在着，那是一种外表看不出，但同样重要的影响。这是决不会有错的，如果人民困顿，没有工作，商业萧条，那么由于手头紧张，纳税人的税款一定也会拖欠，限期要是过了，政府也就不得不消耗许多费用，用来催缴追收。如果有很多工作，地方富足，人民安乐，那么税收自然顺利，政府的开支也就节省下来了。我们可以这样说，收税费用的多少，就是一只气温表，用它可以百无一失地衡量出人民的贫富。滨海蒙特勒伊一县的收税费用，七年中已减少了四分之三，因此，身为当时财政总长的维莱尔先生曾多次提及那一县的情况，用来与其他县份相比。

这些就是芳汀回乡时当地的情况。在家乡，谁也不记得她了。幸亏还有一个如朋友般的面孔，那就是马德兰先生工厂的大门。她去了那里，想找份工作，结果进了女车间，对芳汀来说，那是一种完全陌生的技术，她无法很熟练地去做，因此，一天工作下来，她仅能获得刚够维持生活的有限的东西，不过总算把问题解决了。

八、为了世道人心，维克杜尼昂夫人花去三十五法郎

看到自己能够生活，芳汀暂时快乐起来。那简直是一种幸福，能自食其力，踏踏实实地。那种热爱劳动的心情，又回到了她身上。她购置了一面镜子，欣赏着自己充满青春的、漂亮的头发，以及美丽的牙齿，好多事情都已淡忘了，唯有她的珂赛特和可能有的前途，还让她惦念，她几乎变得快乐了。她把一间小屋子租了下来，又买了点家具，这是用以后的工资作担保的，在她身上，还残余着那种轻浮的习气。

她结过婚这件事是不能告诉别人的，因此，她的小女儿，她也避免提及，这些，我们已经大略涉及过了。

我们已经见到，开始，她总能按时向德纳第家付款。她只会签名，因此，给他们的信，总是不得不找一个代写书信的人去写。

她经常邮信。于是，别人开始注意了。大家开始在女车间里谈论她，她们叽叽喳喳，说她"每天寄信"，有些"怪行为"。

侦察他人的一些事，而且是与自己毫无干系的，大概天地间没有比这更怪的事了。"那个先生总去找那个棕发姑娘，这是为什么呢？""每到星期四，某先生总不在钉子上挂钥匙，为什么呢？""到家以前，那位太太总会下马车，什么原

因呢?”“她的信纸把信纸匣装得满满的，可还要让人买一扎来，这又为什么呢?”就是些像这样的话。世间有许多这样的人，为了揭开一个与他们毫无关系的谜底，花费的金钱、时间和心血，往往比做十件好事用的还要多。而且，那样做是不取报酬的，求的就是一时的快意，那是一种为好奇而好奇的行为。他们可以接连好几天、从早到晚地跟在这个男人或那个女人后面，他们可以花费几个小时，在街角上、小巷里的门洞下，或在寒雨交加的黑夜里窥伺，他们还会收买眼线，把马车夫和仆役灌醉，买通女仆或串通守门人。这样做究竟为什么？没有任何目的，就是有这样一种欲望：要见到、要知道、要了解隐私，就是想卖弄一下，以显示自己那颗心是何等消息灵通。一旦窥透了隐情，公开了秘密，解开了疑团，接踵而来的，就是众多的祸害、决斗、倾家荡产、生路断送，说起来，这些事与他们毫不相干，就是出于本能，单凭“发现了全部”，他们就会感受到莫大的欢乐。这样的事何等令人痛心啊。

单单因为饶舌的需要，某些人就不惜对他人刻薄相待。对他们来说，会谈，在客厅促膝交谈，在候见室说长道短，这些都如那种费柴的壁炉一样，要有大量燃料，而他们邻近的人，就充当了那燃料。

对芳汀，大家开始留意了。

另外，她的金发和玉牙也引起了相当多的妇女的嫉妒。

有人明确见到，跟大家一起在车间时，她经常扭过头去拭泪。那时刻，她正记挂她的女儿，也许与此同时，也想到了那个曾经爱过的人。

摆脱旧恨纠结的过程，的确是很痛苦的。

有人明确发现，每个月，她最少要写两封信，而，地址总是同一个，不仅写，还要贴邮票，有人找来了那地址：“孟费郿客店主人德纳第先生。”替她写字的是个老头儿，那位先生如果不把心中的秘密和盘托出，就无法把红酒装满肚子，他们邀请他到酒店来聊天，说得简单点，芳汀有孩子的事他们已知道了。“她必然是那种女人了。”说来也巧，有个长舌妇去了一趟孟费郿，与德纳第夫妇交谈过，她回来说：“我花了三十五法郎，心里舒服了。那个孩子我见到了。”

做这事的长舌妇人称维克杜尼昂夫人，是个母夜叉，对于所有人的贞操，她都负责守卫和看门。维克杜尼昂夫人五十六岁了，又老又丑。有着颤抖的嗓子，狡诈的心思。说来奇怪，那老婆子竟也有青春。九三年，她正值妙龄，嫁给了一个修士，这人是从隐修道院逃出来的，他把红帽子一戴，摇身一变，由圣伯尔纳的信徒变成了雅各宾派。他让她没少受折磨，守寡以后，她虽然对亡夫也怀念，但在为人上，却无情、野蛮、泼辣、尖锐、多刺，差不多是有毒。她像一棵荨麻，是经受过僧衣碰触的那种。到复辟时代，她突然虔诚起来，看在她那颗极其热烈的信仰上帝的心的面上，神甫们原谅了她，再也不追究她那修士了。她大张旗鼓地把她那份微薄的财产捐给了一个宗教团体。在阿拉斯主教教区，她深受尊敬。去了一趟孟费郿，回来时，这位维克杜尼昂夫人说：“那孩子我见到了。”

这所有的经过，花费了相当的时间。在那厂中，芳汀已呆了一年多了。有一天早晨，她从车间女管理员那儿得到了五十法郎，管理员告诉她，那是市长先生拿来的，并且，她已不属于那车间了，市长先生有令，让她离开孟费郿。

恰巧在那个月，德纳第妈妈又提出了要求，原本已从六法郎加到十二法郎，如今又迫使她加到十五法郎了。

芳汀非常窘迫。那地方她根本离不开，房租和家具费她还拖欠着。五十法郎连还债都不够。她想求情，吞吞吐吐地说了一些话。但女管理员说，她必须马上离开车间。毕竟，芳汀只是一个工人，手艺也很一般。那种侮辱她无法忍受，失业尚在其次，她被迫出了车间，到自己的住处去了。现在，所有的人都知道她的过失了。

她觉得自己已经没有勇气了，哪怕是只说一个字。她不敢去见市长先生，尽管有人这样劝过她。拿五十法郎给她，是因为市长先生是个宽厚的人，撵走她是因为他是个正直的人。面对这项决定，她屈服了。

九、维克杜尼昂夫人的胜利

看来，起积极作用的，是那修士的未亡人了。

但这件事的本末，马德兰先生一无所知。这不过是那种欺上瞒下的手段，它是充满人间的。女车间马德兰先生几乎是从来不去的，这是他的习惯。他把车间委托给一个老姑娘，由她全面照管，那老姑娘是本堂神甫向他介绍的，他完全信任她，她的为人，也的确值得敬重，稳重而公平，廉洁而善良，不过，她的慈悲有限，只表现在施舍方面，至于在了解和容忍人方面，就不足了。马德兰先生委托她照料一切事宜。就算是世间最善良的人，那样的时候也是常有的，界时，他就不得不把自己的权力托付他人了。利用那种全权委托及自以为是的见解，那女管理员将那案子提了出来，判断之后作了决定，给芳汀定了罪。

而那五十法郎，是她从一笔款子中挪用的，那也是马德兰先生委托给她的，以便在救助工人时不必报销。

芳汀在那里逐门逐户地找，希望有人雇她当仆人。谁也不要她。那座城她也无法离开。那个旧货贩子向她收家具（什么家具!)，还说:“如果您走了，我就叫人逮捕您，把您当贼。”房主向她讨房租，并说:“您年轻漂亮。付钱该是有办法的。”那五十法郎，她分给了房主和旧货贩子，家具的四分之三，她退还给了那商人，只有一部分不能不要的自己留下了，她一无所有，没工作，没地位，有的仅是一张卧榻，还有大约一百法郎的欠款。

她到兵营去替士兵们缝粗布衬衫，一天十二个苏。这十二个苏中，她得给女儿十个。她就是从那时起，才不能按时给德纳第夫妇照数寄款的。

平时，当芳汀晚上回家时，有个老妇人总会替她点蜡烛，这时，那老妇人教给了她过苦日子的艺术，贫苦生活之后，还有一种生活——一种一无所有的生活。那如同两间屋子，前者仅是暗而已，后者则是黑了。

芳汀学会了许多：在冬天，怎样能完全不烤火，对于一只两天来吃一文钱粟米的小鸟，怎样不加理会，裙子如何当被，被又怎样做裙，为了省蜡烛，怎样借助对面窗子射来的光线吃饭。对于某些一生穷困潦倒的弱者，我们无法一一知道，虽一贫如洗却诚实自爱，如何在一个苏里想对策。那种方法天长日久也能变成一门技能。学到了那种高超的技能，芳汀也能够稍稍壮壮胆了。

当时，对一个邻妇，她这样说:“有什么可怕！我经常告诉自己，如果我仅睡五个小时，把余下的时间都用来缝纫，总能凑凑合合吃口饭。而且人发愁时，也能少吃点。更何况，痛苦与忧愁兼而有之，面包与烦恼各有一点儿，这一切养活我已足够了。”

在这样艰苦的状况里，要是能拥有她的小女儿，无疑，那会是莫大的欣慰。她想接她来。可有什么办法！让她也跟着吃苦吗？何况，德纳第夫妇的钱还欠着！如何还清呢？旅费又如何去付？

这种可称作安贫方法的课程是那个老妇人传授她的，老妇人名叫玛格丽特，是个圣女，她立志从善，虽然穷，却善待穷人，甚至对富人也如此，提到写字，她将就着能写出“玛格丽特”，她信仰上帝，这也是她唯一的知识。

在世间，那样的善人有许许多多，他们居人之下总是一时的，总有一天他们能位于人上。这是一种有前程的人。

最初，芳汀很惭愧，以至门都不敢出。

她能猜想得到，当她在街上走时，背后一定有人在指点她；大家谁也不与她打招呼，只是瞅着她；路人表现出的种种冷酷与侮辱，如同一阵冷风，向她的灵与肉直刺而来。

一个不幸的妇人在小城里，面对人们的嘲笑与好奇心，简直就是裸露无遮的。要是在巴黎，起码没人认识你，彼此陌生，反而像有了件衣服似的，可供遮蔽。唉，她真想去巴黎！但根本不可能。

贫苦的滋味她已惯于忍受了，被人蔑视的滋味她也要能够忍受。渐渐地，她拿定了主意。两三个月之后，羞耻心理被克服了，她已能若无其事地走出家门，出现在街上了。“这与我有什么关系。”她说。昂着头，面带苦笑，她在街上来来往往，她有种感觉，自己已经变得不知羞耻了。

有时，维克杜尼昂夫人会看见，她正经过自己的窗子，“那家伙”的艰难她完全看得出，继而想到，幸亏她在，“那家伙”才恢复了“属于她的地位”，一阵兴奋便涌上心头。这种黑色的幸福是黑心人特有的。

由于操劳过度，芳汀疲乏了，原来她有种干咳病，现在，病情开始恶化了。有时，她会对邻居玛格丽特说：“您摸摸我的手，热极了。”

早晨，她总是拿着一把已断的旧梳子，梳理一头秀发，那头发依然光泽照人、柔软如丝，每每这时，她那种顾影自怜的快感便悄然而生。

十、胜利的结果

她被赶走之时，是冬季将完之时。夏天已过，又迎来了一个冬天。天短了，工作也少了。这是一个一点热、一点光都没有的季节，根本不存在中午，早晨过后紧接着就是夜晚、迷雾、黄昏，窗棂黯淡，什物难辨。在暗室中，天似乎成了透光眼，终日像置身于地洞中。似乎太阳也成了穷人。悲惨啊，如此的季节！天上的水，人的心，都被冬季变成了冰。债主们在加紧催逼她了。

芳汀挣的钱更少了。债变得愈来愈重。由于不能按时收到钱，德纳第夫妇就经常给她来信，她因信中所写而难过，信中的要求让她破产。一天，她又收到一封他们寄来的信，信中说，天气已那样冷了，她的小珂赛特还什么衣服也没有，作为母亲，应寄十法郎过去，以便买一条她所需的羊毛裙。收到那封信后，她一整天都捏在手里，揉搓着。晚上，她走进了位于街角的一家理发店，把梳子摘下来。那一头金丝发一直披散到她的腰际，令人赞叹不已。

“这头发太美了!”那理发师喊叫着。

“您给多少钱呢?”她问。

“十法郎。”

“行，剪吧。”

她买了一条裙子给德纳第寄去，是一条绒线编织的裙子。

收到那条裙子，德纳第夫妇怒不可遏。原来他们是要钱的。这条裙子他们穿在了爱潘妮身上。寒风中，那可怜的百灵鸟却依然颤抖着。

芳汀在想：“我用头发给女儿做了衣服，她不会受冻了。”她在光头上戴了一顶小扁帽，作为遮挡，她的美丽一如往常。

一种黯淡的心思在芳汀心里潜滋暗长了。自己再也不能梳头了，看到这一点，对周围的一切，她生出了怨恨。她一向是敬重马德兰伯伯的，与别人一般无二，可是，每每想到是他把她赶走了，是他，让她饱受苦楚，对于他，她也就有了恨意。而且，恨得很深。每当她经过工厂门口时，见工人们正立在那儿，她就故意做出一副嬉皮笑脸的样子，唱起歌来。

一次，看到她那又唱又笑的样子，一个年老的女工说：“这姑娘的下场好不了。”

她与一个不相干的汉子姘识了，她压根儿不爱他，只是故意要胡作非为，为的是发泄内心的愤懑。那人是个流浪的音乐师，穷光蛋一个，好吃懒做，完全是个无赖，他打她，度完春宵，他就厌恶她了，抛弃了她。

对她的孩子，她始终爱若至宝。

周围的一切随着她的堕落已愈来愈黑暗，正因如此，在她内心深处，那甜美的安琪儿也就愈发可爱了。她经常说：“一旦我有了钱，我的珂赛特就又能回到我身边了。”之后，一阵笑声随即而来。她的咳嗽病始终追随着她，而且，又出现了盗汗。

一天，她收到一封信，是德纳第夫妇写的，信的内容是这样的："珂赛特染上了一种叫猩红热的地方病。所需的药极其昂贵。这场病花光了我们的钱，再付药费我们是无能为力了。八天之内，如果您不能寄来四十法郎，孩子就没救了。"

她大笑起来，对她的老邻妇说：

"哈！他们太好了！四十法郎！只不过是四十法郎而已！哪怕是两个拿破仑！他们让我上哪儿找呢？愚蠢的乡下人！"

可是，走上楼梯时，她凑近天窗，把那封信又拿出来念了一遍。

然后，她下了楼，跑向大门外，边跑边跳，还不停地笑着。

一个碰见她的人问道：

"您为什么这样开心，遇到了什么事？"

她答道：

"有两个乡下佬跟我开玩笑，给我写了封信，让我给他们四十法郎。真行呀，这些乡下人！"

经过广场时，她看见一辆怪车，围着好多人，在车顶上，一个人身穿红衣服，正站在上面手舞足蹈地给观众们做演说。那人是个牙科医生，游走江湖，兜售整套的牙齿、牙膏、牙粉及药酒。

芳汀钻进人堆里，也去听演讲，别人笑，她也跟着笑，他说的话里，有给流氓听的江湖话，也有给正经人听的俗话。见到这个漂亮女子咧着嘴笑，那拔牙的江湖郎中忽然大叫道：

"哎，那位嘻嘻哈哈的姑娘，您有一口多漂亮的牙齿呀！如果您同意的话，卖给我您的瓷牌吧，我的价钱是一个金拿破仑一个。"

"我的瓷牌？什么是瓷牌？"芳汀问。

"瓷牌，指的就是门牙，就是上排的那两个。"那牙科医生答道。

"太可怕了！"芳汀大声地说。

"两个拿破仑！"一个没牙的老太婆在旁边瘪着嘴说，"这姑娘好有福呀！"

芳汀捂着耳朵逃开了，以防那人沙哑的声音再传进来，可那人依然在叫："考虑考虑吧，美人儿！两个拿破仑多有用啊。如果愿意的话，您今晚到银甲板客店来找我吧。"

回到家后，芳汀怒气冲冲地告诉了她的好邻居玛格丽特这一经过："这种道理您可知道？那个人太糟糕透顶了吧？那种人怎么能到处游荡呢？想把我的两个门牙拔掉！那我将会变得何等古怪！头发还能再长，可牙，哼，简直是个人妖！我宁愿一个倒栽葱，跳到六层楼下去！他还说，他今晚在银甲板客店。"

"他给多少钱？"玛格丽特问。

"两个拿破仑。"

"也就是四十法郎了。"

"对，是四十法郎。"芳汀说。

出了一会儿神，她跑去工作了。过了一刻钟，她停止工作，又跑上了楼，去看那封德纳第夫妇写来的信。

转回来，她问正在身旁工作的玛格丽特：

“您知道什么是猩红热吗?”

“知道，是一种病。”老姑娘答道。

“那种病是要许多药吗?”

“是呀！要好多古怪的药。”

“那种病是怎么得的?”

“那病就是这样得的。”

“那种病也会让孩子染上吗?”

“是孩子最容易得的。”

“这种病很导致死亡吗?”

“那是很容易的。”玛格丽特答道。

芳汀走了，又上楼重新看了一遍那信。

晚上，她下楼去了，有人见到，她走向了客店林立的巴黎街。

第二天天还没亮，玛格丽特进了芳汀的屋子，每天，她们都这样一起工作，同用一根蜡烛，她看到，芳汀脸色惨白，好像冻僵了一样，正在床上坐着。她还醒着。她膝头上，放着那顶小圆帽，那只烛整夜亮着，几乎没有了。

在门边，玛格丽特停住了。面对那种乱七八糟的样子，她惊慌失色，喊着:

“上帝！蜡烛已经烧光了！肯定出大事了!”

接着，她看见芳汀转过光头来，面对着她。

一夜之间，芳汀仿佛老了十岁。

“耶稣！芳汀，您怎么了?”玛格丽特问。

“没事，”芳汀答道。“这很好。我的孩子死不了啦，那种病险些把我吓死，她如今得救了。我能放心了。”

说着，她指指桌子，上面放着两个亮闪闪的拿破仑。

“哟，耶稣上帝!”玛格丽特说，“一笔横财呀！这些金路易，您是从哪儿弄来的?”

“我得到了。”芳汀答道。

与此同时，她露出了微笑。那支烛照在她脸上。那笑容似乎依稀隐着血迹。在她嘴角上，挂着一条红色口水，嘴里，现出了一个黑洞。

她拔掉了两颗牙。

那四十法郎，被她寄到了孟费郿。

实际上，珂赛特什么病也没有，那是德纳第夫妇为谋财而设的骗局。

镜子被芳汀扔到窗外去了。房顶下有一间破楼，用木闩拴着，她搬了进去，而二楼上的那间小屋，她很早就放弃了；许多房顶下的屋子都是那样的：顶和地板像斜角那样交接着，你的头时常会遭受碰撞，她的房间也不例外。穷苦人要像走到生命尽头那样走到屋子的尽头，是必须渐趋弯腰的。她的床没了，仅剩一块破布，姑且做被，一条草和一把烂麦秸椅摆在地上。从前她养了一棵小玫瑰花，而今，花已枯萎在屋角里，谁也想不起它了。在另一个屋角里，有个奶油钵，它是装水用的，冬天水被冻结了，高低的水面由一层层冰圈标示着，它已在那里呆了好一段时间了。别人的耻笑，对她来说已没什么可怕，现在，她已无心修饰了。她经常戴着脏乎乎的小帽上街，这是她最后的表现。不知是没时间还是不经意，衣衫她也不去缝补了。袜跟破了，就往鞋里拉，越破越拉。从那些垂直的折皱上，便可看出这点。她在那件破破烂烂的汗衫上，拼了许多零碎竹布，那些东西往往一触就裂。债主们无休止地同她吵闹，不给她一刻休息时间。无论在街上还是在她的楼梯上，她经常能遇见他们。经常，她会一整夜地哭啊，想啊，那双眼睛出奇地亮。而且感到肩膀时时发痛，就在左肩胛骨上方。她经常咳嗽。对马德兰伯伯，她恨极了，可说不出怨恨的话来。每天，她都缝十七个小时，但有个包工是低价包揽女囚工作的，他突然把工资压低了，于是，工作不固定的女工的工资，减至每日九个苏。每天九个苏，工作十七个小时！她的债主们更狠心了，简直是变本加厉。那个旧货商人几乎拿走了她全部家具，可还是不住催问："贱人，什么时候给我钱？"仁慈的上帝，人家到底让她怎么做？她认为，自己是无路可走的人了，于是，一种困兽的心情在她心底滋生了。恰在这时，德纳第又来信了，信中说，他等了好长时间，做到仁至义尽了，如果不能马上让他得到一百法郎，他就赶走小珂赛特，大病之后，她刚恢复，那他们不管，就算天再冷，路再远，也不得不让她去，要是她愿意，就死在路边好了。"一百法郎！"芳汀盘算着，"可是每天挣五法郎，这样的机会上哪儿找呢？"

"去他的！都卖了算了。"她说。

苦命的她成了公娼。

十一、上帝拯救我们

芳汀的经历意味着什么呢？一个奴隶被社会收买了。

向何人收买？贫苦。

向饥寒困苦去买，向孤独遗弃去买。这买卖多么让人心痛。一块面包要以一个人的灵魂为代价来交换。社会把穷困卖出去的买回来。

我们的文明受着耶稣基督神圣法则的统治，但却没有将它渗入其中。在一般人眼中，欧洲的文明里已不存在奴隶制度了。这是误解了。奴隶制度一直都有，不过压迫对象只是妇女，那被叫作娼妓制度。

它以妇女为压迫对象，实际上是在压迫温柔、纤弱、美丽与母性。这种耻辱在男子方面，绝对不是不值一提的。

惨剧演变到现阶段，芳汀已与从前大相径庭了。她变成了污泥，与此同时，也成了木石。但凡接触过她的人，到会感受到一股冷气。不管你是谁，她都以身相事，听凭摆布，脸上满是屈辱和怨怒。生活给她下了结论，社会秩序也给她下了结论。她要受到的所有东西，都已经受到了。一切她都已感受了，容忍了，体会了，然而又都放弃了，失去了，她为一切痛哭过。她忍让，如同死亡与睡眠相似一般，她的忍让近乎冷漠。什么她也不逃避了，什么她也不怕了。哪怕在她头上洒下满天雨水，在她身上倾泻下整个海洋，对她也毫无影响！她像一块海绵，已被水浸满了。

至少，在她心里是那样想的，不过，倘若自以为命中的磨难已受尽了，即将到达某种尽头，那想法就错了。

唉！那凌乱不堪、惨遭蹂躏的生灵，他们算是何物呢？何处是他们的归宿？怎么会那样？

如果有谁答得出这些问题，他就一定能洞穿世间的黑暗。

他是仅有的。他就是上帝。

十二、无聊的巴马达波先生

在一切小城中，特别是滨海蒙特勒伊，有一种青年人，他们每年要在外省吞食一千五百利弗的年金，与之相同，那些在巴黎的他们的同类，每年则要鲸吞二十万法郎。他们同属于那一大堆无用人群；他们是些从不劳动，靠他人生存，身无一技的人，所有的只是一点地产、戆气和小聪明，在客厅，他们是乡愚，在茶楼酒肆，他们又自诩为贵人，“我的草场，我的树林，我的佃户”成了他们的口头禅，为了证明自己的修养，他们在剧场给女演员们喝倒彩，为了显示自己对韬略的精通，他们同兵营中的官长争辩，他们狩猎、抽烟、打呵欠、酗酒、闻鼻烟、玩弹子，看旅客们从公共马车上下来，在咖啡馆坐着，去饭店，有一条狗和一个情妇，狗在桌下啃骨头，情妇则在桌上忙活，他们吝啬无比，衣服怪异，幸灾乐祸，欺侮妇女，把自己的旧靴子弄得更破，在巴黎，以伦敦的时装为模仿对象，在木松桥，又以巴黎的时装为模仿对象，始终顽固不化、庸庸碌碌，不务正业，虽没用却也于大事无碍。

如果斐利克斯·多罗米埃先生始终在外省住着，没有见过巴黎，那么，他也会成为如此之人。

如果他们有更多的钱，人家会评价他们“这些全是大少爷”；如果他们的钱再少一点，人家会认为“这是一些二流子”。这种人纯粹是游民。这些游民有的很讨厌人，还有的被人所厌，有的昏昏沉沉，还有的丑态毕露。

那个时代，一条高领，一个大领结，一只缀满珠饰的表，一叠背心，由蓝红在里颜色各异的三件组成，一件短燕尾服，呈橄榄色，两行银纽扣，密密相连直排到肩头，再配一条浅橄榄色的裤子，两旁的线缝上装饰着丝边，多少不同，数目各异，不过总是奇数，在一到十一之间，从不超过十一，这些就组成了一个佳公子。此外，他们还穿一双短统鞋，后跟装着小铁片，戴一顶高顶窄边帽，头发蓬松，手持粗手杖，言谈之中还夹杂着博基埃式的隐语。尤为出色的，是他们鞋跟上的刺马距、嘴唇上的短须。那个时代，短须是有产阶级的代表，刺马距是无车阶级的代表。

外省佳公子有着较长的刺马距和较粗野的短须。

那时期，南美洲的一些共和国正与西班牙国王进行斗争，也可以说是玻利瓦尔和莫里耳奥在斗争，保王党以窄边帽为标志，莫里耳奥就成了那种帽子的代称，自由党人戴的则是被称为玻利瓦尔的阔边帽子。

一八二三年一月上旬，也就是前几页所述事件发生后的八个月或十个月之后，雪后的一个晚上，有一个那样的佳公子，即那种游民，他是一个戴着莫里耳奥的“颇具思想的人”，身上穿着一件大氅，当时常用它来补充时髦服装，看上去暖暖和和的，他正在调戏一个人，那人身着跳舞服，胸肩露在外面，头上插着花，当时，她正来来往往，在玻璃窗前徘徊着。那佳公子叼着烟，因为那风尚毫无疑问是时髦的。

每当那妇人走过他前面，他总是吸口雪茄，用烟喷她，还对她说些怪话，诸如“你好丑!”“快躲起来吧!”“你没牙！还自以为幽默有趣。”那位先生是巴马达波先生。那妇人并不还嘴，她满脸愁苦，打扮得像个妖怪，甚至不看他，不声不响，在雪地上，拖着均匀沉重的脚步，来回踱步，每隔五分钟，她就会来一次，像一个被处分的士兵按时来受鞭子一样接受辱骂。这位吃闲饭的人，一定是受了她那种反应的刺激，乘她背转身时，他蹑手蹑脚地从后面跟着她，憋着笑，弯腰抓起地上的一把雪，猛地从她那两个裸露的肩膀中间塞进她背里。只听一声狂叫，那妓女转身跳上来，就像豹子一样，把那个人一下子揪住，用指甲掐他的脸，用一些难以入耳的话咒骂着。那嗓子中了酒毒，很沙哑，咒骂由那里发出，的确很难听，确实，那嘴里少两颗门牙。那妓女就是芳汀。

听到那种声音，军官们纷纷涌出咖啡馆，还聚集了一些过路人，围了一大圈儿，有人笑，有人叫，还有人在鼓掌，人圈中，那两个人扭打着，转来转去，别人很难看清楚是一男一女；男人奋力抵抗，帽子掉了，女人拳脚并用，也把帽子丢了，胡乱叫嚷，她没有牙，也没有头发，面孔气得铁青，非常骇人。

突然，人堆里冲出一个人，他身材魁梧，抓住妇人的缎衫，那上面已满是泥污了，“跟我来”，他对她说。

妇人抬起头看了一下，忽然，她的嗓子沉寂下去了，不再雷鸣般地咆哮了。她目中现出了沮丧，铁青的脸色变成了死灰，由于害怕，全身抖动着。她认出了那人，他是沙威。

乘此机会，佳公子溜了。

十三、在市警署里解决的一些问题

分开众人，沙威拽着身后的苦命人走出人群，大步流星地向广场那边的警署走去。她任凭摆布，显得那样机械。两个人都一言不发。一大群狂乐的观众跟着一起走，嘴里在胡说八道着。她的最大不幸，莫过于听到了一堆肮脏的话。

警署办公室里生着一炉火，那是一间矮小的厅堂，一个岗警正在守卫着，那扇铁栏玻璃门是临街的，沙威走过去打开门，带着芳汀走进去，然后关上了门，那些好奇的人们好生失望，警署门口那块玻璃被保安警察挡着，什么也看不清，但他们还是拥在那里，踮着脚，伸长脖子，企图看个究竟。好奇可比做一种食欲。看，就可比做吞吃了。

走进门后，芳汀就在墙角坐下，一动不动，一声不响，蜷缩着，如同一条恐惧的母狗。

警署中的一名中士把一支点着的蜡烛拿来，摆在桌上。坐下后，沙威在衣袋中抽了一张公文纸出来，开始写。

我们的法律已经把这样的妇女交给了警察，由他们全权处理。对于她们，警察可以随心所欲、肆意惩罚，而且，对于她们那两件不幸的东西——所谓的职业与自由，也可以随便剥夺。沙威是个铁面无私的人，他面色严厉，丝毫不露慌张的神色。他只是显得很深沉，那是在动心思。这种时候，该他独当一面，执行那令人畏惧的专断大权了，处理这一切时，他总是硬起心肠，采用一种刻薄的态度。他反复斟酌，之后做出了判断。针对那件他所办的大事，他极尽所能，在大脑中搜索着，想找出他所有的全部思想。那个妓女的所作所为，他怒火冲天，越想越气。在他眼中，适才所见分明是桩大罪。就是刚才，在街上，他看见，一个公民所代表的社会，一个拥有财产权和选举权的社会，受到了一个畜生的侮辱和冲犯，而那个畜生是什么也不容的。对于一个绅士，一个娼妓居然敢去侵犯。而那样一件事恰恰由他，沙威，目睹了，他不声不响地写着。

写完后，他把名字签上，折起那张纸，递给那中士说："带上三个人，押送这婊子去牢房。"接着，他又转向芳汀，"判处结果：监禁你六个月。"

这使那苦闷的妇人大惊失色。

"六个月！坐六个月监牢！"她号叫着。"六个月，一天挣七个苏！那，珂赛特会怎么样？我的孩子！我的孩子！而且，侦察先生，您知道吗？德纳第家我还有一百多法郎的欠款呢。"

她在石板上跪下来，双手合拢，用膝头在大家的靴子所留下的泥浆中向前大步地拖着。

"沙威先生？"她说，"求求您，开开恩吧。我保证，我真的没有做错。如果刚开始您就看见这件事，就会知道了。我向仁慈的上帝发誓，我没错。我不认识那位老板先生，他却往我背上塞雪。我们走得好端端的，根本没惹别人，可别人却往我们背上塞雪，难道有这样的道理吗？当时吓了我一跳。您知道我本来是有点病的吗？而且，他在我面前啰嗦了半天。'你丑！''你没牙！'没牙这我早就知道。我什么也没干。我在想：'这位先生在找乐子。'对他我是规规矩矩的，也没跟他搭话。一瞬间，他就在我背上塞雪。沙威先生，我亲爱的侦察员先生！这是真话，难道这里当真没一个目睹当时经过的人向您证明一下吗？我生气可能是不应该的。您知道吗，最初做这种生意时，想控制自己是很难的。我太莽撞了。那样冷的一把东西，乘其不备塞进你背里？把那位先生的帽子弄坏，是我不对。他怎么走了呢？如果他在，我一定求他宽恕。唉！上帝呀，我毫不在意乞求他的宽恕。沙威先生，今天这次您就开开恩吧。啊，这点您还不知道，每天在监牢里只挣得到七个苏，当然，政府没有错，可您请想，每天七个苏，我要付一百法郎呀，如果不付，我的小女儿就会被送回来。唉！上帝，我做的事那样可耻，不能把她带在身边呀！珂赛特，啊，我的小天使，慈悲的圣母的小天使，她该当如何呢？可怜的小宝贝！我要告诉您，对德纳第那种人，那种开客店的乡下人，是讲不了什么道理的。他们一定要得到钱。请别让我呆在牢里！您请想，在这种严寒的冬天，那样一个小女孩，会被他们抛在路上，让她走；仁慈的沙威先生，对这种事，您该同情一下呀。如果稍大点的话，她能够自谋生计，但以她的年纪，她不能。说实在的，我并非一个坏女人。我沦落至此，并非由于好吃懒做。因为心里不舒服，我才喝酒，酒是会让人糊涂的，虽然我不贪喝。以前，在我还算快乐时，只需看看我的衣柜，别人就会知道，我不是个不三不四的女人，不是那种爱俏的女人。从前，我是有换洗衣服的，而且有许多。沙威先生，可怜可怜我吧！"

她就那样弯着身子，倾诉着苦衷，泪水模糊了双眼，胸膛裸露着，扭着手，时时发出急促的咳嗽，低声下气，那情形，如同一个就要死的人。深沉的痛苦仿佛是一种神光，它是那样神威，以至能使穷苦人的容貌发生转变。当时的芳汀，一下子变得美丽了。有段时间，她停了下来，在那探子礼服的下摆上轻吻着。就算是一颗石心，听了她的诉说也会变软的，然而，那却是一颗无法软化的木头心。

沙威说："好！我已听见你的话了。你说完了吧？现在该走了。那六个月必须属于你，即使天王老子来了，也无可奈何。"

"天王老子来了也无可奈何"，听了这严厉的语句，她知道，已经无法挽回这次判决了。她无精打采，用嘶哑、哽咽的声音说：

"开开恩吧！"

沙威背对着她。

她的胳膊被士兵们抓住了。

几分钟以前，在众人毫无知觉时，进来了一个人，他把门关上，靠在上面，芳汀的哀求他全听见了。

那倒霉的妇人不肯站起来，兵士们于是把手放在了她身上，这时，他从黑影中走出来，赶上一步，说："你们请稍候！"

沙威抬眼一看，见是马德兰先生。他摘下帽子向他致敬，脸上还挂着一种不自在的怒气：

"失礼了，市长先生……"

市长先生，对这几个字，芳汀产生了一种奇特的感觉。她猛然间站起身来，仿佛从地里跳起来的僵尸，把两臂一张，那些士兵被她推到了两边，想阻拦她都没来得及，直直地，她已走向了马德兰先生，活像一个疯子，盯着他喊着：

"哈！市长先生，原来是你！"

接着，她纵情大笑，在他脸上吐了一口唾沫。

马德兰先生擦擦脸，说：

"侦察员沙威，把这女人放了。"

这时，沙威感到自己快发疯了。这一瞬间，他接二连三地感受到了他有生以来未曾经过的猛烈冲动，差不多是接连不断地感受到的。他亲见，一个公娼在市长脸上唾吐，在他想象中，这种事荒谬极了，简直是到了不可想象的地步，哪怕只有个偶然的念头，觉得那事有发生的可能，就足以算是犯下不敬之罪了。此外，在他思想深处，那妇人的身份和市长的人格已被他联系起来，他产生了一种胡思乱想，是种很可怕的想法，因此，他认为，那种荒诞罪行的根源又是非常简单的，想到这里，他厌恶极了。而且，他亲见那位长官——市长大人，擦着脸，还要求“把这女子放了”，是那么心平气和，他怕极了，觉得头昏眼花；他的脑无法再想了，嘴也动不了了，他可能接受的限度，已让那种惊惧打破了，他站着，不声不响。

那句话也给芳汀相同的惊惧。举起裸露的手臂，她紧紧握住那火炉的钮门，像是一个要晕过去的人一样。与此同时，她环顾了一下四周，放低声调说起话来，仿佛是在自言自语。

“释放！放我！我不用坐六个月的牢了！谁说的？这是不可能的，说这样的话。我听错了。一定不会是市长的，那鬼东西！沙威先生，好人，一定是您，是您要放我走，对吗？啊！您看！我对您说了，您一定会放我的。这个市长，鬼东西，老流氓，一切的祸根都是他。您想，沙威先生，听了那厂里一些娼妇的胡说八道，他就赶出了我。那算不算混账！一个做工的女人，好端端的，又那么穷，却赶走她！自从那时，我挣的钱就不够用了，所有的烦恼相应而来。有一件事，警署里的先生们是应该改革的，即对监牢里那些包工们害穷人受苦的行为，应该禁止。您听着，这件事，我要对您讲明白。本来，您做衬衫，一天有十二个苏可挣，突然减至九个，无法维持生计了。我们不得不想办法，我，还有我的小珂赛特，被逼无奈，我才做了娼妓。现在您知道了吧，那个王八市长，是他在害人。我还要讲，在军官咖啡馆前面，我把那位先生的帽子踩烂了。可他呢，他用雪弄坏了我一身的衣服。绸子衣服在我们这种人那里，只有一件，是专门在晚上穿的。您看，我未曾有意加害别人，这是事实，沙威先生，而且，我到处看见好些比我坏的女人，她们全比我开心。啊，沙威先生，您答应放我出去，是吧？您可以去查，去向我的房东查问，房租我现在已经按期交付了，我是老实人，这一点他们一定会对您说。呀！上帝。请您原谅，火炉的钮门被我不小心碰了，在冒烟。”

马德兰先生聚精会神地听她讲述着，在她说话时，他翻了翻背心，把钱袋掏出来，打开看了看。钱袋里空空的，重新把它放回衣袋，他对芳汀说：

“您说您欠了多少债？”

本来，芳汀只盯着沙威，她转过头来，对着他：

“我跟你说话了吗？”

接着，她又同那些警官说：

“哎，我是如何在他脸上吐唾沫的，你们大家看见了吗？嘿！市长，老奸贼，你来这儿吓唬我，我才不怕呢。只有沙威先生我才怕，我怕的只有仁慈的沙威先生！”

她如此说过，转过去，重新向着那位侦察员。

“您看，侦察员先生，既然如此，就得公正，侦察员先生，您是公正的，这我明白。说句实在话，那是很简单的事，一个人开玩笑，在一个女人背上放一点点雪，以此博军官们一笑，寻点东西找乐，这是人应该干的，本来嘛，我们这类人就是供人取乐的，没什么奇怪！之后，您来了，当然，维持秩序是您应尽之责，您带走了那个犯过失的妇人，不过，细想想，您太善良了，您答应放我走，那是为了那小女孩，肯定的，因为坐六个月牢，我的女儿我就养活不了了。但是，再不能惹事了啊，贱妇！啊！我再不敢惹事了，沙威先生！从今天起，我一定任人戏弄，再不乱动了。可是今天，您明白由于无法忍受那东西，我叫了一声，那位先生的雪我毫无防备，何况，我告诉过您，我身体有点差，在咳嗽，我觉得似乎有块滚烫的东西在胃里，医生嘱咐我好好休息。看，您伸出手摸摸，别怕，就在这里。”

她停止了哭泣，声音显得婉转动听，她含笑望着沙威，他那两只粗大的手被她压在自己白嫩的胸脯上。

突然，她匆忙整理起身上乱七八糟的衣服，拉平了揉皱之处，因为她跪着在地上走时，几乎把那衣服拉到了膝头上。她走向大门，和颜悦色地冲那些士兵点着头，温柔地说：

“孩子们，侦察员同意了，释放我，我走了。”

她的手已放到了门闩上。只要再前进一步，她就到街上了。

沙威始终站着不动，看着她，在这一场合，他的地位极不合适，他如同一尊塑像，已被人移动了，尚待安放。

门闩的声音使他醒悟了。他带着一种俨然不可侵犯的表情抬起头来，越是出自位卑职微的人，那表情就越显得恐怖，那是一种在猛兽脸上显得凶恶，在下流人脸上显得残暴的表情。

“中士，”他吼道，“那骚货要走，你看不见吗！谁让你放走她了？”

“我。”马德兰回答。

听到沙威的声音，芳汀哆嗦起来，就像一个被捕的小偷扔下赃物一样，她赶忙把门闩丢下了。马德兰的声音传来，她转过来，从现在开始，她缄口不言，大气也不敢喘，目光轮流转着，从马德兰到沙威，又从沙威到马德兰，谁开口，她就望着谁。

当然，必须是如我们通常所言，沙威已“怒不可遏”，当市长发出了放走芳汀的命令后，他才敢如方才那样训斥那中士。市长在场，这一点他居然忘了吗？难道经考虑之后，他觉得那种命令不是一个“领导”所能发出的吗？难道在他眼中，市长先生之所以支持那女人，是言不由衷吗？或者是面对自己在这两个小时中亲眼目睹的这件大事，他觉得必须下定最后决心，变小人物为大人物。变士兵为官长，变警察为法官，并且面临这种特别紧迫的场合，必须由他沙威独自来体现所有秩序、法律、道德、政权乃至整个社会吗？

总之，刚才大家耳闻的那个“我”字经马德兰先生之口道出后，侦察员沙威便转过身来，与市长先生相对，现出青色的面皮、紫色的嘴唇、冷峻的神态、凶恶的目光，通体显出一种难以察觉的战栗，而且说来也怪，虽眼睛向下，可他的语气却很坚决：

“不可以，市长先生。”

“为什么？”马德兰先生问。

“这是个背时的女人，一位绅士受了她的侮辱。”

“侦察员沙威，”用一种委婉平和的口气，马德兰先生说道，“听我讲。您是很诚实地，向您讲明白并不难。事实是这样的。刚才您带走这妇人时，恰巧我经过那广场，当时在场的还有一群人，经过调查，我完全明白了，错在那位绅士，该抓的是他，这才能显出警察的公平。”

沙威答道：

“刚才，这贱人还把市长先生给侮辱了。”

“那是我本人的事，”马德兰先生说，“我觉得我理当受侮辱，我大可以依己见处理。”

“市长先生，请原谅。那侮辱不是他的，是法律的。”

“侦察员沙威，”马德兰先生说，“良心才是至高的法律。这妇人说的我都听见了。我知道我所做的。”

“可是，市长先生，对于我见到的事，我不懂。”

“那么，您就服从好了。”

“我只服从我的职责。让这妇人在牢里呆六个月，是我的职责。”

马德兰先生面色和缓，说道：

“这一点请听明白。她不会坐一天牢。”

听了那句坚定的话，沙威竟然盯住市长，而且与他争辩，不过他说话时，始终是谦卑的：

“这是我有生以来初次与市长先生拌嘴，内心深感痛苦，但我还是请求他允许我提点意见：我没有超出我的职守范围。既然市长先生愿意，关于那位绅士的事我再谈谈。我当时在场，就是这个婊子，她先跳上前打巴马达波先生，在公园角上，有座石条砌的三层公馆，有阳台，漂亮极了，巴马达波先生是它的主人，而且，他还是选民。在这世界上，毕竟，有些应该留心的事！总之，市长先生，这件事涉及一个街警的职责问题，与我有关，关押这个名叫芳汀的妇人，我已下了决心了。”

马德兰先生叉起两臂，声音严厉地说——这声音在这城里还无人听过：

“关于您提出的问题，属于市政警察问题。依据刑法第九、第十一、第十五和第六十六条，这个问题和审判人应是我。我下令，把这妇人放走。”

沙威还企图最后努力一下：

“可是，市长先生……”

“我提醒您，请注意一七九九年十二月十三日的法律的第八十一条，那是关于擅自拘捕问题的。”

“市长先生，请让我……”

“什么也不必说了。”

“可是……”

“出去！”马德兰先生命令道。

沙威像一个俄罗斯士兵那样正面立正，这个硬钉子他不得不接受了。给市长先生鞠了一个很深的躬——直弯至地面，然后，他走了。

芳汀急忙让道，望着他走过面前，她吓得魂不守舍。

与此同时，一种奇怪的、缭乱的心情控制了她。刚才，她见到，自己被两种对立力量当成了争夺对象。她看见，在她眼前，有两个人在斗争，那是两个掌握着她的自由、命运、灵魂、孩子的人，那两个人中，一个往黑暗里拖她，一个往光明里拽她，她在这场斗争里，从扩大的恐怖中看，似乎感到他们俩都是巨人，同在说话，但对她来说，一个是恶魔，另一个则是吉祥天使。天使打败了恶魔。但是，那个天使、救星，也让她全身哆嗦，他正好是那个马德兰，那个她痛恨至极、一向认为是她所有苦难的罪魁祸首的市长！她狠狠羞辱了他一顿，可他，却挽救了她！她莫非弄错了？莫非她该把自己的想法彻底改变？……她莫名其妙，抖动着，她头晕目眩地看着、听着，随着马德兰先生的话语，她感到，初时那种仇恨的条条阴影在她心中渐渐融化、瓦解了，取而代之的，是那不可名状的快乐、信心和爱。

沙威走后，马德兰先生如同一个吞声忍泪的长者，转过身，面对着她，缓缓地对她说：

“您的话我全听见了，以前，我一点也不知道您说的那些。那是真的，我信，我也感觉得出。甚至您离开车间那件事，我也不知道。当初您怎么不来找我呢？现在这样吧：您的债我替您还，您的孩子我接来，或是您去接她。以后，您住在这儿还是巴黎，随您自己。不管您要多少钱，都由我付。以后您快快乐乐地生活，做个诚实的人吧。而且，请您听清，现在我告诉您，就算您刚才所说是真（我并未怀疑），在上帝面前，您此生也永远是个善良贞洁的人。啊！可怜的女人！”

这些，可怜的芳汀哪能消受得了。拥有珂赛特！摆脱这种卑贱的生活！与珂赛特在一起，自由自在地、富裕欢乐诚实地生活！在接连不断的痛苦中，突然，她看见这种现实的天堂生活在她眼前出现了，望着那个与她交谈的人，她半信半疑，她痛哭着，仅发出了两三次“啊！啊！啊！”的声音，她膝头一沉，在马德兰先生面前跪下来，不等他防备，她已经握住了他的手，压上了自己的嘴唇。

紧接着，她晕倒了。

第六卷　沙威

一、初始的休息

马德兰先生雇来人，抬着芳汀去了他厂房的疗养室。他把她托给嬷嬷们，她们在床上安顿好她。骤然间，她发高烧了。在昏迷中，她大喊大叫，胡说八道，折腾了大半夜，后来才睡去了。

第二天将近中午，芳汀醒了，她听到床边有人呼吸，拉开床帷，她发现那里站着马德兰先生，他正向她头边的一件东西望着。顺着他的视线，她望过去，看见墙上挂着一个耶稣受难像，他正对着那个祈祷。

从那以后，在芳汀心目中，马德兰先生成了另外一个人。她感到，在他身体四周有层光。当然，他彻底沉浸在祈祷中。她望着他，许久也不敢打扰他。直到后来，她才细声细气地问：

"您在干什么？"

马德兰先生已经在那站了一个小时了。他在等待芳汀的醒来。他把她的手握住，为她试了试脉搏，说：

"您感觉如何？"

"很好，我睡了好久了，"她答道，"我觉得好多了，很快就能好了。"

他似乎还听见她在问一样，对她开始的问题这样答道：

"我在祈祷天上的那位殉难者。"

他在心里又加了一句："还有地下这位殉难者。"

花了一夜零一早晨，马德兰先生进行了调查。他现在全知道了。芳汀身世中一切痛心的详情他都了解了。

接着，他说：

"您受的苦太多了，可怜的慈母。啊！您用不着叫苦，您现在已拥有了一个资格——做永生极乐之神。这条路，就是人成为天使之路。这并不错在人，人没有其他办法。您明白吗？您脱离一个地狱，那恰恰是天堂的第一种形式。还该从那儿出发。"

深深地，他叹了口气。而她，带着那种缺了两个牙的笑容——一种至美的笑容，向他微笑着。

当晚，沙威写了一封信。第二天一早，他亲自到滨海蒙特勒伊邮局去送那封信。那是一封寄往巴黎的信，上书："呈警署署长先生之秘书夏布耶先生"。由于那件发生在警署的事已传了出去，在寄出以前，邮局的女局长与其余几人见到那封信，并据地址认出了是沙威写的，都认为他把辞呈寄出来了。

马德兰先生立刻给德纳第夫妇写了一封信。芳汀短他们一百二十法郎。他给他们邮去了三百法郎，告诉他们从那数目里扣除，并且马上送孩子来滨海蒙特勒伊，因为她妈妈病了，想见她。

德纳第乐不可支。"见鬼了！"他对婆娘说，"我们别把这孩子放走。这只小百灵鸟即将成为有奶之牛了。我猜中了。肯定她妈被哪个冤鬼看上了。”

他寄回一张五百零几法郎的账单，那账单造得精密无比。里面还附了两张收据，已是毫无问题的，合计三百多法郎，开收据的分别是医生和药剂师，他们曾给爱潘妮和阿兹玛治过两场大病。我们说过，珂赛特从没生过病。那件事只是冒名顶替而已。在账单下，德纳第写上：“内收三百法郎。”

马德兰先生马上又寄了三百法郎过去，并且写道：“速送珂赛特来。”

“了不得！”德纳第说，“我们可别让这孩子走。”

可芳汀的病毫无起色。自始至终，她都在那间养病室里住着。

起初，对于收留并照料“这姑娘”，那些嬷嬷心中都稍有反感。如果谁看过兰斯地方的那些浮雕，一定会记得那些贞女看那些疯处女的神情，她们都鼓着下嘴唇。妇德中有一种最悠久的本能，那就是贞女对荡妇的那种古已有之的轻蔑；因宗教关系，那些嬷嬷们心中的轻蔑变得加倍的浓厚。可是，没几天，芳汀便感化了她们。她的语言多种多样而又恭敬和蔼，她有着足以令人心软的慈母情怀。一天，她在发烧，嬷嬷们听她在说：“我是个犯过罪的人，但如果我的孩子在我身边时，那就说明，我的罪过上帝已经宽恕了，当在罪恶中生活时，我不愿珂赛特在我身边，她那双惊讶愁苦的眼睛会让我受不了。不过，我之所以做坏事，是为了她，让上帝宽恕我这一点吧。只有珂赛特来到这儿，我才会感到上帝在保佑我。那孩子是无辜的，望着她，就会给我安慰。她一无所知。她是个安琪儿，嬷嬷们，你们请看，幼小的她还是有翅膀的。”

每天，马德兰先生去看她两次，每次她总会问：

“不久后，我就能见到珂赛特了吧？”

他总是这样回答：

“也许，那就是明天早晨的事。她随时会到，我正在等她呢。”

于是，在那母亲惨白的面容上，现出了开朗的神气。

“啊！那我就高兴了。”她说。

刚才我们已说了，她的病毫无转机，而且，仿佛状况一星期重似一星期。那把贴肉塞进她两块肩胛骨中间的雪带来一阵突如其来的冷，使她发汗的机能马上停止了，因此她体内潜藏了几年的病，最终迅速恶化起来。大家当时正开始遵从劳安内克出色的指示，在研究和治疗肺病。给芳汀听过肺部后，医生摇了摇头。

马德兰先生向医生询问：

“如何？”

“她是不是想见她的孩子？”医生问。

“是的。”

“那快点把她接来吧。”

马德兰先生大吃一惊。

芳汀问他：

“医生说什么了？”

马德兰先生挤出一丝勉强的微笑。

“他让快接您的女儿来，您就会好了。”

“啊！”她说，“他说得太对了！可那德纳第家把我的珂赛特留住为了什么事呢？啊！她就要来了。幸福的日子就在眼前，我现在总算看见了。”

可是，德纳第拒不“放那孩子走”，而且，找了各种借口，那根本算不上理由。珂赛特不太舒服，冬天出发不合适，而且那里还有一部分急待了结的零债，他正在收取发票，诸如此类。

“我可以派人把珂赛特接来，”马德兰伯伯发话了，“必要时，我亲自去也行。”

由芳汀口述，他写了一封这样的信，又让她签上名：

德纳第先生：
请把珂赛特交来人。
我负责还清所有零债。
此颂大安。

芳汀

恰在这时，一件大事发生了。我们费尽心机，想把人生旅途中的障碍开通，然而命中的厄运却终究要出现。

二、“冉”如何会成为“商”

一天早晨，在办公室里，马德兰先生正在提前处理市府的几件紧急公事，以便能随时去孟费郿。那时，有人来说侦察员沙威求见。听到那名字，一种不快之感在马德兰先生心头生起，沙威在警署里那件事发生后，更厉害地躲避他了，马德兰也没再见他。

“请进来。”他说。

沙威进来了。

马德兰先生正坐在壁炉附近，把一支笔握在手中，眼瞅着一个卷宗，边看边批，那是一叠违警事件的案卷，是有关公路警察方面的。对沙威，他毫不理会。因为他总是无法自制地想到可怜的芳汀，所以觉得对于他，还是冷淡一些好。

面对背对他的市长，沙威毕恭毕敬地给他行礼。市长先生仍在批阅公事，没有看他。

在办公室里踱了两三步，沙威又站住了，当时的那种沉寂令他不敢打破。

如果有个看相人，对沙威的性格熟知，对这个为文明服务的野蛮人有过长期研究，知道此人是个怪物，是罗马人、斯巴达人、寺僧和小军官的合成物，此人身为暗探，言必有据，他是个坚定不移的包打听，如果有个相面人，对沙威对马德兰先生所怀的夙仇了如指掌，知道因为芳汀的事，他和市长争执过，这时再观察沙威，他肯定心里会问：“出啥事儿了？”对这个心地正直、爽朗、赤诚、严厉、凶猛的沙威，但凡认识他的人，都能一眼看出，他刚刚经历了一场激烈的思想斗争。只要有点事，沙威就不能仅仅藏在心里，而脸上毫无表露。如同那种粗野暴躁的人一样，他能忽然改变主意。当时他的神情异常奇特，从没有什么时候可以与之相比。在一进门时，他给马德兰先生鞠躬，夙仇、怒容与戒心无一在目光中显露出来，他停在市长圈椅后面几步之处；现在他站得笔直，那姿势近乎立正，怀着一种粗野、单纯而冷淡的态度，他确实是这样一个人：虽从不愿和颜悦色，却总能忍耐到底；他抱着一种真诚的谦卑和安定的忍让，不说不动，静静等候着，等着那一时刻，那个市长先生愿意转过身子之时。这时的他，一副平和、庄重的样子，手拿帽子，眼望地下，脸上那种表情既像长官面前的士兵，又像法官面前的罪犯。那一切他人认为会有的一切情感和故态，在他身上全消失了。他的面孔坚硬简朴，有如花岗石，上面只有一种阴郁的愁容。他整体表现出来一种勇于受戮的神情，是那样驯服、坚定，无可名状。

后来，市长先生放下了笔，把身体转过一半：

“说吧！沙威，什么事？”

沙威像是要先集中思想的样子，没有马上作答。然后，他放开喉咙，话音中带着忧郁和淳朴，说：

“市长先生，是这样的，有件犯罪的事。”

“经过如何？”

“一个下级警官对长官不敬，行为极为严重，出于职责，我专门来向您说明此事。”

“是哪个警官？”马德兰先生问。

“就是我。”沙威说。

“您？”

“我。”

“那么，那位要控告警察的长官是谁呢？”

“市长先生，是您。”

马德兰先生那坐在圈椅上的身体挺直了，沙威神态严肃，接着往下说，自始至终目视下方：

“市长先生，我这次来，是请您向上级申请将我免职的。”

马德兰先生惊讶不已地张开嘴。沙威急忙抢过来说：

“可能您要说，我完全可以辞职，不过，唯其如彼还不足。辞职是体面的。我理应为自己的失职受罚。应当把我革职。”

稍停片刻，他继续说：

“市长先生，那天对于我，您严厉却不公平，您该对我严厉一番，而且要公公平平地。”

“噢！为什么？”马德兰先生问，声音很大，“这个哑谜打哪儿说起呢？到底什么意思？您何时有过失敬于我的错处？对我您做了什么？有什么不对之处？您来了，要自首，要辞职……”

“革职。”沙威说。

“革职，算是革职。好极了，可我不明白。”

“很快您就会明白的，市长先生。”

沙威叹了口气，是出自胸底的，继而又开口了，他一直保持着冷静、忧郁：

“市长先生，在六周前，发生了那个姑娘的事，后来，我气愤极了，就把您揭发了。”

“揭发！”

“向巴黎警署揭发了您。”

这次，马德兰先生笑了，虽然他一向不比沙威笑得多。

“以市长之职干涉警务，就揭发我这个吗？”

“揭发您曾是苦役犯。”

市长脸色变青。

沙威接着说，眼睛依然垂着：

“开始我就那样想过。我在心中早就怀疑了。长相相似，您曾把人派到法维洛勒，去探听情况，您的腰劲，那件有关割风伯伯的事，您精确的枪法，还有您那条腿，稍带拖沓，还有哪些，我也不清楚了，太傻了！总之，我当您是一个名叫冉阿让的人了。”

“什么？您说叫什么？”

“冉阿让。二十年前，我在土伦见过一个苦役犯，当时我正做副监狱官。由监狱出来时，那冉阿让似乎偷过一个主教家的东西，后来，在一条公路上，他又手持凶器，把一个通烟囱的孩子打劫了。八年来，不知何故，他踪迹皆无，但政府还在通缉他。当初，我，我认为……最终，我把那件事做出来了！出于一时之愤，我下了决心，在警署把您揭发了。”

“那么，别人对您如何答复呢？”

“他们说我发疯了。”

“那，又如何呢？”

“那么，他们的话是对的。”

“多亏您肯承认。”

“我不得不承认，因为已经捕获了真正的冉阿让。”

马德兰先生把头抬起来，手中的文件飘落了，他目视沙威，说着“啊！”，那口气无法形容。

沙威说下去：

“市长先生，就是如此。据说，在埃里高钟楼附近的一个地方，有个叫商马第伯伯的男人。那家伙穷得出奇。谁都没有注意。那种人到底如何维持生活，无人可知。不久前，也就是今秋，那个商马第伯伯在某人家中，谁家？我不记得了，不过没什么！在那人家里，商马第伯伯把做酒的苹果偷走了，被抓住了。那属于窃案，他跳墙时还把树枝折断了。我说的这个商马第让他们给抓住了。当时，苹果枝还拿在他手里。他们关起了这个坏家伙。到那时为止，那案件还仅属于普通的刑事案件。真是苍天有眼，有了下面的事。那里的监牢不行，地方裁判官先生想对了，由于阿拉斯有省级监狱，他就送商马第去了那里。阿拉斯的监狱里有个老苦役犯，名叫布莱卫，他坐牢的原因我不清楚，由于他表现出色，就被派去看守那间狱室。市长先生，商马第刚一进狱室，布莱卫就喊：‘奇怪！这人我见过。他是“干柴”。哎！你看着我。你叫冉阿让。’‘冉阿让！是谁，谁是冉阿让？”商马第装样。‘用不着装蒜，’布来卫说，‘你叫冉阿让，曾经呆在土伦监狱。至今已有二十年了，那时我们曾在一起。’商马第不认账。老天爷！您知道吧。大家了解得很深。这件怪事必须追查。获得了这样的资料：商马第，约三十年前，在几个地方做过修树枝工人，尤其是在法维洛勒。从此，就失去了线索。多年后，在奥弗涅，有人碰见过他，再往后，又有人在巴黎见过他，听说那时他是个造车工人，而且拥有一个洗衣女，不过没有证实那些经历；最后来到本地。因此，冉阿让在犯特种窃案入狱前，在干什么呢？修树枝。哪里？法维洛勒。此外还有一事。最初，被阿让用作自己名字的‘让’，是他的洗礼名，他母亲姓马第。出狱后，为了掩饰，他以母姓为自己的姓，且自称让马第，世上还有什么事比这更正常吗？他到奥弗涅去了。在那里，把‘让’读成‘商’。他被大家称作‘商马第’。此人任其自然，就成了商马第。你听明白了吧？为了调查，有人去过法维洛勒。那里已没有冉阿让的家了。谁也不知道那人家在哪儿。您知道，这样举家消失的情况是常见的。白调查了半天，毫无音信。那种人不是污泥就是灰尘。而且这些发生在三十年前，是在法维洛勒，以前认识冉阿让的人也不见了。这样又去土伦调查。看见过冉阿让的，除去布莱卫，还有两个苦役犯。俩人一个名叫戈什巴依，一个名舍尼杰，都是终身监禁的犯人。他们从牢里提出那两个囚犯，送他们到那里。那个冒充商马第的人跟他们进行了对证。他们毫不犹豫，与布莱卫一样，他们指出，冉阿让就是他。年纪一样，他五六十岁，有着相同的身材和神气，一定是那个人，是他。正是那个时候，我给巴黎警署寄去了揭发您的公事。他们给我的回答是，我神志模糊，因为冉阿让就关在阿拉斯，好端端的。这件事令我颇感奇怪，您能想到，我一直以为，在这里抓住了冉阿让呢，我给那位裁判官去了封信。他让我去，他们给我看那个商马第……”

“如何呢？”马德兰先生打断了他，问道。

还是一副坚定而忧郁的脸孔，沙威回答：

“市长先生，真理始终是真理。我深感失望。那个人的确是冉阿让。我认出来了。”

马德兰先生声音低沉地说：

“你觉得靠得住吗？”

沙威笑了，那是一种惨笑，只有当人深信不疑时它才会显现出来。

“啊，可靠极了！”

稍停片刻，他若有所思地、机械地捏着桌上木杯中一点用来吸墨水的木屑，继续往下说：

“我现在已经见到了冉阿让，真正的冉阿让，可我还是不明白：我从前怎么有那种想法。市长先生，原谅我吧。”

六周前，在警署里，马德兰先生使他当众受辱，而且令他“出去！”可现在，沙威，一个狂妄的人，竟然跟他说出这样一句话，一句央求沉重的话，他的确是个非常淳朴的人，有着高贵的品质，只是他自己不了解罢了。关于他的请求，马德兰先生的回答是一个突如其来的问题：

“那人说什么呢？”

“噢！圣母，市长先生，大事不妙呀。如果那人是真的冉阿让，他就犯了累犯罪了。对小孩而言，从一道墙上爬过，折断根树枝，把几个苹果偷走，只是种顽皮之举，就算对成人来说，这些也是小过失；可对一个苦役犯来说，就是罪上加罪了。私入人家罪、盗窃罪都具备了，那问题已不简单是违警，而属于高等法院了。那将是终身苦役，而并非几天监押了。而且，将来，我期待也能把那通烟囱孩子的事提出来。活见鬼！有折腾的呢，是吧？当然，如果是其他人而不是冉阿让也一样。不过，冉阿让这东西贼头贼脑的。我也是从他那一点才把他看穿的。如果换了别人，他一定会感到这是件棘手的事，会焦虑、吵闹不停，像热锅上的蚂蚁那样不得安宁，他一定会东扯西拽，不肯当冉阿让。而他，似乎一无所知，只是说：'我是商马第，我坚持这一点！'看他神态，他似乎很惊讶，他在装傻，自然，那样做稳妥些。啊！那家伙太精了。不过没关系，证据俱在。已经有四个人证实他了，他总要受处分的，那狡猾的东西。已经押送他去阿拉斯高等法院了。我也要去，当个证人。已经指定我了。"

早已回到办公桌上的马德兰先生把他的卷宗再次拿起来，翻阅着，显得很斯文，他像个忙人似的念着、写着，他转身对沙威说：

"行了，沙威，这些琐事我没什么兴趣。我们把时间浪费了，还有好多要紧的公事呢。沙威，您马上去趟圣索夫街，有一个好大娘毕索比住在那拐角，她是卖草的。您去她家对她说，让她来对那个马车夫皮埃尔·什纳龙进行指控，那人太莽撞，险些把那大娘跟她的孩子压死。按理他该受罚。您再去孟脱德尚比尼街的夏色雷先生家走一遭。他有个起诉，说从邻家檐沟灌进的雨水把他家墙脚冲坏了。然后，吉布街的多利士寡妇家和加洛一白朗街的勒波塞夫人家也需要您去，有人向我揭发了一些违警事件，您去了解了解。不过，我要求您办的事过多了。您要离开这，是吗？您告诉过我，在八天或十天之内您要去趟阿拉斯，为那件事，是吧？……"

"还要走得早点，市长先生。"

"那，是哪一天？"

"似乎我已经告诉市长先生了，明天，那案件就要开审了，今晚我就走，搭乘公共马车。"

马德兰先生动了一下，轻微得别人难以察觉。

"这案子了结大概要多久？"

"顶多一天。最迟在明晚，就能公布判决书。不过，我没想等到判决书出来，那是毫无疑问的。一完成证人的任务，我马上就赶回这里。"

"那好极了。"马德兰先生说。

他打了个让沙威出去的手势。

沙威没走。

"市长先生，请原谅。"他说。

"还有事吗？"马德兰先生问。

"市长先生，余下一件事，还不得不再次给您提个醒儿。"

"什么事？"

"我该革职。"

马德兰站起来。

"沙威，我佩服您，您很值得敬重。对于您的过失，您强调得过分了。更何况，那不过是属于我自身的冲撞而已。沙威，您不该降级，而是该升级。照我的意见，您的岗位您还该坚守。"

望着马德兰先生，我们似乎可见，在沙威那双天真的眼睛中，有一种刚强、纯洁，却又不很明了的神情。用一种平静的声音，他说：

"市长先生，我无法同意。"

"再声明一次，这事是我的。"马德兰先生反驳说。

只关注自己意见的沙威却接着说：

"提到强调得过分，我根本没有。这是我的理解。我对您怀疑过，这没有一点根据。这还算不上什么。怀疑别人，我们这些人本来是有权的，尽管怀疑上级是越权的。可是没有事实依据，出于一时气愤，故意报复，对于您这样一个可敬的市长、长官，我却当成苦役犯来告发！这太严重了。极其严重。身为法权机构中的警务人员，我侮辱了您，这等于侮辱了法权。倘若做这种事的是我的下属，我一定会宣告他是个不称职的人，并将他革职，要求别人严格是合理的。我做对了。如果现在，我不严格要求自己，以前我的所作所为，就由合理变为不合理了。我难道该例外吗？不该，一定不该！那我岂不是只会惩罚别人，而不会惩罚自己了嘛！那我就可怜透了！说沙威是流氓的那些人就会更有说的了。市长先生，我不愿意您对我待之以慈，当您对其他人待之以慈时，我已受足了苦。那一套我不喜欢。在我眼里，纵容一个冲撞绅士的公娼，纵容一个冲撞市长的警务人员，纵容一个冲撞上级的下级人员，这种好心是恶劣的。那种好心恰恰造成了社会的腐败。上帝！好人好做，难做的是正直人。哼！如若我从前猜想的那人就是您，对您，我肯定不会相待以仁！您有受的！市长先生，对待我自己，我该像对待别人一样。在镇压破坏分子，严惩匪徒时，我经常告诉自己：'你，如果出了差错，一旦你的错处被我抓住，你就必须留神！'现在我出差错了，我自己的过错被抓住了，活该！来吧，是开除、斥退，还是革职！都行。我什么都不在乎，有两只手，我能种地。市长先生，应该做个榜样，为了整顿纪律。我要求，索性把侦察员沙威革职吧。"

说那些话的口吻，是谦卑、沮丧、自负而自信的。一种无可言明的气概由那个诚实的怪人身上体现出来，那气概既特别，又伟大。

"以后我们再说吧。"马德兰先生说。

他向他伸过手去。

沙威倒退着，声音粗野地说：

"您多原谅，市长先生，这不可以。作为市长，同奸细握手是不应该的。"

由齿缝中，他挤出了声音：

"奸细，是的，滥用警权的我，只是个奸细罢了。"

深施一礼之后，他走向门口。

到门口后，他又转回身，两眼一直垂着：

"市长先生，我在他人接替之前，会依然负起责任的。"他说。

他走了。那种稳重坚定的步伐踏在长廊石板上，听到他渐渐远去了，马德兰先生心旌荡漾。

第七卷　商马第案件

一、散普丽斯嬷嬷

在滨海蒙特勒伊，我们即将读到的那些事并未尽数为人所知，但那一点业已流传开的，却在那城中印下了深深的印象；倘若我们不详加记述，就给本书带来了一大漏洞。

读者在那些细枝末节中，可能会碰见两三处经过，好像它们未能真有其事，不过为了尊重事实，我们仍然保留了它们。

沙威来访的那天下午，马德兰先生同往常一样去看芳汀。

在尚未走进芳汀病房时，他已叫人去请散普丽斯嬷嬷了。

有两个修女在疗养室服务，一个叫佩尔佩迪嬷嬷，一个叫散普丽斯嬷嬷，和所有其他从事慈善事业的嬷嬷相同，她们也是遣使会来的。

佩尔佩迪嬷嬷是个农村姑娘，非常普通，她为慈善服务，显得粗俗，在她看来，皈依上帝，事实上同就业相等。她像人家做厨娘那样当教徒。那种人没什么稀罕的。像那种蠢笨的乡下土货，各教会的修道院都愿意收容，举手间，就令他们成为嘉布遣会修士或圣于尔絮勒会修女。帮宗教从事些笨重工作恰恰需要那种乡土气质。把一个牧童变成一个圣衣会修士，没什么不合适；把这一个变成那一个，并非很困难，乡村与寺院同等蒙昧无知，它们早已有了共同基础，所以乡民与寺僧很快就可以平分秋色。把罩衫放宽点儿，僧衣就做成了。修女佩尔佩迪姆姆身强体壮，出生地马灵城位于蓬图瓦兹附近，满口土音，爱多嘴，喋喋不休，在斟酌汤药中的白糖分量时，用病人信神或冒充为善的程度来做依据，经常冒犯病人，跟将死的病人怄气，几乎拿上帝砸在他们面孔上，她对着临终的人气呼呼地把祈祷文乱念一气，她是个鲁莽而诚实的人，有张朱砂脸。

散普丽斯嬷嬷却白得像白蜡。在佩尔佩迪嬷嬷身边，她好比牛脂烛旁的细蜡烛。下面是味增爵的几句名言，它们出神入化地刻画出了一些从事慈善事业的嬷嬷的面目，而且她们的自由和劳役也在里面融为一体："对她们而言，修道院只是病院，静修室好比一间租来的屋子，圣殿好比她们教区的礼拜堂，回廊好比城里的街道和医院里的病房，围墙好比服从，铁栅栏好比对上帝的惧怕，面幕始终颜色和悦。"那种理想在散普丽斯嬷嬷那儿全盘体现出来。散普丽斯嬷嬷的年龄无人看得出，青春她从未有过，她好像也永远不会老。她安静、友善、冷淡，她从未撒谎，说她是个妇人我们都不敢。她很和蔼，几乎是脆弱，她又很坚强，可与花岗石媲美。接触病人时，她总是用自己那白皙纤细的手指。我们可以说她话语中蕴含着寂静，必要的话她才说，而且，她的嗓音可使一个忏悔座建成、同时又可使一个客厅美化。那细腻同她的粗呢裙袍颇具妙用，相得益彰，虽然让人有粗野之感，却时时让人想到天国与上帝。还要强调一件小事。她没说过谎，就算是为了任何目的、或无目的地说句不实在、并非真实的话，也未曾有过，在散普丽斯嬷嬷身上，这是个显著的性格，她的美德中的特点也在于此。由于那种坚不可摇的诚实，在教会里，她几乎是有口皆碑的。西伽尔教士给聋哑的马西欧写过一封信，里面就谈及散普丽斯嬷嬷。不管多么诚挚、忠诚、纯洁的人，在良心上，总难免有些微不足道、不足为害的谎言的裂痕。可她一点也没有。存在那种微不足道、不足为害的谎言吗？纯粹的恶就是说谎。一点点谎都不能说，撒一句谎就是撒全部的谎，魔鬼的真面目就是说谎，撒旦与谎话便是撒旦的两个名字。她想的就是这些。而且，她照想的去做。所以，我们提及的种种白色她全拥有，她的唇，她的目，全都笼罩在那白色的光辉中。她有白色的笑容，白色的目光。哪怕是一点灰尘，一丝蛛网，都不会沾在那颗良心的水晶体上。皈依味增爵时，她特意选了这样一个名字——散普丽斯。我们知道，西西里有个散普丽斯，她是圣女，生在锡腊库扎，如果她肯谎称生于塞吉斯特，就可以使自身得救，可是，她宁愿将双乳让人除去，也不愿说谎。这位圣女的心灵，正与散普丽斯嬷嬷的一般无二。

在入教时，散普丽斯嬷嬷本有两个弱点，现在，它们已渐渐被她克服了；从前，她喜欢吃甜食和让别人给她寄信。她所读的书，一向只有一本，那就是拉丁文的大字祈祷书。虽然对于拉丁文她不懂，但对那本书，她却懂。

那是一位虔诚的贞女，她与芳汀情投意合了，也许是那种内心的美德被她感觉到了的缘故吧，对芳汀她差不多是竭尽全力地照料。

把散普丽斯嬷嬷引到一边后，马德兰先生用一种奇异的声音向她叮嘱，要她照料芳汀，那种声音的奇特，直到后来那位嬷嬷才回忆起来。

离开那嬷嬷后，他来到芳汀身边。

如同等待一种温暖而快乐的光一样，对马德兰先生，芳汀天天等待着他的到来。她经常告诉那些嬷嬷：

“市长先生不来，我简直不能活。”

她那天的体温非常高。刚一见到马德兰先生，她就向他询问：

“珂赛特呢？”

他笑着答：

“就要来了。”

对芳汀，马德兰先生一如往常。不过往日他待的时间是半小时，这天，他却逗留了一小时，芳汀非常快活。他再三叮咛大家，别缺病人的任何东西。在某一时刻，他显得那样神情郁闷，大家都留意到了。后来才知道，那医生曾对他耳语过“她体力大减”，于是，对于他神情郁闷的缘由也就明白了。

之后，他回市政府了，办公室的侍者见到，他在研究着一张挂在办公室的法国公路图，研究得那样细心。在一张纸上，他还拿铅笔写了个数字。

二、精干的斯戈弗莱尔师父

出了市政厅，他向一个佛兰德人家中走去，那人家在城尽头。那个人叫斯戈弗拉爱，斯戈弗莱尔是变成法文后的叫法，他出租马匹。也能随便租车子。

有条行人稀少的街是去斯戈弗莱尔家最近的路，马德兰先生住的那一区里有本堂神甫，他的宅子就位于那条街上。那神甫据说为人正直，令人敬佩，他擅长决断疑虑。马德兰先生走到了那神甫门前，当时，只有一个行人在街上，那行人见到：走过那神甫住宅后，市长先生停下来，站了片刻，又回过头，径直走到神甫宅子门口，那扇门不大不小，还有个铁锤。他急忙把铁锤提起来，随后又不动了，忽然停下来，似乎若有所思，几秒钟后，他轻轻放下铁锤，不弄出任何动静，重又原路返回，样子匆忙，那情形以前他从未有过。

斯戈弗莱尔师父正在家修补用具时，马德兰先生来了。

“斯戈弗莱尔师父，您有好马没有？”他问。

“市长先生，”那佛兰德人答，“我全是好马。您指的好马该是什么样呢？”

“我是指一匹日行二十法里的马。”

“天哪！”那个佛兰德人说，“二十法里？”

“对。”

“要套车吗？”

“要。”

“走完后，给它多少休息时间？”

“倘若必要，它总要能第二天接着走。”

“还走原来的路程？”

“对。”

“活见鬼！活见鬼！二十法里，是吗？”

马德兰先生从衣袋中掏出了那张纸，那上面用铅笔写着些数字。他递给那佛兰德人。是这样几个数字：“5，6，$8\frac{1}{2}$”。

“您看，”他说，“共计十九又二分之一，也就是二十。”

“市长先生，”佛兰德人又开口了，“我办得到您的事。我有匹小白马，您大概见它走过。那匹小牲口是下布洛涅种的。火气旺盛。开始，有人想拿它当坐骑。呀！它发脾气，所有的人都被摔到地上。人们认为它是个坏种，不知如何是好。我买下了它。让它拉车。先生，它正喜欢干那个，温顺得像个娘儿们，走起来快得像风。啊！真的，骑在它背上是不行的。它不想成为坐骑。各有志向嘛。能拉车，不能骑；那样的话它曾经对自己说过，这点我们该信的。”

“这段路它能跑吗？”

“您那二十法里，它一路小跑，用不了八小时就能到。不过，我得提几个条件。”

“请讲。”

“首先，在中途，您必须给它一个小时，让它喘口气；它要吃东西，吃的时候，旁边必须有人守着，省得它的荞麦被客店的用人偷走；我曾注意过，被客店的用人偷走的荞麦远多于马吃掉的。”

“肯定有人守着。”

“第二……是市长先生自己坐车吗？”

“是。”

“市长先生会驾车吗？”

“会。”

“那么，为防止马累着，市长先生不能带人，行李也不能带。”

“同意。”
“可是既然市长先生不带人，看守荞麦就必须亲自来了。”
“言出必行。”
“我要一天三十法郎。停留的日子同样要算。一文都不能少，而且市长先生得给牲口出食料。”
从钱包里，马德兰先生掏出三个拿破仑，把它放在桌上。
“先付两天的。”
“第四，篷车过重，走这种路程，马受不了。市长先生得答应，上路时用我那辆小车。”
“我答应。”
“轻是轻，不过是敞篷的。”
“没关系。”
“市长先生想过吗？我们可是处于冬天呀。”
马德兰先生没出声。那佛兰德人继续说：
“天气非常冷，市长先生想过吗？”
马德兰先生还没出声。斯戈弗莱尔又说：
“有下雨的可能，想过吗？”
马德兰先生把头抬起来，说：
“明早四点半，这辆小车和马必须要等在我的门口。”
“听到了,市长先生,”斯戈弗莱尔说,一方面,他用大拇指的指甲在桌面的一个迹印上刮着,一方面,用一种漠不关心的神气,那是佛兰德人最善于掺在他们狡猾中的,他接着说:“现在,有件事我刚想起来。市长先生没说要上哪儿去。市长先生去哪儿呢？
自从谈话开始，他就没想过别的，可是以前他因何不敢问，他也说不清。
“您的马前腿灵便吗？”马德兰先生问。
“灵便，市长先生。您下坡时稍稍将它勒住点。您要去的地方坡多吗？”
“别忘了，明早四点半在我门口等着，要准时。”马德兰先生答道。
就这样，他走了。
那佛兰德人愣住了，就像过了些时候他自己所说，“傻得像畜生”。
市长先生走后，过了两三分钟，那扇门又被打开了，市长先生又来了。
那种心乱如麻却强自镇定的神气，在他身上依然保持着。
“斯戈弗莱尔师父，”他说，“您估算一下，您租给我的马和车子价值多少呢，连车带马？”
“市长先生，是马带车子。”那佛兰德人说着，哈哈大笑。
“好吧。价值多少？”
“市长先生难不成想把我的车和马买下吗？”
“不买。不过我想给您担个保，防备万一的险情。等我回来，您再还我钱就行了。照您估算，车和马要多少钱？”
“五百法郎，市长先生。”
“这就是。”

马德兰先生把一张钞票留在桌上，他走了，这回再没回来。

斯戈弗莱尔后悔极了，应该说一千法郎。事实上，那马连同车的价值，总加在一起才是三百法郎。

佛兰德人叫来了自己的妻子，告诉了她经过。市长先生要去哪个鬼地方呢？他们开始讨论。“他是上巴黎。”那妇人说。“我想不会。”丈夫说。那张写了数字的纸，马德兰先生落在了壁炉上。那佛兰德拿过那张纸，研究着。“五，六，八又二分之一？这是记各站里程的。”他转过身来，对着妻子，“我找到了。”“如何？”“五法里是这儿到爱司丹的距离，六法里是爱司丹到圣波尔的，八法里半是圣波尔到阿拉斯的。他要到阿拉斯去。”

这时，马德兰先生已经回家了。

从斯戈弗莱尔师父家回去时，他走的路是那条最长的，好像对他来说，那神甫住宅的大门是种诱惑，所以他要逃避它一样。上了楼，他到了自己屋里，把门关上，那件事再简单不过了，因为平时，他一向喜欢早睡。这工厂的门房是马德兰先生仅有的一个女仆，当天晚上，八点半的时候，她就看见他的灯灭了，等出纳员回厂后，她将对他说了这情况：

“市长先生不是病了吧？我感到，他有点神色反常。”

那出纳员住的，刚好是马德兰先生下面的房间。那门房的话，他毫没留意，他睡自己的，而且睡着了。

将近半夜时分，突然他醒了；在睡梦中，他听见了响声，就在他头上。他留心地听。似乎在他上面的房间里，有人在走路，是来回走动的脚步声。再仔细听，他听出来了，是马德兰先生的脚步声。他觉得惊异，往日起身之前，马德兰先生房中一向毫无声息。一会儿，那出纳员又听见一种声音，是开关橱子的声音。这之后，有人把一件家具搬动了，随后是一阵沉静，接着又有了脚步声。出纳员彻底醒了，他坐起来，睁眼望望，透过自己窗户，他看见了对面墙上的红光，那光是来自另一扇窗子的。由光的来向可看出，它只能是由马德兰先生卧室的窗子而来。在墙上，那反光时时晃动着，仿佛那反射是一种火焰的，而不是光的。由没显出窗格的影子这一点可知，窗户被全部打开了。当时天那么冷，却把窗子打开，太奇怪了。出纳员再次睡着了。过了一两个小时，他又醒了。脚步声依然在他头上来来往往，还是那样缓慢而均匀。

三、来自脑海的风暴

冉阿让实际就是马德兰先生，这一点读者肯定已猜出来了。

那颗良心的深处，已被我们探视过，如今，到了再次探视的时候了。这样做，我们不可能不受感动，也不可能不感到害怕，因为同任何事情相比，这种探望都会更加惊心动魄。除去人的内心，再不会有其他地方，精神的眼睛可以目睹更多的异彩与黑暗；比那更恐怖、更复杂、更神秘、更加变化多端的东西再不会有了。在世界上，有一种景象比海洋还要大，那就是天空；还有一种景象，它比天空还大，那就是心理活动。

对人心的赞美，哪怕只涉及一个人，甚至是人群中最卑贱的人，也需要把所有的称颂英雄的诗文熔于一炉，才能让一首优美完善的英雄颂产生。人心像污池，里面有着妄想、贪欲和阴谋，又像梦想的舞台，恶意的深渊，狡诈的都会，还像欲望的战场。有时，面对一个运用心理的人，你不妨从他阴沉的面孔深入到他皮中去，对他的心情进行一下探索，对他的思索进行一下考虑。那种外表虽然平静，但这平静下却有着荷马史诗中那种巨灵的搏斗，有着密尔顿诗中那种龙蛇的混战，还有着但丁诗中那种幻景的缭绕。人心有如天地，广阔寂寥，面对良心，在对胸中抱负和日常行为进行反省时，人常常会黯然伤神！

有一天，但丁曾提及一扇险恶的门，在那门前，他犹豫过。如今，也有那样一扇门摆在我们面前，在它门口，我们同样在徘徊。还是进去为好。

小瑞尔威那件事发生之后，关于冉阿让的情况，读者均已了解，除去那些，我们几乎没什么需要补充的。打那时开始，我们知道，他已变成另一个人了。那位主教对他的期待，在他身上都已成为事实。那是再生，而不单单是转变了。

居然，他能够销声匿迹，主教的银器他全变卖了，为了作个纪念，仅将那两个烛台留下了，他经过这城到了那城，过了法兰西，到了滨海蒙特勒伊，我们说过的那种新方法被他发明出来了，我们提及的那种事业由他造就了，他客居在滨海蒙特勒伊，让自己令人捉摸不透、无从接近，在追念伤心往事的同时，他在庆幸着自己能在难得的余生中，将前半生的缺憾进行一下弥补；他过着一种安逸、有保障和希望的生活，他的心愿唯有两种：埋名、树德；远离人世，皈依上帝。

在他的精神上，这两种心愿已经紧密地合二为一了。两种心愿都是他耿耿于怀，唯恐做不好的，它们不相上下；他的所作所为，无关巨细，都由这两种心愿支配着。平日里，两种心愿在指导他日常行为时，总是并行不悖；它们让他深藏不露、乐善好施、朴素无华；这两种心愿起着整体一致的作用。不过，也有发生冲突之时。我们记得，当不能两全之时，那个在滨海蒙特勒伊被叫作马德兰先生的人，一定不以前者为牺牲来换取后者，一定不以品德为牺牲来换取自身的安全，面对取舍，他没有丝毫的犹豫。因此，对于危险，他能全然不顾，毅然把主教的烛台保存下来，而且给他服丧，一切过路的通烟囱孩子，他都叫来询问，对法维洛勒的家庭情况进行调查，而且对沙威那种过分的隐语心甘情愿地忍受，把割风老头救出来。他的思想，我们已留意到，它似乎是从所有贤德忠诚之士那儿取法而来，认为为己并非自身的第一天职。

不过，有一点一定要指明，即还从未有过类似情况。这是个不幸的人，他的种种痛苦，我们虽有所谈及，但是那两种支配着他的心愿，却从未如此严重地对立过。当沙威进入他的办公室，刚将初始的几句话说出时，对这一事件的严重性，他已经有了朦胧而深切的认识了。他深深隐匿着自己的名字，而有人竟那样突然地提到它，这让他深感惊惧，他仿佛让那离奇的厄运给冲昏了；而且在惊惧的过程中，在大震动前发生了一阵小颤抖，他如同暴风雨中的一棵栎树，又如同冲锋前的一个士兵，头低着，颈曲着。他感到，在他头上已是乌云密布，即将雷电交加。听了沙威的话，他初始的念头就是自首，不仅要去，还要跑着去，去救出监牢里的商马第，而后自己坐监狱；那样想是非常痛楚的，简直同锥心刺骨一样；后来，那念头没有了，他告诉自己："想想吧！想想吧！"最初那种慷慨的心情被抑制住了，在英雄主义面前，他退却了。

那主教的圣言他已经奉行许久了，在多年的忏悔和忍辱中，他修身自赎，取得的开端是令人乐观的，到如今，面临那咄咄逼人的逆境，他倘若依然能马上拿定主意，径向天国所在的深渊奔去，决不回头，那又将是何等豪放；固然那样做很豪放，但他并未去做。他心中的种种活动我们一定要弄明白，那里的实际情况也是我们唯一能讲的。一开始他是由自卫的本能来支配的；他急忙集中起自身的多种思想，把冲动抑制住，留神眼前的沙威——这是个大祸害，出于害怕的心情，他决定，暂时不做任何决断，他胡乱地想着应用的对策，极力保持镇定，如同一名武士把自己的盾拿起来一般。

那天其余的时间，他就是如此，心中汹涌澎湃，表面上却从容恬静；那种所谓的“自全方法”是他采取的唯一方法。一切杂乱无章，而且在他大脑中你冲我撞，他心情紊乱，什么思想形态都看不清；他对自己无话可说，只知道刚才被强烈打击过。芳汀的病榻边他照例去了，把见面交谈的时间也加长了。那只不过是从善的本性使然。为防万一，他又郑重地向嬷嬷们托付了她。他胡乱地猜想着，也许必须去一趟阿拉斯，实际上对那种远行，他还根本没有落实，他心想，被人怀疑的危险他是绝对没有的，对于那件事，倒不妨亲自去看看经过，所以他向斯戈弗莱尔订了车，为防不时之需。

晚餐他已吃过了，胃口还不错。

回到自己屋里，他开始思考。

对当时的处境，他进行了研究，感到相当离奇，从未听过。他本来就心乱如麻，极端的离奇又使他产生了一种几乎不可名状的急躁情绪，他由椅子上一跃而起，闩上了房门。他生怕还会进来什么东西。面对可能发生的事，他严阵以待。

一会儿，他把烛吹灭了。烛光让他感到烦闷。

他似乎觉得自己被人看见了。

有人，是谁呢？

唉！他企图摒弃于门外的东西最终还是进来了，他想不被它看见，却偏偏让它看到了。这东西就是他的良心。

他的良心，如同上帝。

可是，刚开始，他还在自欺；他自认为没其他人在身边，不会有意外发生；既然门已经闩上了，就没有人能动他；蜡烛被吹灭了，就没人看得见他。那么他属于自己了；他在黑暗中开始了思索，双肘放在桌上，头在手里靠着。

“我怎么了？”“我难道在做梦？”“他跟我说什么了？”“难道沙威我真见了，他确实对我讲了那样一些话吗？”“那个商马第到底何许人也？”“他确实像我？”“那可能吗？”“我昨天还那么平静，根本没料到能发生什么事！”“昨天此时我在干什么？”“这件事里有哪些问题？”“将如何解决呢？”“怎么办呢？”

那些烦恼使他的心感到困惑。记忆能力也远离了他的脑子，他的思想如同波涛在翻腾着。他两手抱头，企图停住思潮。

由于那种纷乱，他的意志和理智都无法安宁，他想从中把一种明确的见解和一定的办法找出来，但所获除去苦恼一无所有。

他的头非常热。他行至窗前推开了整个窗子。天空无星。他回来，重新在桌子旁坐下。

就这样度过了第一个小时。

慢慢地，在他的沉思中，一些朦胧的线索开始形成固定下来了，对于整个问题的全貌，他还无法看清，但一些局部的情况，他已看得见了，而且，就像对实际事的观察一样，已看得相当清晰了。

他开始明白了如此一点，尽管在当时，面对那样离奇紧急的情况，可完全处在主动地位的人还是他自己。

他愈来愈惊恐了。

他的所作所为到目前为止，仅仅是在挖一个用来掩藏他的名字的洞，对他所向往的严正虔诚的行动准则来说，这是毫不相干的。每当他扪心自问或在夜晚沉思时，他就发现他平素最担心的，就是有朝一日那个名字被人家提起；他经常想到，那时他的一切就完结了；一旦那个名字再次出现，他新的生命就将毁灭在他周围，而且，谁知道呢？或许，在他心里他的新灵魂也将毁灭。每每想到发生那样的事是完全有可能的，他就战栗起来。倘若当时有人告诉他有朝一日，那个名字会轰鸣在他耳边，那几个丑恶至极的字——冉阿让会从黑暗中倏地蹦出来，在他面前直立起来；在他头上，忽然会闪耀起那种挑透他秘密的强光；但是与此同时那人又告诉他，这个名字对他没有威胁，他的隐情在那种光中还将变得更加深密，其中的神秘在那条面纱下会加深，他的屋宇可能由于那种地震而巩固，由于那种特殊的变故获得的结果，倘若他自己认为那样不算坏，他的生存将因之更加光明，同时也更不易被人看穿，而且，这位马德兰先生，这位德高望重的士绅，因为那个伪冉阿让的出现，相形之下，同以前任何时候相比，反而会显得更加高尚、平静，也更加为人所敬重……倘若当时这一类的话有人对他说起，他肯定摇头，觉得纯属无稽之谈。可是！恰巧就在刚才，这一切全发生了，这一大堆不可能的事居然被变成了事实，那些与痴人说梦一般无二的事，上帝已同意让它们成为真事了！

他的梦想再次开始清朗了。对于自己的地位，他看得愈来愈明白了。

他似乎感到，他做了一场莫名其妙的梦，刚刚由梦中醒来，又看见自己正在黑夜里，由一个斜坡向一道绝壁的边缘滑着；他站着哆嗦，进退两难。他清清楚楚地见到有个素昧平生的人，有个陌生人的阴影，那人被命运当作他自己，要推他到那深坑中去。为了将那深坑填塞，就一定要下去一个人，或许那个人就是他自己。

他只好听凭天命。

事情已全然清楚了，他的看法是这样的，监牢里，他那个位子还是空着的，躲也没用，自始至终，那位子都在等他，拉他，直至他进去为止，这是命中注定的，难以避免。之后，他又告诉自己，他此时已有替身了，活该那个商马第倒霉，而他，从此，那个商马第的身体可以替他坐牢，他本人则可在社会上生存，就冒马德兰先生之名，只要当人家在那商马第头上印刻那和如同墓石，一落永不复起的罪犯印迹时，他不去阻止，就再没什么可以使他恐惧的事了。

这一切是那样的强烈和奇特，以致在他心中，突然有一种难以名状的冲动生起，那是一种无人能在一生中感到多于两三次的冲动，那是一种激发，对良心的激发，心中的暧昧全被激发起来，其中所含的，有讥讽，有快乐，也有失望，对此，我们可以称为内心的一种狂笑。

他急忙又把蜡烛点起来。

"什么！"他对自己说，"我有什么好怕的？我为什么要那样想呢？我已经获救了。所有的都安排好了。原来，只给我留下一扇半开的门，我的过去可以随时从那门混入我的生命中，如今，那扇门已被堵死了！永远堵死了！那个生来吓人的沙威，那是只恶毒的猎犬，他多年来时常让我担心，似乎他已经看穿了我，的确把我看穿了，老天！而且他无时无处不尾随我、窥探我，如今他被击退了，忙别的去了，纯粹步入了歧途！从此他心满意足，我也能逍遥自在了，他的冉阿让已被他抓获！谁知道，也许这座城市他都要离开呢！更何况这些跟我毫不相干！我一点也没问过！啊，不过这里还有些不妥之处呢！说真的，一会儿看见我的人，还认为有什么倒霉事让我碰上了呢！总之，如果有人倒霉，我根本没错。一切皆是上苍安排。显然这是天意！对于上天的安排，我怎能扰乱呢？现在我还要求什么？还有什么闲事要管？那与我无关。怎么！我不满意！我到底有何所需？我已经获得了安全，这是我多少年来的目的，是我夜晚的梦想，是面对上天我祈祷的愿望。是上帝要这样做的。上帝的意旨我决不能违抗。而且，上天这样是为了什么呢？为了让我把已经开始的工作继续下去，为了让我能做好事，为了让我以后做一个伟大典范，起到鼓舞作用，为了让我能说我那种美德——含辛茹苦、弃恶从善——终归得到了一点好结果！我真不明白，刚才怎么不敢去那个诚实的神甫家里，待他当作一个听忏悔的教士，告诉他所有情况，请求他的主意，自然，他所说的话会与之相同。下定决心了，顺从天意！把仁慈的上帝的安排领受下来！"

在心灵深处，他那样自言自语着，面对自己的深渊，他是在俯视之，我们可以这样说。他从椅子上站起来，在屋里来回踱着。"没必要再想了，"他说，"下定决心这样做！"可是，他感觉不到一丝欢乐。

相反地，他觉得不安。

阻止自己回头再想自己的看法，人做不到，就像要阻止海水流回海岸人做不到一样。那对水手叫潮流；对罪犯叫悔恨。上帝让人心神不宁，就像起伏的海洋一样。

一会儿之后，他徒劳了，他又返回了那种沉闷的对答中，自说自听起来，说的是他不想说的，听的也是他不想听的，在一种神秘的力量之下，他屈服了，两千年前，这一神秘力量对另一个就刑的人说"走"，现在，在向他说"想！"。

暂时，我们无须谈得过远，我们为了全面了解，要先进行一种必要观察。

人对自己说话是确有其事的，但凡有思想活动的人，这种体验都曾有过。而且我们可以说，在人心里，语言由思想到良心，由良心又回到思想是一种神秘，是灿烂无比的。在这一章里，“他说，他喊道”，诸如此类的字眼经常被提及，理解他们时，我们只能依据上面所说的那种意义。人对自己诉说、解释、叫喊，依然故我的只有身外的寂静。有种大声的喧哗，除去口，所有的都是在我们心中说的。并不因为心灵的存在无形无体，它的真实性就有所减少。

于是，他问自己到底怎样。从那“既定办法”上，他进行回答。他自我供认，他适才在心里做出了一种荒谬的计划。“顺从天意，把仁慈上帝的安排领受下来”，简直太丑恶、太可耻了。对那天定的和人为的错误，就让它们进行到底，不去阻止，缄口不言，无所表示，那样做，等于对所有错误的活动都去积极参加，那种行为何等卑鄙，何等丧失人格，又是何等伪善！那是罪行，卑下、怯懦、阴险、无耻而又丑恶！

八年来，作为一个不幸的人，他第一次尝到了一种不良思想和行为的苦味。

他心中恶心，吐了一口。

他继续扪心自问。他对自己严厉地进行责问，所谓“我已达到自己的目的”到底如何理解。自己生在人间的确是有目的的，这点他承认。但是何种目的呢？是藏匿自己的名字？是蒙骗警察？他所做的所有事业，难道单单是为那点小事？难道他没有另外一个目的，一个远大、真正的目的吗？要救的是他的灵魂，而非躯体。重做诚实善良之人。做个有天良之人！对于他一生的抱负，对于主教对他的期望，那难道不是唯一重要的吗？把以往的历史斩断？可是，他所做的并非是斩断，伟大的上帝，而是一件丑事并且将延续它！他又做贼了，而且那贼是最丑恶的！他把另一个人的生活、生命、安宁及阳光下的地位偷来了！他所做的是杀人的买卖！他把人杀了，从精神方面把一个可怜的人杀死了！是他害他受那种残酷的活死刑，那是一种过露天生活的死刑，大家叫它苦牢。从反面想，去投案，把那个蒙受不白之冤的人救出来，让自己恢复真面目，尽己之责，再成为冉阿让——那个苦役犯，那样，才真正是洗心革面，才真正是把自己所出来的那扇地狱之门关上了，永远地关上了！从外表看是重入地狱，事实上却出了地狱！他一定得那样做！倘若不那样，他就等于一事无成！他是枉活，所做的忏悔也是徒劳，以后他只能说：“活着有何意义？”他感到那主教跟他是一道的，主教去世了，可是却更在眼前，主教双目凝视着他，从此，在他眼中，那个仁厚高尚的马德兰市长将变得面目丑陋，而那个苦役犯冉阿让却变得纯洁可爱。人们看到的只是他的外表，主教看到的却是他真实的脸孔。他的生活为一般人所见，他的良心却能被主教看见，所以，阿拉斯他是一定要去的，把那个假冉阿让救出来，把这个真冉阿让揭穿！命运是何其悲惨！这牺牲是最伟大的，这胜利是最惨痛的，这是最后的难关；不过必须这样！身世太悲惨了！他在世人眼中，只有再次蒙受耻辱，在上帝眼中，才能达到圣洁！

“那么，”他说，“朝这条路走吧，把我的天职尽到！把那个人救出来！”

他那样说着，声音很大，自己却没有察觉。

他把自己那些书拿起来进行了检查，然后，又摆放整齐。一些告急的小商人给他写的债券，被他整扎地全都扔进了火里。他写了封信，把章盖好，当时如果他屋里有人，那人就能看见信封上所写了，写的是“巴黎 阿图瓦街 银行经理拉菲特先生”。

从一张书桌里，他拿出一个皮夹，几张钞票在里面放着，另外还有他的身份证，是那年他参加选举时用的。

他边沉痛地思索着，边办着那些杂事，看见他这样做的人，对于他内心的打算肯定想见得出来。只是有的时候，他频频开合着嘴唇，还有些时候，他抬起头来，对墙上的任意一点望着，好像有些他要了解或询问的东西正好位于那一点一样。

把那封给拉菲特先生的信写完后，他将信连同那皮夹都装进衣兜里，之后继续走动起来。

他的思想的方向毫无转变。他明明白白地看到，几个有光的字已将他应做之事写了出来，在他眼前，这些字发着久久不灭的火焰，而且，随着他的视线，字在移动着：“去！把你的名字讲出来！投案自首！”

与此同时，他又看见，“埋名”，“立德”，这两种他素来自认为是处世原则的心愿，似乎形状明显了，正飘动在他眼前。有生以来，他第一次感到了那两种愿望的互不相容，同时对于将它们划分开来的界线，他也看出来了。他认识到在那两种愿望中，有好的一种，也有可以变成坏事的另一种；救世的是前者，利己的是后者；说“为人”的是前者，说“为我”的是后者；从光明中来的是前者，从黑暗中来的是后者。

它们彼此争斗着，他看着这争斗。随着他的思考，在他的慧眼前面，它们扩大了；如今，它们的身材已经成了巨大的；他似乎看到了一个女神正与一个女魔酣战，在他内心里，在以前我们提及的那种辽阔苍茫的天地中，在黑暗和微光中。

他极其害怕，不过他感到，胜利属于了善念。

他感到他接近了一个时刻，那是另一次具有决定性的时刻，决定着自己的良心和命运；作为他的新生命，其第一阶段的标志是主教，第二阶段的则是商马第。经过了严重的危机，又来了严峻的考验。

此时，那平息片刻的烦闷，又在他胸中渐趋生起来了。他的脑海中有万千思绪穿过，但他的决心却更巩固了。

一时间，他曾向自己这样说：“就算那人当真把几个苹果偷走了，那也不过是监禁而已，顶多一个月。同苦役相比，这大大地不同。而且他偷没偷有谁知道？证实了吗？在头上压上冉阿让这个名字，似乎连证据都用不着了。那不是钦命检察官的惯用做法吗？大家把他当盗贼，原因就是知道他曾是个苦役犯。”

另一瞬间，他又想到，人们在他投案后，可能会对他此举中表现出的英勇加以重视，虑及七年来他的诚实生活，还有在地方上他所起的作用，可能会把他赦免。

不过，很快那种假想就烟消云散了，在苦笑的同时，他想到，既然他曾把小瑞尔威的四十个苏抢走了，人家就可以把累犯的罪名施加于他，那案子肯定会发作，而且可以依法律的明文规定，让他终身服苦役。

他把所有的幻想都抛开，把对这个世界的依恋也渐渐抛开了，至于安慰和力量，他打算去别处找了。他告诉自己尽他的天职是自己该做的；在尽了天职后，较之逃避天职，他也许未必会更加痛苦；就算他“顺从天意”，就算在滨海蒙特勒伊他待着不动，也会有一种罪恶去玷污他的尊荣、好名誉、善政、所受的敬重，也会有一种罪恶将他的慈善事业、财富、名望和德行污染；那一切圣洁的东西掺杂在那种丑恶的东西之中，还有何意义！与此相反，如果自我牺牲，入狱，受木柱上的捶楚、背枷、戴绿帽，永无休息地做苦工，受无情的羞辱，这些他都完成了，高洁的意境倒依然能够存在！

最后，他告诉自己，有必要这样做，这是他命中注定，上天的意旨他无权更改，他终归得选择，要么是外君子而内小人，要么是内圣洁而外羞辱。

悲惨的想法多极了，它们在心中起伏着，他并没有把勇气减少，不过他的大脑疲倦了。他开始身不由己地想到一些无关紧要的其他事。

在他鬓边，那动脉在强烈地跳动。他来回不停地走着。无论在礼拜堂，还是在市政厅，夜半的钟声都相继报过时了。那两口钟的十二响他数过了，对其声音，他也进行了比较。这时，他想到几天前，他看见一个卖破铜烂铁的商人家出卖一口写有罗曼维尔的安东尼·阿尔班这样一个名字的古钟。

他感到冷。点了一点火。他没想到把窗户关上。

他此时又陷入了害怕之中。在午夜之前自己虑及的事，他竟想不起来了，在作了极大的努力之后，他总算回忆起来了。

“啊！对了，”他自语道，“我已下决心投案自首。”

这之后，突然，他很快想到了芳汀。

“哎呀，”他说，“还有那个可怜的妇人！”

想到这儿，又出现了一个新的难题。

芳汀忽然在他的思想中出现了，她如同一道意想不到的光。他似乎感到，自己周围的一切全变了，他喊了起来：

“天哪，不得了！到目前为止，我依然在为个人着想！我所注意的只是个人的利害。我可以自首，无声无息也行，公开也行，我可以把自己的名字藏匿起来或者把自己的灵魂挽救出来，我还可以做一个人格落地而他人恭维的官吏，或者是一个没有名誉却可敬的囚犯，那些事都是我的，自始至终是我的，也仅仅是我的！不过我的上帝，那是自私自利，全都是！虽然形式不同，但终归是自私自利！倘若我为别人稍微想想呢？替别人着想是最高的圣德。想想，研究一下。我被抛弃了、消灭了、遗忘了，结果会如何呢？倘若我自首呢？他们把我抓住，把那商马第放了，再将我关进监狱，可以，以后呢？这里的局面将如何呢？呀！地、城、工厂、工业、工人、男人、女人、老公公、儿童以及穷人，这里都有！这一切是我创造的，这些人的生活由我在维持；但凡有个地方的烟囱在冒烟，那里的柴就是我送进火里的，那里的肉就是我送进锅里的；我给了人们安乐的生活，让金融运转起来，信贷也是我举办的；在我之前什么都没有；整个地方都是由我扶植、振兴、鼓舞、丰富、推动和繁荣起来的；我如果不在了，就像灵魂不在了一样。我的退避就是所有东西的同归于尽。还有那个历尽磨难、舍身成仁的妇人，她是因我失察而接连无告的！那个孩子，我本想接她到她妈妈身边来，而且我已经答应了！既然我造成了那妇人的痛苦，我难道就无义务进行点弥补吗？倘若我走了，将会如何呢？妈妈死去，孩子无家可归。我投案自首的结果就是那样。倘若我不去投案呢？想想，倘若我不去呢？”

他给自己提出了那样一个问题，这之后，他愣了。他如同经过了一阵时间很短的犹疑和颤抖，很镇定地，他回答着自己：

“那么，苦牢由那个人去做，那是真事儿，但是，见鬼，他自己要做贼的！我说他没做贼也白费，他是作了！而我？我在这里留下，继续我的事业。再过十年，我能挣一千万，这些钱我用来散布地方，自己分文不要，那有何关系？我所做并非为己！大家一天天富足，把工业发展起来，使之兴旺，让制造厂和机器厂逐渐增多，家庭快乐，千百个都如此，增加地方人口，让乡镇在只有几户农家的地方出现，让农村出现在荒无人烟之处，让穷困消失，随之，杜绝一切丑行和罪恶，包括荒淫、娼妓、偷盗、杀人！那个可怜的母亲，她也能哺育自己的女儿！整处的人都富足诚实！哎呀，刚才我疯了，发了昏，说什么自首？真是的，我得仔细，凡事不能冒失。也难怪！也许由于我愿意成为一个伟大慷慨的人，不管怎么说，还是为了欺世盗名，也许由于我只想到自己——我个人罢了！为了救一个事实上罪有应得的人，对他的苦处，我考虑得太过了，那到底是何许人也无人能知，肯定是个贼，坏蛋，为了救那样一个人，害了整个地方！那个可怜的妇人，就让她在医院里死掉！那个可怜的小丫头，就让她死在路旁！如同狗一般！啊！太惨了！那妈妈无法再见她的孩子一面！那孩子几乎还不认识妈妈！更何况，这一切都是为了一个老畜生，一个自作自受的家伙，一个偷苹果的家伙，他的终身苦役自己服吧，要不是因为偷苹果，也肯定有其他事！我太虚心、太高尚了，竟为了救一个罪犯而不惜让许多无辜之人去做牺牲。那老流氓就算想活也活不了几年，而且，同住在他那破顶楼里相比，他坐牢未必会更苦，为了把那样一个老流氓救出来，竟不惜让全体人民——母亲们、妻子们、孩子们去做牺牲！那可怜的小珂赛特，在这世上，只有我是她的依靠，现在，她在那德纳第家里，肯定冻得发青了！那也不是两个好东西！对那所有可怜的人，我都将无法尽责任了！我去投案！我去做那种傻事，那种糊涂透顶的事！从最坏的方面我来想想吧。对我而言，在这件事中的做法就算是坏的，我有朝一日总会为自己的良心所谴责，但是，为了他人利益，我把那种只涉及自身的谴责接受下来，不顾个人灵魂的堕落，相反依然把那种坏行为完成，那样才算得上忠诚和美德。”

他又站起来走动。这次他似乎感到非常满意。

金刚钻只有在泥土下黑暗之处才能被找到，真理只有在深入缜密的思想中找到。他似乎觉得他在最黑暗之处深入搜索了一阵后，那么一颗金刚钻和一点真理最终被他获取了；他攥在手中看着，眼睛都看花了。

“是的，”他想，“是这样。真理被我找到了。我有主意了。毕竟我得到了一点东西。我已经下定决心。由它吧！无须再徘徊、退却。这为的是大众的利益，并非我的。我是马德兰，依然是马德兰。那个叫冉阿让的人，让他受苦去吧！冉阿让不再是我了。那个人我不晓得，那是怎么回事我已经不明白；如果有人这时成了冉阿让，他就自己想主意好了！那与我无关。那名字好比一个鬼魂，在暗夜中飘荡着，如果它停住，落在哪个人头上，哪个人就活该倒霉！”

壁炉上有一面小镜，他对镜看了自己一会，说：

“多奇怪呀！我有了主意，心里马上畅快了！现在的我完全两样了。”

又走了几步后，他突然再次停住了：

“干吧！”他说，“办法已定，在任何后果上都不该有所犹豫了。现在我仍然同冉阿让牵扯不断。该把那些丝斩断！这儿，就是这屋里，有些能暴露我以往之物，那些东西不能说话，但可以作证，说定了，就该全部销毁它们。”

他在衣袋里摸着，把钱包掏出来，打开，拿了一把钥匙出来。

他在一个锁眼里插上了这把钥匙，在裱壁纸上花纹颜色最深之处，隐藏着那个锁眼，它几乎不为人所见。打开了一层夹壁，那是一种假橱，是装在墙角和壁炉台间的。那夹壁里只有几件破衣，一件蓝色粗布罩衫、一条旧套裤，一只旧布袋和一根粗刺棍，是两端镶了铁的。一八一五年十月间，冉阿让经过迪涅城，那时见过他的人，对于那种褴褛衣衫的整套行头一眼就能认出来。

他把那些东西保存了下来，就像他把那两个银烛台保存起来一样，目的是让自己永不忘记自己的出身。不过，那些来自监狱的东西他藏起来了，摆出来给人家看的，只有两个来自主教的烛台。

他偷看了房间一眼，虽然它被闩上了，似乎他还是担心它会打开一样；然后他敏捷急促地抱起所有的东西：破衣、棍子和口袋，一股脑扔在火中，那些东西他收藏了多年，冒着危险，是那样谨小慎微，对它们，他一眼也没看。

他重新关上假橱门，既然它已经空了，以后也没什么用了，不过出于加紧提防的目的，他还是把一件大家具推上，把橱门堵住了。

过了几秒钟，一片强烈的、颤巍巍的红光映在了那屋里和对面的墙上。什么都烧了。那根棍劈劈啪啪地着着，连屋子中间都爆上了火星。

那只布袋连同其中那些破烂不堪的破布一块儿烧掉了，这时，一件东西掉在灰里，露了出来，它闪闪发亮。如果谁弯着腰，就很容易看出来，那是枚银币。那肯定是那枚值四十个苏的钱币了，是从通烟囱的小瑞尔威那抢来的。

他只是来来回回走着，根本不去看火，保持着始终如一的步伐。

突然，他将视线落到了那两个银烛台上，它们放在壁炉上，在火光下隐隐发亮。

“算了！”他想，“这里面还有全部冉阿让。不得不把这东西也销毁。”

那两个烛台被他拿起来了。

还有足够的火力，很容易把它们原来的样子改变，使它们被烧成银块，让人无法辨认。

在炉前，他把腰弯下去，烤了会儿火，他的确感到一阵惬意。

“多好的火！”他说。

两个烛台中，有一个被他拿去拨火了。

一分钟后，两个都进了火里。

这时，他似乎听见在他心里，有个声音在喊：

“冉阿让！冉阿让！”

他如同一个听到可怕消息的人一样，头发立了起来。

“对！没错，干下去！”那声音说。“把你现在干的事干完吧！把那两个烛台烧毁吧！把那种纪念品消灭吧！将那主教忘却！将一切忘却！把那商马第害死吧！这样干吧，好。自我赞美吧！如此，说好了，决定了，一言为定，有个人在那边，是个老头，人家想如何对付他他不清楚，也许他没做过什么，没有罪，都是你那个名字给他带来了灾难，你那名字压在他头上，他就似乎有罪了，由于你，他将被囚、被罚，他会唾骂，恐惧，在其中将他的生命终结。那好。你呢？成为诚实的人，还是可尊敬的市长先生，受尊敬也是事实，你使城市繁荣，使穷人得到救济，使孤儿得到教养，快乐地生活，俨然是个受人敬佩的君子，同时，你在这儿留下，在快乐和光明中留下，这时，那边将有一个穿上你红衣服的人，他冒着你的名字，尽受屈辱，他还要拖着你的铁链，呆在监狱里！是啊，这是种正当的办法！呀！无赖！”

他的额头上流汗了。望着那两个烛台，他茫然无措。那个在他心里说话的声音，这时还没说完。它接着说：

“冉阿让！许多欢腾的声音、高呼的声音、赞颂你的声音会出现在你前后左右，只有一种声音要诅咒你，在黑暗中诅咒你，那种声音没人听得见。那么！请听，无耻之徒！在到达天上之前，那一片称颂之音会全都落下，直达上帝的只有那种诅咒！”

说话的那种声音，开始非常弱，而且是发自他内心最幽暗之处，一步步，它越来越嘹亮，越来越惊人，如今，他听见它已到耳边了。他似乎感到，最初，它是发自他身体的，现在却到了他外面，在说着话。最后说的那几句，他听得格外清楚，他变毛变色，环视了一遍屋子。

“有人在这儿吗？”他高声问着，恍恍惚惚地。

之后他笑了，那种笑声好像是痴人的，他说下去：

“我真糊涂！不可能有人在这儿。”

那儿有人，不过是肉眼看不见的人。

那两个烛台又被他放在壁炉上了。

于是他又来回走动，步伐还是那样单调和沉郁，睡在他下面的那个人被惊得从梦中跳了起来。

那样走动带给他一些畅快，同时也带给他兴奋。有时，在无计可施的关头，人总爱走来走去，似乎不断移动地方，就会有某种东西被遇见，可以询问它的看法。一会儿，他又不知所措了。

他自己先后轮流做出了决定，现在对于那两种办法，他一样觉得畏缩不前。那两种意见在他心头涌现，对他而言，似乎都是绝路。多么不幸的遭遇啊！把商马第拿来代替他，什么样的遭遇啊！那种方法一开始，似乎是上帝拿来锻炼他的，现在，他却真正被他推入了绝境！

他考虑了一下未来。投案自首，伟大的上帝！自取灭亡！在那一切东西里，有他所该抛弃的，也有他该重新拿起的，面对这一切，他的心情颓丧极了，简直到了不可复加的地步。那么，对那样美好、洁净而又欢乐的生活，对大众的崇敬、荣誉和自由，他应该做的只有说再见了！在田野中散步，对他来说是再也做不到的了，阳春三月的鸟鸣，他再也无法听见了，小孩子们的布施，他也再无法给予了！那种和蔼的目光，那种为了表示感激尊敬而注视着他的目光，他再也感受不到了！他亲手所造的这所房子，这间屋子，小小的屋子，也要同他分手了！这时，在他眼中，所有的一切都是那样妩媚，那样可爱。这些书他无法再读了，字也不能再写了，不能再在这小小的白木桌子上写了！那看门的老妇人——他唯一的女仆，早晨也不会再上来给他送咖啡了。伟大的上帝！苦役队、枷、红衣、脚镣、疲乏、黑暗的屋子帆布床，还有那一切为众人熟知的、骇人听闻的事，将对这些取而代之。以他的年纪，已经做过了他那样的人之后！如果他依然年轻！可是他老了，"你"将变成一切人对他的称呼，他要被狱卒搜查，他要挨狱警的棍子！他要穿铁鞋，还是光着脚！早晚都要伸出腿去，去接受检验链锁人的锤子！对外国人的好奇心，他要能够忍受，因为有人会告诉他们："这就是那个有名的冉阿让，他曾在滨海蒙特勒伊做过市长！"晚上，汗水淋漓，极其疲惫，眼睛上遮着绿帽子，在警察的鞭子下，两两顺着软梯，爬进战船的牢房！啊！太痛苦了！莫非天意也是残酷的，如同聪明人一般，也会变得粗暴乖张，就像人的心那样吗！

在他的沉思中，有一句痛心的、让人进退两难的话：做天堂里的魔鬼，或者做地狱里的天使，他无论做什么，总是会回到那句话上。

怎么办，伟大的上帝！怎么办呀？

那种烦恼再次涌上心间，那曾是他费尽力气才消释了的。杂乱又进入了他的思想。在绝望的时候，人的思想往往会麻痹，无法控制。在他的脑海中，那个名字——罗曼维尔时时会回来，同时，对以前听过的两句歌词，他又产生了联想。他想起来了，罗曼维尔是一处小树林，就在巴黎附近，每年四月，那里总会有青年情侣，他们会去采丁香。

他的身心都在摇曳着，他走得跌跌撞撞的，就像是一个没人扶的儿童。

有时候，他勉强把精神打起来，将疲倦驱走。他竭尽全力，企图做最后的努力，他企图正式提出那个问题，那个令他疲惫不堪的问题：是该投案？还是该沉默？结果他一切都无从分辨。在梦想中，他曾借助自己的理智，对种种情况的大体外延都做出了初步描画，可那些外延全都消散殆尽了。不过他感到，不管如何决定，有一点是一定的，不能避免的，即他总要死去一半；不管向左向右，进入坟墓是他必然的选择；他已濒临死亡边缘，要么死去的是他的幸福，要么死去的是他的人格。

可怜！那种游移不定的状态，他又彻底地回去了。与初时相比，他并未有何进展。

在苦恼下，这个不幸的人始终在挣扎着。

距这苦命人一千八百年之前，有一个神人，他把人类的一切圣德和痛苦都集于一身，当疾风自太空吹来，橄榄树在抖动时，他也曾推开那杯在星光下阴惨的苦酒，长久徘徊，无法决断呢。

四、睡眠中痛苦的样子

早晨三点刚过，在过去的五个小时中，他是那样几乎不停地来回走动着。后来，他在椅子上倒下了。

在那上面，他睡着了，并且做了个梦。

那是一个与大多数梦相同的梦，只是关系到一些惨不可言的情况，不过还是让他感动。他遭到了那场噩梦的严厉打击，后来，他记下了它。这张纸是他亲笔写好而留下来的。我们觉得，对这一内容，应该按照原文，在这里抄录下来。

不管那是个什么梦，如果我们忽略了它，那就不能使那夜有一个完整的经过。那是一段辛酸的往事，是属于一个有心病之人的。

下面就是了。“那晚我的梦”，这行字是那信封上的。

我来到田野里。那田野荒凉辽阔，寸草不生。那是白天还是夜晚，我都感觉不出来。

我在散步，跟我的哥哥，那是我童年时的哥哥，我应该说，这是个我从未想起过的哥哥，他差不多被我淡忘了。

我们聊着天，又遇到许多路过的人。我们谈及一个女邻居，是以前的，这个女邻居经常在工作时打开窗户，从她住进那条街以来就是如此。说着说着，我们竟然感到了冷，原因就是那扇开着的窗。

田野里连树也没有。

我们看到，从我们身边过去一个人。

那人裸露着身体，全身上下都是灰的，他骑了一匹马，是土色的。那是个秃子；我们看见了他的秃顶，还有上面的血管。一条鞭子拿在他手里，那鞭子软得好比葡萄藤，又重得像铁。那骑士对我们一语未发，走过去了。

我哥哥对我说：

“咱们走那条凹下去的路吧。”

那里有条路是凹下去的，路上荆棘、青苔一概皆无。所有的一切、连同天都是土色的。我走了几步后开始说话，但是没人答应，我发现，哥哥已经不见了。

我看见一个村子，于是走了进去。那可能就是罗曼维尔，我想。（何故是罗曼维尔呢?）

我来到第一条街，一个人都没有，我又来到第二条街。在拐角处，靠墙站着个人。我问那人：“这是哪儿？我到哪儿了?”那人不吱声。我看见有扇墙门开着，就进去了。

第一间是间空屋子。我进了第二间。有个人在那扇门后站着，靠着墙。我问：“这是谁的房子？我在哪?”那人不言语。那房子带了个园子。

出了房子，我进了园子。那是个荒凉的园子。我在第一棵树后，见到个站着的人。我问那人：“这是何园？我在哪儿?”那人不说话。

在那村里，我信步而行，那是个城，我发现。荒凉的街道，敞开的门。街上无人走过，房里无人走动，园中也无人散步。可是，每个墙角，每扇门后，每棵树后，都有个不说话的人在站着。每次都是唯一的一个，我走过去时，那些人都在望着。

出了城，我走在田里。

一会儿，我回头看到，我后面跟了好大一群人。那些人我认出来了，在那城里我见过他们。他们有着稀奇古怪的长相。他们似乎对于走路并不着急，然而同我相比，他们却走得快得多。他们走路没声。那群人一下子把我撵上，围住了我。那些人都是土色的脸色。

就这样，一个人同我说话了，那人是我进城时最先看见的，而且，我还问过他话，他说：

“您上哪儿？莫非您不知道您是早死了的人吗？”

我正要开口回答，但我看到，四下无人。

他醒了，冻得发僵。一阵风吹来，那风冷得像晨风，窗板被它吹得直在开着的窗门臼里打转。火业已熄灭。蜡烛即将烧完。还是黑夜。

他站起来走向窗户，自始至终，星星没有在天空现身。

那所房子的天井和街道，都可以从他的窗口望见。突然，一种干脆结实的声响发自地面，于是，他向下望去。

在他下面，他发现两颗红星，在黑影中，它们的光时伸时缩，形状怪异。

他的思想依然半沉在梦境里，因此，他想：“怪事儿！星不在天上，现在，它们出现在地上了。”

这时的他，才逐渐由梦中清醒，令他完全醒来的是另一声响声，同于第一次的，他仔细看，这下才看明白，原来，那两颗星是一辆车上挂着的灯。那两盏挂灯放出了光芒，由那里，那辆车的样子他也看出来了。那是一辆驾着匹白马的小车。开始他听见的声响，就是马蹄踏在地上的声音。

“是什么车？”他自问着，“大清早的，是谁来了？”

这时，在他房门上，有人轻轻一敲。

他全身颤抖了一下，怪声叫起来：

“是谁？”

“我，市长先生。”

他听出来了，是他门房的老妇的声音！

“干什么？”他又问。

“市长先生，将近早晨五点钟了。”

“跟我说这个干啥？”

“市长先生，车来了。”

“什么车？”

“小车。”

“小车？”

“莫非市长先生没要过一辆小车吗？”

“没有。”他答。

“那车夫说，他来找市长先生。”

“什么车夫？”

“斯戈弗莱尔先生的车夫。”

“斯戈弗莱尔先生？”

如同一道电光闪过面前，他因那个名字大感惊讶。

“呀！对了！”他说，“斯戈弗莱尔先生。”

倘若当时，他让那老妇人看见了，一定会把她吓坏的。

他一言不发，停了许久。望着那支蜡烛的火焰，他发呆了，他把一点滚烫的蜡从烛心边取出来，用手指玩弄着。等了一阵，老妇人才鼓起勇气，高声问：“市长先生，该如何答复呢？”

“您说好的，我马上下去。”

五、用作横木的树棍

当时，从阿拉斯到滨海蒙特勒伊的邮政使用的车子，仍旧是帝国时代的那种。那是一种两轮小车，车身悬在弹簧上，贴着橙黄色皮革的车箱里有两个位子，是给邮差和偶尔搭车的乘客坐的。车轮上面装有长毂，以保证别的车不会擦到车轮，今天这种车子在德国的道路上仍能见到。车子的后一部分放着邮件箱，它和车身连在一起，是一个长方形的大盒子。邮件箱被漆成了黑色，车身则被漆成了黄色。

那种车子难以言表的丑陋，如今，和它类似的东西都没有了；我们从远处看见那种车子经过，或者见它沿着地平线向前趴着走，让我们联想到人们说的大白蚁，就是那种通体洁白、腰身细窄、臀部肥大的虫子。但它们走得可不慢。每天夜里一点，在来自巴黎的邮车到达之后，那种小车便从阿拉斯起程，它到达滨海蒙特斯伊时，接近早晨五点钟。

那天夜里，经爱司丹去滨海蒙特勒伊的邮车，正要进城，在一道街的拐角时，和迎面驶来的一辆小车撞上了，那小车里坐着一个人，围在宽大的斗篷里，拉车的是一匹白马。小车的轮子受了不小的冲撞，邮差让那人停下，可是那赶车的人赶紧快走，仍旧赶他的路。

“这个急性子鬼！”那邮差道。

那个如此行色匆匆的人，就是我们刚刚看到的那个可怜的，正拼命挣扎的人。

他要去哪里？他不可以讲。他为何急急忙忙？他不晓得。他向前赶着、赶着，没有一个目标。哪里是他的方向？大概阿拉斯吗？不过，或许他还要去别的什么地方。有时，他认为自己会那样做，不由得直打寒战。他像沉在深渊里似的，被这夜色吞没了。有什么推他，有什么又在拉他。他此刻的心情，也许没人能明白，但终究有一天，人们都会理解的。在人的一生中，有谁能永远不陷落在迷惘的泥潭呢？

何况他还全然未拿好主意，全然没有决定，全然没有做出选择，他还是毫无准备的。他所有的心里活动，还不确定。完全跟他最初的时候没什么两样。

他干吗要去阿拉斯？

他心里反反复复地默念着，在向斯戈弗莱尔定车子时，已经对自己重复了无数次的话：“不管那将是一个什么样的结局，都不妨碍，要亲自去看一看，做出自己的判断”；“慎重起见，了解一下事情的经过也是必要的”；“没有实地考察，不能决定”；“离得过于远，碰到事儿总免不了有些夸大，要是看到了商马第这个流氓，说不定心里会好受些，或许可以让他替自己去受苦刑”；“沙威自然会在那儿，还有布莱卫、舍尼杰、戈什巴依这些老苦役犯，尽管过去认识他们，现在肯定不认识从前的那个沙威了”；“呸！乱想！”“沙威还完全蒙在鼓里呢”；“所有的猜测和疑虑都落在商马第身上，而且是那么固执”，“所以绝对没什么危险可言。”

那自然还是倒霉的时候，而他不会受连累；总而言之，尽管命运险恶喜欢捉弄人，他却总能把它把玩在手中；他是命运的主宰。他固执地这样认为。

事实上，说心里话，如果能不去阿拉斯，他会更高兴些。

但他还是去了。

他一边思索，一边赶车，白马向前飞驰，步伐稳健，每小时要走两个半法里。

可是，随着车子不断前进，他的心却开始退缩了。

天亮时，马车已驶上乡间平坦的土路，滨海蒙特勒伊已经在他的身后消失了踪影。他看着天边的鱼肚白；他看着，眼里却没留下任何影像，冬日黎明的各种萧瑟景象，都从他的眼里飞快掠过。早上像傍晚那样，一一展示它特有的幻象。他的目光却没能捕捉到它们，但那阴郁的树木和黑漆漆的山丘，却在悄然无觉中穿过他的身子，让他那收紧了的心莫名地感到一阵凄凉。

每当车子经过路旁的孤零零的房子时，他便在心里自语：“那里一定还有人没有起床！”

马蹄的得得声、铜铃的叮当声、车轮的滚动声，一路上汇合成柔美乏味的曲调。这些声音，一个高兴的人听了会觉得非常动听，但忧伤的人听了却只能增添酸楚。

天已经大亮时，他到了爱司丹。他把马车停在一家客栈门前，让马休息一下，又叫人拿了些荞麦。

斯戈弗莱尔说过这马是布洛涅种的小马，头大腹圆，颈短胸宽，臀宽腿细，脚力十分好，虽然其貌不扬但体格强壮；这能干的白马，在两个钟头里，走了五法里的路，臀上竟然连一滴汗珠都没有。

他坐在车上没动。马夫过来送荞麦喂马，突然蹲下去，检查车子左轮。

“您预备就这么走远道吗？”马夫问。

他的思绪似乎还在梦里徘徊，答道：

“怎么了？”

“您是从很远的地方来的吧？”那马夫又问。

“离这儿有五法里吧！”

“哎呀！”

“怎么了？”

那马夫又弯下身子，停了一会儿不吭气，认真查看那车轮，接着，站起来说：

“大概因为这轮子刚才只走了五法里，才没出什么问题，可是现在它肯定连四分之一法里都走不了了。”

他跳下来。

“朋友，您说什么？”

“我说您坐着这样的车跑了五法里的路，却没人仰马翻，出车祸，可真是上帝保佑呢。您自己看看吧。”

那轮子的确受了重创。那辆邮车撞断了两根轮辐，轮毂也给撞破了一块，螺旋眼看就支撑不住了。

“朋友，”他对那马夫说，“这儿有车匠吗？”

“自然有，先生。”

“请您帮我把他找来。”

“他就在那边，才两步路。喂！布加雅师父！”

车匠布加雅正在他门口，他走过来仔细检查那车轮，脸上露出难色，像个外科医生，正研究一条断腿。

“您能马上把它修好吗？”

“可以，先生。”

“那我什么时候能出发呢？”

“明天。”

“明天！”

“这活得足足干上一天。您有着急的事吗？”

“很急。我最多只能耽搁一个钟头。”

“那绝对不行，先生。”

“您开个价钱吧，我保证一分都不少给。”

“绝对不行。”

“那么，给你两个钟头。”

“今天绝对不行。我得重做两根轮辐和一个轮毂。您在明天以前无论怎样也走不了。”

“等到明天，我的事就耽误了。要是修不好，您帮我换个轮子，行吗？”

“怎么换？”

“您不是车匠师父吗？”

“自然是，先生。”

“难道您就不能卖一个轮子给我吗？那样我马上就能走了。”

“一个备用车轮吗？”

“对呀。”

“我可没有现成的车子给您这轮车用。轮子都是一对对搭配好的。不是随便拿出两个轮子就能配成对的。”

“原来如此，那我买一对。”

“先生，轮子和车辆也不能随便搭配。”

“试试看吧。”

“不成，先生。我们这个小地方，只有小牛车轮卖。”

“那您能租给我一辆坐车吗？”

那位车匠师父一下就瞧出那辆小车是他租来的。他耸了耸肩。

“您这租来的车子，照看得可真好！我就是有也不敢租给您。”

“那卖给我一辆呢？”

“没有。”

“什么！难道连一辆破车都没有吗？您看，我是很好说话的。”

“这里只是个小地方。那边的车棚中，”那车匠继续说，“有一辆软兜车，那是我替城里的一位绅士保管的，他只在每月三十号用一次。我完全可以把它租给您。那跟我无关，但您千万别让那位绅士看见了，而且，因为是软兜车，必须有两匹马才能拉得走。”

“我可以到邮局借匹马。”

“先生要去哪儿？”

“阿拉斯。”

“今天必须到吗？”

“对呀！”

“借邮局的马？”

“不行吗？”

“那如果您在今天夜里四点钟到，行吗？”

“绝对不行。”

“是这样的，如果用邮局的马，您知道是要用护照的……您有吗？”

“有。”

“即使用邮局的马，您在明天以前也到不了阿拉斯。这是一条支路。换马站的工作干得很糟，马还都在地里。现在正是农忙。大家都要用壮马犁田，邮局和别的地方一样都缺马用。您在每个换马站都得耽搁三四个钟头。而且还不能快走。一路上要爬很多斜坡。”

“噢，那我骑马去吧。请帮我把车子解下来。这里总还有马鞍子卖吧。”

“当然有。但是这匹马肯戴鞍子吗？”

“真的，您倒提醒了我。这马是不肯戴马鞍的。”

“那么……”

“这村里，总还有人肯租匹马给我吧。”

“能不停地跑到阿拉斯的马？”

“是的。”

“我们这种地方可找不着那样的马。但您得买，因为您毕竟是个生人。但是五百法郎、一千法郎，都派不上用场，因为既没卖的，也没人肯租。您肯定找不着那样的马。”

“那该怎么办呢？”

“跟您交个实底，您最好这么办，我给您修轮子，您住一晚明天再走。”

“明天就来不及了。”

“圣母！”

“这里有邮车去阿拉斯吗？它什么时间经过？”

“今天晚上。有两辆车会经过，一上一下，走的都是夜路。”

“难道，您必须用一天时间去修我的轮子吗？”

“一天，而且是一整天！”

“还加两个工人呢？”

“就是有十个人也不行！”

“那么拿绳子把轮辐绑起来能凑合用吗?”

“轮辐可以绑起来，但轮毂可不行。而且连轮箍都坏了。”

“城里有没有租车的人?”

“没有。”

“还有别的车匠吗?”

“没有。”那马夫和车匠一齐摇头说。

他心中一阵狂喜。

显然，这一切都是上天的安排。车轮断了，他不得不耽搁在途中，这是上天旨意。上天首次暗示，他还不服气，刚才他使尽浑身解数想继续赶路，他已竭尽全力地、耐心地想出了一切办法，季节、疲乏、花销都没能让他后退，他实在找不出自己还有什么可被指责的地方。如果他就此耽搁下来，那已不是他的问题了。他没有任何过错，他对得起自己的良心，都是上天的旨意。

他长吁了一口气。自从沙威拜访之后，首次畅快淋漓地、长出了一口气。他好像感觉二十个钟头以来他那紧缩的心开始轻松起来。

他好像感受到了上帝对他的袒护，而且意思是那么明确。

他对自己说他已经竭尽所能了，如今只有是转身回去，而且这是心安理得的。

如果他是在客栈的屋子里和那车匠谈话的，没人在场，没人听到他们的谈话，事情也许就此告一段落了，就不会发生我们将要读到的那些波折了，可是这次谈话发生在街上。总免不了招来一大群看热闹的围观者，到处都有那种专爱凑趣的人。当他叫车匠过来时，来来往往的路人便停下脚步围在他们周围看热闹。其中有个小孩子，那时他没引起任何人的注意，听了几分钟以后他拨开人群撒腿跑开了。

这位赶路人在经过上述那些思想斗争之后，刚刚决心掉头回去，那小孩儿回来了。跟着他的是一个老妇人。

“先生，”老妇人说，“我的孩子说您要租一辆车子。”

那跟着孩子赶来的老妇人话一出口，虽然简简单单却让他马上感到热汗直出。他好像看到命运站在他背后的黑影里本已松开的手重又伸出，打算再捉住他。

他答说：

“是的，老妈妈，我想租辆车子。”

他又赶忙接着说：

“但是这里租不到车子。”

“有。”老妇人说。

“哪有?”车匠问。

“我家有。”老妇人答道。

他心里一惊，那要命的手就要扼住他了。

老妇人的车棚下有一辆柳条车。车匠和马夫，眼看到手的买卖要泡汤，很是不悦，嘟哝着这样的话：

“这样的破车真吓死人”，“瞧它竟直接装在车轴上”，“坐板就用皮带子挂在车里面”，“车里漏水”，“轮子生锈了，太潮湿了，它都锈坏了”，“看不出它哪比那辆小车强”，“实在是太破了”！“这位先生要是租这种车，可真是上当呢”。

这些说的都是实情，可不管怎么说，这破车，坏车，朽东西，终究还能在轮子上滚，而且能一直维持到阿拉斯。

他给老妇人付了租金，把小车留给车匠修理，定好回来时取车，他把白马套在柳条车上，坐上车，又踏上了那条他从早晨开始就在走的路。

当车子开动时，他承认，刚才当想到他不用去阿拉斯时，那一刻他是那么的快活。他懊恼地检讨那一刻的快乐，感到有点荒谬。转身折回，干吗会那样高兴呢？不管怎样，何去何从都由他自己。没有谁强迫他做什么。

何况他根本用不着担心会碰上他不想碰上的事。

正当他要走出爱司丹时，一个声音传来：“停下！停下！”他十分敏捷地停下了车，那动作如此讯速似乎透露着一种紧张急切，有点渴望的心情。

原来是那位老妇人的孩子。

“先生，”他说，“可是我帮您找到车子的。”

“那又如何呢？”

“您还没给我点什么呢。”

到处施舍。而且他一向乐于施舍，此刻他却觉得这要求如此过分，而且有些丑恶。

“噢！是这样，小魔鬼！”他说，“你别想得到什么！”

他扬鞭策马，一溜烟地走了。

在爱司丹他耽误了太多时间，他必须快点赶上。那小马真能干，拉起车来一个顶俩，但是此时已是二月份，刚下了雨，道路不好走。而且，换了车子，这柳条车实在难拉，又那么笨重。还要爬许多斜坡。

差不多四个钟头之后，他才从爱司丹走到圣波尔。四个钟头走了五法里。

进到圣波尔，他在看见的第一家客栈解了马，叫人带马去马房吃粮。在马吃草时，他站在槽边看着，这是他答应过斯戈弗莱尔的。他想起一些理不出头绪的伤心事。

客栈的老板娘来到马房。

“先生用午餐吗?”

“嗯，真的，”他说，“我非常想用。”

他跟着老板娘走，那妇人容貌清秀，神情快乐。她把他带到一间低矮的厅子里，厅里有几张桌子，每张桌子都蒙着漆布作的台巾。

“拜托，快点”，他说，“我得赶路。我有要紧事要办。”

一个体态丰腴的佛兰德女佣赶忙摆上餐具。他看着那姑娘，心里感到有点轻松。

“原来，我是因为这个才觉得难受”，他想，“我忘了吃早饭。”

食物端上来了。他立刻抓起一块面包，狠狠地咬了一口，接着又缓缓地放下，就再也不去动它了。

另外一张桌子上一个车夫正在吃饭。他问那个人：

“这儿的面包怎么有点苦?”

车夫是个德国人，没听懂他的话。

他转身回到马棚，站在马的身边。

过了一个钟头后，他离开圣波尔，向丹克赶去，从丹克到阿拉斯还有五法里。

这一路上，他干什么?又在想什么呢?和早晨没什么区别，树木、草房的屋顶、犁好的田地逐一在他眼前闪过，每转过一个弯，原来的景象悠地消失得无影无踪。这样欣赏自然的景象是令人心旷神怡的，几乎能使人将现实生活中的一切释怀。他望着这气象万化的自然景象，有生以来第一次，也是最后一次，体验到如此令人心荡神摇感觉!旅行就是随时都有死的危险随时又有生的希望。或许他此刻的思绪正停留在模糊之中，他拿那些变化万千的景象与人生相比。人生的无常故事在我们眼前随生随灭，黑夜白昼，交相轮回；拥抱辉煌灿烂的喜悦之后，黑暗猝不及防地来临；人们眼巴巴地望着，透过纷扰，伸手企图抓住那些浮光掠影；其实每一个故事都是人生的拐弯处；转瞬之间，红颜已变皓首。蓦然回首间，黑幕已经垂下，当年伴我们铁马兵戈，驰骋人生的生命的良驹已经停下它的铁蹄，我们看见有人正御下它的辔头，因为黑暗他的脸显得模糊不清，似乎我们根本不认识。

傍晚走近，一群放学的孩子看见一位旅人进了丹克。事实上，这个季节正是昼短夜长的时候。他没有在丹克耽搁。他策马驰出丹克，一个正在铺石子的修路工抬头说：

“瞧这马累的。”

那可怜的白马的确只好慢走了。

“您是要到阿拉斯去吗?”路工问。

“是的。”

“如您这样走，肯定早到不了。”

他勒住马，问道：

“从这到阿拉斯还有多远？”

“大概有七法里整。”

“不可能吧。邮政手册上说只有五又四分之一法里。”

“哎哟！”路工说，“您没见我们正修路呢吗？您打这儿往前走，用不了一刻钟路准断。再走是不可能的。”

“真的？”

“您可以往左拐，走那条到加兰西去的路，过了河，等到了康白朗，再右转一次，那就是从圣爱洛山到阿拉斯的路了。”

“但是天要黑了，我会走岔路的。”

“您不是这儿的人吧？”

“对。”

“这儿多的是岔路，您又人生地不熟的。这样吧，”路工接着说，“我给您出个主意好吗？您的马累坏了，您回丹克去吧。那里有上好的客栈。在那儿过一夜，明天再出发去阿拉斯。”

“今晚我必须到阿拉斯。”

“那可是另一码事了。那么，您还是去一趟客栈，再加一匹马。马夫还能引你从小路走。”

他认可了修路工人的建议，转身返回丹克，半个小时之后，他再次经过了那个地方，这次加了一匹快马，飞驰过去。他雇的那个马夫坐在车辕上，给他指路。

但是，他感到时间已经来不及了。

夜幕降临了。

他们走到岔路口。路坏透了。车轮从一条撤辗向另一条辙。他对那马夫说：

“照刚才那样快跑，加倍给你酒钱。”

车子掉进一个坑里，车前用来拴挽带的横木被震断了。

“先生，”那马夫说，“横木断了。没法套我的马了，这条路晚上实在不好走，如果您愿意回丹克过夜，明天早晨我们可以到阿拉斯。”

他答道：

“有绳子和刀子吗？”

“有的，先生。”

他砍了一根树枝，拿它代替横木栓挽带。

这样二十分钟又过去了，可他们还是上路了。

夜色中的平原黑漆漆的。雾气很重，低低的，像青烟一样萦绕在山岗上。浮云中偶尔映出一丝灰白。海上吹来一阵阵狂风，在地平线上发出阵阵嘶响，好像有人在拖什么家什儿似的。黑暗中隐约可见的所有东西显出阴森恐怖的气象。万物在这黑暗的包围下颤抖。

远处传来一阵钟声，他问：

“几点了？”

“七点了，先生。八点钟我们就能到阿拉斯了。还剩三法里路了。”

这时，他忽然觉得有点奇怪，他初次这样想，为什么过去却不曾想过：费了这么大力气，或许只是白跑了一趟，他还不知道开庭的时间，他最少应该问一问，就这样还不知道有无好处地一味往前走，实在有点唐突。接着他又这样在心里盘算：法庭平时常在九点审案子；这件案子用不了太多时间；偷苹果的事，很快就可以了结的；剩下的就是如何证明他是谁的问题了；叙述了四五条证据后律师们就没话可说了；等他去了，案子早就结了。

马夫扬鞭打马。他们已经过了河，圣爱洛山已落在他们身后了。夜已很深了。

六、散普丽斯嬷嬷接受考验

与此同时，芳汀却沉浸在欢乐中。

那一夜，她本来非常难受。咳得很凶，发着高烧，她做了一整夜的梦。早上医生来检查时，她还在说胡话。医生一脸的紧张，吩咐大家，马德兰先生一回来，马上通知他。

整个早晨，她萎靡不振，很少说话，两手把被单捏出一条条的小皱纹，嘴里叨念着一些数字，好像在计算里程。她的眼睛深陷在眼眶里，不能转动，几乎看不见她的眼神。间或注入了光彩，便如星光般灿烂。就像在某个悲惨时刻，接近时上天的光特地来照射那些为凡尘所抛弃了的人们一样。

每当散普丽斯嬷嬷问她感觉如何，她总是说：

“没事。我想见见马德兰先生。”

数月前，芳汀失去了她最后的贞操、羞耻和快乐，那时她就像是自己的影子，而如今她只不过是个幽灵而已。疾病加重了精神上的创痛。刚刚二十五岁的她，额前已满是皱纹，面颊浮肿而面色铁青，牙齿已松动，颈骨、肩胛因为瘦削而嶙峋可见，四肢枯槁、白发频生。可怜啊！病痛让她如此苍老！

中午，医生又来了，他开了张方子，并询问马德兰先生来过没有，他一个劲地摇头。

照例每到三点钟马德兰先生总会来瞧病人的。因为遵守时间是仁爱的表现，他一直那么遵守时间。

快到两点半了，芳汀开始着急。二十分钟内，她连问了那个信女十次：

“嬷嬷，几点了?”

三点钟了。钟敲到第三下时，那个平时在床上转动都很困难的芳汀竟然坐了起来。她心急如焚，紧捏着自己那黄瘦修长的手。嬷嬷还听见她的叹气声，好像要吐出一腔的哀怨与积郁。芳汀把头转向门口，定定地望着。

没有人来，门外没有一点动静。

她保持这个姿势待了一刻钟，眼睛凝视着门，一动不动，仿佛呼唤都停止了。嬷嬷不敢和她讲话。礼拜堂三点一刻的时候。芳汀再次倒在枕头上。

她一句话也不说，依然地揉着她的被单。

过去半个钟头，一个钟头。还是没人来。钟每响一次，芳汀便从床上坐起来，直盯着那扇门，继而又倒在枕头上。

谁都能体会她的心情，她没有提任何人的名字，没有怨天尤人。然而她咳得那么厉害。可以讲一股阴气笼罩在她的脸上。她的脸转为灰黑色，嘴唇青灰。但她仍在不住微笑。

五点钟了，嬷嬷听见她用低回的声音说：

“即便我明天就去了，今天他也该来瞧瞧我呀！”

马德兰先生的迟到让散普丽斯嬷嬷也感到十分奇怪。

此时，芳汀看着帐顶，那表情仿佛正在记忆里搜寻一件过去的事情。突然，她唱起歌来，声音很弱，像吹气似的。嬷嬷在旁边静静地听着。芳汀唱道：

我们在城郊乡间嬉戏，
要买许多好东西。
矢车菊，蓝盈盈，玫瑰花香，红艳艳，
矢车菊，蓝盈盈，我爱我的小甜心。

童贞圣母玛丽亚，
昨天披着花衬衣，来到炉边对我讲：
“从前的一天，你向我讨过小弟弟，
小弟弟，现在躲在我的面纱里。”
“快到城里买细布，
买了针线买针箍。”

我们在城郊、乡间嬉戏，
要买许多好东西。

“童贞马利亚请你发慈悲，
炉边摇篮里，各种丝带全备齐；
就算赐我天上盏盏星，
我也只爱你给我的小心肝。”
“大姐，细布要来做什么？”
“给我宝贝做衣被。”

矢车菊，蓝盈盈，玫瑰花香红艳艳，
矢车菊，蓝盈盈，我爱我的小甜心。

“请把细布洗干净。”
“在哪儿洗？”“河里面。”
“还有他的布兜兜，不弄脏也不准破，
我要做条美长裙，处处绣花朵。”
“孩子不见了，大姐，该如何？”
“给我做块裹尸布。”

我们在城郊、乡间嬉戏，
要买许多好东西。
矢车菊，蓝盈盈，玫瑰花香红艳艳，
矢车菊，蓝盈盈，我爱我的小甜心。

这是过去的一首《摇篮曲》，以前她就唱着这首歌哄小珂赛特睡觉，她已经有五年没有见到那孩子了，也没有多想。如今她哀怨地哼着这首柔美的歌曲，听了催人落泪，信女几乎要哭出声来。连一向严肃的嬷嬷也觉得泪在眼眶中直打转了。

六点的钟声响了。芳汀似乎没听见。她好像已经不再注意周围的一切了。

散普丽斯嬷嬷叫了一个侍女去找看厂门的妇人，问她马德兰先生回来了吗，是否会马上来看芳汀。几分钟后，侍女回来了。

芳汀一动不动，好像正专心致志地想心事。

那侍女压低了声音对散普丽斯嬷嬷说，市长先生在这样冷的天气里，竟乘着一辆白马拉的小车，在早上六点钟以前，一个人出城了，连马夫也没带，没人知道他朝哪走了，有人看见他上了去阿拉斯的路，也有人说在去巴黎的路上确实遇见他了。他走的时候，跟平常一样，态度和蔼，只是告诉看门的妇人晚上不要等他了。

正当两个妇人背对着芳汀一问一答地小声说话时，芳汀爬起来，在床上跪着，双手握成拳头，撑在枕头上，头贴住帐缝想听她们的谈话，忽然她身体里升起一股急躁的病态情绪，她按捺不住兴奋，像个健康人那样神采奕奕，完全看不出她是个性命垂危的重病人。她突然叫喊起来：

"你们正在谈论马德兰先生！你们为什么那么小声地说话？他在做什么？他怎么还不来？"

她的声音突然而又粗鲁，甚至让两个妇人以为是一个男子在说话，她们转身去看，大吃一惊。

"回答我！"芳汀大喊大叫着说。

那侍女有些吞吞吐吐：

"那看门的说他今天来不了了。"

"我的孩子。"那嬷嬷说，"安静些，放心睡吧。"

芳汀没有转换姿势，以一种急切焦虑而又凄惨悲痛的口气高声叫道：

"他不来了？为什么？你们知道为什么。你们私底下议论了。告诉我。"

那侍女赶忙伏在女信徒的耳边说："告诉她，他正在开市政会议。"

散普丽斯嬷嬷的脸上泛出一片微红，那侍女叫她说谎话。另一方面，她似乎也很清楚，要是把真话告诉病人，她肯定会受到强烈的刺激，芳汀现在的情形，是承受不了任何刺激的。她脸红了，又马上恢复了常态。嬷嬷抬起眼睛露出镇定而有些忧郁的神情，她望着芳汀说：

"马德兰先生已经走了。"

芳汀坐直了身子，臀部坐在脚跟上，目光炯炯有神。她那愁苦的脸上现出从不曾有过的喜悦。

"走了！"她喊道，"他找珂赛特去了。"

于是她高举双手，指着天空，脸上的神情无法言表，简直无法形容。她嘴唇轻轻地一翕一合，她在小声祈祷。

当她祈祷结束时：

"嬷嬷，"她说，"我想睡了，不管你们说什么，我都信；刚才我太粗鲁了，请原谅我那么粗声大气地说话，我知道，这非常不好；但嬷嬷，您看，我还是很高兴的。上帝慈悲，马德兰先生也是那样慈悲，您想，他到孟费郿帮我找珂赛特去了。"

她重新躺下去，帮助嬷嬷整理枕头，她总是亲吻颈上的小银十字架，那是嬷嬷送给她的。

"孩子，"嬷嬷说，"稍微休息一下吧，别多说话了。"

芳汀把嬷嬷的手握在自己的手心里，她的手汗涔涔的，嬷嬷摸到汗液，心里很不痛快。

"今早他出发到巴黎去了，事实上他也不用经过巴黎。孟费郿稍靠这条路的左边。昨天，我和他说到珂赛特时，他对我说：'很快就来，很快就来。'您还记得他对我怎么说的吗？他要乘我不知道，给我一个惊喜呢。您知道吗？他为了能把她从德纳第家里带回来，他写了封信，还叫我签了名。他们已经没什么好说的了，难道不是这样吗？他们会让珂赛特来的。他们的账早算清了。结了账却不放孩子，是法律难容的。嬷嬷，别示意我不要说话。我实在太快乐了，我觉得特别舒服，我一点病都没有了，我就要见着珂赛特了，我觉得特别饿。将近五年了，我都没见过她。您，您无法想象，那些孩子们，是多么让人惦记啊！而且她那么让人怜爱，您就要见到她了！您还不知道，她的小指头是红润可爱的！首先，她的手特别漂亮。一岁时她的手丑得让人发笑。事情就是这样！现在她该长大了。她都七岁了，都算得上个小姐了。我叫她珂赛特，其实欧福拉吉才是她的名字。听啊，今早，我看着壁炉上的灰尘的时候，我就产生了这种念头，很快我就可以见到我的珂赛特了。上帝啊！整年整年地不能和自己的孩子相见，这是多么不应该的啊！人们应该好好思考一下，生命不能持续到永远！哎呀！市长先生走了，他多么善良啊！真的，外面是不是很冷？他穿斗篷了吗？明天他会来这。不是吗？明天是喜庆的日子。明早，嬷嬷，请提醒我别忘了戴那顶有花边的小帽子。孟费郿，可是个大地方。但公共马车快得很。明天他就能和珂赛特一同在这儿了。从这儿到孟费郿有多远？"

计算里程，嬷嬷可不在行，她说：

"嗯！我想明天他总会回来了吧。"

"明天！明天！"芳汀说，"明天我就能见到珂赛特了！您看好心的嬷嬷，我完全好了。我要疯了。假如你们不反对的话，我都能跳舞呢。"

一刻钟之前如果有谁看见她了，一定会觉得奇怪。现在的她脸膛红润，说起话来伶牙俐齿的十分流畅。母性的欢愉和孩子的快乐没什么两样。

"那么，"那信女又说，"现在您高兴了，听话吧孩子，别再多说话了。"

芳汀把头枕在枕头上，轻声地自言自语："是的，睡吧，听话，就能见到你的孩子了。散普丽斯嬷嬷说得对。这儿的人，人人都有道理。"

于是她一动不动，也不摇头，只睁大了眼睛向四边张望，脸上现出愉快的神情，也不说话了。

嬷嬷垂下她的床帷子，希望她能稍微睡上一会儿。

7点多的时候，医生来了。屋子里一片寂静，他以为芳汀已经睡了，轻手轻脚地走进来，踮起脚来到床边。他把床帷掀起一条缝，借着植物油灯的微光，他的目光正与芳汀那无限宁静的目光相接。

她对他说："先生，不是吗？你们能答应我，让她睡在我身旁的小床上。"

医生觉得她又在讲胡话。她接着说：

"您看，这里恰好空着一块地方。"

医生引散普丽斯嬷嬷到了一旁，嬷嬷把经过一五一十地转述给医生：马德兰先生这一两天来不了了，她以为市长先生去孟费郿了，既然大家还不知道实情，觉得不该打破她的错觉，何况她的猜测也许是对的。医生也认为这样做很对。

他再次走回到芳汀的床前，她接着说：

"就是，您晓得的，那可怜的孩子早上醒来的时候，我能跟她道早安，夜里，我不想睡觉，我能听她睡觉。听到她那柔和细致的呼吸，我会觉得很舒坦。"

"把手伸给我。"医生说。

她伸出自己的胳膊，接着大笑着说：

"哎！对！真的，您的确还不知道！我没有病了。明天珂赛特就能回来了。"

医生十分惊讶，她确实好了很多。不那么郁闷了。脉搏强烈了。这将死的病人由于注入了一股突如其来的生命力而兴奋起来。

"医生先生，"她接着说，"嬷嬷告诉您了吗，市长先生去接孩子了？"

医生叮咛要保持安静，而且不要拿伤心的事刺激她。他开了方子，冲纯奎宁给她喝，如果夜里她突然发烧，就喝一种镇静剂。要走时，他对嬷嬷说："她好多了。托老天的福，如果明天市长真的带孩子回来了呢？病情的变化往往无法预测，巨大的快乐一下子冲走了疾病的情况，我们见过很多次了。我明知道她得的是一种内脏的病，并且病情很严重，可是这样的事也是无法解释的！或许我们真能把她救回来吧。"

七、到达的旅人作归程的准备

前面，我们讲到一个旅人和他的车子在旅途中的情形。晚上八点多钟的时候，那车子疲乏地走进阿拉斯邮政旅馆。旅人从车上跳下来，旅馆中的人十分殷勤地打着招呼，他不在意地答着，他把那匹新补的马打发走了，又亲手解下小白马送到马棚里；接着他走到楼下弹子房，推开门，坐在屋里，两个胳膊肘撑在桌子上。这段路，他本打算走六个小时，谁想竟用了十四个小时。他自问，感到自己没有任何过错；可是事实上，他并没有为此而心急万分。

旅馆的老板娘走了进来。

"先生今晚在这儿住吗？要吃晚饭吗？"

他连连摇头。

"马夫说先生的马累坏了！"

此时他才开口搭腔。

"怎么这马明天走不了吗?"

"啊!先生!至少得让它休息两天才能上路。"

他又问:

"这里是邮局吗?"

"是,先生。"

老板娘带他来到邮局,他掏出自己的身份证,询问是否有办法让他当晚返回滨海蒙特勒伊,邮差旁边给乘客坐的位子恰好没人,他便交了钱,定下那个位子。

"先生,"邮局里的人说,"明早一点请准时到这儿上车。"

办好一切后,他踱出旅馆,走向城里。

他从没来过阿拉斯,他信步走在漆黑的大街上。同时他好像已下定决心,不向路人打听道。他走过克兰松小河,在一条小街的窄巷里,他迷路了。恰好一个提着大灯笼的绅士走过。他犹豫了一下,决定向那绅士打听,询问之前,他四下张望了一下,仿佛害怕他的问话被人听了去。

"先生,"他说,"劳驾,能告诉我法院怎么走吗?"

"先生,您不是这的人吗?"那个一把子年纪的绅士回答,"那就随我走吧。我正好要到那边去,就是,往公署那边去。法院正在维修,所以省公署暂时用来审案子。"

"刑事案件也在公署审吗?"他问。

"肯定是,先生。您知道现在的公署就是革命前的主教院。八二年,德·贡吉埃主教在那儿盖了一个大厅,那厅现在就用来审案。"

绅士一边走一冲他说:

"如果先生要看如何审案子,有点晚了,通常他们六点钟就退庭了。"

然而,当他们来到大广场的时候,绅士指着一幢黑漆漆的大厦给他看,大厦正面的四扇长窗里透出了灯光。

"真的,先生。您运气可真好,正赶上了。您看到那四扇窗户了吗?那就是刑庭。还亮着灯。说明案子还没审完。一定是案子拖迟了,所以才开了晚庭。您很关注这案子?那是一桩刑事案吗?您是不是要出庭作证?"

他回答:

"我可不是为了这案子来的,我只是想和一个律师谈点事情。"

"那自然就不一样了。先生,您看,这边是大门。就是有卫兵的那个地方。您走大楼梯上去就行了。"

他照绅士指的路走去,数分钟后,他进了一间大厅,厅里挤着一大堆人,有些三个一群五个一组地簇拥在穿长袍的律师身旁,正低声谈论着什么。

看到这些黑衣人成群地拥在公堂门前轻声低语,实在是一件让人心寒的事情。这些人的嘴里说着的,极少是好意和充满同情心的,他们说出的大多是早就定好的宣判词。看着这一群一群的人,使心神不宁的他想到很多蜂窝,窝里那嗡鸣不止的是妖怪,他们正齐心合力建造各式各样的阁楼,而那阁楼全是黑森森的。

在这宽阔的大厅里,只有一盏灯是亮的,这大厅,过去是主教的外客厅,如今当了法庭的前厅。一扇双合门紧闭着，门里就是用作刑庭的大厅。

前厅十分黑暗，所以他大着胆子随便找了个律师，问道：

“先生，案子进展如何？”

“审完了。”律师说。

“审完了！”

他说得太重了，以至律师听了转过身。问道：

“对不起，先生，您大概是家属吧？”

“不是。在这儿我没有认识的人。宣判了吗？”

“那当然。不这样可不行。”

“判强迫劳役，是吗？”

“是强迫终身劳役。”

他用一种极低微的，别人几乎听不见的声音说：

“那么，证明罪犯确实本人吗？”

“什么本人？没涉及本人的问题。案子简单得很，这妇人杀了自己的孩子，杀婴罪被证实了，陪审团没有追究是不是蓄意谋杀，判她服无期徒刑。”

“那么说是个女人喽？”他说。

“当然。是个莉莫赞姑娘。那您是在谈什么案子啊？”

“没什么。但既然案子已审完了，大厅里怎么还亮着灯呢？”

“那是为了另一桩案子，都审了两个钟头了。”

“另一桩案子？”

“啊！也很简单。一个痞子，一个惯犯，一个苦役犯，又偷东西了。他叫什么，我记不清了。他那张脸，活像个土匪。单看那张脸我就想送他去蹲监狱。”

“先生，”他问，“怎样能到大厅去呢？”

“我可想不出什么法子了。听众挤得很。如今又是休厅时间，有些人往外走。等再开审时，您可以试试。”

“从哪儿进去？”

“这扇大门。”

律师走开了。一时间，他烦透了，思绪很乱，所有念头都涌上心头。这个毫不相干的人的话像冰针一样刺他的心，又像火舌一样焚烧着他。当他知道事情还没完结时长出了一口气，可他弄不清楚，自己是满意还是伤心。

他靠近几堆人，想听他们正在谈论什么。因为这段时间案子格外多，庭长便把两件较简单的案子排在了一天里。开始是杀婴案，现在则要审那个苦役、惯犯、“回头马”。这家伙偷了点苹果，可没什么确凿的证据，而被证实了的，只是他以前在土伦下过狱。这让他的案子复杂起来。另外，对他本人的审讯和证人们的陈词都已结束了，可律师还没开始辩护，检察官也还没提出公诉。这些事一般都是在后半夜才能结束。这人被判刑的可能性很大，检察官很有本事，他提出公诉的人，无一幸免，而且他还是个才子，斟字句酌很有一套。

一个执达吏站在刑庭的门边。他问道：

“先生，门就快开了吗？”

“不会开了。”执达吏说。

"怎么！重新开审时不开门吗？此时不是休息时间吗？"

"重新开厅都有一会儿了，"执达吏说，"但不会开门。"

"为什么？"

"里面都坐满了。"

"什么！连一个位子都没有了吗？"

"一个都没有了。已经关门了。谁也不让进。"

执达吏顿了一下说：

"庭长先生后面还有两三个位子，不过只让公家的官员坐。"

执达吏说完，便转过身去。

他低头往回走，经过前厅，他沿着楼梯慢慢往下走，似乎每走一步都在犹豫。大概他在独自思考一些事情。前天晚上他心里开始的那场酣斗没有了结，并且随时起着变化。走到楼梯拐角，他倚住栏杆，交叉着双臂。突然，他解开衣服，掏出皮夹子，从里面拔出一支铅笔，并且撕了一张纸，借着回光灯微弱的光，他匆匆写下下一行字："滨海蒙特勒伊市市长马德兰先生。"接着，他大步迈上楼梯，拨开人群，一直走到执达吏身边，递上纸条，郑重地交代："请送给庭长先生。"

执达吏接过纸条，目光在上面扫了一下，便一切照办了。

八、优待旁听

他从没料到滨海蒙特勒伊市长竟有如此的威名。七年以来在下布洛涅，他早已是声名远播，后来他的名声远远超过了这个小地方，一直传到邻近的几个省去。他不但在城内振兴了烧料细工业，而且滨海蒙特勒伊县的一百八十一个镇子，都受过他的帮助。需要的时候，他也能对其他县的工业的发展助一臂之力。在某些需要的时候他拿出贷款、基金支援过布洛涅的珍珠罗厂、弗雷旺的铁机麻纱厂和匍白的水力织布厂。不管在哪里，马德兰都是一个令人尊敬的名字。据说阿拉斯和杜埃都十分艳羡滨海蒙特勒伊这个小城，它因为有这样一位市长而显得格外幸运。

此刻坐在厅里的刑庭主席是杜埃的御前参赞，这个无人不晓的、令人满怀崇敬的名字，对他而言并不陌生。执达吏轻轻推开连着会议室和刑庭的门，走到庭长的围椅背后弓着腰，递上那张纸条说"这位先生想旁听这案子"，庭长不禁肃然起敬，拿起笔，在纸条的下部写下一行字，递给执达吏，对他说：

"请进。"

刚刚我们讲述的那个黯然伤神的人正站在厅堂的门旁，他保持着刚才执达吏离开时的站姿和态度。他的思绪正在梦境里飘浮，这时一个声音对他说："先生您能赏光允许我给您带路吗？"这就是刚才那个以背示人的执达吏，如今正向他鞠一个将近一百八十度的躬。与此同时，执达吏同时捧上那张纸条。他展开它，刚好身旁有盏灯，他读道：

"刑庭庭长谨向马德兰先生致敬。"

他的手揉搓着那纸条，好像纸条上的字让他的心里升起一股苦涩。

执达吏引着他走去。

几分钟后，他来到一间会议室，一个人站在那儿，房间的气氛十分森严，四壁都有辉煌的饰品，一张铺着绿呢的台子上点着两根蜡烛。

执达吏离开时最后说的话还萦绕在他的耳边："先生，这是在会议室，只要您扭一下门上的铜把手，您就能进到公堂里庭长先生围椅的后面了。"这些话连同刚才他穿过那灰灰的回廊和阴森森的楼梯时的记忆，混合在一起融进他的思想。

执达吏走了，只留下他一个人。千钧一发的时刻来临了。他试图集中思想和注意力，但他失败了。特别是当我们很想把紊乱的思绪和让人痛心疾首的现实生活相联系的时候，这二者偏偏在我们的头脑里水火不容般地一分为二。此刻他站的地方恰恰是审判官们经常商议和下判书的地方。

屋子里惊人地宁静，他静默地望着房间里的一切，想着多少生命就在这儿没的，而他的名字也将于不久之后从这里传扬开去，此时这里也是他的关口，他看看四壁，又看看自己，觉得很荒唐，竟然有这么一间屋子，竟然有他这样的一个人。

他粒米未进，已经有二十四个多钟头了，一路上的颠簸已经把他弄得精疲力尽，但是他并不认为，仿佛他已经不能去感觉任何的事情了。

他向墙上挂着的那个黑镜框走近，镜框的玻璃后面放着一封旧信，是巴黎市长兼部长让·尼古拉·帕希的亲笔信，信上的日期署的是二年六月九日，这肯定是错的，这封信里，帕希将他们逮捕的部长、议员的名单通知了这个镇子。这时看见马德兰的人，肯定觉得马德兰很在意这封信，因为他直盯着那封信，眼珠转都不转，并且一口气念了两三遍。但他自己并没意识到他在读这封信。这时他满脑子都是芳汀和珂赛特的影子。

他一边思索一边转身，目光与门上的铜钮相接，门的另一面就是刑庭了。刚才，他差点忘了这扇门的存在。开始，他静静地望着那门，随后便紧盯住那铜钮，他有些愕然，静默的凝望中渐升起一阵恐怖。大滴的汗珠从他的发丝里渗出来，一直流到两鬓。

就在那一刻，他以一种认真甚至顽固的抵抗情绪做出一种无可言表的动作，就是说（而且只有这么说才对）："见鬼！谁在逼迫我吗？"随即他一转身，见到他刚刚进来的那扇门，他走过去推开门，一步跃出门。他已经离开屋子了，到了屋外，在走廊里；那是一道灰灰的狭长的回廊，有很多台阶，几个小窗户，曲曲折折，路上亮着几盏日光灯，就像病房里彻夜点着的那种，这就是他进去的时候走过的那条走廊。他吁了一口气，又竖起耳朵认真谛听，身后没有响动，身前也没有声响，他开溜，好像背后有人在追赶他。

转过回廊的几个拐弯处，他站住脚再次聆听。他的周围，像刚才一样宁静，一样黑暗。他急促地呼吸，摇摇晃晃，站不大稳，连忙倚住墙壁。石头是冰冷的，他额上的汗也变得冰冷了，他站直了身子，直打寒战。

他一个人站在那，站在一片漆黑中，感到格外冷，大概还有别的什么事让他全身打战，他又陷入了思索。

整整一夜，又整整一天，他不停地思索，他的心里只发出这样一个声音："唉！"

如此又过了一刻钟。最后他耷拉着脑袋，伤心地叹着气，垂着双手，悲哀地走了回来。他缓缓地走着，如千钧压顶似的。仿佛他在潜逃的途中被人抓住了，活生生拖了回来。

他再次走进会议室。第一眼又看见了那门钮。那浑圆的铜钮，闪着铜质的黄光，仿佛一颗可怕的星星，他看着它，仿佛是见了猛虎的羔羊，眼里满是恐惧。

他无法将目光从它身上移开。

他走一步停一下，冲着那门的方向。

如果他听了，一定会听见隔壁的嘈杂声，那是一种杂乱无章的低语声。可是他没听，也没有听见。

突然，不知不觉中他已来到门边，他一把握住门钮，内心万分紧张，门终于开了。

他已面对公堂了。

九、一个罗织罪恶的所在

他跨前一步，反手关上门，动作机械地站在那儿猜度他目前的情形。

这是一间圆形大厅，灯光暗淡，容量不小，偶尔一片嘈杂，偶尔一片寂静，一整套审理刑事案的机器，庸俗的脸上挂着凝重的愁容，在群众中间来回走动。

大厅的一端，就是他站立的地方，一些懒散的、穿着破袍子的陪审官正闭着眼睛或咬着指甲；另一边，一些穿着破衣烂衫的群众，一些姿势不一的律师，一些面露凶狠的忠诚卫兵；脏兮兮的旧板墙和天花板，几张铺着黄绿色哔叽的桌子；几扇门上都印着黑手印。几盏在咖啡馆里常会见到的烟多光少的植物油灯挂在墙上，桌上的铜烛台上是几根蜡烛，这里充满了阴森、沉闷和丑恶；这一切之中产生了一种威严和肃穆，由于在这儿，人们感受到人间的权势和上天的威严，也就是人们称之为法律和正义的东西。

人群没有注意到他。人们的目光都聚集在庭长左边墙边靠着小门的木凳上。在几枝烛火的照耀下依稀可见凳上坐着一个人，旁边立着两个法警。

这就是那个人。

马德兰还没开始找就一眼看到了他。他的目光不自觉地投向那里，好像他早就知道那人会在那里了。

他觉得看到了自己，不过是年纪大些，面貌不是极端酷似的，可神色却完全一致，一头杂乱竖着的头发，一双蛮横恐慌的眼睛，穿着一件布衫，正如他进迪涅城时的样子，一脸仇恨，似乎心里憋着极深的怨愤，那是他十九年来在牢里铺路积累下来的。

他打了个冷战，自问：

“上帝！莫非我又将成为这副模样吗？”

这人看上去至少有六十多岁。身上显出一股子粗鲁、顽固、惊恐。

门响了，大家都挤在一块，闪出一条路，庭长扭头过去，看见刚进来的正是滨海蒙特勒伊的市长——马德兰先生，便给他行礼。检察官过去多次去滨海蒙特勒办公，与马德兰十分熟悉，同样也行了个礼。他呢，头昏目眩，魂不守舍，愣愣地看着。

几个审判官，一个记录员，一些法警，一群幸灾乐祸的好事者，这一切，二十七年前他亲眼目睹过。魔鬼，这群魔鬼，再次出现在他面前，它们的头动着，他们的确存在。这已经不是他的回忆了，不是他心头的幻象了，而是真实的法警，真实的审判官，真实的听众，一些真实存在的人。事情发展到这步，他看见那些从前让他心惊肉跳的情景和实际情形在他心里注入的恐惧，再次将他包围，在他周围活动。

在他跟前所有的一切都张牙舞爪。

他肝胆俱碎，紧闭双眼，从他的心底喊道："决不！"

造化弄人，悲剧频生，这一切让他心神不定，心烦意乱，而且，那坐着的，又偏偏是他的化身！那个受审的家伙，被叫作冉阿让！

他的影子在他的眼前上演生命中最恐怖的一幕，此情此景，真是听都没听过。

在这儿一切都在这里涌现，相同的布景，相同的灯光，审判官、法警和观众的神情都没什么不同。但是，庭长的头上挂着一张耶稣受难图，这是过去他受审判的那个时代所没有的。可见当年他是在上帝缺席时受的审。

他身后有一把椅子，他没精打采地坐下，如同热锅上的蚂蚁一样恐慌，他担心被人看见。坐定之后，他见审判官的案子上有一堆卷宗，就拿起挡住自己的脸，躲开全大厅的人的目光。如今，他可以看到别人，别人都不能看到他了。他逐渐平静了，他的心回到现实中来，他终于镇定到可以倾听的程度了。

巴马达波先生是陪审员中的一位。

他的目光在搜寻沙威，可没有找到。记录员的桌子恰好挡住了证人席，加上，这厅里的灯光实在是昏暗了些。

他进厅堂的时候，被告的律师刚好做完辩护。全场的气氛紧张到了极点，这案子足足审了三个多钟头了。这段时间里，大家的目光聚焦在一个人的身上，那个陌生、无聊、糊涂或狡黠的家伙，在耸人听闻的客观事实面前，一点点屈服。正如我们所知道的，这个人是个流浪汉，人们发现他的时候，他正站在田野里，手里拿着一根苹果树的树枝，上面长满了成熟的苹果，那是从临近的别红园里的苹果树上折下来的。这个人的身份问题，已经做了调查，刚才证人们都做了供，口径一致，在一番讨论之后，事情再明白不过了。控词指出："我们逮捕的这个偷水果的贼，身份不只这么单纯，我们抓到的是一个匪徒，一个违反原来的判决，擅自离开规定居住地的惯犯，一个老苦役犯，一个顶危险的人物，一个久被通缉的叫作冉阿让的暴徒，八年以前，他从土伦的监狱里出来，曾经手握凶器，在大路上劫持一个叫小瑞尔威的通烟囱的小孩儿，触犯了刑法第三百八十三条，一旦其犯罪事实被查实，确为冉阿让所为，应该立刻根据上述条文另行追究。他近来又再次触犯刑法。这是一个累犯。请先断他的新案，日后再审理旧案子。"被告听到这样的指控，在证人们众口一词的陈述面前，张口结舌，不知该怎样回答。他顿足摇首一味否认，或者干脆仰头望天。他有口吃病，回答起来颇为吃力，可他整个人，全身上下都流露出一种不服气的强烈情绪。在这样一群拉开架式，向他进攻的智者面前，他和一个傻子没什么区别，简直像囚在围栏里的困兽。可是现在正是他生命攸关的关键时刻，案子愈审，他的嫌疑愈大，看着这极尽诬蔑、逐渐将他包抄的判词，观众似乎比他自己还要紧张。还有一件事值得思考一下，如果证明他确实是冉阿让，小瑞尔威的案子，将来也得判刑，那么，除了判他监禁之外，他很可能被处死。他到底是怎样一个人物呢？他那顽固不化的样子证明着什么呢？是蠢笨还是狡猾？是完全明白还是一概不懂？对这些问题听众们众说纷纭，陪审团也好像不能达成一致的意见。这个谜案，既令人惊讶又让人摸不着头脑，不仅模糊难懂，而且难以理出个头绪来。

那个辩护律师谈风很健，他所操的外省的语句，过去无论是巴黎还是罗莫朗坦或者蒙坦里松的律师，都经常引用，早已成为律师辞令，但今天这语句已有些古典的意味了，那凝重的声调、威严的气氛，正与公堂上公家发言人的身份相配，因此直到现在只有他们才偶尔引用；比如称丈夫是“良人”，妻子是“内助”，皇帝是“元首”，主教是“元圣”，检察官是“善辩的除奸大士”，巴黎是“文化和艺术的中心”，律师的辩词为“刚刚认真听过的高见”，路易十四的时代是“大世纪”，剧院是“墨尔波墨涅殿”，在朝的王室为“我先王的圣血”，音乐会为“雍和典礼”，管理一省的将军是“著名的将士，”教士培养所里的小徒弟是“娇僧”，责令某报对某错误负责是“在刊物篇幅中散布恶毒的好听之辞”等等。起初，这个律师便就偷苹果一事发言，这样的事要说得有文采，可不是那么容易的；但贝尼涅·博须埃也曾经在一篇祭文里提到过一只母鸡，而他竟能说得文风雅致，十分洒脱。这位律师一口咬定没有事实证明偷苹果一事的成立。作为辩护人，他坚定地称呼他的委托人为商马第，他说无人看到商马第本人翻过围墙或是折断树枝。他被抓到时，手里拿着苹果树枝（律师更愿意叫它为树丫），可是他咬定是看见落在地上捡起来的。反证在哪儿呢？显然苹果树被人偷折了，那小偷翻出围墙后，由于做贼心虚扔下了树枝。贼，确实有一个。但谁能作证这贼就一定是商马第呢？但有一件事，过去他是个苦役犯。律师承认这已经被证明了的不幸的事实，被告在法维洛勒呆过，并在那儿当过修剪树枝的工人，商马第这个名字很可能来自让·马第，而且这一切已被证实，至少有四个证人，一眼就认出了他就是那个叫冉阿让的苦役犯。对这些线索和证据，律师只能拿出他的委托人的否定，一种坚决的目的明确的否定来掩饰；但是即便他就是苦役犯冉阿让，难道就能证明是他偷了苹果吗？这顶多是个臆测而缺乏实证。被告的确用了“一种笨拙的自卫方法”，他的辩护人“凭着良知”也该承认这一点。他绝对不承认一切，不承认偷苹果，也不承认曾经是个苦役犯。假如他承认了后者，很明显，事情就不会那么糟糕，说不定他还能获得陪审团的原谅；律师也建议过他这么做，但他不肯接受。他认为否认一切就可以拯救自己。这完全是错误的，但，我们就不考虑一下他的智商问题吗？显然这个人是个傻瓜。长期的牢狱生活，以及释放后长时间过着穷困潦倒的生活，已经把他变成一个呆板愚笨的人了，律师说，他不懂得如何为自己辩护，难道就是被判罪的原因吗？至于劫持孩子的案子，律师不必议论，这已经超出了本案的范围。最后，律师恳请陪审团和法庭，即便证实此人便是冉阿让，按警章也只能判他擅离指定住址罪，而不能待他当作累犯处以严刑。

检察官对律师进行了反驳。同别的检察官一样，他的陈词文思敏捷、慷慨淋漓。

他盛赞辩护律师的忠诚，而且很有技巧地利用他的这种忠诚展开攻击。他在律师表示让步的几个方面上进攻被告。律师似乎对被告就是冉阿让未持反对意见。他把这些辩词摘录下来。那么这个人确实是苦役犯冉阿让了。控词中，这已经被肯定的部分是不容置疑的。有了这一点，检察官指桑骂槐般地斥责这种罪行的渊源。他满怀愤怒地指责浪漫派道德沦丧，那时正值浪漫派的兴起，《王旗

报》《每日新闻》的批评家们都斥其为“撒旦派”！检察官把商马第（称为冉阿让似乎更贴切）的犯罪归因于这种邪恶的文学流派的作用，说得很像是有那么回事似的。淋漓尽致地发挥之后，他把话题挪到冉阿让身上。冉阿让是怎么个形象呢？他把他描绘成一个猪狗不如的妖怪。这种描写可以在德拉门的语录中找到例子，对悲剧毫无效用，但对每天舌战不止的法庭而言，它的引用实在起了一种增色添彩的作用。听众和陪审团都听得如醉如痴，颇有共鸣。检察官在描绘比拟之后，为了赢得明天《省府公报》的颂扬，又肆无忌惮地接着说：“而且他这种人，流氓，无赖，生存能力差，生来习惯作恶多端，坐了牢也不见改观，劫持小孩的事便能证明；他这种人，偷了东西，让人在马路上当场撞见，离围墙只有几步，手持赃物，人赃齐获，却还不肯承认，翻墙偷窃，顽固抵赖，甚至连姓名、身份来历也一概不承认！我们有数不清的证据，都不必再重复了，除此之外，还有四个证人：沙威，侦察员沙威，以及商马第从前的狐朋狗友，苦役犯布莱卫、舍尼杰、戈什巴依。他们都认出他来了，他拿什么应对这万马齐喑之势呢？不承认。真是冥顽不化！请各位陪审员先生主持公道。”检察官说话的时候，被告张大了嘴听着，既惊讶又佩服不已。他十分吃惊地见识了这样一位口若悬河的人物。在控诉得最起劲的时候，这个才子才华横溢，无法控制自己，唇枪舌剑，喋喋不休，好像在被告周围掀起了一阵狂风暴雨，被告不住地摇头，缓缓地，从右向左，又从左向右摇，他用这种忍气吞声的方式无声地抗议着。那几个离他最近

的旁听者听见他低声重复了两三次"都是因为事先没问巴陆先生！"检察官提醒陪审团注意他呆样子，就是一种伪装，这不能证明他愚笨，只能表明他狡黠、奸猾和蒙骗法官的惯用手法，这就是这种人的"弱点"。完全暴露了。最后他声称小瑞尔威一案保留，要求处以严刑。

这就是说，我们知道的，暂处以终身苦役。

被告律师站起身，先对检察官先生的一番高谈阔论致以祝贺，然后又竭力进行辩解，可他有些灰心。显然他有点站立不稳了。

十、如此否认

宣布辩论结束的时间到了。庭长叫被告起立，依照惯例向被告提问："您还有什么话要补充说明吗？"

那人站着，手里转动一顶破帽子，似乎什么都没听见一样。

庭长重复了一遍问话。

这次，他听见了。他好像听懂了，如同刚刚从睡梦中醒来，睁眼往周围看，看着听众、法警、他的律师、陪审员、和整个公堂，他那巨大的拳头放在凳子前面的栏杆上，他又望了望。突然，他双目凝视检察官，爆豆一般，开始说话了。他那急切、紊乱、突然、无序的话语冲口而出，似乎一下子有好多话拥在他的喉咙口争先恐后地挤着出来一样。他说：

"我有些话要说。在巴黎，我当过造车工人，而且是在巴陆先生家里。那是个苦差事。坐车的人干起活来，总是在露天地里，在院子中，只有好心的东家才有棚子让你呆；但从不会是有门有窗的车间，因为要占很大地方，你们明白吧。冬天，天气冷，为了让自已暖和点，大家直捶胳膊；可东家老是不让，他们说，那会浪费时间。地上已结冰时，手中还拿着铁，实在太悲惨了。再强的人也得垮掉。干这活计，小伙也都像个老头儿。活到四十便不行了。我呢，那时已经五十三岁了，吃足了苦。还有那些老伙伴们，一个个都凶神恶煞的！好好的一个人，年岁大了，便被他们叫作老冬瓜、老牲口！我每天只可以赚三十个苏，那些东家却还在我的年岁上打算盘，克扣我的工钱。另外，过去我有个女儿，她在河里洗衣服，也能赚点钱。我们俩人，勉强过着日子。她也够遭罪的了。无论雨雪，还是大风刮脸，她都得从早到晚地把半个身子泡在洗衣桶里；结冰时也那样，不洗不行；有些人没有太多的替换衣裳，拿来洗，就等着穿；她不洗吧，就没活干了，洗衣板上都是缝，到处漏水，溅人一身水。她的裙子都湿透了。水往里边渗。她在红娃娃洗衣厂干过，在那里，用的是水龙头。洗衣服不用水桶，就对着水龙头洗，完了送到身后的水槽子漂干净。由于是在屋里洗，身上就不是特别冷。但那儿的水蒸气可要命，能弄瞎人的眼睛。她夜里七点回家。一回来就睡着了，她困得很。她丈夫总打她。她如今已经死了。我们没什么好日子过。那是个好姑娘，从不去跳舞，性格文静。我记得有个狂欢节的夜里，才八点她就睡觉了。就这些。我讲的都是实话。你们去打听吧。啊，对啊，去问。我太蠢了！巴黎像个无底洞。没谁认识商马第伯伯了吧？可我告诉你们巴陆先生了吧。你们去巴陆先生家问啊。除此之外，我不知道你们还想让我怎么着。"

这人闭上嘴，依旧立在那儿。他扯着嗓子说完了刚才那些话，嗓音粗鲁、沙哑、生硬，态度暴躁、莽撞而幼稚。有一次，他噤了声，招呼听众中的一个人。当着大家的面，他信口开河，说到认真之处，他说起话来像打嗝似的，并且还加上了挥手的动作像是一个樵夫在劈柴。他说完以后，听众哄的一声笑开了。他看着大家，看到别人笑，他有点摸不着头脑，也跟着大家一块笑。

这种局面实在是很惨。

庭长是个细致周到的人，他高声说话了。

他重新提醒“各位陪审员先生”，说“被告说他过去在巴陆车匠师父家里干过活，这些都不用再说了。巴陆先生早就亏损搬走了，不知所终。”接着他转向被告，要他认真听他发言，又补充道：

“您必须慎重考虑一下您此时的处境了，您身上存在重大嫌疑，很可能导致非常严重的后果。被告，从您的利益出发，我想最后提醒您一回，请您痛快地声明两件事：第一，您是否爬过别红园的墙，折断树枝，偷了苹果，就是说犯了越墙盗窃罪？第二，您是否是被放的苦役犯冉阿让？”

被告自信地摇了摇头，似乎一个完全懂得一切也知道如何应答的人。他张大嘴，转身对庭长说：

“第一……”

接着他看着手里的帽子，又看看天花板，就是不说话。

“被告，”检察官严厉地说，“您要注意，别人问您，您都不答。您这么慌里慌张，答案不言自明。您本来就不是商马第，首先明摆着的您拿您母亲的名字打掩护，您是改名为让·马第的苦役犯冉阿让，您曾在奥弗涅呆过，出生在法维洛勒，在那里您是个修剪树枝的工人。您分明翻过别红园的围墙，偷折了熟苹果。各位陪审员先生，请仔细衡量一下。”

本来，被告已经坐下了，检察官话音刚落，他霍地站了起来，大叫：

“您可太黑心了，您！刚才我就想说这个。刚才我没想到。我什么也没偷。我不是每天都能吃上饭的人。那天我打埃里那儿路过，下了一阵大雨，我走过一个地方，那里刚被雨水冲过，满地是黄泥浆，洼地里积满了水，到处流，路边的沙子里长着几片小草，我在地上找到了一根折断了的树枝，上面长着些熟苹果，我便把它捡起来了，怎么也没料到这会让我惹祸上身。我坐过三个月的牢，又让人家一忽儿带到这儿一忽又带到那。除此之外，我再没别的话了；你们找我别扭，对我讲：‘快回话！’这个兵士有副好心肠，他摇着我的胳膊，轻声细语地对我说：‘答吧’。我不清楚该解释些什么，我，我没念过书，我是个穷光蛋。你们真该把事情查清。我没偷任何东西。我捡的树枝本来就在地上。你们讲什么让·马第，冉阿让的！我可都不认识。他们是乡下的。我在医院路巴陆先生家干过活。我叫商马第。你们能说出我的出生地，可真有本事。这连我自个都不知道，并不是世上的每个人一生出来就有房子住的。那可真够方便的。我认为我父亲和母亲都是到处找事干的人。而且我也不知道。我还是小的时候，别人叫我小玩意，如今，又叫我老头儿。我的洗礼名是这些。你们爱怎么叫就怎么叫吧。我去过奥弗涅，也在法维洛勒呆过，自然！那又怎样？莫非一个人非得进监牢才能到过奥弗涅和法维洛勒吗？告诉你们，我什么也没偷，我叫商马第。我在巴陆先生家里干过活，还在他家住过。听你们这么胡说八道，我真烦透了！干吗这世上的人个个都像怨鬼似的，非逼着我不行呢!"

检察官仍旧站在那，他对庭长说：

"庭长先生，这被告装疯卖傻，可我们事先警告过他，他难逃罪责，看到他这闪烁其词，狡猾之致的抵赖，我恳请庭长和法庭再次传讯证人布莱卫、戈什巴依、舍尼杰和沙威先生，最后再讯问一次，让他们证实一下被告的身份。"

"我请检察官先生注意，"庭长说，"侦察员沙威因为公务在身，在作证之后经过允许，即刻离开公堂，同时也离开了本城。到邻县县城去了。这是我们许可的。也是检察官先生和律师同意了的。"

"这确是实情，庭长先生，"检察官接着说。"既然沙威君不在这里，我想我应该把他刚才在公堂上说的话，向各位陪审员先生重复一遍。沙威是个人人尊敬，刚强、谨慎、清廉的下层官员，这是他在作证时说的话：'我不必拿精神上的推测和物质凭证来指证被告。我确确实实认识他。他不叫什么商马第，他曾是一个心狠手辣、凶猛异常的叫冉阿让的苦役犯。他刑满获释，我觉得是极端错误的。他因为一桩大窃案而被判入狱十九年。他在牢中有五六次想要越牢。除劫持小瑞尔威和在别红园偷苹果外，我还疑心他曾在死去的迪涅主教大人家偷过东西。我在土伦作副监狱官时，我经常见他。我再次重申，我的的确确认识他'。"

这种极端精确的宣言，在听众和陪审团中间，似乎产生了强烈的反响。检察官念完上面这段话后，又坚决请求（虽然沙威已不在厅上）再次传布莱卫、舍尼杰和戈什巴依三个证人。

庭长交给执达吏一张传票，一会儿，证人室的门开了。由一个警卫护着，犯人布莱卫被执达吏带上公堂。听众将信将疑，心悬着，似乎大家的灵魂合为一体。

老犯人布莱卫身上穿着一件属于中央监狱的灰黑色的褂子。他是个六十多岁的人，模样像个企业主，却有着流氓的神气，有时这种巧合是存在的。他持续作恶，以致身陷囹圄，变成看守一类的人物，那些头目都认为："这人想找一个讨好逢迎的时机。"神甫们到狱中传道时也证实，在宗教方面他有些很好的习惯。我们不要忘了这些事发生在复辟时代。

"布莱卫，"庭长说，"您接受过一种有损名声的刑罚，您不该宣誓……"

布莱卫垂下了眼睑。

"但是，"庭长继续说，"神恩特许，即便是一个受过法律责罚的人，心里也还存留一点热爱名誉与平等的感情。在这个紧要关头，我期望这种情感出现。如果您心里还存在这样的感情，我认为您会有的，那么，回答我的问话之前，您好好想想，您的一句话可以当场毁掉这个人，另一方面也能让法律生辉。这是一个庄严的时刻，如果您先前说错了话，现在收回的话还来得及。被告，请起立。布莱卫，仔细看着这被告，回忆您的过去。再凭着良心与灵魂回答我们，您是否确定这个人就是您以前在牢中的朋友冉阿让。"

布莱卫看了看被告；又转身面向法庭，

"是的，庭长先生。我首先认出他是冉阿让，如今还这么认为。此人就是冉阿让。一七九六年在土伦入狱，一八一五年释放。我是晚一年释放的。如今他傻里傻气的，那么，也许是由于年纪的缘故，早年在狱里他就是那副阴阳怪气的德性。我确实认识他。”

“您请坐，”庭长说，“被告，站着别动。”

舍尼杰被带了进来，身穿红衣，头戴绿帽，一看便知他的身份是终身苦役犯。本来他在土伦监狱服刑。为了审这个案子把他从监狱提了出来。他五十岁上下，身材矮小行动敏捷，满脸皱纹，双颊黄瘦，一副厚颜无耻而又暴躁狂傲的神情，他的四肢和身躯露出一种虚弱的病容，可眼神里却充满一种不同寻常的力量。他狱里的朋友给他取了个绰号叫“日尼杰”。

庭长对他的问话和刚才问布莱卫的，差不多一样。他说他做过有碍名声的事，已失去了宣誓的资格，舍尼杰在此时却仍高昂着头，正视观众。庭长让他集中注意力，如同问布莱卫一样，问他认不认识被告。

舍尼杰纵声狂笑。

“当然！我是不是认识他！我们有整整五年拴在同一根链子上，老朋友，你在赌气吗？”

“您坐下。”庭长说。

戈什巴依也被执达吏领来了。这个被终身监禁的囚徒，和舍尼杰一样，刚从监狱里提出来，穿着鲜红的上衣。他是卢尔德的村里人，在比利牛斯山里跟野人无异的人。他在山里放过牛羊，后来不当牧人作了强盗。与被告相比，戈什巴依蛮劲相当，愚笨更足。世上有些人很可怜，先是因为自然环境而变成野兽，接着被人类社会判成囚徒，一直到死，戈什巴依便是这些人中的一员。

庭长首先说了些庄重动听的话，试图打动他，又以刚才问那俩人的话问他，是否能确切地、肯定地认出面前的这个人来。

“这是冉阿让，”戈什巴依说，“我们还管他叫千斤顶，因为他特别有力气。”

这三个人肯定的回答，很明显是真挚的，是凭良心讲话的。在听众中掀起一阵骚动，每有一个人肯定地认出被告，听众席上的耳语声就更大一些，更长久一些，这可不是一个好兆头。至于被告，他听着他们的话，脸上现出惊讶的神情，依据控词，这是他的主要自卫手段。第一个证人讲完时，他身旁的法警听见他咬牙切齿地小声埋怨道：“好啊！有一个了。”第二个停口时，他又说，声音大了一些，似乎带着一丝得意：“好！”第三个讲完时，他喊出声来：“真棒！”

庭长问他：

“被告，您听见了，您还要说什么？”

他说：

“我说‘真棒！’”

听众席上一片嘈杂，陪审团也骚动起来。这个人必死无疑了。

“执达吏，”庭长说，“请大家安静，我马上要宣判了。”

这时，庭长的身边有人动了起来。大家听见有个声音在说：

“布莱卫，舍尼杰，戈什巴依！往这儿看。”

听到这样的声音，叫人毛骨悚然，这声音凄惨得吓人。大家的目光投向那边。一个坐在法官背后优待席里的旁听的人刚刚站了起来，推开法官席和律师席之间的那扇矮矮的栏门，立即走到大厅的中间。庭长、检察官、巴马达波先生，还有其他二十个人，都认识他，一起喊道：

"马德兰先生!"

十一、商马第一头雾水

确实是他。他的脸正被记录员的灯光照着。他手里拿着帽子，衣服整整齐齐，礼服扣得严严实实。他的脸，白得吓人，身子轻微地抖动着。刚到阿拉斯时他的头发已经开始斑白，而今全白了。他坐在这儿的一个钟头里，头发全变白了。

大家竖着脑袋。心情紧张难以言表，听众一时间都呆住了。这个人声音凄惨，而神情却很从容，以至于一开始，大家都搞不清是怎么回事。大家都在心里问是谁喊了刚才那句话。谁都无法想象那惊人的叫声出自这个镇静自如的人之口。

一连几秒钟法庭都充斥着这种惊疑的气氛。庭长和检察官还顾不上说话，法警和执达吏还顾不上行动，这个人，此时还被称为马德兰先生的，已来到证人布莱卫、戈什巴依和舍尼杰跟前了。

"你们不认得我了吗?"他说。

三个人都莫名其妙地摇着头，表示压根儿不认识他。马德兰先生转向陪审员和法庭人员，婉转地说:

"诸位陪审员先生，请把被告放了。庭长先生，请逮捕我。你们要抓的是我，不是他。我才是冉阿让。"

大家都不作声了，屏住呼吸。起初的惊悸之后，接下来的是死一样的宁静。当时场上的人都屈服于一种宗教意味浓厚的敬畏之情，这样的心情，每当非常人做出特别举动时就油然而生了。

此时，庭长的表情怜悯而忧愁。他向检察官使了个眼色，又对那些陪审员低语了几句。他对着听众，以一种大家都了解的口气问:

"医生在这儿吗?"

检察官说道:

"诸位陪审员先生，这突发的惊人的意外事件，让我产生了一种不必说明的感觉，我想诸位必定也有相同的感觉。大家都认识这位令人尊敬的滨海蒙特勒伊市长，马德兰先生，最少也应听过他的大名。如果听众中有医生的话，我完全赞同庭长先生的建议，请他来照看马德兰先生，并送他回去。"

马德兰先生根本不让检察官把话说完。他以一种十分温和而又坚定的语气打断他的话。以下便是他的讲话，这是当时在场的一个旁听者退下去后即刻记录的，不曾更改过一个字;听到这些话，如今已经时隔四十年了，而余音仍萦绕在耳际。

"感谢您，检察官先生，我并没有神经错乱。您会明白的。您差点犯了个大错误。快些放那个人吧，凭良心讲，我才是那个不幸的罪犯。在这儿仅只我是知晓实情的人，我说的一切都是真的。我如今做的一切，上帝看得一清二楚，这就足够了。我既已到了这儿，您完全可以拘禁我。我曾经努力做好事，我用了一个假名，我发了财，当了市长;本想走回到善良人中间去。现在看来是不行。总之，有很多事我现在还不能讲，我并不想将我的一生都告诉你们，有一天大家会知道一切的。我在那位主教先生家行窃过，这是事实；我劫持过小瑞尔威，这也是事实。别人对您讲冉阿让是个凶狠的恶贼，这有一定道理。错或者也许不全在他。请听我说，各位审判官先生，像我这样低贱的身份，本不该指斥上帝，也不该向社会提什么忠告。可是，请注意，从前我想洗清的羞辱，的确是一种罪过。监狱创造囚徒。如果愿意的话，请你们仔细考虑这一点。坐牢前，我是个穷困潦倒也不聪明的穷鬼，一个笨人，监狱改变了我。过去我愚笨，后来凶狠；过去我是块木头，后来是点火的干柴。再往后，宽厚和仁爱挽救了我，如同过去毁了我一样。请原谅，你们听不懂我的话。在我家壁炉的灰里，你们能找到一枚四十个苏的银币，那是七年以前我抢小瑞尔威得的。我没什么可说的了。逮捕我吧。我的上帝！检察官先生，您摇头说：'马德兰先生发疯了。'您不相信这一切！这真令我头疼。不管怎么说，您总不能判这个人的罪吧！什么！这些人都不认得我！可惜沙威不在，他能认识我，他。"

没有任何语言可以形容他那酸涩、悲苦而又充满仁爱的口吻。

他转身面向三个囚犯：

"好吧，我认识你们，我！布莱卫！你不记得了吗？……"

他停住了，稍一犹豫，又说：

"你记不记得过去在狱里你总是用一条编织的带花格的背带？

布莱卫大吃一惊，把他上上下下打量了一遍。他接着说：

"舍尼杰，你给自己起了个绰号叫日尼杰。你的右肩上有很深的火烧的伤疤，那是你为了消灭"TEP"三个字母，把肩膀靠在一大盆红炭上烧的，可字母却没烧掉。回答，有没有这么一回事？"

"有。"舍尼杰说。

他又对戈什巴依说：

"戈什巴依，你左肘弯旁有用蓝色烧粉刺的一个日期。那是皇上从戛纳登陆的日期，一八一五年三月一日。你把袖子卷上去。"

戈什巴依卷起了袖子，他周围的人都伸脖子看他的光胳膊。一个法警拿过来一盏灯，的确有这么个日期在那上面。

这个可怜的人转身向听众，又转身面对审判官，他的脸上挂着笑，当时目睹了这一切的人现在回忆起来，心里仍为那笑容难受不已。那是胜利的微笑，也是绝望的宣告。

"现在你们该明白了，"他说，"我才是冉阿让。"

公堂里，已无所谓审判官、原告、法警的区分，只有吃惊发呆的目光和凄惨悲恸的心灵。大家都想不起自己该做些什么，检察官忘了他检举控诉的本分，庭长忘了他该主持审判，被告律师忘了自己应该辩护。最令人感慨的是没人提出问题，也没人采取什么行动。如此到了极点的场景捉住了每个人的心灵，让证人也变成了观众。此时，大概没有一个人能体察自己的切身感受，自然也没有人想到当时他看到的是一种强光的普照，可是大家都觉得自己的心里一下子亮堂了。

站在众人面前的便是冉阿让，这是再明显不过的了。这简直是光明普照。他的现身让这个扑朔迷离的案子一下真相大白了。之后也用不着什么解释，这群人闪电般顿悟，马上明白，也一下子看清了这个舍命昭冤的人简单而悲壮的历史。

他曾经历了各种小事、犹豫和反抗，但在这浩然正气中一切阴郁都消失了踪影。

这种印象当然是一瞬即逝的，但在那一刻却是不可阻挡的。

“我不想再扰乱审判，”冉阿让说，“既然你们不拘禁我，我只有走了。我还有些事要办。检察官先生晓得我的身份、住址，他随时可以派人把我缉拿归案。”

他朝门口走去。谁都没说话，谁也没伸手阻拦他。大家向两边闪去。当时，他的身上有种说不出的威力，让人们向后退，并且站成排让他过去，他慢慢地一步步地从人群中穿过。是谁打开了门这是个永远的谜，但是他走到门前的时候，确实是关着的。他走到门边，转身说：

“检察官先生，我等您来办理这个案子。”

接着他又对听众说：

“这儿的每个人都觉得我值得同情，对吗？我的上帝！我一想到我刚刚作了什么，我觉得自己是令人羡慕的。可是我更愿意这一切没有发生过。”

他出去了，门再次自己关上了，就像刚才自动打开一样，行为磊落的人总可以在群众中找到愿意服务于他的人。

一钟头之内，陪审团做出决议取消了对商马第的全部指控，被当厅释放的商马第一头雾水，不明所以地走了，他觉得在场的人精神都不大正常，他根本弄不懂究竟发生了什么事。

第八卷　波及

一、马德兰先生那一头白发映在怎样的镜中

晨曦初现。芳汀这一夜都失眠了，她发着高烧，脑子里充斥着各种快乐的幻景，黎明时分，她睡着了。散普丽斯嬷嬷守了一夜，这会儿，乘她睡着了，奔到外面准备了一份奎宁水。这位忠诚勤快的嬷嬷已经在疗养室的药房里呆了好一阵子了，她弓着腰，认真地看那些药品和瓶子，由于天还没有全亮，有层雾样的灰暗蒙在这些东西上。她突然转过身，失声叫了一下。马德兰先生正站在她的面前。他刚刚静静地走了进来。

"市长先生，是您啊！"她大叫。

他小声说：

"那可怜的女人好点了没？"

"现在还不错。我们可担了一阵子心呢！"

她把发生的一切告诉他，她说这一夜芳汀状态很差，如今好了些，由于她认为市长先生去孟费郿接她的小孩了。嬷嬷不敢问马德兰先生，看他的神情，她知道他不是从那儿回来的。

"这样做很对，"他说，"没有破坏她的幻想，您做得很好。"

"是的！"嬷嬷说，"可是，市长先生，如今她会看到您，但没有她的孩子，我们怎么跟她交代呢？"

他出神地想了想。

"上帝会给以启示的。"他说。

"但是，我们不能骗人啊。"嬷嬷吞吞吐吐着低声说。

屋里已经全亮了。阳光射在马德兰先生的脸上。嬷嬷不经意地抬起头。

"我的天哪，先生！"她叫道，"您碰到什么事了？您的头发都白了！"

"白了！"他默默地说。

散普丽斯嬷嬷从来不带镜子，她在一个药囊里翻了半天，拿出一面小镜子，那是医生用来检查病人是否真的死了时用的。

马德兰接过镜子，照了一下头发，说了声"奇怪！"

他随便说了这么一句，好像他的脑子正想着另外一件事。

嬷嬷觉得一切是那么神奇而又不可理解，心里凉了半截。

他说：

"我能看看她吗？"

"市长先生不想把她的孩子接回来吗？"嬷嬷说，这样的一句话，她几乎都没胆子问。

"当然想，但至少还得等个两三天。"

"如果她在孩子回来之前没见到您，"嬷嬷小心地说，"她就不晓得您已经回来了，我们也容易让她放心；等孩子回来，她肯定以为你们一块回来的。我们就

不用胡说了。”

马德兰先生沉吟半刻，接着又以他那安静持重的态度说：

“不行，嬷嬷，我要去看看她。大概我的时间不多了。”

“大概”二字给马德兰先生的话加上了一层深刻离奇的色彩，但是这信女并没意识到这一点。她垂下眼睑十分恭敬地说：

“既然如此，您进去吧，她正睡着呢。”那扇门开关起来不大灵敏，他担心声响会吵醒病人，他小心地开门，进了芳汀的房间，来到床前，轻轻掀开床帷。她正睡着。那只有得了那种病的病人才有的呼吸声听了叫人心碎，那也是让那些为沉睡着的却已无药可医的孩子守夜的母亲们所不忍心去听的声音。可是，她的脸上现出一种安适无比的神态，让她在睡眠中别具一番韵味，那沉重的呼吸没有影响到她。她的脸由黄变白，双颊有一抹绯红。她那两双金黄的长睫毛是她在少女时期和青春期里留下的仅有的美丽，虽然她紧闭着双眼，睫毛却仍轻微地颤动。她的全身也在打战，让人觉得仿佛有一双不能目见的翅膀，即将带她飞走，要展翅高飞却又暂且停留。看见她那样的样子，谁也不会相信那躺着的是一个生命垂危的病人。与其说她是个将死的病人，不如说她是个振翅欲飞的小鸟。

我们伸手摘花时，花枝总是半推半就地挣扎。鬼魅索人性命之时，人的身体有一种十分相似的颤抖。

马德兰先生在床边愣愣地站了一会儿，望着床上的病人，又看看耶稣受难像，屋子里的一切和两个月前他们初次相见时没什么区别。他们那时候也和今天一样，一个在酣睡，一个祈祷；但是；经过了两个月的时间，她的头发已变成了灰色，而他的头发已全白了。

嬷嬷没和他一块进来。他站在床边，用一个手指按住嘴唇，好像如果不这样，屋里就会有人要发出声响似的。

她睁眼看见了他，她满脸微笑，恬静地说：

“珂赛特呢？”

二、幸福的芳汀

她没有什么惊奇和愉快的举动，她本身就是愉快。当她简单地问“珂赛特呢？”，她是自信的、坚决的，没有一丝怀疑，使他一时间不知如何应答她。

她接着说：

“我知道您去哪儿了。我睡着了，可我看见您了。我早就看见了。我的目光陪您走了整整一夜。您的周围有一道神光，还有形态各异的天仙簇拥着您。”

他抬起眼睛目光落在耶稣受难像上。

“但是，”她接着说，“您告诉我珂赛特在哪儿好吗？为什么我醒了，您没把她放在我床上呢？”

他机械地应答着，此后他就再也想不起来那时是怎么说的了。

幸亏有人通知了医生，他连忙赶到。他来支援马德兰先生了。

“我的孩子，”医生说，“安静一下，您的孩子已经在这儿了。”

顿时芳汀的双眼有了神采，喜悦飞上眉梢。她双手合十，那神情仿佛是在祈祷，它涵盖了世上最强烈的最温柔的一切感情。

“啊，”她喊着，“快抱她来吧！”

这慈母的幻想多么令人感动！对她而言珂赛特仍是个抱在怀里的婴儿。

“这可不行，”医生说，“此刻不行。您还没有退烧。看见孩子，您一激动，又要影响身体。等您把病治好了才行。”

她万分着急地辩解：

“但我已经完全好了！真是笨得像驴子，这医生！啊！我要见见我的孩子，我！”

“您看！”医生说，“您这么容易就生气。要是您总是这样，我永远都不会让您看见孩子。单单看看她解决不了任何问题，您必须为她活下去才行。等您安静了，我本人带来她。”

可怜的母亲垂下了头。

“医生先生，请您原谅我，我真心实意向您道歉。过去我决不会说这样的话。我受了太多的苦，以至于有时候我不知道自己会讲些什么。我明白，您害怕我会心里兴奋，您想让我等多久我就等多久，我可起誓，看看女儿不会有害于我的健康。我随时随地都能看见她，从昨晚起，我的眼睛就没离开她。你们知道吗？此刻请你们把她抱过来，我可以和她好好地谈谈心。此外，不会再有其他的了。市长先生专程去孟费郿接我的孩子，我要见她，这是理所当然的事情啊？我没耍性子。我什么都明白，我的快乐就在面前。一整夜了，我看到许多洁白的事物，还有人对我微笑。如果医生先生乐意，就可以抱来给我珂赛特。我的烧退了，我的病早好了，我心里知道我全好了，可我得装出生病的模样，一动不动，这样，这儿的女士们才放心。别人看我安静了，就说：‘现在该给她看孩子了。’”

那时，马德兰先生正坐在芳汀床边的一张凳子上。她把脸朝向他，她分明努力显出安静乖巧的样子，就像她在那种病态中所说的那样，她是为了让人看到她已经安静下来了，就不再为难她，而把孩子交给她。可是，她居然故作平静，仍禁不住一个劲儿地向马德兰先生打听。

“一路上还顺利吧，市长先生？啊！您太善良了，为了我去接珂赛特！只要您告诉我她的境况就足够了。这一路上，她没受什么苦吧？可怜！她肯定认不出我了！这么多年了，她肯定已经把我忘了，可怜的宝贝！孩子们总是记性很差。跟只小鸟差不多。今儿看见这，明儿又看见那，最后什么也记不起来了。最少她的换洗衣裳还是白的吧？那德纳第家注意她的卫生了吗？他们让她吃些什么？啊！以前我遭难时，一想到这些事心里就痛苦无比，要是你们知道！现在一切都过去了。我不必担心了。啊！我太想见她了！市长先生，您认为她美吗？我的女儿长得俊俏，不是吗？你们在车里着凉了吧！你们让她在我这里待一会儿行吗？你们可以马上带她回去。请您说话！如果您乐意，您就是主人！”

他握住她的手：

“珂赛特生得很漂亮，”他说，“也很健康，您很快就能见到她，可请您安静些。您太激动了，您又把手伸出床了，您会咳嗽的。”

是的，芳汀每说一个字就猛烈地咳一回。

芳汀没多说话，她害怕说得太激烈，反而让情况更糟，不能给别人以好印象，所以她只说了些无关紧要的话。

“孟费郿那地方好吗？夏天的时候，有人去那玩儿。德纳第家的生意红火吗？他们那里来往的客人少。那客店顶多能算是歇马店。”

马德兰先生一直握着她的手，看着她发愁，那时他去看她，明显是要和她说些要紧事，可是如今他犹豫起来了。医生又来看过一次，也退下了。只剩散普丽斯嬷嬷陪着他们。

当大家都在沉默时，芳汀突然大声叫喊道：

“我听见她的声音了！上帝！我听见她的声音了！”

她伸手示意大家安静些，她屏住呼吸，入神地听着。

此时，天井里正有一个孩子在玩，也许是看门婆婆的孩子，或者是任何哪个女工的孩子。我们周围常会发生一些巧合的事情，每当人到了穷途末路之时，这样的事便会在冥冥中插上一脚，天井里的那个孩子便是这样的巧合。那是个小姑娘，为了能暖和些，在那里来回奔跑；大声嬉笑、唱歌。唉！哪里能没有孩子的嬉戏呢！芳汀听见的便是那小姑娘的歌声。

“啊！”她说，“那是我的珂赛特！我能听出她的声音！”

这孩子一会儿来一会儿去，人慢慢走远了，声音也逐渐消失了。芳汀又听了一阵，神情黯然，马德兰先生听到她小声说：

“医生不让我见我的女儿，多狠心呀！他真长了一脸恶相！”

不过她心中快乐的源泉又重新奔涌了。她枕着枕头，接着自言自语，“将来我们多快活啊！第一，我们有个小花园！这是马德兰先生答应我的。我的珂赛特在园子里玩耍！现在她能认字母了吧。我要教她拼写。她在草地上抓蝴蝶。我在旁边看着。之后她将去受第一次圣礼。哎呀！真的！她什么时候去受第一次圣礼呢？”

她掰着指头数。

“……一、二、三、四……她七岁了。再有五年。她披上白纱，穿上桃花袜，是个大姑娘了。啊！我的嬷嬷，您看我多笨，我竟想着女儿第一次受圣礼的事了！”

她笑了。

他已松开了芳汀的手。他听到她的这些话，如同正在听着风响，怔怔地望着地，头脑在漫无边际地冥想之中。突然，她不说话了，机械地抬起头，芳汀脸色剧变。

她不说话，也不喘气，她半卧着身子，支撑在床上，瘦弱的肩膀从睡衣中裸露出来，刚才还满脸喜悦，此刻变得铁青了，恐惧让她睁圆了眼睛，她似乎在凝视前方，屋子的那头有一件吓人的东西。

“上帝！”他喊，“您怎么了，芳汀？”

她不答话，她的目光好像离不开她正看见的东西，她一只手握紧他的手臂，另一只手指着，叫他往后瞧。

他扭头去瞧，看到了沙威。

三、沙威的脸上现出得意之色

以下便是那时的情况。

马德兰先生从阿拉斯高等法院走出去，已经夜里十二点半了。他走回旅馆，恰好坐邮车回来，大家都记着他事先已预订了个座位。早晨还不到六点，他就到了滨海蒙特勒伊，他要办的第一件事就是把给拉菲特先生的信送到邮局，接着就到疗养室看望芳汀。

他刚刚离开高等法院的公堂，检察官便制止了一场混乱，他开始说话，他为这位可敬的滨海蒙特勒伊市长的荒诞行为而深感惋惜，声明他决不会由于这种离奇的意外而改变他的初衷，到底为什么会发生这样的意外，将来肯定能弄清楚，而且他觉得商马第真的就是冉阿让，请求先给他判罪。检察官一再坚持原来的意见，和法庭的各个成员及各个听众、陪审员的看法截然相反。被告律师轻轻松松几句话便推翻了他的观点，同时指出经过马德兰先生也就是真的冉阿让的陈词后，这个案子已不复是本来的形貌了，所以站在陪审员面前的只不过是一个无辜者罢了。律师把法律程序上出现的错误大致总结了一下，但非常不幸，他的这些话并无什么创见，庭长进行总结时也表示与被告律师见解雷同，几分钟后，陪审团宣布撤销对商马第的起诉。

但是，检察官非抓住一个冉阿让不可，抓不了商马第，便抓马德兰。

商马第被释放后，检察官和庭长马上关进一间房子秘密讨论。他们谈了“缉拿滨海蒙特勒伊的市长先生的本人”。这有着这么多个“的”字的句子，是检察官的得意之作，是他亲自在呈检察长的报告的底稿上写的。开始，庭长觉得很紧张，之后他并没特别反对。总不能让法律受到阻碍。而且说老实话，尽管庭长是个有点小聪明的善良人，但他骨子里却浸透着很强的保王思想，滨海蒙特勒伊市长说起戛纳登陆事件时讲的是“皇上”，而不是“波拿巴”，这让他听了觉得很不舒服。

于是，他签发了逮捕状。检察官委派专人连夜赶到滨海蒙特勒伊，派侦察员沙威缉拿冉阿让。

我们知道，沙威做完了证就马上赶回滨海蒙特勒伊了。

沙威刚刚起床，专差已经赶到把逮捕令和传票交到他手中。

这专差实在是精明强干，一两句话就将阿拉斯发生的一切转达清楚了。逮捕令上是检察官的签字，是这样写的：“侦察员沙威，火速逮捕滨海蒙特勒伊市长马德兰，马德兰君在本日公审时，被查实系已释苦役犯冉阿让。”

如果不认识沙威的人看见他走进疗养室的前门的情景，一定猜不到发生了什么，而且还会以为他的神情很寻常。他神色庄重、严肃，灰色的头发规规矩矩地贴住两边的鬓角，他走上楼梯，那步伐与往日一样镇定而从容。可是如果有人深刻了解他的为人，并细心观察了他，就会觉得心惊胆战。他的皮领子的纽扣并没扣在脖子后面，而是扣在左耳朵上边。这表示了他那从没有过的慌乱。

沙威是个完美的人，他的工作态度和穿衣态度十分严谨，无可指责，他对暴徒从不手软，对衣服上的纽扣也是认认真真。

他竟然扣歪了扣子，想必那是由于他内心那地震一般的惶乱。

他从附近哨所调了一个伍兵和四个兵，像什么都没发生一样来了。他让这些兵留在天井里，并向那看门的婆婆打听芳汀的房间，那婆婆没什么戒备的，因为常有一些武装在身的人找市长办事，她早已习惯了这些场面。

沙威走到芳汀的门前，扭开门钮，以护士和暗探才有的那种温和劲儿推门，走了进去。

在严格意义上讲，他并没进门，他站在半开着的门口，帽子顶在头上，左手插进那扣子扣到脖梗的礼服。肘弯处露出他那藏在背后的粗手杖的铅头。

他那样站着不动，差不多有一分钟了，没有人注意到他的存在。突然，芳汀抬眼看见了他，又叫马德兰先生转头看。

当马德兰先生和沙威目光相接时，沙威既不动，也不惊悸，更没靠近，只露出一种骇人的神色。在人类所有的情感中，最令人恐惧的就是得意的表情。

这是一张碰见冤家对头才有的魔鬼一样的脸。

他有十足的把握能够逮到冉阿让，所以他所有的内心活动都写在了脸上。河底被搅浑水面就不再澄清。一想到自己一度认错了路，一度认错商马第，心中十分懊悔，幸亏当初他就识破了他，并且这么多年来，总能够保持头脑清醒，想到这一点，所有的懊恼都烟消云散了。沙威因为傲慢而显得更加喜形于色，窄窄的额头在胜利的光照下显得十分难看。那得意扬扬的嘴脸丑得无可复加。

这时，沙威仿佛置身于天堂，虽然他自己还不很明白，可他对自己的成功和举足轻重的地位却有一种模糊的直觉，他，沙威，是法律、光明和真理的人格化的象征，他在代表天的旨意来惩恶。他手中的权力没有边际，道理、正义、舆论、法治就在他的股掌之上，满天的繁星将他环绕。他维护社会治安，他让法律发出雷霆之威，他在社会上惩恶济良，捍卫真理，他矗立在神的光辉的中间；尽管他成竹于胸，胜券在握，但仍要挑衅一番；他挺身而立，气派雄浑，八面威风，把猛赛天神的超人般的淫威散布于天空。他正要执行的那件任务的惊人的背影，让人们在他那紧握的拳头里看见了象征社会力量的宝剑闪出缕缕寒光。他兴冲冲地而又满怀仇恨地践踏一切丑恶、罪行、背叛、沦落、地狱，他的身上射出万丈光芒，他杀人不眨眼，他脸上满是笑容，这威武的天神身上确实有着超于常人的雄魂气魄。

沙威是凶残的，但他可不是下贱的。

正直、真挚、忠实、有信心、忠于职守，这些品质一旦被曲解往往成为丑恶的，可是，即便是丑恶，也有它的伟大之处；它们的威严符合人类的良知，因此丑恶之中仍存在着。这是一些有瑕疵的优良品性，这瑕疵是它往往会做出错事。痴狂于某种信念的人，在肆意暴虐时，内心充满了冷酷无情而又真诚正直的快乐，这种快乐不知为什么会生出一种阴暗却让人心悦诚服的光辉。沙威在这种让人心惊的快乐中，正如每一个志得意满的小人，让人同情。那张脸所展示的，我们可以叫它作良善中的罪恶，世界上再也找不出什么会比这更惨烈更吓人的了。

四、执法者再次行使职权

自打市长先生从沙威手里救出来芳汀以后，她就再没见过沙威。她那病得发了昏的头脑根本无法理解当时的情况，她认为沙威此行是为了她，她受不了那张凶狠的脸。她感到自己要断气了。她双手掩面，哀求道：

“马德兰先生，救救我！”

冉阿让（以后我们只用如此称呼他了）站起身，以最平和、安静的声音对芳汀说：

“放心吧。他不是来找您的。”

接着他又对沙威说：

“我晓得您来的目的。”

沙威回答道：

“快走！”

在他说出那两个字时口气里包含着无法言明的、蛮横而又狂傲的意味。他讲的不是“快走！”而是类似于那两个字的声音，所以没有文字可以代替这种声音，那早已不是人类的语言，而是野兽的嗥叫。

他没有例行公事，他也不讲明来意，更没把逮捕令拿出。在他而言，冉阿让是莫测的、令人捉摸不透的敌人，站在黑暗里的斗士，他抓住冉阿让的把柄已经有五年了，但却一直没能把他扳倒在地。这次的逮捕不是开始，而是终结。所以他只讲了句：

“快走！”

他这样说着，身子却保持不动，他那铁钩一样的目光将冉阿让紧紧勾住，平时他就是用这种眼神把那些悲苦哀告的人钩到他的身边的。

两个月前，芳汀感受到的那种穿透骨髓的目光，正是这一种。

沙威这一声大吼，芳汀又睁大了眼睛。可是市长先生就在这儿。她还怕什么呢？

沙威走到屋子中央，吼道：

“你究竟走还是不走？”

这个不幸的妇人求救地向周围看看。屋里除了修女和市长先生外再没别人。谁会被卑贱地叫作“你”呢？可能只有他了。她不由得全身战栗。

同时她看到了一件史无前例的怪事，怪得不能再怪了，即便在她发烧时作的最大的噩梦里，也没发生过这样的怪事。

她看到沙威揪住市长先生的领子，她又看到市长先生低下了头。一瞬间她觉得天要塌了。

沙威的确揪住了冉阿让的领子。

“市长先生！”芳汀喊。

沙威狂笑着，他满口的牙都龇了出来。

“这里已经没什么市长先生了！”

冉阿让任沙威抓着他的领子，一动不动，他说：

“沙威……”

沙威不等他说完，便吼着说：

“叫我侦察员先生。”

“先生，”冉阿让继续说，“我想和您单独说句话。”

“大声点！你得大声说话！”沙威回答，“别人对我说话一直大声的！”

冉阿让卑贱地接着说：

“我求您答应我一件事……”

“我叫你大点声。”

“但这事只能给您自个儿听……”

“这与我有什么关系？我不听！”

冉阿让转过去面朝他，急切地压低声音说：

“拜托您暂时缓三天！三天时间，我就能去去接这可怜的妇人的孩子！要多少钱我都给。如果您要和我一块去也行。”

“笑话！”沙威大叫着，“哼！过去我从没想过您居然这么愚蠢！让我暂缓三天，你好逃跑！你说要去接那骚货的孩子！哈哈！妙极了，很好！”

芳汀一阵颤抖。

“我的孩子！”她喊着，“去接我的孩子！原来她没在这儿！嬷嬷，告诉我，珂赛特在哪儿？我要我的小孩！马德兰先生！市长先生！”

沙威一跺脚。

“现在这个也来胡搅蛮缠了！你究竟闭不闭嘴，臭婊子！这真是个可耻的地方，囚犯当了长官，公娼当上了伯爵夫人！别着急！一切都会转变的，现在是时候了！”

他看着芳汀不动，又一把揪住冉阿让的领带、衬衫和衣服领子说：

“告诉你，这儿可没什么马德兰先生，也没什么市长先生。只有一个窃贼，一个匪徒、一个苦役犯，他叫冉阿让！此刻我就是要抓他！事情就是这样！”

芳汀直蹦起来，身子支在她那两只僵硬的手臂上，她看看冉阿让，又看看沙威，看看修女，张开嘴，好像要说话，一口痰涌上喉咙，她牙齿格格作响，她悲哀地伸出双臂，张开一双抽搐的手，同时向旁边摸索，仿佛是一个遭受灭顶之灾的人，然后她突然一下子栽倒在枕头上。她的头撞到床头，又弹了回来，落在胸口上，嘴张着，双目圆睁，可已没了光彩。

她死了。

冉阿让伸手去掰沙威抓他的那只手，如同掰开婴孩的手一样轻松，一下子就掰开了，紧接着他对沙威说：

“您害死了这女人。”

“别多说话，”沙威火冒三丈地大吼，“我不是来这儿听你说教的。不许磨蹭。大队人马就在楼下。立刻跟我走，要不我就把你铐起来！”

在屋子的一个墙角，放着一张破旧的铁床，是平时给守夜的嬷嬷用的。冉阿让走到那张床前，一下子把那已经破烂的床头拆下来了，他那么有力气，这本就不是一件困难的事情，他握紧那根大铁条，眼睛直盯着沙威。

沙威一步步向门边后退。

冉阿让手中拿着那根铁条，缓缓地走到芳汀的床边，扭过身，用一种别人几乎听不清的声音对沙威说：

“我奉劝您别在这种时候烦我。”

一件很明显的事，是沙威因为害怕而在发抖。

他本想去叫警察，但又害怕冉阿让趁机逃脱。他只好守在那儿一动不动，手里抓着他手杖的尖尖的那一头儿，后背倚着门框，眼睛紧盯着冉阿让不放。

冉阿让的胳膊肘靠住床头的圆球，手托着前额，看着躺在那儿纹丝不动的芳汀。他这样站着，聚精会神，默默哀悼，他正想着的事当然与这尘世无关了。他的脸上和身上都流露出绝无仅有的惋惜，这样默默哀悼了一会儿后，他弓身到芳汀的耳旁，轻声对她说话。

他对她讲了什么？这个将死的男人，对这已死的女人耳语了些什么呢？那是些怎样的言语？世上没人听过他的这些言语。死者听见了没有？有时动人的幻想大概就是最美丽、圣洁的现实。无可置疑的是，那当时唯一的目击者散普丽斯嬷嬷经常谈到当时冉阿让在芳汀身边耳语时，她看得十分清楚，死者灰色的嘴角曾经露出一丝笑意，她那吃惊而圆睁的双眸，也蒙上了一层淡淡的喜悦。

冉阿让双手捧起芳汀的头，像个慈祥的母亲对待自己的宝贝孩子一样，把它端端正正的摆在枕头上，又系好她衬衣的带子，还把她的头发塞到帽子里。做完了这一切，他再次闭上双眼。

芳汀的面孔此刻好像出奇的亮。

死，就是向神圣光明的境地迈出的第一步。

芳汀的手还吊在床外。冉阿让跪倒在这手之前，轻手拿起它，印上一吻。

他站起身，转身对着沙威：

“此刻，”他说，“我可以随您走了。”

五、合适的坟墓

冉阿让被沙威送进了监狱。

马德兰先生被捕的消息在滨海蒙特勒伊引起一阵骚动，应该说，这是一场超乎寻常的震动。不幸的是，我们不能掩饰这样一种情形：就因为“他做过苦役犯”这句话，大家差不多把他完全抛弃了。过去他所有的善举，在不到两个钟头里，全被忘记了，现在他只不过是个“苦役犯”而已。应该说明，当时大家还不完全了解阿拉斯所发生的所有一切。一整天里，城里到处都能听见这样的话：

"您知道吧？原来他是个已释的苦役犯！""谁呀？""市长。""呸！是马德兰先生吗？""对呀。""真的吗？""他本不叫马德兰，他的真名难听死了，什么百让，不让，勃让。""哎哟，我的上帝！""他已经被逮住了。""被逮住了！暂时还押在市监狱，不久就会被送往别处。""送往别处！""他们要把他押往别处！他们想把他押到哪儿去呢？""因为以前他在一条大路上打过劫，还得上高等法院呢。""原来是这样！我早就起怀疑了。这人平时太好、太完美，太信奉上帝了。他谢绝过十字勋章。在路上碰到小流氓他总是给钱。我总想，私底下他一定有见不得人的过去。"

特别是那些"客厅"里面，这样的谈话尤其多。

有个订阅《白旗报》的老妇人还有如下一种高深莫测的感受。

"我可不觉得惋惜。这是给布宛纳巴的党徒一次教训！"

这个曾被称为马德兰先生的人就这样像幽灵一样消失在滨海蒙特勒伊。整个城里，仅有那么三四个人还在怀念他。侍候过他的那个看门的婆婆便是其中一个。

当太阳落下时，那个忠诚的老婆婆仍坐在她的门房里，无比凄凉。工厂停工整整一天了，正门上了栓，街上的行人很少。那栋房子里仅有两个修女，佩尔佩迪嬷嬷和散普丽斯嬷嬷仍旧守着芳汀的尸体。

将近马德兰先生经常回家的时间了，这个忠诚的看门婆婆机械地站起身，从抽屉里拿出马德兰先生的房间钥匙，又端起每晚给他上楼照明用的烛台，接着她把钥匙挂在那个他习惯去取的钉子上，烛台放在一旁，好像她正等着他回来，她又转回身，坐在她的椅子上呆呆地想着。这叫人同情的好心的老婆婆并不晓得自己都做了什么。

两个钟头过去了，她大梦初醒般地叫道：

"真的！我的慈悲的上帝呀！我又把钥匙吊到钉子上了！"

此时，门房的玻璃窗自动打开了，从窗外伸进来一只手，拿起钥匙和烛台，凑在另一根点着的细蜡烛上点了火。

守门的婆子抬起眼，张大嘴，差点儿喊了出来。

这手、这胳膊还有这礼服的袖子她都认识。

是马德兰先生。

几秒钟后，她才说出话来。"吓死我了。"过后每谈到这件事，她总这么说。

"我的上帝，市长先生，"她最终叫了出来，"我以为您……"

她停住了，由于这话的后一半会抹去前一半的崇敬之情。对她而言，冉阿让仍旧是市长先生。

他帮她把未说完的话说完了：

"……坐牢了，"他说，"我是进了监狱，把窗口的铁条折断了，跳下屋顶，又回到这儿。此时我要回我屋里去。您去把散普丽斯嬷嬷叫来。她肯定还守在那可怜的妇人身边。"

老婆婆赶紧去找。

他没有对她加以嘱咐，他很清楚，她能比他自己更能把他保护得稳妥。

别人怎么也想象不出他是如何不打开正门而进了天井。他原本有一把开小侧门的钥匙，他任何时候都随身带在身上的，他肯定被搜了身，而那钥匙肯定被没收走。没有人能想得明白这一点。

他走上通往他的屋子的那道楼梯。到了楼上，他把烛台放在最高一级的楼梯上，轻手推开门，摸着黑，走过去关上窗户，又回头拿了烛台，进到屋里。

这样的戒备是十分必要的，我们知道，从街上能够看到他的窗户。

他四面环视了一圈，桌上、椅子上，和他那三天没有睡过的床上。前天晚上的慌乱并没留下蛛丝马迹，由于看门的婆婆早就把屋子收拾了。但是，她已把那根棍子、两个铁头和那烧得灰不溜秋的四十个苏的银币从灰里拣出来，弄得很干净地放在桌子上。

他拿出一张纸，写“这就是我在法庭上说过的我偷的那两个铁棍头和从小瑞尔威那儿抢的银币，”他又把它们摆在纸上，以便别人一进屋就能看到它们。他从衣橱里拿出一件旧衬衫，扯成几条，拿来包那两根银烛台。他不慌不忙地一边包着主教的两支烛台，一边啃一块黑面包。也许这是他越狱时带出来的给囚犯吃的面包。

后来法院来调查，在地板上找到了一丝面包屑，证明他吃的面包的确是监狱里的。

门上传来两声低低的敲门声。

“请进”。他说。

原来是散普丽斯嬷嬷。

她脸色惨白，双眼肿红，手上拿着蜡烛，她的手在颤抖。命运的骤变经常是这样的：不管我们平常多么洒脱，多么无牵无挂，一遭受变故，本性总免不了被触动，并从心底流露出来。这修女经受了这一天的激变，又成为一个妇人了，她大哭了一阵，如今身子还在发抖。

冉阿让正往一张纸上写了几行字，他把那张纸递给修女说：

“嬷嬷，请您转交给本堂神甫先生。”

这张纸是摊开的。她在纸上扫了一眼。

“您前去看看。”他说。

她念道：“我请本堂神甫先生帮我处理我留在这儿的一切，用以支付我的诉讼费和今天死的这个女人的埋葬费。剩下的钱全部捐给穷人。”

嬷嬷想说些什么，可又说不出来。她勉强地挤出这么一句：

“市长先生不要再看一眼那苦命的可怜人吗？”

“不，”他说，“抓我的人就要赶来了，如果他们在她的屋子里逮捕我，她死了也不会安心的。”

他话音刚落，楼下已一片混乱，他听见很多人的脚步声，他们正往楼上走，又听见那看门的老婆婆用最尖锐的声音说：

“我的好先生，我当着仁慈上帝的面给您发誓，今儿一整天，一晚上，都没人来过这儿，我也没离开过大门！”

有人说道：

“可那屋里亮着灯。”

他们听出那人便是沙威。

房门打开了，就挡住了右边的墙角。冉阿让把蜡烛吹灭，藏进墙角。

散普丽斯嬷嬷跪在桌旁。

门自动打开了。沙威进来了。

走廊里充满了很多人的说话声和那看门婆婆的争吵声。

修女正低眼祈祷。

壁炉上的细烛微弱地发出光。

沙威看到嬷嬷，站住了，不敢为难她。

我们记得，沙威的性格、气质、甚至于他的每一次呼吸都充满对权力的崇拜。他是刻板的，不能容忍反抗，也不能通融。在他认为；教会有着至高无上的权力。他是个信徒，在信仰方面，和他的其他方面一样，肤浅而又恪守成规。在他看来，神甫是毫无缺点的神明，修女则是圣洁纯净的。他们都是与尘世隔绝的生灵，他们的灵魂与人世之间存在着一堵墙，墙上唯一的门是只有讲真话才能开启的。

他看见嬷嬷，第一个动作就是往后退。

但是同时还有一种责任将他束缚住并一个劲儿地推他向前。他的第二个动作便是停住脚，至少就算是冒险他也得问句话。

这位散普丽斯嬷嬷可是从来都不撒谎的。沙威知道这一点，所以对她格外敬重。

“嬷嬷，”他说，“这屋子里只有您一个人吗？”

那可怜的看门婆婆几乎吓得灵魂出壳了，以为事情要败露了。

嬷嬷抬眼回答：

“是的。”

“既然如此”，沙威接着说，“请原谅我多话，这是我的分内之事，今天您没见过一个人，一个男人。他越狱了，我们正在抓他。那个叫冉阿让的东西，您见到了吗？”

“没有。”

她撒了谎。连着两次，一句接一句，丝毫不犹豫，毫无遮拦地说谎，好像忘了她自己是谁了。

“请原谅。”沙威说，他深深地行个礼，退出门去。

啊，圣女！这么多年来，您超脱尘世，您早就在光明中贴近了您的贞女姐妹和天使兄弟，但愿您这次虽说了谎仍能够上得了天堂。

嬷嬷的话，在沙威听来，是如此可信，以至于那刚刚熄灭的仍在桌上冒烟的令人琢磨的蜡烛也没引起他的警觉。

一个钟头后，有人在森林和迷雾之中迈着大步离开了滨海蒙特勒伊向巴黎出发。这个人就是冉阿让。有两三个赶车的车夫曾遇见他，他背上背着个包袱，身上是件布罩衫。那布罩衫，他从哪里找来的呢？没人知道。而那工厂的疗养室里，几天前死了一名老工人，遗产是一件布罩衫。或许就是那一件。

关于芳汀的最后几句话。

我们共同拥有一个慈母——土地。芳汀重新回到那慈母的怀抱中去了。

本堂神甫尽可能地把冉阿让留下的物品，都捐给了穷人，他自认为做得很妥当，也许真是妥当的。况且，这件事牵扯到什么人呢？一个苦役犯和一个娼妇。所以他将芳汀的葬礼简化，极力节省费用，让她在义冢中安眠。

于是芳汀被埋葬的那块坟地不是私人的而是公有的，并且是穷人埋身的公土。幸亏上帝知道到哪儿去寻找她的灵魂。他们把芳汀掩埋在遍是遗骸的乱骨堆里，她抛身于公众的泥坑中。她的坟正如她的床一样，保持了出奇的一致性。

第二部 珂赛特

第一卷 关于滑铁卢

一、从尼维尔到乌古蒙

去年五月间的一个晴朗的早晨，有个行人，也就是本故事的主角，来到尼维尔，并朝拉羽泊进发。他一路步行。他走在山岗树林之间的大路上。那大路随着绵延的山岗，此起彼伏，宛如波浪。他已经穿过了里洛和伊萨克林。向西眺望，他依稀辨出布兰拉勒那座像个倒扣的盆子似的青石建的钟楼。他走过高岗上的一丛树林，看见一根满是蛀孔的木柱，立在一条横路的拐弯处，那柱上写着“第四栅栏旧址”旁边是一家饮料店，店的墙壁上挂着一块招牌“艾波四风特第咖啡馆”。

从咖啡馆再前行八分之一法里，他就到了一个小山谷的谷底了，谷底有一弯小溪，流过路下的涵洞。稀疏苍翠的丛林，散布在路旁的山谷里，路的另一侧，树丛错落有致地向布兰拉勒延伸。

路的右边，是一家小客栈，门前放着一辆四轮车，一大捆蛇麻草和一张铁犁，青树围成的篱笆旁边，堆着一堆干草，一个方坑里，石灰正冒着气儿，一个梯子横卧在一个麦秆作墙的破棚子的墙角。田里一个大姑娘正在锄草，一张黄纸做的广告在田边迎风招展，也许有哪个杂技团要来巡回演出了。客栈的墙角外，一群鸭子在浅浅的沼泽里游行，一条路面很坏的小路沿着那沼泽向丛林深处纵伸。那行人沿路向丛林走去。

百步光景，他到了一堵十五世纪的墙脚边，墙上用花砖垒成山字形的尖顶，沿墙过去，便能看见一扇拱形石门，一字形的门楣，再配上两个圆形浮雕，衬托出路易十四时代的雄浑风格。大门的上方就是房屋的正面，庄严而肃穆，紧靠大门旁侧的墙与房屋正面垂直，构成一个直角，看着有点刻板。门前是绿草依依，倒着三把钉耙，五月的野花在耙齿之间随心所欲地开放着。大门紧闭着。双合门扇已经破烂不堪，那个门锤也旧得生了锈。

阳光是和煦的，树枝在这五月的阳光里轻微地颤动，仿佛那颤动不是因为风力，而是由于枝头的鸟巢。一只可爱的小鸟，立在一株大树上欢畅地啼鸣，也许正在怀春吧。

过客弯身去细看那门左右脚上的一个圆涡，圆涡很大，如同一个球体的模子。这时，双合门开了，一个村姑从门里走了出来。
她望望那过客，又看看他正观察的东西。
“这是一颗法国炮弹打出来的。”她向他说。
接着她又说：
“高一点，在门的上面，那颗钉子的旁边，那是一个大铳打的窟窿。铳子并没把木板打穿。”
“这里是哪儿？”过客问。
“乌古蒙。”村姑答道。
过客抬起头。他走了几步，顺着篱笆向远处望。在树枝之间，他看见天边的一个小丘，丘上有件东西，远远看去，很像一头狮子。

二、乌古蒙的战争遗迹

乌古蒙是一个令人伤心欲绝的地方，这里是障碍的起点，那个叫拿破仑的欧洲樵夫在滑铁卢生平第一遭碰上了阻力，那是巨斧肆无忌惮的劈砍之中遭遇的最初的复杂情况。
乌古蒙本是一个古堡。现在变成农民的房屋了。从古义上讲，乌古蒙应叫作雨果蒙。那宅子的始建人是索墨雷·雨果，就是供奉维莱修道院第六祭坛的那个雨果。
来人推开大门，绕过一辆停在门洞里的旧软兜车，进了庭院。
庭院里，首先映入过客眼帘的，是一扇十六世纪的圆顶门，门旁的一切都已坍塌了。但从遗迹中可感受到，它当日的雄伟仍依稀可见。离圆顶门不远的墙上，另外开了一道门，门上有块亨利四世时代的拱心石，透过门洞可以看见果园里的果树。门旁是个肥料坑，还有几把十字镐和尖嘴锹，几辆小车还有一口古井，井口铺着石板地，井口上有个铁辘轳，一匹小马正活蹦乱跳，一只开了屏的火鸡，还有一座带小钟楼的礼拜堂，礼拜堂的墙上附着一株桃树，花儿开得很灿烂。这便是当年拿破仑极力想攻占的那个院子。假如，拿破仑攻下了这弹丸之地，也许他就拥有全世界了。一群母鸡正在啄地，灰尘四面飞散。身后传来一阵犬吠声，是一头龇牙咧嘴，代替了英国人的大恶狗。
当年英国人在这里是令人佩服的。库克的四连近卫军，面临一军人马的猛烈进攻，竟抵抗了七个钟头。
乌古蒙，包括所有房屋和园子，在地图上，作为一个几何图形者，是个缺了一角的长方形很不规则。南门便在那缺了的一角上，它最近的屏障是一道围墙。乌古蒙有南门和北门两道门，分别属于古堡和庄屋。拿破仑委派他的兄弟热罗姆去攻打乌古蒙；吉埃米诺·富瓦和巴许吕各师也一齐扑向这里，而雷耶几乎调动了全部兵力在那个地方，仍旧是失败了，克勒曼的炮弹也消耗在那堵英雄墙上。博丹旅部从北面增援乌古蒙并非多此一举，索亚旅部在南面只打开了个缺口，而没能占领它。
庄屋坐落于院子南边。现在挂在北门墙上的那块门板，就是当年法军打破的。那是用两条横木钉在一块的四条木板，当年的伤痕至今仍隐约可见。
法军当年攻破了这道北门，后来换了一块门板，以代替现在墙上挂着的那块；那道门位于院底，半开着，它处于墙上的一个方洞里；堵住院子的北边，墙的底基是石头的，上面是砖砌的。是一道庄户人家里常见的简单的小车门，两扇门的木板都很粗糙，再远一些，是一片草地。当年两军对垒曾猛烈地争夺过这个关口。门框上那鲜红的血手印，经久不褪，博丹便阵亡于此。

这院子里依然存留着当年激战的惊涛骇浪，当时的惨状依旧历历在目，伏尸遍野，血流成河的情形仿佛就在眼前，生死轮回，恍若昨日；墙垣还在无声地呻吟，砖石纷纷嘣飞，裂口呼号不止，弹孔还在滴血，树木颤抖斜横，好像挣扎着要逃离苦海。

这院子已不如一八一五年时那么完整了，许多曲折蜿蜒，参差不齐的建筑已被拆除了。

英军在这里拉起一道防线，法军突破过，但没能守住。古堡的侧翼依旧耸立在小礼拜堂的旁边，但已经坍了，可以说除了四壁，空空如也，这是乌古蒙宅子仅有的遗迹。当时以古堡作碉堡，拿礼拜堂扎寨，两军在此互相歼灭。法军四面受敌，墙后面、顶楼上、地窖底、每个窗口、每个通风口、每个石头缝都受到射击，他们便搬过去一捆捆的树枝去烧那里的墙和人，他们以火攻回答射击。

那一侧翼已经毁掉了，人们从窗口的铁栏缝里能看见那些崩塌了的房间，当年英军就埋伏在这些房间里，一道旋梯，从头到尾全炸裂了，就像是海螺破损的内脏。那楼梯分为上下两层，当时英军在上层受到攻击，聚集在楼梯的上面，并拆除了下层。大块的青石被搬到荨麻丛里垒成小山，还有十来级附在墙上，第一级上捌了一个三齿叉的印迹。那些高得够不着的石级，如同牙床上的牙齿一样，依旧牢牢地嵌在墙里。其余的如同一块掉了牙的腭骨。那里还有两棵古树：一棵已经死了，一棵根部受了伤，每年四月仍发青。从一八一五年到现在，它的枝叶逐渐将楼梯遮盖住了。

当年礼拜堂还发生过一场杀戮。现在却出奇地宁静。那次流血事件发生后，就再没人来做弥撒了。但祭台还在，那座粗木祭台靠着粗石壁。四面的墙用灰浆粉刷过了，一道门正对着祭台的，两扇圆顶小窗，门上是一个木制的十字架，十分高大的十字架上面有个方形通风孔，用干草堵上了，一个墙角上，有个残破的玻璃窗框，这便是礼拜堂现如今的情况。祭台旁钉着一个木刻像，是十五世纪的圣女安娜；童年时代的耶稣，也和基督一同受难，头部被一颗铳子打掉了。法军一度是这礼拜堂的主人，后来被击退了，就放了一把火。这破屋子当时一片火海，像个火炉，门着火了，地板也烧着了，基督的木雕像却幸免于难。火舌烧到他的脚，旋而熄灭了，留下两段乌黑的残肢。当地人都说这是奇迹。儿时的耶稣丢了脑袋，足见他赶不上基督幸运。

墙上到处是游人的字迹。那基督的脚旁写着：安吉内。还有别的名字：略玛约伯爵、哈巴纳阿尔马格罗侯爵及侯爵夫人。还有一些带惊叹号的法国人的名字，那代表着愤怒。那堵墙一八四九年曾粉刷过，因为各国的人都在那上面相互谩骂。

这个礼拜堂的门口曾找到一个手里捏着板斧的尸体，那是勒格罗上尉。

从礼拜堂出来往左走是一口井。院子里本来有两口井。那“为什么井口没有吊桶和滑车呢？”因为现在已没人到那儿取水了。为什么没人来汲水呢？因为井里填满了枯骨。

最后一个在井里汲水的人叫威廉·范·吉耳逊。他是个农民，当时是乌古蒙的园丁。一八一五年六月十八日，他的家眷曾躲在树林里避难。

那些可怜的流离失所的人躲在维莱修道院附近的树林里，过了好几个昼夜。今天还残留着当年的一些遗迹，比如一些烧焦了的古树干，就表示那里曾经是那些惊慌失措的难民们的避难所。

威廉·范·吉耳逊仍留下看守乌古蒙，他蜷缩在一个地窖里。被英国人发现了。他们把这个吓破了胆的人从地窖里揪出来，拿刀背砍他，强迫他侍候那些战士。他们渴，威廉便拿水给他们喝。那水从那井里汲出的。很多人在那里喝了他们生命中最后一次水。这口井因为被许多死人喝过水，其下场也应该是同归于尽。

大家忙于掩埋战后的尸体。死神有种独特的方法能够扰乱胜利，它在光荣之后往往带来瘟疫。伤寒往往是战争的附属物。那口井非常深，成了成千上万人的坟墓。那里面丢进了三百具尸体。也许太过急躁。果真丢的都是死人吗？据说未必都是。好像抛尸的那个晚上，还有人听见井底传出来微弱的求救声。

那井孤零零地在院子中间。三堵砖石参半的墙，像屏风的隔扇一样折着，宛如一个小方塔，将它三面包围。第四面是空着的。那是用来取水的。中间那堵墙有个牛眼一样的洞，也许是炸弹炸出来的。那小塔原有一层顶板，现在只余有一副木架了。右边是十字形的铁件用来护墙。我们低头望去，只有黑漆漆的一道砖砌的圆洞，看不见底。井旁的墙角埋在荨麻丛中。

在比利时，每口井的周围都铺着大块的青石板，而那口井却没铺。只是用一条横木代替青石板，横木上架着五六段奇形怪状、枝节很多、硬梆梆、很像长条枯骨的木头。它没有吊桶，也没装铁链和滑车；但还有盛水的水槽。雨水聚积在水槽中，邻近的树林中经常飞来几只小鸟来啄饮，继而又飞走了。

那废墟里只有一间屋子，那便是庄屋，还住着人。庄屋的门面向院子而开。门上有一块十分精致的哥特式的锁面，旁边，斜伸着一个铁门钮，形状酷似苜蓿。当日汉诺威的维尔达中尉手里正握着那门钮，想躲进去，一个法国的敢死队员一斧子砍下去便劈掉了他的手。

住着这房子的那家人的祖父叫范·吉耳逊，他就是当年的那个园丁，早就死了。一个满头灰白头发的妇人会对您说："当年我也在这儿。那时我刚刚三岁。我的姐姐年长些，吓得直哭。他们带我躲进树林。我躲在母亲怀里。大家都把耳朵贴在地上听，我呢，学着大炮的轰鸣声，喊着'嘣，嘣'。"

我们已经说过，院子左边的那道门，开向果园。

果园里的情形凄惨无比。

它可以分成三部分，几乎可以说是三幕。第一部分是花园，第二部分是果园，第三部分是树林。这三个部分共有一道围墙，在门的这边是古堡和庄屋，左边是一道篱，右边是一堵墙，右边的墙是砖砌的，后面的墙则是石头的。我们先进花园。花园低于房子，种了很多覆盆子，野草丛生，尽头是一座高大的方石平台，栏杆的石柱都是葫芦形的。那是贵族的花园，它那格局属于早期法国式的，比勒诺特尔式还早，现在已荒废了，满园是荆棘。石柱顶端是浑圆的，很像是石球。现在它们的底座上立着四十三根石栏杆，其余的都倒在草丛中了。几乎每根上面都有枪弹打过的痕迹。一条折断的石栏杆竖在平台的前方，如同断了一条腿。

花园比果园低，第一轻装队的六个士兵曾攻到这里，在里面陷入重围，如同熊落进陷阱，逃不出去，他们遭到两连汉诺威兵的进攻，其中一连还有火枪。汉诺威兵以石栏杆为屏障，朝下面射击。轻装队士兵则从低处往高射，六个人迎战两百人，英勇无比，唯一的屏障是草丛，他们坚持了一刻钟，六个人一块儿牺牲了。

我们踏过几级石阶，便从花园进入果园了。在这一块几平方脱阿斯大小的地方，在不到一个小时里一千五百人全部牺牲了。那道墙现在似乎还有余勇。英国兵在墙上打出的那三十八个参差不一的枪孔现在还存在着。在第十六个枪孔前面，是两座花岗石的英国坟。只有南面的墙上有枪眼，当时总攻击就是从这面展开的。这墙的外面遮着一道高高的青藤篱，法国兵赶到时还以为那只是一道篱笆，越过篱笆才发现还埋伏着一道阻碍他们的墙。英国近卫军就躲在墙后，三十八杆枪同时出击，雨点似的子弹迎面扑来。索亚的一旅人在那里全军覆没了。滑铁卢战争就这样展开了。

果园终于被夺下来。法国兵没有梯子，用指甲抓着向上爬。树下，两军展开肉搏。鲜血将草地染红了。纳索的一营兵，七百人，在那儿被歼灭。克勒曼的两队炮兵站在墙外，那墙的外侧到处是开花弹的痕迹。

这果园，和其他果园一样，很容易被五月风光熏染。果园里有金钮花、小白菊和长得葱葱郁郁的野草，耕马在啃草，树木之间系着一些晒衣服用的毛绳，游人得时不时低下头，我们走过那片荒地，脚常会陷到洞里。乱草丛中，能够看见一株连根拔起的树干，倒在地上，发出簇簇新绿。这就是参谋布莱克曼临死时倚过的那棵树。德国的狄勃拉将军就死在邻近的那棵大树下，他本是法国人，在废除南特敕令时，举家迁往德国。附近，歪歪斜斜地长着一株苹果树，树上的苹果长满了虫子，上面缠着和着麦秸的泥巴，几乎所有的苹果树因为年老而枯死了。每一株都历经枪林弹雨。园内到处是死树的残骸。枝头群鸦乱舞，再远一点的地方，是一片树林，里面开满了紫罗兰花。

博丹牺牲了，富瓦挂了彩，烈火、伏尸、鲜血，英、德、法三国人的浴血奋战，汇成一条血红的溪流，一口满是陈尸的井，纳索的部队和不伦瑞克的部队被全歼，狄勃拉和布莱克曼都被杀死了，英国近卫军遭受重创，法国雷耶部下的四十个营有二十个被全歼，乌古蒙的这座宅子里，三千人里有些遭到刀砍，有些已身首异处，有些被活活掐死，有些饮弹而亡，有些葬身火海；所有这一切只为了今天的一个农民对游人说：“先生，付我三法郎，如果您愿意，我就把滑铁卢那发生的事讲给您听。”

三、一八一五年六月十八日

追本溯源是讲故事人的一种特权，假如我们是在一八一五年，并且比本书第一部分所谈及的那些进攻还要早的时候，我们也会有这种权利。

如果一八一五年六月十七日到十八日那一晚没有下雨，那么欧洲的政局早已变了模样。多几滴或少几滴雨，成了拿破仑制胜与否的关键。上天仅要凭借几滴雨，就能让奥斯特里茨在滑铁卢迎接世界末日，一片薄薄的云没有按时令的风向飘浮，便毁灭了一个世界。

滑铁卢战争必须在十一点半开始，布吕歇尔才可以及时赶到。为什么呢？因为地上阴湿。炮队必须等到地面干燥一些，要不就不能行动。

拿破仑擅长用炮，他自己也如此认为。在向督政府报告阿布基尔战斗情况的文件里他说过："我们的炮弹就这样炸死了六个人。"这句话足以说明这位战争天才的特点。他的所有战争计划都以炮弹为基础。集中大炮猛攻一点，那就是他制胜的诀窍。他视敌军将领的战略为一个堡垒，进行迎头痛击。他用开花弹攻打敌人的虚弱之处，挑衅、解围，他都依靠炮弹。他是个用炮的天才。冲锋陷阵，粉碎联合部队，冲破战线，消灭和赶散密集部队，所有的一切就是他的手段，打，打，连续不断地打，而他将攻打的任务交给了炮弹。那种势不可挡的招法，加之他的才能，便让战场上这位沉稳持重的挥拳好汉在十五年里所向无敌。

一八一五年六月十八日，就因为炮位有优势，他更把希望寄托在大炮的力量上。威灵顿仅有一百五十九尊火器，而拿破仑有二百四十尊。

如果地面干燥，炮队便于活动，早晨六点就已开战了。战事在两点钟，比普鲁士军队的忽然出现还早三个小时就宣告结束了，已经大获全胜了。

导致那次战争的失败，拿破仑的错误占几成呢？中流沉船，错全在舵手吗？

拿破仑体力显然变得衰弱，那时已经导致他精力衰败了吗？二十年的战争，莫非像磨损剑鞘那样，也让剑锋变钝，像消耗体力那样，也让精神迟钝吗？这位将领莫非已经感受到年龄的困扰了吗？简而言之，这位天才，的确像很多优秀的史学家都认为的那样，已经衰竭了吗？是不是为了掩饰自己的虚弱，他才轻易行动呢？是不是他困惑于一次冒险，开始把持不住事态的发展了呢？莫非他犯了将领的忌讳，变得对危险视而不见了吗？在那些堪称大活动家的铮铮铁骨的伟人里，真的有天才退步的时候吗？对于精神活动的天才而言，年龄不是问题，如但丁和米开朗琪罗这样的人物，愈到老年，愈有才情；对汉尼拔、拿破仑这样的人物，莫非随着岁月流逝才气就同样消亡了吗？他居然到了无视危险、看不见陷阱、辨不出坑谷边上的悬崖的境地了吗？他已嗅不到灾难的气息了吗？过去他看清一切通往成功的金光大道，手抱雷电，命令指示，莫非如今如此昏愦以至于自投网罗，将麾下万马千军推入深渊吗？四十六岁，他就患了无药可医的狂症吗？那位把握命运的怪才莫非已成为一条鲁莽的汉子了吗？

我们决不这样认为。

众所周知，他的作战计划堪称杰作。直捣联军阵线中心，冲破敌阵，将其拦腰斩断，把不列颠的一半驱赶到阿尔，普鲁士的一半驱赶到潼格尔，将威灵顿和布吕歇无法互相呼应，占领圣约翰山，夺下布鲁塞尔，将德国人扔进莱茵河，英国人抛进大海。在拿破仑看来，那一切，这场战争中都能实现。至于以后，只能以后再说。

这里我们自然不奢望写滑铁卢史，现在我们讲的故事的线索与那次战争有关联，可我们的主题并不是那段历史，何况那段历史早已拟就了，潇潇洒洒地编好了，一方面，有拿破仑的自白，另一方面，有史学七圣的论著。我们完全可以叫那些史学家群聚去评头品足，我们只是个事后的证人，田野中的一个过路人，一个在那尸横遍野的地方俯身觅寻的人，或许是一个视表面现象为客观实际的人；对一般复杂多变、高深莫测的事物，从科学观点看，我们无权发言，我们缺乏军事战略的经验和才能，不能成一家之言；依我们看，在滑铁卢，那两个将领间发生的一切纯系偶然。命运，这个高深莫测的被告，我们和人民（这幼稚坦率的评判）一样，做出我们对它的裁断。

四、“A”字

想清楚了解滑铁卢战争的人，只需想象着在地上划一个大写的“A”字。“A”字的左一划是尼维尔公路，右一划是热纳普公路，“A”字中间的横是从奥安到布兰拉勒的一条凹路。“A”字的尖顶是圣约翰山，威灵顿所在之处；左下方是乌古蒙。雷耶和热罗姆·波拿巴所在之处；佳盟是右下方，拿破仑就在那儿。比右边和横线的交点略低一点的地方是圣拉埃，横线的中点是战争结束时说出最后那个字之所在。不经意中表现了羽林军的勇武的那头铜狮便立在那儿。

从“A”字的尖顶到横线和左右两划之间那片三角地是圣约翰山高地。那次战争的整个过程就是抢那片高地。

两军的侧翼在热纳普路和尼维尔路上向左右两边拉开；戴尔隆迎战皮克顿，雷耶迎战希尔。

是索瓦宁森林，在“A”字的尖顶和圣约翰山高地后面。

至于那片平原，我们可以将其想为一片广阔的、跌宕起伏的旷地；起伏愈来愈大，直向圣约翰山荡去，直至那森林。

战场上两军对垒，就像俩人角力，相互又搂又抱。彼此都想将对方扳倒。我们不肯放过任何一点东西；一丛小树能做据点，一个墙角可以当作支柱，背后少了一点依靠，可以让全队人马站不住脚；平原上的低地，地形的变幻，一条合适的小路，一片树林，一道山沟，都能支撑住大军的脚后跟，不让它后退。谁退出战斗，谁输。所以，领兵的主帅必须详细考察每一处小树和每一处略有起伏的地形。

两军将领都曾认真勘察圣约翰山平原——今日已改叫滑铁卢平原。一年前，威灵顿有先见之明，已勘察过这地方，做了大战前的准备。那次决战中，六月十八日，威灵顿在那里占了优势，拿破仑居于劣势。英军在高处，法军在低处。

这里描述拿破仑在一八一五年六月十八日清晨，在罗松高地上骑着马，手持望远镜的形象，有多事之嫌。在写之前，大家早就见过了。布里埃纳军校的小帽下那张神情镇定的脸，那身绿军装，遮着勋章的白色翻领，遮着肩章的灰外衣，坎肩下的一首红丝带露出一角，短皮裤，骑着白马，马背上是紫绒，在紫绒角上有顶着皇冠的“N”和鹰，丝袜，长筒马靴，银制刺马距，马伦哥式剑，在任何人的想象中都保留最后一位恺撒的容貌，有人为之欢欣雀跃，有人为之侧目。

那副长相已处于一片光明里，就算英雄人物多半被传说所扭曲，使实情或短或长地被掩盖，但时至今日，历史和实情都已大白于天下。

那种实情——历史——是残酷无情的。历史具备这样的特点和机妙，虽然它光明磊落，但常在光明所至之处涂上一层阴影；它将同一个人造成不同的两个魔鬼，相互矛盾，相互排斥。暴君的阴暗和统帅的光荣斗争。于是人民有了较对的结论。巴比伦被摧残，亚历山大的声名被毁；罗马被奴役，恺撒脸上无光；耶路撒冷遭到屠杀，梯特为之羞惭。暴政紧随暴君身后。一个人身后拖着和他本人相类似的阴影，对他而言是一种悲哀。

五、战争的奥妙

众所周知那场战争刚开始的时候双方都十分紧张、混杂、危险和棘手，可英军比法军更岌岌可危。

下了一夜的雨；暴雨之后，到处泥泞；原野之上，到处是水洼，水在洼里，如在盆中一样满；某些地方，辎重车的轮子被淹了一半，马的肚带上都是泥；如果没有那一片拥上的车辆压倒了大片的大麦、稞麦将车辙填起给车轮垫底，所有活动，特别在帕佩洛特一带的山谷中，都将寸步难行。

战争开始的很晚，我们说过，拿破仑惯于集中全部炮力，就像手握钢枪，一会儿扫向战争的某一点，一会儿又指向另一处；因此他需要等待，好让驾好的炮队能自由驰骋；要做到这一点，非得等太阳晒干地面才能。但是太阳久候不来，这次它不像奥斯特里茨那次那样如约而至了。发出第一炮时，英国的科维尔将军看了一下表，已经十一点三十五分了。

开始战争时法军左翼疯狂进攻乌古蒙，程度之猛烈，或许超过皇上的预期想象。同时，拿破仑进攻中部，命令吉奥的旅部攻击圣拉埃，内伊也命令法军的右翼向驻扎在帕佩洛特的英军左翼进攻。

乌古蒙的进攻有些诱饵的意味。本想把威灵顿引来，让他偏重左方，计划是那样制定的。如果那四连英国近卫军和佩尔蓬谢部下的那一师勇武忠诚的比利时兵没有固守阵地，那计划大概就成功了，可威灵顿没有向乌古蒙靠拢，仅又派了四连近卫军和不伦瑞克的营部去支援。

法军右翼已经完成向帕佩洛特的进攻，按计划要击溃英军左翼，斩断到布鲁塞尔的通道，截断那可能赴援的普鲁士军队的来路，向圣约翰山逼近，想将威灵顿赶到乌古蒙，再赶到布兰拉勒，再赶到阿尔，很明显的。如果没有意外发生，那一路的进攻，肯定大获全胜。夺取帕佩洛特，也能占领圣拉埃。

顺便说一句。英军的步兵中，特别是在兰伯特的旅部里，有许多新兵。那些新军战士，在我们英勇的步兵面前顽强抵抗，他们经验少，但却浴血奋战，特别值得一提的是，他们出色地运用了游击战，只需稍微振作，这些散兵便能作自己的将军，那些新兵很有法军那种单独作战和将生死置之度外的劲儿。那些乳臭未干的小兵都十分激动，这让威灵顿很不高兴。

夺取圣拉埃后，战局僵持不下。

那天，从中午到四点之间出现了一阵混乱；战况几乎不清楚，成了一场混战。傍晚时分，千军万马在暮色中兵刃相接，那是一种动人心魄的奇观，当时的军容今日已看不到了，红缨帽、摇荡的佩剑、交叉的皮带、榴弹包、轻骑兵的盘绦军服、千层褶红靴子、满缀璎珞的羽毛冠，都是红色，肩上有代替肩章的大白圆环的英国步兵和差不多黑的不伦瑞克步兵相互辉映，还有头戴钢箍、红色缨子、椭圆皮帽的汉诺威轻骑兵，膝盖外露，身穿方格衣服的苏格兰兵，我国系着白长绑腿的羽林军，构成一幅画卷，而不是一道阵线，是萨尔瓦多·罗扎，而不是格里博瓦尔需要的。

每回战争都是风云变幻的。“天意难测。”每个史学家都凭愿望描写那些混乱的情形。作将领的无论如何筹划，交锋一起，总免不了变化多端，进退由时；在战争进行过程中，两军将领所定的计划当然均有出入，相互阻碍。如同海绵吸水性强弱不同，故而吸收快慢也不相同一样，战场上某一点所吞没的战士会比另一点多些。作将领的无计可施，只能在某处多派些兵士。那是一种意外损耗。战线如同长蛇，曲折动荡，鲜血像溪流，疯狂地奔流着，两军的前锋如同汹涌的波涛，军队进攻或退后，如地角海湾一样交错，那礁石也都相对，升浮不定；炮兵赶步兵，马队追炮队，队伍漫长如烟。那里分明有点东西，细看却看不分明，稀疏的地方不断迁移，浓重的烟雾时进时退，一阵阴风将那些血肉横飞的人群推向前方，然后又赶了回来，聚集在一起，接着又被驱散到四面八方。混战是个什么样子呢？是回旋进退的行动。周密的计划是死的，只适于一分钟，并不适于一整天。描述战争，没有才气四溢、文采雄厚的画家是不行的；伦勃郎就比范·德·米伦高超些。范·德·米伦准确地描出了中午的情况，但那不是三点钟时的实情。几何学不足为据，唯有飓风是真的。所以福拉尔有理由反驳波利比乌斯。我们补充说一句，在某一时间，战争常转化为肉搏战，人们各自为战，分散成无数小队。拿破仑说过：“那些情节是各联队的历史，而不是大军的历史。”在那种情势下，史学家很明显只能讲一个概貌，他仅可以把握战争的主要轮廓，不管如何追忠于史实，把战争风云的形态描述出来也是绝不可能的。

这对任何一次大会战都是绝对正确的，特别是对滑铁卢而言。

但是，下午的某个时刻，战局逐渐分明了。

六、午后四点

快四点，英军岌岌可危。奥伦治亲王率领中军，希尔统领右翼，皮克顿统领左翼，骁勇善战的奥伦治亲王激战正酣，对着荷比联军大叫：“纳索，不伦瑞克，永不退后！”希尔支撑不住了，去投奔威灵顿，皮克顿已战亡了。当英军把法国第一〇五联队军旗夺走时，法军却一弹射穿脑袋，将英国的皮克顿将军击毙了。威灵顿有两个据点：乌古蒙和圣拉埃，乌古蒙尽管负隅顽抗，却着了火，圣拉埃早丢了。防守圣拉埃的德军只留下了四十二个人，所有的军官或阵亡或做了俘虏，幸免于难的只有五个人。三千战士在那麦仓里魂归西天。英国卫队的一个中士，是英国赫赫有名的拳术家，他的同道们叫他为名副其实的铁汉，却被法国一无名小卒斩杀在那儿。贝林已丢失了防地，阿尔顿已做了刀下之鬼。

夺了好几面军旗，其中包括阿尔顿师部的和由双桥族一个亲王举着的吕内堡营部的旗。苏格兰灰衣部队已不复存在，庞森比的彪骑兵已让刀斧手们赶尽杀绝。在布罗的长矛队和特拉维尔的铁甲军的联合攻击下，那勇猛的马队已经被制服了，一千二百匹马只剩下六百匹了，三个大佐有两个已倒落尘埃，汉密尔顿负了伤，马特尔丢了命。庞森比翻落马下，身上被戳了七个血窟窿，戈登阵亡，马尔奇牺牲了。第五、第六两师均被消灭了。

乌古蒙被围，圣拉埃陷落，仅剩中间的一个结了。那个结始终打不开，威灵顿不停支援。他从梅泊·布朗调回希尔，又从布兰拉勒调来夏塞。

英军的中军，阵式微陷，兵力集中异常，地势好。它占据圣约翰山高地，背后靠村庄，前临斜坡，就当时而言那斜坡是很陡峭的，那所坚固的石层是当时尼维尔的公共财产，是道路交叉点，一所十六世纪高大的建筑，坚固得很，以至于炮弹打上去也会反弹回来，而它本身却丝毫无损，英国的中军便依此石屋为据点。高地周围英军到处设置藩篱，山楂林里布置了炮兵阵地，炮口从树丫里伸出，以树丛作伪装。他们的炮队完全隐没在荆棘丛中。兵不厌诈，诡计多端是战争的需要，它巧妙地完成了，致使皇上在早晨九点派亚克索去侦察炮位时竟一点都没察觉，他向拿破仑汇报："除了守着尼维尔路和热纳普路的两处工事外，再无其他阻碍。"当时正值麦秆拔节的时节，在那高地的边上，兰伯特旅部的第九十五营兵士都手持火枪，埋伏在麦田里。

英、荷联军的中部有了那些屏障作掩护，当然地位优越了。

那种地势的不利之处在于它地处索瓦宁森林，那时那森林连着战场，中间横着格昂达尔和博茨夫沼泽地带。万一军队退到那儿，必遭灭顶之灾，也必然军心涣散。炮兵会陷入沼泽，很多行家都觉得那天英荷联军会在此败得一塌糊涂，不同意这种看法的自然大有人在。

威灵顿从右翼调来了夏塞的一个旅，又从左翼调来了温克的一个旅，又加上克林东的师部，用以巩固中部兵力。他派了不伦瑞克的步兵，纳索的部下、基尔曼瑞奇的汉诺威军和昂普蒂达的德军去援助他的英国部队霍尔基特联队、米契尔旅部、梅特兰卫队。所以他麾下有二十六个营的兵力。照夏拉所说："右翼曾折回插入中军后面。"在今天所称"滑铁卢陈列馆"的那个地方，当时有一大队炮兵藏在沙袋后头。另外，威灵顿还掌握萨墨塞特的龙骑卫队，一千四百人马在洼地里等待。那是那些名副其实的英国骑兵的一半。庞森比部已被消灭，却还余下萨墨塞特。

如果那队炮兵的工事完成了，就可能酿成大患。设在一道矮墙后面安置炮位，忙乱之中还加上了一层沙袋和一道宽宽的土坝。这工事只是还没完成，还没顾得上装上栅栏。

威灵顿骑着马，思绪飞扬，而神色镇定自若，他在圣约翰山的一株榆树下站了整整一天，一直没有改变姿势，那株榆树本来在今天还存留的那座风车前面不太远的地方，后来让一个热衷于毁坏古迹的英国人花了两百法郎买去了，锯成几段，运走了。威灵顿站在那儿，冷漠而英武。炮弹像雨点一样落下来。副官戈登刚刚在他身旁死去。贵人希尔指着一颗正在炸裂的炮弹对他说："大人，万一您遇难，您有什么交代吗？""照我那么干。"威灵顿回答。他对克林东简单地说："固守这里，直到最后一人。"那天形势显著恶化。威灵顿对塔拉韦腊、维多利亚、萨拉曼卡诸城的那些老朋友叫道："Boys（孩子们）！莫非有人要逃跑吗？为古老的英格兰着想一下吧！"

快四点时英军的最后防线松动了。在高地的防线中只能看见炮队与散兵，剩下的全都消失了。那些联队遭到法军开花弹和炮弹的逼迫，都返回到圣约翰山庄屋的便道那边去了，那便道直到今天还有。退去已被露端倪，英军前锋后退，威灵顿后退了。"开始后退了！"拿破仑大叫。

七、拿破仑高兴

皇上骑着马，尽管身体欠安，由于局部的一点毛病而略感不方便，却从不曾像那天那么愉快。从早上开始起，他那高深莫测的神色中便露出笑容。一八一五年六月十八日，他那张冷峻的脸孔下的深沉的灵魂，盲动地发出奕奕光辉。在奥斯特里茨心情郁闷的那个人，在滑铁卢却是快乐的。凡是受上苍庇护的奇人常有那种常人无法弄明白的表现。我们的快乐常常孕育着忧伤。笑到最后的永远是上帝。

“恺撒笑，庞培哭。”福尔弥纳特利克斯的部下这样讲过。这一次庞培不至于哭泣，而恺撒却实实在在地笑了。

从前一夜的一点钟开始，他就骑在马上，在狂风暴雨中和贝特朗一道巡查罗松附近一带的山地，看见英军的火光从弗里谢蒙一直延伸到布兰拉勒，映照着地平线，他心里很满意，似乎感到他预定的应在某天到达滑铁卢，这个幸运果然如时赴约；他勒住马，看见闪电，听见雷声，愣愣地停了一会儿，有人听到那宿命论者在暗夜里神秘兮兮地这样说：“我们是志同道合的。”他弄错了，他们已经不再志同道合了。

他一分钟都没睡，那一晚上，每时每刻他都被欢乐包围着。他的足迹踏遍前哨阵地，随时随地停下脚步与那些斥候骑兵说话。两点半，他在乌古蒙树林周围听到一个纵队的行进声，他心里一动，认为威灵顿撤退了，他冲贝特朗说：“这是英军后防军在准备后退。我要把刚到奥斯坦德的那六千英国兵俘虏了。”他语气豪迈，忆起三月一日在茹安海湾登陆时看到的一个欣喜若狂的农民，他指着他给大元帅看，叫道：“看，贝特朗，生力军已到了。”如今他又有了那样的豪放气质。六月十七到十八日那天晚上，他总是嘲笑威灵顿，“得教训一下这个英国小鬼。”拿破仑说，雨更大了，他说话时雷声震人发聩。

到早上三点半钟，他那幻想消失了，派去勘察敌情的军官们回来报告说敌军没有任何行动。一切安静，营火通明。英军正在睡觉，地上毫无动静，只有天籁的声音。四点钟，有几个巡逻兵领来一个农民，那农民做过向导，曾帮一旅准备到极左方奥安村去驻防的英骑兵带路，大概那就是维维安旅。五点钟，两个比利时叛兵对他说，他们刚刚离开大部队，并说英军正在备战。

“太好了！”拿破仑说道，“我们不光要击退他们，而且要将他们打倒。”

到了早上，在普朗尚努瓦路转角的高堤上他下了马，站在泥泞中，叫人从罗松庄屋搬来一张厨房的桌子和一张农民坐的椅子，他坐下，用一捆麦秸当地毯，把战场的地图铺在桌上，对苏尔特说：“多么漂亮的棋盘！”

因为夜里下了雨，粮秣运输队都被阻滞在路上的泥坑中，不能一早赶到；兵士们没有睡觉，身上湿透了，而且没吃东西；可拿破仑仍高兴地对内伊大叫道：“我们有百分之九十的把握。”八点，皇上的早餐被端来了。他请几个将军与他共同进餐。一边吃着，有人谈到前晚威灵顿在布鲁塞尔里士满公爵夫人家出席舞会的事情，苏尔特是个长得很像大主教的粗鲁战士，他说：“舞会，今天才会举行。”内伊也说：“威灵顿不至于单纯到等候陛下圣驾光临吧。”皇上也戏笑了一番。他性情原本如此。弗勒里·德·夏布隆说他“乐衷于嘲讽”。古尔戈说他“性格幽默，善于戏谑。”班加曼·贡斯当说他“能开各种各样的玩笑，不过多数庸俗，巧妙的为数很少。”那种异人的妙语是值得我们大写特写的。称他的羽林军为“啰嗦鬼”的就是他自己，他经常拧他们的耳朵，扯他们的胡子。“皇上喜好捉弄我们。”这是他们中的某个人说的。二月二十七日，在从厄尔巴岛回法国的那次神秘返回中，法国帆船“和风号”在海上遇上了拿破仑藏身的“无常号”，便向“无常号”打听拿破仑的消息，当时，皇上戴的帽子上还有他在厄尔巴岛采用的那种有几只蜜蜂的红白双色圆帽花，他一边笑，一边拿起传话筒，自己回答道：“皇上安好。”不足为奇的人才会这么开玩笑。拿破仑在滑铁卢吃早餐时，便开了好多次这样的玩笑。吃过早餐，他沉默了一刻钟，然后有两个将军坐在那捆麦秸上，手拿一支笔，在膝盖上铺了一张纸，记录皇上亲授的攻击令。

九点钟，法国军队排齐了队伍，分成五行出击，列开阵式，各师分列成两队，炮队居旅部之中，音乐在前面，吹的是进军曲，鼓声雷动，号角轰鸣，雄浑、宽广、欢快，头盔多如海洋，马刀和枪刺，声势浩大，直达天边，这时皇上十分感动，连叫两声：

“壮观！壮观！”

从九点到十点半，令人难以相信的是，所有军队，都已进入阵地，排成六列，按皇上做指示，便是排成“六个V形”。阵式排好后的几分钟里，在混战之前，正如在风雨来临前的静寂中，皇上看到他从戴尔隆、雷耶和罗博各军中调出的那三队十二利弗炮正列成队伍向前，那是预备开始攻击时攻打尼维尔和热纳普路交叉点上的圣约翰山的。皇上拍着亚克索的肩膀对他说：“将军，你快看看那二十四个美女。”

奉他之命，第一军的先锋连在攻陷圣约翰山时去镇守那村子，当先锋连从他面前经过时，他信心十足，对他们笑，以此鼓舞士气。在那庄严、肃穆的气氛里，他仅讲了句自负而又悲伤的话，他看到他的左方，也就是今天有一个硕大的坟墓的地方，那些衣着华美，骑着高头大马的苏格兰灰衣队伍正往那儿聚合，他说了声“可惜。”

然后他跨上战马，从罗松向前奔驰，选中了从热纳普到布鲁塞尔那条路右侧一个遍地青草的土包当观战台，这是他在那次战争中第二次停的地点。第三次停留，是在傍晚七点钟，在佳盟和圣拉埃之间，那里险象环生；那个较高的土包今日犹存，当时羽林军士都集中在丘后平地上的一个斜坡的下头。那土丘的周围，炮弹纷纷击在石块路面上，直朝拿破仑扑去。就像在布里埃纳时一样，炮弹和枪弹从他的头顶嘶鸣着飞过。后来有人在他的马站过的地方，捡到过一些腐朽的炮弹、破烂的指挥刀和变形的枪弹，上面都蒙上了一层铁锈。“朽木粪土。”几年以前，还有人在那儿挖出了一枚重达六十斤的炸弹，炸药还有，在弹壳外边断着信管。

皇上最后就停留在那里对他的向导拉科斯特讲话，这个农民有很强的抵触情绪，很慌张，被捆在一个骑兵的马鞍子上，每回炮弹爆炸都要扭过身去，还想躲在他的身后。皇上冲他说：“蠢货！不要脸，人家会从你身后杀了你。”写这几行字的人自己也在那土丘松软的泥土里，在挖泥沙时，找到一个炸弹头，经过四十六年的时间，已经锈透了，还有一些藿香梗似的捏一捏就碎的破铁。

拿破仑和威灵顿交战的那片平原，倾斜不一，如波浪一般起伏，众所周知，如今已不是一八一五年六月十八日的样子了。在建筑滑铁卢纪念墩时，那惨烈的战场上的土丘已被削平，历史没有根据，如今已无法识别它的庐山真面。为了给它添加光彩，反而让它面目全非。战后两年，威灵顿再次回到滑铁卢时曾喊道："你们改变了我的战场。"今天，在放着一只狮子的大方尖塔的地方，那时有道山脊，而且，它向尼维尔路的方向逐渐倾斜，这一带路不是很难走，但是向着热纳普路的那一面，却差不多是陡峭的悬崖。那高度今天还可以借那两个并立在由热纳普到布鲁塞尔的那条路两边的大土堆的高度估计出来，英军的坟地在路左，德军的坟地在路右。没有法军的坟地。对法国而言，整个平原都是坟场。圣约翰山高地因为被挖走了千万车泥土去建那高一百五十尺，方圆半英里的土墩，如今它那斜坡已比较平缓了，打仗那天，特别在圣拉埃一带，地势异常陡峭。坡度大到使英军的炮口不能瞄准他们下面山谷中那作为战争中心的庄屋。一八一五年六月十八日，雨水把那陡坡冲出了无数的沟沟坑坑，遍地水潦，上坡十分艰难，他们不但是难于攀登，简直可以说是在泥中匍匐。高地上，沿着山脊，本来有一条深沟。那是站在远处的人料想不到的。

那条深沟的真面目是什么？我们得介绍一下。布兰拉勒和奥安均是比利时的村子。两个村子的地势都很低，两村之间有一条路长约一法里半，路通过那起伏不平的旷野，通常陷进丘底，像一道壕沟，所以在某些地方看来，那条路简直是一条坑道。一八一五年，和现在没什么分别，那路延伸在热纳普路和尼维尔路之间，横着截断圣约翰山高地的那条山脊，不过，现在它已经与地面等高了，但当时却是凹陷的，人们取走两旁的斜壁去建纪念墩了。那条路的绝大部分从前和现在都是一种壕沟，有的地方深达十二尺，并且两边是陡峭的峭壁，周围都塌陷了，尤其在冬天，每当大雨倾盆的时候，就会出事。那条路在进入布兰拉勒的地方格外狭窄，以至于有一个过路人被一辆车碾死了，坟场旁边的那个石十字架足以为证，那十字架上刻着遇难者的名字，"贝尔纳·德·勃里先生，布鲁塞尔的商人，"事发时间是一六三七年二月，碑文内容如下：

上帝为证，布鲁塞尔商人贝尔纳·德·勃里先生，不幸于此遇难身亡。

一六三七年二月×（碑文不明）日

在圣约翰山高地那一带，路面凹陷得很深，以至在一七八三年一个叫马第·尼开兹的农民被路旁的崩土压死了，旁边的另一个石十字架足以为证。那十字架位于圣拉埃与圣约翰山庄屋之间的那条路的左方，它的上段被田地所淹没，但是那翻倒在地的石座，今天仍露出草坡外，让人一眼看到。

战争爆发的当日，那条沿着圣约翰山高地山脊的从外面不易被察觉的凹路，那条陡坡顶上的坑道，埋没在土里的沟壑，是没人注意到的，也正是说，危机四伏的。

八、皇上向农民向导提问

这一切足以证明那天早晨拿破仑在滑铁卢的那个早晨是快乐的。

他有充分的理由感到高兴，他提出的作战计划，我们已经肯定，是令人折服的。

交锋之后，战争非常凶险，经常千变万化，在乌古蒙遇阻，圣拉埃的顽抗到底，博丹不幸阵亡，富瓦丧失了战斗能力，让索亚旅部遭受重创的那道料想之外的墙，弹药用尽的吉埃米诺的那种不畏死亡的刚强，炮队陷进泥沼，被阿克斯布里吉在一条凹路里击溃的那十五尊丢了护卫的大炮，炸弹掉入英军防线起不了什么作用，雨水浸透了泥土，炸弹陷了进去，只能喷射泥浆出来，以至于开花弹都变成了烂泥泡，比雷在布兰拉勒出击无效，十五营骑兵几乎无一生还，英军右翼应冷静地战，左翼的防守密不透风，内伊不但没把第一军的四师人马散开，反而将他们聚集起来，实在叫人费解，每排二百人，前后相接成为二十七排，许多那样的队形齐步向前迎战开花弹，炮弹以惊人的密集度向队伍扫射，先锋队与大部队失去了联络，从侧翼进攻的炮队被遭受拦腰截断，布尔热瓦、东泽洛和迪吕特陷入重围，吉奥被击退，来自综合工科学校神力无敌维安中尉，他冒着英军的炮火在热纳普到布鲁塞尔那条路的拐弯处的厮杀，在抡起板斧去砍圣拉埃大门时挂了彩，开始在步兵和骑兵的联合下夹击马科涅师，在麦田里到贝司特和派克的迎头开始扫射，庞森比也不分青红皂白地一气斧砍，他的炮队的七尊火炮的炮眼全被塞上了，在破萨克森，魏玛亲王亲自防守的弗里谢蒙和斯莫安，将戴尔隆伯爵团团围住，第一〇五联队和第四十五联队的军旗都被夺了，那个普鲁士黑轻骑军士被三百名在瓦弗和普朗尚努瓦一带作接应的狙击队俘获，后来那俘虏所讲述的骇人听闻的危言，格鲁希的姗姗来迟，突然就倒了一千八百人，比乌古蒙果园里那一个钟头里就被杀光的一千五百人死得更迅速，这种种意外迅速地发生了，如同阵阵战云，掠过拿破仑的眼前，没有什么能够牵走他的视线，他那张充满自信的脸，决不会因为这些变幻而蒙上一丝阴影。直面战争已成为他的习惯，他对那些令人心痛的细节、末节他是不放在心上的，他惯于忽略那些数字，他只在意最后的结果：最后的胜利。起初的危急，他并不放在心上，他知道最终他将成为主人和占有者，他有耐心去等待，他以为自己肯定能行，他以为自己与命运打个平手。他好像在对命运说：“你不一定敢吧。”

一半属于光明，一半归附黑暗，拿破仑经常感到自己的一生不断经历着、受着幸运的历练。他承受过，或者自以为在受过多次的事变中，一向是被容许的，甚至可以说，受到了庇护，使他成为一个类似古代的那种刀枪不入的金刚之身。

可是经历过别列津纳、莱比锡和枫丹白露的人，对滑铁卢似乎也应心存戒备。空气中已弥漫着眉头微蹙的气息了。

威灵顿的后退，让拿破仑感到很惊讶。他望见圣约翰山高地突然空虚，英军的前锋撤退了。英军前锋正在整队，然而却在逃退。皇上半立在踏镫上。眼中闪现出胜利的喜悦。

把威灵顿逼近索瓦宁森林，进行痛歼，英格兰便永远被法兰西压在身下了，克雷西普瓦蒂埃、马尔普拉凯和拉米伊的仇也都就此得以偿付。马伦哥的英雄正预备雪洗阿赞库尔的耻辱。

当时皇上一面思索那惊人的局变，一面拿起望远镜，最后一次眺望战场的每一个角落。围在他后面的卫队，将武器立在地上，如同崇敬神明一样仰头望着他。他正在思索，正在勘察，他观察那斜地、树丛、稞麦田、小路，仿佛他正在心里盘算每一丛小树。他凝神注视英军在那两条大路上两大排树后面设置的两处

防御工事，一处在圣拉埃方向，热纳普大路上，装有两门大炮，那尊炮正瞄准战场的尽头，除此之外没有别的炮在瞄准；另一处在尼维尔大路上，荷兰军队夏塞旅部的枪刺闪着寒光。他还注意到那一带防御工事周围，通往布兰拉勒那条岔路拐弯处的那座粉白的圣尼古拉日教堂。他弯腰对那向导拉科斯特低语了一句。向导摇摇头，也许那就是他的诡计。

皇上又挺直身子，集中精力，仔细思索了一会儿。

威灵顿已撤退。只需再施加压力，他便将完全失败了。

拿破仑突然转身，派一名马弁去巴黎报喜。

拿破仑是那种雷厉风行的人才。

他刚刚觅到了大显身手的时机。

他命令米约率领铁甲骑兵去攻占圣约翰山高地。

九、不　测

他们有三千五百人。前锋排列到四分之一法里宽。那些人宛如巨人骑着骏马。他们分成二十六队，此外还有勒费弗尔·德努埃特师，一百六十名优秀兵士，一千一百九十七人组成了羽林军的狙击队，还有羽林军的长矛队，手持八百八十支长矛，全部紧随其后，随时策应。他们身披铮铮铁甲，头上的铁盔没有帽缨，枪囊里装着短枪和长剑。早晨全军的人望见他们十分羡慕了。那时是九点钟，军号吹响，全军的乐队都吹奏着“我们要保卫帝国”，他们排成密密麻麻的队伍走来，一队炮兵走在他们身旁，一队炮兵行在他们中央，分成两行分散在从热纳普到弗里谢蒙的那条路上，他们的阵地是兵力强大的第二道防线，是由拿破仑英明策划的，最左边有克勒曼的铁骑，最右边是米约的铁骑，我们可以说，他们是第二道防线的左右两支铁翼。

副官贝尔纳下了命令。内伊拔出他的长剑，第一个冲了出去。大队人马出发了。

当时的声势足以让人心胆俱丧。

骑兵们个个高举长刀，旌旗迎风招展，喇叭声四处飞扬，每个师列成一纵队，协同进退，好像是一个人似的，惊人地准确，简直就像那种摧坚扑朽、所向披靡的铜羊头，从佳盟坡上直冲下去，冲进遍地横尸的险地，消失在烟雾里，接着又冲出烟雾，在山谷的另一端现身，由始至终，密密匝匝，彼此聚拢，首尾相接，穿越那像乌云一样向他们滚滚扑来的开花弹，冲向圣约翰山高地边沿上陡峭而泥泞的斜坡。他们从下面向上飞奔，队伍齐整，个个勇猛、沉静，在偶尔的枪炮声停止的刹那，我们可以听到那支大部队的脚步声。既然他们是两个师，于是就列成两列纵队，瓦蒂埃师在右边，德洛尔师在左方。从远处看去，如同是两条生着钢筋铁骨的巨蟒沿着山脊匍匐。有如穿破战争风云的神兽。

自从莫斯科河炮台被夺以来，还没有过这种用大队骑兵冲锋陷阵的战争，这一次缪拉没来，但是内伊还是参加了。那一大队人马仿佛变成了一头怪兽，而且并用一个心脏。每个分队都辗转一样挺进。我们可以随时透过浓烟的间隙看到他们的身影。无数的铁盔、吼声、雪亮的刀刃，还有夹杂在炮声和鼓乐声中马群的奔腾，声势威猛但丝毫也不凌乱，暴露在最上面的如同龙鳞一样鳞次栉比。

这种记述好像是另一个时代的故事。像这样的景物的确在古代的志异诗篇中出现过，那种马人，半是人又半是马的人脸马身的金刚铁汉，奔驰在奥林匹斯山头，貌鄙而凶悍，刚强而无与匹敌，异常魁伟，既是神灵也是野兽。

这里有罕见的数字上的巧合，二十六营步兵迎战二十六分队骑士。在那高地的制高点的后方，英国步兵在潜伏的炮队的掩护下，分成十三个方阵，每两营组成一个方阵，分列成两排，前排七人后排六人，枪托抵住肩胛骨，瞄准对面冲来的敌军，沉静无比，没有声音就没有行动，一门心思地静候，他们看不见铁甲骑兵，铁甲骑兵也看不见他们。他们只能听见这边的人像湖水一样奔涌过来。他们听到那三千铁骑的声音愈来愈大，听见马蹄奔跑踏地时发出的那种交替的划一的声音、甲衣相互摩擦、刀剑相互碰撞的声音和一阵猛烈的粗重的喘气声。一阵令人恐惧的寂静之后，忽然那顶点上闪现了一长排高举钢刀的手臂，只见铁盔、喇叭和旗帜，三千个留着灰色胡须的人齐声高呼："皇帝万岁！"全部骑兵已经冲上高岗，战局在一瞬间天翻地覆般地起了变化。

突然，令人惨不忍睹的是，在英军左方，我军的右方，铁骑纵队前锋的战马，在震天动地的呐喊声中都直立起来了。一口气狂奔到那山脊的顶端，正要冲过去全歼那些炮队和方阵的铁骑兵，此时突然在他们和英军之间出现了一道壕沟，一条很深的壕沟，那就是奥安的凹路。

那一刹那可谓是震地惊天。那条裂谷突然让人毫无防备出现，张开血盆大口，直悬在马蹄之下，两壁之间有四公尺深，第二排冲着第一排，第三排冲着第二排，那些马全部站直了起来，退坐在臀部上，仰面朝天地滑了下去，骑士们都被挤了下去，堆成人堆，根本没法后退，整个纵队如同一枚炮弹，用来摧毁英军的那种神力却施加在法国人身上了，那条不能逾越的沟壑不填满是誓不罢休的，骑兵和马匹东倒西歪，彼此挤压，一齐滚下坡去，成了那深渊底部血肉模糊的横尸，等到活人将那条沟填满之后，剩下的人马才从他们身上踩过。那条天堑几乎吞没了杜布瓦旅三分之一的人马。

战争从此开始失利。

当地有这样一个传说，当然有些夸大其词，说在奥安的那条凹路上损失了二千匹马和一千五百人。如果将第二日投下去的尸体的总数算在内，这个数字也许与事实相符了。

附带补充一句，一个钟头前，孤军深入，企图夺取吕内堡营军旗的，正是这遭遇了不测的损失惨重的杜布瓦旅。

拿破仑在命令米约铁骑冲击之前，曾估计过地势，不过没有见到这条凹路，它在高地上未露一丝痕迹。可是，那所白色小礼拜堂足以表明那条凹路和尼维尔路的高度，提示过他，让他起了戒心，所以他给向导拉科斯特提了个问题，也许是询问前面是否有障碍。向导说没有。我们差不多可以这么说，拿破仑的失败源于那个农民的摇头。

此外还有其他因素让他不能不败。

拿破仑这次可能取胜吗？我们的回答是否定的。为什么？因为对手是威灵顿吗？因为布吕歇尔的原因吗？都不是。一切都是天意。

如果拿破仑在滑铁卢获胜了，那就违背了十九世纪的规律。一系列的变故早已孕育成熟了，使拿破仑再也无地立足。不妙的形势，背景深刻。

那巨人失败的时刻早就到了。

那个人超常的分量破坏了人类命运的平衡。他一个人的独勇比全人类更加伟大。全人类的旺盛的精力都集合在他一个人的头脑中，全世界都聚集在一个人的大脑，那种情形，如果继续下去，就是文明的毁灭。至高无上，颠扑不破的公理一展身手的时候到了。那些对精神及物质双方面的必然趋势起着决定作用的各种原则和因素早已满腔愤懑。还冒着热血的鲜血、公墓中挤得满满的僵尸，哭泣寒心的慈母，这些均在高声地控诉。既然人世间已经不胜其苦，上天在冥冥之中必然会听见一种神秘的哀号。

拿破仑已经成为天庭中的被告，他的失败是命定的。

他让上帝不高兴。

滑铁卢绝不仅仅是一场战争，而是宇宙面貌焕然一新的变革。

十、圣约翰山高地

深沟里的惨剧还未拉上帷幕，埋伏着的炮队已经登场了。

六十尊大炮和十三个方阵同时朝铁骑军开火。无畏的德洛尔将军迅急用炮队向英军还击。

英军的全部轻炮队火速驰到方阵中央。铁骑军马不停蹄。那条凹路让他们大伤元气，但决不会让他们丧失勇气。那些人都因为势单力薄反而更加意气风发。

只有瓦蒂埃纵队在凹路里遭受重创，德洛尔纵队，尽数抵达目的地，因为内伊有指示，教他们从左面迂回前进，仿佛他早已洞悉了那陷阱的存在。

铁骑军撕破了英军方阵。

腹向黄土，撒开缰绳，咬牙切齿，枕戈待旦，那就是那一日的冲杀。

有时，战争往往让人变成铁石心肠，以至于士兵变成雕塑，肉体化为青石。英国的各营士兵为这种攻势所威慑，呆立着动弹不得。

当时的情景让人触目惊心。

英军方阵的四面受击。铁骑军狂暴地盘旋厮杀，将他们团团包围。那些步兵沉着冷静，决不动摇。首行，单膝跪倒，用枪刺欢迎铁骑军；第二行开枪射击；第二行之后，炮兵将装填炮弹，让方阵的前方闪开，开花弹飞过，又继而合拢。铁骑军给予一阵猛烈的厮杀。他们的壮马两蹄后立，越过行列，跨过枪刺，昂然跃入四堵人墙中间。炮弹在铁骑军队伍中炸开一个窟窿，铁骑军也在方阵里撕开一个缺口。一队队人马被马蹄踏坏，倒地即逝。枪刺也刺进那些神马的肚子。也许人们在别的地方，见不到那时如此怪异的伤亡。方阵在那种狂暴的骑兵侵蚀之下，缩小范围，坚持应战。他们那无穷无尽的开花弹在敌军中爆炸开花。那样的战争实在是太惨烈了。那些方阵怎能是队伍，而是喷着岩浆的火山口。铁骑军怎么是马队，而是一阵阵飓风。每个方阵都是一座遭受乌云笼罩的火山，岩浆与霹雷生死相搏。

最右边的那个方阵，暴露在外，是最缺乏掩护的，几乎是一触即灭。它是苏格兰第七十五联队。那个吹风笛的士兵坐在方阵中间的一面军鼓上，腋下挟着气囊，无忧无虑地垂着的双眼中映着湖光树影，它们都有些忧郁，正如希腊人回念阿戈斯一样。正当别人在他身前身后相互厮杀时，他仍在吹奏山地民歌。那些苏格兰士兵，临死之时还在想念着班乐乡。一个铁甲骑兵一刀砍下了那气囊和那条手臂，歌手停止了，歌曲也就消失了。

铁骑军人数较少，凹路的灭顶之灾大大削弱了他们，而与他们激战的，几乎是英国的所有部队，但他们一个顶十个，气势如虹。那时，几营汉诺威军队已拔腿后逃。威灵顿见了，想到了他的骑兵。假如那时拿破仑也想到了他的步兵的话，也许他就获胜了，那一点的忽略造成了他无可挽回的损失。

那些进攻的铁骑军突然自身也遭攻击了。英国的骑兵已出现在他们身后。他们腹背受敌，萨默塞特就是那一千四百名龙骑卫队。萨默塞特右边是德恩贝格的德国轻骑兵，左边是特利伯的比利时火枪队；铁骑军全方位都遭到骑兵和步兵的攻击，他们必须四面应战。这对他们毫无影响，他们像旋风一样疯狂地旋转。那样的勇气无可比拟。

炮兵一直从背后轰击他们。不如此，就无法伤到他们的后背。他们一身铁甲上，左肩胛骨上的一个枪眼，如今仍陈列在所谓的滑铁卢纪念馆中。

有如此的法国人，就一定有同样的英国人。那已不是一场战争，而是一股黑色旋风，一种暴怒，是灵魂与勇气的令人心惊肉跳的历练，是刀光剑影与闪电相互交融的风暴。一瞬间，那一千四百名龙骑卫队只余下八百人了，大佐弗来落马身亡。内伊领着勒费弗尔——戴努埃特的长矛队和狙击队赶来了。圣约翰山高地被攻占，又被攻陷，再被攻占了。铁骑军抛下骑兵，回头去攻打步兵，或者，更确切地说，那一群杂乱的人马，已扭成一团，谁也不肯罢手。那些方阵一直坚持着。先后冲击了十二次。内伊连死四匹坐骑。铁骑军有一半死在高地上。那场肉搏持续了两个钟头。

英军被震住了。大家都知道，如果铁骑军最开始没有经受那凹路的荼毒，他们早就突破英军中部，胜利在望了。克林东虽见过塔拉韦腊和巴达霍斯战役，望着这罕见的骑兵也不免瞠目结舌，呆若木鸡。已无胜算的威灵顿也不失英雄本色，大加赞叹。他低吟着：“真棒！”。

铁骑军只歼十三个方阵中的七个，夺取或钉塞了六十尊大炮，还夺下了六面英军联队军旗，由羽林军的三个铁骑兵和三个狙击兵送到佳盟庄，呈给皇上。

威灵顿的处境更加不妙了。那场狰狞的战争如同两个负伤人的肉搏战，双方都流尽了血，但彼此都不肯罢休，仍继续搏杀。看谁先趴下？

高地争夺战继续进行。

那些铁流究竟漫过哪儿？谁也说不清。但有一点可以确定，那就是战后第二天，在尼维尔、热纳普、拉羽泊和布鲁塞尔四条大路的交叉处，有人发现了一个铁骑兵，连人带马，一块儿死在一个称量那些进圣约翰山的车子的天秤架上。那个骑士穿过了英军的防线。抬过他尸体的那些人里，有一个现在住在圣约翰山，他叫德阿茨。当年十八岁。

威灵顿逐渐感到力不能支。这是性命攸关的时刻。

铁骑军根本没有成功，他们并没突破中部防线。双方都占领了那高地，也就等于谁都没占住那高地，何况高地大部分由英军控制。威灵顿还有那村子和那片最高的平地，内伊只得了山脊和山坡。双方都好像已扎根于那片令人痛心的土地上。

但英军已疲惫到极点。他们的流血之多足以让人惊惧。左翼的兰伯特求援。威灵顿答道：“无援可增，为国牺牲吧！”几乎同时——这种令人奇怪的不约而同正说明了双方都已筋疲力尽——内伊向拿破仑请求增援步兵，拿破仑叫道：“步兵！叫我到哪儿去找？他要我临时变些给他吗？”

但英军情况更为严重。那些身披铁甲的大队人马的突击已将他们的步兵踩成烂泥。稀寥的几个人护着一面旗，就是一个联队的防地，一些营的长官只余一个上尉或一个中尉；已经在圣拉埃蒙受重创的阿尔顿师几乎死光了，范·克吕茨的一个旅比利时勇士已经全部死在尼维尔路一带的稞麦田里；在一八一一年混在我们队伍中到西班牙攻打威灵顿，又在一八一五年联合英军进攻拿破仑的那些荷兰近卫军，几乎全军覆没。军官的伤亡也十分突出。第二天亲自埋腿的那位贵人阿克斯布里吉当时膝盖已炸开了花。从法国说，那次铁骑军战斗过程中，德洛尔、雷力杰、柯尔培尔、德诺普、特拉维尔和布朗卡已负伤退下，在英军的，阿尔顿、巴恩负伤，德朗塞、范·梅朗、昂普特达阵亡，威灵顿的作战指挥部几乎死光，在那两败俱伤的情势下，英军损失更为惨重。护卫步兵第二联队牺牲了五个中校、四个上尉和三个守旗官，步兵第三十联队第一营丢了二十四个长官和一百一十二个士兵，第七十九山地联队有二十四个长官负伤，十八个长官阵亡，四百五十个士兵牺牲。坎伯兰麾下的汉诺威骑兵有个联队，在哈克上校率领下，于激战中掉转马头，全部躲进索瓦宁森林，以致布鲁塞尔也军心涣散，过后他受到审判，军职被免。他们看见法军步步逼近，直向森林，便慌忙把辎重、车辆、行李、满载伤员的篷车拖进森林。被法国骑兵杀得屁滚尿流的荷兰兵连叫“倒霉”。据说，当时从绿斑鸠到格昂达尔的那条通往布鲁塞尔长达两法里的大路上，尽是逃兵。当时的情状极其恐怖，连在马林的孔代亲王和在根特的路易十八都悬着一颗心。除了驻扎在圣约翰山庄屋战地医院后面的那一部分后备骑兵和掩护左翼的维安和范德勒尔两旅的一小部分骑兵，威灵顿再无一个骑兵。地上有许多大炮的残骸。这些事实都是西博恩报道的，普林格尔甚至说英荷联军只余三万四千人。那铁公爵看似从容，但嘴唇已经变白了。在英军作战指挥部里的奥地利代表塞纳和西班牙代表阿拉瓦都认为那位公爵完蛋了。五点钟，威灵顿取出表忧心忡忡地说：“布吕歇尔不赶来一切就完了！”

正在这时，在弗里谢蒙方向的高岗上，远远地出现了一排排雪亮的枪刺。

这场恶战从此发生剧变。

十一、拿破仑的向导与比洛的截然相反

大家清楚拿破仑失望透顶的心情，他一直奢望格鲁希赶回，却眼看比洛现身，救星不到，厉鬼反而来索命了。

命运竟然如此变化多端。他正等着坐上世界的宝座，却看见了圣赫勒拿岛的轮廓。

假如布吕歇尔的副司令比洛向导，也就是那个牧童让他从弗里谢蒙上面走出森林，而不是从普朗尚努瓦的下面，十九世纪的面貌也许有些改变。滑铁卢之战赢家也许是拿破仑了。除了普朗尚努瓦下面的那条路，普鲁士军队都会遇上裂谷那里炮队很难通过的，比洛就不能及时赶到。

所以，再晚一个钟头，据普鲁士将军米夫林说，布吕歇尔就见不到站着的威灵顿；“战争已经失败了。”可见比洛来的恰到好处。况且他耽搁了一段时间。他在狄翁山露宿了一夜，天亮出发。但那些路很难走，他的部队浑身是泥水。轮辙深达炮轮的轴。此外，他还得从那条窄窄的瓦弗桥渡过迪尔河，通桥的那条街道已被法军纵火焚毁了，两旁房屋火势正旺，炮队的弹药车和辎重车无法冒火穿行，非得等到火灭之后不可。中午时分，比洛的前锋还没到圣朗贝堂。

假如战争提前两个钟头开始，四点钟便已结束，布吕歇尔赶来，也会在拿破仑获胜之后。那种莫测的机缘，非人力所能左右。

在中午，皇上第一个从望远镜中看到很远的地方的那些东西，这让他心神不宁。他说：“我看见那边有堆黑影，可能是军队。”接着，他问达尔马提亚公爵：“苏尔特，您看圣朗贝堂那边是什么？”那位大元帅对准他的望远镜回答：“四五千人，陛下。自然是格鲁希了。”但是雾气里的黑影停止不动。作战指挥部的全体人员都拿起望远镜看皇上发现的那堆“黑影”。有几个说：“是些正在休息的军队。”大部分人说：“那是些树。”那堆黑影停止不动。让人觉得不放心皇上派了多芒的轻骑兵师去侦察那堆东西。

比洛的确未动，他的前锋势力微弱，无可奈何。他得等候大部队，并且他已得到指示，没有集中兵力，不能擅自进入战线。但是到了五点钟，布吕歇尔看见威灵顿危在旦夕，便命令比洛出击，并且说了一句俏皮话：

"得给英国军队充点氧了。"

不到一刻钟的功夫，罗襄、希勒尔、哈克和李赛尔各部在罗博前面拉开架式，普鲁士威廉亲王的骑兵也冲出巴黎森林，普朗尚努瓦失了火，普鲁士的炮弹像雨点一样射向留守在拿破仑背后的羽林军的队伍中。

十二、羽林军

此后的情景大家都清楚：第三支军队突然出现，战局急转直下，八十尊大炮陡然齐放，皮尔希一世带领比洛突然出现，布吕歇尔亲率齐坦骑兵，法军被驱逐，马科涅被迫放弃奥安，迪吕特不得不从帕佩洛特撤退，东泽洛和吉奥边战边退，罗博受到来自侧翼的进攻，暮色中，一种新的进攻扑向我们已毫无保护的部队，英军全体反扑，猛攻前方，法军身受大创，英普两军的炮火交相辉映，前锋被围困，侧翼陷入重围，在那令人惊骇的大崩溃来临之际，羽林军加入战斗。

羽林军士知道此行必是赴死，大喊："皇帝万岁！"历史上再没什么比这种压抑着无限痛楚的欢呼更令人心动了。

那天，天一直阴沉沉的，傍晚八点钟，忽然云开雾散了，落日的红光，从尼维尔路旁的榆树枝叶间透出阴气浓重。而那次在奥斯特里茨，太阳却在冉冉上升。

大义赴死的羽林军，每个营由一个将军统帅。弗里昂、米歇尔、罗格、阿尔莱、马莱、波雷·德·莫尔旺当时全在。羽林军士头戴大鹰徽高帽，队伍齐整，神色从容，全部是相貌堂堂，当他们的身影在弥漫的战云中浮现时，敌军不免对法兰西也由衷钦佩，他们以为看见了二十个胜利之神张开翅膀，飞进战场，那些占优势的人也觉得有些灰心丧气，于是开始后退，可是威灵顿喊着："近卫军，起立，瞄准！"躺在篱后的英国红衣近卫军站了起来，一阵开花弹将飘荡在我们的雄鹰周围的三色旗打成了蜂窝，大家一块厮杀，最后展开了肉搏战。黑暗中羽林军感到周围的军队开始撤退，败局已定，他们听见逃命的哀号取代了"皇帝万岁"的欢呼，但是尽管他们身后的军队在撤退，他们依然勇往直前，越前进越接近险境，越走越靠近死亡。没有一个人犹豫，没有一个人恐惧。那支军队中的士兵都与将军一样勇敢。没有谁不是甘心牺牲的。

内伊激战正酣，决心赴死，勇气高涨到堪与死神比高，在殊死相搏中东奔西突，不顾生死。他的第五匹坐骑死了。他汗流浃背，双目喷火，口吐白沫，军服没扣上，一个肩章叫一个骑兵砍掉了一半，他的大鹰章也叫子弹打了一个洞，浑身上下，血、泥交加，雄伟超群，他手举一把断剑，大吼："给你们看看法兰西的大元帅怎样报效国家！"但是没有用，他求死未果。于是他大发雷霆，令人恐惧。他向戴尔隆发问："难道你不准备殉难吗？"他在那以多欺少的炮队中大叫："我就没有一点份！哈！我愿意吞下所有这些英国人的炮弹！"可怜的人，你是留下来吃法国人的枪子的！

十三、大祸临头

羽林军身后，溃退的情形愈加惨烈。军队突然从四面八方，从乌古蒙、圣拉埃、帕佩洛特、普朗肖努瓦同时一并折回。在一片“叛徒!”的呼声之后继起的是“赶紧逃命”的声音。军队溃退如同解冻的江河，一切都被摧毁、分崩、漂荡、奔涌、堆塌，互相碰撞、拥挤，慌乱惊恐。这样的混乱史无前例。内伊借了一匹马，跳上马背，没了帽子和领带，也没有刀，堵在通往布鲁塞尔的那条大路上，同时阻止着英军和法军。他不能让军队溃乱，他叫骂着，挡住他们的退路。他勃然大怒。那些士兵见了都纷纷逃避，嘴里喊道:“内伊元帅万岁!”迪吕特的两个联队，慌乱地跑来跑去，失了方向，好像是被骑兵的刀和兰伯特、贝司特、派克、里兰特各旅的排枪束缚住了。混战中溃败最为可观，朋友也自相残杀，争抢退路，骑兵和步兵相互屠戮，争着逃生，这真是惊涛骇浪一般的战场。罗博和雷耶各持一方，也都卷入了这怒涛。拿破仑用他剩余的卫士四面堵截，不见结果，他将贴身卫队调去做最后的抗争，但一切都是徒劳无功的。吉奥在维维安面前退缩，克勒曼在范德勒尔面前溃败，罗博在比洛面前后退，莫朗在皮尔希面前退却，多芒和絮贝维在普鲁士威廉亲王面前败退。吉奥率领皇上的骑兵队去冲锋，翻落在英骑兵的铁蹄下。拿破仑在那些逃兵面前奔驰着，鼓舞、催促、恐吓、哀求他们。早晨还高呼皇帝万岁的嘴巴，现在都缄口不言，他们几乎认不出皇帝了。新来的普鲁士骑兵飞驰而来，一通乱砍、乱削、乱剁、乱杀、乱宰;拖炮的马狂蹦乱跳，拖着炮落荒而逃;辎重兵也解下车箱，跨上马背逃命了;无数的车箱，四轮朝上，翻倒在路上，给屠杀制造了时机。大家相互拥挤、践踏、踩着死人和活人前行。那些手臂已不受理智控制。大路、小路、桥梁、平原、高岗、谷地、树林都塞满了四万逃兵。哀号、悲鸣，稞麦田里到处是背囊和枪支，被堵塞的路上充满了见人就杀暴徒，没有同胞、长官、将军，只有一种无法言语的恐怖。齐坦把法兰西杀了个淋漓尽致。雄狮都像松鼠一样胆怯。那就是那一日的溃败。

在热纳普，还有人试图折回建立防线，遏制、阻截这一切。罗博集合了三百人。在进村的路口设了防御工事，但是普鲁士的炮弹呼啸而来，大家一哄而逃，于是罗博被俘。今天我们还能在路右，离热纳普几分钟路程的一所破砖墙房子的山顶上看到当年炮弹炸过的炸痕。普鲁士军队冲入热纳普，自然因为杀得不够尽兴而怒发冲冠。追击的情景格外凶狠。布吕歇尔命令全部歼杀。此前，罗格已开此先河，他不许法国羽林军俘获普鲁士兵士，违者处死。布吕歇尔比罗格还要凶狠。青年羽林军的将军迪埃斯梅退到热纳普的客舍门口，他将佩剑交给一个杀人如麻的骑兵，那骑兵接过剑，却砍死了那俘虏。胜利地完成往往意味着屠杀战败者。既然我们在此做以叙述，就可以加以褒贬:衰老的布吕歇尔将自己玷污了。那样的淫威实在不讲人道的。溃军仓皇慌乱，逃过热纳普，逃过四臂村，逃过松布雷夫，逃过弗拉斯内，逃过沙勒罗瓦，逃过特万，一直逃到边境。真叫人触目伤怀!那逃亡的是什么人?是大军。

那种史无前例的大无畏的精神竟会如此惊惧、恐慌、溃乱，这能说是毫无渊源吗?不能。右方那极大的黑影将滑铁卢笼罩了。那一天命该如此。一种超人的威权安排了那样的一天。所以万众垂首颤抖，所以具有伟大精神的人也呈剑受降。当年雄冠欧洲的那些人今日败得一塌糊涂，他们无话可说，也没采取任何行动，只是深深体会到冥冥之中那种骇人的恐怖。“非战之罪，天意亡我。”人类的前途在那一天扭转了。滑铁卢成为十九世纪的转折。那位大人物谢幕退场对这个大世纪的繁荣是不可或缺的。一个至高无上的主宰做出了那样的裁断。所以英雄们的恐惧也是能够被理解的。在滑铁卢之战中，不但有乌云为乱，还有天灾逞强。上帝到过那里。

傍晚时分，在热纳普附近的田野里，贝尔纳和贝特朗拉住一个人的衣襟，不让他走，那人一脸阴郁，似乎在冥想之中，溃退的巨浪把他推进田野，他刚刚下马，手挽缰绳，目光迷离，一个人转身走向滑铁卢。那就是拿破仑，巨人还在梦中游走，他还想前行，追寻那崩裂的梦幻。

十四、最后的方阵

羽林军的几个方阵，如同激流中的磐石，屹立在四面溃散的逃兵之中，一直坚持到天黑。夜幕与死神相携而来，他们等待那双重黑影，坚贞不屈，任凭敌军的围困。每个联队，各自孤立，和四散逃跑的大军失去了联络，他们从容赴死，各司其职。有的固守罗松一带的高地，有的坚守在圣约翰山的原野中，准备最后以死相拼。那些方阵无望得援，热气倍增，将生死置之度外，在那里有声有色地呻吟踏死。乌尔姆、瓦格拉姆、耶拿、弗里德兰的荣光正随他们一同赴死。

夜色阑珊，九点左右，圣约翰山高地的坡下只余一个方阵。在那阴森的山谷中，铁骑军曾向上进攻，现在已遍地流淌着英军的鲜血，遍地伏尸的山坡下，胜利的敌军炮队集中火力猛攻，那个方阵仍在坚持。他们的长官是一个叫康布罗纳的无名小卒。每被轰击一次，那方阵便缩小一圈，但仍在还击。他们以步枪对炮弹，四面的人墙一而再，再而三地缩短。有些逃兵气喘吁吁地停下，在黑暗中远远地听见那稀寥的枪声正逐渐减少。

那队壮士只余下几个人了，他们的军旗变成了一块破布，他们已经弹尽粮绝，在横尸堆多于活人时，战胜者面对那些坚贞无比、英勇就义的人们，也不免奉若神明，感到一阵恐惧，英军炮队一时间停止了射击，周围寂静无声。那是一种暂时的停息。战士们感到他们周围有无数的鬼魅、骑士、大炮，以及从车轮和炮架之间露出的一角天空，英雄们在战场远处的尘埃中隐约望见死神的骷髅，硕大无比，注视着它们朝他们逼近。茫茫的夜色中传来敌人上炮弹的声音，那些点燃的引火线如同暗夜中猛虎如电的双眼，从他们的头上绕过，英国炮队的火杆同时靠近炮身，这时，一个英国将军，有人说是科维尔，也有人说是梅特兰，当时心中为之所动，抓紧最后一秒钟，向他们喊："勇敢的法国人，投降吧！"康布罗纳回答："狗屁！"

十五、康布罗纳

虽然法国人经常说那个最美妙的字眼，可是把它说给愿意为人敬重的法国读者听，也许不太应该，历史不能容许这样巧妙的语言。

我们甘冒天下之大不韪，违此惯例。

所以，那群巨人中，那人叫作康布罗纳的实在堪称怪杰。

说了那句话，然后英勇牺牲，没有什么能比这更加伟大！他为求死而有了那样的举动，假如他能在炮火中幸免于难，那不会成为他的错误。

滑铁卢战争的胜利者不是身处一片溃乱的拿破仑，也不是在四点钟退缩，五点钟已濒临绝望的威灵顿，更不是轻松获胜的布吕歇尔，滑铁卢战争的胜利者是康布罗纳。

霹雳一声响，用那样的字眼回答头顶的惊雷，那才是胜利。以此迎接惨祸，回复命运，为未来作奠基，以此抗争那晚的大雨，乌古蒙的贼墙，奥安的凹路，格鲁希的姗姗来迟，布吕歇尔的策应，作坟墓中的戏言，留死后的微风，把欧洲联盟淹没在那句话中，把恺撒们领教过的污秽呈给各国君王，把最粗俗的字和法兰西的荣光揉在一起，制造一个最辉煌的字眼，以嬉笑怒骂为滑铁卢收场，以拉伯雷来补充莱翁尼达斯的缺憾，用一句不能出口的妙语概括那次获胜，失去国土但历史得以保留，流血牺牲之后还能让周围的人都听到欢笑，这是多么伟大。

这是在谩骂雷霆。埃斯库罗斯的伟大也不能超越于此。

康布罗纳这句话有一种崩裂的力量，是满眼蔑视冲破胸膛时的爆裂，是痛心疾首引发的爆炸。谁胜利了？威灵顿吗？不是。如果布吕歇尔没能及时赶到，他败局已定。是布吕歇尔吗？不是。如果没有威灵顿作战在先，他也难收拾残局。康布罗纳，这最后一刻的过客，一个未见声名的小卒，大战中一个极其渺小的人物，他深感那次失败的荒谬，使他更加痛心，正当他满腹怨愤无法发泄时，别人却来取笑他，要他苟安偷生！他怎能不破口大骂呢？

他们都在那儿，欧洲的君主们，自鸣得意的将军们，暴跳如雷的煞星们，他们有十万得胜军，十万人身后，还有百万人，他们的大炮，燃着导火索，大开其口，他们的脚踏着羽林军将士和大军，他们刚刚打败拿破仑，剩下的只有康布罗纳了，只余这么一条誓死顽抗的蚯蚓。他当然要反抗。于是他要找一句话，如同找一把利剑。他正满嘴唾沫，那唾沫便是那句话了。在那种特别而又寻常的胜利面前，在那种没有胜利者的胜利之前，那个绝望忧愤的人振臂挺身，他感到那胜利是重大无比的，却又懂得它的虚实，因此他认为口中的唾沫还不够，数字、力量、物质等各个方面他已被压倒，于是搜出这么一句话——淫秽。我们又记下了这句话。那么说，那么做，用这样一个字眼，那不愧为英雄人物。

那些伟大岁月里的精神，在那生死一线间的时刻给以这位凡夫俗子以心灵的启示。康布罗纳找到的那个字，正如鲁日·德·李勒创造《马赛曲》，都源于上苍的指点。有阵来自天庭的神风，感动了这二人，他们瞬间顿悟，因此一个唱出了广流后世的歌曲，一个喊出了如此令人惊惧的吼声。康布罗纳不光代表帝国将那恶的诅咒吐向欧洲，还嫌不够；他还代表革命吐向那过往的时光。我们听见他的声音，而且在康布罗纳的声音中感受到诸位先烈的风骨。那好像是丹东的谈风，又好像是克莱贝尔的喉咙。

英国人听见康布罗纳的那个字，回答“放！”顿时火光大作，山摇地动，所有的炮口喷出最后一批开花弹，声赛巨雷，满山遍野浓烟，滚滚在初生的月光的映照下化成惨烈的白色，盘旋在空中，待硝烟散尽，一切都不见了。那坚不可摧的残余被全歼了，羽林军全军覆没。那座活炮垒的四堵墙全倒在地，伏尸堆里，这儿那儿，偶尔有人在抽搐；让罗马大军自愧不如的法兰西大军就那样死在圣约翰山那片浸透了雨水和血水的土地上，阴森森的麦田中，就是现在架着尼维尔邮车的约瑟夫悠然自得地打马前进，吹着口哨经过的那个地带。

十六、比 重

滑铁卢之战是个谜。对胜者和败者它都同样是不清不楚的。对拿破仑而言，它是恐怖，布吕歇尔的眼中只有炮弹的火光，威灵顿更是一头雾水。看看那些报告吧。公报难以理出头绪，并且评论得不够切中要害。这部分人木讷，另一部分人期然。若米尼将滑铁卢之战分成四段；米夫林又把它分成三个转折，只有夏拉，尽管有些观点与我们的见解不尽相同，但他却眼光独特，抓住了那位人杰与上天的意志相碰撞时形成的惨局的各个环节。其他的历史学家都有些头晕目眩，不免在困惑中探究。那个日子风驰电掣一般地掠过，黩武的专制政体的崩溃让所有的王国震撼，各国君主都为之汗颜，强权覆没，军国主义溃亡了。

在那神秘莫测的事变中，显然有上天从中作梗，人力的影响微乎其微。

假设我们把滑铁卢从威灵顿和布吕歇尔手上夺回，英国和德国会失去了什么吗？不会。能使英国和德国保持其庄重肃穆均与滑铁卢无关。感激上苍，民族的荣耀并不在于炫耀武力。德国、英国、法国都不是小小的剑匣所能代表的。当滑铁卢刀剑铮响时，在布吕歇尔之上，德国有歌德，在威灵顿之上，英国有拜伦。意识形态的无限光明是我们这个世纪的特点，在那曙光中，英、德均有其辉煌的成就。它们的思想已使它们成为大家的榜样。它们有提高文化水平的特殊业绩。那种成就不是自发产生的，更不是偶然出现的。滑铁卢绝没让它们在十九世纪迅速壮大。只有蛮族才会凭一战之勇而称王称圣。那是瞬息即逝的虚荣，恰如狂风力挽的浪花。文明的民族，尤其在我们这个时代，不会因为一个将领的否泰而有所损益。他们在人类社会中的比重不取决于一场战争的胜负。他们的荣光，感谢上帝，他们的威严，他们的光明，他们的才华都不是那些赌鬼一样的英雄和征服者可以用来决战的赌注。通常是战争的失败推动了文明的进步。光荣褪色了，自由便要增辉。鼙鼓息音，理智争锋。那是反败为胜的东西。既然如此，就让我们心平气和，从两个角度谈论一下滑铁卢吧。我们将属于机缘的归还机缘，属于上帝的还给上帝。滑铁卢是什么？是一种伟业卓绩吗？不，是一场赌博。

是一场欧洲赢、法国输的赌博。

在那地方立只狮子似乎毫无价值，何况滑铁卢是史无前例的特殊遭遇。拿破仑和威灵顿，他们不是敌人，而是两个志不同道不合的人。喜欢打仗的上帝从来没有制造出比这更令人吃惊的对比和更特殊的巧合。一方面是准确，预见，遵规守律，严谨，先谋退路，预留余勇，头脑冷静，意志顽强，步伐坚定，战略上因地制宜，战术上沉稳布局，攻守有秩，进退循序，决不心怀侥幸，有老将的传统毅力，极其慎重严密；而另一方面是讲直觉，凭灵感，设奇兵，有超人的本领，料事如神，宛如雄鹰雷霆一样的才能，才华横溢，矫捷、心思深邃，高深莫测、自负、玩世不恭，沼泽、平原、丛林都想去统治，迫其受制，那位专制魔王对战场也无比放肆，将军事科学与星相学相混淆，增加自信，同时又有些心虚。威灵顿是战争中的巴雷姆，拿破仑是战争中的米开朗琪罗，这一次，精打细算击败了天才四溢。

双方都在等待援助。精于计算的人获胜了。拿破仑等待格鲁希，他没来。威灵顿等待布吕歇尔，他到了。

威灵顿，就是施以报复的古典战争，波拿巴初显身手时，在意大利曾遇见他，把他杀得屁滚尿流。那老枭曾败于雏鹰。古老的战术不仅一钱不值，而且臭名远扬。那个当时才二十六岁的科西嘉人是什么，那年少无知，潇洒俊挺的少年，势单力薄，敌手人多势众，他空攥双拳，弹尽粮绝，没有炮弹，没有鞋子，几乎没有部队，以一小股人马顽抗劲敌，扫荡混沌一气的欧洲，无可奈何的情势下，他违背常理地多次获胜，那到底是怎么回事？从哪里冒出那么一个霹雷似的怪杰，能一口气，以不变的手法，先后粉碎德皇的五个军，将博利厄摔在阿尔文齐身上，维尔泽摔在博利厄身上，梅拉斯摔在维尔姆泽身上，麦克又摔在梅拉斯身上。那个眼中不夹任何人的新人是哪方神圣？学院派的军事学家在逃跑时视其为另类。所以在新旧恺撒主义之间，在循规蹈矩的刀法与风驰电掣般地剑术之间，庸人与天才之间，产生了不可解决的矛盾。这矛盾终于在一八一五年六月十八日写下了最后的文字，在洛迪、芒泰贝芒泰诺泰、曼图亚、马伦哥，阿尔科拉之后，添上了滑铁卢。庸人胜利，大多数人得到安慰。上天竟认可了这样的讽刺。日薄西山的拿破仑又撞见了小维尔姆泽。

的确，要打倒维尔姆泽，只需让威灵顿的白发皓首就行。

滑铁卢是一场上等战争，却让一个二等将领取胜了。

在滑铁卢战争中，我们应当佩服英格兰，它的坚毅、果敢、热血、优越，英格兰不会见怪吧，这源于它自身。不是它的将领，而是那些寻常士兵。

出奇地忘恩负义的威灵顿在写给贵人巴塞习特的一封信中提到了他的军队，那是一八一五年六月十八日作战的部队，是一支“可恶的军队”。那些零乱地埋骨于滑铁卢的野鬼们，对他的话会有什么样的反应呢？

英格兰在威灵顿面前过于菲薄自己了。把威灵顿捧上荣耀的峰巅便小瞧了英格兰。威灵顿只是个平庸的英雄。那些着灰衣的苏格兰军、近卫骑兵、梅特兰和米契尔的联队、派克和兰伯特的步兵、庞森比和萨默塞特的骑兵、在火线上吹唢呐的山地人、里兰特的部队、那些连火枪都不会使却敢于与埃斯林、里沃利的老兵抗衡的新兵，他们才真正伟大。威灵顿的优点是顽强，我们不和他争论，但是他的步兵和骑兵的最小的部分与他同样坚强。铁军决不逊于铁公爵。在我们这边，我们将所有的崇敬送给英军和英国人民。假如有功绩的话，那也该归于苏格兰。滑铁卢的华表如果没有顶着一个人像，而将一个民族的雕塑耸入云端的话，那会比较公平些。

但是听了我们在此地的言语，大英格兰一定会震怒。它经历了它的一六八八年和我们的一七八九年后依旧保留着封建的残余。它相信世袭制和等级制。世界上那个最兴盛、最荣耀的民族敬重自己的国家却不尊重民族本身。做人民的，甘心居于人下，并让一个贵人骑在头顶。工人任由轻蔑，士兵被肆意鞭笞。我们记得，在因克尔曼战役中，传说一个中士挽救了大军，但是贵人腊格伦没有奖赏他，因为英国的军级制度不允许在战报中提及长官以下的人。

在滑铁卢那场会战中，我们最钦佩的是天意创造的那种荒谬的巧合。晚上的大雨，乌古蒙的墙，奥安的凹路，格路希对炮声充耳不闻，拿破仑的向导昧着良心欺骗主人，比洛的向导适时点拨；那一连串的天灾人祸都安排得天衣无缝。

总之，滑铁卢战争少，屠杀多。

滑铁卢是战线最短，军队最秘密的一次阵地战。拿破仑，一又四分之三法里，威灵顿，半法里，每边七万二千兵士。那样的高密度导致了那场大屠杀。

有人这样计算过，并且列出了这样的比例数字：阵亡人数在奥斯特里茨，法军百分之十四，俄军百分之三十，奥军百分之四十四；在瓦格拉姆，法军百分之十三，奥军百分之十四；在莫斯科河，法军百分之三十七，俄军百分之四十四；在包岑，法军百分之十三，俄奥联军百分之十四；滑铁卢，法军百分之五十六，联军百分之三十一。滑铁卢总计，百分之四十一。战士十四万四千人，阵亡六万。

到今天，滑铁卢战场又变成了大地——人类的公允的安慰者，与其他原野没什么区别了。

可是到了晚上，就有一种鬼魂似的薄雾散开，假如有旅客经过，假如他看、他听，像维吉尔在腓力比战场上那样幻想，当年一片混乱的情景会让他心胆俱裂。六月十八日的惨象会再现，那伪造的纪念堆将隐没，粗俗不堪的狮子将消失，战场也将变回它的本来面目；一行行步兵宛若波浪一样在原野上起伏前行，奔腾的战马在天边狂驰；惊魂未定的沉思者会看到刀光晃动，枪刺闪耀，炸弹爆炸，雷电交加，血肉横飞，他会听见一片鬼魂交战的叫喊声，隐约如墓中僵尸的悲鸣，那些黑影，就是羽林军；那闪烁的荧光，就是铁骑军；那骷髅，恰是拿破仑，另一个就是威灵顿；那一切早已不复存在了，可是仍旧激战不止；山谷一片血红，树木颤抖，杀气直冲云天；圣约翰山、乌古蒙、弗里谢蒙、帕佩洛特、普朗尚努瓦，所有那些空旷的高地，都有无数鬼影晃动，在雾气中左右冲杀。

十七、我们要承认滑铁卢的好吗？

一个令人敬佩的自由派对滑铁卢一点都不存恨意。我们不是那一派。我们认为滑铁卢只是让自由惊骇的时间。那种鹰会出自那样的蛋，的确难以想象。

假如我们站在制高点观察问题，就可以看出滑铁卢是一次预谋已久的反革命的胜利。是欧洲对法国、彼得堡、柏林、维也纳的反抗，是反抗巴黎，是现状反对创新，是通过一八一五年三月二十日向一七八九年七月十四日进行的打击，是王国集团对法兰西难以驯化的活动的打击。总之，他们的目标就是要将这个爆发了二十六年的强族扑灭。是不伦瑞克、纳索、罗曼洪夫、霍亨索伦、哈布斯堡和波旁的联盟。滑铁卢是神权富命的怨鬼，的确，既然帝国专制，可想而知，王国就必定自由了，因此有种未能称心如意的立宪制从滑铁卢登台亮相了，使胜者极其懊恼。那是因为革命的力量不可能真正受挫，天意使然，绝无例外，革命力量迟早都会复燃，在滑铁卢之前，拿破仑推翻了各国的腐朽王朝，在滑铁卢之后，又出现了一个路易十八宣称服从宪章。波拿巴在那不勒斯王位上安插了一个御者，又让一个中士上了瑞典王位，在阶级差异中体现平等；路易十八在圣旺签署了人权宣言。你想知道什么是革命吗？叫它进步便是了；你想知道什么是进步吗？叫它明天便是了。明天勇往直前地干它的活儿，并且从今天它就开工了。而且令人纳闷的是，它总也达不到目标。富瓦本是个军人，它却借助威灵顿的枪让他变成一个雄辩家。富瓦在乌古蒙跌了一跤，却又在讲坛上昂起了头。进步就是如此工作的。什么家什，拿在那工人手里，永远好使。它绝不为难，将横跨阿尔卑斯山的那个勇者、怪杰和那宫墙内老态龙钟的病夫都捏在手上，替它做那神圣的工作。它利用那个患足痛风的人，也同样利用那个征服者，利用征服者对外，对内则利用那足痛风患者。滑铁卢在断然阻扼武力摧毁王座的同时，却从另一个角度继承它的革命事业，此外，它束手无策。刀斧手的工作结束，思想家登台活动。滑铁卢试图拦住时代前进的步伐，时代却从它的头顶跨过，继续行程。自由将那种丑鄙的胜利打翻在地。

总之，不能否认，曾在滑铁卢称王的，曾在威灵顿身后窃笑的，曾将整个欧洲的大元帅权杖，据说里面还有法国大元帅的权杖，送到他手中的，曾满心欢喜地推着那满是尸骸的土车去修建狮子墩的，曾洋洋得意地在那基石上刻上一八一五年六月十八日的，曾鼓动布吕歇尔落井下石的，曾像鹰犬一样从圣约翰山向下追击法军的，都是些反革命。都是些无耻地进行阴谋分裂活动的反革命。他们到巴黎后就近对火山口进行考察，感到火山口余灰仍热得烫脚，于是改变计划，扭头吞吞吐吐地讲着宪章。滑铁卢有什么，我们就只能看见什么。自主的自由，一点都不存在。无独有偶无意之中，反革命变成了自由主义者，而拿破仑则被说成革命者，一八一五年六月十八日，罗伯斯庇尔摔下马背。

十八、神权复燃

独裁制度宣告结束。欧洲的一整套体系瓦解了。

帝国在阴影中消失，如同垂死挣扎的罗马世界。黑暗再现，有如重回蛮族时代。但是一八一五年的蛮族是反革命，我们应当称呼它们的小名，那些反革命力气弱，一下子就精疲力竭，突然停住了。我们不能不承认，人们在悼念帝国，并且是满腹激情。假如黩武立国是无限荣耀的，那么帝国就是光荣的。凡是专制所能带来的光明，帝国都悉数奉献了，那种光暗淡无华。与白昼相比，简直是黑夜。黑夜退去，日蚀却带走了光明。

路易十八返回巴黎。七月八日的团圆舞将三月二十日的炽狂冲走了。那科西嘉人和那贝亚恩人，截然不同。杜伊勒里宫顶上的旗子是白色的。亡命在外的君王重登宝座。在路易十四的百合花宝座前摆着哈特韦尔的杉木桌。大家谈着布维纳和丰特努瓦，仿佛事情就发生在昨天，因为奥斯特里茨已经有陈年往事了。神座与王位相互辉映，情同手足。法国和大陆上建立起十九世纪的一种最完备的社会保障制度。欧洲换上了白色帽徽。特雷斯达荣的名声大振。“永远自强”这句名言又出现在奥尔塞河沿营房大墙门上的太阳形拱石中。凡是从前羽林军驻扎过的地方都盖了一所红色的房子。崇武门上堆满了胜利女神，它头顶上多了稀罕物，颇有身在异乡的惆怅，也许忆及马伦哥和阿尔科拉时有些惭愧，于是装上一个昂古莱姆公爵像敷衍。马德兰公墓，九三年的义冢，本是满眼悲怆的凄凉之地，此时却铺满了大理石和碧云石，因为路易十六和玛丽—安东尼特都埋骨于此。万塞纳坟场里立了一块墓碑，让人想起昂吉安公爵死在拿破仑加冕的那个日。教皇庇护七世在昂吉安公爵死后不久为加冕大典祝福过，现在他又安详地祝贺拿破仑的溃败，就像当初祝福他昌盛一样。在申布龙有个年仅四岁的小眼中钉，谁称他为罗马王就要被处于叛逆罪。这些事是如此处置的，而且各国君王均重登王位，而且欧洲的霸主被囚禁起来，而且旧制度又成了新制度，而且整个地球上光明和黑暗调转了位置，因为在夏季的一个午后，有个牧童在树林里曾对一个普鲁士人说："请这边走，别走那边！"

一八一五年的天气是那种阴沉的阳春天气。各种有害有毒的旧物都披上了一层新外衣。一七八九遭到诋毁，神权戴上宪章的假面，小说也离不开宪章，各色的成见、迷信，弦外之音，都对那第十四条念念不忘，自诩是自由主义。而这不过是蛇蜕下的皮罢了。

拿破仑将人变得伟大的同时也变得渺小。理想在这个物质文明昌盛的时代得了一个怪异的绰号：空谈。伟人的严重疏忽，便成了对明天的嘲笑。人民，是如此热恋炮手的炮灰，睁大双眼在寻觅他的踪影。他在哪里？他在做什么？"拿破仑死了。"一个过路人对一个参加过马伦哥战役和滑铁卢战役的伤兵说。"他也会死！"那伤兵喊道，"你应该认识他吧！"想象已把那个被打倒的人神化了。滑铁卢战争之后，欧洲已经是天昏地暗了。拿破仑的消失给欧洲带来了旷日持久的寂寞。

各国的君主填补了这空虚。旧欧洲抓紧时机将自己重新组合。于是神圣同盟出现了。而佳盟早在滑铁卢之战中就神差鬼使地现身了。

对着那个古老的，重新整合了的欧洲，一个新法兰西的雏形出现了。为皇上所嘲笑的未来已经露出了轮廓。它的额头上戴着一颗自由之星，青年一代以炽热的目光注视着它。真是难以理解，他们既热爱未来的自由，又热爱昨天的拿破仑。失败反而将失败者变得无限崇高。倒下的波拿巴似乎比站着的拿破仑更加伟大。胜利者恐惧起来。英国派了赫德森·洛去监视他，法国派了蒙什尼去他那刺探消息。他那交叠于胸前的双臂成了各国君王心头挥之不去的阴影。亚历山大称他为"我的噩梦"。那种恐惧是他心里涌动着的革命力量引发的。波拿巴的信徒的自由主义可以由此得以说明和理解。他的灵魂震颤着旧世界。各国的君主，身居宝座而又忧心忡忡，因为圣赫勒拿岛的顽石依旧浮现在天际间。

拿破仑困在龙坞中哀鸣待毙，倒在滑铁卢的六万伏尸也悄然腐烂了，他们的那种静寂在人世间散布。维也纳会议赖以制定的一八一五年条约，欧洲称之为王朝复辟。

这就是滑铁卢。

但这一切与那悠悠宇宙又何干？那风云，那争战，那继起的和平，那一切阴影，都未曾掠过那双瞩目世界的慧眼，在它看来，一条蚜虫从一片叶子跳向另一片叶子与一只雄鹰从圣母院的这个钟楼飞向那个钟楼，并无本质区别。

十九、夜幕中的战场

我们再回头谈谈那不幸的战场，这于本书十分必要。

一八一五年六月十八日夜，月圆星稀。月色让布吕歇尔的猛追猛打更加便利，为他指示了逃兵的去向，将那浩劫中的人潮交给残暴的普鲁士骑兵，造成了那一场屠戮。天灾人祸中，夜色有时是为杀人助兴的。

在那最后一炮放过之后，圣约翰山的原野上只余下一片凄凉。

英军攻占了法军的营幕，就像往常一样那象征着胜利，在失败者的床榻上安枕入眠。他们越过罗松，安营扎寨。普鲁士军队穷追猛打，向前挺进。威灵顿返回滑铁卢村写军书，将这一好消息告知贵人巴塞司特。

假如想把“有名无实”这个词用得合适，那就必须用在滑铁卢村，滑铁卢什么都没干，它距战场有半法里远。圣约翰山被炮击过，乌古蒙陷于火海，帕佩洛特、普朗尚努瓦都燃着熊熊烈火，圣拉挨遭受过进攻，佳盟目睹了两个胜利者的拥抱；那些地方几乎没人知道，而滑铁卢在这次战争中不费吹灰之力，却尽享了一切荣光。

我们都不愿颂扬战争，所以一有机会，就让战争的实情和盘托出。我们并不避讳，战争有它惊人的美丽；但它的丑恶也是我们不得不承认的，其中最骇人听闻的是，胜利之后即刻从死人身上敛财。战争的第二天，赤身露体的尸体已经被晨曦照耀着。

这是谁的所为，谁如此玷污胜利？是谁偷偷地将手伸在胜利的衣袋里？谁是暗藏于光荣背后干这些罪恶勾当的无赖？有些哲学家，例如伏尔泰等人，一定都会说碰巧是胜利者干的那种事。据说他们都一样，没什么分别，站着的人劫掠倒下的人。白天的英雄在夜里变成了吸血鬼。况且，既已杀其身，再沾点小光也是分内的权利。至于我们，却不敢轻易相信。在我们的眼中赢得了桂冠却又偷一个死人的鞋子，似乎非同一人所为。

有一点是可以肯定的，就是胜利者背后跟着小偷。但是我们应该抛开士兵不谈，特别是现代的士兵。

每个军队都有尾巴，那才是应该控诉的。一些蝙蝠似的家伙，既是土匪又是仆役，在战争的凄惨中生出了的各种飞鼠，穿着军装却不上阵，装病、足跛心黑骑着马，有时带着女人，坐着小车贩货，卖出旋即又随手偷回的火头兵，向军官请求当向导的乞丐、勤务兵、小偷之类，我们不谈现代——以前军队出发——每每都拖上一群这样的家伙，因而被专称为“押队”。没有一个国家或一支军队对那些人负责。他们说意大利语却跟在德国人后面，说法语却跟在英国人身后。就在切里索尔战役胜利的当晚，费瓦克侯爷遇上一个讲法语的西班牙押队，听出他的北方土话后，便视作自家人，当晚在战场上即被那无赖谋害了，东西也被盗。有偷必有贼。有句鄙陋的俚语“靠敌人吃饭”便说明了这种麻风病的来由，唯有严厉的军纪才能医治。有些人是名不符实的，我们不懂为什么某某将军，甚或某某大将军怎会有那么大的名气。蒂雷纳受到他的军士的拥护，正因为他放纵属下肆意抢夺，纵恶竟成了一种仁爱，蒂雷纳仁爱到听任部下焚烧屠杀巴拉蒂纳。军队后面有多少窃贼，全取决于将领的严弛。奥什和马尔索绝对没有押队，威灵顿有但为数不多——我们是愿意讲公道话的。

可是六月十八日到十九日的那一晚有人盗尸。威灵顿军纪严明，有当场缉获格杀勿论的命令，可盗贼依旧猖獗。这样战场这边枪毙盗贼，同时那边却依旧在行窃。

那片原野被惨淡的月光照着。

夜半时分，有人徘徊在奥安凹路一带，更确切地说，是匍匐在那一带。从他的外表看，正是刚才我们描述的那种人，既不是法国人也不是英国人，既不是农民，也不是士兵，三分人相，七分鬼形，他闻到尸体的味道而直流口水，把偷盗当作胜利，现在前来劫掠滑铁卢。他身着一件蒙头斗篷式布衫，鬼鬼祟祟，却浑身是胆，他往前走，又回头查看。这是谁？他有什么来头，也许在黑夜会比在白天更能知道得确切。他没有提包，但布衫下有个显眼的大口袋。他不时地停下，四处张望，怕被人撞见，他突然俯下身子，翻翻地上那些全无声息的东西，旋即又挺起身，偷偷地走了。他那滑行，那神气，那矫捷而神秘的举动，如同黄昏出没在荒山野岭间的孤魂野鬼，也就是诺曼底古代传说中的那种赶路鬼。

夜晚游走在川泽中的某些禽兽就是那样的。

假如有人留心，目光透过那片薄雾，会望见离他眼前不远，在尼维尔路转向从圣约翰山去布兰拉勒的那条路旁的一间破屋后面，正停着一辆小杂货车，可以说，是正藏着，柳条编的车篷涂了柏油，驾着一匹驽马，它已饿到戴着勒子啃荨麻的地步，车里有个女人坐在一些箱子和包袱上面。也许那辆车和那夜色里游走的人有些关联。

夜色宁静。天空片云无存。血染的沙场丝毫没有影响如水的月华，正所谓苍天无情。原野间，炮火折断了一些树枝，却没有掉落下来，仍然连着树皮挂在树上，晚风吹动，轻轻荡漾。一阵像鼻息一样微弱的气流轻拂着地上的野草。那野草一阵微颤，宛如孤魂刚刚游过。

远处英军营幕前，巡夜的兵士逡巡往来的声音，隐约传来。

乌古蒙和圣拉埃，一西一东，都还是烈焰腾腾的，在那两堆烈火之间，远处的高坡上，英军营帐的灯火连成一个大半圆，如同一条解开的红宝石项圈，两端各嵌一颗彩色的水晶。

我们已经讲过奥安凹路上的惨剧。那么多忠勇之士竟死得如此凄惨，想来令人惊骇。

假如世上有件可怕的事，比梦境更现实的事，那必然是：活着，看见阳光，身强体壮，健康而又温暖，可以放声大笑，向自己面前的荣耀奔去，那堂皇灿烂的荣耀，感觉到肺在胸中呼吸、心在胸膛里跳动，是非分明、意志坚定，可以高谈阔论，思索、期望、恋爱，有母亲，有爱人，有儿女，有光明，可是突然，在一声呼号里坠落坑中，跌倒、滚落，压着，被压着，看见麦穗，花朵、树枝和绿叶，却抓不住，觉得自己的刀派不上用场，下面是人身，上方是马体，一切挣扎都是徒劳，眼前一黑，觉得自己被马蹄践踏，肉烂骨碎，眼珠突现，疯狂地噬咬马蹄铁，窒息了，呼号着，奋力辗转，被压在那下面，心中还在寻思：“刚刚我还好好地活着！”

在那突然爆发了惨绝人寰的惨剧的地方，现在已经悄无声息了。那条凹路的两壁之间已被马和骑士填满，密密匝匝、重重叠叠、颠倒横乱，令人魂飞魄散。两旁再无斜壁了。死人死马将那条路填得与旷野等高了，与路边齐平了，正如一升称得满满的粟米。上层是一堆僵尸，底下是鲜血的河流，一八一五年六月十八日晚那条路就是那样。血一直流到尼维尔路，那堆砍倒用来阻拦道路的树木前面积成一个血的湖泊，直到现在，还有人去那里凭吊。我们记得，铁骑军蒙难的地方是在对面，接近热纳普路的那一带。尸堆的薄厚与凹路的深浅形成正比。靠中间那段路，比较平浅，尸堆渐薄了，那是德洛尔部越过的地方。

刚才我们曾向读者谈及那个夜色下的窃贼，正是走向那个地段去的。他嗅着那广阔的坟场的气息。他东张西望。他正检查的是一种令人厌恶之极的死人的队伍。他踏着血泊前进。

突然，他停下了。

在他对面相隔几步的地方，那凹路里尸山的尽头，从那月光下的尸堆中伸出来一只手。

那只手的指头上一个东西在发光，是枚金戒指。

那人俯下身，蹲了下去，待他重新站起时，那只手上的戒指不见了。

他并没有真的站起来，那形态就像一只受了惊吓的野兽，背对着死人堆，目光投向远方，跪着，上身完全支在两只着地的食指上，头伸向凹路那边，向外张望。豺狼的爪子适合于某种行动。

随即，他下了决心，这才站了起来。

此时，他大惊失色，他感到有人从背后拖住了他。

他扭头去看，正是那只本来张开的手，现在已经聚拢，抓住了他的衣角。

诚实的人一定吓得要死，这个人却笑了起来。

“呸”，他说，“幸亏是个死人！如果碰见个宪兵，还不如撞见个鬼”

正说着，那只手已耗尽了气力松开了他。死人的气力毕竟有限。

“怪了！”那贼又说，“这死鬼还活着吗？我得瞧瞧。”

他重新弯下腰，搜索那堆人，他掀开那些碍手碍脚的东西，抓住那只手，握住他的胳膊，把头搬出来，再拖出身子，过了一会儿，他把一个断了气的人，至少也是一个昏迷不醒的人，拖到凹路的阴影里。那是铁骑军的一个军官，而且等级很高，铁甲里露出一条宽宽的金肩章，他的铁盔已经丢了。他脸上血肉模糊，有一条长长的刀口，此外，他的肢体完好无损，并且幸运得很，假如此地还有幸运可言的话，有空隙交叉在他的尸体上，所以他才没有受压。他紧闭双眼。

他的铁甲上，有个银的功勋十字章。

那贼将它拔下，塞进他那斗篷下的大口袋里。

之后，他摸摸那军官的裤腰口袋，将一只摸到的表一并拿走，随后又搜背心，又将搜到的一个钱包塞在自己的衣袋里。

正当他将那危在旦夕的人救到现阶段时，那军官睁开了双眼。

“谢谢。”他气息奄奄地说。

那人搜身动作的急促，夜风的凉爽，呼吸的通畅，让他从昏迷中苏醒了。

那贼没有回答。他抬起头。有脚步声从旷野里传来，或许是什么巡逻队来了。

由于刚刚缓过气，还未完全脱离死神的怀抱，那军官说话声音很低：

“谁胜了？”

“英国人。”那贼说。

“您搜搜我的口袋。里面有一个钱包和一只表。您可以拿走。”

他早就拿走了。

那贼照他说的假装搜了一遍，说：

“什么都没有。”

“已经有人偷走了，”那军官接着说，“太过分了，要不就属于您了。”

巡逻队的脚步声越来越清晰了。

“有人来了。”那贼说，转身欲走状。

那军官用尽气力，伸手将他抓住：

“您于我有救命之恩。您是谁？”

那贼连忙低声说：

“和您一样，是法军的人。我得快走了。如果有人把我抓住，他们就会毙了我。我已救了您一命。现在，您自己逃吧。”

“您是什么级别的？”

“中士。”

“您叫什么？”

“德纳第。”

“我会永远记住这个名字的，”那军官说，“请您也记住我，我叫彭眉胥。”

第二卷 “俄里翁号”战舰

一、从二四六〇到九四三〇

冉阿让再次被捕。

那些惨痛的经历，我们不打算详细记述了，大家想必能够谅解。我们只转摘当时滨海蒙特勒伊那一惊人事件发生几个月后报纸所载的两则新闻。

这两节记录十分简约。我们记得，当时地方法院还没有公报。

第一节摘自一八二三年七月二十五日的《白旗报》：

加来海峡省某县发生了一件稀奇的事。有个来自外省叫马德兰先生的人，在最近数年中，曾经采取一种新方法，振兴了当地的一种旧工业，即烧料细工业。他成了当地的巨富，还有应该说明，该县亦因此而富庶。为了报答他的功绩，大家推举他为市长。不想警厅发现该马德兰先生者，原名冉阿让，系一苦役犯，一七九六年因盗窃入狱，刑满释放，竟又违禁私迁。冉阿让现已重新入狱，据说他在被捕之前，曾从拉菲特银行提取存款五十万，那笔钱款，一般认为系他在商业中所获的非常合法的利润。冉阿让既已重回土伦监狱，那笔款子藏在何处，也就没人知道了。

第二节，比较详尽，摘于同日的《巴黎日报》。

一个刑满释放名叫冉阿让的苦役犯，最近在瓦尔省高等法院受审，案情颇受关注。该暴徒曾蒙骗警察，改换名姓，并窃居我国北部某小城市长。他在该城经营一项商业，规模可观。由于公安人员的高度工作热情，终于揭露真相，缉拿归案。他的姘妇是个公娼，已在他被捕时惊惧而亡。该犯力大超人，曾越狱潜逃，越狱后三四日，又为警方捕获，并且是在巴黎，当时他正要走上一辆行驶在首都和孟费郿村（塞纳·瓦兹省）之间的小车。据说他曾利用那三四日的自由，从某大银行提取了大笔存款。据估计，该款达六七十万法郎。公诉状指出他已将该款藏于某地，除他之外无人知道，所以没被发现。总之该冉阿让已在瓦尔省高等法院受审，他被指控曾手持凶器，于八年前在大路上抢劫过一个如同费尔内元老在他那流芳百世的诗句中提到的那种诚实的孩子：

……
年年均自萨瓦来，
巧手轻轻频拂拭，
善替长突除煤炱。

那匪徒放弃申诉。经司法诸公一番高论雄辩后，他那盗案已被定为累犯罪，并经指出冉阿让系南方某一匪帮成员。因而罪证一经公布，该冉阿让即被处以死刑。该犯拒绝上诉。国王无边厚恩，恩准减为终身苦役。冉阿让即被押往土伦监狱。

我们没忘，当初冉阿让在滨海蒙特勒伊一向谨遵教规。所以有几家报纸，例如《立宪主义者报》便认为这次减刑，宗教界功不可没。

冉阿让在监狱换了号码。他叫九四三〇号。

此外，我们一次讲明，以后再也不提了，滨海蒙特勒伊的兴旺已经同马德兰先生一并消失了，凡是在那个令他忧心忡忡，踌躇犹豫的夜晚，他所预见的一切都变成了现实，抛弃了他，如同抛弃了灵魂。自他垮台后，滨海蒙特勒伊便出现了自私自利，分崩离析的残局，那种局面本是干大事的人失败后经常出现的，人在事业繁荣，树倒猢狲散，那种惨剧，每天都在人类社会中上演，历史上却只有在亚历山大死后出现过一次。部将们各自称王，工头们自以为业主。竞争猜疑一并涌现。马德兰先生的大工厂关了门，房倒屋塌，工人解散。有的背井离乡，有的改了行。从那后，一切都改为小范围内进行，没有大规模的了；人们均图利己不求益人。中心一旦失去，竞争，顽强的竞争，一时四起。马德兰先生曾主持一切，指挥管理。如今，他倒台了，于是每个人都为念着自己；相互掣肘取代了互相配合，粗野取代了诚挚，互相仇视取代了创办者对人们的关心；马德兰先生所结的丝乱了，断了；人们开始偷工减料，粗制滥造，损坏了声誉；产品滞销，订货锐减；工资降低，工厂停业，最终倒闭。从此穷人一无所有。过往如云烟般消逝。

政府也感到失了一根栋梁。自从高等法院的判书为了监狱的利益，说明马德兰先生确系冉阿让后，四年之内，滨海蒙特勒伊一县的税收就翻了天，一八二七年二月维莱尔先生曾在议会上提及了这种情形。

二、也许是两句鬼诗

在讲下去之前，我们不妨详细地讲一条怪闻，这桩怪事几乎是同时发生在孟费郿的，而且与公安人员的推测不谋而合。

孟费郿有一种由来已久的迷信传说，在巴黎附近，居然还有一种迷信能四处传播，这事够稀罕的，正好像说西伯利亚出产沉香。我们是重视稀有植物的。那么，就让我们谈谈孟费郿的迷信。人们都相信，魔鬼早在无史可查的年代就已选定当地的森林作藏他的宝贝。婆婆妈妈们还十分肯定地说，天擦黑时，在空旷的树林里，经常会有一个黑人现身，面貌像个车夫或樵夫，脚穿木鞋，身穿粗布衣裤，他的特点是不戴帽子，而且头上还长着两只硕大的角。这一特征证实了他的身份。这人时常在地上挖洞。碰上这种事的人，有三种方法应对。第一种，走过去和他说话。你就会发现他只是个寻常的村民，他黑，是因为天黑的缘故，他并没有挖洞，只是在割喂牛的青草，他头上长角，是因为他背上背着一个粪叉，从暮色中望去，就像是头上长的角。你回家之后，不到一个星期就得死。第二种，就是看住他，等他挖好洞盖上土走了之后，你再跑过去挖他的坑，把它掘开，取出那黑人藏在洞里的“宝”。那么做，你活不到一个月。第三种，就是决不和他说话，不看他，赶忙逃走。也活不过一年。

这三个法子都有不妥之处，第二种比较有利，至少可以得到宝物，哪怕只活一个月也很值得。因此那是被广泛采用的方法。有些胆大的汉子，要钱不要命，据说他们曾经多次，而且有根有据，确实挖开那黑人的洞，发了些魔鬼财。据说收获并不十分可观。至少，也该相信这古老的传说，而且尤其应当信的一个叫特里丰的诺曼底僧人针对这一问题用蛮族拉丁文写了两句叫人莫名其妙的歪诗。这僧通晓巫术，为人凶狠，死后埋在鲁昂附近波什维尔地方的圣乔治修道院，他的坟上竟生了些癞蛤蟆。

那些坑，通常挖得很深，大家费尽了力气流着热汗；去搜寻，彻夜劳作，因为那种事总是在晚上干的，衬衣被汗浸透，蜡烛烧光，锄头挖出了缺口，挖到坑底，“宝物”得手时，会看见些什么呢？那魔鬼的宝贝是什么呢？是一个苏，有时是一枚金币，一块石头、一具枯骨，一个滴血的尸首，有时是个死鬼，打打折算，就像公文包里的一张信纸，有时空无一物。特里丰那两句歪诗所表达的和那些喜欢讨嫌滋事的人的情形很相似：

他在土坑里埋下他的宝贝，
古钱、银币、石头、僵尸、雕像、一无所有。

到今天，据说还有人会找到一个火药瓶及几颗子弹，有时会找到一副满是油污黄红色的旧纸牌，很明显，那是魔鬼们玩过的。特里丰没有提过后来这两样东西，因为他生活在十二世纪，魔鬼们还比较愚笨，不能在罗歇·培根之前发明火药，也不能赶在查理六世之前发明纸牌。

而且，如果有人拿那些牌去赌博，他必输无疑；至于那瓶中的火药，它的功能就是让你的枪管把你的脸开花。

再者，公安人员曾经怀疑，那被释的苦役犯冉阿让，在越狱潜逃的那几天，曾在孟费郿一带躲藏；不久，又有人注意到在同一个村子里，一个叫蒲辣秃柳儿的老修路工，在那树林里也出没过。那地方的人都说蒲辣秃柳儿当过苦役犯，他的生活起居还在受到警方的监察，因为他到处都找不到活儿干，政府便低价雇他在加尼和拉尼之间的那条路上当修路工人。

当地人对那蒲辣秃柳儿是另眼相待的，他为人极其周到，极度谦恭，见了什么人都赶紧摘帽行礼，见了警察更是一边颤抖，一边笑脸相迎，有些人说他很可能和某些匪徒有关系，怀疑他一到傍晚就潜伏在丛林的角落中。他唯一的嗜好是喝得酩酊大醉。

大多数人是这么传说的：

近些天蒲辣秃柳儿早早就收工了，他带着他的十字镐钻进树林。有人在黄昏时分在那些极其荒凉的空地里碰见他，那是最浓密的树丛，他好像在寻找什么东西，有时也在地上挖洞。那些路过的婆婆妈妈们遇见他，还以为他是巴力西卜，过后才认出那是蒲辣秃柳儿，却仍不敢放心。蒲辣秃柳儿好像也不愿意碰见那些过路人。他刻意回避，显然，他心里藏着不可告人的秘密。

村里有些人议论：“显然，魔鬼又来了。蒲辣秃柳儿看见他了，他在寻宝。说实话，要是他能捉到鬼王，可真是了不起呢。”一些没有看见的人还补充道：“不知道最后是蒲辣秃柳儿抓鬼呢，还是他让鬼捉了去。”那些老太婆一个劲儿地在胸前画十字。

过段时间，蒲辣秃柳儿在那树林里的活动停止了，依旧循规蹈矩地当他的路工。大家的谈话焦点也就转向别的事情了。

有些人仍旧反复思索，认为这里面并不完全是那古老传说中渺茫的宝藏，而是一笔比鬼蜮银行的钞票更实惠些，实实在在的横财，这里边的机关，那路工一定只发现了一半。“心里最惦记”的人就数那小学老师和客店老板德纳第，那小学老师结交所有的人，甚至不惜与蒲辣秃柳儿结朋作友。

“他做过苦役犯吧？”德纳第常说，“哼！我的上帝！谁也不知道今天谁会坐牢，也没人知道明天谁要进监狱。”

一天晚上，那小学老师肯定地说假如在从前，政府早就调查蒲辣秃柳儿在树林里的那些勾当了，也必定向他了解过，如果有必要，也许还要用刑，蒲辣秃柳儿大概就招供了，他肯定受不了，比如说，那厉害的水刑。

“我们给他来个酒刑。”德纳第说。

他们四个人一块儿，请那个路工喝酒。蒲辣秃柳儿痛痛快快地喝了一阵儿，却没说什么话。他用非同寻常的说话艺术和老道的手法同他们周旋，既能像个醉鬼那样痛快地喝酒，也能像法官那样寡言少语。可是德纳第和那小学老师一再探问，将他无意间泄露的几句不好理解的话串起来，向他紧逼，他们觉得已经了解到了一些实情：

一天早上，蒲辣秃柳儿在天蒙蒙亮时去上工，看见在树林的一角，一片荆棘下面，掩着一把锹和一把镐，好像是有人掩藏的。同时他想到那很可能是挑水工人西弗尔爷爷的锹和镐，也就没多想。可是当天傍晚，他看见一个人由大路向密林深处走去，而他却不会被看见，因为有棵大树把他遮住了，他发现“那根本不是本地人，而且是他，蒲辣秃柳儿再熟悉不过的一个故人。”据德纳第推断，“是个苦役牢里的朋友了。”蒲辣秃柳儿怎么也不肯说出那人的名字。当时那人掮着一包东西，四四方方，像个大盒子也许是个小箱子。蒲辣秃柳儿很诧异。七八分钟之后，他才想到跟上去瞧个明白。但是太晚了，那老相识已经走进密林深处，天已经黑了，蒲辣秃柳儿没跟上他。于是他决定在树林外面守望。“月亮上山了”。两三个钟头之后，蒲辣秃柳儿看见那个老相识又从树丛中走了出来，可是他肩上的小箱子不见了，取而代之的是一把锹和一把镐。蒲辣秃柳儿目送老相识走远，并没有想到要和他去打招呼，因为他心想那人的力气比他大三倍，手里又有镐，如果认出他来，并发现自己让人识破了，很可能打死他。老友重逢，竟如此以诚相待，真叫人感慨万千。蒲辣秃柳儿又猛地想起早上掩埋在荆棘丛里的锹和镐，他跑过去看，可是锹和镐都不见了。从而他明白了，认为那老相识走入丛林后，便用那镐挖了个坑，把他的小箱子埋起来了，又用锹填上土，掩上那个土坑。况且那箱子那么小，装不下一个死人，那么一定是装了钱。所以，他想找。蒲辣秃柳儿已经仔细研究过整个树林，推测过，寻找过，凡是有新动土的痕迹的地方他都翻了个遍。一无所获。

他什么都没“抓住”。在孟费郿就没人再去想这件事了。不过还有几个老实的老婆子在说：“加尼的那个路工肯定不会无缘无故费那么多气力，一定是魔鬼又来了。”

三、事先必有准备，才一下就敲断脚镣

同一年，一八二三年，十月底，土伦的居民都看见“俄里翁号”战船回港；后来那条战船就停在布雷斯特充做练习战舰，但是当时还属地中海舰队管辖，因为遭遇大风损坏，才回港维修。

那条巨轮在海上遇上了风难，损失惨重，在驶进船坞时费了很大劲儿。我已记不清当时它挂着什么样的旗子了，照例它应该接受十一响礼炮，它也要一一以炮还礼，总共是二十二响。礼炮，是王室和陆海军的礼节，是相互表达崇敬之情的轰鸣，军容的标志，船坞和炮垒的家常便饭，日升日落，城门开关，诸如这样的事，均由所有的炮垒和所有的战船鸣炮致意；有人计算过，文明世界在全球上鸣放礼炮，平均每二十四小时要放十五万发，却没有一丝一毫的用处。按每发六法郎计算，每天就是九十万法郎，每年三千万，全化作缕缕青烟。这不过是桩小事。与此同时，大批穷人被活活饿死。

一八二三年是复辟王朝称作的“西班牙战争时期”。

那次战争是一件事里包含了很多事，并且有许多新奇之处。那是波旁家族一件重要的家事，法兰西的一支支援和庇护了马德里的一支，就是说，维护嫡亲继承制的举动，是我国民族传统的一次表层的整合；自由主义派报刊称其为“安杜吐尔英雄的昂古莱姆公爵先生，以一种与他平时镇定从容的神态完全不同的得意之情，镇压了和自由主义派的空想恐怖政策大相径庭的宗教裁判所的实实在在地地道道的恐怖政策；以赤膊鬼称号再度出现的无套裤汉使那些享用亡夫赡养费的寡妇们惊惧无比；还有称进步为无政府状态而横加阻拦的专制主义；一七八九年在颠覆活动中突然中断各种理论；全欧洲对风靡全球的法兰西思想进行恐吓；带上羽林军士的红呢肩章，充作志愿军人的加人镇压各族人民的国君十字军并和法兰西的儿子，大军统帅协同作战，化名为查理——阿尔贝的加里昂亲王；休整了八年，已垂垂老矣，又带上白色帽徽灰头土脸地踏上征程的帝国士兵；由少数英勇的法国人在国境之外高高举起的三色旗叫人想起三十年前飘扬在科布伦茨的白旗；混进我们队伍的僧侣；被枪刺镇压了的追求自由和变革的精神；为武力所左右的主义；以武功摧毁自己在思想领域中的成就的法兰西；还有，被收买的敌军将领，不知如何进退的军士，被围困于亿万金钱城市；没有战争的险情，却随时可能爆炸，正像突然闯入一个火药坑一样；流血少，荣耀寡，差不多个个面带惭愧，但无人觉得脸上有光；以上这一切，便是西班牙战争，是路易十四后代中的一些王爷发动的，由当年拿破仑的一些部将所主持的。它有这样一种凄惨的特征：既不足以与前人任何伟大的军事行动相比，也不能与前人任何伟大的政治策略相提并论。

有几次战役是严肃的，例如对特罗卡德洛的占领，就是一次比较壮观的军事行动；但是，总的来说，我们再次重申，那次战争中的号角既然吹得不够嘹亮，整个动机既然模糊不清，历史也就证明了法兰西确实是难以接受那种虚有其表的光荣。西班牙的某些奉命坚守的军官，显然是轻易就退缩了，让人想到在那胜利当中贿赂所起到的腐蚀作用；好像我们赢的不是战争，只不过是一些将军，以致胜利返国的士兵们满脸愧色。那的确是一次丢脸的战争，旌旗招展之间露出“法

兰西银行”几个字。

在一八〇八年轰轰烈烈攻占萨拉戈萨的士兵们，到了一八二三年，看见那些要塞轻易地开城迎敌，他们眉头紧皱，叹息自己没有遇上帕拉福克斯。法兰西的个性喜欢罗斯托普金远胜于对巴列斯帖罗斯的喜爱。

还有一点更为严重，更值得强调，那次战争在法国，既损害了黩武主义，也激怒了民主思想。那项事业只是为了奴役人民。法国的士兵都是民主的儿子，可是那次战役，它的任务却是往别人的脖子上套枷锁。这样违反情理是可耻的。法兰西的使命是唤醒各族人民的灵魂，而不是将其镇压。自一七九二年以来，整个欧洲的革命都是与法国革命相联系的，自由之光从法兰西射出去，宛如阳光普照。有眼无珠的人才会视而不见。这是波拿巴的话。

一八二三年的战争是对善良的西班牙民族的暴虐，同时也是对法兰西的自残。而那种侵略他人的丑陋行径，却是法兰西所为，而且是粗暴的侵略，因为一切军事行为，除了解放战争外，全是粗暴的侵略。“被动的屈服”这个词足以表明。军队是一种奇特的伟作，是无数薄弱意志组合形成的强大力量。可以这样描述战争，战争是人类在不由自主地形势下对人类进行的侵略。

对波旁家族而言，一八二三年战争正是他致命的硬伤。他们以为那场战争他们是胜利者。他们完全忽略了用强硬手段扼杀一种思想是多么危险。他们从那种天真的幻想出发，竟荒谬到用犯罪来巩固自己的统治，而忘了罪行只能将削弱自己。昼伏夜盗的伎俩把他们的政治已经渗透了。一八三〇已经从一八二三年萌芽。西班牙战役在他们的内阁会议上成了武力致功，神权取胜的论点。既然法国能在西班牙恢复“至高无上”的地位，在自己国内自然也能重行君主专制。他们误把军人的服从当成国民的意愿，那错误很是骇人。那种信任导致了王位的倾覆。在毒树与军队的阴影下，都是不能酣畅入眠的。

我们回过头来谈那“俄里翁号”战船。

当亲王率领的军队正在作战时，有一队战船正在穿越地中海。刚才我们已经说过，“俄里翁号”正隶属那支舰队，因为海上正有风暴，已经驶回土伦港了。

一条战船出现在港内，对群众有一种超乎寻常的吸引力。那是由于那东西真正伟大，群众所喜爱的也正是这样的伟大。

战船能够表明人力与天工的辉煌的组合。

战船同时是由最重和最轻的物质组成，因为它跟固体、液体、气体三种状态的东西都发生联系，又与那三种东西中的任何一种相矛盾、相斗争。它有十一个铁爪，用来抓住海底的岩石，它有比蝴蝶还多的翅膀和触须，伸进云霄，集中风力。它从那一百二十门大炮中吐气，好像是个奇大无比的号筒，用以对答雷霆，也绝不逊色。海洋想让它在那没延几千里的惊涛骇浪中迷航，但是船有它的灵魂，有它那由始至终驱向的北方，有替它指方向的罗盘。在黑夜中，它有探照灯来代替星光。这样，它有御风的帆、索，防水的木板，防礁的铁、铅、铜，防暗的灯光，还有对抗无际的大海的航舵。

如果有人想见识一下那战船如何庞大，只需走进布雷斯特或土伦的那种带顶的六层船坞。正在建造的战船，不妨说，如同罩上玻璃罩似的。那条巨梁是用来挂帆的横杠，那根倒在地上长得望不见头的柱子，是一根大桅杆。从它那直深进坞底的根部算起，算到那插入云端的尖顶，它长约六十脱阿斯，底的直径有三尺长。英国的大桅杆，从水面到顶端，有二百十七英尺高。我们以前的海船采用铁缆，今天我们用铁链了。从一艘有一百门炮的战船来讲，单是那铁链堆起来就有四尺高，二十尺长，八尺宽。而且制造那样一条船？要用多少木料呢？三千立方公尺。可以说是整个森林飘浮在水上。

另外，我们必须注意，此刻我们谈的是四十年前的战船，只是简单的帆船。蒸汽在当时还处于幼年阶段，后来才出现那种精制无比的新式军舰。到今天，打个比方，一条机帆齐备，装有螺旋推进器的船，才真是一种吓人的机械，它的帆面积达三千平方公尺，汽涡有二千五百匹马力。

不谈这些新的奇迹，克里斯托夫·哥伦布和吕泰尔所乘坐的古船就已经算是人类的伟绩了。它的动力似乎用不尽，如同天空中无穷无尽的空气，它把风兜进帆里，在一望无际的大海上，它从未迷航，它乘风破浪，自由往返。

可是有时会突然刮起一阵狂风，把那六十尺长的帆杠如同折麦秸一样一分为二，把那四百尺高的桅杆吹得像根芦苇，来回荡漾；重达万斤的锚，也会在狂澜中摇摆不定，好像渔人的钓，鱼钩落进鲸鱼的巨口；妖怪似的大炮，发出悲哀的吼叫，可是夜色凝重，海天一色，炮声随风即逝，四望苍穹；那一切威力和雄姿，都淹没在另一种高大有力的威权之中了。

人们看见显赫一时的威力踏上穷途，总免不了神色黯然，心有所想。所以海港边常凑着无数游手好闲的人，围着那些精巧的战船和帆船，驻足凝望，连他们自己也不明白这究竟是为什么。

所以每天从早到晚，土伦的码头、堤岸、防波堤上，都站满了一群群无所事事和游手好闲之徒，按巴黎人的说法，看“俄里翁号”是他们的正经事。

“俄里翁号”是条有故疾的船。在它以往的历次航行中，船底已结了厚厚的介壳，故使它的航速减少了一半，去年曾把它拖出水面，剔掉介壳，随后又下水了。但那次修整损伤了船底的螺栓。它走到巴利阿里群岛时，船身不得力，裂了口，由于当时的舱底还没有用铁皮铺上，那条船漏水了。一阵暴风刮来，船头的左侧和一扇舷窗破裂，并且前桅杆绳索的栓柱也坏了。因为已经伤痕累累，“俄里翁号”又驶回了土伦港。

它停泊在兵工厂附近，一边修整，一边精修。在右舷上，船壳没有受伤，但为了让船身内的空气通畅，按照习惯，揭开了几处舷板。

一天早上，观众们目睹了一件意外事故。

当时，海员们正忙于上帆。负责管理大方帆右上角的那个海员突然身体失衡。他的身子左右摇晃，挤在兵工厂码头上的观众一齐叫喊，只见他头重脚轻，绕着那横杠转圈，双臂临空；他正往下倒，一只手握住了一根踏脚用的绳环，另一只手也马上抓了另一个绳环，就那样半悬在空中。他的身下是深不见底的大海，这让他头晕眼花。他的身体下落时产生的冲力撞着那绳子在空中剧烈摇摆。那人吊在绳子的末梢，摇摆不定，如同投石带上的一颗石子。

去救他，生命会受威胁，实在令人害怕。船上的海员们都是些刚刚招募来当差的渔民，谁也不敢挺身相救。那时，那个不幸的帆工逐渐气力不支，人们看不见他的痛苦表情，都看得见他已经手脚疲乏。他的双臂直吊在空中，一个劲儿地抽搐着。他想向上攀登，但每次用力，都只能让那绳子摇摆得更剧烈。他一声也不喊，唯恐耗尽气力。大家都望着他那很快就要松开的绳子，所有的人都不时扭头过去，以免看见他落下时的惨景。人的生命通常会系在一小截绳索，一根木杆、一根树枝上，眼睁睁地看见一个生龙活虎的生命，像一枚成熟的果实，脱离树枝往下落，那真是叫人不忍目睹的。

大家忽然看见一个人，像猫虎一样矫健敏捷，他在帆索中间向上攀援。那人身着红衣，这是个苦役犯，他头戴一顶绿帽，证实他是一名终身苦役犯。攀到桅棚上面时，一阵风把他的帽子吹倒了，一头白发露了出来，原来他已很老了。

那的确是个苦役犯，代替狱中苦役，他被调到船上工作，事发时，他便跑去找那个值班军官，正当全体船员都惊恐万状手足无措时，他已向军官提出，让他牺牲生命去救那帆工。军官只点了一下头，他就一锤把脚上的铁链敲断，拿起一根绳子，飞身上了索梯。当时谁都没注意他那条铁链怎么会一下子就断了。只是事后人们才回想起来。

一眨眼的功夫，他已到了那横杠的上面。他停了几秒钟，仿佛在估算那距离。他望着那帆工吊在绳子末端，荡在风中，那几秒钟，对于站在下面观看的人来说，仿佛是过了几个世纪。后来，那苦役犯双目视天，又前进了一步。观众们这才喘了一口气。大家看见他顺着那横杠一口气跑向前。跑到杠子的顶头后，他把带去的绳子一头系在杠上，一头垂下，接着双手抓住绳子，顺势下滑，当时每个人心中都有一种难以言表的焦急，现在悬在当中的不是一个人了，而是两个了。

只如同刚刚捉住一只飞虫的蜘蛛，只不过那只蜘蛛是救命的，而不是来夺命的。所有人的目光都集中在那两个生命身上。谁也没喊一声，连一句话也没说，大家都皱紧眉头一块发抖。谁都不肯吐口气，仿佛一吐气就会让风力大增、让那两个不幸的人摇摆得更厉害似的。

那时，苦役犯已滑到海员身边。这时，如果再迟来一分钟，那人就会精疲力尽，绝望地跌入深渊；苦役犯一手抓住绳子，一手用那绳子将他牢牢系住。随即，大家望着他重上横杠，把那海员拉上去；他又扶他在那儿站了一会儿，好让他恢复一下体力，随后，他双手将他抱起，踏着横杠，把他送回桅棚，交给他的同伴们。

这时，观众齐声欢呼，有些年老的禁子还流下了眼泪，码头上的女人们都紧紧拥在一起，所有的人都被刺激发出愤怒的叫喊：“应该赦免那苦役犯。”

而他呢，那时规规矩矩，马上下来，赶紧归队去做他的苦差。为了早点归队，他顺着帆索往下滑，又踏着下面的一根帆杠往前跑。所有的目光都追随着他。一时间，大家全慌了，也许是他太累了，也许是他年老眼花，大家看见他仿佛有点迟疑，身子轻微摇晃。观众们一齐大叫：那苦役犯掉到海里去了。

那样摔下去是很危险的。轻巡洋舰“阿尔赫西拉斯号”当时就停在“俄里翁号”旁边，那可怜的苦役犯正落在两艘船之间。他会被冲到这一条或那一条船的下边去。四个人连忙跳上一条舢板。港口上的人们齐声鼓励他们，所有的人又开始焦急万分了。那个人再也没有浮出水面。他掉进海里，水面上没有泛起一丝波纹，如同掉进了油桶似的。大家在水上打捞，又泅到海底搜寻。一无所获。大家一直忙到傍晚，也没找到尸体。

第二天，土伦的报纸上，刊登了这样一段话：

一八二三年十一月十七日。昨天，有个在“俄里翁号”船上服役的苦役犯，在营救一名海员归队时，掉进海里淹死。尸体没有找到。据推测，他可能陷在兵工厂堤岸尽头的那些尖桩下面。那人在狱中的号码是九四三〇号，名叫冉阿让。

第三卷 实践诺言

一、孟费郿的吃水问题

孟费郿位于利弗里和谢尔之间，在乌尔克河与马恩河之间的那片平原的南麓。今天，那里已是一个大市镇了，全年一律是这样，每到周日会有一群兴高采烈的绅士们光临粉墙别墅。一八二三年的孟费郿却没有这么多粉墙别墅，也没有那么多悠然自得的绅士。那只是个林木中的乡村。当时比较漂亮的房屋只有那么稀稀落落的几座，气宇轩昂，有盘花铁栏杆环绕的阳台，深浅不一的绿色映在长窗的小块玻璃上、映在紧关着的漆成白色的百叶窗上，看得出来，那些房屋是前一世纪的产物。可是孟费郿依旧是个乡村。四处游走的行商坐贾，以及喜欢游山玩水的雅士们还没有发现它。那是一个祥和安静、不在任何交通线上的小地方，那里的人们过着物价低廉，好讨生计，衣食不愁的乡村生活。遗憾的是地势偏高，水源匮乏。

人们要走一段相当远的路，才能取到水。村里靠近加尼那头的居民要到树林里一方幽静的池塘边才能取到水；住在礼拜堂附近靠谢尔那边的人，必须到距谢尔大路不远，到孟费郿大约有一刻钟路程的半山腰里，只有在那里的一处小泉才能取得水。

因此水的供应成为每家相当辛苦的工作。那些大户人家，贵族阶级，德纳第客店就属那个阶级，通常花一文钱到一个靠挑水谋生的老汉那儿买一桶水，那老汉在孟费郿卖水，大概每天能赚八个苏；可是夏季他只工作到晚上七点，冬季只工作到五点；天黑后，待楼下的窗子都关上后，谁没水喝就得自己去取，或者干脆渴着。

那正是小珂赛特最害怕的事，那个可怜的小姑娘，读者也许还记得吧。我们记得，珂赛特在德纳第夫妇眼中有双重作用：他们既能从孩子母亲身上得到钱财，又能白白使唤孩子的劳力。因此，当她母亲完全停止寄钱后——在前几章里我们已经知道她停止汇款的原因——德纳第夫妇却依旧扣留着珂赛特。有了她，他们就可以少雇一个女工。既然她有着这样的地位，只要需要取水，她就得去。那孩子一想到要在黑夜里摸到泉边取水，便心惊肉跳，所以她非常留心，从不让东家缺水。

在孟费郿，一八二三年的圣诞节过得格外热闹。初冬时分，天气暖洋洋的，没有结冰，也没下雪。几个从巴黎来的耍把戏的，得到乡长的许可，把板棚搭在村里的大街上，同时还有一群跑江湖的商贩，也得到同样的特许，在礼拜堂前的空地上支起了一些临时铺面，并一直延伸到面包师的巷子里，我们也许还没忘，德纳第的客店就在那条巷子里。所有的客店、酒店都挤满了人，这个清静的小地方呈现出一派喜气热闹的气象。还有一件事，我们应该提及，这才算得上一个忠实的叙述历史的人。陈列在空地上的那些奇形怪状的东西中，有个动物陈列馆，那里有几个小丑，真不知道那些人来自何处，衣衫褴褛，相貌丑陋，在一八二三年他们便已拿着一头巴西产的那种骇人的秃鹫给孟费郿的村民们看，那种秃鹫的眼睛很像一个三色帽徽，直到一八四五年王家博物馆才搞到那样一只。自然科学家称那种鸟为，我想，应该叫卡拉卡拉·波利波鲁斯，属于猛禽类，鹰族。村里有几个善良的退伍老兵，是波拿巴的旧部，看到那鸟，不禁升起恋主之情。耍把戏的人宣称那三色帽徽式的眼睛是独一无二的，是慈悲的天主特地为他们的动物陈列馆创造出来的。

就在圣诞节那天晚上，有好多人，几个车夫和货郎，正在德纳第客店的那间矮厅里围坐在桌子旁喝酒，那桌上点了四五支蜡。那矮厅跟所有酒食店的厅堂没什么分别，有桌子、锡酒罐、玻璃瓶，有人喝酒，有人抽烟，光线昏暗，人声喧杂。可是一八二三年那一年，有产阶级的桌子上，总少不了两样时髦货：一个万花筒和一盏白铁灯闪闪发光。德纳第大娘正在一只火焰腾腾的烤炉边准备晚饭，德纳第老板陪着他的客人喝酒，高谈阔论。

那些谈话的主题是西班牙战争和昂古莱姆公爵先生，从那一片嘈杂的人声中偶尔会传出一两段富有地方特色的评论，比如：

“靠楠泰尔和叙雷纳那边，酒是高产量的。原来估计只有十成，实产却有十二成。榨出的汁水多得很。”“可是不见得酿酒葡萄都是熟透的吧？”“那些地方的葡萄不熟就得收。要是收成熟的，春天的时候，那酒就要生垢。”“那么，那些都是淡酒了？”“比本地的酒还淡。葡萄还是绿的，就得摘下来……”

也许一个磨坊工人高声大叫：

“我们能负责口袋里的东西吗？那里全是小颗的杂种，去不了壳，我们想办法开那种玩笑把它们一块送进磨子，里边有稗籽、茴香籽、瞿麦籽、鸠豆、麻籽、嘉福萝籽、狐尾草籽，还有一大堆别的什么东西，有些麦子里还有小石头，尤其是在布列塔尼产的麦子里，尤其多。我真讨厌磨布列塔尼的麦子，这跟锯木工不乐意锯带钉子的木料没什么分别。您想想那麦子能磨出一大堆的灰渣子来。可是人家还老抱怨面粉差劲。他们不知道情况。磨出那样的面粉，错可不在我们。”

在两个窗口之间，一个割草工和一个场主坐在桌旁，正商量着来春草场的工作，那割草工说：

“草湿了，没什么坏处，反而容易割。先生，露水可是样好东西。没关系，那草，您的草，还嫩着呢，不好割。那么软，一碰刀口就低头……”

珂赛特待在她的老地方，她坐在壁炉旁一张切菜桌子下面的横杆上。穿的衣服破烂不堪，打着赤脚，套一双木鞋，凑近炉火借着微光给德纳第家的小姑娘织绒线袜子。一只小猫崽儿在椅子下嬉戏。可以听见隔壁两个孩子银铃一样的谈笑声，那是爱潘妮和阿兹玛。

壁炉角上，挂着一根皮鞭。

一个很小的孩子的哭声不时地从那房里传出，在一片嘈杂声中显得又尖又细。那是德纳第大娘前两年冬天生的一个小男孩，她常说：“不知为什么，可能是因为天冷。”那小孩刚刚三岁多一点，母亲给他哺乳，但不爱他。那小东西的急叫实在让人恼火时，德纳第便说：“你儿子又在鬼哭狼嚎了，去瞧瞧他要什么。”妈妈回答说：“管他呢！真讨厌。”那没人管的孩子接着在黑暗里哭喊。

二、两幅人像

这部书里，我们仅仅见识过德纳第夫妇的侧影，现在应该从前后左右，各个层面将这对伉俪看个清清楚楚。

德纳第年过五十，德纳第大娘近四十，那也算是女人的五十岁了，所以从年龄上讲，他们夫妻俩是平等的。

读者和德纳第大娘有过初次会面，现在应该还有些印象，她是个身材高大，头发微黄，肤色偏红、臃肿、肥胖，虎背熊腰，伟岸魁梧、行动敏捷的妇人，我们说过，集市上常会见到那种巨无霸似的泼妇，头发上挂几块铺路的石头，在人前搔首弄姿，德纳第大娘就是那一种。她在家里料理一切，铺床叠被，打扫房间，洗衣烧饭，作威作福，横冲直撞。珂赛特是她唯一的仆人，如同一只服侍大象的小鼠。只要她开口，玻璃窗、家具、人，一切都要震上三颤。她一脸横肉又满生雀斑，看上去像个漏勺，她长着短髭。简直是理想中假扮姑娘的强壮汉子。她骂起人来无人敢敌，她夸口说能一拳打碎一个核桃。假如她没念过那些小说，那母老虎也不曾从那些奇书里学会发嗲装媚，谁也想不到她是个妇人。德纳第大娘是那种多情女子与泼妇的结合体。人们听她讲话，就会说“这是个大兵”，见她喝酒，就会说“这是个赶骡子的车夫”，看她折腾珂赛特，就会说“这是个杀手”。她休息时，一颗獠牙还伸出嘴外。

德纳第却是个身材短少，精瘦，脸色铁青瘦骨嶙峋，看着像个病猫实则异常健康的人，他那表里不一、色厉内荏的性格从这已经开始显露出来。他为了防备别人总是满脸堆笑，几乎对所有人，甚至对一个向他讨一文钱而未果的乞丐，也都毕恭毕敬。他的目光像黄鼠一样柔滑，貌似温文尔雅。正像德利尔神甫的那种神志，他格外殷勤，喜好陪车夫们喝酒。没有人能把他灌醉。他经常嘴上叼根大烟斗。穿件粗布褂子，褂子下是一身旧的黑色衣裤。他自诩喜爱文学和唯物主义。他的嘴上时常挂着一些人的名字，作为他东扯西拉时的凭证，伏尔泰、雷纳尔、帕尔尼，而且说来也怪，还有圣奥古斯丁。他自有一套说教，其实都是蒙人的，只能说他是个贼学家。哲和贼的微妙区别是不难理解的。我们记得他谎称自己立下过汗马功劳，他常说得唾沫横飞，告诉人们说他在滑铁卢战争时是某个第六或第九轻骑队的中士，他孤身一人对抗过一中队杀人不眨眼的骑兵，用自己的肉身掩护过一个“负了重伤的将军”，顶着枪林弹雨把他救了出来。所以，在他的门墙上才会有那么一块火药味很浓的招牌，地方上的人才会叫他的客店为“滑铁卢中士客店”。他是自由主义者、古典主义者、波拿巴的崇拜者。他曾经申请加入美洲殖民组织。村里人都认为他受过传统的教育。

我们只认为他在荷兰受过如何当客店老板的教育。这一背景复杂的无耻之徒，恬不知耻地经常流窜在国境上，天天窥视形势，在佛兰德以自谓是来自里尔的佛兰德人，在巴黎自称是法国人，在布鲁塞尔又自称是比利时人。在滑铁卢他的英勇表现我们是一清二楚的。我们知道，他多少在夸大其词。风波的起伏，人事的变幻无常都成了他谋生的时机，因为心地不够淳一，所以身世飘零，这是极有可能的，在一八一五年六月十八日那个狂风暴雨的日子里，德纳第正是我们先前说过的那种跟随军队以小贩为名，偷摸扒窃的败类，途中窥伺敌人，与这些人做买卖，从那些人那偷东西，妻儿一块全上破车，跟着上前线的队伍前进，凭着那点小聪明，始终尾随打胜仗的队伍。那次战役后，按他自己的说法，得了些“油水”，于是到孟费郿开了家客店。

那油水无非是些钱包、手表、金戒指、银十字架，是他在收获季节从尸横遍野的田地里搜罗的，数目不大，对这个以随军小贩身份发家的客店老板来说没什么大的帮助。

德纳第的动作有种说不出的直线性的意味，他骂人的语调让人想到军营，画十字的神色让人想起教士培养所。他能言善辩。他乐于被人尊为博学之人。可是一个小学老师也会发现他常出纰漏。他给顾客开账单时也要咬文嚼字，可是念过书的人有时会在那上面发现错字。德纳第为人阴险、狡猾、贪婪、游手好闲，擅长见风使舵。对家里女佣人他很会说话，因此他太太干脆不雇女佣。那蛮婆很会吃醋。在她看来，她那干柴似的矮男人足以惹来一切女人艳羡的目光。

德纳第的特点是老谋深算，两面三刀，的确是个稳扎稳打，步步为营的恶棍。那种人最卑鄙，因为他口蜜腹剑，笑里藏刀。

不要认为德纳第不会像他女人那样发火，不过那事很罕见，于是他一旦发作，也就狠到了极点，因为他仇恨整个人类，因为他满腔怨恨，因为他同某些人一样，永远要报复他人，将自己的一切遭遇，比如合法的要求，生活上的失意、破产、窘困、统统归罪于自己所接触的人身上，并且时刻准备从任何一个落到他手上的人身上得到补偿，那怨气一直在他心里酝酿，在他口中眼里燃烧。谁一旦撞上他的怨火，厄运就来临了。

德纳第有他的优点，比如谨慎，洞察力强，根据情况多话或不多话，并且时刻保持高度警惕。很有点海员对着望远镜眨眼的味道。他是个政客。

走进客店的人初次见了德纳第大娘总说：“这必是主人了。”没那回事。她连主妇都称不上。主人和主妇，都是她丈夫。他发号施令，她唯诺执行。他有一种持续的无形的磁力在指挥操纵。他的一个字就能熠熠生威，有时甚至只需眨下眼皮，那头大象便恭恭敬敬地遵从了。德纳第在他婆娘心里是上帝，她自己也搞不清楚其中的原因。她自有一套为人的道德和准则，她从来不因为一件小事而与“德纳第先生”争执，甚至连那种假设也不会有，不管发生了什么，她从不当众让丈夫难堪。她从不犯妇女常犯的那种“家丑外扬”的错误，也就是用议会的用语来说，所谓的揭王冠的那类错误。尽管他们相敬如宾的后果无非是为非作歹，但是德纳第大娘对她丈夫的恭顺却很有虔诚崇敬的味道。那座咆哮如雷的肉山竟会受制于一个瘦弱的专制魔王，就从那粗俗卑劣的方面看，也算是人间一种奇景了：是物质对精神的顶礼膜拜，因为某些丑恶现象在永恒的美的深夜里依然有存在的理由。德纳第有些让人难以捉摸的地方，因此他们夫妻间产生了那种绝对的主仆关系。某些时候，她觉得他是一盏明灯，有时，她又觉得自己困于他的魔掌。

这个妇人是丑恶的产物，她只爱自己的孩子，也只惧怕自己的丈夫。她做了母亲，因为她是哺乳动物。而且她的母爱只给她的两个女儿，而不分给男孩，以后我们还会谈到这种情况。至于他，那个男人，只有一个夙愿：发财。

在这个方面他毫无作为。蛟龙不得云雨。德纳第在孟费郿已经是一贫如洗了，假如真的能洗的话，如果那光棍到了瑞士或比利牛斯，或许早就成了百万富翁。但是命运既然安排他在孟费郿当客店老板，他就只能在那儿咀嚼草根了。

这里所说的“客店老板”，当然，并不是指所有那个阶层的人们。

一八二三年，德纳第欠了一千五百法郎左右的紧急债务，这让他寝食难安。

无论命运对德纳第怎样不公，他却一直保持头脑清醒，能用最透彻的眼光和最时髦的观点去解释那个在蛮族里称为美德而在文明社会称为交易的问题：待客。此外，他还是一名身手不凡的违禁猎人，他的枪法曾受到人们的称颂。有时他会露出一种泰然从容的阴笑，那是格外危险的。

他一肚子当客店老板的理论，有时会像闪电一样从头脑中迅速迸发出来。他常把一些职业秘诀灌输给他的女人。一天，他咬牙切齿地对她小声说：“一个客店老板的职责就是把肉末子、光线、火焰、脏被单、女佣人、跳蚤、微笑卖给任何一个客人；拉客，抽干小钱包，温文尔雅地抽空大钱包，殷勤伺候出门的一家人，剥男人的皮，拔女人的毛，挖孩子的肉；所有开着窗户的壁炉的角落、围椅、靠椅、方凳、圆凳、鸭绒被、棉褥子、草荐都得定价钱；要知道镜子没有光照着就易碎，也得收钱，应该想出五十万个妙计，掏空来往的一切客人，连他们的狗吃掉的苍蝇也得收费！”

这对男女是一对一唱一和的刁钻鬼和女煞星，是一对丑驴和劣马。

丈夫绞尽脑汁想方设法时，德纳第大娘，她，却不去想那些即将登门的债主，她对过后和未来同样没有忧虑，只知道敞开胸怀过眼前的日子。

那两口子的情况大抵如此。珂赛特生活在他俩之间，承受来自双方面的压力，像一头同时受到磨盘挤压和铁钳撕裂的小生灵。那男人和那婆娘各有一套作风，珂赛特遍体鳞伤，那是托那婆娘所赐，她赤脚过冬，则是那男人的给予。

珂赛特跑上跑下，洗、刷、擦、扫、奔跑、忙乱、喘着粗气，搬动重物，一个骨瘦如柴的孩子干着各种重体力劳动。根本得不到一丝一毫的怜惜，却有个蛮不讲理的老板娘，有个心狠手辣的东家。德纳第的客店如同一个蜘蛛网，珂赛特被缚在上面瑟瑟发抖。高度的迫害在那缺德的人家实行着。她仿佛是一只苍蝇，时刻为蜘蛛服务。

那可怜的孩子，迟钝呆滞，一声不吭。

那些告别上帝趁着晨光刚刚来到人间的灵魂，看到自己那么羸弱，那么赤身裸体时，它们会想些什么呢?

三、酒和水

新来了四个旅客。

珂赛特很犯愁，因为，尽管她才八岁，但已承受太多的苦难，所以发起愁来活像个老太婆。

她有个眼眶是黑的，那是德纳第大娘一拳打出来的，德纳第大娘还经常指着说：

“这丫头真丑，老瞎着一只眼。”

当时珂赛特想的是天已经黑了，外面黑漆漆的，突然来了四个客人，她得马上去把那些客人房间里的水罐和水瓶灌上，但水槽已经见底了。

幸亏德纳第家的人不大喝水，她稍微放了点心。口渴的人当然挺多，但那种口渴，在他们看来，水不如酒能解决问题。大家都喝酒，要是有人要去喝水，所有人都会认为他是个蛮子。可是那孩子还是颤抖了一阵：炉上一口锅里的水开了，德纳第大娘揭开锅，又拿起一只玻璃杯，急忙走向水槽。她拧开水龙头，那孩子早就抬起头，注意她的一举一动。一条细细的水线从龙头里流了出来，装满了半个杯子。“哼，”她说，“水没了！”接着，她没有立即开口说话。那孩子屏住了呼吸。

“就这样吧！”德纳第大娘一边看那半杯水，一边说，“大概也够了。”

珂赛特依旧干她的活，可是在那一刻，她的心像个皮球，在胸膛扑通扑通地跳。

她一分一秒地数着时间，恨不得第二天的早晨马上来临。

不时有个酒客望着街上大声说：“简直跟洞一样黑！”或者说：“这时候只有猫儿才敢不带灯笼上街！”珂赛特听得心惊肉跳。

突然一个即将在客店过夜的货郎走进来，怒气冲冲地说：

“你们没给我的马饮水。”

“给了，早给了。”德纳第大娘说。

“我说您没给，大娘。”那货郎说。

珂赛特从桌子下面钻了出来。

“啊，先生，真给过了，”她说，“那马喝过了，在桶里喝的，喝了一满桶，是我送去的，我还和它说了好多话。”

那不是实话，珂赛特在撒谎。

“这小妞只有巴掌大，竟敢撒这样的弥天大谎，”那货郎说，“小妖怪！告诉你，它没喝。它没喝，看它吐气的样子，我就知道了。”

珂赛特继续辩驳，她着急了，喉咙哽住了，语不成声，别人几乎听不清她的话：

“它喝得很足！”

“行了，”那货郎生气了，“没有的事，快拿水饮我的马，别啰里啰嗦！”

珂赛特又钻到桌子下面去了。

“的确，说得有理，”德纳第大娘说，“如果那牲口没喝水，当然就得喝。”

接着，她四处寻找。

“怎么，那一个又不见了？”

她趴下身子，发现珂赛特缩成一团，躲到桌子的那一边去了，几乎碰到了酒客们的脚底。

“你出不出来？”德纳第大娘吼道。

珂赛特从她藏身的洞里爬了出来。德纳第大娘紧接着说：

“你这缺名少姓的狗小姐，快拿水去饮马。”

“可是，太太，”珂赛特声音细微，“水已经没有了。”

德纳第大娘推开大门说：

“没有水？还不去取！”

珂赛特低着头，走到壁炉角上取来一只空桶。

她不及这只空桶大，如果那孩子坐在里面，一定坐得下。

德纳第大娘回到火炉边，拿起一只木勺，尝那锅里煮的汤，一面嘀咕：

“泉边就有水。这没什么了不得的。我想不放葱还好些。”

随后她到一只放零钱、胡椒、葱蒜的抽屉里翻了一会儿。

“来，癞蛤蟆小姐，”她又说，“回来时，到面包店买个大面包回来。这是钱，值十五个苏。”

珂赛特一句话也不说，接过钱，塞进围裙侧面的小口袋。

她提起桶，对着那扇敞开的大门，站着不动。好像指望有人来搭救她。

“还不滚！”德纳第大娘大吼一声。

珂赛特走了。大门在她身后关上了。

四、非凡的娃娃

我们记得，礼拜堂一直延伸到德纳第客店门前的那一排敞篷商店。因为有钱人不久就要路过那里去参加夜半弥撒，所以那些商店都点起了蜡，蜡烛的外面全都罩上了一个漏斗形的纸罩，有个孟费郿小学的老师正在德纳第店里喝酒，他说那烛光很富魅力，此时，天上却看不见一颗星斗。

最后一个摊位正好对着德纳第的大门，那是个卖玩具的铺子，摆满了晶莹剔透的金银饰品，玻璃器皿，白铁玩具。那商人在第一排的最前面，在一块雪白的大手巾前摆了一个大娃娃，二尺高，穿着一件粉红色的绉纱袍子，围着金穗子的头上，有真头发，珐琅眼睛。这宝贝在那摆了一整天，十岁以下的过路人见了没有不喜爱的，孟费郿没有一个母亲那么有钱，或者说有那种浪费的习惯，肯买来送给孩子。爱潘妮和阿兹玛在那里驻足观赏了好几个小时，至于珂赛特，的确，只有偷眼瞧瞧的份了。

珂赛特拿着水桶出门时，虽充满了忧郁和颓唐，却忍不住抬头去看那非凡的娃娃，望那“娘娘”，按她的说法。那可怜的孩子呆立在那儿。她还不曾走过去看看那娃娃。对她而言那整个商店就像一座城堡，那娃娃也不再是玩具，而是一种幻象。那可怜的小姑娘，一直生活在悲惨、冷酷、贫寒无依中，现在她能看到的，在她的幻想里，自然都变成了快乐、光明、幸福，荣华一块儿涌现了。珂赛特以她那幼稚悲苦的智慧去估算她和那玩具之间的距离。她对自己说，只有王后，至少也该是个公主，才能得到这样的东西。她仔仔细细地观察那美丽的粉红长袍，那油光发亮的头发，她心想："这娃娃，她是多么幸福啊！"她的目光不能离开那家七彩纷呈的铺子了。她看着看着，眼睛花了。她以为看见了天堂。那大娃娃的身后，有许多小娃娃，她想那必定是仙女和童子了。她觉得那摊里走来走去的商人有点像永生之父。

她忘记了一切现实，连别人叫她做的事也忘了，沉浸在那种仰慕的心情里。突然，德纳第大娘那粗嗓子把她拉回了现实世界：

"怎么，蠢东西，你还不走！等着瞧！等我跟你算账，我要问一句，她在那看什么！小妖精，滚！"

德纳第大娘向街上瞟了一眼，就看见珂赛特站在那愣神。

珂赛特赶忙拎起水桶，撒腿开溜。

五、孤苦无依的小姑娘

德纳第客店在礼拜堂附近，于是珂赛特就去谢尔方面那片树林中的小泉边取水了。

她不再看任何商贩陈列的货物了。如若她还走在面包师巷子和礼拜堂左边一带的地方，总还有店铺的烛光帮她照路，可是最后一个货摊的最后一点微光也最终消失了。她朝黑暗深处走去。只是，由于她已经开始感到紧张，她一边走，一边竭力摇动那水桶的提梁。那样就会有一种声音陪伴她了。

她越往前走，周围愈是一片黑暗。街上已经没有行人的身影了。可是她仍碰见了一个妇人，那妇人停下，转身看着她从身边走过，嘴里咕咕噜噜地说："这孩子能到哪儿去呢？莫非是个小狼精吗？"随即，那妇人看到了珂赛特，"嘿，原来是只百灵鸟！"

珂赛特就那样穿过孟费郿村靠近谢尔一面的那些曲折、荒凉、迷宫一样的街道。她若还能看见人家或者她走的路两旁还有墙，她走起来就很胆大。有时，她从一户人家的窗板缝里看见一点烛火的微光，那就是光明，是生命，说明这里还有人，她的心就会安稳一些。可是她越向前走，步子好像会不由自主地慢下来。珂赛特，她路过了末端那所房子的墙角，就突然立在原地了。穿过最后那家店铺已经不太容易了，要越过最后的一所房子继续前行，那简直是不可能的。她把水桶放在地上，伸出一只手插发，缓缓搔着头，那是孩子在惊慌失措时特有的姿态。那已经不是孟费郿，而是田野里了。她的面前是黑暗荒凉的旷野。她心惊胆寒地望着那一片漆黑，没有人，没有野兽，也许还有妖魔鬼怪。她仔细地看，她听见了草丛里野兽行走的声音，她也清楚地看见了树林里晃动的鬼影。于是，她重新提起水桶，恐惧增添了她的勇气："管他的！"她想，"我告诉她没有水不就行了！"她断然转身往孟费郿走。

她刚刚走出百来步，又停下来，搔着头发。现在德纳第大娘的形象出现在她眼前了，那青面獠牙、双目喷火的德纳第大娘。孩子看看前面，又望望身后，眼里盈满了泪水。怎么办？会有什么遭遇？往哪儿去？她前面是凶如魔鬼的德纳第大娘，身后是黑夜里在林中穿梭的鬼怪。最终她在德纳第大娘面前退却了。她重新走上通往小泉的那条路，而且跑了起来。她跑出村庄，跑出树林，什么也不看，什么也不听，直到气喘吁吁才停下，但也没停步。她一个劲儿地往前走，什么都不知道了。

她一边赶路，一边想哭。

夜晚，森林的簌簌声将她包围了。她不再想什么，也不再看什么。无边的黑暗竟仇视那个幼小的生灵，一方面是整个黑暗的世界，一方面是一粒原子。

从林边走到泉边，只要七八分钟。珂赛特知道那条路，因为她白天常走这条路。说来也怪，她竟然没迷路。残存的本能多多少少地指引着她。她的眼睛既不左顾，也不右盼，深恐看见树林和草丛里的什么东西。就这样她来到了泉边。

那是从粘土里流出后汇成的一个狭长的天然水潭，二尺多深，四周长满青苔和一种生着黄色斑痕，名叫“亨利四世的细布皱领”的草本植物，还铺上几块大石头。水从潭口缓缓儿流出，形成一涓小溪。

珂赛特不想停下来歇息。当时周围一片漆黑，但她惯于来此取水了。她伸开左手，在黑暗里摸到一株斜在水面上的小槲树，那是平日她扶手用的，她摸到一根树枝，抓住，弯下腰，把水桶伸进水里。她格外紧张，以致力气骤增了三倍。当她俯身取水时，她没注意围裙里的东西掉到潭里了。那枚十五个苏的钱掉下去了。珂赛特既没看见也没听见。她提起水桶，放在草地上，几乎是满满的一桶。

此后，她才觉得浑身疲惫，一点力气都没有了。她直想立即回去，但是她灌水时用尽了力气，她走不动一步了。她不得不坐下。她让自己落在草地上，蹲着一动不动。

她闭上眼，旋即又睁开，她连自己不知道为了什么，却不得不那么做。

桶里的水，在她旁边荡出一圈圈涟漪，好像是白色的火舌。

天空乌云密布，如同煤烟，笼罩在她头上。黑夜那张凄惨的脸，虎视眈眈地盯着那孩子。

木星正卧在天边的深处。

那孩子没见过那颗巨星，惊慌失措地注视着它，感到恐惧。那颗行星当时离地平线的确很近，透过一层浓雾，射出吓人的红光。浓雾呈现出惨淡阴暗的紫色，扩大了那星的形象，如同一个发光的伤口。

原野上一阵冷风吹过。树林里一片黑暗，没有树叶摩擦的沙沙声，更没有夏夜那半明半暗的淡光。高大的枝杈张牙舞爪。枯萎杂乱的矮树在林边隙地上发出簌簌的声响。长高的野草在寒风中像鳗鱼一样游动。榛莽招展如同要伸出长臂张开爪子掠人。一团团的干草被风推着往前滚，如同大祸临头，仓皇出逃似的。周围是辽阔凄凉的旷野。

黑暗叫人惊悸。人不能没有光明。任何人走进无光的黑暗都会感到焦虑不安。眼睛见到黑暗时心就无法安定。当月蚀时，夜里在乌黑之处，即便是意志最顽强的人也会心神不宁。黑暗和树林同样深不可测。我们常常幻想在黑暗深处是现实。有种捉摸不定的事物会在你眼前几步外显得清晰透彻。我们经常见到一种若有若无，可望而不可即、虚无缥缈如同镜中花、水中月一样的景象在时空中或我们的脑海里浮现。天边常常会有一些触目惊心的幻象。我们常会闻到黑暗中空气的味道。我们会觉得惶恐并朝身后观望，黑夜的空寂，凶神恶煞的轮廓，无声静立走近目视却是乌有的幻影，摇曳的丛林，错综杂乱的黑影，死灰一样惨淡的池潭，鬼蜮一样的阴冷，墓场坟地一样寂静，随时可能现身的幽灵，树枝神秘的飘动，怪异恐怖的秃树干，迎风颤抖的野草丛，对一切人而言都是无法置之不顾的。胆大的人也会两股颤抖，也会有灾难将近的惶惑。人们会忧心忡忡仿佛觉得自己的灵魂已凝固在黑暗中。对于一个孩子来说，黑暗的侵袭会使他感到一种不可名状的惊惧。

森林是魔鬼的寝宫，在它阴森冷寂的宫帷下，一只小鸟翅膀展动都能令人毛发俱立。

珂赛特并不知道她自己的感觉，她感觉到自己被宇宙那无边的黑暗捕获了、左右了。当时她不止感到恐惧，而是一种比恐惧更骇人的东西。她颤抖着。寒战让她一直冷到心底，没有言语能够表达那样离奇的滋味。她惊愕地睁大双眼仿佛觉得明晚的此时此刻她还必须到这来似的。

于是，出于一种本能，为了逃脱那她所不能了解而又令她惊惧的处境，她大声数着一、二、三、四，一直到十，数完后，又重来一次。她那么做，可以让自己对周围的事物有种真切的感受。她开始觉得手冷，那是先前取水时浸湿的。她站起身。她又害怕起来，那是一种自然的无法压抑的恐惧。她仅有一个愿望：逃跑，拔腿飞跑，穿过丛林、田野，逃到有人家、有窗户、有烛光的地方。她低头看见水桶。她不敢丢下它逃跑，德纳第大娘的威严实在可怖。她双手抓住桶上的提梁，竭尽全力提起那桶水。

她那样大概有了十来步，但是那桶水太满，太沉，她只能重新放下它。她喘口气，继续提起水桶往前走，这回走得长久些。但是她非再停下不可。休息数秒后，她再走。她走时，曲着身子，低垂着头，活脱脱一个老太婆，水桶的重量把她那两条瘦瘦的手臂拉得又僵又直，桶上的铁提梁把她那双湿手冻麻了。她只得走走停停，每次停下时，桶里的水总是溅到她的光腿上。那些事发生在丛林深处，夜晚，冬季，人眼不能目睹的地方，而且发生在一个八岁孩子身上。当时只有上帝将这悲惨的经历一览无余。

也许她的母亲也看到了，啊！

因为有些事是会让坟墓里静躺的死者重睁双目的。

她带着痛苦的喘息呻吟，一阵接一阵的哭泣让她喉头哽住了，但她不敢大声哭喊，她太畏惧德纳第大娘了，即便她离得遥远。她常想象德纳第大娘就在她身旁，那已成为她的习惯了。

可是那样她并不能走多远，而且走得很慢。她试图缩短停留的时间，尽量多走一会儿。她估计那样走，没一个钟头到不了孟费郿，一定被德纳第大娘打一顿，她心里万分焦急。焦急又和一个深夜独行树林的恐怖交织在一起。她已疲倦之极，但还没有走出林子。她走到一株熟悉的老槲树旁，最后一次较长时间暂息，她想好好休息一下，然后她又集中全力，提起水桶，鼓起勇气往前走。但那可怜的伤心绝望的孩子禁不住喊了起来：

"啊，我的上帝！我的上帝！"

就在此时，忽然她觉得那水桶变得很轻了。一只手，在她看来无比粗壮的手，抓住那提梁，将水桶轻松提起。她抬头看。有个高大挺拔的黑影，在黑暗中伴着她一直往前走。这是一个从她身后走来而她并没发现的男人。那男人，什么也没说，抓住了她手里的水桶的横梁。

人有适应不同遭遇的本能。那孩子并不害怕。

六、这也许就是蒲辣秃柳儿的智慧

在一八二三年圣诞节那天下午，一个人在巴黎医院路最僻静的地带游荡了好久。那人好像在寻一个住所，而且喜欢在圣马尔索郊区贫苦的边缘地带上的那些最简朴的房子前面驻足观望。

我们后来会知道，那人的确在偏僻地区租了一间房子。

这人，从他的服饰及神态看，是极其穷困的也是十分整洁的，属于人们称之为高级乞丐的那一类。那种罕见的混合状态让人看了从心底升起一种双重的敬意，既钦佩其之极端穷困，又钦佩其之庄重。他戴着一顶刷得干干净净的旧圆帽，穿一身已经磨得露了线的赭黄粗呢大衣（那种颜色在当时一点都不奇怪），一件有口袋的旧式长背心，一条膝头发灰的黑裤子，一双黑色毛线袜以及一双带着铜扣襻的厚鞋。他很像一个侨居国外归来了的大户人家的家庭教师。他白发满头，额上皱纹细密，嘴唇灰白，一张饱经颠沛愁苦的脸，看上去好像有六十几岁。可是他那矫健的步伐和举手投足间现出的饱满精神，又让人觉得他还不到五十岁。他额上恰到好处的皱纹，让仔细观察他的人心生好感。他嘴唇噘起，线条奇特，既严肃又谦恭。他眼里现出恬淡忧郁的神情。他左手提一个打结的手巾小包裹，右手拿一根木棍，好像是从哪片树林里砍来的。那根棍细心加工过，样子不难看；棍上的节都巧以利用，上端装着个珊瑚色的蜜蜡圆头，那是棍棒，也像手杖。

那条路向来行人稀少，尤其在冬天。那人好像要回避行人，而不是想和人接近，但也没有露出有意回避的样子。

那时，国王路易十八几乎天天都要去舒瓦齐勒罗瓦。他喜欢去那里游玩休息。几乎每天快到两点时，国王的车子和仪仗队就会在医院路飞驶而去。

那一带的穷婆们，便视此为钟表，她们常说："两点了，他已经回宫了。"

有过来看热闹的人，也有人挤在路边，因为国王从此经过，总不免是件令人惊扰的事。国王在巴黎的街道上来往，总不免让人为之紧张。他的队伍，瞬间即逝，却八面威风。肢体残废的国王偏偏喜欢奔腾驰骋，他走不动，却一定要跑，人虺也要学作雷电奔驰自如。他当时正经过该地，神色庄重平和，雪亮的马刀将他紧紧簇拥。他那辆高大的轿车一样的马车，全身漆金，镶板上都画上大枝百合，在路上滚得吱吱作响。人们想看一眼都来不及。在右边角落里一个白缎子的软垫上面，有张坚定红润的宽脸，一个刚刚扑了粉的御鸟式的假发罩顶在额头上，一双犀利横蛮的眼睛，一脸文雅的微笑，一身绅士装，又加上两块有层层金穗的宽肩章，还有金羊毛骑士勋章、圣路易十字勋章、光荣骑士十字勋章、圣灵银牌、一个大肚子和一条宽宽的蓝色佩带，这就是国王。一出巴黎，他就摘下这顶白羽帽放在裹着英国绑腿的膝盖上，进城时，又把帽子戴上，不大爱理人。他冷眼望着人民，人民也视之以冷眼。他初次出现在圣马尔索时，他得到的唯一胜利，是郊区的一个居民对他的伙伴说了这样一句话：

“那老胖子就是老总。”

国王正点经过，对医院路而言是件每天都会发生的大事。

那个身穿黄大衣的步行者显然不是那个区的，很可能不是巴黎人，因为他并不知道这件事。当国王的车子在一中队穿银绦制服的护卫队骑兵的保护下，从妇女救济院折进医院路时，他有些诧异，而且几乎吃惊不小。当时那巷子里仅有他一个人，他赶忙躲避，并站在一堵围墙的墙角后，可已经被哈福雷公爵先生看见了。那天哈福雷公爵先生是值勤的卫队长，他和国王相对坐在车里。他对国王说：“那个人长得相当丑陋。”在国王走过的路线上沿途巡查的一些警察也注意到他，有个警察奉命跟踪他。但那人早就隐入在寂静的小街曲巷里了，后来天渐渐黑了，警察没能追上他。这一经过曾经列进国务大臣兼警署署长昂格勒斯伯爵当日的报告中。

那个穿黄大衣的人虽然逃脱了警察的追踪，但依然很惊慌，他加快了脚步，还不时往后望，总担心有人在跟踪他。他走到圣马尔丹门的剧院门口，海报上预告上演《两个苦役犯》，那时天已经黑了，时钟指向四点一刻。那张海报贴在剧院门口的回光灯下，他似乎很感兴趣，因为，他当时虽走得那样急，却仍停下来看了一遍。过了一会儿，他到了小板巷，然后进了锡盘公寓里的拉尼车行办事处。时钟指向四点半时，车子开出了。待马拴套好后，车夫召唤旅客们爬上了那辆阳雀车。

穿黄大衣的人问道：

“还有没有位子？”

“哦，我身边，车头上，还有一个。”车夫应答道。

“我要了。”

“好吧，上来吧。”

车夫随后看了他一眼，他略显褴褛的衣衫及那寒碜的包袱引起了车夫的怀疑，于是，启程之先，便要他付钱。

“您一直坐到拉尼吗？”车夫问道。

“是的。”穿黄大衣的人应道。

他掏出了直到拉尼的车费。

阳雀车起程了。过了便门，车夫和他搭起话来，但他只用一两个字应着。车夫很扫兴，骂骂他的牲口，要不就无聊地吹吹口哨。

天渐渐冷了。车夫裹上了他的斗篷。那人的感觉神情却似乎很麻木。就这样走着，不觉已过了古尔内和马恩河畔讷伊。

车子到达谢尔时已将近六点钟。待行到设在王家修道院老屋里的那家客马店门前时，车夫想让马休息一下，于是便停了车。

“好了，我下去了。”那人说着，拿起他的包袱和棍子，跳下了车。

不多一会儿，他消失在人们的视线中。

他并没有走进那家客店。

几分钟后，车子向拉尼继续进发，那人又一次出现在谢尔的大街上。

于是车厢里响起了车夫对那个人的评论：

“他肯定不是本地人，我以前从没见过他。这个人真怪，车费付到拉尼，却在谢尔下了车，看样子，像个穷鬼，可花起钱来，却这么不在乎。他不进那家客店，一下子连人影都不见了，天这么黑，没有人家会开着门。难道他能钻到地里不成？真怪！”

那个人当然不能钻到地里，他摸着黑，在谢尔的大街上，急匆匆、大踏步地向前走着。在还没有走到礼拜堂的时候，他便向左转，踏上了去孟费郿的乡村公路，这一切于他是那样的轻车熟路。

沿着那条路他快步地向前行进着。那条栽了树的从加尼去拉尼的老路和他走的那条路交叉着，到了交叉口时，他听见前面有人来了。

他急忙躲进沟里，直到来人过去。其实他实在没有必要如此担惊受怕，我们说过了，那时天很黑，正值十二月的夜晚。只有两三点星光隐隐地在天上露出。

从那地点开始便是山坡了。那人向右转，穿过田野，向树林大步走去，而不是在去孟费郿的那条路上继续行进。

进了树林，他一下子慢了下来，一步一步地向前挪动，并仔细审视着每一棵树，仿佛那有一条秘密通道，只有他知道也只有他才能找到。忽然他停了下来，在那里踌躇，似乎迷失了方向，但那只是一阵子。随后他继续摸索着行进着，终于在一处树木稀疏，堆放了很多灰白大石头的地方停住了脚步。面对那些石头，他显得非常激动，像一个爱兵的将军，在夜幕中，一一检阅着他的石头。在与那堆石头几步之遥的地方，有棵长满了树瘤的大树。他来到树下，手滑过一个又一个树瘤，似乎要认出并数清它们。

他摸的这棵树是栗树，在栗树的对面是一棵栗树——它得了脱皮病，上面还钉了一块锌皮告示人们要保护树皮。那人又踮起了脚尖去摸那锌皮。

接着，也许他是为确认最近是否有人来动过土，在那堆石头和那棵树之间的地上踏了好一阵。

踏过之后，他辨清了方向，再次穿越树林。

刚才遇见珂赛特的就是这个人。

当他从一片矮树林中向孟费郿走来时，一个小黑影闯入他的视线——他把一件重物放在地上，继而又艰难他提起，一面走一面呻吟。他赶上去看清楚，原来是一个小孩在提一大桶水。来到那孩子的身边，他默默地抓起了水桶的提梁。

七、黑夜里的偶遇

我们说了，珂赛特没有害怕。

那个人和她说起话来。他讲起话来是庄严的声音有些低沉。

“你不觉得这东西对你来说太重了吗？我的孩子！”

珂赛特抬眼望着他，说道：

“我觉得的确是这样，先生。”

“让我来帮你”，那人又说，“给我。”

珂赛特放下了水桶。在黑暗中和那陌生人一道走。

“真的很重。”他也显得有些吃力，咬紧了牙说道。

接着，那人又问道：

“你多大了？孩子。”

“八岁，先生。”

“你是从远处出发这样走过来的？”

“从泉水边来的。”她的手随着指向树林。

“那你要去的地方还要走多远？”

“起码还要走一刻钟吧。”

那人没有作声，过了一会儿突然问道：

“难道没有妈妈管你吗？”

“我不知道。”孩子回答。

还不等那人开口，她又补充了一句：

“我想我没有妈妈。别人有。我，我没有。”

沉默了一会儿，她又说：

“我想我根本不曾有过妈妈。”

那陌生人停住脚步，放下水桶。弯下了腰，两只手温暖而有力握住了那孩子的双肩，他试图在黑暗中将她的脸看清楚。

借着天空中些许暗淡的微光，他看到了珂赛特面黄肌瘦的样子。

“你叫什么？”那人问珂赛特。

“珂赛特。”

那人反应极为强烈，浑身一颤。接下来又凝神看着珂赛特，过了一阵，他缩回了手，提起水桶，继续向前走。

走了一段后，他问道：

“你住在哪儿？孩子。”

“孟费郿，您听说过这地方吗？”

“我们现在不是在向那地方走吗？”

“是的，先生。”

又一阵沉默之后，他又问道：

“那是谁让你在深夜到树林里来提水的呢？”

“是德纳第太太。”

那人拼命想使自己的声音显得镇静，可声音却不受控制似的抖得要命，他问道：

“你那德纳第太太，她是做什么的？”

“开客店的”孩子应着，又继续道，“她是我的东家。”

“噢，开客店的！”那人接着说，“好，我跟你走，今晚就在那儿过夜了。”

“我们正向那儿走呢！”孩子说。

那人走路飞快。但珂赛特走得也不慢。她已不觉得疲劳了。她不时抬眼去望那人，她感到一种无以言表的宁静和一份不可名状的信赖。关于敬仰上帝和祈祷不曾有人教过她。但她却感到似乎有一种像是要飞到天堂的期冀与快乐在拨动着她的心弦。

如此过了一会儿，那人又问：

“你那德纳第太太家难道没有女佣人吗？”

“没有，先生。”

“只有你一个人吗？”

“嗯，是的，先生。”

谈话停了一阵。珂赛特突然提高音量补充道：

“确切地说，还有两个小姑娘。”

“什么小姑娘？”

“潘妮和兹玛。”

这是德纳第太太心爱的两个美丽的名字，珂赛特的回答是那样直接而简短。

“谁是潘妮和兹玛？”

“是德纳第太太的女儿，她们是小姐。”

“那她们整天做什么呢？”

“噢！她们做游戏，有好多好玩儿的事做，她们有漂亮的娃娃，还有装了金的东西，各种各样的，好多种颜色，好多种花样！”那孩子似乎有说不完的话。

“整天就是玩吗？”

“没错，先生。”

“你呢？整天做什么？”

“我，”孩子神情黯淡下来，“我工作。”

“整天都工作？”

孩子的一双大眼睛里溢满了泪水，只是在黑夜中，别人无法看见，她轻声回答：

“是的，先生。”

她一阵沉默，接着说道：

“有时，如果我做完了事，如果人家准许的话，我也玩。”

“你怎么玩？”

“有什么就玩什么。只要没人说我就是了。但我的东西其实没有什么好玩的。潘妮和兹玛她们不让我碰她们的娃娃。我只有一把小铅刀，这么长。”

那孩子用自己的小指头比画着。

“这种刀切不动东西吧？”

“切得动，先生，”孩子又低低地说道，“我可以切动生菜和苍蝇脑袋。”珂赛特带着那陌生人在街上走，不觉已到了村子里。当他们走到面包铺前时，珂赛特并没有意识到她应当买个面包带回去。那人紧锁着眉头，一声也不吭，没有再问珂赛特什么。走到礼拜堂，那人见到不少露天的铺面，于是问珂赛特：

“今儿这儿有集市是吗？”

“不是，先生，今天是圣诞节。”

在要到达那客店的时候，珂赛特轻轻拉拉那陌生人的衣袖。

“先生？”

“怎么了，我的孩子？”

“马上就要到了。”

“那又怎么了？”
“您把水桶给我吧。”
“为什么？”
“如果太太看到有人帮我提水，一定会打我的。”
于是水桶重又回到小女孩手中。没过多久，他们已在那客店的大门口站定了。

八、那个有钱的穷人很难缠

珂赛特忍不住向玩具店里望去，啊！看见了——那个大娃娃依旧摆在老地方，这之后她才敲门。门开了。德纳第太太手端一支蜡烛站在门里。
“啊！你这个小叫花子终于回来了！感谢上帝，你出去多久了？你闲逛够了吧，你这小贱货！”
“太太，”珂赛特已被气得浑身抖动，“有位先生想住在这里。”
一听有客人到来，德纳第太太愠怒的脸顿时堆满了笑意，睁大眼急切寻找着客人，这可谓是客店老板们特有的本领。
“是这位先生吗？”她问。
“是的，太太。”陌生人回答着并将手举到帽边。
这人怕是个穷鬼，否则不会这么客气。德纳第太太看了那手势又迅速打量了他的服装行李，确认了自己的判断，她立即收敛了笑容，继续她那副气哼哼的嘴脸。她十分冷淡地说：
“好吧，进来吧，汉子。”
“汉子”进了屋。又被德纳第太太重新打量了一番，他很旧的大衣和有点破的帽子引起了她的特别关注。她的丈夫一直在和车夫们喝酒，此时，她向他点头，皱鼻，挤眼，征询着丈夫的意思。她丈夫用稍稍摇摇食指，动动嘴唇应答着，意思是说：一个纯粹的穷鬼。这样，德纳第太太扯开嗓门说道：
“听着！老伙计，对不起，我这儿客人已经满了。”
“您能不能给我找个地方，随便哪儿都可以，”那人补充说：“马棚或顶楼，哪儿都行。我还会给您一间屋子的钱。”
“那要四十个苏。”
“好的，就四十个苏。”
“就这样。”
“四十个苏！”一个赶车的细声在德纳第太太耳边说，“不是二十就行吗？”
“对他是四十，”德纳第太太并没有改变原来的口气，说道：“一个也不能少给，尤其是穷人！”
“的确如此，”她的丈夫慢条斯理地又加上一句，“家里住进这种人，真是够晦气的。”
此时，陌生人已挨着一张桌子坐了下来，他的行李放在了板凳上，他的面前摆着珂赛特赶忙端上的一瓶葡萄酒和一只玻璃杯。那个先头要水的商人提了水桶亲自去喂马。珂赛特则坐回到她那切菜桌子下面，不声不响打着毛活。
那人将自己倒上的一杯酒才刚捧在嘴边，就开始留心观察那孩子，他的脸上浮现着奇特的表情。

珂赛特长得不好看。如果她快乐些，或许会漂亮点。这是个忧郁的小人儿，前面我们已经大概描绘过她的形象。珂赛特看上去像个六岁的孩子，面黄体瘦的样子，其实她已快满八岁了。她有两只大大的眼睛，但由于经常哭的缘故，它们已没有了光彩，深深地藏在一份阴郁中。长时间内心的痛苦暴露在嘴角那道明显的弧线中，让人不觉和那些惶惶待决的囚犯或自知无望的病人联系起来。至于她的手，果然不出她母亲所料——已经“断送在冻疮里了”。在炉里的火的光亮映照下，她身上的骨头是那样惹眼，她瘦得让人心痛。她总是习惯于将两个膝头紧紧地靠在一起，这是因为她常常冻得发抖的缘故。一身破布是她衣服的全部，夏天人们见到会觉得可怜，冬天人们见到会觉得难过。她身上是一件千疮百孔的布衣，绝无丝毫毛织物。从那些孔洞中我们可以看见她的肉，还可以看到那些遍布她全身的青块和黑块——都是被德纳第婆娘打出来的。两条腿是光着的，又红又细。还有那使人见了心痛的锁骨窝。那孩子的态度、神情、讲话的语气、反应迟钝、看人的表情以及见人不知道说什么的样子，浑身上下，一言一行，都表现和说明了一种心情：惧怕。她全身上下，态度、神情、声音，似乎都诠释了一个字：怕。

可以这样说，惧怕笼罩在她的周围，使她的两肘在腰旁紧缩，她的脚跟在裙下紧缩，仿佛在努力使自己尽可能占最少的地方，尽可能吸最少的空气，惊恐缠绕着她，她似乎已习惯了在惊恐的笼罩下生活，如果想象她不再害怕的样子反而让人觉得不自然了，除了这种怕与日俱增，没有什么别的变化。从她眼眸中那缕惶恐无措地神色，我们可以找到恐怖的栖身之所。

回到家里，浑身透湿的珂赛特立即一声不吭地去干她的活，而不是到火旁去烤干她的衣服，她似乎根本没意识到这一点——珂赛特的惊恐心情居然已到了这种地步。

这个八岁的小女孩有时会令人担心她快要变成一个白痴或妖精了，因为她有着太过忧愁的眼神，时而还格外凄楚。

她不曾踏进过礼拜堂的大门，也不知道祈祷是怎样一种情形，这在前面我们已交代过了。“我有那功夫吗？”这是德纳第太太常说的。

穿黄大衣的陌生人一直望着可怜的小女孩，目不转睛地。

突然响起了德纳第婆娘的喊叫：

“哦！我的面包呢？我差点给忘了！”

每次听到德纳第太太扯大嗓门，珂赛特总是急忙从桌子下面钻出来，这次也不例外。

关于那面包她早不记得了。在惊骇中度日的孩子有一种本领：扯谎，珂赛特也经常采用。

“面包店已经关了，太太。”

“你为什么不敲门呢？”

“我敲了，太太。”

“然后怎样呢？”

“没有开。”

“好吧，明天我就会知道你是不是在撒谎了，”德纳第太太说，“如果你骗我，我一定会把你抽得蹦上窜下。慢着，先把十五个苏还给我。”

珂赛特把手插到围裙袋里，脸一下变得铁青，天啊！那十五个苏不见了。

“怎么了？”德纳第太太喊道，“难道你没有听见我说话？”

珂赛特的心提到嗓子眼，口袋翻过来，什么都没有。那钱究竟去哪儿了？可怜的孩子吓得说不出一句话。她已呆住了。

“你把十五个苏丢了吗？”德纳第婆娘已暴跳如雷，“你怕是想骗我的钱吧？”

同时她的手已伸向壁炉边去取挂在那里的皮鞭。

看到这吓人的姿势，珂赛特好像受了刺激，她叫喊得很响：

“太太！饶了我吧！我再也不敢了！饶了我吧！太太！太太！”

那条皮鞭已经被德纳第太太拿在手中了。

此时屋内的其他人要么在喝酒要么在玩纸牌，而那个穿黄大衣的人则在他背心的口袋里掏了一下，没有人注意到他的这一动作。

已魂不附体的珂赛特极力往壁炉角里缩，心中只有一个念头：藏起露在短袖短裙外的肢体。德纳第太太手中的鞭子已高高扬起。

“等一等，大嫂，”陌生人叫住德纳第太太，“刚才我看见有东西在地上滚，就是从这小姑娘的围裙袋里掉出来的。应该是那钱吧？”

同时他弯下了腰，做出一副找东西的样子。

“找到了，在这儿。”他说着立了起来。

他把一枚银币递到德纳第太太手中。

“没错，就是它。”她有些兴奋。

当然不是它，只是因为那枚钱值二十个苏，德纳第太太觉得占了便宜。她一边把钱塞进衣袋，一边瞪着眼对孩子呵斥着：“下次绝对不可以再这样，绝对不可以！”

珂赛特回到自己的老地方，就是那个被德纳第太太称作“她的窠”的地方。她的一双大眼睛也一直盯着那穿黄大衣的人，表情中开始带着一种天真的惊异之色，这是以前没有过的神情，还带着一种惶惑不安的依慕情感。

“喂，您打算吃晚饭吗？”德纳第太太问陌生人。

他没有回应。似乎正在全神思考着什么问题。

“他到底是个怎么样的人呢？”她咬牙说道，“肯定是个穷鬼。也许我的房钱他都出不起呢，哪儿会有钱吃晚饭？什么货色，他没把地上那个银币塞进自己的腰包，已是很了不起了。”

这时，一扇门打开了，走进来的是爱潘妮和阿兹玛。

人们的眼睛顿时一亮，她们都很整洁、活泼、红润、健壮、丰腴，其中一个的发髻挽成了又光又滑的栗褐色麻花，另一个则梳成了两条乌黑发亮的长辫子，她们落落大方，很是洋气，讨人喜爱，真是两个很漂亮的小姑娘。她们穿得很暖和，母亲精巧的手艺使很厚的衣料做出来仍然很秀气，既驱走了冬的寒冷，又洋溢着春的气息。两个小姑娘都是那样喜气洋洋。而且，她们还都颇有一些大小姐的气质。无论是她们的服饰打扮，还是吵闹嬉笑，都流露出一种自以为高人一等的味道。看到她们进来，德纳第太太用一种格外慈爱的责备口气说：“哈！你们这两个家伙，跑来干什么?”

然后，她把女儿接到自己膝间，为她们理理头发，把丝带结好，这才肯将她们放走，在女儿离开之前，还不忘用那种慈母所独有的手法，轻柔地摇着两个女儿，口中轻喊：“你们这两个丑八怪，快走吧!”

两个女孩在火旁边坐了下来。她们拿着自己的娃娃，把它放在膝上，翻来覆去地看，她们叽叽喳喳，说笑不停。珂赛特的目光不时离开毛活向她们望去，神情惨凄凄的。

无论是爱潘妮还是阿兹玛都不看珂赛特。在她们眼中，她就像一条狗。这三个年龄加起来尚不足二十四岁的小姑娘似乎能代表整个人类社会了，一边是羡慕，一边是鄙视。

在珂赛特的眼中，德纳第姊妹俩的那个娃娃是那样可爱，虽然其实那个娃娃已经很破旧了，颜色都褪得没有了，可是珂赛特从小到大从来不曾有过任何娃娃，按照孩子们中通行的说法就是她从来都不曾有过“一个真的娃娃”。

珂赛特的注意力放在那两个正在玩耍的小姑娘那里，而忘记了专心工作，她走神了，原来在厅堂里踱来踱去的德纳第太太突然发现了这一点。

“哈！这回你可跑不了了吧!”她叫嚷的声音很大，“你就是这样干活的！还是让我去拿鞭子吧，我教你怎么工作。”

仍旧在椅子上坐着的那个陌生人转过了身子，他望着德纳第太太。

“大嫂，”他一副笑脸，似乎又有些不太敢说，“算了吧！您让她玩会儿吧!”

一个戴着那样一顶帽子的人居然表达了这种意愿，一个穿着那样一件大衣的人居然表示了这种想法，这个“穷光蛋”模样的人居然说出了这样的话，这在德纳第太太看来是不可容忍的，在她心中，只有是一个在晚餐时吃了一盘羊腿、喝了两瓶葡萄酒而且没有一副穷相的客人说的，或许还可以商量一下。她气冲冲地回答道：

“她既然要吃饭，就必须干活。她总不能白吃饭吧。”

“她干的到底是什么活呢?”那陌生人又问道，他温和的说话声调，配着他乞丐式的服装和车夫式的肩膀，构成一种很奇特的对比。

德纳第太太似乎格外赏光，回答了他：

“她是在打毛袜，你应该看到了吧。我的两个小女儿没有毛袜，和没有差不多，她们就快光着脚走路了。”

陌生人眼望珂赛特的那两只红得令人心疼的脚，又问道：

“那她打完这双袜子还要多长时间呢?”

“这个懒丫头，至少也得再用整整三四天的时间。”

“那么打完了这双袜子，能值多少钱呢?”

德纳第太太对这人很不屑地瞟了一眼。

“起码值三十个苏。”

“我给您五个法郎，为这双袜子，行吗?”陌生人继续说道。

“天啊!”一个一直注意倾听的车夫朗声大笑起来，“五个法郎！真值啊！五个法郎。”

德纳第认为自己发言的时候到了。

“就这样，先生，如果您愿意，我们就把这双袜子折成五个法郎让给您。我们总是会尽量让客人满意的。”

“要马上付钱。”德纳第太太说得直截了当。

“这双袜子我买了，”那人说着，便从口袋中掏出了一个五法郎的币放在了桌上并说道，“我付现钱。”

然后，他转向了珂赛特，对她说：

“现在由我来安排你的工作。我的孩子，玩吧。”

见了那枚价值五法郎的钱币，那车夫大感好奇，他放下酒杯走过来看个究竟。

“这钱倒是一点儿不假！”他仔细看过后喊道，“一个真正的后轮！毫不含糊哟！”

德纳第太太走过来，一言不发地把五法郎揣进衣袋。

德纳第太太咬着自己的嘴唇，一脸恨意，却无法再说什么。

珂赛特还在抖着。她鼓足勇气试探道：

“是这样吗？太太，我真的可以玩吗？”

“玩你的去吧！”德纳第太太一声怒吼。

“谢谢您，太太。”珂赛特说。

她在口头上谢着德纳第太太的同时，用整个小心灵向那陌生人道着感谢。

德纳第又重新喝起了酒。耳边他的婆娘在对他说道：

“那个穿黄大衣的人，他究竟是什么东西呢？”

“我遇到过许多百万富翁，都穿这种大衣。”德纳第的回答是那样庄重。

珂赛特还是呆在自己的老地方，手中已放下了她的毛线活。珂赛特已有了尽可能少动的习惯。她从自己身后的一只盒子里，取出她那把小铅刀还有几块破布。

对于当时发生的事，爱潘妮和阿兹玛一点也没有注意到。她们刚刚捉住了那只猫，算是完成了一件重要工作。大姐爱潘妮拿着许多红蓝色的破布对那只猫又包又缠的，根本不顾它的叫唤或是它的奋力挣脱，而那娃娃已被她们丢在了地上。她一边做着这项郑重而艰辛的工作，一边轻柔地对自己的小妹讲着话，孩子的语言总是那样娇柔可爱而又巧妙，就像闪亮在彩蝶双翼上的光彩，令人想去挽留却是枉费心思。

"瞧瞧，妹妹，这个娃娃才好玩呢！它热乎乎的，又会动，又会叫。瞧瞧，妹妹，我们来玩它吧。它当我的小宝贝。我装一个阔太太。我看你，你就看它。你要慢些，看见它胡子时，这会使你吓一跳。然后你再看它的耳朵、它的尾巴，这又会使你吓一跳。这时你对我说：'唉，我的天主！'我会对你说：'是呀，太太，我的小姑娘就是这个样子。如今的小姑娘都是这个样子的。'"

阿兹玛津津有味地听着爱潘妮说。

此时，那些喝酒的人唱起了一首放荡的歌，他们唱着笑着，天花板似乎已被震动了。德纳第在一旁助着兴，和他们一起唱着。

鸟雀筑巢，不论泥草，孩子们则可以把任何东西玩得有滋有味。爱潘妮和阿兹玛在包扎那只小猫，珂赛特则在一边包扎着她的刀。待包好后，她将小刀平放在手臂上，轻声吟唱，似乎在哄它入梦。

娃娃是童年时代的女孩的一种最急切的需要，而且也是一种最感人的本性。把娃娃想象成一个人，为它穿衣，打扮，穿了脱，脱了穿，照顾它，教导它，轻声责备它，摇它，抱它，哄着它睡觉，女孩的将来似乎都包含其中了。就这样幻想着，闲聊着，为娃娃缝着小衣裳、小褴褛或小裙袍、小短衫，在不觉得岁月中女孩变成了小姑娘，小姑娘长成了大姑娘，大姑娘又成了妇人。最末一个娃娃总被第一个孩子拿在手中。

一个没有娃娃的女孩是痛苦的，就好像是一个没有孩子的妇女，其实这是根本不可能的。

所以珂赛特的那把刀被她当成了自己的娃娃。

至于那德纳第太太，她正朝那件黄大衣走去，心中想到："也许他就是拉菲特先生吧。我丈夫说得没错。阔佬们总是喜欢开玩笑。"

她走近了他，将肘支在了他的桌子上。

"先生……"她说道。

听到"先生"的称呼，那人转过身来。在这之前，德纳第太太只称他为"汉子"或"老头儿"。

"先生，请您想想，"她一脸巴结的样子，这比她原先的一脸凶神恶煞更让人受不了，"我并不反对孩子玩儿的，其实我很乐意，而且偶尔玩一次真的没有什么不好，您的为人真是慷慨，她什么都没有，您想是吧。她必须干活的。"

"那孩子，难道她不是您的吗？"黄大衣问道。

"哦，我的天主，先生，她怎么可能是我的孩子！那是个穷人家的孩子，我们只是做好事，随便收养了他。这孩子很蠢。一定有水在她的脑袋中。您应该能看出来的，她的脑袋那么大。我们并不是有钱的人，可我们一直在尽力帮助它。我们写了信寄到她的家乡，没有意义，都六个月过去了，一直没有回音。我想她妈妈一定是死了。

“嗯！”那人应了一声，又回到了自己的梦境中去。

“她妈也真是个没出息的东西。”德纳第太太不忘补上一句，“她把自己的孩子扔下不管了。”

好像被一种本能暗示着，珂赛特在他们的整个谈话过程中，似乎明白他们正在谈论自己的事，她的眼睛便不曾离开过德纳第太太。她听得似是而非，偶尔也听到了几个字。

那时，那些都已有了七八分醉意的酒客一遍一遍唱着淫歌，兴致不断高涨。他们唱的这首风流曲调趣味挺高，还有圣母圣子耶稣的名字在里面。那德纳第婆娘也混在他们中间狂笑。珂赛特待在她的小桌下面，痴痴地望着火，火光映在她的眼中，她怀抱那个先头做好的小包左摇右晃，而且边摇边低声唱着：“我的妈妈死了！我的妈妈死了！我的妈妈死了！”

在女主人三番五次的热情劝说下，那黄大衣，那个百万富翁，接受了吃一顿晚饭的提议。

“想吃点儿什么呢？先生。”

“面包、干酪。”那人回答。

“一定是个穷鬼。”德纳第太太心中想到。

珂赛特在她的桌子底下唱着，和着那些醉汉们也没有歇止的歌声。

忽然珂赛特停住了。她刚才转头时，猛然发现了爱潘妮和阿兹玛的娃娃，它就在切菜桌子的旁边，刚才她们玩猫时把它丢在那儿了。

珂赛特原本对自己的那把小刀就不很满意，此时她放下了那把布包的小刀，之后她悄悄地移动眼珠，将整个厅堂扫了一遍。客人们或在吃，或在喝，或在唱，潘妮和兹玛仍旧在玩猫，德纳第太太边数着零钱，边和丈夫说着话，没有人注意自己。这机会千载难逢。在膝头和手的帮助下，她从桌子底下爬了出来，再一次张望，她确信没有人在监视自己，于是赶紧溜到那娃娃的旁边，一把抓在手中。过了一会儿，她已坐回到原来的位置，为了让怀里的那个娃娃能藏在黑影中，她转了方向，坐着不动。她一下被一种极强烈的幸福包围着，因为能玩一个娃娃，对她来说是从来没有过的，她陶醉了。

没有人去注意她，除了那个静静地吃着素饭的客人以外。

将近一刻钟，那种快乐持续着。

尽管珂赛特小心翼翼，但她却忽略了娃娃的一只脚，那被壁炉里的火光照得雪亮的小脚早已“现了形”。那只粉红色的脚在黑影外面突出着，是那样的耀眼，突然阿兹玛看见了，于是她对爱潘妮说：“姐！你看！”

两个小姑娘不敢相信，她们呆住了。珂赛特居然敢碰她们的娃娃！

爱潘妮依然抱着猫，她站起来，来到母亲身旁用手扯她的裙子。

“别吵！”母亲说道，“你怎么又来了？”

“妈，”孩子接着说，“你看哪！”

同时她的手指向珂赛特。

占有的幸福使珂赛特沉浸在一种心神迷醉的状态中，她似乎看不见一切，也听不到一切。

德纳第太太的脸上现出一种特别的表情，就是那种无事生非、大惊小怪，妇女顷刻变为恶魔的样子。

她的自尊心已在先前受过了创伤，这一次，她更加怒不可遏了。珂赛特亵渎了“小姐们”的娃娃，珂赛特的行为太过分了。

就算俄罗斯女皇发现农奴偷戴皇太子的大蓝佩带，也不一定会露出这副嘴脸。

她一声猛吼，愤怒使她的声音完全梗塞住了：

“珂赛特！”

珂赛特被吓住了，她以为天塌了。她回转头。

“珂赛特！”德纳第太太又是一声。

轻轻把那娃娃放在地上，珂赛特一脸虔诚而沮丧的神情。她的目光还舍不得离开它，她将双手叉起，叉起的双手的手指拗来拗去的，她只是一个那样年纪的孩子，这真令人心疼，接着，她哭了起来，一整天中，她在树林里跑进跑出，水桶那么重，钱弄丢了，皮鞭抽在身上，还从德纳第太太口中听到了那些伤心话，受了这么多折磨，她都不曾流泪，现在她却痛哭起来，是那样伤心。

这时，陌生的客人站起身来。

“怎么了？”他向德纳第太太问道。

“难道您没有看见吗？”指着珂赛特脚边的罪证，德纳第太太回答道。

“那又怎么了？”陌生人继续问。

“这贱丫头，”德纳第太太回答说：“她竟然敢碰孩子们的娃娃！”

“您大嚷大叫就是为了这点儿小事吗？”陌生人又说道，“她玩了那娃娃又怎么了？”

“她的手又脏又臭，她碰了它！”德纳第太太紧跟着又说。

此时的珂赛特哭得更加伤心了。

“不许哭！”德纳第太太又是一声大吼。

陌生人则直奔那临街的大门，打开门，出去了。

他刚离开，趁他不在，德纳第太太对准了桌子底下，用脚尖给了珂赛特狠狠的一下，孩子被踢得连声惨叫。

大门又开了，陌生人回来了，双手捧着一个娃娃，就是我们以前提到过的，那个被全村的小把戏仰慕了整整一天的仙女一样的娃娃，他把它立在了珂赛特的面前，说：

“你的，拿着。”

那人或许是在自己独坐凝神时，从餐厅的玻璃窗里望见的那家烛火灯光辉映下的玩具店吧，毕竟他到店里也一个多钟头了。

珂赛特抬起眼睛，陌生人捧着向她走来的似乎不是那仙女般的娃娃，而是太阳，“你的，拿着”，这是她从未听到过的话。望着他，再瞧瞧那娃娃，珂赛特随即缓缓向后退，在桌子底下墙角里紧紧缩着，躲在那里。

她不哭了、也不叫了，似乎连呼吸也不敢了。

德纳第太太、爱潘妮、阿兹玛像三个木头人儿似的立在那儿。那些喝酒的人也安静了下来。整个店是那样寂静。

德纳第太太没有一点动作，也不吭一声，她心中在猜想："这老头儿到底是个什么样的人呢？也许就是穷人又或许是个大富翁？不然两样都是吧，就是说，是个贼。"

此时她丈夫德纳第脸上堆起的皱纹是那么富有表现力，每当他粗暴地表现出要控制一个人的那种本性时，他的脸上就会显露出那样的皱纹。这客店的老板仔仔细细地揣摩着那娃娃和那陌生人，他似乎在嗅那个人，并且似乎嗅到了一袋银子。那不过在转瞬间便完成了。他走到自己女人的身边，压低声说道：

"那东西至少也要三十法郎。不能做傻事。好好伺候他吧，态度谦卑些。"没有过渡的阶段，这是卑劣的性格和幼稚的性格相一致的地方。

"哟，珂赛特！还不快来拿你的娃娃？"德纳第太太竭尽全力想使自己说话的声音显得柔和些，但那声音中还是充满了又酸又腻的泼妇的味道。

珂赛特将信将疑，还是从洞中钻了出来。

"我的小珂赛特，"随着妻子，德纳第老板也一副无比怜爱的神情，"快来拿吧。这位先生给你的娃娃。是你的娃娃。"

珂赛特战战兢兢地看着那无比美丽的娃娃。她的脸上依然挂着泪珠，但是她的眼睛已开始出现了快乐神奇的光亮，好像拂晓天空中的曙光。她似乎听见有个声音在对她说："小宝宝，你是法兰西的王后，"这是她当时的感受。

她又似乎觉得，只要她一碰那娃娃，就会雷声大作。

的确，这种想法是不无道理的，因为她觉得德纳第太太不仅会骂她，还会打她。

可是她无法抵挡那诱惑。她还是走过来了，转过头，声音细微并夹着惶恐地问德纳第太太：

"太太，我可以拿吗？"

那种又伤心、又惶恐、又欢乐的样子真是任何语言都无法描述的。

"当然了，"德纳第太太说，"它是你的。这位先生已经将它送给你了。"

"是这样吗，先生？"珂赛特又问，"是这样吗？它是我的吗，这娃娃？"

那个陌生的客人似乎只要一张嘴就会哭，他似乎在忍着溢满眼眶的泪水。他对珂赛特点着头，把那仙女般的娃娃放在她的小手上。

珂赛特急忙将手缩回，似乎那仙女娃娃的手会烫着她，她一动不动瞧着地上。另外，还有一点我们需要补充，那时她的舌头伸得好长。突然，她扭转身体，快乐无比地抱起那娃娃。

"我叫它卡特琳。"她说。

那娃娃艳丽的粉红罗衫以及丝带和珂赛特的烂布衣接触着，依偎着，那真是一种奇特的景观。

"太太，"她又说道，"您能让我把娃娃放在椅子上吗？"

"能，我的孩子。"德纳第太太这样回答。

现在眼红的不再是珂赛特，而是爱潘妮和阿兹玛了。

卡特琳被珂赛特放在一张椅子上，她不动，也不说话，只是对着它坐在地上，只是一心称赞着欣赏着。

“玩呀，珂赛特。”陌生人在说。

“啊！我就是在玩呀。”孩子这样回答。

这个外来的陌生人，好像是被上苍派来看望珂赛特的，此时这个素不相识的人已变成了在这世上最令德纳第太太厌恶的人。可她还得控制着自己。尽管她总学着自己丈夫的各种举动，从而懂得了隐藏自己的真情实感，但当时她的激动使自己无法承受。可是她急忙让她的两个女儿去睡觉，而后又去问那陌生人是否同意她也送珂赛特去睡觉。“她今天真是够累的。”她还加上这么一句，使自己像个慈母。抱着卡特琳，珂赛特走去睡觉了。

德纳第太太时不时走到那一端的厅处来到她丈夫的身边，用她的话说，是为了“减轻她灵魂的负担”。她和丈夫交谈着，由于过于刻薄恶毒的内容，她只有低压声音。

“真是个老畜生！在他肚子里到底装的什么鬼主意呢？跑到我们这里捣乱！让那个小怪物玩！送娃娃给她！一个我愿意卖四十个苏的小母狗，竟然有人送她四十法郎的娃娃！恐怕再过一会儿，他就会像称呼贝里公爵夫人那样管她叫‘陛下’了！这是合乎情理的吗？那个老妖精，怕是疯了吧？”

“原因嘛，很简单，”德纳第回答道，“只要他愿意！你嘛，是愿意让那孩子干活，至于他嘛，他喜欢叫她玩。这是他的权利。他付过钱了，他是个客人，所以做什么都可以。即使那个老家伙是个慈善家，与你又有什么关系呢？如果他是个傻瓜，也和你没有关系。他有钱，你何苦操些闲心呢？”

既然客店老板如此推论，家主公这样做了吩咐，就没有反驳的必要了。

一手托腮，胳膊弯着支在桌子上，那人又恢复了那种若有所思的样子。那些看他的客人，车夫们和商贩们，都一一分散开了，他们没再继续唱歌。人们都抱着一种敬畏的心理从远处看着他。这个人真怪，穿着这么破旧的衣服，却那么随便地从口袋里掏出“后轮”来，送给一个穿着木鞋的邋遢的姑娘那么高那么大的娃娃而又那么随意，这人真是令人佩服，这人一定很难惹。

过了好几个钟点。夜半弥撒已经做完了，晚宴也结束了，酒客们全散了，店门关上了，大厅安静冷清起来，火都熄了，可那陌生人依旧坐在原处，除了有时让一只手替换另一只手托腮，没有其他姿势的改变。仅此而已。从珂赛特离开这儿，他没有说一句话。

只有德纳第夫妻俩人，还留在厅里，因为礼貌，也出于好奇。“难道他要这样过夜吗？”德纳第太太说时咬着牙。时钟敲响，已是夜里两点钟了，她熬不住了，对丈夫说：“我去睡了。至于他怎么办就随你了。”于是丈夫坐到了厅角上的一张桌子边，点燃了一支蜡烛，读起了《法兰西邮报》。

就这样又有足足一个钟头过去了。从那一期的年月日直到印刷厂的名称，那位客店大老板手中的《法兰西邮报》至少已被他这样念了三遍。那陌生的客人还是那样坐着。

德纳第咳嗽，吐痰，还扭动身体从而把椅子弄得乱响乱叫。那陌生人还是一动不动。“难道他睡着了？”德纳第心里这样想道。他并没睡着，只是没有任何东西能惊醒他。

最后，德纳第只好脱下自己的软帽，轻声走过去，鼓足勇气说：

“先生要不要去安息呢？”

他认为，要是说“不去睡觉”会显得有些冒失，也过亲密了些。“安息”带着敬意，还显得文雅。而且这两个字还可以让他扩大第二天早晨账单上的数字，这是一种很微妙很令人欣喜的效果。一间“安息”的房间可以值二十法郎，而一间“睡觉”的屋子只值二十个苏。

“是的！”那陌生的客人答道，“您说得对。您家的马棚在什么地方？”

“先生，”德纳第笑笑说，“我带您去。”

他端着刚才那支烛，陌生人拿起自己的包袱和棍子随着他，他被领到第一层楼上的一间屋子里，这里有一色的桃花心木家具，一张高架床，红色的帷布，可以说是非常华丽。

“这是怎么回事？”陌生客人问道。

“这是我们结婚时的新房，”客店老板解释着，“我的内人和我现在住在另外一间房子里。一年中，我们在这间屋子也住不了三四回。”

“我倒认为住马棚也不错。”陌生客人说得很直率。

对于这句不大客气的话，德纳第只是装作没有听见。

有一对全新的白蜡烛陈列在壁炉上，德纳第将它们点亮了。炉膛里也有一炉好火燃了起来。

壁炉上有个玻璃罩，里面是一顶女人的银丝橙花帽。

“这又是什么呢？”陌生客人又问道。

“先生，”德纳第回答，“这是我内人做新娘的时候戴的帽子。”

望着那帽子，陌生人那神情仿佛是在说：“真难想象这怪物也曾是个姑娘！”

其实德纳第说的并非实话。在他当初为开客店租下那所破房子时，这间屋子就是这样的布置，他买下了这里的家什，也保留了这簇橙花，他觉得这可以增加“他的内人”的光彩，还像英国人所说的可以为他的家庭“光耀门楣”。

当陌生人回转头时，发现主人已走了。德纳第不敢和他道晚安，他是悄悄溜走的，因为他早已预谋要在第二天早晨好好敲诈一下这人，所以他不想用一种不恭敬的亲密态度去和这人相处。

客店老板回到了自己的卧室。他的女人躺在床上，可是人还醒着。听到了丈夫的脚步声，她转过身对他说道：

“告诉你，明天我一定要把珂赛特轰出大门。”

德纳第的回答声音冷冷的：

“你急什么？”

其他的，他们没有再说什么，几分钟之后，他们的烛也熄了。

至于那陌生人，他已将自己的棍子和包袱放在了屋角。主人走后，他就坐在了一张围椅上，又想他的心事。之后，他把鞋子脱掉，端起一支烛，同时将另一只吹灭了，推开了门，从屋里走出来，他向周围张望，似乎在找寻什么。穿过了一条过道，他来到了楼梯口。在那里，一阵非常微弱而又甜蜜的声音传入耳边，好像是孩子发出的鼾声。在那声音的带领下，他来到了楼梯下的一间三角形的小屋子前，其实那就是由楼梯本身构成的。不过是楼梯底下的空处，而不是其他的什么。那里有一张床，说是床，其实不过是由一条露着草的草褥和一条露着草褥的破被构成的，剩下的就都是旧筐篮、破瓶罐，蜘蛛网和灰尘之类了。根本没有垫单。而且还是在方砖地上铺开的。那床上睡着的是珂赛特。

陌生人走近她，看着她。

珂赛特睡得很熟。她和衣而睡。为了能暖和些，冬天她不脱衣服。

那个在黑暗中两只亮眼睛还睁得很圆的娃娃抱在她手中。她时而叹口深深的气，似乎要醒了，然后又把那娃娃在怀中抱紧。只有一只木鞋在她的床边。

靠近珂赛特的那个黑洞的是一扇门，门里是一间黑乎乎的大屋子。那陌生人跨过去了。在屋子的尽头，一对洁白的小床露在一扇玻璃门后面。那床是爱潘妮和阿兹玛的。在小床的后面，露着一半的是一个没有挂帐子的柳条摇篮，那个哭了一整夜的小男孩便睡在那里。

陌生人想德纳第夫妇的卧室一定是和这屋子相通的，他准备离开，突然他看见一个壁炉，客店中总有这样的大壁炉，多少总会有一点火，又使人看去觉得特别冷。但这个壁炉却没有一点火，甚至连灰也没有，可是里面却放着东西，这引起了陌生人的注意。那里是样式大小不相同的两只小鞋，一看便知是孩子们穿的，客人这才想起了那种不知从何时开始，却蛮有意思的孩子们的习惯，一到圣诞节，为了得到那些光彩夺目的礼物，他们总会把自己的一只鞋子放在壁炉里，好让他们的好仙女悄悄放在里面。爱潘妮和阿兹玛当然都想到了这件事，所以她们俩都在这壁炉里放上了自己的一只鞋。

客人弯腰去看。

仙女，也就是她们的妈妈已经来过这里了，陌生人看见每只鞋里都放上了一枚崭新的，明亮夺目的，美丽无比的价值十个苏的钱。

陌生人站起身，正准备离开，突然望见在远远的炉膛的那角最黑暗的地方，好像有个什么东西。他仔细看去，才认出是一只木鞋，那是一支满是尘土和干污泥，已经裂开而且粗糙丑陋到极点的木鞋。这木鞋正是珂赛特的。珂赛特也把木鞋放在了壁炉里，虽然她年年失望，却不曾放弃，那是一种多么令人感动的自信心啊！

这孩子一直到处碰壁，却依旧抱着希望，这真是很令人感动的。

那木鞋里，空空如也。

那陌生人伸手摸向自己的背心口袋，他弯下身，将一个金路易放在了珂赛特的木鞋里。

他悄声回到了自己的屋子。

九、德纳第的花招

第二天一早，还要两个钟头才天亮的时候，在那酒店的矮厅里，德纳第老板已在点着一支烛，捏着一管笔，伏在桌上编述那穿黄大衣的客人的账单了。

立在那里，半弯着腰，看着他写的是她的女人。他们彼此没有言语，一方面是在仔细思忖，另一方面是基于一种产生自人类的智慧中的虔诚而恭敬的心情。在那间矮厅里，除了百灵鸟清扫楼梯发出的声响外再没有其他声音了。

在足足一刻钟和几番涂抹之后，德纳第的杰作编出来了：

一号房间贵客账单

晚餐	三法郎
房间	十法郎
蜡烛	五法郎
火炉	四法郎
饭采	一法郎
	共计二十三法郎

“饭采”指的是饭菜。

“二十三法郎！”那妇人这样喊着，在兴奋的语气中包含着不敢相信。

德纳第并没有觉得满意，就像所有的大艺术家那样。他说了一声：

“呸！”

那口气和在维也纳会议上开列法国的赔款清单时凯塞尔来的口气一模一样。

想着昨晚那人在她的两个女儿面前送给珂赛特的那个娃娃，那妇人叽哩咕噜地说道：“德纳第先生，你开得很好，他就是应该付这么多，”又接着说，“这是公道的，可是数目如此大。他恐怕不肯付。”

德纳第一声冷笑，说道：

“他肯付的。”

他说出的话一定要做到，那冷笑便是他自信心和家长派头的最高体现。那妇人自然放弃了自己的想法。她开始动手收拾桌子，丈夫则在厅里纵横往复地踱步。过了一会儿，他又加上了一句：

“我还欠人家整整一千五百法郎呢，我！”

他踱到了壁炉角边，坐下来好好计划，将两只脚踩在热灰上。

“可不是！”那女人又马上跟着说道，“你忘了吗，我说今天一定要把珂赛特轰走。小妖精！她那娃娃，都快把我气死了！就算她嫁给路易十八去我也不想她在家里多呆一天！”

德纳第点着自己的烟斗，趁着两口烟之间的间隙，他说道：

“你把这张账单给那人送去。”

说完他就走出去了。

他刚走出厅堂的门，那陌生人就进了厅堂。

德纳第马上转身跟在他的身后也走过来，到了那半开着的门口，他停下来立在那里，只有他的女人可以看见他。

那个人还穿着黄大衣，手中捏着自己的棍子和包袱。

“您起得这么早！”德纳第太太说道，“先生难道就要离开我们这儿了吗？”

她说这些话的时候，带着一副难为情的表情，拿在她手中的那张账单被她掐了折，折了掐，翻过来调过去的。在她那张蛮横的脸上隐隐地现出胆怯和怀疑，这是平日里很少有的神情。

这客人显然是个地道的"穷鬼"，把这样的一张账单拿给他，在她看来，是件很为难的事情。

那客人似乎心里正想着其他的事情，而没有去注意她。他回答道：

"是的，大嫂，我要走了。"

"那么，"他又问："先生来孟费郿难道没有要办的事？"

"是的。我没其他的事情，只是路过这里。"

"大嫂，"他又问道，"我欠你多少钱？"

一声不响，德纳第太太将那账单递给了他。

客人打开了那张纸，看着它，但他显然是在注意着别的地方。

"大嫂，"他又说道，"在孟费郿这地方，你们的生意还好吧？"

"就这样子，先生。"德纳第太太回答道，她见那客人并没有发火，感到非常诧异。

她又接着说起来，那声调很缠绵又似乎在影射着什么：

"啊！先生，我们的日子真是够紧的！在我们这里，阔气人家是很少的！您知道的，只是些小户人家。遇见像您这样又慷慨又有钱的过路的客人只是偶尔的事！我们的花销真是很大的。就拿那个小姑娘来说吧，她真是吸尽了我们的血。

"哪个小姑娘？"

"您知道，还有哪个小姑娘呢？珂赛特！这里的人们都叫她百灵鸟的！"

"哦！"那人说。

她又接下去：

"这些乡下人，真可笑，给她起这样的小名！她哪里像什么百灵鸟，叫她蝙蝠还差不多了。先生，您来说说，我们并不需要别人来布施，可我们总不能老布施别人吧。营业执照，消费税，门窗税，附加税！政府要起钱来真是吓死人，先生您应该知道吧。何况，我还有两个女儿，我。我又何必再去养别人的孩子呢？"

那人听后问道：

"如果有人愿意替您带走她呢？"他说这句话的时候声音在发抖，尽管他极力地让自己的声音显得平常些。

"带走谁？珂赛特吗？"

"对的。"

那店婆子蛮横的红脸立刻变得眉飞色舞，丑恶难睹。

"啊，先生！真是好先生！快带她走吧，你收下她吧，领着她走吧，抱着她走吧，放上白糖，再加上蘑菇，喝她的血，吃她的肉吧，善良的童贞圣母会保佑您，天国所有的圣人都会保佑您的！"

"好，说定了。"

"您真的带她走？"

"我带她走。"

"立刻就走？"

"立刻就走。您把那孩子叫来吧。"

"珂赛特！"德纳第太太大声喊道。

“现在，”那人接着说道，“我来把我的账付清。多少钱？”

他望了那账单一眼，心里一惊。

“二十三个法郎！”

看着那店婆，他又说了一遍：

“二十三个法郎？”

从这同样一句话的不同声调里，可以知道惊叹号和疑问号的区别所在。

对于这一质问，德纳第太太早就做好了思想准备。她的回答是那样平静：

“圣母，没错，先生，是二十三个法郎。”

于是那客人放了五枚值五法郎的钱在桌上。

“请把那个小姑娘叫来吧。”

就在这时，德纳第来到厅堂的中央说道：

“先生付二十六个苏就可以了。”

“二十六个苏！”那女人喊起来。

“房间二十个苏，”德纳第说话语气冷冰冰的，“晚餐六个苏。至于小姑娘吗，我还要和这位先生谈一下。我的娘子，你先离开一会儿。”

如同见到智慧的光芒闪过，德纳第太太的心里猛然一亮。她意识到老将出马了，没吭一声，她马上走出去了。

厅中只剩下他们两个人了，德纳第端过一张椅子给那客人。请客人坐下，而德纳第自己则站着，他的脸上一副挺温良朴实的表情。

“先生，”他说，“我要向您说明，是这样的。那孩子，我很疼爱她的，我。”

那陌生客人的眼睛盯着他，问：

“哪个孩子？”

德纳第接着说道：

“说来觉得奇怪！我真是不舍得。这钱是做什么的？您还是把这几枚值一百个苏的钱收回去吧。我疼爱这个女孩儿的。”

“谁？”陌生人又问。

“哎，就是我们的小珂赛特嘛！您不是说要带她走吗？但是，说实话，我不能答应，就如同您是一位真正的君子一样，我这话也是真的。如果这孩子走了，我会惦记的。她是我从小到大看过来的。她让我们花了钱，那不假；她有很多毛病，那也不假；我们并没有多少钱，那也不假；她病了一次使我花了四百法郎，那也是不假的！但人总应行些善事，就算是给上帝帮忙吧。这没有爹，也没有娘的小东西，是我将她养大的。我为自己也为她去赚面包。这孩子，我实在，实在是舍不得呀。您明白吗，我是个老好人，我和那孩子有感情，我；这孩子，我爱她，我也讲不出原因；我的女人也爱这孩子，尽管她的脾气躁。您知道，我们真是把她当成自己的孩子。我家里需要她，我要听她叽叽喳喳的欢声笑语。”

那陌生的客人一直在用眼睛盯着他。他又继续道：

“很抱歉，原谅我，先生，把自己的孩子随便送给一个过路人，恐怕没有人会肯吧？我这话没说错吧？我先不提对她是不是有好处，但我总应弄明白，您的钱，还有您是否是个诚实人。您明白吗？就算我忍痛割爱，让她走了，我还是希望知道她会到什么地方，我不想她走了以后就再也没有了她的音信。我希望知道她到了谁的家里，我要经常去看她，照顾她，要让她知道她的好义父就在她身边。总之，有些事情是不可以的。您的姓氏我都不知晓。起码您应让我看看一张马马虎虎的证件或是一张微不足道的护照什么的吧，什么都可以，要不您把她带走了，我说：'好，百灵鸟呢？她到哪里去了呢？'"

陌生的客人一直注视着他，那目光似乎直看透到他心底，似乎告诉他有话还是直说吧，陌生人用沉重坚定的语气对他说道：

"德纳第先生，巴黎到这儿才五法里，没有人会带护照的。既然我决定带珂赛特走，我就一定要带走她，没别的就是这样。今生今世我都不打算再见到您，我的姓名您不会知道，我的住址您不会知道，珂赛特将来住在哪儿您也不会知道。我要让她离开这里，我要彻底斩断这根拴在她脚上的绳子。这样您愿意吗？您说吧，行还是不行呢？"

德纳第意识到自己碰到的这个对手是十分强硬的，就好像通过某些迹象妖魔和鬼怪能看出有个法力更大的神即将出现一样。他已经意识到了这一点，似乎就是一种直觉，凭着他的敏感和清醒的头脑。从昨夜开始，虽然他在陪着那些车夫们一块喝酒，抽烟，唱那些淫歌，但一刻也没有停止窥视这陌生的客人，一刻也没有停止像猫儿一样去注视他，一刻也没有停止像数学家那样在他身上精打细算。他想看个究竟，也出于自己的爱好和本性，他那样侦察着，似乎是被人买通来专职做这项侦察工作一般。那个穿黄大衣的人的任何一种姿势和细微的动作都不曾逃过他的目光。这个来历不明的人还没有明显地表现出对珂赛特的关切的时候，德纳第就已意识到了这一点。这老年人深沉的目光时刻追随着那孩子，这是他早就觉察到的了。他为什么如此关心？这人究竟有什么来头？他的口袋里有那么多钱，可为什么他又穿着这么破烂的衣服？他拿这些问题问着自己，可他答不出来，他感到很气恼。这些问题已让他琢磨了整整一夜。这人绝不会是珂赛特的父亲。那么是她的祖父辈了？可是，这人为什么不马上将自己的来历讲明呢？人们总会将自己拥有的权利表现出来的。很明显这人对珂赛特是不会有什么权利的。那么，为什么会这样呢？在种种猜测中，德纳第迷失了。他什么都无法看清楚，尽管他的感觉是那样真切。但无论如何，从和那陌生人的交谈中，他确信这种种疑惑中必定有隐情，而他也确信这人对这隐情莫讳笃深，所以他觉得自己胜券在握；可这陌生人的答话是这样简单而肯定，他这样神秘，神秘到单纯的程度，德纳第有点泄气。权衡这一切他是在一瞬间完成的。原本德纳第就是那种一眼就能认清形势的人。正如那些眼光独到快刀斩乱麻的优秀将领一样，德纳第估计直入正题的时刻已来临了，于是在这成败攸关的重要时分，他一下亮出了自己的底牌。

"先生，"他说，"我至少需要一千五百法郎才行。"

那外来人将手伸到衣服侧面的一只口袋里，掏出一个黑色的旧皮夹，打开，从中抽出了三张银行钞票，放在了桌上。然后他用大拇指压住钞票，对那店老板说：

"找珂赛特来。"

珂赛特在这些事进行时干什么呢？

一醒来，珂赛特便跑去找她的木鞋。在木鞋里面她看见了那个金币。那是枚王朝复辟时期的那种全新的、等于二十金法郎的硬币，而不是一个拿破仑，原来的桂冠在这种新币的面上变成了一条普鲁士的小尾巴。珂赛特的眼睛都看花了。她觉得自己时来运转了，她快乐极了。她从未见过金币，她并不知道这是什么，她是那样匆忙地把它藏进了衣袋，就像这是自己偷来的似的。她能猜出这礼物是谁送给她的，她也知道这礼物的确是自己的，然而在她快乐中充盈着惶恐。她满意，但她更觉惊恐。一件东西能华美到这种地步，漂亮到这种地步，在她的眼中，似乎是不真实的。她害怕那娃娃，她也害怕这金币。这些华美的东西让她觉得心惊胆战，但只要想到那个陌生人，她的心就安宁了，唯有他不使她害怕。从昨晚开始，在她那又惊又喜的心情里，在她的睡梦中，那个好像又穷又老又忧郁但却那么有钱那么善良的人就一直在她稚弱的小脑瓜里盘旋着。自从在树林中碰见了这位老人，似乎她周围的一切都不一样了。珂赛特，多么希望享受躲在妈妈的影子里和翅膀下的快乐，就像空中的小燕子那样，可她从来不知道那是什么滋味。五年了，日子总是在哆嗦和颤抖中度过，这是她记忆所能回想起的最远的岁月。她时常在凛冽的寒风中赤身露体地承受着苦难，可现在她觉得好像已经有衣服穿在身上了。以前，她心里感觉是那样冷，现在她已感到了温暖。对德纳第太太她已不那样害怕了。有另一个人和她站在一起了，她不再只是孤独可怜的一个人了。

她赶紧去干自己每天早晨的活儿。那围裙袋也就是昨晚丢失那枚值十五个苏的币的口袋里放着那枚路易，这东西令她心神慌乱。她不敢摸它，却总去看它，看时还总伸着舌头，每回都要看上五分钟。她扫扫楼梯，又停住了，立在那儿不动，她的衣袋底里那颗闪烁的星星使她忘记了扫帚和整个的宇宙，她只知一心看着它了。

在德纳第太太找到她时，她又在享受自己的这种眼福。

奉天之命她来找她。说来也怪，她对她没有咒骂，更没有让她吃巴掌。

“珂赛特，”她的声音是轻轻的，“快来。”

一会儿过后，珂赛特出现在那矮厅。

那陌生人将他带来的那个包袱拿起并将结子解开。包里有一件小毛料衣、一条围裙、一件毛布衫、一条短裙，一条披肩、一双长筒毛袜和一双皮鞋，都是黑色的，这是一套八岁小姑娘的全身服装。

“我的孩子，”那人说道，“赶快把这些拿去穿上。”

渐渐地天亮了，有些孟费郿的居民已经开始开大门了，在巴黎的街上，他们看见一个穿着破烂衣服的汉子，牵着一个一身孝服，怀抱一个粉红色仙女般娃娃的小女孩，他们正向利弗里方向走去。

那就是我们所说的那陌生人和珂赛特。

没有人认识那陌生人，而很多人也认不出这个脱去了破烂衣裤的珂赛特了。

珂赛特走了。她跟着谁？她令人奇怪。会去哪儿？她也不清楚。那个德纳第客店已丢在她身后了，这是她所知道的全部。没有人会想到要向她告别，她也不会想到向任何人告别。她离开了那个令她痛恨的，同时也对她痛恨无比的德纳第家。

这可怜的小人儿的心一直是被压抑着的，直到现在。

珂赛特往前走着，像个小大人儿，她的一双大眼睛望着天空。她的那枚路易已经被她放在新围裙的口袋里了。她时常低头去看上它一眼，然后再看看这位老人。她有一种感觉——自己是走在慈悲上帝的身边。

十、聪明反被聪明误

和平日一样，德纳第太太让丈夫拿主意。她专心期盼着大事的到来。在那人和珂赛特走了足足一刻钟之后。德纳第才把她带到一旁，将那一千五百法郎拿出来给她看。

“只有这些！”她说。

自他们的家庭组建以来，这是她第一次敢向一家之主采取的批评行为。

这一怂恿生效了。

“没错，你说得对，”他说，“我是个蠢蛋。去拿我的帽子来。”

折好那三张银行的钞票并插进衣袋里后，他急急忙忙出了大门，却转向了右边，把方向弄错了。他问了几个邻居，有人看见那陌生人和百灵鸟向利弗里方向走去，他这才搞清了路线。在这些人的提示下，他大踏步地向前走去，边走边自语着。

“我真是个畜生，这人尽管穿件黄大衣，但他毫无疑问是个百万富翁。从起先给的二十个苏，到后来的五法郎、五十法郎，最后又是一千五百法郎，他毫不顾惜。或许一万五千法郎他也会给。我必须要赶上他。”

这一切太奇怪了，他还为小女孩事先准备好了衣包，这其中肯定有很多秘密。既然知道有秘密，就决不应放过。阔人的隐情是金汁充盈的海绵，应该学会将它挤出。所有这些想法盘旋在他整个脑海。“我真是个畜生。”他说。

出了孟费郿，就是通向利弗里的那条公路的岔路口，那条公路在高原上延伸着，人们可以看到路的尽头很遥远。他到了岔路口，他想大概能看见那陌生人和小女孩。向前看去，直到眼力所达的极限，他什么也看不到。他又向别人寻问。这把时间给耽搁了。一些过路人告诉他，他要找的那个人和小女孩已经向加尼方面的树林走去了。于是他向那方向赶去。

虽然他们本是走在他前面的，但他走得快，而那孩子却走得慢。并且他对这地方又非常熟悉。

他猛然停下来，拍着自己的额头，似乎忘了什么至关重要的东西，要立即转身返回去拿。

“我本该把我的长枪带着的！”他对自己说着。

有一种人具两重人格，他们有时会在我们中蒙混过去，蒙过之后仍然没有被发现，德纳第就是这种人。有很多人度过他们的一生就是那样半明半暗的。在平淡安宁的日子里，德纳第，我们不说他“是”一个，但他完全可以当一个能够被称一声诚实的商人或好绅士那样的人。与此同时，在某种情况下，当他隐藏的本性被某种动力拨动时，他就会成为一个十足的暴徒。这个小商人真可以说是具有魔性的。

对于这个代表着丑恶的德纳第，撒旦也会偶尔蹲在他居住的那所破屋的一个角落里做好梦的。

在一会儿的犹豫时间过后，他想：

“噢！时间太久了，可别让他们跑了！”

他继续着他的追捕，似乎胸有成竹，飞速向前奔着，他那样灵敏，像是一只凭嗅觉猎取鹧鸪的狐狸。

果然不出所料，在他走过了池塘，又从斜刺里穿过美景大道右边的那一片大旷地后，他走在了那条差不多环绕那个土丘而又延伸到谢尔修道院的古渠的涵洞上的那条长着残草的小路上，在那儿他一下发现了有顶帽子在莽丛中露出，没错，就是那陌生人的帽子，他早已无数次对这顶帽子提出疑问了。那莽丛不高的。德纳第猜想那人和珂赛特会在里面坐着。那孩子太小，他看不见她，可他却看见了那玩偶的头。

德纳第的确猜对了。为了让珂赛特歇一会儿，那陌生人坐在那里。绕过了那莽丛，那客店老板突然在自己寻找的那两个人的眼前出现。

“很抱歉，原谅我，先生，”他边说边气喘吁吁，“这是您的一千五百法郎。”

他说着这些，便将那三张钞票朝那陌生人伸去。

那个人将眼睛抬起。

“这是做什么？”

德纳第极为恭敬地回答：

“先生，我是要把珂赛特带回去。”

珂赛特浑身抖起来，在老人怀里靠得紧紧的。

至于他，他的目光直射到德纳第的眼底，一字一顿地问道：

“你—要—把—珂赛特—带—回—去？”

“对，先生，我要带她回去。我来告诉您。我想好了。实际上，我没有权利把她送给您。您知道，我是个诚实的人。这小女孩是她妈妈的，不是我的。她是她妈托付给我的，我只能把她交还给她妈妈。您也许要对我说：‘但是她妈妈死了。’好。如果是这样的情况，我就只能把这孩子交给这样一个人，这个人应该带着一封经她母亲签过字的信，信中还应有要我把这孩子交给他的内容。这是毫无疑问的。”

没有回答，那人把手伸向衣袋，那个装钞票的皮夹再一次出现在德纳第的眼前。

客店老板浑身乐得都酥软了。

“很好！”他心中想道，“站稳了。他要来贿赂我了！”

在将皮夹打开之前，那陌生人先向四周看了看。那地方真是荒凉无比。无论是树林中，还是山谷里都不见一个人影。那人将皮夹打开了，可是他抽出的并不是德纳第盼望的那一叠钞票，而是一张单薄的小纸，他将那小纸整个儿打开，递给客店老板看，还说道：

“您说得有道理。念吧。”

拿着那张纸，德纳第念道：

德纳第先生：

请将珂赛特交此人。我负责偿还一切零星债款。恭颂大安。

芳汀

殡海蒙特勒伊

一八二三年三月二十五日

“这签字您认识吧？”那人问道。

那的确是芳汀的签字。德纳第也确认了。

再没有什么能够反驳了。他恨自己不得不放弃本来期盼的贿赂，又恨自己被打败，这两种强烈的愤恨缠绕着他。那人又说：

“这张纸您可以留下，好对责任加以交代。”

德纳第往后退着却没有乱了阵脚。

“的确，这签字摹仿得很好，”他紧咬着牙叨咕着，“但是，让它见鬼吧！”

然后，他试着做一次无望的挣扎。

“先生，”他说，“这样很好。既然您就是来人。那么‘一切零星债款’就得由您照付给我。这可不是笔小数目的债呢。”

那人站了起来，一边用中指在他那已磨损的衣袖上弹灰尘，一边说道：

“德纳第先生，她母亲在一月份算过账欠您一百二十法郎，二月份您寄给她一张五百法郎的账单，二月底您收到了三百法郎，又于三月初收到三百法郎。后来将数目讲定，一个月十五法郎，就这样过了九个月，一共是一百三十五法郎。从前您多收了一百法郎，我们欠您的只是三十五法郎的尾数，而刚才我却给您一千五百法郎。”

德纳第的感觉就像豺狼感到自己已被捕兽机的钢牙咬住了钳住了一般。

“这人到底是个什么鬼东西？”他心里问。

他行动起来也像豺狼一样。他将身子一抖。用强行的方式他曾成功过一次的。

这回，他把恭敬的面纱撕在一边，斩钉截铁地说：“无一名一无一姓的先生，除非您再给我一千埃居，不然我一定领珂赛特回去。”

那陌生人并不发火，说道：

“来，珂赛特。”

他的左手牵住珂赛特，右手从地上拾起了他那根棍棒。

德纳第看着那根异常粗壮的棍棒和那片荒凉无比的地方。

那人领着珂赛特已深入到了林中，那客店老板则在一边呆若木鸡。

德纳第一直望着那人那有些微伛偻的宽肩膀和他的两个拳头，直到他们越走越远。

而后，他将目光返回到自己身上，他看到的是自己的两条干胳膊和瘦手。“我的确蠢极了，”他想着，“既然是出来打猎，我却没把我那支长枪带来！”

可是这客店老板还是不善罢甘休。

“我要搞清他要到哪儿去。”他说。他便远远地跟着他们。他的手里捏着两

样东西，一样是芳汀签过字的那张破纸，那是嘲讽，另一样是那一千五百法郎，那是安慰。

那陌生人领着珂赛特，向着利弗里和邦迪的方向走去。他的头低着，脚步缓慢，这姿态表明他是在转动脑筋，还有他是哀伤的。草木在冬天都已凋零，显得疏疏朗朗的，这样虽然德纳第和他们离得很远，但仍旧可以看见他们。那陌生人时常回过头看，以便知道是否有人跟踪。突然，他看见德纳第了。他领着珂赛特急忙转进了矮树丛中，一瞬间俩人消失得无影无踪。“见鬼！”德纳第说。他加快步伐向前追去。

树丛很密，这样德纳第不得不走近他们。在走到枝丫最密集的地方时，那人将身子转了过来。想躲到树枝里去也是白费，德纳第没法不让他瞧见自己。带着一种戒备的神情，那人看了他一眼，摇摇头，继续向前走。客店老板还是跟着他。猛然间，那人又一次回转身体。他再一次瞧见了客店老板。这一次他看人的神气是那样阴沉，使得德纳第意识到自己“不便”再跟着了。德纳第这才肯转身回家。

十一、冉阿让没有死，他和珂赛特在一起

冉阿让还活着。

我们知道的，他掉进海里时，说明确些，他跳向海里去时，已没有脚镣了。在水中一番迂回曲折后，他潜到了一艘停在港里的海船的下面，另有一只驳船停在那海船的旁边。他想办法躲在了那驳船里，一直呆到傍晚。等天黑后，他又跳下海，游到了海岸，在勃朗岬附近的地方上了岸。好在身上并不缺钱，他又在那里弄到了一身衣服。当时，巴拉基耶附近的一家小酒店经常向逃犯们提供服装，

这是个一本万利的特殊行当。然后，和那些试图逃避法网和社会追击的走投无路的人一样，冉阿让走上了一条隐秘曲折的道路。在博塞附近的普拉多他找到了第一个藏身之所。这之后，他向阿尔卑斯省布里昂松附近的大维拉尔走去。这种逃窜要摸索着进行，让人担惊受怕，就像田鼠的地道一样，到底有多少岔路，没人会知道。以后才有人发现，在安省的西弗利厄，在比利牛斯省的阿贡斯，在沙瓦依村附近的都美克山峡一带，在佩利格附近勃鲁尼的葛纳盖教堂镇，都留下了他的足迹。他来到了巴黎。又到了孟费郿，我们刚才已经看见了。

他来到巴黎。准备做的第一件事，就是买一身给一个七八岁小女孩穿的丧服，然后再给自己找个住处。将这两件事办妥后他便去了孟费郿。

我们记得，第一次逃脱后，他曾在那里或附近的地方有过一次暗地行动，这件事警方也多少察觉到了一些蛛丝马迹。

但是人们都以为他死了，因此他的秘密便更不容易被看破了。在巴黎，他偶然得到了一张刊登这件事的报纸。于是他放心了，而且好像自己真的死了似的，他几乎安定下来了。

从德纳第夫妇的魔爪中救出珂赛特后，冉阿让当天傍晚便回到了巴黎。当时天色刚黑起来，他领着孩子从蒙梭便门进了城。在那里他坐上一辆小马车到了天文台广场。他下车付过车钱后，就牵着珂赛特的手，在黑夜里俩人一起穿过了马尔辛和冰窖附近的一些人少马稀的街道，向医院路走去。

对珂赛特来说，这一天真是一个怪异又溢满惶恐欢乐的日子，他们躲在别人的篱笆后面，吃的面包和干酪是从偏僻地方的客店买来的，他们换了好几回车子，他们徒步走了好长的路，她不叫苦，可她已很累了，越走到后来她就越拖住老人的手，这一点冉阿让也感觉到了。于是他把她驮在背上，珂赛特把头靠在冉阿让的肩上，怀里还一直抱着卡特琳，她睡着了。

第四卷　戈尔博老屋

一、关于戈尔博老屋

四十年前，在妇女救济院附近的偏僻荒凉的地段有个行人在独自徘徊着，然后穿过了林荫大道，来到意大利便门，到了……巴黎开始消失的地方，我们可以这样表述。那地方也非绝对的荒凉，多少还有些行人往来，也并非田野，多少还有几条街和几栋房；和大路上一样，这些街道上同样有车轮碾过的痕迹，所以这儿不是城市；这儿的房屋那样高大，所以也不是乡村。那这儿是个怎样的地方呢？那是巴黎的一条街，是这个大都市的一条大路，是一个没有人住的住宅区，是一处无人而又间或有人的僻静之所，在黑夜它比森林还荒凉，在白天它比坟场更凄惨。

那古老地区是马市所在地。

假如行人闯过马市那四堵老墙，之后他再穿过小银行家街，他右边的高墙里有一所庄屋，走过去之后便可以看到一片草场，有一堆堆的树皮竖在那儿，就像一个个大水獭窝；走过那以后又可以看见一道围墙，墙里有一片空地，木料、树根、木屑、刨花把那空地都堆满了，有个堆上立着只狗在那儿狂叫；继续向前，就会看见一道已经残破不全了的又长又矮的墙，上面满是苔藓，到春天还开花，还有一扇黑门在那儿，就像穿了丧服一般；再远一些，就到了最荒凉的地方，那儿有一所房屋，很破烂，墙上写有几个大字：禁止招贴；于是那个漫无目的的行人就来到了圣马塞尔葡萄园街的转角处，那个地方是没有什么人知道的。当时在那地方，在一家工厂附近和两道围墙中间，有一所破屋，乍看起来，好像是一栋茅屋，可实际上它有天主教堂那么大。它侧面的山尖面向公路，所以显得狭小。整个房屋差不多都被遮住了。露在外面的只有那扇大门和一扇窗。

那是所只有一层楼的破屋。

我们仔细去看，那扇只配装在破窑上的大门总是最先引起人们的注意，但那窗子，假如它装在的是面石墙而不是碎石墙上的话，看起来就像富人家的窗子似的。

几块被虫蛀遍的木板和几根不曾好好加工的木条就将大门胡乱地拼凑了起来。一道直挺挺的楼梯紧靠在大门的里面，它和大门一样宽，梯级很高，污泥、石膏、尘土布满在上面，从街上我们就可以看见它，就像在两堵墙中间直立着的梯子，上端则在黑影里消失。在那不成形门框上端的是一块狭窄的薄木板，在木板中间锯了一个三角洞，门关后那便是透光洞和通风洞了。门背面，用毛笔蘸上墨水胡乱涂写了数字“52”，可同一支毛笔却在横条上面涂抹了另一个数字：50，这样让人无法确定。这到底是几号？门的上头标明五十号，门的背面却又写着五十二号加以反驳。几块看不出是什么的灰不溜丘的破布挂在三角通风洞的上面，算是帘子。

窗子很宽也很高，装着百叶窗和大玻璃窗框，但是那些大块玻璃都有着不同程度的破损，许多纸条被拿来巧妙地掩饰着，因而也显得格外惹眼，还有那两扇脱了榫和离了框的百叶窗，保护窗内的主人算是枉费，能引起窗外行人的惊惧倒是真的。由于遮光的横板条已经散落，于是有人将几块垂直的木板随意地钉上，这样原来的百叶窗成了板窗。

大门的形象很是恶劣，窗子尽管破损却还质朴，在同一所房屋上面它们一同出现着，看起来就像是两个萍水相逢的乞丐，共同乞讨，相依为命，他们都衣衫褴褛，各自的面貌却不相同，一个出身贫苦，一个出身望族。

走上楼梯，就可以看到原来那房屋非常大，就像是由一个仓库改建的。

楼上中间是一条长过道，这是房子的交通要道；过道的左右两旁是或大或小的一些房间，如果需要用作住屋也未尝不可，但与其说这些是小屋子，还不如说是些鸽子笼。那些房间的光取自周围的旷野，每间都那样幽暗悲凉，那样阴森有如坟墓，使人觉得忧郁沉重；房门和屋顶上到处是裂缝，随着缝隙位置的不同，受着寒光或冷风的透进。蜘蛛的体格庞大，这是这种住屋一种蛮有意思的特点。

在临街大门外的左边，有一个距地面有一人高，被堵塞了的小四方窗口，那里面积满了过路的孩子丢下的石块。

最近这房子已被拆去一部分。看见这保留到今天的部分人们还是可以想见当年的全貌的。其实这整栋房子的年龄也不过一百挂零儿。一百岁，这是青年时期的礼拜堂，却是一般房屋的衰朽时期了。似乎人住的房屋会因人而减寿，而上帝住的房屋却会因上帝而永恒。

邮差们叫这所房子五十——五十二号，但附近的人都将它称为戈尔博老屋。

说说这个名字的由来吧。

一般那些喜爱搜罗奇闻轶事的人会把一些容易忘的日期用别针别在大脑上，他们都会记得在上一个世纪，一七七〇年的前后，在沙特雷法院有两个检察官，一个叫戈尔博，一个叫勒纳。这两个名字都是被拉封丹预见过的。这一巧合真是很奇妙，为了避免刑名师爷们要贫嘴。没多久，有这样一首歪诗便在法院的长廊里传开了：

戈尔博老爷高踞于案卷，
一张缉捕状衔在嘴里，
勒纳老爷来逐臭，
大致对他这样说：
喂，你好！……

这种戏谑实在令这两位自重的行家难以接受，人们经常在他们的身后爆发出狂笑，这种声音使他们的头都大了，于是他们决计易姓，还向国王提出了申请。申请送到路易十五手中的那一天，正是教皇的使臣和拉洛许—艾蒙红衣主教双双跪在地上等待杜巴丽夫人光着脚从床上下来，从而好在国王的面前，每人捧一只拖鞋为她套在脚上的日子。国王本来就在说笑，他继续谈笑着，将话题从那两位主教转到了这两位检察官身上，还要赐姓给这两位法官老爷，或者就说是赐姓。在国王的恩准下柯尔博老爷在原姓的第一个字母上加了一条尾巴，改称戈尔博；勒纳没有那么好的运气，他所得到的只不过是在他原姓的第一个字母“R”前面加上了“P”，改称卜勒纳，和他原来的姓相比，这个新改的姓并不见得与他本人有什么不同的地方。

按照当地一贯的传说，这位戈尔博老爷曾经是医院路五十——五十二号房屋的业主。而且他还是那扇气派的窗子的创造者。

这就是戈尔博老屋一名称的由来。

有棵死了四分之三的大榆树立在路旁树间正对着这五十——五十二号，哥白兰便门街的街口也差不多在正对面，这条街上当时还没有房屋，街心也没有铺上石块，一些挺不顺眼的树栽在街旁，随着季节的变化，它们或是发绿，或是沾满了污泥，那条街直通到了巴黎的城墙边。附近一家工厂的房顶上有阵阵硫酸化合物的气味冒出来。

便门就在那附近。到一八二三年时那城墙还在。

这道便门会让人联想起一些凄惨的场面。那道路通向比塞特。在帝国时代和王朝复辟时期，死囚在就刑的日子要回到巴黎城里来，这是他们的必经之地。一八二九年的“枫丹白露便门凶杀案”也发生在这个地方，那是个神秘的凶杀案，至今司法机关也没有查出凶犯，那依然是一件不知底细的惨案，是一个没有猜破使人悚然的哑谜。再向前走上几步，你就到了那条不吉利的落须街，就在那街上，就像演出话剧似的，于尔巴克，和着雷声，一刀子刺死了伊夫里的一个牧羊女。再走上几步，你就会看见圣雅克便门的那几棵丑陋之极、头都掉了的榆树，那是些心地良善的人拿来掩饰断头台的东西，而那地方是店铺老板和士绅集团建的一个卑鄙无耻的格雷沃广场，在死刑的面前，他们既没有停废的度量，又没有勇气去保留，他们唯有退缩。

三十七年前，假设我们抛开那个向来阴冷凄惨也必然如此的圣雅克广场不谈，那么，在整个这条毫无生气的大路上，五十——五十二号这所破屋的所在地应该是最死气沉沉的地方了，就是到了今天这一带也还是缺少吸引力的。

直到二十五年前，这里才开始有富人家的房屋出现。在当时这是一个满目凄凉的地方。妇女救济院的圆屋顶隐约可见，通往比塞特的便门也并不遥远，如果你在这地方感到抑郁悲伤，你就会觉得自己处在妇女救济院和比塞特之间，换句话说，就是处在妇女的疯病和男子的疯病之间。当我们极目四望时，只会看见些屠宰场、城墙和少数几个兵营或修道院的工厂般的门墙，四周全是破屋残垣，旧壁黑得有如尸布，新墙白得有如殓布，四周全是平行排列的树木、连成直线的房屋、平淡无奇的建筑物、乏味的长线条还有那使人觉得无比悲凉的直角。没有一丝起伏的地势，没有一点匠心，一毫沟壑的建筑。这个整体是那样冷酷、死板而又丑陋不堪。对称的形象使人愁苦，愁苦是悲伤的源泉，希望破灭的人总打着呵欠，这倒霉的对称格局，没有比它更令人感到不舒服的了。如果除了苦难的地狱之外人们还能找到更可怕的东西的话，那一定是令人愁苦的地狱。如果这种地狱真的存在，那医院路的这一小段地方就可以作通往这种地狱的门。

在夜幕降临余晖褪去时，特别是在冬季，在晚风初起将那最后的几片黄叶从成行的榆树上吹落时，在天昏地暗星斗消逝或是在风拨云开月光乍沉时，这条大路就会陡然显得阴冷恐怖。那些直线条就像是皓皓宇宙间的段段丝缕，全都融入黑影中不见了踪影。路上的行人总会不由自主地想起历年来这一带发生的无数的血案，这个荒凉偏僻的地方曾流过那么多次血，这真是令人毛骨悚然。人们感到有无数个陷阱在夜色中，那难以形容的各种黑影似乎也都那样可疑，那些树与树之间望不到头的方洞就像一个个墓穴。这地方，白天时丑陋，傍晚时凄凉，夜间则是阴惨的。

在夏天临近黄昏时，这儿那儿的，会有些老太婆带着被雨水浸得发霉的凳子，在榆树下坐着向人乞讨。

另外，这一地区的外貌在当时就已有了改变面貌的趋势，所以说它古老还不如说它过时恰当。从那时起，想见见它的人就要抓紧了。这整体每天都会有一小部分丢失。二十年来，直至今天，这老郊区的旁边建有奥尔良铁路的起始站，对这里产生着影响。一条铁路的起始站，我们无论将它设在任何都城边缘的任何地方，都意味着一个郊区的死亡和一个城市的兴起。仿佛在奔涌着来自四面八方的人们的这些大中心四周，在那些大力机车的飞驰中，在吸入煤炭呼出蒸汽的文明怪马的喘息中，这个蕴含活力的大地震动起来，将人们的旧居吞没并产生出新的来，旧居倒下，新居起来。

自从奥尔良铁路车站扩展到妇女救济院的地带之后，圣维克多沟和植物园附近地区的古老的小街都沸腾了，往来穿梭的长途公共马车、出租马车、市区公共马车，在这些小街上每天都要猛烈驰骋三四回，而且到一定时期就会把房屋挤向左右两侧。我们应该提到一些奇特但是非常正确的现象，我们总说，大都市里的太阳令房屋的门向南开，这话的确不假，同样，车马的熙来攘往也必然会将街道变宽。在这村气浓郁的旧城区里，在这些最荒凉的角落里，出现了石块路面，就是在还未有人走的地方，也开始有人行道蜿蜒伸展了，这一切都那样明确地预示着新生命。一天清晨，那是一个应该记住的清晨，一八四五年七月，这里的人们忽然看见烧沥青的黑锅冒烟了；在这一天，巴黎和圣马尔索郊区接起来了，可以说鲁尔辛街在这天迎来了文明。

二、老人和孩子的家

就在这戈尔博老屋门前冉阿让停了下来。就如同野鸟，他将这个最荒凉偏僻的地方选做自己的巢。

他背着珂赛特，从坎肩口袋里摸出一把路路通的钥匙，打开门进去后，又小心地将门关好，然后走上楼梯。

到了楼梯顶上，他又将另外一把钥匙从衣袋中取出来，用它打开了另一扇门。一进去他就又把门关好。那间破屋子非常宽敞，地上铺有一条褥子，另外还有一张桌子和几把椅子。有个火炉在屋角处，火正烧得旺。从路边的一盏回光灯的照映下微微可见这里的穷苦样儿。里边还有一个小间，摆着一张帆布床。冉阿让将孩子抱着放在小床上，没有让她醒。

擦了火石，他将一支烛点燃，这一切都摆好在桌上是早就准备好的。仍然是昨晚的样子，他痴痴地望着珂赛特，感慨的神情充盈了他的双眼，那是一种几乎令人难以理解的仁爱怜惜的表情。还有小女孩那份毫不怀疑的自信，只有最强的人和极弱的人才可能拥有，她不知道和自己在一起的这个人是谁，却睡得那样安心，现在她也不知道自己在哪儿，只是依旧睡着。

冉阿让弯下腰，轻轻亲了亲孩子的手。

九个月前他曾吻过孩子母亲的手，那时她母亲也正是刚刚入梦。

在他的心中同样溢满着一种痛苦、虔诚、酸楚的情感。

他在珂赛特的床边跪着。

天已是大亮的时候，孩子依然睡着。

岁末的一道惨白的阳光自窗口射到这破屋子的天花板上，一条条长长的光线和阴影拖在后面。突然一辆装满了石块的车从街心开过，房子像被惊雷暴雨震了般上下晃起来。

“是的，太太！”珂赛特被惊醒时慌忙应着，“来了！来了！”

她赶忙跳下床，在睡眠的重压下眼睛还半闭着，手就摸向了墙角。

“啊！天主啊！我的扫帚！”她说着。

待完全把眼睁开后她才看见满面笑容的冉阿让。

“啊！真的，这是真的！”孩子说，“先生，早安。”

孩子们总是最迅速也最亲切地接受快乐和幸福，因为他们生来就意味着幸福和快乐。

见到卡特琳在床脚边躺着，珂赛特急忙抱起它，一面玩着，一面向冉阿让唠唠叨叨地问个不停。“她在哪儿？巴黎这地方大不大？离德纳第太太是不是已很远？她还会再来吗？……”忽然她大声喊道，“这儿可真漂亮！”

这只是间丑陋无比的烂窑，但她觉得自己拥有自由了。

“我不用扫地吗？”她终于问了这句话。

“你玩吧。”冉阿让回答。

于是这一天就那样度过了。并没有想到去探究什么，只是在娃娃和老人的身边，珂赛特感到难以言说的欢快。

三、相倚相扶

第二天黎明，冉阿让还是站在珂赛特的床边。他痴痴地望着她，等着她醒来。

他心中有一种不曾有过的感觉。

冉阿让没有爱过什么。二十五年了，在这世上他一直孤独凄苦。父亲、情人、丈夫、朋友，这些他都不曾当过。在苦役牢里，他凶恶、忧郁、寡欲、愚昧、还野蛮。一份处子的纯真充盈在这个老苦役犯的心中。至于他姐姐还有她的孩子们留给他的只是一种悠远不清的记忆，到以后也几乎都淡忘了。他曾竭尽全力去找他们，但没能找到，于是也就把他们忘掉了。这原本就是人的天性。那些年轻时代的儿女情长，如果说他曾有过的话，也都消逝在岁月的深潭中了。

他看见了珂赛特，他领到了她，他救了她，他得到了她，他觉得自己全身的血液都沸腾了起来。他那积蕴胸中的所有慈爱和热情全都苏醒了，将它们灌注在这孩子的身上。他来到她睡着的床边，开心得让他全身颤抖，他感觉自己就像做了母亲一样，因而他非常慌乱，但又搞不懂怎么会这样，只因爱开始在心中滋长时，那种躁动是那样的神奇伟大，那样的难以置信，又是那样的纯真美好。

唉，这是一颗全新的老人心！

可他已经五十五岁了，而珂赛特只有八岁，他那毕生的爱已经全都化作了一丝微不足道的星光。

这是他第二次听到光明的呼唤。是主教在他心中唤醒了善良，这次是珂赛特在他心中唤醒了爱。

就是在这种陶醉快乐的心境中度过了最初的日子。

至于在珂赛特这方面，她也成了另一个人，那可怜的小女孩自己并没有意识到。在母亲离开她的时候，她是那样小，她已记不起什么了。孩子就好像是葡萄藤的幼苗，碰到什么就攀在什么上，和所有的孩子一样，她也曾想去爱自己身边的人。但是那没有实现。周围的人，德纳第夫妇、他们的孩子、别的孩子，谁都没有接纳她。她曾爱过一条狗，可那条狗又死了。从那以后就再也没有过什么东西或什么人需要她。说起来真是悲惨，我们也曾说过的，她才八岁心就冷了。可这不是她的错，她并不是天性中缺少爱，而是她缺少爱的可能。所以，打第一天开始，她的整颗心，甚至在梦寐中，就已爱上这老人了。她的整颗心在绽放，这是一种从未有过的感觉。

在她的心目中，这老人似乎已变成一个既不老也不穷的人。她觉得冉阿让美，如同她觉得这破房子漂亮一样。

这来自朝气、童年、青春、快乐。在这方面大地上和生活中的新奇事也都产生了作用。如果能沐浴在幸福的彩光下，再陋的住室也是无比美好的环境。我们每个人在过去的经历中都曾有过海市蜃楼。

五十岁的年龄差距，在冉阿让和珂赛特之间这是一道天然的鸿沟，可是命运却把它填起。命运用它那不可抗拒的力量让这两个年龄迥异无依无靠而一样苦难的灵魂骤然相遇相依。他们之间也的确能相辅相成。出自本能珂赛特正在寻找一个父亲，同样出自本能冉阿让也在寻找一个孩子。萍水相逢，却是相见恨晚。在他们的两只手一经接触的那一神秘的瞬间，就紧紧地握在一起了。待两个人彼此了解了，他们都意识到了各自的需要，于是更紧密地依在一起。

用一些词的最明显和最绝对的含义去解释，我们可以把冉阿让叫作鳏夫，就像说珂赛特是个孤女一样，因为他们都同样是在世上被坟墓的墙隔离的人。基于这样的情况，冉阿让是珂赛特的父亲就是天生的了。

此外，从前，冉阿让曾牵着珂赛特的手从谢尔的树林深处的黑暗中走出来，当时珂赛特得到了一种神秘印象，那并非幻觉，那就是现实。这个人出现在这孩子的生命中，的确是上帝降临了。

还有，冉阿让的住处选得很合适，在这个地方，他似乎十分安全。

这个他和珂赛特住的带着一个小间的屋子，就是窗口对着大路的那间。无论是从侧面还是从对面，都没有必要担心有邻居偷看，因为整个房子只有对着大路那一扇窗子临街。

在五十——五十二号房屋楼下，有一间蔬菜工人用来停放车辆的破旧敞棚，它和楼上完全隔绝着。一层木板将楼上楼下隔开，它像是这房子的横膈膜，既不存在暗梯，也不存在明梯。至于楼上，前面我们已经提过，这儿有几间住屋和几间储藏室，其中有一间里住着替冉阿让料理家务的老奶奶。剩下的房间没有人住。

老奶奶的头衔是“二房东”，但她的实际任务是照看门户，圣诞节那天，就是她将这间住屋租给冉阿让的。他对她说自己以前是个靠吃利息度日的人，可西班牙军公债弄光了他的家产，他只好带着孙女住在这里，这样算是做过了自我介绍。他预付了六个月的租金，并且请老奶奶将大小两间屋子里的家具摆好，布置的结果我们已见过了。在他们搬进来的那天晚上，就是这老奶奶烧好了炉子将一切准备好的。

过去好几个星期了，在这甚为简陋的破屋子里，老人孩子过着幸福的日子。

天一亮，珂赛特就又是说又是笑还唱个不停。孩子们就像小鸟，也有他们在清晨唱的曲调。

一些时候，冉阿让会将她的一只冻得发红发裂的小手捏在自己手中，送到嘴边亲一亲。那可怜的孩子挨惯了打骂，全然不知晓这是什么意思，只是很不好意思地溜走了。

一些时候，她又像个小大人儿似的认真瞧着自己身上的黑衣服。珂赛特现在穿的是孝服，而不再是破衣烂衫。她已经告别了苦难，开始了新的生活。

冉阿让开始教她认字。有时，他一边教她练习拼写，一边心里想着他当初在苦役牢里是为了去作恶才学文化的。最初的动机没有了，现在他只是一心教孩子念书。此时，一种感慨万千的笑容浮现在老苦役犯的脸上，那样子庄严圣洁得有如天使。

他觉得这是上苍有意的安排，这是一种凌驾人力之上的天意，然后他又在遐思中漫游了。善的思想和恶的思想同样是高深莫测的。

让珂赛特玩儿，教她念书，这几乎构成了冉阿让的全部生活。除了这些，他还对她说起了她的母亲，让她祈祷。

她管他叫“爹”，并不知道还有其他的称呼。

时常连着几个钟头他就看着她给她的娃娃穿衣服脱衣服，或是听着她叽叽喳喳地说这说那。他似乎觉得，从今往后，人生将会充满意义，世人也会是良善公正的，他没有必要再在思想里责备什么人，既然这孩子现在爱他，他就没有理由不要求长久地活着。在他心中珂赛特是一盏明灯，照亮了他未来的日子。最善良的人也会免不了有想法为自己打算。他有时带着欢快的心情想着她的相貌将来一定挺丑。

这些只是个人的一点看法，但为了将我们全部的思想表明，我们一定要说，在冉阿让开始爱珂赛特的情况下，并没有什么他不需要这股新的力量以支持他依旧站在善的一面的证明。不久以前，在不同的情况下他再次看到了人的残忍和社会的无耻（虽然这只是局部的情形，表现的只是真相的一面），还看到了以芳汀为代表的那类妇女的悲惨结局以及沙威所体现的法权，那次他做了好事却被抓回到苦役牢里，他再次尝尽了新的苦味，也再次受到了厌倦和沮丧心绪的左右，甚至有时那主教的形象也难免会暗淡，尽管过去之后仍是阳光明媚欢畅振奋的，可后来他那形象还是越来越不清晰了。谁能说冉阿让已没有灰心和堕落的危险了呢？他心中有爱，才能够再度坚强起来。唉！他并不一定比珂赛特站得稳多少。他保护着她，而她使他坚强起来。有了他，她才开始了新的生活，而有了她，他才能继续着善行。这孩子是他的动力，而他是这孩子的支柱。两个人的生命必须相倚相扶，方可平衡，这天意使然的妙用，真是深不可测！

四、“二房东”的发现

冉阿让非常警惕，白天他从不出门。每到下午，大约黄昏时分，他才出去溜达上一两个小时，有时就他自己，也时常把珂赛特带上，总是走在那些大路旁的最幽僻的小胡同里，要不就是在天将黑时跨进礼拜堂。圣美达教堂是离家最近的礼拜堂，他经常去那儿。如果他不把珂赛特带出去，珂赛特就在老奶奶身边待着，但这孩子还是最喜欢和老人一起出去玩。即使有卡特琳做伴，她也觉得不如和老人待上个把钟头有意思。他牵着她的小手，一边走一边给她讲开心的事情。

有时珂赛特会玩得手舞足蹈。

老奶奶料理家务，做饭烧菜，买各种物品。

他们过着俭朴的日子，炉子里总是有些火。

但是总体上过得像个拮据的人家。那些第一天用的家具冉阿让再也没有调换过，只是珂赛特住的那个小房间的玻璃门被换成了一扇木板门。

他一直穿着那件黄大衣，黑短裤，戴着旧帽子。邻里也都认为他是一个穷汉。有时，一些心肠软的妇人碰见他会转过身来给他一个苏。冉阿让会收下这个苏，再鞠上深深的一躬。也有时，他会碰见一些乞钱的叫花子，这时，他就会回头看看以便知道是否有人瞧着他，然后偷偷来到那穷人身边，将一个钱放在他的手中，那常常是个银币，之后他就匆匆走开了。这样的行为有它的不妥之处。附近地区的人开始管他叫“给钱的叫花子”。

那年老的“二房东”是个见人就想占点小便宜，小肚鸡肠的人，她对冉阿让很是留心，可冉阿让却没有设防。由于耳朵有些聋，所以话很多。她这辈子只剩下两颗牙了，一颗在上面，一颗在下面，她总喜欢让两颗牙成对儿相叩合。她问了珂赛特好多话，但珂赛特什么都不知晓，所以什么也答不上来，她只是告诉她她是从孟费郿来的。一天清晨，这个蓄意探寻的老太婆瞧见冉阿让进了这座破屋的一间没有人住的房间，还感觉他的神情有些不一样。于是她就像只老猫似的，踮着脚跟了上去，她朝那虚掩着的门缝里张望，可以看见他却不会被他发现。冉阿让也定是留意了，将背冲着门。老奶奶看见他从衣袋里掏出了一只小针盒、一把剪刀和一绺棉线，接下来他将自己身上的那件黄大衣一角的里子撕了一个小口，从中抽出了一张发黄的纸币，将它打开来看。那是张一千法郎的钞票，老奶奶大为吃惊。这是她平生见到的第二张或是第三张。她吓得目瞪口呆，急忙逃走了。

过了一会儿，冉阿让过来找他，请她帮他破开那张一千法郎的钞票，还说这是昨天他取来的这一季度的利息。“从哪儿取来的呢？”老奶奶心里寻思着，“他下午六点才出门，那时国家银行应该已关门了。”老奶奶走去破钞票了，同时也开始了说长道短。经过大家的议论夸张后，这张一千法郎的钞票在圣马塞尔葡萄国街地区的婆娘们中间引出了一大箩筐人听闻的传说。

过了几天，冉阿让很少见的在过道里穿着短褂锯木头。老奶奶正在清扫他的屋子。珂赛特正望着锯着的木头发愣，屋里只剩下了老奶奶一个人，她一眼盯在了挂在钉子上的大衣上，走过去偷看，大衣的里子已重新缝好了。经过一阵认真地揉捏，老婆子认出在大衣角下和腋下部分的里面都铺有一层层的纸。那毫无疑问都是一千法郎一张的钞票了！

除此之外，她还发现衣袋里还装有各式各样的物品，除去她见过的针、线、剪刀，还有一个大皮夹、一把很长的刀，另外还有一种东西很可疑，那就是几顶颜色各异的假头套。在大衣的每个口袋中，都装有一套不同的物品以对付各种不同的意外事件。

在这栋破屋子里居住的成员就这样过到了冬末。

五、可怕的身形

在圣美达礼拜堂的附近，在一口填塞着公井的井栏上时常有一个穷人蹲在那儿，冉阿让总是给他钱。从那人的跟前走过时，他总不忘给他几个苏。有时他还和他说话。有些人妒忌那乞丐，说他是警察的眼线。那乞丐老头儿七十五岁，曾在礼拜堂里做过杂务工，他嘴里的祈祷文从来没有停歇过。

一天傍晚，冉阿让又一次经过那地方，他没有把珂赛特带在身边，路旁的回光灯才刚打亮，他看见在灯光下面那乞丐蹲在他的老地方。那人，就像平时一样，腰弯得很低，似乎在那儿祈祷。冉阿让来到他面前，像往常一样将布施放到他手中。突然乞丐将眼睛抬起，使劲儿盯了冉阿让一眼，而后又把头低下去了。这一动作快得就像闪电，冉阿让心里一惊。他似乎觉得刚才就着路灯的微光自己看见的不是那杂务老头的憨愚安静的脸，而是一张曾经见过吓人的的嘴脸。他有一种黑夜里撞见猛虎的感觉。他吓得倒退了一步，愣愣地望着这个低着头、一块破布盖在头顶，似乎全然忘记了自己面前冉阿让的存在的乞丐，不敢呼吸，不敢言语，不敢停留，连逃走也不敢。在这奇异的时刻，冉阿让说不出话来，这或许是一种本能，一种神秘的自我保护的本能。那乞丐的身形，那褴褛的衣衫，还有那外貌，都和平日没两样。"见活鬼了！……"冉阿让想，"我在做梦！我神经错乱！这不可能！"他心乱如麻，回到了家中。

他几乎没有勇气告诉自己，说他认为自己见到的是沙威的那张面孔。

晚上他一个人合计着，他后悔没有再问上那人一句话，从而使他再次将头抬起来。

第二天的夜晚，他又去了那地方。那乞丐依旧在老地方。"您好啊，老头儿。"冉阿让鼓足勇气说道，随着给了他一个苏。乞丐将头抬了起来，用含着悲伤的声音说道："谢谢您，我的好先生。"这明明是那个杂务老头儿。

冉阿让觉得自己的心一下子踏实了下来。他笑起来。"真是见鬼！我什么时候看见沙威了？"他心中想道。"太可笑了，难道现在我就已老糊涂了？"他将那件事丢开不去想了。

过了几天，大约在晚上八点多钟的时候，在自己的屋里冉阿让正高声教着珂赛特拼字，突然传来了有人推开破屋大门的声音，继而又是关门声。他感到很奇怪。那个与他同屋住的孤独的老奶奶，向来为了节省蜡烛，天一黑就上床的。冉阿让马上向珂赛特示意，让她不要发出声响。他听见有人上楼梯的声音。说到头也许只不过是老奶奶生病了，去了药房一趟后回来了。冉阿让听得很认真。那脚步声很重，听起来像是个男人发出的，但那老奶奶一直穿着大鞋，再没有比她的脚步声更像男人的脚步声的了。但冉阿让还是将蜡烛吹灭了。

他叫珂赛特去睡觉，并低声对她说“脚步要放轻些”，在他吻着她的额头时，那脚步声止住了。冉阿让背冲着门，既不吭声也不动，他还是像原来那样坐在自己的椅子上，在黑暗中屏住呼吸。一段相当长的时间过后，他听不见声音了，才轻轻转过身体，向那房门望去，他可以看见锁眼里有光。那在黑暗的墙壁和房门上出现的一点光亮，就像是一颗灾星。很明显，有人拿着蜡烛在外面偷听。

又过了几分钟，那烛光离开了，但是他没有再听见脚步声，这或许表明那在房门口偷听的人已经将鞋子脱掉了。

冉阿让和衣躺在床上，彻夜未眠。

天将亮时，疲劳令他迷迷糊糊地睡去，可叫门的声音又猛然把他惊醒，那声音来自过道底里的一间破屋子，然后又是有人走路的声音传来，那是和昨夜上楼的那人的脚步声一样的声音。那声音越来越近。他赶忙从床上跳下来，将眼睛凑在锁眼上，那锁眼很大，他希望在那个人经过的时候，看看昨夜来到楼上他的门口偷听的人到底是谁。那的确是个男人，他从冉阿让的房门口径直走过没有停留。由于当时过道里的光线太暗，无法看清那人的脸，可当他走近楼梯口时，外面射进的一道阳光使他的身形有如剪影一般突现了出来，他的整个背影呈现在冉阿让的眼前。那人的身材很高大，穿着一件长大衣，一条短棍夹在胳膊底下。那正是沙威的那副吓死人的形象。

冉阿让本来是可以设法到临街的窗口再看上他一眼的。只是他必须先把窗户打开，他不敢。

很显然，那人就像是回自己的家一样，是带着一把钥匙进门的。但是，是谁把钥匙给他的呢？这到底是怎么回事呢？

清晨七点，老奶奶进屋打扫卫生，冉阿让没有问她什么，只是用一种刺人的眼光瞧着她。老奶奶的神情和平日并没什么不同。

一边扫着地，她一边对他说道：

“先生昨天晚上也许听见有人进来了吧？”

晚上八点钟，在那个年头，在那条路上，已是夜阑人静时候了。

“是的，听到了，”他用最平常的声音问了一句，“是谁？”

“一个新来的房客，”老奶奶回答着，“又有一个人来我们这里了。”

“他叫什么？”

“我搞不太清楚。都孟或是多孟先生吧，好像是这样的。”

“这位都孟先生，他是做什么的？”

睁着一双老鼠般的眼睛，老奶奶盯着他，回答道：

“和您一样，吃利息的。”

或许她并没有弦外之音，可冉阿让听后却免不了会多想。

老奶奶离开后，他将放在壁橱里的百十个法郎卷成一个卷，装进了衣袋。他很小心地做着这件事，唯恐银钱的响声被别人听见，但尽管他是那样谨慎，还是有一枚值五法郎的银币从手中掉下，滚在方砖地上一片乱响。

夕阳西下时分，他跑下楼去，来到大路上仔细把四周看了一遍。没有人。路上的安静冷静是那样绝对。有人躲在树后面的可能性或许很大。

他又回到了楼上。

“过来。”他对珂赛特说道。

他牵起她的手，两个人一起走出门去。

第五卷 逃亡与搜捕

一、在“假遁”中证实

在此有些内容有必要交代一下，这对我们要读到的若干页和以后会遇到的若干页都是有用的。

非常抱歉，我们必须提一下本书的作者，他本人离开巴黎已经很多年了。打他离开后，巴黎的面貌有所变化。在某些方面，这个新型的都市于他来说是陌生的。他不必说他爱巴黎，他精神的故乡在巴黎。那个他年轻时代的巴黎，那个他用一颗虔诚的心在记忆中保存的巴黎，因为多方面的拆除以及重修，现在已成了旧日的巴黎了。就让他谈谈那旧时的巴黎吧，就像现在它依旧存在一样。作者将会带着读者来到一处地方，说“在某条街上，有某所房屋”，而实际上那里今天也许既没有房屋也没有街道了。倘若读者不怕麻烦，不妨去调查一番。至于作者，他并不认识新巴黎，他只是怀着他珍惜的梦幻中的景象叙述着那出现在他眼前的旧巴黎。对他来说，想象当年在国内看到的事物，现在还有些没有完全消失存留下来的，是件很开心的事情。当人们往来穿梭在自己国家的土地上时，心中会有这样一种感觉，觉得这些街道和自己没有关系，这些窗子，还有这些屋顶、这些门，都和自己没有关系，这些墙壁也和自己毫不相干，那些树木只不过是些无足轻重的树木，那些自己从不进去的房屋对于自己也都是毫不重要的，那踩在脚底下的石块路面也不过只是些石块而已。可一旦日后离开了祖国，你便会发觉自己是那样牵挂那些街道，那样思念那些屋顶、窗子和门，你会感到那些墙壁对自己是不可缺少的，那些树木就像那些令你喜爱的朋友，你还会发觉那些你从不曾进去过的房屋是现在你每天神游的必经之所，而在那些铺路的石块上，你也将你的肝胆、你的血还有你的心都留下了。那所有地方，现在你都见不到了，或许永远都不会见到了，但是你忘不了它们的样子，你会感到它们娇媚得令你心痛，它们好像幽灵，忧郁地站在你的眼前，让你感觉见到了圣地，那所有地方，应该说正是法兰西的本来模样，你热爱它们，总是记着它们的真正的模样，它们昔日时真正的样子，而且在这方面你还会坚持己见，你眷恋着祖国的面貌，就像思念慈母的音容一般，任何改变都会令你不甘。

所以，请允许我们面对现在谈论过去，这一层交代清楚后，希望读者能牢记心中。那么现在我们继续讲。

冉阿让赶快离开大路，转入了小街，他尽可能走曲线，有时还会猛然转过头，看看是否有人跟着他。

被困的麋鹿专爱采用这样的行动。这样的行动有诸多好处，其中之一就是让反着走的蹄痕在能留下印迹的地方将猎人和猎狗引入歧途。在狩猎中这被称为“假遁”。

那天有一轮圆月。冉阿让并未由此而感到不方便。当时月亮距地平线还很近，它将街道分割成大块的阳面和阴面。冉阿让可以在阴面的隐蔽下，顺着房屋和墙壁向前走，同时还可以窥视着阳面。阴面其实也是不能忽视的，这一点或许他还未充分考虑到。但是，他猜想在波利弗街附近地区的胡同里，肯定没有人在后面跟着他。

珂赛特什么都不问只管走路，那生命中最初的痛苦的六年已经令她的性格变得有些被动了。而且，关于这一特点，我们以后还将多次提到，对于这老人的那些奇特的行为和自己命运中的变幻离奇，她早已在不知不觉中习惯了。还有，她认为只要和他在一起就是安全的。

珂赛特当然不知道他们要走向何处，就是冉阿让也未必知晓，他把自己交给上帝了，就如同她将自己交付予他。他觉得自己也同样牵着一个比他伟大的人的手，似乎在冥冥中有个没有踪影的主宰引领着他。除了这些，他没有一点拿定的主意，没有一点计划和打算。甚至对那人到底是不是沙威他都没有十足的把握，还有即使他是沙威，沙威也不一定会知道他是冉阿让。不是他已改了装吗？不是别人早以为他死了吗？可发生在最近几天的事情却显然有些怪怪的。不能再这样静观了。他决心不回戈尔博老屋去了。就像是一头被从窠里撵出来的野兽，他必须先找一个可以暂时躲避一下的洞穴，以后再慢慢找个栖身之所。

冉阿让在穆夫达区左拐右拐神出鬼没般转了好几个圈子，在区上居民已经入梦的时候，他们似乎还在宵禁的管制下，遵守着那些中世纪的规则，他施展着巧妙的战术，采用了多种不同的方法，把税吏街、刨花街、圣维克多木杵街和隐士井街配合起来作战。这一地区本来就有一些给人租住的房舍，但是他根本连进都不进，因为他认为都不合适。实际上，他确信纵使万一有人要跟踪他，也早就把方向搞乱了。

他从蓬图瓦兹街十四号警察哨所门前经过时，圣艾蒂安·德·蒙礼拜堂正响着十一点的钟声。没过多会儿，出于我们曾经说过的那种本能，他又转过身往回返。这时，他瞧见有三个人紧随着自己，他们在街边的暗处一个跟着一个，从哨所的路灯下走过，灯光很清楚地照在他们身上。那三个中的其中一个进了哨所的甬道。那个领头走的人的神气非常可疑。

“过来，孩子。”他对珂赛特说着，同时匆忙离开了蓬图瓦兹街。

兜过一圈后，他转过了长老通道，因时候已晚，那些胡同上的门早就关了，他大步从木剑街和弩弓街穿过，然后进入了驿站街。

在那儿有一个十字路口，是圣热纳维埃夫新街分岔之处，就是今天罗兰学校所在的地方。

（不用说，圣热纳维埃夫新街是条老街，驿站街十年也不会看见有辆邮车经过。驿站街的真名是瓦罐街，在十三世纪那是陶器工人居住的地方。）

在月光照耀下，那十字路口显得格外明亮。冉阿让隐在一个门洞中，心中合计如果那几个人还要跟踪他，就一定会在月光下经过，这样他就可以看清楚了。

果不出所料，还没过三分钟，那几个人再次出现了。现在他们有四个人了，个个穿着棕色的长大衣，戴着圆边帽，手中拿着粗棍棒，每个人的身材都很高大。让人见了惶恐的不只是他们的大个头和大拳头，还有他们那在夜色中阴森可怖的行动，看起来就像是变成士绅的四个鬼怪。

来到十字路口的中央，他们停下来聚拢在一起，似乎在交换着意见。其中那

个似乎是他们头目的人，将头回转过来，肯定地将右手伸出，指向了冉阿让所在的方向，而另一个指着相反方向的人的神情似乎也很坚决。就在第一个回转头之际，借着月光的照耀，冉阿让清清楚楚地看到——那的确是沙威的那张脸。

二、希望的小街

冉阿让彻底证实了，幸好那几个人还在那儿迟疑，对他们来说是耽误了时间，而对他来讲却是争取到了时间，他利用了他们的踌躇。他从藏身的门洞里走了出来，而后转进驿站街，向植物园一带走去。珂赛特开始觉得累了。他将她抱在胳膊上。路上一个行人也没有，因为有月亮，路灯也没有打亮。

他两步并作一步地往前赶。

几下功夫，他就跨到哥伯雷陶器店前，借着月光，店门外墙上那几行旧式广告清晰可读：

祖传老店哥伯雷，
水罐水壶这里买，
另有花盆，瓦管还有砖，
以心出售红方块。

他跨过钥匙街后来到圣维克多喷泉，又顺着植物园旁边的下坡路来到了河沿。到那里后，他又回过头去看。河沿上空空的。街上也空空的。没有人跟过来。他喘了口气。

他到了奥斯特里茨桥。

在当时，过桥需要付过桥税。

来到收税处，他付了一个苏。

“要两个苏，”守桥的伤兵说道，“您还抱着一个孩子，而她自己是能走路的。所以需要付两个人的钱。”

他按他所说付了钱，想到别人可能会从这里发现他过桥了，心里犯起嘀咕。逃离应是不露痕迹的。

正巧有一辆大车，就像他似的，也要在那时过桥到塞纳河的右岸去。这对他很有好处。他可以躲在大车的影子里和它一起过去。

要到桥中段的时候，珂赛特说脚麻要下地走。于是他将她放下来，牵起她的手。

过了桥，他看到在他前边略微靠右的地方有几处工厂，于是他向那里走去。他必须冒险在月光下穿过一片很宽的空地方可到达。他没有犹豫。追踪他的那几个人肯定已迷失了方向，冉阿让认为自己已脱离了危险。追，来追吧，跟，却没能跟住。

一条小街出现在两处有围墙的工厂中间，这便是圣安东尼绿径街了。那条又窄又暗的街，似乎是专门为他而修。在进街口之前，他再次朝后看了一眼。

从他当时所在位置看去，可以看见奥斯特里茨桥的整个桥身。

有四个人影刚刚上了桥头。

背着植物园，那些人影正冲右岸走来。

这四个影子，肯定是那四个人的。

如同一只重进罗网的困兽，冉阿让浑身感到毛骨悚然。

还有一线希望存在，在他刚才在月光下牵着珂赛特穿过这一大片空地时，如果那几个人还没有上桥，也就不会看见他了。

如果是这样，就进那小街，如果能到那些工厂、洼地、园圃、旷地，他们就有救了。

他似乎觉得可以将自己交付给那条静静的小街。他走了进去。

三、他怀着沮丧的心情望向天空

行了三百步后他来到了一个岔路口。街道在这里一条斜着向左，一条向右，分成了两条。就像是“Y”字的两股叉摆在冉阿让的面前。走哪一股会好呢？

没有迟疑，他走向了右边。

为什么？

因为左边通向城郊，也就是说，是去向人住的地方；而右边通向乡间，也就是说，是去荒无人烟的地方。

但他已不能像开始那般飞快地走了。珂赛特的脚步将冉阿让的脚步拖住了。

他又将她抱起。珂赛特一声都不吭，只是把头靠在老人的肩上。

他不时转过头望望。他一直注意着靠街边的阴暗一面。在他身后那街是直的。他转头望了两三次，什么都没看到，什么也没听到，他继续向前走，心略微放宽了些。猛然间，在他向后望时，在远处，黑影下，在他刚刚走过的那段街上似乎又有什么东西在动。

现在他已不是在走而是在奔了，他一心只盼望能出现一条侧巷，好从那儿逃走，好再次脱险。

他撞见了一堵墙。

那并非是一堵挡住去路的墙，冉阿让此时所走的这条街，通向一条横巷，那墙便是这横巷旁边的围墙。

到了那里，又要做出决定，朝右走还是朝左走。

他朝右边看去。那些在巷子两旁的敞篷和仓库之类的建筑物，就好似一条盲肠延伸出去，无路可通。巷底那堵高粉墙清晰可见。

他朝左边看去。这边的胡同有路可通，而且，在距离这儿二百来步的地方，就有另一条街接上了。这边才是活路。

冉阿让正准备向左转，准备逃到他隐约看到的那条巷底的街上去，突然他发现在巷口和他要去的那条街相连的转弯之处，立着一个黑魆魆的人形，一动不动。

那的确是一个人，肯定是刚才被派来守在巷口挡他去路的。

冉阿让急忙后退。

他当时正处于圣安东尼郊区和拉白区之间的地带，巴黎的这一地区也是被新建工程改了个底朝天的，这种变化，被一些人称为丑化，又被一些人称为改观。园圃、工厂、旧建筑物都消失了。全新的大街、竞技场、马戏场、跑马场、火车起始站是今天这一地区的景象，还有一所叫作马扎斯的监狱，可见文明依旧不能离开刑罚。

当时冉阿让到达的地方半个世纪以前被称作小比克布斯，这称呼完全由传统的民族常用语而来，就像这种常用语总要把学院叫“四国”，喜歌剧院叫“费多”一样。圣雅克门、巴黎门、中士便门、波舍隆、加利奥特、则肋斯定、嘉布遣、玛依、布尔白、克拉科夫树、小波兰、小比克布斯，这些新巴黎的名称都是旧巴黎留给它的。人民对这些残留下来的东西一直难以忘怀。

小比克布斯一直都是一个区的雏形，存在的时间也不长，它可以算得上是有着西班牙城市那种古老而又质朴的外貌。那路多半是没有铺石块的，大多数街上也没有盖房屋。除了我们将要说到的两三条街道之外，四周都是墙和荒凉的地方。一家店铺都没有，一辆车子都没有，只是偶尔从几处窗口透出些许烛光，过了十点，所有的灯都灭了。尽是些园圃、修道院、工厂、洼地，还有几所少见的矮房子以及和房屋一般高的墙。

前一个世纪这个区的形象就是这样的。因为革命它遭受了不少灾难，共和时期的建设局毁坏它，将它洞穿还打窟窿。到处堆积着残破的砖瓦。在三十年前这个区就被新建筑吞没了。到今天已一刀两断了。

在今天的市区图上，小比克布斯已难觅踪影了，可在一七二七年，位于巴黎圣雅克街上的正对石膏街的德尼·蒂埃里书店以及位于里昂普律丹斯广场针线街上的让·吉兰书店印发的市区图上，它被标注得非常清楚。小比克布斯有我们刚才说过的那种“丫”字形的街道，圣安东尼绿经街是“丫”字下面的一竖，它分为左右两支，左支是比克布斯小街，右边是波隆梭街。而“丫”字的两个尖又似乎是被一横连接着的。这一横就是直壁街。波隆梭街通到直壁街后就停住了，而比克布斯小街在穿过直壁街以后还上了坡通到了勒努瓦市场。人们从塞纳河过来，走到波隆梭街的尽头后向左来上一个九十度的急转弯，就到了直壁街，那沿着这条街的墙就在他面前，那直壁街的街尾在他的右边，不再通向别处，被称作让洛死胡同。

当时冉阿让到的就是这个地方。

我们刚才已经说过了，他瞧见在直壁街和比克布斯小街的转角处有一个黑影在那儿把守着，于是就向后退。毋庸置疑，那鬼影窥伺的对象就是他。

怎么办？

退回去已经来不及了。他刚才看见的远远地在他身后出现的黑影，肯定是沙威和他的队伍。很可能沙威就在这条街的街口，而冉阿让是在这条街的尾部。已知的所有迹象都表明，对于这一小块地方的复杂地形沙威很熟悉，他是有准备的，派了手下的一个人去守住那出口。这种推断显然是符合事实的，于是似乎有把急风中飞扬的灰沙吹进冉阿让苦痛的头脑中，将他搅得心神不宁。他仔细看着让洛死胡同，那儿，没有通路，再仔细看看比克布斯小街，那儿，有人守着。在月光雪亮的街口他望见了那黑魆魆的人影。向前走吧，会落在那个人手中。向后退吧，又会和沙威撞个正着。冉阿让觉得自己陷在了一个罗网中，那罗网已越收越紧。怀着沮丧的心情他望向天空。

四、寻求出路

为了将下面即将叙述的事情弄清，我们有必要弄清直壁胡同的情况，特别是我们走出波隆梭街转进直壁胡同时那只留在我们左边的角。顺着直壁胡同右侧直到比克布斯小街，路上几乎都是从外表看来很贫苦的一些房屋；靠左的一侧，却只有一栋房屋，是那种样式比较严肃并由好几部分组成的房屋，它高一层或者高二层地向比克布斯小街方向渐渐高上去，所以，在靠比克布斯小街的一侧那栋房屋非常高，而在靠波隆梭街的一侧却格外矮。尤其是在我们先头提过的那个转角的地方，低得只有一道墙了。这道墙并没有和波隆梭街形成一个方方正正的角，而是形成了一道比墙身厚度薄的斜壁，在其左右两角的掩饰下，无论站在波隆梭街方向还是站在直壁胡同方向，谁都不会看见这道斜壁。

那和斜壁两角相连的墙，在波隆梭街一面，一直伸到第四十九号房屋，在直壁街一面短得多——一直到达了那所以前提到过的黑暗楼房的山尖，并与山头形成了一个新的凹角。那山尖也有着阴森可怖的形状，墙上只有一道窗子，说明确些，是只有两块板窗，有锌皮钉在板上，那永远是关着的。

在这里我们对地形所做的描写和实际情况是完全一致的，在那些曾在这一带住过的人的心中一定能唤起极准确的回忆。

有一种东西完全覆盖了斜壁的面，那看来就像是一道又高又大而且极端丑陋的门。其实那只是一些胡拼乱揍起来被钉在壁面上的一条条木板，上面的木板宽些，下面的则窄些，又拿了些长条铁皮横钉在板上用来将它们连在一起。有一道大车门立在旁边，大小和普通的大车门并没两样，那道门的年龄从外形看来大致不超过五十岁。

在斜壁的顶部有一棵菩提树的枝丫伸出来，靠波隆梭街一侧的墙上盖满了常春藤。

正在走投无路时，冉阿让发现了那所楼房，冷清清的，里面好像没有人住，便希望从那里找到出路。他急忙用目光巡视了一遍。心中合计道，若能钻进这里面，或许会有救。于是他有了一个主意和一线希望。

有一部分楼房的后窗和直壁街相邻,在这部分中的一段,每层楼的每个窗口都装着旧铝皮漏斗。一根总管分出了各种不同的排水管,它们连在各个漏斗上,就好像有棵树画在后墙上似的。这些弯弯曲曲的分支管,还好似一棵攀依在房屋后墙上的枯葡萄藤。

最先引起冉阿让注意的就是那些由形态各异的铝皮管和铁管构成的枝丫。他叫珂赛特靠在一块石碑上坐下,叮嘱她不要作声后,跑向了水管和街道相连的地方。或许有法子从这里翻进楼房。可那水管已烂了,不能用了,它和墙的连接也极不稳固。而且连顶楼也算进去,那所冷冷清清的房屋的每个窗口,全部装着粗铁条。这一面也正被月光照着,那个守在街口上的人也许会看见冉阿让翻墙。还有,珂赛特怎么办呢?如何将她弄上四层楼呢?

抛开了爬水管的念头,他趴在地上顺着墙根,又回到波隆梭街。

待返回珂赛特原来呆的斜壁下后,他发觉别人是瞧不见这地方的。我们以前交代过的,他在这里,可以藏在黑影下,还能躲过从无论哪一面射来的视线。何况还有两道门。或许能撬开呢。在看见菩提树和常春藤的那道墙里,分明是个园子,尽管树上连树叶也没有,但他起码能在园子中躲过下半夜。

时间飞快地流逝着。他必须赶快行动。

他推了推那道大车门,一下便发觉它内外两面全都被钉得严严实实的。

他抱着挺高的期望去推那道大门。它是那样破烂不堪,又那么高大,就更为不牢固了,木板是那么腐朽,就只有三条长条铁皮还都锈了。或许在这蛀坏了的木壁上穿个洞并不难办到。

仔细看过之后,他才发觉那并不是门。它没有门斗,没有铰链,没有锁,中间也没有缝。一些彼此并不连着的长条铁皮乱七八糟地横钉在上面。透过木板的裂缝,他模模糊糊可以看见三合土里的石碴和石块,那是十年前经过此地的人也能看到的。他只得面对那个外看像门的东西实际只是一所房子背面的护墙板的现实,他失望异常。撬开板子并不费劲,可那板子后面依然有墙。

五、绝处逢生

此刻,一种低沉而又有节奏的声音自远方传来。冒着危险,冉阿让将头探出墙角望了一眼。那是排着队的七八个士兵,正走进波隆梭的街口。他可以看到闪光的枪刺,他们正冲他这边走来。

他可以看见高大个子的沙威走在前面,带着那队士兵慢慢地小心仔细地前进。他们经常停下来。很显然,他们是在搜寻每处墙角,每个门洞和每条小道。

毋庸置疑,那肯定是沙威在路上碰到并临时调用的巡逻队。

那两个沙威的助手也夹在那个队伍中间一道走。

以这些人的行进速度和一路上的停留时间来计算,还要一刻来钟才可到达冉阿让所在之处。这是千钧一发的时刻,这是冉阿让平生第三次身陷绝境,过不了几分钟他就又会完了,而且这将不单是做苦役的问题,珂赛特也会被就此断送的,也就是说今后的日子她就会像孤魂野鬼一样无依无靠了。

这时可以做的只有一件事。

冉阿让就是有这个特点,我们可以说在他身上有个褡裢,一边盛着圣贤的思想，一边塞着囚犯的伎俩。审时度势，他可以在两边中加以选择。

在从前在土伦作的苦役牢里多次逃跑的日子里，除了学会其他一些本领之外他还学会了一种绝技，他还是会这绝技的人中首屈一指的能手，我们知道，他可以不用梯子，不用踏脚，只是靠着自己肌肉的力量，在石块上偶尔有的一些棱角上用后颈、肩头、臀、膝略微支撑一下，就能从两堵墙相连处的直角里一直升到六层楼上，这绝技可在必要时使用。大约二十年前，囚犯巴特莫尔从巴黎刑部监狱的院角上逃走就是用的这一绝技，如今人们望着那墙角依然会捏一把汗，而那个院子的角落也因此而出了名。

冉阿让用眼睛估测了一下那墙的高度，并看到有棵菩提树自墙头伸出来。那墙大约有十八尺高。它与大楼的尖相连接形成了一个凹角，一个三角形的砖石堆砌在角下的墙根部分，或许是由于对于过路的人们来说这种墙角太方便了，于是便砌上一个斜堆，以便让他们“自明远行”。这种填高以防护墙角的工事在巴黎是非常普遍的。

那砖石堆约有五尺来高。堆顶距离墙头至多不超过十四尺。

墙头上铺有平石板，没有椽条。

麻烦的是珂赛特。她，珂赛特，不会爬墙的。丢开她吗？冉阿让决不会这样想。可背她上去显然不可能。他要用上全身的力气才能将自个儿巧妙地直升上去。只要有一丁点儿累赘，都会令他失去重心栽下去。

必须得有一根绳子才行，可冉阿让却没有带。在这深夜里，在这波隆梭街，到哪儿能找一根绳子呢？的确，在这危急时刻，假如冉阿让有一个王国，他也会拿它去换一根绳子的。

每个紧急关头都会有闪光出现，有时令我们眼瞎，有时又会令我们眼亮。

就在冉阿让仓皇四望时，突然瞥见了让洛死胡同里的那根路灯柱子。

当时巴黎的街道上连一盏煤气灯都没有。街上只有每隔一定距离装有一盏回光灯，在天将黑的时候点上。那种路灯的上下是用一根绳子来牵拉的，绳子被安在柱子的槽里，由街的这一面横到街的那一面。在灯下面的一只小铁盒里关着绕绳子的转盘，那钥匙由点灯工人保管，在一定高度内绳子被一根金属管子保护着。

凭着毅力冉阿让开始做一场生死搏斗，他一个箭步窜过街，进了那死胡同，用刀尖将小铁盒的锁键撬开，一会儿又回到了珂赛特身边。他有绳子了。在人间偷生的人在生死关头，总会急中生智，眼明手快。

我们说过的，当天晚上，路灯没有点亮。自然让洛死胡同里的灯也和别处的一样，是黑着的，甚至有人走过也不会发现它已不在原来的位置了。

在当时那样的时刻，那样的地方，那样的夜色，冉阿让那样的神情，他那样怪的那些举动，忽来现去的，这一切都已令珂赛特无法安静下去了。要是换成别的孩子，早会大喊大叫起来了。可她呢，只是轻轻地扯着冉阿让的大衣边。那巡逻队朝他们走来的声音越来越清晰了，他们一直都在听着。

“爹，”她说话的声音极低，“我怕。是谁来了呀？”

“别出声！”那伤心的人这样回答，“是德纳第太太。”

珂赛特吓了一跳。他继续对她说：

“不要说话。有我呢。如果你叫，如果你哭，德纳第太太会找到你并把你抓回去的。”

然后，冉阿让不慌不忙，有条不紊，他的动作是那样的简捷稳健而又到位——特别是在沙威和巡逻队随时都有突然出现的可能时，他更不能在一次可以完成的事情做上两回，他将自己的领带解下来，绕过孩子的腋下，他很小心，为不使她觉得过紧，只是松松地在她身上打了个结，之后他又将领带系在绳子的一端，打的是一个海员们所谓的燕子结，他咬住绳子的另一头，把鞋袜脱下来扔过墙头，然后跳上土堆，开始从两墙相连的角上往高处升，他的动作娴熟稳健，他的脚跟和肘弯似乎都有着一定的步法。没有半分钟，他已跪在了墙头上。

珂赛特望着他直发愣，一声也不出。冉阿让的嘱咐和那德纳第的名字早已令她麻木了。

忽然她听到冉阿让的声音轻轻向她喊道：

“把背靠在墙上。”

她背靠墙立好。

“不要出声，不要害怕。”冉阿让又说道。

她感到自己离开了地面，往上升去。

还没有来得及弄清楚是怎么一回事，她便已到了墙头。

冉阿让抱起她，驮在背上，他的左手握住她的两只小手，平伏在墙头，径直爬到了那斜壁的上面。他猜测的没错，这里有一栋小屋，屋脊和那板墙连在一起，屋檐距离地面很近，屋顶的斜度也异常平缓，离那菩提树很近。

由于墙的里侧比临街的一侧高出很多，这对他们很有利。冉阿让向下看去，看到他离地面还很远。

刚刚碰到屋顶的斜面，他的手还没来得及离开墙脊，就有一阵嘈杂的人声传来，巡逻队已经到了。接着沙威的声音传来了，那雷霆般的吼叫：

“搜这条死胡同！已经有人守住直壁街了，比克布斯小街也有人把守。我打包票，他就在这死胡同里。”

士兵们一齐冲进了让洛死胡同。

冉阿让扶着珂赛特，顺着屋顶向下滑，滑到了那菩提树上，然后跳到了地面。或许是因为恐惧，或许是因为胆大，珂赛特一点儿声响都没有发出。她手上擦破了点皮。

六、落入怪园

冉阿让发觉自己落在了这样一个园子里：它的面积非常宽广，形象十分奇特，像是一个冬夜里供人观望的荒园。那是个长方形的园地，底部有一条小路，路旁是成行的大白桦树，很高的树丛堆在墙角，有棵极高的树孤立在园子中间的一片宽敞空地上，此外还有几株枝干弯虬散乱的果树，好像还有一大丛荆棘，又有几方菜地，一片瓜田，在月光的照耀下，那玻璃瓜罩闪闪发光，再有就是一个蓄水坑。几条石凳分布在各处，凳上似乎有黑色的苔迹。色暗枝坚的小树栽在交错的小路两侧。小路上半是杂草半是苔藓。

冉阿让的身边是一栋破屋，他正是自那破屋顶部滑下来的，此外还有一堆柴枝，柴枝后面紧靠着墙有一个用石雕的人像，那人像的面部已经损坏，在夜色中隐隐露着一个不成形的脸部。

破屋已是破烂之极，几间房的门窗墙壁都掉落了，其中一间屋里堆满了东西，就像是个堆积废料的棚子。

在朝园子的一侧，那栋一侧临直壁街一侧临比克布斯小街的大楼房有两个交成曲尺形的正面。这两个朝里的正面比那两个朝外的面显得更加阴森凄惨。窗口全部装有铁条。一点灯光都见不到。在楼上几层窗口的外面还装有通风罩，跟监狱里的窗子似的。一个正面的影子投射着另一个正面，而且就像是一块黑布，将园地盖上。

除此之外就看不见什么房屋了。园子的尽头在迷雾和夜色中隐没。不过在迷蒙中依旧可以望见一些交错阡陌的墙头，似乎在这园子之外还有一些园子，另外还可以望见波隆梭街的一些矮屋顶。

想不出还有什么比这园子更加荒僻和幽静的地方了。园中空无一人，这不难解释，是因为时间的缘故，可这个地方，即使放在中午，也不像是一个供人游玩的地方。

把鞋子找回来并穿好是冉阿让要做的第一件事，然后就是把珂赛特领到棚子里去。逃匿的人总认为自己的藏身之所不够隐秘。孩子还一直想着那德纳第太太，也像他一样由于本能，尽可能地蜷缩起来。

珂赛特紧靠在他的身边，哆哆嗦嗦的。巡逻队搜索那死胡同和街道的嘈杂声传入他们耳际，还有枪托撞石头的声音，还可听见沙威对那些分路把守的密探的叫嚷，他骂着说着，至于说的内容，却听不清一句。

一刻钟以后，那风暴似的怒吼声渐渐远去了。冉阿让屏着呼吸。

他一直用一只手轻轻按在珂赛特嘴上。

还有他当时所在的那寂静凄冷的小院异乎寻常的安静，就是在这近在咫尺骇人可怕的喧闹中，也没有受到丝毫惊扰。在他左右的墙壁似乎是用圣书中说过的那种哑石做就的。

突然间，在这幽静无比的环境中，一种新的声音响了起来，这声音仿佛来自天上，美妙到无可言喻的地步，那刚才的怒吼声和它形成了强烈对比。那是一阵从万籁俱寂的漆黑深夜中传来的颂主歌，是一种和声与祈祷融合成的天乐，是一些妇女歌唱的声音，而且在这歌声中，既可以听出贞女们那种纯洁的嗓音，还可以听出孩子们那种童稚的嗓音，这音乐不是自人间而来，它是一种初生婴儿接着去听而将死的人已然听到的声音。那歌声是从园中那座最高的大楼里传来的。它好似天使们的合唱，在恶魔们的咆哮渐渐远离时从黑夜中飞来。

珂赛特和冉阿让一起跪了下去。

他们不知道那是什么，也不知道自己在什么地方，可是他们俩，老人和孩子，忏悔的人和无罪的人，都感到自己应该跪下。

那阵声音还有这样一个特点：虽然有声音，但人们还是觉得那大楼是空的。它仿佛是从那空楼里发出来的一种来自天外的歌声。

听着那歌声，冉阿让什么都不再想了。他眼前似乎已没有了黑夜，只有青天一片。他感到自己的心要飘起来要振翅欲飞了。

歌声停住了。或许它已持续了相当长的一段时间。但是冉阿让说不清楚。人在出神的时候，总会觉得时间过得飞快。

一切又恢复到了寂静。墙里墙外都没有一点儿声音。令人惶恐和令人心静的声音都息止了。在夜风中，墙头上的几根枯草发出了轻轻地悲凄声音。

七、怪园中的骇人情景

起晚风了，这表明已是凌晨一两点钟左右。可怜的珂赛特不说一句话。她靠在他身边，坐在地上，用头倚着他，冉阿让以为她睡着了。他低头去望她。珂赛特的眼睛睁得大大的，似乎有什么心事，冉阿让见她这样，不禁心里一酸。

她一直在抖着。

“你想睡觉吗?”冉阿让问。

“我冷。”她回答着。

过了一会儿，她又问道：

“她走了吗?”

“谁?”冉阿让应着。

“德纳第太太。”

那刚才用来吓住珂赛特的事情，冉阿让自己早已忘了。

“噢!”他说，“她已经走了。别害怕。”

孩子叹了口气，好像一块压在胸口上的石头落了地。

地潮潮的，棚子全都敞开着，风越发得冷了。老人将大衣脱下来裹住珂赛特。“这样你的冷能好一些吗?”他问。

“好多了，爹!”

“好，那你等一会儿。我会很快回来。”

他走出了破棚子，沿那大楼走去，希望能找到一处比较稳妥的藏身之所。他看见了好几扇门，可惜全是关着的。楼下的窗子全都装着铁条。

在他刚经过的那建筑物靠里端的墙角，他看到在自己跟前有几扇圆顶窗，窗里有亮光。立在这样一扇窗子面前，他踮起脚尖向里望去。这些窗子都通向一间很大的厅堂，那地上铺着宽石板，厅中央有石柱，厅顶上有穹隆，些许的微光和大片的阴影互相轮换着。那光来自墙面上的一盏油灯。厅里没有丝毫的声音或动静。可当他仔细望去时，似乎看见有一件东西横在地面石板上，好像是个人的身体，有一条裹尸布盖在上面。那东西直挺挺地伏在地上，脸冲着石板，两臂向左右平展开来与身体形成一个十字形，纹丝不动有如僵尸一般。在那可怕的东西的脖子上好像有根绳子，它像蛇一样拖在石板上。

在幽暗的灯影中，整个厅堂时隐时现的，让人望去分外恐惧。

在那以后冉阿让常说起虽然他一生见过不少次死人，但从来没有见过比这次更可怕更吓人的景象，在如此阴森的地方，这样凄清的深夜，他见到了这种僵卧的人形，这其中的奥妙真是无法猜透。若那东西是死的，已足令人胆战心惊了，倘若它是个活物的话，那就更令人感到恐怖了。

他还有胆量将额头顶在玻璃窗上，希望能看清楚那东西到底还会不会动。他看了一会儿，越发觉得害怕了，那僵卧的人形是一丝不动的。猛然间，他感到一种说不出的恐怖将他控制住了，他必须逃开。他向棚子逃回来，根本不敢回头看，他觉得一回头自己就会看到那个人形迈着大步张牙舞爪地在后面追他。

他心惊肉跳气喘吁吁地跑到破屋边。膝头跪下后，腰里直流汗。

他在什么地方呢？谁会想到在巴黎城的中心居然会有这样一个鬼蜮一般的地方？那座怪楼到底是什么？这建筑物太奇怪太可怕了，方才还有天使们的歌声从黑暗中传来招引人的灵魂，人去了，却又将这种骇人的情景示于人前，既已招示光明美好的天国之门将敞开，却又以触目惊心的坟址墓地去吓人！可那的确是一座建筑物，是一座临着街有门牌号的房屋！这并非在梦中！他需要摸摸墙上的石条才敢确信。

寒冷，焦虑，忧愁，一夜的惊恐，令他全身发着烧，千思万绪萦绕脑际。

待他走回珂赛特身旁时，她已睡着了。

八、这是怎么回事

孩子早就头枕一块石头睡着了。

坐在她身旁，他看着她睡。看着看着，他的心逐渐安定了下来，思想也逐渐可以放开活动了。

他清醒地意识到这样一个真理，也就是他今后活着的价值，他意识到，只要有她，只要他能让她留在身边，只是为了她，除此之外他什么都不要，只是为她着想，除此之外他什么都不会怕。他已将自己的大衣脱下裹在了珂赛特的身上，虽然自己身上很冷，可是他一丁点儿也没有感觉到。

此时，在梦幻中，他不止一次地听到一种奇怪的声音。那像个受到振动的铃铛。那声音来自园中。虽然很弱，但很清晰。和夜间在牧场上听到的那种牲口脖子上的铃铛发出的轻幽的乐音有些相像。

那声音令冉阿让回过了头。

向前望去，他看见有个人在园中。

那好像是个男人，他在瓜田中的玻璃罩子间走来走去，一会儿弯下了腰，一会儿又立起继续走，时走时停的，他似乎在田里拖着或是撒播着什么。那人走起路来腿好像有些瘸。

冉阿让见后大吃一惊，心绪不宁的人很容易惊恐的。他们会觉得事事对于自己都是可疑的、敌对的。白天他们会防范，因为白天有助于别人看见自己，黑夜他们也防范，因为黑夜有助于别人发觉自己。他起先因为园中荒凉而恐慌，此刻又因为园中有人而恐慌。

他从空想的恐怖落入了现实的恐怖中。他想，或许沙威和密探们还没有离开，他们一定会留一部分人在街上守望，而若这人发现他在园里，一定会大喊捉贼，将他交出去的。他将睡着的珂赛特轻轻抱起，抱到了破棚最里边的一个角落里，放在一堆无用的废家具的后面。珂赛特一点儿也没动。

在这里，他又仔细观察起那个瓜田里的人的行动来。有一件事很奇怪，那铃铛的响声是随着那人的行动而发出的。人走近声音也近，人离远了声音也远了。他做一个急促的动作，铃铛也会随着发出一连串急促的声响，他停住不动了，铃声也跟着停住了。很显然，铃铛是拴在那个人身上的，可这是为什么呢？像牛羊一样在身上拴个铃铛，他究竟是个什么人呢？

他一边胡猜乱想，一边伸出手去摸珂赛特的手。她的手冰凉

“啊，我的天主！”他惊呼。

他低声喊道：

“珂赛特！”

她没有睁开眼睛。

他猛劲推她。

她也没有醒。

“难道她死了？”他说着，随即站了起来，从头到脚都在发着抖。

很多乱无头绪的恐怖无比的想法出现在他的脑海中。有时，我们会感到，就好像一群妖魔鬼怪，许许多多骇人的假想会一齐向我们扑过来，并且将我们的神经猛烈地震撼。当我们心爱的人有了事时，许多无端的强烈的幻想往往会从我们谨慎的心中产生。他忽然想起冬夜在户外睡觉会把人命送掉的。

脸色发青的珂赛特躺在他脚前的地上，一动也不动。

他去听她的呼吸，她还吐着气，但他感到她的气息正弱得快停止了。

如何让她暖过来呢？如何让她醒过来呢？除了这两件事，他什么都顾不上了。他疯了似的冲出了破屋子。

必须在一刻钟之内让珂赛特躺在火前和床上。

九、佩带铃铛的人

他朝园里的那个人径直走去。一卷从背心口袋里掏出来的钱捏在手中。

那人的头正低着，没有看见他过来。冉阿让几大步就跨到了他的身边。

冉阿让劈头就喊道：

“一百法郎！”

那人吓了一跳，瞪圆了眼睛。

“这一百法郎是您的，”冉阿让又接着说道，“倘若您今晚给我一个过夜的地方！”

冉阿让惊恐的面庞被月光照个正着。

“啊，是您呀，马德兰爷爷！”那人说。

这称呼，在这样一个黑夜，在这样一个未曾到过的地方，从这样一个不曾谋面的人的嘴里叫出来，冉阿让听后急忙向后退。

一切他都准备了的,却没能料到这一手。和他说话的是个驼背跛腿的老人,穿的衣服跟乡巴佬差不多,一条皮带绑在左膝上,那上面吊着个相当大的铃铛。他的脸正背着光,因而不能看清。

此时，老人已将帽子摘了下来，颤颤巍巍地说道：

“啊，我的天主！马德兰爷爷，您怎么会在这儿？您从哪儿进来的呢，天主耶稣！您是从天上掉下来的！这没什么奇怪的，要是您掉下来，您肯定是从那上面掉下来的。看看您现在的样子吧！您没系领带，没戴帽子，您也没穿大衣！您不知道，若是别人不认识您，您可是把人吓死了。没有大衣！我的天主爷爷啊，怕是诸神诸圣今天全疯了吧？您到底是怎么来到这里的？”

一句挨着一句。带着乡下人的那种爽快劲儿老头儿一气说完了，使人听后一点儿也不觉得别扭。那语气中带着惊讶和天真朴实。

“您是谁？这是什么宅子？”冉阿让问道。

“啊，我的老天，您开什么玩笑呀！”老头儿喊起来，“是您介绍我来这宅子的呀，是您将我安顿在这里的。您问的什么呀！您怎么会不认识我了呢？”

“不认识，”冉阿让说，“您怎么会认识我呢，您？”

“您救过我命的。”那人说。

他将身体转过去，一线月光正照在他半边脸上，冉阿让认出了割风老头儿。

“啊！”冉阿让说，“是您？是的，我认识您。”

“幸亏，还好！”老头儿的口气中带着埋怨。

“您在这里做什么呢？”冉阿让接着问道。

“嘿！我在盖我的瓜呗！”

当冉阿让走近他的时候，割风老头儿正提着一条草苫的边要盖在他的瓜田上。他在园里已经个把钟头了，已将很多的草荐盖上了。刚才冉阿让在棚子中时看到的那种特殊动作，就是他在干这活时做的。

他又说起来：

“我先头想着，月光这么亮，快下霜了。是不是该为我的瓜披上大衣呢？”然后，他呵呵大笑起来，瞧着冉阿让他又补上这样一句，“您妈拉巴子的也该好好来上这么一件吧！您究竟是怎么进来的呢？”

冉阿让心中寻思到既然这个人认识他，至少他知道马德兰这个名字，自己就需要格外小心才是。他提了多方面的问题。大有喧宾夺主之意，这真是一件怪事。作为一个不速之客，他反而不停地盘问。

“您膝头带着个什么铃铛？”

“这个？”割风回答道，“带个铃铛，这样别人听后就会避开我。”

“什么？为了让别人避开您？”

割风老头儿阴阳怪气地将一只眼睛挤挤。

“啊，妈的！这宅子里尽是些娘儿们，小娘们儿还占了一多半。听说撞到我可不是什么好事。铃铛告诉她们要留神。我来了，她们好避开。”

“这是怎样一个宅子？”

“嘿！您真的不知道？”

“我的确不知道。”

“您介绍我到这里来当园丁，会不知道！”

“您就当我不知道，告诉我吧。”

“那好吧，这不就是小比克布斯女修道院嘛！”

冉阿让忆起来了。两年前，割风老头儿从车上摔了下来，把一条腿摔坏了，在冉阿让的介绍下，圣安东尼区的女修道院收留了他，而现在他又恰巧落在了这个女修道院里，这是巧合，也是天意。他嘟囔着，像是在对自己说：

“小比克布斯女修道院！”

“啊，归根结底，说实话，”割风接着说，“您究竟是从哪儿进来的，您，马德兰爷爷？您是个正人君子，可这没用，总之您是个男人。这里是不许男人来的。"

"那您又是怎么来的呢?"

"只有我这一个男人。"

"但是,"冉阿让接着说道,"我必须在这儿待下。"

"啊,我的天主!"割风又喊起来。

冉阿让向老头儿身旁跨了一步,非常郑重地对他说道:

"割风爷爷,我救过您命的。"

"这回事是我先想起来的。"割风回答着。

"那么,以前我是怎么待您的,今天您也可以怎么待我。"

割风那两只已是老得颤颤悠悠布满皱皮的手抱住了冉阿让的两只铁掌,好一阵子都没有说出话。最后他才这样喊道:

"嗯!若是我能对您有一丁点儿报答,那才真是仁慈上帝的恩典呢!我!会救您的!市长先生,您就吩咐我这老头儿吧!"

老人的面容似乎被这阵眉眼绽开的喜色所改变了。他脸上似乎也有了光彩。

"您说我需要做些什么呢?"他接着问道。

"让我来和您慢慢儿谈吧。您是否有一间屋子呢?"

"我有一个孤零零的破棚子,在那儿,那老庵子破屋后面的一个拐角处,没人会看见那地方。共有三间屋子。"

破棚子在那破庵后面隐着,的确是个隐蔽的地方,没人会瞧见,冉阿让也未曾发现它。

"好的,"冉阿让说,"现在我有两件事求您。"

"哪两件,市长先生?"

"第一件,您知道的一切有关我的事不能对任何人讲。第二件,您不要追问我其他的事情。"

"就这样。我知道您干的事全都是光明正大的,还知道您一生都是仁慈上帝的人。而且是您将我安顿在这里的。您有您的事,我只管听您吩咐就是了。"

"一言为定。现在跟我过来。我们要去找孩子。"

"啊!"割风说,"还有一个孩子!"

没再多说一句话,他像条狗一样随着冉阿让。

没过半个钟头,珂赛特已在老园丁的床上睡下了,一炉熊熊好火燃在那儿,她的脸色又转红了。冉阿让重新将领带系上,将大衣穿上,也找到了那刚才从墙头丢过来的帽子,将它拾了回来,正在冉阿让披上大衣时,割风已将膝上的系铃带取了下来,走过去将它挂在一只背篓旁的钉子上,为墙壁做着点缀。两个人一起靠着桌子坐下烤火,割风早就将一块干酪、一块黑面包、一瓶葡萄酒和两个玻璃杯在桌上放好了。老头儿的一只手放在冉阿让的膝头,对他说道:

"啊!马德兰爷爷!您刚才那么半天才认出我来!您救了人家的命,又把人家给忘了!啊!真是不应该!人家还老想着您呢!您良心真不好!"

十、事情的经过

我们刚才的经历,应该说是这件事的侧面,其实它的过程并非那么复杂的。

在芳汀去世的那天，在死者的床前冉阿让被沙威逮捕了，当晚冉阿让就已经从滨海蒙特勒伊市监狱逃出来了，警署当局认定这在逃的苦役犯会去巴黎。巴黎是淹没一切的漩涡，是大地的渊薮，就像那能吞噬一切漩涡的海洋。那里的人流是那样容易使一个人的踪迹隐藏，任何森林都无法与它相比。各形各类的亡命徒们对这一点都很清楚。他们进入巴黎，就如同进了无底洞，有些无底洞也的确能使他们避过劫难。警务部门也明白这一点，所以无论从哪处逃脱的人，他们都来巴黎寻找。在这里他们要侦缉滨海蒙特勒伊的前任市长。沙威被调到巴黎共同破案。在逮捕冉阿让这一公案中，沙威的确是个有功之臣。沙威在这宗案子中所表现出来的忠心和智慧已被昂格勒斯伯爵任内的警署秘书夏布耶先生注意到了。原先夏布耶先生就曾提拔过沙威，这次又将这位滨海蒙特勒伊的侦察员调到巴黎警务方面任职。来到巴黎以后，沙威曾多次立功，我们可以用这样一句话去形容他，虽然对于这种性质的职务感觉有些味道怪怪的——他表现得很忠勤能干。

就好像天天打围的猎狗，今天的狼会令它忘记昨天的狼，沙威后来也就不再想冉阿让了，他向来都不看报纸，可一八二三年十二月，他突然想要看看报纸，因为作为一个拥护君主政体主义的人，他想知道凯旋的“亲王大元帅”在巴荣纳举行的入城仪式的详情，就在他读完自己关注的那件事的记载后，报纸下端的一个人名——冉阿让引起了他的注意。那张报纸宣称苦役犯冉阿让已然死去，还叙述了当天的情景，证据确凿，使沙威深信不疑。他只说了一句话：“这真算是好下场了。”说后，他扔下了报纸，就没有再去想它。

没过多久，巴黎警署接到了一份塞纳——瓦兹省的省政府送来的警务通知，通知上面说在孟费郿镇发生了一件拐带幼童案，据说案情离奇。通知上说道，一个七八岁的女孩被她的母亲托付给当地的一个客店主人抚养，一个不知姓名的人将她拐走了。女孩的名字叫珂赛特，她的母亲是一个叫芳汀的女子，芳汀已死在了一个医院里，什么时间什么地点不清楚。通知到了沙威的手中，引起了他的怀疑。

他熟悉芳汀这名字的，他还记得冉阿让曾经请求他宽限他三天，他好去领取那贼人的孩子，曾使他，沙威自己笑不可抑。他又想起冉阿让是从巴黎乘车去孟费郿时被抓住的。当时还有迹象表明他已是第二次乘这路车了，在前一天，他已去过那村子附近一次了，我们之所以说附近，是因为那村子里的人没有见过他。当时他去孟费郿干什么呢？没人能搞懂。现在沙威可是明白了。在那里住着芳汀的女儿。冉阿让要去找她。可现在一个不知姓名的人拐走了这孩子。到底这个不知姓名的人是谁呢？难道就是冉阿让？可冉阿让早就死了。没和任何人谈过这个问题。沙威便到小板死胡同，在锡盘车行雇了一辆单人小马车直向孟费郿奔去。

他满以为在那里可以弄个水落石出，结果却仍是一头雾水。

在最开始的几天，德纳第夫妇心中有些懊恼，曾走漏了一些风声。百灵鸟失踪的消息在村中传开了。马上就出现了好几种不同的说法，最后这件事被说成了拐带幼童案。这就是那份警务通知的由来。可那德纳第，待一时之气平息后，凭着自己天生那点聪明劲儿，很快就意识到惊动御前检察大人总不是件好事，自己先前已有过太多无法说清道明的事，现在再在“拐带”珂赛特这件事上抱怨，那么把司法当局炯炯目光引到自己——德纳第身上还有他别的不清白勾当上会是首当其冲的后果。枭鸟是最忌讳别人将烛光送到它面前的。首先，他怎么才能避开当时接受那一千五百法郎的麻烦呢？于是他立刻改变了态度，将老婆的嘴堵住，若有人和他谈论那被“拐带”的孩子，他就会故作诧异状，说他自己也弄不太清，他的确舍不得那心疼的小姑娘，他的确怨过那人一下就把小姑娘“带”走了，真希望她能多留几天，可是他的祖父来找她了，这是世上最平常不过的事了。添了一个祖父，效果的确不错。沙威到孟费郿后听到的就是这种说法。是“祖父”掩盖了冉阿让。

可是沙威在听过德纳第的故事后还想探探虚实，于是追问了几句：

“她祖父是个什么人？叫什么名字？”德纳第若无其事地答道，“是个有钱的庄稼人。我看到过他的护照。我记得他是叫纪尧姆·郎贝尔。”

郎贝尔是个正派之人的名字，听了让人安心。沙威打道回巴黎了。

“明明冉阿让已死了，”他心中说道，“我真傻。”

他已将这件事彻底丢在脑后了，可在一八二四年三月的时候，他听说在圣美达教区有个怪人，外号是“给钱的叫花子”。那据说是个靠收利息过日子的富翁，但没人知道他的真实姓名，他自个儿带着一个八岁的小女孩度日，那小女孩除了知道自己是从孟费郿来的以外，其他的都不知晓。孟费郿！这地名总在人们的嘴上挂着，沙威的耳朵再次竖了起来。那个在教堂里做过杂务的老头，原来是个扮作乞丐的密探，他常受到那怪人的布施，并且提供了其他一些详细情况。“那富翁的性情很是孤僻”，“他是天不黑决不出门的”，“不与任何人说话”，“偶尔只是和穷人说说”，“他还不让别人和他接近，他总穿着一件非常旧的黄大衣，可那黄大衣里却装满了值上好几百万的银行钞票”。沙威的好奇心着实被这些话打动了。为了能非常近而又不打草惊蛇地把那个怪异的富翁看清楚，一天他从那当过教堂杂务的老密探处将他那身烂衣服借了来，蹲在了他每天傍晚一边哼祈祷文一边进行侦察的地方。

那“可疑的人”果然向这化了装的沙威走过来了，还做了布施。沙威趁机抬头望了一眼，冉阿让一惊，以为看到了沙威，沙威也同样一惊，以为看到了冉阿让。

但那时的天色已黑了,他并没看清楚,况且冉阿让的死也是正式公布了的,沙威依旧没有弄清,这毕竟是关系重大的疑惑,沙威这个人是很谨慎的,他在还有疑惑时是绝对不会动手抓人的。

他远远地跟在那人后面，一直到了戈尔博老屋，找到了那个“老奶奶”，他向她寻问，那并不费什么劲儿的。老奶奶向他证实那大衣里的确有好几百万，还告诉了他上次兑换那张一千法郎钞票的经过。她亲眼见到的！她还亲手摸到了！沙威租了一间屋子。当天晚上他就住在了里面。他曾到那神秘的租户的房门口去偷听，想听听他说话的声音，可那锁眼里的烛光被冉阿让看到了，他识破了那密探的阴谋，一点儿声也没出。

第二天，冉阿让作了溜走的准备。可那老奶奶听到了那枚五法郎银币落地的声音，听到钱响，她以为他要搬走了，急忙通知了沙威。晚上冉阿让出去的时候，在大路旁的树后面，沙威正领着两个人等他。

沙威向警署请派了助手，但并没说出他要逮捕谁。这是他的秘密。有三个原因使他要保密：第一，稍微有一点风声走漏，就会惊动冉阿让；第二，冉阿让是个在逃的苦役犯，而且大家都以为他已死了，当年他曾被司法当局列入“最危险的匪徒”一类，若能将这样一个罪犯捕获，那功绩将是非常出色的，而巴黎警务方面那些老资格们是决不会让沙威这样的新进去办这类要案的；还有，沙威要出奇制胜，像个艺术家似的。那种早就事先公开直到大家已谈到乏味了的胜利是他所厌恶的。他想要暗立奇功，然后猛揭面纱。

从一棵树跟到另一棵树，从一个街角跟到另一个街角，沙威紧跟着冉阿让，不曾离开过他一眼。就是在冉阿让自认为是极安全的时候，他也一直在沙威的视线里。

为什么当时沙威没有逮捕冉阿让呢？那是因为他有所顾虑。

必须知道，由于当时自由的言论还起些约束的作用，所以警察并非能完全为所欲为的。有几件违法的逮捕案曾被报纸披露过，在议会中也引起了责难，致使警署当局有些顾忌。侵犯人身自由这种事是很严重的。警署署长要他们对自己负责，若犯错误，就给停职处分；警察不敢犯错误的。试想如果二十种报纸刊出这样一则简短新闻，会在巴黎引起什么后果吧：“昨天，在一个慈祥和蔼的白发富翁和他八岁的孙女正一同散步的时候，被认作一个在逃的苦役犯而拘禁进了警署监狱！”

何况，除了这些，沙威还有他自己的顾虑，除了上级的指示，他也有来自自己良心的指示。他的确没有绝对的把握。

冉阿让一直都是背冲着他，而且还走在黑影里。

平日里的悲伤、愁苦、焦虑、劳累，加上这次被迫夜里逃离的新麻烦，还要为珂赛特和他自己找个藏身之处，走起路来也要照顾孩子的脚步，所有这些，在不知不觉中早已改变了冉阿让本人的走路姿势，还令他的行动显得有些老态龙钟，这导致了沙威所代表的警署有可能产生错觉，也的确会产生错觉。不可能太过于靠近他的，他那种西席老夫子式的落魄服装，那德纳第加于他身上的祖父称号，还有那认为在服刑期间他已经死去的想法。这些都使沙威思想上的疑忌越来越重了。

曾有那么一阵儿，他打算突然走上前去检查他的证件。可是，即使那人不是冉阿让，即使那人不是一个富有的实在的好老头，那他也极可能是个与巴黎各种胡作非为的秘密团体有着密切联系和微妙关系的厉害家伙，是哪个危险黑帮的头目，平日略施些小恩小惠，这也只不过是种遮人耳目的老手段，好让别人看不出他别的什么本事。他肯定有党羽，有同帮，有随时都可以去的藏身之处。他在街上走的那些弯弯曲曲的路线，似乎能够证明他并非一个普通的人。若捕他太早的话，就等于是“宰了下金蛋的母鸡”了。观望观望，没有什么不妥当的。沙威有绝对的把握，他逃不了的。

因此他跟着那哑谜似的怪人，一路上心里实在非常忐忑，产生了诸多疑问。

直到非常晚的时候，在蓬图瓦兹街上，凭借从一家酒店里射出来的强烈的灯光，他才着实地看清了冉阿让。

世上有两种能深入内心的生物的战栗：重新找到亲生儿女的母亲和重新见到自己猎物的猛虎。沙威的心灵深处咯噔打了一下那样的颤抖。

他看明白了那个穷凶极恶的逃犯冉阿让之后，发现他们只有三个人，于是赶到蓬图瓦兹街哨所去请援兵。要想抓有刺的棍子，须先戴上手套。

这一耽误，再加上在罗兰十字路口他又曾停下来与他的部下琢磨计划，差一点叫他迷失方向了。可非常快他就猜到了冉阿让肯定会凭借那条河来将自己和跟踪他的人分隔。他歪头仔细琢磨，就如同条用鼻尖贴着地面分辨踪迹的猎狗。凭借自己的本能，沙威，可以做出精准的判断，他直接走上奥斯特里茨桥，通过与那收过桥税的人交谈，他甚至了解到："您看见一个汉子还带个小女孩了吗？""我让他付了两个苏。"那收过桥税的人说道。走到桥上时，沙威刚好看见在河的那边冉阿让牵着珂赛特的手，在月光下穿过一片空地。他见他走进了圣安东尼绿径街，他想起前面的那条如同陷阱的让洛死胡同还有经过直壁街通到比克布斯小街的唯一出口。他用的是打围的人所谓的那种"包抄出路"的方法，他连忙派一名助手绕道去把守那个出口。还有一队即将返回兵工厂营房的巡逻兵恰巧经过那里，他连同也把他们调了来，跟着自己走。在如此的场合士兵就是王牌。再说那是一条原则，要捕猎野猪，就需让猎人费心猎犬出力。制定计划布置妥当后，他想到冉阿让右边有让洛死胡同，左边有埋伏，而在后面有他沙威本人，想到这里。他忍不住拿一撮鼻烟吸了吸。

这样他开始上演好戏。那会儿他的确踌躇满志杀气冲冲，但是故意由着自己的对头悠悠晃晃，他显然是胸有成竹，可却尽可能拖延手下的时间，明明知道猎物已陷入了包围，却又看着他来去自由，对他而言这是一种快乐，就好比叫苍蝇挣扎的蜘蛛，叫老鼠奔窜的猫儿，他一直在盯着他，心中的感觉快活欢畅。不管是猛兽的牙抑或鸷鸟的爪，都带有一种凶恶的肉感，那就是被困在它们掌握中的生物的那种轻轻扭动带来的感觉。置人于死地，如此的快乐啊！

沙威志得意满。他有着牢固的网。他确信着必然的成功，而此刻他只需将拳头握紧就可以了。

他的人手如此之多，冉阿让不管如何顽强，如何威猛，如何愤怒，那也就是丝毫抵抗的念头也都不可能有了。

沙威缓缓跟着向前走，一路上就如同一个一个地翻着小偷身上的衣袋似的，搜寻着街旁的每一个角落。

当他走到蜘蛛网的中心时，苍蝇反而不见了。

他胸中的怒火是显而易见的。

他向那个在直壁街和比克布斯街街上值班的步哨询问，那个探子一直都守在他的岗位上没有动，压根儿没有看见那个人走过。

被群犬包围的牝鹿不时也会蒙头混过，换言之，也有逃脱的可能，碰到那种事态猎人唯有一言不发。杜维维耶、利尼维尔还有德普勒也都曾有气短的时候。在遭到那样失败时，阿尔东日曾经如此喊道："哪里是鹿，而是妖魔。"

当时沙威也许会有同感，也一样想大吼一声。

在俄罗斯战争中拿破仑犯了错误，在阿非利加战争中亚历山大犯了错误，在斯基泰战争中居鲁士犯了错误，而在这次征讨冉阿让的战役中沙威犯了错误，这些都是实在的。也许他开始应该将那个在逃的苦役犯一眼就确定下来。应当在最初一眼就把问题处理掉的。在那个破屋子里时，他应该把他直截了当地抓起来。

在蓬图瓦兹街上当他已确认明白的时候，他应该将他逮捕。还有在月光下的罗兰十字路口，他无须与他的手下商量情况，当然，众人交换意见也是可取的，向一条忠诚的狗，了解和询问一下它的意见无伤大雅。可在追捕类如豺狼和苦役犯之类多疑的野兽时，作为猎人是不该过于缜密的。沙威只想让犬群先将足迹分辨明白，他过于谨慎了，让那野兽觉察到了，跑了。他犯了最大的错误就是：既然他已在奥斯特里茨桥上再一次发现了痕迹，却依然把那样一种人吊在一根线上，做着那样危险天真的游戏。他认为可以把一只狮子当成一只小鼠一般去玩耍，确实是高估自己了。与此同时他又把自己评定得太弱小了，因此才想到应该搬来援兵。即便犯了这一系列的错误，沙威依旧是历来最精明与最守律的密探之一。假使按狩猎的术语来说，他完全能够被称作一只“乖狗”。换言之，谁又能做到十全十美：

即便再出色的战略家也会有失算的时候。

重大的错误就好比粗绳子一样，是由不少微小部分构成的。你把一根绳子分成丝缕，你把全部起决定作用的因素一一分开，你就能把它们一一打断，而且还会说上一句：“仅此而已！”你若把它们编起来，扭在一块儿，却又会有极大的效果产生出来。那是在东方的马尔西安和西方的瓦伦迪尼安之间犹豫不决的阿蒂拉，是在卡普亚后起的汉尼拔，是在奥布河畔阿尔西沉睡的丹东。

总而言之，在发觉冉阿让已经逃脱后，沙威并没有失去主意。他确信那在逃的苦役犯肯定就在附近，他将监视哨、陷阱以及埋伏分布和设置在附近地区，搜索了整整一夜。他先是发现那盏路灯上的绳子被拉断了，一副非常凌乱的模样。这一重要的线索却恰恰把他引入了歧途，让他的搜捕工作彻底转移到了让洛死胡同。有几道很矮的墙在那条死胡同里，墙后是一部分被围在墙内的宽阔的野地。很明显冉阿让是从那些地方逃跑的。事实上：如果那会儿冉阿让真的向让洛死胡同底里多走上几步，或许他确实会那么做，那他就肯定完了。沙威搜查那些园子和荒地好像寻针一样。

黎明时分，他留下两个精明能干的人来接着把守，自己则一脸惭愧地回了警署，就好比一个被小毛贼暗地算计了的老恶霸。

第六卷　小比克布斯

一、比克布斯小街六十二号

在比克布斯小街六十二号，有一道大车门，半世纪前，这道大车门与其他所有的同类大车门相比，都是所差无几的。那道门经常是虚掩着的，其方式十分吸引人，从门缝中，有两种算不上很凄凉的东西显露出来：一个是院子，四周的墙上叫葡萄藤爬得密密麻麻的，还有一个是一张面孔，一个无所事事徘徊在门房的面孔。有几棵大树，从院底的墙头上就可以看见。每逢那院子因一缕阳光的出现而显现生机时，每当那门房因一杯红葡萄酒而带有喜气时，不管什么人走过比克布斯小街六十二号的门前，都会对它有一种畅快的感觉，可是那地方在我们眼里，却是悲惨的。

在门口，有的是微笑，可在屋里，有的却是祈祷和哭泣。

假使我们能通过门房那一关，但是，这件事是非常不容易的，并且，几乎对所有人人而言，做到它都十分困难，原因就是，这里有句我们一定要明白的话："芝麻，开门!"假使过了门房那一关后，我们向右走，进入一间小厅，那小厅有一道窄窄的楼梯，它在两堵墙中夹着，每次仅能容一人通过，假使对于墙上那鹅黄色的灰浆，对于那楼梯，乃至对于楼梯两侧墙角上的可可颜色，我们不害怕，假使我们鼓鼓劲，继续向上走，经过楼梯中段的第一宽级和第二宽级，我们就来到了第一层楼的走廊，黄灰浆刷在走廊的墙上，一样的是可可色的墙根，就如同楼梯两侧的颜色也跟随着我们，默不作声地、坚强地上了楼一般。透过两扇精致的窗子，阳光射了进来，照在楼梯里，走廊上。拐过一个弯后，走廊晦暗了。假使我们也转变前进几步，面前就会出现一扇门，这门没有关着，因而给人一种尤为神秘的感觉。我们推开门，走进了一间六尺见方的小屋子里，那小屋的地板是小方块的，洗过，整间屋子干净而冷清，墙上裱着南京纸，是那种十五个苏一卷，印着小绿花的。从左边的一大扇小方格玻璃窗里，透进一片白光，是那样暗淡，窗子与屋子同宽，我们看，不见人影；我们听，悄无声息，没有丝毫生气。墙上光秃秃的，地上也没有家具，甚至连把椅子都没有。

我们继续看，便会看见一个方洞，那洞在正对着屋门的墙上，大约有一尺，多节而又坚固的黑铁条装在洞口，互相交叉着，呈方孔状，我几乎要说，是交织成密网，因为方孔的对角线连一寸半都不到。南京纸上的朵朵小绿花与这些阴森的铁条接触着，它们是如此整齐，全安安静静地，丝毫也不感到害怕，也没有东逃西窜。假使有人想从那方洞里出入，哪怕他身段纤细，也肯定会让那铁网阻挡住。它是拒绝人体进出的，但是，眼睛却可以，也就是说它允许精神通行。好像这一点已经被人想到了，因为一块白铁皮被嵌在了墙上靠后点的地方，那是一块有着数不尽的小孔的铁皮，与漏勺上的孔相比而言，那些孔恐怕更小点。在那铁皮下方，开了一个同于信箱的口的洞口。在那有遮护的洞口的右边，垂着一条棉纱带子的一头，它的另一头在铃上系着。

一旦你拉动那条带子，一阵叮零当啷的声音便会由小铃儿发出来，同时，一个人说话的声音也会传进你的耳朵，声音会乘你不备，从你耳边特别近的地方发出，让你听得胆战心惊。

“谁?”那声音问。

那声音是一个女人的，十分柔和，甚至让人听了会生出哀伤的感觉。

至此，又有一句必须知道的切口了。假使你不清楚，那说话声就会就此沉寂了，四处的墙壁依旧是死一般的沉寂，如同隔墙是座坟墓一般，恐怖阴森。

假使你知道那句话，那边就会有回答：

“请进来，从右边进。”

我们的视线移向右边，就会看到窗子对面的一扇门，那门是灰漆玻璃的，门的上端嵌着一个玻璃框。我们把门闩拉开，从门洞穿过去，就会有如此一个印象：好比进了戏院池座四外的包厢，并且是那种装有铁栅栏的，看到的是如此的情景：铁栅栏还没被放下来，也没有点上分枝挂灯。的确，我们是进了一种包厢，一缕稀薄的阳光透过玻璃门照进来，晦暗而又狭窄的室内，有的无非两把旧椅子，一条散了地擦脚茸垫，那的确是间包厢，一间真正的包厢，一道栏杆高齐肘弯，上面有一条黑漆的靠板。那是一种有栅栏的包厢，不过那栅栏不是歌剧院的那种金漆的，而是一排铁条，它们怪模怪样、杂七杂八地交叉排列着，被一些像拳头一样的铁榫嵌在墙里。

开始的几分钟之后，对于那昏昏暗暗的地窖，视力就开始习惯了，这会儿，我们就可以往栅栏里面看，可是，视线所及的只是距栅栏六寸远之处。望到那里，又会出现一排黑板窗，把我们的视线挡住，板窗上钉了几条横木，为了让它牢固，那些横木黄黄的，就如同果子面包一般。构成板窗的是几条木板，又长又薄，并且可以开合，那整个铁栅栏的宽度全被板窗挡住了，板窗自始至终，一直是紧紧地闭着。

稍过片刻，你会听到板窗后面有人叫你，还在说：

“我在这里。您找我所为何事?”

那个声音是亲人的，不时也是爱人的。人你是瞅不见的，甚至连呼吸也差不多听不到。那谈话好比是隔着墓壁，在和幽灵进行。

假如你恰好符合了某种必要的条件，那么在你眼前，就会转开一条板窗上的窄木板，那幽灵的形象也就出现了，只是，这种事很少出现。在铁栅栏所允许的限度内，你会看见，一个人头出现在铁栅栏和板窗后面，你所能见到的，只有嘴和下巴颏儿，黑纱把剩下的部分彻底遮住了。在和你谈话时，那个头既不会望着你，也不会对你笑。

在你的后面，有光射进来，这样，你看见她便是处于光明中，而她看见你却是处于黑暗中。那是一种相当具象征意义的布置。

同时，透过那条木板缝，你的眼睛会好奇地望向那个与外人彻底隔断的地方。那个人满身穿着黑衣，人形笼罩在一片隐隐约约的迷雾中。在迷雾中，你用眼睛搜索着，想将人形周围的东西辨认出来。你马上会发现自己什么都看不见。进入你眼帘的只有虚无和黑暗，还有夹杂着死气的寒烟和一种叫人害怕的宁静，此外就是一种寂静和昏暗了，那寂静是毫无声息的，即便叹息声都听不见，而那昏暗则是一无所见，即便连鬼影也没有。

你所看到的，是一个修道院的内部。

这是一所阴沉肃静的房屋的内部，它就在所谓的永敬会伯尔纳女修道院里。这间厢房，也就是我们所在的，是间会客室。那个最先跟你说话的人是传达女，她一直在墙那边的方洞旁边坐着，那方洞处于铁网和千孔板的共同掩护下，她一直纹丝不动，也从未说话。

厢房黑暗的原因，是因为那间会客室，它在通往尘世的这一面有扇窗，而在通往修道院的那一面却一无所有。对于圣洁的地方，俗眼是禁止窥视的。

不过，光明在黑暗的这面也还是有的，生命就是在死亡中也依旧会有。即便在那修道院中有着森严的门禁，我们还是要进去看看，并且，也要把读者带进去看看，同时，在适当范围内，我们还要讲些讲故事者没有见过，也没有提及的事。

二、玛尔丹·维尔加支系

到一八二四年为止，在比克布斯小街，那个修道院已存在多年了，它是伯尔纳修会的修女们的修道院，她们属于玛尔丹·维尔加支系。

在欧洲，所有的天主教国家中都拥有那个修会的支系。

在拉丁教会里，一个修会向另一个修会移植，这种事并不少见。在这里，圣伯努瓦的一系被提及了，我们就对该系的情况介绍一下，除去玛尔丹·维尔加一支，还有四个修会与它同属一个系统，它们当中意大利有两个，蒙特卡西诺和圣查斯丁·德·帕多瓦，法国有两个，克吕尼和圣摩尔；除此之外，与它同一系统的修会还有九个，它们是瓦隆白洛查修会，格拉蒙修会，则肋斯定修会，卡玛尔多尔修会，查尔特勒修会，卑微者修会，橄榄山派修会，西尔维斯特修会和西多修会；对西多修会而言，它本身虽然已经是好几个修会的源起，但对圣伯努瓦来说，它还仅是一个分支而已。在圣罗贝尔时代，就已经有西多修会了，一〇九八年，在朗格勒主教区的摩莱斯姆修道院，圣罗贝尔做过住持。而魔鬼被从阿波罗庙旧址驱逐出去，是发生在五二九年，当时他在苏比阿柯沙漠，已经退隐了（他已经老了，莫非他已经弃恶从善了?），当初他能够住进阿波罗庙里，是由于有圣伯努瓦的缘故，那时圣伯努瓦刚刚十七岁。

圣衣会修女们走路时是赤着脚的，一根柳条围在她们颈项上，她们一向不坐，在教规中，除去圣衣会修女们的，最严的当属玛尔丹·维加尔一系的伯尔纳—本笃会修女们的了。她们穿一身黑衣，依据圣伯努瓦的特别规定，下巴颏儿一定要用头兜兜住。她们穿一件宽袖哔叽袍，戴一个毛质面罩，又宽又大，头兜把下巴颏儿兜住，正正方方地，直垂至胸前，系一条扎额巾，压齐眼睛扎着，这些就是她们的穿着。扎额巾是白的，除此以外，全都是黑的。初学生的衣服是同样的，一色白。另外还有一串念珠，那是已经发愿的修女们挂在旁边的。

玛尔丹·维尔加一系的伯尔纳—本笃会修女们等同于那些所谓圣事嬷嬷的本笃会修女们，她们修的都是永敬仪规，本世纪初，在巴黎，本笃会的修女们有两处修道院，大庙有一处，在圣热纳维埃夫新街还有一条。不过，我们现在提到的是小比克布斯的伯尔纳—本笃会修女们，与那些在圣热纳维埃夫新街和大庙出家的圣事嬷嬷们相比，她们是决不属于同一个修会的。在教规和服装方面都有许多异处。在小比克布斯的伯尔纳—本笃会，修女们戴的头兜是黑色的，在圣热纳维埃夫新街的本笃会，圣事嬷嬷们戴的头兜却是白色的，她们胸前还挂着一个圣体，大约三寸高，或是银质镀金的，或是铜质镀金的。那种圣体小比克布斯的修女们是一向不挂的。小比克布斯的修道院与大庙的修道院相同，都修永敬仪规，但若是因此就将两个修道院混同一体，那是绝对不可以的。在圣事嬷嬷们和玛尔丹·维尔加系的伯尔纳会的修女们之间，这一仪式仅仅形似罢了，这就同菲力浦·德·内里设立在佛罗伦萨的意大利经堂和皮埃尔·德·贝鲁尔设立在巴黎的法兰西经堂一样，它们原本是两个截然不同的修会，甚至有时候彼此之间还仇视，不过，这两个修会之间也有相同之处，那就是在有关耶稣基督的童年、生活和死的方面，还有在有关圣母的种种神奇的研究和称颂方面。领先地位是由巴黎经堂自居的，其原因就在于，菲力浦·德·内里只是个圣者，而贝鲁尔却身为红衣主教。

我们还是再来谈谈玛尔丹·维尔加的教规吧，那是西班牙型的教规，极其严厉。

在这一支系的伯尔纳—本笃会中，修女们整年都是素食，每逢封斋节，或是其他许多她们特定的节日里，她们还不得不绝食，晚上只睡片刻就要起床，凌晨一点，她们开始念日课经，唱早祈祷，一直到三点为止；一年四季，她们都在哔叽被单里和麦秸上睡，既不洗澡也不烤火，每逢星期五，就进行纪律的自我检查，对于保持肃静的教规，她们始终遵守着，她们的交谈只有在课间短暂的休息时进行，每年的九月十四日举柴圣架节到复活节这六个月中，她们穿的都是棕色粗呢衬衫。而且，这六个月还算是一种通融之举，照规定应是全年，不过，在炎热的夏季，那种棕色粗呢衬衫、是难以忍受的。热病和神经性痉挛症常常由它引起，所以对于使用期是一定要限定的。虽然有了这种照顾，在九月十四日，修女们把那种衬衫穿上，也要发烧三至四天。她们发的愿就是服从、清苦、寡欲和安心居于寺院，可是她们的心愿被教规歪曲了，变成了沉重的负担。

院长一般有三年任期，她们是嬷嬷们选举的，“参议嬷嬷”是对这些参加选举的嬷嬷们的称呼，因为在宗教事务会议里，她们是有发言权的。院长连任的次数仅限于两次，所以九年就是一个院长的最长任期。

主祭神甫她们是一向不见的，一道七尺高的哔叽始终挂在她们与主祭神甫之间。每当宣道士走上圣坛去讲经时，她们就把面罩拉下来，把脸挡住。无论何时，她们说话都要低声，她们在走路时，也要把头低下，目视地面。能够进这修道院的男子只有一个，那就是本教区的大主教。

另外，其他男子确实也还有一个，即园丁，不过一定要是个老年的园丁，而且，要把一个铃铛挂在他膝上，以便他能在园子里住下来，永远独自一人往来，这样，修女们对他也能及时回避。

对于院长，她们是必须服从的。这是教律所要求的，这种精神就是那种百依百顺的牺牲精神。就像亲自接受基督的命令（ut Voci Christi），察言观色，通晓立行（ad nutum，ad primum signum），敏捷，快乐，隐忍，必须服从（prempte，hilari-ter，perseveranter，et coeea et quadam obeclientia），就像工人手里拿的锉

(quasi limam in manibus fabri)，得不到确实的允许，就什么也不能读不能写(legere rel seribere non adiscerit sine expressa superioris licentia)。

她们有一种所谓的“赎罪礼”，那是她们每人都必须轮流举行的。赎罪礼是一种祈祷，它可以赎免世人的所有过失、错误、纷扰、强暴、不义和犯罪行为。修女进行“赎罪礼”需要十二个钟头，连续不断的，时间是傍晚四点到凌晨四点，或者是凌晨四点到傍晚四点，她们在圣体前面的一块石板上跪着，合掌，一根绳子系在脖子上，累得实在无法支持下去时，就全身趴伏在地，脸向着地，伸出双臂，那样子就像个十字，这是仅有的休息方法。修女就用这样一种姿势，为天下一切罪人进行祈祷，这是何其伟大，其程度简直是卓绝的。

举行这种仪式要在一根木柱前面，一支白蜡烛在柱子顶上燃烧着，所以，它也被她们随便地叫作“行赎罪礼”或者“跪柱子”。由于有自卑心理，修女们更喜欢用的说法是第二种，其原因就在于，它将受罪和受辱的意义包含其中。

“行赎罪礼”要求聚精会神。修女在柱子前面，就算知道在她背后落下了雷火，也不会回头看一眼。

除此以外，还总要有个修女跪在圣体前。每跪一个小时算一班。她们还交替着换班，如同兵士站岗一般。所谓的永敬就是这样。

院长和嬷嬷差不多每人都要取一个名字，而且是一个意义非常重大的名字，这些名字的意义的来源不是圣者和殉道者的身世，而是耶稣基督一生中的某些事迹，如降生嬷嬷、始孕嬷嬷、奉献嬷嬷、苦难嬷嬷，诸如此类。不过圣者的名字是不禁止使用的。

每当别人见她们时，所见的一向就是她们的一张嘴。她们每人都有着黄黄的牙。这修道院的门，从来没有进来过一把牙刷。在各级断送灵魂的罪过里，最高级的就要属刷牙了。

对于任何东西，她们都不会说“我的”。对她们而言，没有任何东西是属于自己的，也没有什么东西是难舍的。对于所有东西，她们说的都是“我们的”，例如，我们的面罩，我们的念珠，假如谈及衬衫，当然是她们自己的，她们也还是说“我们的衬衫”。有时候，也会有些小东西让她们喜欢，如一本日课经，一件遗物，或一个祝福过的纪念章什么的。一旦发现自己开始有些留恋于某物时，她们就必须把它送人。圣泰雷斯有一段话是她们常常忆起的：在加入圣泰雷丝修会时，有一个贵妇人对她讲：“我的嬷嬷，请同意我派人找本圣经来，我对它非常恋恋不舍。”

“啊！您还有让您恋恋不舍的东西！既然如此，您就用不着来我们这儿了！”

把自己独自关在屋里，这是任何人都不能做的，一个“她的天地”、一间“房间”，这都是不允许拥有的。她们过的是开着牢门的日子。在相互接触时，她们一个说：“愿最崇高的圣体在祭台上得到赞赏和敬仰！”另一个就会回答：“永远是这样。”当敲别人的房门时，用的礼节也是这样的。当门尚未如何敲响时，屋里就已传出了柔和的声音，那声音匆匆忙忙地说着“永远是这样！”同其他所有行为一般无二，这一旦成为习惯，就成了机械的动作，有时，“永远是这样”早从这一个的口中冲出，而对方那句颇为冗长的“愿最崇高的圣体在祭台上得到称赞和敬仰！”还未来得及说完。

当进入他人屋子时，访问会的修女们会说：“赞美马利亚”，屋里迎接的人便答“仪态万方”。这种方式是她们用来彼此问候的，也的的确确称得上仪态万方了。

这修道院礼拜堂上有口钟，每到一个钟点，它总是多打三下。一听到信号，无论是院长、参议嬷嬷、发愿修女、服务修女，还是初学生、备修生，都要同时放下她们正在谈、正在做或正在想的事，而且大家一块儿……要是五点，就一起说：“在五点钟和每点钟，愿最崇高的圣体在祭台上受到称赞和敬仰!”要是六点，就说：“在六点钟和每点钟……”其他时间，全部伴随着钟点类推下去。

这种习惯有个目的，那就是让人的思想中断，以便随时向上帝引导它，这种习惯在许多教会都有，所不同的就是公式各异。比如，在圣子耶稣修会里是这样说的：“在这个钟点和每个钟点，希望我的心能被天主的恩宠所振奋!”

小比克布斯隐修的玛尔丹·维尔加系的伯尔纳—本笃会修女们在五十年前唱日课经时，唱圣歌所用的音调是一种低沉的调子，是真正的平咏颂，而且从日课开始直到课终，始终得用饱满的嗓音去唱，不过遇到弥撒经本上有星号之处，她们的歌唱就会停下来，她们用低沉的声音念“耶稣——马利亚——约瑟”。每当为死人举行祭礼时，她们的音调也会变得更低沉，音域之低，几乎是女声难以企及的，那样，一种凄切感人的效果便生出来了。

小比克布斯的修女们曾经建造过一个地窖，就建在她们的正祭台之下，她们想把这地方当作修道院安放灵柩之所。不过，“政府……”这出于她们之口，不允许把灵柩停在地窖里。所以她们死后，还不得不离开修道院。为此她们感到很痛苦，就像被非法干涉了似的，总是提心吊胆。

她们只获得了一种慰藉，那是微不足道的，在以前的伏吉拉尔公墓里，她们修道院有一块属于自己的地，经批准，她们死后，在一个特定钟点，可以在公墓里一个指定的角上被埋葬。

每到周四和周日，那些修女们就要做大弥撒、晚祈祷和其他所有日课。此外，对于所有小节日，她们也必须严格遵守，局外人差不多没人知道那些小节日，从前，那些小节日盛行在法国教会里，而如今，只盛行于西班牙和意大利教会之中了，她们时刻要在圣坛上守着。对于她们的祈祷次数，她们每次祈祷持续的时间，要想说明，最好就是引用一句天真的话，这出自她们中的某位之口：“备修生的祈祷能把人吓坏，更吓坏人的祈祷是初学生的，更更吓坏人的祈祷当属发愿修女。”

每周她们都聚集一回，主持的是院长，有参议嬷嬷们出席。修女顺次逐个走过去，在石板上跪下，面对公众，把她本周所犯的大小过失都大声供认出来。每听完一个人的交代，参议嬷嬷们就交换一下看法，将惩处的法子大声公布出来。

除去大声供认过失，还有补赎礼，是所谓的用来弥补轻微过失的。行补赎礼的时间定在进行日课时，行礼时在院长跟前五体投地的伏着，直到院长轻轻地在她的神职祷告席上敲一下后，方能站起身来，对于院长，无论何时，她们都称之为“我们的嬷嬷”，其他称呼一概不用。哪怕是一点微不足道的小事，也得行补赎礼，例如把一只玻璃杯打碎了，把一个面罩撕裂了，做日课时不经意晚了几秒钟，在礼拜堂中把一个音唱错了等等，这些都够得上行补赎礼。行补赎礼是一种完全自发的行动，它要由罪人自己来反省和处罚，根据字源学来看，在此地用罪人这个字是再恰当不过了。每逢节日和周日，在唱诗台上的四个谱架前，就会出现四个唱诗嬷嬷，她们伴随着日课演唱圣诗。有一天，在唱一首原本是以“看啊”为开头的圣诗时，一个唱诗嬷嬷没把“看啊”唱出来，而是把“多、西、梭”这三个音大声唱了出来，因为这个过失，带给了她一个行补赎礼的机会，那场补赎礼是与日课同始同终的。她这一过失是严重的，因为在场的修女们全都笑了。

我们记得，如果把修女请进会客室，就算她是院长，她的面罩也得放下来，仅仅露出嘴。

跟外界的人谈话，这是院长的专利。其他人能够见到的只有最亲的家人，而且只有很少的相见机会。一旦有个外面的人要访问修女，当然，这个修女是他曾经在社交中结识的或者是他喜爱的，那么他就必须再三恳求。如果这个人是女的，有时候可以获得许可，那修女就会走来，隔着板窗同她交谈，那板窗一向是关着的，除非相见的是母女和姐妹。要是来访的是男人，那毫无疑问要被拒绝。

这教规是圣伯努瓦定的，不过，玛尔丹·维尔加对其进行了修改，使它变得更为严厉了。

这里的修女们不同于其他修会的姑娘们，毫不活泼，毫不红润。她们有的只是惨白的脸色，沉郁的神情。在一八二五年到一八三〇年间，就有三人疯了。

三、严　厉

当备修生最少要两年时间，通常情况下是四年，初学生要当四年。在二十三岁或二十四岁前能正式发愿，那种事是很少见的。如果寡妇要加入玛尔丹·维尔加支系的伯尔纳—本笃会，那么是会遭到修女们的坚决反对的。

在自己的斗室里，她们所忍受的折磨是各种各样的，对于那些，外人永远不会知道，而且永远也不会由她们口中说出。

每当初学生该发愿的那一天，大家就会尽量为她打扮，让她整整齐齐的，给她把白蔷薇戴上，把她的头发弄得润泽些，并卷曲起来，然后让她伏在地上，大家把一大幅黑布给她盖上，唱悼亡歌，行度亡祭礼。与此同时，全部修女分两行排列，绕过她面前的一行说“我们的姐姐死了”，那音调是悲伤的，另一行却回答“她还活着，就在耶稣基督的心中”，那声音是洪亮的。

这个修道院在本书讲述的故事发生的时代，还有一个寄读学校在里面。这所寄读学校是给大家闺秀设立的，在那些闺秀中，绝大多数都很有钱，她们中有德·圣奥莱尔小姐、德·贝利桑小姐，另外还有一个姓德·塔尔波的姑娘，是英国人，在天主教里，也是声名显赫的大族。在那四堵墙里，修女的教育渗透着这些年轻姑娘们，在对这世界的敌视中，在这世纪的仇恨中，她们成长着。有一天，她们其中之一这样向我们说：“一看见街上的石块路面，我就会头晕脚软。”她们的衣服都是蓝色的，帽子是白的，一个圣灵佩戴在胸前，它或是银质镀金的，或是铜质的。每逢某些重大的节日，尤其是圣玛尔泰节，那一整天，她们都可以身着修女的服装，还要做日课，其仪式就是圣伯努瓦规定的，对她们而言，这是一种恩赐，也是无比的幸福，一开始，修女们经常借给她们自己的黑衣。后来被院长禁止了，她认为这是对圣衣的亵渎。依然能够借用的唯有初学生。本来在修道院中，那种扮演属于一种通融办法，它有着秘密的意图，即预先让孩子们尝试一下圣衣的滋味，以便对她们产生一种吸引力，让她们也去出家，值得一提的是，对于此，寄读生居然认为是地地道道的幸福和快乐。她们仅仅是觉得好玩罢了。“这种花样很新鲜，能让她们发生转变。”我们都是俗人，她们的想法却是天真稚嫩的，因此，对她们为什么会乐此不疲，我们是无从体会的，她们会其乐无穷地捏着一根洒圣水的枝条，站在一个谱架前面，每四个人排成一排，连续不断地唱好几个小时。

除去苦修，对于修道院里的一切教规，那些女弟子也要一样去遵守。有个少妇后来还俗了，也结了婚，但好几年之后，她的习惯还是无法改变，每当有人敲她的屋门，她还是会赶快说：“永远是这样！”同修女一样，寄读生同她们的亲人见面也只能在会客室里。就算是她们的妈妈，拥抱她们也是不可以的。这方面到底严到何种地步，就让我们来看看吧。有一天，一个年轻姑娘同她的妈妈相见，她妈妈还带着一个小妹妹，才三岁。对于她的小妹妹，那个年轻姑娘非常想拥抱一下，于是，她哭了。这是不行的。她恳求无论如何允许她的小妹妹从铁栅栏缝里伸过小手去，让她亲一下，这也没有得到允许，这件事差点儿还将一场风波挑了起来。

四、快 乐

在这严厉的院子中，那些年轻姑娘们也还是留下了一些动人事迹的。

在某些时候，天真的气氛也会从那修道院里流露出来。休息的钟声一响，园门一下子开了。小鸟们说：“太好了！孩子们就要出来了！”接着，一群孩子涌了出来，散开在那片园地上，那片园地就如同殓巾似的，被一个十字架划分了开来。在那阴暗惨淡的园中，纷扬飞舞着无数的面容，都是光艳无比，还有白皙的额头、透彻含笑的美目，以及无尽的晨光晓色。结束了颂歌、钟声、铃声、报丧钟和日课，忽然小女孩的声音飘出来，比起蜂群的声音来，这音色更加悦耳动听。蜂巢开放了，一片欢腾，而且，蜜汁也伴随着每一个而来。大家在一块儿做游戏，相互召唤着，三三两两地彼此追逐嬉戏；角落里有小巧皓齿的呢哝低语，远处，那些面罩则隐藏着，偷偷地听着她们的欢笑，黑暗在窥探光明，不过这又有什么关系？大家还是乐着，笑着。那四道墙原本死气沉沉，片刻间也有了欢乐。面对嬉戏纷扰的群蜂，处于无尽的欢笑之中，或多或少，也会有一些春光映射在它们身上。那如同一阵阵的玫瑰雨，荡涤了悲伤。在那些修女面前，小女孩们恣情欢笑着，那活泼天真的性格，并不会被那挑剔的眼光所影响。多亏了这些孩子，在诸多的清规戒律中，才能有一点纯真快乐存在。小的在跳，大的在舞。游戏的快乐在那修道院里，真可以与上天相媲美。这些灵魂是那样欢乐纯洁，若说窈窕庄严，没有什么能比得上它们了。如果荷马有知，也会到这儿来和贝洛同享快乐的，这园子是凄惨的，但这里有青春与健康，有人语与叫喊，还有稚气、快乐和幸福，所有的老妈妈面对这些都能尽展欢颜，不管她们是史诗中的还是童话里的，处于宫廷中还是处于茅屋里，从赫卡伯开始，直到老大妈。

“孩子话”始终是那么风趣，能带给人欢笑，惹人深思，同任何其他地方相比，那修道院里的孩子话应该是最多的。一天，在那四道惨不忍睹的墙里，一个五岁的孩子讲出了下面这句话："妈妈！刚才有个大姐姐对我说，在这里，我再待九年十个月就行了。运气真是太好了！"

这里有一段令人难忘的对话，也发生在那里：

一个参议嬷嬷："你哭什么，我的孩子？"

孩子（六岁）痛哭着回答："我告诉阿利克斯，法国史我已经念熟了。她说我没有，我是念熟了。"

阿利克斯（大姑娘，九岁）："不对。她没念熟。"

嬷嬷："我的孩子，怎么可能呢？"

阿利克斯："她让我打开书，随便找个书里的问题问她，她说她都能答出来。"

"后来怎样？"

"她答不出来。"

"你说。你问她一个什么问题？"

"照着她所说的，我把书随便翻开，问了一个最先映入我眼帘的问题。"

"是什么问题？"

"那问题是：后来怎么样了？"

还是在那儿，有一位带着孩子在那寄读的太太，那个小女孩挺嘴馋，对她，有人进行了这样的深刻观察：

"多乖的孩子！她吃面包时只吃上面那层果酱，像个大人似的！"

下面是一张忏悔词，这是在那修道院的石板地上拾的，写它的是一个七岁的姑娘，她犯了罪，为防止忘却，她事先写下了它：

"父啊，我控告我的小气。"

"父啊，我控告我的淫乱。"

"父啊，我控告我曾经抬眼看男子。"

下面有一篇童话，编写者是一个六岁的粉红嘴，在那园里的草地上，她临时编了它，讲给四五岁的蓝眼睛听：

"很久以前，有三只小公鸡，它们有一块长着好多花的地。它们把花摘下来，放进衣袋里。后来，它们又把摘下的叶子放在小玩具中。那儿有只狼，还有好多好多树林，在树林里，狼把那些小公鸡吃掉了。"

还有一首诗是这样的：

一棍过来了。
那一棍是波里希内儿给猫的。
对猫来说，那只有痛苦，没什么好处。
于是波里希内儿被一位太太看管起来。

有一个私生女被遗弃了，为了行善，修道院把她收留下来抚养，在那里，她说了这样一句话，既天真又令人生气。听到别人在说她们的妈妈，她就在自己的角落里，小声说着：

“我嘛，出生的时候，我妈妈不在身边！”

那里有个女佣人，生得很肥胖，是个跑街的，她常常把一大串钥匙随身带着，在那些走廊里急急忙忙地来回跑，她叫阿加特嬷嬷。那些十岁以上的“大姑娘”们送她一个这样的称呼：阿加多克莱。

有一间长方形的大厅，那是食堂，透过与花园同处一个水平面的圆拱回廊，阳光照进厅里，里面是又暗又潮的，用孩子们的话说，全都是虫子。四周都有昆虫提供给它。于是，按照那些寄读生的说法，四个角落中的每一个就拥有一个专用名词，而且相当形象。分别是蜘蛛角、毛虫角、草鞋虫角和蛐蛐角。由于蛐蛐角挨着厨房，因此颇受重视。同别处相比，那里暖和一些。继而，这些用在食堂里的名称又被转用了，用在寄读学校中来区分四个区，就好像以前的马扎然学院似的。按照吃饭时在食堂所处的位置，每个学生都有一个区。有一天，大主教巡视时途经课室，他看见走进来一个美丽的小女孩，金发红唇，于是就向另一个身边的姑娘询问，那姑娘也很漂亮，褐发桃腮：

“那个小女孩叫什么名字？”

“大人，这个是蜘蛛。”

“噢！那个呢？”

“那是蛐蛐。”

“还有那个呢？”

“那是毛虫。”

“真奇怪，那么你呢？”

“大人，我是一只草鞋虫。”

但凡这类性质的团体都有着各自不同之处。本世纪初还有个叫艾古安的地方，那里也属于那种肃穆有致的地方，同样教小姑娘们成长于阴沉的环境中。所谓的童贞女和献花女都是在艾古安进行圣体游行的行列中的。还有幔亭队和香炉队，前者的任务是牵幔亭的挽带，后者则是持香炉熏圣体。毫无疑问，捧鲜花的是献花女了。走在前面的是四个“童贞女”。每逢那隆重节日的早晨，常会有如此的问话传出寝室：

“童贞女是谁？”

庚邦夫人曾经谈及一句话，这是一个七岁的小姑娘说给一个十六岁的大姑娘听的，那个大姑娘正在游行行列的前面打头，当时，走在行列最后的是那个小姑娘。“你，你是童贞女；我吗，我不是童贞女。”

五、戏谑之潮

食堂门上有一篇祈祷文，是用大黑字写的，名叫《白色主祷文》，据说它有一种法力，可以将正直的人引入天堂：

> 小小的白色主祷文，它的创立者是天主，是天主说过的，是天主曾经在天堂上贴的。晚上我睡觉时，看见床上躺着三个天使，脚边有一个，头边有两个，中间是慈爱的童贞圣母，她让我睡觉，千万别犹豫。我的父就是慈爱的天主，我的母是慈爱的圣母，至于那三个使徒和三个贞女，前者是我的兄弟，后者是我的姐妹。那件衬衣是天主降世时穿的，如今在我身上裹着，我胸前画的是圣玛格丽特十字架；圣母夫人在去田里时，想到天主，正在落泪，与圣约翰先生相遇了。圣约翰先生，您打哪儿来？我来自祷祝永生。慈爱的天主您见到了吗？肯定见到了，是吗？他在十字架上，垂着脚，手被钉着，头上戴了一顶白荆棘帽子。如果有谁早晚各念三次，那么肯定能进入天堂。

一八二七年，墙上那篇别具一格的祈祷文已经消失了，三层灰浆掩盖了它。到如今，在几个当年的年轻的姑娘，也就是今天的老太婆的记忆中，它也快要泯灭了。

那食堂仅有一扇门，似乎我们已经提及，门向园子开着，一个大的受难十字架挂在墙上，它是作为食堂装饰的补充的。桌子很窄，有两张，每张桌子两旁都各摆着一条木板凳，纵贯食堂的两端，形成两条长长的平行线。白的墙，黑的桌，这两种颜色都是用来办丧事的，可在修道院里，它们却是唯一的色调。饮食很粗糙，孩子们的营养限制得很紧。菜只有一盘，是肉和蔬菜合拼起来的，要不就是咸鱼，这就可以说是打牙祭了。这种简单的便饭是特意为寄读生准备的，不过已经属于一种例外了。有一个值周嬷嬷看管着，孩子们吃饭时毫无声息，假如有只苍蝇胆敢违反院规，在嗡嗡嗡地飞，那嬷嬷就将一本木板书随时打开，然后又啪地合上。有一个小讲台设在受难十字架下面，上面有一个独脚架，有人站在台上诵读圣人传记，以此作为调味品，调节那种沉寂。宣读的人年龄较大，也是学生，还是值周生。那光桌子上还摆着上了漆的尖底盆，隔一段距离放一个，在那里，学生们要自己洗刷她们的白铁圆盘，还有别的餐具，有时候，一些难以下咽的东西也被扔在里面，比如硬肉啦，臭鱼啦什么的，那样做是要受到处罚的。那种尖底盆她们称之为圆水钵。

如果哪个孩子吃饭时说话，就必须得画十字架，用舌头画。画在哪儿呢？地上。她要舔地。在所有的快乐之后，对于那些由于一时叽叽喳喳而犯了过失的玫瑰花瓣，尘土负责来惩罚。

那修道院里有本“单本”书，一向只印一册，并且是禁读的，那本书就是圣伯努瓦的教规，那是秘密，俗眼要想窥视是不行的。“我们的规章或者制度，是不值得对外人说的。”

一天，那本书竟然被寄读生们偷出来了，她们全神贯注地读着，又不免提心吊胆，生怕被人发现，屡次停止阅读，急急忙忙合上书。虽然她们冒了好大的危险，但得到的却是有限的快乐。有几页被她们认为是“最有意思”的，那是关于男孩子犯罪的部分，她们看不太明白。

她们经常玩耍的地方就是园中的小路，那旁边栽着几棵果树，长得不很好。虽然有严密的监视，虽然有严厉的惩罚，但每当树枝被大风摇撼之后，有时也会有一个没熟的苹果、烂了的杏或者一个生虫的梨让她们捡到，这当然是在偷偷摸摸中进行的。现在，我还是拿手边的一封信来说吧，写信者是二十五年前的一个寄读生，现在，她已成了公爵夫人，在巴黎，是最高雅的妇人中的一个。对于原文，我照抄如下：“我们想方设法藏起我们的梨或苹果。趁晚饭前上楼放面罩的空当，我们把那些东西藏在枕头下面，到晚上睡觉时，在床上吃，如果不行，就去厕所吃。”那种事儿对她们来说，是最带劲、最销魂的。

有一次，那大主教先生又去修道院视察，有个与蒙莫朗西或多或少有点联系的布沙尔小姐打了一个赌，说要请假一天，在那样严肃的场合里，这种事简直太荒唐了。同她打赌的人有好多，不过谁都不相信它的可能性。时候一到，大主教走过那些寄读生面前，正当同学们万分惊恐时，布沙尔小姐出列说：“大人，请准假一天。”布沙尔小姐光彩照人，身材苗条秀美，那小脸蛋红润漂亮，举世无双。德·桂朗先生笑容可掬，说：“哪儿的话，我亲爱的孩子，一天假！三天，行不行？我给你三天假。”因为大主教话已出口，院长无计可施。在所有修女看来，这都不成体统，但是所有的寄读生却无不欢欣鼓舞。那种后果就请想吧。

然而那修道院的封锁却未见得有多严密，虽然它横眉怒目的，外界的情魔孽障也并非丝毫不入。为使这一点得到证明，在这里，我们简单地叙述并指出一件真事，那件事无可辩驳，而且，同我们所讲的故事毫无关联。之所以提那件事，我们只是为了让读者在思想上全面认识那个修道院。

在那个修道院里，当时有个神秘人物，她没有出家，但大家却很敬重她，称之为阿尔贝尔丁夫人。对于她，大家知道的只是她精神失常，她的身世无人知晓，世人都当她是死人。在她的个人经历中，据说有一个财产纠纷问题，其起因就是与名门联姻。

那是一个年近三十岁的妇人，发肤是深色的，很美，眼睛秀长，眼珠黑黑的，不过看人失神。她看得见吗？谁都不敢确定。她的走路好像在飘，而不是在走，她从不吭声，到底她呼吸与否人家也不能肯定。她那削而青的鼻孔，活像气绝后的人的样子。触到她的手如同触到雪一般。她有一种神韵，很奇特，像幽灵一样。她所到之处，无不荡着一股冷气。有一天，一个见到她经过的修女同另一个修女说：“人家都当她是死人。”“也许她真的是死人呢。”另一个说。

关于阿尔贝尔丁夫人，有着历数不尽的传说。她是个怪人，对于她，寄读生们是百谈不厌的。在那礼拜堂中，有个名叫“牛眼台”的台子。台上只有一个名叫“牛眼窗”的圆窗，阿尔贝尔丁夫人参加日课就是在这里。她常常独自在上面呆着，因为那是一个处于楼上的台，由上面望去，宣道神甫或主祭神甫都能进入眼中，那对修女们来说，是不可以的。有一天，一个年轻的高级神甫来到讲坛上，他是罗安公爵先生，法兰西世卿，一八一五年，他曾在红火枪队当军官，当时的他，还是莱翁亲王，一八三〇年后，他在红衣主教兼贝桑松大主教任上死去。到小比克布斯修道院去讲道，那对德·罗安先生来说还是头一次。往日里，阿尔贝尔丁夫人参加听道和日课一向沉静，她是从来不动的。那天，一看见德·罗安先生，她就半立了起来，在礼拜堂的那种寂静中叫了起来："哟！奥古斯特！"一切在场的人都吃惊匪浅，扭头去看，宣道神甫也把头抬起来看了一眼，但是，那种沉静不动的状态又来到了阿尔贝尔丁夫人身上。一时间，在那冰冷至极点的脸上，曾有外界的一阵微风拂过，曾有人生的一线微光闪过，但随即，一切又都烟消云散，疯人重新变成了尸体。

不过，那几个字在修道院中，已经把所有可谈的话引发出来了。"哟！奥古斯特！"有多少东西隐匿其中！有多少消息泄露了出来！奥古斯特是德·罗安先生的小名，确实如此，这说明了阿尔贝尔丁夫人的出身，她是来自于上层社会的，其原因就在于她与德·罗安先生相识，也说明了在那社会里她自己的地位，它应该也很高，因为当她称呼一个那样崇高的贵人时，所用的口吻竟是如此亲昵，还说明了他们之间是有关系的，大概是亲戚，不过肯定是非常密切的，原因就是他的"小名"为她所知。

舒瓦瑟尔夫人和塞朗夫人是两个相当厉害的公爵夫人，她们经常去那修道院访问，能进入里面，她们肯定有着特殊的地位，肯定是贵妇人，这给那些寄读生带来了极度恐惧。每当那两位老夫人经过，那些可怜的年轻姑娘就低着眼睛，瑟瑟颤抖。

再说，那些寄读生留意的对象也是德·罗安先生，他本人一无所知。当时，他刚刚被任命为巴黎大主教的大助理主教，而且，他有希望被提升为主教。他常常来小比克布斯修女们的礼拜堂，在那儿参加日课，唱圣诗。由于那条哔叽帷幕的遮掩，他不会被那一些年轻的女隐修士看见，不过她们辨别得出他的嗓音，那声音柔和而又稍嫌单薄。他曾是个火枪手，而且大家对他的评价都是：爱修饰，他有一头美丽的栗色头发，头发梳成转筒式，在脑袋上整整齐齐地绕着，一条黑宽带扎在腰上，非常华美，他的黑道袍裁剪得非常漂亮，大概世上少有。那些正值二八年华的少女们为了他，颇感心烦意乱。

那修道院里，是从不会有外界声音进去的。可有一年，却飘进了一个人的笛声。那件事是件大事了，当年的寄读生们都没有忘。

在那附近，有人在吹笛子。吹的调子很老，始终是那一个，到今天为止，那调子已是颇为遥远了：《我的泽蒂贝姑娘，做我灵魂的主宰吧》。每到白天，他总会吹上两三次。

那些年轻姑娘们听着，能接连听几个小时，嬷嬷着急了，动开了脑筋，雨点般的处罚从各个人的头上洒下来。好几个月来，这情形一直连续着。对那个没有现身的乐师，寄读生们或多或少都存有些倾慕。成为泽蒂贝是每个人的梦想。笛声来自直壁街那面，她们愿意把所有东西都抛开，冒所有危险，想方设法地去看看，就算是一秒钟，一下都行，去瞧一瞧那个"青年"，那个能吹出那样美妙的笛音的“青年”，那个同时一定在吹奏中投入了整个灵魂的“青年”。从仆人出入的门中，有几个人悄悄出去了，爬到三楼上，那一面正对着直壁街，她们想通过那些钉死了的窗口向外看看，但失败了。有一个甚至在铁条外面伸出胳膊，伸得高高的，举着她的白手帕。此外还有两个胆子更大的，她们想了个办法，一直爬到了屋顶上，总算是见了那个“青年”一面。那是一个贵族，年纪大了，在流亡，瞎而穷，他待在自己那间顶楼上，用吹笛子来解闷。

六、小　院

在小比克布斯的花园内，有三个院落，它们相互之间可以全部划分开，它们是：大院，寄读学校和所谓的小院，大院是给修女们住的，寄读学校中住的是小学生。那个小院有园子和房屋，那里住的是一些老修女，她们来自一些被革命毁掉的修道院，原本属于不同的修会，形形色色，那里是杂配，有黑色，有灰色，还有白色，那里又是汇合，修会团体各种各样，品种五花八门，应有尽有，要是词语能够如此联结，我们尽可以叫它什锦院。

早在帝国时期，所有那些无家可归的可怜姑娘们就已经得到了许可，她们可以来这里，在伯尔纳—本笃会修女们的翅膀下栖息起来。对于她们，政府还发给少量的津贴，小比克布斯的修女们对她们非常热情。那是一种杂拌儿，五光十色的。各守各的教规。有时候，会允许寄读的小学生们对她们进行访问，对小学生们来说，这如同一大快事一样，所以，圣巴西尔嬷嬷、圣斯柯拉斯狄克嬷嬷、圣雅各嬷嬷及其他一些嬷嬷的形象，就印在了那些年轻姑娘的记忆里。

在那些避难的修女中有一个人，她觉得自己几乎是回到老家了。那个修女是圣奥尔会的，在那修会里，她是活下来的唯一一个。自十八世纪初，小比克布斯的这所房屋就恰巧作了圣奥尔修女们的修道院旧址，后来，玛尔丹·维尔加支系的本笃会修女们才把它接管过来。那个圣女太穷了，她那修会规定的服装是白袍和朱红披肩，很是华美，她穿不起，于是就带着一片诚心做了一套，给一个小小的人体模型穿上，欢天喜地地拿给大家看，临死前，她把它捐给了修道院。在一八二四年，那个修会留下的修女仅有一个，如今，留下的仅是个玩偶。

除去这些真正佩称嬷嬷的，还有几个老妇人，她们是尘世中的，同于阿尔贝尔丁夫人，院长同意她们在小院里隐居。波弗多布夫人和迪费雷纳侯爵夫人就是那批人中的。另外还有一个哗啦啦啦夫人，这一称呼是小学生们送的，她因擤鼻涕声嘹亮而在小院闻名。

快到一八二〇或一八二一年时，出了一个让利斯夫人，当时她在编辑一本期刊，刊名是《勇士》，她想当个独修修女，也要到小比克布斯修道院来。奥尔良公爵作了她的介绍人。顿时，那修道院乱成了一窝蜂，参议嬷嬷们慌了，哆嗦着，其原因是让利斯夫人写过小说。不过她宣布，她对小说的痛恨比什么人都强烈，而且已经达到了猛烈而又精进的地步。多亏上帝和那亲王的保佑，她进院了。过了六个月或者是八个月，她又出去了，以园里没树荫作为理由，结果，修女们欣喜异常。虽然她已经上了年纪，可是对于竖琴，她却一直在弹着，而且弹得非常好。

临走时，在她的静室里，她留了个痕迹。让利斯夫人不仅有些迷信，而且还是个拉丁语学者。有了这两个特点，她的形象就颇为鲜明了。在她的静室里，有一个平日她用来藏金银财宝的小柜，几年前，在那柜子里，大家都会看见一张黄纸，上面用红墨水写着五句拉丁诗，是她亲笔所书，在她眼中，那些诗句是有魔力的，可以用来防盗，诗是这样的：

木架上，挂着三具尸体，善恶悬殊，狄斯马斯和哲斯马斯，中央是真主，

升入天国的是狄斯马斯，下地狱的是哲斯马斯，

尊神，祈求您保护我们及我们的财产，读完这首诗，盗贼就不会窃取你的财宝了。

那几句诗是用六世纪的拉丁文写成的，这样一个问题被从诗中引出来了，即对髑髅地那两个强盗的名字，我们想知道，到底是不是如同我们普通的观点，或叫狄马斯和哲斯塔斯，或叫狄斯马斯和哲斯马斯。前一世纪有个哲斯塔斯子爵，他自称是那坏强盗之后，如果看见这样写，他大概会不痛快吧。除此以外，对于那几句诗所具有的那种有益的魔力，仁爱会的修女们是深信不疑的。

就方位而言，那修道院的礼拜堂的确成了一个间隔，把大院和寄读学校隔开了，不过它依然是寄读学校、大院和小院的共用品。街道旁还有一道特设的大门，就算公众都能由此门进去。不过，修道院的女人们在那样的整体布置下，是连一张外界的面孔都见不到的。你可以想象有这样一个礼拜堂，它的唱诗台所在的一段被一只巨手捏住了，而且它被捏得走了形，并非如一般的礼拜堂那样，有一段突出在祭台后面，而是捏出了一间大厅或者说是个黑洞，就出现在主祭神甫的右边；你继续想象，如前所述，一道高达七尺的哔叽帷幕把那间大厅拦住了，一行行活动坐板椅恰被安放在帷幕后的黑影中，唱诗的修女们被你堆在左边，寄读生们被堆在右边，底里堆的是勤务嬷嬷和初学生们，对于小比克布斯的修女们在参加圣祭时的情景，你就会形成一个概念了。大家把那个黑洞叫作唱诗台，它用一条走廊与修道院连通起来。礼拜堂里的阳光是从园中射进来的。在修女们进行日课时，依据规定是寂静无声的，倘若不是听到她们椅子上的活动坐板起落时的碰撞声，外人是不可能知道堂里还有她们的存在的。

七、几个来自暗处的影子

在一八一九到一八二五的六年里，德·勃勒麦尔小姐担任小比克布斯修道院的院长，在宗教界中，她被称为纯贞嬷嬷。《圣伯努瓦会诸圣传》的作者玛格丽特·德·勃勒麦尔同她是一家的。她当选过两次。她六十多岁了，是一个又矮又胖的妇人，在前面提及的那封信里，我们说她“唱诗如同破罐”，除去这点，人是很好的，在那修道院里，堪称性情愉快的人仅她一个，所以大家都热爱她。

她的先人玛格丽特是修会中的泰斗，她继承了其遗风。她能文识典，博学多才，对于奇闻逸事非常熟悉，一脑子拉丁文，一腔希腊文，一肚子希伯来文，虽为女流但不失丈夫气概。

副院长西内莱斯嬷嬷是个老修女，西班牙籍的，眼睛都快瞎了。

在那些“参议”中，圣奥诺雷嬷嬷是最受重视的，她是司库；初学生们的第一导师由圣热尔特律德嬷嬷担任；第二导师的任者是圣安琪嬷嬷；司衣是领报嬷嬷；圣奥古斯丁嬷嬷任护士之职，在全院中，她是仅有的一个恶人；还有圣梅克蒂尔德嬷嬷（戈梵小姐），她非常年轻，音色甜美；安琪嬷嬷（德鲁埃小姐），在圣女修道院她待过，在吉索尔与马尼间的宝藏修道院她也待过；圣约瑟嬷嬷（柯戈鲁多小姐）；圣阿德拉依德嬷嬷（奥威尔涅小姐）；慈悲嬷嬷（西弗安特小姐，她对于刻苦的生活无法忍受）；温情嬷嬷（米尔齐埃小姐，六十岁入院，是破例特许，非常有钱）；神德嬷嬷（罗第尼埃小姐）；入庙嬷嬷（西甘查小姐），一八四七年她任院长；最后是圣赛利尼嬷嬷（雕塑家赛拉奇的姐妹），她后来疯了；圣尚达尔嬷嬷（苏松小姐），也疯了。

在那些最美丽的姑娘中，还有一个美女，她芳龄二十三，生于波旁岛，是罗兹骑士的后裔，在社会上，她被称为罗兹小姐，在那里，她叫升天嬷嬷。

唱歌和唱诗是由圣梅克蒂尔德嬷嬷负责指导的，寄读生是她愿意选用的。她们常常被她组成一个完整的音阶，即七个人，年龄从十岁到十六岁，每个年龄要有一个，要有相称的声音和身材，她让她们站着唱，依年龄从最小到最大，看上去如同一座锦屏，又如同排箫，组成它的是天使。

那些勤务嬷嬷中，圣欧福拉吉嬷嬷和圣玛格丽特嬷嬷最受寄读生们的欢迎，圣玛尔泰嬷嬷是个老糊涂，长鼻子圣米歇尔嬷嬷让人一见就想发笑，她们也深受喜爱。

所有那些妇女都是亲热地对待每一个孩子。修女们的严厉是仅对自己而言的。生火的地方只有寄读学校，同修道院的伙食相比，她们的伙食应算是讲究了。别的照顾也细致入微。但是，如果孩子经过修女身旁，同她们讲话，修女却从不回答。

由于那种保持肃静院规，如此的后果产生了，即全院中，在人的身上已不存在语言，它被交给了一种没有生命的东西。说话的时候是礼拜堂上的钟，有时候是园丁的铃。在负责传达的嬷嬷身旁，有一口铜钟，声音特别嘹亮，以致全院都听得到，各种不同的敲法如同有声电话，通过它，把物质生活中应该进行的一切活动表达出来，而且，如果有必要，修道院里的这人或那人还会由它召进会客室。每个人有一定的敲法，每件物品也有一定的敲法。一下接一下是院长，一下接两下是副院长。上课的表示方法是六下接五下，结果小学生们不再说去上课，而是用去六五代替。让利斯夫人的呼号是四下接四下。对于这呼号，大家听到的次数特别多。一些没有宽厚的姑娘们常常说：“四头鬼又来了。”报告一件大事用十下接九下表示。是指开放“围墙大门”，那道铁板门闩杠重重，能让坏人都害怕，唯有迎送大主教时，它才会开放。

我们说过，除他和园丁以外，修道院是不允许任何男人进去的。寄读生们见过的男人还有两个，一个是巴内斯神甫，他是教义导师，又老又丑，从唱诗台上，她们可以隔着铁栅栏看见，还有一个是昂西奥先生，他是图画教师，在前面有一封我们见了几行的信，信中提到的“安西奥先生”和“驼背老妖怪”就是指他。

不难看出，每个男人都是挑选过的。

这些面貌，就是那个怪修道院的。

八、人心之后——石头

那修道院的精神面貌已经被初步描述过了，对于它的物质外形，再用几句话来描绘一下，大概也是有益的。在这方面，读者早就有个概念了。

那个辽阔的不等边四边形差不多都被小比克布斯圣安东尼修道院给占用了，这四边形是由这样几部分交叉组成的：波隆梭街、直壁街、比克布斯小街，还有奥玛莱街，奥玛莱街是老地图上的叫法，它已经被堵死了，成了一条死巷。那四条街俨然是一条壕沟，把那个不等边四边形圈住。构成那修道院的是好几座房屋，还有一个园子。那栋主屋，整体而言是凑合起来的，其组成部分是几座风格各异的建筑物，那一连串的建筑物从空中往下看，就好似一把摆在地上的曲尺。占有整条直壁街的街边的是曲尺的长臂，它由比克布斯小街开始，直延伸到波隆梭街；面对比克布斯小街的是短臂，那一面都是又高又灰暗，而且形象严肃的房屋，在正面的门窗上，都安着铁栅栏，作为那一带房屋的终止的标志，就是六十

二号的大车门。一道矮圆拱门处在那一带房屋中央，它是老式的，门上到处是白灰土，蜘蛛网爬满了门洞，只有在周日，那道门才开放一两个小时，它偶然也会开一次，那是在有修女的灵柩要抬出修道院的时候。那个地方就是公众进礼拜堂之处。在曲尺转角处，有间方厅，是用来做储藏室的，可在修女们那里，它却被叫作“账房”。各级嬷嬷和初学生的静室分布在长臂一带。厨房、带走廊的食堂和礼拜堂分布在短臂一带。寄读学校就处于六十二号大门和封闭了的奥玛莱巷巷口间，从外面看，那学校根本不为人所见。园子占据了不等边四边形的余下部分，同波隆梭街的街面相比，园子低了好多，所以在园里一面的围墙要高于外面的。在园子中，地面稍微有些隆起，中间部分略高些，上面立着一棵枞树，是圆锥形的，很好看，就像圆盾中心的突刺，从中心出发，有四条宽道，向四方伸展着，每条宽道各分出两条小路，伸向左右两边，彼此连通，所以，如果那片园地

是圆，那些道路所构成的几何图形就可以比作一个加在轮子上的十字架。一切道路全都通向围墙，因为园子的围墙是不规则的，所以就没有了统一的道路长短。醋栗树种在道路两边。老院的遗迹还能从直壁街的角上看出来，在两行高大的白桦下面是一条小路，它从那里伸出来，直到奥玛莱巷拐弯处的小院。那所谓的小园就在小院前。在如此一个整体中，我们再添一个天井，配上如此一些东西：各种不同的弯角，它们都是内部各院房屋形成的，监狱的围墙，一长列黑房顶，它们位于波隆梭街那一边，距离不远就看得见，这样，对于四十五年前，存在于小比克布斯的伯尔纳女修道院的全貌，我们就能想见得到了。在十四世纪到十六世纪之间，那里是一个名为“一万一千个魔鬼的乐园”的球场，颇为著名，后来，这恰恰成了基地，在这儿建起了那座圣洁的修道院。

对巴黎而言，那里的全部街道都是古老的。直壁，奥玛莱，这些名称已经算得上古老了，那些街道用这些名称来命名，也就更加古老了。摩古巷是奥玛莱巷的原名，野蔷薇街是直壁街的原名，这是因为，远在人类凿石之前，上帝就让百花开放了。

九、头兜下的百年

既然小比克布斯修道院往日的一些琐事已被我们提及，对于那禁宫的一扇窗子，我们也勇敢地把它打开了，那么如果我们另生一些枝节，再叙述一件事实上与本书不相干的故事，料想读者也会同意的，这故事在某些地方不但特别，而且，对于我们了解那修道院的一些怪异现象，也是颇有帮助的。

在那小院中有个百岁老人，她来自封特弗罗修道院。在革命前，她还处于红尘中。她常常提及两个人，一个是米罗迈尼尔先生，他任路易十六的掌玺官，一个是狄勃拉首席法官夫人，此人是她了解很深的。出于爱好和虚荣，不管谈及何事，她总会牵扯到那两个名字。对于封特弗罗修道院，她往往说得天花乱坠，她说那活脱是个城市，好多大街就在修道院里。

她的谈话风度颇像庇卡底人，寄读生们听了，总是格外开心。每年，她都要发一次誓，很隆重，发誓愿时，对那神甫，她总会说：“这个愿是圣方济各大人向圣于连大人发过的，是圣于连大人向圣欧塞勃大人发过的，也是圣欧塞勃大人向圣普罗柯柏大人发过的。”诸如此类，“所以，我的神父，我也对您发这个愿。”寄读生们听完，就会咯咯地笑起来，这笑不是在兜帽下的，而是在面纱下的，这是抑制着的娇笑，何等可爱啊，面对这个，那些参议嬷嬷的眉头全会皱起来。

还有一次，那百岁老人在讲故事，说“在她年轻时，在火枪手面前，伯尔纳修士是不会让步的。”那谈话是发自一个世纪的，不过这是十八世纪。关于香槟和勃艮第人献四道酒的风俗，也是她的话题。革命前，要是有个大人物，法兰西大元帅、亲王、公爵和世卿，从勃艮第或者是香槟的一个城市走过，那城中的文官武将就会来致欢迎词给他，而且还会把盛在四个银爵杯中的四种不同的酒敬献给他。“猴酒”二字刻在第一个爵杯上，“狮酒”刻在第二个上，“羊酒”刻在第三个上，“猪酒”刻在第四个上。人饮酒醉后的四个阶段就由那四种铭文标志出来：活跃阶段是第一阶段，愤怒是第二阶段，第三阶段是迟钝，糊涂是最后一段。

有一件东西她特别喜欢，总是在一个柜子中锁着，很秘密，也不告诉别人。在封特弗罗修道院中，她的做法并没有受到院规的禁止。那件东西她是谁也不给看的。她独自一人待在屋里，她的院规允许这种做法，悄悄地赏玩那件东西。要是她听见有人在走廊经过，就赶忙用那双干枯的手把柜门锁上。每当别人同她谈及此事，她又马上沉默，虽然在平时，她是最喜欢交谈的。面对她的沉默，最好奇的人也不知所措，面对她的固执，最顽强的人也没有办法。在修道院里，这就成了一个题材，供所有那些闲得无聊的人去苦心孤诣地研究。到底是什么宝贝值得那百岁老人那样珍爱、那样藏匿呢？毫无疑问，这是本天书了？这是某种考证后的遗物？费尽心机去猜，还是难以打破那个闷葫芦。那个可怜的老人死后，大家奔向柜子，把柜门打开，按道理，大概不该跑那么快的。那东西被找到了，它被三层布包裹着，如同是在保护一个祝福过的祭品盘。那是个盘子，是法恩扎窑的，上面画着几个孩子，他们是当药剂师的，在他们手中握的是注射器，大得出奇，一群爱神在飞，孩子们正在追逐它们。追逐的神情各不相同，姿态也是各异的，不过却都能逗人一笑。那些爱神小巧玲珑，非常可爱，注射器已经扎通了其中一个。它不断地挣扎着，扇动着翅膀企图飞走，可是那个滑稽的小丑却望着它，露出了邪恶的笑。暗含着爱情屈服在痛苦之下的意思。那个盘子的的确确是个罕见的东西，莫里哀的文思大概也曾经受到过它的启发，它真是很荣幸了，在一八四五年，它还存在着，在博马舍林荫大道的一家古董店里存放着，正待出售。

在那个慈祥的老妇人生前，外来的亲友她是一概不接待的，“因为，”她说，“那间会客室有些过于阴暗惨淡了。”

十、永敬会的源头

此外，刚才我们所指的那间会客室，虽然与坟墓一般无二，不过也只是个别情况，在其他修道院里，未曾有那样严厉。特别是在大庙街，说实在的，在那个从属于另一系统的修道院里，栗黄色的帷幕取代了那种暗无天日的板窗，会客室也是间小厅，里面装着镶花地板，窗帘是白纱的，显得很雅致，挂在窗子上，各种不同的玻璃框悬挂在墙上，墙上挂的还有一幅画像，画的是本笃会修女，脸露了出来，几幅油画花卉，甚至还有一个头，是土耳其人的。

在大庙街那个修道院的园子里栽着一棵树，那是一棵印度栗树，它号称是法兰西全国中最大最美的，在十八世纪，善良的人民还把它誉为“王国全部栗树之父。”

我们已经说了，这座位于大庙街上的修道院是永敬会—本笃会修女的修道院，那里的本笃会修女与从属于西多的本笃会修女全然是两个概念。永敬会并没有多长的历史，最多是两百年。一六四九年，在巴黎的圣苏尔比斯和格雷沃的圣约翰两个礼拜堂中，曾经两次发生圣体遭亵渎的事件，前后两次只有几天的间隔，那种渎神罪并不多见，事情发生后，令全城的人都恐惧。圣日耳曼·德·勃雷的大助理主教兼院长先生向他的全体圣职人员进行传谕，组织了一次迎神游行仪式，相当隆重，主持那次仪式的还有罗马教皇的使臣。不过在古尔丹夫人（即布克侯爵夫人）和沙多维安伯爵夫人这两个贵妇人看来，那样的赎罪还是不够的。冒犯了“神坛上崇高无比的圣体”，那罪行的发生虽然是偶然现象，但在那两位圣女眼中，都觉得那样草率了事是不应该的，她们觉得，要想进行补赎，唯有在某个女修道院中举行“永恒的敬礼”。在一六五二年和一六五三年，为了这个虔诚的心愿，她们二人分别捐献了大笔的钱，钱给了一个本笃会修女，她叫卡特琳·德·巴尔嬷嬷，又名圣体嬷嬷，她们让她为圣伯努瓦系建立一所修道院。卡特琳·德·巴尔嬷嬷建院之事首先得到了圣日耳曼修道院院长梅茨先生的允许，“约定申请入院的女子每年必须缴纳三百利弗的住院费，即本金六千利弗，要不然就不能入院。”国王在圣日耳曼修道院院长之后，也把许可状颁发了下来，一六四五年，财务部门和法院又通过批准了修道院的许可证和国王的许可状。

这样，对于在巴黎建立圣体永敬会一事，本笃会修女们就找到了源头和法律依据。用布克夫人和沙多维安夫人的钱，她们在卡塞特街将第一个修道院“修建一新”。

所以我们明白，把那个修会同西多的本笃会修女混同一体是绝不可以的。它是由圣日耳曼·德·勃雷的修道院院长管理的，就像耶稣会会长掌管圣心会的嬷嬷，辣匝禄会的会长管理仁慈会的嬷嬷那样。

同小比克布斯的伯尔纳修女比较，它也全然是另外一回事，前面，我们已经介绍过小比克布斯的内部情况了。一六五七年，罗马教皇亚历山大七世曾有专牒，允许小比克布斯的伯尔纳修女修习永敬仪轨，就像圣体会的本笃系修女那样。不过，这也并没有使那两个修会同属一系。

十一、小比克布斯之终

到了王朝复辟时期，小比克布斯修道院就开始日渐衰落了，那只是个局部现象，十八世纪之后，伴随着所有其他宗教团体的败落，那一支系便也进入了衰亡期。同祈祷相同，对于人类来说，静观也是一种需要，不过，与所有一切接触过革命的事物相同，它本身是会变的，而且那种进步会从与社会敌对的一面转变为对社会有利的一面。

在小比克布斯院里，人数急剧下降。等到一八四〇年，小院和寄读学校都已经销声匿迹了。在那里，老妇不见了，小姑娘也不见了，前者死去了，后者走掉了。天各一方。

永敬会的规章是极其严厉的，简直是让人望而生畏，有愿望者缩手缩脚，不敢前进，会中人无法找到新生代。在一八四五年的时候，还或多或少能找到几个负责杂务的修女，要想找唱诗的修女，是肯定做不到的。在四十年前，将近有一百名修女，到十五年前，仅余二十八人了。现在还有几个呢？一八四七年，一个年轻人担任了院长，还意味着挑选的范围也变窄了。当时，她尚不满四十岁。随着人数的减少，负担也日趋沉重了，各人的任务也愈发艰巨了，大家当时就已经有了一种预感：不久之后，承担圣伯努瓦那套沉重教规的人，大概就只会剩下十来个了，她们的肩头被压弯了，忍着伤痛。不管人多人少，那副重担始终是不会改变的。它压着，是那样凶狠，就这样，她们死去了。有两个人死在了本书作者尚在巴黎居住之时。有二十五岁的一个，还有二十三岁的一个。对于后者，可如朱利亚·阿尔比尼拉所述："我在这里埋着，终年二十三岁。"正因为那种萧条，对小姑娘们，修道院才停止了教养。

那所黑院子是不平凡的，却又不为人所知，每当我们经过它门前，不由自主地要拐进去看一看，带着我们的伙伴，也带着听我们讲述冉阿让伤心历程者的思想，对某些人而言，这或许会有好处。对于那个团体，我们已经有过一瞥了，它有着许多的古老习惯，现在看来，那些古老习惯堪称新鲜奇特了。那个园子已经被封闭了，它是座禁宫，我们颇为详尽地讲述了那个奇特场所，不过，讲述的心情却依然是恭敬的，至少讲述的范围是能让详尽和恭敬彼此和谐的。我们并非全知全能，不过对于任何东西，我们都不会污蔑。约瑟夫·德·梅斯特尔高声疾呼，对于刽子手，他甚至也去赞颂，伏尔泰则笑骂无常，对耶稣的受难像，他甚至也会讥嘲。我们所处的位置是在他们俩人之间，而且是等距的。

顺便说一下，伏尔泰在逻辑方面缺乏，原因就是，他很可能会有等同于替卡拉斯辩护的态度去替耶稣辩护，更何况，那些人根本就不认可神的化身，对于他们来说，耶稣受难像又有什么意义呢？只不过是一个被害的哲人罢了。

十九世纪时，宗教思想陷入了危机。某些东西被人们遗忘了，那很好，只要在那些东西被遗忘的同时，能有另一些东西被掌握，那就好了。空虚感是不可以存在于人心中的。进行某些破坏行动是好的，不过，破坏完了，还应该去建设。

在这段时期里，对于那些已经不复存在的东西，让我们进行研究，对于它们的认识是有必要的，就算单纯是为了躲避它们。对于复古行动，人们常常喜欢贯之以一个伪称——维新。复古好比一个还魂鬼，制造假护照成了它的惯用伎俩。对于陷阱，我们应该防备，要把警惕性提高。迷信是复古的真面目，虚伪则是它的假面具。让我们把它的真面目揭穿，把它的假面具撕烂。

说到修道院，那个问题是错综复杂的。这属于文化问题，它遭到了文化的排斥；这属于自由问题，它又受到了自由的偏袒。

第七卷 题外之谈

一、抽象地谈谈修道院

下面您看到的是个剧本，里头的主要的角色是终极。

人在这儿退居次要地位。

既然如此，如果我们在路上看到一个修道院，就该进去瞧瞧。原因是什么？因为修道院恰恰是检测人类向无极蔓延的尺度，无论是西方还是东方，无论是现代还是古代，无论是基督教还是异教、佛教、伊斯兰教都有修道院。

在修道院里，思想不可过分飞扬，不过，当把我们的容忍甚至愤慨做一个绝对的保留，或者这样说，当我们看到一个人在内心憧憬着终极，不管他对之能有何种程度的理解，我们总会油然生出一种敬意。所有的圣殿、清真寺、庙宇、神舍有被我们唾弃的丑陋一面，同时也有我们崇敬的卓绝的一面。存在于人类内心的冥思静想可以通往无限，那是上帝的光辉在人类墙壁上的反射。

二、以史实谈谈修道院

要是从历史、理性和真理的角度看，我们应该谴责僧侣制度。

一个国家的修道院，如果被过度地发展，就会变成行动的绊脚石，烦琐而无用的机构，本应成为劳动聚集处的它却成了懒散的集散地。那么相对于广阔的人类社会，修道团体就像寄生在槲树上的虫，长在人体内的瘤。它们越是繁荣，越是肥得流油，地方上越是贫困萧条，在人类文化的早期，僧侣制度用圣法荡涤人们的粗暴，添补人类的空虚，这是不无裨益的，而当人们的精神已经富足时，它却变得有害了。并且，无数的事例表明，它在走向衰败、走向腐化，这就使得它纯洁时期的所有有益因素，都转化成有害的了。

僧侣制度的历史使命已经完成。对于现代文化的最初形成，修道院起了一定作用，但对于它的成长，修道院则成了障碍，甚至会造成毒害。修道院组织和教育人的方式，在十世纪时很好，在十五世纪时开始出现问题，到了十九世纪就面目可憎了。多少个世纪一直在欧洲流光溢彩的意大利和西班牙，一旦被麻风病一样的僧侣制度侵入国家肌体的骨髓，便开始一病不起，直到我们生活的时代，这两个卓越的民族才在一七八九年那次得力的治疗中有所康复。

修道院，特别是古时候的女修道院，是最悲惨的中世纪的一种体现，那些东西在本世纪初的意大利、奥地利、西班牙还有存在。在这种修道院里，集中了各种恐怖。地道的天主教修道院完全被死亡的黑光所笼罩。

西班牙的修道院最残酷，那地方，一座座祭台耸立在昏暗之中，教堂那么大宝塔那么高，圆拱被烟雾环绕，窟窿处黑暗一片；那地方，无数白色的高高大大的耶稣受难像被一条条铁链吊在黑暗中；那地方，象牙雕的裸体的魁伟的基督像，在乌木架上陈列着；那些像，鲜血淋淋，而且血肉模糊，难以入目，却又富丽堂皇，肘端和髌骨处，白骨嶙嶙，皮开肉绽，用金钉钉在十字架上，一顶白银荆棘冠戴在头上，额上有一串串血珠，用红宝石雕成的，眼里有泪珠，用金刚钻制成的。金刚钻和红宝石都很润泽，在雕像下面，还伏着一些妇女像，毡毛内衣和铁针做的鞭子把她们的腰肢扎得伤痕累累，双乳被柳条网紧紧束住，膝头因长时间祈祷而磨得鲜血直流，她们在黑暗中哭泣，那是些自认为是神妻的凡妇，自认为是天女的幽灵。那些妇女有所想吗？没有。有所求吗？没有。有所爱吗？没有。她们活着吗？没有。她们的神经已凝固，她们的骨头已硬化。夜神给她们织就了面纱。她们在面纱下的呼吸说不出的悲惨。恶鬼一样的女修道院院长威吓她们，要把她们圣化。而她们的圣主却高高在上，冷冰冰的。西班牙古修道院就是这副模样。残酷的苦行窟，处女们的火坑，这是个丝毫没有道理可讲的地方。

和罗马相比，信奉天主教的西班牙实是有过之而无不及。在天主教修道院中，西班牙修道院是很典型的。它有东方情调。大主教，这个天国的太监总管，他建立重重封锁，为上帝严密看管后宫。修女就是宫女，神甫就是太监。闺怨深重的信女常在梦中被招受宠。夜里，赤裸裸的美少年走下十字架，静室里于是心醉神摇。把十字架上的人当作苏丹的苏丹妃子，被重重高墙所幽禁，尝不到任何的人生乐趣。就连朝墙外看上一眼也算不守清规。皮革绣囊由“地下室”代取。在东方可能会被扔到海里，在西方则被丢进坑里。东西方的女子，要么面对波涛，要么面对黄土，不是水淹就是土埋，惨绝人寰，任她们怎样无告地踏地呼天也于事无补。

今日，尚古之人，在怎么也抹不掉这些事实的时候，便决定一笑置之，一种独特而便利的方法因此盛行，于是历史昭示被抹杀，哲学批判被扭曲，人世间的恼人之事和暧昧问题都一并被掩饰。头脑机变的人说：“花言巧语正好可以从中酝酿。”笨伯接着说：“这本身就是花言巧语。”于是卢梭说的也成了花言巧语，伏尔泰谈到卡拉斯、拉巴尔、和西尔旺时，也讲的是花言巧语。搞不清是谁，最近还出了个说法，说塔西佗是花言巧语之人，尼禄则受了中伤，而且不容置疑的，我们必须对“那位可怜的奥勒非”示以同情。

事实没那么容易被推倒打败，它屹立不动。本人曾亲自去过距离布鲁塞尔八法里的维莱修道院，那是生动的中世纪的缩影，还在旷野之中的古修道院遗址亲眼看到了土牢洞，在迪尔河边亲眼看到了四个石砌地牢，它们一半在地下一半在水中。这就是前面提过的“地下室”。每个地牢装有一扇铁门、一个粪坑和一个带铁条的通风洞，通风洞在墙外比河面高出两尺，在墙内离地足足六尺高。墙外头有四尺深的水在流。牢内终年阴湿。住在里面的人就以湿地为卧榻。有个地牢中，还残留着一段在石壁上固定着的颈镣；另一个地牢中放着一个用四块花岗石砌的方匣子，长度容不得一个人躺，高度也容不得一个人站。然而，当年曾有活生生的人被关在里面，还要有一块石板盖在上面。那些情况都是确确实实的。不仅能看得见，还能摸得着。所有那些，“地下室”，地牢，铁门，颈镣、通风洞、石板匣子，简直就是不为死人设专为活人准备的坟墓，那阴湿的地，那粪坑，那渗水的土墙，难道它们会是花言巧语！

三、有一些时候我们可以尊敬过去

像西班牙和西藏存在的那种僧侣制度，就文化而言，就是种痨病。它就是在残害生命。一句话，它使人口锐减。进修道院，无异于遭受宫刑。在欧洲这是一大灾害。此外，还有信仰上的粗暴侵略，表白忠心时的言不由衷，将修道院作为支柱的封建势力，宗主制下人口太多的家庭要把子女送到修道院，还有刚才讲过的残暴手段——“地下室”，被缄的口，被禁锢的头脑，终生锁在地牢里的智慧，服饰的改头换面，和被活埋的灵魂。整个民族滑向堕落的同时，个人还深受苦痛，你是什么人也好，面对着僧衣和面纱——这两种人类发明的装殓死人的东西——总会感到惊惧。

可是，今日，在十九世纪的太阳底下，出家修道之风竟无视哲学和进步，在某些角落里继续风行，更让人惊奇的是这风气大有再接再厉之势，文明世界不得不为此侧目。这时的东西想获得永生，这倔强的念头，固执就如同要把风干的头油往头上抹，痴妄的就如同要把臭鱼吞到肚里，鲁蛮就如同让大人穿小孩儿衣服，爱的变态就如同回家的僵尸要拥抱活人。

衣服发言：“你太忘恩负义！风雨中是谁遮护你，现在为什么丢弃我？”鱼说：“我可是从大海中来，”头油说：“我来自玫瑰花。”僵尸也开了口：“我深爱过你阿门。”修道院也在说：“是我教养的你阿门。”

对这所有的一切，我们只能答上一句：“那些早已过去。”

本该死亡的东西却有着永存的梦想，为了防止尸体腐烂，给它涂上香料，用这种方法来继续统治人群，把垂死的教条来个修整，给法宝箱再度贴金，给修道院改头换面，圣器匣也重新清理洗涤，把迷信的破绽弥补一番，把人鼓励到信仰狂的地步，给圣水瓶和马刀再装上木柄，让僧侣制和军事制重新复活，并对寄生虫的繁衍有助于社会获得幸福坚信不疑，硬把过去塞给现在，统统这些，都怪怪的。然而，拥护这些倡议的提倡者大有人在。那些提倡者，颇有些才智，他们采用的是种简便易行的做法，即给过去抹上一层迷幻的东西，他们用的就是秩序、道德、神权、家庭、尊敬老人、古代立法、神圣传统、合法权益、宗教，而且逢人就喊：“快！忠诚的人们，把这些东西接受了吧。”古人早知晓这种逻辑。这种逻辑曾被罗马祭司熟练运用。他们把石膏粉涂到小牛身上，说：“你已经白了。”

只要过去对自己已死的事实予以认同，我们会心存敬意，当然也会随时随地和过去划清界限。但是它如果要想向人们证实自己的存活，我们会打它，而且直到打死为止。

迷信，虚妄的虔诚，口蜜腹剑，成见，尽管这些都是点子鬼东西，却有着极强的求生能力，它们爪牙锐利，我们要和它们短兵相接，和它们战斗不息，原因是人类有着和鬼魅进行永恒斗争的必然使命。想掐住鬼魅喉咙，将它打倒在地，绝不是轻易的。

十九世纪如日中天的时候，法国修道院可是在阳光里翱翔的大鸟的栖息之地。修道院那么做绝对是反潮流的，它在爆发一七八九、一八三〇、一八四八革命的中心之地竟鼓励出家修行，竟让罗马的幽灵在巴黎横行。如果时事正常，我们只需给它提示一下公元纪年的时间，就可把过时的东西制止住，让它消亡。但现如今时事可真不正常。

斗争是我们必须采用的手段。

斗争是我们必须采纳的，但也要有所区分。真理的要义是中庸。真理还需要过分地纠正吗？有的东西一定要摧毁它，而有的只要拿到太阳地里认清楚就完事了。态度严肃而动机纯正的检查，力量势不可挡！若有充足的阳光，我们没必要点火炬。

所以，时代既然已经发展到十九世纪，我们有理由禁止出家修行，不管是在亚洲还是欧洲，在印度还是土耳其。修道院就是一摊烂泥。那地方臭气熏天、淤泥乱翻，里面的生物会因发酵生热病，继而死亡。埃及的祸根就是它们的疯长，一想到那里蠢蠢而动的托钵僧、比丘、苦行僧、圣巴西勒会修士、隐修士、和尚、行脚僧，像团团的蚂蚁和蛆虫，使人不寒而栗。

讲了这么多，宗教问题还存在。在一些方面，这问题颇神秘，甚至骇人，我们应该仔细检索一番。

四、谈谈修道院的本质

有一些人从四方云集一处，共居一地，他们凭什么这样做？凭结社的权利。

他们关着门自得其乐。凭什么这么做？因为每个人都有权开门或关门。

他们深居简出。凭什么这么做？因为人有权来或者是去，当然也就有权呆在屋里。

他们闷在屋里做什么？

他们小声说话，眼皮不抬，他们要工作。他们放弃了社交、城市、享受、快乐、利益，以及虚荣、清高。他们穿的是粗呢或粗布。在他们当中，任何一个都是一无所有。过了那门槛儿，富人自动转化为穷人。大家可以共同享用他的一切。不管是昔日的贵族、世家子、官员还是昨天的乡巴佬，都一视同仁。各个人的屋子完全相同。大家剃出一样的发型，僧衣一种式样，都吃黑面包，同睡麦秸上，同死柴灰。一个相同模样的口袋背在背上，一条相同模样的绳子系在腰上。要是说大家都光脚走路，就一致效仿。或许会有哪个王子也在其中，但他与别人一样，不过是个影子而已。头衔被扔掉了，连姓都不再需要。他们只剩了名字。在受洗后的名字面前，人人平等。他们远离亲人，在修道院重组精神上的家。最广大意义的人类，是他们唯一的亲人。他们向穷人予以帮助，给病人予以关怀，自己服从的权威，是他们必须选举的，朋友是他们彼此之间的称呼。

或许你要抓住我，兴奋地说："这样的修道院有多理想！"

只要这种修道院有可能存在，我们就该引起重视。

因此，在前一卷书里，我怀着尊敬之情讲了一个修道院的状况，除了中世纪，除去亚洲，把历史和政治问题做个保留，只从哲学上看，跳出宗教论争的圈子，而且情况是进修道院完全出于自愿，建立于协议之上，我再谈修道团体时的态度就会关切严肃，有时候甚至会有些尊敬。只要有团体就有共同生活，只要有共同生活也就有权利。"平等、博爱"是修道院得以产生的大氛围。啊，自由真了不起！转变真了不起！修道院足以因自由转变为共和国。

我们接着往下谈。

然而，这些善男信女，住在高墙深院，着棕色粗呢衣服，以兄弟姐妹相称，彼此平等，这样不错，但是，他们还做不做别的事呢？

做。

都做什么？

他们目光注视上帝的影子，双膝跪地，双手合十。

这是干什么？

五、谈谈祈祷

他们是在祈祷。

向谁祈祷？

向上帝。

向上帝祈祷。怎么领会这句话？

我们之外，不是有个终极存在吗？那个终极会是统一、自在、永恒的吗？既然是终极，一定会是物质的、并且在物质终结的地方也终结吗？既然是终极，一定会是智慧的，并在智慧穷尽的地方也到尽头吗？终极会不会是在我们内心形成本体的认识，我们只是以存在认识自己呢？换句话说，它是否是一种绝对，我们作为它的相对出现呢？

我们身外有终极，我们的内心会不会有呢？二者（这个复数好厉害）能重合吗？后者是前者的里层吗？它会不会是另一个太虚的反映、翻版，并与之有着同一中心呢？后者也很智慧吗？会思想吗？有愿望吗？如果二者都很智慧，就都会产生愿望，所以，下面的终极中若有个我，上面那个也全有个我。下面的我是我自己、我的灵魂，上面的我是上帝。

下面的我进行思想并与上面的我对话，这就是祈祷。

把人意识中的东西除掉、抹杀掉是不应该的，应当改造和转化。人有一些官能指向未知，就是思想、梦幻与祈祷。未知之城茫茫不可期。良知是干什么用的？是指向未知的。思想、梦幻、祈祷折射着神圣之光。我们应示以尊敬。灵魂的庄严光辉要投向何方？向黑暗，换个角度，也就是向光明。

民主伟大之处就在于不否认任何东西，不剥夺人类任何东西。紧紧围绕人的权利，至少是在它近旁，还有感情之权利。

节制狂热，向往终极，才是光明坦途。单单在造物主的功果下拜伏，对闪耀八方的群星膜拜远远不够。我们肩负着责任，要重铸人类之灵魂，对要义进行护卫，反对过于奇特之事物，对未知崇敬拜伏，对邪说进行唾骂，只接受不可知中的必然，让信仰健康，把宗教中的迷信删除，把围着上帝的禄蠹清理掉。

六、祈祷应该是善行

只要诚挚，任何祈祷的方式都是好的。把书本翻开，进入终极。

我们知道，有种哲学否认终极。若按病理分，还有一种哲学，它否认太阳，那种哲学叫“瞎眼学说。”

把真理定在人从来没有过的感觉，这不愧是盲人别出心裁的杰作。

奇怪的是瞎眼学说在寻求上帝的哲学时竟自负而又悯人。仿佛一只田鼠在瞎喊：“他们竟说有太阳，真是可怜！”

我们还知道有些人是非常有名的强硬的无神论者。实际上，都自身重返真理，是不是就叫无神论者，只是个定义的问题，而且，就算他们不信上帝，他们的高超智慧其实已证明了上帝的存在。

尽管我们驳斥他们时不讲情面，但我们仍把他们尊为哲学家。

接着谈。

那种摆弄文字的熟练技巧也很可敬佩呢。北方有个学派属形而上，他们多少有些晕头转向，以为把力量改成愿望，就可使人们发生认识的转变。

不用“草木生长”，而用“草木想要”，对，要是用上“宇宙想要”，那含义可就无所不包了。为什么？我们可以这样推论：草木能“要”，草木有我；宇宙若“要”，宇宙肯定有上帝。

我们和这个学派不同，我们的反对不是凭空建立的，据我们分析，这个学派提出的草木有愿望说，比丘他们否认的宇宙有愿望说更加难以成立。

否认终极的愿望就是在否认上帝，这首先要否定终极。前头我们已经说了。

否定了终极，直接导入虚无主义。一切不过是“精神的概念”而已。

不可能和虚无主义争论什么。虚无主义者若是讲点逻辑，他们会怀疑对手是否存在，因而他们连自己是否存在也无法肯定。

从他的观点看，他自己对他自己，也只是个“他的精神的概念”罢了。

不过，他丝毫没有察觉，一提到“精神”二字，他其实已经接受了他所否定的一切。

一句话，若把一切归于虚无，这种哲学找不到出路。

认为万物归于虚无的人首先要承认虚无。

虚无主义做不到自圆其说。

根本没有虚无。根本不存在零。什么东西都是东西。不存在什么东西不是东西。

人要活着，比起面包更需要肯定。

用眼看，用手比画，远远不够。哲学应是种动力，它的努力是为了有效地改善人类。苏格拉底本该与亚当一体，并产生马吕·奥里略，换个说法，享乐之人应变为明理之人，乐园应变为增长见识的学园。科学该是一种强心剂。享乐，这目的太低廉，这愿望太卑微！享乐只有糊涂蛋才追求。思想，才是心灵的真正目的。用思想之甘霖哺育人类，像用美酒劝导他们认识上帝，让他们心中的良知和科学揉为一体，这种神秘的融合将把他们变成正直之人，这才叫真正的哲学的作用。道德乃真理之花，静观冥思产生行动。绝对可以起作用，理想本该为人类所呼吸所饮啜。理想有权说：“享用吧，请用我的肉和我的血。”神圣的感应便是智慧。这时智慧不再是对科学的干巴巴的爱好，而是团结人类的唯一的至高的方式，而且此时哲学上升为宗教。

宗教不该是单单用作观赏神秘用的绣楼，除了建造于神秘之上的满足好奇之外别无用处。

以后若有机会我们再进一步阐述，此刻我们只想说：“要是没有信和爱，少了它们的推动，我们无法通晓如何从人出发，以及如何进步。”

进步才是目的，而标准是理想。

何为理想？理想就是上帝。

理想，绝对，完美，终极，都是一回事。

七、要适度地谴责人

历史和哲学责任众多，而且是永恒的，同时也很简单，如斗争大祭司该亚法、法官德拉孔、立法官特利马尔西翁、暴君提比利乌斯，这些，毫无疑问，是明确、直接而清楚的。但是，独居的权利以及它的不利和弊端，我们却该加以研究并慎重对待。僧侣生活是个重大社会问题。

修道院这地方，清静无为同时淫乱荒唐，劝人向善同时让人误入歧途，要人虔诚同时把人搞得愚昧无知，让人为之殉身却又充满苦难，我们提到它，总得说它有好有坏，又对又错。

修道院充满矛盾，目的是幸福，方式是牺牲。它表现出极端的自私，却导致极端的节制。

以退为进，像是僧侣制度的箴言。

修道院中，人们通过受苦实现快乐。人们签出的支票只能等死亡兑现。生活在人世的黑暗中，预支天堂的光明。修道院中，人们接受地狱般的生活为的是升入天堂。

戴上面纱、穿起僧衣，为的是求得永生，殊不知这其实乃是一种自杀。

面对此种情况，无论如何我们笑不出，更不可能戏谑。不管好坏，这里必须严肃。

公正之人眉头微蹙，但不可能会有恶意的微笑。我们允许愤怒，但不允许恶意中伤。

八、谈谈信仰和法则

还得说两句。

我们对阴谋密布的教会和瞧不起政权的教权是谴责态度，但我们对思考问题的人是处处表示尊敬的。

对在地上的人我们表示敬意。

人必须有信仰。不信任何东西也就没有幸福。

冥思静想不等同于无所事事。有的劳动有形，有的劳动无形。

静想，也是劳动，思想也就是行动。交叉起胳膊能工作，把手掌合拢也可以干事。仰望太空也是种事业。

四年静坐，使泰勒斯奠定了自发唯物主义。

我们说，静修者不同于游手好闲之人，遁世的人并非懒汉。

神游邈远终极是神圣严肃的。

我们刚才说的这些要是不被歪曲，我们认为念念不忘坟墓，对世人是适当的。在这点上，神甫和哲学家达成一致见解。“人都会死”特拉帕苦修会的修道院院长和贺拉斯都这么认为。

生不忘死，既是先哲之法则，又是苦行僧之法则。在这点上，修士和哲人意见相同。

我们需要物质的繁荣，我们坚持崇高的意识。

浮躁的人说：

“要那些静静呆在死亡边上的偶像干什么？他们有什么用处？他们是做什么的？”

唉！黑暗笼罩和等待着我们，它那无边的散射不知将如何对待我们，所以我们说：“或许那些人建树卓绝。”还要补充：“或许别的工作没有这么有效。”

总还是应该有这么群人，甘愿为不肯祈祷的人去不停地祈祷。

问题的关键是这祈祷中蕴含着多少思想。莱布尼茨在祈祷中多么伟大，伏尔泰在崇拜中多么壮美。因为他“仰望着上帝。”

为了护卫真正的宗教，我们才反对其他各式宗教。

我们承认经文是空洞的，但祈祷绝对是卓越的。

此外，在现在我们所处的这一段——这一段中幸亏没留下十九世纪的痕迹，这一段中那么多人垂头丧气，有气无力，在这种追求享乐、贪图短期物质享受的环境中，所有遁世隐居的人无论怎样总是可敬的。修道院这地方讲退让，牺牲意义再不明确，也还总是牺牲。虽是种严重的错误，把它当天职供奉，还是有它伟大的地方。

我们若把修道院，特别是女修道院——因为妇女在社会中受苦最深，而且她们对与世隔绝的修道院生活有着重誓——置于真理之中，以理想的尺度看其本质，从各个方面进行全面客观的分析，我们会觉出，不可否认，女修道院有它庄严之处。

我们说了，从极为严峻惨淡的修道院生涯的几个片段看，那里没有自由，所以不是人生，那里还未完满，所以不是坟墓，那地方很奇特，在那儿人们就像身置峰顶，这边能看见我们的现世，那边能看见我们将至的来世，两个世界在那儿交接，那里云雾环绕，在两个世界间隐现，生命的残照和死亡的冥光交织辉映，像坟墓里半明半暗的光。

这些信女所信的东西，我们不信，但是我们和她们一样，在信仰中生活，一想到这些满含信心忠诚而又战栗不已的女性，这些谦恭肃穆的心灵，她们竟有胆量在神秘边缘生活，在已辞掉的现世和未开启的天国间守候，面朝不见形迹的光辉，仅凭内心一点自知之明就引为无上甜蜜，以全部心灵向往着渺茫和未知，两眼对毫无反应的黑暗虔诚注视，双膝跪地，胸中激荡，战战兢兢，时而有阵鸿蒙之中飞来的长风将她们吹拂，让她们感觉飘飘欲仙，一想到这些，我们不免为之动容，惊也有敬也有，见了神明般，又是悲悯，又是敬羡。

第八卷 公墓承接人们所给它的任何东西

一、困 境

用割风的话来说，冉阿让“从空中坠下来”时，刚好落在修道院中。

他转到波隆梭街的角落里，从那儿攀上了园子的围墙。夜半时分，阵阵乐声传来，那似乎是从空中传下的，——究其实，那不过是修女们在做早弥撒；而他在阴暗中琢磨了半天的那间大厅，不过是一个小礼拜堂，那令他惊恐的趴在地上的黑影——天知道是人还是鬼，其实是一个修女在行补赎礼；而那阵突如其来的铃声，是那系在园丁割风爷膝弯上的铜铃。如此而已。

珂赛特睡觉了，这时，冉阿让与割风两个人面对熊熊的炉火，开始共进晚餐，他们喝了杯葡萄酒，外加一块奶酪；因为珂赛特占据了那破敝不堪的屋子里唯一的一张床，他们别无选择，只好各占一头，随便靠在那堆麦秸上。“从今天开始，我就是这儿的居民了。”说完这句话，冉阿让闭上了双眼。割风却没有再睡着，一个晚上，他翻来覆去地想着这句话。

实际上，冉阿让也没有睡着。

冉阿让发觉自己被人追踪，而且沙威紧紧相随，自那个时刻开始，他就很清楚，一旦他再踏进巴黎城中一步，他跟珂赛特这辈子就彻底完蛋了。命运既然阴差阳错地把他安插到这个修道院里，冉阿让唯一的选择就是在那儿停留。其实，修道院是这样一个地方——它可以非常危险，同时，也可以最安全，因为对于像冉阿让这样一个走投无路的可怜的人来说，修道院是杜绝任何男人的，一旦他被人抓住，便会被当作现行犯，多迈出一步他就会从修道院再迈进监牢；我们讲最安全的理由是，在一般情况下，准会想得到那种地方会有一个男人呢？若是他能被同意，允许住下，住在那别人以为不可能住的地方，这是多么美妙的主意！

至于割风，他心中也在不停地算计。首先，他不得不承认，他自己什么都没搞明白。那么高的围墙，马德兰先生如何能翻过去？谁敢冒这么大危险去翻修道院的围墙？那孩子又是从哪儿来的？他既然抱着个孩子，又怎么越得过那样一道直直的、平滑的高墙？那孩子到底是他的什么人？他俩是打哪儿来的？割风来到这个修道院已有一段日子了，可是就从那个时候开始，他再也没有听到过有关滨海蒙特勒伊的任何消息，也完全与外界隔绝了，不知道外边又出了什么事。马德兰爷爷的那种神情震慑着他，他不敢多说多问，这时他只是想：“在圣人跟前我可不能什么都问。”他心目中的马德兰先生并没有太大的变化，那形象与多年以前同样高大。然而，这位园丁还是能通过冉阿让说的字数不多的几句话中得出一些推测，没准马德兰先生赔本了，债主们在逼着他还债，所以他得想法儿躲一阵儿，要不就是因为政治问题受到什么牵连。这种种推测并没有使割风害怕或是生气，追究他的思想，最深处也仍是早已追随了波拿巴的。既然马德兰先生不得已要躲避世人，不得已选择了修道院作为与世隔绝之地，这样说来，他打算在这儿呆一段时间，又有什么不对呢，又有什么值得怀疑呢？可是割风翻来覆去地思虑，总觉得不可思议的一点是：马德兰是怎样进了修道院，又为何会有一个小姑娘在身旁。割风亲眼见到了他们，亲手触摸了他们，亲口跟他们交谈，却很难确定这就是现实。这就像闷葫芦掉入了割风的屋子一样。割风就像盲人在找路一般，随便推想了一番，可是愈来愈迷惑，不过他唯一能肯定的是：马德兰先生是我的救命恩人。他唯一能肯定的这一点已经足够能让他有所决定了。他暗暗告诉自己："现在是我救他一命的时候了。"此外，他还补充了一句，"想想当初，需要有人躺到车子下边把我救出来时，马德兰先生好像没有像我这样瞻前顾后、犹豫不决呵。"他已经决定了，一定要帮助马德兰先生。

这时，他的心中依然没有完全平静下来，他仍旧想了很多很多："虽然他以前是我的恩人，可是如果他是强盗，我是否应该救他一命呢？当然，我还是得救他。如果他是个杀人犯，我是否应该救他一命呢？当然，我还是得救他。既然他是个圣人，我是否应该救他一命呢？没说的。"

不过，让他呆在这种地方，而且要呆上许久可不是什么容易的事！在别人看来，这简直就近于天方夜谭，可是对于割风而言，他已经没有了动摇丝毫哪怕是一丁点儿的念头。割风只不过是一个从庇卡底来的可怜的农民，他只有一颗热忱的忠心、坚强的决心、外加为乡下老头儿所经常会有的那一点点乐于助人的好心，只不过这次是想用来救人于水火之中而已，他只不过有时会要些小聪明，除此之外，他一无所有，然而这次，他下定了决心，要突破修道院设置的种种障碍，无视圣伯努瓦教规设置的种种威严律令，他决定了。这位老人，割风爷，一向都是个自私的人，在他的垂暮之年，腿脚已不很灵便，身体也残废了，对于红尘已不再留恋，直到这个时候他才意识到知恩图报是件多么有必要、有意义的事情，一旦看到他能做一件好事便如饿狼扑食般地紧追不舍，这正好比一位生来从未饮过名贵的酒的人到临死的时候才猛然发现原来他手中拿着一杯好酒，便极其迫切地想痛饮一番一样。我们也能够用这样的话来讲，在修道院度过的这许多日子平淡如水，从未泛起过任何波澜，这也逐渐磨灭了他的个性，到了人之将终时，他深感是他做一件好事的时候了。

故而他狠了心，不顾一切，要帮助马德兰先生。

我们刚刚送给他一个"从庇卡底来的可怜的农民"的称号。不过我们必须强调这个称呼比较确切，——除了有些片面之外。他以前当农民，可是他还做过公证人，这样一来，他除了精明之外还颇有辨力，除了朴实之外还颇有判断力。遗憾的事，他的事业以全面失败而告终——当然其中的原因是多方面的——以至于他又沦落为车夫、手工工人，陷入困窘的境地。虽然他不时暴露他的本性，满口脏话、挥舞马鞭，当然，我们得承认，对待牲口这是不无必要的，然而在心灵的最深处，他依然认定自己的公证人身份。他与生俱来的一点小聪明使得他能流利地表达他的思想而毫无语病，他善与别人闲谈，这在农民当中真正是罕见的，以至于农民一致赞成说他若与别人说话时简直像一个官样老爷。割风恰恰就是那种"半绅士半平民"的人——这是一世纪前的轻浮、不合适的言辞，也是为达官显贵所指的那种"略似乡民，略似市民，胡椒和盐"——这是他们提及贫苦人家时所用的隐语。割风就是那种穷汉子，他的衣服破损得连麻线底子都清晰可见，虽然命运多次跟他作对，使他历尽艰辛、受尽折磨，可这依然不能改变他的本性，他是个直性子，豁达开朗，而且有着一种高贵的品德——他是向来不起恶念的。他所有的缺点与过失都不过是表面现象，在旁观者的眼中，他看上去还算是不错的。你从他的面容上，绝对看不到一丝有凶狠、笨拙或者令人作呕的皱纹。

天将亮时，割风已经全方位地想清楚了，他睁开双眼，看到马德兰先生正呆坐在麦秸堆上，凝视着正在梦乡中的珂赛特。割风翻了个身，坐起来说：

“现在您已经来到这儿了,您怎么解释您进修道院这件事呢?”

短短的一句问话便说清了当时的境地，冉阿让从幻想中又被拉回到现实，完全清醒了。

他们开始讨论下一步举措。

“第一，”割风强调，“您应当留心的第一件事，就是两个人——小姑娘与您，坚决不要到这屋子外边。若是迈出这园子一步哪怕仅是一小步，就彻底完蛋了。”

“好。”

“马德兰先生，”割风接着说道，“您来的这天，真是再好不过的日子了，我的意思是说，这日子糟糕透顶，要知道，修道院中有一个嬷嬷正得了重病，所以大家都不怎么关注我们这边的事情。好像她离天国不远了。她们正在忙着做四十小时的祈祷。这一座修道院简直就要翻天了。所有的人都在忙着这件事情。听说快要死去的那个嬷嬷是位圣女。说实话，在这儿呆的人谁不是圣人？我与她们之间只有一点不同：她们讲‘我们的静室’，我则说‘我的窠’。她们现在准备着为那快上路的人做祷告，紧接着又得准备给死人做祷告。今天一整天，这地方决不会出事，可是过了这天，我就很难确保了。”

“但是，这座房子不正是在墙角吗?”冉阿让强调道，“而且那个破屋子刚好挡住了，更何况有丛密的树木遮蔽，从修道院那边看，是根本看不见的。”

“还有一点就是，我要给您说的就是，修女们是根本不会朝这边走的。”

“这不是更好吗?”冉阿让反问道。

这种“不是更好”的反问口气的内涵是要说：“我觉得在这儿悄悄地住下是不会出什么事情的。”聪敏的割风领会了话中之话，便说：

“那些小姑娘怎么办?”

“哪些小姑娘?”冉阿让问道。

割风刚刚张开口，想解释他那句问话的意思，忽然，钟响了一声。

“那个嬷嬷死了”，他解释道，“这钟，是宣告她的死亡的。”

与此同时他又做了一个动作，要冉阿让悉心聆听。

又一声钟响。

“这就是报丧钟，马德兰先生。报丧钟将一分钟接一分钟地接连不断地敲下去，这样敲上整整一天，一直到那尸首从礼拜堂抬出才会停止。您听，又敲了一下。中途休息时，她们玩耍，若不小心皮球滚了过来，她们会一拥而上，什么规定了、惩罚了一股脑全抛在了脑后，她们会跑进来东翻西翻一通的。这些小天使们都是些小鬼头。”

“谁?”冉阿让问道。

"那些小姑娘们。您不用害怕，她们很快就会发现您在这儿。而且她们还会嚷着说：'嗨！这儿还有一个男人！'不过，今天没事儿。今天她们不可能做游戏了。她们得祷告一天呢。您听那钟声。我刚刚不是告诉过您吗，一分钟敲一下。这是报丧钟。"

"割风爷，我明白了，"冉阿让恍然大悟道，"您指的是寄读学校的孩子阿门。"

同时他又暗自想道：

"这样，珂赛特的教育问题也就不成问题了。"

割风叫着说道：

"妈妈的，就是那些小姑娘！她们会围着你哄笑！然后逃掉！在这儿当一个男人可绝非易事。您知道吗，她们不拿男人当人看，她们在我的脚上系一个铃铛，把我当作牲畜来对待。"

冉阿让陷入更深一步的思考中。"这修道院可以解救我们，"他自言自语道，紧接着他又提高嗓音，高声说道：

"对。关键在于我得想办法呆在这儿，怎样才能呆下来呢？"

"错了，马德兰先生，关键在于您怎么做可以出去。"

冉阿让感觉到一阵血冲击到心中。

"出去！"

"是的，马德兰先生。为了能回来，您得先出去才对呀。"

钟又敲了一下，割风又继续他的言谈：

"她们根本不能容忍您呆在这儿。你打哪儿来？我觉得您好像是从空中坠下来的，对于我，这是无所谓的，因为我知道您，可是对于那些修女们而言，她们只能接受陌生人从正门走入。"

突然间，从另一口钟上传来一阵相当嘈杂的声响。

"哦！这声音是要让参议嬷嬷聚会的。她们大概得开会。每次有人死的时候都得开一次会。这个嬷嬷死在天快亮的时候。很多人都是死于天之将明时。莫非您就不能从您刚刚进来的那条路再出去吗？让我们谈一谈吧，我不是故意来逼问您，您是从哪儿进这院子的？"

冉阿让的脸色变得煞白。只要想一想那条令人心悸的街道，他就全身发抖。想想吧，你好不容易挣扎着走出了那阴森恐怖、虎狼满地的大森林，看到了外边的光亮，现在却有一位你的好友说你最好还是回去吧，你想想那是何种感觉吧。只要合上眼睛，他就似乎看到警察在眼前晃动，他们四处搜寻他的下落，密探遍布各条街道，四周都安插着暗哨，无数只手准备随时抓住他的衣领，沙威，很可能就在那条路口的拐角上等待。

"怎么会呢？割风爷，"冉阿让说，"您真的以为我是凭空坠入吗？"

"这有什么不可能的，"割风说道，"我真的这样以为，您没有必要向我解释。仁慈的上帝也许把您放入他的掌心，要认认真真地看清楚然后又放了。可是他原打算将您放入男修道院的，不幸的是，他犯了一个小小的过失。又一阵钟声，您听！这声音是提醒门房注意，让他去市政机关请那位验尸的医生来这儿看看情况。这种种琐事，都是人死了以后的种种麻烦的事情。可是这些修道院的嬷嬷们，她们根本不怎么欢迎这种形式的拜访。一个医生，什么都不想。他只需要揭开面纱。偶尔还得揭开别的一些什么东西。她们这次怎么这么迅速地叫来了医生？莫非这里面有什么原因？您带来的小姑娘还睡得正香呢，她还没睡醒。这小姑娘叫什么？”

“珂赛特。”

“是您女儿吗？可是看上去，您像她的爷爷，对吗？”

“对。”

“这小姑娘要是从这出去，倒还不是什么难事儿。这儿有一个便门，它可以直通大门的院子。我去敲门。门房为我开门。我背着一个背篓，我让小姑娘呆在篓里。我便径直走了出去。这是多平常的事——割风爷背着个背篓出门，这就成了。不过您得交代一声，叫这孩子老实呆在里面，千万别作声。我在上面铺一块油布。过不了多久，我就会走到我的一个老朋友家中，她住在绿径街，以卖水果为生，在她那儿，您想住多久都可以，她那儿还有个小床，她耳朵不好使。我就冲着那卖水果的朋友的耳朵大声喊，这小姑娘是我侄女，麻烦您给照料一下，明天我就来带她走。过了这天，小姑娘和您再回来。关键是，您，您怎么办才可以出修道院呢？”

冉阿让若有所思地点点头。

“关键在于不能有人看见我。这就是最关键之处，割风爷。您能不能让我和珂赛特一样藏在背篓里和油布下，您想个办法，这样送我出去。”

割风非常为难，想不出法子，他左手的中指轻触着耳垂。

第三阵钟响，他们的思绪被打断了。

“这钟声是表示验尸医生走了，”割风说，“他验了尸，说道：‘她死了，确实死了。’经他老先生的确证之后，一口棺材便会被人从殡仪馆送过来。如果死者是个老嬷嬷，入殓的工作就由老嬷嬷接管；若是个小嬷嬷，入殓的工作当然就交给小嬷嬷了。这工作完成之后，我就得去钉钉子了。这工作也是我的园丁工作的一个组成部分。园丁多多少少也得干埋葬之类的活儿。尸体就停放在礼拜堂的一间靠街的矮小的厅室中，那儿是杜绝男人的脚步的，当然，验尸的医生可以进去。我并不算男人，殡仪馆的执事们和我都算不了男人。我得去那间屋子钉好棺材，然后就由殡仪馆的执事们抬走，车夫挥扬着它的鞭子，就这样开始了人通往天国的旅程。送来的棺材中空空如也，抬出去的时候，满满当当。这就是所谓送葬啊。愿她安息。”

一丝骄阳映射在珂赛特的脸上，她依旧在沉睡当中，她的嘴稍稍张开，像是安琪尔，在接受阳光的垂赐。冉阿让呆呆看着她，已经有很久了，割风那些絮叨的话只像一阵风从耳边拂过。

没有听众好像并不是叫人闭口的最佳理由，这园丁，这老头子仍旧唠唠叨叨个没完没了：

“他们得去伏吉拉尔公墓挖坑。听说，不久就要取缔伏吉拉尔公墓了。因为那公墓已经建造了很长时间，并不合乎规则，又没有制服，也该淘汰了。不过，有个这样的公墓也不错，方便省事，淘汰掉也挺可惜的。我还有一个朋友在那儿呢，就是梅斯千爷爷，他是个埋葬工人。这儿的修女们可以在天快黑时送灵柩进公墓，这也是她们独有的权利。这是省公署专门给她们的特权。唉，从昨天开始，我经历了多少事情！受难嬷嬷死了，马德兰爷爷……”

“结束了。”冉阿让笑苦笑不已。

割风又接下去说道：

“圣母！如果您想永远呆在这儿，那您可真的有资格埋葬了。”

突然响起第四阵钟声。割风急忙从钉子上取下他那条系铃铛的带子，扎好在他的膝关节处。

“这次是轮到我了。是院长嬷嬷在叫我。我的天，这皮带上的扣针居然扎了我。马德兰先生，您千万哪儿也别去，在这儿呆着等我回来。有新奇的东西呢。要是您饿了的话，就自己动手好了，酒、面包还有干酪都在那儿放着呢。”

说着，他朝屋外走去，一面在嘴里嘟囔着：“来了！来了！”

冉阿让看着他离开，他匆匆忙忙穿过园了，极力迈开他的有些瘸的腿，一边赶路，还念念不忘地看看两边的瓜田。

割风走这一路，铃也随着他的运动而不时发出声响，那些修女们一个二个地闻声而逃，还不到十分钟，他就到达了目的地。他的手在一扇门上轻轻击了一下，然后他就听到了一声温和的答话“永远如此。永远如此。”这就等同于“请进”之类的用语。

他敲的那扇门正是接待室的门，那是为着这种工作的需要而特地设定用来招待园丁的。接待室的隔壁正是会议室。修道院院长正静静等待割风的到来，她此时正坐在接待室仅有的一把椅子上。

二、“请　求”

神甫和教徒的行当都是有些特别的，这职业培养了他们与众不同的沉寂与平和，因而在紧急的时刻，若是你从他们的神情中也读出了烦躁、忧郁，那一定是发生了什么相当特殊的事件。院长纯贞嬷嬷，她的原名叫德·勃勒麦尔，是位才貌双全的小姐，平日间她开朗活泼，可是这时，当割风进了接待室时，她的脸上却流露出一种不安与忧虑。

割风站住，谨小慎微地行一个礼，便站在接待室的门口。德·勃勒麦小姐还在拨弄她手中的念珠，便抬起头，说：

“哦，您来了，割爷。”

“割爷”这称呼在修道院中是为大家所熟知的。

割风再次行礼。

“割爷，我派人把您叫来了。”

“我来了，尊敬的嬷嬷。”

“我有话想和您谈谈。”

“我，”割风大着胆子说，可也难以掩饰内心的恐慌，“我这方面，也有话想与您——尊敬的嬷嬷谈谈。”

院长瞪大眼睛，看着他。

“哦？您有事想跟我谈？”

“是跟您提个请求。”

“好吧，您请吧。”

这个叫“割风”的汉子，我们以前提过，他做过公证人，做事坚决而且很有水准。我们知道，人在不设防的时候，常常会落入别人的圈套，那种有着圆滑的内质而表面看上去像是单纯无知的神情往往是很能打动人的。割风在修道院中已度过了两年多的时光，他似乎与每个人都处得很融洽。他的生活是单调乏味而又孤独的，他除了那园子中的活，几乎没有任何事做，这反而使他的好奇心上升到一个前所未有的高度。他远远观望着那些妇女，她们的头上戴着黑纱，不时地在他面前晃动，最初，他根本不能分辨那些看上去没什么差异的影子，时间长了以后，经过不断地细致观察，他终于可以将那些影子还原成为一个个鲜活的人，以致他眼中以前的所谓死人又恢复了活泼的生命。他就像在某个方面有缺陷的人——反而在另一方面锻炼得相当敏锐，比如说吧，虽不能说话却有了超出凡人的视觉，虽没有视力却有了日渐灵敏的听觉，就是如此而已。他悉心体会、琢磨各种钟声的含义，日久天长，在那座与世隔绝、如同坟墓般沉寂的修道院中，再也没有了可以瞒得过他的隐秘，好像是哑谜神主动在他的耳边倾诉了一切一样。割风是高明的，因为他什么都知道，却什么也不说。整个修道院的人都拿他当白痴看。这在教会里看来，可是不可多得的优点呢。割风尤其得到参议嬷嬷们的重视。他是那样一个绝无仅有的“哑巴”，由此他赢得每一个人的信任。他还很遵守教会的各种清规戒律。他很少出大门，除非那园子、菜地上有些事非得他出面处理不可。人们常常称赞他这种慎重的行世态度，他却并不因为称赞而自矜，四处找人闲聊，他最经常找的两个人，一个住在修道院内，就是那个门房，从他那儿他知道了会客室内的一些鲜为人知的内幕；另一个住在坟场中，他是埋葬工人，也由此他得知了墓地中一些奇特的情形，这样的话，他就有两盏明灯为他照亮了那些修女们的面庞，一盏照耀着生者，另一盏则照耀着死者。可他并不因此而胡作非为。修道院中的每一个人都看得起他。他有着多少优点：一大把年纪，瘸腿，模糊的视力等。谁也难以取代他的位置。

割风汉也相当清楚他在别人心目中的位置，所以当着那“尊敬的嬷嬷”的面，他踌躇满志信口开河地讲了一大堆次序颠倒、又颇有道理地合乎他那乡下人的身份的话。他不断地重复自己已是一大把年纪了，加上行动又不太方便，日后岁月大了，他的工作可能也难以保证干的圆满，更何况工作量也在一直加大，那么宽阔的园子，不得已的时候他还得呆在园子里一宿，比如说吧，昨天晚上，月亮出来了，他就得去瓜田里转一圈，挨个儿铺上草荐，绕来绕去他终于绕到了一点，他还有个兄弟——院长点一下头，兄弟的年纪已不小了——院长又点一下头以示信任，如果院长发发慈悲的话，能让他的兄弟来跟他呆在一起，协助他的工作，——那可是个不可多得的园林工人，他会帮修道院做好许多事情——甚至比他自己干的还要好；可是，若是院长不同意他的请求，那么，他，也没有办法，他这个做哥哥的，已经觉得身子快要支撑不住了，他也难以保证按时完成任务，只能说声抱歉，请求“解甲归田”还算明智一些；他的弟弟还有一个小女孩，他想带她一起过来，祈佑天主的荫庇，让她在修道院中茁壮成长，没准儿，她也会在以后的哪一天，长住在修道院中呢。

他絮絮叨叨讲完这些话的时候，院长也停止了拨弄她的那串念珠，她问他：

“您能在今天晚上来临之前找到一根粗铁棍吗？”

“用来干什么？”

“撬棍。”

“没问题，尊敬的嬷嬷。”割风保证道。

院长站起身，走进隔壁的房间，她没再对割风说一个字，她走入的那间屋子就是会议室，可能参议嬷嬷们正在那儿召集会议。割风一个人留了下来。

三、修道院内幕

大概十五分钟过去了。院长从会议室出来，又坐在椅子上。

两个谈话的人似乎各有各的心事。我们来尽量忠实地记录下这段谈话。

“割爷？”

“尊敬的嬷嬷？”

“您知道圣坛吧？”

“你们做弥撒与日课时我会在那儿摆个小隔扇。”

“您在唱诗台呆过吧？”

“有两三次。”

“现在我们想撬起一块石头。”

“非常重吗？”

“就是祭台边上那铺在地上的石板。”

“就是用来盖地窖的那块石板吗？”

“正是。”

“这种话儿没两个男人才干得了。”

“登天嬷嬷会来帮忙，她像男人一样强壮。”

“一个女人与一个男人从来不是对等的。”

“可我们只有这一个女人可以帮得上忙。尽最大的努力吧。马比容神甫曾经根据圣伯尔纳的遗教写了数目高达四百一十七篇的论文，梅尔洛纽斯·奥尔斯修斯虽然只写了三百六七十篇，可是我并不会因此就看不起梅尔洛纽斯·奥尔斯修斯。”

“我也一样。”

“尽其所能才是最宝贵的品质。修道院可不是工厂。”

“一个女人也不与一个男人等同。我那兄弟力气才叫个大呢！”

“您没准备好一根撬石头的棍子。”

“那样子的门也就只能用那种钥匙。”

“石板上有一个铁环。”

“我可以把棍子套进铁环里。”

“而且那石板能够转动。”

“太好了，崇敬的嬷嬷。打开地窖不成问题。”

“我们还会外加四个唱诗嬷嬷来帮助你俩的工作。”

“地窖打开之后呢？”

“再盖上。”

“就这样完了吗？”

“没有。”

“崇高的嬷嬷，请您明确告诉我做什么。”

“割爷，我们都很相信您。”

“我在这儿，本来就是要干活的。”

“而且，您半个字都不能吐露出去。”

“保证，崇高的嬷嬷。”

“地窖打开以后……”

“再盖上。”

“不过在这之前……”

“怎么样呢，崇高的嬷嬷？”

“这之前得抬下去件东西。”

这话说完之后，众人都陷入沉默。看上去院长的内心也在激烈地冲突着，她的下唇向前伸，噘了一下嘴便又开口说：

“割爷？”

“尊敬的嬷嬷？”

“您知道吧，今天早上有位嬷嬷死了。”

“我不知道。”

“莫非您没听到敲钟？”

“在园子里，真的什么都听不见。”

“真的？”

“其实，叫我时敲的钟，我也不怎么听得清。”

“她是今天早上天快亮时死去的。”

“更何况，今早的风不朝我这边来吹。”

“死的是那位受难嬷嬷。她是一个有福之人。”

院长住口，不再向下说了，只能看到她的嘴唇时开时闭，似乎在念叨着经文一类的东西，她又说下去：

“三年前，一个叫贝都纳夫人的冉森派教徒，就因为听过受难嬷嬷做祷告，便从此归服了正教。”

“那可不，我现在已经听到报丧钟了，敬爱的嬷嬷。”

“嬷嬷们已经将她抬入礼拜堂的太平间了。”

“我明白。”

“除了你本人，任何男人都不得跨入那个屋子半步。您得留心呢。如果真有人发现在女人的太平间里呆着一个男人，那是多大的漏子！”

“进进出出！”

“什么？”

“进进出出！”

“您说什么？”

“我说进进出出。”

“进进出出干什么用？”

“敬爱的嬷嬷，我并没有说进进出出干什么用，我只是说进进出出。”

“我不明白您的意思。您说进进出出是什么意思呢？”

“敬爱的嬷嬷，我只是刚刚随着您说的。”

“但是我根本没说什么‘进进出出’之类的话？”

“您的确没说，不过我是随着您说的。”

恰巧在这时，钟敲响了九点。

“早晨九点钟与每个钟点，祈愿祭台上最伟大的圣体接受赞赏与敬仰。”院长说。

“阿门。”割风说。

那口钟敲得正是时候。它打断了所有有关进进出出的争论。若不是那口钟，院长与割风可能会争论一辈子。

割风拭去额头的汗。

院长再次默念了一段经文，没准儿是神圣的祈祷，紧接着她又提高嗓音说：

“活着的时候受难嬷嬷曾经劝化了许多人皈依正教，她死了以后还得显灵。”

“这是一定的事！”割风说着，同时移动他的腿，以免过会儿他因站不稳而出洋相。

“割爷，多亏修道院有了受难嬷嬷，才能收到神灵的青睐。不过，让每一个人都像贝律尔红衣主教那样做也是勉为其难了，像他那样一边念诵着弥撒经，一边魂归天国，在这段行程中还不断地说“所以我为此而做贡献”。虽然受难嬷嬷并没能做到那样的崇高，可她的逝去也是相当可贵的。在弥留的最后一刻，她依然保持着清醒的头脑。她与我们交流，继而又与天使们交流。她对我们讲述了最终的言语。您若是不幸染上了什么病，只要您是满心的虔诚，若能有幸在她的静室中呆一会儿，只要她能摸摸您的腿，您就会恢复如初。圣洁的笑容始终挂在她的脸上。我们都觉得她在圣主的心中获得了新生。随着她的离去我们也跟随到了天国。”

割风把这当作一段经文的最后一部分。
“阿们。”他说。
“割爷，我们应该迎合她最终的请求。”
割风不说话，院长拨弄着几颗念珠。她便说下去：
“因为她的最终的请求，我找了好几位忠心奉陪我们救世主的教士来商量，这些人全部工作在宗教人事部门，而且都获得相当优异的工作成就。”
“敬重的嬷嬷，在这儿听您讲话、听到那报丧钟比在园子中听效果好得多了。”
“更何况，这位嬷嬷不是女人，她可是一位圣女。”
“跟您没什么两样，敬重的嬷嬷。”
“我们的圣父庇护七世就曾授予特权，允许她在她的棺材中长眠了二十年之久。”
“是不是为皇……为波拿巴加冕的那个。”
割风的这次回想是不合时势的，尤其对于他那样一个做事审慎、高明的人来说。谢天谢地，那位“敬重的嬷嬷”，她正在想自己的心事，并没有注意割风刚刚嘟囔些什么。她又接着说道：
“割爷？”
“什么？”
“你知道这件事吗？那位卡巴多斯的大主教圣迪奥多尔，临终之时叮嘱别人在他的墓上刻上一个字：‘Acarws’，这是疥虫的意思，好像他的教徒们遵照了他的叮嘱刻上了那个字。真有这回事吗？”
“确是如此，敬重的嬷嬷。”
“有一个院长，也就是亚基拉修道院：尤梅佐加纳，他叮嘱后人把他的尸体埋葬在绞刑架下，他的教徒们也确实遵照了他的遗嘱。他是幸福的。”
“确实。”
“一位台伯河入海处港口的主教，也就是圣泰朗斯，他在临终时叮嘱后人在他的墓石上千万刻上一种标志——那是众人插在弑君者坟墓上以示污蔑的一种标志——他借此希望所有的过路者轻蔑地看着他的坟墓。他的要求也得到了满足，要知道，我们得遵守他的遗嘱呀。”
“但愿可以。”
“伯尔纳·吉端尼是图依的一名主教，那地方在西班牙境内，可是他的家乡在法国的蜜蜂岩一带，所以他希望他能安葬在他的故里，尽管这是为意大利的卡斯蒂利亚国王所不能容忍的，最终的结果，仍然是——他又长眠于里摩日的多明我教堂。难道我们能说这件事是错的吗？”
“当然不能，敬重的嬷嬷。”
“普朗达维·德·拉弗斯已经确证了这件事。”
她又慢慢地拨过了几颗念珠，接着说道：
“割爷，我们打算让受难嬷嬷安息在那个她已经呆了二十多年的棺材中。”
“这是理所当然的。”
“就是睡眠的延绵。”

“这样说来，我的任务是把她钉在那棺材中吗？”

“对。”

“殡仪馆的棺材怎么办，是不是把它搁置一旁？”

“完全正确。”

“我是从来遵照修道院的意思办事的。”

“我会派四个唱诗嬷嬷来帮您干活儿。”

“帮我钉棺材吗？不用。”

“不是钉棺材。她们得帮忙把棺材抬下去。”

“抬到哪儿呢？”

“抬到地窖里。”

“哪儿的地窖？”

“就在祭台下边。”

割风差点双脚离地。

“祭台下边的地窖！”

“祭台下边的地窖。”

“这……”

“您得拿一根铁棍。”

“没问题，不过……”

“您可以把铁棍放入铁环中，然后把石板转开。”

“不过……”

“您知道，我们得按照死者的意愿行事呀。她希望长眠于圣坛祭台下边的地窖中，这样就不至于沾染俗人的泥土，在她走了之后，她还能长留在她为之祈祷了一生的地方，这是受难嬷嬷临终时提出的唯一的请求。她是这样请求我们的。可是，在我们听来，就是说她这样地命令我们。”

“可这是不被允许的。”

“是人的禁令，天主的命令。”

“万一传了出去该怎么办呢？”

“我们绝对相信您。”

“我，哦，我就像您墙上的石头一样忠实于您的每句话。”

“我们已经举行过院务会议了。而且，刚才我还与参议嬷嬷们商量了半天，她们仍然在讨论，不过，最终的决定已经做出了，我们会忠实她遵照受难嬷嬷的遗嘱，将她安放于她睡了二十多年的棺材中，然后深埋于我们的祭台下面。想想吧，割爷，奇迹能不发生吗？若是我们成功了，这对于修道院来讲，是多么无与伦比的恩赐！要知道，坟墓中常常是发生奇迹的最佳场所。”

“我想起来了，敬重的嬷嬷，如果卫生委员会的人发现……”

“在安葬死者的问题上，圣伯努瓦二世就曾经违背了君士坦丁·波戈纳的王命。”

“还有一个警察局局长……”

“君士坦丁帝国时代侵入高卢时，有七个日耳曼国王，肖诺德美尔便为其中之一，他就认定教士应该遵循宗教仪式安排丧葬的方式，换句话说，葬在祭位下边未尝不可。”

“还有那些警察局的侦察员……”

“那巨大的十字架立在世人面前，世界便显得渺小了。查尔特勒修道院的第七任院长玛尔丹为他所属的修道会立下的一条律令是这样说的：“天昏地暗时，巍然屹立着沉重的十字架！”

“阿们。”割风说，——他也只能如此说。拉丁语于他而言是一连串陌生的跳跃的符号，他用这两个字来掩饰无知。

沉默了太长时间的人往往很容易知足——只要有人愿跟他们谈话，他们就会有惬意感。据说，口才大师吉姆纳斯托拉斯离开监狱的第一天，在他看到的第一棵大树面前做了长时间的停贮，他把平日里积聚了许久的两段论法与三段论法一股脑儿对着它倾诉，而且他尽心竭力，想让这棵树加入他的行列。这位修道院院长，也是因为平日间积蓄得太久了的缘故，就像水库中的水一样，它遭遇着大坝的阻拦因而无法顺利流通而壅塞过度，有洋溢的趋势；她站起身来，就像那放了闸的水，源源不断地流，她也滔滔不绝地讲：

“我，我的右边是伯努瓦，我的左边是伯尔纳·伯尔纳是什么人？——明谷隐修道院的首任院长。他出生于勃良第的枫丹，那儿可是个吉祥的好地方。他的父亲是德塞兰，母亲是亚莱特。他的事业发端于西多，在明谷，稳定下来，是纪尧姆·德·香浦，也就是索恩河流域的主教提拔他当了修道院院长，他的门下有七百个弟子，分别创建了一百六十座修道院。一一四〇年，主教会议在桑城召开，也就是在那次会议上他驳倒了阿伯拉尔、皮埃尔·德·勃吕依以及他的徒弟亨利，还有一些部门教派的门徒们。也就是在那次会议上他将阿尔诺德·德·布雷西亚驳斥得面红耳赤、缄默无语，反斥了那残暴迫害犹太人民的拉乌尔和尚。一一四八年，在兰斯城举行过一次主教会议，伯尔纳是主持，他呼吁处决普瓦蒂埃的主教吉尔贝·德·波雷，呼吁处决艾翁·德·爱特瓦勒，解决了亲王之间的矛盾，劝解了年轻的路易王，他还协助过教皇尤琴尼马三世，重新调整了圣殿骑士团，主张组建十字军，在他的一生中，发生了二百五十次奇迹，有时候在一天当中竟然就发生了三十九次奇迹。伯怒瓦是何等人也？他是蒙特卡西诺的神父，是隐修道院的二祖师，也是西方的大巴西勒。他创建了一个修道会，就在那里产生了四十名教皇、二百位红衣主教、五十名教父、一千六百名大主教、四千六百位主教、四位皇帝、十二位皇后、四十六名国王、四十一名王后以及三千六百个接受敕封的圣人，就在这一个修道会中产生了这么多的人，这样一个修道院延续了一千四百多年。我的左边是圣伯尔纳，可我的另一边是什么卫生委员会的！我的右边立着圣伯努瓦，可我的另一边还站着所谓清洁委员会的会员！国家、清洁委员会、殡仪馆、规章制度、政府机构等等诸如此类的东西，我们有必要去关心吗？只要一个还有良知的人，目睹他们的行为方式，怎能不义愤填膺！我们这一点微弱的权利——想把自己的尘土供奉给伟大的耶稣基督的这点权利都要被人剥夺！所谓的卫生委员会，去死吧，那是革命党造的，让警察局局长统治着天主，这是个黑白颠倒的时代！不要再说了，割爷！”

割风无缘无故便遭了这顿抢白，觉得很不舒服。院长继续她的言论：

“毫无疑问，对于丧葬问题的处理谁也无权干涉。那些头脑不正常的人才会怀疑修道院的处理权。这是一个倒转乾坤的时代，何其不幸啊，我们就处在这样一种时代。应广为人知的东西没有人愿意了解，恰恰相反，他们热衷于那些不该涉及的问题。无耻，卑贱。除了那位高尚的圣伯尔纳，还有一个叫伯尔纳的，人们都叫他“穷苦天主教徒们的伯尔纳”，他生活在十三世纪，是心地相当善良的一名教士，时至今日，竟还有人常常搞混这两位伟大的人物。此外，还有些居心叵测的人，他们拿路易十六的断头台与耶稣基督的十字架来比，并且赋予同等地位。路易十六只不过是一个国王罢了。更多地关注天主吧！这世界，已经没有公道与不公道的区别了。大家都知道伏尔泰的大名，可是没有人知道恺撒·德·布斯是干什么的。可是我仍要宣告恺撒·德·布斯的幸福以及作为伏尔泰的可悲。佩里戈尔红衣主教，也就是前任大主教，他连一些基本的知识都不清楚，他不知道贝律尔的继承者为查理·德·贡德朗，而弗朗索瓦·布尔戈生继承了贡德朗，弗朗索瓦·色诺则继承了布尔戈安，而圣马尔泰的父亲继承了让·弗朗索瓦、色诺的衣钵。我们对戈东神甫这个名字耳熟，其原因在于推崇新教的国王亨利四世总用他的名字来辱骂旁人，而非因为他是那三个极力主张建经堂的倡导者。圣方济各·德·撒勒平素习惯于惩恶扬善、打抱不平，所以他得到那些阔绰门户的尊重与崇拜。可是到了今天，竟然有人恶语中伤宗教。这是什么原因造成的呢？就因为从前的那些居心不良的神甫败坏了名声，昂布伦的主教萨尔纳的兄弟就当了加普的主教——萨吉泰尔，而且，这两个人都是摩末尔的忠实信徒。可这有什么大不了的！你能因此而阻挡玛尔丹·德·图尔成为圣人的步伐，而阻止他把袍子——哪怕只是半件——施舍给穷人们的行为吗？可是居然就有人要采取那种无利于圣者的举措，这些人面对真理合上双眼。黑暗是太经常的了。最残忍的牲畜也就是只瞎眼睛的禽兽。没有人愿意静下心来想象地狱的模样。啊！良心都被狗吃了！什么遵照国王陛下的命令，今天来说，分明就是执行革命党人的命令。每个人都忘记了自己对生者和死者都存在一份责任。连寿终正寝这样的事都得不到容许。丧葬这样的事宜他们也要倒插一脚。这可真让人不舒服。圣莱翁二世就曾经写了两封信，一封交给皮埃尔·诺泰尔，一封交给西哥特人的国王，主要论述了丧葬问题，他反对钦美总督的一手遮天、驳斥皇帝的专制傲慢，夏龙的主教戈蒂埃也曾因这个问题与勃良第公爵奥东势不两立。前代的官府就这个问题曾经达成一致意见。从前，我们端坐在会议席上，讨论的事情即使与世俗沾边，我们同样可以说话。西多修道院的院长，他也是西多修道会会长，担任了勃良第法院的当然顾问。我们有权决定如何安葬自己的死者。圣伯努瓦自己的尸体不就是被送回到法国、安葬在弗勒利修道院，也就是平日里所说的卢瓦尔畔圣伯努瓦修道院中了吗？别忘了，他可是在五四三年三月二十一日，一个礼拜六，死于意大利的蒙特卡西诺呀。我们不能无视这个事实，我不屑一顾那种假装虔诚地高歌圣诗的人，我鄙视那种低垂着头做祈祷的人，我痛恨那些旁门左道，可是我最厌恶的莫过于那些反对我的意见的人。只要读过阿尔努、维翁、加白利埃、布斯兰、特里泰姆、摩洛利古斯以及唐·吕克·达舍利写的一些作品就可以清楚了。”

院长长出一口气，然后转过来冲着割风询问似地说：

“割爷，可以吗？”

“没问题，敬重的嬷嬷。”

“我们可以依赖您了？”
“完全可以。”
“这就好。”
“我的全部都奉献给修道院。”
“就这样说好了。您得先钉好棺材。嬷嬷们负责把它们送进圣坛。我们就准备起亡祭。然后所有的人都回静室呆着。晚上十一点到十二点钟之间，您拿上铁棍来这儿。这些都得在相当隐秘的情况下进行。圣坛里只有六个人——您，登天嬷嬷以及那四个唱诗嬷嬷，不会再有任何人。”
“那柱子前的嬷嬷怎么办呢？”
“她是不可能回头的。”
“可她一定听得到。”
“她根本不会想到这些，而且修道院内部的事情，是不可能传到外边去的。”
他们的对话再度停滞。院长又说道：
“您得拿下您带的铃铛。柱子前边的那个嬷嬷无须知道您的到来。”
“敬重的嬷嬷？”
“怎么了，割爷？”
“验尸的医生来过了吗？”
“他是四点钟来验尸的。我们刚才已经敲过钟，派人去叫那验尸医生。您真的什么钟响都没听见？”
“我只关心叫我来的钟。”
“非常好，割爷。”
“敬重的嬷嬷，那铁棍最少也得有六尺左右长。”
“您打算从哪儿弄呢？”
“我得去那有铁栅栏的地方。那里铁棍满地都是。我那个园子中有的是破铜烂铁。”
“时间是午夜前三刻钟左右，别误了。”
“敬重的嬷嬷？”
“怎么？”
“我的兄弟的力量可大了，如果您需要……他简直就是个蛮子！”
“您得赶快把这事办了。”
“我是个瘸子，所以我再快，也好不了多少，正由于这个缘故，我需要人帮忙。我是个残废人。”
“瘸腿可算不上不足，没准儿还带来福气呢。那位亨利二世皇帝，也就是推翻了伪教皇格列高利并且重立伯努瓦八世的那位，他就有两个绰号：圣人和瘸子。”
“这也不错，有两件外衣。”割风小声说着，实际上，他根本没听清。
“对了，割爷，我忽然想到，最好我们做一个小时的准备工作吧。这不算太久。十一点整，您准时拿着铁杠来到祭台旁边，今晚十二点，祭礼正点开始。我们得在开始前十五分钟就做好所有的准备。”
“我从来都不遗余力地证实我对广修道院的一片诚心。好了，都说好了。我这就去钉棺材。十一点钟，我去圣台。唱诗嬷嬷们和登天嬷嬷会在那儿。若能有两个男的，会更顺手一些。得了！想那么多干吗？我拿好我的工具。先撬开石头，打开地窖，把棺材放进去，最后我们把地窖的盖子重新盖上。好了，了无痕迹。这引不起任何人的怀疑。敬重的嬷嬷，这样一来，什么都搞定了吧？"

"不。"

"请问您，还要做什么呢？"

"那口空棺材。"

接下来是一阵沉默。割风不说话，院长也在苦思冥想。

"割爷，那空棺材抬过去，他们会怎样处置？"

"埋到地中。"

"空埋？"

一阵静寂。割风挥舞着左手，好像这样就能把所有的难题驱得烟飞云散。

"到那个小房子中钉棺材的人是我，敬重的嬷嬷，没有人可以进去——除我以外，我可以用一块盖棺布盖住棺材。"

"这当然可以，不过那些抬棺材的人，把它们放入坟坑中时，一定可以感觉得到有些不正常。"

"天哪！看到了……"割风不由自主地高喊一声。

院长凝睛注视着园丁，在胸前画了个十字。那话最终的那个"鬼"字便如骨在喉，吐不出，吞不下。

他急中生智，胡乱寻到一个所谓的解决办法，以掩饰刚才的失态，便胡诌道：

"我可以放些土在那些棺材中，这不就跟有人在里边一样了吗。您说呢，敬重的嬷嬷？"

"对，这主意不错。泥土与人，本来就是同一件东西。您就这么着去做吧。"

"我保证做到。"

那一直都是阴云密布的面容现在柔和了许多。她打了个手势，要她的下级退下，割风便往外走。他即将出门时，院长又提高嗓音，说道：

"割爷，我很欣赏您，这件事完了以后，明天，让您的兄弟过来，而且要他带上他的女孩儿。"

四、冒险计划

瘸子走路时，很难直接地到达他的既定目标——这正如同独眼人为表达爱慕而暗送秋波一样。更何况，割风此时心绪不宁、烦躁不安。他再次走到那间破屋子时，时间已过去了十五分钟。珂赛特总算睡醒了。冉阿让让她在火边坐着。割风走进来时，冉阿让正指着挂在壁上的背篓让她看，说道，

"亲爱的小珂赛特，认真听我讲话。我们得马上离开这好地方，不过我们还是会回来的，离开是为了我们以后能更安全、更稳定地长住下来。这儿的一位老爷爷会把你放进那背篓里，带你出去。你会被他送到一位太太家中。我一定会去找你。可是这一点很关键，如果你不愿意再被德纳第大娘抓回去，你就必须按我说的做，你得不出声，什么都不说呀！"

珂赛特似乎很理解地点点头。

割风推门的声音传来，冉阿让便转回头去看。

“怎么样？”

“什么都搞定了，可是什么都没弄好”，割风说，“我得到了她们的同意，她们同意您进园子，可是在这之前，您必须先出这园子。这一点是最困难的。这小孩子，倒没什么问题。”

“您愿意把她送出去吗？”

“她能保证不弄出任何声响吗？”

“我保证。”

“您怎么办呢，马德兰爷爷？”

沉吟许久，割风无可忍耐地喊道：

“您怎么进来的，就怎么出去，不行吗？”

可怜的冉阿让和刚开始没什么两样，他只说了三个字：“不可能。”

割风嘴上唠里唠叨，可是他并不是在与冉阿让交谈，他只是在自言自语：

“我心中还在想着另一个事情。我跟她说，可以放进去一些泥土。可是这也会有岔子的，装些泥土跟装人还是不一样的，泥土不是固定的，它能跑、能动。明眼人一下去就看出纰漏了。马德兰爷爷，您明白吗，政府会发现所有这些计划的。”

冉阿让目瞪口呆，以为他有些神经错乱。

割风说下去：

“您真的就过不了……这道难关？关键在于，明天之前，我们得搞定这些！我明天就必须带您进来。院长等着见您呢。”

他到这时候才向冉阿让解释清楚，他要帮修道院干件事情，便以此作为回报，带他们进来，办理丧葬事宜也是他分内的事，他要钉好棺材，再去公墓帮助埋葬工人干活。今早死亡的那位嬷嬷临终时请求殓入她平日间躺的那口棺材中——她平日里就拿它当床，而且她想长眠于圣坛祭台下的地窖中，当然，时势律令是不容许修道院自行处理死者的，而死者却是这样一个不容你违背的圣女。院长与参议嬷嬷都同意遵照死者的遗愿，至于政府那边就不去管了；他，割风本人，就得去那间矮房子里钉棺材，去那个圣坛里撬开那块笨重的石板，还得再把那死尸运到地窖里。他搞妥了这些，院长才会允许他带他的兄弟来修道院干活，而且可以让他的侄女来这儿上学，马德兰先生正是他的兄弟，珂赛特正是他的侄女。院长说，等到明天，把公墓中一切计划都顺利实施以后，黄昏时分，他可以带他的兄弟过来。关键在于，现在马德兰先生根本不在外边，他怎么去把马德兰先生从外边带进来？这就是第一个难题，而第二个难题就是，如何处置那口空棺材。

“空棺材？怎么回事？”冉阿让问道。

割风回答道：

“就是殡仪馆的棺材。”

“棺材？殡仪馆？”

“一个修女死了。市政府的医生来验尸，然后便说：‘死了一个修女。’随后，政府就会送来一口棺材。第二天，一辆丧车、几个殡仪执事还会来这儿，他们负责把棺材送进公墓。这些人来到修道院，扛起那棺材，可是里面空空如也。”

“可以放进去一些东西。”

“放个死人进去？我上哪儿去找？”

“不是。”

“那，放什么呢？”

“活人。”

“活人？”

“就是我。”冉阿让说。

原本端坐在椅子上的割风一下子站了起来，好像那上面突然长出了万丛荆棘。

“您？”

“有什么不可以呢？”

冉阿让笑了，那是他少有的微笑，就像阴暗的冬日里，天空偶尔出现的那点光亮。

“割风，您记得吧，您刚才说：受难嬷嬷死了，我可以再加上一句，马德兰先生埋了。这就是解决办法。”

“天哪，您在讲笑话吧。您一点也不严肃。”

“非常严肃的态度。我首先不是得先出去吗？”

“没错。”

“我先前跟您讲，让您帮我找一个背篓、一块油布。”

“接下去呢？”

“再要一个杉布背篓、一块黑布。”

“这里，只有白布。葬修女只能用白布。”

“白布也可以。”

“您这人，真是与众不同，马德兰爷爷。”

这种方法在苦役牢中，也不过算是一种大胆野蛮的创意，割风的生活，一直都是静若止水，他平日里看见的，用他的话来讲，“无非就是些修道院中的那些琐琐碎碎的事儿，”猛然间，一种近乎天方夜谭的方法显现在他那平静的生活里，如同石子投入静水，泛起层层涟漪，而且这事又要与修道院相关联，他惊骇得就如同一个过路人，无意间竟发现有一只海鸥在圣德尼街边的溪水中捕鱼一样。

冉阿让说下去：

“最主要的就是得先从这儿偷偷出去。这不就是个好办法吗？可是您必须先详尽地给我讲述一切细节。这事是怎么举行的？棺材在哪儿放呢？”

“空棺吗？”

“对。”

“就在下边，在那太平间里。它被两个木架支着，上边还铺了块布。”

“那口棺材大概有多长？”

“六尺。”

“您告诉我那太平间的样子。”

“太平间是最底端的一个屋子，那里有一扇正对着园子的窗户，窗口有根铁条，那窗户是从外边来开、关的，这屋中有两个门；一扇通往修道院，另外一扇直通礼拜堂。”

“哪儿的礼拜堂？”

“就是大街上的礼拜堂，公众的礼拜堂。”

“您有没有钥匙？”

“没有。我只有一把通往修道院的那个门上的钥匙，门房拿着那把通向礼拜堂的那个门上的钥匙。”

“门房在何时开那扇门呢？”

“他平日是不开门的，除非殡仪执事们要进里边抬棺材时。棺材抬了出去，门马上就锁了。”

“谁负责钉棺材？”

“我。”

“谁负责盖那盖棺布？”

“也是我。”

“只有您一个人？”

“对。除了那警察局的医生，任何男人都绝不可以入太平间。这规定明明地写在墙上。”

“今天晚上，到修道院里所有的人都睡熟了的时候，您可不可以让我进那屋子?”

“不行。不过您可以呆在那间通往太平间的小黑屋中，那里面放着我的埋葬工具，我是那儿的主人，我拿着那儿的钥匙。”

“明天什么时候灵车来拉棺材?”

“大概在下午三点钟。葬处是伏吉拉尔公墓，那儿离修道院还有一段距离，到公墓可能就是黄昏了。”

“我可以在那间小黑屋子里躲一个晚上外加半天时间。不过吃的怎么办？我不能饿着。”

“我可以把吃的送过来。”

“两点钟，您来把我钉在棺材里。”

割风不由得后退几步，他紧捏着双手，那骨节发出嘎嘎的声音。

“这，我办不了。”

“这有什么难的？您拿一把铁锤，钉几个钉子进去不就完了?”

这种事情对于冉阿让而言，是普通得不能再普通的了，然而在割风的眼中，这简直无异于荒唐。比这凶险得多的路途，冉阿让都经历过了。所有做过犯人的人都学会了一套方法，他们知道如何依据出逃的途径来改变自己的身体。他们要出逃，和危急的病人去找医生一样，无论结果是成功还是失败，都不再多想了。逃命与医病是一个道理。为了彻底得救，做什么不可以呢？不过是被别人钉在一个木头匣子中，被当作一个物体运送出去，在这个匣子中一丝丝地夺取生命，在没有空气的地方夺取空气，在接连几个小时内节制呼吸，懂得屏气而不消耗生命，这是在经历了许多悲惨往事之后磨炼出来的。

实际上，藏在棺材中，这种经常为苦役犯采纳的逃生之路，也曾经被帝王们采纳过。比如说，查理五世下台后，他还想与卜隆白再见一面，便让她躺在棺材中进了圣茹斯特修道院，然后又送了出去——如果确认奥斯丹·加斯迪莱约的记录可靠无误的话。

割风总算使自己怦然悸动的心平静下来，他大声问：

“您怎样呼吸呢?”

“我会呼吸的。”

“在那密不透风的棺材中！只要想象一下，我就会窒息了。”

“您肯定会有螺丝锥之类的工具，您可以在接近嘴的部位，随意打上几个孔，而且您钉木板的时候，不要弄得太紧了。”

“可以！不过您要是咳嗽、打喷嚏呢?”

“亡命者根本不会咳嗽，或者打喷嚏。”

冉阿让补充道：

“割风爷，不能再迟疑了：要么我就在这儿束手待毙，要么就按我刚才说的办。”

我们都知道，猫儿有一大嗜好，它总是在那半开半掩的门边欲进欲退。每个人都会对它讲：“进来!”有一种人，在他只有二分之一的机会的时候他同样会犹豫不决、踌躇不前，他依然有可能被完全断绝生还的机会。而有一种人，他们平日里处事小心，带着全身的猫性，而且正基于此，他们面临危险时有时会冒着更大的危险来自谋生路。割风原本是那种患得患失的忧心忡忡的人。然而冉阿让惊人的那种镇定态度感染了他，他终于被说服了。他小声地嘟囔着：

“一句话，我们别无选择。”

冉阿让又说道：

“我还害怕一件事，就是到了公墓以后，怎样才能出来。”

“我最放心的，就是这一点，”割风来了精神，“只要您确信您还能好好地出来，那我也能确信让您从坟墓中出来。那个埋葬工人是梅斯千爷爷，他是个大酒鬼，也是我的好朋友。他可爱喝酒呢。埋葬工人把棺材装在了坟坑中，可是我呢，我完全能把那埋葬工人装进我的口袋中。我先来给您说一下到了墓地以后您如何做。估计我们到墓地的时候，太阳还没有完全落山，可能再有四十五分钟坟场才会关上大门。灵车会一直开到坟坑旁边。我得在灵车后边紧紧跟随，这就是我的职责。在我的袋子里有一把铁锤、一个凿子、一把启钉用的钳子。灵车在墓坑前停下了，殡仪执事们在棺材中系一根绳子，慢慢把棺材放下去。这时候神甫会走过来，念念经文，再画个十字，洒点圣水，然后就离开了。剩下的人就只有我，还有梅斯千爷爷。我不是跟您说过了吗，这是我的好朋友。他总是处在这两种状态之中的一种：要么便是醉醺醺的，要么便是清醒状态。如果他神志清醒，我就跟他说：‘趁着木瓜酒馆还没有打烊，咱们来痛痛快快地喝个够吧。’我把他带走，然后就灌倒他，他的酒量不大，要不了多久就会贪睡如泥的，我就把他弄到桌子底下，偷出他的那张入墓地的证件，丢下他在那儿，我一个人回来。那时候不是就万事大吉了？如果他已经醉了，我就跟他说：‘你歇着吧，我帮你干活！他就走了，然后我放你出来’。”

冉阿让热切地伸出了一只手，割风猛然扑向前，紧紧握着，乡下人的那种与众不同的温暖总能温暖你的心。

“我完全同意您的意见，割风爷。事事如意！”

“但愿没有什么意外，这险冒得可真够大的！”割风在心底里说。

五、坟墓工人也会死的

在第二天的傍晚，一辆破旧的灵车开过梅恩大道，那车上还画满了骷髅、大腿骨和眼泪，为数不多的几个过路人面向它脱帽致意。一口棺材置放在灵车中，那上边盖着一块白布，布的上边有一个很夸张的十字架，就像一个又高又壮的死人，他的胳膊向两边伸开，仰躺在白布上。灵车后边紧随着的是一辆挂着布帘的四轮轿车，从外边可以看见里面端坐着一位身穿白袈裟的神甫以及一位戴着红瓜皮帽的唱诗童子。灵车的两边还有两位殡仪执事，他们身穿灰色制服，上面还有着黑丝带的盘花装饰。他们的后边，还有一位身穿劳动装的瘸腿老人不紧不慢地跟着。送葬的队伍正走向伏吉拉尔公墓。

那老人的口袋中，隐约可见一把铁锤、一个有豁口的凿子以及用来取钉钳的两个把手。

在巴黎的几个公墓中，伏吉拉尔公墓是与众不同的。它有着它自己的独特习惯，就像那公墓附近的老人们管公墓的大车门、侧门叫作骑士门，行人门一样——那是若干年前为公众所接受的称呼了。我们前边也已经说到过，小比克布斯的伯尔纳—本笃会的修女们经过允许，有被葬在这其中的一块隔离出的坟地上的权利，而且有权利选择下葬的时间——比如说傍晚时分，因为那块地以前归修道院所有。因为上述原因，埋葬工人在夏日的黄昏或是冬日的黑夜若是必须呆在坟场中干活，他们就得遵守一条特别的规定。当年，所有在巴黎的公墓都必须在太阳下山之前关门，这规矩是市政机关立的，所以伏吉拉尔公墓也得和其他公墓一样遵照这个规定。两个铁栏门——骑士门与行人门是紧紧挨着的，它们的旁边有一个小亭子，建造者是建筑家贝隆内，公墓的看守者就住在这亭子里。所以这两扇铁栏门，必然得到太阳落到残废军人院的圆屋顶后面时毫不客气地关闭。如果真的有一位埋葬工人，到了关门时间却还没能离开，他出门的唯一办法就是凭借一张卡片——那是殡仪馆的政府机关颁发的埋葬工人工作证。门房的窗户板层处，有一个近于信箱的匣子。埋葬工人到时候把他的工作证扔进匣子中，门房便会听见卡片下落触击匣子的声响，他会拉开绳子，这样就开了行人门。如果那埋葬工人恰巧没有带他的工作证，他就有必要自报家门，有时候门房已经上床睡觉而且进入了梦乡，他也被迫爬起来，走上前看清楚那埋葬工的模样，然后才会给他开门；这样埋葬工人总算出了公墓，不过这还是以十五法郎的罚款为代价的。

因为上述不合情理的规定，这个公墓的行政管理显得尤为麻烦。一八三〇年以后，这规定就渐渐被取消了。巴纳斯山公墓——也叫东坟场接管了它，同时它也接管了伏吉拉尔公墓那家声名远扬、官商合营的饮料店，那家铺子的房顶有一块木板，上面画着个大木瓜，这个铺子处于拐弯处，它的一边正对着客座，一边正对着坟墓，那招牌上写着：“好木瓜。”

伏吉拉尔公墓简直像是一个废弃已久的场所。它已经渐渐衰败了，进而苔藓侵犯着它的领地、花卉又抛弃了这个场所。富贵人家多不会选择伏吉拉尔公墓的——它是那么寒酸！拉雪兹神甫公墓倒还可以考虑。如果有幸葬在拉雪兹神甫公墓，那简直如同拥有了一件红木家具。拉雪兹神甫公墓是富贵的象征。伏吉拉尔公墓散发着古色古香的气息，树木的栽植是按照法国古式的园林布局的。那园子中有着许多条直直的小路，两边栽植着冬青、侧柏、杨骨叶冬青，悠古的水松——那下面便是坟地，没膝的草丛。夜幕降临了，这里便无比地凄凉、恐怖。某些地方甚至阴气袭人。

那个铺着一层白布外加一个黑十字架的灵车进入了伏吉拉尔公墓的大路时，太阳还没有完全下山。那紧跟在灵车后边的瘸腿老人就是割风。

受难嬷嬷已经被放在祭台下的地窖中，珂赛特被带出了修道院，冉阿让呆在太平间，一切都在神不知鬼不觉中完成了，没有发生任何意外事件。

顺带讲上一两句，在我们的眼里，把受难嬷嬷安葬在修道院的祭台下，根本就是毫无必要的。不过这种安排看上去也并没有什么不对。修女们处心积虑地安排了这一切，她们并没有觉得心烦，相反，这给她们带来了心灵深处的慰藉。“政府”二字，在修道院中讲往往意味着他们的干涉，而这种干涉多半总是产生矛盾的。教规是第一位的，法律吗，以后再说吧。人类呵，随你们愿意去确立多少法定律定，只要你们乐意尽管去定吧，但是你们应该在你们自己身上发挥效用而非其他人。信奉天主、并为之贡奉一切是每个信徒的意愿，这贡奉之外多余的那点才是他们对人主所供奉的，在真理跟前，即使是一国之君又算得了什么呢？

割风紧紧跟随着灵车，一拐一拐，一丝不易察觉的得意神情挂在脸上。他的两层隐秘，他的两层计划，与修女们串通了一个，与马德兰先生串通了另一个，一个为修道院所共知，另一个则瞒着修道院，全都如愿以偿。冉阿让于危急关头的那种镇定自若确实有很强的感染力。割风现在毫不怀疑成功的可能了。这以下的事情根本就是小菜一碟。他这两年来，他把那温情敦厚的梅斯千爷爷——也就是那埋葬工人，那个有着一张圆平平的脸的大好人——灌醉了十多次。他从来都将这位梅斯千爷爷当作手掌中的宝贝，可以任意捉弄。梅斯千爷爷常常听从他——割风的意愿与奇想。梅斯千的脑袋就处于割风的控制当中。对于他，割风有百分之百的把握。

送葬的行列即将转向那条直达公墓的大路，割风此时心痒难耐，他不时地搓动着双手，看着灵车，低声说道：

“这游戏够刺激的！”

猛然间，灵车停了下来，原来人家已经走到了铁栏门前。他们得递交、验证埋葬许可证。殡仪馆的一个工人与伏吉拉尔公墓的门房会晤。这至少也得花上二三刻钟的时间，就在这期间，一个陌生人走上前来，他就站在割风身旁，灵车身后。看上去这也是一个工人，他身穿着一件有个大口袋的罩衣，腋窝下还夹着把十字镐。

割风奇怪地注视着那个陌生人。

“您是什么人？”他问。

那陌生人答道：

“埋葬工人。”

如果当时真的有一个人受了炮弹的轰击而没有丧命的话，你注意看看他的表情，那简直与听到那“埋葬工人”四个字以后的割风的表情如出一辙。

“埋葬工人？”他反问一句。

“是的。”

“您？”

“我。”

“梅斯千爷爷不是这儿的埋葬工人吗？”

“曾经是。”

“什么？曾经？”

“他死了。”

在这之前，割风预料到了所有可能发生的事情，可唯独没有想到这一点，没有想到梅斯千爷爷会死。这也没什么奇怪的，埋葬工人原本也是要死的，人都是要死的。人在不停地为别人挖坟坑，同时也渐渐挖开自己的坟坑。

割风目瞪口呆。他竭尽全力，才送出一句完整的话：

“这，这是不可能的。”

“现在已经发生了。”

“不过”，他又喘着气说道，“可是，埋葬工人，就是梅斯千爷爷呀。”

“拿破仑之后，是路易十八。梅斯千之后，就是格利比埃。你这从乡下来的，我的名字是格利比埃。”

割风脸色煞白，上上下下看着格利比埃。

那个乡巴佬身体瘦长、脸色发青、冷淡到了极致。他说话的样子好像是他做别的什么事情不得施展身手别无选择才来当埋葬工人。

割风大笑几声。

“哈！少有的怪事！梅斯千爷爷不在人世了。梅斯千小爷爷死了，可是勒诺瓦小爷之万岁？您知道什么叫作勒诺瓦小爷爷吗？我说，那可是六法郎一瓶的红酒。那可是叙雷讷产的，好极了！那可是地地道道的巴黎货！哦，梅斯千爷爷，这老头不在了！我真的痛苦呵，那个好人不在了。其实，您同样是个好人。没错吧，伙计？呆会儿，咱们去喝一盅。”

格利比埃说道：

“我读过几年书。我读完了第四班。我滴酒不沾。”

灵车继续往前走，走在公墓的大道上。

割风放慢了前行的步伐，这次倒真的不是因为腿脚不便，而是出于内心的焦躁不安。

格利比埃走到了他前边。

割风又认真看了看那似乎是从天而降的格利比埃。

那个人虽然年轻却显得面老、瘦小却又十分结实。

“伙计！”割风喊道。

那个人回转头来。

“我是修道院的埋葬工人。”

“老人家。”

割风尽管行为粗莽，可也粗中有细，他知道站在他面前的这个人不怎么容易对付，很显然，这人很会说话。

他又说道：

“真没想到，梅斯千爷爷不在了。”

那人答道：

“全部结束了。仁慈的天主扯碎了他的生死簿。梅斯千爷爷大限已到。所以梅斯千爷爷就死了。”

割风如机器般地说一遍：

“仁慈的天主……”

“仁慈的天主”，格利比埃郑重其事地说，“哲学家们称之为永远之父，雅各派修士们称之为上帝。”

“难道我们不该增加彼此间的了解吗？”割风低声地说。

“刚刚不是介绍过了吗？您是个乡巴佬，我是巴黎人。”

“酒逢知己千杯少，千杯才能投合心意。咱们可以去喝一杯。您总不会拒绝吧。”

“工作当然是首要的。”

割风对自己说：

“死定了。”

灵车只要做几次转动，就到达属于修女的那方土地的小路上了。

格利比埃又说道：

“我得养活七个孩子呢。七张嘴得吃饭，我只能不喝酒。”

他依旧带那副自以为是的神情，如同卖弄学识般地加上一句：

“他们的饥饿与我的饥渴做斗争。”

灵车围着一颗耸入云天的古柏转上了小路离开了大道，转入了泥土地，往丛林深处进入这是灵车即将到达坟地的标志。割风尽可以阻止自己前行的步伐，可他如何阻挡了那车轮的旋转？谢天谢地，疏松的土质浸入了冬季的雨水，车轮艰难地一步一滑地向前滚动，相应地放慢了速度。

他走近格利比埃。

“听说阿尔让特伊小酒味道不错。”他低声下气地说。

“乡巴佬，”格利比埃说道，“我本来不应该来这儿当埋葬工人的。我老爹是会堂的传达。他本来寄希望于我的文学创作。可是天命如此，他太不幸。他在交易所折本。我不得已放弃了当作家的梦想，可是至少我还能当个摆地摊的写字先生。”

“这么说来，您并非埋葬工人啰？”割风接住他的话头，不肯放过一丝希望，哪怕是极其微弱无光的。

“干这行，同样也能干那个，我可以同时做——身兼双职嘛。”

割风不知道那最后四个字意思为何。

“来干一杯吧。”他说。

我们得强调一点，割风满怀着焦虑与不安他请格利比埃喝酒，可是他并没有明确谁请客的问题。以前，割风常常是请别人喝酒，梅斯千爷爷拿钱。这回他请别人喝酒，自然是由于那个新来的埋葬工人的出现改变了既定的局面，而且这也是分内之事，可是这位割风爷并非无此打算，把所谓的“拉伯雷的那一刻钟置之脑后。虽然割风此时心情烦乱，却并没打算请客。

那位埋葬工人，带着副自傲的神情，又说道：

“生计问题迫在眉睫。所以我接管了梅斯千爷爷的工作。一个人在快要结束学业而又未至时，他就有了哲学家的素养。除了动手的工作之外，我还有胳膊的工作。我在塞夫勒街的市场上摆了个写字棚。您知道吗？就是雨伞市场，连红十字会里的厨娘都找我帮忙。我就帮助她们写一些情深义重之类的语言，写给那些小伙子。早上我替人写情书，晚上我呆在这儿挖坟坑。乡巴佬，生活便是如此。”

灵车继续向前。割风的慌张已经超出了言语的表达范围，只能四处张望。他的头上，出现了大滴大滴的汗珠。

“不过，一个人不能脚踩两只船。我只能有一个选择，选择笔还是选择镐。那会把我的手弄伤的。”

灵车站住了。

唱诗童子从那挂着布帘子的轿子中走出。接着便是神甫。

灵车最前边的一个轮子已经触动了土堆的边缘，接着下去，就是那个黑洞洞的坟坑。

“这玩笑也太过火了些！”割风垂头丧气地加上了这句话。

六、夹在四块棺材板之间

那个在棺材里面的人是谁？谁都很清楚。那是冉阿让。

冉阿让找到一个办法，能在那里面活下去，他凑合着进行艰难的呼吸。

的确令人吃惊，只要心里平静，别的一切就都可以保持平静。冉阿让预先想的和这一模一样，而且从前一天夜里开始，所有的事情都进展得很顺利。他和割风相同，一心指望着梅斯千爷爷。他对最后结果有很大的把握。一直以来都没有什么比这种情势更紧张，也没有什么比这种安定更加完全。

那四块棺材板造成了一种令人恐惧的安静。在冉阿让的平静中，似乎真的有从此一睡不醒的意思了。

他躺在棺材里面，能够体会并且也的确体会到了自己这一次与死亡游戏的戏剧性情节一步一步发展变化的一幕幕的图景。

当割风把上面那块盖板钉好后不久，冉阿让就感觉到自己在空间里飘来飘去，然后又随着车子向前走。由于不再像刚开始时那么抖得厉害，他知道车子已经从石块路面走上了碎石路面。又响起一片空荡荡的声音，他那猜想正在过奥斯特里茨桥。当车子第一次停下来的时候，他知道自己快要进坟墓去了，当车子第二次停下来的时候，他告诉自己："快进坟堆了。"

突然，他感觉到很多双手把住了棺材，然后在那四块木板上，他听见了一阵粗糙低沉的摩擦声音，他也知道，那是用绳子绑住棺材，准备捆好了吊进洞里。

然后他觉得一阵眩晕。

这最大的可能性是那些殡仪执事和埋葬工人使那个棺材重重地摇了几下，而且还是依头在下脚在上的顺序吊进洞里去的。他马上就完全恢复了原样，觉得自己躺得安安稳稳的。他脚刚触到了底。

他感觉到一阵轻微的冷气。

他听到在自己身子上方有一个惨切而冷酷的声音在说话。他听见有个人慢慢地说出一长串的拉丁语，他能清楚地听到每一个字，但是他完全听不懂：

"Quidormiunt in terrae pulvere, evigilabunt; alii in vitam aextxernam, et ali i in opprobrium, aut videant semper."

一个小孩子说：

"De Profundis."

那个低沉的嗓音又开始说话：

"Requiem eternam dona ei, domine."

小孩子的声音回答说：

"Et lux perpetua luceat ei."

他听有几滴雨水落在那块盖板上发出滴嗒的声音，那大概是在洒圣水。

他心头这样想："就要完事了吧。再坚持一会儿。神甫马上就走了。割风领着梅斯千去喝酒。然后割风一个人回来，我就可以出来了。这生意还得等上个整整一小时。"

那低缓深沉的嗓音又开始讲话：

"Requiescat in pace."

小孩子说：
“阿们。”
冉阿让，竖着两耳，听到一阵许多脚步远去一般的声音。
“他们总算走开了，”他心里说，“这儿就只有我一个人了。”
忽然之间，他听见头上一阵巨响，像是被雷电击中了一样。
那是一铲泥土投落到棺材板上。
第二铲接着又落下来了。
有一个他用来呼气的小孔已被泥土堵了。
第三铲土也跟着落下来。
然后是第四铲。
有的事情会让最强壮的人也受不住。冉阿让不省人事了。

七、“别把卡片丢了”这句成语从何而来

冉阿让躺的那棺材外面发生了这些事情。
等灵车已经走出老远了，神甫和唱诗小童也已经坐车离开了的时候，一直都死盯着那埋葬工人的割风看着他低下身去拿那把他插立泥堆上的铁铲。
这个时候，割风终于最终下了坚定的决心。
他走过去，立在墓坑和那个埋葬工中间，两手叉腰，说道：
“我给钱！”
那埋葬工被吓了一跳，两眼直直地盯着他，回答道：
“什么，乡巴佬？”
割风再说一遍：
“我给钱！”
“给什么钱？”
“酒钱！”
“喝什么酒？”
“阿尔让特伊。”
“那是哪儿，阿尔让特伊？”
“‘好木瓜’。”
“见鬼去！”埋葬工说。
同时他铲起来一锹土，抛在棺材面上。
棺材被撞击出一种空空的声音。割风觉得上重下轻无法平衡，差点儿摔到墓坑里去。他大叫起来，喉咙差不多快被声气堵住了。
“伙计，抓紧时间，现在‘好木瓜’还没关关门！”
埋葬工又铲满了一铲土。割风又说了一次：
“我给钱！”
同时，他一下子就把那埋葬工的手臂抓住了。
“你听着，伙计。我是修道院里的埋葬工。我来是为了给您帮个忙。这件事儿，晚上照样能做。我们先去喝上一杯，再回来干也不迟。”
他一边说这些话，一边还反复纠缠在这个几乎不可能的顽固念头上，而心里

面却在这么凄凉悲哀地想说："就算他同意去！他会醉个半死吗？"

"好吧，"埋葬工说，"既然您这么再三邀请，我就舍命陪君子吧。我们一块儿去喝好了。干完活儿再去，没干完，绝对不能去。"

同时他把那把铁铲抖了抖。割风再一次把他抓住。

"那可是要六法郎一瓶的阿尔让特伊啊！"

"那又怎么样，"埋葬工说，"你就跟个敲钟的差不多。叮咚，叮咚，除此以外，您什么也说不出来。滚开，别总在我跟 前聒噪。"

边说着，他又铲起来抛下第二铲土。

事已至此，割风已不知所云。

"先去喝一杯吧，"他大吼着说，"反正是我请客！"

"先让这家伙安息了再说吧。"埋葬工说。

他又落下第三铲土。

然后他又把铁铲插进土堆，说：

"您是清楚的，今天夜里会很冷，要是我们把这个死女人扔在这里不管，不给她盖被子的话，她就会在我们身后追着叫个不停。"

这时，那埋葬工由于低身弯腰铲土，所以那罩衫上的兜露开了。

割风的那双惊慌四顾的眼睛毫无表情地看着那衣服兜，盯着它看。

太阳还没有落下山头，天还很明亮，他还可看见在那敞开的衣服口袋里面，有块白色的玩意儿。

从割风的双眼里发出来的闪光，是一个庇卡底的乡巴佬眼里所能有的。他一下子想到一个办法。

那埋葬工的注意力全在他那铲土上了，割风抓住他不留神的当儿，从后面伸手到他的兜里，从那里面把那块白色的玩意儿掏了出来。

这时，那埋葬工已经抛下了第四铲土了。

他正要转身挖第五铲土时，割风镇定自若地看着他说

"喂，乳臭未干的家伙，您那张卡片在哪儿？"

埋葬工停下手里的活儿，说：

"什么卡片？"

"太阳马上就落山了。"

"让它落山好了，请它把自己的睡帽戴上。"

"墓地的大铁栏门就要关了。"

"关就关，有什么关系？"

"您有没有那张卡片？"

"啊，那张卡片！"埋葬工说。

说着，他动手摸自己的衣服口袋。

陶完一个，又掏一个。他又到背心口袋里去找，掏完第一个，又翻转另一个。

"没有，"他说，"我今天忘了带我的那张卡片，没想起来。"

"罚款十五法郎。"割风说。

埋葬工面显青色。青就是一张毫无血色的铁青面孔的颜色。

“啊基督……我的……跛腿……天主……蹲下了……屁股！要罚十五法郎！”

“那可是三枚一百个苏的钱呢。”割风说。

埋葬工扔开了他手里的铁铲。

割风终于有机可乘了。

“别着急，”割风说，“年轻人，别灰心失望。犯不着为这事儿不想活，而想用用这坟坑。十五法郎，只不过是十五法郎罢了，再说您也有办法不交这些钱。我是熟手，您可是生手。我可不缺办法、方法、巧法、妙法。我教您个办法，谁叫我是您的朋友呢。有个不用多说的事，太阳落山了，它都到那圆屋顶的尖头上了，不用五分钟，公墓就关大门了。”

“这倒不假。”那埋葬工说。

“五分钟可不够您堵上这坑儿，它就跟鬼门关一样深，这坟坑儿，关大门之前，您无论如何也来不及赶去门口钻出去了。”

“这也不假。”

“既然如此，那十五法郎的罚款是逃不了了。”

“十五法郎……”

“但是您还有机会……您的家住哪儿？”

“离便门就两步路。从这儿去，一刻钟就够了。就在伏吉拉尔街，八十七号。”

“您还有时间，现在就死命地跑，一会儿就会跑出大门。”

“这都很好。”

“跑出大门，您就直奔您家而去，拿上那卡片再回这儿来，墓地那守门的会给您打开门。您拿来了卡片，就不会挨罚了。您再把这死人填好。而我，我帮您守在这儿，免得他钻了空子。”

“您可是我的救命恩人，乡巴佬。”

“你就赶紧去吧。”割风说。

那埋葬工，对他感恩戴德，喜形于色，抓着他的手使劲地抖，嗖地一下就跑掉了。

当那埋葬工在树林里消失了以后，割风又屏息倾听，一直到听不见他的脚步声以后，他面向那坟坑弯下身子去，轻声地叫道：

“马德兰爷爷！”

没有任何回话的声音。

割风全身都在发抖。他向下爬过去，不，准确地说是滚下去，跳到棺材板上，叫道：

“您还在那儿吗？”

棺材里寂静无声。

割风全身抖得差不多没了呼吸，他赶紧拿出自己的钝口凿和铁锤，把盖板撬开了。在暮色之中，冉阿让那张脸完全是苍白的，眼睛也合上了。

割风的头发根根直立，他站起身来，撑在坟坑的内壁上，差不多快倒在棺材上了。他看着冉阿让。

冉阿让直挺挺地躺在里面。

割风轻声细气地，像轻风微拂一样地说：

“他死了。”

他又站起身来，使劲地叉起两条手臂，力道之大，那两个握紧了的拳头碰到了双肩，他大叫着说：

“我为救他可花了这么多心思，我！”

这时，那悲哀的老头子放开嗓子痛哭起来，一边自己跟自己说话，也许会有人觉得世界上不会有自己跟自己交谈的人，那可错了。过度的激动往往会以语言的形式大声地表达出来。

“这都是梅斯千爷爷的错。他干吗不要活呢，这笨蛋？他又何必，非要在别人想不到的时候离开呢？是他害死了马德兰先生。马德兰爷爷！他在棺材里睡去了。他算是闭了眼。结束了。因此，这样的事，岂是可理喻的？啊！我的耶稣！他死了！好啊，他的那个小女孩，我怎么处理她呢？那个卖水果的女人有什么话会说呢？这样一个人就这么死了，竟然有这种倒霉事！当我一想到以前他爬到我车子下面的时候！马德兰爷爷！马德兰爷爷！老天爷，他活活被憋死的，我早说会这样的。他就是不听我的话。好嘛，这蠢事做得可真漂亮！他死了，他可是个老好人，仁慈天主的善良人中最仁慈善良的人！还有他的那个小女孩！啊，不管怎么样，我都不会再回去了，我。我待在这儿就行了。做了这样的事！我们两个人，都这么大把年纪了，还像是两个老神经病一样，真没有意思。但是，他到底是如何爬进那修道院的呢？那事开始的时候就有问题。那种事可不能做。马德兰爷爷！马德兰爷爷！马德兰爷爷！马德兰！马德兰先生！市长先生！他根本听不到我的叫声了。拜托你赶紧爬出来吧。”

他使劲地抓自己的头发。

一阵刺耳的嘎嘎声从远处的树林里传了过来。公墓的大铁栏门关闭了。

割风再次低头去看冉阿让，又一下子就猛跳起来，一直后退到了坑壁。冉阿让睁开了眼睛，而且还在盯着他看。

看见一个死人，肯定是非常恐怖了；看见一个死了的人又活了过来，差不多是同样的恐怖。割风仿佛变成了一块石头，脸色死灰死灰的，惊慌不已，几乎被恐惧激动的心情完全控制了，他不清楚自己要对待的是个活人还是个死人，他盯着冉阿让，冉阿让也盯着他。

“我睡着了。”冉阿让说。

他坐起身子。

割风双膝跪下。

“公平仁慈的圣母玛丽亚！您可把我吓死了！”

然后他又站起身来，高声说：

“谢谢您，马德兰爷爷！”

刚才冉阿让只是昏了一会儿。然后清新的空气又让他醒了过来。

愉快是对恐惧的反击。割风要醒过来差不多费了和刚才冉阿让醒过来同样大的劲儿。

“这么说，您还活着呢！啊！您可真会开玩笑，您！让我好叫歹叫，您才睁开眼睛。我看着您闭着眼睛时，说：‘好！他被憋死了。’我差不多快变成一个恶疯子，一个必须得穿绳子背心才行的恶疯子了。可能会有人送我去比塞特。您如果死了的话，叫我可如何是好呀？还有您的那个小女孩子！这也会让那卖水果的女人摸不着头脑！我送个孩子到她怀里，不久就说公公没了！这事可真奇怪！我天堂上的圣贤先辈们，这事可真奇怪！啊！您仍活着，这可是最让人振奋的了。”

“我觉得冷。”冉阿让说。

这句话让割风又回到了现实世界，当时形势很急迫。这两个人，尽管都已经醒了，但谁也没觉得自己的神智仍不太清楚，他们心中都还存在一种怪异的现象，那就是都没有完全地意识到那时那种危险的处境。

“我们马上离开这儿吧。”割风变声地说。

他从衣服兜里掏出一个葫芦瓶子，这是他事称就预备好的。

“您先来一口。”他说。

葫芦瓶也发挥了始自清新空气的作用，冉阿让大大地灌了一口烧酒，这才完全清醒了。

他从棺材里爬起来，又和割风一道再钉好盖子。

三分钟后，他们已经从坟坑里出来了。

割风现在总算放了心。他镇定从容。公墓铁门已经关上了。不用担心那个埋葬工格利比埃会忽然出现。那“年轻人”正在屋子里找那张卡片呢，他绝对不可能在家里找到了，因为那卡片正在割风的衣兜里面。没有那张卡片，他就不能进到坟场里来。

割风手拿铁铲，冉阿让手持铁镐，一起把那口空棺材给埋了。

坑最终填满了土时，割风对冉阿让说：

“我们走吧。我拿铲，您拿镐。”

天色已经暗下来了。

冉阿让走路的样子，看上去行动还不很方便。在那棺材里他身子都睡硬了，差不多快变成僵尸了。在那四块板子里面，身上的关节已经变得像死人的一样僵硬了。他不得不让自己在一定程度上从那阴凉的坑气里回转过来。

“您都冻僵了，”割风说，“只可惜我跛了一只脚，否则，我们可以痛快地发足狂奔一阵了。”

“没关系！”冉阿让回答说，“走不过四步，我腿上的劲就又恢复过来了。”

他们顺着刚才灵车来时的那条小路走。走到已经关上的铁栏门和守门人的房子面前时，割风拿出那埋葬工的卡片，丢在盒子里，守门的把绳子一拉，门就开了，他们也就出来了。

“这可太方便了！”割风说，“您的想法妙极了，马德兰爷爷！”

他们轻轻松松地穿过了伏吉拉尔便门，没碰上一点儿麻烦。在公墓周围的地方，一把铲和一把镐就跟两张通行证没什么区别。

伏吉拉尔街上空无一人。

“马德兰爷爷，”割风抬起头来看着街边的房子，同时边走边说，“您眼神比我强。请帮我看看八十七号在哪儿。”

“太巧了，正是这里。”冉阿让说。

“街上没别人，”割风继续说，“您给我那把镐，在这等我两分钟。”

割风向八十七号走去，被那种无时无刻不把穷苦人引向最高处的本能推动，他一直往上走去，在一片黑暗之中，敲响了顶楼上的一个门。有人回答说：

“请进。”

那人正是格利比埃。

割风把门推开了。那埋葬工的家里面，就像所有穷苦人的家里一样，是个什么家具都没有但又堆满了破烂的窝儿。一只用来装货的木箱——可能是口棺材——被变成了橱柜来用，一个奶油钵被当成水盆来用，草荐当成了床，方砖地就是桌子和椅子。在那房子的一个角落里铺着一张破垫子，是一条破毯子剩下来的。这贫苦家庭里面的所有东西，都还保留有一阵狂翻乱找的痕迹。甚至可以说，在那间屋子里发生了一次“个人”的地震。很多东西都还没有盖上盖子，破烂衣服被到处乱丢，瓦罐砸碎了，母亲流过泪，孩子们大概还挨了揍，那就是一通愤怒而不懈的搜寻后遗留的痕迹。很明显，那埋葬工刚才曾经发疯般地四处寻找他的那张卡片，并且把丢卡片的责任怪罪到那陋室中的全部物件和人的身上，从瓦罐直到他的女人。他此时相当焦躁气馁。

但是割风，因为当时他一心只想到要脱离险境，根本没有注意到他的胜利所导致的不幸的这一方面。

他走进屋去，说：

“我带来了您的铲和镐。”

格利比埃一脸惊恐，看着他说：

“是您啊，乡巴佬？”

“明天早上您可以到公墓看门的那里拿您的那张卡片去。”

同时，他又把铲和镐放在了方砖地上。

“这叫我说什么好呢？”格利比埃问。

“这也就是说：您的那张卡片从您的衣兜里落了出来，您走了之后，我在地上发现了它又把它捡了起来，我填好了那个死人，把坑填满了，我帮您把那活儿结束了，守门的会把那张卡片再还给您，您也不会被罚十五法郎了。就是这些，年轻人。”

“谢谢您，乡下人！”格利比埃喜形于色地大叫道，“下回喝酒，我来请客。”

八、回答成功

一个小时后，在夜幕下，两个男人和一个小孩来到了比克布斯小街六十二号的大门跟前。年纪老一些的那个男人拿起门锤来敲了敲。

那三个人就是割风、冉阿让和珂赛特。

两个老男人已经去了一次绿径街，到那个昨天割风把珂赛特托付给她的那卖水果的女人家里去把她领了回来。珂赛特在那二十四小时中，什么都不知道，只是一句话也不说地打着抖。她甚至抖得也没有哭过一声。她不吃东西，也不睡觉。那个卖水果的女人真是名副其实，问了她数十个问题，从头到尾，她就只得到了一双没有光彩的眼睛作为回答。对两天以来所发生的事，珂赛特守口如瓶。她体会到他们正面临着一段危难时期。她从心底里觉得自己应该听话”。谁没有体验过人对着一个受尽惊吓的小孩子的耳朵，用某种语气说出“什么都不许说啊!”说这种话时的巨大威力，恐怖并不会说话。再说，没有人会比一个孩子更能保守秘密了。

但是，当她终于熬过了那惨痛的二十四个小时后再次见到冉阿让时所发出的那种欢畅的呼喊，有头脑会思考的人听在耳朵里，会重重地体会到那种呼声中所表现的对于渡过难关的又惊又喜之情。

割风本是修道院里的人，他懂得那里的每一种口语暗号的意思。每一道门都打开了。

于是那个令人生畏而颤抖的双重难题：出去和进来的难题，被解决掉了。

守门的，早就有了指示，他把那道从院子通向花园的便门打开了，那道门是开在院子深处的墙上的，正对面就是大车门，二十年以前，人们在街上还可以看得见。守门地带着这三个人一起从那道门进去，通过那里，他们就来到那间院里的特别准备的接待室里，也就是在那儿，割风一天前接受了院长的命令。

院长，手握念珠，正等着他们。有一个参议嬷嬷，放下了面罩，站在她身边。点着一支凄惨暗淡的细白蜡烛，差不多可以说，那烛光照的仿佛就是那间接待室。

院长仔细地打量了冉阿让。人低垂着的眼睛是看得最清楚的。

然后她提问：

“那兄弟也就是您吗?”

“是的，尊敬的嬷嬷。”割风回答。

“您叫什么?”

割风回答道：

“于尔迪姆·割风。”

他还真是有一个叫于尔迪姆的已经死了的兄弟。

“您是哪儿的人?”

割风回答道：

“我祖籍比奇尼，挨着亚眠那地方。”

“今年多大了?”

割风回答道：

“五十岁了。”

“您干什么工作?”

割风回答道：

“我是搞园艺的。”

“您是个好的基督徒吗?”

割风回答道：

“我全家人都是。”

“这小女孩子是您的吗?”

割风回答道：

“是的，尊敬的嬷嬷。”

“她是您的女儿吗?”

割风回答道：

“是我孙女。”

那个参议嬷嬷低低地对院长说：

“他的回答倒还不错。”

冉阿让压根儿一个字也没有说。

院长仔细地打量了一下珂赛特，又低低地对那个参议嬷嬷说：

“她不会长得漂亮。”

那两个嬷嬷在接待室的角落里细声细气地商议了一会儿，然后院长又走回来，说：

“割爷，您还要再去做一副有铃铛的膝带。现在得要两副了。”

第二天，真的，大家在园子里都能听见两个铃铛的声音，修女们再也忍不住了，都要把面罩揭开一角来看一下。她们看到有两个男人在园子那头的树下面，一起刨地，是割风和另外一个男人。那可不是一件小事情。即使从来都不说一句话的人也忍不住要告诉别人：“那是一个助理花匠。”

参议嬷嬷们还说了一句：“那是割风的兄弟。”

冉阿让总算是顺利地在这里落了户，他有了那副系在膝盖上的革带和一个铃铛，从此以后，他也是个有正式工作的人了。他的名字是于尔迪姆·割风。

最终让嬷嬷们决定留下他们的，还是院长看过珂赛特后所说的那句看法：“她不会长得漂亮。”

院长这样预测了珂赛特的未来，立刻就对她感觉不错了，还给了她一个寄读学校的免费名额。

这样做，完全合乎逻辑。在修道院里不准使用镜子，那根本就是白费劲，女人对自己的长相清楚得很，所以，对自己的漂亮长相一清二楚的女孩子都不会很简单地就被别人说服愿意出家；既然美貌和远大的愿望是相互抵触的，人们大多都会指望貌丑的女人，而不是貌美的女人。于是对丑小孩子的浓厚兴趣就产生了。

这次意外事件使割风这老好人的身份得到了大大的提高，他在三方面取得了胜利，对冉阿让，他救了他的命还保护了他；对埋葬工格利比埃，他获得了他的感激，认为割风想办法为他免除了罚款；对修道院，他肯出大力气，把受难嬷嬷的棺材放在祭台底下，修道院方可以背着恺撒，让天主满意。小比克布斯的那个棺材里有尸体，伏吉拉尔坟地的那个棺材里没有尸体，社会秩序必定被严重地搞乱了，但并没有感觉到。至于修道院，真的是非常感激割风。割风成了最能干的仆人和最优秀的花匠。一段时间之后，大主教来视察修道院，院长对他说了事情的前前后后，一面为自己忏悔，一面又夸赞了自己一次。大主教，从修道院出来的时候，又以夸赞的语气把这一切悄悄地对德·拉迪先生说了，后者是御弟的忏悔神甫，以后将成为兰斯大主教和红衣主教。对割风的赞扬传得可真远，因为它都传到罗马了。我们手上有一封信是莱翁七世写给他的族人的，他就是当时在位的教皇，他的那个族人也就是教廷驻巴黎使馆的大臣，名字和他相同，也叫德拉·让加，信里写着这么一句话："听说巴黎的一个修道院里边有一个相当能干的花匠，是个圣人，姓是弗旺。"这种荣耀在割风那间破房子里是一点儿也不知道，他还是和从前一样地接枝，薅草，盖瓜田，根本不知道自己有什么优秀和与众不同的地方。《伦敦新闻画报》上登载了达勒姆种牛和萨里种牛的照片，而且还标明了"荣获有角动物展示会奖状的牛"，但牛对于自己的这份荣耀可是一点儿也不知道，割风对自己的那份荣耀的了解，与牛相比也多不到哪去。

九、潜伏隐藏

到了修道院以后，珂赛特还是不怎么说话。

珂赛特理所当然地认为自己是冉阿让的女儿。再加上她并不知道什么，自然也就什么也说不出来，而且无论如何，她也不肯说。刚才我们也谈到过，苦难是最有力量让小孩子养成沉默寡言的习性的。珂赛特吃过各种苦，这让她对每一件事，甚至是说话和呼吸，都很小心谨慎。她经常为了一句话就被毒打一顿！自打跟了冉阿让之后，她才放宽心了一些。对修道院的生活，她来了不久就习惯了。但她时不时地会思念卡特琳，只是不敢说出来。但有一次她对冉阿让说："爹，如果我能早点儿知道是这样的话，我就带她一块儿来了。"

珂赛特成了修道院里的寄读学生，穿上了院里现实的学生制服。冉阿让被同意，收回她换下来的衣服。那还是那件她离开德纳第客栈时他给她穿上的丧服。还不太破。冉阿让把这些旧衣服，和毛线袜及鞋子一起，都放进一只他想办法弄来的小提箱里，那里面还搁了很多樟脑和各式香料，这些东西修道院里用得很多。他把那箱子放在自己床旁边的一把椅子上，总是随身带着那把钥匙。有一天，珂赛特问他：爹，这只是什么箱子，怎么这么香?”

割风先生，除了以前我们提到的那份他自己一无所知的荣耀以外，也还从他的善举中得到了好的回报，首先，他为自己的所作所为而高兴；其次，有个人和他分着干这些活儿，这样他自己的负担就减轻了些；最后，他很喜欢抽烟，和马德兰先生同住，抽烟就非常方便了，和以前比，他烧掉的烟叶增加了三倍，兴趣之浓也今非昔比了，因为烟叶都是马德兰先生买给他的。

修女们根本不在乎于尔迪姆这名字，她们都把冉阿让叫作“割二”。

如果修女们也像沙威一样眼尖的话，她们可能会发现，每当园里有事需要花匠出去跑一趟的时候，总是那个割风大爷，又老又病还跛腿的那一个出去跑，另一个决不会去，但她们对此全无觉察，很有可能是因为她们的眼睛总是望着上帝而观察力不强，也可能是因为她们更加热衷于互相窥视。

还好冉阿让安安分分地待着不动，沙威盯着那一带足足盯了一个多月。

那个修道院在冉阿让眼里，仿佛是座每个方向都是悬崖绝壁的孤岛。从此以后，他就只能在那四面围墙之内活动了。在那里，他能看见天空，这已经让他觉得舒服了，还看得见珂赛特，这足够让他高兴了。

对他说来，一种很安详平静的生活又开始了。

他和老割风同住在园子内一所破屋子里面。盖那房子的砖和瓦都是用剩了的，一八四五年那房子还在，我们知道，一共有三间房，什么都没有，只有墙壁。那间正房，尽管冉阿让坚决不同意，割风还是硬把它给了马德兰先生。那正房的墙上，有用来挂膝带和背筐的两个钉子，再有就是壁炉上钉了一张保王党在九三年发行的纸币，它的正确摹本如下：

那是从前那个花匠把那张旺代军用券钉到墙上去的，他是个老朱安党徒，最后死在这个修道院里，他死了以后割风就接了他的班。

冉阿让一天到晚地在园子里干活，很能干。他以前做过修剪树枝的活儿，当个花匠正合他意。我们还没忘记，对于栽培花草，他很有办法和妙方。他现在全都用得上了。那些果树差不多都是野生野长的，现在他利用接枝技术让它们硕果累累。

珂赛特被同意每天可以去他那儿一个小时。因为修女们从来都没有笑容而他又亲切，孩子一对比，就越发喜欢他了。每天一到点儿，她就跑到那破屋子里来。她一来，那间陋室立刻变成了天堂。冉阿让欢天喜地，想到自己能给珂赛特带来幸福，他自己也觉得更加幸福了。我们带给别人的愉悦总是有一种动人的地方，和一般的反光不同，也不再比光源更微弱，当它返回到我们自身时，它变得更加光彩夺目。课间休息时分，冉阿让远远地望着珂赛特嬉笑打闹，他可以从很多人的笑声中分辨出哪一种是她的笑声。

因为现在的珂赛特，也开始会笑了。

以至于珂赛特的样子，也发生了一定程度的改变。以前的阴郁低沉的神色没有了。笑，就是阳光，它能融化人们脸上的寒气。

珂赛特到现在都不漂亮，却变得非常可爱。她用她的温柔细嫩的孩童腔调说出很多很多的满有情理的小事情。

课间休息结束，珂赛特又回去上课时，冉阿让就看着她教室里的窗户，有时半夜三更，他也会起来，看着她睡房的窗户。

这其中也有上帝的安排，修道院，跟珂赛特一样，在冉阿让的心里也支持而且完成了那位主教所做的善行。优良的德行常常把人导向自满，这是正确的。这里面有魔鬼搭好的桥。当老天爷做主让冉阿让待在小比克布斯修道院时，大概他已经下意识地靠近那一方和那座桥了。他只要用自己和那位主教一比，他还能看出自己的缺陷和不足，也就不再把头翘得高高的了；但近段时间里，他比较的对象是人，所以就自高自大起来。谁知道：说不定他又会返回原来那条恨之路上去。

修道院在那斜坡上控制住了他。

修道院是他所看见的第二个关押人的地方。他年轻的时候，也就是他刚刚迈入人生的时候，甚至比那还早，一直到现在，他看见过另外一种关押人的地方，一种极端险恶的地方，他总是感到那种地方里面的各种严酷刑罚都体现着法律的罪恶和刑罚的不公正。如今，苦役牢过后，他看见的是修道院，他心里想，从前他是一名苦役犯，现在也算得上是个修道院的旁观者，所以他战战兢兢地在心里面比较起这两个地方来。

有的时候，他双手撑在锄头柄上，任思想翻滚起伏，他随之陷入深深的回想之中。

他想起了过去的那些朋友，他们的生活无比悲哀，天一亮他们就必须起床，一直辛苦到夜深人静之时，他们差不多没什么时间睡觉，他们睡在行军床上，褥子只准用两寸厚的，在那些睡觉的大房间里，一年之中，只有在最不可忍受的几个月里才会生火；他们身上的红色囚衣奇丑无比，那还得感谢恩典，在酷暑的季节里穿一条粗布长裤，在严寒的冬天穿一件粗羊毛衫；只有“干重活”时才能有点儿酒和肉。他们无名无姓，分别只在于号的不同，仿佛人格不过是几个数码罢了；他们垂着眼睛，小声讲话，剃了头，在鞭打与屈辱中求生存。

然后，他又想到了现在他周围的这些人。

这些人，也一样剪了头发，垂着眼睛，小声讲话，虽然不是在屈辱中生活，但却被世人嘲笑，背上虽没有挨打，双肩却被清规戒律折腾到遍体鳞伤的地步了。人们也同样记不住他们的名字，他们只是活在一些神圣的名字底下。他们从来都吃素，也一直禁酒，还经常一天天地斋戒，他们从不穿红色的衣服，但必须穿着像裹尸布一样的黑色毛料，这让他们夏天时觉得太沉重，冬天又觉得太轻松，又不能多穿点，也不能少穿点，就连随季节换件布衣服或呢子外套也不行；整整一年，六个月他们都必须穿着哔叽衬衫，所以经常被热出病来。他们睡觉的房间，虽不是那种只有严冬时节才生火的大屋子，但却是决不生火的静室；他们的褥子不是两寸厚的，而是麦秸。结果，他们根本不可能再睡得着，在辛苦劳动了一整天以后，每个夜里，休息正要开始，疲倦得不得了，就要昏昏欲睡去的时候，或者是刚睡到暖和了一些的时候，他们就又要醒来，起来，到那阴湿冷暗的圣坛里去，两腿跪到石头上，做祷告。

在有的日子里，他们每人挨着个地跪到石板上，要不就是头面着地、伸开双臂、取个十字架的样子趴在地上，一做就得十二个小时。

那些是男人，这些是女人。

那些男人做了什么呢？他们盗劫过，强奸过，抢劫过，杀过，暗杀过。那些人是歹徒、骗子、放毒犯、纵火犯、杀人犯、弑亲犯。这些女人又做了什么呢？她们什么都没做过。

一边是盗劫、掠夺、诈骗、强奸、淫乱、凶杀，各种各样的邪恶，五花八门的罪行，而另一边，却只有一样东西：天真无知。

近乎完美的天真，差不多可以和上天的圣母媲美的优良品德，在人世间只是和贤良淑德差不多，但在天界却快和圣域差不多了。

一边是轻声地自我表露罪恶，另一边是大声地忏悔自己的过失。再说，这又是怎样一种罪恶！又算得上怎样一种过失！

这一边是扑鼻的恶臭，另一边是一种香远溢清的芬芳。一边是精神上的恶疮，受枪口监视着，一步步地侵害患者的恶疮；另一边却是一团熔铸心灵的纯净的火焰。那边是黑暗，这边是灰暗，但却是一种充斥着光明的灰暗和光辉四溢的光明。

两种地方都在奴役人，只是在前一种地方，还有被解救的希望，总之还可以等待那个法定的期限的终结，而且，还可以逃跑。在后一种地方，永远没有终结的那一天，人们唯一可指望的，就是掉在漫漫岁月的终点的一点微弱的光，它是解脱的微光，通俗一点的说法就是死亡。

在前一种地方，人们只是被链条捆住了手脚；而在后一种地方，捆住人们手脚的却是自己的信仰。

前一种地方会产生出什么来？是对所有人的普遍的吓骂，横眉怒眼的痛恨，不记结果的凶恶残暴，疯狂地怒吼和对老天爷的耻笑。

后一种地方会产生出什么来？恩宠和景仰。

在这两种几乎相同而又有天壤之别的地方，两群决不相类的人却在进行着一件相同的事业：赎罪。

对前一种人的赎罪，冉阿让很明白，赎个人的罪，赎自己的罪。但对后一种人的赎罪，他一点儿也不明白，那些没干过坏事、没有污点的人的赎罪，他满心惊恐地问自己："赎什么罪？又怎么个赎法？"

他的心中有个声音在回答他："是人类最伟大的仁爱，是只为他人的赎罪。"

在这里，我们保留了自己的一套见解，我们只不过是转述者罢了，我们是以冉阿让的立场来表达他的感受。

他看到了严格对待自己的最极端的行为，人类所能拥有的最高美德，原谅他人的过失还替别人受过的天真品德，肩负着的奴役，心甘情愿接受的折磨，纯洁无辜的灵魂为拯救那些罪恶的灵魂而乞求来的痛苦刑罚，融会上帝之关怀而又与之相区别。一门心思地恳请人类的爱，一些悲哀发愁得像受了谴责而又微笑、受了赞誉而又温和柔弱的人们。

同时他也想起以前的自己，竟然敢满腔怨愤！

很多次，在半夜时分，他起来听那些被清规戒律折磨着的天真修女们唱感恩歌的时候，在想到那些受着合理刑罚的人在抬头看天时总是只知道轻慢神明，他自己，笨蛋一个，也曾举着拳头对着上帝，他觉得身体里的血都凉了。

有一件最让人心惊胆战思前想后的事，就像是老天爷低低地在他身边提出的一种警告：以前他曾越出监狱围墙逃跑，管不上是生是死。死也要逞逞能，然后又经历了千难万险，方得到了上进，所有这些为摆脱那一个赎罪的地方而作的挣扎，都是为了到这一个地方来。难道他的命运具有这种特征吗？

这修道院也是一座监牢，和他刚刚摆脱的那一个还有非常凄惨的相近的方面，但他以前从来没有想到过这些。

他再次看见了铁栏门、铁门闩、铁窗栏，这是为了戒备谁呢？是为了戒备一些天使。

以前他曾经看见过的那种用来圈拦凶猛的老虎的高墙，现在圈拦着的却是一群温顺的羔羊。

这是个赎罪的地方，不是惩罚的地方，但和另一个地方比起来，它更加严厉，更加凄凉悲惨，更为冷漠残酷。这些贞女们和那些苦役犯们相比，被压得更狠而直不起腰来。以前曾有过一种尖厉猛烈的风，那种冻僵了他的青春的风，吹过那种关锁鸱枭的铁笼；现在则是一种更加料峭、更加凛冽的寒流在袭击白鸽的窝笼。

为什么？

当他想到这些时，他的心情和这种微妙的境地就融为一体了。

他的骄傲之心在这些深思遐想中不见了。他好几次反问自己，他觉得自己是那么渺小而柔弱，而且多次失声痛哭。他在六个月中经历的全部事情已经把他带回到那位主教的德化中去了，珂赛特以一颗纯真的心灵感动了他，而修道院则以一种悲天悯人之德感动了他。

有的时候，黄昏时分，园子里已经没有什么人来来往往的了，你会发现他双腿跪在圣坛墙边的那条小路上，他刚来的那个晚上偷偷看过的那扇窗户前，他知道那里正有个修女趴在地上，为人类赎罪而祷告，他的脸就朝着那里。他就那个样子在修女跟前跪着祷告。

他似乎感到没有勇气直接面对上帝跪着。

他周围的万物，那幽深静寂的园子，那些花花草草，那些欢腾雀跃的孩子，那些严肃朴实的女人，那肃穆的修道院，都逐渐渗到他心里来了，而他的心灵也慢慢变得和修道院一样的静穆，和那些花朵一样芳香，和那园子一样幽静，和那些女人一样严肃朴实，和那些小孩子一样快乐了。他还想起来，那是接连两次身处危急时刻而上帝收留他的圣境，前一次是他被世俗社会所抛弃、每一扇门都向他关闭时的那一次，后一次是世俗社会穷追不舍、想关他进苦役牢的那一次，倘若没有第一处圣境，他会又一次滑入犯罪的泥淖，倘若没有第二处圣境，他又会再一次掉进监牢和刑罚的痛苦之中。

他的心全部被感激之情所征服了。

这种日子又持续了好几年，珂赛特一天天地长大了。

第三部　马吕斯

第一卷　窥一斑见巴黎

一、小人儿

在巴黎有一个小孩，森林里有一只小鸟，这只小鸟名叫麻雀，这个小孩叫作野孩。一个暗含全部洪炉，一个暗含所有晨曦，你把这样两个概念结合起来，让巴黎和儿童这两颗火星互相碰撞，就会撞击出一个小人儿。普劳图斯也许会把这个小人叫作小哥。

这个小人如此快活。他虽然不一定日日都有的吃，却日日都可以去娱乐场所——只要他乐意。他的身上没有衬衣可穿，脚上没有鞋可着，头上也没有屋顶；他就像是天空中一只飞虫，没有一切。他约莫七到十三岁光景，在街上游荡，风餐露宿，过着群居生活，身上一条破裤子是他父亲的，头上一顶破帽子是另一个父辈的，帽子压过耳朵，趿着鞋后跟，挎着半副镶着黄边的背带，东跑西奔，左右张望，游游荡荡，寻寻觅觅，烟斗一直抽到发黑，张嘴就是粗话，泡小酒馆，和小偷结交，和妓女调笑，说着黑话，唱着靡靡小调，心里头却一点坏念头也没有。那是因为他灵魂里的天真如同明珠一样不会在污泥里溶化。上帝总是要让人的童年天真无邪。

如果有人要问那大都会：“那是什么？”大都会会回答说：“那是我的孩子。”

二、野孩的特征

巴黎城中这个野孩，是那丈六妇人的小崽崽。

我们不该过分夸张，其实，清溪旁的那个小天使时而也会有一件衬衣，不过最多也只有一件；时而也会有一双鞋，但是没有鞋底；时而也会有一个住的地方，他爱那里，因为在那儿可以找到母亲；但他更爱在街上游荡，因为在街上有他的自由。他自有一套玩法，也自有一套顽皮作风，这套顽皮作风的出发点是对资产阶级的仇恨；他自有一套隐语，用“吃蒲公英的根”代替“人死了”，他自有一套行业，帮人叫马车，放下马车门踏板，下大雨时他收取过街费，叫作“跑艺术桥”，官员们讲话，他帮法国的人民群众喝倒彩，他在石子路上剔缝；他从街上拾来各种各样经过加工的小铜片，那是他自己的货币。这种叫作“破布筋”的怪钱有固定的兑换率，这些小淘气们有相当完善的制度。

他在各个地区细心研究，建立了一套自己的动物学：好天主虫，骷髅头蚜虫、长脚蜘蛛，还有那扭动双叉尾吓唬人的黑克虫——“妖精”。他有一种传说中的怪物，叫作“聋子”，腹部有鳞，而非蜥蜴，背部长疣，而非蟾蜍，栖息在旧石灰窑里或枯涸的污水坑里，黑乎乎，毛茸茸，黏糊糊，时慢时快地爬行，不会叫，只会干瞪眼，模样可怖，以致没有人见过。他把在石头缝里找聋子当作提心吊胆的开心事。而突然掀起一块石头，看下面的土鳖是另一件开心事。在巴黎的各个地区都可以发掘一些出名的有趣玩意。在于尔絮勒修会的那些场地里可以发掘蠼螋，在先贤祠里可以发掘百脚，在马尔斯广场可以发掘蝌蚪。

那孩子对于辞令，并不比塔列朗知道的少。他虽然一样刻薄，却较为诚实。他天生具有让人无法形容也无从预料的风趣，他在一个商店老板面前狂笑，能使那老板发呆发愣。他的玩笑兼具各种高级喜剧和高级闹剧的不同的风格。

有人在街上出殡。送葬的队伍里有个医生。一个野孩叫道：“哟，从什么时候起医生也要汇报工作了？”

另一个野孩混到人群中。有个死板的脸上戴着眼镜，表链上乱七八糟挂着各种佩件的男人气咻咻地转过身来说：“你这流氓，抱我老婆的腰。”

“我，先生！请搜搜我身上！”

三、野孩的趣味

那“小子”总能有法子搞到几个苏，到了晚上，就拿去看戏。他一走进那扇具有魔力的大门，立刻完全变了模样，从先前的野孩变成了“titi”。戏院是条船，底舱在上，翻了个儿。“titi”挤在底舱里。“titi”和野孩之间，就像花蝴蝶和幼虫，都是飞翔的生物。只要野孩在，只要他那兴高采烈的喜色，欢乐热情的活力，如翅膀扑腾般的掌声在，那狭窄、恶臭、昏暗、污秽、肮脏、丑陋、令人恶心的底舱就完全算得上天堂。

把一些没用的东西送给一个人，夺走他身上必需的东西，你就造就了一个野孩。

野孩对文学并非完全没有直觉。我们只能遗憾地说，也许他的爱好一点也不倾向于古典方面。他天生没有学院派的气息。举例来说，马尔斯小姐的声望因此在那一小群翻江倒海的孩子们中间带有讽刺意味。她被野孩叫作“妙小姐”。

这孩子叫嚷、大笑、打闹、斗殴，衣服像璎珞一样褴褛，面容像学究一样寒伧，他在阴沟里捉鱼，在污泥里打猎，在垃圾堆里逗乐，在十字街头冷嘲热讽、讥诮、挖苦、吹口哨、唱歌、喝彩、咒骂，用污秽的小调来调剂颂主的诗歌，能唱从“从深渊的底里”直到“狗上床”的各种歌曲，能找到一切他没找到的东西，能了解所有他不知道的事物，顽强到不择手段的程度，狂妄到心安理得的水平，多情到逐臭纳污的地步，能蹲在神山之上，滚进粪堆之中，钻出来却沾满一身星光。拉伯雷的具体作为就像是巴黎的野孩。

除非他的裤子有一个表袋，否则他不会欣赏。

他从不会随便感到惊奇，更不会轻易感到恐惧，他用歌声嘲笑迷信，他揭穿狂言乱语，讽刺神仙异人，他朝鬼怪吐舌头，拆垮故作声势的空架子，丑化歌功颂德的赞美词。他这样做并不是因为他平庸，事实上远远不是那样，而是因为那些庄严妙相被他用离奇怪诞的幻象抹了个精光。如果风暴神在他面前出现，也许他会叫道："哟！马虎子。"

四、野孩可能成为有用之才

巴黎有闲人来开头，野孩来殿后，其他任何城市都不可能有这两种人；他们一个乐于东张西望，盲目接受，一个无穷无尽地主动出击；只有在巴黎的自然史中才会有这样的呆老汉和淘气哥。闲人代表了整个君主体制的形象，野孩则象征着整个无政府主义的形象。

巴黎近郊的这个孩子，面色灰白，面对着发人深省的社会现实和人间事物，在苦难中沉下去又浮上来，就这样活着，成长着。他自以为不费心不劳神，事实并非如此。他望着，老是想笑，老是想干别的。不管你是什么，不管你是成见也好，是贪渎行为也好，是卑劣的作风、压迫、专制、不公、狂热、暴政也罢，都得留神那个张着嘴发愣的野孩。

那个小儿会成长起来的。

他是用什么材料造就的？是任何一种污泥。捏一撮土，吹一口气，就造成了亚当。只要有神从那里经过就足够。而总是有神从那野孩的头顶经过。幸运守护着野孩。在这里，说幸运很是有点冒险犯难。这个用凡尘俗土捏出的小子，愚昧无知、一文不名、鲁莽粗野、平凡无闻，他会成长为一个奋发图强、有所作为的人呢，还是庸庸碌碌，默默无闻的人？走着瞧吧，"周回陶钧"，巴黎之精神，这是个靠机遇创造儿童、靠造化铸造成人的巨大神灵，它和拉丁的陶工不同，它能把瓦釜化为黄钟。

五、野孩的世界

野孩既喜欢城市又喜欢幽静，他多少有那么些闲情逸趣。他像弗斯克斯那样眷恋城市，又像弗拉克斯那样眷恋山林。

一边想一边走，也就是所谓的漫步游荡，是哲人消遣光阴的好方法，尤其在乡村里更是如此，这些乡村环绕着某些大城市——尤其是巴黎，由这两种景物合成，因而相当丑陋怪诞。观赏城郊景色好比观赏两栖动物一样。这些地方是树木的尽头，房顶的开始；野草的尽头，石头路的开始；犁痕的尽头，店铺的开始；车迹的尽头，欲望的开始；天籁的尽头，人声的开始；因而特别能让人觉得兴趣盎然。

所以，善于想象的人爱在那些缺乏诱惑力、向来被过往路人当作"凄凉"的地方，漫无目的地徘徊观望。

写这些文字的人以前就常在巴黎四郊徘徊，对他而言，直到今天那也仍然是深切回忆的源泉。那些清浅的草，乱石相间的小路、白粉、粘土、石灰渣子，寡然无味的荒地和休耕地，菜农在洼地上培植的突兀的时令鲜蔬，这一由自然界和资产阶级结合生成的现象，荒凉广袤的林野，军营里的鼓手们，在那里把战鼓敲得一片乱响，仿佛是把训练当作儿戏，白昼中的旷野，黑夜下的凶地，风中摇摆的风车，工地上的辘轳，坟地角落边的酒馆，大片荒地被深色高墙纵横划分为若干方块的奇异情景，明媚的阳光，成千上万的蝴蝶，这一切都吸引着他。

下面这些奇怪的地方，世上几乎没有人不认得：冰窖、古内特、弹痕累累、十分难看的格勒内尔的墙、巴纳斯山、豺狼坑、马思河边上的奥比埃镇、蒙苏里、伊索瓦尔坟，还有石料开采尽后用以养殖菌类、地上还有一道朽烂的活板门的沙迪翁磐石。罗马附近的乡村是一种情形，巴黎附近的郊区又是另一种情形，如果我们只把视野中的景物看作田野，房屋或树木，那就只是在表面现象上停留，所有一切事物都代表着上帝的旨意。原野和城市的交接地带总有一种沁人心脾而难以言传的惆怅之情。自然界和人类在交接的同时在你面前活动。那些地方也呈现出地方特色。

我们可以把四郊附近的那些荒野称作巴黎的野孩子们的天堂，凡是和我们一样曾在那些地方游荡过的人，都曾看见一些吵吵嚷嚷、三五成群、面黄肌瘦、满身尘土、衣衫褴褛、披头散发的孩子，在这儿在那儿，在最偏僻的地方，在最难以料想的时刻，或是在一个阴暗惨淡的墙角里，他们戴着用矢车菊串成的花环作掷钱游戏。他们都是从贫苦人家偷跑出来的。城外林荫路是他们呼吸之所，郊外原野是他们的天地。他们永远在那些地方蹉跎光阴。他们唱着一整套下流歌曲，天真而又烂漫。他们待在那里，或者不如说，他们生存在那里，被人们忽视，大家在五月或六月和煦的阳光下，跪在地上一个小洞周围，弯起大拇指打弹子玩儿，为一两文钱的胜负而争夺，毫无责任感，悠闲自在，没有约束，逍遥欢快；一见到你，他们忽然又想起了自己的正当职业，想起了有待解决的生计问题，于是跑过来，让你买他们一只爬满金龟子的旧毛袜或是一束丁香花。碰到那种怪孩子既是巴黎郊外一件饶有趣味的乐事，同时又是一件令人寒心的事。

时而，也有一些女孩子混在那些男孩堆里——是男孩们的姐妹吧？——她们差不多已经长成了大姑娘，瘦巴巴的，浮躁，两手又干又黑，脸上长着雀斑，头发里插着黑麦穗和虞美人，快活，粗野，打着赤脚。有些姑娘待在麦地里吃樱桃。晚上，人们能听到她们的笑声。他们被中午的骄阳晒得火热，或又依稀隐约地显现在暮色中，这一群群孩子常使善于想象的人黯然神伤，久久难以忘怀，直至梦里还萦绕着那些幻象。

巴黎，中心，四郊，周围，那便是那些孩子们的整个世界。他们从来也不超越那个范围。他们不能超越巴黎的大气层，就像鱼儿离不开水面。远离城门两法里以外，对他们而言就什么也没有了。伊夫里、让第以、阿格伊、贝尔维尔、欧贝维利埃、梅尼孟丹、舒瓦齐勒罗瓦、比扬古、默东、伊西、凡沃尔、塞夫勒、普托、讷伊、让纳维利埃、科隆布、罗曼维尔、沙图、阿涅尔、布吉瓦尔、楠泰尔、安吉、努瓦西勒塞克、诺让、古尔内、德朗西、哥乃斯，在他们看来就是宇宙的尽头。

六、一段历史

在本书所讲述的故事向前发展的那个年代——事实上差不多是当代——不同于今天，当时，到处都是流浪儿，不像现在巴黎的每个街角上都有一名警察（现在不是讨论这种善政的时候）。据统计，平均每年，警察巡逻队都要从没有围墙的空地上，正在修建的房屋里和桥洞下收容二百六十名孩子。在那些孩子窝当中，有一处被称为“阿尔科拉桥下燕子们”，一向都很著名。那的确是最为糟糕的社会病态。人类的一切罪恶都开始于儿童的流浪生活。

然而巴黎却另当别论。刚才虽然我们提到了一件往事，把巴黎排除在外，在一定程度上，却是正确的。一个流浪的孩子，在其他任何一个大城市里，也就是一个没有希望的成人，没人照顾的孩子，几乎在任何地方，都会染上种种恶习，自甘堕落，丧尽良知和诚实、信用，最终陷入无可挽救的绝境；巴黎的野孩却并非如此，我们需要强调指出，他虽然从表面看来貌不惊人，遍体鳞伤，他的内心却始终完好无损。那是一种值得注意的奇异光彩，并且在我们的历次人民革命光辉灿烂的正大作风中鲜艳夺目，巴黎的空气中存在着一种信念，这种从巴黎空气中得来的信念里产生了某种抗腐蚀的性格，就像海洋的浪潮中存在着盐，从海洋的浪潮中得来的盐能防腐一样，呼吸巴黎的空气就能保持灵魂的健康。

上面我们所说的话，使我们在遇到一个那样的孩子时绝不可能无动于衷，我们总能感觉到那些孩子从他们离散的家庭里带出来的种种游丝仍然在飘忽摇荡。现代文明距离完善还如此遥远，那些分崩离析的家庭把子女抛给黑暗，把自己的亲骨肉往公众的道路上一扔，从此就不再清楚他们变作什么样。这叫作……因为已有一句成语概括那种叫人发愁的事：“被摔在巴黎的石头路上”。

顺便说一句，那种遗儿弃女之事，在古代君主制度下丝毫不会受到歧视。上层社会欢迎下层社会略带一点埃及和波希米亚的作风，那样可以给当权者解决一些问题。仇视平民儿童教养原本是一种信念。那些“浑大鲁儿”有什么用处？那些是当时的口头语。所以愚昧的儿童结局必定是成为流浪儿。

何况君主制度在某些时候需要儿童，而儿童充斥了当时的街头。

不用追溯太远，我们不需要谈谈路易十四，当时国王要建立舰队。动机不错。但是我们来看看方法。帆船有如风的玩物，还得在必要的时候加以拖曳，如果没有凭借桡橹或者蒸汽从而听人指使的船舶，就谈不上有舰队，当年的海军大桡船就像今日的汽船。所以必须有大桡船，而没有桡手，大桡船就无法移动，所以又必须有桡手。柯尔培尔授意各省都督和法院尽量制造苦役犯。官府在当时在这方面唯命是从。如果一个人在教会行列走过时还不摘下头上的帽子，就是新教徒的态度，应该被送去当桡手。在街上遇见一个十五岁却无住所的孩子，就应该送他去当桡手。伟大的时代，伟大的世纪。

巴黎的孩子在路易十五的统治下绝了迹，孩子时常被警察掳走，不知被带去做什么神秘的用途。人们怀着万分恐惧的心情低声谈论一些骇人听闻的推测——诸如国王洗红水澡之类。巴尔比埃直截了当地谈论那些事。有时候孩子供不应求，警察就抓走那些有父亲的孩子。悲痛万分的父亲跑去质问警察。遇到这种情况，法庭就出面干涉，判处绞刑，绞谁？绞那些警察吗？不。绞那些父亲。

七、什么使野孩受到敬重

巴黎的野孩群几乎形成一个阶层。我们可以这样讲，没人会要他们。

直到一八三四年，“野孩”（gamin）这个词才第一次作为文字出现，从人民的语言成为文学词汇。一本题名为《克洛德·格》的小书首次使用了这个词。这个词曾使当时的舆论哗然，不过却被接受了。

有各种各样的因素使那些野孩之间相互敬重。我们认识其中一个野孩，而且和他还有点来往，他曾见过一个人从圣母院的塔顶上摔下来，这个野孩因此受到高度敬重和钦佩；另外一个受到敬重的野孩曾千方百计地钻进一个后院，并且从几个暂时寄放在那里的、从残废军人院的圆屋顶上取下的塑像身上“摸”了一些铅块；第三个，因为见过公共马车翻车而倍受敬重；还有一个野孩受到敬重，是因为他“认识”一个士兵，这个士兵几乎打瞎了一个老财主的眼睛。

这样，我们才能理解一个巴黎的野孩为什么会嚷出这样的话：“天主的天主！我有没有倒霉的事儿！只要说我还从来没有看见过从五楼上摔下来一个人！”Ai-je（我有没有）被说成了 j´ai-t-y，cònquième（第五）被说成了 ntième。俗物听不懂那种具有深远含义的警句，只能一笑了之。

下面这些话是一个乡下人说的，那当然是妙语：

“我说伯伯，您老婆得病死了，为什么您不找医生？”“那有什么法子呢，先生，我们都是穷人，自己死自己的也就算了。”那样的对话如果体现了乡下人那种辛辣的被动性格，下面这句话就必然能体现郊区小孩无政府主义的那种自由思想。一个被判处死刑的人在囚车中听忏悔神甫的说教。巴黎的孩子就会叫起来：“哈！这孱头和吃教门饭的人说话！”

抬高野孩的声望，可以通过在具有宗教意味的事物面前表示一定程度的勇敢。重要的是有坚强的意志。

赶法场成了他们的一种义务。大家指着断头台谈笑。他们给那东西取了各种各样的小名：面包汤的末日、嘟囔鬼、升天娘娘、最后一口等等。他们爬墙，登上阳台，上树，攀铁栅栏，爬在烟囱上，为的是要看个清楚。野孩是天生的盖瓦工人，正如他天生是水手一样。房顶在他看来并不比桅杆更可怕。和格雷沃比起来，再没有更热闹的场合了。桑松和孟台斯神甫是两个家喻户晓的名字。大家围着那个受刑的人喝彩，让他受到鼓励。有时大家也对他表示羡慕。可怕的多坦从容就刑，当野孩拉色内尔目睹那一幕时，曾说过这样一句话：“我真动了醋劲儿。”野孩群里没有谁知道伏尔泰，但却有人知道巴巴弗因。“政治家”和凶杀犯在他们那里混为一谈。每个人最后一刻的模样都由他们一个个口授相传得以保存下来。多勒隆戴着一顶司机帽，阿弗利戴着一顶獭皮便帽，卢韦尔戴着一顶圆顶宽边帽，老德拉波尔特是个秃顶，光着脑袋，加斯旦脸色红嫩、十分漂亮，波利斯留着属于浪漫派的那种短胡子，让·马尔丹背着吊裤带，勒古费和他的母亲吵架，这些，野孩都知道。“别为你的筐子啰嗦了。”有个野孩朝他们叫喊。另一个野孩，由于挤在人堆里太矮，看不到德巴凯走过，就爬上了河边上的路灯杆。一个在那里站岗的警察不由得皱起了眉头。野孩说：“警察先生，请让我上去。”为了让那警官心软，他又补充说：“我不会摔跤的。”那警察却回答他：“我才不管你摔跤不摔跤呢。”

所有令人难忘的意外，在野孩群里都备受重视。如果一个野孩偶然重重地割了自己一刀“直至骨头”，他会获得最大的敬意。

拳头这种使人尊敬的因素并不是微不足道的。“放心，我周身是劲！”这是野孩最爱说的话。大家相当羡慕左撇子，也很珍惜斗鸡眼。

八、末代国王的妙语

他在夏季转化为青蛙，当太阳西坠黑夜将要来临的时候，他在奥斯特里茨桥和耶拿桥前，从成队的煤炭船顶上和洗衣女工的船头上，低垂着头跳进塞纳河，违犯了所有的礼貌和警章。不过警察们在注视，因而一种极具戏剧性的情况出现了，有一次还引起了一种弟兄般难忘的呼声，在一八三〇年前，那种呼声是出了名的，那是野孩子们之间的一种战略性警告，它带着一种荷马诗句的韵律，带着一种音调，几乎和巴纳德内节的埃莱夫西斯的朗诵调一样令人难以形容，而且叫人想起远古的“哎弗哎”。野孩是这样叫的：“哦哎，titi，哦哎哎！瘟神来了，对头来了，小心，快走开，钻到阴沟里面去！”

他替自己取了一个名字，叫蠓虫，这蠓虫有时能识字，有时能写字，任何时候都能乱写乱画一气。他毫不客气地拥有一切对待公共事物的能力，不知道是通过一种什么样的神秘的互教互学获得的：他在一八一五到一八三〇年学火鸡叫；他从一八三〇到一八四八年在墙壁上画梨。路易—菲力浦在一个夏天的傍晚步行回家，他看见一个很小很小的野孩，才那么一点点高，流淌着汗水，踮着脚尖，正在讷伊铁栏门的柱子上面画一个很大很大的梨。国王帮助那个野孩画完了那个梨，脸上带着老好人的神气，那种神气仿佛来自亨利四世，他还拿了一枚路易给那野孩，说：“梨儿也在这上面。”野孩喜欢吵闹。他适合某些粗暴的作风。他非常憎恨“神甫”。有一天，有一个那种小淘气在大学街上冲着六十九号大车门做鼻子脚。“为什么你对着那扇门做这种手势？”有一个过路人问他。野孩回答说：“因为有个神甫在里面。”那扇门里的确是教廷使臣的住所。但是，假若有机会让野孩当唱诗童子，他也有可能会同意，不论他那伏尔泰主义是怎么一回事，在那种情形下，他也会非常斯文地做弥撒。推翻政府和缝补好自己的袜子是两件他常常想到却又始终没有做到过的事。

一个地地道道的巴黎野孩熟悉所有的巴黎警察，他能对着他所遇见的每一个警察的脸叫出那警察的名字。他也能掰着手指头把他们从头数到尾。他对警察们的性格颇有研究，并对每一个警察都做出了专门的评语。他了解警察的内心活动，就像看一本摊开的书。他能够既流利又熟练地告诉你：“哪一个是奸贼，哪一个很凶，哪一个伟大，哪一个可耻。”（在他嘴里，奸贼、凶、伟大、可耻等等，所有这些字眼都具有特殊的含义。）“这家伙把新桥当作他自己的，不准‘别人’在桥栏杆外面的那些石礅子上面玩，那家伙总是喜欢揪‘别人’的耳朵”，诸如此类。

九、高卢遗风

这孩子在菜市场的儿子波克兰的作品中有，在博马舍的作品中也有。野孩的作风可以看作是高卢精神的遗风。那种作风中融进了良知。就像酒中渗入了酒精一样，能增加它的力量。那种作风有时又是缺点。好了，荷马也颠三倒四，我们可以把伏尔泰说成野。卡米尔·德穆兰是居住在郊区的居民。尚皮奥内出生在巴黎街头，他以粗暴的态度对待奇迹，很小的时候就“淹没”过圣让·德·博韦和圣艾蒂安·德·蒙的回廊，他经常拿圣热纳维埃夫的遗骸盒开玩笑，对圣詹纳罗的小瓶儿发号施令。

巴黎的小孩恭谨、辛辣而又蛮横。他饮食差劲，因而牙齿很难看，他富于智慧，因而有一双美丽的眼睛。他会用单脚当着耶和华的面跳完天堂的台阶。他有很强的踢腿的本领。对他而言，任何发展都成为可能。他既会在水沟中嬉戏，也能在暴动中挺胸而出，在开花弹面前，他也还是嬉皮笑脸的。他既是一个顽皮淘气包，又是一个英雄，他和底比斯的孩子一样，揪着狮子的皮乱摇。鼓手巴拉就是一个巴黎的野孩，他高声疾呼“前进!”，“哗!”地一眨眼，正如圣书中马的嘶鸣，他从小猴变成了一个巨人。

污泥之中的孩子也就是理想之中的孩子。你衡量一下从莫里哀到巴拉的智力广度就能明白。

简而言之，概括地讲，野孩苦恼，所以他是个贪玩的孩子。

十、野孩说明巴黎，巴黎说明世界

再概括地讲，就像当年罗马的剽民一样，今天的巴黎野孩是那种额头上刻有古国皱纹的人民孩子。

野孩既是祖国的光荣，又是祖国的病害，而且是一种必须医治的病害。怎么医治这种病害？利用光明。

光明洗涤污垢。

光明照亮黑暗。

所有乐善好施的社会光明都出自科学、文学、艺术和教育。培育人，培育人。如果你给他以光，他就会给你以热。绝对真理的无可抗拒的威力迟早会提出辉煌的全民教育问题，到了那个时候，治理国家者必然会在法兰西思想的指导下做出抉择：要法兰西的儿女，还是要巴黎的野孩；要光明中的烈焰，还是要黑暗中的鬼火。

野孩解释了巴黎，巴黎解释了世界。

因为巴黎是一个总和。因为巴黎是人类的天墓。这一整座奇妙的城市浓缩了各种死去的习俗和现有的习俗。只要是见过巴黎的人，都会以为见到了全部的历史内幕以及偶然出现在幕上的天色和星光。巴黎有卡匹托尔，那就是市政厅，巴黎有巴台农，那就是圣母院，巴黎有阿梵丹山，那就是圣安东尼郊区，巴黎有阿西纳利乌姆，那就是索邦，巴黎有潘提翁，那就是先贤祠，巴黎有神圣大路，那就是意大利大路，巴黎有风塔，那就是舆论，而且它以丑化的手法代替喏木尼。它的马若称为纨袴子弟，它的对河区人民称为郊区人民，它的哈马尔称为市场的大汉，它的拉扎洛内称为黑帮，它的柯克内称为花花公子。在巴黎能找到别的地方所有的一切。杜马尔赛卖鱼的妇人与欧里庇得斯卖草的妇人针锋相对，掷铁饼的弗让纽斯的再世就是跳绳的福利奥佐，德拉朋第乌纽斯·米勒会挽着侍卫华德朋克尔的胳膊，达马西普在旧货店里会流连忘返，万森像阿戈拉囚禁狄德罗一样地刺杀苏格拉底，格利木·德·拉雷尼埃尔就像古尔第吕斯发明了烤刺猬一样，会做油脂牛排。在明星们的气球下面，我们看见普劳图斯著作中的高架秋千在那里重现，在普西勒，阿普列乌斯所遇到的吞剑人就是新桥上的吞刀人，拉穆的侄儿与寄生虫古尔古里翁就是一对儿，埃尔加齐尔请求爱格尔弗依把他给康巴色勒斯做介绍，阿尔色西马尔古斯、弗德洛木斯、狄阿波吕斯和阿尔吉里帕——这四个罗马的纨袴子弟——搭乘拉巴突的邮车从拉古尔第出发。在孔格利奥面前，奥吕·热尔并没有比查理·诺缔埃在波里希内尔面前待得更长久，马尔东并非母老虎，而巴尔达里斯卡绝非一条龙，在英格兰咖啡馆里，滑稽人潘多拉布斯嘲笑享乐人诺曼达纽斯，埃尔摩仁就是爱丽舍广场上的男高音，而且有无赖特拉西乌斯装扮成波白什，在他周围向别人募捐，那个讨厌人在杜伊勒广场上掐住你的衣扣，不让你走，让你在两千年以后仍然重复着忒斯卜利翁的那句话："谁在我有急事的时候抓住了我的衣襟?"叙雷讷酒冒名充当阿尔巴酒，德佐吉埃的红色绲边能与巴拉特龙的大摆相配，夜雨中的拉雪兹神甫公墓会和埃斯吉里一样地发出磷光，穷人的坟墓经过五年就比得上奴隶租用的棺材。

你来找找有没有什么东西是巴黎所没有的，没有哪一件属于特洛风尼乌斯桶里的东西不在麦斯麦的木盆里面，埃尔加非拉斯凭借加略斯特罗还了魂，婆罗门僧人梵沙方佗转世成了圣日耳曼伯爵，圣美达公墓完全和大马士革的乌姆密埃清真寺一样高明地显示奇迹。

巴黎的伊索就是马叶，巴黎的加尼娣就是勒诺尔曼姑娘。它和德尔法一样，在错觉的耀眼的真实性面前惊慌失措，它如同多多纳的三脚凳一样，使桌子旋转，它如同罗马让娼妇坐上宝座那样，让俏女人坐上宝座。一言以蔽之，如果说路易十五比克洛狄乌斯还要坏，那么杜巴丽夫人又比梅沙琳要好一些。希腊的裸体、希伯来的脓疮和加斯科涅的笑话被巴黎合成了一个空前未有，而又的确存在过，并且我们都曾接触过的人物。他把第欧根尼、约伯和巴亚斯杂糅起来，再给一个僵尸用几张旧的《立宪主义者报》做身衣服穿上，就得到了肖德鲁克·杜克洛。

虽然普卢塔克曾经说："暴君不可能到老"，然而正如在多米齐安的统治一样，在西拉的统治下，罗马也能耐苦安贫，心甘情愿地往酒中掺水。如果我们必须相信瓦吕斯·维比斯古斯所说的那句有点食古不化的赞词："在格拉可斯的对面，我们有台伯河。喝了台伯河的水，就会忘记造反。"那么台伯河便是条迷魂河。每天，巴黎要喝一百万公升的水，然而这并不对它在适当的时候打鼓吹号敲钟、进入警备状态造成妨碍。

除了这些以外，巴黎称得上是个好孩子。它接受一切，豁达大度，它在美女跟前说话并不难，它的美女就是霍屯督，只要它肯笑，什么都好商量，丑态让它欢呼雀跃，畸形让它喜悦快乐，恶德让它忘掉忧烦，又要与众不同就能博取众人欢心，即便伪善是绝顶无耻的行为，那也不会让它暴跳如雷。它那么爱好文学，以至于在巴西尔跟前也不会捂住鼻子，它反感达尔杜弗的祈祷，并不比贺拉斯反感普里阿普斯更强烈。全世界一切脸上的线条没有巴黎的侧影上不具备的。玛碧舞场不是让尼古勒那波吕许尼亚的舞蹈，而转手倒卖脂粉的妇人在那儿用贼溜溜的眼睛偷觑娇娘子的神情却正像窥看处女普拉纳西的媒婆斯达斐拉。虽然战斗便门不是竞技场，但是人们就好像被恺撒注视着一样，在那里斗狠逞强。叙利亚老板娘比沙格大娘还要风骚，可是，假如说维吉尔时不时地光临罗马的酒店，那么大卫·德·昂热巴尔扎克和沙莱也就都在巴黎小酒铺的桌子旁边坐着。巴黎君临所有。那里天才云集，红尾蔚聚。阿特乃经常坐着有十二只雷电轮子的车从那里走过；西勒诺斯骑着一头母驴进城。那西勒诺斯也就是朗蓬诺。

巴黎就是宇宙的同义词。巴黎也即是雅典、罗马、西巴利斯、耶路撒冷、庞坦。那里有一切文化的缩影，也有一切野蛮风气的缩影。如果巴黎没有一座断头台，它就会觉得美中不足。

格雷沃广场来上一点是好的，如果永远不散的筵席没有了这种调味品该怎么办呢？在这方面，我们的法律高明地做好了准备，那把板斧有了那种法律就可以在狂欢的节日里滴血了。

十一、它的嬉笑，它的表率

绝不可能有巴黎的边界存在。没有哪一座城市像它那样堂而皇之地嘲弄它所控制的人们。

亚历山大曾经说："要获得你们的欢心，哦，雅典的人们！"

巴黎不仅仅制造法律，它也制造风尚，巴黎不仅仅制造风尚，它也制造规范。如果巴黎高兴变傻。它也可以变傻，有时候允许自己享享那种清福，于是全世界都跟着它变傻了，巴黎接着又醒了过来，它揉着自己的眼睛，说："我多么愚蠢！"而且对着人类的脸纵声狂笑。这样的一座城市是多么奇妙！事情也的确奇怪，宏伟能和狂放相互调和，威仪能不被丑化所扰乱，同一张嘴巴，今天能把末日审判的号角奏响，明天又能把葱管吹响！巴黎有一种嬉笑，这种笑是庄严的，这种笑是霹雳，这种戏谑是威严的，有时这种笑能在一皱眉一挤眼之间带来风暴。它的暴怒、它的纪念日、它的杰作、它的伟绩、它的丰功以及它的胡言乱语，都震撼着整个大地。它的笑是溅射全球的火山口。它的讥讽是火星，它用它的漫画和理想影响其他民族，即便是人类文化中最为崇高的华表，也接受它的玩弄，而且拱手将自己的永久地位让给它的笑谑。它如此杰出，它的七月十四日如孤峰突起，拯救世人，它促使别的各国人民也发表网球厅誓言，它的八月四日夜间会议只用了三个小时就摧毁了一千年的封建制度，它用它的逻辑创造了一直为人们所向往的肌肉，它的精神在各种各样的卓绝形象中得到展现，它的光芒充满了华盛顿、考斯丘什科、玻利瓦尔、波查里斯、里埃哥、贝姆、马宁、洛佩斯、约翰·布朗、加里波的心灵。它无处不在地存在于未来火炬燃烧之处，一七七九年，它在波士顿，一八二〇年，它在莱翁岛，一八四八年，它在佩斯，一八六〇年，它在巴勒莫，它对着在海边戈齐客店前聚集的阿尔基黑影中的安科纳爱国主义者的耳朵和在珀渡口渡船上聚集的美国废除黑奴运动者的耳朵，低声地传播它那强劲有力的口号——"自由"。它创造了卡纳里斯、基罗加、和芘萨康纳。它雄伟的气魄向全世界辐射，拜伦正是由于随着它的风向前进，才死在梅索朗吉昂，马则也才因此死在巴塞罗那。它是米拉波脚下的讲坛，罗伯斯庇尔脚下的火山口，它的书刊、戏剧、艺术、科学、文学和哲学是人类的手册，它的帕斯卡尔、雷尼埃、高乃依、笛卡儿、卢梭和伏尔泰，全都是一分钟也不能缺少的人物。莫里哀使全世界人的嘴都说它的语言，这语言还成为救世箴言，他是哪一个世纪都少不了的人物。一七八九年以来各国人民的英雄人物中，每一个也都是由它的思想家和诗人的灵魂陶冶出来的，那倒一点不影响它的野孩作风。这个被人们称为巴黎的大天才，一面用它的光辉改变世界的面貌，一面把忒修斯神庙的墙上布什尼埃的鼻子涂了个黑，而且还把“克莱德维尔匪徒”写在了各个金字塔上。

任何时候，巴黎都露着牙，不咬牙切齿地时候，它就张着嘴笑。

巴黎就是那个样子的。它瓦片屋顶上冒出的烟是世界的思想。如果人们非得说一堆堆的烂泥和乱石，也不是不可以，但重要的是它有思想。它不仅仅只是伟大的，而且它还是漫无边际的。为什么？只因为它敢。

敢，这是必须为进步付出的代价。

任何卓越的胜利多多少少都是大胆的成果。单单凭孟德斯鸠预感、狄德罗宣传、博马舍表达、孔多塞推演、阿鲁特准备和卢梭策划，那是进行革命所不够的，为了革命还必须要有丹东的勇敢。

“拿出胆量来！”那一声震吼就是一切成功之母。必须从高峰上不断发出教导，鼓舞人们的勇气，使人意志高昂，使人类前进。大无畏的精神是人类的奇光异彩之一，光耀史册。朝阳在从东方升起的时候是敢于冲破黑暗的。尝试，挺进，忍耐，坚持，坚贞不渝，与命运抗争，以泰然自若的神态使苦难也感到惊奇，时常冒犯万恶的暴力，时常咒骂疯狂的胜利，站稳脚跟，昂起头颅，这就是人民需要的楷模，也是感召他们的光辉形象。普罗米修斯的火炬上那触目惊心的闪电已经转移到康布罗纳的烟斗上。

十二、巴黎人民的未来

至于说到巴黎的人民，他们即便是成人，实际上也还是野孩。要描绘这个孩子，就是要描绘这座城市，正是因为此，我们才借用这天真的麻雀来研究这雏鹰。

应该着重指出的有一点是：只是在各个郊区才会出现巴黎种。只有在那些地方才会出现纯种，只有在那些地方才会出现真面目，只有在那些地方，人民才劳动吃苦，而吃苦和劳动构成了人生的两个方面。芸芸众生在那些地方多得不可枚举，也鲜为人知，他们中攒动着各种形象的人，从拉白河沿的装卸工人到隼山的屠宰工人应有尽有，无所不包。西塞罗喊着说“都市的渣滓”；声色俱厉的伯克用“乱党”加以补充；贱民，下民，小民，这些字眼说起来毫不费力，不如听之任之。那又有何关系？他们光着脚走他们的路，关我什么事？活该他们不认得字。为了这一点，你就要放弃他们吗？你要用他们所受的苦难来咒骂他们吗？光明，难道不能够照透人群吗？让我们再一次呼号：“光！我们坚持要有光！光！光！”有谁知道黑暗不会有朝一日通明透亮呢？革命不正是洗心革面的行动吗？哲学家们，努力吧，教导，发光、燃烧，想得远，说得响，欢欣鼓舞地奔向伟大的太阳，去群众中结交弟兄，散播好消息，不怕唇枯舌焦，宣传人权，高唱《马赛曲》，播撒热情，采摘古柏青枝。想一想那旋风，扶摇直上。群众定会群情激昂。我们要善于运用主义和美德在某些时刻噼啪爆裂颤抖的熊熊烈火。我们可以运用那些光足、赤膊、褴衣以及蒙昧、卑劣、黑暗的状态来达到理想。深入地观察人民，你就会找到真理。任人践踏的砂砾没有什么价值，可是如果你把它放进炉子里，让它熔化、沸腾，它就会冶炼成璀璨夺目的水晶，而且，伽利略和牛顿正是依靠它才发现了行星。

十三、小伽弗洛什

在本故事第二部所讲的那些事发生了八年或九年之后，在大庙路和水塔一带，人们时常看见一个十一二岁的男孩，他的嘴角的笑容虽然是他那年纪所常有的那种，他的心里却绝对苦闷、绝对空虚，否则的话，他就十分正确地体现了前面我们所描绘过的那种野孩的形象。那孩子也的确穿着一条大人的长裤，不过不是他父亲的，也披着一件女性的褂子，不过不是他母亲的。那些破衣烂衫是一些做好事的无关的人给他穿上的。他并非无父无母。只不过他没有父亲的关心，也没有母亲的爱护。这是一个有父有母却如同孤儿一般值得怜悯的孩子。

从来，这孩子就觉得只有街上才是他安身的地方。即便是铺路的石块，也不比他母亲的心肠更硬。

他的父母早早地一脚把他踢进了人生。

他也就飞走了，毫不在乎。

那个孩子爱吵嚷、脸色发青、轻巧敏捷、机警、贫嘴、神气活现而又有病态。他去了又来，来了又去，唱唱歌，玩玩掷钱游戏，掏掏水沟，时不时地小偷小摸，不过只是像小猫小鸟似的偷着玩，听见人家叫他小淘气就笑，听见人家叫他小流氓就生气。虽然他没有住所，虽然他没有面包，虽然他没有温暖，但是他有自由，所以他快乐。

一旦这种可怜的小不点儿长大成人，就几乎都要遭受社会秩序这个磨盘的碾压，但是只要他们仍然是孩子，个子一点大，就能够逃脱。任何一点小小的缝隙就使他们得以获救。

那孩子虽然无依无靠，却隔上两三个月就偶尔也会说："哎，我要去看我妈妈！"他于是离开大路、马戏场、圣马尔丹门，走到河沿下面，走过桥，走进郊区，走过妇女救济院，走到什么地方了呢？那道双号门恰巧是读者们所熟悉的：五〇——五二号，是戈尔博的老屋。

那所五〇——五二号破房通常空无一人，而且永远挂着一块写有"房间出租"的牌子。说来也怪，这时那里面却住着几个彼此之间毫无来往、也毫无关系的人，在巴黎，那倒也是常事。他们全都属于那种从原本就极其潦倒、继而又逐渐从苦难陷入苦难、一直陷到社会底层的小市民开始，直到清除污泥的阴沟工人和收集破衣烂衫的破布贩子这两种得不到文明好处的职业的赤贫阶级。

那个冉阿让时期的"二房东"已经死了。接替她的那个家伙跟她是同一种类型。我不记得是哪个哲学家说的："老太婆从来都不缺。"

新来的这个老妇名叫毕尔贡妈妈，有三只鹦鹉在她的一生中统治着她的灵魂，再没有别的事值得一提了——除此之外。

在那破房子的住户中最穷苦的是一户四口之家，父亲、母亲以及两个已经相当大了的女儿挤在一间破屋里，那是一间我们曾经谈到过的破屋子。

乍一看，这户人家似乎除了那种一贫如洗的窘相之外并没有什么很特殊的地方。在开始租住那间破屋的时候，那个家长自称姓客德雷特。那二房东说过一句耐人咀嚼的话："什么也没有搬进来"，那家长搬家的情形和这句话出奇得像，所以在此我们借用一下那句话。这客德雷特在定居后不久，曾向那看门、打扫楼梯、同时又是资格最老的住户的那位妈妈说："我说妈妈，万一有什么人来这里找一个波兰人或意大利人或西班牙人，那可就是我啊。"

这一户就是那快乐的光脚丫小孩的家。他在那里只能看到穷相、苦相，更让他难受的是见不到一丝笑容，他只能感到炉膛里的冷气和亲人心里的冷气。别人在他走进去的时候问他："你从哪儿来？"他答道："从街上来。"别人在他离开时问他："你上哪儿去？"他答道："上街上去。"他的母亲还问他说："你到这儿来干什么？"

那孩子就这样有如地窖中枯黄的草一般生活在无爱的状态之中。他并不为这感到悲伤或是埋怨任何人。他压根不知道究竟什么样的才是父母。

他母亲尽管对他这样，却爱他的两个姐姐。

我们忘了交代清楚：人们在大庙路上叫那孩子小伽弗洛什。为什么叫他小伽弗洛什呢？这很可能就因为他父亲叫客德雷特。

断绝骨肉关系似乎是某些穷苦人家的一种本能。

在那所破房里，客德雷特所租住的那间是过道底里最后的房间。有一个叫马吕斯先生的青年男子住在它隔壁的那间小房子里，极其贫穷。

现在我们来谈谈这位马吕斯先生。

第二卷 老绅士

一、有着三十二颗牙的九十岁老人

有几个还住在布什拉街、诺曼底街和圣东日街的老居民，至今没有忘记一个老人，他们把这个老人称作吉诺曼先生，每每提到他，总是不禁流露出对他的向往。这些老居民还是年轻人的时候，吉诺曼先生就已经是上了年纪的老人。在那些怀着惆怅心情回顾那一片所谓过去的若有若无的幢幢黑影的人们心中，他的形象始终徘徊在大庙附近那些迷宫一般的街道里，尚未完全消失。同今天我们用欧洲所有首都的名称来命名蒂沃利新区的街道一样，在路易十四时代，那些地方的人们用法国全部行省的名称命名那里的街道。顺便提一下，这是一种前进，其进步意义显而易见。

吉诺曼先生是个值得一看的奇人，然而那仅仅是因为他在一八三一年的时候还健康得不能再健康了，他也是一个怪人，是那种和从前的所有人没有区别而和现在的一切人都不同的怪人。这个老人是独特的，的的确确属于另一个时代，是那种十八世纪的绅士——真正地原封不动、略带傲慢，就像侯爷珍惜他的侯爷爵位一样把他那腐朽烂臭的缙绅派头死抱着不放。这个已是九十多岁的老人依然步履稳健，声如洪钟，双目有神，喝不掺水的酒，既能吃又能睡，睡起来鼾声震耳。他的牙齿尚有三十二颗。他只在读书的时候才戴眼镜。他饶有兴趣地自夸自说是多情，可是又常常说自己十年以来已彻底打消了对女人的念头，他说自己再讨不到欢心。除此以外，他以“我太穷了”代替“我太老了。”他经常说“如果我没有败光家产的话……嘿嘿！”他的年息确实只剩下一万五千利弗左右了。他梦想能有一笔遗产来让他继承。有十万法郎的年金的话，他就可以找小娘儿们。看得出来，他和伏尔泰先生截然不同，他与那种半死不活，与鬼为邻一辈子的八十岁老头毫不沾边，这位壮志不死的老人向来都很健康，绝不是风烛残年的老寿星。他肤浅、暴躁、易动肝火。他动不动就不合情理地大发脾气。他好像还在大世纪生活似的，经常举起手杖打那些不肯顺应他意旨的人。他有一个五十出头还未嫁人的女儿，经常遭他痛打，他发起脾气来，恨不能用鞭子抽她。他似乎只当她才八岁。他常常用“哈！坏女人！”来恶狠狠地骂佣人。“破鞋堆里的破鞋！”也是他用来骂人的话。他有时候也能出奇地镇静。他每天刮胡子都要找一个得过疯病的理发师，因为理发店老板娘漂亮而又风骚，虽然那理发师讨厌他，为了这个女人也对吉诺曼先生有点犯酸。吉诺曼先生自诩聪敏过人，认为自己对一切事物的分析能力很是值得欣赏。他曾经说：“说实话，我辨别能力很强，我能有把握地说出咬我的跳蚤是从哪个女人身上蹦到我身上来的。”“多感的人”“造化”都是他最常用的字眼。“造化”一词在他那里的解释不同于在我们这时代，他根据自己的意思，坐在火炉边上把它编进自己的俏皮话，他说：“造化为了让文化各种各样的东西都有上一些，甚至给了它一些有趣的野蛮状态的标本。一些亚洲和非洲的样品在欧洲也有，只不过尺寸变小了。老虎放到客厅里就成了猫，鳄鱼缩小到袖珍型号就成了壁虎。玫瑰色的蛮婆就是歌剧院里的舞女。虽然她们不吃人，却能把人咬得粉碎。也可以把她们叫作‘一群女妖精！’人被她们变成牡蛎，再被她们吞下去。加勒比人不吃的只有骨头，她们不吃的也就剩下贝壳。我们的风尚就是这样的。我们虽然不吃人，却会咬人，我们虽然不杀人，却会掐人。”

二、其人其屋

沼泽区受难修女街六号是他的住所。那是他自己的房子。后来曾把那所房子拆了重修，也许在巴黎街道大改号数的时候把门牌也给换过了。他占用了二楼一套一面临街、一面对着花园的宽大的老式房间。从齐着天花板的高度悬挂着大幅大幅织着牧羊图的哥白兰绒毯和博韦绒毯，每张围椅上画着的画是天花板上和壁框里的画的缩小。一座上着科罗曼德尔漆的九摺长屏风摆在床前。窗口掩映着一幅幅折叠舒卷的长窗帘，十分美观。花园紧靠在窗户下面，从两排窗户的拐角处打开一扇窗门出去，就是一道约莫有十二到十五级的台阶，那大步如飞的老人常常从这台阶上下。他还有一间起居室位于卧室隔壁、书房之外，这间接待女友的密室最受他重视，密室的墙上挂着一幅绣着百合花等花朵的麦黄色墙衣，这幅墙衣来自吉诺曼先生一位姨祖母的遗产，那位姨祖母脾气古怪，一百岁时才过世，这幅墙衣原是德·维沃纳先生向苦役犯所定，产自路易十四时期的大桡船，为的是送给他的情妇。他曾经再婚。他有着介乎朝臣和法官之间的神情，他差不多当上了法官，虽然他从未做上朝臣。他喜欢谈笑风生，有时也亲密又温柔——如果他愿意的话。他属于那种做丈夫时极难相处，做情夫时又非常可爱的人，因而年轻时虽然情妇从来不欺瞒他，妻子却经常欺瞒他。他对油画颇有鉴赏，称得上油画鉴赏家。他卧室里的那幅肖像出自约尔丹斯之手，不知道这幅绝妙的肖像画的是谁，下笔遒劲有力，又不乏万千微妙精细的独到之笔，笔触错综复杂，好像是信手涂鸦之作。吉诺曼先生穿着那种督政府时代“荒唐少年”的衣着，既不属于路易十五时期的款式，也不属于路易十六时期的款式。他一直到那个时候还把自己当作年轻人，还在追赶时髦。他的薄呢上衣翻领大而宽阔，燕尾很长，铜钮也大。除此之外，他还穿着短裤和系扣的浅帮鞋。他一贯把两只手插在坎肩的小口袋里。他常常吹胡子瞪眼地说：“法兰西革命是一群土匪。”

三、名叫明慧

他十六岁时的一天夜晚，在歌剧院里无比荣幸的同时受到卡玛尔戈和莎莱用望远镜注视，这两个半老徐娘都是名噪一时的，都是伏尔泰吟诵的对象。他在双方的火力夹攻下，英勇地离阵而去，投入一个名叫娜安丽的跳舞小姑娘的怀抱，这个年方十六的小姑娘虽然和他一样像小猫似的不受重视，却早已牵动了他的情思。

他经常无比兴奋地说：“那吉玛尔是多么漂亮，上一次我在隆桑看见了她，只见她梳的鬈发是一往情深的式样，‘快来瞧’用蓝色宝石打造，穿的裙裾是新官人色，拿着的皮手套是情急了的式样！”每当他想起年轻时穿过的一件伦敦矮子呢褂子就津津乐道。他经常说："我那时候打扮得像一个来自日出东方的土耳其人。"蒲弗莱夫人在他二十岁的时候偶然遇见过他，把他称作"疯美郎"。他觉得那些从事政治活动和当权的人都是出身卑微的资产阶级，对他们一律加以丑化。他总是禁不住每次读报纸（照他的说法是读新闻纸，读小册子）的时候都纵声爆笑。

他经常说："哈哈！这些人算个屁！柯尔比埃尔！于芒！卡西米·贝利埃！你把这些东西也叫作部长。我想，如果报纸上印着'吉诺曼先生，部长！'那可不是开玩笑吗？但是！愚蠢之极的人们会认为那也是可以的！"他漫不经心地叫出各种中听或者不中听的东西的名称，即便是当着妇女的面也无所谓。他毫不别扭地谈论各种粗俗、猥亵、淫荡的事物，态度却镇静得莫名其妙。这种狂态正属于他那个世纪。

值得一提的是，有着晦涩的韵文的时代也就是有着粗劣的散文的时代。他的教父曾经预言说他将才华横溢而且给了他一个颇有意思的名字，叫作明慧。

四、想活到百岁

他的出生地是穆兰，童年时代在穆兰中学就读，他在那里曾得到过几次由尼维尔内公爵亲自颁发的奖状，他把尼维尔内公爵叫作讷韦尔公爵。没有什么能使他关于那次授奖大典的回忆变得淡漠，无论是国民公会、路易十六的死、拿破仑、还是波旁王朝复辟。"讷韦尔公爵"才是他心目中的那个世纪的伟人。他常说："那位大贵人，佩着他的蓝色绶带是多么神气、多么可爱！"在吉诺曼先生看来，要抵消瓜分波兰的罪恶，只要有叶卡特林娜二世花三千卢布向贝斯多舍夫买来的金酒秘方就足够了。他对这个问题尤显兴奋。他喊道："金酒是贝斯多舍夫的黄酊，是拉莫特将军杯中之物，半两装的一瓶金酒在十八世纪值一个路易，金酒是情场失意者的灵丹妙药，是降伏爱神的琼浆仙露。教皇曾经得到过路易十五赠送的两百瓶金酒。"他要是听到别人说金酒不过是氯化高铁一定会暴跳如雷怒不可遏。吉诺曼先生对波旁王室里的人非常崇拜，他反复提起自己在那如洪水猛兽般的一七八九年中是怎样寻欢作乐、卖弄聪明，才保住了脑袋，没有丢掉性命。如果哪个年轻人敢当着他的面称赞共和制，非把他气得脸色铁青、晕倒在地不可。他有些时候在谈到自己已年届九十时，会含糊其词地说："我非常希望自己不会见到两次九十三。"他有的时候又把自己想活到一百岁的念头透露给别人。

五、巴斯克、妮珂莱特

他建立了一些自己的理论。例如："如果一个男人有妻室，他不关心妻子却对一些女人产生了热爱，他的妻子模样丑陋、脾气不好，却具备合法的地位和各种权利，凭借法律的保护稳坐，必要的时候免不了吃醋犯酸，那么，他要摆脱烦恼，得到和平就只有任由妻子管理家产这一个办法。要换得自由，就得退居二线。那样子，太太就有的可忙活了，她管理现金，如痴如醉，直搞得两手沾满铜绿。她调遣佃户，指挥长工，咨询法律顾问，召开公证人会议，赢得诉讼，拜访刑名师爷，亲自出庭，拟定合同，口授契约，自己以为是当家做了主人，买进卖出，解决问题，指挥命令，为担保受到牵累，订约解约，出让、租让、转让、布置、移动、积累、浪费。她做着些幸福无比、自鸣得意的傻事，以此作为安慰。尽管丈夫看不起她，她却在这些替丈夫倾家荡产的事务中获得了满足。”吉诺曼先生亲自实践了这一理论，这种实践成了他的历史。他后来娶的那个女人替他管理家业的结果，是她去世那天，只剩下了刚够他过活的产业，他那一万五千法郎左右的年息是靠他把几乎全部的东西都抵押出去所得的，他本人就把其中的四分之三化作乌有，他用不着花心思考虑留下遗产的问题，所以他毫不犹豫。而且遗产会遭受诸如变为“公有财产”这样的风险，这种情形他见过。他还亲自经历过国营投资事业所带来的损害，对于国营事业的总账册，他缺乏信心。他经常把那叫作“全是坎康波瓦街的那套把戏！”我们讲过，他在受难修女街的那所房子是他自己所有的。他通常雇佣“一雄一雌”两个佣人。吉诺曼先生给每一个刚进门的佣人改名字。他用男佣人的省籍称呼他们：尼姆佬、弗朗什、孔泰佬、普瓦图佬、庇卡底佬。他最后一个男佣人是个大块头，五十五岁、肠肥气喘，跑不上二十步，吉诺曼先生因为这大块头出生在巴荣纳，就叫他巴斯克佬。至于女佣人，他则一概叫她们妮珂莱特（包括后面我们要讲到的玛侬妈妈）。有一天来了一个厨娘，这个名厨身材高大，看起来像是看门妇人的那种魁梧体型。“您每月想赚的工资是多少？”“三十法郎。”“您的名字叫什么？”“奥林匹。”“我给你五十法郎一个月，但你得叫妮珂莱特。”

六、关于马侬和她的两个男孩

通常，吉诺曼先生的愠怒是他苦痛的表现，他一失望就容易发火。他的偏见多种多样，但是又完全敢于乱说妄为。他一贯老风流，并且要装腔作势地装成自己就是那样的神气，这是他用来实现自己外在特色和内心满足的一种表现。他把那样称作“大家之气”。有时候，这种大家之气能给他带来意想不到的奇福。有一天，有一个人把一只盛牡蛎用的那种筐子送到他家里来，一个初生的茁壮的男婴躺在筐子里，大声地哭叫，用温暖的被服包裹着，是一个女工托人把婴孩送来归还给他的，这个女工在六个月前被他从家里赶走了。吉诺曼先生在那时已整整八十四岁高龄了。左邻右舍都一致愤慨地谴责那个女工。谁会相信那种不知羞耻的贱女人的鬼话？斗胆包天！卑鄙无耻的污蔑！可是吉诺曼先生丝毫不生气，他看着那个男婴，心平气和地对别人说：“怎么了？为什么这样做？出了什么事情？出了什么大不了的事？说实话你们居然这么大惊小怪，实在是无知透顶。查理九世陛下的私生子，昂古莱姆公爵先生，八十五岁的时候还娶了一个十五岁的小娇娘，阿吕伊的侯爷维吉纳尔先生，也就是苏尔迪红衣主教的兄弟，波尔多的大主教，和雅甘院长夫人的侍女生下儿子的时候都八十三岁了，这个儿子是真正的爱情结晶，后来成为马耳他骑士、御前军事参赞；达巴罗神甫是本世纪的一个伟人，他的父亲生他时也八十七岁了。这些都是最平常的。《圣经》里还有呢！把这些都说给你们听了，我该宣布这小哥不是我的了。让我们都来照顾这孩子吧。错不在他。”烂好人才这么做。一年后，那个叫马侬的家伙又给他送了份礼物。又是一个男婴。吉诺曼先生这一次有条件可讲了。他让孩子的母亲领回那两个男孩，叫她再也不能这样，条件是答应给他们每月八十法郎抚养费。他并且说：

“我交代那个当妈的好好抚养他们。我随时会去看他们。”他也的确去看望过。他的一个兄弟，是当神甫的，做了三十三年普瓦蒂埃学院院长，一直活了七十九岁。他经常说：“他年轻轻地就弃我而去。”他那个兄弟没有什么太多的生平事迹，是个安静的吝啬鬼，既然当了神甫，他觉得自己就该给所有遇见的穷人布施，但他用来布施的只是几个小钱或贬了值的几个苏，他由此发现了一条从天堂到地狱的途径。但是吉诺曼先生对布施一点也不计较，慷慨大方地给别人钱。他性格恳切、率直、仁慈，也许，如果他有钱的话会更为大方。即便是偷盗欺诈之类的事，只要和他有关，他都希望能做得堂而皇之。有一天，一个买卖人在一次遗产分配中敲诈了他一下，其手法明显的粗暴，这使他喷出了一段愤慨之极、义正词严的话：“呸！这种手法不太高明！我实在为这种偷鸡摸狗的小把戏觉得丢人现眼。在这个时代里，一切都在退化——包括坏种。去他妈的！那样子对我这样一个人进行抢夺，实在是不像话。好像是我不疼不痒地在树林里让人给抢了。真是狗眼不识泰山！”我们曾讲过他有过两次婚姻。他的第一个妻子所生的女儿没有嫁人；第二个妻子所生的女儿只活到三十多岁，她和一个走运的军人因为爱情，偶然或其他因素结了婚，那个军人曾在共和时期的军队里服过役，也在帝国时期的军队里服过役，他曾被授予奥斯特里茨勋章，也曾在滑铁卢获得过上校军衔。那老绅士经常说“这是我的家丑。”他闻很多的鼻烟，当他用手指掸起他胸前的花边来时，风度独特。对于上帝，他不太相信。

七、天黑才会客

明慧·吉诺曼先生就是那样的，他毫发不脱，只是花白而非满头白发，发式一贯梳成狗耳朵式。总而言之，他虽然那样，仍是一副值得尊敬的样子。

他轻浮、狂妄自大，来自十八世纪。

吉诺曼先生在一八一四年时才七十四时，在王朝复辟时期的最初几年里，年轻的吉诺曼先生在圣日耳曼郊区圣稣尔比斯教堂附近的塞尔凡多尼街居住。他脱离社交到沼泽区隐居，只是在他满了八十岁后又过了好多时日才发生的。

他原来习惯于白天紧闭大门，不管出了什么事，不等天黑任何人都不接待，脱离社交后，他仍然恪守这一习惯。五点钟，他用晚餐，大门随后打开。他毫未违规，这种习惯符合当时的风气。他说：“阳光是小偷，它只有资格望望紧闭的门窗，星光满天的时候才是规矩人放射智慧光芒的时候。”即便来了国王，他也待在他的堡垒里，不予接待。这种气派是他那个时代的，古老而高贵。

八、姐妹各异

我们刚才已稍提过关于吉诺曼先生两个女儿的情况，她们的出生年代相差十年。年轻的时候，她们就差异很大，无论是性情还是容貌，都不像是姐妹俩。小女儿十分可人，她关注一切光明的事物，她热爱花草树木、音乐诗歌，她仰慕光辉广阔的天空，性情热情而又爽朗，她童年时代的理想就是要嫁给一个隐隐约约的英雄。大女儿的幻想是另一回事：她看到天上有个生意人，一个胖乎乎、极阔绰的好军火商，一个杰出的蠢丈夫，一个浑身闪金光的男人，或者一个省长；她幻想有省政府宴会，有挂根链条在脖子上，站在前厅听使唤的传达吏，有公家举行的舞会和市政府演讲，她幻想当省长夫人。这些就是她全部的梦想。还在姑娘的岁月里，这两姐妹就这样各梦各的，各走各的。她们都有一双翅膀，不过一个像是位天使，一个像是只鹅。

没有哪种想象可以完全实现，至少在这个世界上。如今这时代，找不到一个实际的天堂。嫁给了意中人的妹妹死了。姐姐永未婚嫁。

当我们在故事里谈到那位姐姐时，她已经是一块无瑕的古白玉、一根点不燃的朽木，她那尖鼻子和笨脑瓜，都是别人未曾见识过的。值得注意的是：没人知道她的小名，除了极少的几个家里人以外，大家都叫她吉诺曼大姑娘。

吉诺曼大姑娘绝对比密斯为人拘谨。而且她的拘谨已发展到令人难以忍受的地步。有一天，有一个男人见到了她的吊袜带，这成了她一生中一想起来就害怕的往事。

这种无情的腼腆与日俱增。她总怕自己的围巾不够厚、围得不够高。她用数不清的钩扣和别针锁住那些没人会想到要去看一眼的地方。束身自爱的本义，就是为没有威胁的堡垒步步设防。

然而，猜猜有谁能看透老妇人天真的心事，她常常叫一个名叫忒阿杜勒、当长矛骑兵军官的侄孙吻她，而且总是觉得快意。

不过，称她为腼腆拘谨的老妇人也还是恰当的，尽管她有这样一个心爱的长矛兵也无甚关系。吉诺曼大姑娘的灵魂原本就半明半暗。腼腆拘谨的性格本身就善恶各半。

她外表的腼腆拘谨与对上帝的笃信相得益彰。作为童贞圣母善堂的信女，她在一些节日里戴上白色面罩，哼呀唧呀地念叨一些特殊经文，朝拜“圣血”，敬仰“圣心”，和许多忠实信徒一起关在一间小礼拜堂中，在一座耶稣会式的古老祭台前面待上几个钟头，一面凝视那几块云烟般的云石和漆着金漆的长木条栅栏，一面让她的灵魂在那期间来来回回地游荡。

礼拜堂里有个叫弗波瓦姑娘的，是个和她一样的老处女，十足的呆脑子，吉诺曼姑娘跟她做了朋友，和她在一起，吉诺曼姑娘觉得自己像只神鹰，因而乐于相处。弗波瓦姑娘只会念《上帝的羔羊》和《圣母颂》，以及做各式果酱，除此之外，别无长物。弗波瓦姑娘就像一头冥顽不灵、毫无智慧可言的银鼠，属于她那一类人中的典型。

值得一提的是，吉诺曼姑娘并没有随着岁月的流逝而有所长进，相反，她一年比一年老，也一年比一年不如。那种趋势是自己不振作的人的必然趋势。她有一很好的品质：对旁人从无坏念头；此后，棱角被岁月磨平，她不断遭受时光的软磨硬泡。她总是莫名其妙地觉得忧伤，她自己也找不到原因。她觉得自己的人生还未开始就将走到尽头，一种惶然不解的意味无时无处不表露在她的音容笑貌、举止言谈中。

她代替她父亲管理家事。就像先前我们见过的那位卞福汝主教有个女儿在身边一样，吉诺曼先生也有个女儿在身边。这种由一个老头和一个老姑娘构成家庭的事不足为怪，两个老人相依为命，那是一种让人怅然神往的情景。

这一家除了老姑娘和老头之外，还有一个小孩儿，这个小男孩一到吉诺曼先生跟前就会发着抖陷入沉默。吉诺曼先生总是恶狠狠地跟那孩子说话，甚至有时候还举起他的手杖："过来！先生！坏蛋，淘气包，来！回答我，妖怪！让我瞧瞧你，小流氓！"他说的话就是这种样子，然而他心里很心疼这个孩子。

那孩子是吉诺曼先生的外孙。以后我们还会见到他。

第三卷 外祖孙之间

一、T·男爵夫人家的客厅

住在塞尔凡多尼街时，有几处非常好非常高贵的客厅，是吉诺曼先生经常走动的。虽然吉诺曼先生是个资产阶级，不过那几处客厅也接待他。因为他具有双重的智慧，一重智慧是他本来就有的，另一重智慧是别人以为他有的，所以大家甚至还邀请他拜访，并且奉承他。每到一个地方，如果他做不到出人头地，就甘愿不去。有些人总是喜欢想方设法的影响控制别人，博得别人的刮目相看，当不了头领就当小丑。吉诺曼先生却不是那样的性情，他在平时出入的那些保王派客厅里出人头地，然而他决不为获得这样的地位而损伤丝毫的自尊心。他在任何地方都充当权威。甚至，他公然与德·波纳德先生、贝奇—皮伊—瓦莱先生对峙。

在一八一七年的前后，吉诺曼先生每周都要在附近的弗鲁街上T·男爵夫人家消磨两个下午，那位夫人受人钦佩和尊敬，她的丈夫曾是路易十六时期的驻柏林大使。凝视和显圣是他生前两大爱好，他在流亡期间荡尽了资财，死于流亡中，只留下十册金边精装手稿作为遗产，这十册红羊皮封面的手稿记述了他对麦斯麦和他的木盆的一些十分新奇的回忆。因为门第原因，T·男爵夫人没有发表这些手稿，她赖以生存的只是一笔不知怎么保留下来的微薄年金。T·男爵夫人远离宫廷，她称那里是一种“非常杂的地方”，她的生活高尚、孤寂、清贫、孤芳自赏。她只身独守的火炉边，每星期都有少数几个朋友举行两次聚会，从而她的客厅成了纯粹保王派的。朋友们在那里喝茶，随着各人的一时情绪，时而低沉时而兴奋，哀叹着或怒斥着本世纪、宪章、波拿巴分子、把蓝佩带出卖给资产阶级的庸政以及路易十八的雅各宾主义等问题，至于御弟，他们低声谈论这位未来的查理十世带给人们的希望。

在那儿，大家兴高采烈地唱着那些把拿破仑叫作尼古拉的鄙俗的歌曲。世界上最为优雅最为可人的妇女——公爵夫人们，也欢欢喜喜地在那儿唱着这种歌，下面这段就是个例子，其歌词指向盟员：

把你拖在后面的衬衣尾巴
塞到裤子里去。
免得别人说那些爱国主义者
把白旗挂起！

这些隐语，他们以为能把人吓坏，这些文字游戏无伤大雅，他们却认为有毒，他们就唱着这些四行诗甚至对句来消磨时光，比如有个叫德索尔的温和派内阁，他有两个阁员：德卡兹和德赛尔，他们就这样唱：

为了把这动摇了的宝座从基础上巩固，

必须把土壤换掉、把暖室换掉、把格子换掉。

要么，他们就因为“元老院的雅各宾臭味重得可怕”而改编元老院名单，他们把名单上的名字串成句，比如串成“Damas，Sabran，Couvion Saint-Cyr.”为此而觉得无比快乐。

大家在那个客厅里对革命加以丑化。他们都具有一种想鼓动相同的仇恨的意味，却含义相反。他们歌唱那首可爱的叫作《会好的啊》的歌曲：

会好的！会好的！会好的呵！
把布宛纳巴分子挂到街灯杆上。

如同断头台一般的歌曲，不加分辨地今天把这人砍头，明天又把那人砍头。只是改变砍头的对象罢了。

正是在一八一六年发生了弗阿尔台斯案，他们对于这个问题，与巴斯第德和若西翁站在同一立场上，因为弗阿尔台斯属于“布宛纳巴”分子。他们以最刻毒的咒骂方式把自由主义者叫作“弟兄们和朋友们”。

T. 男爵夫人的客厅如同某些礼拜堂的钟楼一样，也有两只雄鸡。这两只雄鸡正是吉诺曼先生和拉莫特—瓦罗亚伯爵，一提起那个伯爵，他俩就总是怀着崇敬钦佩的心情在人家耳根子边说：“您知不知道？这拉莫特伯爵就是项圈事件里的拉莫特呀！”那种莫名其妙的妥协经常存在于朋党之间。

有一点需要补充：交游太随意，在资产阶级中往往会降低自己的名誉和地位，这就好像和穿得不暖和的人待在一起会使自己身上的热丧失一样，和受人轻视的人相处也会减少别人对自己的敬意，所以要注意择友对象。古老的上层社会正是在这条规律以及所有的其他规律之上运行的。马里尼：彭帕杜尔夫人的兄弟，经常去的是苏比斯亲王家里。可是……不，因为……杜巴丽，也就是弗培尔尼埃夫人的教父，正是黎塞留大元帅家十分受欢迎的客人。那个社会如同奥林匹斯、墨丘利和盖美内亲王的家园一般。只要一个贼是神，就会得到接待。

一八一五年的拉莫特伯爵已经是个七十五岁的老头，他的神态沉静严肃，脸冷冷的，四处棱角尽现，举止十分谦恭，上衣一直扣到领带，一双腿长长的，总是相互交叉，着一条红土色的软长裤，这些就是他值得重视的地方。他的脸和裤子颜色相同。

这位拉莫特先生在那客厅里享有他的“地位”，原因是他“有名”，而且他的姓是瓦罗亚，这后一个原因虽然听起来奇怪却是事实。

要说吉诺曼先生，他不负厚望。他成为那里的权威。风度自成一家，令人敬佩，他的仪表过人，态度诚恳，而且具有绅士的傲慢，他的高龄又如此罕见，所以他的轻佻举止和诙谐语言都并不构成妨碍。能活一个世纪还真是了不得。岁月总是会将一层令人仰慕的清辉加之其上。

而且，他的言谈纯粹是太古岩石的火星。举个例，普鲁士王帮助路易十八返回朝廷以后，曾冒充吕邦伯爵前去访问，这位路易十四的后裔几乎像接待勃兰登堡侯爷一样地接待他，而且态度中还有一点很微妙的傲慢。吉诺曼先生赞同这样。他说："除法兰西国王以外，其他一切的王都只算得上一省之王。"有一天，他听见有人这样问答："《法兰西邮报》的主笔后来受到了什么处理？""停刊(Suspendu)。"吉诺曼先生却提出："'sus'纯属多余。"他以这样的谈话赢得地位。

他在波旁王室回国周年纪念日的大弥撒上，望见塔列朗先生走过去，就说："恶大人阁下驾到。"

吉诺曼先生的女儿以及一个七岁的小男孩经常陪他来这里，他女儿当时已经四十多岁，可是看起来有五十岁，那小男孩倒既白净又红嫩，一双眼睛天生就是笑眯的、愿意和人亲近，在座的人一看见他走进客厅，就围着他一齐赞叹说："他多漂亮啊！太可惜了！可怜的孩子！"这就是前面我们提到过的那个孩子。他父亲是"一个卢瓦尔的匪徒"，所以大家叫他"可怜的孩子"。

前面我们所提到过的吉诺曼先生的女婿就是这位卢瓦尔的匪徒，吉诺曼先生所谓的"他的家丑"也就是这位卢瓦尔的匪徒。

二、当年的红鬼

要是当年有人从那座叫韦尔农的小城经过，到那座也许不久就要被一架极其丑恶的铁索桥所代替的宏伟壮丽的大石桥上去游玩，从桥栏上往下望，就会见到一个男子，年龄在五十岁左右，头上戴着一顶鸭舌帽，身上穿着一件粗呢褂子，衣襟上缝有一条红丝带，泛着黄色，裤子也是粗呢的，穿着木鞋，焦黑的皮肤、黑黝黝的脸，花白的头发，从额头到脸颊贯穿着一条刀疤，又宽又长，驼背弯腰，看上去比实际年龄更衰老得多，差不多一整天都在小院子里走过来走过去，手里拿着一把平头铲和一把修枝刀。那样的院子满布于塞纳河左岸桥头一带，有墙将院子和院子隔开，它们就像一道长长的土台沿河岸排列，那些院子种满悦目的花木，大一点的称得上花园，小些的就是花畦，每一个院子都一头连着河，一头连着房屋。这些院子中有一个最窄的，那房屋也是最简陋的，一八一七年前后，那个我们刚才说过的穿短褂、着木鞋的男子，就住在这个院子里。他单身一人在那里居住，孤苦无依，沉默少言，有一个妇人帮他干活，这妇人介于年老和年轻、美和丑、农民和市民之间。他那一小块地，以花儿艳丽闻名于小城，他把它叫作花园。他的工作就是种花。

郁金香和大丽菊几乎已见不到了，可是竟然又出现在他的园子里，他能继造物主之后培植出它们，那完全归功于他的坚持工作、凡事留意、勤于灌溉。他沤小绿肥用以培植一些美洲灌木和中国灌木，这些灌木极其稀有、极其珍贵，他比苏兰日·波丹更别出心裁。夏天，他在天蒙蒙亮的时候就跑到畦埂上插呀、修呀、薅呀、浇呀，有时他来回奔忙于花丛之中，有时又停下几个钟头不动，若有所思地听树上一只鸟儿的啼唱或是人家屋里孩子的咿呀，或者，就望着阳光下草尖上钻石一般闪光的露珠发呆，他的神情慈祥、抑郁而和蔼。他饮食清淡，很少喝酒，大多数时候都喝奶。他常被女仆责骂，淘气包们也可以使唤他。他胆子极小，到了不敢见人的地步，除了见神甫和那些敲他玻璃窗的穷人，他不见任何人，也极少出门。他的神甫是个叫马白夫的老好人。但是，不管是本城的或外来的任何人，如果想看看他的郁金香和玫瑰，只要来拉拉他小屋的门铃，他就会笑盈盈地把门打开。我们前面所讲的卢瓦尔的匪徒就是这个人。

乔治·彭眉胥，这个名字经常出现在各种战争回忆录、传记、《通报》和大军战报里，如果有谁在同一时期把它们通通读过，就不能不被这个名字打动。彭眉胥很年轻的时候就已经参加了圣东旧联队，当了一名士兵。后来爆发了革命。圣东旧联队被编进莱茵方面军。统一编制仅仅始于一七九四年，而君主时代的旧联队、即便在废除了君主制之后，都是以省名为队名的。在斯比尔、在沃尔姆斯、在诺伊施塔特、在土尔克海姆、在阿尔蔡，以及在美因茨等地，彭眉胥都曾参加战斗，并且他是美因茨战役中乌沙尔殿后部队二百人之一。在安德纳赫古垒后面阻击赫斯亲王全部人马的，就是他和另外十一个人，他一直坚持到墙垛到斜堤的缺口被敌人的炮火打开、大批敌兵压过来后才撤退。在克莱贝尔部下时，他到过马尔什安，参加过蒙巴利塞尔战役，在那次战役中，他的胳膊被铳子打伤了。之后，他作为同茹贝尔保卫坦达谷的三十个卫队中的成员之一，转战意大利前线。茹贝尔因为那次战功升为准将，彭眉胥也因此升为中尉。波拿巴在洛迪那天望见在炮火中东闯西突的贝尔蒂埃时，夸他兼具炮兵、骑兵、卫兵于一身，而彭眉胥当时就在贝尔蒂埃身边冲锋陷阵。他的老长官茹贝尔将军举起马刀高呼“前进”的时候倒了下去，这一幕被他亲眼目睹，由于军事需要，他在那次战役中率领他的步兵连乘一条帆船从热那亚到某一个港口去，途中与七八条英国帆船遭遇。热那亚船长企图沉炮入海，把士兵们隐藏在中舱，假扮商船溜之大吉。彭眉胥却截然相反，他在绳子上系了三色旗，升起旗来，大摇大摆地冒着英国战船的炮火前进。这样驶出二十海里之后，他越发大胆，用帆船攻击一艘英国大运输舰，该舰运送大批部队去西西里，人马塞得满至舱口，他将其全部俘虏。一八〇五年的时候，他在马莱尔师部属下，从斐迪南大公那儿夺取了贡茨堡。他在威廷根、在冰雹般的枪弹中，用双手把那位身受致命重创的第九龙骑队队长莫伯蒂上校抱起。在奥斯特里茨，他也曾是那甘冒敌人炮火前进的英勇的梯形队之一员。彭眉胥参加过对俄皇近卫军骑兵队践踏第四大队一营步兵的反攻，而且将近卫军击败。他被皇上授予十字勋章，他在曼图亚看见维尔姆泽被俘，在亚历山大看见梅拉斯被俘，在乌尔姆看见麦克被俘，一次又一次。在莫蒂埃指挥下攻占汉堡的大军第八兵团，他也参加过。他后来改为隶属于第五十五大队，即从前的佛兰德联队。本书作者的叔父路易·雨果，这位英勇的队长曾独自率领他连部的八十三个人，在艾劳的一个坟场里抵御了两个小时的敌军猛力进攻，彭眉胥也在其中。只有三个人活着离开那坟场，其中之一就是彭眉胥。他也曾到过弗里德兰。他后来到过莫斯科、别列津纳、卢岑、包岑、德累斯顿、瓦朔、莱比锡和格兰豪森峡道；他后来也经历过蒙米赖、沙多·蒂埃里、克拉昂、马恩河岸、埃纳河岸以及拉昂的惊险场面。他在阿尔内勒狄克当骑兵队长，他的马刀把六个哥萨克人砍翻在地，他把他的班长、而非他的将军救了出来。他也就是那次被砍得血肉模糊，单单从左臂里就取出了二十七块碎骨片。他和一个战友在巴黎投降的前八天对调职务，他于是参加了骑兵队。他就是从前所说的“双面手”：当兵能使刀弄枪，当官能指挥步兵营或者骑兵队。这种军事教育精心培养了一些特种兵，例如龙骑兵，既是骑兵又是步兵。他跟随拿破仑去了厄尔巴岛。他在滑铁卢战役中任杜布瓦旅铁甲骑兵队队长。正是他，夺取了吕内堡营军旗。他夺过那面军旗，一把扔在皇上面前。他鲜血满身。他夺旗的时候，脸部被迎面劈来的一刀砍个正着。万分喜悦的皇上对他喊道："我提拔你当上校、封你当男爵，授予你第四级荣誉勋章!""陛下，我的妻子将成为寡妇，我代表她向您致谢。"他回答说。过了一小时，他就倒在了奥安的山沟里。现在我们要问：这乔治·彭眉胥到底是谁？那卢瓦尔的匪徒就是他。

先前，我们已经略知一点他的历史。我们没有忘记，滑铁卢战役结束后，有人从奥安的山沟里救出了彭眉胥，出乎意料地，他又返回了部队，他被从一个战地急救站转移到另一个，最后他被转移到了卢瓦尔营地。

王室复辟之后，他被收编为半薪人员，以后又被送到韦尔纳休养，实际上是受监视。国王路易十八不承认他的第四级荣誉勋章、上校军衔和男爵爵位，因为百日时期的一切都被否认。而他呢，只要一有机会签名，就固执地签上"上校男爵彭眉胥"。他的蓝制服只有一套，旧的，那颗代表第四级荣誉勋位的小玫瑰钮，却总是在上街时佩戴在他胸前。检察官托人警告他，说他"擅自佩带荣誉勋章的不法行为"可能会受到法院追究，彭眉胥听了一个非正式的中间人将此话转告他，他苦笑着说："我丝毫不明白，到底是我听不懂法语，还是你不会说法语，我压根儿不知道你在说什么。"此后的八天里，他天天戴着那颗小玫瑰钮上街。谁也不敢惹他。有两三封信封上写着"彭眉胥队长先生"的信，是军政部和省总指挥官写给他的。那些信全都被他原样退回。那些由贵人赫德森·洛写给"波拿巴将军"的信件也同时在圣赫勒拿岛上受到了拿破仑同样的处置。请允许我们说彭眉胥嘴里的唾沫竟然和他的皇上的一样。

罗马也曾经有过一些拒绝向弗拉米尼努斯致敬的迦太基被俘士兵，他们的精神多少有些汉尼拔意味。

他有一天早晨在韦尔农的街上遇到了那个检察官，他走上前去问他："检察官先生，这刀疤总是挂在我脸上，不会碍事吧?"

他只有那份骑兵队队长的半薪，极其微薄。他尽可能找了一所韦尔纳最小的房子，租下来，在那里独居，过着我们先前见过了的生活。他在帝国时期，和吉诺曼姑娘趁战争间隙的空档结了婚。那老绅士虽然愤愤不悦，却也不得不同意，他哀叹说："最高贵的人家不得以也得低头。"彭眉胥太太有教养，很是少见，和丈夫般配，各方面都令人敬慕，可惜一八一五年她就死了，留下了一个孩子。上校把这孩子看作孤寂中的欢乐，可是那个蛮不讲理的外祖父以不让孩子继承遗产相威胁，硬要领走他的外孙。为了孩子的将来，父亲不得不做出让步，他的心，在爱子被人夺走以后就寄托给了花木。

他既没有活动也没有密谋，放弃了所有一切。他的心分作两半，他把一半给了目前这种怡情养性的营生，把另一半给了他辉煌的过去。他或是对一朵石竹抱希望，或是对奥斯特里茨进行回忆，就这样打发时光。

吉诺曼先生从不和他的女婿往来。在他的心目里，上校是个"匪徒"；在上校心目里，他是个"蠢材"。若不是要含沙射影地讥消他的"男爵爵位"，吉诺曼先生的日常谈话中从不提及上校。彭眉胥永远不许看望儿子，否则那孩子就会被取消财产继承权，撵回父亲那儿，这是他们已经明确约定了的。吉诺曼一家把彭眉胥当作是得了瘟病。教养那个孩子，他们要实行他们的方式。也许，上校接受那样的条件是犯了一个错误，但是他不吝惜个人牺牲，认为应该那样，因而恪守诺言。吉诺曼本人没有多少财产，吉诺曼大姑娘却拥有可观的财产。那位姑奶奶继承了她母亲娘家的大笔产业，又没有出嫁，她的继承人当然就是她妹妹的儿子。

这个名叫马吕斯的孩子除了知道自己有个父亲以外，对别的情况一无所知。没有人在他跟前多嘴多舌。但是这孩子老被他外祖父领去那些地方，他听到那些低声的交谈，注意到那些隐晦的用语，看到那些眨眼的神气，也渐渐领悟到了什么，他常见的那种环境里的观点和意见很自然地潜移默化成为他自己的了，终于，只要他一念及父亲，羞惭和苦闷就会涌上心头。

他就在那种环境里逐渐长大，在这期间，每隔两三个月，那位上校总要悄悄溜来巴黎一次，就好像一个罪犯擅自离开了指定住处似的，他趁吉诺曼姑奶奶带马吕斯去圣酥尔比斯教堂做弥撒的时候，也悄悄溜到那教堂里去。他胆战心惊地藏在一根石柱后面，屏息凝神地盯着那孩子，生怕吉诺曼姑奶奶回头看见。这个脸上有刀疤的铁汉对那老姑娘竟怕到这地步。

他因为那样而结交了韦尔农的本堂神甫，马白夫神甫。

那位好好神甫的一个兄弟在圣酥尔比斯教堂作理财神甫。当彭眉胥脸上带着刀疤、眼里却包着一眶泪水，从那柱子后面偷窥那孩子的时候，曾多次被理财神甫瞥见。理财神甫见那人神气像个好男人，却像个妇人一样地哭泣，觉得很奇怪。从此他心里就记下了那人的容貌，有一天，他去韦尔农看望他的兄弟，在桥上遇到了彭眉胥，觉得和圣酥尔比斯的那个人是同一个人。理财神甫把这件事告诉了本堂神甫，他们一起找了个理由去拜访上校，他们之间的往来就此变成经常的了。上校一开始不肯直说，后来也就无所顾忌，本堂神甫和理财神甫终于明白了彭眉胥为了孩子的将来不惜作自我牺牲的全部事实。这以后，本堂神甫特别友好地对待上校，对上校充满敬意，并被上校看作知己。只要双方都开诚布公、心地善良，老神甫和老战士是最容易情投意合成为莫逆之交的。本质里他们都一样。唯一的差别只是一个为下方的祖国献身，一个为上界的天堂献身。

吉诺曼先生唯一一件愿意通融的事，就是让马吕斯每年元旦和圣乔治节给他父亲写两封信，但那种信是他姨母不知从哪里抄了来口授的，不过是应应景儿。然而他父亲却写了满纸慈爱的回信，那些信从来都被外祖父一把塞进衣袋，看也不看。

三、愿怨融恨消

马吕斯对世界的所有认识都来源于 T. 男爵夫人的客厅。他只有在那个洞口才得以窥察人生。那个阴暗的洞口对他而言，进得更多的是寒气和暗影，而不是暖气和光明。刚刚走进这个奇怪的社会时，那孩子欢乐开朗，但是不久，郁闷，尤其是与他年龄极不协调的阴沉随之而来，他被那些既威严又奇怪的人包围在中间，怀着严肃又惊讶的心情环望四周，而四周所见一切都使他心中更为惶然迷惑。有些贵妇人聚在 T. 男爵夫人的客厅里，她们年高而德劭，有的叫马坦，有的叫挪亚，有的叫利未斯，但别人却叫她利未，还有的叫康比、别人却叫她康比兹。在那孩子的脑中，那些矜持古老的面孔，出自远古书籍的名字，和他背的《旧约》混淆了起来。在一炉奄奄一息的炉火旁，在绿纱罩的灯光下，那些面目若隐若现、神情冷漠严峻的老妇人团团围坐，她们的头发不是花白就是已全白，身上拖着的阴森惨淡的裙袍分明属于另一个时代，她们沉寂地坐着，偶然有一两句既严肃又挑剔的话冒出来；那种时候，小马吕斯瞪着惶然受惊的眼睛望着她们，以为面前这些不是妇人、不是现实中的人，而是古代先贤，是鬼魅。

还有好些个教士和贵族也时常在那古老客厅的鬼影子里出现，一个是给德·贝里夫人做功德秘书的沙斯内侯爷，一个是瓦洛利子爵，他用笔名查理—安东尼发表单韵抒情诗；一个是花白头发、人却十分年轻的波弗尔蒙王爷，带着一个女人，那女人漂亮、聪明、穿一身袒胸露背、金丝绦镶边的朱色丝绒袍，让那些鬼影觉得惴惴不安；一个是德·柯利阿利·德斯比努兹侯爷，要说法兰西最擅长礼节最会掌握分寸的人，就数他了；一个是圆下巴的老好人，德·阿芒德尔伯爵；还有一个经常光顾卢浮宫图书馆、即所谓国王阅览室的德·彼尔·德·吉骑士。德·波尔·德·吉先生并未上年纪，却很显老，头发都秃了，他讲起一七九三年他十六岁的时候，被当作顽固分子和一个八十岁的主教米尔波瓦一起锁在苦役牢里，那个主教的罪名是拒绝宣誓，他自己的则是逃避兵役。他们当时被关在土伦，夜晚他们得去断头台上收拾那些白天被处决的尸体和人头，那是他们的苦役，他们头上戴着苦役犯的红帽子，那帽子后面的血块总是白天干了，到晚上又潮了。T. 男爵夫人的客厅里，这一类悲惨故事比比皆是，他们不断对马拉进行咒骂，而且还对特雷斯达荣鼓掌赞颂。迪波尔·德·沙拉尔先生，勒马尚·德·戈米古先生等几个怪诞不经的议员常在那儿打惠斯特，其中还有个叫柯尔内—唐古尔先生的、以起哄闻名的右派。穿着短裤，露着伶仃细腿的钦命法官德·费雷特，有时候也在去塔列朗先生家的途中，顺路到那客厅里去。作为阿图瓦伯爵的冶游之交，他叫吉玛尔匍匐蛇行，而不像亚里士多德那样对康巴斯白屈尊讨欢，从而叫世代千秋的人们都知道有一个钦命法官替千百年前的那个哲学家出了气。

还有教士，一个是和拉洛兹先生合编《雷霆》的哈尔马神甫，拉洛兹先生曾这样对他说："有谁不足五十岁？除了嘴上没毛的家伙！"一个是御前宣道士勒都尔纳尔神甫；一个是弗来西努神甫，伯爵、主教、大臣、世卿，他都算不上，他只穿一件连纽扣都不齐全的旧道袍；还有一个是圣日耳曼·代·勃雷的本堂神甫克拉弗南；另外还有一个尼西比主教，当时他是教皇的使臣，被叫作马西主教，后来才改称红衣主教，使他出名的是他那个多愁的长鼻子；另外还有个一人主教有一长串头衔：巴尔米埃利、内廷紫衣教官、圣廷七机要秘书之一，利比里亚大教堂的议事司铎、圣人的辩护士，这和谥圣有关，差不多算是天堂部门的评审官；最后那里还有两个红衣主教，即德·拉吕泽尔纳先生和德·克雷蒙—东纳先生。德·拉吕泽尔纳先生几年后和夏多勃里昂一样有幸作为《保守》的定稿人，他是个作家；德·克雷蒙—东纳先生是图卢兹大主教，他在巴黎有个当过海军和陆军大臣的侄儿，他经常去那侯爷家度假，德·克雷蒙-东纳红衣主教的道袍下摆经常掀起来扎进腰里，红袜子露着，这个快乐的小老头恨极了百科全书、爱极了打弹子，这是他的特点。德·克雷蒙—东纳住在夫人街，当年人们在夏季的夜晚从那里走过来，常常会驻足倾听打弹子的撞击声和红衣主教的谈笑声，他冲着柯特莱大人——他的同事、教廷枢密员克利斯特的荣誉主教嚷嚷："神甫，看我在打串子球，记分。"桑利斯曾经有一位主教叫德·罗克洛尔，他是四十人之一，正是这位最亲密的朋友把德·克雷蒙—东纳红衣主教引荐到T·男爵夫人家去的。德·罗克洛尔先生身材高大，常守在法兰西学院，因此而闻名。当年法兰西学院举行会议的地方就是图书馆隔壁的那间厅房，如果你对桑利斯的前任主教感兴趣，每周四都可以透过那道玻璃门望见他，他的头上扑着新粉，脚上穿着紫色的袜子，经常背对门而站，以便充分展示他那条小白领。虽然那些教士多数是官宦人士及教会人士，却已使T. 男爵夫人客厅的气氛十分严肃，而五个法兰西世卿德·维勃雷侯爷、德·塔拉鲁侯爷、德·艾尔布维尔侯爷以及达布雷子爵和瓦朗迪诺亚公爵的加入，更突出了其富贵气象。作为摩纳哥亲王、外国的当朝君主，瓦朗迪诺亚公爵却格外崇敬法兰西和世卿爵位，甚至因此而总是从这两点考虑任何问题。所以，"罗马的法兰西世卿是红衣主教，英格兰的法兰西世卿是爵士"成了他常说的话。就像先前我们说过的，这个客厅虽然封建，却也受了资产阶级的支配，因为这个世纪革命的影响无处不在。那客厅的头把交椅由吉诺曼先生坐着了。

巴黎白色社会在那里会聚英华。即便是保王派的有名之士也会遭到那些人拒绝。名气总是和无政府状态联系在一起。那里的人们甚至会把夏多勃里昂当作杜善伯伯。这个正统的客厅却通融地允许几个归顺分子加入。伯尼奥伯爵就得到了礼貌的款待。

如今的"贵族"客厅和往日的客厅已经不同了。市井之气已渗入了现在的圣日耳曼郊区把保王说得好听些也就是侈言保王罢了。

T·男爵夫人客厅的宾客都来自社会的上层，他们嗜好以彬彬有礼作为隐蔽的外表，既细腻又高亢。他们的习气下意识地文雅细致，简直就是旧秩序的复活，那些习气似乎比较怪异，特别是那些语言。那些习气不过是朽木烂叶，你要是只看表面现象，还会把它当成外省的俗态。你可以用“将军夫人”称呼一个妇女。“上校夫人”也并非完全不可以。那位可爱的德·莱昂夫人肯接受这称呼来替代她的公主头衔，想必是出于对朗格维尔公爵夫人和谢弗勒兹公爵夫人的追忆。同样的，德·克来基侯爵夫人也称自己为“上校夫人”。

当时的人们在杜伊勒里宫和国王闲谈的时候，就不说“您陛下”，而把国王两字当第三人称处理用来当面称呼他，那个小小上层社会的人认为那“篡位者”已经“玷污了”“您陛下”这种称呼，于是他们发明了这种考究的用语。

点评时事，评价人物是他们在那里的活动。他们不求甚解，只管冷嘲热讽地议论这个时代，一遇到什么事儿就相互惊扰，一惊一乍。他们仅有的一点知识也喜欢拿来相互吹嘘。玛土撒拉来教导厄庇墨尼德。真是聋子给瞎子报消息。科布伦茨以后的那段时期被他们异口同声地给否认了。从而，路易十八在他即位的二十五年受天之祐，流亡回国的人正处于二十五岁的少壮年龄，也是理所当然。

一切都进行得温文尔雅、不愠不火，他们用有如阵阵微风般的声音谈话，贝叶经般的书籍和报纸陈列在客厅里。连他们中的那几个青年也是要死不活的。前厅伺候的仆人也穿着灰不溜秋的衣服，这里堆满了老朽般的主仆宾客。那一切表现出一种不甘逝去的神气。词典的所有内容几乎就是保守、保持、保全，气味儿好不好闻才是问题。那一小堆遗老遗少也有些放了点香料的意见，那气味却总像防虫药草。那个世界属于僵尸。主人涂了防腐烂香油，仆人填了草料剥制而成。

有个宝贝老侯爵夫人，流亡归国，败落了家产，老是说：“我的侍从们。”其实她只剩了一个女佣人。

他们在T·男爵夫人的客厅里都做些什么呢？作极端派。

虽然作极端派这句话所代表的事物尚未销声匿迹，但是在今天它已经失去了意义。所以需要稍加解释。

走过头也就是走极端。也即是以保王位攻击王权，以供祭台攻击教权，也即是看不惯自己拖带的东西，也即是不服管制，也即是和伐薪人争吵烧烤异教徒的火候是否到家，也就是抨击不受抬举的偶像，也即是出于崇敬过头而破口大骂，也即是嫌教皇的教权不够、国王的王权不足、黑夜太亮，也即是维护白色而对云石、雪花、天鹅和百合不满，也即是仇恨自己拥立的对象，也即由过于推崇变成反对。

王朝复辟初期，走极端的精神十分显著。

在右派能人维莱尔先生掌权之前，历史上没有可与一八一四到一八二〇年这一短短时期相比的任何事物。这是六年集喧嚷与沉闷、欢快与抑郁为一体的非常时期，好像同处受到晨光的照耀和漫天昏黑的笼罩，预示灾祸的云阴在天边堆积得密密匝匝，又渐渐在过去中消散。有那么一小撮兼具新与老、轻快与忧愁、少壮与衰老的人，在那种光明和黑影中擦着眼睛，什么都不如还乡更像梦醒，法兰西对那一小撮眼巴巴观望它的人冷笑。街上好多侯爷，像老猫头鹰一般，好玩儿得很，还有那些还乡人和还魂鬼，从前的贵族一惊一乍，世家遗少因为回到法国且哭且笑，他们为失去君主制而哭，为回到祖国而笑。帝国时代的贵族公然受到十字军时代的贵族侮辱，即拿破仑的战友被佩剑的贵族、已无历史意义的古老世族、查理大帝战友的后代所轻蔑。就像我们刚刚说过的，剑辱骂着剑，只是一块铁锈的丰特努瓦的剑，可笑；不过是把马刀的马伦哥的剑，丑恶。昨天被昔日否定。无所谓人之情感是伟大抑或可耻。波拿巴曾被叫作司卡班。现在已找不到那样的社会。准确地说，洪水已淹没了社会本身。两次革命令它消失，思想的洪流何等强大！它奉命破坏淹没的一切，是多么迅速地被它埋葬，令人吃惊的眼界，是多么敏捷地被它打开！

那些久远无知时代的客厅就是那样的面貌，在那里，人们认为伏尔泰也没有马尔坦维尔更具才华。

那些客厅自有其整套的政治和文学。菲埃魏受到他们推崇。人们崇敬阿吉埃先生，柯尔内先生以及马拉盖河沿的书刊评论家成为他们评论的对象。在他们看来，拿破仑分明就是科西嘉的吃人恶魔。后来把布宛纳巴侯爵先生和王军少将写进历史就已经是对时代精神的客让。

那些客厅并未能维持住清一色的局面。有几个空论派从一八一八年起就开始在那些地方出没。那种迹象令人不安。那些人自命为保王派，但态度又是内疚的。空论派对任何极端派自鸣得意的地方都感到有点惭愧。他们具有眼光却三缄其口，他们有适度自负的政治信条，并对成功充满自信，他们对洁白领带和整洁衣冠的刻意考究确实大有助益。他们创造老青年，这是他们错误与不幸所在。他们端架子，做学究。他们想丢弃破坏大局的自由主义，取而代之以顾及周全的自由主义，有时候也表现得少见的聪明。他们经常对人们这么说：“原谅保王主义是应该的！他们做了许多好事。它发展了传统、文化、宗教和虔诚敬仰之心。它忠实、勇敢、仁爱、忠诚、具有骑士风度。它把君主国家百千年来的伟大与民族的新的伟大混在一起，虽然这样做很可惜。它不懂得革命、帝国光荣、自由、年轻的思想、年轻的一代和年轻的世纪，这是它的错误。可是，我们就没有对它犯过它对我们所犯的错误吗？我们继承了革命，要革命就要了解全面。攻击保王主义就背离了自由主义。何等重大的错误！何等恶劣的盲目行动！革命的法国不尊重历史的法国，也就是不尊重母亲和它自己。君主制度的贵族在九月五日以后受到了帝国时代的贵族在七月八日以后所受的待遇。雄鹰受到了他们的不公，百合花也受到了我们的不公。这些东西总是遭到人们禁止。把路易十四王冠上的金剔掉，把亨利十四的盾形朝徽拿掉，这些做法到底有什么意义？我们耻笑把耶拿桥上的“N”擦掉的优勃朗先生！他做了些什么？我们自己也这么做，就像马伦哥的胜利属于我们一样，布维纳的胜利也属于我们。我们拥有百合花和“N”。它们都是我们民族的遗产。为何要把它们的价值贬低？我们不能把昔日的祖国看得不如今日的祖国。为何拒绝接受整个历史？为何不热爱整个法国？”

这就是空论派对保王主义的批判和保护，它的批判引起保王主义者不平，它的批判引起保王主义者的怒火。

保王主义的第一阶段以极端派为代表，第二阶段则以教团为代表。灵活紧接着强暴和专横。到此，我们的简要描绘告一段落。

在这个故事的进展中，本书的作者就处在现代史上的这一奇异时期，对这个已成遗迹的社会，他只好走进去，顺便瞥几眼，写几笔它的特征。不过，他的迅速地几笔毫无讽刺挖苦之意。由于那些与他母亲有关的往事是联系他和过去的纽带，所以往往引起人的怀念和正视。还须指出那个小小社会也有它独特的伟大之处。我们不能对它报以轻蔑或仇恨，但可以对它微笑。那是法国的昨天。

和别的孩子一样，马吕斯·彭眉胥读的那些书乱七八糟，他一经从吉诺曼姑奶奶手里获得解放，就被外祖父托付给一个彻头彻尾的昏庸无用的老师。这个少年在心智萌芽的阶段，从一个道婆手里栽进一个腐儒掌中。读了几年中学以后，马吕斯又入了法学院。他成为一个既冷酷严峻又疯狂热烈的保王分子。他受不了外祖父那种轻浮猥亵的作风，不怎么爱他，对父亲的态度则是阴冷的、冷漠的。

那孩子外冷内热、高尚、慷慨、自负、虔诚、敢于向前，他的严肃近乎严厉，他的纯洁近乎没有开化。

四、匪徒之死

吉诺曼退出交际圈之时正是马吕斯结束了他的古典学科学习的时候，老头儿离开了圣日耳曼郊区和T·男爵夫人的客厅，迁移到沼泽区受难修女街他自己的房子里定居。他的佣人包括门房、接替马侬唤作妮珂莱特的女仆和曾经提到过的那个气喘吁吁的巴斯克佬。

马吕斯在一八二七年时，年仅十七岁。一天暮色将临的时候，他回家见到外祖父手里拿着一封信。

吉诺曼先生说："马吕斯，明天到韦尔农去。"

马吕斯问："去做什么？"

"看你爹。"

马吕斯打了个颤。他想过一切却也没想过有一天他也会去看看父亲。再没有什么使他感到如此奇异突兀、如此不自在。突然得去亲近素来疏远惯了的人。那是一件苦差事而又是一件烦恼事。

吉诺曼先生平时若是心平气和，就把彭眉胥叫作刀斧手，马吕斯一向确信，既然那个刀斧手把他甩给别人，扔下不管，肯定是不爱他，这正是他除了政治反感以外不愿去见父亲的另一原因。他觉得既然得不到别人的爱，对别人也就没有爱。他觉得就是这么简单。

当时他太吃惊了，以至想不出什么来问吉诺曼先生。他外祖父继续说下去："听说他病了，他叫你去的。"

顿了一下，他接着说：

"明早你出发。好像有辆车早晨六点开，晚上就到，我记得是在喷泉院子。你就搭那车吧。他说得快去。"

他接着把那封信揉成一团塞进衣兜。本来，马吕斯可以当夜起程，次日一早就到。当时布洛亚街有辆去鲁昂的公共马车要途经韦尔农，是夜间发车的。可是他们俩，没人想到去打听打听。

第二天晚上，马吕斯到了夜色苍茫的韦尔农。正是灯火初上。他随便找了个人打听彭眉胥先生住哪儿。因为在他心里，和保王党一样不承认他父亲是什么男爵或者上校。

那人冲一所房子指了指。他拉响门铃，有个手拿小油灯的妇人开了门。

马吕斯问："是彭眉胥先生家吗？"

那妇人呆立着。

马吕斯问："是这儿吗？"

那妇人点了点头。

"可以让我跟他谈谈吗？"

那妇人摇了摇头。

马吕斯接关说："我是他儿子，他在等我。"

"他不再等你。"那妇人说。

他这才看见她眼里流出的泪水。

她伸出手指了指一扇矮厅的门。他走进那扇门。

一支羊脂烛点在厅里的壁炉上，烛光中有三个男人，其中一个站着，一个跪在地上，还有一个倒在地上，穿了一件衬衣直挺挺地倒在铺方砖的地上。那个倒在地上的人就是上校。

另外两个是医生和正在做祷告的神甫。

上校患大脑炎已经三天。他从一开始就觉得凶多吉少，于是写信给吉诺曼先生要见儿子。他的病日益加重。上校在马吕斯抵达韦尔农的傍晚就已经不清，他把女仆推开，爬起床来，大声叫着说："我儿子没来！我去找他！"他于是走出卧室，一头栽倒在前厅的方砖地上。他刚断了气。

找医生和神甫的人早就去了。可是医生、神甫、儿子都来得太迟。

上校静静地躺着，脸色惨白，烛光朦胧，有一大颗泪珠从那死去的眼睛里流出。眼神已无，泪却未干。那泪水是为他迟来的儿子而流的。

马吕斯望着他，那个他平生只见过一次的人，他的脸气概不凡令人起敬，他的眼睛睁着却并不看人，白发苍苍，肢体强健，黑褐色的条痕状刀疤布满肢体，红色星星一般的弹孔遍布全身。那张脸生就慈祥，那又长又宽的刀疤给它平添一层英雄气概。这个人就是他的父亲，他想到，可是这个人已经死去，他漠然呆立，没有动作。

他感到凄凉，但那只是对任何一个躺在自己面前的死人所能感到的凄凉。

屋里的每一个人都不能自已地悲哀。屋角里，佣人失声痛哭，神甫念着祷文，也在抽泣，医生抹着泪，死者也在落泪。

只有马吕斯才是外人，医生、神甫和佣人悲痛地望着他，一言不发。马吕斯无动于衷，觉得尴尬，不知所措，他想表示自己由于哀痛而拿不住帽子，于是把原先拿在手上的帽子无力地掉到地上。

同时他又为此而羞耻、而后悔。可这难道是他的过失吗？既然他对父亲没有爱，那就没什么可说的！

上校没有遗物。家具变卖了，也不足以支付丧葬费用。佣人把找到的一张破纸交给马吕斯。上校亲笔在上边写了下面的话。

吾儿览：我在滑铁卢战役中被皇上封为男爵。王朝复辟后，这一用鲜血得来的爵位被他们否认，但仍然应该由吾儿来承袭享受。他毫无疑问当之无愧。

上校又在后面加了几句：

有个中士在那次滑铁卢战役中救过我。他的名字是德纳第。我这些年来记得他好像在巴黎附近的一个叫谢尔或者孟费郿的村里开小客店。吾儿如果有机会见到他，一定要尽力报答。

马吕斯把那张纸接过来紧紧攥在手里，并非出于对父亲的孝敬，而是出于对一般死者的那种极具威力的泛泛的崇敬。

上校没有留下任何遗产。他的一把剑和一套军服被吉诺曼先生派人卖给了旧货商。花园被邻居们抢夺，那些稀有花木被洗劫。其他植物要么枯死，要么沦为杂草荆棘。

马吕斯只在韦尔农呆了四十八个钟头。好像世上并没有过那么一个人，对父亲，他没有追忆，他在丧葬之后就回到巴黎，继续法学院的学业。两天之内，上校入了土，三天之内，上校消失在记忆的尘埃中。

马吕斯的唯一举动，就是缠了条黑纱在帽子上。

五、做弥撒的功用

马吕斯幼小的时候所形成的那些宗教习气始终未变。打小，他姨母就带他去圣稣尔比斯做礼拜，一个礼拜天，他又到那座圣母堂去做弥撒。那天他的心情不如平日，有点杂乱和沉重，他不经意间走到一根石柱后面，在一张乌德勒支丝绒椅上跪了下来，有几个字写在椅背上："本堂理财神甫马白夫先生。"有一个老人在弥撒刚开始时就走到马吕斯身边说：

"这是我的座位，先生。"

马吕斯赶紧闪到一边，把座位让给老人。

马吕斯在做完弥撒后又若有所思在几步之外站着，那老人又走到他身边，说：

"先生，很抱歉刚才打扰了您，现在又要打扰您，您肯定觉得我莫名其妙吧，让我向您解释一下。"

"不用了，先生。"马吕斯说。

老人继续说："一定要解释，我不想您对我产生不好的印象。您已经看出我对这个位子的重视。在这个座位上做弥撒使我觉得好些。有什么原因吗？请让我解释给您听。有一个可怜的父亲，因为家庭协议禁止他接近他的孩子，他就到这里来远远地望着他儿子，这是他看见儿子的唯一办法和机会，多年以来，每隔两三个月我就能看见他一次，就是在这个座位上。他知道那家人带孩子做弥撒的时间，他总是赶着那时候来。儿子并不知道他父亲就在这里。那天真的孩子也许连自己有个父亲都不知道！他父亲为了避开那家人的视线，总是藏在这根柱子后面。他望着他的儿子，只能不停地流泪，可怜的汉子心疼他的孩子！这种情形使我把这里当成了心中的圣坛，我已经习惯在这里做弥撒了。作为本堂理财神甫，我有自己的功德板凳，但我偏偏喜欢这里。我略略知道一点那位先生的不幸。他有一个岳父和大姨子，那大姨子很有钱，其他的亲戚我不太了解。那一伙人都以不许他孩子继承遗产相威胁，以此禁止这做父亲的看望他的孩子。他不得不自我牺牲，为了孩子的将来幸福、富足。那伙人拆散他们父子的动机是政治分歧。我当然赞同政治见解，但是有的人太过分。我的天主啊！总不能因为一个人到过滑铁卢就成了恶魔。总不能因为这就硬不准父亲碰他的孩子。他是波拿巴的一个上校。我想，他已经不在人世了。他当年就在我兄弟当神甫的地方住着，韦尔农，他的名字好像是朋玛丽或孟培西之类。有一条大大的刀疤挂在他脸上，我的天。”

“是彭眉胥吧？”马吕斯问了一句，面色惨淡。

“千真万确。就是彭眉胥。您和他认识？”

“先生，他是我父亲。”马吕斯说。

那老神甫把两手握在一起，大声说：

“啊！那孩子就是您！是呀，不错，现在应该长大成人了。好！可怜的孩子，您完全可以说有过一位深爱着您的父亲！”

马吕斯伸出手臂，把老人搀回家。次日，他告诉吉诺曼先生：

“我约好和几个朋友去打猎。您同意让我不回家，在外面玩三天吗？”

“四天也没问题！去玩吧，去寻寻乐。”他外公回答说。

他一边说着，一边冲他女儿挤眉弄眼，低声说：

“他准有了小娘们！”

六、遇到了理财神甫

过一会儿我们就能知道马吕斯到哪儿去了。

三天来，马吕斯没有回家，他又跟着来到巴黎，径直到法学院的图书馆去借了一套《通报》。

他把《通报》、全部共和和帝国时期的历史、《圣赫勒拿岛回忆录》和其他一切回忆录、报纸、战报、宣言通通饱读了一遍。第一次在大军战报里看见父亲的名字之后，他整整高烧了一周，他去访问了包括H·伯爵在内的从前是乔治·彭眉胥上级的将军们。他还看望了教区理财神甫马白夫，听他讲了韦尔农的生活，上校的退休，他的花草，他的孤独。马吕斯对父亲第一次有了全面的认识，他的父亲是那样难得、优秀、仁爱，他像狮子一样威猛，像羊羔一样温驯。

那段时间，他全力以赴地阅读文献，几乎未曾和吉诺曼一家人谋面。他只在吃饭的时候才出现，旋即，又找不着了。姑奶奶不停地嘀咕。只有老吉诺曼笑着说：“这算什么！这算什么！他到了找小娘们的年龄了！”有时候，老头子还补充说：“真见鬼！看情形，居然已经是一场热恋了，我还只当是逢场作戏呢。”

这的确是一场热恋。

马吕斯正热烈地爱着他的父亲。

与此同时，他的思想起了一种奇特的变化，那种变化经历若干次发展渐渐形成。我们那时代许多人的思想就是经过这种过程转变的，因此我们觉得有必要把它按阶段分步全部陈述出来。

他刚读到那段历史，就为之震惊。

最开始的时候令他眼花缭乱。

共和国、帝国，在他脑中一直只是牛鬼蛇神一样的词汇。共和就是立在暮色中的一座断头台，帝国则是举在夜色中的一把大刀。他满以为那无非是一大堆杂乱的黑影，可是当他仔细察看，却发现那是满天星光：米拉波、维尼奥、圣鞠斯特、罗伯斯庇尔、卡米尔·德穆兰、丹东和一个初升的朝阳——拿破仑，他们使他又惊又怕又喜悦，他弄不明白。阳光照得他两眼发晕，向后退去。惊恐的心情在他习惯了光辉的照耀后渐渐隐退；他已经能够不再眩晕地凝视那些动态，已经能够不再害怕地细看那些人物了，在他雪亮的目光前，罗列着灿烂辉煌的革命和帝国，他发现可以用两种无上伟大的行动来总结这两个阶段中的每一件大事、每一个人，把民权还给民众并给予民权最高的地位，那是共和国的伟大，把法兰西思想强加给欧洲，并给予法兰西思想最高的地位，那是帝国的伟大，他看见人民的伟大形象从革命中诞生，法兰西的伟大面貌从帝国中诞生。那一切都是好的，他打心底里这么认为。

虽然他太笼统地做出这种初步评价，我们也不必在这里一一指出他由于一时眩晕所忽视了的事物。我只需要表现个人思想的发展情况。进步不是立竿见影的。我们又能以这种眼光看待问题，不论是前瞻还是后顾，一次就把这话说清楚了，然后再往下说。

当时，他发觉自己以前对祖国、对父亲都知之甚少。就像自愿让烟雾遮蔽了自己的眼睛，他既不了解祖国，也不了解父亲。他现在看清了，他既钦佩又崇敬。

他觉得万分悔恨，万分懊丧，想到一腔深情如今只能对一座孤坟倾诉，他就悲从中来，痛不欲生。唉！如果父亲尚在人世，如果他们还能见上一面，如果上帝发了善心让父亲还活着，他该是怎样地奔跑着、扑上前去，对父亲大声说："父亲！我来了！是我！我们的心完全一样！看看你的儿子！"他该是怎样地拥抱他满是白发的头，该怎样把泪水洒在他的白发中，该怎样仰慕他的伤痕，抓住他的手，爱他的衣服，亲吻他的脚！唉！为什么，父亲这么早就去了，他尚未年老，尚未得到公正的待遇，尚未让儿子孝敬一天，就这样走了！时时刻刻，马吕斯的心都在悲号、在哭泣。另一方面，他也的确变了，变得更严肃、更深沉，更坚信自己的思想和信念。他的智慧在真理之光的照耀下不断充实。似乎他的内心也正在成熟。他的父亲和祖国——这两种空前的新力量，促使他自然而然地成长、壮大。

有了钥匙的人就可以开启任何一扇门，同样，他对他以前所仇视和鄙夷的，都重新分析、深入研究，那些当初别人教他侮辱谩骂的人和事，其中的天意、神意和人意都从此在他脑海中变得清晰。他似乎昨天还持那些见解，今天就已离弃它们多年，一想到它们，他就愤慨、就哑然失笑。

他对拿破仑的看法也随着对父亲的看法的改变而自然改变。

但是我们必须指出，这方面的转变经历了艰苦的历程。

他在童年时期就被灌输了一八一四年的党人对波拿巴的定论。拿破仑的形象在全部复辟王朝的偏见、利益和本质的作用下被人歪曲。王朝痛恨罗伯斯庇尔，但更痛恨拿破仑。国家的不堪重负和母亲们的怨恨不满成了他巧妙的借口。于是，一八一四年的党人为了把波拿巴描绘成一种传说中的怪物，还要让这怪物深入人民的幻想——正如我们先前所说——就给他捏造了一系列光怪陆离的恐怖面容，从凶恶而威严到凶恶得好笑，从提比利乌斯一直到马虎子，无所不有。从而，一提到波拿巴，人们只要基于愤恨就可哭可笑。马吕斯的头脑从不曾对“那个人”——当时的人们对他的称呼——有过任何别的想法。那些看法与他的坚强性格又是结合于一体的。他心里早就有个小人儿在痛恨拿破仑了。

马吕斯逐渐在读历史尤其是研究文件和原始资料中的历史的过程里拨开了迷雾，渐渐看清了拿破仑。他看到一个无比宏伟的形象影影绰绰，从而开始怀疑自己原先对拿破仑和其他一切的看法是否正确，一天天地，他的眼睛亮堂开了，一步步地，他慢慢往高处攀登，从一开始的并非情愿到后来的赏心悦目，他仿佛在一种不可抵抗的诱惑力推引下，先登上阴暗的台阶，再登上半明半暗的阶梯，最后登上光辉灿烂叫人振奋的阶梯。

有一天夜里，他在屋顶下的那间卧室里独自待着。他点燃烛光，打开窗户，两肘靠在窗前书桌上，开始读书。从夜空中飞来各种幻象，与他的思想交织。夜色多么奇妙！人们听到无数不知来源的天籁之声，人们看见木星这个比地球大一千二百倍的星体闪闪发光如同炽热的炭，夜空黑暗，群星闪耀，令人惊异。

他读着那些在战场上写就、荷马诗篇一样的大军战报。在战报上，父亲的名字偶或跃出，皇帝的名字四处可见，他看见伟大帝国的全貌，他心潮澎湃，涌上头顶，有时他好像感到父亲如风般掠过身旁，有时他听见父亲对他耳语。他的奇异感受越来越强，鼓炮声、军号声、队伍行进的整齐步伐，远处骑兵的马蹄声都在耳际若隐若现，他不时仰望茫茫无际，望着巨大的群星在夜空中闪烁，他又埋头看书，看到另一些庞大形象杂乱流转于书中。他心中郁烦，他再也无法自控，他呼吸急促，心惊肉跳，突然思绪全无，不知道自己在什么力量推动下站了起来，两手伸到窗外，瞪着那辽阔、孤寂、无边无涯的太空大吼一声：“皇帝万岁！”

他从那一刻起成竹在胸。他心中那科西嘉的吃人恶魔、僭主、暴君、奸淫胞妹的野兽、跟塔尔马学习的票友、在雅法投毒的凶手，老虎、布宛纳巴粉碎得干干净净，被一片茫茫亮光代替，一座云石的恺撒像耸立在光中高处，高不可及、颜色惨淡，形同幽灵。马吕斯的父亲还只把皇帝当作人们爱戴并愿为之效命的将领，马吕斯却不仅仅这么想。他命中注定要为继罗马之后崛起的法兰西人统御宇宙充当工程师。他继承了查理大帝，路易十一、亨利四世、黎塞留、路易十四、公安委员会，他是重振江山的大师巨匠，他是一个人，也就免不了污点、疏忽、甚至罪恶；但他的庄严也在疏忽中屹立，他的卓越也在污点中闪光，他的雄才韬略也在罪恶中施展。他奉天承命，迫使别国对大国称臣。不仅如此，法兰西化身为他，手拿利剑征服欧洲，光芒四射征服世界。在马吕斯看来，波拿巴是个光耀寰宇的鬼魅，他立在国界上，永远保卫着将来，他是诞生于共和并总结一次革命的暴君兼独裁者。神意的代言人是耶稣，拿破仑则是他心中的民意的代言人。

显而易见，他自我陶醉于思想的转变，他走得太急、太快、太远，就像所有的宗教的新皈依者。他生性如此，一旦走到下坡路上就刹不住脚。对武力的狂热崇拜冲击了他，将他求知的热情打乱。他崇敬天才，同时也盲目地崇敬武力，神力和暴力，这两个崇拜对象并列在他崇敬心左右两旁的格子里，而他丝毫没有觉察。对别的问题，他也多次出错，他接受一切。本来就常有可能在通向真理的道路上出错。他鲁莽自信，有种一口吃个够的冲动。和他评价拿破仑的光荣一样，他在批判旧秩序的时候忽视了减尊的因素。

一句话，他朝前跨越了一大步。他在先前看见君权崩溃之处看到了法兰西的腾飞。他改变了方向。昨日望夕阳，今日见朝阳。他掉了个头。

他心里完成了各种转变，而他的家人茫然不知。

这次秘密攻读使他身上原有的波旁王党和极端派的皮蜕去殆尽，使他扬弃了贵族、詹姆士派和保王派观点，转变为完全拥护革命、民主、甚至几乎拥护共和。与此同时，他在金匠河沿的一间刻字店里，订了一百张印有“男爵马吕斯·彭眉胥”的名片。

这种反应只是由他父亲在他心中造成的那次转变所引起的，自然而然。但是，他不认识什么人，不能把名片随意散发到各家门房，只能在兜里装着。

他和他父亲，他父亲的形象，以及他父亲为之奋斗了二十五年的事物走得越近，就和他外祖父离得越远，这来自另一种自然而然的反应。我们说过，他长期觉得和吉诺曼先生不合。在他们——一个严肃的青年和一个轻浮的老人——之间，早已有各种矛盾。维特的沉重心情受到惹隆德的嬉皮笑脸侵犯和刺激。当马吕斯和吉诺曼之间还有相同政治见解和意识时，似乎还可以在一座桥上坦诚相待。桥一旦坍塌，就出现了鸿沟。特别地，正是吉诺曼先生为了一些荒唐透顶的原因把他从上校怀中夺走，使父亲失去了孩子，孩子也失去了父亲，马吕斯一想起这些，就感到难以言传的愤懑。

马吕斯的心，几乎由于热爱父亲而厌恶外祖父了。

我们说过，这一切了无痕迹。但是，他越发冷漠，吃饭时不怎么说话，也时常不在家，姨母因此责问他，他总是十分温驯地以学习、功课、考试、讲座等等为借口。他那外祖父却坚持他那万无一失的论断：“错不了。准是春心萌动了！”

马吕斯时常出门。

“他去的到底是些什么地方？”那位姑奶奶总是问。

他的旅行都是短期的，他去了一次孟费郿，是遵父亲遗嘱，去寻找那个滑铁卢战役中的中士，退役当客店老板的德纳第。德纳第生意赔本，客店停业，不知去向。马吕斯为了找他，有四天没有回家。

“说实话，”他那外祖父说，“他可真肯干。”

似乎有人觉察到他脖子上有什么东西，用一条黑带一直挂到胸前，藏在衬衣里。

七、短布裙

我们提到过一个当长矛兵的人。

他是吉诺曼先生的一个侄孙，他一向在外面过着远离家庭的军营生活。人们所说的漂亮军官的所有条件，这位忒阿杜勒·吉诺曼中尉都有。他“腰身”“闺秀”，拖曳起指挥刀来风度翩翩，胡子向两头翘起，他来巴黎次数不多，马吕斯从未见过他。这两个表兄弟彼此只知道名字。我们似乎说过，吉诺曼姑奶奶心疼忒阿杜勒，她因为见不着他而心疼他。心头总是把眼睛看不见的人想象得优点众多。

有一天早晨，吉诺曼姑奶奶好不容易才按捺住心头的激动，回了自己房间。刚才马吕斯又要求他外祖父让他今天傍晚就出发去短途旅行。外祖父说：“去吧！”随即背过身来，在额头上高高耸起两道眉毛说：“他屡犯不改，外宿。”吉诺曼姑娘回了屋，又实不甘心地回到楼梯上，狠狠地说：“实在太过分了。”接着问：“他要去的到底是哪里？”她似乎偷觑到了他心中某种难以启齿的秘密活动，要是拿眼镜把那隐隐约约的女子、幽会和密约看个清楚，也不错。对隐情的偷窥有如对异味的初尝。这种滋味，圣洁的灵魂毫不恶心。虔诚的心灵深处也好偷窥隐情。

于是打探底细的轻度渴望控制了她。

这好奇带来的激动有些超乎寻常。为了排遣，她开始剪裁棉布拼绣车轮形饰物，专心于这种帝国和王朝复辟时期盛行的手艺。工作是枯燥的，工作者更是烦躁。她在椅子上连坐了数个钟头，这时门开了。吉诺曼姑娘一抬起鼻子就见到忒阿杜勒中尉正站在跟前行军礼。她幸福地叫了一声。一个老人，一向害羞又虔诚，还是姑妈，总会高兴见到一个龙骑兵走进闺房。

“是你！”她叫道。

“我的姑姑，我打这儿经过。”

“快给我一个拥抱。”

他走上前去，拥抱了她。吉诺曼姑奶奶走去打开了书桌抽屉。

“你在这儿要至少待整整一周吧？”

“我今晚就必须走，姑姑。”

“胡说！”

“千真万确！”

“我的小忒阿杜勒，我求你别走。”

“我也不想走，但那是命令。事情是这样，我们从老防地换防到新防地，从默伦到加客，路过巴黎。我说去看姑姑。”

“这给你补偿一点损失。”

她在他掌心放了十个路易。

“您是说想让我开心是吧，亲爱的姑姑。”

忒阿杜勒又一次拥抱她，他军服上的金线边略略刮痛了她的脖子，这带给她一阵快感。

“你骑马带队出发吗？”她问。

“不，我决意来看看姑姑。他们给了我特别照顾。我的马让勤务兵带走了，我搭公共马车。讲到这里，我想起有件事要问您。”

“是什么？”

“马吕斯·彭眉胥，我的表弟，他也旅行？”

“你如何知道这事？”他姑姑说道，那话突然搔到了她好奇心的最痒处。

“我到这里的时候在公共马车站订了一个前厢座位。”

“然后呢？”

“车顶上有个座位已经有个人订了。我看见旅客单上有他的姓名。”

“叫什么？”

“叫马吕斯·彭眉胥。”

“是那个坏蛋！”姑姑叫起来。“呀！你是个有条有理的孩子，你表弟就不一样。去公共马车里过夜成何体统！”

“我也一样。”

“你是执行任务，他只是瞎玩。”

“想不到！”忒阿杜勒说。

吉诺曼大姑娘计上心来，这时找到了事情可做。她要是个男的，肯定会用力拍一下脑门。她忙问：

“你表弟不认识你，你知道吗？”

“不，我倒是见过他，不过他没注意过我。”

“你们俩要搭乘同一辆马车是吗？”

“是的，他坐车顶，我坐前厢。”

“马车往哪儿去？”

“莱桑德利。”

“马吕斯去那儿吗？”

“除非他也跟我一样在中途下车。我去加容，在韦尔农转车，可我压根儿不清楚马吕斯要怎么走。”

“马吕斯！多难听的名字！怎么会叫他马吕斯！你呢，你至少叫忒阿杜勒！”

“我想，阿尔弗雷德会更好听。”军官说。

“听着，忒阿杜勒。”

“我听着呢，姑姑，”

“注意。”

“我在注意。”

“做好准备了？”

“做好了。”

“好吧，马吕斯经常不回家。”

“嗨！”

“他经常出门。”

“啊！”

“他经常夜不归宿。”

“呵！”

“我们非常想知道其中的奥秘。”

忒阿杜勒态度镇静，像一个阅历丰富的人那样回答说：

“一两条短布裙而已。”

随即又自信而含蓄地笑说：

“无非是一两个小姑娘。”

“显而易见。”姑奶奶激动了，说起小姑娘这几个字，叔祖和侄孙语调如出一辙，她以为听见吉诺曼先生在说话，于是不加分辩地形成了她的观点。她又说：

“你得让我们开开心。你跟着他。这不难，因为马吕斯不认得你。既然有条短布裙在里头，你想办法去瞧瞧，回头写信给我们讲讲这个小故事，让他外祖父逗逗乐。”

忒阿杜勒很感激那十个路易，而且觉得以后还会有这样的恩惠，虽然他对这种侦察任务无甚兴趣。他领了这项任务，说：“您喜欢就行，我的姑姑。”他又接着对自己说：“现在我当上老保姆了。”

吉诺曼姑娘吻一吻他，说：

“忒阿杜勒，你决不会搞这些名堂，你遵守纪律，服从门禁制度，安分守己、尽职尽责，你才不会离开家去找那种货色。”

龙骑兵就像卡图什听到别人夸他克己守法时一样，得意地扮了个鬼脸。

在发生这席对话的晚上，马吕斯搭乘公共马车，压根想不到会受人监视。监视他的人一上车就首先睡大觉。这是名副其实的酣睡。阿耳戈斯一整夜都在打鼾。

晨曦刚露，公共马车管理员叫起来：“韦尔农！韦尔农站！去韦尔农的下车！”于是忒阿杜勒中尉醒了。

“好吧，”他半梦半醒地喃喃自语，“我要在这儿下车。”

之后，清醒的效果使他一步步恢复了记忆，他想起姑姑和十个路易，想起曾承诺要报告马吕斯的行踪。他觉得这些都很好笑。

“他可能早就下车了，”他一边想一边扣好军服扣子。“他也许在普瓦西，也许在特利埃尔，要是他没在默朗下车，也或许在芒特下了车，除非在罗尔波阿斯他就下车了，或者在帕西，那里左至埃夫勒，右通拉罗什——盖荣。你自个跟着吧，我的姑姑。我得向那个好老太婆报告些什么鬼话呢？”

一条黑裤子就在这时从车顶上下来，在前车厢的玻璃窗上出现。

“他大概是马吕斯吧？”中尉说。

那人就是马吕斯。

车子下面，站着一个农村小姑娘，在一群马和马夫中间向乘客叫卖鲜花：“给太太小姐们送点鲜花吧。”

马吕斯走上前去，从她托盘中的鲜花里挑了一束最美的买下。

忒阿杜勒一边从前车厢跳下去一边说：“我这下可有了劲头。他要把这些花送给哪个鬼女人呢？这么漂亮的花，只有一个绝顶美丽的女人才配。我一定要去瞧瞧她。”

他开始跟踪马吕斯，就像那些狗为了自己的利益而追踪，这已是出自自己的好奇，不再是受人之托。

马吕斯对忒阿杜勒丝毫无察。他目不斜视从公共马车上下来的那些打扮华丽的妇女，仿佛无视周围的一切。

“真是用情专一。”忒阿杜勒想。

马吕斯向礼拜堂走去。

忒阿杜勒自言自语：“真是巧妙，礼拜堂！是呀。配上宗教色彩的情人约会才够劲。再没有比通过慈悲天主送秋波更美妙的了。”

到了礼拜堂，马吕斯却没有进去而走向堂后，消失在后面墙垛的拐角处。

“在外面约会，”忒阿杜勒说，“小姑娘该露面了。”

他踮起长筒靴的脚尖，走向那个马吕斯在那儿拐弯的墙角。他到那跟前，十分吃惊地停了下来。

马吕斯双手捂着额头，在一个坟前草丛里跪着。那束鲜花的花瓣已撒在坟前。有个木十字架立在坟头突起的那端，也就是掩埋死者头部的那头，上书一行白字："上校男爵彭眉胥。"马吕斯正痛哭失声。

那"小姑娘"是座坟茔而已。

八、云石和花岗石相撞

马吕斯第一次离开巴黎时就来的这里。吉诺曼先生每次说他"外宿"时他来的也是这里。

无意中，忒阿杜勒突然面对一座坟墓，这使他主意全无，心中难以捉摸地尴尬奇怪，掺杂着对孤坟的敬意和对上校的敬意。他连连退后，把马吕斯独自丢在墓地里，他的退后是有纪律的。似乎眼前出现了带着宽大肩章的死者，他差不多给逼得行了个军礼。对姑母，他不知写些什么，干脆只字不写。如果韦尔农这边的这场经历不曾因为偶然的神秘安排——那种神秘安排是常见的——而在巴黎即刻掀起另一波澜的话，忒阿杜勒所发现的马吕斯的爱情问题也许毫无影响。

第三天清晨，马吕斯回到外祖父家。两夜的旅途奔波，为了补偿失去的睡眠，马吕斯觉得需要去游一小时泳，他急忙上楼，钻进自己的房间，急匆匆地把旅行装和颈上的黑带子脱掉，去了浴池。

和其他健康老人一样，吉诺曼先生起床很早，听见马吕斯回来，就以那双老腿的最快速度跑上楼去，跑上马吕斯所住的顶楼，想一边拥抱他一边摸他的底，打探一点他从何处归来。

但那青年下楼比八旬老人上楼要迅速，吉诺曼公公走进顶楼已不见了马吕斯。

床上的枕头被子保持原状，旅行装和黑带子扔在床上，毫无防备。

"这下更好了。"吉诺曼先生说。

一会儿功夫，他来到吉诺曼大姑娘正坐那儿绣车轮形花饰的客厅。

吉诺曼先生走进客厅，洋洋得意。

他一只手拎着旅行装，另一只手拎着黑带子，嘴里叫着：

"胜利了！秘密就要揭开了！很快就要水落石出，明明白白了！这位风流少年不动声色，但我们已经摸了他的底！这里就是他的恋爱故事！我拿到了她的照片！"

是的，那带子挂着一个酷似照片匣的黑轧花皮的圆匣子。

老头儿捏着圆匣子仔细端详，并不急于打开，就像一个穷困饿极之人眼望一盘喷香的好菜打鼻子下面递过，自己却不能享用一样，他心头又恼又乐，神情如同痴迷。

"明显这是照片。一点儿没错。这从来都是甜蜜蜜挂在心头的玩意。这些人真笨！也许只是个骚货，丑得让人倒竖汗毛！现在这些年轻人的品位的确不怎么样！"

"爸，看了再说。"那老娘说。

匣子一揿弹簧就开了。里面只有一张纸叠得整整齐齐，再无别的东西。

吉诺曼先生纵声大笑："老一套，我知道。这肯定是封定情书！"

"呀！赶紧念念！"姑奶奶说。

她忙把眼镜戴上，打开那纸读起来：

吾儿览：滑铁卢战场上，我曾被皇上封为男爵。虽然我用鲜血换来的爵位不为复辟王室承认，但仍应由吾儿承袭。毋庸多言，他受之无愧。

无法描绘那父女俩的感受。好像从骷髅头里吹来一股冷气，把他们冻僵了。他们没有说一句话。只有吉诺曼先生自言自语般地低声说了这么一句：

"是那刀斧手的字。"

姑奶奶颠过来倒过去地仔细琢磨了那张纸，然后又把它放回匣子里。

一个蓝色长方形纸包这时掉出了旅行装的口袋。吉诺曼姑娘把纸包捡起来打开。里面是马吕斯的一百张名片。她递给吉诺曼先生一张，他读道："男爵马吕斯·彭眉胥。"

老头儿拉了铃，叫来了妮珂莱特。吉诺曼先生一把抓起黑带子、匣子和衣服往客厅中间的地上一扔，说：

"把这堆破烂玩意拿回去。"

在决然无声的寂静中度过了整整一小时。老头儿和老姑娘背对背在那儿坐着，各自思忖着也许同一件事。

过了一小时，吉诺曼姑奶奶说：

"棒极了。"

不一会儿，马吕斯回来了。他刚回来，他进门以前就看见外祖父手里捏着一张他的名片，见他进来，外祖父摆出一副笑中带刺，讽刺挖苦的豪绅那种傲慢之态，叫道：

"不得了！不得了！不得了！不得了！不得了！现在你竟然是爵爷了。恭喜。到底是什么意思？"

马吕斯略红了一下脸，答道：

"意思是，我是我父亲的儿子。"

吉诺曼先生收敛笑容，厉声道：

"我是你父亲。"

马吕斯低垂眼帘，神情肃穆地说："我父亲既谦卑又勇猛，他曾光荣地效忠于共和国和法兰西，他是人类有史以来最辉煌的时代中之辉煌一员，四分之一个世纪，他在野营中度过，白天他生活在枪林弹雨下，晚上他生活在雨雪泥泞中，他夺取两面军旗，受伤二十处，死后却遭到遗忘和抛弃，他一生中犯的唯一一个错误就是：对两个忘恩负义的家伙过分热爱，那就是祖国和我！"

这话吉诺曼先生哪里听得进去。他一听到"共和国"这个词就站了起来，恰当点，勿宁说竖了起来。刚才马吕斯说的每一句话都像鼓风炉中冒出的阵阵热气吹到炽炭上一样刺激着那老保王派的脸色。他阴沉的脸由红变紫，继而直冒烈焰。

他吼叫："马吕斯！你这孩子真荒唐！鬼知道你父亲是什么东西！我也不想知道！鬼知道他干过什么！鬼知道他这个人！但我知道这伙人全是无赖！都是穷叫花子、都是凶手、都是红帽子、都是贼！我说都是！我说都是！我一个都不认识！马吕斯，你给我听见了没有，我说都是！明白吗？你是和我的拖鞋一样的爵爷！都是匪徒，替罗伯斯庇尔卖命！都是强盗，替布—宛—纳—巴卖命！都是叛徒，背叛了，背叛了，背叛了正统国王！都是胆小鬼，在滑铁卢看见普鲁士人和英国人就只顾逃命！看！我就知道这些。如果那里头也有您的令尊大人，我可是不晓得，气死我了，该死，您的仆人！"

现在轮到吉诺曼先生是热风而马吕斯是热炭了。马吕斯浑身颤抖，无所适从，脑袋冒火，他仿佛是那神甫，眼见别人满地乱扔圣饼，他仿佛是那僧人，眼见路人把唾沫吐在他的偶像身上。当面对这种话，不处罚不行。可如何是好？刚有人当着他的面践踏他的父亲，谁？他的外祖父。如何报复而不冒犯？外祖父不能辱骂，父亲的耻辱也不能不洗去。一头是孤坟神圣，一头是白发满头。他脑海里这一切在做斗争，他感到头重脚轻似要倒下，旋即，他抬起视线，狠瞪着外祖父，吼声如雷：

"推翻波旁王室，推翻路易十八，这猪佬！"

路易十八已死了四年，但他不管这许多。

那老头的红脸霎时间变得比头发还白。他转过身去，对壁炉上一座德·贝里公爵先生的半身像深深一鞠躬，态度庄重得奇特。然后，他在壁炉和窗口间缓慢肃静地走了两个来回，像活石人般穿过客厅，把地板压得嘎吱作响。他走完第二个来回，带着一种可说镇定的笑容对他那像一只在矛盾斗争跟前犯呆的老绵羊般的女儿俯下身去，说：

“一个像我这样的老百姓和一个像那位先生那样的爵爷不可能在同一片屋檐下面生活。”

接下来，他猛地挺直身体，脸色铁青，浑身颤抖，横眉竖目，咬牙切齿，可怕的盛怒的光芒把额头扩得很大，他手臂一伸，指着马吕斯咆哮：

“给我滚。”

马吕斯走了。

吉诺曼先生在第二天吩咐女儿：

“每隔六个月，您给这吸血鬼寄六十皮斯托尔，您从此以后再不许跟我提起他。”

他不知如何消解余怒，就连续三个月称他女儿为“您”。

马吕斯则气咻咻地冲出大门。有件事更加重他心头怒火，应该一提。往往会有这类阴差阳错的小事使家庭纠纷更为复杂。错误照旧，仇恨更深。当妮珂莱特照他外祖父的吩咐急匆匆把马吕斯的“破烂”们送回屋去的时候，无意中遗失了那个盛上校遗书的黑轧花皮圆匣子，可能掉在了不见阳光的通往顶楼的楼梯上。再也找不到那张纸和那个圆匣子。马吕斯坚信“吉诺曼先生”——此后他就这样称呼他——已经把“他父亲的遗嘱”给扔到火堆里去了。他早已把上校写的那几行字熟记在心，所以并没损失什么。可是，那纸条和那字迹以及那神圣的遗物，无不是他的心。可它受到了怎样的待遇？

马吕斯就这样走了，没说去哪里，也不知道有哪里可去，带了三十法郎、一块表、一个旅行袋装着日常用品和衣服。他讲好按时计价，然后雇了一辆街车向拉丁区走去，漫无目标。

会是什么在等待着马吕斯呢？

第四卷 ABC 的朋友们

一、几乎名传后世的组织

表面看来，这时代平静无波，暗地里却有某种革命的震颤在奔腾。空中回流来八九年和九三年深谷的气流。我们可以说青年一代进入了成长期。时间流逝，他们几乎随之不自觉地发生着变化。针在时钟表面走动，同时也在人们心中走动。所有的人都跨出了必要的一步。保王派变成自由派，自由派变成民主派。

如同海潮高涨，千回百转，左右奔突，交融成为回转的特点，从而出现了奇特的思想融会，人们崇拜拿破仑的同时竟也崇拜自由。在这儿，我们来谈点历史。总得经历各种阶段才能形成观点，那时代的幻觉如此。曾有过一种主义，和伏尔泰保王主义这异种门户般配却绝不比它少丝毫奇特，那就是波拿巴自由主义。

其他一些组织则较为严肃。有的对原理进行探究，有的对人权甚为关注。人们狂热地追求绝对真理，探寻无边无际的远景；绝对真理凭借自身的严正将人们的思想推向晴空并使之在云霄飞翔。信念最能产生梦想，梦想最能孕育未来。今日乌托邦就是明日骨肉。

先进思想当时有两种，“既定秩序”开始受到暗中活动的威胁：隐蔽的和可疑的。这苗头革命意味很浓。当权者和人民的心计在坑道里碰头。准备武装起义和密谋政变同在酝酿。

德国的道德协会和意大利烧炭党那样的大型地下组织，在当时的法国还未形成，但是，暗中渗透工作却在这里那里四处蔓延。艾克斯正开始形成若古尔德社，在巴黎，除去类似团体以外，还成立了“ABC 的朋友们社”。

“ABC 的朋友们”是怎么回事？这是一个社团，以倡导教育幼童为表，以训练成人为实。

“ABC 的朋友们”是他们的自称。“Abcissé”意为人民。他们要帮助人民站起来。如果有人要嘲笑这种双关隐语就错了。有时政治上的双关语是严肃的，比如曾使纳尔塞斯成为军团统帅的“Castratus ad castr n”，类似的例子还有“Barberi，et Barb erini”，“Fuerosy Fuegos”，以及“Tu es Petrus et super hanc petram”等等诸如此类。

“ABC 的朋友们”数量不多。这个秘密组织还在胚胎状态，如果自由结合也能产生英雄人物，那就差不多可以把它说成是一种自由结合。他们在巴黎大市场附近有两个聚会场所，一个是一家酒店，名叫“科林斯”，这地方以后还会提到，另一个是个名叫“缪尚咖啡馆”的小咖啡馆，原来在圣米歇尔广场，如今已拆毁。第一个聚会场所和工人接近，第二个和大学生接近。

缪尚咖啡馆的一间后厅里经常举行“ABC 的朋友们”的秘密会议，后厅和前店相距甚远，要经过一条漫长的走道才能到达，后厅有两扇窗户、一道后门，有一架不易发现的楼梯通向一条格雷小街。在那里，他们抽烟喝酒，谈笑玩乐。

他们高谈阔论，但压低嗓门议论某些事情。警探们足以警觉墙上钉着的那幅共和时期旧法兰西地图。

“ABC 的朋友们”主要是大学生，他们和几个工人之间友谊甚深。几个主要人名如下。某种程度上，他们已是历史人物：安灼拉、公白飞、让·勃鲁维尔、弗以伊、古费拉克、巴阿雷、赖格尔、若李、格朗泰尔。

友情把这些年轻人联系成一家人。除了赖格尔，他们都是南方人。

应该重视他们。如今，他们已在我们身后的深渊中消失无影踪。但是，在描述这段悲壮故事之前，在他们在一场壮烈斗争中死去的情景呈现给读者之前，也许用一线亮光照耀一下他们年青的面容没有什么不好。

安灼拉是一个有钱人家的独生子，下面我们就会知道为什么他被称为首领。

安灼拉独具魅力，但也会变得凶猛可怖。他美如天使。他是安提诺再生，但是他粗野。人们一旦见到他眼中闪射出运筹谋划的神色，或许就会说他前世某一生就经过了革命风暴。革命的传统他似乎亲眼目睹并承袭下来，这大事的所有细节他都知道。他有青年身上少见的庄重勇敢的性格。他智勇双全，就当前目标而言，他是民主主义战士，就当前活动而言，他是最高理想的宣传者。他有着深沉的目光、微微泛红的眼睑、肥厚的下唇、高高的额头，轻蔑之情易于表露。正如地平线上有广阔的天空，往他脸上望去只见额头。他的青春活力过于充沛，像少女一样鲜润，尽管偶或也显苍白，就如同本世纪初和前世纪末的一些少年得志的年轻人一般。他是个孩子一般的成年人。二十二岁的人看上去只有十七岁，性情庄重得仿佛不知人间有女人。他唯一热衷的是人权，他唯一的志愿就是扫除障碍。他也许就是阿梵丹山上的格拉古，国民公会里的圣鞠斯特。他对玫瑰花几乎不望一眼，对鸟儿的歌声也不听不闻，他不知道什么是春天，爱华德内憋着的颈喉也不会比阿利斯托吉通更让他感动，鲜花在他看来正如在阿尔莫迪乌斯一样只用于掩藏利剑。他快乐的时候也不苟言笑。他见到一切和共和制无关的东西，都害羞般地低垂下眼睛。他是云石塑造的自由女神的恋人。他枯燥的语言像寺院中的歌声一样震颤。他突兀的行为常常出人意料。敢去他身边冒险的多情女子就是自讨没趣！如果有个什么康勃雷广场或圣让·德·博韦街上的漂亮女工遇上了这张脸，还以为是个旷课的中学生，他的举止却又像副官，看那细长的淡黄色睫毛、蓝色的眼睛，头发迎风飘动、双颊鲜红、嘴唇鲜泽、牙齿美妙动人，禁不住竟想饱尝这黎明曙光般的异味，于是到安灼拉跟前去搔首弄姿的话，就会出乎意料地见一双恶狠狠的眼睛向她划出一条鸿沟，警告她不要把以西结的二品天使与博马舍的风流天使混淆起来。

安灼拉代表革命逻辑，他旁边有个公白飞，代表哲学。革命的逻辑和革命的哲学之间存在这样一种区别：逻辑能归结为战斗，哲学导致的只是和平。公白飞是安灼拉的补充和纠正。他纵向不那么高，横向却更壮。他要求向人们广泛传播一般思想原理，他经常说“革命但不忘文明”，他在山峰周围展现辽阔的原野。所以公白飞的所有观点中包含一些可实现也切实可用的东西。公白飞倡导的革命比安灼拉所倡导的更容易被接受。安灼拉宣扬的是革命神圣的权利，公白飞宣扬的则是自然权利。前者追随罗伯斯庇尔，后者限制在孔多塞。公白飞的生活比安灼拉的更与常人相似。这两个年轻人假如当年登上了历史舞台，一个或许会公正无私，另一个或许会明辨慎思。安灼拉近乎义，公白飞近乎仁。他俩之间的细微差异就是仁与义。公白飞生性纯洁，他的温和正好和安灼拉的严肃正义形成对比。“公民”一词他爱，“人”这个字他更爱，或许他还喜欢学说西班牙人的“Hombne”。他博览群书，经常看戏和参加大众的学术讲座，他学习阿拉戈的光的极化，为若弗卢瓦·圣伊雷尔在一堂课上讲解的心外动脉和心内动脉的双重作用兴奋异常，两个动脉分别主管面部和大脑。他关注时事，密切关心科学发展进程，比较分析圣西门和傅立叶，对古埃及文字做研究，随手拾起鹅卵石敲破了推断地质，凭记忆描绘飞蛾的形象，指摘科学院词典里犯的文法错误，钻研普伊赛古和德勒兹的著作，他不肯定任何事物，包括奇迹，也不否认任何事物，包括鬼，他通读《通报》集，喜欢思索。他关心教育，以为小学教师把握着未来。他认为社会应为提高知识和道德水平、为使科学实用，为传播思想、为增长青年的智力而不断努力，他担心我们的学校最终会被当前贫乏的治学方法，两三个世纪中古典文学拙劣见解的限制，官方学究的专横教条，学府们的偏见和旧风气变为牡蛎的人工养育池。他的朋友们常评价他是学识丰富、自信菲薄、精致、多才多艺、酷爱钻研和沉思冥想，“甚至想入非非”。他坚信铁路、用于外科手术的免痛法、暗室影像定影法、电报、定向气球飞驰，而且他不怎么害怕为反对人类而四处营建的各种迷信、专制、成见的堡垒。他和一部分人持相同见解：这种形势迟早会被科学扭转。安灼拉是领袖，公白飞是领路人。人们乐意在那个指挥下作战，也乐意在这个带领下前进。倒不是由于公白飞不会作战，他并不反对与困难肉搏，他的进攻拼尽全力不惜生死，可他认为，一点一滴地，以原理启发和颁布明文法规的方法使人们各自安命更合他的意愿；在光的照射或烈火的焚烧中，他倾向于前一种光明。燃烧大火固然能把半边天照亮，可为何不等日出天明呢？能发光的火山到底比不上曙光，公白飞对美丽的白色的热爱大概胜过对灿烂的烈火。他的心严肃而又温柔，只能从混杂尘烟的光明、暴力取得的进步中获得一半的满意。他害怕九三年给予人民真理的方式如同从悬崖垂直而下，但也更加憎恶止步不前，那样使他闻到死亡和腐烂的恶臭。总地而言，他爱沼气但更爱泡沫，爱污池但更爱急流，爱隼山湖但更爱尼亚加拉瀑布。一言以蔽之，止步不前和急于求成他都不要。他的朋友们纷乱嘈杂、摩拳擦掌，一心追求绝对真理，积极呼吁灿烂辉煌的革命行动，而公白飞却希望自然地发展进步，他更愿意选择一种善良的进步，冷清而纯洁；井然有序而无可非议；静无声息而坚固不动。双膝跪地、两手合十地企盼天真无邪的未来，大概公白飞也能做到，他希望没有什么来干扰人们去恶从善的远大进化。他总是反复说：“善应纯良。”确实，假若革命的伟大就是瞄准了光辉耀眼的理想，穿过雷霆，爪子带着血带着火，飞奔而去，那进步的美妙就无可指责；华盛顿和丹东各代表了其中一个，他们之间的差异正如生有天鹅翅膀的天使与生有雄鹰翅膀的天使之间的差异。

比公白飞风格更加温柔的是让·勃鲁维尔。与那本中世纪研究必读书中猛烈深刻的一次运动有关，受一时的小小奇想触动，他叫自己“热安”。让·勃鲁维尔爱好盆栽，吹笛、写诗、热爱人民、为妇女喊冤、为儿童洒泪，在同一种信心里混杂上帝与未来、责备革命把一个国王和安德烈·舍尼埃的脑袋革掉了。他是个多情种。他说话的时候，通常语言柔软婉转，但也能猛然变得刚劲有力。他的文学修养近乎渊博，而且可以说通晓东方。和善的性情是他最显著的特征；对于了解伟大和善良相隔多么之近的人来说，喜欢豪放的作诗风格轻而易举，他就是这样。他通晓意大利文、拉丁文、希腊文和希伯来文，这对他的影响是他只读四个诗人的作品：但丁、尤维纳利斯、埃斯库罗斯和以赛亚。就法文而言，他爱拉辛但更爱高乃依，爱高乃依但更爱阿格里帕·多比涅。他爱在长有矢车菊和燕麦的田野里徘徊，他几乎同样关心浮云和世事。他的精神具有双面，分别朝向人和上帝；他在追求知识的同时静察万物。对这些社会问题他总是成天深入研究：工资、资本、信贷、婚姻、宗教、自由思想、爱之自由、教育、刑罚、贫困、结社、财产、生产与分配、让世界众生在黑暗中蒙蔽的谜；晚上，他仰望那些巨大的天体，那些群星。他和安灼拉都是有钱人家的独养子。说话的时候，他语调轻柔和缓，低眉顺眼，害羞地微笑，神情愚钝，举止拘谨、胆怯，莫名其妙地羞得脸通红。但他猛不可当。

弗以伊是个孤儿，没有父母，当了制扇工，每天的收入不足三法郎，他唯一的愿望就是拯救世界。此外就是自我教育，也算是自我拯救。他读写皆能，这是自学的结果，凡他所知都是自学的结果。弗以伊性格豪放。他理想远大，这个孤儿认为父母就是人民。双亲全失使他寄思念于祖国。他不愿意世上有人没有祖国。来自民间的人所拥有的那种锐利的远见存于他心中，今天我们所说的"民族思想"在他心中酝酿。为了能让自己愤慨于他人的行为，他学习历史。这些有远大抱负的年轻人主要关心法国，可他注意外国。对希腊、波兰、匈牙利、罗马尼亚、意大利，他特别在意。不管恰当与否，他时常不断提及上述国名。态度顽强，刚正不阿。他特别愤慨于土耳其对克里特岛和塞萨利亚以及俄罗斯对华沙以及奥地利对威尼斯的暴行。他尤其难以容忍一七七二年的暴行。他恰具有那种由于结合了真理与愤慨而所向无敌的辩才。谈起耻辱的一七七二年他口若悬河，高尚勇敢的民族被背叛伤害，三国同谋共同犯下罪行，自这巨大的丑恶阴谋以后，吞并了若干个国家，如同将它们的出生证一笔吊销，一七七二年这个榜样模型复制出了若干亡国惨事，波兰瓜分演绎成了一切的现代社会罪行。现今所有政治暴行都成了波兰瓜分这一定理的推论，近百年的叛逆、暴君都在波兰瓜分的罪证上签字画押、盖印，以示同意，没有例外。如果人们翻阅近代叛变案件的卷宗，这一件首当其冲，维也纳会议参考这一罪行之后才犯下自己的罪行。猎狗出动的号角声在一七七二年吹响，猎狗分赃的号角声又在一八一五年吹响。弗以伊经常这么说。这位可怜的工人自以为是公理的保护人，让他伟大就是得自公理的报答。然而正义亘古不变。威尼斯不会永远属于日耳曼族，同样地，华沙也不会一直属于鞑靼族。费尽心思的帝王们只是白白使名誉受损。国家被淹没，但总有一天要水落石出。希腊还是希腊，意大利还是意大利，正义顽强地抗议事实，抢夺别的民族得来的赃物不会因为长久占有而变成所有。这种高等抢掠行径总会走到末路。手绢的商标纸可以随意抹去，一个国家却不能被轻易抹杀。

古费拉克的父亲被称作德·古费拉克先生。

资产阶级在王朝复辟期间曾错误地以为贵族的风尚很重视这个小小的字。对这个小小的字，我们知道其实无甚意义。但是《密涅瓦》时代，资产阶级高估了这可怜的"德"字，甚至一定要将其废除。把德·科马尔丹先生改为科马尔丹先生，把德·贡斯当·德·勒贝克先生改成班加曼·贡斯当先生，把德·拉斐德先生改成拉斐德先生。古费拉克也索性不甘人后地把自己叫作古费拉克。

我们对古费拉克就能谈这么多，只要补充一点：古费拉克就像多罗米埃。

古费拉克的确具有青春热力，这种热力人称鬼聪明。和小猫的可爱类似，这种热力会随后消失，潇洒妩媚的这整个风度，落在两只脚上就是资产阶级，落在四个爪子上就是老猫。

在每年的毕业生和应征入伍者中，这种鬼聪明差不多是老一套，一代一代彼此相传，所以就像我们刚才所说，谁要是在一八二八年听到古费拉克的言论就会以为在一八一七年听到多罗米埃的言论。但古费拉克这孩子诚实。多罗米埃和他表现出一样的聪明外表，但背后却大为不同。有两个完全不同的内在的人存于他们里面。有个法官藏在多罗米埃身上，有个武士藏在古费拉克身上。

安灼拉是领袖，公白飞是引路人，古费拉克是核心。他具有核心人物的全部品质，他散发的热量更多，而其他人散发的光芒更多。

一八二二年六月，年轻的拉勒芒出殡那天，发生了流血冲突，参加者有巴阿雷。

巴阿雷诙谐但难以共处，诚实，喜欢花钱挥霍以致奢靡，话多以至口若悬河，蛮横以致不择手段，当魔鬼，他是最好的材料；他的坎肩大胆，他的观点朱红；唯恐乱捣得不够，换句话说，没有什么比吵架使他觉得更可爱，假若不是骚乱；他也觉得没有比骚乱更可爱的了，假若不是革命。为了看看成效，他时刻预备把一块玻璃砸碎，再把一条街上的铺路石挖掉，再把一个政府弄垮。他正读到十一年级。对法律，他不学，只闻闻。“誓不做律师”是他的座右铭，露出一顶方顶帽的便桶柜子是他的标志。每次经过法学院门口（这于他不是常事），他就把骑马服（短上衣在当时尚未发明）系好并采取卫生措施。他看见学院大门就说：“多神气的老头！”看见院长代尔凡古尔先生则说“多大的建筑！”在课本中，他时常发现歌曲素材，在老师身上，他时常发现漫画形象。他那三千法郎的庞大学膳费被他无所作为地吃着。对他那农民父母，他知道一再致敬。

他常这样说父母：“他们有一点智慧，全因为他们是农民而非资产阶级。”

别人有常去之处，可巴阿雷没有，这个任性而古怪的人喜欢来往在好几个咖啡馆之间。他东游西荡。谁都会徘徊，但只有巴黎人有游荡的习性。他到底感觉敏锐，他有思想，不可以貌取人。

在“ABC 的朋友们”及一些另外的尚未成立，以后才形成的组织之间，他充当联络员。

有个秃顶是这一青年组织中的一员。

在路易十八逃亡那天，阿瓦雷把他扶上雇佣马车，因而封为阿瓦雷侯爷，他曾提过这件事：有人在一八一四年国王从加来登陆回到法国时递给他一份呈文。“您想得到什么？”国王问。“一个驿站，陛下。”“您的名字是什么？”“赖格尔。”

国王眉头皱了起来，他看见那呈文上的签名是这样写的，“Lesgle”。这写法没什么波拿巴味儿，国王感动了，开始有了笑意。那个呈文的人说：“陛下，我的祖先当的是养狗官，绰号“‘Lesguenles´。我的名字就取了这个绰号。我叫

'Lesguenles', 'Lesgle'是简写, 'L'Aigle'是误写。"国王一听，更觉好笑。他后来给了他莫城的驿站，不知是存心还是无意。

这"Lesgle"或"L'Aigle"的儿子就那秃顶成员，他自己的签名是赖格尔(德·莫)。图方便，他的同学们索性叫他博须埃。

博须埃快乐，但境遇不好。一事无成就是他的专长，反之对一切一笑了之。他才二十五岁就已秃顶。他父亲好不容易得到了一所房子和一块田地，可是在一次错误的投机买卖中，全被这做儿子的慌不迭地赔了个精光。他是失败的，虽然有学问有智力。他老架起楼阁砸自己的头，他无处得志，无处不落空。砍柴他也能砍着自己的指头。他一找到情妇就立马发现他也有了个朋友。他总是快乐，因为他总是触霉头。"我在摇摇欲坠的瓦片下住。"他经常这么说。意外之事在他是意料之中，所以他见怪不怪，他泰然自若地面对逆境，他以微笑回报命运的捉弄，只当是人家开玩笑。他口袋里没钱，但有无尽的兴致。他的最后一个苏总是很快就派上用场，他的最后一声笑却决不会。他把厄运看作老熟人，亲切地向它敬礼。他拍着灾星的肚子，亲热地叫厄运的小名。他经常说："小淘气包，你好。"

他在命运的种种折磨下成了创造力丰富的人,他心中充满门道。他身无分文，兴之所至,却有法子"一掷千金"。他有一晚竟带了个傻大姐吃了一顿一百法郎的夜宵,他的灵感由这欢宴触动,使他说了一句耐人回味的话:"五个路易的姑娘给我脱靴子。"

博须埃和巴阿雷学习法律的态度一样，慢慢地，他走向律师职业。博须埃的住处不常有，有时压根就没有。他时不时地与这个或者那个同住，同住得最多的是若李。若李比他小两岁，学医。

若李无病呻吟。治病治不了反得了病就是他学医的结果。他二十三岁就自当做病包，对着镜子日夜看自己的舌头。他认为针可以磁化，人也一样，为了不让地球大磁场干扰他的血液循环，他南北放置卧室的床。他一到大风大雨的日子就给自己把脉。但他是所有这些人里最热闹的一个。他集所有不相关的性格——年轻、乖僻、体弱、兴致高于一体，于是放荡不羁又招人喜欢，不怕浪费字音的同学常把他叫作"Tollllg"。让·勃鲁维尔常对他说："你可以在四支翅膀上飞翔了。"

心思缜密之人有个标志：惯用手杖头叩自己的鼻尖，若李就这样。

这些各种类型的青年有一个共同的信念：进步。我们谈论他们只能用严肃的口吻。

他们无一不是法国革命的亲生儿子。

提到八九年,其中最轻佻的几个也会变得庄重。他们的父辈各有不同感受,或者曾经是斐扬派、保王派、空论派,都不打紧,从前的混乱与年轻的他们没有关系,他们体内流着纯洁的道义血液。他们不带中间色彩地坚守不容侵蚀的正义和绝对的职责。

他们有组织和初步的认识，暗暗追求理想。

但是有一个怀疑派在这些充满热情和信心的心灵之中。他怎么来的？连带来的。他叫格朗泰尔，他签名时习惯用"R"这个双关意义的字母。

格朗泰尔从不让自己轻信任何东西。在巴黎求学的大学生中，数他学习最多，他知道朗布兰咖啡馆的咖啡最好，伏尔泰咖啡馆的台球台最好，上好的千层饼和上好的姑娘在梅恩路的隐士居，无骨烤鸡在沙格大娘的店铺里，绝佳的葱烧鱼在古内特便门，有一种无名好酒在战斗便门。不管什么，他都明白在这里有最好的；踢飞脚、弹腿他也会，跳舞也能来点。棍术颇有造诣。他还是个大酒鬼。他丑得出奇，曾令当时一个最漂亮的绣靴帮的女工伊尔玛·布瓦西为此生气并下论断说，“格朗泰尔是不可能的”，但格朗泰尔自命不凡，并不为此沮丧。他总是一往情深的呆望每一个他见到的女人，他的神气似乎在对每一个女人说：“我愿意……”他还总是让同学们相信他的追求者很多。

格朗泰尔把民权、人权、社会契约、法兰西革命、共和、民主、人道、文明、宗教、进步这些词统统看得无甚意义。他对它们微笑。怀疑主义这个人类智慧的痈疽没把一个完整概念留在他的思想里。

他的生活在嘲笑中度过。“我的杯子满了。这是唯一一件可靠的事。”他常这么说。他嘲笑一切忠心，不管同辈父辈，不管是年轻的罗伯斯庇尔还是洛瓦兹罗尔。他经常讲：“这些人即便死了也先进。”他认为耶稣受难像“才是个成功的绞刑架。”

他无所事事、赌博、游荡、酗酒，并且他不停用《亨利四世万岁》的调子唱“我爱姑娘们，我也爱好酒”，不怕思考问题的青年们厌烦。

他除此之外还有一种狂热病。这狂热病不是一种思想、一种教条、一种艺术或一种科学，那是一个人：安灼拉。在这一伙有坚定信心的人中，这个乌七八糟的怀疑者向哪一个靠拢？他向最坚定的人靠拢。安灼拉如何控制他？思想上？不。是从性格上，这种事不稀有。和色彩配合律一样简单，一个无所不疑者依靠一个一无所疑者。我们总是被我们所缺乏的吸引。谁也没有瞎子更热爱太阳。谁也没有矮子更崇拜军鼓手。为什么癞蛤蟆总把眼睛望着天？为的是看飞鸟。因为格朗泰尔身体里的疑心在蠢动，所以爱看安灼拉的信心高飞。他离不开安灼拉。他不明白也不想明白，但他就是对这个洁身自爱、健康、坚定、正直、刚强、朴素的性格难以割舍。本能使他对自己的反面产生羡慕。他的思想软弱无力、屈尊迁就，毫不完整、畸形病态，从而他像依靠脊柱那样紧紧依靠安灼拉。他需要这坚强的人做他的精神支柱。格朗泰尔只有在安灼拉身旁才像个人样。构成他的成分本来从表面看来不相融合。他既爱嘲讽又忠厚，既对什么都不在乎又有爱好。对信念，他的精神可以不要，对友情，他的心却离不开。感情也属于信念，因而这是一对深刻的矛盾。这就是他的性格。似乎反面、背面、翻面是有人天生充当的。这样的人有波吕丢刻斯、帕特洛克罗斯、尼絮斯、厄达米达斯、埃菲西荣、佩什美雅。他们的生活以对另一个人的依附为存在条件；他们的名字总是连接词“和”后面的附属物；他们存在为另一面的他人的命运，而不是他们自己。格朗泰尔就是其中一员。他存在为安灼拉的背面。

人们差不多可以说：从字母开始了这种结合。

“O”和“P”在字母次序中无法分开。依你的想法读“O”和“P”或读俄瑞斯忒斯和皮拉得斯都可以。

格朗泰尔确实是安灼拉的卫星，他在这些青年人的活动场所中寓居，在那里生活，他时刻跟随他们，只有在那里他才有舒适感。望着他们的身影在酒气里来来去去就是他的乐事。他的兴致高，大家见了也就容忍了他。

信心坚定的安灼拉蔑视这种怀疑派，他洁身自律地生活着，对这种酒鬼更是轻蔑。对他，他表示出的仅仅是一丁点高贵的怜悯心。格朗泰尔愿意做皮拉得斯也不成。安灼拉常冲撞他，严厉地摒斥他，他被赶走了，还会回来，他赞美安灼拉"是座多么美的云石雕像！"

二、博须埃给勃隆多的悼词

我们就快看到，就在前面我们说过地发生了些事的那天的下午，赖格尔·德·英正像门旁一根人形石柱般地靠在缪尚咖啡馆的大门框上，他满腔心事，百无聊赖，心中充满纷杂的遐想，除此以外空无一物。他瞪着眼，眺望米歇尔广场。动脑子的人乐于采用一种站着睡觉的方式：背靠着什么东西。赖格尔·德·莫那时正在想心事，虽然他并无什么明确的一生的计划，但是前天在法学院触的一个小霉头完全打乱了他一生的计划，他正不在乎地想着这件小事。

马车并不受梦想阻碍，也不会因梦想而不进入梦想者的视线。赖格尔·德·莫的眼睛本来在漫无目的地四处张望，但是一辆双轮马车不知去向般地在广场上慢慢地走，一下子跃入了梦境中的赖格尔的视线。这马车在为谁生气？它为什么走得慢悠悠？赖格尔仔细望了望。他看见有个青年坐在车夫身旁，年轻人身前放着个大旅行袋。一张硬纸缝在袋上，上书几个大黑字：马吕斯·彭眉胥。

赖格尔一见这几个字立即改换了姿势。他直起身来，冲马车上的青年喊话：

"马吕斯·彭眉胥先生！"

这一喊把马车喊住了。

这时，那个似乎也正在专心想心事的青年抬起眼皮说：

"什么？"

"您是马吕斯·彭眉胥先生？"

"正是。"

"我就是在找您。"赖格尔·德·莫说。

"真的？"马吕斯问，因为他正离开外祖父家却和这个陌生人相遇，"我没见过您。"

赖格尔说："我也压根没见过您，一样的。"

马吕斯以为遇上了一个大白天开玩笑的捣蛋鬼。他当时心情不好，不能惹，眉头皱了起来。赖格尔视而不见，接着说：

"前天您没去学校，对吗？"

"大概是这样。"

"肯定是这样。"

"您在读大学？"马吕斯问。

"对，先生，跟您是一样的。前天我偶然去了学校。有时候，这些事会被人想起，您明白。那教授正在点名。你应该知道如今这些教授有多么可笑。如果连喊三次没人应，就注销学籍。白扔六十法郎在河里。"

马吕斯开始留神听了。赖格尔接下去：

“是勃隆多在点名。勃隆多您该认识，他那又尖又诈的鼻子最喜欢寻找异味，闻那些旷课的人。他心怀不轨，从P字开始点名。这个字母和我没关系，所以一开始我不在乎。点名颇为顺利。没有除名的。全宇宙的人都没缺席，勃隆多愁容满面。我心想：我的好宝贝勃隆多，今天你该没机会开刀了吧。勃隆多猛然叫了‘马吕斯·彭眉胥’，并且一边叫一边拿起了笔。我忙自语：‘又要开除一个好孩子了。小心。这个活死人的确缺乏时间概念。他不是好孩子。他肯定不是铅屁股，肯定不用功，肯定不是一个对科学、文学、哲学、神学精通的，嘴上无毛的吹牛客，肯定不是一个用四个别针挂着四个学院紧绷绷的书呆子。他是一个四处闲逛、喜欢游山玩水，令人钦佩的懒鬼，他对轻佻的年轻缝纫女工满怀兴趣，对漂亮的姑娘阿谀奉承，此刻没准儿他正在我的情妇家呢，应该帮他。‘打死勃隆多！’我是个软心肠先生。此时，勃隆多正在墨水里浸他那又满是开除墨水的鹅毛笔，瞪着阴鸷眼，来回扫视教室，第三次叫：‘马吕斯·彭眉胥！’我连忙答：‘到！’于是您保留了学籍。”

“可是先生！……”马吕斯说。

“而我却被除名了。”赖格尔·德·莫说。

“为什么？我不明白。”马吕斯说。

赖格尔继续说：

“太清楚了。我的座位既临近讲坛又临近教室的门，应道和溜走都方便。那教授特别留心地盯着我。突然，勃隆多——他绝对是布瓦洛说的那种奸诈鼻子——跑到了‘L’组。我的名字里有‘L’这字母。我叫赖格尔·德·莫。”

马吕斯插话说：“赖格尔这名字多好听！”

“先生，那勃隆多叫到了这好听的名字：‘赖格尔！’他喊道。我回答说：‘到！’勃隆多这下子笑容可掬，老虎般温柔地看着我说：‘您要么是彭眉胥，要么是赖格尔。’您或许只是不爱听这话，我却觉得分外惨痛，他说完了，就把我除名了。”

马吕斯动情地说：“我实在受不了，先生，这……”

赖格尔抢着说：“第一，请允许我用几句心里话悼念勃隆多。我假设他死了。这样子不会把他那把瘦骨头、那张苍白的脸、那股凉气、那种僵化和臭气怎么歪曲。所以我说：‘哀哉勃隆多，佳城卜于此，今当知汝错，勃隆多，鼻子倒不错，勃隆多，鼻子挺能嗅，守纪律，性格牛，性格牛，关禁闭，如一条狗，点名如神仙，正直、方正、精确、古板、诚实又丑恶。上帝把他注销，就像他把我注销。’”

马吕斯接着说：“我实在抱歉……”

“青年人，”赖格尔·德·莫说，“望您从中吸取教训。以后要守时。”

“怎么说也说不完我心里的悔恨。”

“不能再害得您左右的人没学上，别再牵累人。”

“我太后悔了……”

赖格尔纵声大笑。

“我倒非常高兴。我正在向律师堕落，除名把我拯救。我能够丢弃法庭的荣耀了。我既不用保护寡妇，也用不着抨击孤儿，官服和见习都不必了。我被解放了。彭眉胥先生，这都仰仗您。我一定要拜访府上亲自感谢。您在哪儿住？”

马吕斯说：“在这马车里住。”

赖格尔认真地说：“真有钱，十分钦佩。您每年要拿九千法郎用于此。”

古费拉克这时候走出了咖啡馆。

马吕斯苦笑：“我已经负担了两小时这样的开销，正想打住，但是，一时说不清，我没有去处。”

古费拉克说：“到我那儿去，先生。”

赖格说尔：“本来我优先，但我没家。”

“少废话，博须埃。”古费拉克连忙说。

“什么博须埃？您似乎说名叫赖格尔。”马吕斯说。

赖格尔回答说：“德·莫，绰号博须埃。”

古费拉克上了马车。

“车夫，圣雅克门旅馆。”他说。

马吕斯当晚就在圣雅克门旅馆里古费拉克的隔壁房间住了。

三、马吕斯暗自惊奇

马吕斯和古费拉克没几天就成了朋友。年轻人遇着年轻人，能够一见如故般地水乳交融。在马吕斯看来，和古费拉克在一起能呼吸自由，真是新鲜。古费拉克什么也不问。他甚至没想过什么问题。那种年龄，什么都写在脸上，一目了然。语言纯属多余。可以说有一种青年一切都表露在脸上。相望一眼就彼此相识了。

但是古费拉克有天早上突然问了一句：

“我说……您有政治观点吗？”

“呀！”马吕斯说，差不多觉得这是个唐突的问题。

“您属于什么派别吗？”

“波拿巴民主派。”

“如同一只本分的小灰老鼠。”

古费拉克第二天笑眯眯地对他轻声耳语。“我应该带您去革命。”他把他带到缪尚咖啡馆，他把他领进“ABC 的朋友们”的那间后厅，低声用一句马吕斯不明白的简语向其他朋友介绍：“一个启蒙学生。”

马吕斯处于这伙人中，他们如一窝蜂似的。他虽然平日沉默寡言又严肃，但也有翅膀，也有蜂针。

出于习惯和爱好，马吕斯素来不合群喜欢独自思考，自问自答，看见这一群嘈杂的年轻人在周围，他不太自在。他在这些头一回接触的新鲜事物的刺激围攻下感到头晕。分不清方向。他的思想被所有这些自在的和工作的年轻人的吵闹来往迅速扰乱。他有时会在这纷乱中陷入幽远的冥思，难以回到现实中。他出乎预料地听大家用这种方式讨论哲学、文学、艺术、历史、宗教。他看见一些奇形异象隐隐约约，但他只能远看，所以看不明白。当他从外祖父的观点转到父亲的看法时，自以为立场坚定，现在又怀疑这坚定性，他感到苦闷，缺乏信心。他观察事物的一贯角度又发生变位。他脑子里的想法由于某种摆动而全部动摇。这种内心震荡很奇异。他差不多为此而苦痛。

那些年轻人眼里好像没有什么东西“已成定论”。马吕斯常听到关于各种问题的奇谈怪论，他的心情依旧怯懦，因而对此不太爱听。

他们在一张剧院海报上看到一个突兀的所谓古典派悲剧中的一出戏名。巴阿雷叫道：“打倒资产阶级喜欢的悲剧！”于是马吕斯听见公白飞答道：

“巴阿雷，你这么说不对。在这个问题上，任凭资产阶级去喜爱悲剧吧。悲剧戴着假发上演，存在有它的道理，我这人不拿埃斯罗斯的名义去反对它存在的权利。自然界的事物也有不成熟的，有的鸟嘴不像鸟嘴，翅膀不像翅膀，鳍不像鳍，爪子不像爪子，还有一种痛苦的叫声叫人听了好笑，加起来就是鸭子。家禽和飞鸟可以共存，那么我就不明白古典悲剧为什么不可以和古代的悲剧共荣辱。”

还有一次，马吕斯夹在安灼拉和古费拉克之间走过让-雅克-卢梭街。

古费拉克一边拉住他的胳膊一边说：

“请留神。这条从前的石膏窑街由于六十年左右以前有一家奇怪的住户，今天就称作了让-雅克-卢梭街。让-雅克和戴莱丝。他们每隔上一小段时间就生一个小孩，一个又一个。戴莱丝只负责生出来，让-雅克只负责放生。”

安灼拉责备古费拉克说：

“不准在让-雅克跟前胡说！我尊敬这人。虽然他把自己的孩子抛弃，但他爱人民就像爱子女一样。”

这些青年中，没人用“皇上”一词，除了让·勃鲁维尔间或说拿破仑以外，别人都称呼波拿巴。安灼拉则称呼“布宛约巴”。

马吕斯悄悄感到惊奇。蒙混初开。

四、“ABC 的朋友们”的会议厅

马吕斯时常加入那些年轻人的谈论，有时也说几句，有一次谈话真正震动了他的思想。

那次谈话发生在缪尚咖啡馆的后厅，那天晚上似乎聚齐了所有“ABC 的朋友们”的成员。大家海阔天空，谈兴正浓，嗓门不小。大家都说了几句，只有安灼拉和马吕斯闭嘴不言。这种平静的和喧闹的在同学们的讨论中常见。那既是一场游戏，也是一种瞎扯，还是一种谈论。大家抛扔着一些辞藻句子。他们在四个角落里谈话。

除了那个洗杯盘的女工路易松不时地穿过厅堂从洗碗间走到“实验室”外，没有一个女人可以进入那后厅。

格朗泰尔已经醉得天昏地暗，在他占据的那个角落里吵得人耳朵都要聋了。他胡言八道，大声嚷嚷，他叫道：

“渴死了。我在做梦呢，臭皮囊们，我梦见海德堡的大酒桶脑溢血发作，人们拿了十二只蚂蟥放在它上面，其中一只就是我。我想喝。我想把人生忘掉。我不明白是什么人弄出人生这么一种极恶劣的文明。立刻完蛋，分文不值。人为了生活肩酸背痛。人生是种装饰品，毫无用处。幸福是个旧木框，只有一面涂了漆。《传道书》上讲：‘所有的都是虚荣’，这仁兄的论断我赞成，大概他从未存在过。零，它穿上虚荣的外衣以免赤裸裸地行走。啊，虚荣！你拿漂亮的字眼给一切描金！叫厨房为实验室，叫跳舞的为教授，叫卖艺的为体育家，叫打拳的为武士，叫卖药的为化学家，叫剪发的为艺术家，叫刷墙的为建筑师，叫赛马的为运动员，叫土鳖为鼠妇，虚荣有正反两面，正面是满身燃料的傻黑人，反面是衣衫褴褛的蠢哲人。我为一个哭泣又为另一个欢笑。人们所说的荣誉和尊贵，就算是吧，大多也是假金的，人类的自尊心被帝王当作玩具。卡利古拉封他的坐骑当执政官，查理二世封一块牛腰肉当骑士。现在你们就到英西塔土斯执政官和牛排男爵中去自夸吧。人的本来价值也相差有限，不一定更为可敬。听听邻居对邻居是如何恭维的吧。白对白冷酷无情。如果百合花会说话，谁知道它会如何作践白鸽。虔诚婆子对一个笃信宗教的妇女的议论比蛇口蝎尾还要歹毒。很遗憾我这么无知，什么都不知道，不能给你们讲一大堆此类故事。说来也是奇怪，我一向有点小聪明，在格罗画室学习时就拿偷苹果来消磨光阴，并不爱拿起画笔东抹西画。艺术家和骗术家的差别就在一个字上。我是如此，你们这些人也不见得更好。你们所谓的完美、高妙、长处，我根本看不上眼。所有的优点都接近一种缺点，节俭倾向于吝啬，慷慨倾向于挥霍，勇敢倾向于粗暴，十足的虔诚恭敬倾向于伪君子，就像破洞布满第欧根尼的宽袍，丑行也充满美德。你们佩服杀人者还是被杀者，布鲁图斯抑或恺撒？人们一般情况下站在杀人者这边，布鲁图斯万岁！他杀人成功。美德就是如此，这是美德吗？即使是也接近疯狂。伟大的人物总离不开奇特的污点。那个布鲁图斯杀了恺撒，可他却爱一个小男孩的塑像。这个塑像出自希腊雕塑家斯特隆奇里翁之手，他的另一件作品被尼禄常带在身边旅行，那叫作美腿妇人，是一个骑马女子厄克纳木斯。这两个塑像是这位斯特隆奇里翁仅剩的遗作，分别为布鲁特斯和尼禄喜爱，二人因之结成同道，全部历史是一种无休止的反复。一个世纪是另一个世纪的翻版，马伦哥战役是比德纳战役的再版，克洛维一世的托尔比亚克和拿破仑的奥斯特里茨相像得如同是两滴血。我对胜利没有什么兴趣。征服是最愚蠢的事，说服才是真正的光荣。你们用事实来证明吧。你们对成功的满足多么俗气！还可怜巴巴地为征服而满足！唉，虚荣和下流无处不在。包括语言学在内，没有什么不服从于成功。贺拉斯曾说：‘如果他重习俗。’我所以蔑视人类。我们要不要也降下来讨论讨论国家呢？你们要我对某些民族致敬吗？请问是何种民族呀？是希腊吗？就像巴黎人把科里尼杀了，雅典人，这些古代巴黎人把伏西翁杀了，安纳赛弗尔竟然说庇西特拉图的尿吸引蜜蜂，向暴君谄媚竟到了如此田地。那位语法学家费勒塔斯就是五十年中希腊仅有的最重要的人物，可他那么矮小，矮小到若不在鞋上加铅就会被风刮走。曾有一座被普林尼编入目录的西拉尼翁作的塑像立在科林斯最大的广场上，塑的是埃庇斯塔特。他有些什么作为？旋风脚是他的创造。这些总结希腊的荣誉就够了。我们说说别的吧。我对英国敬佩吗？对法国敬佩吗？法国？原因是什么？是巴黎吗？刚才我已经告诉你们我对雅典的见解了。英国吗？原因是什么？是伦敦吗？我憎恨迦太基。而且，伦敦这座奢靡的大都会是穷困的总部。每年单单在查林-克洛斯一个教区饿死的就有一百人。阿尔比昂就是例子。我补充一点以便说明白：我看过一个戴玫瑰花冠和蓝眼镜的英国女子跳舞。所以，去它的英国，我要是对约翰牛不钦佩，对约纳森会吗？我的胃口不太适应这位买卖奴隶的兄弟。英国除了‘时间就是金钱’以外还有什么？美国除了‘棉花是王’又有什么？意大利是胆汁而德国是淋巴液。为了俄罗斯，我们是否应该陶醉一下？伏尔泰对它感到佩服。他对中国也佩服。我赞成俄罗斯自有其美丽之处，尤其是它那一套牢固的专制制度，但是那些专制君主让我觉得可怜。他们身体柔弱，一个阿列克赛把头给弄没了，一个彼得死于小刀屠戮，一个保罗被掐死，另一个保罗在靴子的后跟下踩扁了，若干个伊凡被扼死，若干个尼古拉和瓦西里被毒杀，种种这些都表明俄罗斯的不卫生状况世人皆有目共睹。思想家欣赏每个文明民族的这一细节：战争，或者战争，文明之战，将所有土匪的行为方式竭尽并汇总，从雅克沙峡谷里喇叭枪队伍的抢劫一直到可疑隘道中印第安可曼什人对生活品的掠夺。呸！或许你们会告诉我：‘欧洲还是比亚洲好点吧？’我认同亚洲是个笑话，可是诸位西方人，把自己的艳丽时装同从伊莎贝尔王后的脏衬衣到储君的便桶这些和王公贵族混杂的一切赃物相糅合，我不明白你们又如何可以笑那位大喇嘛。我来告诉你们这些说人话的先生们，事情远比那样复杂。啤酒消费得最多的是布鲁塞尔，酒精消费得最多的是斯德哥尔摩，杜松子酒消费得最多的是阿姆斯特丹，葡萄酒消费得最多的是伦敦，咖啡消费得最多的是君士坦丁堡，苦艾酒消费得最多的是巴黎；这就是所有有用的知识。巴黎终究数第一。就连巴黎破烂衣衫的贩子也寻欢作乐。第欧根尼在比雷埃夫斯当哲人，或许他也会乐意在莫贝尔广场卖旧衣。‘酒缸’是旧衣贩子喝酒的地方，‘铫子’和‘屠宰场’最有名——这些你们也该学学。所以我向你们保证，郊外酒楼、狂欢酒店、绿叶酒家、小醉酒馆、清唱酒肆、零售酒店、酒桶、酒户、酒缸、骆驼帮的酒棚无一不是好去处，我这人喜欢及时行乐，我常去理查饭店吃饭，一顿要四十个苏，我要把赤裸裸的克娄巴特拉裹在一条波斯地毯里！哪儿有克娄巴特拉？呀！路易松，你就是。你好。”

缪尚后厅的角落里，格朗泰尔就是这样缠着洗杯盏的女工胡说乱侃的。

博须埃伸手向他示意安静，可是格朗泰尔更疯狂地叫起来：

“把爪子收起来，莫城的鹰。你那种姿态只能让希波克拉底拒绝阿尔塔西斯用，对我根本没用。不要动脑子想让我安静。何况我正一筹莫展，你们想让我说什么？蝴蝶成功了而人却失败了，成了畸形的坏种。这动物没被上帝造好。丑态的集合成了人群。随手拣一个都是赖皮。红颜祸水。是的，我得了抑郁症，加上忧伤、思乡病和肝火旺，所以我发愁、发狂、打呵欠、烦闷、愤怒、百无聊赖！上帝去寻他的魔鬼吧！"

"大写的'R'别闹了！"博须埃又说了一遍，他正在和少言的一群人为一个法律问题讨论，话正说了大半，这句用法学界行话来表达的话的后半句是：

"……说到我，虽然顶多不过是个业余检察官，还算不上法学家，但我赞同这一条：每年圣米歇节，不管是业主还是继承权的取得者，每个人都应根据诺曼底习惯法的规定，在别的义务之外再缴纳一种等值税给领主，对所有长期租约、地产租约、免赋地权、教产契约、典押契约，这一规定都适用……"

格朗泰尔小声吟诵着："回音，多怨多愁的仙女们。"

有张可算是冷清的桌子紧挨着格朗泰尔，两个小酒杯之间的一张纸、一支笔和一瓶墨水宣告这里正在孕育一个闹剧剧本。两个从事工作的头碰在一处，在轻声交谈中进行着这桩大事。

"有了名字就有了主题。我先确定人物的名字。"

"好。你来说，我来记。"

"多利蒙先生怎样？"

"那个财主？"

"是的。"

"赛莱斯丁，财主女儿。"

"……丁。别的呢？"

"中校塞瓦尔。"

"这名字太老气，叫瓦尔塞好些。"

还有一堆人利用这吵闹之声讨论一场决斗，他们就在这两位新进闹剧作家身旁。一个三十岁的行家正向一个十八岁的少年解说他的对手是怎样的，给他点拨。

"见鬼！您得留神。他剑法优秀。他的手法也出色。他进攻凶猛，不使多余的虚招，火力十足，动作敏捷，手腕灵巧，接招稳当，反攻准确，不一般！而且他用左手。"

若李和巴阿雷在格朗泰尔对面的角落里玩着骨牌，聊着爱情。

若李说："你，你真幸福，你的情妇爱笑。"

巴阿雷答道："这正是她的不足，不常笑的人做情妇更妙。人家见她爱笑就容易产生弃她而去的想法。你见她开心就没有良心的谴责，见她郁闷不快才会良心不安。"

"你身在福中不知福！有个爱笑的女人多妙！而且你们从未吵架！"

"这是因为我们规定了这么一条，在这个小小联盟组建时就确定边界，相互不侵犯。井水不犯河水，河水同样地不犯井水。这样才能和谐共存。"

"和谐共存，多么美满的幸福。"

"若李，你怎么样，你和那个姑娘的争吵如今怎么样了，你明白我指的是谁？"

“她硬起心肠，耐着性子跟我赌气。”

“你这小伙子也可以说是甘愿为爱消得人憔悴了。”

“真是！”

“如果是我在你的位子上，早不要她了。”

“说起来简单。”

“做起来也并不困难。她叫米西什塔对吗？”

“对。唉！可怜我的米西什塔，真是个出色的姑娘，文学味十足，小手小脚，善于装扮，长得丰满、白白净净，那眼睛属于抽牌算命的那种女人。为她，我快疯了。”

“既然如此，亲爱的，你就该去向她讨好，穿着漂亮时装经常去她那儿走动。去买一条施托伯商店的高级麂皮裤吧。也可以租。”

“一条值多少钱？”格朗泰尔高声问道。

第三个角落里的人们谈的是诗的话题。基督教的与世俗的神话混淆不清。谈的是奥林匹斯山，让·勃鲁维尔赞成出于浪漫主义。让·勃鲁维尔的胆怯只在休息时表现。他一受刺激就会暴发，热情爆发出豪情，他兼具幽默与抒情。

他说：“不要对诸神进行亵渎，或许他们还没走开。我认为朱庇特没有死去。你们把众神说成仅仅是些幻象。但是，众神离去之后，我们即便在自然界中、在现实的自然界中也能找到一切那些古老伟大的世俗的神。那些如同城堡的山，例如维尼玛尔峰一般的轮廓在我看来也还是库柏勒的发髻；什么也不能给我证明潘在晚上不会来吹柳树的空干，不会用他的指头轮番按树上的孔，我还一直相信多少有些关系存在于伊娥与牛溺瀑布之间。”

最后一个角落里的人们在探讨政治。那恩赐的宪章正受到大家攻击。公白飞对它的支持有气无力。古费拉克对它的抨击大张旗鼓。一份有名的杜凯宪章碰巧放在桌上。古费拉克用手攥着它，议论的同时，抖得那纸哗哗直响。

“第一，我反对国王。”就算只从经济观点出发，我也不要国王这寄生虫。天下没有哪个国王是免费的。请你们听着：国王的代价。法兰西的公债在弗朗索瓦一世死后是年息三万利弗；路易十四死后就高达二十六亿，按二十八利弗折合一马克算，据德马雷的数据，是一七六〇年的四十五亿，折合今天的一百二十亿。第二，所谓恩赐宪章不过是一种卑劣的文明手法，听了这话，公白飞可别生气。所谓免于变革、缓和过度、减轻震动，利用立宪的虚文在无声无息中变这个君主制的国家为民主制，这一切论调都是卑鄙的！都不要！都不要！千万不要用这种虚伪的光明蒙骗人民。你们那种立宪的黑暗地窖会让主义枯死。拒绝变种。拒绝伪冒货。人民不要国王的恩赐。有个第十四条，是全部这些恩赐的条款中的。一只手给东西，另一只爪子就在旁边收回东西。你们的那个宪章，我索性不要。宪章这假面具掩盖了下面的鬼话。人民对宪章的接受意味着退位。人权必须完整才成其为人权。不！拒绝宪章！”

当时正值冬季，壁炉里两块木柴燃烧得哔剥剥作响。对这颇富诱惑力的东西，古费拉克毫不犹豫。那倒霉的杜凯宪章被他攥在掌心里捏成一团抛进火中，那张纸立刻开始燃烧。公白飞呆望着路易十八的杰作着了火，只有一句话：

“宪章只化为一丝青烟。”

后厅里同时并发出辛辣的讽刺、解惑的妙句，尖酸的戏谑、所谓法国人独有的活力以及英国人独有的诙谐，各种或好或坏的兴趣或观点，各种放肆无忌的谈锋，它们在人家头顶上从各个方面相互交织成一种欢快的轰击。

五、拓宽视野

青年人的相互接触中，火星和闪电都是不可预测的，这是其可喜之处。稍后还会有什么爆发？无人知晓。温婉的谈话常带来一番爆笑。人们又经常从戏谑转移到正经话题。人能被一个偶然的字引起冲动。激情统治着全体。一个意外的场面只需一句戏言就可开创。这是一番郊游，峰回路转，景象万千。幕后控制这种谈论的是偶然。

格朗泰尔、巴阿雷、勃鲁维尔、博须埃、公白飞和古费拉克一群人一天谈得正欢，你一句我一句地难分难解，一种奇特的严肃思想出乎意料地突然从唇枪舌剑中产生，穿透了嘈杂话音。

谈话中怎么会突然迸出一句话？听众的注意力又如何被它猛然吸引？无人知晓，刚才我们讲过。博须埃在当时的鼎沸人声中突然对公白飞随口讲了个日期：

“一八一五年六月十八日；滑铁卢。”

马吕斯正一只手撑着桌沿托起腮帮，正对着一杯水坐着，“滑铁卢”这三个字使他的手腕离开了腮帮，开始注视在座各位。

“上帝晓得，”古费拉克叫道（当时已很少有人说“天知道”了），“我印象很深，十八这个数字很奇特。这个数字决定了波拿巴的命运。你把他放在路易之后，雾月之前，此人的全部命运便尽显眼前。结尾紧跟开头，这是另一个颇有意味的特点。”

安灼拉一直默不作声，这时才对古费拉克开口说了一句：

“你是想说惩罚紧跟罪行吧。”

听人家猛然提“滑铁卢”时，马吕斯已颇感紧张，现在又听到“罪行”这个字眼，更是令他难以承受。

他立起身，从容不迫地走向墙上挂着的那张法兰西地图，有一个岛画在地图下方的一个分隔的方格里，他手指方格说：

“科西嘉。这个小岛让法兰西变得分外伟大。”

此话如一阵凉风。众人无语。大家都感到将要发生点什么。

巴阿雷惯以正襟端坐的姿态与博须埃辩驳，为了聆听下文，他正摆出的这种姿态也放弃了。

安灼拉的蓝眼睛似乎只望着空间，不看任何人，这时并不看马吕斯但嘴里答道：

“法兰西的伟大不需要科西嘉来造就。法兰西因为它是法兰西而伟大。‘因为我叫狮子。’”

马吕斯丝毫无意退却，他望向安灼拉，迸发出发自心底的激昂之声：

“如果我有意贬低法兰西，就让上帝惩罚我，可是法兰西和拿破仑结合在一起一点也不跌份。奇怪，我们谈谈。在你们当中我是个新人，可是说实话，我确实对你们感到奇怪。我们在哪儿？我们是什么人？你们是什么人？我是什么人？

关于皇帝的问题，我们来各抒己见吧。我总是听见你们和保王党人一样说布宛纳巴，着重‘乌’这个音。实话对你们说：我那外祖父说布宛纳巴退还要动听点。我总认为你们都是年轻人。你们到底把热情放在了哪里？你们到底要拿热情做什么？假若你们不佩服皇上，那么佩服谁？你们还有何要求？如果对这样一个伟大人物你们不需要，什么样的伟人你们才要？他是个全能之才。他完美。他头脑中有足足三乘的人类智慧。他制定法典如同查士丁尼，他独理万机如同恺撒，他的语言既有帕斯加尔的闪电又有塔西坨的巨雷，他既是历史的创造者又是历史的写作者，他的战报如诗一般，牛顿的数字和穆罕默德的妙喻在他那里杂糅，他在东方留下的妙喻如同金字塔一样地高大；在提尔西图，他将朝议教给各国帝王，在科学院中，他与拉普拉斯争辩，在国务会议上，他和梅尔兰争鸣，他悉心整顿纪律，全力解除纠纷，他对法律的了解有如检察官，对天文的了解有如天文学家；他去大庙为一颗珠子讨价还价，正如克伦威尔把两支蜡烛中的一支吹熄；他伏在他小儿的摇篮上天真烂漫地欢笑，并不因他无所不见、无所不晓而受到阻碍；忽然，欧洲在惊惧中凝神倾听，大军纷纷出发，炮兵源源出动，浮桥浮在了长江大河之上，骑兵漫山遍野在狂风中奔驰，吼声和号角声震撼了全部宝座，地图上一切王国的边界都在摇摆，人们听见一把超人的利剑出鞘之声，人们见他在天际耸立，烈火在他手中奔腾，光芒从他眼中迸射，一声霹雳将他双翅舒展，那是大军和老羽林军，威猛的天神也不过就是这样！”

众人无语，安灼拉垂着头。寂静的含意中多少带点默认或无言以对。马吕斯几乎不带喘气地说得越发激昂：

“应该公正，朋友！帝国拥有一位这样的皇帝是多么灿烂的民族的命运，这个民族恰巧就是法兰西，而且能将其天才赋予此人的天才！屡战屡胜，每到一个国家便成为该国的统治者，兵站就是他国之都，国王就是手下兵士，灭亡王朝的宣言连连发布，以冲刺的步子改变欧洲面貌，只要你发猛，人们立即感到上帝的宝剑柄已握于你手；将汉尼拔、恺撒和查理大帝集于一身，做一个响亮的前线捷报由每日晨曦为你传来的人的人民；把残废军人院的炮响当作闹钟，将一些照耀千古的神奇的词抛上明亮的天边，马伦哥、阿尔科拉、奥斯特里茨、耶拿、瓦格拉姆！在几个世纪的苍穹随时散布一些胜利的星辰，让法兰西帝国使罗马帝国不能在前独享美誉，建立大国和大军，让他的百万大军飞遍整个大地，就像高山把它的雄鹰向四面派遣，征服，统治，镇压，成为欧洲因丰功伟绩而金光闪烁的民族，吹出历史中的天人凯乐，凭武力和夺目光辉两度征服世界，如此卓越，还有什么比之更光辉？”

“自由。”公白飞回答。

马吕斯的头也一下子垂了下去。这个词既简单又冰凉，捅进他那慷慨激昂的陈诉里，像把钢刀，立刻让他凉了半截。当他抬起眼皮，公白飞已经离开。也许给那阿谀之词迎头一盆冷水令他满意，因而悄悄离去，众人也随他而去，除了安灼拉。后厅空荡荡。安灼拉在马吕斯身旁独自呆着，闷声不响地看着他。马吕斯此时已把思路稍加整理，但并无意服输，正想从容不迫地将胸口一股未尽的滚沸热流同安灼拉辩论，忽然又听到公白飞的声音，他一边下楼一边唱：

如果恺撒给我
战争和光荣，
可我要遗弃
母亲和爱情，
我会告诉伟大的恺撒，
把你那指挥棒和战车拿回，
我更爱我的母亲，咿呀嗨！
我更爱我的母亲！

公白飞的歌声兼具柔婉与豪放，赋予那叠句雄伟之势。马吕斯呆望屋顶，若有所思，差不多是机械地跟唱："我的母亲！"

他此刻感到安灼拉把手放在他肩上。

"公民，"安灼拉告诉他，"共和国才是我母亲。"

六、困　境

马吕斯因这次谈话震动很大，心头留下了叫人发愁的阴影。当人用铁器挖开土地投入一粒麦种时，土地只会有受伤的感觉，这正是此刻他的感受，他要日后才能品味种子的震动和结果的快乐。

马吕斯阴郁。不久以前他才给自己树立了一种信念，莫非就要抛弃？他向自己肯定说不。他告诉自己不肯怀疑，但他已不禁开始怀疑。既没走出一种信仰，又没走进另一种信仰，夹在两种信仰之间叫人难以忍受，只有蝙蝠一般的人喜欢这样的黄昏。马吕斯心眼明亮，他为半信半疑的那种半明半暗的光苦痛，一定要见到真正的亮光，不管他如何要求自己坚持在原地不动，他还是不得已地被迫继续向前，思索，探究，越走越远。他要被这股力量带往何处？想到自己走了这许多路才和父亲靠近，现在又要离去，他心头不免惶恐疑惑。心中思绪越多，苦闷越重。他仿佛在四周看到了险路危崖。他的外祖父和朋友们他都不同意，他对于前者气壮心雄，却落后于后者，他承认，他在老辈和青年这两边都孤立无助。他再不去缪尚咖啡馆了。

他心绪繁杂的时候，对于某些重要的人生问题几乎没去想过。但是生活的现实不容忽视。它猛然跟他打个照面，出现在面前。

旅馆老板某天早晨走进马吕斯的屋子，问他：

"古费拉克先生说过你的事由他负责？"

"对。"

"可我得拿到钱。"

马吕斯说："让古费拉克来跟我讲吧。"

古费拉克过来了，老板留下他们离开了。马吕斯向他讲了自己尚未想过要告诉他的种种，告诉他可以说自己在这世上孤身一人，没有亲人。

"您有什么打算？"古费拉克说。

"我毫无念头。"马吕斯说。

"您想做什么？"

"我毫无想法。"
"您有没有钱?"
"十五法郎。"
"要借点我的吗?"
"确实不要。"
"衣服您有吗?"
"就这几件。"
"值钱的东西您有吗?"
"一只表。"
"是银表?"
"金表。这就是。"
"我认识的一个服装商能把您的这身骑马服和一条长裤买去。"
"好。"
"您就只有一条长裤、一个背心、一顶帽子和一件短上衣了。"
"这双靴子还在。"
"天啊!您不赤脚走路?多阔啊!"
"这样就行了。"
"我认识的一个钟表商能把您的表买了。"
"好。"
"不,不一定好,今后怎么办?"
"该怎么办就怎么办。至少只要是诚实的。"
"英语您会吗?"
"不会。"
"德语您会吗?"
"不会。"
"那免谈吧。"
"怎么了?"
"因为我有个开书店的朋友正在编一种百科词典,如果您有能力,可以帮助做一些英语或德语资料的翻译工作。报酬低但足以糊口。"
"我学英语和德语好了。"
"学习期间怎么办?"
"我在学习期间吃这表和衣服。"
他们找来了那个服装商。他花二十法郎把那件短上衣买了下来。他们去了钟表商店,钟表商花四十五法郎买了那只表。
"还不错,"马吕斯回旅馆时对古费拉克说,"把我的十五法郎算上一共有八十法郎。"
"还有旅店账单?"古费拉克提醒他。
"咳,我早不记得了。"马吕斯说。
马吕斯马上将旅店老板的账单照付,一共是七十法郎。
"我就剩下十法郎了。"马吕斯说。

“见鬼，”古费拉克说，“有五个法郎供您学英语时吃，有五个法郎供您学德语时吃。也就意味着，您得尽快啃书，慢点啃那值一百个苏的银币。”

吉诺曼姑奶奶——其实她这人见人困难就心肠发软——就在此时终于把马吕斯住的地方找见了。马吕斯一天上午从学校回来，看见一封他大姨的信和六十个皮斯托尔，换句话说，封在一个匣子里的六百金法郎。

马吕斯将这钱原数还给他大姨，并附信一封，措辞谦恭，说他能够谋生，今后一切需要都能自己满足。其实他那时仅剩下三个法郎。

那位姑奶奶丝毫没给他外祖父提起这次拒绝，担心他知道了更为光火。而且他早就说了：“再也不许跟我讲起这吸血鬼！”

马吕斯不想在圣雅克门旅馆负债，搬了出来。

第五卷　苦难的功用

一、马吕斯穷困潦倒

人生在马吕斯面前变得严峻。靠自己的表和衣服吃饭算不得什么。人们所说的那种叫作“疯母牛”的莫名其妙的东西，他也吃。这可怖的东西包括没有面包的白昼、无眠的夜晚、没有烛光的黑夜、冰冷的炉子、无事可做的星期、毫无希望的未来、胳膊肘有洞的衣服、叫姑娘们笑话的破帽子、大门因房租未交而夜晚紧闭、客店主人和看门人的傲慢、邻居的嘲弄、屈辱、被践踏的尊严、无奈接受的任何工作、厌恶、烦恼、疲劳。对这些东西，马吕斯学会了怎样吞咽，也知道了经常只有这些东西可吞。他正处于一个人出于对爱的需要而产生对自尊的需要的时候，却发觉自己因衣衫破旧而被人嘲笑、因贫困而可笑。处在那个年龄段，青春给你满怀的壮志，可他却一次又一次地低头望他那双破了洞的靴子，对源于贫困的种种不平的屈辱和痛心的羞愧有了认识。通过这既可喜又可怕的考验，意志薄弱者能变得卑鄙不知廉耻，意志坚强者能变得卓越而不同凡响。命运一旦需要一个坏蛋或者英雄，就把一个人往这种实验杯里扔。

因为伟大的活动常在这种小小斗争中。叫人在黑暗中处处留神那些源自生活所迫和丑恶初衷的致命袭击的常是一些坚强而无闻的勇敢行为。没有哪个肉眼看见这高尚隐秘的成功，也没有什么鼓乐为它歌颂，它也不同任何名誉相伴。有时无名英雄比著名英雄更伟大，生活、苦难、孤苦、离弃、贫穷，这些战场上都有它们的英雄。

通常苦难是后母，但有时也是创造坚强而罕见的性格的慈母，灵魂和精神的力量由困苦培育，傲骨的奶妈是灾难，英雄的好乳汁是祸事。

在马吕斯生活中，有一个时期他自个儿扫楼梯，去水果店花一个苏买布里干酪，去面包店买个面包有时也要等到天黑，仿佛偷了个面包一般掩掩藏藏地回到自己的顶楼。人们间或看见一个外表愚笨、神情既腼腆又莽撞的年轻人，腋下夹着几本书溜进街角的肉店，挤在一群不说好话、将他推来撞去的厨娘中，帽子在一进门的时候就脱掉，满头直冒汗珠，向受宠若惊的老板娘鞠个大躬，立即又再对砍肉的伙计敬个礼，花六、七个苏买块羊排骨，拿纸一包，往腋下两本书里一夹就走。他就是马吕斯。他自己动手把这块羊排骨煮熟，靠这就能够活三天。

他第一天吃肉，第二天喝油水，第三天啃骨头。

吉诺曼姑奶奶曾经好几次想法子给他那六十个皮斯托尔。每次都被马吕斯给回绝，他说他不需要任何东西。

前面我们曾讲过他心里的革命，他那时还在为父亲的死服丧。他从此没有离过黑衣。但黑衣离了他。最后他又没了短上衣。唯一过得去的就是一条长裤。如何过呢？从前他帮过古费拉克几个忙，这时候，古费拉克就拿了一件旧的短上衣送给他。马吕斯随意找了个看门妇，付三十个苏把衣服翻成一件新衣。但这是件绿衣服，只有天黑以后马吕斯才外出。这样他就穿着黑衣。他只能把夜色当作丧服，以便一直戴孝。

他已经在这期间成了律师，古费拉克的房间原本雅致整洁，有一些法律书籍在屋里，还有些不完整的小说，将就摆设一番，业务所需的藏书也算有了，他就自称在这间屋里住。也用古费拉克的这间房作为通讯地址。

当上律师以后，马吕斯写了一封措辞冰冷、完全恭顺的信，告知他外祖父这一消息。吉诺曼先生收到此信双手发抖，看完以后把它扯成四片扔进废纸篓。吉诺曼姑娘两三天以后听见她父亲一个人在他卧房里高声说话。他心情一激动就这样。她听见那老头说："如果你不是蠢材的话，就该明白，人不可能同时当男爵和律师。"

二、马吕斯的清贫生活

贫穷和别的事物没有两样。它可以习以为常。时间长了，它能成型并固定。节衣缩食的人们也就是以一种刚够维持生活的清苦方式在成长。让我们看看马吕斯·彭眉胥的生活安排：

他走过最狭窄的道路，眼见它渐渐开阔。他凭借勤奋、振作、毅力和志气，每年终于可通过工作挣得七百法郎左右。德文和英文他都学会了，他由古费拉克引荐给那个开书店的朋友，在那书店的文学部门里，马吕斯成了一个有用而低微的人，他的工作是书评写作、报刊资料翻译、注解编辑、人物生平事迹的撰写等。净收入为七百法郎，不分年份的淡或旺。他靠这谋生。如何生活？生活得不错。我们来讲讲。

马吕斯在戈尔博老房子里租了一间破屋，名为办公室，没有壁炉，只有几件必要的家具，每年租金三十法郎。他自己拥有那些家具。那个当二房东的老妇给他打扫房间，每天早晨给他送些热水，一个新鲜的蛋和一个苏的面包，他每个月付给她三法郎。他把这个蛋和面包当午饭。随着蛋价涨跌，午饭要花的费用也不同，得要二至四个苏。他在傍晚六点顺着圣雅克街一直走到马蒂兰街拐角，在巴赛图片制版印刷店对门的卢梭餐馆用晚餐。他不要汤。他的晚饭是一盘肉，六个苏，半盘蔬菜，三个苏以及一份甜点，三个苏。另外再要些面包，三个苏。他用白开水代替酒。当时还肥大鲜润的卢梭大娘端坐在柜台上，他结账的时候拿一个苏给伙计，得到卢梭大娘的微笑。然后他就离开了。他用十六个苏买一脸微笑和一餐晚饭。

卢梭餐馆似乎是安神之处而非饱食之所，那里的水瓶经常倒空，酒瓶却很少如此。它在今日已消失。人们给那老板一个好听的外号，叫“水族卢梭”。

所以，四个苏的午餐和十六个苏的晚餐，他每日饭食要二十个苏；每年要花三百六十五法郎。另外房租三十法郎、付老妇三十六法郎、还有些零花，马吕斯总共花上四百五十法郎就吃住都有还有人服侍了。花一百法郎在外面衣服上，五十法郎用于换洗衣服，五十法郎用于洗衣。加起来不过六百五十法郎。还有五十法郎富裕。他银根松了。有时朋友还能向他借十法郎，他居然一次借了六十法郎给古费拉克。因为没有壁炉，马吕斯便把取暖一项“省略”了。

马吕斯外面的衣服通常有两套，平时穿那套旧的，特殊场合穿那套新的。两身儿都是黑衣服。衬衣他只有三件，分别在他身上、抽屉里和洗衣妇那儿。他在衬衣磨损之后加以增补。他的短外衣经常一直扣到下巴，因为衬衣经常撕坏。

这种宽裕生活，马吕斯过了好几年才达到，这些艰难困苦的年份或是度过去的，或是熬过去的。马吕斯从未丧失希望，他经历了一切困窘，除了借债没有什么没有干过。扪心自问，他没欠过谁一个苏，他觉得借债就开始了奴役。由于奴隶主占有的只是你的身体，而债主占有的却是你的尊严，还能对你的尊严造成伤害，所以他甚至把债主看得比奴隶主还要可怕。就算是不吃东西也行，债是不借的。有好几次他一整天不吃东西。他觉得世间万物彼此相承，缺乏物质会造成灵魂堕落，所以疾恶如仇地保卫自尊。他在别的情形下若是因一些习俗或一些行为觉得卑贱或低劣时就会振奋起来，他不想走回头路，所以任何事都不靠侥幸。他脸上的羞涩之情常是不可辱没的。他因腼腆甚至莽撞。

他觉得有种神秘的内心力量鼓励着他，甚至推动着他经受一切考验。对肉体，灵魂不仅扶助、甚至有时还提挈。只有这鸟能忍受鸟笼。

还有一个名字刻写在马吕斯心中父亲的名字旁边：德纳第。诚恳严肃是马吕斯的本性，由于他认为这勇敢的中士对父亲有救命之恩，曾从枪林弹雨中把上校救出滑铁卢，于是常想象出一轮光环绕在这人头顶上。他崇敬的心合并了对这人和对父亲的怀念，从不曾把二者分离。这似乎是一种上校供在大龛上、德纳第供在小龛上的两极崇拜。德纳第身陷困境的事他知道，一想到这，他那不胜感激的心情就变得分外迷惘。在孟费郿，马吕斯曾听人讲过这位客店老板不幸赔本和破产的事。他从此前所未有的尽力寻找他，想走到被黑暗深渊淹没的德纳第的面前。马吕斯到过谢尔、邦迪、古尔内、诺让、拉尼，遍访了那一带。三年里，他倾尽仅有的一点存款顽强地四处寻访。没人能给他提供德纳第的线索，大家觉得他已去了国外。他的债主们也在找他，与马吕斯相比，爱慕不足、顽强有余，谁也没抓着他。马吕斯责备、甚至恨自己找不着德纳第。假若不能把上校留下的唯一未了之愿办好，他就愧作上校的儿子。他想着："怎么了！他，德纳第并不欠我父亲什么，当父亲躺在战场上奄奄一息时，他会穿过枪林弹雨找到他，把他扛在肩上救出来，而我要向德纳第报这么大的恩德却不能当他在逆境中呻吟待毙时见到他，不能同样地从死亡中拯救他！啊！我定要找到他！"马吕斯的确肯为拯救德纳第于困苦之中而牺牲一只手臂或流干鲜血。见到德纳第，为他做任何事并告诉他："您没见过我，不打紧，可我知道您！我来了！告诉我该做些什么吧！"马吕斯最甜蜜光辉的梦就是这个。

三、马吕斯在成长

马吕斯那时已经年满二十。他离开外祖父的时间已长达三年。他们互相保持原状，接近和相见都不想。而且，见面有什么用？为了争执吗？谁能把谁说服？马吕斯和吉诺曼公公，一个是铜瓶，一个是铁钵。

马吕斯其实对他外祖父的心有误解。他不认为吉诺曼先生爱过他，老先生粗糙、心肠硬、嬉笑、时常谩骂、喊叫、发脾气、挥手杖，他觉得老先生对他的感情最多不过像喜剧中常见的那种顽固老长辈那样苛刻又轻浮。马吕斯想得不对。天下有父亲不疼儿女，却没有祖父不爱孙子。吉诺曼先生其实十分钟爱马吕斯。他爱他，用他自己的方式，他既爱他又任性，甚至要掌他嘴，而他看不到孩子，又觉得心头漆黑空虚一片。他曾经不准别人在他跟前提起马吕斯，却又在心里暗暗怪罪别人这么听他的话。他最初还希望这波拿巴分子、雅各宾分子、恐怖分子、九月暴徒有一天会回来。可是一周周、一月月、一年年过去了，这吸血鬼再不回来，令吉诺曼先生失望至极。"不赶走他，我也别无选择。"那位老祖宗常这么对自己说。他又经常自问："如果可能，我们是否能再和好？"他的自尊心马上回答能，而他的老顽固头颅不断点头却又伤感地回答不能。他觉得日子特别难过，极其颓丧。他一心一意地惦记着马吕斯。老人就像需要阳光一样需要温情。这是温暖。马吕斯离家出走多多少少改变了一些他的心情，不管他有多么顽强的性格。虽然内心苦痛，他坚决不肯向这"小把戏"靠近一步。他时刻思念着他，却从不打听他的消息。他在沼泽区生活，和人的接触越来越少。和过去一样，他仍然愉快而暴躁，但他的愉快里有一种痛苦和怒气，带着痉挛的僵硬意味，他还常用温和抑郁的颓丧状态结束他的暴躁。"啊，如果他回来，我得好好掴他几下！"他有时会这么说。

说到那位姨母，她对爱不太明白，因为她很少动脑筋，在她看来，马吕斯已经只是隐约的黑影，她对猫儿和鹦鹉反倒比对马吕斯更关心，她很可能曾经有过猫儿和鹦鹉。

吉诺曼公公把苦痛深埋心中不让人猜到一点，这使他内心更加痛苦。新发明的那种连烟也烧光的火炉正像他的悲伤。一些不知趣的应酬朋友有时跟他提起马吕斯，问他："最近您那位外孙先生如何呀？"或者"他在做些什么呢？"如果当时这位老先生太抑郁，就叹一口气，假若要假装快乐，就掸着自己的衣袖回答："也许彭眉胥男爵先生在某处兜揽诉讼。"

在这老人自我痛悔时，马吕斯正拍手称快，他就像一切善良的人一样，已让困难清扫了苦恼。他想到吉诺曼先生时心平气和，而这个"对他父亲不好"的人的任何东西他都坚决不再接受。最开始时他愤恨，如今已变得平和。此外，他为自己曾经和将要继续受的苦感到高兴。他为父亲而如此。他因艰难的生活感到舒服和满意。有时他十分得意地说："这算不上什么"，"这种行为是一种赎罪"，"如果不这样，他今后还是会由于极其无耻地不关心自己的父亲、这样一位父亲而在不同情形下遭到惩罚"，"他父亲以前历尽痛苦可他却不曾体验，这难免极为不公"，"何况，和上校勇猛的人生相比，他的辛苦、贫穷又能算什么？""说到底，像父亲当年和敌人搏斗一样英勇地和贫苦抗争就是他和父亲靠近、向他学习的唯一途径，上校'他是当之无愧的'这句遗言的含义肯定就是这样"。因为上校的遗书弄丢了，他无法再把那句话佩戴在胸前，但在心里始终牢记。

除此之外，他还是个孩子的时候被他外祖父赶走，而如今他已长大成人。他的自我感觉也是这样。值得着重指出一点，贫困对他起的作用很好。整个人的意志能被引向发愤之路，整个人的灵魂能被引向高尚的理想，当青年时代的穷困取得成功时就显出这样的可贵之处。贫困能使物质生活立刻赤裸裸地暴露，并把它显得丑陋不堪，并使人因而产生向往理想生活的不可言表的勇往直前的毅力。阔少爷们华丽俗气的消遣有百十种，打猎、赛马、养狗、抽烟、赌博、欢宴和其他各种满足心灵卑劣面的娱乐都是对心灵优美高尚面的牺牲。贫穷少年为一块面包而奋斗，他吃，吃完了就只剩下梦幻。他望天、望空间、望群星、望花草、望儿童、望给他苦受的人们、望使他心花怒放的世间万物，他免费观赏上帝为他准备的节目。他久望人群就能透视灵魂，他久望世间万物就能看见上帝。他在梦想中自觉伟大，又在梦想中自觉仁慈。他受苦的自私的心变成了深思的同情的心。他心中盛开了一种喜人之情、忘我悯人的心。天地专门提供无限乐事给心胸宽广的人尽情享受，又拒绝心胸狭隘的人，他一想到这就自命为智慧的富翁，对金钱富豪感到怜悯。他的心里进了光明，他意念中的憎恨也就消失了。他会因此觉得不幸吗？不。穷苦对青年从来不苦。任何一个有健康、有体力、步履矫健、双眸明亮、热血沸腾、头发漆黑、双颊红润、双唇鲜红、牙齿洁白、气息纯净的年轻孩子都能令衰老的帝王艳羡，不管他有多么贫穷。以后他又开始挣每日早晨的面包，当面包挣到手里，脊梁就挣得了傲气、头脑就挣得了思想。他工作结束就又回复那种不可言喻的欢愉、仰慕和快乐之中，他的脚在生活中离不开痛苦、阻碍、石子路、荆棘丛甚至污泥，他的脑袋却留在光明中。他坚决、平静、温和、和平、警觉、严肃、满足、仁慈，他为上帝赋予他两种许多富人缺乏的财富而歌颂上帝，使他自由的工作和使他高尚的思想。

马吕斯内心的一切变化就是如此。全面来讲，他甚至有些过于倾向仰慕。自从他大致能稳定生活以后，他就把安贫当做好事，停滞不前，贪图神游而工作松懈。换句话说，他有时在冥思中度过整整好几天的光阴，他像老和尚入定一样在那种悠然自得和游心泰玄的寂静享受中沉醉、迷失。他把物质方面的工作尽量减少，以便把难于捕捉的工作尽量增加，他的生活如此安排，也就是说，给实际生活留出几个小时，其余的时间则都投给太空。他自认为无所缺失，却不明白如此认识仰慕的结果就是表现成一种懒惰，他对实现最低生活要求心满意足，他太早就停下休息了。

他的性格如此豪迈坚强，这当然只会是一种过渡情形，只要马吕斯和那些必将出现的复杂的命运问题发生对撞，就一定能醒悟。

不论吉诺曼公公怎样看，虽然眼下他是律师，但从不上法庭进行辩护，兜揽诉讼就更谈不上了。梦幻让他和磨嘴皮的营生远离。跟法官瞎混，出庭听理诉讼，追究案件原因，多么让人厌烦。干吗要那样做？他找不出任何要他改换谋生途径的理由。他在这家无名商务书店得到了一种稳定的、劳动强度不大的工作，正如我们说过的，他对此心满意足。

雇他工作的几个书商之一的马其美尔先生，我想是吧，建议过聘请他专职到他的书店工作，待遇是一千五百法郎的年薪和舒适住所、稳定的工作。舒适住所！一千五百法郎！固然很好。却要丢掉自由！做书役！雇用文人！马吕斯的思想认为他的地位会因接受这样的条件而更好或更坏，他会在获得富裕生活的同时失去自尊，这不啻于用彻底清白的贫困交换愚蠢可笑的限制，这是把瞎子变为独眼龙。他没有接受。

马吕斯生活孤独。他压根儿不参加那个安灼拉牵头的组织，因为他生性好独自往来，也因为他大受刺激。大家还是在必要时准备彼此尽力互助的好友，仅此而已。马吕斯有年轻的古费拉克和年老的马白夫先生这两个朋友。他和那年老的朋友更意气相投。第一，是他引起了他心中的革命，他受他恩赐才能对他的父亲产生认识和热爱。“我眼珠上的翳障是他摘除的。”他经常说。

这位理财神甫理所当然地起了关键作用。

但马白夫先生在此处无非是上天派来的一个平静的、无所感动的使者而已。他如同一个人手里的蜡烛，他不是那个人而是那蜡烛，碰巧不经意地把马吕斯的心照亮了。

而马白夫先生压根不可能理解、要求或引导马吕斯的内心革命。

此处聊几句马白夫先生并非没用，因为后面我们还会见到他。

四、马白夫先生

马白夫先生曾说“我当然完全同意政治观点”，那时这话的确是他真实思想状态的表述。就像那些蛇发女神能被希腊人叫作“美女、善女、仙女、欧墨尼得斯”一样，他一律不加区别地同意一切政治观点，只要这些观点能让他自由自在他就无所谓了。对花木特别是书籍的热爱才是马白夫先生的政治观点。无派之人在当时难有存活，所以他也有“派别”，和大家一样，但他是书痴派，保王派、波拿巴派、宪章派、奥尔良派或无政府主义派都算不上。

他不明白为什么偏要为宪章、民主、正统、君主制、共和制……这些无用的东西去相互怨恨，既然世上有各种草木苔藓可以欣赏，有各种对开本、甚至三十二开本可以阅读。有书不影响他浏览，当一个植物学家也并不影响他当园丁，他严禁自己变得没有用处。他认识了彭眉胥之后，俩人有了这样一种共同爱好，即他种果树、彭眉胥种花。马白夫先生能够用梨籽培育梨，和圣热尔曼梨一样鲜美，传说他发明的一种嫁接法，栽培出了今日大受欢迎的十月小黄梅，香味不在夏季小黄梅之下。他讨厌听见人声而喜欢看见人脸，这种人们济济一堂而又悄无声息的情形只有在礼拜堂里才能找到，他并非完全出于敬神而去做弥撒，他为的是修养心性。他选择理财神甫做职业是因为他觉得自己不能什么行当都没有。他对一个妇女的爱从来不能与他对一个洋葱球茎的爱相比，他对一个男人的爱也从来不能与他对一册善本书的爱相提并论。有人在他早已年逾六十的某一天问他："您难道从未婚娶？""我不记得。"他答道。他决不会像吉诺曼公公那样在瞅一个靓女时说"啊！如果我有钱！"，而只会在欣赏一本旧书时才会偶然想起这句话（这话谁会不想要说呢？）他带着一个女仆过着孤独的独身生活。他有些痛风，他那些因风湿病而僵硬的指头总是在他睡着的时候蜷曲在被单的褶皱里。有一本评价颇高的《柯特雷茨附近的植物图说》是他自己编印的，他自制铜版，给书配了许多彩色插画，他自己卖书。每天总有三两个人去梅齐埃尔街拉他家门铃，买上一本书。因此他能够每年收入两千法郎，他的全部财产也就如此。他虽然贫穷，却有办法收藏各种善本书，凭借耐心、勤俭和时光。他从来只带一本书出门，回来时，腋下却总夹着两本书。他在楼下居住，有一处小花园和四个房间，镶嵌在玻璃框中的植物标本和一些出自名家的版画是屋里仅有的装饰品，他看见刀枪这类东西就害怕。就算是在残废军人院里，他也一辈子未曾靠近一架大炮。他胃不错，兄弟当着本堂神甫，头发全白，一嘴牙都掉光了，浑身颤抖，一口庇卡底乡音，童子般的笑声，神经容易受惊，表情像老绵羊。此外，只有一个在圣雅克门开书店的鲁瓦约尔老头是活着的人中和他经常来往的知心朋友。把靛青移植到法国就是他的理想。

他的女仆也天真无邪。那可怜的妇人很慈祥，是个未婚女子。她那只猫能咪喵咪喵地在西斯廷教堂歌唱阿列格利的《上帝怜我》诗篇，这只叫苏丹的老公猫，已经占据了她的整颗心，她身上那点热情也由此得到了满足。她从未超越这只猫，对男人的接触在梦中从未发生过。她的嘴上和它一样生着胡须。她永远洁白的睡帽焕发出光辉。她星期天的时间在望过弥撒以后就用来清点她衣箱里的换洗服装，并把她买的裙袍料子一一铺在床上，这些衣料她从不找人裁缝。她会读书。马白夫叫她"普卢塔克妈妈"。

马白夫先生觉得马吕斯年轻而温存，给他的老年带来温暖又不惊扰他胆怯的心情，所以马吕斯深受他喜爱。老年人看见谦和的年轻人就像遇上了风和日丽的好天气。马吕斯去看望马白夫先生时，一旦满脑子都是军事荣耀、火药、进攻、反攻以及所有那些他父亲在战场上一边挥刀大砍一边被人砍的动人心魄的战斗场面，马白夫先生就以谈论花卉的口吻去谈论这位英雄。

他那当本堂神甫的兄弟于一八三〇年左右猝然去世，在马白夫先生看来，就像黑夜来临一样，一切景物都变得暗淡。他兄弟名下和他自己名下的钱财一共有一万法郎，他因一次公证人方面的背约行为而赔得精光。图书业因七月革命陷入危机。《植物图说》这类书在困难阶段是最难卖的。立刻无人问津《柯特雷茨附近的植物图说》。一连几星期都没有一个顾客。门铃的响动有时会惊动马白夫先生。“送水的来了。”普卢塔克妈妈愁闷不堪。马白夫先生之后搬离了梅齐埃尔街，辞职不再做理财神甫，离开了圣酥尔比斯，出卖了一部分……他的雕版图片而非他的书——他最能放下的就是这些东西——搬去巴纳斯山大街，住在一栋小房子里。他由于两个原因只在那儿住了一个季度，首先，他的房租不敢多于二百法郎，而他得为那楼下一层和园子支付三百法郎；其次，他整天耳闻隔壁法都射击场的手枪射击声，他难以忍受。

他把他的《植物图说》、铜版、植物标本、书本和书包都带走了，他住在妇女救济院附近的奥斯特里茨村，每年花五十埃居租下了一种有三间屋子、一个带篱笆的院子和一口井的茅屋。借此次搬家之机，他差不多卖掉了全部家具。他乔迁那天，心里特别愉悦，亲手钉了很多钉子挂那些图片和标本，剩余的时间用于在院子里锄地，晚上他看见普卢塔克妈妈表情沉郁、心事烦闷，就微笑着拍拍她的肩头说：“没关系！我们还有靛青！”

他只准许圣雅克门的那个书商和马吕斯可以到奥斯特里茨的茅屋去看他，他到底觉得奥斯特里茨这名字嘈杂刺耳。

但是就像刚才我们指出的，生活中的事物只能缓慢渗透那种扎在一种学问或一种癖好里或者同时扎在两种里的脑袋，而扎在两种中是常有的情况。他们认为自己尚有远大的前途。这类专注的精神状态会形成一种被动性，假若理智形成这种被动性，就会像哲学。这些人毫不自觉地向一边倾斜、向下走、向下滑以至向下倒。日后这种状况倒也的确有一日会醒觉，但不会醒觉得太早。这些人眼下似乎是无动于衷地处于自己的幸福和苦难的赌博中。毫无所谓听任别人把自己当成赌注摆布。

马白夫先生就是如此，他的境况日渐灰暗，希望一一破灭，而心情却平和如初，虽然显得幼稚却非常顽固。他的精神习性像钟摆一样来回摇摆。他只要被幻想拧紧发条就会长时间走下去，哪怕幻想已经落空。钥匙遗失的那一刻，挂钟是不可能猛然停止摆动的。

马白夫先生有些兴趣很天真。这种乐趣常常无意间从一些偶然的机会中就能得到，不用付出多少代价。普卢塔克妈妈有一天坐在屋子的角落里看一本小说。她认为大声朗读有助于领悟，所以总喜欢这样做。大声朗读就是一再自我肯定我的确在读书。有些人就像在对读物赌咒发誓一般高声朗读。

普卢塔克妈妈正以此般劲头读着捧在她手中的那本小说。马白夫先生心不在焉地听着她读。

普卢塔克妈妈读着读着读到这么一句，讲的是一个龙骑兵军官和一个美人的故事：

“……美女弗特与龙……”

她读到这儿，停下来擦拭她的眼镜。

“佛陀与龙，”马白夫先生轻声道，“是的，确有此事。以前有条住在山洞里的龙，口吐烈焰烧着了天。它的脚长着老虎的利爪，这怪物已经把若干颗星星烧着了。佛陀去它洞里将它感化。普卢塔克妈妈，您读的书很好。没有哪个传说故事比这个更好了。”

旋即，马白夫先生又沉醉在美丽的幻想中了。

五、穷和苦是好伴侣

马吕斯对这个憨厚的老者感到喜欢，老人已明白贫困渐渐包围自己，开始感到惊慌，但尚未觉得愁苦。马吕斯经常遇到古费拉克，也经常去看望马白夫先生，但次数不多，最多一个月去一两次。

单独去郊外大道或马尔斯广场或卢森堡公园里鲜有人至的小径上散步很久，这才是马吕斯的爱好。有时，他去看蔬菜种植场的园地、生菜垅、粪草堆中的鸡群和拉水车轮子的马要花费半天工夫。过路人打量他的目光充满惊奇，还有的人认为他面目可憎、衣着可疑。这不过是个穷少年，毫无目的地站着做梦。

那戈尔博老屋就是他在这样闲逛时发现的，位置偏僻，租金便宜，令他满意，他就住在了那里。人们只知他是马吕斯先生。

他父亲的老同事或一些引退的将军和他认识了，曾向他发出去看望他们的邀请。马吕斯接受了。可以用这些机会谈谈父亲。所以他常到巴若尔伯爵家、培拉韦斯纳将军家、弗里利翁将军家和残废军人院去。在那些人家里，音乐和舞蹈都有。这样的晚上，马吕斯就换上他的新衣。但是他参加这些晚会或舞会非得等到天冷得石头都要冻裂的时候才去，因为他雇不起马车却要让脚上的靴子在进门时能亮如明镜。

有时候他说（毫无抱怨之意）：“人这东西是这样的，处于客厅中时全身肮脏都是可以的，除了鞋子。为了好好地招待你，那些地方的人只要求你无可挑剔的一件东西，是良心？不是，是靴子。”

一切热情都会消失在幻想中，除非发自心底。马吕斯的政治狂热病已经消逝。一八三〇年革命对他起的作用不仅是使他满足给他安慰，也包括这方面。除了心情激愤以外，他仍保持原样，对事物的观点还是不变，只不过比以前温存一点。严格讲，他并无观点，有的只是怜悯心。他有什么偏好吗？他的偏好是人类。他在人类中挑选了法兰西；在国家中挑选了人民；在人民中挑选了妇女。他的同情心都用在这里。如今，他看重事实但更看重理想，看重英雄但更看重诗人，他赏识马伦哥的生平但更赏识《约伯记》这样的书。而且当他过完冥想的一天，顺着大道在黄昏归来时，窥见了树枝间无垠的天空、无名的微光、深邃的空间以及黑暗和神秘之后，他觉得一切属于人类的东西都极其微小。

对生命的哲理和人生的真谛，他认为他已经看到、或许已经真正地看到，以后就全不在意天之外的一切，真理从它的井底唯一能看到的东西就只有天。

计划、办法、空中楼阁和长远打算的增加都不受这影响。假若有人在这种梦境里仔细观察马吕斯的内心，这心灵的纯净将使他的眼睛感到炫目。由一个人的梦想判断其为人比由一个人的思想判断更为可靠，的确，我们的肉眼若能透视他人的心灵，就能这样做。梦想没有意愿，而思想有。梦想纯粹出于自发，它能表现并维持我们原本的精神面貌，即便处于雄伟而理想的想象面前，唯有我们未加考虑、不切实际地对命运的光辉的追求才是发自我们灵魂深处最诚挚最直接的思想。我们正是在这样的追求中能发现每个人本来的性格，而不是在那些有分析、有组织、有综合的思想中。我们最真实的写照就是我们的梦幻。随着自己的性格，人人都在梦想着未知的事物和不可能的事物。

他的一个叫客德雷特的穷苦邻居要被赶走，那个服侍马吕斯的老妇在一八三一年夏秋之间这样告诉他。马吕斯差不多终日在外，不怎么知道自己也有邻居。

“他们为什么要被赶走？”马吕斯问。

“因为他们欠房租。他们已经两个季度不付房租了。”

“有多少租金？”

“二十法郎。”老妇回答。

抽屉里放着马吕斯的三十法郎机动用款。

“拿去吧，”他对老妇说，“这儿有二十五法郎。您就把房租替这些穷人付了吧，再另外给他们五法郎，但别说是我给的。”

六、代替者

那位忒阿杜勒中尉所属的团队恰好调到巴黎驻防。吉诺曼姑奶奶从中找到了从事第二个计谋的机会。她第一次计划让忒阿杜勒监视马吕斯，如今计划让忒阿杜勒代替马吕斯。

就像古迹有时会需要阳光的温暖感，老人不论如何也很可能会或多或少需要一张年轻面孔在家里。找一个人代替马吕斯的确算个好想法。她想：“就这么办，很简单，这就像我在许多书中见过的那种勘误表：马吕斯应为忒阿杜勒。”

侄孙和外孙没有太大区别，走了律师来了长矛兵。

吉诺曼先生有天早上正在读《每日新闻》之类的东西，他女儿进来了，以她最温柔的声音跟他说话，因为要谈到她最心疼的人：

“忒阿杜勒今天早上要来给您请安，我的父亲。”

“忒阿杜勒是谁？”

“是您侄孙。”

“哦！”老人说。

他又立刻开始看报，不再想一个叫什么忒阿杜勒的没关系的侄孙，而且由于他差不多一读报就会上火，这次又已经如此。毋庸多言，他拿在手里的那张纸是保王派的刊物，报上说一件在当时的巴黎每日必有的那种小事，也就是法学院和医学院的学生们将风雨无阻地于明日中午十二点聚集在先贤祠广场举行讨论会。讨论涉及一个时事问题：国民自卫军的炮队问题以及为卢浮宫庭院里的大炮排列而发生在民兵队与军政部之间的分歧。学生们将对此“讨论”。这消息已经足以气胀吉诺曼先生的肚皮。

他想起了马吕斯，很可能这个大学生也会跟大家一块儿在“中午十二点的先贤祠广场，举行讨论会”。

他正为这事痛心，忒阿杜勒由吉诺曼姑娘引路，身着绅士服装走了进来——这样子很有讲究。这位长矛兵曾这样想：这老祖宗的全部财产大概还没成为终身年金。值得经常穿件老百姓的服装。

吉诺曼姑娘高声告诉她父亲：

“您侄孙忒阿杜勒来了。”

又小声告诉中尉：

“照他的意思说话。”

然后就退了出去。

中尉还不怎么习惯如此庄严的会面，怯生生地咕哝说：“您好，我的叔公。”同时下意识地行了个综合礼：开始是军礼，结尾却成了鞠躬。

“哦！好，是你，请坐。”那老祖宗对他说。

这话一说完，他就彻底把那长矛兵忘在了脑后。

忒阿杜勒坐了下去，吉诺曼先生却立起身来。

吉诺曼先生双手插兜，来回踱步，高声言语，接着十个老指头又兴奋地胡乱地抓着捏着背心口袋里的两块表。

“这帮淌鼻涕的小家伙！竟要在先贤祠广场聚会！我婊子的贞洁！一帮昨天还喝母乳的小猴子！你捏捏他们的鼻子肯定能捏出奶水！这些家伙却要在明天中午开讨论会！世界成了什么！世界成了什么样！不用废话，天昏地暗的世界！这就是那些短衣党徒给我们起的好榜样！公民炮队！要对公民炮队问题进行讨论！跑去广场上对国民自卫军的连珠屁胡言乱语！他们和谁混在一块儿？请你想想雅各宾主义要带我们去哪里。你要我赌什么都行，我拿一百万赌，我赌赢了分文不取，明天肯定全是些犯过法的坏蛋和服过刑的犯人参加集会。共和党和苦役犯是一伙，正如鼻子和手帕。卡诺问：‘叛徒，你要我去哪儿？’富歇回答道：‘蠢材，随你便！’所谓的共和党人就是这样。”

“这很对。”忒阿杜勒说。

吉诺曼先生转过半个头来瞧见了忒阿杜勒，又接着说：

“当我想到这小鬼居然狂妄到要学习烧炭党的地步！你为何离开这个家？为的是做共和党。慢着，慢着！第一，你那共和制得不到人民的欣赏，他们不欣赏，他们明事理，他们明白国王从古就有，将来还会一直有，他们明白人民怎么说也就是人民，他们看不惯你的共和制，听见了吗，傻瓜！你那冲动真叫人厌恶！这些年轻人爱上了杜善伯伯，跟断头台眉目传情，跑到九三号阳台底下唱情歌、弹吉他，实在应该吐口口水在他们每个人脸上，他们居然愚蠢到这田地！他们一个不例外地全都如此。要让你鬼迷心窍，呼吸点街上的空气就行。十九世纪有毒。任意一个小家伙也要留上一道山羊胡，自以为确实像了人样，却丢下年老的长辈不顾。共和党人就是这样。浪漫派就是这样，浪漫派是什么？请你赏光告诉我浪漫派为何物吧。十足地疯狂。这帮人一年前让你跑去为《艾那尼》捧场，《艾那尼》，我可要问问你！词句用对比，无比丑陋的东西，连法文都写不通！卢浮宫的庭院里还装上了大炮。这一切都是我们这个时代的强盗行径。”

“我的叔公，您说的没错。”忒阿杜勒说。

吉诺曼先生继续说：

“大炮装在博物馆的庭院里！做什么？大炮，你想把我怎样？你想炮打贝尔韦德尔的《阿波罗》吗？梅迪契的《维纳斯》跟火药包有何瓜葛？啊！如今这班青年都是赖皮！他们的班加曼·贡斯当实在什么也不是！这帮人要不就是腋包，要不就是坏蛋！他们费尽心机要出丑，他们穿得真难看，他们畏惧女人，他们像乞丐乞讨一样围着一群小姑娘，弄得那些女侍者纵声大笑，说良心话，好像这些可怜虫想到爱情就害羞。他们长得好难看，加之呆头呆脑，真可谓才貌俱佳，他们口里少不了蒂斯埃兰和博基埃的俏皮话，他们穿着布口袋一样的衣服、马夫的坎肩、粗布衬衣、粗呢长裤、粗皮靴子，衣料有着鸟毛一样的纹路。他们粗鄙的词句只配用来补他们的破鞋底。可是所有这些莫名其妙的小孩对政治问题有他们的观点。政治见解的发表应该严禁。他们创造制度、改变社会、颠覆君主制、把全套法律往地上扔、把顶楼搁到地窖的位置、又在王位上搁置我的门房，他们弄得欧洲天翻地覆，他们重新建立世界，可是，贼头鼠脑地偷看那些跨上车去的洗衣妇的大腿就是他们的乐事！呵！马吕斯！呵！淘气鬼！去公共广场上乱喊乱叫吧！辩论、探讨、制定办法！他们管这叫办法，公正的天公！淘气鬼身材变小，成了笨蛋。兵荒马乱的局面我见过，现在又要看到乌七八糟的世面。小学生竟然讨论国民自卫军的事，蛮子国里也未必如此！这些学士们的野蛮劲头赛过赤身裸体、顶着个毽子般的发髻在头顶、抓着一根大头棒在爪子里的野蛮人！几个苏一个的小猢狲也自命非凡要发布命令！要辩论，要动脑子！世界末日来了。可怜的地球的末日绝对来了。法兰西正准备打上最后一个嗝。你们这些流氓讨论去吧！只要他们在奥德翁戏院走廊下面看报就迟早会出现这些事。他们付出一个苏的代价，加上他们的理性、智慧、心灵、灵魂和精神，人们离开那地方就再不想回家。包括《白旗报》在内，所有的报纸都是瘟神，全都如此！骨子里，马尔坦维尔也算个雅各宾党人。呵！公正的上天！你这样苦苦折磨你的外公总该满意了吧，你！”

“当然了。”忒阿杜勒说。

借吉诺曼先生换气的功夫，那长矛兵又认认真真地补充说：

“不该还有别的报纸，除了《通报》，也不该还有别的书，除了军事年刊。”

吉诺曼先生接着说：

“就如同他们那个西哀士！从一个杀君贼成了元老院元老！因为最终他们都得到那地步。人们最先不怕丢脸，相互称你我为公民，后来却要别人以伯爵先生称呼他，伯爵先生如同胳膊一样粗，九月屠夫！哲学家西哀士！我敢夸口说：这堆哲学家的哲学从未被我看得比蒂沃利的那个扮丑脸的小丑的眼镜更重一点！我曾经见过几个元老院的元老穿着绣蜜蜂图案的紫红丝绒斗篷、头戴亨利四世式样的帽子，经过马拉盖河沿。他们那样子简直像老虎爪下的猴子一样丑态百出。公民们，我来给你们宣告，你们的进步是害疯癫，你们的人道是空想，你们的革命是犯罪，你们的共和是古怪，你们年轻貌美的法兰西生在臭婊子家，而且当着你们当中任何一个人的面，我都坚持己见，即便是法学家，即便你们对自由、平等、博爱比对断头台上的板斧体验更深！我的蠢小子们，我把这些告诉你们！”

“敬佩，敬佩，”中尉叫道，“这一点不假。”

吉诺曼先生停止一个已经开始要做的手势，回过身来瞪眼看着那长矛兵忒阿杜勒，对他说了句：

“你是个笨蛋。”

第六卷　星光辉映

一、别名：名字的形成途径

此时马吕斯已长成一个美少年，他身材适中，头发厚实乌黑，有着聪明的高额头和轩豁的鼻孔，他充满热情，气质稳重诚恳，整个面貌中有种难于言表的傲慢、若有所思和天真的神气。他并不因为全为圆形线条的侧面轮廓而失之刚强，他具有那种由阿尔萨斯、洛林传到法兰西民族外貌上来的日耳曼民族的清秀，又兼具使罗马人中的西康伯尔族极易被识别出来并使狮族和鹰族不同的那种棱角全然不见的相貌。他现今所处的时期中人生的深沉和天真差不多对等各占思想的一半。他简直可以在艰险重重的困境中惶然不知如何是好，拨动一下钥匙，他又会变得超然非凡。他具有谦虚、冷漠、文致、不太开朗的态度。他稍稍微笑一下就能纠正整个外貌的严肃气氛，因为他有天下最红的唇和最白的牙，嘴长得动人。高洁的额头和富于肉感的笑容有时形成一种奇异的对比。他眼睛虽小但目光长远。

他最贫穷的时候发现年轻姑娘们看他走过就常扭头望他，他赶紧躲开或回避，心中十分沮丧。他以为她们为他的破旧衣服而望他，而嘲笑他，事实上她们是在看他的风度，她们在为他幻想。

他把和这些路过的漂亮姑娘的误解憋在心里，从而变得性格孤僻。他没挑中她们中任何一个，最好的理由就是他见了哪一个都逃跑。他活得如此漫无目的，而古费拉克说他活得傻里傻气。

古费拉克还这样对他说：“你不该想到做道学先生（年轻人友谊发展的必然趋势使他们相互称“你”）。我忠告你老兄，不要总是这样扎在书本中，多瞧瞧那些破烂罐。啊，风骚女子有她的好处，马吕斯！你总是这样逃跑、脸嫩，你会成了呆子。”

古费拉克在一些别的时候遇到他就告诉他说：

“神甫先生，你好。”

马吕斯听古费拉克说了这样的话后，就一整周都不敢见女人，不管年老还是年轻，他躲得比以往任何时候都要厉害，特别避免见到古费拉克。

马吕斯却对整个浩渺的宇宙空间中的两个女人不回避也不设防。说实话，如果谁告诉他这是两个女人，他还会吓一跳。一个是打扫马吕斯房间的老妇，由于她嘴上长胡子，古费拉克曾说：“看到他的女佣人已留起胡子，马吕斯就觉得自己不必留了。”另外一个是他常常见到却总是视而不见的小姑娘。

近一年多，在卢森堡公园里沿着苗圃石栏的那条僻静小道上，马吕斯发现在离游人最少的西街那边的一条板凳上，差不多每次总是并排坐着一个男子和一个极年轻的姑娘，地方总是不变。差不多每天当那些眼睛只管向里看的人散步时的机缘把马吕斯引上这条小径时，他肯定能在老地方遇见那一老一少。那男的约莫六十来岁，有着沉郁严肃的神气，整个人的形象像退伍军人一般既强壮又疲惫。

如果他有一条勋带，马吕斯还会说：“他是个退伍军官。”他善良的神气令人觉得难以靠近，他的目光从不在别人的眼睛上驻足。他的长裤和骑马服都是蓝色的，戴着一顶似乎永远簇新的宽边帽，他系着一条黑色领带，衬衣是教友派的，换句话说，穿着那种白得耀眼的粗布衬衣，有个俏女人某天走过他身旁，说：“多么干净的老单身汉。”他有着雪白的头发。

当那年轻姑娘第一次陪他坐在这条似乎归他们专用的板凳上时是个十三四岁的女孩子，瘦得几乎难看，神态愚笨，毫无优点，只有那双眼睛可能再度秀气些。但她抬眼望人的神气总有些不知道避嫌疑，不大让人喜欢。她照修道院里寄读生的派头装扮，像老妇又像小孩，穿的黑色粗呢裙袍不合身。他们看着是两父女。

马吕斯对这个尚且能叫作老头的老人和那个未长成的小女孩琢磨了两三天便不再理会。至于他们，好像压根儿没看见他。老人不常说话，时不时转过眼睛望着她，目光中充满一种难以名状的父爱。

马吕斯定要来这条小径散步，这已形成机械的习惯，每次他定能见到他们。

事情是这样发展的。

马吕斯最爱走到他们板凳对面，那小路的末端。他从小径的一端走到另一端，从他们面前经过，再回身转到原地，又接着往回走。他每星期总要有五六次像这样来回散步五六趟，而那俩人却从未跟他打过一次招呼。尽管那男子和年轻姑娘似乎故意躲避人家的注视，大概正因为他们故意躲避别人的注意，才自然地多多少少引起了五六个常沿苗圃散步的大学生的注意，他们有的是刻苦的学生课后来散步，有的则是打够了弹子之后来散步。古费拉克就是后一类，他也曾经注意观察了他们一段时间，可是觉得那姑娘长得丑，就立即谨慎小心地回避了。他在逃走时像帕尔特人射回马箭一样射了一个别名。因为他对那小姑娘的裙袍和那老人的头发印象颇深，就把那姑娘叫作“黑姑娘”，把那老人叫作“白先生”，既然没人知道他们姓甚名谁，别名因为真名的没有而成立。那些大学生经常说：“呵！白先生已经坐在他的凳子上了！”马吕斯也跟他们一样觉得把那无名先生叫作白先生比较方便。

为方便讲述，我们也学他们叫他做白先生。

于是，在头一年里，每天同一时点，马吕斯差不多总是看见他们。那男子给他的印象不错，那姑娘却不太顺眼。

二、光　明

就在本故事读者正读着的这个时刻，也就是第二年，马吕斯突然暂停了他常去卢森堡公园的习惯，几乎整整半年没往那小径走上一步，他自己也不知何故。但是，他有一天又去了。那是一个晴朗的夏日上午，马吕斯心里欢快舒畅，对风和日丽的感觉就是这样。他似乎感到他听到的所有鸟啼温和之声以及他从树叶中望见的所有片片蓝天都深入心底。

他径直走向“他的小径”。走到尽头，他又看见那两个熟面孔还是坐在以前的那条板凳上。只是当他靠近时，男子依然是那男子，姑娘却不像原来的了。如今出现在他眼前的是个最可人的人儿，颀长、秀美、有着女性已经成年却还保留着所有女孩极尽天真情态的体形，只有这几个字能表达这倏忽而圣洁的时刻：芳龄十五。那夹着金丝纹路并令人惊叹的栗色头发，额头如玉般光洁，鲜艳的双颊像一瓣蔷薇，红得晶莹、白得羞涩，巧嘴一张，发出光明一般的笑声、音乐一般的话语，她的脖颈是让·古戎要为维纳斯临摹的，她的头是拉斐尔要为马利亚描摹的。而且，为了使动人的脸庞应有尽有，那鼻子长得不美但很漂亮，既非直亦非弯，意大利型和希腊型都不是，而属于巴黎型，也就是说那鼻子俏皮、秀美、不正统、纯净，让画家见了失望而让诗人见了迷惑不解。

马吕斯从她旁边经过时没能看见她那双始终垂下的眼睛。他只看到掩映着贞娴幽静神态的栗色长睫毛。

这并不影响她微笑着倾听那白发老者跟她说话，而且什么也比不上低垂眼睛微笑那样动人心魄。

马吕斯一开始还以为这是同一个男子的另一个女儿,大概是原先那个的姐姐。然而,当他随着惯有的散步习惯再度踱到那板凳旁边,注意观察以后他才发现她还是原来那个。半年功夫,小姑娘长成了少女,仅此而已。这种现象很普遍。姑娘们有那么一种如蓓蕾突然绽放的时刻,霎时间成为一朵朵玫瑰。大家昨日还把她们当作孩子不加搭理,今日再见已觉得她们让人意乱心动了。

这一个既长成了也理想化了。就像某些树木在四月里只需三天时间就足以花满枝头，她用半年已足够使浑身秀美了。她已经到了她的四月。

有些时候我们看到一些既吝啬又贫穷的人，似乎突然一觉醒来就从赤贫变成豪富，瞬间转为豪华奢靡。那是由于他们得到了一笔昨日到了付款期的年金。这姑娘获得了一个季度的利息。

而且她已经告别以前那个戴棉绒帽，穿毛呢裙袍和平底鞋、红着双手的寄读生了，容光焕发，审美力随之而至，她已出落成少女，装扮得简洁、典雅、挺秀、脱俗。她穿着一件黑花缎子裙袍，短披风是同一料子，头戴一顶白绉纱的帽子。白手套衬出手的细长，手中把玩的蔽阳伞带着中国象牙柄，一双缎鞋显出秀气的双脚。当人们从她身旁经过时，那种强烈的青春香气从她全身衣着中散发出来。

而男子还是原来的男子。

那姑娘在马吕斯又一次接近她时抬起了眼睛。她深蓝色的眼睛在这蒙蒙天空中还仅有孩子的神色。她看马吕斯的眼神那样自然而然，似乎眼中不过是个在槭树下跑着玩耍的小孩或者是投在板凳上的一个云石花盆的影子，马吕斯也只顾想着心事朝前走。

他又来回四五次经过那年轻姑娘的板凳旁，眼睛甚至没朝她转一下。

他在此后的几天中和往常一样每天去卢森堡公园，和往常一样，他老是看到那“父女俩”在老地方，而他已不去理会了。

他依旧习惯性地紧靠着她坐的那条板凳旁边走过，那姑娘变漂亮了，而他对她的心思并不比她难看的时候更多。

三、春天的功用

这一天天气温和，卢森堡公园里满是绿荫和日光，天空就像一大早被天使们洗过了似的明净，栗林深处，小鸟在轻声啼叫，马吕斯向这良辰美景展开了全部胸怀。他活着，他在呼吸，不想任何事。那年轻姑娘在他经过那条板凳时抬起了眼睑望着他，俩人的目光相触。

这一次有什么包含在那年轻姑娘的眼神里呢？马吕斯弄不明白。那奇妙的闪光里面什么也没有又什么都有。

她垂下眼睑，他也接着走向前去。

刚才他看见的不是一个孩子那样纯真的眼神，而是一个微开一线又旋即紧闭的神秘莫测的深窟。

任何一个少女有一天都会这样望人。哪一个碰上了就该哪一个犯愁！

这种心灵的头一回望就像天边的晨光，连自己也捉摸不透。不知是觉醒了什么灿烂的东西。乘人不提防，这种微光忽然在朦胧可爱的夜幕中若隐若现，现在的天真和将来的情爱各占一半，它那危险的诱惑力无法言表，那是一种偶然流露在期待中的恍惚迷离的柔情。是天真不经意间设下的勾走别人心灵的陷阱，自己并非有意也不知觉。那是一个处女以妇女的神气望人。

极少能够在这样的眼神望到之处不引起连绵梦想。这一线从天外飞来、操作生死的闪光集中了一切纯洁的感情和强烈的欲望，妖艳女子做作而为的那种绝佳秋波也远不能和它相比，它的魔力能让一种异毒奇香的黑花陡然开放在人们灵魂深处，人们所谓的爱就是这花。

马吕斯当晚回到他的破屋里，望了一下身上的衣着，头一回发觉自己不加修饰，邋里邋遢地穿着这种“日常”服装，也就是头戴一顶帽边丝带附近已经裂开的帽子，脚蹬车夫的大靴，身穿一件肘弯发黄的黑上衣和一条膝盖处发白的黑长裤，却在卢森堡公园中散步，实在是荒唐极了。

四、大病初始

到了次日的寻常时分，马吕斯把他的新衣裤、新靴帽拖出衣柜，他穿上这全副铠甲，戴上耸人听闻的奢侈品——手套，去了卢森堡公园。

他在半道遇见古费拉克但视而不见。古费拉克回家告诉朋友们：“刚才我碰见一个马吕斯裹在马吕斯的新衣新帽里。他肯定是去赶考。脸部傻乎乎的。”

马吕斯进了公园，绕喷水池一圈看天鹅，然后又在一座一块腰胯残缺并且黑霉满头的雕像跟前站着呆望良久。一个四十来岁的大肚绅士手牵一个五岁小孩，在喷水池旁边对小孩说：“我儿，什么事都不要过头，应该不偏不倚地站在专制主义与无政府主义的中间。”马吕斯对那老财的论调仔细聆听。他随即又绕喷水池一周。他最后终于慢吞吞地走向“他的小径”，好像后悔不该来，好像被人逼迫去阻止他一般。他自以为和往常一样在散步，对这一切毫无察觉。

他一走上那条小径就发现白先生和那姑娘已经坐在路头“他们的板凳”上了。他把自己的上衣全都扣到头，挺直腰身，不让它起一点皱，心情略微满意地看了看长裤的反光，向那板凳挺进。他的步伐中有一种冲锋陷阵的意味，想来也包含着首战告捷的想法。所以就像我说汉尼拔向罗马挺进一样，我说他向那板凳挺进。

除此之外，他的每一个动作都是机械的，他平日精神和工作方面的思想活动也全然没有中断。此刻他正在心想："《学士手册》这书实在荒唐，一定是一群罕见笨蛋写的，要不不会在谈论人类思想代表作时又分析了一个莫里哀喜剧而分析了三个拉辛的悲剧。"一阵尖锐的叫声穿进他的耳朵。他两眼注视着那姑娘，一边走向板凳，一边把衣服的皱纹扯平。他似乎见到整个小路尽头都洒满她蓝色的光辉。

他的脚步越向前走就越慢。连他自己也不明白怎么突然停在了离板凳还很远，离小路尽头还有相当距离的地方，居然转身向回走。他心里压根没想过不再走向前。说不准那姑娘有没有从远处望见他，有没有看见他穿着新装的漂亮风采。但他依然笔直地挺起腰身，以防万一有人望到他背后，他还是样子好好的。

他走到了路的这一头又走回去，这一次较为靠近板凳。他竟然到达了相隔三棵树的位置，不知何故，他在这里感到心中犹豫，的确无法再走下去。他觉得已经看见那姑娘把脸向他转过来。他于是消除顾虑，雄心壮志地努力一番，接着走下去。他在几秒钟以后走过那板凳跟前，身子挺直，意志刚强，涨红了耳朵，不管向左向右，一眼都不敢看，一手插在衣襟里，如同官府要员。他经过……那炮台时，他觉得心难受地跳动。而她和昨天一样的花缎裙袍、绉纱帽。他听见一种难以形容的声音，必是"她的声音"。她正在说话，神情安详。她实在是太美了。他这样想着，他没想要看她。他心想："如果她知道弗朗沙·德·纳夫夏多先生出版的《吉尔·布拉斯》前面那篇关于马·J·奥白尔贡·德·拉龙达的论文是冒用别人的，而我才是真正的作者，她肯定不会不对我敬重！"

他经过板凳走到不远处的尽头，然后回转身，又一次从那美丽的姑娘跟前走过。他的脸这一次纸一样地白。他也完全觉得不是滋味儿。他从那姑娘和那板凳跟前离开，背朝她却觉得自己正被她打量，他这么一想象差点跌倒。

他不打算去那板凳附近再做尝试，走到小路中部就站住了，而且破天荒头一回坐在那儿了，他一边睨眼向那边频频偷觑，一边在非常不清的精神状态中深深地想，既然他对别人的黑裙袍和白帽子是羡慕的，那么别人也就不太可能全然不在乎他那条发亮的长裤和那件新上衣。

他坐了十五分钟就站起身，似乎又想走向那条笼罩着宝光的板凳。但他没有动弹。十五个月来，他头一回想到也许自己已引起那位每日陪伴女儿坐在那儿的先生注意，而且他会奇怪自己这样殷勤。

还是头一回，他觉得即便只是在心里用"白先生"这个别名去称呼这个不相识的人也多少不太尊重。

他一边如此垂着头发了几分钟呆，一边用手里的一根棍子在沙上画了很多画。

然后，他猛地转过身来，背对着白先生和她女儿以及那板凳径自回家。

当晚他忘了吃晚饭。他晚上八点才记起来，不过时已太晚，不必去圣雅克街了，"嘿！"他说，拿一块面包吃了。

他把衣裤刷干净，小心叠好，之后上床睡觉。

五、布贡妈接连遇见晴空霹雳

布贡妈次日——戈尔博老屋的看门妇兼二房东兼管家婆的真名叫毕尔贡妈

妈，我们已见过她，但古费拉克这个冒失家伙对一切都不恭敬，管她叫布贡妈，——布贡妈很是吃惊地留意到马吕斯又一身新装走出门去。

他又到了卢森堡公园，却不超越小路中间的他那条板凳。他和头天一样在那儿落座，从远处清清楚楚地看到了那件黑裙袍、那顶白帽子，特别是那一片蓝色光辉。一直到公园快要关门，他才回家，之前始终不动窝。他没见白先生和他女儿出门。他的结论是他们出的是临西街的那扇铁栅门。几周之后，许多时日已过，当他回忆这一天的经历时，无论如何也想不起当晚他在哪里吃的饭。

翌日也就是第三天，马吕斯又一身新装走出门，这对布贡妈又如同晴空霹雳。

她叫道："连续三天！"

她决定追踪他，可马吕斯一个步子迈很远，走得极快。她就像河马追麂子一样不出两分钟就找不见了他的身影，她回到家还气喘吁吁，差点让自己的气喘病噎死，她痛恨至极，骂道："实在没理由，天天穿得漂漂亮亮，还害得人家差点跑死！"

马吕斯又去了卢森堡公园。

白先生和那姑娘已经到了。马吕斯手捧书本假装读书，他尽量想往前靠近，可是相距老远就不再前进，反倒回转身来在他的板凳上坐下。他在那儿一坐就是四小时，看着那些小麻雀活泼自由地跳跃在小路上，心里觉得自己被它们讥讽。

就这样过了半个月。马吕斯不再为散步而去卢森堡公园，只是为呆坐而去，他自己也不知到底是何原因。他一到那儿就不再挪窝。每天早晨他都穿上新装，却不是给别人看的，次日又来一遭。

她一定美得无可比拟。仅有一点可以挑剔——这似乎是种批评——就是她既有抑郁的目光又有欢快的笑容，她的脸部表情因为这种矛盾而有点心神不安，所以这柔美的容貌时而会显得奇异，可是依旧迷人。

六、俘　虏

接下来的一周末尾几天中的一天，马吕斯依旧手捧书本在他的板凳上坐着，书已经翻开两小时却未翻动一页。突然，他大吃一惊。一件大事发生在那小径的那一端。刚才白先生和他女儿离开他们的板凳，姑娘挽着她父亲的胳膊，俩人一起慢慢走向小路中间马吕斯所在的地方。马吕斯赶紧把他的书合上但又立即打开，继而又逼迫自己读书。他浑身颤抖。那团宝光向他这边径直而来。他想："呵！我的上帝！我一点也来不及摆好姿势了。"那白发男子和姑娘此时正向前走。他既觉得这事要持续一个世纪，又觉得只需一秒钟就会结束。他自问："他们来这边做什么？什么！她要从这儿走过！她的脚会踩过这沙子，会走过离我两步远的这条小径！"他心慌意乱，十分渴望自己是个非常美的男子、佩着十字勋章。他听到他们柔软、有节奏的脚步声越发走近。白先生肯定生气地瞪眼望着他，他想。他寻思："这先生莫非要来找我麻烦？"他垂下头去；当他再次抬头时他们已在他身旁。那姑娘走了过去，望着他的同时走了过去。她定定地望他的神情既和蔼又若有所思，让马吕斯感到从头到脚都在震颤。他似乎感到她是在为他这些天不去她那边而责怪他，而且是在告诉他："我不得不找了过来。"面对

这双光芒四射，深不可测的眼睛，马吕斯目眩心乱，愣愣地发呆。

他觉得有一块炽炭在头脑中点燃。她竟然来找他，多么喜悦呀！而且她又是如何看他的啊！和他以前见过的相比，她的容貌显得更加美丽了。女性美和天仙美合成了她的美，这是完全的美，能让彼特拉克为之歌唱，能让但丁为之倾倒。他似乎已经在碧空翱翔。另一方面他又由于他的靴子上有灰尘而觉得不赶巧，心头很难受。

毋庸置疑，他以为她肯定也注视过他的靴子。

他一直目送她直到她的身影消失。然后，他在公园里来回走动像个疯子。大概他曾经有好几次一个人大笑、高声说话。在那些带孩子的保姆面前，他看上去那么心事浓重，以致每个保姆都以为他爱上了自己。

他跑到公园外，盼望能在街上和她相遇。

在奥德翁戏院的走廊下面，他遇到了古费拉克，“我请你吃晚饭。”他告诉他。他们在卢梭餐馆里吃了六个法郎。马吕斯吃得像饿痨鬼，拿了六个苏给堂倌。他在用甜点时对古费拉克说：“你看了报纸没有？奥德利·德·比拉弗作了篇多么精彩的演讲！”

他的爱已到了神魂颠倒的程度。

他吃过晚饭又对古费拉克说：“我请你看戏。”他们去圣马尔丹门看弗雷德里克主演的《阿德雷客栈》。马吕斯看得十分高兴。

另一方面，他还显得比平日更羞涩。有个做帽子的女工在他们走出戏院时正好在跨越一条水沟，对她的吊袜带，马吕斯回避了视线，古费拉克当时说：“我的集子里很高兴收下这女人。”差不多让他觉得恶心。

次日，古费拉克请他去伏尔泰咖啡馆吃午饭。马吕斯按期而至，吃得比头天夜里还多。他似乎心事重重，但又高兴得很。他似乎要抓住一切机会放开喉咙大笑。一个没什么关系的外省人经人向他引荐时，他居然一往情深地拥抱他。很多同学过来拥挤在他们餐桌旁，大家谈论一些有关由国家出钱收买到巴黎大学讲坛上散布的蠢话，然后又说起多种词典和基什拉诗律学里的纰漏和错误。马吕斯突然打断众人的议论高声叫嚷：“要是能弄到一枚十字勋章才叫开心呢！”

“太可笑了！”古费拉克压低嗓门对让·勃鲁维尔说。

让·勃鲁维尔回答说：“不，这真糟糕。”

的确糟糕。马吕斯正处于疯狂感情的前期那令人心惊魂动的时期。

这都是一眼望去的结果。

如果已经装上炸药，也准备好了引火物，就再没比这更简单的了。一望就是一颗火星。

都完了。马吕斯对一个女人生爱，他的命运走入了不可知的地方。

女性的那一眼就如同一些表面平静却威力难挡的成套齿轮。每天，人们安稳、平安、无事地走过它身旁，不会怀疑有什么意外发生，有时还会把身旁的这件东西忘掉。人们来来去去，说说笑笑，胡乱冥想。有人猛地一下子觉得被夹住了，完蛋了。你被那齿轮挂住，你被那一眼勾住。你一被它勾住，不管是哪儿被勾住了，如何勾住的，是你一时的大意被勾住也好，是你一角拖沓的思想被勾住也罢——你就完蛋了。你会整个人都掉进去。你被一系列神秘的力量控制。你的挣扎是徒劳的。人力已是白费力气。你会从齿轮中的一个转到另一个，从苦恼的一层转到另一层，从苦痛的一场转到另一场，你，你的精神、财产、前程和灵魂，并且，还要看你栽在他手里的那个人是生性凶狠还是品格高尚，将来你钻出这可怕的机器时只会是满面羞愧，不成人样，或者是由这狂热的情感洗心革面。

七、手绢之谜

孤独、脱离一切、傲慢、性格独立、喜好自然界、缺乏日常的物质方面的活动、生活与世隔离、为洁身自律而秘密抗争、仰慕天地万物，这些全都为马吕斯被狂热情感统治创造了条件。对他父亲的崇拜已经渐渐成为一种宗教信仰而且已在灵魂深处深藏，和其他宗教信仰一样。总还是需要点什么在表面，爱情于是就钻了空子。

整整过了一个月，马吕斯在这期间每天去卢森堡公园。时候一到就无可阻挡。古费拉克经常说他“去上班了”。马吕斯在美梦中过活。那姑娘毋庸置疑经常注视着他。

他后来渐渐能壮起胆子向那条板凳靠近。而与此同时对那种怯弱和谨慎的情人本能他依旧服从，再不向前靠近。他觉得最好不引起“父亲的注意”。他将据点安排在那姑娘很可能见到而那老先生很可能见不到的树和塑像基座的后面，他所采用的这种策略深受马基雅弗利主义影响。有的时候，他在随便哪个莱翁尼达斯或斯巴达克的阴影里动也不动地一待就是整整半小时，手捧书本，视线却从书本上略微抬高去寻那美丽的姑娘，而她也不易觉察地微笑着将她那迷人的侧影朝向他这面。他非常自然而安详地跟那白发男子说话，同时用热情的处女神情向马吕斯传递所有梦幻。夏娃在混沌初开的那一天以及任何女人在开始生命的头一天都明白这来历已久的老把戏。她用嘴回答这一个，而用眼神回答那一个。

但是也可以相信白先生后来还是觉察到了，因为他经常待马吕斯一到就起身走动。他们好像是想看看马吕斯会不会追随，离开他们常坐的地方转移到小径的另一头，找了一条那个角斗士塑像近旁的板凳。马吕斯压根不明白，竟然犯下这个错误。那“父亲”开始不再按时前来，也不再每天带来“他的女儿”。他有些时候单独一个人来。马吕斯一看就走了。这就又犯了一个错误。

马吕斯对这些迹象毫不留意。他已经自然又必然地从怯懦阶段进步到盲目阶段。他的爱情正在发展。他天天夜里都梦到这些事。除此以外，他还碰上了一件出人意料的喜事，火上添油一般让他的双眼更为盲目。一天傍晚，在“白先生和他女儿”刚刚坐过的板凳上，他拾到一张手绢。这张手绢极为简单，没有绣花然而洁白细软，散发出一种淡淡的无以名状的香气。他收起来，高兴坏了。有“U. F.”这两个字母在那手绢上，对这个美丽的孩子的情况、她的家庭、姓名、住所，马吕斯全然无知，他得到的属于她的第一件东西就是这两个字母，他马上开始在这两个可爱的首字母上建造他的空中楼阁。“U”肯定是教名。“Ursnle!”(玉秀儿）他猜想，“这名字多么美妙!”他吻那手绢、嗅那手绢，白日里把它放在贴胸的心坎上，晚间就把它放在嘴唇下面睡觉。

他激动地说：“在这儿我嗅到了她的全部灵魂!”

这手绢本来是那老先生的，从他衣袋中偶然掉出来了而已。

在捡到这宝贝以后的数天里，他一到公园就亲吻那张手绢并把它压在心口上。那美丽的孩子压根不明白这是何意，连连用一些不易觉察的动作向他暗示。

马吕斯说：“她很羞涩。”

八、残废军人的快乐

既然我们已经谈到“羞涩”这个词，又不想隐瞒什么，我们就应该说有一次，就在他一心痴想的当儿，“他的玉秀”让他受了一场非常沉重的痛苦。她经常要求白先生这几天离开座位去小径上走动，就在这些天里发生了那事。春夏之交的和风在那一天吹得很卖力，悬铃木的树梢在风中摇动。父女俩刚挽着胳膊走过马吕斯的坐凳前面。马吕斯在他们身后站起来目送他们，神魂颠倒的时候是会这样做的。

突然吹来一股格外轻狂的风，飞过苗圃落到小径上，大概奉什么春神的使命将那姑娘缠住，引得她一身寒战，那妩媚的姿态让人想起维吉尔的林泉女仙和泰奥克利特的牧羊女，这风居然几乎把她那比伊希斯的神衣还要神圣的裙袍掀起到吊袜带的高度。显露出一条美不胜收的腿。马吕斯一看，怒火中烧，大为恼怒。

虽然那姑娘赶紧拂下裙袍，羞恼的动作有如天仙，但他的怒火并没因此而熄灭。不错，他是一个人单独在那小径上。可是别人也可能在。假若果真有别的人在呢？这形象太不成体统！刚才她那种举动能不叫人恼火吗！唉！做错事的并不是那可怜的孩子而仅仅是那风，可爱意和炉火正在马吕斯胸中交互煎熬，他决定一定得恼火，他甚至嫉妒自己的影子。人的心中的确会产生这种奇特痛苦的嫉妒，而且莫名其妙地逼迫人去承受，此外，即便不考虑这种嫉妒心，他对那条腿的迷人外表也一点不感到可喜，或许随便哪个女人的白色长袜更可以让他感兴趣。

当“他的玉秀儿”从那小径一端走回来时，马吕斯已经在他的板凳上坐下，她跟随白先生从他面前走过，马吕斯蛮横不讲理地瞪眼向她狠狠望了一眼。那姑娘的身体稍稍朝后面挺了一下，眼皮也同时张了一下，好像在说："怎么，出了什么事？"

他们的"第一次争吵"就是这样。

恰巧在马吕斯用眼神冲她发脾气的时候，又有一个人走到小径上。那是一个残废军人，严重驼背，满脸皱巴巴，头发全白，一身军服是路易十五时期的，胸口佩戴一块有两把剑相互交叉着的椭圆形小红呢牌子，正是士兵们的圣路易十字勋章，他还有一些另外的勋章：一只空荡荡的衣袖、一只银做的下巴和一条木制的腿。马吕斯觉得已经看出了此人的得意之情。他甚至觉得似乎已经见到这刻薄家伙在一瘸一拐地走过他身旁时冲他很亲密、快乐地挤了一下眼，仿佛他们俩曾被一个什么偶然机会联系到一处。并一起分享了一种出乎意料的异味。有什么事让这战神的废物如此开心？有什么事发生在那条腿和这条木腿之间？马吕斯大兴醋意。他心里说："或许刚才他就在这里，或许他的确看见了。"他恨不能消灭那残废军人。

利器的尖锋能让时光磨钝。不论马吕斯对"玉秀儿"的怒火多么公正和合法，它到底熄灭了。虽然他一连赌气三天，经过一番极大的努力，他终于原谅她了。

但是，那狂热的情感经历了这一次，也正因为这一次，变成了疯狂的情感。

九、消　失

刚才我们已经明白马吕斯是如何发现，或者自认为发现了她名叫玉秀儿。

爱的胃口越来越大。得知她名叫玉秀儿虽已不错，可仍然不够。对这一幸福，马吕斯已饱啖了三、四周。他需要另一种幸福。他想了解她的住处。

他在那角斗士附近的板凳旁中过计，犯了第一个错误。见白先生一个人去公园，他就走了，这又犯了第二个错误。他要追踪"玉秀儿"，这使他将犯第三个错误，绝顶大错。

她的住所是一栋外表朴素的四层新楼，位于西街最冷清的地方。

马吕斯从此在他那公园见面的幸福之外又多了一种幸福：跟她一直跟到家。

他胃口大增。她的名字，她的教名，起码那个动听的、真正女性的名字，他都已知晓，她的住处他也知晓了，他还想了解她是谁。

他在一天黄昏尾随他们到家，见他们进了大门之后，他也紧跟着进去，大模大样地问门房：

"刚才回家的那位先生是家住二楼的那位吗？"

看门地答道："不，是住四楼的那位。"

又取得了进步。马吕斯为这一成绩胆子更大。

"他家临街吗？"

"什么临不临街，"看门的说，"这房子就有临街这一方。"

"这先生做什么工作？"马吕斯又问。

"先生，他靠年金过日子。人很好，虽然不阔绰，但能为穷人办点好事。"

"他的名字是什么？"马吕斯又问。

那看门地抬起头来说：

“先生是探子吗？”

马吕斯不好意思地走了，可是由于他有了新收获，心里十分快乐。

“好，”他心想，“我晓得了她名叫‘玉秀儿’是个富家女，在这儿，西街、四楼住。”

次日，白先生和他女儿只在卢森堡公园待了一会儿，他们在天还很亮的时候就走了。马吕斯已成习惯地跟随他们到了西街。白先生在大门口让女儿先进门，他自己在跨过门槛之前停下来，定定地回望了马吕斯一眼。

他们第二天没来公园。马吕斯空等了整整一天。

他在夜幕降临后去了西街，见有灯光透过第四层的窗户，就在窗户下面来回走动，一直走到灯灭。

又过了一天，公园里还是没人。马吕斯又整整等了一天，接着又去那些窗户底下巡逻到十点。顾不上晚饭了。高烧培养病人，爱情培养恋人。

八天就这样过去了。卢森堡公园里再也没有白先生和他女儿了。马吕斯没精打采，思绪杂乱，白天他不敢到那扇大门去张望，只好晚上去仰望窗户玻璃上微泛红色的灯光，聊以自慰。他有时看到窗户里有人影走动就心跳不已。

他在第八天来到窗下，却看不到灯光。“咦！”他说，“天黑了还没点灯，他们莫非出门了？”他一直等到十点、午夜、凌晨一点。始终不见四楼窗口有灯光，也没人回家。他十分沮丧地离开了。

次日——由于如今他总是依靠次日过活，可以说他对今日已不在乎了——次日，他又到公园去，没见到任何人，他一直跟那儿等着，黄昏时分又去楼房下面。窗户上没有一丝光，还关闭了板窗，整个第四层漆黑一片。

马吕斯敲了敲门，走进大门问门房：

“那位住在四楼的先生呢？”

“搬家了。”门房说。

马吕斯晃荡了一下，没精打采地问：

“什么时候搬的？”

“昨天搬的。”

“现在他在哪儿住？”

“我不清楚。”

“他没留下新地址？”

“没留下。”

门房抬起鼻子，认出了马吕斯。

“呵！是您！”他说，“您一定是个密探。”

第七卷　猫老板

一、第三地下层与地下活动者

剧院中所谓的那种“第三地下层”在各个人类社会中都有。为善或者为恶的活动在社会的土壤下面无处不有。这些坑道层层叠起，坑道有上层和下层。这黑暗的地下层里有一个高区，也有一个低区，有时地下层会在文明下面崩溃，而且会因为我们麻木不仁不理不睬而被践踏在我们脚底。在上个世纪，《百科全书》几乎是个露天坑道。黑暗作为一种被忽视的原始基督教义的孵化设备，只等时机一到就在暴君们的座下爆炸开来，光耀人类。因光明潜伏在神圣的黑暗之中。黑暗充满了火山，而火山有力量使烈火腾空。黑暗中形成了火山的岩浆。最早举行弥撒的地下墓道既是罗马的地下建筑又是世界的坑道。

就像在一栋破烂房子下面有着光怪陆离的奇迹，在社会建筑的下面也有各种各样的挖掘工程。有宗教的、哲学的、政治的、经济的和革命的坑道。用来挖掘的可以是思想、数字或者愤怒。在一个地下墓道与另一个地下墓道之间，人们相互呼应。经由这些通道，各种乌托邦在地下前进。它们四处伸展，四处蔓延。有时它们会相互接触，并彼此友爱。让-雅克借给第欧根尼他的尖锄，第欧根尼也借他的灯笼。它们有时也会彼此排斥。加尔文扯住索齐尼的发丝。但是这一切力量向目标推进的张力和活动不能被任何东西阻拦和中止，那些活动在黑暗里同时不断起伏，再起来，而且渐渐从下而上地改变，由内而外地改变，这种大型蠕动是人们所未知的。这种留下外表、更换内脏的挖掘工作几乎被社会忽视。地下层有多少，不同的工程和不同的坑道就有多少种。这一切进行在深处的挖掘产生了什么？将来。

越向下看，人们就会发现活动者越是神秘。活动一直到社会哲学还可以认识的一级都还是好的，再往下的那种活动就叫人害怕了。那些孔道洞窟到了某一深度就超越人的呼吸能力的限度，文明的精神力量再也钻不进去，开始有了出现魔怪的可能。

这向下的阶梯很奇怪，它的每一层都通往一个哲学站得住脚的地下层，人还能在那儿遇上一个那样的工人，或高明或不成人样。从扬·胡斯往下有路德，从路德往下有笛卡儿，从笛卡儿往下有伏尔泰，从伏尔泰往下有孔多塞，从孔多塞往下有罗伯斯庇尔，从罗伯斯庇尔往下有马拉，从马拉往下还有巴贝夫。而且尚未结束。再向下，隐隐约约，人们能在不清楚和看不见的分界线上望见另外一些目前尚不存在的人的黑影。那些昨日的鬼魅，明日的游魂。智慧眼能隐约望到它们。将来世界萌芽的工作是哲学家的一种图景。

一个处于胚胎时期的鬼界里的世界是多么古怪的形象！

圣西门，傅立叶和欧文也全在那儿的一些侧坑里。

这些开路先锋似乎都常以为他们彼此隔离，然而不是这样，他们之间联系着一条不为他们所知的神链，尽管这样，他们的工作迥异，一些人的烈火和另一些人的光芒形成对比。或属于天堂或属于悲剧。但是尽管这些工作者从最高尚的到最狠毒的，从最精明的到最疯狂的各不相像，但都有一点相同：忘我。马拉的忘我像耶稣一般，他们把自我搁置一旁不予考虑，而加以取消。他们所见的东西在本人之外。他们具有一种探索绝对真理的目光。最先一个的眼睛看见整个天空，最后的一个人不管多么高深莫测也还有那种苍白的太空的光在他眉毛下面。随便是谁，不管他做什么工作，只要具备这一特点就应该得到尊重，这个特点是：眼睛充满星光。

另一种特点是眼睛充斥着黑暗。

恶始于它。在有着阴森眸子的人跟前，思考吧，颤抖吧。社会秩序自有其黑帮。

在那儿，挖掘即掩埋，光明已灭绝，那样的地方存在。

尚有最底下的泥坑在刚才我们所提到的那一切坑道和走廊下、在进步和乌托邦的整个巨大的地下管道系统下、在地下更深得多的地方、比马拉、巴贝夫还低，再向下、再向下深入很多、与上面那儿层全无联系的地方。那个地方可怖。那就是先前我们所谓的“第三地下层”。那是个漆黑一片的阴沟，是盲人的地窖、地狱。

它通往深渊。

二、下　层

忘我精神在这儿已不见。魔鬼初具雏形，隐约中各自为政。没有眸子的我在吼叫、在寻找、在摸索、在啃噬。乌戈林就群居在这黑洞中。

那些和恶魔猛兽差不多的狰狞鬼魅在这黑洞里游荡，它们不管普遍的进步、不懂得文字和思想，它们只在乎个人满足。它们的内心可怕的空虚，几乎没有善恶观念。它们的两个母亲都是后娘，叫作无知和贫穷；它们有一个叫需要的引路人；仅有的满足方式是吃喝。它们粗鲁地大吃大嚼，也就意味着，残忍到……像猛虎那样，而不是像暴君那样。从受难到犯罪，这些鬼怪难以避免地承接、令人炫目地承接，黑域的逻辑。已非对绝对真理发出受到窒息的要求在这社会第三地下层中匍匐，而是来自肉体的抗争。人在这儿变成毒龙。起点是饥渴，撒旦成为终点。拉色内乐从这地窖中诞生。

刚才在第四卷中我们已经看见政治、革命和哲学的大坑道，那是一角上层坑道。我们指出那里的一切都高尚、纯洁、尊贵、诚实。那里的人们完全可能走错路，并且是在错误的路上，可是那儿的错误由于包含牺牲精神而值得敬佩。总的看来，那儿的工作叫作进步。

如今，是看看别的一些深处、一些极端丑恶的深处的时候了。

应该强调，隐恶的大窑洞会一直在社会底下存在到清除愚昧状态的那一天。

这个一切窑洞之下的窑洞是所有窑洞的敌人。那种恨是普通的。这窑洞的尖刀从未削过一支笔，它不懂哲学的存在。在它的黑色与墨迹的卓越的黑色之间毫无联系。那些蜷曲的黑指头在这毒气呛人的洞中从未翻过一页书、从未翻过一页报纸。巴贝夫就卡图什来讲是个剥削者，马拉就施因德汉斯来讲也是个贵族，这窑洞以推倒一切为目标。

全部。包括那些为它不齿的上层坑道。在它那丑陋之极的蠕动当中，它不但要钻透当前的社会秩序，它还要钻透哲学、科学、法律、人类思想、文明、革命和进步。简单点，它名叫盗窃、邪淫、谋杀、暗害。它要一片漆黑，它是黑暗的代表。无知构成了这窑洞顶。

它之上的所有地窖都只希望消灭它。这个目标就是哲学和进步同时调用其所有人力物力、通过改造现实和追求绝对真理所全力以赴的。把这个无知窑洞捣毁，也就消灭了那罪恶的深渊。

让我们用几个字总结先前所说的部分：黑暗是唯一的社会危害。

人类亦即同类。大家是同一块粘土。至少在下界里，前定的命运彼此相同。以前是一个相同的影子，如今是一个相同的肉体；未来是一撮相同的灰。然而做人的面糊若掺杂了无知就会变黑。这种不可救药的黑色深入人心就是恶。

三、巴伯、海嘴、铁牙与巴纳斯山

从一八三〇年到一八三五年，巴黎的第三地下层的统治者是巴伯、海嘴、铁牙和巴纳斯山，他们结成一个四人黑帮。

海嘴是个出奇的大力士。马利容桥拱的暗沟里是他的窝。他身高六尺，铜臂石胸，鼻息像风过山洞，长着巨无霸的腰身和小鸟的头。人们还以为看到了穿着棉布裤和棉绒褂子的法尔内斯的《赫拉克利斯》。长着这种塑像般的躯体，他原本可以驱魔除怪，可海嘴觉得自己当个妖怪更为方便。低低的额头，宽阔的额角，两个眼角不到四十岁就长出了鹅掌纹，毛发又短又粗，腮帮子像板刷，胡子和野猪的一样。其人由此可见一斑。他的一身肌肉要求做事，而他的愚蠢不答应。这个大力懒汉是个靠懒劲杀人的凶犯。有人觉得他是个生长在殖民地的白人。大概他和布律纳元帅有点联系，曾于一八一五年在阿维尼翁当过搬工。他从那以后成为强盗。

和海嘴的肥壮形成对比的是巴伯的清瘦，巴伯身材瘦小但多才多艺。他是透明的，但人家看不透他。透过他的骨头，人们能见到光，透过他的瞳孔，却看不到任何东西。他以化学家自称。他做过波白什戏班中的丑角以及波比诺戏班中的小花脸，在圣米耶尔，他曾出演闹剧。他突出笑容，强调手势，这家伙装腔作势，能说会道。在街头兜售石膏半身像和“政府要员”的图片就是他的行当。除此之外，他也拔牙。他还到集市上展览一些奇形怪状的东西，他还有个贴广告，带喇叭的售货棚子，“巴伯，牙科艺术家，科学院院士，金属和非金属实验家，拔牙专家，经营同业弟兄们遗弃的断牙根。收费：每拔一颗牙一法郎五十生丁；每拔两颗牙两法郎；每拔三颗牙两法郎五十生丁。机遇难逢。”（这“机遇难逢”意为“请尽可能多拔”。）他曾经结婚生子，可对妻儿做什么全然不知。他像丢一张手绢一样把他们丢了。巴伯经常读报，因而在他那黑暗天地里是个非凡的突出人物。当他还随身携带妻子和流动货棚时，他有一天看到《消息报》上有一条消息，说有个妇女刚产下一个嘴巴如牛嘴一般还能活的孩子，他高声嚷着：“这是一桩好买卖！我老婆可没本事给我生一个这样的小孩！”

他从那以后放弃了一切而“经营巴黎”。这是他的原话。

铁牙又是什么样呢？他是个夜猫子，他出门得等天空变黑。他钻出天亮前钻进的那个洞要到晚上。这洞在哪儿？无人知晓。即便是跟同伙的人在伸手不见五指的黑夜中讲话，他也一定要背对他们才肯开口。他真名叫铁牙？不。他说：“我什么也不叫。”他遇到蜡烛突然点亮就戴上面罩。他的肚皮能说话。巴伯经常说：“铁牙是双声部夜曲。”铁牙飘忽不定，四处游荡，十分可怕。说不准他是不是真的有个名字，“铁牙”本来是个别名；也说不准他是不是真的能说话，他的肚皮比嘴说的话多，也说不准他是不是真的有一张脸，大家从来只见到他的面罩。他会突然如烟一般消失无影踪，也像冒出地面一样出现。

巴纳斯山是又一个可怕的人。巴纳斯山是个不足二十的小伙子，一张脸很漂亮，唇如樱桃，头发黑得动人，双眸满是春色，他专做缺德事，他想犯一切罪恶。他做过了坏事还想做得更坏，胃口越做越大。他从野孩子成为流氓，继而又成为凶手。他温和、文质彬彬、强壮、柔软、心狠手辣。他戴着一八二九年样式的帽子，左边翻起来，给那丛蓬松的头发、让出位置。他靠暴力抢劫谋生。他穿着裁剪最好的骑马服，可是已经磨旧。巴纳斯山是服装图册里的一张画片，是个穷人，但谋财害命。这少年只是为了考究的穿着而犯罪。第一个对他说：“你漂亮”的那个轻佻女子已经在他心里播撒了恶念，他于是成为亚伯的该隐。自认为漂亮，于是他想要优美，悠闲是优美的头一步，穷人一悠闲就是犯罪。很少有像巴纳斯山那样吓人的盗匪。他十八岁的时候就抛下了若干尸体。不止一个行人双臂伸开、面朝血泊、倒在这无赖的阴影里。头发烫过，香脂抹着，长着细腰肢、女人的胯、普鲁士军官的胸脯，领带打得别致，藏个阎王锤在衣兜里，插朵鲜花在饰孔上，街头姑娘在他四周啧啧称赞，这个送人进坟的花花公子就是这样。

四、黑帮成员

这四个盗匪联合成一种变化奇多的海怪，绕来绕去钻警察的空，“用各异的外形、树、火焰和喷泉”来尽力逃避维多克的阴沉目光，彼此交换诀窍和名字，在自己的影子中躲藏，共用他们的避难所和隐秘洞穴，就像在化装舞会上摘掉自己的假鼻子那样把个人特征变来变去，有时把几个人综合成一个人，有时又把一个人分成几个人，致使可可·拉古尔本人也把他们当成了一大群盗匪。

这四个人压根儿不是四个人，而是一种神秘大盗，长着四个头，做巴黎的大买卖，是住在人类社会的坑道里作恶多端的怪章鱼。

巴伯、海嘴、铁牙和巴纳斯山将所有塞纳省的盗杀活动一手统揽，因为他们伸张势力，将关系结成了地下网。他们对过路行人实施下面的政变。擅长出这类点子、足具黑夜幻想的人都来找他们履行计划。人们提供剧本，他们充当导演。演出也由他们安排。他们总会有法子分配胜任和合适的人手，只要需找人帮忙的杀人夺货的行当油水充足。如果有犯罪行为在寻找从犯，他们就出租帮凶。他们能够为所有阴森惨剧提供黑演员。

他们醒来就是黄昏，他们常在这时候在妇女救济院附近的草地上会面。他们在那儿从事会谈。有十二个黑时辰在他们眼前，足够供他们使唤。

地下流传着“猫老板”这个别人送给这四个帮会的称呼，那种古怪的古老民间用语正逐渐消失，正如其中“犬狼之间”一词意为傍晚，“猫老板”意即早晨，猫老板这称呼大概意为他们在天刚拂晓时结束工作，此时鬼魂散去，四人分手。这四人露面就用这四个字号。刑事法院院长曾在探监时问拉色内尔一件被他否认的案件。院长问他："谁干的?"拉色内尔用了一句官员不知，警察自明的话来回答："大概是猫老板。"

从一张盗匪名册上我们可以估计这匪帮，正如有时从一张出场人物表我们可以揣测一个脚本。以下——这些名字是由专业记录保留下来的——就是猫老板的主要朋友的传号名称：

邦灼，也叫春天，又名比格纳耶。

普吕戎（本来就有一个普吕戎世系，我们还将讲起的）。

蒲辣秃柳儿，那个曾经出场的路工。

寡妇。

地角。

荷马·阿巨，黑人。

周二晚。

快报。

弗宛恩勒洛瓦，又名卖花姑娘。

光荣汉，获释的苦役犯。

刹车，也作杜邦先生。

南苑。

普萨格利弗。

小褂子。

克吕丹尼，又名比查罗。

吃花边。

脚朝天。

半文钱，也叫二十亿。

等等。

已经提过最坏的几个，我们就举这些。每个名字都具有代表性。它说明的不仅是个人，而且是一种类型。每一个这些名字都代表了文明下面那些形状怪异的毒蕈一种。

这些人不是大家在街上看见走过的那些，他们不轻易出现。晚上他们拼命干了一夜，然后累了，白天就睡，睡在石灰窑里或是阴沟里或是蒙马特尔或蒙鲁日一带废弃的采石场里。他们把自己掩藏起来。

这些人去了哪儿?他们依旧存在。他们一直以来都存在。贺拉斯曾把他们说成吹笛穷鬼、卖艺的、小丑、江湖医生。而且，只要将来的社会一如今日，将来的他们也就一如今日。他们会不断从潮湿的社会间隙中、在窑洞的黑暗底下生长出来。他们当了鬼，又回来，依旧如此，只不过换了名字和表皮。

剔除了个体，留下了族类。

他们的感官仍然是那些。从剪径贼到拦路虎属于一个纯血统。衣兜里的钱夹能被他们猜到，背心口袋中的表能被他们闻到。他们认为金和银都有气味。可以说，一些憨老财具备可偷性。于是那些人耐心地跟随憨老财们。他们像蜘蛛一样，看见一个外国人或外省人经过就猛然惊觉。

如果人们在半夜荒凉的大道上碰到或看见那些人，会发现他们外形可怖。他们好像是有生命的雾所组成的形象，并非人，他们似乎总是和黑暗混为一体，看不清楚，只有阴气，再无别的灵魂，暂时和黑夜分别一下只是为了过几分钟厉鬼的生活。

这些厉鬼如何才能消灭？需要光明。需要倾泻喷涌的光明。任何蝙蝠都无力抵抗晨光。应当照亮地下的社会。

第八卷　作恶的穷人

一、马吕斯遇到一个神秘男子

时间过得真快，转眼从夏季到了冬天。卢森堡公园里却一直未见白先生和那位姑娘的影子。马吕斯在苦苦地期待着再见见那张温和的、令人倾倒的脸儿。他无时无刻不在寻找，然而一无所获。昔日的马吕斯已经消失了，那个顽强、坚定、热烈的男子汉，那个踌躇满志、豪情四溢的青年，那个敢于大胆挑战命运，拥有无数幻想的马吕斯已经彻彻底底地消失了，现在的他仿佛一条丧家之犬。在

一筹莫展的困苦境遇中，他觉得一切全完了。他不想工作，不想散步，只感到无边无际的孤独和苦闷；从前的世界充满了影相、色彩、声音、启示、远景，见识和教育，现在却成了一片空虚。他对这些已经视而不见。

他没有一刻不在思想，但想对于他已毫无乐趣。尽管思想仍在不断地向他低声提议，他却总以一句“有什么意义？”作答，之后黯然神伤。

他不停地抱怨自己。当初我怎么想到要去跟上她？那时我看见了她，我已经很快乐了。她也在望着我，这难道还不够吗？看那眼神，她在爱我。难道这还不完满吗？我还在渴求什么？也许什么都不会再有。我真傻，犯了一个多么愚蠢的错误呀。等等。虽然整日这样思索，对古费拉克他始终只字不提，他就是这样的人，但古费拉克多多少少还是察觉到了，对于这种事他一向敏感，古费拉克觉得事情发生的有些突然，不过还是祝贺他有了意中人，没想到马吕斯的反应异常苦闷，于是对他说：“你这个人啊，怎么像个动物一样头脑简单，走，我们到茅庐去散散步！”

九月里明媚的阳光使马吕斯眼前一亮、心扉顿开，和古费拉克、博须埃和格朗泰尔一起去参加索城的舞会，或许——那将是多么美好——若在那里遇见她。结果却大失所望。“可是真的有可能遇到那个失踪的女孩儿的。”格朗泰尔小声

嘟哝着。马吕斯丢下朋友，独自一人朝家走去，路上漆黑一片，他浑身无力，头脑发胀，视线模糊，马车满载着从舞会归来的尽情歌唱的人，一辆辆从他身边经过，耳闻着那欢快的歌声，呼吸着车轮卷起的尘土，他觉得烦乱不宁，为了清醒一下头脑，他心灰意懒地嗅了嗅路旁核桃树的青涩味儿。

他的生活越来越孤独、沮丧、迷茫，内心被苦痛塞满，像个笼中困兽，他在悲戚中游荡，四处张望那不知在何处的意中人，爱情把他完全搞糊涂了。

还有一次，一个貌似白先生的人让他空欢喜一场。他在残废军人院路附近的一条小街上，迎头撞见一名男子，工人模样，戴一顶长檐鸭舌帽，帽檐有几绺雪白的头发露出来。那几绺白发让马吕斯心头一动，只见那人慢慢踱着步子，好像沉浸在一个忧伤的幻梦中，几绺白发也因他的心事重重而异常美丽。这人多像白先生啊。一样的头发，一样的侧面轮廓，一样的走路姿态，只是更忧郁些。但露在帽檐下的部分真很像，而且也是一身工人服，为什么要乔装呢？这是何原因？马吕斯心中满是疑惑。稍微定一定神，他第一个念头便是追上去问问那人，也许会找到线索呢。对，走上前去问个明白，把这闷葫芦揭开。可是，太迟了，那人已不在那里了。他的身影隐没进一条横巷，马吕斯的视线里再也找不见他。这次邂逅让马吕斯不平静了好几天，然后印象才渐渐淡漠了。他安慰自己道："用不着大惊小怪，也许两个人只是长相相似呢。"

二、发　现

住在戈尔博老屋里，马吕斯从未留意过别人的事。

当然了，也没有谁的事可注意，因为只有他和容德雷特一家在这栋破房子里住；他和容德雷特夫妇以及他们的两个女儿从未交谈过，尽管上次替他们偿清了房租。其他的房客有的搬了，有的死了，有的付不起租金被赶走了。

那个冬日，古老的圣烛节的日子，也就是二月二日，太阳在午后时分稍稍露了露头，这种骗人的把戏之后，常常会有六个星期的寒冷，马蒂厄·朗斯贝尔曾经从太阳的这点得到了灵感，从而留下了那两句颇为古典的诗句：

有阴更有晴，
熊因返洞中。

马吕斯却相反，天黑时分他走出了自己的洞，到了该吃晚饭的时候，无论如何饭还是应该吃点，唉，这难耐的相思苦啊！

他跨出门槛时，布贡妈正在扫地，一面扫一面还说着几句蛮值得回味的话："现在哪儿还有便宜东西？全都贵得吓人，只有痛苦便宜，真正的不名一钱，痛苦，实在是痛苦！"

马吕斯沿着大路朝便门方向慢慢走着，那是通向圣雅克街的。一边走他一边低头想心事。

突然，有人撞了他一下，他回过头，只见迷雾中两个姑娘在慌慌张张地飞快地朝前走，好像怕人追上，要逃跑似的，两个人衣装褴褛，都在呼呼地喘着气，其中一个瘦长，另一个稍矮。她们迎面跑来，正撞在马吕斯身上。虽然暮色昏暗，马吕斯还是能看见她们那蜡黄的脸，散乱的头发，已成了碎片的裙子和赤着的脚，还有抓在手中的那两顶已不成形的包头帽子。边跑她们边喘着气对话。高个的压低了声音说：

“我碰上了巡逻的，差点被捉住。”

另一个回答：“我也看见了，所以我就没命地跑、跑、跑！”

马吕斯听到这话，知道她们在逃避市警，看来这两个可怜的女孩是刚刚虎口脱险。

她们从路旁的大树后走下去，不大功夫就隐进了黑暗里。

马吕斯站在路旁看了一会儿。

他正要接着朝前走，却发现地上有个灰色小包，他捡了起来。是个信封一样的东西，好像里面装着纸。

“哦，”他说，“可能是那两个可怜虫不小心掉的！”

也许她们走远了吧，他喊了两声，没人应，便顺手把纸包揣进了衣袋，还是先去吃晚饭吧。

走到穆夫达街的一条窄巷，一个孩子的棺材停在那里，棺材架在三张椅子上，盖着一条黑布，一支忽明忽暗的蜡烛随风摇曳。马吕斯看到这景象，眼前又现出那两个衣衫破旧的女孩的影子。他不由得想：

“可怜的母亲们！与其看着骨肉活受罪，还不如让他们死掉，毕竟少一点牵挂。”

这念头一闪也就灭了，马吕斯很快又被卢森堡公园那六个月的美好的丽日晴光占据了头脑。

“怎么变成这样了，我的生活是如此黯然失色，曾经觉得我眼前的姑娘多像是美丽的天使，可如今她们简直成了可恶的妖女。”马吕斯心中暗想。

三、这人有四种身份

晚上，脱衣要睡时，马吕斯无意中手碰到了他路上捡的那包东西。这事他根本没在意，现在打开看看也好，或许会有那两个姑娘的地址，如果她们有地址的话；当然要有其他的线索也行，也好物归原主。

于是马吕斯打开了信封。

里面有四封信，都没封口。信封原也是敞着口的。

四封信上都有收信人的姓名地址。

一种恶臭的烟味从信中散发出来。

“夫人，格吕什雷侯爵夫人，众议院对面广场，第……号。”这是第一封信的姓名地址。

信既然未封口，想来念念也无妨的，马吕斯心想，而且有可能找到一些有帮助的信息。

信中这样写道：

侯爵夫人：

悲天悯人乃高尚之美德。夫人系基督教徒，更应发发慈悲感情，在下忠心耿耿，现身神圣正统事业，流尽了血，倾尽了财，原想保卫这一事业，不想遭受牺牲，以至今日穷困潦倒。夫人美名传四方，想必令慷慨解囊，保全我这可怜的西班牙人之性命，想夫人念在我饱尝伤痛、屡获殊荣份上，定会施人道之心，为此在下定感激涕零，永世难忘。

无上崇敬敢谢。特此敬上。

堂·阿尔瓦内茨，西
班牙炮兵队长，留法
避难保王党，中途经
济拮据，滞留于此。

信上有寄信人的签名，却无地址。也许第二封信上会有，马吕斯想。第二封的收信人是“夫人，蒙维尔内白（伯）爵夫人，卡塞特街，九号。”

信是这样的，马吕斯轻轻读着：

白（伯）爵夫人：

丈夫五个月前把我抛弃了，我最小的孩子才八个月，分娩之后我一病不起，日前我穷苦不甚，六个孩子嗷嗷代补。

伯爵夫人慈悲心肠是望，无上敬佩。

夫人，

妇人巴利查儿。

第三封信还是一封求告信，这一回信中写道：

巴布尔若先生：

选举人，帽袜批发商，

圣德尼街，铁器街转角。

先生，恕我冒昧地寄您这封信，为是的让我得以感受您那无与伦比的同晴（情）心和宝贵的关怀，并稍稍留意一眼我这个刚刚寄了个剧本给法兰西剧院的文人。这个剧本乃历史题材，故事发生在帝国时代的奥弗涅。我自认为风格短小精干，自然流畅，是无论如何也值得您称站一声的。几首别致的唱词夹带在剧本各段之间。很幽漠，很严肃，做到了出奇制胜，又不少姓格变化，更值得一提的是，在触目惊心的剧晴变化中，轻巧地穿插着浪漫主义的迷人旋律，在几个光鲜的大场景中，戛然结束。

我创作此剧本是因为当下较时毛（髦）风气，以一拙劣之作为国人的振奋添一点力量，今日之风实在善变，此作实有测之之目的。

剧本的优点我不敢多讲，但我实在担心我作为一名新手的命运，那些特权作家的自私心、嫉妒心会使我颤抖不已，或许我真得逃不出被逐出剧院的运命。

尊敬的巴布尔若，久仰您是我这种穷文人的保护人，对此我坚信不疑，这才使我斗胆派我女儿到阁下那里诉说我的苦境，全家实在是无衣无食。能得到您的庇护，并以您的大名装点我自认得意的剧本将是我无上的荣幸，也是我向您陈述剧本的原因。我将如何表达我的敢（感）激之心呢？我将立即写出一个韵文剧本，如果您肯以您最微薄的捐献赐给我。我将尽心尽力地去写这个剧本，务必写得完美之至，还要将之在编入历史剧的首选以前，在上演之前，呈在阁下脚下。

无上尊敬奉上，

巴布尔若先生及夫人。

尚弗洛，文学家。

再启者：四十个苏也不嫌少。

之所以派小女代为前往，实在是衣装问题让我出不得门，务请原谅……

马吕斯展开第四封信，这一封写给“圣雅克·德·奥·巴教堂的行善的先生”，打开信，出现了这样几行字：

善人：

您若听您的善心指引，肯随同我女儿前来，您将看到一场穷苦的灾难，我也可以将我的证件呈送给您。

您宽厚的灵魂一定为这几行字所震动，您将生出一种敏切的行善心情，真正的哲学家总是随时都能强烈地敢（感）到激动。

我的慈悲的先生，想来您是同意我们应受最要命的短缺，而且，要想得到救济，必须获当局证实，这是多么难受，好像在为了等人为我们解除穷困时，我们便失去了叫声苦和饿死的自由。命运对于有些人是残酷无情（情）的，但对于另外一些人，却又太过垂青和爱护。

我（恭）共候您的到来或您的捐献，您若不嫌弃，就务必请您接受我最尊敬的感情，我是多么荣幸做您的，

的的确确崇高的人，

您无比卑贱

和无比恭顺的奴仆，

白·法邦杜，戏剧艺术家。

马吕斯读完了这四封信，似乎并未发现什么。

首先，四个写信人均未留下地址。

其次，看去四封信好像是四个人写的，堂·阿尔瓦内茨、妇人巴利查儿、诗人尚弗洛和戏剧艺术家法邦杜，但使人费解的是：四封信的字体完全相同。

它们如果不是出自同一个人之手，又做何解释呢？

另外，还有一些线索也能证实这种设想是正确的：这四封信的信纸一样的粗糙、泛黄，发出一样的烟味，而且，尽管写信人特意使用了不相同的笔调，可是相同的错别字却大大方方地反复出现在四封信里，文学家尚弗洛并不比西班牙队长更高明。

或许这哑谜不值得大动脑筋地去猜测。如果这不是别人丢掉的东西，就仿佛

在故意和人开玩笑似的。陷于苦闷之中的马吕斯实在没心思和这偶然的恶作剧周旋，也无意加入这场仿佛由街头石砾邀请他参加的游戏。他觉得这四封信在和他逗着玩儿，引他去捉迷藏。

而且，他也不敢断定这几封信确实是路上遇见的那两个年轻女孩儿丢的。总之，很明显这是一迭毫无价值的废纸片。

马吕斯把它们放回信封，一把丢在角落里，就去睡觉了。

早上七点左右，他起了床，吃过早点，正要开始工作，忽然传来轻轻地敲门声。

他从不取下房门钥匙，因为他房间里一无所有，他锁房门的时候肯定是有紧急工作要做，不过这种时候也很少有。而且，就算他不在屋里，也常把钥匙留在锁上。“这样您会丢东西”。布贡妈常对他讲。马吕斯却说：“有什么可丢的?”但事实却是，有一天他的一双破靴真的失踪了，布贡妈为此大为得意。

又有一声敲门声，和第一下一样轻。

“请进。”马吕斯说。

门打开了。

“您需要什么，布贡妈?”马吕斯问道，视线没离开桌上的书本。

不是布贡妈，一个陌生的声音回答说：

“对不起，先生……”

这声音又哑又糙，又紧又破，是一种被酒精和白干烧坏了的男声。

马吕斯赶忙转过头，却看见一个年轻姑娘。

四、穷窝里的鲜花

半开的房门口站着位非常年轻的姑娘。昏暗昏暗的光从正对房门的破屋子的天窗透进来，照在姑娘脸上。她身上只有一件衬衫和一条裙子，苍白、瘦弱、干枯，裸露的身子因寒冷而发着抖。腰带由一根绳子代替，帽子其实也是一根绳子，两个瘦削的肩头顶出衬衫来，白皮肤像淋巴液的颜色，锁骨布满尘垢，手通红，嘴半张着，嘴角下垂，缺了几颗牙，眼神空洞无物，既大胆又卑贱，从体形看像个未成年的姑娘，从眼神看又像个堕落的老妇人，五十岁和十五岁同时出现在一个身体上，实在是个处处显得脆弱而使人畏惧，让人看了免不了伤心或更寒心的人儿。

马吕斯站起身来，心头颤抖，望着这个仿佛梦中见过的黑影似的人。

更使人揪心的是，这姑娘并非天生一副丑模样，她小时候应算是长得标致的。此时青春的风采也还在堕落和贫苦导致的老化丑陋中苦苦挣扎。残留的美在这张十六岁的脸上一息尚存，就像严冬拂晓时消失在丑恶的乌云后的惨淡朝晖。

马吕斯对这张脸不是完全陌生，他想起来好像在什么地方见过。

“有什么事，姑娘?”他问。

姑娘用那酗酒的苦役犯的声音答道：

“有您一封信，马吕斯先生。”

她称他马吕斯，毫无疑问，她找的就是马吕斯了，但她是谁，她怎么知道马吕斯的名字呢?

没得到邀请，她兀自走进门来。她进来时那样果断，扫视着整个屋子和那张散乱的床，态度镇静得让人心里难受。她光着脚，裙子上破了好多大窟窿，露出她的长腿和瘦瘦的膝盖。她冻得在发抖。

她把捏在手里的一封信交给了马吕斯。

马吕斯拆信时，发现封口上又宽又厚的面糊条潮乎乎的，可以肯定这封信是从不远的地方拿来的。他读道：

我可爱的邻居，年轻人：

我还记得您对我的好处，六个月前您替我付了一个季度的租金。我祝福您，年轻人。我大女儿会告诉您："两天了，我们没有一块面包，有四个大人，内人还害着病。"如果我的想法不悲关（观），我想我可以充满希望地认为您会以慷慨之心对此报以人道，并会使我的愿望强加到您头上，对我做点轻微的好事。

我满怀着对善心人的应有的特别的敬意。

容德雷特

再启者：小女净（静）候您的吩咐，亲爱的马吕斯先生。

马吕斯看完信，于漆黑的洞中见到一线烛光，从昨晚就使他困惑难解的哑谜，立刻有了答案。

这封信和其余那四封，是从同一个地方发来的。一样的字体，一样的语调，一样的错别字，一样的信纸，一样的烟草味儿。

总共五封信，有五种说法，五个人名，五样签字，却是一个写信人。西班牙队长堂·阿尔瓦内茨、不幸的巴利查儿母亲、诗人尚弗洛、老戏剧家法邦杜，她们全都是容德雷特，如果容德雷特本人就是容德雷德的话。

马吕斯已经在这栋破房子里住了很长一段时间，我们讲过，他很少能见到，也只是略微见到，他这相当卑贱的邻居。他的精神集中在另外的地方，而精神专注之处也就是目光专注之处。他在过道里或楼梯上与容德雷特家的人几乎面对面走过不止一次，但他觉得他们不过是一条条人影罢了，对此他是那样漫不经心，以至于昨晚在路上遇见容德雷特家的两个姑娘，都没认出她们——很明显就是她俩。刚才这个走进他屋子，他也只是觉得可厌可怜，恍惚之中仿佛在什么地方见过她。

这会儿一切都清楚了。他认识到他这位邻居容德雷特处境艰难，靠巧取行善人的施舍维持生活。他把一些人名和地址搜集起来，从中挑选出他认为有钱并乐善好施的，再捏造出一些假名写信给他们，让他两个女儿冒险去送信。做父亲的竟然不惜牺牲女儿，实在出人意料，他是在和命运进行一场赌博，两个女儿就是他的赌注。马吕斯想，从昨晚她们逃跑的行径，气喘吁吁的情形，惊慌失措的样子，以及她们嘴里讲的粗鄙话看，这两个可怜的孩子很可能还从事着什么不为人知的暧昧事，这一切产生的后果就形成人类社会的这样一种现实，两个人成了既不是孩子，又不是姑娘，还不是妇人的悲惨动物，由困苦贫贱生出来的不纯洁的天真的怪物。

有这样一些使人痛心的生物，它们无所谓姓名，无所谓年龄，无所谓性别，辨不清善恶，从告别童年就失去了一切，失去了自由，失去了贞洁，丢掉了责任。昨天刚刚绽放，今日就凋零枯萎，这样的灵魂像落在街心的花朵，溅满了泥水，只等被车轮辗烂。

然而，当马吕斯满是惊奇痛苦地注视她时，她却幽灵一般，毫不顾忌自己衣不蔽体，在他的破屋子里肆无忌惮地走来走去。时而，她那件撕裂的，胡乱披着的衬衫差不多落到了腰际。她搬动椅子，弄乱放在抽斗柜上的盥洗用具，摸摸马吕斯的衣服，翻翻各个角落里的零碎东西。

"哈，"她说，"您有一面镜子。"

她还低声哼着闹剧里一些曲调的片段，一些不知所云的叠句，仿佛无人在场似的，用她沙哑的嗓子哼出来，让人听不下去。这种无所顾忌的行动里透出使人拘束、担心、丢人的味儿，或者叫它别的什么东西。无耻也就是可耻。

看她在屋里来回乱走——应当说瞎扑腾，像受了阳光惊扰或断了翅膀的小鸟儿，实在没有比这更让人难受的了。你也许觉得若是在另一种教育状况或别样的环境中，她这种活泼自在的动作可能会给人可爱顽皮的印象。动物世界里，注定要成为白鸽的生物是无论如何也变不成猛禽的。这样的事只可能在人类中发生。

马吕斯心中暗想，随她怎么干吧。

她走到桌旁，说：

"啊！书！"

一星亮光掠过那双浊暗的眼。然后，她又说——那语调显出能在某方面展示一下自己长处的幸福，这点任何人都能察觉到。

"我会念书，我。"

她兴冲冲地拿起摊在桌上的那本书，念得很是流利：

"……博丹将军接到命令，率领他那旅五连的人马去夺取滑铁卢平原中央的乌古蒙古堡……"

她停下来说：

"啊，滑铁卢！我知道什么意思。这是从前打仗的地方。我父亲去过。我父亲参过军。我们一家是名副其实的波拿巴派，懂吧！打英国佬，滑铁卢。"

她放下书，又拿起了一支笔，喊起来：

"我也会写字！"

她把笔蘸上墨水，转过头对马吕斯说：

"想看吗？来，我写几个字看看。"

不等他回答，她已在桌子中央的一张纸上写下"雷子来了"这几个字。

接着，把笔扔下，说：

"我没拼写错。您来看。我们受过教育，我妹子和我。以前我们不是现在这个样子。没想到我们会当……"

说到这儿，她停住了，她那阴鸷黯淡的眼睛盯着马吕斯看了一会儿，忽然又大笑起来，用一种被兽行压在心头的无比苦楚辛酸的语调说了句：

"呸！"

然后，她哼出这样几句，曲调倒还轻快：

我饿呀，爸爸，
没吃的。
我冷啊，妈妈，
没穿的。
直发抖呀，
小罗罗。
哭一声吧，
小雅各。

这词儿没哼完，她又喊道。

“有时候您也去看戏，是吗，马吕斯先生？我，我经常去。我有个弟弟，他和那些艺术家交上了朋友，时常拿入场券送给我。说老实话，我讨厌边厢里的那种条凳。坐那地方不便当，不舒服。有时候人太多，还有些人身上一般味儿，难闻死了。”

随后，她细细端详着马吕斯，露出一种奇怪的表情，对他说：

“您知道吗，马吕斯先生？您是个相当美的美男子。”

几乎同时，他俩心里生出同一念头，这使她笑出声来，却使他涨红了脸。

她靠拢他，把一只手搭在他肩上说：

“您从未注意过我，但我认识您，马吕斯先生。我常在楼梯上看见您。有几回，我在奥斯特里茨附近蹓跶，我看见您去了住那儿的马白夫公公家。您这么做很合适，您这蓬松松的头发。”

她试图把声音讲得非常柔和，结果发出的却是沉重的声响。有的字音在从喉头到嘴唇时消失了，活像在一个缺弦的键盘上弹琴。

马吕斯一点点往后退。

“姑娘，”他神情冷漠严肃，“我这儿有个包，我想是您的。允许我拿来还给您。”

他把那个包着四封信的信封递给她。

她拍手喊道：

“我们到处找它！”

她连忙接过纸包，打开信封；一面说：

“上帝！我们几乎找遍了，我妹子和我！您竟找着了！在大路上找着的，对吧？肯定是在大路上吧？您看，是我们狂跑时丢的。是我那宝贝妹子干的。到家，我们就找不见了。我们怕挨揍，挨揍可没好处，一点好处都没有，于是我们说，已经把信送到了，不过人家对我们说：“快滚你们的！”想不到它们在这儿，这些倒霉东西！您怎么知道这信是我的？哦！对了，是这字！这么说我们昨晚路上碰着的是您了。我们没看清，知道吗！我问我妹子：“是位先生吧？我妹子说：‘我想是位先生！’”

她展开那封写给“圣雅克·德·奥·巴教堂的行善的先生”的信。

“没错！”她说，“这封是给望弥撒的老头的。正好是时候。我去送给他。也许他能来点什么让我们弄顿早饭吃吃。”

紧接着，她又笑起来，说：

“要是今天有早饭吃，您知道会怎样吗？会这么干：我们会把前天的早饭，前天的晚饭、昨天的早饭、昨天的晚饭做成一顿在今天早上一并吃下去。嘿！天知道！你还不高兴，饿死了才好！狗东西！

马吕斯听了这话，想起来这可怜的孩子到这屋里是来干吗的。

他掏了掏背心口袋，什么也没掏出来。

姑娘却好像忘了马吕斯的存在，接着说：

“我有时候晚上出去。很多时候不回家。那年冬天，在搬到这儿住以前，我们住在桥拱下面。为了不被冻死，大家挤成一团。我妹子总是哭。水，这种东西，让人见了是多寒心！当想到用水把自己淹死的念头，我说：‘不行，太冷了。’我可以由着性子到处跑，有时跑到阴沟里去睡。您哪知道，半夜里，我走在大路上，那些树看上去就像是些大铁叉，我看见一些漆黑的房子，大得像圣母院的塔，那白墙让我错以为是河，我告诉自己，“嘿！这儿也是水。”星星就像扎着彩的纸灯笼，看上去那星星也在冒烟，要被风吹灭似的。我感到头晕，好像好多匹马在我耳边呼气。虽然是半夜，我听见拉手风琴的，纱厂里的机器声，弄不清还有什么声音了，我。我还觉得有人用石头砸我，我顾不了那么多，赶紧逃命，所有的东西在转圈、在打旋儿。肚里空空，没吃一点东西，这也真够好玩的。”

她又望他，呆呆地。

马吕斯把他所有的衣袋掏了个遍，终于凑了五个法郎和十六个苏。这是他此时全部的财富。“这些是够我今天的晚饭了，”他心里想，“明天再做明天的打算。”他给自己留了十六个苏，把那五个法郎给了这可怜的姑娘。

她一把抢过钱，说道：

“太好了，出太阳了。”

太阳似乎可以消融她脑子里的积雪，把她的一连串话雪崩似的引了出来，她接着说：

“五个法郎！亮晶晶的！一枚大头！这个破屋子里！太好了！您这个好宝贝。把我的心送给你吧。我们有顿美餐了！喝上它两天酒！吃顿肉！炖个牛羊鸡鸭大锅肉！美美吃一通！喝一通！还有好汤！”

她把衬衣提上肩头，给马吕斯行了个大礼，然后又做了个亲昵的手势，转身走向房门，说：

“再见，先生。就这样。我去找我老头子。”

走过抽斗柜时，她看到了那上面的一块干面包，在尘土中已经发霉了，她扑上去，抓起来一面啃一面说：

“真香啊！好硬啊！嗑断我的牙了！”

然后，她走了出去。

五、墙上的窟窿

五年来马吕斯一直在穷苦、困顿甚至痛苦中生活，他忽然意识到自己一点都不清楚真正的悲惨生活是什么样子。真正悲惨的生活，他刚刚见识了一下。就是刚才走过他眼前的那个幽灵。只看到男子的悲惨生活算不上什么，还应看看妇女的悲惨生活；只看到妇女的悲惨生活也算不上什么，还应看看孩子的悲惨生活。

一个男子若是到了穷途末路，他也就无可救药了。他周围的没有自卫能力的人更遭殃！工作、薪水、面包、光亮、勇气、毅力，他一并丢掉了。他体内的太阳之光已经隐灭，他体内的精神之光也在消亡，一片黑暗中，男子碰上软弱的妇女和孩子，便残暴地强迫她们去干罪恶的勾当。

所以任何伤害天理的事都有可能发生。绝望被脆薄的隔板圈住，而这些隔板每一片又都和邪恶和犯罪连接。

年轻、健康、富有尊严、圣洁柔弱的身体发肤，不甘受辱的羞耻心，童真，清白，灵魂的护佑，都统统遭到想要寻求出路但抓住污秽也就安于污秽的黑手的蹂躏，而且穷凶极恶。父母、儿女、兄弟、姐妹、男人、女人和女孩，就像一种矿物的构造，糅合附着在一片分不出性别、血缘、年龄、五行、稚气的混浊肮脏的天地。他们你靠着我，我靠着你，在黑洞似的命运里等待着。他们面面相觑，惶恐凄楚。啊，不幸的人们！他们脸色苍白！他们身上冷得厉害！他们居住的星球仿佛比我们离太阳还远。

马吕斯觉得这姑娘看起来像来自鬼蜮。

通过她，马吕斯看到了黑暗世界的一个完全不同的侧面。

马吕斯几乎要责备自己，真不该整天神魂颠倒，沉溺于儿女情长，对自己的邻居，到如今却还没有看上一眼。只是出于机械动作，他为他们代付房租，这个人人都做得到，马吕斯觉得还应做得更好些。天啊，他与这家穷苦人仅一墙之隔，他们与大众生活隔绝，摸着黑过活，他和他们作邻居，如果说人类像链条，那么他，就是他们在人类链条上能接触到的最后一环，他看着他们在身边生活，确切讲，听到他们在身边喘息，他却无动于衷！每一天，每时每刻，他听到他们在墙那边来回走动，说话，他却充耳不闻！他们讲话时，常常呻吟哭泣，他却毫无察觉！他的思想不在这里，在幻影里，在虚无的美梦中，在缥缈的爱情中，在痴心妄想中，可是，从耶稣基督来说，有一撮人和他是同父弟兄，从人民来说，他们和他是同胞弟兄，这些人就在他身边作殊死挣扎！绝望的殊死挣扎！他简直也成了他们苦难的一个因素，加重了他们的苦痛。因为，如果他们有另一个邻居，一个不是他这么愚痴而比较关切的邻居，一个乐善的普通人，很明显，他们的穷困会被予以关注，他们的苦痛会被察觉，或许他们早被照顾、早就摆脱困境了！他们看上去的确缺少廉耻、腐朽不堪、肮脏龌龊，甚至很可恨，但很少有人陷进泥潭而不堕落，况且不幸之人和无耻之人往往在某一点上被混为一谈，而冠之以一个笼统的名称，给人判上死刑的名称：无赖，这到底是谁的错？再者说，陷落愈深难道救援不该更有力吗？

马吕斯一面斥责自己——马吕斯和所有心地确实诚实的人一样，常以教育家自居，对自己进行过分的责备——一面看着隔开他和容德雷特一家的墙壁，好像他满是怜悯的眼睛能透过墙给这家穷苦人送去温暖。那面墙不过是在窄木条和小梁上敷了一层薄薄的石灰，而且，我们说过，隔着墙也能把声音和每个人的腔调听得清清楚楚。只有马吕斯这种睁着眼做梦的人才长时间来毫无察觉。墙上没糊纸，两面都光着，容德雷特那面和马吕斯这面都是裸露的粗糙结构。马吕斯，出于无意识认真研究起这隔层来，幻想有时也能像思想一样进行研究、观察、思忖。他猛地站了起来，他刚刚发现在墙上，靠近天花板的地方，有个三角形的窟窿，是由三根木棍撑成的洞眼。堵洞眼的石灰已经掉了，人立在抽斗柜上，就能通过窟窿看到容德雷特的破屋。仁慈之人有而且应该有好奇心。这个洞眼可以当个窥视孔。窥视别人的不幸并给以援助，是可得到允许的。马吕想："看看这家人境况到底如何，大概是无妨的。"

他跳到抽斗柜上，眼睛凑向窥视孔，看过去。

六、穷　窟

城市，像森林一样，往往是最凶恶可怕的生物的藏身之处。不同的是，藏在城市里的，是凶残、污秽、卑琐的，也就是丑的；藏在森林里的，是凶恶、猛烈、雄壮的，也就是美的。同样是藏身地，兽窟优于人窟，野窟强于穷窟。

马吕斯看见的是个穷窟。

马吕斯也贫穷，他屋里一无所有，但他穷得高尚，屋子空得干净。他现在看到的这个破烂的却是丑陋、肮脏、臭气熏天、黑暗、污浊的。所有的家具不过是一把麦秆椅、一张破桌子、几个破旧的瓶子罐子和屋角处的两张破得一摊糊涂的床。全部光线从一扇挂满蜘蛛网的有着四块方玻璃的天窗透进来。这光线把人的脸装扮成了鬼脸。几面墙像害麻风病，布满裂缝和疤痕，仿佛一张被恶疾破了相的脸一般。上面附着一块块黄脓似的潮湿，还有一些用木炭画的猥亵的图形。

马吕斯的屋子，地上铺着一层不算整齐的砖；这一间没有砖，更没有地板；人直接走在陈旧的石灰地面上，已经把它踩得乌黑；地面凹凸不平，灰尘满地，不过还不失为一块处女地，因为上面不见扫帚扫过的痕迹；各种样子的破布鞋、烂拖鞋、臭布条，一堆堆散在四处，像满天星斗似的；屋里有个壁炉，为它要付每年四十法郎的租金；壁炉里放着个火锅，还有个闷罐，一些已经砍好的柴，和在钉子上挂着的破布片，还有一个鸟笼，灰渣，居然还着着一点火。两根烧燃的柴棒在咝咝地凄惨地冒烟。

破屋面积挺大，使它显得更加丑陋。屋里有一些凸角和凹角，一些黑黑的洞和倾斜的顶，一些类似港湾和海岬之类的东西。于是出现了许多神秘莫测的吓人的角落，那些地方仿佛藏着许多拳头那么大的蜘蛛和脚掌那么大的土鳖，或许还有几个人妖。

两张破床，一张挨着房门，一张挨着窗口。两张床都有一头顶着壁炉，也正冲着马吕斯。

一幅带木框的彩色版画挂在和马吕斯的窥视孔邻近的墙角上，画的下沿标着两个大字："梦境"。画上画着一个睡着的妇人和一个熟睡的孩子，孩子睡在妇人膝上，在云头有一张嘴衔花环的老鹰，妇人在梦中用手把花环从孩子头上挡开；远处，在一根深蓝色的圆柱旁，靠着头顶光环的拿破仑，在柱顶有个黄色的斗拱，上写：

　　马伦哥

奥斯特里茨
耶拿
瓦格拉姆
艾劳

画框下有块长的木板样的东西，斜靠在墙上。那可能是反着放的一幅油画，也可能是背面涂坏了的油画布，有块不知从哪儿摘下来的穿衣镜扔在那儿备用。

一个六十上下的男人坐在桌旁，桌上放着鹅翎笔、墨水和纸张，男子又瘦又小，面色蜡黄，目光阴狠，神态刁钻凶恶、又有点惊惶不安，看上去像个坏到家的恶棍。

拉华退尔若是对他这张脸加以研究，会在上面找到秃鹫和法官的混合相；恶鸟和讼棍能互为补充，互相丑化，讼棍使恶鸟更卑鄙，恶鸟使讼棍更狰狞。

那人长着一脸长长的灰白的络腮胡子，穿着一件女人衬衫，露着毛茸茸的胸脯，光着的胳膊灰毛直竖。他的长裤污垢厚厚的，一双靴子已经张了嘴，脚趾全露在外面。

他正叼个烟斗吸烟。穷窝里没面包却有烟。

他在写什么，估计是马吕斯读过的那类信。

桌子一角放着一本红皮的不成套的旧书，是那种旧租书铺的十二开版本，可能是一本小说。封面的书名用大字印成：《上帝，国王，荣誉和美妇》，杜克雷·杜米尼尔作。一八一四年。

那男子一面写，一面说话，马吕斯听他说：

“依我看，人死了照旧不平等！你去拉雪兹神甫公墓就清楚了。有钱人死了葬在上头，槐树立两旁，路面铺石块。车子把他们直接送到那里。小户人家，穷苦人，倒霉蛋，被扔在下头，烂泥浆齐膝的泥坑里，水坑里。他们被扔在那里，会很快烂掉！若是要去看看他们，就得做好会被陷在泥里的准备。

他说到这儿，停下来，在桌上捶了一拳，恨恨地接着说：

“哼！把这世界一口吞下去我才解恨！”

一个四十岁左右，也有可能一百岁的胖妇人蹲在壁炉旁边，用光脚跟垫着身体。

她只穿着一件衬衫和一条针织的裙子，裙子上有好几块旧呢布的补丁。一条围在腰上的粗布遮住了大半裙子。这胖妇人虽然缩成一团，但仍判断得出，她个子是极高的。和她丈夫比起来，简直是个丈六金身。她的头发丑极了，淡褐色，大半已经花白，时不时地她用她长着扁平指甲的大油手理理她的乱发。

她旁边的地上放着一本打开的书，和桌上那本一样大，可能是一部小说的另一册。

马吕斯在一张破床上窥见一个瘦长的面色惨白的小姑娘，她几乎没穿什么东西，瘫坐床边，两只脚耷拉着，一副不死不活、不听不看的样子。

这一定是刚才来过的那姑娘的妹子。

猛一看，她十一二岁。仔细瞅瞅，又像十五岁的。这就是昨晚在大路上喊“我就跑呀，跑呀，跑呀！”的那个孩子。

她是那种孩子，长时间不发育，然后又突然猛长，绝对病态。这是因为穷困而导致的可悲人类植物。这些生物没有童年期，也没有少年期。十五岁时像是十二岁，十六岁时又像二十岁了。今天还是个小姑娘，明天就成了妇人。她们仿佛在和年龄赛跑，为的是早点结束生命。

这时，那姑娘还是副孩子样儿。

此外，看不出这家子有从事劳动的迹象，没有织机，没有纺车，没有工具。一个角落里堆着几根让人起疑的废铁件。大概在完全绝望和迎接死亡时就是这种坐以待毙的阴惨景象。

马吕斯看了许久，感到这屋内一股鬼气，比坟墓还可怕，因为这里有人的灵魂在游移，还有生命在活动。

穷窟、地窖、火坑，有穷苦人趴在这里的社会最底层，还不是彻底的坟墓，只是坟墓的前厅，然而，就像有钱人在宫门口摆上最富贵华美的东西一样，死亡在这前厅里摆放了最破烂不堪的东西。

男子不说话，妇人闷在那里，也听不见那姑娘的呼吸。只有那支笔在纸上急急地划着。

一边写着，那男子又嘟囔起来：

"混蛋！混蛋！一切全是混蛋！"

所罗门的名言被他变了个说法，妇人听后叹息起来。

"好人，安定会儿吧，"她说。"别气坏了身子，心爱的。给这些家伙写信，已经很对得起他们了，我的人。"

人处于穷苦之中，就像在寒冷中，身子紧紧靠着，心却离得远远的。从表面看，这妇人似乎曾经以她心中仅有的一点点情感爱过这男子；但这点情感很可能在全家面临悲惨苦难之时，在日常的相互埋怨中已经渐渐隐灭了。对丈夫的柔情在她心里只剩了一点点燃尽的死灰。只是那些甜蜜的称呼保留了下来，还时时挂在口头上。嘴里叫着"心爱的""好人""我的人"，可她心里却激不起一点波澜。

那男子接着写他自己的。

七、谋略一番

马吕斯心里闷得难受，正想从他临时的瞭望台上下来，忽然一声响吸引了他的注意，使他站在那儿没动。

那破屋子的门突然打开了。

大女儿站在门口。

她脚上穿着一双男人的大鞋，鞋上沾满了污泥，她的冻红的脚脖也溅上了泥，一件破烂的老式斗篷披在身上，一个钟头前马吕斯没看到这些，也许当时她为了唤起他更多的怜悯心，把它留在门外，出去时又披上的。她走进来，顺手把门推上，然后，像庆祝胜利似的喊道：

"他来了！"

她父亲眼珠转了转，妇人转过头，妹子没动。

"谁来了？"父亲问。

"那位先生。"
"是那个慈善家吗?"
"就是他。"
"圣雅克教堂的那个吗?"
"对呀。"
"是那个老头?"
"是。"
"他要来吗?"
"他就在我后面。"
"你能确定?"
"能确定。"
"真的吗,他会来?"
"他坐着马车来的。"
"坐马车。还挺阔气嘛!"
父亲站起身来。
"你怎么能确定呢?他坐马车的话,你会比他先到?至少你该把我们的地址对他讲清了吧?你告诉他是过道底上右边最后一道门了吗?但愿他别弄错了!你在教堂找到他的吗?他看了我的信了?他说什么了?"
"行了,行了,行了!"大女儿道,"老头,你怎么跟开连珠炮似的!告诉你吧:我到教堂去,他在平常坐的位子上坐着,我向他问过好,把信递给他,他读了信,问我:'您住哪儿,我的孩子?'我说:'先生,我给您带路。'他说:'不必了，您告诉我地址，我女儿准备去买东西，我要雇一辆马车，我们和您会同时到您家的。’我便告诉了他地址。当我说到这栋房子时，他有些吃惊，迟疑了一下，又说：‘没关系，我去就是了。’弥撒散了场，我看见他带他女儿走出教堂，上了一辆马车。而且我跟他说得很明白，是过道底上靠右边最后一道门。”

“你怎么肯定他会来？”

“刚才我看见那辆马车已经走到小银行家街。于是我赶紧跑回来。”

“你怎么知道那马车就是他坐的那辆？”

“我特意看了看车号！”

“车号是什么？”

“四四零。”

“不错，你是个聪明的孩子。”

女儿大胆地看了看父亲，跷起脚来把鞋给他看，说：

“聪明孩子？可能是吧。但我说，以后我再也不穿这种鞋了，再也不穿了。首先，为了干净，其次，为了整洁。我想不会有什么东西比这透水的鞋底更让人讨厌了，一路上唧唧地响。我宁愿光脚走路。”

“你说得不错，”她父亲温和地答道，语调和姑娘的粗声粗气形成对比，“但是，如果光脚，你就进不了教堂。穷人也应该穿鞋。……走进慈悲上帝的家总不能光着脚。”他含着挖苦说道。然后想起了真正关心的事：“这么说，你敢肯定他会来？”

“我们前后脚。”她说。

男子直起腰，满面容光。

“我的妻，”他吼起来：“你听见了！慈善家就要来了。赶快把火弄灭。”

那妇人被他的话弄糊涂了，没动地方。

做父亲的不愧是闯江湖的，身手矫健地从壁炉上抓起一个缺了口的罐子，往两根焦柴上浇水。

接着他对大女儿说：

“你！捅穿了这把椅子！”

女儿被搞蒙了。

他抓起椅子，一脚踹下去，把它踹通了，脚也陷在了里面。

他边往外拔腿边问他女儿：

“外面冷吗？”

“很冷，还下着雪呢。”

父亲又对坐在窗口床边的小女儿雷吼似的喊道：

“快点！懒东西，快从床上下来！你怎么什么都不干！快弄碎一块玻璃！”

小姑娘颤巍巍地跳下床。

“把玻璃弄碎一块！”他吼道。

孩子吓得愣在那里，动弹不得。

“听见我说话了吗？”父亲又说，“我让你把玻璃弄碎一块！”

孩子吓得魂儿都没了，只好听命，她踮起脚举起拳头朝玻璃打下去。玻璃碎了，哗啦啦掉了一地。

“干得不错。”父亲说。

他瞪大眼睛迅速地扫视了一遍破屋的各个角落，神情严肃，动作急促。

此时的他真像个将军，为即将开始的战争做最后的部署。

母亲一句话也没说，她站起身，仿佛想说的话是凝固的，缓慢低沉地问道：

“心爱的，这是要干吗？”

“到床上躺着去。”男人回答。

那口气没有商量的余地。妇人顺从地倒在一张破床上，重重地躺了一大堆。

这时，屋角传来抽抽搭搭的哭声。

“怎么了？”父亲吼道。

小姑娘在黑旮旯里缩成了一团，她不敢上前，只把一个血淋淋的拳头伸出来。这是打碎玻璃时受的伤，她到母亲床边，小声地哭起来。

母亲见状，坐起身来，嚷开了：

“这下好了吧！瞧你的蠢主意！打玻璃干吗？她的手都流血了！”

“那就更好了！”那男子说，“我就知道会这样。”

“什么？你知道？”妇人满是惊愕气愤。

“闭嘴！”父亲喝道，“我说你们不要随便讲话。”

然后，他把他身上那件女人衬衫扯了一条下来，当成绷带，没好气地裹上女孩流血的手腕。

弄好后，他低头看了看撕破的衬衫，觉得很满意。他说：

“衬衫这样子还凑合，这一切看起来满是那么回事的。”

一阵冷风飕地从窗口吹进破屋里。浓浓的雾气也从外面钻进来，散开，成了白茫茫一片，好像一只看不见的手在暗地里散棉絮。从碎了玻璃的窗棂看出去，雪下得正紧。昨天圣烛节预计的严寒真的来了。

父亲又环视四周，似乎是看看自己还忘了干什么。他用旧铲子在那两根浇湿了的焦柴上又撒了些灰，把它们完全盖上。

然后站起身来，靠在壁炉上说：

“现在让我们迎接慈善家的到来吧。”

八、一线光明

大女儿走上前，握住父亲的手说：

“摸摸我的手，你看多凉。”

“这有什么！”父亲说，“我比你冷多了。”

母亲着急地喊：

“你比谁都强，你！不管干什么，干坏事也是。”

“闭上你的臭嘴！”男人说。

母亲看他神情不对头，便不再言语了。

一时间穷窟里鸦雀无声。大女儿没别的可做，清理起斗篷下摆上的泥巴，妹妹还在不停地抽噎，母亲用手拢过她的头，一个劲儿地吻她，轻声对她说：

“宝贝，求你别哭了，不碍事的，你爹会生气的。”

“哭！”她父亲喊道，“正好相反，哭吧，哭吧！哭哭有好处。”

接着又对大女儿说：

“怎么回事！他怎么还没到！他不来可怎么办！我把火浇灭了，把椅子捅穿了，把衬衫撕破了，把玻璃也打碎了，这多亏呀！”

“还让小乖受了伤！”母亲小声说。

“你们看，”父亲接着说，“在这鬼窝里，冻得人像条狗似的。如果那人不来了！呵！我明白了！他故意让我们等他！他一定认为：就让他们等等吧，他们本该如此！呵，这帮人，我恨死他们了，真想一个个掐死他们，这样我才痛快、才高兴呢，这帮有钱人！所有这些有钱人！这些人，自许为善士，嘴里满是甜言蜜语，他们做弥撒，信鬼神甫！崇拜的皮帽子，翻来覆去，上嘴皮一碰下嘴皮，满以为高我们一等，到跟前来羞辱我们，听上去好听，说是给我们送衣服来的，其实都是些值不了4个苏的破衣烂衫，和面包！这些东西不是我想要的！这帮混蛋！我要钱！哼！钱！没门儿！他们会说我们拿了钱会去喝酒，说我们都是点子醉鬼和懒虫！他们呢！他们又是些什么东西？以前他们是做什么的？做贼的！不这样，他们的钱打哪儿来！哼！这世道，应该像提台布的四角一样，把这社会整个儿抛到空中去！都死掉，有可能，但至少大伙一样的一无所有，这才公平！……他究竟干什么呢，你那牛嘴巴的善士先生？他到底来不来！这家伙肯定忘了地址了，这老家伙……”

这时，传来轻轻的敲门声，男子急忙冲向门口，打开门，连连深深鞠躬，一脸全心仰慕的笑容，一边大声说：

“请进，先生！赏个脸，快请进，我的恩人，久仰大名，还有您这位标致的小姐，快请进。”

在穷窟门口，站着一个年岁已高的男子和一个年轻的姑娘。

马吕斯站着没动。此时仅凭人类的语言是无法表达出他的感受的。

“她”终于出现了。

恋爱过的人都清楚这个简单的“她”有着多么光明绚烂的含义。

她真的来了。一层亮光光的水雾蒙上了马吕斯的双眼，几乎不能将她看清楚。正是他寻觅已久的意中人，那颗照耀他六个月的星，瞧她那眼睛、那额头、那嘴，那寻不着时阳光也被带走的美丽容颜。现在那本已破灭的幻象重又回到眼前。

在这里暗地方，这破烂人家，这不像样儿的穷窟里，这丑陋不堪的处所，她出现了！

马吕斯惊愣得浑身颤抖。天！真的会是她！他的心狂跳不止，以至于他的眼看不真切。他觉得自己难以自禁，想要痛哭。天！到处寻找，找了这么久，竟会在这里看到她！他觉得自己像是找回了丢失了的魂儿。

她基本上未变，稍稍苍白了点儿，一顶紫绒帽子围着她文雅秀气的脸儿，一袭黑缎斗篷裹着她的身子。缎靴紧包着两只纤巧的脚，在长袍下隐约露出来。

白先生仍旧陪伴着她。

她走到屋子中间，放到桌上一个相当大的包裹。

容德雷特家的大女儿退到了房门后面，沉郁地看着那顶绒帽，那袭斗篷和那张迷人的幸福的脸。

九、容德雷特差点哭了

从外面刚走进这如此阴暗的穷窟，还以为是进了地窖。因而四周人物在这两位初次光临的客人看来有些模模糊糊，他们往前走时心里很是迟疑，但在这破屋久住的人，早已习惯了这微弱的光线，早把他们俩看得清清楚楚，而且将他们仔细打量了一番。

带着慈祥、低抑的笑，白先生向容德雷特走去，对他说：

“先生，我带来几身家常衣服，是新的，还有几双袜子和几条毛毯，放在这包里，请收下吧。”

“我的恩人，您简直像个天使，您对我们太仁慈了。”容德雷特一面说，一面深深地鞠了个躬，弯腰直弯到地面上。接着趁着两个客人打量屋内的破烂情形，又弯腰在大女儿耳边急忙小声说：

“看，怎么样，我猜得没错吧？早知道是这样，一包破衣服！一个子儿都没有！这些人都是这样子！还有，我给这老白痴的信，是用什么名字签的？”

“法邦杜。”女儿答道。

“戏剧艺术家，正好！”

容德雷特还算走运，白先生这时正转过身来和他讲话，看那神气似乎是忘了他叫什么名字：

“您的情形看来的确是不怎么顺心……先生。”

“法邦杜。”容德雷特急忙答道。

“法邦杜先生，没错，我记起来了。”

“一个戏剧艺术家，有过一点微薄的成就，先生。”

讲到这儿，容德雷特觉得很显然是时候抓住这个“慈善家”了。他讲起来，声音大大地，那里既有市集上卖技人的讲起大话手到擒来的派头头儿，又有街头乞丐的死皮赖脸的哀求腔调：“师从塔尔马，先生！我是塔尔马的弟子！早些时候，我曾春风得意。唉，只是现在，倒霉了。您看着，我的恩人，没面包吃，没火取暖，我俩闺女没火烤！仅有的一张椅子也坐通了！玻璃也碎了一块！尤其在这鬼天！内人也卧床不起了，正病着呢！”

“可怜的妇人！”白先生说。

“这个孩子还带着伤！”容德雷特又加了一句。

小女儿因见客人来，注意力转移到了“那位小姐”身上，已经不哭了。

“快哭！快喊！”容德雷特小声告诉她。

同时他使劲掐了一下小女儿受了伤的手。这一切统统像魔术师变戏法一样。

果然，小姑娘大声叫起来。

那位小姐，马吕斯心里那个“玉秀儿”，赶忙走过去：

“我可怜的亲爱的孩子！”她说。

“我美丽的小姐，您看看，”容德雷特连忙说：“她的手腕还淌血呢！她在机器前遇到了这种意外，为的是每天挣上六个苏，也许这手臂非得锯掉呢。”

“这是真的吗？”感到震惊的老先生问。

小姑娘信以为真，大哭起来，极为伤心。

“当然是真的，我的恩人！”那父亲答道。

说这话之前，容德雷特早已偷偷注意打量这“慈善家”了。他边说话边留意观察他，仿佛在记忆里搜索什么往事。趁两个客人关切地询问小姑娘伤势的当儿，他很快地走到床边，那个呆痴颓丧的女人躺在那儿，他的极低的声音急促地对她说：

“注意瞅瞅那老家伙！”

然后他转向白先生，接着诉说自己的不幸：

“您看，先生，我的衬衫，只有这一件，我，这还是我内人的，除了它，我实在没有其他的衣服了！已经破得不像样了！这又是最严寒的冬天。我出不了门，我没有外出的衣服。不管什么样的外衣，要是有一件，我就可以去看望马尔斯小姐了，她认得我，而且对我很够意思。她一直住在圣母院塔街，没错吧？先生，您知道吗？我们还在外省一起合作演过戏呢。我有幸分享了她的荣誉。原以为色里曼纳会给我以援助之手，先生！以为艾耳密尔会施恩于维利萨里的！然而没有，一点都没有。而且家里一个苏都拿不出来！我老婆的气结病老是犯。这可能是岁数的问题，但与神经系统也有关系。她急需有人救助，小女也一样！但医生哪找！药剂师哪找！没钱哪找得起呀？一个小钱都拿不出来！若有一个大钱，我宁愿对它磕头，先生！您看看艺术的价值是多么低廉！而且，您可知道，我漂亮的小姐，还有您，我大方的施恩者，您可知道，您二位在美德和仁慈的氛围里生活，礼拜堂也因你们的光临而充溢着芬芳，你们每天光临礼拜堂，我这可怜的女儿每天也去那儿祷告，因而得以天天见到二位……因为我乐意让我的女儿在宗教信仰中受到教育，先生。我不愿她们去干演戏的活儿。啊！下贱孩子！如果她们敢胡闹！我不是在说着玩儿，我！我习惯给她们灌输荣誉、道德、操守的观念！您一问便知。她们应往正道上走。她们有父亲。不是开始就无家可归，也不该落到最后人尽可夫，她们不该是那样的苦孩子。这世上确确实实有不少没人管束的姑娘成了大众共享的女人。幸好，法邦杜家没出这种伤风败俗的事！她们全被我教育成贞洁的女人，她们会是诚实的、而且是温雅的，还应当信仰天主！信仰这神圣的称呼！……但是，先生，我尊贵的先生，您哪知道的明天会有什么事发生？明天，二月四日，多么要命的日子，我的房东把它作为我的最后期限，如果我不能在今晚付给他钱，明天我大女儿、我本人、我发着高烧的内人、受了伤的小女儿，都将被逐出破屋，被赶到外面去，被扔在街上、大路上、雨里、雪里，再无安身之地。情形就是这样，先生。我欠租四个季度，整整一年！也就是说，六十法郎。”

容德雷特说的是假话。四个季度只需要四十法郎，他也没欠四个季度，两个季度前马吕斯已经替他付了租金。

白先生从衣袋里掏了五个法郎出来，放到桌上。

容德雷特偷偷瞥了一眼，在他大女儿耳旁抱怨：

“混球！他这五个法郎够干什么？赔我的椅子和玻璃都不够！我需要钱来花呀！”

这时白先生从身上脱下了那件套在蓝色骑马服上的栗色大衣，放到椅背上。

“法邦杜先生，”他说，“这五个法郎是我身上仅有的，我先把我女儿送回去，今晚再来，您不是今晚要把租金付清吗？”

一种奇特的表情出现在容德雷特脸上，他立刻有了精神，回答说：

“对，我尊贵的先生，我得在 8 点钟到我房东那去。”

“那我六点钟到您这儿，把那 60 法郎给您拿来。”

“我的恩人哪！”容德雷特听到这话差点疯了。

一边喊，他又压低声音说：

“注意看他，我的妻！”

白先生挽着年轻美貌的小姐，转向房门，说：

“我的朋友们，晚上再见吧。”

“六点钟吗？”容德雷特问。

“六点整。”

这时，容德雷特的大女儿看到了留在椅背上的外套。

“先生，”她说，“您的大衣。”

容德雷特狠狠瞪了她一眼，又耸了一下肩，那动作吓人极了。

白先生转过身，笑眯眯地答道：

“我没忘，留给你们吧。”

“哦，恩人，”容德雷特说，“我无比高尚的恩人，我要泪如雨下了！千万别嫌弃，请让我来给您领路吧，把您送上车。”

“如果您非去不可，”白先生说，“把这件外套穿上吧，天真得很冷呢。”

用不着别人说第二次，容德雷特立即穿上了那件栗壳色大衣。

他们三个一起走出去，容德雷特在前领路。

十、出租马车有定价

马吕斯把这一切的所有细节全都看在眼里，但事实上他又什么都没看见。他的眼睛一刻也没离开那位年轻小姐，他的心，从他踏进这破屋子的第一步起，就已经，完全能这样说，把他整个抓住并吸住了。她在这儿停留的全部时间里，他整个沉浸在仰慕里，他的感觉知觉完全停顿了，整个灵魂专注在这一点上。他全心全意地景仰着，不单是那姑娘，而是一团缎子斗篷和丝绒帽包裹着的光辉。即使天狼星在这屋子里，他也不会觉得有这样耀眼。

姑娘打开包裹，给她们看了衣服和毛毯后，又温和地询问那母亲的病况，满是怜惜地打听小妹的伤势，他窥看她的每一个动作，窃听她说话的声音。她的眼睛、她的额头、她的容貌、她的身段、她走路的样子，马吕斯早就认识了，她说话的声音却还不熟悉。在卢森堡公园里，有一次他仿佛捕捉到她说话时的几个音，但没听真切。哪怕少活十年，他也愿意听听她的声音，也要把这样的音乐，一点点也好，留在他的灵魂里。然而这一切都被容德雷特乱七八糟的扯淡话和喇叭样的怪叫声淹没了。马吕斯欣喜若狂的心因此生出真正的愤怒。他眼睛一眨不眨地盯着她。他简直想象不出，这玉女似的人儿会出现在这丑恶的穷窟中、这群龌龊的下贱货身边。这仿佛是一只蜂鸟出现在了癞蛤蟆群里。

她出去时，他唯一的念头就是跟上去，紧紧跟着，不找到她住哪决不罢休，至少在这偶遇之后再不能失去她。他跳下抽斗柜，拿起帽子。当手摸到门闩要开门出去，他又犹豫了。那条过道很长，楼梯又很陡，容德雷特还没完没了地说，白先生肯定还没坐上车，如果他在过道里，或楼梯上，或大门口，扭头看见马吕斯住这房子里，他一定会很诧异，若再没想法避开他，事情就又弄糟了。怎么办？还等吗？车子在等的时候会开走的。马吕斯一时不知怎么办才好。最后，他决定还是冒一次险，走出了屋子。

人已不在过道里，他赶忙跑到楼梯口。楼梯上也不见人影。他急忙下楼，跑到大路上，只见一辆马车拐进了小银行家街，要回巴黎城区去了。

马吕斯朝着那方向追过去。到拐弯时，又见那马车从穆夫达街急急往下走，马车已走出很远，追不上了，怎么办？接着跑吗？不行，车里的人会看到有人在后面追，那父亲会认出他的。这时，真是天赐良机，大路上走过一辆空的出租马车。跳上车去追那一辆，不失为一个好办法。这办法切实可行、不会有危险。

马吕斯伸手拦那辆车，喊道：

"按钟点算！"

马吕斯当时没打领带，穿着那件丢了好几粒纽扣的旧工作服，衬衫在胸前的地方还撕破了一个口子。

车夫停下来，挤着一只眼，伸左手给马吕斯，轻轻搓着大拇指和食指。

"什么意思？"马吕斯问。

"先付钱。"车夫说。

马吕斯这时想起来他只带了十六个苏。

"多少钱？"他问

"四十个苏。"

"回头我会付的。"

车夫嘴里吹着《拉·巴利斯》的调子，以此作为唯一答复，并朝他的马甩了一鞭子。

马吕斯呆呆地看着马车从面前走过去。因为少了24个苏，他与他的欢乐、他的幸福、他的爱失之交臂！他再度被黑暗笼罩！他看见她了，但现在他的眼又失明了！他万分苦恼，可以说，极为懊悔，早上不该把那五法郎给那穷丫头。如果现在有那五个法郎，他就得救了，他就有新生了，就能摆脱迷惘黑暗的境地，摆脱孤独、忧郁、单身的生活了，他已把命运的黑线系在了那根飘过他眼前的美丽的金线上，但这次又被扯断了。他颓丧地回到家。

他本该想起白先生会在傍晚时应约再来，只需这回好好准备跟踪就是了，但当时他只注意到那小姐，几乎没听见这话。

正要上楼梯，突然他看见容德雷特，穿着白先生的外套，在大路那边，沿着哥白兰便门街那堵很少有人过的墙，和一个行为鬼祟、被称为"便门贼"的人交谈着，那是种面目可疑语言隐晦、神气险恶的人，他们时常白天睡觉，使人很容易想到他们是在黑夜工作。

那俩人站在飞旋的大雪里，挤成一团谈话，一动不动，城区的警察看见一定会加以注意，马吕斯却没什么警惕。

但是，尽管他正沉浸在伤心事里，却还是告诉自己，那个和容德雷特谈话的便门贼很像个叫邦灼、又叫春天、又叫比格纳耶的人，因为以前有一回，古费拉克曾指着这人给他看，说他经常在夜里出没此地，是个相当危险的家伙。前一卷，我们提到过这个名字。这个还叫春天或比格纳耶的邦灼，以后的时日犯过好几起刑事案子，而成了臭名远扬的恶棍。这时的他还只是小有名气。到今天，他已成一个盗窃犯和杀人犯中的历史人物。前朝末年时他曾创立了一个学派。每当傍晚天快黑时，在拉弗尔监狱的狮子沟里，人们一伙一伙低声谈论的话题就是他。这监狱有一条粪便沟，它穿过围墙与外面相通，墙头的路供巡逻队使用，一八四三年发生的空前的大越狱案子里，三十名犯人就通过这条粪沟逃走了，人们在这粪沟的石板上可以看到他的名字：邦灼，那是他某次企图越狱时大胆刻在围墙上的。一八三二年，他已引起了警察的注意，不过那时他还未正式开业。

十一、穷困之人应该帮帮痛苦之人

马吕斯一步步慢慢爬上楼梯，正要回他冷清的屋子，只见容德雷特家大女儿跟在他后面从过道里走过来。他看见她，气不打一处来，正是她拿走了他的五法郎，问她要，已经太迟了，出租马车早走了，那轿车走得就更远了，而且她未必肯还。向她打听刚才那两个人的地址，也没什么用，她自己首先就不清楚，因为那封签着法邦杜名字的信的收信人是“圣雅克·德·奥·巴教堂的行善的先生”。

马吕斯走进他的屋子，顺手关上门。

门关不上，他转过身，看见半开的门被一只手挡着。

“什么事？”他问，“谁呀？”

是容德雷特大姑娘。

“是您？”马吕斯狠巴巴地说，“怎么又是你，你还想要什么？”

她没作声，好像在想什么。早上大模大样的样子不见了。她不进门，只在过道中的黑影里站着，马吕斯从半开的门能看见她。

“怎么了，您怎么不出声？”马吕斯问，“您来做什么？”

她抬起一双阴郁的眼睛看着他，眼神中稍稍有了一点光彩，她冲他说：

“马吕斯先生，您看上去不大高兴。您有心事吗？”

“我？”马吕斯说。

“对，您。”

“没什么。”

“一定有事！”

“没有。”

“我肯定您一定有！”

“别管我的事！”

马吕斯又要关门，她还是顶着。

“您听我说，”她说道，“您用不着这样。虽然您没钱，但今天早上您做了个好人。现在您再做个好人吧。您使我有了吃的，现在把您的心事让我听听吧。看得出来，您很苦恼。您苦恼是我不乐意见到的。您怎样才会开心呢？我能做点什么？给我派点用场吧。我无意打听您的秘密，您无须告诉我，但毕竟我还是能有点用处的。我既然可以帮我父亲，当然我也能帮您。若是要送信、跑腿，挨家挨户问点什么，打听个地址，跟踪个什么人，我都行。不是吗？您尽可以放心地把您的事告诉我，我帮您去传话。有时就需要个人去传话，把话告诉他就行了，事情也就行得通了。让我为您出点力吧。”

马吕斯听了，计上心来。人在感到自己要摔倒时，难道还要对什么样的树枝挑挑拣拣吗？

他靠近容德雷特大姑娘挪了步。

“你听我……”他说。

立刻她打断他的话，快乐的光从眼里闪出来。

“啊，好，您对我讲话称‘你’就行。这样做我喜欢！”

“好吧。”他说，“刚才是你把那老先生和他女儿带到这儿来的吗？”

“对呀。”

“你知道他们住哪儿吗？”

“不知道。”

“那你替我打听打听吧。”

容德雷特姑娘刚从抑郁转为快乐的眼睛，这会儿又从快乐变做了阴沉。

“您就要这个？”她问。

“是的。”

“您认得他们？”

“不认识。”

“那意思就是，”她忙改口，“您不认识她，但您想认识她。”

她把“他们”改为“她”，自有一股难以名状的苦涩味在里头。

“别管那么多，你办得到吗？”

“帮您找到那漂亮的小姐的地址吗？”

马吕斯听到“那漂亮的小姐”几个字又觉得不快。他接着说：

“反正是一回事！那父亲和女儿的住址，他们的住址，就行了！”

她定定地看着他。

“您怎么谢我？”

“随你要什么都行。”

“随我要什么，都行吗？”

“是的。”

“我一定办到。”

她低下头，然后，很快的，把门一下子带上了。

剩下马吕斯又形单影只了。

他坐进一张椅子，头和两肘靠在床边，陷进了梳理不清的千头万绪里，他只觉得晕晕乎乎，不能自持。从清早接连发生的事，天使的意外出现和之后的消失，容德雷特姑娘刚刚对他讲的话，在茫茫苦海中飘浮着一线微光、一线希望，这一切都零乱地充斥着他的头脑。

突然他从梦幻中醒了过来。

他听见容德雷特响亮生硬的声音说了这样几句话，和他大有关系，并且让他倍觉蹊跷：

“告诉你，我肯定没看错，我认清了，就是他。”

容德雷特指谁？他认清了谁？白先生？“他的玉秀儿”的父亲？容德雷特早就认得他吗？难道马吕斯能这么出人意料地了解到一切，使他不必再为生命黯淡凄清伤神了吗？而且这样突然。难道他终于能知道所爱是谁了？那姑娘是谁？她父亲是谁？难道遮掩他们的那重重的黑影到了该消散的时候？幕罩即将开启：啊，天啊！

他几乎是纵身跳上而不是爬上那抽斗柜，守在了那个小洞旁边。

容德雷特的穷窟重新展现在他眼前。

十二、白先生的五个法郎

那屋里还是老样子，只是妇人和姑娘穿上了包里的衣服、袜子和毛线衫。两条新毛毯丢到了两张床上。

显然容德雷特刚回来。他还带着从户外带来的急促的呼吸。两个女儿坐在壁炉旁的地上，姐姐在给妹妹包扎伤口。那妇人躺在靠近壁炉的破床上，泄了气一样，一脸惊讶。容德雷特在屋里来回踱着大步。他的眼睛与平常大不相同。

在丈夫面前，那妇人像是有点胆小，傻愣愣的，壮了壮胆子对他说：

“怎么，真的？你看清楚了？”

“看清了！八年了！但我还是认得出他！啊！我还认识他！一下子就认出来了！怎么，你没看出来？”

“没看出来。”

“我不是提醒你了吗？要你注意！没错，就是那身材，就是那长相儿，有些人不会老，不知他们是怎么弄的，就是那说话的声音。只不过他穿得更好一些罢了！啊！神秘的鬼老头，今天可是落到我手心里了，哈！”

他停下来，对两个女儿说：

“你们俩，别在这儿待着！怪事，你竟然没有看出来。”

两个姑娘为了服从，站起身来。

那母亲怯生生地问：

“她手受伤了也得出去？”

“冷空气对她有好处，”容德雷特说，“去吧。”

很明显他是个容不得别人有不同意见的人。两个姑娘出去了。

快出房门时，父亲拽住大女儿的胳膊，用一种很特别的语气说：

“5点整，你们得回到这儿，两个人都要回来。我有事需要你们办。”

马吕斯集中了注意力。

只剩了容德雷特和那妇人，他又在屋里来回走起来，一句话不说地转了两三圈，然后花了几分钟把身上穿的女人衬衫的下摆塞进裤腰里。

“还要我再告诉你一件事吗？那小姐……”

“怎么？”妇人说，“那小姐？”

马吕斯心中清楚，他们下面谈的一定是她。他侧耳倾听，心情焦急炽热。他全部的生命力此刻都体现在了两只耳朵上。

但容德雷特却弯下腰，压低了声音和那妇人谈话。过后他直后悔，大声说道：

“就是她！”

“那东西？”女人说。

“那东西！”丈夫说。

没有哪种语言能够表达母亲的“那东西”这句话是什么含义。那是在一种凶狠恶毒的腔调中掺杂了惊讶、狂暴、仇恨、愤怒。这肥软痴呆的女人，听了丈夫在耳边说的几个字，大概是什么人的名字，立刻清醒过来，从不随变成了狰狞。

“绝对不可能！”她吼道，“我的女儿还光着脚，穿不上一件裙袍，怎么！又是缎斗篷，又是丝绒帽、缎子靴，这些就已是两百多法郎的家当！简直像个贵妇人！不可能，你肯定是弄错了！首先，那个丑陋无比，这一个长得却不坏！她的确长得不坏！不可能是她！”

“我断定是她。你等着瞧吧。”

容德雷特婆娘听他说得这么绝对，抬起宽宽的红中夹着白的脸，眼睛一眨不眨地盯着天花板，神情奇特而丑陋。马吕斯觉得她此时的样子比容德雷特还让人恐惧。那简直是头目光凶狠的母猪。

“不像话！”她说，“这个不叫人喜欢的怜悯地看我那俩闺女的漂亮妞，竟然会是那个小叫花子！哼！我恨不得提起木鞋踢她几脚，踢出她的肚肠子来。”

她从床上跳下来，头发乱乱的，两个鼻孔鼓鼓的，张开嘴，握紧拳头，身子往后仰，这样站了会儿，又倒在破床上。她男人一点不理会她，只顾来回走。

屋子里没了声音，停了会儿，容德雷特走回到女人旁边，跟以前似的，叉起了两条胳膊。

“还想让我再告诉你点什么吗？”

“什么？”她问。

他低沉然而干脆地说：

“我发了财了。”

女人望着他，愣愣的，那样子仿佛是说：这个和我讲话的人别是疯了吧？

他又说：

“他妈的！这么长时间，在这个‘要么你就挨冻要么你就挨饿’的教区里，我总是个穷教民！这份穷罪我受够了！我受罪，别人也好不到哪儿！我没心思开玩笑，我不知道那有什么劲，听够了好话了，好天主！别再摆弄人了吧，永生的天父！我要吃个饱，喝个够！吃够了，睡足了，什么事也不干！这回也该我来享享福了！我得在进棺材前稍稍过过当百万富翁的日子！”

他在破屋子里又转了一圈，加了一句：

“跟那些人一样。”

“你说这个干吗？”妇人问。

他摇头晃脑，眯起一只眼，提高了声调，像个准备在十字路口开始表演的卖艺人：

“干吗？听我说！”

“小声点！”妇人悄悄说，“要是不能让人知道的事，就别这么大声。”

“不碍事！谁听？隔壁那个？刚才我见他出去了。再说他听得见吗，那个大傻蛋？没错，我看见他出去了。”

但出于下意识，容德雷特还是放低了嗓门，低得倒也不至于让马吕斯听不见。马吕斯能将这次谈话听得清清楚楚，一方面是得了街上积雪的便，这使过往车辆震动的声音减轻了。

马吕斯听到这样一段话：

“注意听我说。捉到他了，那个财神爷！等于捉着了，肯定没问题，全安排妥了。我找了好几个人，他今晚六点来，送那六十法郎来；坏家伙！你瞧我多替你们操心，我那六十法郎，我房东，我的二月四号！压根就不是一个什么季度的期限！滑稽！六点钟他就来！邻居正好去吃晚饭。毕尔贡妈妈也要去城里洗碗。这房子里就没人了，隔壁那小子十一点以前是回不来的。两个小东西来放风。你也可以帮上一点，他会服从的。

“要是他不服从呢？”妇人问。

容德雷特做了个阴森的手势，说：

“那我们就砍他的头。”

说完，他大笑起来。

马吕斯还是头一回听到他笑。笑声冷漠而平静，让人毛骨悚然。

容德雷特拉开壁炉旁的壁柜，拿出一顶鸭舌帽，用袖口擦了擦，戴在了头上。

“这会儿，”他说，“我得出去一趟。我还得去看几个人，几个高手。你瞧着吧，一切都会很顺利。我尽快回来，这是宗好生意。你把家看好。”

说着，他把两个拳头插进裤袋，想了想，又大声说：

“你知道，幸亏他没认出我来，他！假如他认出我来了，就不会来了。他一向躲着我们！是这胡子救了我！我这浪漫派的络腮胡子！这漂亮的浪漫派的小胡子！”

他又笑起来。

他走到窗口。雪还在下着，灰色的天空被划成了数不清的条条。

“鬼天气!”他说。

他把大衣往紧里裹了裹。

“腰身肥了点，不过不要紧，”他又说，“也幸好他给我留下了它，那些家伙！我要是没它就出不去了，计划也就实行不了了！看来事情是一环套一环的啊!”

他把鸭舌帽拉到眼皮上，出去了。

走了还没几步，门又被打开了，门缝里伸进他阴险狡猾的侧影。

“忘了告诉你，”他说，“生好一炉煤火。”

说着他把一枚五法郎的钱扔进女人的围裙兜里，那是“慈善家”留下的。

“一炉煤火?”女人问。

“对。”

“几斗煤啊?”

“要足足的两斗。”

“那得要三十个苏。那我拿剩下的钱买晚饭。”

“见鬼，那可不行。”

“怎么不行?”

“不许花完它。”

“为什么?”

“因为我还得买点东西。”

“什么东西?”

“反正是一些东西。”

“得要多少钱?”

“这附近哪有五金店?”

“穆夫达街有。”

“噢，想起来了，那铺子在一条街的拐角上。”

“那你总该告诉我买那些东西要多少钱吧。”

“五十个苏到三法郎。”

“剩下的就算买晚饭也不多了。”

“今天还轮不到吃饭的事，还要做更重要的事呢。”

“宝贝，倒是也够了。”

听他女人说完，容德雷特把门又带上了，这回马吕斯听到过道里他的脚步声越来越远，很快就下了楼梯。

圣美达教堂的钟这时正敲一点。

十三、不想念“我们的天父”

尽管马吕斯已是神魂颠倒，但我们说了，他的性格是坚定刚强的。在他的同情心和怜悯心发展的同时，爱独处思考的习惯也许把他易冲动的性情消磨了，但他见义勇为的气质一点不受影响。婆罗门教徒的慈悲和法官的严厉，使他不忍心伤害一只癞蛤蟆，但是他会踩死一条毒蛇。而现在他面临的正是一个毒蛇洞，摆在他眼前的是个魔窟。

“必须把这帮无赖笼住。”他心想。

他希望猜出的诸多哑谜一个都没揭开，反而相反，它们变得更难猜了。除了知道容德雷特认识卢森堡公园里那美丽的女孩和自称白先生的男子以外，其他方面的信息一点没增多。不过通过那些含糊不清的话，至少马吕斯搞清了一点，那就是一场凶险的暗害阴谋正在酝酿中，他们俩都有巨大的危险，或许她能幸免，她父亲却必遭毒手，一定要向他们伸出救援之手，一定要粉碎容德雷特恶毒的诡计，把那些蜘蛛网清除掉。

他看了容德雷特女人一阵。只见她从屋角里拖出来一个旧铁皮炉子，又去翻一堆废铁块。

他轻轻地跳下抽斗柜，极为小心，不出一点声。

阴谋使他惊恐，容德雷特两口子使他心中充满憎恶，在这样的感觉中，马吕斯想到也许自己能出点主意为心爱的人出点力，不觉感到些许快慰。

可是该怎样做呢？通知那两个要陷入阴谋之中的人吗？到哪儿找他们呢？他不知道他们在哪儿。她曾在他眼前重视片刻，转瞬又隐入了巴黎的汪洋之中。或是在傍晚六点，在门口等白先生，他一出现就立刻告知他吗？但容德雷特和他那伙人会察觉他的意图，那地方人迹罕至，力量又相差太大，他们会想法扣住他，或把他劫持到远方，那样的话他想救的人也活不成了。现在刚一点，六点阴谋才会实行，马吕斯还有五个钟头。

只剩了一个办法。

他穿上那身还算凑合的衣服，脖子上围了方围巾，拿起帽子溜了出去，一点声响没出，就像赤着脚走在青苔上一样。

容德雷特的女人还在乱翻那废铁堆。

马吕斯出了大门，走向小银行家街。

街的中段有道很矮的墙，墙上有几处能一步跨过去，墙后是一片荒地。他心中盘算着，慢慢走过这地方，脚步声消失在积雪里。忽然他听到耳边有人小声谈话。他转过头寻看，街上空无一人，而且是大白天，但他的确听见有人谈话。

他想起来伸头到身旁的墙上看看。

果然，有两个人背靠着墙，在雪里坐着低声谈话。

他没见过这两个人。其中一个长了一脸络腮胡子，穿着件布衫，另一个头发长长的，衣衫褴褛。长络腮胡子的那个戴着一顶希腊式圆统帽，另外那个光着头，雪花落在他头发上。

马吕斯把头伸在他们的头上面，能听见他们说什么。

头发长长的那个用肘弯推一个：

“有猫老板，不会出错。”

“你这么想?”络腮胡子说。长头发又说：

“五百大头的票子每人一张，就算倒霉透顶吧，五年、六年，十年也就到头了。”

另一个把手伸到希腊帽子下搔了搔头皮，犹豫不决地说。

“是，这事是不假。谁也不是不想。”

“我敢打包票这档生意不会砸，”长头发又说，“那老什么头的栏杆车还套上牲口呢。”

然后他们聊起前一晚在逸乐戏院看的一出音乐戏剧。

马吕斯继续赶路。

他觉得这俩人鬼鬼祟祟躲在墙后，蹲在雪里说了那些暧昧不明的话，也许这和容德雷特的阴谋会有牵扯。“问题”就在这儿。

他朝圣马尔索郊区走去，遇到最先一家铺子就打听警察的哨所在什么地方。

人家告诉他在蓬图瓦兹街十四号。

马吕斯朝那地方走去。

路过一家面包店，他买了两个苏的面包；吃了，大概到吃晚饭时还会饿。

他一边走，一边谢天谢地。他心想，早上若没送给容德雷特大姑娘那五法郎，他就已跟踪白先生的马车去了，那就什么也知道不了，也就没法制止容德雷特两口子的阴谋，那白先生完了，他女儿也一块儿完了。

十四、警官打了律师两拳

走到蓬图瓦兹街十四号，上了楼，马吕斯要求见哨所所长。

“所长先生不在，”一个无关紧要的打杂地说，“不过有个代替他的侦察员。您想见见他吗？事情紧急吗？”

“急。”马吕斯答道。

打杂的勤务把他领进所长办公室。一个身材高大的人站在一道栅栏后，靠着火炉，两手提着一件加立克大衣的下摆，大衣很宽大，有三层披肩。那人一张方脸，嘴唇很薄但轮廓鲜明，两丛灰色鬓毛又浓又厚，形象极为粗野，那目光可以把你的衣袋看个底朝天。也可以说那种目光不能穿透却会搜索。

这人神气凶狠可怕，和容德雷特不相上下，很多时候我们见到一条疯狗不比见到一匹狼放心多少。

“您要做什么？”他对马吕斯讲，连声先生也不叫。

“您是所长先生吗？”

“他不在。由我来代替他。”

“我要谈件秘密事。”

“谈吧。”

“情况很紧急。”

“那就赶快谈。”

这人，冷静而突兀，使人对他害怕的同时也心安。他给人以恐惧感和可信感。马吕斯讲起事情原委，一个说他面熟但不相识的人当晚将遭暗害；他说他，马吕斯·彭眉胥，律师，在那魔窟隔壁住，他隔墙听到这阴谋；说策划阴谋的恶棍叫容德雷特；说这人还找了伙帮凶，也许是些便门贼，里头有个叫邦灼的，他还叫春天和比格纳耶；说容德雷特的两女儿将在门口放风；说他不知道被暗算的人的姓名，无法通知他；最后说这阴谋动手在当晚六点，地点是医院路上最荒凉的地方，50-52 号房子。

提到这号码，侦察员抬头冷冷地说：

“是在过道底上那间屋子？”

“对，”马吕斯答，又问，“您知道那房子？”

侦察员没出声，过了一会儿，他边在火炉口烘靴子后跟边答：

“仅仅一点，表面上的。”

他咬着牙，不全冲着马吕斯，而主要对着他的领带，接着说：

“这里头猫老板肯定做了手脚。”

这话给马吕斯提了醒。

“猫老板，”他说，“没错，他们提到过这名字，我听见了。”

于是他告诉侦察员在小银行家街墙后雪地上长头发和络腮胡子的对话。

侦察员嘟囔起来：

“长头发准是普吕戎，络腮胡子是半文钱，又叫二十亿。”

他垂下眼皮仔细琢磨起来。

“那个老什么头，我也能猜到几分。哇，我的大衣给烧着了。这些倒霉火炉老是烧得太旺。50-52号。以前是戈尔博的产业。

接着他问马吕斯：

“您只看见长头发和络腮胡子了吗？”

“还有邦灼。”

“没见着一个冒香气的小个妖精吗？”

“没看见。”

“也没见着一个又高又壮、像植物园中的大象那样的大个子？”

“没有。”

“也没见一个从前红尾那样的恶棍？”

“没有。”

“这第四个，谁都没见过，就连他的帮手、同伙和喽啰也没见过。您没见着一点不奇怪。”

“或许是吧。这伙人是干吗的？”马吕斯问。

侦察员接着说：

“并且这也不像他们活动的时间。

又沉默了一会儿说：

“50-52号。我知道那儿。躲在房子里而不惊动那些艺术家简直不可能。他们随时都能停止表演。他们那般谦逊！看见观众就忸怩作态。那么做不行，不行。我要听他们演唱，看他们跳舞。”

自言自语这么多，他对马吕斯定定地说：

“您感到害怕吗？”

“怕什么？”

“怕这伙人。”

“不比见到您更害怕。”马吕斯粗声粗气地答道，他想起来这侦探从开始连一声先生都没叫他。

侦察员更加定定地看着马吕斯，居然对他说：

“您讲起话来，够胆量，也够诚实。勇气不畏惧邪恶，诚实不畏惧官家。”

马吕斯打断他，问：

"嗯，但您打算如何做？"

"住那房子的都有晚上回家时用的路路通钥匙。您也该有一把。"

"有。"马吕斯回答。

"带在身上吗？"

"在。"

"给我。"侦察员说。

马吕斯从背心口袋掏出钥匙递给侦察员说：

"您若相信我说的，最好多带点人。"

侦察员看了一眼马吕斯，样子好像伏尔泰在听一个外省科学院院士提供给他一个诗韵，同时他把两只粗壮的手一同插进加立克大衣的两个大宽口袋，掏出来两管小钢枪，是被叫作"拳头"的那种，他递给马吕斯，简短干脆地说：

"带好它。回到家，躲在您屋里。让人以为您不在。枪里上着子弹。每支两颗。您当心保管。您说过墙上有个洞。等那些人来了，让他们先活动活动。您觉得时机成熟了，该制止了，就开一枪，别太早。其余的有我。朝空地开枪，朝天花板，朝任何地方，都可以。一定记住，别开太早。得等他们开始行动了，您是律师，肯定知道这是为什么。"

马吕斯接过枪，塞在他上衣旁边一个口袋里。

"鼓成这样，别人看得出来，"侦察员说，"放在背心口袋里更好些。"

马吕斯分别把两支枪放进了两个背心口袋。

"现在，"侦察员继续交代，"谁也别再浪费一分钟。几点了？两点半。他们七点动手？"

"六点。"马吕斯答道。

"我还有点时间，"侦察员说，"不过只有这点了。您一定记住我的话。砰，一枪。"

"放心吧。"马吕斯回答。

马吕斯拉开门正要出去，侦察员对他喊：

"我说，如果您在那之前要找我，来这里找或派人来就行。找侦察员沙威。"

十五、容德雷特的采购

过了会儿，快三点了，古费拉克由博须埃陪着，碰巧经过穆夫达街。雪更大了，纷纷扬扬，弥漫各处。博须埃对古费拉克说：

"这雪成团成团地落，好像天上有成千上万的白蝴蝶。"忽然，博须埃看见马吕斯在街心朝便门向上走，神情古怪。

"嘿！"博须埃大声喊，"马吕斯！"

"我早看见了，"古费拉克说，"用不着喊他。"

"为什么？"

"他忙着呢？"

"忙什么？"

"你没看见他那样儿？"

"什么样？"

“他好像在跟踪什么人。”

“的确是。”博须埃说。

“你瞧他那双眼。”古费拉克接着说。

“可他在跟什么鬼呢?”

“肯定是什么美妞花帽子之类！他发情呢。”

“但是，”博须埃说，“我没见这街上有什么美妞，也没见什么花帽子。一个女人也没见。”

古费拉克仔细瞅了瞅，说：

“是跟一个男人!”

的确，是个戴鸭舌帽的男人，在马吕斯前头走，隔着二十来步，虽然只是个背影，却能看出他的灰白胡须。

那人穿着件崭新的非常肥大的大衣和一条沾满污泥、破破烂烂的长裤。

博须埃放开声笑起来。

“这是个干什么的?”

“这?”古费拉克回答，“是个诗人。诗人就爱穿收兔子皮的小贩的裤子和法兰西世卿的骑马服。”

“我倒看看马吕斯去哪儿，”博须埃说，“看看那人去哪儿，我们跟上他们，怎么样?”

“博须埃!”古费拉克兴奋地喊，“莫城之鹰！您真是个了不起的捣蛋鬼。跟踪一个跟踪人的人。”

他们返回来朝前走。

马吕斯看到容德雷特经过穆夫达街，就在后面跟踪他。

容德雷特朝前走，想不到有只眼睛已经盯上了他。

马吕斯看见容德雷特走过穆夫达街，走进格拉西尔街一栋最破旧的房子，过了大约一刻钟又回到穆夫达街。他进了一家当年设在皮埃尔-伦巴第街转角处的铁器店，几分钟后又从铺子里出来，手里拿把白木柄的钝口凿子，往大衣下面藏。到珀蒂-让蒂伊街口，他左拐弯，匆匆忙忙地走回小银行家街。天色渐黑，停了一会儿的雪又下起来。马吕斯在一向冷清的小银行家街拐角处躲起来，没再继续跟容德雷特走。幸亏他停下了，因为容德雷特走近那矮墙——就是刚才长头皮和络腮胡子谈话的地方，扭过头看是否有人跟踪，确信没人，才跨过墙头，不见了。

墙后的荒地通向一个后院，主人最初以出租马车为业，素来名声很坏，已经破了产，不过车棚里还停着几辆破车。

马吕斯想，趁容德雷特不在家，还是赶快回去比较好，而且时候不早了，毕尔贡妈妈每天下午还要去城里洗碗，近黄昏时会锁大门，马吕斯已把钥匙给了侦察员，所以必须赶快。

夜幕降临，天色几乎全黑了，寂寥的天边只有月亮还是明的。

月亮泛着红光升起在妇女救济院的矮圆顶后面。

马吕斯大踏步赶回50-52号。他到家时还开着门。他踮起脚尖上了楼，沿着过道的墙溜回自己房门口。我们说过，那过道两旁是些空的等人来租的破房间。

毕尔贡妈妈经常让那些房门敞开。走过空屋子门时，马吕斯隐约看见其中一间里四个人头待着不动，残余的日光透过天窗照着它们，模模糊糊得有些发白。马吕斯避免被人注意，来不及细瞅。他终于悄悄回到自己屋里，没被人发现。回来的正是时候，不大功夫，他听见毕尔贡妈妈走了。大门也关上了。

十六、改编的歌

马吕斯坐在床上。大约五点半钟。离行动时间只有半个钟头了。他像人在黑暗中听表响一样，听到自己动脉管跳动的声音。这时两种力量正在黑暗中同时被激发，马吕斯想，罪恶正沿一个方向前进，法律则从另一方向到来。他不害怕，但想到将要发生的种种情况，还是禁不住有些战栗。像突遭惊险袭击的人，马吕斯觉得这一整天的经过像一场噩梦，为了证实自己还完全未被梦魇控制，他随时要把手伸进背心口袋去摸摸那两支钢手枪，感受那冰冷的感觉。

雪已经停了，月亮透出浓雾，渐渐明朗，清冷的月光和积雪白色的反光相映照，屋子里显出一种平明时分的景色。

容德雷特的穷窟里也有了光。马吕斯看见一阵阵红色的光鲜血一样透过墙上的窟窿射过来。

据判断，这种光不是一支蜡烛可能发出来的。而且，容德雷特家里，没人活动，没人说话，毫无声息，一片寂静，阴沉冰冷，若是连这点光都没了，马吕斯会觉得隔壁是坟墓。

他把靴子轻轻脱下来，塞到床下。

过了几分钟，马吕斯听见下面门在门斗里转动，一阵上楼梯的沉重急促的脚步声，走过过道，隔壁门上的铁闩响了一声，门开了，容德雷特回来了。

立刻听到好几个人说话。原来一家子都在破屋里，像老狼不在时的小狼群，只是家长不在谁也不出声。

“我回来了。”他说。

“你好，好爸爸！”两个女儿尖叫了一声。

“怎么样？”女人问。

“非常顺当，”容德雷特答，“就是我的脚太冷，像冻狗肉似的。好，不错，你把衣服换了。你得让人家信任你，这很必要。”

“我都准备妥了，说走就走。”

“记着我教你的话吗？都做得到吗？”

“放心吧。”

“可是……”容德雷特没说完。

马吕斯听见他放到桌上一件重东西，或许是他买的那把钝凿子。

“啊，你们吃了点东西没？”

“吃了点，”妇人答道，“我吃了三个大土豆，放了点盐。用这炉火烤熟的。”

“好，”容德雷特说。“明儿我带你们一起去吃一顿。吃全鸭，还有配菜。你们能吃得跟查理十世一样。一切都便当！”

然后他放低声音加了一句：

“老鼠要出笼了。猫儿也到齐了。”

他又用更低的声音说：

“这个放到火里。”

传来一阵火钳或是别的什么铁器和煤块碰撞的声音。容德雷特又说：

“门斗已经涂了油吗？别让它出声。”

“涂好了。”妇人答。

“几点了？”

“快六点了，刚才圣美达敲的半点。”

“见鬼！”容德雷特说。“小的该去放风了。你们俩，来，听我说。”

接着是一阵窃窃私语。

容德雷特又提高了嗓门说：

“毕尔贡妈走了吗？”

“走了。”妇人答。

“你肯定隔壁屋里没人吗？”

“他一整天都没回来，你知道这会儿他该去吃晚饭。”

“你保证？”

“保证。”

“没什么！”容德雷特又说，“去他屋里看个究竟，总没坏处。老大，拿根蜡看看去。”

马吕斯连忙手脚并用，悄悄爬到床底下。

他还没在床下趴好，就见门缝里射进光来。

“爸，”一声喊，“他不在。”

他听出是大姑娘的声音。

“你进到屋里看了？”父亲问。

“没有，”姑娘答，“门上挂着他的钥匙，他一定是出去了。”

她父亲说：

“还是得进去看个明白。”

门开了，马吕斯看见容德雷特大姑娘手里举着一支蜡烛走进来。她和早上一般模样，只是烛光中的样子更吓人。

她照直走向床边，马吕斯立刻慌了神儿，但她朝挂在床边墙上的镜子走过去。她踮起脚，对着镜子左照右照。一阵翻动废铁的声音从隔壁传来。

她用手拢平头发，一边朝镜子笑，一边轻轻地哼，那副嗓子真叫嘶哑：

> 整整八天啊，我们恩爱缠绵，
> 但这幸福的时刻实在太短暂！
> 相亲相爱整八天，快乐无限！
> 爱的时候啊，真该永不完！
> 真该永不完！真该永不完！

马吕斯哆嗦得够呛，他觉得他呼吸的声音她不可能听不见。

她走到窗前往外看，用她特有的半疯的神态大声说：

“巴黎真难看，当它穿上白衬衫！”

她走回镜子前，接着扮鬼脸，一会儿正面，一会四分之三侧面，对自己看个没够。

“怎么回事！”父亲喊，“你在那儿干什么呢？”

“我床底下，家具底下呢，”她一边理头发，一边回答，“屋里一个人没有。”

“傻东西！”父亲吼道，“快回来！别磨蹭。”

“就来！就来！”，她说，“在这破屋里还老瞎忙，什么都干不成。”

她又哼起来：

你去追求荣誉，撇下我不理，
我碎了的心，将与你同行，随时随地。

她对着镜子最后看了一眼走出去，顺手关上门。

过了会儿，马吕斯听见两个姑娘在过道里光着脚走路，容德雷特对她们说：

“留心点儿！一个在便门这边，一个在小银行家街角上。要一眨不眨地盯着这房子的大门。看见什么的话，就赶紧回来！四步并成一步跑！带上把进大门的钥匙。”

大姑娘嘟哝说：

“大雪天的去放哨，还光着脚！”

“明天你们就能穿上闪缎靴子！”父亲说。

她们走下楼梯，过了几秒钟，只听“呯”一声，门关上了，她们已经到了外面。

现在，房子里只剩了马吕斯和容德雷特两口子，或许还有那几个神秘人物，马吕斯昏暗中隐约望见，在一间空屋子门后待着的那几个。

十七、马吕斯的五个法郎

马吕斯觉得上瞭望台再次上岗的时候到了。毕竟是他那种年龄，轻便得很，一眨眼，他已在墙上小孔旁边了。

他紧紧盯着。

容德雷特屋里景象很奇特，马吕斯发现刚才见到的怪怪的光来自一个很大的铁皮炉子里的一满炉煤火，一支蜡烛在一个起了铜绿的烛台上着着，真正照亮屋子的不是这蜡烛而是那炉火，炉子就是容德雷特女人早上准备好的那个，正放在壁炉里，煤火烧得正旺，炉皮烧得通红，蓝火苗在炉里突突跳着，煤火的光反射出来把屋子照得雪亮，很容易看清容德雷特从皮埃尔-伦巴第街买来的那钝口凿子的样子，此刻它深深地插在炉膛里，被火烧得发红。他还看见有两堆东西，一堆像是铁器，一堆像是绳子，放在门旁角落里，看起来是事先弄好，搁在那里备用的。这一切会使一个不明真相的人在一种极凶险和一种极简单的想法间思来想去。火光熊熊的穷窟与其说像地狱，不如说更像个锻冶房，但火光里的容德雷特却不像个铁匠，更像个魔鬼。

炉火的高温熔化了桌上那支蜡烛靠着炉子的那半边，烛芯斜斜地看着。一个带掩光活塞的旧铜灯笼放在壁炉上，可以供变了卡图什的第欧根尼用。

铁皮炉放在壁炉膛里，旁边有几根快烧完的焦柴，煤气被送进壁炉的烟囱，气味不会散开来。

月光皎洁，透过玻璃窗照在红光闪烁的破屋子里，在面临斗争关头却还诗情萦绕的马吕斯看来，这好像是上苍的意图来见识一下人世间的噩梦。

阵阵冷气从碎了玻璃的窗格里吹进来，把煤味驱散掉，也使火炉得以掩蔽。

读者若还记得，我们曾谈到过这所戈尔博老屋，容德雷特的这魔窟用来作行凶谋害的场所，犯罪的地点是最适合不过了。这是巴黎最荒僻的一条大路上最孤单的一所房子里最靠后的一间屋子，即使这种地方还不曾发生过人间的绑架暴行，也最终会有人做出来。

魔窟被整所房子和许多间没人住的空屋子和大路隔离开了，仅有的一扇窗户还正对着一大片荒地，有砖墙和木栅栏围着。

容德雷特点着了烟斗，坐在那张捅破了的椅子上吸起烟来。他女人和他小声谈着话。

如果马吕斯是古费拉克，换句话说，是个能随时找出生活中的笑料的人，看见容德雷特女人那模样一定会忍俊不禁。她头上戴了顶黑帽子，上面插满了羽毛，很像查理十世祝圣大典时武士们戴的那种。一块很花哨的方格纹的特大号的围巾扎在她那条棉线织的裙子上面，脚上穿着双男式鞋，正是早上她女儿抱怨过的那双。就是这副打扮让容德雷特赞不绝口："好！你这身衣服换得好！这样人家容易信任你，这非常必要！"

容德雷特自己，一直穿着白先生给他的那件过于肥大的崭新外套，他这身衣裳持续了大衣和长裤间的对比，这在古费拉克心目中是所谓的诗人的理想形象。

突然，容德雷特提高嗓门说：

"对了！我想起来了。天气这个样子，他准会坐马车来。你点上灯笼，拿着它下楼去。你在下边门后面待着。听到车响，你赶紧开门，他上楼时，替他照着楼梯和过道，等他进了屋，你再赶快下楼，把车钱给了，把马车打发走就行了。"

"那钱呢？"妇人问。

容德雷特在裤兜里搜了半天，摸出一枚面额五法郎的硬币给她。

"这是从哪弄到的？"她问。

容德雷特得意扬扬地答道：

"这块大头是今天早上隔壁邻居给的。"

然后接着说：

"知道吗？这儿还应放两把椅子。"

"做什么用？"

"坐。"

马吕斯腰上一阵哆嗦，他听见容德雷特女人轻松地回答说：

"行！我把隔壁那两把给你拿来就是。"

话音未落，她已打开门，走到了过道里。

无论如何马吕斯也来不及跳下抽斗柜，然后藏到床底下去。

"带上蜡烛。"容德雷特喊。

“用不着，”她说，“不便当，我得搬两把椅子呢。有月亮照亮儿。”

马吕斯听见容德雷特女人在黑暗中笨手笨脚地摸他的钥匙。门开了。他吓住了，只好一动不动地呆在原地。

容德雷特女人进了屋子。

一道月光从天窗里透进来，光的四周是大片的黑影，马吕斯靠的那堵墙隐在黑暗里，也隐住了他。

容德雷特女人昂着头，没发现马吕斯，把他仅有的两把椅子拿上走了出去，门在她身后砰一声又关上了。

她回到魔窟：

“两把椅子拿来了。”

“灯笼在那儿，”她丈夫说，“马上下去。”

她急忙听令。容德雷特一个人留下。

他将椅子放到桌子两旁，又把钝口凿在炉火里翻个身，在壁炉前挡了一道旧屏风，把火炉遮住，又走到那放着一堆绳子的屋角，弯下腰，好像要检查什么。这会儿马吕斯才看出来，以前他以为不成形的那堆东西，其实是条做得挺不错的软梯，有一级级的木棍和两个挂钩结在上面。

早上，在容德雷特屋里还没有这条堆在门后混在废铁堆里的软梯，和几件大头铁棒似的粗笨工具，很明显这是下午马吕斯外出时被搬来放在那儿的。

“这是打铁匠用的东西。”马吕斯想。

如果马吕斯见识再多点，他也许就会知道他所谓的打铁用的东西里，还有一些撬锁撬门用的和能割软的工具，就是两大类盗贼称为“小伙计”和“一扫光”的凶器。

马吕斯正对面，是壁炉、桌子和那两把椅子。火炉被遮住了，只有那支蜡烛照着屋子，放在桌上和壁炉上的一些小小的破烂玩意儿也拖着高大的黑影。一只缺了嘴的水罐就遮黑了半堵墙。屋子里静得吓人，那种恐惧感不可名状，仿佛可以预感将要发生什么凶险的事。

容德雷特熄灭了烟斗——表明他思想集中起来了，他又转回头坐下。他脸上的凶横阴毒的棱角在烛光中更加突出了。他不时地皱起眉头，又急促地张开右手，似乎是在最后权衡心中的深谋细算。这样反复筹算的同时，他猛地拉开桌子抽屉，取出一把尖长的厨刀，在自己指甲上试了试刀锋。试完了，又把刀子放回去，重新拉上了抽屉。

马吕斯，也从背心右边的口袋里掏出手枪，把子弹推进枪膛。

子弹进膛时，发出一声轻微的脆响。

容德雷特惊了一下，欠身从椅子上起来。

“是谁？”他喊道。

马吕斯屏住呼吸，容德雷特仔细听了会儿，笑起来，说：

“瞧我笨的！是这墙在发裂。”

马吕斯手里仍紧握着手枪。

十八、两张椅子在对面

忽然，远处传来了令人无限惆怅的钟声，窗玻璃都要被震动了。圣美达敲响了6点。

容德雷特用脑袋数着钟声，响一次点一下头。敲完第六响的时候，他用手指把烛芯掐灭。

接着他在屋里来回走动，仔细听着过道里的响动，听一会儿走一走，走一走又听会儿。他小声嘟哝："只要他真的肯来！"然后他走回椅子旁。

刚坐下，门开了。

门是容德雷特女人推开的，她本人站在过道里，光从掩光灯的一个小孔儿透出来，从下面照着她堆笑的丑脸。

"请进吧，先生。"她说道。

"请进，我的恩人。"容德雷特赶忙站起来应道。

白先生出现在门口。

他神态安详，使人倍觉庄重可敬。

他放到桌上四个路易。

"法邦杜先生，"他说，"这您用来付房租和应急。以后的再说。"

"主保佑您，我慷慨的恩人！"容德雷特说，然后赶忙走到他女人身旁说：

"快打发走那辆马车！"

她不声不响地退出去。她丈夫对白先生极尽恭维，拉过一把椅子请他坐下。一会儿，她回来了，凑到他耳边小声说：

"办妥了。"

雪从早上就下，已经积得很厚，马车来没人听到，马车走也无人察觉。

此时白先生已经落座了。

容德雷特在白先生对面的椅子上坐下来。

现在，请让我们想象一下当时的背景，为的是对之后的事有个预先的概念：一个严寒的夜晚，厚厚的雪覆盖着妇女救济院那一带的荒凉地段，月光照射下，雪白得像一幅大得没有边际的殓尸布，稀疏的路灯把阴惨惨的大路和长列的黑榆树映得泛着红光，方圆四分之一法里内，大概没有一个行人，戈尔博老屋静得可怕、黑得吓人，在老屋里，在这凄惨昏暗的氛围中，只有容德雷特空荡荡的屋里点起了一支蜡烛，穷窟里两个男人分坐桌旁，白先生神态安详，容德雷特满脸堆笑却狰狞可怕，他女人，那匹母狼，缩在屋角里。隔着墙，马吕斯隐在黑影里，他静静地立在那儿，不动声色，每句话、每个动作都不放过，眼睛看着一切，手里握着枪。

马吕斯被一种鄙视的心情激动着，一点儿不觉得害怕。他紧紧握着枪柄，信心十足。心中暗想："这个坏东西，我随时都能搞掉他。"

他还觉得附近已埋伏好了警察，只等信号一发，就一块儿出动。

除此之外，他还希望能在这次险遇中多得到点消息，以便他对所怀念的一切更明了一些。

十九、暗箭伤人

白先生一坐下，就朝那两张空的破床看去。

“那个受了伤的可怜的小姑娘，情况怎么样了？”他问。

“不妙，”容德雷特又是苦恼又是感激地笑着说，“很糟糕，我尊贵的先生。她姐姐带她去布尔白包扎了。回头您就能见着她们，很快她们就回来了。”

“法邦杜夫人似乎好点了？”白先生又问，一边看着容德雷特女人那身奇异的装扮，此时她站在他和房门之间，似乎要把住出口，以一幅威胁的、要上战场的架势盯着他。

“她都快断气了，”容德雷特说，“可又能怎么着呢，先生？这个女人向来顽强得很，不像是个女人，是头公牛。”

她女人，听了这番话，显然深受感动，像受到抚弄的怪兽一样，装模作样地喊道：

“你老爱过分夸奖我，容德雷特先生。”

“容德雷特，”白先生说，“我还以为法邦杜就是您的大名呢。”

“法邦杜，也叫容德雷特！”她丈夫赶紧声明，“艺术家的笔名！”

同时，趁白先生不注意，朝她女人耸了耸肩，然后又以那种紧张激动却委婉动听的语调说道：

“咳！不就是么，我跟我这可怜的人儿处得一向好极了！要是再没了这点情分，我们还有什么呀！日子是太苦了，我可敬的先生！我空长着手，却找不着工作！我白长了心，却没活干！不知道政府是怎么搞的，但是，我以我的人格保证，先生，我不是雅各宾派，也不是布桑戈派，我没有抱怨政府，但是若由我作大臣，神圣点说，情形会大不一样。打个比方，我本打算让我两闺女去学糊纸盒子。或许您要说：‘怎么！学这么种手艺？’对，一种手艺！一种简单的活计！一种糊口的本事！多丢人哪！我的恩人！跟我先前比起来，这是堕落成什么样子了！唉！我当年走运时的迹象没留下一星一点。只剩下一件东西，一幅油画，是我无论如何也舍不得的，倒也可以忍痛出让，首先，我们得活命，不管怎么说，我们也得活下去！”

显然容德雷特在信口胡编，尽管前言不搭后语，从他的表情看，却是心中有数而且心机灵敏的，这时，马吕斯一抬头，突然发现屋子里多了一个人，以前没见过，这人才进来，他动作极轻，没人听到门枢转动声。他穿着件紫色的针织线背心，又破又旧，布满污迹，褶皱处裂了口子，下面穿条宽大的棉绒裤，脚上套着双布衬鞋，用来垫木鞋的那种，没穿衬衫，露着脖子，光着两条胳膊，上面纹了花纹，脸上抹着黑。他叉着胳膊坐在最近的那张床上一声不吭，有容德雷特女人挡着，别人不容易发现他。

白先生凭着直觉，在触动视觉的磁性吸引下，几乎和马吕斯同时转过了头。他下意识地做出惊讶的表情，容德雷特立刻察觉了。他殷勤而谄媚地边扣身上的衣扣，边说：

“啊！我晓得！您在看这件大衣吧？很合我的身！的确很合身！”

“这个是谁？”白先生问：

“他？”容德雷特答道，“一个邻居。您不必理会他。”

但那邻居的模样实在特别。在圣马尔索郊区，当时有很多化工厂，许多工人的确被熏黑了脸。白先生处处表现出一种憨直无畏的信心，对人也是一样。于是他接着说：

“对不起，法邦杜先生，刚才您和我谈什么了？”

“刚才我们在说，先生，亲爱的保护人，”容德雷特一面把两肘支在桌上，眼睛像条大蟒一样固定在白先生身上，目光温柔地盯着他，一面接着说下去，“刚才我在和您说一幅要卖掉的油画。”

房门又发出一声轻响。又有一个人走进来，坐到容德雷特女人身后的床上。这一个，和第一个一样，也光着胳膊，还戴着个面具，上面涂了墨汁或是松烟。

尽管这人进来时是悄悄的，白先生还是发觉了。

“您不必在意，”容德雷特说，“都是一块儿住的。刚才我说，我有幅画，一幅珍贵的油画……先生，您过来看看。”

他站起身，走到墙边，把先前我们提到过的那幅画从墙根提起来，翻过面儿，还将它靠在墙上。的确与油画类似，被隐约的烛光照着。马吕斯根本看不清，因为中间有容德雷特挡着，他只模模糊糊看到那东西涂抹得很拙劣，上面有个主要人物，色彩生硬刺眼，很像市集上叫卖的图片或屏风上的绘画。

“这是什么？”白先生问。

容德雷特不厌其烦地夸起来：

“这可是出自名家，价值连城啊，我的恩人！在我看来，它和我俩闺女一样宝贵，它带给我很多回忆！但是，我已跟您说了，现在还这么说，我的景况太困顿了，所以我打算卖掉它……”

出于偶然也好，有了戒心也好，白先生虽然眼睛看着画，还是留意了一下屋里。这时，已经进来了四个人，有三个坐在床上，一个在门柜边站着，全光着胳膊，脸上抹着黑，一动不动。床上的三个人中，有一个靠着墙，闭着眼，睡着了似的。那是个上了年纪的，黑脸白头发，模样很吓人。另外两个年纪还轻，一个留着胡子，一个披着长发。都没穿皮鞋，不是穿布衬鞋，就是光脚。

白先生老盯着这些人看，这点容德雷特注意到了。

“是一些朋友，都挨着住。”他说，“他们整天在煤堆里干活，弄得一脸黑。他们是通烟囱的。您不必理会他们，还是看我这张画吧，我的恩人。您发发善心，救助一下我这穷汉。我决不向您要高价。您觉得它值多少？”

“可是，”白先生瞪着眼，正面瞅着容德雷特，就像开始戒备的人那样，说道，“这是种酒店的招牌，值三个法郎吧。”

容德雷特面露喜色，回答说：

“您带钱包来了吗？我想一千埃居也就足够了。”

白先生立起来，背靠着墙，很快地扫视了一遍屋子四面。他发现，在他左边，靠窗的这面，有容德雷特；他右边，靠门的那面，有容德雷特女人和那四个男人。那四个男人还是未动，甚至好像压根儿就没看见他，容德雷特又开始唠叨，一副可怜巴巴的腔儿，他目光迷离，语调凄惨，几乎让白先生觉得他眼前这人不过是穷得到了家了。

"亲爱的恩人，您要不买我这画，"容德雷特说，"我就走投无路了，只有跳河的份儿了。我一心指望我那俩闺女能学会糊那种纸盒，半精致的，送新年礼物的那种。可是，总得先有张里头带挡板的桌子，省得玻璃掉在地上，还得有个专门的炉子，一个隔成三格的钵子，盛各种稠度的糨糊，有用来糊木皮的，有用来糊纸或布料的，还得有把切硬纸板的刀，一个给纸板校正角度的模子，一个锤子用来钉铁件，还有排笔，和其他的什么鬼什子，我知道的哪有那么多呢，我？这一大堆东西只是为每天挣上四个苏！而且还要工作十四个小时！每个盒子在一人手里就得要十三道工序！得把纸弄湿，又不能留下印迹，糨糊还不可以冷掉！这鬼名堂说都说不完，我跟您说！每天才四个苏！这让我们怎么活呀？"

容德雷特自顾自地说，白先生注意看他，他却不瞅白先生一眼。白先生盯着容德雷特，容德雷特的眼却老瞟房门。马吕斯急得心直跳，来回看他俩。白先生想到的是：难道他是个白痴？容德雷特又是哀求又是诉苦，有气无力地反复说："我只好去跳河了，无路可走了！前些天，在奥斯特里茨桥附近河岸上，我曾往水里走下去三步！"

突然，他那双阴郁的眼睛亮起来，凶光毕露，这家伙抖起来了，气势逼人，冲着白先生上前一步，雷鸣似的吼道：

"这些都是废话！你还认得我吗？"

二十、谋　害

突然，门开了，三个男子出现在门口，身着蓝布衫，脸戴黑纸面具。第一个瘦瘦的，拿着根包了铁皮的粗木棒。第二个膀大腰圆，手里倒提把宰牛的板斧，斧柄中段被紧握着。第三个，肩膀挺宽，跟第一个相比，没那么瘦，跟第二个相比，没那么壮，拳头里攥着把从监狱门上偷来的大得出奇的钥匙。

容德雷特等的大概就是这几个人。他和那拿粗木棒的瘦子急忙问了几句话。

"都准备妥了吗？"容德雷特问。

"都妥当了。"瘦子回答。

"巴纳斯山呢？"

"在跟你闺女谈话。"

"跟哪个？"

"老大。"

"马车来了？"

"来了。"

"给那栏杆车套上牲口了？"

"套好了。"

"套的是两匹好马吗？"

"两匹最好的。"

"在我说的地方等吗？"

"是的。"

"好。"容德雷特说。

白先生脸色发了白。他似乎已意识到目前的处境，特地留意了一下屋里他四周的一切，他颈上的头慢慢转动，谨慎而惊讶地注视着包围他的每个脑袋，却没有一丝一毫的胆怯。那张桌子被他当成了临时的防御工事，这个刚才还温和平静的好老头，一下子变成了勇敢的战士，他把两只粗壮的拳头放在椅背上，神态威武勇猛。

在如此危急的时刻，老先生却这样坚定、这样勇敢，想来是因为他一心向善而胆识超人，并且临危不乱的品格。谁都不会最衷心爱慕的女人的父亲袖手旁观。马吕斯觉得这个相见不相识的人使自己感到由衷的骄傲。

那三个容德雷特说是“捅烟囱的”、光着胳膊的人，分别从那废铁堆里拣起一把剪铁皮用的大剪刀、一根圆头的短撬棍和一个铁锤，都一声不吭地挡在房门口。上年纪的那个还在床上呆着，只睁了一下眼。容德雷特女人坐在他旁边。

马吕斯认为再要几秒钟就可以行动了，他朝过道举起右手，斜指天花板，随时准备开枪。

容德雷特密密地和拿木棒的人说了几句话，又冲白先生再次提问，带着他特有的阴沉、含蓄、可怕的笑：

“你难道认不出我来吗？”

白先生正视他的脸，答道：

“认不出来。”

容德雷特听到这话，一步跨到桌子旁，身子直凑到蜡烛上方，叉着胳膊，他那棱角分明、形状凶恶的下巴逼近白先生的脸，活像头龇着牙要吃人的猛兽，白先生却镇定自若、毫无惧色。他摆着架势大吼道：

“我不叫法邦杜，也不叫容德雷特，我是德纳第！就是孟费郿那个旅店老板！听清了吗？德纳第！现在你认出来吧？”

一阵不易为人察觉的红潮上了白先生的额头，他镇静如常，声音没升高，也没发抖：

“还是没认出来。”

马吕斯没听见他的回答。若是谁在黑暗中发现他，就能看到他惶惑、痴傻、惊讶到了什么程度。当听到容德雷特说“我是德纳第”时，马吕斯四肢抽搐起来，他急忙靠住墙，他的心仿佛被一把冷冰冰的利剑刺穿了。随后，他本来准备开枪预警的右臂，也慢慢垂下来，听见容德雷特再次说“听清了吗？德纳第”时，他的五个手指几乎瘫软了，手枪差点儿掉下去。容德雷特表明身份，白先生没受惊扰，马吕斯却被搞得没了魂儿。白先生不清楚的德纳第这名字，马吕斯知道。我们回想一下，对他来说这名字会意味什么！这名字，写进了他父亲的遗嘱！刻在了他心里，这名字，写在了那神圣的遗言中：“我的命是一个叫德纳第的人救的，我儿若遇到他，定要尽力报答。”这话已印在他思想深处、记忆深处。我们记得，这名字他曾以全部灵魂来仰慕，他把它和父亲的名字并在一起来崇拜。天！眼前这个人就是德纳第，就是那个他寻求多年未果的孟费郿旅店老板！终于碰上了，真是奇妙！这个匪徒竟会是他父亲的救命恩人！这个魔鬼竟然是他，马吕斯，一心舍命报答的恩人！虽然马吕斯还搞不清他究竟要干什么，但这位搭救过彭眉胥上校的义士的所作所为已有谋财害命的迹象了，已经在做犯罪的勾当了！更何况他要害的是谁的命啊，伟大的上帝！这境况太险恶了！命运真是太会和人开玩笑了！他父亲在棺材中叮嘱他尽力报答德纳第，四年当中，马吕斯一心想着替父亲还清这笔债，但是，当他要从法律立场制裁一个行凶匪徒时，命运却大声宣布：“这是德纳第！”他父亲的命被这人以壮烈的滑铁卢战场的枪林弹雨中救出来，现在他能对他偿愿报恩了，他却报以断头台！他曾暗自许愿，一旦找着德纳第，他一定在相见时拜倒他膝下，现在真的找到了，却又将交给刽子手！父亲让他“救德纳第！”而他回馈这一无限爱慕的神圣的声音的行动却是将德纳第消灭！父亲把这个冒死把自己救离死亡之谷的人托付给马吕斯，现在父亲却要从坟墓中看着儿子如何告发他、将他送上圣雅克广场的刑场！多年来，他始终谨记父亲亲笔写的遗训，而如今却要背弃它，反其道而行，这是多么荒唐！然而，另一方面，难道要眼睁睁看着这场谋杀而无动于衷！天！坐看受害人受害并听凭杀人犯行凶！难道对这么个恶棍要为了私恩而放过他？马吕斯四年来的想法被这个意外整个打乱了。他全身颤抖。他决定着一切。虽然眼前这群闹哄哄的人并不自知，其实他们的命都捏在他一人手里。如果他开枪的话，白先生将获救，德纳第会完蛋；他不开枪，白先生将遭殃，而且，天知道会发生什么？德纳第会逃之夭夭。镇压这一个，还是让那个牺牲！他都会愧对本心。怎么办？选择哪边？违背自己向来引以为自豪的回忆，违背自己内心深处许下的诸多诺言，违背最神圣的职责、最庄严的遗训！要么违背父亲的遗嘱，要么纵容罪行，让它得逞！这一边，他听见“他的玉秀儿”在替她父亲向他央告；那一边，他听见上校在叮嘱他照顾德纳第。他快要疯了。他的两个膝头直往下坠。眼前的事态在飞速演变，他根本来不及仔细权衡推敲。仿佛是一场狂澜，他以为自己在操纵它，其实却已处被动。他差点昏过去。

德纳第——我们不必再用别的称呼——这时在桌前来回踱着，有点茫然，不知如何是好，又得意的发狂。

他把烛台一把抓起来，砰的一下放到壁炉上，用力过猛，烛芯差点儿熄灭了，墙上也溅上了烛油。

接着，他又对白先生龇牙咧嘴的叫起来：

“该火烧的！该烟熏的！挨千刀的！剥皮去骨的！”

然后他继续来回走，气急败坏地吼道：

“啊！我总算找着你了，慈善家先生，穿破烂的富翁！送泥娃娃的好人！装洋蒜的老东西！哈！你认不出我来！你当然认不出来！八年前，一八二三年圣诞前夕不是你到孟费郿来，到我的客店来！不是你把芳汀的百灵鸟从我家里拐走！不是你穿那件黄大氅！不是！手里提着一大包破衣烂衫，就跟今早来我这里一个情形！喂，我的妻！这个老施主要是不带上几包毛线袜走人家，就好像过意不去似的！富翁先生，敢情你是经营衣帽店的！你喜欢把你店里的存货分给穷人，你这圣人！你真会要把戏！哈，你认不出我？不过我，我可认得你！你这牛头一钻进这地方，我立马儿就认出你来了。啊！现在你总该学乖点了吧，那时随便跑进别人家，借口要住店，穿起破旧衣裳，装出副穷酸样子，一个苏都伸手接住，还瞒着骗着摆阔气，把人家的摇钱树搞到手，还在树林里威吓人家，不让人家带回去，等人家穷了，不过送上件大得不像样儿的外套和两条医院里才用的破毯子，老光棍，拐人家孩子的老贼，现在你总该学乖点了吧，你这套玩不转了！”

他停下来，好像在自言自语。像大河的巨浪泻进深洞，他的厉气平息了，随后，为了结束那段自言自语，他给了桌子一拳，大吼道：

“还总是摆出老好人的样子！”

他又指着白先生说：

“说正事！当初你耍弄过我。我所有苦难都源于你！你花一千五百法郎带走了我一个姑娘，这姑娘肯定来自有钱人家，她已替我赚了不少钱，我本来可以靠她舒舒服服过一辈子！别人在我那倒霉的客马店吃喝玩乐，可我笨得赔上了全部家当，我原本要从那姑娘身上捞回来的！呵！我真愿意那些人在我店里喝下的酒都是毒药！这些都不说了！你说说！你带走百灵鸟的时候，肯定觉得我像个傻瓜蛋吧！在树林里，你捏着根臭棍子！你比我狠毒。这就是报应。今日你捏在我手心里！你完蛋了，我的好老头！啊，我得笑个够。说实话，我要笑个够！这下他可落在我手里了！我跟他讲，我作过戏剧演员，叫法邦杜，我和马尔斯小姐、缪什小姐演过喜剧，明天，二月四号，我得向房东交房租，他却一点儿不知道，限期不是二月四号，是二月八号！傻瓜透顶！还带了四个可怜兮兮的菲力浦！臭家伙！连一百个法郎都舍不得凑齐！我那些恭维话让他心里多痛快！真是逗。我心想：‘倒霉蛋，这下可让我逮住了！今早我舔你的爪子，今晚该我吃你的心了！”

德纳第停下了。他喘不上气来。他那窄窄的胸，像熔炉上的风箱，上下起伏。他眼中满是下贱的喜色，是那种无能不义、凶残成性之人逮着空子侮辱踩踏他恐惧过、阿谀过的对象时才有的喜色，是侏儒踩在巨人头上时的快乐，是豺狗撕咬一头病得无力自卫却能感觉痛苦的雄牛时的快乐。

他说话时白先生没插嘴，等他住了嘴，才说：

“我不知道您在说什么。您搞错了。我根本不是什么富翁，我穷得很。我也不认识您。您把我错当成别人了。”

“呵！”德纳第简直说不成话，“你扯淡！你太会开玩笑了！我的老相识，你在自欺欺人吧！你想不起来？我是谁你看不出？”

“对不起，先生，”白先生斯文而有力地回答，那口吻在这种时刻未免显得奇特，“我只看出您是个匪徒。”

谁都知道，下贱卑鄙之人也有自尊心，魔鬼也爱听恭维话。德纳第女人听见匪徒二字，从床上跳了下来，德纳第紧紧抓住椅，仿佛要将它捏碎。“你别动！”他冲他女人吼，继而又转向白先生：

“匪徒！没错，你们这些有钱人就是称呼我们！可不是！的确，我破了产，躲在这儿，没面包吃，一个苏都没有，我是个匪徒！我三天粒米未进，我是个匪徒！哼！你们，你们可以烘脚，可以穿沙可基式的轻便鞋，穿舒适的大衣，像有些大主教，你们住二层楼上，那房还带门房，你们吃得上蘑菇，吃得上正月里一扎卖四十法郎的龙须菜，还有青豌豆，要想知道天是不是冷，你们只需看着报纸上舍华列工程师的寒暑表记录。我们呢！我们自己就是寒暑表！我们不用到河沿钟楼角去看气温多少度，自己就知道血管里血在结冰，冰已到心脏里，我们说：‘这里没上帝！’现在你却在我们的冰窖里，对，我们的冰洞，给我们叫匪徒！但我们会吃了你！我们这些穷汉子，能把你吞了！富翁先生！你还应知道：我是个经营过事业的人，我有过执照，做过选民，曾是个绅士，我！而你，未必！”

说到这儿，德纳第朝几个守门的上前一步，浑身颤抖地说：

“我想不到他竟跑来把我看成个补破鞋的！”

随后又更狂暴地对白先生说：

“慈善家先生，你还应弄清楚：我不是来历不明的人！不是没名没姓到人家家里拐骗孩子的人！我是法兰西的一名退伍军人，我该得个勋章！我在滑铁卢战役中打过仗！我在战斗中还救过一个将军，叫什么伯爵！他告诉过我名字；但我没听清，他的鬼声音太小。我只记得是什么‘眉胥’。我宁愿知道他叫什么，虽然我不在乎他谢不谢我。知道他叫什么，我就能找到他。这张油画你看见的，是大卫在布鲁克塞尔画的，他画的你知道是谁吗？是我。大卫要使这一英勇事迹流传下去。我背着那位将军，救他出炮火。这就是经过。那位将军没为我做过什么，他并不比别人好到哪儿！我却没有因为这就不冒死救他，我口袋里装满了证件。我是一名滑铁卢的战士，他妈的上帝！现在，我不怕麻烦告诉了你一切，说正经的，我要钱，要很多钱，很多很多钱，不然的话，就要你的命，慈悲上帝的雷火！”

马吕斯已开始能控制他乱糟糟的心绪，他静静听着。最后一点疑云已被揭开，这人的确就是遗嘱里指的那个德纳第。听他责备父亲有恩不报，马吕斯禁不住浑身颤抖，内心痛苦极了，某种程度上那责备是对的。于是他更觉得左右为难，不知如何是好。并且，德纳第所说的话，他那语调，他那姿势、他那眼神，让每个字都发出火焰，这是个性情恶劣的人和盘托出式的爆发，他的表现混合着夸耀和猥琐，狂怒与痴喜，傲慢和卑贱，这是真悲愤和假感情的交杂，这种狂妄的行动显示出泄愤的痛畅淋漓，这是一切痛苦和一切仇恨的汇合，虽然这是一颗丑恶心灵的不知羞耻的暴露，但是这其中在确有一种不忍注目的罪恶的同时，还有着令人心酸的真情。

他要求白先生买的那幅油画，大卫的作品，所谓的名家手笔，您或许已经猜着了，不过是从前他那客马店的招牌，他自己画的，是他在孟费郿破产时留下的唯一财产。

这会儿他没挡着马吕斯，马吕斯得以细看那东西，果然，上面涂抹的是个战场，远处是硝烟，近处是个背上背个人的人。那便是救人的中士和被救的上校，德纳第和彭眉胥。马吕斯仿佛醉得昏了，他依稀看到父亲从画上活了，画不再是孟费郿酒店的招牌，而是墓石半开的死者复活像，那亡魂已经活转过来。马吕斯觉出太阳穴突突直跳，耳边传来滑铁卢的炮声，那晦暗的画面上，他父亲流着血，神色仓皇，他觉得那不三不四的形象在盯着他。

德纳第恢复了平静，一双血红的眼睛看着白先生，轻声而干脆地说：

"在我们请您举杯之前，不打算说点什么吗？"

白先生没吭声。沉寂中，过道里传来一个哑嗓子一句阴森的打谑的话：

"我最乐意砍木头！"

是那个提着板斧的人在说话。

话音未落，门口伸进一张毛茸茸、黑乎乎的宽脸，咧着嘴，满口獠牙，形状骇人。

这就是拿板斧的那人。

"你怎么把面具拿掉了？"德纳第吼道，暴跳如雷。

"笑起来好受些。"那人回答。

这么长功夫，白先生一直在密切注意德纳第的一举一动，而德纳第早被大怒冲昏了头，只顾了在破屋里来回地走，他以为一切已万无一失，的确房门有人把守，人人手中有家伙，要捉的人又手无寸铁，又是九个对一个，如果容德雷特女人也算一个人。他对拿板斧的人训话时，背对着白先生。

趁这机会，白先生一脚把椅子踢开，又一拳推开桌子，一个纵步到了窗口，动作轻捷利落，德纳第都没来得及转身。打开窗、上窗台、跳出去，只要一秒钟。他半截身子已到了窗外，结果被六只强壮的手一齐抓住了，硬把他拖回了破屋子。是那三个"通烟囱的"上去抓住了他。德纳第女人同时抓住了他的头发。

听到蹿动声，其他人全从过道里跑过来。原先躺在床上、喝醉了似的老头也从床上跳下来，手里攥着个修路工人用的铁锤，和大伙站到了一块儿。

蜡烛照着"通烟囱的"中的一个，他脸上抹着黑，马吕斯还是认出他来，正是邦灼，又叫春天，还叫比格纳耶的，他在白先生头顶上举着根闷根，棍的铁杆两端装着两个铅球。

看到这样，马吕斯再也忍不住了。他对自己说："父亲，原谅我吧！"同时手指伸向扳机。正要开枪，只听德纳第说：

"先别伤害他！"

受害人此时的挣扎不仅没使德纳第愤怒，反而使他镇定下来。他本是个复合的人，一个凶蛮的人和一个精明的人构成一个完整的他。他踌躇满志、受害人无力反抗时，凶蛮的他占上风；受害人现在挣扎着要斗争了，精明的他就出现并占上风。

"先别伤害他！"他重复了一句。这话的直接后果，是止住了枪声，软化了马吕斯，虽说这些德纳第并不知道，马吕斯认为，危急关头过去了，观望一下新形势，没有什么不妥。谁能说就找不到一个两全其美的办法让他摆脱救玉秀的父亲还是杀上校的救命恩人这种两难选择呢？

恶斗发生了。白先生给那老头当胸一拳，老头被推到了屋子中间，乱滚起来，又是两个反巴掌，把另两个对手打倒在地，两个膝头各压一个；被压着的两个无赖，好像有盘石头磨压在身上，只有呻吟的份儿；但是另四个终于上前按住了勇猛超人的白先生的臂膀和脖颈，把他压在他压着的两个人的上面。结果，既要制人，压住他下面的人，又被人所制，被他上面的人压住，白先生再怎么挣扎也摆脱不了堆在他身上的力量，就像一头野猪消失在怪叫的猎狗群一样，他消失在那群强横的匪徒下面。

他终于被掀翻在离窗口最近的床上，再也无法动弹。德纳第女人始终揪着他的头发。

“你，”德纳第说，“你别插手。当心把你的围巾撕破了。”

母狼服从了公狼，德纳第女人松了手，咬着牙哼哼了一阵。

“你们，”德纳第又说，“搜他的身。”

白先生不打算反抗了。大伙七手八脚搜他的身。只搜到一个皮荷包和一条手绢，荷包里有六个法郎，别的什么也没有。

德纳第把手绢揣到自己兜里。

“怎么！没翻着钱夹子？”他问。

“连块表都没有。”有个“通烟囱的”回答。

“没关系，”那个脸上戴面具，手里捏把大钥匙的人阴阴地说，声音像从肚子里发出的：“这是个老滑头！”

德纳第走到门角落，拾起一根绳子，扔给他们。

“把他捆到床脚上，”他说。接着看了看被白先生一拳打到屋子中间的直挺挺躺着不动的老头，问：

“蒲辣秃柳是不是死了？”

“还没断气，”比格纳耶回答，“他只是喝得太多了。”

“把他弄到屋角去。”德纳第说。

有两个“通烟囱的”用脚把老醉鬼踢到那堆废铁旁。

“巴伯，你带这么多人干吗？”德纳第低声问拿木棒的人，“用不着这么兴师动众。”

“我不好安排，”拿木棒的人说，“他们都想凑凑手，淡季里找不着活。”

白先生躺的床是那种粗糙木床，医院里用的。四只床脚都很粗糙。白先生听凭他们摆布。这帮家伙让他立在地上，把他牢牢地绑在了离窗口最远、离壁炉最近的床脚上。

等打好最后一个节，德纳第搬了把椅子，坐到白先生斜对面。德纳第已不是原来那样子了，面容由凶残放肆转为平静狡黠。马吕斯从他斯文的笑脸不大容易分辨出刚才还唾沫横飞的恶兽似的嘴巴，这种奇异的、令人疑惑的转变使马吕斯骇然，那感受就如同看见一只老虎猛然间变成了律师。

“先生……”德纳第说。

同时，他示意还抓着白先生的那帮人：

“你们站得远点，我要和这先生谈谈。”

一伙人齐刷刷退到门口。他接着说：

“先生，您不该去跳窗子，这主意可不妙。万一摔折了腿呢？现在，要是您同意，我们来平心静气地聊聊。头一个，我要告诉您我发现的一个情况，就是直到这会儿您还不曾喊过一声。”

没错，这点是真实的，尽管慌乱中的马吕斯并未察觉到。白先生只讲了有数的几句话，嗓门也不高，更令人费解的是，就是在和六个匪徒在窗口旁搏斗时，他也是一声没吭，紧闭着嘴。德纳第继续说：

“我的主！您尽可以喊上两声‘抢人啊’，我丝毫不认为那有什么不应该。救命啊！谁在这种情况下都会喊两声，对我来说，这没什么关系。我们撞上不大可信的人，喊上一阵子，本是很简单的事。要是您乐意那么做，我们决不妨碍您。我们甚至连个塞子都没往您嘴里放。让我为您说明一下。因为这间屋子是个闷葫芦。它唯有一个优点就在此，但是它有着这么个优点。这是间地窖子。您就算在这儿扔个炸弹，在最近的警察哨所看来，也不过是个酒鬼在打鼾。在这儿，大炮也不过是“砰”的一下，打雷不过是“噗”一声。这可是个好地方。但是，一句话，您一声没吭，这样最好不过，您的高明我佩服，并且允许我把得出的结论讲给您听：我亲爱的先生，就算您喊，哪有人来呢？警察，警察来了之后呢？由法律来办理。所以您一声不出，可见您比起我们也不见得有多喜欢警察。也足见--我早就怀疑——出于某种原因，您在隐藏一些东西。就我们来说，也同样关系到利害。至少这点上我们可以达成共识。”

德纳第一边说，一边目光像针刺一样盯着白先生，仿佛要刺到他心里去。除此之外，他的语言，虽然是温和，隐蔽，有着侮辱意味，更是含蓄的，经过仔细推敲的。刚才还是个盗匪的德纳第，现在我们再看他却像个“受过传教士教育的人”了。

做了俘虏的白先生依旧沉默，这种戒备不惜以生命来坚持，为此他抗拒着叫喊这一极自然的反应，这些对马吕斯是不可理解的，使他惊讶到痛苦的地步。

马吕斯心中，这个被古费拉克称为“白先生”的人，本是一个被谜团包裹的严肃而奇特的形象，听了德纳第一番合乎事实的分析，马吕斯对他更加陌生了。但是，不管怎样，他这种态度，面对绳索捆绑、刽子手包围，陷在一个随时下沉的泥潭里倒很合适，无论德纳第是狂怒还是软磨，始终岿然不动的态度，马吕斯不得不佩服，并对他沉郁庄严的风度油然而生敬意。

这显然是个威武不能屈，也不知惊惶为何物的心灵。是个临危不乱的人。尽管形势极端险恶，灾难无法回避，他却没有丝毫悲痛神情，决不像有些人那样面临灭顶之灾在水底睁着眼睛，惊骇万分。

德纳第从容地站起身，走向壁炉，把屏风移开，靠在破床边，露出烧着一炉旺火的铁皮炉子，被绑的人把那炉中烧得发白，小红点密密麻麻排列的钝口凿子看得清清楚楚。

德纳第走回白先生旁边坐下。

“我继续讲，”他说。“我们完全能达成共识。让我们友好地把问题解决掉。

我刚才不该发火，我是有点过分，说了些听着不大顺耳的话，谁知道刚才我的聪明劲儿哪儿去了。跟您打个比方，谁让您是个百万富翁呢，所以我就得朝您要钱，要许多钱，大量的钱。这么做是有些不近情理。我的天主，有钱您也不一定手头就宽裕，您也有您的负担，谁没负担呢？我的意思不是要让您倾家荡产，毕竟我不是泼皮无赖。当然也不是庸俗的势利小人，一看到形势于己有利就占尽便宜。听我说，我愿意让步，牺牲点我的利益。我只要二十万法郎。”

白先生还是一个字不说。德纳第又接着说：

“您看我已在酒里掺了不少水了。我虽然不清楚您的经济状况，但我知道您对花钱不放在心上，像您这位慈善家满有可能送上二十万法郎给个境况不如意的人。您也是明理的，您决不会以为：我今天这番兴师动众，这番布置——在场的先生都一致觉得这工作安排得很妙——只为了向您弄几文小钱到德努瓦耶店喝喝十五法郎一瓶的红葡萄酒、吃点小牛肉。二十万法郎，才衬得上这番布置。只要您答应从您钱袋里漏出那一星半点，我保证没人会再动你一根汗毛，我担保，决不改口。您大概要说：“我身上拿不出二十万法郎。’我不喜欢小题大做。现在我不让您立马儿掏钱。我只请求您一件事。劳驾您把我念的写下来。”

说到这儿，德纳第顿了一下，朝火炉笑了笑，然后又加重了语气说：

“我得事先告诉您，要是您说您不会写字，我可不会乐意。”

就是高明的检察官看见他那笑的模样，都要自愧不如。

德纳第把桌子推到白先生身边，紧紧靠着他，又从抽屉里拿出墨水瓶、笔和一张纸，抽屉半开着，一把锃亮的长尖刀露出来。

他把纸放到白先生跟前。

“写吧。”他说。

被绑的人终于开口了：

“我怎么写得了？还绑着我呢。”

“这倒是真的，对不起！”德纳第说，“您说得没错。”

他对比格纳耶说：

“给先生的右胳膊松开。”

邦灼，还叫春天、也叫比格纳耶的，按德纳第的吩咐做了。右手松开了，德纳第把笔蘸好墨水，递给他，说：

“您留神听着，先生，您现在由我们控制，在我们手心里，绝对的在我们手心里，任何人间的力量都不可能救出您，如果我们被迫采取一些令人不快的极端行为，我们将很抱歉。我不知晓您的姓名，还有住址，但我得告诉您，您必须马上写封信，我们派个人送去，送信人回来之前，我不准备给您松绑。现在请您好好地写。”

“写什么内容？”被绑的人问道。

“我来念，你来写。”

白先生把笔拿起来。

“我的女儿……”

被绑的人吓了一跳，抬眼望着德纳第。

“写上‘我亲爱的女儿’。”德纳第说。

白先生按他说地写了。德纳第再念：
“你马上到这儿来……”
他停住，问道：
“您平常跟她讲话是用‘你’吗？”
“谁？”白先生反问。
“还用得着问！”德纳第说，“当然是百灵鸟，那个小姑娘。”
白先生面不改色，答道：
“听不懂您在说什么。”
“照着写就行了。”德纳第接着念：
“你马上到这儿来。我非常需要你。送信人是我派去的，让他接你来。我等你。尽管放心来。”
白先生照他念的全写下来。德纳第又说：
“哦！把‘尽管放心来’划掉，这话让人起疑心，使人觉出事情不那么简单，反而不放心，不敢来。”
白先生划掉了那个字。
“现在，”德纳第接着说，“请签上大名。您叫什么？”
被绑人放下笔，问：
“这信发给谁？”
“您不会不晓得，”德纳第答道，“给那小姑娘，刚才我不是告诉过您吗？”
德纳第不肯说出姑娘的名字。他只用“百灵鸟”“小姑娘”代替。精明人在爪牙面前都这么办。把名字说出来，“整个买卖”就露馅了，喽啰们不该知道的就不让他们知道。
他又说：
“请签上您的大名。您叫什么？”
“玉尔邦·法白尔。”被绑人说。
德纳第跟个老猫似的，连忙伸手到衣袋里取出那条从白先生身上搜来的手绢。他凑近蜡烛，找那上面的记号。
“‘U. F.’，对。玉尔邦·法白尔。好吧，您上‘U. F.’就行了。”
被绑人照着做了。
“拆信您得要两只手，给我吧，我来折。”
把信折好，德纳第又说：
“写上收信人地址和姓名。‘法白尔小姐’，和您的住址。我知道您住得离这儿不远，在圣雅克·德·奥·巴附近，每天您都去那儿作弥撒，我搞不准您住哪条街。说名字，您没编瞎话；写地址，您也不会瞎编吧。您自己写上地址吧。”
被绑人稍微迟疑了一下，拿起笔写道：
“圣多米尼克·唐斐街十七号，玉尔邦·法白尔先生寓内，法白尔小姐收。”
德纳第抽筋似的飞快地抓过信。
“我的妻！”他喊！
德纳第女人跑过来。
“信就在这儿了。你该知道如何做。马车就在下面。快去快回。”

又对拿板斧的人说：

"你，既然已把面具拿掉了，就陪老板娘辛苦一趟。你在车后面坐。栏杆车停哪儿你知道吗？"

"知道。"那人回答。

他把板斧放在屋角，跟着德纳第女人走出去。

他们出去后，德纳第把头从门缝伸到过道，喊道：

"当心别把信弄丢了！掂量着点，你们身上可带着二十万法郎呢。"

德纳第女人哑着嗓子回答说：

"放你的心吧。我把它已经放进肚子里了。"

只听马鞭的噼啪声越来越弱，不到一分钟，便听不到了。

"好！"德纳第嘟哝说，"他们走得挺快。照这速度，只要三刻钟，老板娘就能赶回来。"

他把椅子挪向壁炉，坐下，把胳膊交叉在胸前，把两只靴子伸到铁皮炉旁。

"我脚冷。"他说。

破屋子里，和德纳第与被绑人一同留下来的只剩了五个人。这伙人，为了造气氛，脸上都戴着面具，或抹着黑脂胶，装成煤炭工、黑人、鬼怪，外貌是这样，神情却呆傻郁闷，让人觉得他们行凶作恶，不过是在干某种活计，安安静静，没有一点精神，既没愤怒感也无怜悯心。他们一句话也不说，挤在角落里，活像一群白痴。德纳第烤着他的脚。被绑的人又沉默了。一种死寂代替了刚刚还充满屋子的喧闹。

烛芯上结了个大烛花，空荡荡的破屋子被照得迷迷濛濛，煤火也开始暗下去，鬼怪似的头在墙壁和天花板上映出一些不成形的影子。

除了老醉鬼熟睡中匀静的鼻息声，四周一片寂静。

这一切让马吕斯更加心焦，他在等待。这个谜团越来越难猜了。德纳第称作"百灵鸟"的那个"小姑娘"到底是何许人？是指他的"玉秀儿"吗？被绑的人对"百灵鸟"这称呼无动于衷，只无所谓地淡淡答道："我不知道您在说什么。"另一方面，"U. F."这两个字母可以解释了，是玉尔邦·法白尔的首字。玉秀儿不用再称玉秀儿了。这点马吕斯弄得最清楚。一种丢魂落魄的苦恼把他定在那，得个以俯视整个经过的位置。他呆呆立在那儿，似乎已被种种穷形尽相的事态搞得泄了劲，几乎失掉了思考和行动的能力。他等着，盼望意外发生，任何意外；他无法理清思绪，更不知该采取何种态度。

"无论如何，"他暗想，"要是她就是百灵鸟，那德纳第女人就会把她带来，我就能见到她。到那时，毫无疑问，必要时我会为她献出我的生命、我的血，为救她出来，什么都拦不住我。"

就这么过了半个钟头。德纳第陷入了阴暗的思索。被绑人没动。但马吕斯隐约听到一阵轻微的窸窸窣窣声断断续续从被绑人那边发出来。

忽然，德纳第对被绑人粗声粗气地说：

"法白尔先生，听我说，现在我跟您讲了也无妨。"

这意思好像下面将是一段解释。马吕斯侧耳倾听。德纳第说道：

"您别急，我老伴儿就回来了。我想百灵鸟的的确确是您女儿，那她留在您身边也是人之常情。但是，您听我说。我老伴儿带着您的信，肯定能找着她。我叮嘱我女人换上您刚才见的那身衣服，为的是您那位小姐能痛痛快快地跟她走，而不会为难。她俩坐马车里。我那个伙计在车子后头坐。门外某地停着辆栏杆车，已经套好了两匹上等马。他们将带您的小姐去那儿。她会走下马车。再由我那伙计领上栏杆车，我女人则会回来告诉我们：‘都办好了。’至于您的小姐，会被栏杆车带去另一个地方，没人会伤害她。她可以平平安安地呆在那儿，等您把那二十万法郎的小款子交到我手上，我们立刻把她还给您。要是您报警，我那伙计将给百灵鸟踢上一脚尖。就是这样。”

被绑人一字不答。呆了会儿，德纳第又说：

“事情不难，您也知道。没什么不好办的，如果您不准备为难的话。我先把话告诉您。事先跟您讲，也好让您有个心理准备。”

他住了口。被绑人还是不作声，德纳第又说：

“等我老伴回来，告诉我‘百灵鸟已经上了路’，我们就放您回家，您可以自由自在地睡个觉。您看，我们没安什么坏心眼。”

一幅触目惊心的场面出现在马吕斯脑子里。天！他们不准备把那姑娘带到这来，而是把她绑架到别的地方。有个魔鬼将把她带走藏起来。会是什么地方？……万一就是她！显然就是她！马吕斯的心快要停止跳动了。怎么办？开枪吗？由法律来制裁这些恶棍吗？可是那姑娘还会被扣留着，那押着她的恶棍还是会逍遥法外，马吕斯隐隐感到德纳第的话里有股血腥味儿：“要是你报警，我那伙计将踢上百灵鸟一脚尖。”

他更加进退两难了，一边是上校的遗嘱，另一边是他的恋情，他心上人的安危。

这险恶情形已持续了一个多小时，并且随时还会发生变化。马吕斯恢复了勇气来反复揣摩种种最令人心焦的猜想，想找到一线生机，但是一无所获。他脑中的杂乱与破屋里坟墓般的死寂正好形成对比。

寂静中，楼下传来大门响。

被绑的人在绳索中动了一下。

“老板娘回来了。”德纳第说。

话音未落，德纳第女人已冲进屋子，脸涨得通红，呼吸急促，上气不接下气，眼里直冒火，两只肥手在屁股上捶打着，吼道：

“地址是假的！”

跟她去的匪徒也随后进了屋，再次拎起板斧。

“假地址？”德纳第说。

她接着说道：

“连个鬼都没找着！圣多米尼街十七号，哪儿有什么法白尔先生！没人认识他。”

她透不过气，停了停才说：

“德纳第先生！你上了这老东西的当！你太老实了，知道吗？换了我，先把他的嘴砍成四半儿再说！他要敢逞强，我就把他放到火上活活烤熟！他该说实话，把那女的住哪儿说出来，把那藏钱的地方说出来！要是我，就照那么办，我！难怪都说男人比女人笨！十七号，连个鬼都没有！那是扇大车门。圣多米尼克街，没个法白尔先生！不光一路跑，还得给车夫小费，还有别的！我问那门房和他女人，他们不知道！那女人长得倒还结实漂亮。”

马吕斯松了口气。她，玉秀儿或百灵鸟，称呼无所谓吧，现在脱险了。

女人气疯了，又吵又闹，德纳第往桌子上一坐，好大一阵子没言语，他晃着右腿，横眉立目，看着小火炉发呆。

终于，他慢悠悠的，但狠得出奇地对被绑人说：

“一个假的地址？你到底想干什么？”

“争取点时间。”被绑人大声回答，嗓音洪亮。

与此同时，他一下子抖掉了身上的绳索，绳索早就断了。他只剩了一条腿还被绑在床脚上。

那七个人还没醒过神来，他已钻到壁炉下面，手伸向小火炉，然后立起身来；这下，德纳第，他女人，还有七个匪徒，都被吓着了，向后退去，个个惊慌失措，只见被绑人把那发着红光、带着凶气的钝口凿高举在头顶上，简直可以为所欲为，样子很吓人。

在法院调查戈尔博老屋谋杀案的记录中，提到了警察在现场发现了一个很大的苏，经过了特殊加工。这种苏是苦役牢中精巧的工艺品，是在黑暗中用耐力精心制造的，这种奇异产品用来为秘密活动服务，换句话说，这是种越狱工具。这种高超手艺制作的精细而丑恶的产品，放在珍奇宝贝里，就如同诗歌中出现的粗俗俚语。就像文坛上有维庸之类的人物，狱中有不少的贝弗努托·切利尼，身陷囹圄之人愈加渴望自由，于是想出这种妙法，用一把木柄刀，或是把破刀，有时候甚至没有工具，把一个苏割成两片，再把这两个薄片挖空，同时不损坏币面的花纹，在这两个薄片边沿上再刻一道螺旋纹，使它们能合拢成一个匣子，可以随意开合。匣子里藏上条表的弹簧，仔细加工一下这种表簧就能锯断链环和铁条。在别人看来，苦役犯身上带的只是个苏，完全错了，他带的可是自由。日后调查本案的警察就在那破屋子窗前的破床下找到了这样一个分成两片的大个苏。他们还找着一条蓝钢小锯，能藏在大个苏里。当时很可能是这样一种情况：被绑人在被匪徒搜身时，他把这个带在身上的大个苏捏在手里，随后，他的一只手松开了，便旋开那个苏，用里面的锯子割断了捆绑他的绳索，于是这就和马吕斯注意到的那种不易被察觉的动作和轻微的响声对上号了。

他怕被人发现，不方便弯腰，所以左腿上的绳子没能割断。

这帮匪徒从最初的惊讶中清醒过来。

“别慌，”比格纳耶对德纳第说，“他逃不了，他还被绑着一条腿。我保证他跑不了。他那蹄子还是我绑上的呢。”

这时被绑人提高嗓门儿说：

“你们这群倒霉蛋，要知道，我这条命不值几个钱。可是，要是你们觉得有本事强迫我说话，强迫我写不愿意写的，说我不愿意说的……”

他捋起左袖子，说道：

“看着。”

他伸直左胳膊，右手捏住钝口凿的木柄，把炽热的铁块按在了裸露的肉上。

随着嘶嘶的响声，破屋里弥漫了行刑室特有的臭味。马吕斯见此只觉得心脏突突猛跳，两腿瘫软，匪徒也个个目瞪口呆，而那怪老人只是稍微蹙了蹙面部的肌肉，红铁块冒着烟沉入肉里，他却若无其事、甚至有些含威不露的，用他那毫无恨意的美目紧紧盯住德纳第，在庄严肃穆的神态中，看不到痛苦的迹象。

有时候士兵的哗变会促使军官露面，同样，一个伟大崇高的性格下，由躯体和感官的痛苦所起的反抗会促使灵魂显露于眉宇。

“你们这群可怜的家伙，”他说，“别以为我有什么比你们更可怕的地方。”

说着，他从肉里拔出凿子，从开着的窗子扔出去，那吓人的依旧发着红的东西翻了几番，在积雪里熄灭了，消失在黑暗中。

被绑人又说：

“随便你们拿我怎么办。”

他连自卫都放弃了。

“抓住他！”德纳第说。

两个喽啰按住他的肩膀，那个戴着面具，用肚子讲话的人，走到他对面，举起那把钥匙，准备在他动一动反抗时，就捅他的脑门。

这时，在马吕斯下方的墙脚边，有人在低声交谈，因为靠得近，看不见说话的人，只听他们说：

“只剩了一招了。”

“把他劈成两半儿！”

“对。”

是那夫妇俩在嘀咕。

德纳第慢腾腾走到桌前，拉开抽屉，取出那把尖刀。

马吕斯握紧了手枪柄，为难极了。一个声音让他遵父亲遗嘱，另一个声音让他救被绑人，两方面在他内心已经纠缠了一个钟头。此时它们还在搏斗，几乎使马吕斯面临死亡。渺茫之中，他一直期盼着一条孝义两全的路，但这种可能性始终未出现。此刻，危险又逼近了，观望已超出了极限，德纳第手拿尖刀，正站在离被绑人几步远的地方琢磨思索。

马吕斯毫无主张，四处张望。人在绝望时都会这么无可奈何地做。

忽然他打个激灵。

一道月光正照着他脚旁的桌子，仿佛示意他看着桌上那张纸。纸上是德纳第大女儿早晨写的那几个字：

雷子来了。

马吕斯脑中闪过一道亮光，他计上心来，这正是他要的，是他一直在寻找的解决那个使他痛苦万分的难题的办法，既能撇开凶手，又可搭救受害人。他跪在抽斗柜上，伸出手拿起那张纸，轻轻剥下一块墙灰，裹在纸里，通过墙窟窿扔到了隔壁屋子中央。

太是时候了。德纳第已甩下最后的恐惧和顾虑，正朝被绑人走去。

“什么东西掉地上了！”德纳第女人喊。

“什么?”她丈夫问。

妇人抢前一步，把裹着右灰的纸团拾起来。

她将它递给德纳第。

“这从哪儿来的?”德纳第问。

“见鬼!”妇人说，“你想让它从哪儿来?从窗口来的呗。”

“我亲眼瞅着它飞进来的。”比格纳耶说。

德纳第急忙打开纸团，凑到蜡烛旁看。

“是爱潘妮的笔迹，见鬼了!”

他冲他女人做了手势，她赶忙凑上来，他指着那行字给她看，然后低声说:

“快!备好软梯!把肥肉留在老鼠洞，我们快逃!”

“不把这人脖子捅了?”德纳第女人问。

“顾不上那么多了。”

“从哪儿走?”比格纳耶随着问。

“从窗口，”德纳第回答，“既然爱潘妮能从这窗子把石子扔进来，说明房子这面还没被包围。”

那个戴面具、用肚子说话的人把他的大钥匙搁在地上，一言不发，同时向空中举起两只胳膊，把两只手急急忙忙地开合了三次。这好比是船员在发信号准备行动。按着被绑人的那两个喽啰也赶忙松开手，转眼功夫，软梯已吊在窗外，梯上的两个铁钩牢牢钩住窗沿。

被绑人没在意周围发生的事，他像是在沉思或祈祷。

刚挂好软梯，德纳第就喊:

“来!老板娘!”

他自己也朝窗口跑。

当他正要跨过窗台时，比格纳耶恶狠狠地揪住他的脖领。

“嘿，老贼!放明白点!让我们先上!”

“让我们先上!”一帮匪徒齐声喊道。

“你们可真是孩子，”德纳第说，“别磨蹭了。冤家就跟在我们脚后边。”

“这样吧，”有个喽啰说，“我们抽签，抽着谁谁先走。”

德纳第吼道:

“傻瓜!疯了，你们!一群白痴!想浪费时间，是吧?抽签?猜手指头!抽草棍儿!把每个的名字都写上!搁在帽子里!……”

“用得着我的帽子吗?”门口有人大声说。

大伙转过头。是沙威。

他把帽子捏在手里，微笑着伸向他们。

二十一、受害人跑了

傍晚，沙威就已布置好了人手，他自己躲在屋门前路对面的哥白兰便门街的树后面。一上来他就“撒好了网”，要网住那两个在破屋附近放风的姑娘。结果只“网”住了阿兹玛，不在岗位上的爱潘妮，开了小差，没能逮住她。随后，沙威埋伏下来，竖起耳朵只等已商量好的信号，马车一会儿来一会去，搅得他心绪烦乱。后来，他等得不耐烦了，并且已经瞅准了那“狼窝”，瞅准了里头的“好生意”，也看清了走进去的几个匪徒的脸孔，于是他决定不再等枪响，就径自上楼了。

他有马吕斯那把路路通钥匙。

他出现的真是时候。

吓得慌了神儿的匪徒又把逃走时扔在屋角的凶器重新拾起来。一秒钟不到，七个人便龇牙咧嘴地挤在一处，摆出应战的阵势，一个手里拿着棍棒，一个拿着钥匙，一个拿板斧，剩下的拿着凿子、钳子和锤子，德纳第攥着那把尖刀。他女人则把女儿们平常当凳子坐的一个大石礅从窗旁的屋角抱起来，揽在手里。

沙威把帽子戴上，往里走了两步，抱着胳膊，棍子夹在腋下，剑在鞘中。

“都别动！”他说，“你们别走窗，从房门出去。这样安全点。你们七个，我们可有十五个。犯不着拼上老命，大家都客客气气的多好。”

比格纳耶从布衫下抽出一支手枪，递到德纳第手里，在他耳边说：

“这是沙威。我们不敢冲他开枪。你敢吗？”

“有什么不敢的！”德纳第回答。

“那看你的了。”

德纳第接过枪，指向沙威。

沙威在离他三步远的地方，根本没把他瞧在眼里，只是盯着他说：

“我说，还是不要开枪的好！你瞄不准。”

德纳第扣动了扳机。没射中。

“我早说过了！”沙威说。

比格纳耶把手里的大头棒扔到沙威脚下。

“我向您投降，魔鬼皇帝！”

“你们呢？”沙威问其他的匪徒。

他们回答：

“我们也投降。”

沙威不动声色地说：

“这就对了，这样多好，我早说了，大家就该客客气气的。”

“我只求您一件事，”比格纳耶说，“在牢，您可得让我抽烟。”

“一定办到。”沙威回答。

他回过头对后面喊：

“现在你们进来吧。”

听到沙威喊，一个排的持剑宪兵和拿着大棒、短棍的警察，一齐涌进来。他们把那帮匪徒都上了绑。黑压压的这么多人，在微弱的烛光照映下，把魔窟挤得水泄不通。

“都把他们铐上！”沙威命令道。

“看你们谁敢碰我！”有个非男非女的声音吼道。

是德纳第女人在吼，她守在靠窗口的一个屋角里。

宪兵和警察直往后退。

她把围巾丢掉了，还戴着帽子，她丈夫蹲在她身后，几乎被掉下的围巾盖住了，她用自己的身子护着他，两手把石墩子举过头顶，恶狠狠的，像个准备抛山石的女山魈。

"小心！"她喊道。

人们都退向过道。顿时破屋子中间空了一大片。

德纳第女人看了一眼缴械投降的匪徒，哑着嗓子骂道：

"都是他妈的胆小鬼。"

沙威笑眯眯地走到空地里，德纳第女人瞪圆了眼看着他。

"别过来，滚开点，"她喊道，"不然我就砸瘪了你。"

"真是个好样儿的榴弹兵！"沙威说，"老妈妈！你有男人的胡子，我可有着女人的爪子。"

他接着往前走。

德纳第女人蓬头散发、杀气腾腾，只见她叉开两腿，身子后仰，使出全力把石墩子朝沙威的头掷去。沙威一弯腰，石墩子擦过他的头顶，撞到对面墙上，砸下一大块墙皮灰，然后又弹回来，从这个屋角滚到那个屋角，也幸亏屋内空空，最后停在沙威脚旁不动了。

沙威走到德纳第夫妇面前。他那双又宽又大的手，一只按住妇人的肩膀，一只贴住她丈夫的头皮。

"拿手铐来。"他喊道。

警探重又涌进来，几秒钟功夫，沙威的命令便被完成了。

德纳第女人彻底绝望了，看到自己和丈夫全都被铐住了，便往地上一倒，号啕大哭起来，嘴里还喊着：

"我的闺女哟!"

"把他们都看管好。"沙威说。

警察走到门后,使劲摇那个醉汉。他醒过来,迷迷糊糊地问:

"完事了吗,容德雷特?"

"完了。"沙威回答。

接着,他像弗雷德里克二世在波茨坦检阅部队似的,挨着个对三个"通烟囱的"说:

"您好,比格纳耶。您好,普吕式。您好,二十亿。"

然后又转向那三个戴面具的,冲拿板斧地说:

"您好,海嘴。"

冲提着粗木棒的那个说:

"您好,巴伯。"

又对用肚子讲话的那个说:

"敬礼,铁牙。"

这时,他发现自从警察进来,那个被匪徒绑在床脚的人始终低着头,一句话没说。

"给这位先生松开绳子!"沙威说,"一个都不许出门口。"

说完了,他大模大样地坐到桌前,烛台和写字文具还在桌上摆着,他从衣袋里抽出一张公文纸,写起他的报告来。

写完了开始的几句套话,他抬眼说:

"把他们要绑架的那位先生带过来。"

警察四处寻看。

"怎么回事,"沙威问,"他在什么地方?"

他不见了,那个被绑的人,那个白先生,玉尔邦·法白尔先生,玉秀儿或百灵鸟的父亲。

门有人把守,窗子可没有。当沙威写报告时,他看到自己已松了绑,便趁着大伙在昏暗烛光里乱哄哄地吵闹,挤作一团,都不注意他的刹那,跳出了窗口。

一个警察跑到窗口去看,外面也看不见人。

但软梯在颤动。

"见鬼!"沙威咬牙切齿地说:"这也许才是最肥的那个!"

二十二、野孩子

医院路房子里发生这些事的第二天,有个男孩,似乎从奥斯特里茨桥那面来,沿着和大路平行的右边的小道向枫丹白露便门走去。天已经完全黑下来了。这孩子,面容苍白,瘦骨嶙峋,衣衫褴褛,二月天还只穿着条布裤,他边走边唱,唱得声嘶力竭。

一个老太婆在小银行家街的转角正借着回光灯弯着腰掏垃圾堆,孩子路过时,撞在她身上,往后退了几步,男孩喊起来:

"哟!我还当成是只特大、特大的狗呢!"

他说第二个"特大"的腔调充满了恶意的尖酸刻薄,只有大号字才能稍微传达一点那种味道：是只特大、特大的狗呢！

老太婆站直腰，气不打一处来。

“该上铁枷的小混球！”她嘟哝道，“我要是没弯着腰，就让你尝尝厉害，看看我的脚尖会踢你哪儿！”

男孩早溜远了。

“乖乖！我的乖乖！”他说，“看来我的确没弄错。”

老太婆气得噎住了，她挺直了腰，路灯的泛红的光照在她土灰的脸上，能看出她颧骨分明，满脸皱纹，眼角一条条鱼尾纹直垂到嘴角。她的身子隐在黑影里，只露出一个头，像夜里一道微光切下来一个耄龄老妇的脸壳子。男孩仔细瞅瞅她，说：

“这么美丽的小娘子，在下可消受不起。”

他继续赶路，放开喉咙唱道：

大王“着木鞋”
外出去打猎，
要去打老鸦……

唱完这三句，他停住了。50-52 号已经到了，大门关着，他便用脚去踢，踢得又猛又响，那劲头儿不是来自他的小脚，而是来自他小孩脚上穿的那双大人鞋。

这时，那个在小银行家街拐角碰见的老太婆在他身后赶来，嘴里不停地喊，手也乱挥乱舞。

“怎么回事？怎么回事？上帝救世主！要把门踢穿了！房子要被踩塌了！”

男孩还是用力踢门。

“今儿个难道人们就这么照看房子！”

忽然，她停下来，认出了那男孩。

“天！原来是这个小魔神！”

“哟，是姥姥啊，”男孩说，“毕尔贡妈，您好。我是来看我祖先的。”

老太婆作了鬼脸，表情复杂极了，那是厌恶、衰老、丑陋的奇妙组合，可惜的是黑暗中没人瞧得见。她答道：

“小瘟神，可是没人在家！”

“去他的！”孩子说，“我父亲呢，他在哪儿？”

“在拉弗尔斯。”

“呵！那我妈呢？”

“在圣辣匝禄。”

“是这样！那我俩姐呢？”

“在玛德栾内特。”

男孩搔搔耳根，看着毕尔贡妈，来了句：

“啊！”

随后，他脚跟一旋，一个向后转，走了，过了会儿，老太婆站在台阶上，还能听见他清脆的未成年的嗓子在唱歌，一直唱到了寒风萧瑟中的那些榆树后面：

大王“着木鞋”
外出去打猎，
要去打老鸦，
高跷上头踩。
谁从底下过，
留下两文钱。

第四部　儿女情长与英雄血

第一卷　一点历史

一、有始

紧接着七月革命的一八三一年和一八三二年，是历史上的极为特殊和惊人的一个时期。这两年，在这之前和这之后的几年中间，像两个山头似的夺目突出。这期间人们能看到很多险峰怪崖。这段时期里，各种阶层的人，文明的奠基石，种种由上下关联和相互攀附的利益结成的坚强组合，古旧的法兰西的苍容老貌，都在层出迭进的制度、理论的狂热的风云激荡中忽隐忽现、飘摇不定。这种显现和隐灭曾被定义为反抗和运动。在其中人们能看见真理——人类灵魂之光——光芒四射。

这个令世人瞩目的时期极为短暂，并且离我们已相当遥远，趁早回顾一下，也许还能摸到它的脉络。

那我们就试试吧。

王朝复辟作为中间局面之一种，实在难于定义；那里面有疲惫、沉睡、匮乏、喧扰以及风言风语、飞短流长，这些只能说明一个伟大的民族刚刚跋涉完一段艰苦的行程。那种时代是奇特的，想从中获益的政治家为之错觉丛生。开始，国人只要求休养生息！人们都只渴望一个东西：和平；也只有一个野心：找个洞缩进去。换个方式说，就是想过过安顿日子。了不起的事业、变幻莫测的风险、充满刺激的机会、叱咤风云的人物，感谢上帝，全见够了，再也无力承受了。人们为了普吕西亚斯宁愿舍弃恺撒，为了伊弗它王宁愿舍弃拿破仑。“小国王多好！”人们天亮就上了路，艰辛非常，整日跋涉，一直走到天黑；第一程跟着米拉波走，第二程跟着罗伯斯庇尔走，第三程跟着波拿巴走；大家都已筋疲力尽。人人都渴望有张床。

忠诚已疲惫，英雄主义已衰微，野心已得到满足，利益已经到手，它们还在寻求、索取、恳请、央告什么呢？一个安乐窝。安乐窝，它们终于有了。于是它们安宁了，平静了，悠闲了，心满意足了。可是，与此同时，一些既成的事实探出头来，要获得人们的承认，并且敲着它们旁边的门。这些事实产生于革命和战争，它们活生生地存在着，它们有理由在社会中要求一个位置，实际上它们已取得了这种位置，而往往这些事完全成为替各种主义准备食宿的军需处长和勤务员。

所以就有这样的情况摆在政治哲学家面前：

疲乏的人要求休息的同时，已经形成的事实也要求得到保证，这种保证对于事实和休息对于人是一样的。

英国在护国公之后向斯图亚特家族提的是这个要求；法国在帝国之后向波旁家族提的也是同样的要求。

时代需要这种保证。是必须要给的。表面上看，这种保证是亲王们“赐给”的，实际上是事实自身的力量要求的结果。这是一条值得认真探讨的深刻真理，斯图亚特家族一六六二年时对此深信不疑，而一八一四年的波旁家族却不屑于看上它一眼。

拿破仑垮台后，法国那个事先选定的家族回来了，它头脑简单到无以复加的地步，它愚蠢地认为由它赐予了一切，赐给之后，它随时可以收回；它还以为波旁家族手中掌握着神权，法兰西则手中空空，路易十八的宪章中给予的政治权利不过是神权上的一个小树杈，波旁家族将之采下，装模作样地赐给人民，等到国王高兴地那天，就能顺手要回来。实际上，波旁家族并非甘心情愿地做出这种恩赐，它早该知道根本没什么东西可以由它来恩赐。

它装着一肚子的暴戾觊觎着十九世纪。每次人们欢呼欣喜，它都怒气冲天。用个不大顺耳的词，一个通俗而实在的词儿：它总是咬牙切齿，这个人民早就看清了。

它自以为强大无比，尤其是想到帝国像一幕戏台上的场景在它眼前搬走。它却不知道动动脑子其实它自己也是那样搬来的。它意识不到搬走拿破仑的同一只手在控制着它。

它觉得自己是过去，就以为自己有根。它完全错了；它只是过去的一部分，法兰西才是整个的过去。法国的历史的根系生在人民中，绝非生在波旁家族里。这深入土中充满生机的根系，是整整一个民族的历史，绝不是哪个家族的权利。根系四处伸展，却没到王位底下。

对法兰西来讲，波旁家族是它的历史上一个挺显眼的流着血的疤痕，却不是它整个命运的主要元素和它的政治的必要基础；人们就是把它完全抛开，也照样能够生存，它也确确实实被丢开过二十二年，尽管人们并未认识到这一点。当然了，这群在热月九日还认为统治者是路易十七，在马伦哥胜利之日还认为统治者是路易十八的人，又怎么可能认识到这一点呢？有史以来，还没见过像这些亲王似的如此不屑于这部分从现实当中生出的神权。也从没有哪个王权把上天赋予的权否定到如此地步，尽管王权本身也不过是种人间的妄念。

这家族终于收回了它一八一四所“赐予”的保证，即它所谓的那些让步，这是它那天大的错误认识导致的。非常可笑！所谓的它的让步，实际上是我们的胜利果实；它称我们掠夺来的东西，实际上是我们的权利。

复辟王朝以为打败了波拿巴，已在国内立稳了脚跟，换句话说，它自以为势力强大和根基牢固，所以一旦觉得时机成熟，就突然出动，并不惜孤注一掷。于是一个清晨，它站在了法兰西面前，并将公众权利和个人权利——公权和个人自由——大声否认了。也就是说，它否定了人民成其为人民的根本和公民成其为公民的根本。

这就是所谓七月敕令中那些著名法案的本来面目。

复辟王朝垮台了。

它垮得正好。但是，应当说明，绝对敌视进步的全部形式它一点没有。它亲临过许多大事的完成。

复辟王朝之下，人民已惯于平心静气的讨论，这在共和时期不曾有过；已惯于在和平中强大，这在帝国时期不曾有过。对欧洲其他各国而言，这个自由而强大的法兰西，成了鼓舞士气的样板。罗伯斯庇尔时期是革命说话，波拿巴时期是大炮说话，到了路易十八和查理十世时期，则是才智露面登场。风刚刚平息，火又烧起来。人们看到在宁静的顶峰有纯洁的思想之光辉。那是光辉、生动和怡人的景象。十五年中，在和平的氛围和完全公开的场合，人们看到一些这样的伟大的原理，这原理在思想家看来已非常陈旧，在政治家眼中却还是崭新的：为法律上的平等、信仰自由、言论自由、出版自由和任人唯贤的选拔制度而工作。这种情况持续到一八三〇年。波旁家族作为一种文明工具，是丧于天命手中。

波旁家族下台时声势浩大，这不是指它本身，而是指人民一方。他们大模大样地，却非八面威风地，走下宝座。他们的隐入黑洞似的下台远非大张旗鼓地退出，因而激不起后代哪怕丝毫的黯然怀想；它不同于查理一世幽灵般的沉静，也不同于拿破仑雄鹰般的长啸。他们离开了，仅此而已。他们取下了冠冕，却没留住光环。他们保留了脸面，却丢失了威仪。在某种程度上他们缺乏正视灾难的尊贵气度。在去瑟堡的途中，查理十世下令把一张圆桌改成方的，这危难中的仪式在他看来比崩溃中的君权更值得关心。这番琐碎实在叫忠于王室的人和热爱种族的严正的人大失所望。人民则是大可敬佩的。在一个早上遭到王家叛变武装的进攻时，全国人民不是怒气冲天，手足无措，而感到了自己强大的力量。他们英勇自卫，适时节制，把政府纳入法律的正轨，恢复了秩序，流放了波旁家族，可惜的是，于此却停步不前了。他们从护卫过路易十四的帏盖下拉出老查理十世，将他轻轻置于地上。他们触碰王族中人时，心中是凄切而谨小慎微的。不是一个人，也不是几个，而是法兰西，整个法兰西，取得了胜利同时也被胜利冲昏了头的法兰西，仿佛想起并在世人面前实行了那句严肃的话，那句纪尧姆·德·维尔在巷战之后所说的话："那些从危难中的幸运跳到昌盛中的荣誉的人们，他们像在树枝间跳跃的小鸟，平日惯于博取君王欢心，此刻却能容易的表白自己的大胆，站出来反对企图反抗的君王；但是我，我必须尊敬我的君王的荣誉，特别是陷于危难的君王。"

波旁家族把尊敬之心带走了，却在人民中留下了惋惜之意。就像刚才我们讲的，他们的不幸远远超过他们自己。他们在地平线上消失了。

七月革命立即在世界范围产生了朋友和敌人。人们各有表现，有的欢快地极为拥护地奔向革命，有的则背它远去。欧洲的君主，开始时都像日出前的猫头鹰，紧闭双目，伤心欲碎，惊慌失措，直到有必要进行一下威吓时，才把眼睛睁开。可以理解他们的恐惧，也可以原谅他们的愤慨。这次革命很奇特，几乎没有任何震动，击败王室的人甚至都没有机会将之视作敌人并流它的血。专制政府喜欢让自由发生内讧，在这些政府看来，七月革命不该如此迅猛有力却又流于温和。一点儿反对这次革命的阴谋诡计都没发生。最不满、最愤恨、最诧异的人都不得向它献出敬意。这种种事态表现出的神秘敬意，排除了重重私心和宿怨，使人们感到有一种超出人力之上的力量在进行合作。

七月革命是人权击碎既定事实的胜利。这是种灿烂炫目的东西。

人权击碎既定事实。一八三〇年革命由此放出光芒，也由此生出温和。人权胜利用不着暴力。

人权，就是正义和真理。

人权的本质是永远保持美好和纯洁。实际上，如果它只是作为事实存在，即便表面看来是最急需的，即便是当代人最拥护的，它若含有的人权过少或根本不含有人权，那么时间的演进会不可避免地使之成为畸形，成为败坏的、甚至荒谬的。若想证实这样的事实可能丑恶到何种程度，我们只需上溯几百年，看着马基雅维利。马基雅维利不是什么瘟神，也不是魔鬼，也不是无耻的末流文人，他只是个事实。不仅是意大利的事实，还是欧洲的事实，十六世纪的事实。他似乎恶劣不堪，以十九世纪的道德标准看，确乎如此。

自从社会产生之日起，这种人权和事实的斗争就在不断进行。哲人们的任务，便是结束二者的决斗，使纯洁的思想和人类的事实结合起来，和平地让人权融入事实，事实也融入人权。

二、无　终

然而，哲人的事业是一回事，投机者的钻营又是一回事。

一八三〇年革命不久就停步不前。

革命一旦搁浅，投机者立刻瞄准这艘搁浅的船，要破坏它，打烂它。

投机者，在当今时代，都自许封号，以政治家自居；政治家一词到后来也因此多少有些行话的味道。我们不得不记住，只要是有机智的地方，必然会有小家子气。所谓的投机者，也就是庸俗之辈。

同样道理，所谓政治家，有时候指的也就是：民贼。

革命，像七月革命那样的革命，按投机者的说法，类似于动脉管破裂，应当立即缝合。人权，如果过度膨胀，就会流于泛滥。所以，一旦人权获得了认可，就应巩固政府。一旦自由获得了保障，就应加强政权。

在这个地方，哲人还不至于和投机者产生分歧，但已经有了戒备。政权，是的。但是，首先要弄明白的是，政权是指什么？其次，政权从何而来？

这种窃窃的微弱的反对意见，投机者似乎并不在意，仍旧继续他们的勾当。

聪明的政治家总善于以实际需要粉饰自己的私利目的，按他们的说法，革命后人民最迫切的需要，作为君主国子民，便是找出王室的后继者。他们认为，这样就能在革命之后获得和平，也就是说，获得医治创伤和修整房屋的时间。旧王朝能够掩盖脚手架和伤兵医疗站。

但找个王室继承人可不是件容易的事。

严格说来，任何一个有能力的人，或者，一个有钱人，都有资格做国王。波拿巴属前一种情况，伊土比德是后一种的典型。

但不是任何一个家族都可以被当作王族的世系。多少得有点古老的渊源，几个世纪的皱纹不可能形成于一夜之间。

如果我们站在那些“政治家”的立场看——当然，需要我们保留自己的全部意见——，革命之后，由革命产生的国王应该具备哪些优越条件呢？他应该是而且最好是革命的，换句话说，亲历了这次革命，曾经插过手，不管他是建立了名声还是败坏了声望，也不管他是拿过斧子还是拿过剑。

一个王位继承人应具备哪些优越条件呢？他还应该是民族主义的，也就是不即不离的革命者，这不由他的具体行动决定，而由他接受的思想决定。他既要与过去的历史有渊源，又要对未来产生作用，还必须富有同情心。

这一切说明为什么早期的革命可以满足于一个人的选择，克伦威尔或拿破仑；而后来的革命却不得不选择一个家族，瑞克家族或奥尔良家族。

这种王室很像印度的无花果树，这种树的枝条可以垂到地面，还能在土里生根，长成一株新的无花果树。每根树枝都可形成一个王朝。唯一的条件是在人民面前低头。

这就是那些投机者的理论。

一种这样的了不起的艺术于是出现了：给胜利中多少来点灾难，让打算利用胜利的人面对胜利也微微发抖，前进一步就让恐怖扩散一点，使过渡中的弯路延长以使进步延缓，把刚露头的曙光冲淡，抑制住热情的膨胀，把尖角和利爪削平，用棉花把欢呼胜利的嘴捂住，给人权套上臃肿的衣服，把高大的人民裹进法兰绒，催他们睡觉，逼着过于健康的人节食，让壮年吃初愈病人的补品，想方设法去做分化瓦解的事，让好高骛远之人饮下掺了甘草水的蜜酒，用尽方法来节制过大的成功，给革命来个遮光罩。

这种一六八八年在英国用过的理论，一八三〇年同样采纳了。

一八三〇年革命停在了半山腰。进步只是个半成品，人权只停留在表面。逻辑上可没有差不离的概念，绝对的是太阳不同于蜡烛。

历次革命都停在半途，是谁的原因？资产者。

为什么这么说？

因为资产者标志着利益的满足。昨天饿，今天饱，明天胀。

在一八一四年拿破仑下台后出现的情况在一八三〇年查理十世之后再次出现。

人们把资产者误认为一个阶级。资产者不过是人民当中得到满足的那部分人。资产者是那种有时间现在坐下来的人。一把椅子可不等于一个社会等级。

但是，若想坐下的要求过分强烈，人们就有可能停止前进的脚步。资产者向来爱犯这样的错误。

人可不会因为犯次错误就成为一个阶级。利己主义不是社会结构的元素。

当然，我们讲话要公正，即便对利己主义也该如此；一八三〇年的变动之后，人民中所谓的资产者期待的可不是无所作为的局面，不是那种由冷漠和懒散构成并含着一点羞愧的局面，也不是类似泡泡入梦、把一切抛开的睡眠，而是立定。

立定，这个词，有着奇特的甚至有些矛盾的两重含义：对行进中的部队而言是前进，对进驻来说则是休整。

立定，指力量的整顿，是种武器在手的警惕的休息，是布好哨兵准备防卫的一种事实。这个词，意味着昨天已结束的战斗和明天将开始的战斗。

这恰是一八三〇和一八四八的中转站。

这里所说的战斗也可叫作进步。

所以，无论对资产者还是对政治家，都需要有个人出来喊一声：立定。是个“尽管……是因为”。是个既代表着革命还代表稳定，换句话说，是个明显的有力量调和过去和将来以巩固现在的两面人。

这个人是“明摆着的”。他叫路易-菲力浦·德·奥尔良。

二二一人于是把路易-菲力浦推上了王室宝座。由拉斐德主持的加冕礼。他称之为“最好的共和国”。于是巴黎市政厅取代了兰斯的教堂。

这种半王位取代全王位就成了“一八三〇年的功绩”。

投机者大功告成后，他们灵丹妙药的大毛病显现了。因为这一切在进行时完全忽略了人权的存在。人权大喊道：“我抗议！”紧接着，一种可怕的现象出现了，它又回到了黑暗中。

三、谈谈路易-菲力浦

革命有着坚实的臂膀和灵巧的手，打得坚定，又会变通。即使有不彻底的地方，甚至蜕化了，变了种，降到低级革命的地步，比如说一八三〇年革命，也不至于走投无路，它怎么也能保住足够的天赋的明智。革命受挫但永远不会失败。

当然，我们不能过分夸张，革命也会犯错误，甚至是严重的错误。

我们还是接着讲一八三〇。在岔路口，一八三〇是幸运的。革命突然中止后，在建立所谓的秩序的措施中，国王是优于王权的。路易-菲力浦是个非同寻常的人。

他父亲在历史上地位低微，甚至该受谴责，但他本人是值得敬重的。他具备了所有私德和多种公德。他对自己的健康、前程、安全、事业非常关注。他能认清一分钟的价值，尽管不一定能认清一年的价值。节俭、温静、能干，好好先生和好好亲王。他只与妻子同宿，王宫中专有仆从负责带领绅商们去参观他们夫妇的卧榻（在夸耀淫风盛行之时，这种严肃家规的展示是有益的）。他懂得而且会讲欧洲的各种语言，更可贵的是他懂得而且会讲代表各种利益的语言。他是“中产阶级”可敬的代言人，同时又超出了这个阶层，而且无论从哪方面看，都比阶层本身更伟大。他对自己的血统表现出尊重，同时又尤其重视自身的真实价值，而且他聪敏过人，在宗教问题上，他宣称自己属奥尔良系而非波旁系；当他还是安安静静的亲王殿下时，他却摆出直系亲王的架子，一旦作了国王，他又像个忠顺的子民。面对大众，他不拘格调，对待朋友，他平易近人；有人说他吝啬，但从未证实过；实际上，他本可以趁着豪兴或因为职责挥霍上一点儿，而他却能做到勤俭持家。有文学修养，但对文采比较漠然；为人潇洒却不拈花惹草，简朴安详却又刚正坚强。受家人和族人一致拥护，他言语动听，说话时娓娓道来，他知错就改、事必躬亲、服从眼前利益，心地冷淡，德怨不计，善于无情地以庸才扼制雄才，利用议会中多数挫败在王权下蠕动的一致的责难意见。爱讲真心话，有时候他的真心话又显得不严谨，不严谨的地方却显出非凡的高明。他灵活机变，表情丰富，擅长装模作样。常常以欧洲吓唬法国，又常常以法国吓唬欧洲。毫无疑问，他热爱国家，不过他更爱家庭。把治理看得比权力重，把权力看得比尊严重，这在事事求成方面，有其短处，它允许耍花招，而且也不排斥卑劣的手段，但也有长处，它缓解了政治上的激烈冲突，拯救了分裂中的国家和灾难中的社会。细心、敏感、警惕、正确、专注、吃苦耐劳；有时自相矛盾，随后自我纠正。在安科纳英勇反抗奥地利，在西班牙顽强反击英国，炮轰安特卫普，赔偿卜利查。信心满怀的高唱马赛曲，不知疲倦，爱美爱理想，无畏，豪气冲天，乌托邦，幻想，暴怒，虚荣，惊恐，他有着个人英雄主义的各种表现。在瓦尔米做将军，在热马普又像士兵样作战，八次遇险，仍是满面笑容、一以贯之，像榴弹兵一般勇敢，像思想家一样坚定。在欧洲动荡时隐隐担忧，不在政治上冒大风险，随时准备贡献生命，对事业从不放松，制造声势掩盖真实意图，让人们将他当成英才敬重，而不是当成国王来服从，他长于观察却不善揣摩，不看重人的才能智慧，但可以明辨，即不以耳代目。感觉敏锐、目光犀利，看重实利，雄辩滔滔，博闻强记；能随时借用记忆，这也是他唯一像恺撒、亚历山大和拿破仑之处。通晓实况、细节、日期、具体名字；却对趋势、热情、民众才智、呼吁、灵魂的波动，一句话，可称作知觉的一切无形迹象认识不清。上层接受他，却与下层有隔阂，通权达变，管得过多，治得相对太少，自己给自己当内阁大臣，易为细枝末节所干扰，在教化、整理、组织等方面体现出的创造力中，掺杂着语言无法形容的过于程式化、斤斤计较的状态。是王朝创始人和享有人，有些地方与查理大帝相似，有些地方又像个书吏，总之，是个不同凡响的人物，这个亲王能在法国群情激荡中建立了政权，在欧洲心存疑忌时巩固了势力。路易-菲力浦无疑是这一世纪中的杰出人物，而且，若是他对荣誉的占有更强烈些，对伟大事物的感情能达到对实用事物的感情的程度，他还能跻身在整个历史声名显赫的统治者之列。

路易-菲力浦俊美非常，上了年纪仍是风采依旧；虽未必受到举国赞许，但博得一般民众的好感；他能讨人欢心。他具备这种天赋魅力。他是国王，但不戴王冕，少些威仪，是个老人，但不见白发。态度守旧，习惯新潮，是贵族和资产者的杂糅，正合一八三〇的标准。路易-菲力浦代表着王权统治的过渡期，他以古代语音和拼法为新思想服务，他喜欢波兰、匈牙利，却常写作“Polonois”，说成“hongrais”。他身穿国民自卫军制服像查理十世那样，他佩一条荣誉勋章的勋标，像拿破仑那样。

他很少做礼拜，从来不打猎，歌剧院也决不光顾。不沾染教士、养狗官和舞女，这与其在资产者中的声望相关。他不要侍臣。出门时，腋下夹伞，这伞成了他头顶上长明的光环。他对泥瓦工手艺、园艺、医道略为通晓，像亨利三世匕首不离身一样，路易-菲力浦手术刀不离身，他曾为一个摔下马背的车夫放过血。保王派有时嘲笑他，笑他是第一个放血治病的国王。

谈到历史对路易-菲力浦的指责，我们做道减法题。三笔账，一笔是控诉王权，一笔是控诉王政，一笔是控诉国王，每笔的总数不同。民主被取消，进步降到第二位，暴力平息市民抗议，武装镇压起义，刺刀制止骚乱，特兰斯诺南街，军事委员会，真正的国家机构被合法的国家机器吞并以及与三十万特权人物账目对半分的政策，这些是王权的业绩；拒绝比利时，迅猛征服阿尔及利亚，而且，野蛮手段多于文明方法，就像英国对待印度那样，背信阿布德-艾尔-喀德，收买白莱伊、德茨，赔偿卜利查，这些是王政的业绩；家庭重于国政，这是国王的业绩。

账目列出了，我们发现，压在国王身上的担子减轻了。

他的很大缺陷在于：代表法国时，他过于谦恭。

这缺陷是怎么产生的？

我们来看看。

路易-菲力浦，作为一个国王，他过于强调父职；人们期待他把家庭孵化成王朝，但他谨小慎微，畏手畏脚；这样导致过分的胆怯，使有着七月十四日民权传统和奥斯特里茨军事传统的民族感到厌烦。

除此以外，如果我们避开那些理应最先履行的公职不谈，路易-菲力浦对家庭的深切关注是与那一家人相称的。这家人，德才兼备，深可敬佩。玛丽·德·奥尔良，路易-菲力浦的一个女儿，使族名列入了艺苑，如同查理·德·奥尔良把族名送上诗坛。她以充沛的激情塑过一尊石像，名为《贞德》。梅特涅则这样恭维过路易-菲力浦的两个儿子："这是两个少有的青年，也是两个没见过的王子。"

这些都是真情实况，没添一笔也没漏一笔。

一心做个平等亲王，本身有着复辟和革命的矛盾，有用政权安定人心的倾向，也有令人担忧的革命趋势，这些组合起来就构成了路易-菲力浦一八三〇的幸运；从未见过人与时势有这么完美的配合；都能适得其所，且能互为体现。这便是路易-菲力浦一八三〇的运气。此外，他还具备荣誉王位的一个绝佳条件：流亡生涯。他曾被放逐，四处奔走，穷苦不堪。他曾仰仗自己的手生活。在法国最富饶的亲王领地瑞士，作为承袭者的他曾卖掉一匹老马以充饥。他还在赖兴诺为人补习数学，他的妹妹阿黛拉伊德则干刺绣和缝纫的活儿。资产者们是津津乐道国王的这些旧事的。他还曾经亲手拆毁了圣米歇尔山最后的铁笼子，那是路易十一建的，路易十五也用过。他是杜木里埃的故交，拉斐德的朋友，他加入过雅各宾俱乐部，米拉波曾拍过他的肩头，丹东叫过他年轻人！九三年时，他二十四岁，还是德·沙特尔先生，他坐在国民公会一间黑乎乎的小屋里，亲眼目睹了"可怜的暴君"路易十六的判决，人们给那暴君的称呼多么恰当。革命的昏昧观点，乃是处置君王以废除君权，借助君权以摘掉君王，思想的粗暴压力使那人未引起任何注意，审判大会席卷一切的风暴，群众愤怒的质问，卡佩不知怎样作答，阴风中国王的头岌岌可堕，这种触目惊心的景象，判决者和被判决者，这所有的人，这悲剧中相对的清白，这一切，他都见过，每个惊险的刹那，他都注视过；他看到几个世纪的人的积冤在国民公会案前审理；他看清了站在路易十六——这个理应负点责的倒霉鬼——背后的那个吓人的被告：君主制；他在灵魂里一直持着对天谴般无私而大胆的民意裁决的敬畏。

革命在他心里留下了无法消除的印迹。他的回忆是那些伟大岁月的生动片段的连接。一天，他曾根据记忆把制定议会按字母排列的名单中的"A"部分全部加以改正，这是一个我们无法怀疑的证人亲眼看到的。

路易-菲力浦是个明朗的国王。他统治时期，出版、集会、信仰、言论全都是自由的。九月的法律粗疏简略。他心里明白阳光将侵蚀特权，但他还是把王位置于阳光之下。对这种赤诚，日后历史自有公论。

和其他的下了台的历史人物一样，路易-菲力浦公日正在受人类良知审讯。这案子，目前还只是初审。

对他来说，历史爽快定论的时刻还远未到来，现在还不是时候；严正的声名显赫的历史学家路易·勃朗最近就对自己起初的判词进行了修订减缓；路易-菲力浦是由二二一人在一八三〇年选出的，是由半个议会和半段革命推上台的；不管怎样，从哲学高度看，我们只能在以民主为原则而做出一些保留的背景中来详论他，就像您已在前面见过的那样；以绝对原则看来，只要处在这两种权利——一是人权，二是民权——之外，就都是篡取；然而，现在我们在做出保留之后可以说："总之，不管人们对他评价如何，谈到路易-菲力浦本人以及他的生性善良，我们完全能引用古代史中一句老话，他将被看作历代最好的君主之一。"

他哪点又遭反对呢？不过是那个王位。把国王的身份从路易-菲力浦身上剥掉，只剩下那人本身。他本人却是好的。甚至有时候好到令人钦佩。常常是这种情况，在最严重的忧患中，在一整天的与大陆国家的外交斗争后，他才回到寓所，天已黑了，他疲惫瞌睡，这时，他做什么？他拿起一叠卷宗，开始批阅一件刑事案，直到深夜，他觉得这也是有关和欧洲较量的事，更重要的，这是和刽子手争夺一条人命。他常和司法大臣据理力争，为了断头台前的一寸土和检察长争个面红耳赤，他把他们叫作"啰嗦法学家"。有时候，他桌上堆满案卷，他都要一一审阅，让他放弃那些凄楚可怜的犯人的头实在痛心。有天，他对我们前头提过的那个证人说："今晚，我赢了七个头。"他掌权的开头几年，几乎废除了死刑，断头台的重建简直是对他施行暴力。格雷沃刑场已随同嫡系王朝消失了，继而又有了个资产者的刑场，即圣雅克便门刑场；"追逐实利之人"感到应有一个大体合法的断头台，这是作为思想狭隘的资产者代表的卡齐米尔·佩里埃对作为自由主义派代表的路易-菲力浦的胜利之一。路易-菲力浦曾为贝卡里亚的著作亲自做过注释。在菲埃斯基案破获以后，他喊道："很不幸，我没受伤！不然我就可以赦免了。"还有一次，本时代最高尚的人之一被判成了政治犯，他处理此案时，想到内阁方面会有阻力，做出了如下批示："同意赦免，仍由我来争取。"路易-菲力浦就是这样，温和得像路易九世，善良得像亨利四世。

所以说，既然善良是历史中稀见的珍宝，那么善良的人则几乎要比伟大的人更难得。

路易-菲力浦遭到一些人严厉的评说，也有粗鲁的评论，一个曾与之熟识、今日已成游魂的人，现在在历史跟前为他作证，这本是自然之事；而且，无论如何，这样的证词是没有私意的，是清清白白的；死人所做的墓志铭总是真诚坦率的，亡魂可以对另一个亡魂进行安抚慰藉，同处冥府，因而有权赞扬，而用不着担心有人会指着海外的两堆黄土说："这堆土在向那堆土献媚邀宠。"

四、底层开裂了

路易-菲力浦掌权初期，天空已多次笼罩过惨淡的黑云，下面的故事将进入当时一片黑云的深处，对这位国王，我们必须有所说明，而不能含糊其词。

路易-菲力浦的上台，没有通过他本人的直接努力，更没有通过暴力，而是由于革命性质的转变，显然这与那次革命原本的目的相去甚远，但是，时为奥尔良公爵的他，在其时确实没有主动争取。他生来就是亲王，并对自己将被选作国王深信不疑。他绝对无意主动把这一称号加到自己头上，他一点都没争取，是别人把这称号送给了他，他只伸出手接受罢了；他深信，尽管这深信是不当的：授予是基于人权，接受是出于义务。所以，他掌国完全出于善意。我们还要真诚地说，不仅路易-菲力浦掌国是出于善意，民主主义的进攻也是出于善意，社会斗争导致的恐怖，不能怪罪国王，也不能怪罪民主主义。主义间的矛盾类似物质间的矛盾。海洋保护水，风保护大气，国王保护王权，民主主义保护人民；相对和绝对相对抗，换句话说，君主制和共和制相对抗；社会往往在这种对抗中流血，但今日遭受的创伤苦痛将成为日后的幸福安宁；而且，无论如何，那些从事斗争的人是不该受责备的；两派中显然有一派会错，人权可不像罗得岛的巨像，能脚跨两岸，一只踩在共和一方，一只踩在君权一方；人权分不开，只能站在一方；但错的人也错得光明磊落，盲人不同于罪人，就像旺代人并非土匪。我们只能将这种针锋相对的冲突归咎于事物的必然性。不必问风暴性质如何，人是负不了责任的。

我们开始下面的故事。

一八三〇年，政府刚成立就立刻面临严重困难。昨日才诞生，今日就要战斗。

七月刚刚组装的国家机器，各种配备还不牢固，就已觉察到阻力丛生。

这拖后腿的力量第二天就出现了，也可能在前一天就已经存在。

对抗势力逐渐强大，暗斗演变成了明争。

我们已讲过，七月革命在法国之外并不受君王们欢迎，在国内也遭到各种微词。

上帝用种种事件昭示人们它明确的意图，那却成了一部读不懂的天书。人们试图解读它，却解释得武断而不确切，充满了错误，漏洞和歧义。神的语言很少有人懂。最睿智、最清醒、最深邃的人也对之加以细细分析，但当他拿出结果时，事情早已定局，市面上早有二十种译本。每种译本生出一个党，每个反义生出一个派，而且每个党都认为自己的译文是唯一正确的，每个派也都认为光明在自己这边。

掌权的人往往自成一派。

革命中也有逆流，他们属于守旧派。

守旧派自认为有上帝垂青，拥有继承权，认为既然革命由反抗的权利产生，那他们也有反抗革命的权利。不对。其实，不是人民在革命中反抗，而是国王。革命正好是在反抗的对立面。革命者从事的是正常的事业，就其本身而言合理合法，只是有时被假革命者操纵而变质，但是，尽管革命遭到这种玷污，它仍要坚持下去，尽管鲜血满身，还是要挣扎着生存。革命不是产自偶然，而是产自需要。革命的本质是去伪存真。它因为必须发生而发生。

守旧派据他们自己的错误理解，也戾声大肆攻击革命。往往谬论是绝妙的攻击炮弹。它能巧妙地击中要害，攻其虚弱，击中革命缺少逻辑的地方，守旧派是用王权来攻击革命。他们大吼："革命，还要国王做什么？"真是歪打正着，瞎子们真瞄准了。

共和派也常这样大吼。但是，吼声出自他们之口，就合乎逻辑。这话让守旧的正统主义派讲起来是纯粹瞎说，让民主主义派讲起来却是真知灼见。一八三〇把人民搞得破了产。激愤的民主主义要拿它兴师问罪。

七月政权受到了来自过去和未来的两方面力量的夹击，它在夹缝中挣扎。它是处在已形成数百年的君主制和永恒的人权之间的一瞬。

而且，对外而言，既然一八三〇革命已变了质，变成了君主制，就不得不由欧洲牵着鼻子走。想求和平，问题就更加复杂化。作了逆流，还要寻求和解，比打仗更难办。于是在这种明争暗斗之下出现了武装和平——一种文明本身都不相信的殃民措施。七月政权像匹被欧洲各国内阁控制的烈马无可奈何的瞎踢腾。梅特涅下决心要勒紧绳索。进步力量在法国推动七月王朝，七月王朝在欧洲推动其他君主国，那些行动迟缓的动物。七月王朝既被拖，又拖人。

因内还摆着一大堆社会问题：贫穷、无产者、工薪、教育、法律、妇女命运、卖淫、饥饿、财富、生产、消费、分配、交换、货币、借贷资本运转、劳事纠纷等等，形势危急，有欲倾之势。

政党现象之外，还有另一种动态。就是哲学方面的酝酿，它与民主主义的酝酿相呼应。优秀人物和一般民众都觉得困惑，虽然情况大不一样，但是同处困惑这点是相同的。

思想家高高在上，苦苦思考，下面的作为土壤的大众，却在革命洪流冲击下，疯狂地震荡着。那些思想家，有的单独做，有的结成伙，甚至成立团体，冷静、深入地揭示各种社会问题；他们像坚忍的不动声色的地下工人悄悄地把坑道挖到火山腹中，对潜在的震动和依稀可见的烈焰无所畏惧。

这种动荡时代里的平静不能不说就不美。

他们把各种权利问题留给政党，自己却专心致志地研究幸福问题。

他们要从社会中提炼的东西是福利，人的福利。

农、工、商等物质问题被他们提到了几乎和宗教一样高的地位。文明形成源于上帝的少，人类的多，这里面，各种利益是活动的，并按规律相互纠结、聚集、融合，一种真正坚硬的岩石于是形成，这已被经济学家——政治上的地质学家——耐心考察过。

他们试图把岩石凿穿，让人类的幸福之泉从中源源不断地流淌，这些人有着各种各样的名称，可统之以社会主义者。

他们的工程包罗万象，从断头台问题一直到战争问题。除了革命中呼吁的人权，他们加上了妇女和儿童的权利。

这不足为怪，限于各种原因，我们不可能把社会主义提出的问题全都详尽地来个理论上的论述，在这里我们只能概略的谈一谈。

避开有关宇宙产生的种种幻象、梦幻和神秘主义等不谈，我们把社会主义者要解决的所有问题概括为两个方面：

第一个方面：

财富的生产。

第二个方面：

财富的分配。

第一个方面包括劳动问题。

第二个方面包括工资问题。

第一个方面关系到劳动力的使用。

第二个方面关系到各种福利的供给分配。

由劳动力的合理使用生出大众权力。

由福利的合理配给生出个人幸福。

所谓合理配给，不是指均分，而是指公平分配。平等之中最要紧的是公正。

外在的大众权力和内在的个人幸福相结合，就会有社会的安定繁荣。

社会的安定繁荣意思是幸福的个人、自由的公民、强大的国家。

英国解决了第一个方面。它在生产财富上的确出色！然而它分配不当。这样就把问题导入下面两个极端：穷凶极恶的奢华和不堪入目的穷困。少数的几个人享受着全部的财富，却由其余的绝大部分人来忍受所有的贫乏，这绝大部分人就是指人民；特权例外，垄断、封建制都由劳动产生。在个人痛苦之上建立的大众权力，在个人贫乏之上出现的国家强盛，是种虚假的而且危机四伏的形势。

这种强盛未经过合理的组织建构，里面只有物质因素，毫无精神成分。

共产主义和土地法以为可以解决第二个方面。他们弄错了。他们那种分配把生产扼杀了。均摊均分就取消了竞争。于是也就取消了劳动。这是屠夫式的先宰后分的分配方式。所以，这种自以为是的办法不叫办法。扼杀财富绝不等同于分配财富。

两个方面必须同时加以解决，才能各得其所。必须把它们并为一个来对待。

若是只解决其中的第一个方面，你会成为威尼斯或英格兰。你将像威尼斯那样，只有虚张声势的强盛，或像英格兰那样，只有物质上的富足，你会成为恶霸。你将像威尼斯末日来临时那样，灭亡于暴力之前，或是像英格兰的将来那样，灭亡于破产之中。世界也会把你放倒，令你死亡，因为所有只为私利、而不能代表人类一种美德或思想的事物，世界都会把它放倒，让它死亡。

当然，此处我们提到的威尼斯和英格兰，指的是它们的社会结构，而不是那些民族，指高高在上的寡头政治，而非民族本身。我们始终是对那些民族怀有敬意和同情的。威尼斯的民族将获新生，英格兰的贵族会被埋葬，但英格兰民族将会不朽。这话到此为止，我们接着刚才的谈。

把两个方面一同解决，鼓励富裕者，保护贫困者，制止强者对弱者的不合理剥削，扫除未得到者对得到者没有来由的嫉妒，恰当地并含有人情味儿地调整劳动报酬，施行免费的适合儿童成长的义务教育，让科学成为人们的生活基础，在体力劳动的同时发展智力，我们不仅要成为一个强大国家的人民，还要成为幸福家庭的一分子，财产将民主化，不是废除而是普及，使每个公民无一例外地成为有产者，这些做起来并不像人们想象的那么困难，总之，要把财富的生产和分配都组织好，唯有这样，你才既有物质上的强大，又有精神上的坚定，也唯有这样，你才有资格自称法兰西。

这些话出自社会主义之口，它与陷入迷途的宗派不同，并高出它们之上，这些它探索实际事物的所得，也是它理想中的蓝图。

难得的毅力！崇高的胆识！

这些学说、理论和阻力，出乎国务活动家和哲学家意料但必须予以重视的需要，一些零散却隐约可察的论据，一种有待制定、能同时符合旧社会和革命需要的新政策，一种要用拉斐德保护波林尼雅克的势态，对暴动中明显显现的进步力量的预感，议会和街道，发生于他周围有待平衡的竞争，他对于革命的信念，或许是不自觉中接受了，由正式而崇高的权利而生的暂时退让，他重视自己血统的意志，他对家庭的关注，对人民真诚的尊重，他本人的忠厚，所有这一切，常常让路易-菲力浦心神不宁，甚至痛苦难耐，而且，尽管他坚强勇敢，有时候还是在当国王就必须面临的困难前觉得丧气失望。

他感觉到脚下在分裂，又并非分崩离析，因为此时法兰西比以往更法兰西。

天空乌云密布。一团黑雾慢慢移来，在人、物、思想的上空逐渐扩散，这是仇恨和派系之争的黑雾。突然中止的一切重又蠕动起来。有时候，这个有良知的厚道人不得不在诡辩和真理夹杂其中的使人极不通畅的空气里倒吸一口气。人心如风暴将至时的树叶，在烦感中瑟瑟发抖。电压很强，时而会有不明来路的陌生人在不知什么时候突然闪一下。然后又恢复到阴暗昏黄。远处间或传来几声闷雷的轰鸣，让人们掂量一下云头中积蓄的电量。

七月革命之后，二十个月不到，进入了急迫危难的一八三二年。种种事变纷纷而起：人民疾苦，劳动者没有面包吃，最后一个孔代亲王横死，布鲁塞尔仿效驱逐波旁家族的巴黎而驱逐了纳索家族，比利时自愿归附法兰西而最终被交给了英格兰，尼古拉的俄罗斯之恨，在我们身后的两个南方恶魔西班牙的斐迪南和葡萄牙的米格尔，意大利地震，梅特涅把手伸向博洛尼亚，法兰西在安科纳强硬制裁奥地利，北方吵嚷着要把波兰钉进棺材，整个欧洲激愤地瞪视法国，英格兰随时准备趁火打劫，落井下石，贵族院以贝卡里亚为凭借拒绝向法律交出四颗人头，国王车子上的百合花被削掉，圣母院的十字架被拔走，拉斐德被物化，拉斐特破产，班加曼·贡斯当贫困致死，卡齐米尔·佩里埃力竭而亡，王国的两大都市——一个思想城，一个劳动城——同时流行政治病和社会病，巴黎的民权战，里昂的奴役战，烈焰同时在两个城市上空跳跃，火山爆发样的紫光爬上人民的额头，南方狂热暴烈，西方动荡不平，德·贝里公爵夫人在旺代，阴谋、颠覆、暴乱、霍乱，等等，都发生了。

五、历史不知道，但确是历史

四月底将近，形势严峻起来。酝酿被煮沸了。自一八三〇年起，各地不断出现小骚动，虽然及时扑灭，但是随扑随起，这表明地下的暗流开始大汇合了。大的动乱之火一点即燃。一场可能爆发的革命初露端倪。法兰西看巴黎，巴黎看圣安东尼区。

圣安东尼区，已是内中火热，马上就要沸腾。

夏罗纳街的饮料店严肃而气势汹涌，尽管用这样两个词来形容那些店有些特别。

那些地方的人对政府视若无睹。人们在那儿公开议论“是打还是按兵不动”。店的后间里，有人在听一些工人宣誓：“只要警报一响，就立即上街，别管敌人多少，立刻进行战斗。”宣完誓，坐在店角的一个人就“敞开嗓门”说：“你宣了誓了，你答应了！”有时候，那人还到一楼的一间关着门的屋子里，在那儿搞个秘密组织常用的仪式。那人让刚加入的新成员许诺：“为他效劳，像对家长一样。”那是种公式。

矮厅里，有人翻阅“颠覆性质”的小册子。当时的秘密报告说，“他们对政府形成冒犯”。

人们在那里常听到这样的话：“我搞不清头儿叫什么。我们，得到最后两个钟点才知道时间。”有个工人说：“我们总共三百人，一人十个苏，就是一百五十法郎，可用来造枪支弹药。”另一个工人说：“我可不等六个月，两个月都不等，再有两星期我们就和政府干一场。总共两万五千人，也该交一下手。”另一个说：“我没功夫睡觉，我一整夜都在做子弹。”有些“着装体面的资产者模样”的人偶尔过来“要要派头”，“指手画脚”地与“重要人物”握握手，就走了。他们在这儿逗留从来不超过十分钟。人们小声讲着一些意味深长的话：“都布置好了，是时候了。”一个当时在场的人说的原话：“当时在那儿的人都吵着那么说。”群情激奋，有一天，一个工人朝满店的人喊：“我们需要武器！”有个同志答：“大兵有！”这在无意中使波拿巴的《告意大利大军书》得以引用。还有个情报：“他们不在那地方传达更要紧的消息。”旁人是弄不明白在他们的话语背后还隐瞒着什么。

有时那些会定期举行。会上从不超过八个或十个人，而且总是那几个。还有的会议任意参加，会场常挤得没了座。去开会的人中，有的出于激情和狂热，有的是想“谋个职”。和革命时期一样，饮料店中还有些爱国妇女，她们拥抱新到会的人。

另外一些有意义的事也出现了。

有个人进一家饮料店，喝完了就走，说：“老板，先记账，革命会付钱。”

在夏罗纳街对面，一个饮料店老板家里，革命工作人员常从那儿选出。在鸭舌帽里投选票。

柯特街一个带学生的剑术教师家里也有工人搞聚会。他家中摆着各种武器：木剑、棍、棒、花剑。一天，他们去掉了那些花剑头上的套子。有个工人说：“除了我，我们是二十五个人，他们不算我是因为他们觉得我像饭桶。”这个被人当作饭桶的人就是日后的凯尼赛。

事先考虑的种种琐碎之事也渐渐传开。有个妇人边扫大门台阶边对另一个妇人说：“大伙早就拼命赶着做子弹了。”人们还把对各省县国民自卫军发出的宣言对着街上的人群宣读。有份宣言的签字标着“酒商，布尔托”。

一天，有个长络腮胡、意大利口音的人在勒努瓦市场的一个酒铺门前的石头上，高声诵读一篇仿佛是一个秘密权力组织发的文告。一群群的人聚在他四周，对他鼓掌。这里记录了一些最令听众激动的片段：“……他们禁止了我们的学说，他们撕毁了我们的宣言，他们暗中侦察我们的宣传员还进行囚禁……”“……许多中间派都由最近棉纱市场的混乱现象看清了时局……”“……我们这个惨淡的行列将来要经营人民的将来……”“……问题明摆着：动还是反动，革命还是反革命。因为，这个时代里，无为状态或不动状态人们已不再承认。是为人民还是反人民，关键就在这儿。没有别的什么。”“……等到哪天，你们觉得我们已不合你们的口味，把我们打倒就是，但在这之前，请帮助我们前进。”所有这些都是在公共场所讲的。

还有些更大胆的事，因为过于大胆而使人怀疑。一八三二年四月四日，一个在街上走的人跳到圣玛格丽特街转角处墙角一块石头上喊道：“我是巴贝夫主义者！”这巴贝夫下面散发着吉斯凯的臭味。

那人讲了好多，有一段是这么说的：

“推翻私有财产！左派的反对无耻，口是心非。为了表明自己的正确，他们为革命说话。为了避免失败，他们又以民主派自居，要逃避战斗时，他们又说自己是保王派。共和主义者都是些长羽毛的动物。劳动者们，你们得提防共和主义者。”

“住嘴！你这个暗探！”有个工人喊。

那篇演说被这一喊堵住了。

一些令人费解的事也发生过。

天擦黑了，一个工人在运河附近碰到一个“穿着体面的人”，那人对他说：“公民，你去哪里？”工人回答他：“好像不认识您。”“我认得你”那人接着说：“你别怕。我是委员会的。他们怀疑你不大可靠。要是你走漏了风声，你知道，大伙都会盯上你。”接着，他握握那工人的手，临走还说：“回头见。”

不止在饮料店，警察在街上也常听到莫名其妙的对话：“赶快申请加入。”有个纺织工对一个细木工说。

“为什么？”

“很快就要交手了。”

还有两个衣装破旧的人一面走在街上，一面说了下面几句耐人琢磨，有明显的扎克雷味儿的话：

“谁在统治我们？”

“菲力浦先生。”

“错了，是资产者。”

我们在这儿提到“扎克雷味儿”，要是有人认为这其中含着恶意，那他就误会了。扎克雷，在这儿指穷人。挨饿的人都是有权利的。

还有一次，两个人一块走，一个对另一个说：“我们已定了个很妙的进攻计划。”

有四个人在宝座便门圆路边的土坑里蹲着谈心，旁人能听见他们说：

“我们最好让他别再在巴黎露面。”

“他？”指谁？这哑谜真唬人。

被郊区的人称作“主与头儿”的人并不露面。他们常在圣厄斯塔什突角附近的一家饮料店开会商讨问题。人们认为蒙德都街缝衣业互助社的主管人，一个叫奥古什么的，是那些头儿和圣安东尼区的主要联络人。在外面始终不曾泄露出至于头儿们的任何消息，也没有任何一点事实可以回击一个被告在贵族院将作的那句倨傲答词：

“谁是您的领袖？”

“不知道，我一个都不认识。”

这些都是闪闪烁烁的一言半语，有时候，只是些道听途说罢了。此外，还有些偶然迹象。

有个木工在勒伊街某处建筑工地钉栅栏时，在工地上拾到了一封撕开的信的片段，上面写着：

“……委员会需马上行动，为防止各种不同社团在各组征调人员……”

另有附言：

“据我们所知，有五千或六千支步枪藏在郊区鱼市街附五号，一个武器商人家院子里。本组没有武器。”

同时，那木工在相隔几步远的地方又拾到一页纸，也是撕碎的，但这奇特的材料更有意义，具备历史价值，木工惊奇之余，把这东西递给他的伙伴看，我们照原样将之录下来：

Q	C	D	E	请背熟记牢本表内容。然后将之销毁。已吸收人员在接受了你们所传达的指示后，也要这样办。 敬礼和博爱 u og a′ feL

当时发现了这表格而且做到了保密程度的那几个日后才明白那四个大写字母的意思：“Quinturions“（五人队长），“Centurions”（百人队长），“Decurions”（十人队长），“Eclaireurs”（先锋队），“uog a′fe”代表的是一个日期：一八三二年四月十五日。有姓名和一些特殊情况登在每个大写字母后。如：Q. 巴纳雷尔，八支步枪，八十三粒子弹，为人可靠。C. 布尔埃尔，一支手枪，四十粒子弹。D. 罗莱，一柄花剑，一支手枪，一斤火药。E. 德西埃，一把马刀，一个子弹匣，有准时的好习惯。德赫尔，八支步枪，人很勇敢。等等。

木工在那工地，还找着了第三个纸条，一个铅笔写的让人难解的单子列在纸条上：

团结。布朗夏尔。枯木。六。
巴拉。索阿兹。伯爵厅。
柯丘斯科。奥白利屠夫？
J. J. R.
凯尤斯·格拉古。
审察权。迪丰。富尔。
吉伦特派倒掉。德尔巴克。莫布埃。

华盛顿。班松。手枪一，弹八十六。
《马赛曲》。
民权。米歇尔。坎康布瓦。马刀。
奥什。
马尔索。柏拉图。枯木。
华沙。蒂伊，叫卖《人民报》。

那个保存单子的诚实的市民明白它所指。据说这上面登着全部人权社第四区各组组长的姓名住址。这些已被埋没的事今日已成历史，我们将它公之于众想来也无妨了。还要加一句，人权社成立于发现这单子的日期之后。可能这只是一个初步名单。

但是，在那些一言半语和道听途说之后，在那纸条的一字半句之后，又出现了一些具体的事实。

在波邦古街，一个旧货商人的铺子里是在抽斗柜的一个抽斗中，人们搜出了七张灰色纸，都一式一样从长里一折为四，这几张纸下面还有二十六张同样的纸裁成的四方块，都卷成枪弹筒状，还有一张硬纸片，上面写着：

硝	十二英两
硫磺	二英两
炭	二英两半
水	二英两

搜查报告中还说抽斗里有浓烈的火药味。

一个泥瓦工人在收工回家时把他的一个小包丢在了奥斯特里茨桥旁的一张长凳上。有人把小包送到警察所。打开一看，包里放着两份问答体的印刷品，作者名字是拉奥杰尔，还有一首歌，歌名是《工人们，团结起来》，还有满满一白铁盒子枪弹。

有个工人与同伴喝酒，他觉得热，让同伴摸摸他，结果，同伴发现他褂子下面插着支手枪。

在拉雪兹神甫公墓和宝座便门之间，那段行人最稀少的公路旁的坑里，一群孩子在那儿玩耍时，从一堆刨花和垃圾下翻出一个布口袋，里面装着一个做枪弹用的模子，一截做弹筒用的木棍，一个还残有猎枪火药的瓢，还有一口生铁锅，锅底能明显看出熔铅的痕迹。

几个警探清晨五点钟对一个叫帕尔东的人家里进行了突然袭击，发现他立在床边，手中正忙着做枪弹筒。此人日后参加了美里街垒，在一八三四年四月的起义中牺牲了。

工人要休息时，在比克布斯便门和夏朗东便门之间，在两堵墙间的一条巡逻小道旁，在一家大门前的有套暹罗游戏的饮料店附近，有人看见两个人在接头。其中一个从工作服下拿出一支手枪，交给另一个。正要交给他，他发现火药被胸口的汗水浸湿了一些。于是他打开药池，又添了点火药，重新装好。然后，俩人分头走开。

一个名叫加雷的人经常夸口说他家里有七百发子弹和二十四颗火石，这人日后在四月事件发生那天被杀于博布尔街。

某天，政府得到消息，说有人最近在郊区散发了一些武器和二十万发子弹。一星期之后，又发放了三万发子弹。需要说明的是，警察没有查获任何蛛丝马迹。在一封被截住的信中写道："不会太久了，八万爱国志士四个钟头内一同举枪的日子。"

这些准备活动完全公开进行，而且安然无恙。暴动在政府面前从容不迫地准备，它马上就要到来。这危机虽在暗中进行，但已隐约可见，并由之引出各种奇异现象。和工人们谈起准备之中的事，资产者竟泰然自若。人们问："暴动进展如何？"那语气好像在问："您妻子身体好吗？"

莫罗街一个木器商问："你们何时进攻？"

另一个店铺老板说：

"很快就要进攻，我晓得。一个月前，你们一万五千人，现在你们两万五千人。"他已经把他的步枪献出去了，有个邻居还愿意以七法郎的价钱出让一支小手枪。

一句话，革命热情日益高涨。不管是巴黎还是全法国，无一例外。处处都能听到动脉的跳动。就像炎症在体内形成的薄膜，秘密组织的网已扩散蔓延至全国各处。由既公开又秘密的人民之友社产生了人权社，在人权社的一份议事日程上曾写下了这样的日期："共和纪元四十年雨月"，人权社遭到重罪裁判所的宣叛，勒令其解散，但它坚持活动，并将其小组以如下的有意义的名称命名：

长矛。
警钟。
大炮。
自由帽。
一月二十一。
穷棒子。
流浪汉。
前进。
罗伯斯庇尔。
水平仪。
《会好的呵》。

由人民社又产生了行动社，成员是从中分化出的急于向前冲的浮躁分子。还有一些社想方设法从大的母社中征集社员，组员们都为这种牵扯感到为难，如地方组织委员会和高卢社。还有像出版自由会、个人自由会、人民教育会、反对间接税会。工人平等社还曾经分裂为三派：平等派、共产派、改革派。在一种按部队编制集结的队伍巴士底军中，下士领导四个人，中士领导十个人，少尉领导二十人，中尉领导四十人，从没说有过五个以上的人彼此认识的情况。这种创造真是容谨慎与大胆于一体，仿佛具备威尼斯式的天才。行动社和巴士底军构成为首的中央委员会的左膀右臂。效忠骑士社是个正统主义的组织，在共和主义组织群中蠕动。结果还是被人揭发，并受到了排斥。

巴黎的会社在其他一些主要城市都有分社。人权社、烧炭党、自由人社在里昂、南特、里尔和马赛都设了分部。一个名叫苦古尔德社的革命组织则设在艾克斯。这个我们说过。

在巴黎，圣马尔索郊区不比圣安东尼郊区安静多少，学校也不比郊区老实多少。大学生们也有联络站，设在圣亚森特街的一家咖啡馆和圣雅克-马蒂兰街的七球台咖啡馆。ABC的朋友们社，我们已见过，常在缪尚咖啡馆聚会，这个社与昂热的互助社以及艾克斯的苦古尔德社结了盟。我们早说了，这伙儿年轻人还常在蒙德都街附近一家叫作科林斯酒店兼餐馆里出没。这些聚会秘密举行。有一些会却尽量公开，后来审讯他们时的这段供词多少体现了他们的大胆："会议在何地举行？""和平街。""在谁家？""在街上。""有几个组参加？""只有一个。""哪个？""手工组。""头儿是谁？""我。""你太年轻，攻击政府的任务如此重大你一人担负得起吗？谁指使你？""中央委员会。"

不光民众，军队也有所准备，这可以从日后贝尔福、吕内维尔、埃皮纳勒等地发生的运动判断出来。人们对第五十二联队、第五、第八、第三十七、第二十轻骑队寄予厚望。自由树还被种在了勃艮第和南方的一些城市，那是指顶上挂着顶红帽子的旗杆。

局势当时就是这种情形。

开始时我们就说了，圣安东尼郊区比其他任何区的局势都更紧张敏感。问题就在这。

这古老的地方，蚁窝般拥挤，人们像一窝蜂一样勤劳、勇敢、愤怒、骚动，期待着剧变的发生。用纷扰可以概括当时情形，但工作并未因此中止。无法用语言来形容那种激奋又抑郁的状态。在郊区数不清的顶楼瓦顶下，隐藏着种种悲惨苦痛，也有不少热烈稀有的聪明才智。苦难与聪明才智这两个极端相碰，使情况尤为危急。

还有其他原因也足以引起圣安东尼郊区的震颤；那就是在经常受到巨大政治波动时，它还要面临商业危机、倒闭、罢工、失业的灾难。革命时期，穷苦既是原因又是后果。它所进行的打击往往回到自身。这些民众，品德高傲，热情迸发，把愤怒深埋内心，手却随时准备拿起武器，真正是跃跃欲试，一触即发，只待一粒火星的坠落。每次事变的星星之火在空中飘浮，人们立即想到圣安尼郊区，想到这个积蓄着苦难和思潮的火药库，可怕的是，机缘就将它安置在了巴黎门口。

我们在前头速写中已多次描绘的圣安东尼郊区的那些饮料店，在历史上是闻名的。动荡岁月，人们到那儿不光为了痛饮烈酒，更为了倾听语言。那里奔流着未来的气息和预感的精神，人心因此大受鼓舞，意志更为壮大。圣安东尼郊区的饮料店就像建在阿梵丹山的巫女洞口能暗通神意的酒家，那是人们凭和香炉类似的座头酉饮厄尼乌斯所谓巫女酒的酒家。

圣安东尼郊区成了人民的水库。革命把水库冲出裂口，人民的主权沿裂缝流出。和任何其他主权一样，这种主权可能有害，难免出错，甚至迷途，但它仍是伟大的。我们将之称为盲巨人库克罗普斯的吼叫想来无妨。

九三年，当时流传的思想时好时坏，日子时而狂热时而奋激，根据这种区分，从圣安东尼郊区出发的，时而是野蛮的军团，时而是英勇的行列。

野蛮，我们解释一下这个词。在这第一次爆发的革命的混乱中，这些人衣衫褴褛，吼声震天，横眉立目、怒发冲冠，抡着铁锤，高举长矛，一齐涌向失魂落魄的巴黎，他们想要什么？他们要终止压迫、终止暴政、终止刑戮，成人要有工作、儿童要受教育、妇女要被关怀，他们要自由、要平等、要博爱，人人有面包，人人能思想，世界欢乐进步；他们要的就是这种神圣、美好、和平的东西：进步；他们无路可走，不能自控，于是才抓起棍棒，袒胸露臂，大吼大叫地去争取。他们野蛮，这没错，但他们是文明的野蛮人。

他们出离愤怒地宣布人权，他们要迫使人类进入天堂，尽管这其中要经过战栗和惊骇。他们貌似蛮族，实为救世主。他们透过黑夜寻求光明。

他们粗野，甚至狞恶，这个我们承认，但他们是因向善而粗野狞恶。与他们相反，还有一种人，他们满面容光，衣冠锦绣，金饰、彩绶、宝光、丝袜、白羽毛、黄手套、漆皮鞋，在云石壁炉旁的桌子上支着臂弯，慢条斯理地坚持说要维持过去、中世纪、神权、信仰狂、痴愚、奴役、死刑、战争，细声而有礼地赞扬大刀、火刑、断头台。所以，如果让我们在文明的野蛮人和野蛮的文明人之间做个选择，我们宁愿选择后者。

然而，谢天谢地，也有可能选择前者。不管往前还是往后，垂直下落总是没必要的。专制主义不要、恐怖主义也不要，我们只要徐徐上升的进步。

感谢上帝。上帝的全部政策，是保持坡度舒缓。

六、安灼拉的一班人马

安灼拉在此时预感到事变可能发生，于是暗中打理队伍。

在缪尚咖啡馆，大伙儿举行了秘密会议。

安灼拉的话闪烁其词，却能说明问题：

“眼下我们应该明确一点，什么人比较可靠。若需要战士的话，就应马上动员。把打击力量准备好。这挺好，路上有牛，比起没牛路人便有更多的机会碰上牛角。所以，我们该清点一下牛群。我们这儿有多少人？今儿的事不要留到明天。随时都应抓紧，这是在干革命。拖延可不是进步所能容忍的。我们要防止意外。不能搞得措手不及。现在就查一下，我们的缝缀是否有脱线的地方。今儿就要搞清底细。古费拉克，你去看一下综合工科学校的同学。他们今日休假。今天星期三。弗以伊，你去看看冰窖那些人。公白飞已答应古比克布斯。那儿可有股好力量，巴阿雷将去访问吊刑台。泥瓦工人有点懈怠，勃鲁维尔，你去圣奥诺雷-格勒内尔街的会址去打听打听。若李，你到杜普伊特朗医院了解一下那儿的动态。博须埃去趟法院，和那儿的见习生谈谈。苦古尔德由我来负责。”

“都安排妥了。”古费拉克说。

“不对。”

“还有什么事？”

“一件非常重要的事。”

“什么事？”公白飞问。

“梅恩便门。”安灼拉答道。

安灼拉凝神想了会儿，接着说：

“梅恩便门，有伙儿云石制造工，画家，雕刻工场的粗坯工。是自己人，劲头很足，不过有点忽冷忽热。不知道他们最近是怎么了。他们琢磨起别的事了。他们有点泄气。一有空就玩骨牌，要抓紧和他们谈谈，切切实实地谈谈。他们在利什弗店集会。从中午到一点，他们在那儿，能找着他们。得给这炉快灭的火打打气。我原本想让马吕斯去办这事，这人虽是好人，可是心乱，而且他不再到这儿来了。我得要个人去梅恩便门。可我没人了。”

“还有我呢？”格朗泰尔说，“不是还有我吗？”

“你？”

“我。”

“你，你去给共和党人上教育课！你，用主义鼓舞那凉了的心！”

“难道不可以？”

“你也可以做点像样的事？”

“我凑凑合合确确实实有这么点雄心。”格朗泰尔说。

“你没信仰。”

“我信你。”

“格朗泰尔，你真愿意帮我这个忙？”

“帮什么忙都行。给你擦皮鞋都成。”

“那请你别管我们的事。喝你的苦艾酒去。”

“安灼拉，你不识好歹。”

“你能去梅恩便门？你有这本事？”

“我有本事走过格雷街，从圣米歇尔广场穿过，从亲王街斜插到伏吉拉尔街，过了加尔默罗修道院，转过阿萨斯街，到寻午街，把军事委员会甩到身后，横穿老瓦厂街上大道，沿梅恩大道走，过了便门，走进利什弗店。这些我有本事做，我的鞋有这本事。”

“利什弗店的同志你认得点吗？”

“不多。谈话时也就‘你’来‘你’去罢了。”

“你准备和他们谈点什么？”

“还用问，罗伯斯庇尔呗！还有丹东和主义。”

“你！”

“我。你们对我真不公平。我要努努劲儿，一点儿不比谁差。我读过普律多姆的东西。我知道《民约》。我会背《二年宪法》。一公民自由的开始意味着另一公民自由的结束。你以为我就是个白痴？我抽屉里还有张旧指券呢。人的权利，人民主权，见鬼！我甚至有些阿贝尔主义。我还能手里拿着表，天花乱坠地一气讲上六个钟头。”

“严肃点。”安灼拉说。

“我本来就很严肃的。”格朗泰尔回答道。

安灼拉思忖了一下，做了个下决心的姿势。

“格朗泰尔，”他语调沉重，“我同意你去试试。你去梅恩便门。”

格朗泰尔住在离缪尚咖啡馆很近的一间连家具一块租的屋子。他出去了五分钟，又回来了。他回了趟家，套了件罗伯斯庇尔式的背心。“红的。”他走进来，盯着安灼拉说。

接着他朝自己胸脯猛拍一掌，按着背心两只通红的尖角。

他又走上去，凑到安灼拉耳旁说：

“你放心吧。

然后他拿起帽子，猛地往头上一按，走了。

一刻钟之后，缪尚咖啡馆的那间后厅一个都没了。ABC 朋友们社成员到四处去各干各事了。负责苦古尔德社的安灼拉最后一个离开。

一部分艾克斯的苦古尔德成员到了巴黎，常在伊西平原的一个废弃的采石场集会，这种采石场在巴黎这边有很多。

安灼拉一边朝这聚会的地方走，一边全面思考当时形势。显然事态严重。像有些社会病潜伏期的症状，当事态笨重地向前发展，一丁点乱子就可能阻止它的进展，搅乱它的步伐。这就是崩溃和再生得以产生的现象。安灼拉展望前景，在未来的昏暗中，隐隐有一丝光亮在闪动。谁知道？或许时机到了。由人民再度掌权，那该有多美好！革命再度占领法兰西，并庄严地向世界宣称：“后事且待明日分解！”安灼拉对此颇为满意。炉子在升温。此时，安灼拉的那伙儿火药似的朋友正分赴巴黎各处。安灼拉这里，公白飞有着透辟的哲学家的辩才，弗以伊有世界主义的热情，古费拉克干劲十足，巴阿雷笑，让·勃鲁维尔郁闷深沉，若李见识广博，博须埃嬉笑怒骂，这一切，从四面八方向他脑子拥来，那种电花能引起大火。人人都在干。毅力肯定会带来效果。前景看好。他又想起了格朗泰尔。他想：“等一下，梅恩便门离我的路不远。何不到利什弗店走一遭？正好瞧瞧格朗泰尔在干什么，瞧他把事办得怎么样了。”

安灼拉到利什弗店时，伏吉拉尔钟楼正好打一点。他推开门走进去，交叉起胳膊，让两扇门折回头恰好抵住肩头，望着那间桌子、人和烟雾塞满的屋子。

一个人大声讲话的声音从烟雾中传出，被另一个声音打断了。格朗泰尔正与一个对手唇枪舌剑。

在一张圣安娜云石桌的两旁，坐着格朗泰尔和另一个人，桌上撒的满是麸皮屑和骨牌，格朗泰尔用拳头击着桌面，他俩的对话是这样的：

“双六。”

“四点。”

“猪！我没牌了。”

“你死定了。两点。”

“六点。”

“三点。”

“老幺。”

“该我出牌。”

“四点。”

“有点麻烦。”

“快出。”

“我走错了，错到家了。”

“你出得挺好。”

“十五点。”

“再加七点。”

“那我二十二点。（想了片刻）二十二！”

“你没想到这双六吧。我一上来就来张双六，局面就大不一样了。”

“还是两点。”

“老幺。”

“老幺！行，五点。”

“我没牌了。”

“刚是你出的牌吧？”

“是。”

“白板。”

“他运气可真好！啊！你真走运！（愣了好一会儿）两点。”

“老幺。”

“没五点，也没老幺。该你倒霉。”

“清了。”

“狗杂种！”

第二卷 爱潘妮

一、百灵场

马吕斯把沙威引到了那次谋害案的现场，而且亲眼看到了出人意料的结局。当沙威把那群俘虏押入三辆马车还没离开破房子，马吕斯已从屋里溜走了。当时是夜里九点。马吕斯去了古费拉克那儿。古费拉克已不在拉丁区常住，因为一些“政治原因”，他早搬去玻璃厂住了，这个地区在当时容易发生暴动。马吕斯对古费拉克说：“我来你这儿住。”古费拉克从他床上的两条褥子中抽出一条，扔在地上说：“随便吧。”

次日清晨七点，马吕斯回到破房子，向布贡妈结清了房租，又找人把他的书籍、床、桌子、抽斗柜和两把椅子往手推车上一装，就离开了，也没告诉去哪里，所以，当沙威早上来问马吕斯昨晚有关情况，他只得到布贡妈一句回答：“搬到别处去了！”

布贡妈深信指不定马吕斯和昨天被抓走的那些匪徒是一伙儿的。她常和附近看门的那些妇人说：“谁想得到？这小伙子，乍一看，你还得把他当成姑娘呢！”

有两个原因，使马吕斯匆忙搬走。首先，在那所房子里，他见到社会上的一种丑态：一种比富坏种还坏的穷坏种的丑态，那最使人难堪、最粗暴的全部发展过程在他眼皮底下发生，使他对这地方生出了强烈反感。其次，他不想受制于人，不愿在那肯定会来的什么控诉书上揭发德纳第。

沙威想这年轻人肯定是害怕所以逃跑了，也有可能在那事件发生时，他根本没回来，沙威千方百计地要找着他，但没找着。

过了一个月，又一个月。马吕斯一直在古费拉克那儿住。他听一个常在法院接待室走动的实习律师说，德纳第已下了狱。马吕斯每周一都到拉弗尔斯监狱管理处，托人送五个法郎给德纳第。

马吕斯不名一钱，就朝古费拉克借五个法郎。这在他还是有生以来头一遭。这五个按时必付的法郎，对掏钱的古费拉克和收钱的德纳第都成了个谜。古费拉克常想：“这钱到底是给谁的？”德纳第也暗自纳闷：“这钱到底是谁给的？”

马吕斯内心苦闷非常。一切重回五里云雾之中。眼前又是一摸黑，日子又陷入了重重谜团。他的意中人，那个似乎是她父亲的老人，这两个世上唯一让他关心、让他有所希望然而不相识的人，曾在他眼前，在黑暗中的咫尺之间闪了一下，当他自认为已抓住他们时，他们却被一阵风吹走了。那次最惊心动魄的经历没向马吕斯暴露任何真情实况，哪怕是一星半点。任何猜想都不大可能。就连他自认为知晓的那个名字也成了虚设的。她的名字肯定不是玉秀儿。百灵鸟也只是个代称。还有那个老人，又该怎么看呢？难道他是真的害怕在警察前露面吗？马吕斯又回想起在残废军人院附近遇上的那个白发工人，照现在看，那人很可能和白先生是同一个人。那他为什么常换装束？这人，有英勇可敬的一面，同时让人感到暧昧可疑。他不喊救命是因为什么？他溜走又为什么？他到底是不是那姑娘

的父亲？难道他真的是德纳第认出的那个人？德纳第认错人了吧？重重迷雾，无以作答。但所有这些，丝毫无损卢森堡公园中那天仙似的年轻姑娘所具有的魅力。马吕斯热爱满腔，却是极目苍茫，这使他伤心欲绝。他被人推着，拉着，以至于无力动弹，完全幻灭了，只剩了一片痴情。而且他连痴情的刺激本能和使人急中生智的力量也一并丧失了。通常，燃烧在我们心里的那种火焰能稍稍照亮我们的双眼，向体外发射出多少能起点作用的微光。马吕斯，却连忘情的轻声提议也听不见了。他再也没有这种打算：要是我去那地方瞧瞧呢？要是我去这么试试呢？她，已不能再用玉秀儿称呼她了，肯定还在某个地方存在，但马吕斯得不到任何暗示提醒他该朝哪个方向去找。他现在的生活可以这么来概括：穿不透的阴霾完全埋葬了他的自信心。他一直抱着与她重逢的心愿，但现在他已不抱任何希望。

最不幸是贫困再度降临。他觉得这股冷气已紧紧包围了他。在长期的苦恼里，他已中断了工作，这样做最是危险不过，这是一种习惯的丢失。易弃而难寻的习惯。

一定程度的梦想有益无害，正如适量的镇静剂。它能使神智在发烧、甚至是高烧时得到片刻安宁，产生一种精神上的清凉气息来修整种种胡思乱想，把四处的漏洞予以填补，把段落进行连缀，并琢磨想象的棱角。然而，过度的梦想却使人消沉。从事精神劳动的人若让自己完全从思想陷入梦想，等待他的将是不幸！他若以为能进去也能随时出来，而且觉不出二者有什么区别。他错了！

思想是智慧行为，梦想是妄念活动。以梦想代思想，就如同把毒药混同为食物。

我们还记得，马吕斯就是从这儿开始的。狂热的恋情猛然来临，将他推至种种无目的、无根据的幻想之中。他出门仅仅是为了尽情地幻想一番。渐渐的濡染。喧闹而淤止的无底洞。并且，伴随着工作的减少，需要却在增加。这是规律。陷于梦想状态的人一定是不振作、不节约的，懈怠的精神受不了紧张的生活。这种生活方式有好有坏，慵懒固然有害，慷慨却是健康和善良的。然而不工作的人，又穷又慷慨，实在是危险透顶。财源枯竭，费用骤增。

这条下坡路导向绝境。这时，最诚实稳定的人也会和最软弱邪恶的人一样下滑，一直滑向两个深渊中任何一个：自杀或犯罪。

常出门去幻想的人迟早会跳水。

过度的梦想会使我们成为艾斯库斯或利勃拉之类的人。

马吕斯眼睛瞅着望不见的意中人，脚却踩在下坡路上一步步慢慢下滑。看起来这种描写好像很奇怪，实际上却很真实。在内心黑暗中，那个看不见的人儿隐隐放光，它越是消逝却越明亮，愁苦阴沉之灵魂总能望见天边的这线光明，这是内心漫漫黑夜中的一点星光。地，已成了马吕斯的全部寄托。他已别无所思，昏昏沉沉之中，他感到那身旧衣服已不能再穿，秋装也已变旧，衬衫破烂了，帽子、靴子都破烂了，一句话，他的生命破烂了。他常暗想："只求我死之前再见她一面！"

唯一残留的一个甘美念头，就是她曾爱过他，她的眼睛向他诉说了这一点，尽管她并不认识他，却深入他的心，也许现在她在某个神秘不可知的地方，还在爱着他呢。谁知道她不会想念他，就像他想念她一样？每颗恋爱的心都会有这种不可言喻的时刻，尽管此时只该感觉到痛苦，但是又有一丝喜悦的惊扰。有时他心想："这是因为她的思想飞向了我！"随后他再加一句："我的思想也该飞向她。"

这种幻想，这种事后让他连连称是的幻想，在他心里注入了一种类似希望的光辉。他拿出一叠白纸，把爱情灌注在他头脑里的一些最纯洁、最空泛、最超绝的梦想断断续续地信笔写上去，尤其在那种使人苦苦思索无限怅惘的夜晚。他把这叫作"与她通信"。

若说他神志不清是不恰当的。正好相反。他虽然失去了进行工作和朝固定目标稳步前进的能力，但他比以往任何时候都更通达正直。马吕斯常用冷静、现实而且有些奇特的目光看待眼前事物，看待各色各样的人和事，他常以诚实的沮丧心情和天真的无私态度对周遭一切做出中肯的评价。他的判断，由于超脱于希望，因而是出众不凡的。

在这种状态下，任何事物都逃不过也骗不了他，他随时都能发现人生、人类以及命运的要旨所在。这是个上帝派来的能承受住爱情和苦难的灵魂，即使它倍受煎熬也仍觉快乐！凡是不经过这双重的光观察世事人心的人，可以毫不犹豫地说他们什么都没看真切，什么也没看懂。

心灵处于恋爱和痛苦中，那状态是卓绝的。

总之，一天天过去，却没有任何新的发现。他只觉得他能度过的凄凉时日在日益缩短。他似乎已能清晰地瞅见那无底洞边的绝壁。

"天！"他常想，"难道死之前，我真的不会再见她了！"

沿圣雅克街往上走，过了便门，再往左顺着从前那条内马路往前走，不远就到健康街，接着是冰窖，在哥白兰小河附近，人们会看到一块空地，这在那种环巴黎单调的长马路一带，是唯一能吸引鲁伊斯达尔坐下来的地方。

那空地有种不可名状的淡远情趣，有片青草地，上方紧紧地拉着几根绳索，一些旧衣破布迎风晾着，一所路易十三时代的老屋建在蔬菜地边，大屋顶上开着光怪陆离的顶楼窗，木栅栏已倾斜破烂，白杨树丛中有个小池塘，几个妇女在说说笑笑，远看有先贤祠、音哑院的树、军医学院，都黑乎乎、矮墩墩的，模样怪而有趣，美不胜收，更远的地方，能看见圣母院塔的严峻的方顶。

这地方很值得看一看，但正因如此谁也就不来看了，一刻钟里难得经过一辆小车和一个车夫。

马吕斯有一次独自闲逛，偶然来到这儿。恰巧那天路上有个过路人，可实在难得。马吕斯因为这种近似蛮荒的趣味多多少少有些被触动，他问过路人："这地方叫什么？"

过路人答道："百灵场。"

接着他又加了句："乌尔巴克就是在这儿杀了伊夫里的那个牧羊姑娘。"

一听到"百灵"二字，马吕斯立即头脑一片空白，处于神魂颠倒之中，这种快速凝固状态足以因为一两个字而出现。一个念头统摄了全部思想，其他事物他再无察觉。在马吕斯愁肠深处，百灵鸟代替了玉秀儿之名。他在迷了心窍的痴情中，傻乎乎地自语道："嘿！这场子是她的。我在这儿一定能找着她的住处。"

这想法荒唐可笑，却无法抗拒。

从此他每日必去百灵场。

二、监牢里酝酿的罪恶

沙威似乎在戈尔博老屋取得了全面胜利，其实不然。

首先，沙威没抓到当时做俘虏的那个人，这也是他主要担心的。那个逃掉的受害人比那些谋害人还可疑，既然匪徒们那么重视这个人，那么，他对于官方也该是分奇货吧？

其次，巴纳斯山也从沙威手中逃掉了。

他只好再找机会收拾这个"香喷喷的妖精"。当时巴纳斯山看见爱潘妮在路边大树下放风，就把她带走了，比起跟老头找油水，他更愿意去和姑娘调情。这样使得他逍遥法外。爱潘妮，沙威派人"钉"住了她，不过这可算不上什么慰藉。爱潘妮和阿兹玛一样，都被送进了玛德栾内特监狱。

最后一点，主犯中的铁牙在从戈尔博老屋押往拉费尔斯监狱的路上失踪了。谁都不清楚是怎么回事，警察和卫队只觉"莫名其妙"，他从手铐中滑脱，化成了一股烟，从马车的裂缝里流走了，他溜了，谁都无法解释，只知道到监狱时，铁牙失踪了。这其中有着仙人的妙术或是警察的手法。铁牙能像雪花融在水里似的融化在黑夜里？难道里面没有警察的配合？这人是不是与混乱和秩序都有关联呢？难道他是执法和犯法的共同中心？这个斯芬克司会不会在两只前爪踩着罪恶的同时，两只后爪踩着法律？沙威决不接受这种以假乱真的说法，要是他知道了这种两面手法，他会浑身汗毛倒竖，他队伍中还有些其他的侦探，虽然作他下属，但比他对警务方面的秘密知道得还多些，铁牙就是一个能做相当好的警察的暴徒。若能和黑暗势力在偷梁换柱上建立如此密切的联系，对盗窃而言是绝佳的，对警务而言也是难能可贵的。有这种双刃歹徒。无论如何，铁牙是失踪了。沙威对此，急躁甚于惊讶。

沙威可不在乎马吕斯，"那个胆小的傻瓜律师"，连他的名字都记不清了。

而且，一个律师算什么，到处都找得到律师。但是，那小子真是个律师？

审讯才开始。

裁判官觉得猫老板匪帮里有个人能不坐牢，这很好，希望从他嘴里得到点东西。这人就是普吕戎，小银行家街上那个长头发。他被放在查理大帝院内，狱监瞪着眼瞅着他。

在拉弗尔斯监狱，大伙儿还记得普吕戎这个名字。监狱里有座丑陋的所谓新大楼院，行政上称为圣贝尔纳院，犯人都叫它狮子沟，院子有道生锈的旧铁门，通以前拉弗尔斯公爵府的礼拜堂，后来这地方成了犯人宿舍。靠近这门左边，又堵条石墙，与屋齐高，布满鳞片和扁平苔藓，十二年前，那墙上用钉子胡乱刻上了一种堡垒状的图形，下面还签了这样几个字：

普吕戎，一八一一。

这一八一一的普吕戎是一八三二的普吕戎之父。

我们在戈尔博老屋见过小普吕戎，只是随便看了一眼，是个外表憨厚爱愁眉苦脸实际非常狡猾能干的健壮年轻人。就是那股憨气，裁判官才放他到查理大帝院里，他们觉得这比把他关在隔离牢房用处更大点。

囚犯并不因受法律管束而不通往来，这点小问题不致让他们缩手缩脚。坐牢是因为犯了罪，这并不妨碍他们再犯别的罪。艺术家画幅油画陈列在展览馆，这并不影响他在画室再创一幅新作。

普吕戎似乎坐牢坐傻了。有时候人们看见他在查理大帝院呆立在小卖部窗子附近，一呆就是几个钟头，像个白痴一样盯住那块肮脏的价目表，从一开始的“大蒜，六十二生丁”一直念到最后的“雪茄，五生丁”。要不然，他就不住地发抖打牙，说自己在发烧，并问病房里二十八张病床是否有一张空着。

忽然，人们发现整天犯迷糊的普吕戎，在一八三二年二月下半月，通过狱里几个杂工办了三件事，不以自己名义，而是以三个伙伴的名义，一共花去他五十个苏，这数目可非同一般，监狱警务班长注意到这点。

经调查，同时参照那张张贴在犯人会客室的办事计费表，那五十个苏的着落搞清了：三件事，在先贤祠办一件，十个苏；在军医学院办一件，十五个苏；在格勒内尔便门办一件，二十五个苏。最后这笔价目最高。同时，上述三个地方正是三个相当厉害的便门贼的居住地，一个是克吕伊丹说，也叫皮查罗，一个是光荣，他是刑满释放的苦役犯，一个是拦车汉子，这回事把警察的眼光又引向他们。普吕戎发的信没按地址送达，而交给了一些等在街上的人，所以警察推测那里头肯定有作恶的秘密通知。再加上其他一些琐碎证据，他们抓了这三个人，以为这样就能挫败普吕戎的任何密谋。

这些措施采取后约有一星期，一个晚上，一个巡夜狱监在巡查新大楼下层的宿舍时，正要把他的栗子扔进栗子箱——当时这种方法是为了保证狱监严格执行任务，钉在每个宿舍门口的那些箱子，隔一小时就得有一个栗子扔进去——狱监通过宿舍侦察孔看见普吕戎正弯腰盘腿坐在床上，借墙上的烛光写东西。守卫进去抓了普吕戎，把他送到黑屋子关了一个月，但没找着他写的东西。警察也没摸到别的什么情况。

有件事却确定无疑：次日，从查理大帝院抛出了一个“邮车夫”，它越过六层楼，落在大楼那面的狮子沟里。

“邮车夫”是犯人们用艺术手法团起来，送到“爱尔兰”去的面包团子；所谓送到爱尔兰，就是越过牢房顶，从一个院子扔到另一个院子。（词源学：越过英格兰，从一个陆地到另一个陆地，爱尔兰。）总之，面包团到达了那个院子。拾着的人，弄开它，就会发现一张字条，是写给那院中某犯人的；要是犯人发现了这字条，就会把它送给指定目标；要是守卫或被收买的犯人，发现了字条，那就会把它送到管理处，交给警察，这种守卫和犯人就是监狱中所指二绵羊和苦役牢中所指的狐狸。

此次，“邮车夫”到达了目的地，它的收件人当时正处在“隔离”期间。那收件人是猫老板四巨头之一巴伯。

“邮车夫”里头的纸上只写着两行字：

“巴伯，卜吕梅街有生意。对着花园的一道铁栏门。”

这就是那天晚上普吕戎写的东西。

巴伯避过了层层的男搜查员和女搜查员，终于设法把纸条从拉弗尔斯监狱送到妇女救济院一个被关在那儿的“相好”手里。那姑娘又把纸条转给她认识的一个叫马侬的女人，警察早就注意到马侬，只是还未逮捕她。这个马侬，我们已经提过她的名字，以后还会谈到她和德纳第一家人的关系，她通过爱潘妮，可以在妇女救济院和玛德栾内特监狱间穿针引线。

这时候，由于指控德纳第的案子里，有关他两个女儿的部分证据不足，爱潘妮和阿兹玛获释。

在玛德栾内特大门外，马侬偷偷等爱潘妮出狱，交给她普吕戎写给巴伯的纸条，让她去把此事“搞清”。

爱潘妮到卜吕梅街，认清那铁栏门和花园，对那栋房子进行了一番仔细察看，又暗地里考察了几天，然后到钟锥街马侬家，交给她一块饼干，马侬又把饼干送到妇女救济院巴伯的相好手上。在监狱里的象征性暗号中，一块饼干意味着“没有办法”。

所以，不到一星期，在巡逻道上，去“交教导”的巴伯和受了教导回来的普吕戎碰了面。普吕戎问：“卜街怎么样？”巴伯答道：“饼干。”

就这样普吕戎制造于拉弗尔斯监狱的罪胎流产了。

这回流产还有下文，只不过与普吕戎的计划毫无干系。将来我们再谈。

往往是这种情况，我们想接通这根线时，却接通了另一根。

三、马白夫老人的奇遇

马吕斯不再造访任何人，只是偶尔他会碰上马白夫公公。

这会儿，马吕斯正沿着一段凄清昏暗的梯级慢慢走下来。这种梯级，我们可以叫它地窖子梯，它把人带往不见天日、只听到幸福的人群走动在自己头顶的地方，马吕斯慢慢往下走的同时，马白夫先生也在往下走。

《柯特雷茨周边植物图说》肯定是卖不出去了。由于奥斯特里茨的小园子里阳光不足，靛青的试种毫无起色。在那里只能种些稀有的性喜阴湿的植物。他却丝毫不觉得灰心。他在植物园中寻着一角地，光照通风都很好，准备用来“自费”试种靛青。他把《植物图说》的铜版押在了当铺里，为的是能做这个试验。每天的早饭被他减到了两个鸡蛋，还要留给他那个老女仆一个，她已经十五个月没拿到他的工资了。这简单的早餐往往是一天里唯一一顿饭。他那稚气无邪的笑再也听不见了，他变得阴沉郁闷，也不再待客。马吕斯好在也不想去拜访他。有时候，去植物园经过医院路时，老人和那青年擦肩而过。他们只是惆怅地点个头致意，彼此无话可说。令人伤心啊，困顿穷苦让人都忘旧了！昔日作友人，今日变路人。

书店老板鲁瓦约尔已过世了。目前只有书籍、园子、靛青与马白夫先生为伴，这三者代表着他的幸福、乐趣和希望。它们已足够他受用了。他常跟自己说："等我把那蓝色团做好，我就有钱了，我要从当铺把我的铜版赎回来，我要把我的《植物图说》猛吹一通，登个广告敲鼓推销，我就能把皮埃尔·德·梅丁的《航海艺术》买回来。我知道哪儿有，一五五九年版带木刻插图的那种。"现在，每天他都去打理他的靛青地，晚上回家浇他的园子、读他的书。马白夫先生此时已年近八十。

有天傍晚，他碰上件怪事。

那天，天没黑他就回家了。普卢塔克妈妈病倒在床，她已体力日衰。马白夫的晚饭是一根还带着一点点肉的骨头和一片从厨房桌上找到的面包，吃完了，他出去坐在花园里横倒的一条界石上，他把它当作长凳。

照老式果园的布局，在长凳近旁，有个高大的圆顶柜竖在那里，它的木条、木板都已残破，下面是兔子窝，上面是果子架。兔子窝中没兔子，果子架上倒还放着几只苹果。这是留着过冬用的。

马白夫先生戴着眼镜，手上捧着两本非常喜欢的书，不时翻一翻，对他这年纪的人，这两本书不光让他非常喜欢，更要紧的是它们搅得他心神不宁。由于怯懦，他已在某种程度上接受了一些迷信思想，两本书分别是德朗克尔院长的名作，《魔鬼善变》，和米托尔·德·拉鲁博提埃尔的四开本，《关于沃维尔鬼怪和皮埃弗精灵》。他对后一本更感兴趣，因为他的园子以前就是精灵时常出没的地方。暮色已至，把上面的东西映得发白，下面的东西则逐渐变黑。马白夫老人一边拿着书读，一边从书本上看那些花木，其中一株开得很绚烂的山踯躅让他最感安慰，过了四天烈日热风的干日子，一滴雨未掉，它的枝头下垂了，叶落了，花苞蔫了，万物都在渴望甘霖，那株山踯躅显得尤其憔悴可怜。马白夫老人和许多人一样，认为植物也有灵魂。在靛青地劳作了一整天，老人已是筋疲力尽，他把书放在条凳上，站起身来，摇摇晃晃地，弯着腰走过井边，他抓住铁链想往上提一点，好把它从钉子上取下来，可是无论如何也没力气做到了。他只好转回来，抬起头无奈地看着星光闪烁的天空。

暮色中含着静穆，它以不可名状的凄清和恒久的喜悦掩盖了人内心的苦痛。看来，将是个和白天一样干燥的黑夜。

"星星满天！"老人想，"连丝云影也望不见！一滴水都没有！"

他抬了会儿头，又把头垂到胸前。

继而又抬头望天，嘟哝道：

"来点露水吧！可怜可怜人们吧！"

他又试了试，要取下井上的铁链，但无济于事。

正在这时，他听到一个声音说：

“马白夫公公，我来替您浇园子吧？”

同时，一阵响动从篱笆中发出，仿佛有什么野兽穿过，然后一个瘦瘦高高的姑娘从杂草丛中走出来，站到他面前，大胆看着他。与其说这东西像个人，还不如说是从暮色中幻化出的一团影子。

马白夫老人本来就很容易受惊，或者说很容易害怕，他还来不及说一个字，那来去无形的黑暗中的生灵已取下铁链，放下吊桶，灌满了水壶，提了上来，老人这才看清楚，那东西光着脚，穿条烂裙子，来回奔跑于花畦之中，在她四周喷洒着生命之水。莲蓬头里喷出水来，洒到叶子上，马白夫老人满心欢喜。他依稀感到那棵山踯躅幸福洋溢了。

把第一桶浇完，姑娘又提了第二桶，第三桶。她浇遍了整个园子。

她穿梭于小道上的全身黑黑的轮廓，一块丝丝缕缕的破披肩飘在两条细瘦的长胳膊上，让人看了，不知为什么会想到蝙蝠。

等她浇完了水，马白夫老人热泪盈眶地走上前，把手放到她额头上说：

“天主保佑您，您真是个天使，您这么爱花。”

“不，”她答道：“我是鬼，我不在乎做个鬼。”

老人不等她回答，也没听见她答什么，接着就大声说：

“只可惜我太穷了，太差劲了，帮不上您一点忙！”

“您帮得上我。”她说。

“怎么帮？”

“您告诉我马吕斯先生住哪儿。”

老人没弄明白她在说什么。

“哪个马吕斯先生？”

他抬起迷茫的双眼，仿佛在寻找已经消逝的往事。

“一个年轻人，前些日子常来您这儿。”

马白夫老人这才想起来。

“啊！是……”他大声说，“我明白了。等一下！马吕斯先生……马吕斯·彭眉胥男爵，对！他住……他已不住……糟糕，我不晓得。”

一面说，他一面弯腰去理山踯躅枝，然后接着说：

“对了，我想起来了。他常经过那条大路，往冰窖方向走。落须街。百灵场。您去那块儿找。不难找着。”

等马白夫先生直起腰，人早没影了，姑娘已不见了。

他的确有点怕。

“说老实话，”他想，“要不是有这园子里浇过的水作证，我真当是遇见鬼了。”

一个钟头后，他躺到了床上，那念头重又袭来，他朦胧欲睡，思想渐入梦境，就像寓言中说的那种为过海而变成鱼的鸟，他渐入睡乡，迷迷糊糊中对自己说：

“真像拉鲁博提埃尔讲的那种精灵，真的。真是个精灵吗？”

四、马吕斯的奇遇

在马白夫老人被“鬼”造访几天之后，一个早晨——是星期一，那天是马吕斯为德纳第向古费拉克借五法郎的日子——，马吕斯把钱装进衣袋，准备在去管理处前，先“逛上一会儿”，以便回家后好好工作。他常这么做。起床后就坐到一本书和一页纸前，胡乱寻上几句译文。这会儿的工作是翻译一场两个德国人之间的著名争吵，把甘斯和萨维尼的不同观点译成法文。他左瞅瞅萨维尼，右看看甘斯，读四行写一行，又觉得不行，他老看见有颗星挡在他和那张纸之间，于是他从座位上站起来说：“我出去走走。回头再干就顺手了。”

他到百灵场去。

结果到了那儿，比其他时候，他更是只见那颗星，更看不见萨维尼和甘斯了。

回到家，他想把活再拾起来，然而做不到，断在他脑子里的线索，一根也连不起来，于是他就说：“明天我可不出门了。影响我工作。”可是没有哪天不出去。

与其说，他住古费拉克家，不如说住百灵场。他的确切地址是：健康街，落须街口过去第七棵树。

那天早上，他从第七棵树出去，走到哥白兰河边，坐在石栏上。通明透亮的新叶间透过一束欢快的阳光。

他又在想“她”。继而自责代替了这种刻骨铭心的思念，一想到自己被懒惰——灵魂麻痹症所左右，他痛苦万分，只觉得前途日益黯淡下去，甚至淹没了阳光。

他这时的模糊不清的念头连自言自语都算不上，由于内心活动实在微弱，他简直都无力自怨自怜了，他的迷惘百感交集，在这种状态下，外界的种种活动使他更为善感，他听到在他身后和脚下，洗衣妇的捣衣声从哥白兰河两岸传来，他还听到在他头顶的榆树枝头鸟雀在啁啾啼鸣。一边是劳动之音，一边是悠闲自在、自得其乐之音。这是两种快乐的声音，一切使他感慨万千，几乎陷入沉思。

他正一筹莫展地出着神，忽听有人说：“哈，他在这儿。”

他抬头一看，认出来那人是德纳第家大姑娘，这穷娃子曾在一天早上去过他屋里，现在他已知道她名叫爱潘妮。说来奇怪，她看上去更穷了，却也更漂亮了些，这两点似乎不该同时发生在她身上。但她确乎在光明和苦难之路上同时取得了进展。她仍像那天走进他屋子时那么坚定，仍旧光着脚，穿身破烂衣服，只不过又拖了两个月，破衣的洞口更大了，破布片更脏了。仍是那副哑嗓子，额头照旧因日晒雨淋而起皱变黑，目光依然游动、散乱、放肆。最近的狱中经历，给她的可怜相儿又添了种让人心寒惊异的东西。

她不知在哪个马厩的草堆上过的夜，头发里还夹带着些麦秆皮和草屑，虽然如此但怎么也不像奥菲莉娅，那个受了哈姆雷特疯病感染而癫狂的人儿。

尽管如此，她还是有些美丽的。呀！青春，只因了你这明星的照耀。

她走到马吕斯跟前停住，一丝若隐若现的笑容使她枯黄的脸略露喜色。

好一阵子她沉默着。

"我终于找着您了！"她说，"马白夫公公说得对，就是在这条大路！我找得您好苦！您要知道就好了！您知道了吧？我被关了十五天黑屋子！后来又放了我！因为从我身上什么也查不出来，何况我还没到交管制的岁数！还有两个月呢。呀！我找得您好苦！我都找了六个星期了。您不在那边住了吗？"

"不在那边住了。"马吕斯回答。

"我懂。就为那事。抢人的事，是不大好受。您就换地方住了。天！瞧您这帽子多旧！干吗戴它？您这样的青年该穿靓装才是。您难道不知道，马吕斯先生？马白夫公公说您是男爵。您真是吗？男爵，应该是些老东西，他们在卢森堡公园里闲逛，在大楼前，最好的太阳地里，看一个苏一张的《每日新闻》。有一回，我给一个男爵送信，他就是这样。他都一百好几了。您现在住哪儿？"

马吕斯没回答她。

"啊！"她接着说，"您的衬衣破了个洞。让我给您补好。"

她再往下说时，表情变得逐渐沉郁：

"您好像看见我不大高兴。"

马吕斯还是不出声，她停了会儿，又大声说：

"但只要我想，我肯定能让您高兴！"

"嗯？"马吕斯开口道："您这话什么意思？"

"啊！您可一向用'你'的！"她说。

"好吧，你这话什么意思？"

她咬了咬嘴唇，内心似乎犹豫不决，拿不准主意。最后，终于下了决心。

"无妨，怎么都行。您总是愁眉不展，我得让您高兴。不过，您可得答应我，一定得笑。您得让我看见您笑，还得听见您说：'好！真是太好了。'可怜的马吕斯先生！您知道！以前您答应过我，不管我要什么，您都会给我……"

"是的，你说吧！"

她睁大眼，看着马吕斯，说：

"我把那个地址找着了！"

马吕斯闻听此言，立即面无血色。所有的血都涌入了心脏。

"哪个地址？"

"您让我找的那个呀！"

她又竭尽全力似的补充道：

"就是那个……地址。您知道了吧？"

"知道了！"马吕斯变得结结巴巴。

"就是那个小姐的！"

说完了，她叹了口长气。

马吕斯跳下石栏，紧紧捏住她的手：

"啊！太棒了！快带我去！快告诉我！你问我要什么都行！在哪儿？"

"我带您去，"她答道，"我不清楚那是什么街是几号，那地方不在这边，但我认得那房子，您跟我来。"

她抽回手，说了句：

"哦，看您多快活！"那语气丝毫不会影响如痴如狂的马吕斯，却让旁观者听了不免苦恼。

马吕斯额上掠过一阵阴云。他抓住爱潘妮的胳膊。

“你得对我发誓！”

“发誓？”她说，“什么话？真稀奇！您让我发誓？”

她笑起来。

“你保证，爱潘妮！你父亲！你得发誓不把地址告诉您父亲！”

她转过头看着他，惊讶地问：

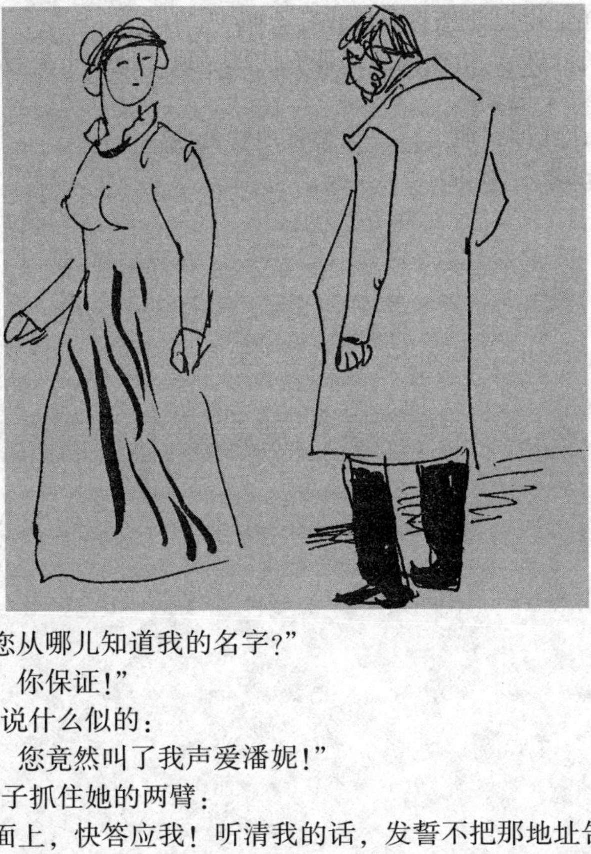

“爱潘妮！您从哪儿知道我的名字？”

“先答应我，你保证！”

她没听见他说什么似的：

“太奇妙了！您竟然叫了我声爱潘妮！”

马吕斯一下子抓住她的两臂：

“看在老天面上，快答应我！听清我的话，发誓不把那地址告诉你父亲！”

“我父亲？”她说，“对，我父亲！他在牢里。您放心吧。况且，我父亲和我有什么关系。”

“但是你还没回答我！”马吕斯大喊。

“别这么抓我！”她一面狂笑一面说，“您别推我好吗？行！行！我答应你！我发誓！这有什么？我不告诉我父亲那地址。这样成了吧？行了吗？”

“也不许告诉别人。”马吕斯说。

“也不告诉别人。”

“现在”，马吕斯接着说，“你带我去吧。”

“马上就去？”

“马上去。”

“走吧。呵！瞧他乐得！”她说。

走了几步，她停下来：

“马吕斯先生，您最好别离我这么近。我在前头走，您跟着我，别让人瞧出来。不能让人看出来您这么个体面人跟着我这么个女人。”

“女人”二字从这孩子嘴里说出来，其中韵味实在是语言难以形容。

走了十多步，她又停住了，马吕斯跟了上去。她脸不朝向他，只是偏着头对他说：

“我说，您还记得以前您答应过我什么吗？”

马吕斯朝口袋里摸。给德纳第的那五法郎，成了他在世上仅有的财富。他掏出来，放到爱潘妮手里。

她摊开手，让钱掉到地上，一脸愁容地看着他：

“我要的不是钱。”她说。

第三卷　卜吕梅街的房屋

一、卜吕梅街的一所房子

上一世纪的中叶，巴黎法院的一位乳钵院长暗地里藏着一个情妇，因为在那时炫耀他们的情妇的是大贵族们，但资产阶级们却不愿让别人知道。于是他就在坐落在圣日耳曼郊区的偏僻的卜洛梅街，也就是现在的卜吕梅街，即人们所说的"斗兽场"的地方，盖起了一处"小房子"。

这是一座楼房，上下两层，一层是两间大厅，楼上是两间正房，此外，楼下还有一个厨房，楼上还有一间起居室，屋顶的下面是一间阁楼，这座房子的对面是一个花园，临街的是一道铁栏门。那园子后面大约有一公顷地，路过这里的人所能看到的就只有这些了。不过还有一个园子，它在楼房的后面，院子的里面，还有两间带有地窖的平房，如果有必要这里可以隐藏一个孩子和一个保姆。有一个看不出来的门在平房后面，通往一条又窄又长的小巷，这条小巷地面上铺着石板，上面是露天的，曲曲折折，被两面很高的墙夹在中间，这条小巷是经过了精心的设计的，墙外两边是一些园子和菜地的藩篱，沿着它们，曲里拐弯地一直向前伸展，整个道上都有东西遮蔽，从外面看起来，绝对看不出一丝痕迹，就这样它通向的是另一扇暗门，相距有半个四分之一英里，打开门走出去，就是巴比伦街上人迹罕至的一个地方，那差不多就算是另一个市区了。

院长先生就常常从这扇门进去，就算会有人发现他每天都要偷偷摸摸地上一个什么地方去，跟着探秘的话，也绝对不会想到到巴比伦街就是去卜洛梅街。这个聪明超群的官员，通过精心的收买土地，就能在私有的土地上毫无约束地建造这条暗道。之后，他又将巷子两边的土地，分成一段一段地，出售出去了，而那些买了这些土地的业主们，被分在巷子的两边，毫不怀疑地认为竖在他们面前的是一面公共的单墙，万万不会想到在菜畦和果园之间的夹墙里，还有一条细长的石板路曲曲折折地向前延伸。大概只有天上飞着的鸟儿才能看到这一奇观。关于这位院长先生的事，前一世纪的黄鸟和蓝花雀肯定叽叽咕咕地在一起谈起了很多。

那栋楼房是用条石仿照芒萨尔的风格建造的，还根据华托的风格镶嵌上了壁饰，摆上了家具，里头是自然的景色，外面则是古老的风格，一共栽种了三道花篱，看起来又高雅、又美丽、又庄重，对于达官贵族们挥洒一时的兴致和发泄男女私情，这是非常合适的。

十五年以前，这套房子和小巷都还保存着，现在却已经没有了。九三年的时候，一个锅炉厂的厂主买下了这座房子，想要拆掉，却因拿不出房价，国家就宣布他破产了。所以，可以说是房子把厂主给搞垮了。自此以后，这房子就闲置了下来，没有人再去住，像其他一些没有人类温暖气息的房子那样，慢慢地破败了。那里还是摆着那套老式家具，准备随时卖出去或租出去，自从一八一〇年以来，那些每年在卜吕梅街走过的十个人或十二个人，都会在花园外面的铁栏门上看到一块黄色的字迹已不甚清楚的广告牌。

王朝复辟的末年，突然之间，从前那些路过这里的人发现那个广告牌不见了，就连楼上的板窗也被打开了。的确已经有人住到那房子里去了。那里面有个女人，因为窗子上挂的小窗帘说明了这个。

在一八二九年的十月，有一个年龄已很大的男人把那整套房子全部租了下来，不用说也包括那个在后院的平房以及那条通往巴比伦街的小巷。他又雇了人修好了那条巷子两头的两扇暗门。刚才我们已经说过，房子里的陈设，差不多还是那个院长的一些旧家具，这位新房客只是略微地修整了一下，另外每个地方添加了一些需要的东西，在院子里铺上了石板，屋子里铺上了方砖，楼梯的踏级、地板的木条、窗户的玻璃都修理过了，都弄好后才带着一个年轻的姑娘和一个年老的女仆悄悄地搬了过来，似乎是偷偷地溜进去的，不能说是迁居新宅。那地方根本就没有邻居，所以也没有邻居们会说什么。

这位悄没声息的房客就是冉阿让，年轻的姑娘就是珂赛特。那女仆名叫杜桑，是个老姑娘，冉阿让把她从医院和贫困中解救了出来，她有三个优点，就是年纪大，外省人，还有口吃，因此冉阿让才会决定将她带在身边。他租这房子所用的名字是割风先生，身份是固定年息的领取者。既然有了上面的那些叙述，读者应该对于冉阿让了解得比对德纳第会更早一些吧。

使什么原因让冉阿让离开了小比克布斯修道院呢？发生了什么事？

什么事也没有。

我们还记得，在修道院里时冉阿让是很幸福的，甚至幸福得心里都感觉有点儿不安。他每天都可以看到珂赛特，他觉得父爱在他的心里萌生了，并且越来越强烈，他用整个心灵守护着这个孩子，他经常暗暗对自己讲，她是属于他的，什么都不能将她从他这里抢走，生活会永远这样过下去，她在修道院日常的启示下，肯定会成为一个修女，所以今后这修道院就会成为她和他的天地了，他要在这里老去，她则要在这里长大，她要在这里老去，她要在这里死去，总起来说，美好的期望是任何分离都不会有的。在想这些事的时候，他觉着自己很迷惑。他不禁要问自己，这幸福是不是全部地属于他，这里是不是有这个孩子被剥夺了幸福的权利，而被他侵占诱骗的成分，这算不算一种窃取行为呢？他经常告诉自己："在这个孩子自己放弃人生以前，她有品尝人生的权利，如果没有征得她的同意，而认为为她阻挡一切不幸为借口，去切断她所有的快乐，利用她的年幼不懂事和孤苦伶仃，去强迫她做出隐世的打算，那就是违背自然的，强奸人意的，也是欺骗上帝。"而且有谁能说得准，未来的某一天，如果珂赛特什么都明白了，后悔当初做修女，难道不会反过来再恨他吗？最后这一想法，差不多有点儿自私，不像其他的想法那样光明坦荡，但是他不能忍受这一念头。于是他决定离开修道院。

他决定下来了，他烦闷地感到自己必须得这样做。阻力是没有的。他一声不响地在那四堵墙里，一下住了五年，已经足够驱除那些让人怀疑的东西了。他已经能很平静地重新回到人群中去了。一切都变了，他也老人。现在还有人能认出他来吗？况且，就算设想最快的情况，也可能只是他自己有点危险，怎么也不能因为自己曾经被判处过坐劳役，就凭此以为有权也判珂赛特去住修道院。再说，与责任相比危险又算得了什么呢？不管怎么说，没有什么东西去阻止他格外小心地慎重从事。

关于珂赛特的教育问题，已经暂告一段落，基本完成了。

做出决定之后，他就等待机会。很快机会就来了。老割风死了。

冉阿让请求见院长，说他哥哥的去世使他得到了一笔小小的遗产，今后，他不需要工作也能生活了，他要辞掉修道院的工作，带着女儿离开这里，不过由于珂赛特在这里受了教育和照顾，而并没有报答，所以很不合理，应该交付费用。他谨慎地要求院长答应他捐出五千法郎，以偿还珂赛特在修道院五年的费用。

就这样珂赛特离开了永敬会修道院。

离开修道院的时候，他亲自在腋下夹着那小提箱，不让任何人替他拿，钥匙也始终戴在身上。那个提箱老是散发出一股香料味，很使珂赛特迷惑。

现在我们先说明白，自此之后，这只箱子再也没离开过他了。他一直把它放在自己的房间里，每当搬家的时候，要拿的第一件东西也是它，有时甚至只有它。珂赛特经常拿这件事取笑他，说这箱子是"永不分离的朋友"，又说："我都要吃醋啦。"

冉阿让心里还是有深深的忧虑，虽然他返回到了自由的世界。

他找到了坐落在卜吕梅街的那所房子，就隐蔽在那里了。以后他就拥有了尔迪姆·割风这个名字。

在巴黎他还另外租了两个住处，防止有人留意他总是住在一个市区里，在察觉到危险的苗头时，还能有一个转移的地方，不至于走投无路，就像上次差点遭到沙威毒手的那个晚上。那两个地方是非常简朴，看起来很寒酸的公寓房子，两处所在离市区很远，一处在西街，另一处则在武人街。

他经常带着珂赛特，一会儿在武人街住上一个月或六个星期，一会则住到西街去，把杜桑留在家里。在公寓住的时候，他让门房帮他做杂务，说自己是郊区的领有固定年息的人，需要在城里找个歇脚点。这年为了躲避警察，高德劭的人在巴黎有三个住处。

二、冉阿让参加了国民自卫队

不过，说得严格一些，他是在卜吕梅街住的，他是这样安排他的生活的：

珂赛特跟女仆住在楼房里，她的卧房是那间墙壁刷过漆的，她还有起坐间，装了金漆直线浮雕的，院长曾用过的那间有地毯、壁衣、大围椅的客厅，另外还包括那个花园。冉阿让在珂赛特的卧房里放的床是带有一顶古式三色花缎帐幔的，还有一条在圣保罗无花果树街戈什妈妈铺子里买的很古典很华美的波斯地毯，而且，因为这些华美的老式陈设所造成了沉闷的气氛，所以需要在那些古物之外，再添置一些适合少女的灵秀雅洁的东西来调节一下，这些东西有：多宝桶、书柜、有金边的书籍，文具、吸墨纸、镶螺钿的工作台、银质镀金的针线盒、日本的瓷质梳妆用具。楼上的窗子上挂着窗帘是跟帐幔一样的三色深红花缎的，底层屋子里的窗帘是毛织的。珂赛特的房子，一冬天，从上到下都生着火的。而他，则住在后院的下房里，有一条草褥、一张白木桌、两张麦秸椅、一个陶瓷水罐放在帆布榻上，几本旧书放在一块木板上，他那珍贵的提箱则放在屋角里，屋子里从不生火。他跟珂赛特一个桌子吃饭，有一块专门为他准备的旧面包。杜桑来到这个家的时候他告诉她："小姐是我们家的主人。"杜桑觉得有些奇怪，她就反问："那么，先生，您呢?""我呀，比主人要高，我是父亲。"

珂赛特在修道院时学会了整理家务，现在的家用很少，全归她管。冉阿让每天都拉着珂赛特，和她一起去散步。他带着她去卢森堡公园里人最少的那条小路，每到星期天都要去做弥撒，总在圣雅克·德·奥·巴教堂，因为那儿很远。这个地方很穷，他常在那里布施，在教堂里，很多穷人围着他，所以德纳第在信中把他叫作作"圣雅克·德·奥·巴教堂的行善的先生"。他经常爱带珂赛特去慰问贫穷者。从来没有外人进去过卜吕梅街的那所房子。杜桑去买食物，冉阿让则自己到门外旁边的大路上的一个水龙头那儿去取水。在巴比伦街那扇门里旁边的一个不很深的地窨子里，放着木柴和酒，地窨子的壁上，铺着一层鹅卵石和贝壳，这是以前那个院长先生作为石窟用的，因为在当时那个外室和小房子非常流行的年代里，爱情如果缺少石窟是难以想象的。

有一个扑满式的箱子，装在巴比伦街的那扇独门上，这是用来放报刊和信件的，但是在卜吕梅街楼房里住着的三位房客，是根本没有收到过报刊和信件的，原来用来传递信息和倾听那些红粉恩怨的箱子，如今唯一的用处就是接收税吏的收款单和自卫军的通知了。因为作为固定年息领取者的割风先生，加入了国民自卫军；他没有被一八三一年的那次人口调查的密网漏掉。那时市府一直追到小比克布斯修道院来调查，在那里赶上了简直难以穿越的神遮云盖，冉阿让是从那里出来的，而且区政府又证明他为人正派，理所当然能够参加兵役。

冉阿让每年都要穿上军服去站岗，一年要有三四次，他很愿意这样做，因为这对于他是一种很合理的隐蔽的方法，既能跟大家一起行动，又能独自值班。冉阿让刚过六十岁，属于合法的免役年龄，不过，他的相貌看起来则不满五十岁，他根本不想躲避他的连长，也不愿意和罗博伯爵闹别扭，他没有公民地位，姓名、身份、年龄，他都保密着，他把所有的都隐瞒起来了。可是，刚才我们已经说了，这个国民自卫军意志是坚定的。会跟别人同样主动交纳他的税款，他的整个人生志向就在于此。在心地上，他是天使，在外表上，他是资产阶级，这是个理想人物。

不过我们需要注意一个细节。冉阿让带珂赛特出去时的穿着，我们已经看到了，特别像一个退役军官。他总是在天黑以后才会独自出门，那时他就穿着一身工人的服装，短上衣和长裤，头上戴着一顶鸭舌帽，这样脸就被藏了起来。这是因为慎重还是因为卑下呢?两者都有。珂赛特对于自己的传奇离俗的命运已经习以为常，可以说就没发现她父亲的特别。杜桑呢，她非常崇拜冉阿让，认为他做什么事都没什么可说的。有一天，她常常在那儿买肉的屠夫看到了冉阿让，跟她说："这个家伙很古怪。"她说道："这是一个圣人。"

长期以来冉阿让、珂赛特和杜桑都只在巴比伦街上的那扇门出入。只是由于他们偶尔还在花园铁栏门里出现一下，所以人们才会猜到他们是住在卜吕梅街。那道铁栏门根本就没开过。冉阿让为了不引起别人的注意，所以也不修那园子。

在这一点上他有可能错了。

三、繁枝茂叶

这个园子虽然被闲置了半个世纪，但还是别具一格，有很吸引人的地方的。四十年前，路过这条街的人经常会长时间地站在那儿眺望，不过根本没人意识到还有秘密藏在那茂密葱茏的枝叶后面。在两根绿霉浸渍的柱子中间，有一道加着扣锁的曲折活动的老式铁栏门，顶上盘绕着一道奇怪的阿拉伯式花饰的横楣，当年有很多想象力丰富的人从那些栏杆缝里放飞自己的目光和想象。

有一条石凳放在角落里，两三个长了青苔的雕像，几个沿着墙的葡萄架，时光已使钉子脱落，腐烂在墙里；另外没有道路，也没有草坪，到处都是茅根。园艺过去之后，大自然又回来了。在一片荒凉的土地上杂草们互相争着抢风头。在这里桂竹香的盛会非常壮美。在这园子中，没有阻挡万物伸张生命的神圣意志，在这儿一切都有勃勃生机，完全是在自己的世界。树梢掠过青藤，青藤攀附着树梢，藤蔓向上伸，枝条则垂下来，地上爬着的和那在空中开放的互相呼应，迎风飘摇的和在苔藓中匍匐的彼此招手，一切全都缠绕、交汇、聚集、杂融在一起了，包括主干、斜枝、叶子、纤维、花丛、卷须、嫩芽、针刺。在这个三百尺见方的园子里，在造物主满意的注视下，互相紧密地连在一起的植物们成功地显示了它们神秘的友情，这也是人类友爱的象征。这里已不是花园，而是一片宽广的榛莽地，这里是非常生机活跃的，像森林一样深远，像都市一样繁华，像鸟巢一样灵动，像天主堂一样暗淡，像鲜花一样芬芳，像墓地一样寂静，总之，包容一切。

花儿开放的时候，这一大片树林草丛，在铁栏门后的回道墙里任意游玩，偷偷地一起繁衍后代，而且，甚至像一头在晨光中的宽阔原野里嗅到了求偶气息的野兽，感到了血管里沸腾着阳春三月的热流，突然之间行动起来，迎着暖风抖动一头蓬松茂密的绿发，撒满了星星似的花朵、像珍珠一样的露水，在湿润的地面上，在斑驳的雕像上，在楼前的破损的台阶上，还有荒凉的街心石上，它们是美丽的，快乐的、芳香的，充满了生命朝气的。中午，有无数的蝴蝶在那里藏着，万绿丛中翩翩飞舞着一团团有生命的六月雪，看上去真像是天上的仙景。在那些绿荫浓郁、令人身心愉悦的地方，有许许多多稚嫩的声音在轻声说着知心话，嘤嘤的鸟语漏掉了的，嗡嗡的虫声再补充。傍晚时分有一层似梦似幻的雾气从园里升起。于是园子就被笼罩起来，被一条用烟云织成的殓巾，一种虚缈的幽静感伤所覆盖，金角花和牵牛花散发出让人醉意朦胧的香气，像一种醇美的毒气沁人心脾，由园里的任何一个角落里发散出来。你可以听见鹪鹩和鹡鸰在枝叶的睡着之前的最后鸣叫，还能感到鸟雀和树木之间的忠贞友谊，白天，鸟翅讨好树叶，夜晚，树叶守护着鸟翅。

冬天到来后，丛莽就变成了黑色的、潮湿的，枯树枝闻风而动，相当散乱，隐隐约约也可望见那房子。这时人们已看不到树枝上的花朵，以及花上的露珠，看到的是留在那又冷又厚的像地毯一样的层层叠叠的黄叶上的弯曲的银丝带。但是，不管怎么说，从任何一个方面看，在任何一个季节，总是有一种怅惘、幽怨、孤独、闲淡，没有人烟而只有上帝的感觉在这个小园子里，似乎那道生了锈的老铁栏门都在说："这园子是我的。"

白白的巴黎铺石路围绕着那一带，与华伦街上的那些古典雅致的府院才有两步远，残废军人院的圆顶似乎也垂手可及，离众议院也不远，那些勃艮第街和圣多朱尼克街上的轮兜轿车在这里来来往往显摆着繁华，黄色的、褐色的、白色的、红色的各种颜色的公共马车也在附近的十字路口竞相奔驶，但卜吕梅街是很冷清的。昔时有钱人的死亡，一次已成为历史的革命，古代的贵族豪门的破败、搬迁、淡忘，被弃置的四十年，已经足以使这个昔日曾经辉煌的地段布满了羊齿、锦葵、霸王鞭、杂草等，还有高大的植物，是宽大的叶子，灰绿色，残斑点点的那种，一些惊慌逃跑的虫子，如蜥蜴、蜣螂等，使土壤中也滋生了这种无法言表的野蛮荒凉的景观，又一次出现在回道围墙里，使那个阻挠着渺小的人类的，时时刻刻都在蚂蚁或雄鹰身上胡乱生息的自然界，强悍而又庄严地在巴黎这个简陋的小园子里炫耀着自己，就好像是在新大陆的处女林中那样肆意行动。

任何一个能深入观察自然界的人都知道，的确没有什么是渺小的。尽管哲学在探究原因和结果这两方面一样都不能做出绝对让人信服的解释，但穷追事理的人总会因为自然界的所有力量都从分化到整一这个现象而进行无边的苦思冥想。一切的工作都是为了一个完满的整体。

代数可以在云层中运用，玫瑰接受日光的恩惠，没有一个思想家敢说山楂的香气和星群无关，有谁能计算出一个分子的历程呢？又怎能断定不是由砂粒的坠陨而形成了星球呢？谁能明白无限的大和小的错综交汇，原始事物在实际的深渊中的轰鸣以及在宇宙产生过程中的陷落呢！一条蛆也不可视而不见，小即大，大即小，只要需要，什么都是平衡的，即使属于想象中的可怕现象。在物和物当中，有着无法估量的联系，在这个用之不尽的整体中，谁也不可蔑视谁，从太阳到蚜虫，都是互相依附在一起的，无缘无故地阳光不会把地上的香气带到天空中去，黑夜也不会把天体之间的精华撒给熟睡的花朵。无极的丝缕牵动着每一个飞鸟的爪子。万物的产生变化是很复杂的，有风云雷电等现象，有乳燕的破壳而出，在化育的意义上一条蚯蚓的出生和苏格兰底的来临是相同的。显微镜在望远镜无能为力时发挥作用，到底谁的视野更宽阔一些呢？你去分辨吧。一颗霉菌就是一簇美丽之极的花朵，一块星云就是很多天体的集聚。思想领域中的各种事物和物质范畴中的一样是复杂交错的，而且很有更甚之势。为了使物质世界和精神世界能有同样的光彩，各种元素和因子彼此之间交合、掺杂、增益。现象的背后总是有自身的真相。在无边的宇宙运动中，无数的空间活动互相作用，所有的东西都被卷进了那散乱的无形的神秘之中，并且利用这些，是不放过哪怕是一次睡眠中的一场梦，播一个微生物在这儿，撒一个星球在那儿，摇晃着，曲折向前，将一点光聚为力量，将一念转变为原质，虽分布四方却又自成一体，一切都被分解，只有我，几何学上的一个点，是例外；一切都被拉回到原子-灵魂，在上帝的心中让一切都放射光彩；所有的活动，最高的，最低的，都被交融在一种惊天动地的黑暗中，在地球的运转上系上一只昆虫的飞行，将彗星在天空中的移动依附在……。谁又能了解呢？即使就因为规律的同一性——在一滴水中纤毛虫的环行，机体由精神构成。一套巨大之极的联动齿轮，小蝇作它最初的动力，黄道则是它最末的轮子。

四、换了铁栏门

这园子，起初是用来掩盖邪恶的秘密的，后来好像已经可以用来庇护纯洁的秘密了。那里已不再有摇篮、浅草地、花棚、石窟，有的只是一片葱葱茏茏、毫无雕饰、到处都在绿荫的笼罩下的胜地了。帕福斯已复原了伊甸园的本来面目。不知道是怎样的一种悔恨心情圣化了这方净土。这个献花女现在只向灵魂里献她的花朵了。这个美丽的园子，曾经被严重的玷污，现在又恢复了娴雅宁静的处女状态。一个主席在一个园丁的协助下，一个以拉莫瓦尼翁的后继者自居的某甲和一个以勒诺特尔的后继者自居的某乙，对它进行扭，剪，揉，装饰，打扮，以图获取美人的欢心，但大自然却收回了它，使它变得葱郁娴静，适合正常的爱。

这荒园里埋藏着一颗准备好了很久的心。爱任何时候都会出现，在这里它已有了一座由青林、草丛、苔藓、鸟雀的叹息、柔和的树荫和摇曳的枝叶所组成的寺庙，并且还有一个由柔情、信念、真诚、希望、志向和理想所构成的灵魂。

珂赛特离开修道院的时候，可以说还是个孩子，她才刚刚十四岁多一点，并且是在“不招人喜欢”的那种年纪里，我们说过，她除去一双眼睛外，不但不美丽，甚至还有点丑，不过也还没有什么别扭的地方。只是看起来有些笨拙、瘦小，既不大方，又有点鲁莽。总的来说，是个大孩子的样子。

她的教育已经结束了，即她的宗教课，并且重要的是也学会了祈祷，再就是“历史”，也就是修道院中人称作地理、语法、分词，法国的历代国王、一点音乐、画一个鼻子诸如此类的东西，此外就不懂什么了，这是一点惹人爱怜的地方，但同时也是一种危险。一个小姑娘的心灵如果让它愚昧无知，那么日后她的心灵里就会出现非常突然、非常强烈的影像，就像照相机的暗室那样。它应该慢慢地，适当地逐渐接触光明，应该先接触实际事物的反映，而不应接触那种直接的、强硬的光线。半明的光，严肃而温和的光对解除幼小心灵的畏惧之情和预防堕落是有益处的。而知道怎样和用什么来产生这种半明的光的，只有母亲的本性，保留着童年时的记忆和已婚妇女的经验的那种使人信服的直觉。没有东西可以代替这种本能。在塑造一个少女的心灵方面，世界上所有的修女也抵不过一个母亲。

珂赛特从来没有母亲，只有数不清的嬷嬷。

至于冉阿让，在他心里有的是很多慈祥和关爱，但他终究是一个什么也不懂的老人。

而在这种教育里，在作为一个女性为迎接人生做准备的严肃事业里，需要多少智慧和经验来向这个被称作天真却是极其愚昧的状态做斗争。

最具备使少女发生狂热感情条件的要算修道院。修道院使人的思想通向茫然未知的世界。被压抑的心，无法伸展，于是就向内里挖掘；无法开放，于是就钻向深处。因此就产生各种各样的幻想，各种各样的盲目，各种各样的推测，各种各样的海市蜃楼，各种各样对奇遇的向往，各种各样荒唐的构思，各种各样建立在心灵深暗处的空中楼阁，而种种狂热的情爱只要一闯入铁栏门便马上定居在那些隐蔽的处所。修道院为了控制人心，就对人心进行终生的钳制。

对于刚离开修道院的珂赛特来说，再没有像卜吕梅街这所房子更美好，也更可怕的了。这是寂寞的延续，也是自由的开端；一个关闭了的院子，却又有浓密、茂盛、伤感、美丽的自然景物；心里还存在着修道院中的那些想法，却又偶尔会瞥见一些少年男子的身影；这是一道铁栏门，但是是临街的。

不过，我们还要再说一下，她刚到这儿的时候，还是个孩子。冉阿让把荒园交给她，说："在这里你想做什么就做什么。"珂赛特很是高兴，她翻动每一片草丛和石块，寻找"虫子"，她在那里游戏，没有睹物思情的时候，她喜爱这园子，是因为她能在脚下的草丛中找到虫子，而不是因为抬起头可以从树枝中望见星光。

另外，她爱她的父亲，就是冉阿让，她用她全部的心灵来爱他，以儿女的天真热情孝顺这老人，把他当作自己全心依附的伴侣。我们记得，马德兰先生读过很多书，冉阿让也还在阅读，因而他很健谈。他有丰富的知识，是一个谦逊、诚实、受过良好自我教育的有修养的人。他还保有一些刚够调节他的朴实性子的成分，他是一个举止粗鲁却心地善良的人，当他们在卢森堡公园坐着交谈时，他常汲取书本知识和亲身磨砺的经验，对所有问题都做出详细的解释。珂赛特一面认真听着，一面仰头凝思。

这个淳朴的人使珂赛特感到思想上的满足，就像她满意这个荒园游戏的一面一样。当她追了半天蝴蝶，气喘吁吁地跑到他的面前说："哦！我再也跑不动了！"他便在她额头上吻一下。

珂赛特非常爱这老人。她经常在他后面跟着，冉阿让在哪儿，哪儿就幸福。因为冉阿让不住楼房也不住院子，所以她就觉得那满是花草的园子比不上后面的那个石板院子，挂着壁衣、靠墙放着软垫围椅的那间大客厅也不如只有两张麦秸椅的小屋好。冉阿让有时因她的撒娇而高兴，就笑着说："还不回你自己的屋里去，我要一个人好好休息一会儿！"

这时，她就会提出那种不顾父女长幼、可爱动人、很有趣味的问题：

"爹，我在您屋子里快要冻死了！您为什么不铺上地毯放个火炉呢？"

"亲爱的孩子，很多比我强得多的人头上连块瓦片也没有呢！"

"可是为什么我的屋子里生着火，什么也不缺呢？"

"因为你是个女人，还是个孩子。"

"不对！男人难道就应该挨饿受冻吗？"

"有些男人。"

"那好，我以后就总待在这儿，让您不生火不行。"

她还这样问他：

"爹，您为什么总是吃坏面包？"

"没什么原因，我的女儿。"

"好吧，您要是吃，我就也吃。"

于是，冉阿让为了不让珂赛特吃黑面包，只好自己改吃白面包了。

珂赛特对童年的记忆只是很模糊的一点。

她记得自己在早上和晚上为未谋面的母亲祈祷。在她的记忆中德纳第夫妇好像是梦中的两张鬼脸。她还记得"有天晚上"自己曾到一个树林里去取水。她感觉那儿离巴黎很远。她觉得自己以前似乎在一个黑洞里生活，是冉阿让从那洞里救她出来的。在印象中她的童年是一个四周只有蜈蚣、蜘蛛和蛇的时光。她不清楚自己怎么是冉阿让的女儿，而冉阿让又怎会是她的父亲。晚上临睡前想起这些事时，她便认为是母亲的灵魂依附在这老人的身体里，从而和她待在一起。

他坐着的时候，她常把脸靠在他的头发上，暗暗掉下眼泪，心想："这人或许就是我的母亲吧！"

还有挺怪的一点：珂赛特是由修道院培养出来的，知识相当贫乏，尤其是在童贞时期对母亲更是很难理解的，因此最后她想自己可能很少有过母亲。对于这位母亲，她连名字也不知道。每当她向冉阿让问起时，冉阿让总是沉默不答。如果她一再问起，他就以笑作答。有一次，她固执地要问个明白，于是满眶眼泪代替了他那笑容。

由于冉阿让的缄默，芳汀这个名字也就无从得知了。

这样做是出于慎重，还是出于敬意，或者担心万一被别人得知也会勾起往事呢？

珂赛特小时候，冉阿让总是和她谈起她的母亲，而等她长大了，就不能这样做了。他感到自己不敢谈。是因为珂赛特，还是因为芳汀？他感到一种对鬼神的敬畏心情促使他不能让这灵魂进入珂赛特的思想，在他们的命运中不能有一个死去的人占据第三者的位置。那幽灵在他心中越神圣便越可怕。每当想起芳汀的时候，他便感到有一种压力让他无法开口。他仿佛在黑暗中看见了什么，就像一只手指按住了他的嘴唇。芳汀本是一个懂得羞耻的人，但她活着时，羞耻已被蛮横地从她心中赶走了，死后这羞耻心是否又回到了她身上，义愤填膺地守护着死者的安宁，怒目圆睁地在坟墓里护卫着呢？是不是冉阿让无意识中已感到了这种压力？相信鬼魂的我们不会拒绝这神秘的解释的。因而，即便对珂赛特也不可提起芳汀这个名字。

有一天，珂赛特对她说：

"爹，昨天晚上我梦见了我母亲。她有两个大翅膀。我母亲活着的时候，应该已经到圣女的地位了吧。"

"因为苦难。"冉阿让这样回答。

不过，冉阿让是快乐的。

珂赛特和她一起出去时，总是紧紧地靠着他的臂膀，心里满是幸福和自豪。冉阿让知道这幸福的温情是属于他一个人的，心都要醉了。这可怜的汉子沉浸在无边的喜悦里，快乐使他浑身发颤，他暗地里庆幸自己可以这样度过终生，他想自己受的苦难的确还不足以配拥有这美好的幸福，他从灵魂深处感谢上苍，让他这个没有价值的人能得到这个天真孩子那么真诚的敬爱。

五、玫瑰发现自己是战斗的武器

珂赛特一天偶然拿起了一面镜子来照。"怪，"她自言自语道。她几乎觉着自己是漂亮的。这使她产生了一种无法言传的苦恼。直到现在她还没想过自己的脸的模样。她经常照镜子，但那从来不是在看自己。况且她经常听人家说她生得难看，只有冉阿让一个人悄声说过："一点也不！一点也不！"无论怎样，珂赛特从来以为自己很丑，并且从小就在这种思想的伴随下长大，孩子们对这些本是很不在意的。但是现在，那面镜子正和冉阿让一样突然告诉她："一点也不！"她一夜都没睡好。"漂亮又怎么样呢？"她心想，"真有趣，我也会漂亮！"同时，她想起她修道院的同学中有一些长得美的，那时是多么引人羡慕呀，于是她又想道："怎么！难道我也会跟某某小姐一样？"

第二天，她又去照，这已不再是偶然的举动，不过她又怀疑起来："我的眼力到哪里了，不，我就是生得丑。"这很简单，因为她睡得不好，眼皮下垂，脸色也很苍白。在前一天她还认为自己好看，虽然当时并不觉着很开心，此刻她不那么想了，却感到伤心。此后一连两个多星期她不再去照镜子，并且尝试背对着镜子梳头。

吃过晚饭，天黑下来了，她一般是在客厅里编织，或者做一些在修道院学的其他手工，冉阿让就坐在她旁边看书。有一次，她在低头做工中偶然抬起了眼睛，发现父亲正带着忧虑的神气看着她，她禁不住吃了一惊。

还有一次，她走在街上，好像听到有人——她没看到——在她后面说："一个漂亮的女人！只可惜穿得不好。"她心想："管他呢！反正不是说我。我是穿得好，生得丑。"当时她戴一顶棉绒帽，穿着一件粗毛呢裙袍。

有一天，她还在园子里听到可怜的杜桑老妈妈的这样一句话，说："先生，您有没有发现小姐现在长得很漂亮了？"父亲的回答珂赛特没有听清楚。杜桑的话已够引起她心里的恐慌了。她迅速离开了园子，逃到自己楼上的卧室里，跑到镜子跟有——她已经有三个月没照镜子了——她叫了出来。这一次，她自己也看花了眼。

她又美丽又秀气，她无法不同意杜桑和镜子的意见。她身材长高了，皮肤白嫩了，头发有光泽了，蓝色的瞳孔里燃起了一种从未有过的光彩。就像突然触到了夺目的阳光，一会儿功夫，她对自己的美已确信无疑，再说别人早已经发现了，按杜桑说的，街上那个人所指的就是她，没有什么令人怀疑的了。她从楼上下来，来到园子里，自我感觉好像当了王后，聆听鸟儿的鸣唱。虽说是在冬天，但金色的夕阳映照的天空，树叶间闪动的阳光，草丛中的小花使她觉得飘飘欲仙，心里有说不出的欢乐、舒畅。

与此同时，冉阿让的心情却是非常沉重，好像有什么东西揪着心似的。

这是因为，长时间以来，他始终是在怀着惊恐的心情，眼看着从珂赛特的小脸蛋上焕发出的光彩一日比一日更灿烂夺目。对于别的人来说这是令人愉快的清纯的神色，但对于冉阿让来说，却是低沉的阴暗的。

在珂赛特没有发觉到自己美时，她早已经很美的了。但是这日益上升的，一点一点把这位年轻姑娘团团包围住的阳光，从第一天开始，就把冉阿让郁闷的眼睛给刺伤了。他感到这使他的幸福生活发生了变化，他的生活过得非常美满，以至于使他丝毫不敢动弹，生怕扰乱了他生活中的什么东西。这个饱尝了一切灾难的人，生命中的伤口还在不断地滴血，以前可以说是个恶棍，如今又几乎成了圣人，被锁过牢狱里的铁链之后，如今依然拖着一条看不见的但很沉重的铁链，并承受着莫名的罪名的煎熬，法律对他还没有放手，任何时候都会重新抓他回去，那他就会离开在黑夜中的高尚道德从而被扔到公开的公众污辱中。这个人唯有一个愿望，那就是：让珂赛特爱他！为此，他宁愿承受一切，宽恕一切，祝愿美好永在，为一切祈祷祝福，对上苍，对所有人，对法律，对社会，对大自然，对全世界，全都为了让珂赛特爱她。

让珂赛特永远爱她！求上帝不要阻止这孩子的心伴随着他，但愿能永远伴随着他！拥有了珂赛特的爱，受伤的地方也痊愈了，身心各方面也舒服了，畅快了，获得了心灵的宁静，觉得有了回报，甚至感到好像戴上了王冠。有了珂赛特的爱，他感到非常满足！除此之外，他别无他求。如果有人问起他："还有别的要求吗？"他会毫不犹豫地回答："没有。"就是上帝问他："你想要天吗？"他也会说："那也比不上我所拥有的。"

只要是稍微涉及这一事情的，哪怕只碰到一点表层，都能让他担惊受怕，生怕这意味着另一种东西即将开始。他一直不太清楚女性的美是个什么东西，不过，因为本能的感觉他也知道这是一种非常可怕的东西。

这个活泼天真的孩子从她让人心动的脸蛋上焕发出的青春热烈的美，就在他的身边，他的面前，和他的困窘、他的又老又丑、他的烦闷，他的抵触形成鲜明对比，日益显现出来，并且非常艳丽灿烂，使他心神不定，只能瞪着眼呆呆地望着。

他告诉自己说："她简直太美了！我怎么办呢？"

这一点正是他的爱和母爱两者的不同之处。他看见之后痛苦难受的东西正是一个母亲看了之后便高兴快乐的东西。

最初的表现症候马上来临了。

还记得那天珂赛特对自己说："我美，这是确信无疑的！"从第二天起，珂赛特便非常注重自己的穿着服饰。她记起了那天在街上听到的那句话："漂亮，只可惜穿得不好。"这句话就像一缕仙风吹过她的身旁，虽然已经跑得无影无踪，却已经早已在她心中埋下了一颗种子，这就是今后要决定女性生活方式的两个关键因素之一——爱美之心。而另一个就是爱情。

有了对自己美貌的信心以后，女性的意识便在她心中复苏、盛开。她开始讨厌粗毛呢，觉得棉绒也使人羞怯。她父亲对她一向是百依百顺的。她立刻就精通了诸如帽子、裙袍、短外衣、缎靴、袖口花边、时髦衣料、流行色等等方面的一整套学问，这也是让那些巴黎女人那么吸引人、那么神秘、那么危险的那一套学问。"勾魂女郎"这个称呼就是专为这些巴黎女人创造的。

没过一个月，住在巴比伦街附近的偏僻地段里的珂赛特已成为巴黎最漂亮的女人之一，这已经很了不起了，尤其更甚的是她还成了"穿得最漂亮"的女人之一，达到这一点就更非凡了。她非常想再次遇见以前在街上碰到的那个人，看他还会再说些什么，这下可以给他点厉害看看。事实上：她在各方面都是超群出色的，并且能准确无误地辨别出哪顶帽子是热拉尔铺子的出产的，哪顶帽子是埃尔博铺子出产的。

冉阿让眼看着她胡乱行事，却干着急没办法。他把自己看作一个只可以在地上爬的人，顶多也就是在地上走走，如今却发觉珂赛特在长翅膀了。

其实，如果是个女人只需要对珂赛特的穿着打扮随便瞟上一眼，便能得知她是没有母亲的。一些微妙的风俗，一些独特的时尚，珂赛特都没有顾及。比如说，如果她有母亲，那她母亲准会告诫她：年轻的女孩子是不穿花缎衣服的。

那天，珂赛特头一次披上她的黑花缎短披风，戴着白绉纱帽和她爹一起出门，她挽着冉阿让的臂膀，紧紧地靠着他，脸上洋溢着快乐、愉悦，整个看起来大方，艳丽夺目。她问道："爹，您看我现在的样子怎么样？"冉阿让以一种自愧不如的郁闷的声音回答道："美极了！"他们像往常一样闲逛了一阵。回到家里的时候，他问珂赛特说：

"你不准备再穿你的那件裙袍，戴你原来的那顶帽子了吗？你该明白我指的是……"

问这话的时候正在珂赛特的卧室里，珂赛特转过身对着那身在衣柜里挂着的寄读生服装说道：

"这样怪怪的服装，爹，您让我有什么办法？哦，简直是开玩笑，不行，我才不要穿这种难看的衣服呢。在头上顶着个这玩意儿，简直跟个疯狗太太似的。

冉阿让长长地叹了一口气。

这一段时间他也注意到珂赛特已不再像以前那样经常喜欢待在家里，并对他说："爹，我和您在一块儿玩真是开心呀！"而现在，她总是喜欢到外面去逛逛。的确是这样，如果不到外面去显示显示，长着一张美丽的脸，穿一身时髦出众的衣服又有什么意义呢。

他也察觉到珂赛特对那个后园已经没什么兴趣了。如今她很喜欢在花园待着，并且常常不厌其烦地在铁栏门边走来走去。冉阿让满腹的烦闷，再也不踏进花园。他就像一条老狗似的待在那属于他的后园里。

在珂赛特对自己的美有了清楚的认识的同时，她也失去了那种可贵地对美没有察觉的神态——浑然不觉的美的神态，因为由纯真可爱而产生的美是无可描述的，没有什么能比朝气勃发、漫步前进，手中握着天堂的钥匙却不自知的纯洁少女更可爱。不过，尽管她失去了憨态可掬的纯真，但获得了成熟端庄的魅力。由于青春的欢乐、朝气和美丽的浸润在她身上散发着一种美妙的丝丝的惆怅。

六、战争开始

珂赛特和马吕斯都还没有完全展露出自己，而星星之花，蓄势待发。命运这种神秘的不可抗拒的力量正在推动他们两个渐渐地靠近，这两个人，积攒了足够的爱情火花，说不定什么时候都可能引发一场惊天动地的热战，两颗期待爱情的心灵，就像两朵载满惊雷的乌云，就等着一个眼神，或一道闪电，就会迎上前去，引发一场战争。

在以往的爱情小说里人们已把眼睛的奇妙都写滥了，结果搞得最后人们忽视了这一问题。现在我们似乎不太敢说由于俩人彼此对望了一眼而相爱。可是人们的相爱的确就是这样的，而且也只能是这样。其他的事情仅仅是次要的，而且那还是以后才有的。两个心灵在碰撞的一刻彼此交接的火花给予对方强烈的震撼，这是再真实不过的了。

珂赛特无意识地投向马吕斯的一个眼神使他心神不宁，那一刻，马吕斯没有想到他的一个眼神同样也使珂赛特感到心神不宁。

他使她感到苦恼，同时也使她感到快乐。

很长时间以前，她就在观察他，研究他，与别的姑娘没什么不同，尽管她在观察、在研究，眼睛却在看着其他方面。珂赛特在马吕斯的眼中还很丑的时候，珂赛特看着马吕斯已觉着他很美了。不过，因为他根本没有在意她，所以在她眼里这个青年人也是无所谓的。

但是她无法不让自己心底的那个声音说："他的头发很美，眼睛很美，牙齿也很美。"有时她听到了他跟他的同学们讲话，她觉着那说话的声音也动听极了。如果非要说说他走路的姿势的话，那不算好看，虽然样子看起来有点穷，但是是挺棒的，他的形象丝毫不显得傻，他整个人给人的感觉是高尚的、文雅的、朴实的、骄傲的。

当他们的视线互相交汇在一起的那天，突然之间终于互相传递了那种秘而不宣、言语表达不能领会但通过彼此的神色就能心领神会的最初的东西。不过，开始的时候珂赛特并没弄懂。她面有疑色地回到了西街的那所房子里，这个时候依照她的惯例在过星期六。第二天她醒来的时候，记起了那个素不相识的青年，他向来是很冷淡的，漫不经心的样子，如今好像有点留意她了，但她对这种留意并不领情。她在心里对这个态度傲慢的美少年有点赌气似的。一种迎战的欲望在她心里跃跃欲试。她似乎感到了一种非常强烈的孩子气的乐趣，她要报复一下了。

清楚了自己的美后，便增添了她的自信心，虽然自己看得还不是很明白，但她感到自己具备了一件武器。正像孩子们在舞弄他们的刀一样，女人们在舞弄她们的美丽。可以说她们这是自找麻烦。

我们还没有忘记马吕斯的犹豫，他的激动，他的恐慌。他一直坐在那条长凳上，不敢靠近过来。这让珂赛特又是生气又是恼怒。既然马吕斯不到她这边来，她决定到他那儿去。有一天，她就对冉阿让说："爹，我们上那边去走走吧。"每个女人在这一点上表现得都和穆罕默德一样。而且说来奇怪的是，在青年男子方面真正爱情的最初症候的表现是胆怯，而在青年女子这边的表现却是大胆。这个看来好像不可理解，其实是很简单的。这不过是男女两性希望接近而彼此吸收了对方性格的因素而导致的结果。

那一天，珂赛特的一个眼神几乎使马吕斯发疯，而马吕斯的一个眼神同样也引起了珂赛特的强烈震动。马吕斯信心十足地离去了，珂赛特的心却变得忐忑不安起来。从那天开始，他们就相爱了。

带给珂赛特的最初感觉是一种惊慌而沉重的愁闷。她感到她的灵魂在一天一天地变黑。她甚至已经不认识它了。姑娘们的灵魂是由沉静和轻松欢快构成的，它洁白得像雪，当遇到太阳般的爱情时它便会融化。

珂赛特还不懂得爱情意味着什么。她从来不曾听别人在世俗的意义上使用这个词。修道院使用的音乐教科书里有了"amour"（爱情）这个词就用"tambour"（鼓）或者"pandour"（强盗）来替换。这就成了训练那些姑娘们的想象力的哑谜，比如她们会发出这样的感叹："啊！这鼓真美呀！"或说："可怜之心并不是强盗！"但是，珂赛特离开修道院的时候年龄还非常小，还没有受到"鼓"的影响。所以她不知道该怎样给她现在体会到感受命名。难道人会因为没听到这种病的名字就不得这种病吗？

她对爱越是不了解，就越是爱得深。她不清楚这是好事还是坏事，是有益处的还是有危害的，是一定要有的还是会断送生命的，是永久的还是一时的，是得到许可的还是被禁止的，她仅仅在爱。如果有人这样对她说："您睡不好觉吗？这样不行！您不愿意吃东西吗？这太不像话了！您感到呼吸不畅心跳加速吗？不许这样！您看见有一个穿着黑色衣服的人站在满是绿荫的小路尽头，您的脸就会变得一阵红一阵白吗？这真是无耻！"那她会感到非常地摸不着头脑。她肯定不知道这人在说什么，或者她会这样答道："对于某件事情我是既一无所知又毫无办法，那又怎能怪罪我呢？"

她所遭遇的这场爱刚好又是和她当时的心情非常吻合。那是有距离阻隔着的崇拜，默默地倾慕，因陌生而起的神圣的感觉。那是青春互相给予的启迪，已有了好的结果但还停留在梦境的朦胧状态中，追慕很久终于得以实现并获得了解放的血肉，但是还没有称谓，没有过错，也没有缺点，没有希望企求，总而言之，是一个模模糊糊、遥不可及，还存在于想象世界中的情人，是幻想的具体形象化。在这个期待着充分发展的阶段，珂赛特的大半还沉浸在修道院那挥之不去的氛围中，一切实际意义上的密切来往都会使她觉得突然而难以接受。孩子式的和修女式的种种担心疑虑都影响着她。她度过了五年的修道院生活，潜藏在她思想中的修道院精神依然在一点一点地挥发出来，这让她感到存在于她周围的所有事物都那么摇摇欲坠。因此在目前的状况下，她所需要的并不是一个情人，甚至也不是一个亲密的朋友，她需要的只是一种虚幻的影像。于是，这时马吕斯对于它来说是一个美好的、明亮耀眼的、不会实现的崇拜对象。

天真的终端和爱情的终端是连接在一起的，她冲他微笑，没有一点别的意思。

每天她都在急切地盼望着散步时间的来临，看见马吕斯，她感到无法言传的快乐，她把这种感觉告诉马吕斯，自己感觉准备地表达了自己的意思，她说："卢森堡公园真是个令人愉快的好地方！"

马吕斯和珂赛特之间还完全是一片黑暗。他们两个还没有谈过话，没有打过招呼，还不认识。但他们能够互相看见对方，就像天空中距离很遥远的星星那样，依靠双方的互相注视来生存。

就这样珂赛特慢慢地长成一个女人了，她美丽而多情，对自己的美丽有清楚的认识而不知什么是多情。她特别爱装扮自己，因为她的天真幼稚。

七、愁，更愁

不管在什么情况下人都是有预感的。永恒的母亲——大自然，使冉阿让隐隐感觉到了马吕斯的活动。在灵魂深处冉阿让在发抖。虽然冉阿让并没看到什么，也没听到什么，但他却在固执地关注着、发掘着他身边的秘密，他似乎已经感觉到有什么新的东西在出现，同时又有什么东西在瓦解。一样的是马吕斯也得到了来自大自然母亲的暗示，这也许是仁慈的上帝的神秘法则，他尽可能地不让自己引起"父亲"的注意。不过有些时候，冉阿让还是看穿了他。马吕斯的行为非常奇怪。他有时畏畏缩缩地格外小心，有时又蠢头笨脑地胆大妄为。以前他总是走到他们附近，现在却老是坐在远远的地方发呆，拿着一本书，做出读书的样子来，他假装是为了谁呢？他以前出来总是穿着旧衣服，现在却每天都穿着新衣服，不知道他烫没烫过头发，他的眼睛里流露出来的神气非常古怪，他还戴着手套，不管怎么说，冉阿让发自内心得非常地讨厌这个年轻人。

珂赛特毫不声张地沉默着。虽然她还不能完全看清自己的心事，但她能感到这事非常重大，应该把它遮盖起来。

珂赛特有了爱打扮修饰的嗜好，在这不认识的人跟前，开始喜欢穿新衣服，并且似乎已成习惯，对于这两者之间出现的平列的同样的变化冉阿让感到非常不舒服。这或许……可能……绝对是一个偶然性的巧合，但这种巧合是带有胁迫性的。

他向来没有和珂赛特谈起过那个陌生人，但是，他有一天实在是忍不住了，非常的不放心，万分苦闷，他想马上了解清楚这令人不愉快的事到底发展得怎么样了，他跟她说："你看那个年轻人多么书呆子气！"

如果是一年以前的珂赛特，那时她还是一个什么都不关心的小姑娘，她可能会说："不，他蛮招人喜欢的。"如果是在十年以后，那时心里已经有了对吕马斯的爱，她可能会说："真是书呆子气十足，讨厌极了！您说得没错。"可是在目前这种情况下由于心理和想法的不同，她只是漫不经心地说了一句：

"那个青年。"

就仿佛是今生第一次看见那个人。

"我太傻了，"冉阿让这样想，"她根本就没有留意他。反而是我叫她看见他了。"

哦！幼稚的老人！老练的孩子！

在初次尝到爱情的年轻人想尽办法排除障碍的艰苦斗争中，有一条规律，这就是：女子绝对不会上当，而男子有当一定会上。冉阿让已开始暗中和马吕斯进行斗争，但是马吕斯因为被那种狂热的情感所迷惑和年龄的原因，傻乎乎的丝毫没有察觉。冉阿让设计了一个又一个的圈套，例如他改变时间，变换座位，一个人来逛卢森堡公园，马吕斯闷着头一个又一个地钻了进去。在他的道路上冉阿让打下了好多的问号，他都天真地明确地逐一回答说："没错。"同时，珂赛特把自己深深地隐藏起来，她那与己无关、若无其事的外表，使得冉阿让确定无疑地相信：那傻家伙爱珂赛特爱得发疯，珂赛特却浑然不觉，不知道有这事，也没注意到这个人。

虽然如此但并不能因此消解一点他内心痛苦的战栗。珂赛特懂得爱的时刻随时都可能来到。最初阶段不总是漫不经心的吗？

仅有一次，珂赛特出了差错，足以让他大大地吃了一惊。他在那板凳上坐了三个小时后站起来准备离开，她说道："怎么了，这就要走吗？"

冉阿让还是继续在公园里散步，不希望显出不一样来，尤其是不愿让珂赛特看出来。珂赛特不时地朝兴高采烈的马吕斯送去微笑，马吕斯除此之外别的什么也看不见了，现在他在这世上能看到的，就只有一张光彩照人的使他倾倒的面容，此时一对情人正感到无限的美妙。冉阿让却以一双直冒火星的眼睛恶狠狠地盯着马吕斯的脸。本来他以为自己不会抱有恶意了，但有时一见到马吕斯，就不由自主地又产生了蛮横粗野的想法，他当年贮满了仇怒的灵魂深处，昔日的怒火在崩溃的缺口处又重新燃烧起来。他甚至感觉到在他的心里，一些以前没有的新的火山口正在形成。

在这儿，为什么竟会有这么一个人？他干什么来的？他来巡视、转悠、摸索！他还来说："哼！怎么不能！"他来我冉阿让生活的世界里动歪脑筋！到我冉阿让幸福的世界里来动歪脑筋！他想抢走它，自己霸占！

冉阿让还说："没错，就是这样！他来寻摸什么？寻摸野食！他想要什么，想要小娘儿们！那么，我怎么办呢？为什么我开始是人们中最不幸的，接着又是最烦恼的一个呢？为了生活，我跪着爬了六十年，尝尽了人所能承受的一切痛苦，青春还没来得过我已经老了，我这一辈子既没有家，又没有父母；既没有朋友，又没有女人，没有孩子，我的血滴在每一块石头上，每一片荆棘上，每一块路碑上，每一面墙壁上，我忍气吞声地面对对我很苛刻的人，我讨好欺负我的人，我不惜一切代价去挽回过去，我为自己所犯的罪恶感到悔恨，也饶恕别人在我身上做的恶事，而就在我马上要有回报的时候，就在那一切不愉快要过去的时候，就在我马上要实现目标时，就在我的愿望要实现的时候，具有讽刺意味的是，我付出了努力，获得了收获，但这一切都要完了，都要破灭了，我还要失去珂赛特，失去我的生命，我的乐趣、我的整个心，因为有一个到卢森堡公园来闲逛的大傻瓜得到了欢乐！

这时候，非常阴冷的神气充满了他的双眼。这已不像一个人在注视另一个人，也不像在瞪视着仇人的人，而是一个紧盯着盗贼的看家的狗。

其他的发展过程我们都清楚。马吕斯一直是昏头昏脑的。有一次，他跟在珂赛特后面来到了西街。还有一次，他和门房一起谈话，那门房又把这事对冉阿让说了，并问他道："那个喜欢没事找事的年轻人是个什么人呀？"第二天，马吕斯感觉到冉阿让盯了他一眼。过了一星期，冉阿让搬家了。他发誓再也不去卢森堡公园了，也不去西街了。他又回卜吕梅街去了。

珂赛特没表示不同意见，什么话也没说没问，没有费心刺探什么原因，当时她是害怕被人识破，担心消息泄露出去。对于这种费神的事冉阿让一点儿经验也没有，这偏偏又是最拨动心弦的事，而他却又是丝毫不懂，所以根本不能看穿珂赛特保持沉默的严重性。不过他已经感觉到她变得忧郁了，而他，也变得沉重了。俩人都没有体验过这种事情，于是造成了僵持的局面。

有一天，他试探性地问珂赛特：

"你想到卢森堡公园散散步吗？"

珂赛特苍白的小脸马上变得兴高采烈。

"想。"她回答道。

于是他们去了。这时已过去三个月了。马吕斯已不再去那儿。马吕斯没在。

冉阿让在第二天又问珂赛特：

"你还想去卢森堡公园散步吗？"

"不想。"

看见她愁闷冉阿让就生气，看见她顺从就恼怒。

她的这小脑瓜到底怎么了，小小年纪，就这么让人捉摸不透？那儿正在计划什么？珂赛特的心到底怎么样了？有时候，冉阿让一夜不睡觉，久久地在破床沿上坐着，抱着脑袋苦苦冥想："珂赛特心里到底发生了什么事？"他想到了一些她会想的事情。

啊！这种时候，他无数次以悲伤的眼睛，眺望那个修道院，那座雪白的山峰，那个天使们的乐园，那座高高在上不可企及的象征着美德的冰山！他怀着失落的倾慕心情望着那座修道院，那不为外人所知的茂密的花丛，那被关着的封闭不与外界沟通的处女，一切的芳香和一切的灵魂都会一起直通天国！当初他一时心血来潮自己放弃了伊甸园，现在他是多么怀念它呀，如今一失足铸成千古恨，大门再也不会再为他开启了！他好后悔自己那时竟把珂赛特带到了尘世，那时是多么压制自己，多么傻啊！他这个为了别人而牺牲了自己的可悲的侠士，因为自己的一味忠诚，导致了自作自受，自找苦吃！就像他自己质问自己那样："我是怎么回事？"

尽管这样，为了不让珂赛特察觉他一点也不表现出来。既没有显露出烦躁，也没有大加声张，他还是保持平静温和的表情。冉阿让的神情比以前任何一个时候都更像慈祥的父亲。如果说有什么地方能让人看出他没有以前快乐，那就是他比以前更和蔼可亲了。

珂赛特却是整天郁郁寡欢。因为马吕斯不在身边她感到难受，就像以前因为他经常出现在她视野中而感到高兴一样。她非常不愉快，却不明白究竟是为什么。当冉阿让不再像以前那样带她出去走走时，内心深处的一种女性的本能似乎在提醒她：不应该表现出很想卢森堡公园，她要是装得若无其事，父亲就还会带她去的。但是，一天又一天，一星期又一星期，一个月又一个月地过去了，冉阿让默不作声地按照珂赛特无所谓的假象行事。珂赛特开始后悔了，但是已经太晚了。她再去卢森堡公园的时候，马吕斯已经不在了。马吕斯没有了，一切都完了，怎么办？她还能期待有一天和他重逢吗？她感觉自己的心乱成一团，不能缓解，而且一天比一天更严重，一切对于她已没有意义，不管是冬天还是夏天，是晴天还是雨天，鸟雀是不是在歌唱，是大丽花开的季节还是菊花开的季节，卢森堡公园美丽还是杜伊勒里宫美丽，洗衣妇有没有把衣服浆厚，杜桑买的东西合不合意，这些她都不关心，每天都无精打采的，愣愣地出神，心里唯有一个想法，眼睛虽然是看着前方却是视而不见，就像在黑夜中看着鬼魂消失在尽头。

不过，除了那憔悴的小脸外，她也没让冉阿让发现什么异样。她还是很亲热地对待他。

她的憔悴失神让冉阿让非常心痛。有时候他问：

“你不舒服吗？”

她回答道：

“没什么呀。”

一阵沉默过后，她感觉到他也很不开心，就问道：

“爹，您怎么样，有什么事吗？”

“我没事。”他回答说。

多年以来，这两个人互相依赖，爱护对方，以诚相待，此刻却双双隐藏心事，并且替对方烦恼。俩人都不敞开心扉讲讲心事，也不在心里抱怨对方，而且还微笑着面对对方。

八、长　链

两个人中还是冉阿让最苦闷。因为年轻人，就是不开心，也还有活泼的一面。

有时候，烦闷的冉阿让竟然会有一些幼稚可笑的想法。本来这就是痛苦的表现，痛苦到极点就会使人童年时的年幼无知重新显现出来。他毫无办法地眼看着珂赛特脱离了他的怀抱。他想抗拒，想要保住她，想用自己之外的一些炫目的东西吸引她。我们刚才提到了，这种想法是幼稚可笑的，并且也是昏庸的没有效果的，而他居然有这种想法，真是孩子气，就像金丝锦缎在小姑娘们的头脑中引起的反应一样。有一次，他看一个将军，穿着全副军装，骑着马从街上走过，这个将军是巴黎的卫戍司令古达尔伯爵。他开始羡慕这个引人注意的人。他心想：“这样的服装，简直没得说，如果我也穿上这样的衣服，那该多棒啊，珂赛特看了他这身装束，肯定会兴高采烈，她会挽着他的手臂一起从杜伊勒里宫的铁栏门前走过，这时候，卫兵会举起枪向他致敬，珂赛特也会心满意足，不会再去看那些年轻男子了。”

现在一种意想不到的震颤和原来那种愁苦的心情搅和在一起了。

自从他们搬到卜吕梅街以后，在他们寂寞单调的生活中，逐渐培养了一个习惯。这就是观赏日出，用以排遣寂寞，对于即将迈入人生征途的人和即将从这种征途上退出的人来说这种淡雅的乐趣都是很合适的。

对于喜欢独处的人来说，大清早起来散步，跟在夜间散步一样，而且还可以欣赏大自然的生气。街上的人很少；鸟雀在鸣唱，珂赛特早早地便愉快地醒来了，她本来就像一只快活的小鸟。这种清晨的游玩通常是在头一天就做好了准备。他提出建议，她表示同意，好像是当作一件重大事情来谋划安排似的，天色还很朦胧的时候，他们就出发了，珂赛特更是特别兴奋。这种没有危害的超常规的行为最迎合年轻人的口味。

我们知道冉阿让的爱好是去那些人们不大去的地方，偏僻的野山沟，人迹罕至的荒凉场所。那时在巴黎郊区，差不多和市区相连的地方，有贫瘠的田地，在那里，夏天生长着一种干巴巴的麦子，到秋天收割以后，土地变得光秃秃的不像是割掉的，倒像是连根拔掉的。冉阿让最喜欢那一片地方。珂赛特也不觉着那里讨厌。冉阿让对这一带的感觉是清静，而珂赛特的感觉是自由。在那里，她又变成了一个活泼的小女孩，她可以到处跑，到处玩，她摘下帽子，放在冉阿让的腿上，跑来跑去地去采摘野花。她看着停栖在花上的蝴蝶，却并不逮它们，怜惜之心是与爱情同时存在的，女孩们的心中产生了隐隐约约，经不起打击的理想，就会要怜悯这蝴蝶身上的翅膀。她在头上戴着一个用虞美人串起来的花环，太阳光照耀着它，像火一样耀眼发亮，好像是映照着她那光艳照人的脸的一顶炽红的头冠。

这种早晨散步的习惯一直持续着，就是在他们心情变得暗淡以后也没中断。

所以，在十月的一个清晨，这是一八三一年秋天的那种秋高气爽的天气，他们被这天气所吸引，又出去玩了。他们很早就来到了梅恩便门。太阳还没有升起来，天色刚刚发亮，给人的感觉是又美妙又苍远。辽阔的微微发白的天空中还闪烁着几颗星星，地上是一片的漆黑，天色是白白的，野草在轻轻地摇动，一切都罩上了一层神秘的微微发亮的色彩。有一只云雀，好像和星星组合在一起似的，在极高的天边鸣唱，它是在为无边的宇宙高唱赞歌，好像浩渺的苍穹也在敛息谛听它的歌唱。处在东方的军医学院在天边发亮的淡青色的映衬下，呈现着黑黑的阴影，山岗上方悬挂着炫目的太白星，仿佛是由这座阴暗的建筑里飞出来的一个精灵。

没有一点儿声响，也没有一点儿动静，路上没有行人，只有在路旁的小径上，间或会有几个工人在朦朦胧胧的晨色中赶去上工。

冉阿让走到路旁的工棚门前，在一堆屋架上坐下来。他面向大路，背对着曙光，已经忘掉了正在冉冉升起的太阳，他陷入了一种深深的沉思中，他用尽了全部精力，好像连视线都被四面厚厚的墙给截断了似的。有一些苦苦思索可以说是直上直下的，思想达到顶点之后就会又返回到起点上，这当然需要一定的时间。此时的冉阿让就沉浸在这样一种畅思神想中。他正想珂赛特，想如果没有意外的事情发生他们俩可以享受到的幸福时光，想那充实了他的生命的光明，他的心灵得以生存呼吸的光明。他几乎从这种幻想中感受到了愉快。站在他身边的就是珂赛特，她正在看着天上的云彩慢慢变红。

突然珂赛特叫道："爹，那边好像有人走过来。"冉阿让这时才抬起了眼睛。

我们已经知道，通向原来的梅恩便门的那条大路，就是赛伏尔街，它是和内马路垂直相交的。在大路和那条马路的分岔的地方，就是拐角处，他们听到了在那时听起来很匪夷所思的声音，而且还出现了一群黑乎乎的辨不清的模糊形象。不清楚是什么看不清的东西正从那条马路走到大路这边来。

那东西慢慢地变大起来，似乎是排着队在前进，但是浑身布满了刺，而且还在轻轻地抖动，看起来似乎像一辆车，但看不清车上装的究竟是什么。这时传来了马匹的声音，车轮转动的声音，还有人说话的声音。慢慢地，尽管还不是很清晰，但呈现出了大致的轮廓。果然是一辆马车，刚从马路转到大路上来，向着冉阿让旁边的便门驶了过来，后面跟着一模一样的第二辆，接着第三辆、第四辆、第七辆，都驶了过来，后一辆的马头接着前一辆车的车尾。车上攒动着很多人影，露出点点的亮光，就像是大刀出了鞘，似乎又听到铁链子互相撞击的声音，那队伍继续向前进，人说话的声音也慢慢地响起来了。那真是惊心动魄，就像是从梦境中走出来的。

那东西走得越来越近，形状也看得清楚了，像鬼影似的发着惨绿的光，从树后面一个接一个地出来，那东西白白的，慢慢升起来的太阳光隐隐约约地照在这群既不像人又不像鬼，慢慢蠕动的东西身上，它们的影子的头就好像是死尸的面孔，原来是这样：

在大路上的七辆车一辆接一辆地前进。前六辆的构造非常怪异。好像是运载酒桶的细长的车子，有一道长梯子放在了两个车轮上，梯杆前面的部分就是车辕。每辆车，准确地应该说是每道长梯，由四匹前后排成一列的马拉动着。梯子上拉着一个又一个很奇怪的人。在刚刚有点亮色的光线中，尚不能看清那到底是不是人，只是先大致看作人罢了。每辆车上有二十四个，分成两边，一边十二个，互相背对着，面向马路旁，两条腿吊在半空。这些人就这样向前移动，他们背后有东西发出当“啷啷”的响声，那是铁链子。另外，还有闪闪发光的东西挂在脖子上，如果需要下车走路时，便只能无可奈何地让行动保持一致，这时他们便像一条以链子为脊柱的大蜈蚣，弯弯曲曲地在路上前进，每辆车的前部和末端上，都站着两个背着步枪的人，一个人踏着链子的一端。枷都是方形的。第七辆车，是一辆没有顶篷的栏杆车，有四个车轮和六匹马，装着一大堆铁锅、生铁罐、铁炉子和铁链子，叮叮当当响作一团，还有几个用绳子捆着的人，夹在这些东西之间，直直地躺在那里，好像是病人。这辆车四面都敞开着，车杆已经破败得很厉害，可以看出它是资格最老的一辆囚车。

车队在大路中间向前进。两边还有形状非常怪异的卫队，头上戴着软塌塌的三角帽，就像是督政府时期的士兵，帽子上有很多破洞，而且还沾满了污迹，非常肮脏难看，身上穿着半灰半蓝的老兵的制服和掩埋工人的长裤，几乎快要烂成一条一条的了，他们肩上戴着红袖章，斜挎着黄色的背带，手上拿着砍刀、步枪和木头棍子，简直可以说是一队叫花子兵。仿佛是乞丐的丑陋和杀手的威武组成了这些警察队伍。那个看起来好像是队长的人，手中拿着一根长长的马鞭。这些细微的地方，在朦胧的晨色中本来是辨不清楚的，只是随着阳光逐渐明亮起来才能看清。一些握着指挥刀的骑马的士兵们，阴森森地在车队的前面或后面走着。

这个队伍拉得相当长，第一辆车已经到了便门的地方，而最后一辆车才刚刚从马路转到大路上来。

不知道是从哪儿冒出来得这么一大群人，忽然之间就聚拢过来，在大路两旁挤着看，本来这在巴黎是经常有的事。近旁的小街道里，也传来了木鞋的橐橐声，这是菜农们互相招呼着跑出来看热闹。

那些被堆在车上的人始终保持着沉默，任凭车子颠来颠去。他们脸色青灰，在清晨的寒气中瑟瑟发抖。他们都身着粗布裤，光着的一双脚上套着木鞋。其他人的衣服更是非常糟糕，有什么就会穿什么。他们的衣着简直是丑得斑驳陆离，这用一块一块的破布拼凑起来的衣服让人看了真是难受极了。又瘪又塌的宽边毡帽，油渍密布的遮阳帽，极难看的瓜皮帽，并且，衣袖已出现破洞的黑礼服和短布褂紧挨在一起，还有几个人戴着女人的帽子，还有的人顶着个柳条筐，人们可以看到毛茸茸的胸脯，刺着花纹的身体从衣服裂开的缝隙中显露出来，有爱神庙、带火焰的心、爱神等等。另外还有一些恶疮和脓疱。还有几个人在车底的横杆上拴着草绳，吊在身体的下面就像是个马镫子，托着他们的脚。其中还有人个嘴里啃着一块黑石头似的东西，对于他们来说，那就是面包。他们的眼神是干巴巴的，或者呆木的，或者是恶狠狠的。押送的人们不停地叫骂着，囚犯们却一声不响，不时地会传来棍棒打在背上或头上的声音。那些人中，有的在张着嘴打呵欠，衣服破败得惊人，双脚在空中吊着，肩膀摇个不停，脑袋碰来撞去，铁器当啷啷地不停响，他们眼中喷射出愤怒的火光，或者把拳头捏得紧紧地，或者像死人那样张着手不动，在大部队伍后面，是一群跟着起哄乱叫的孩子们。

无论怎么说，这个队伍是阴森的。很明显，明天，在一小时之内，有可能降一场暴雨，然后接着一场，再来一场，那时，这些破破烂烂的衣服就会变得透湿，一旦湿了，就不会再变干，一旦冻住了，这些人就不会再变得暖和，雨水会把他们的粗布裤子贴在他们的骨头上，他们的木鞋里也会积满水，用鞭子抽打也不能阻止牙床互相打战，他们的脖子还是会被铁链子拴着，他们的脚还是要被吊在半空中。把这些血肉之躯当作大块石头来捆绑着，在寒冷的天气里任凭雨打风吹的种种侵袭，而只能沉默不语，谁看了不会寒心呢？

就是那些被扔在第七辆车子里，像一个一个破麻袋似的被用绳子捆着的毫无动静的病人，时不时也要挨棍子。

突然之间，太阳升起来了。像一个巨大的光轮在东方升起，似乎想把火光送给这些强悍的人。他们的舌头一个个都变得灵巧了，一时间好像是燃烧起了一场嬉笑、谩骂、歌唱的大火。那平着照射过来的阳光把整个队伍分成了两截，头部和身体在阳光里，而脚和车轮却在黑暗里。每个人的脸上也都开始有了表情，这个时候是很吓人的，一些露出真面目的魔鬼，一些恐怖的赤裸的生灵。即便在阳光的照耀下，这些人也还阴森可怖的。有几个心情比较好的，在嘴里叼着一根翎管，瞄准了一些妇女，把一条条的蛆向人群吹去。刚刚升起的阳光使那些怪脸上的阴影显得更加阴暗，这些人当中，每一个都是被苦难折磨得怪模怪样，他们是这么的丑陋，以至于人们禁不住要说："是他们使日光变成了雷电的闪光。"在前头的那一车人唱起了德佐吉埃的《女灶神的贞女》，这是当时一首很著名的歌，还以一种野蛮的轻薄的腔调大声怪叫。树木在两旁瑟瑟颤动，两边的小道上，一张张愚蠢的中产阶级的面孔正对着鬼怪们，并为他们发出的霉烂污浊的声音所陶醉。

一切惨不忍睹的景象全集聚在这混乱的队伍里了，那里有各种各样野兽的嘴脸：年老的，年轻的，光着脑袋的，花白胡子的，有的呈现出蛮横的凶相，有的在消极地抗争，有的龇牙咧嘴，有的疯疯癫癫，长着一张猪拱嘴的戴着遮阳帽，一张女人脸的两鬓拖着一条一条的螺旋钻，还有的面孔像孩子似的，（正因此才更加可怕），还有的只比骷髅头多了一口气。有一个黑人，在第一辆车上，他或许当过奴隶，简直可以和链条相媲美。这些人经受了无与伦比的侮辱；由于承受着如此恶劣的耻辱，所以他们都产生了深刻的变化，不过，变成了傻子的愚蠢的人和聪明人变得消极悲观之后是处于平等地位的。看起来这一群人好像是从垃圾堆中挑选出来的，每个人和每个人分不出高低上下来。而且显然这些领导那个污浊队伍的官员并没有想把他们区别开来的意思。他们被胡乱地拴成了一对一对的，或许就是按字母的先后顺序排列在一起了的，就这样随便地塞到了车上。但是把一些恶劣的东西集中在一起后，必然会形成一股力量，许多悲苦的人聚集在一起就会形成一个整体，一个个共同的灵魂从每条链子上产生了，每一辆车子上的人都有了一幅相同的面孔。有一辆车上的人在不停地唱，另一辆车的人则嚷个不停，还有一车人都向人乞讨的，也有一车的人都在咬牙切齿，还有恐吓路旁的看客的，诅咒上帝的，最后一辆车上的人则死一般的寂静。如果但丁看到了这一切，肯定会当作是前进着的七层地狱。

这个队伍是被宣判了徒刑然后去服役的，凄惨不堪，他们坐的不是在《启示录》里所描述的那种闪着电光的惊人的战车，而是游街示众的囚车，所以景象更加惨烈。

那群卫队中有一个士兵手持着一根尖端带钩的棍棒，时不时地张牙舞爪，恐吓这群人类的败类。观看的人群中有一个老妇人用手指着这群人让一个五岁的小男孩看，对他说："这些都是坏蛋，我看你以后再敢学坏。"

唱歌的声音、诅咒的声音变得越来越大，突然"啪"的一声，那个貌似押送队队长的人甩出了他的长鞭，听到这一信号后，一阵劈天盖地的棍棒，"劈劈啦啦，"就像冰雹似的不由分说，一齐落在了车上的每个人身上；许多人大声叫骂，出来看热闹的孩子高兴得像一群追逐恶臭的苍蝇似的，手舞足蹈。

这时，冉阿让的眼睛可怕得惊人。那已经不可以叫眼睛，而是一对深深地凹下去的玻璃球，对一切好像都无所谓，而且显出一种如临大敌、恐怖至极的神色，这是一种具有忧患意识的人常有的神情。他看到的已不是事物的本身，而是一种幻化的、模糊的印象。他想要站起来，离开这里，躲得远远的，但却一动也不能动。有时候我们是会被我们所看到的东西控制的，死拉着不放开。他仿佛是被钉在了那里，傻呆呆地，像是一块石头，心里有难以言传的痛苦和迷乱，弄不懂是什么原因导致了这种非人的迫害，他的心竟会这么乱糟糟的。突然他抬起了一只手放在额头上，醒悟过来，原来这地方本是他的必由之路，跟往常一样需要绕一段弯路，这样就不会在枫丹白露大道上惊动国王，而且在三十五年以前，他就从这便门前走过。

珂赛特的感受虽然和冉阿让有些不一样，但也是同样的担惊受怕。她搞不清这是怎么回事，她没法呼吸，她想不到世上会有这样的情景存在，最后她终于大声问：

"爹！这些车子里边是什么东西？"

冉阿让回答道：

"是苦役犯。"

"他们要到什么地方去。"

"要去上大桡船。"

此刻，那一百多根棍棒打得正带劲，还夹杂着刀背的乱砍，真可算是一场棒打鞭抽的风暴，苦役犯们都垂下了头，极刑产生的效用就是罪恶的顺从，所有的人全都安静了下来，一个个斜睨着人群，就像是被捆绑着的狼。珂赛特吓得浑身打战，她又问：

“爹，这还是人吗？”

“某些时候。”

这个伤心的人回答道。

那的确是一批犯人，天还没亮，他们就从比赛特出发了，因为国王当时正在枫丹白露，所以他们必须要绕弯道，于是就改走勒茫大路。这样一改变路线，就导致了这可怕的旅行给耽误了三到四天，但是，为了避免这惨烈的酷刑被高高在上的君王看到，多走几天路又算得了什么呢。

冉阿让无精打采地回到了家里。这次所见所闻给了他很大的打击，产生了震撼人心的影响。

冉阿让带着珂赛特径直走回了家，没有注意她有没有再对刚才的遭遇提出什么问题，或者他是心情太沉重了，在难以自拔的情况下，已不可能再听到她说的话，更别说有心回答她了。不过晚上，当珂赛特准备离开去睡觉时，他听到了她轻声地，似乎在自言自语地嘀咕：“我觉得，如果我在一生中有可能碰上个那样的人，哦，天主啊，我只要上前去瞧上一眼，都会送命的！”

值得庆幸的是，在那次不幸的遭遇的第二天，是一个国家的盛典，现在已经想不起是什么盛典了，在巴黎准备庆祝活动，马尔斯广场上要阅兵，塞纳河上要比武，爱丽舍宫要演戏，明星广场要燃放焰火，到处都张灯结彩，喜气洋洋。冉阿让把心一横，违背了他的惯例，带着珂赛特赶去瞧热闹，想要趁着欢乐景象驱除一下前一天留下来的不愉快的记忆，要让整个巴黎的狂欢消解珂赛特所看见的悲惨场面。很明显，要衣冠隆重地在街上来回穿梭才能与这节日的阅兵式相配，冉阿让穿起了他的国民自卫军制服，心里隐隐感觉好像是躲避灾难似的。不管怎么说，好像实现了这次游逛的目的。珂赛特的行为准则向来是为她父亲的开心，而且对于她来说，什么情景都是很新鲜的，所以她就以年轻人平淡的轻快的情趣参加了这次外出散心，对于所谓全民庆祝这种无聊的乐趣，也没有嗤之以鼻地撇嘴蔑视。因此冉阿让觉得那些丑陋罪恶的魔影已经消失了，游乐获得了成功。

几天过去了，一个阳光明媚的早晨，他们俩都来到了园里的台阶上，这又是一次破例的行为，因为这和冉阿让自己制定的生活准则，以及珂赛特由于心情郁闷而常待在卧室里是相背离的。珂赛特披了一件刚起床后穿的晨褛，这种好比霞光普照的便服使少女看起来可爱而富有灵气，她站在台阶上，良好的睡眠使脸呈绯红色，她面对着阳光，老人以一种怜爱的心情静静地望着她，此刻她手中握着一朵雏菊花，正一瓣一瓣地把花瓣摘下来。珂赛特从来不曾知道那些好听的口诀：我爱你，爱得发狂，爱一点点，等等，有谁会把这些教给她呢？她只是依着本性，孩子气地在玩那朵花，根本没有想到：摘着玩雏菊的花瓣就暴露了一个人的心。假如有第四位微笑着的美惠女神，叫作多愁仙子，那么冉阿让就差不多像这仙子。冉阿让呆呆地看着那玩弄花瓣的手指头，看得如痴如醉，因这孩子的光彩把什么都忘到脑后了。在旁边的树丛里有一只知更鸟在低声啼叫。一片片白云忽悠悠地从天空飘过，仿佛是刚被从哪里解放了出来。珂赛特还在一个心思地摘着花瓣玩，她似乎在思考着什么，应该是一件特别有趣的事，突然，她做了个天鹅般舒缓的优美姿势，从肩上侧过头来对冉阿让说：“爹，什么是大桡船啊？”

第四卷 下面的援助有时等同于上面的援助

一、肉体的伤口与心灵的痊愈

就这样，他们的生活一天一天地渐渐暗淡下去了。

现在他们只剩下了一种娱乐方式，还是以前的那件趣事儿：送面包给挨饿的人，送衣服给受冻的人。珂赛特经常和冉阿让一起去慰问贫穷的人们，在做这些事情时，他们还可以再拥有一点以前残留下来的共同话题。有的时候，如果一天的活动进行得比较顺利，资助了很多穷人，使许多小孩子吃饱穿暖又变得活泼起来，到了晚上掌灯的时候，珂赛特就会显得快乐一些。就是在这段日子里，他们访问了容德雷特的破房子。

那次访问过后的第二天清晨，冉阿让到了楼房里，与往常同样的沉着，不同的是在臂上带着一条大伤口，好像是被火烫的伤口，红肿着，很严重，他只略微解释了一下。由于这个伤他发了一个多月的高烧，没有出门。他不想请任何医生。珂赛特坚持要请的时候，他就说："那就找个为狗看病的来吧。"

珂赛特为他包扎的时候，那神情是非常的神圣，同时感到很大的欣慰，因为能帮他做事，冉阿让也感到在他心里昔日的欢乐又回来了，他的恐惧和焦虑都不见踪影了，他经常看着珂赛特说："啊！多么美好的伤口，多么幸福的痛苦！"

因为父亲害病了，珂赛特就远离了那座楼房，跟小屋子和后院又重新亲密起来了。她差不多总是在冉阿让身边一待就是一整天，念给他听他想要看的书，主要是游记。冉阿让又复活了，他那无可形容的绚丽的幸福又归来了，卢森堡公园，那个陌生的浪荡少年，珂赛特的冷漠以及他心灵上的阴云，这一切全都消散了。所以他总对自己说："那一切全是我没事找事瞎想出来的，我真是个老糊涂了。"

他觉着非常宽慰，似乎是德纳第的发现，那次在容德雷特破屋里的意外的遭遇造成的影响在他身上已不见了。他已经成功地脱了身，中断了线索，其他的事对他都不重要了。他再次想起那次遭遇时，就只有"那一伙歹徒很可怜"这一感觉了。他想，既然他们已进了监牢，以后就不能再去危害别人了，不过那绝望穷苦的家人是很惨苦的了。

说到上次在梅恩便门看到的那些丑恶阴郁的情景，珂赛特再也没有提过。

珂赛特在修道院时曾跟圣梅克蒂尔嬷嬷学习过音乐。珂赛特的歌喉跟富有灵气的黄莺一样，有时候，天黑下来，她会在老人那间养病的俭朴的小屋里，唱上一两首忧伤的歌曲，冉阿让听了后，心里很是高兴。

每年的春天，这个园子都是特别美的。现在春天又来了，冉阿让对珂赛特说："你总也不去园子里，我要你到那里转转。""我按您说的做就是了，爹。"珂赛特这样答道。

因为要听父亲的话，所以她又开始到园子里去散步了，一般都是一个人去，因为我们已知道，冉阿让差不多从来不去园子，也许是担心有人从铁栏门看到他。

冉阿让的创伤促使了情况的改变。

珂赛特看到父亲的痛苦减轻了，伤口也愈合了，心情也好多了，她也得到了一种安慰，不过，她本人并没察觉到，因为那是逐渐地，很自然地到来的。之后是三月，日子慢慢地变得长了。随着冬天的逝去也带走了一些我们的感伤，接着是四月，这是夏季来临的破晓，如晨色一样的清新，如童年一样的活泼，有时也像刚出生的婴儿那样，偶尔会啼哭。在这个月里，大自然从天上、云层、树木、田野、花朵等各方面渗入人心，它是有很多感动人的光彩。

珂赛特很年轻，所以这种与她本人有很多相同点的四月的快乐必然会进入她的心灵。她心里的感伤也在没察觉时不声不响地消逝了。就像地窖子中午的时候是明亮的那样，心灵在春天也是很明朗的，可以说珂赛特已没有什么烦闷了。总之，虽然她自已根本没发现，但情况就是这样的。早晨吃过早餐，将近十点的时候，她扶着父亲受伤的手臂，带着他去园里的台阶前散步，晒一会儿太阳，大概一刻钟，她根本没发觉自已时刻都在笑，而且是很开心的。

冉阿让看到她变得又红艳光润起来了，也是满心的欣慰。

"啊！多美的伤口呀！"他一遍又一遍地低声这样说。

他对德纳第也产生了感激的心情。

在伤口养好之后，他又恢复了以前的习惯，夜晚一个人散步。

假如以为一个人到巴黎的那些荒僻的地方去散步不会有什么危险，那么这种想法确是错误的。

二、普卢塔克老妈妈

有一个晚上，小伽弗洛什什么东西也没吃，而且在前一晚上也没吃什么东西，他想如果一直这样下去那可不行。他打算找点东西吃。于是他就开始打妇女救济院那一带荒凉地方的主意，在那里可能会有想不到的收获，经常会在无人的地方找到东西。他一直走到了一个有些人烟居住的地方，没准儿那就是奥斯特里茨村。

他前几次来这儿闲逛时，就发现这儿有一个园子，里面住着一个老头和一个老妇，另外还有一棵差强人意的苹果树。有一口关不严的鲜果箱，就在苹果树的旁边，或者会从里面摸到个苹果。一个苹果就能当一顿晚餐，一个苹果就能救活一条人命。让亚当受害的，可能就能拯救伽弗洛什。与园子里挨着的是一条荒凉的土巷，两边长满了杂草，没有盖房子，一道篱笆隔开了园子和巷子。

伽弗洛什走向了那园子，他认出了那条巷子，也看出了那棵苹果树，看见了那口鲜果箱，还仔细察看了那道篱笆，一抬腿就可以跨过那道篱笆。天已经黑下来了，巷子里连个猫都没有，这会儿正好合适。伽弗洛什做好准备要跨篱笆时，忽然又停下来了，因为有人在园里说话。凑着一个空隙伽弗洛什往里探望。

在那一面篱笆的底下，离他有两步远，正好是他本来要跨过的那个缺口的地方，有一块当坐凳用的条石在地上平躺着，一位老人就坐在那条石上，在他前面站着一个妇人。老妇人正在唠唠叨叨说个不停。伽弗洛什不怎么知趣，窃听了他们谈话。

"马白夫先生!"那老妇人说。

"马白夫!"伽弗洛什暗想,"这名字好奇怪呀。"

被呼唤的那个老人一动不动。老妇人又叫道:

"马白夫先生!"

那老人,眼睛依然看着地,准备回答。

"怎么了,普卢塔克妈妈?"

"普卢塔克妈妈!"伽弗洛什心想,"又是一个怪怪的名字。"

普卢塔克妈妈继续向下说,老人的答话却不那么起劲。

"房主不乐意了。"

"为什么?"

"我们已经欠了三个季度的房租。"

"再过三个月,就四个季了。"

"他说他要把您撵走。"

"那我走就是了。"

"卖柴的大妈也要收我们的钱。她不再供给我们树枝了。今年冬天拿什么来取暖呢?我们没有柴烧了。"

"还有太阳呢。"

"卖肉的也不再让我们欠着了,他不给肉了。"

"那正好。肉我还消化不了。太腻了。"

"那吃什么呢?"

"吃面包。"

"卖面包的也要我们结账,他说了,不交钱,就没面包吃。"

"那好吧。"

"那您吃什么呀?"

"我们这苹果树上还有苹果。"

"可是,先生,我们没钱怎么能过呢。"

"我没有钱。"

老妇人走开了,那老人自个儿还在那儿待着。他开始考虑。伽弗洛什也在考虑。天差不多已全黑了。

伽弗洛什考虑后得出的第一个结果,就是在篱笆底下蹲着不动,不想再翻到那边去了。贴着地面的树枝比较疏松。

"嗨!"伽弗洛什心想,"一间壁厢!"他就在那儿蹲着。他和马白夫公公的石凳几乎背对着背。那八旬老人的呼吸声甚至他都听到了。

于是,他只好用睡觉来顶替晚餐。

猫睡觉的时候,只闭着一只眼。伽弗洛什会一边打盹,一边四下里张望。

大地被天上苍白的微光映成了白色,那条巷子好像是两排暗黑的矮树之间的一条灰白色的小道儿。

突然,有两个人影出现在这白茫茫的道上。俩人相隔只有几步,其中一个在前走着,另一个在后面跟着。

"两个生灵过来了。"伽弗洛什低声道。

第一个影子看起来像个老头儿，头低低的似乎在思考什么，穿着很简朴，可能因为年纪大了，所以走得很慢，像是借着星星的光辉夜游似的。

第二个是个瘦长个子的人，挺得很直走得很稳。他就合着前面那个人的步调慢慢向前走，所以脚步特地放慢了，看得出他是很轻快矫健的。这个人影似乎有点凶恶怕人，给人的整体感觉好像是当时的新潮少年，帽子的款式是漂亮的，穿着一身剪裁时髦的黑色骑马服，想必料子也是上乘的，紧紧地裹在身上。头微微向上仰，借着微白的苍白光线，从帽子下面显出了一个英俊少年的侧影，刚健壮美，风度翩翩。从侧影可以看到有一枝玫瑰含在嘴里，这个伽弗洛什很熟悉，他就是巴纳斯山。

至于另外那个人，他一点儿也不了解，只知道是个老头儿。

伽弗洛什马上开始认真地观察，

很容易就可以看出，这两个行人中其中一个想要打另一个的主意。伽弗洛什所站的地方正好很适于观察。那个壁厢正好用在作遮蔽的屏障。

在这个地方，这种时刻，巴纳斯山出来打猎，那真是太可怕了。伽弗洛什在心中暗暗为那老人叫苦，用他那流浪孩子的善良的好心肠。

怎么办呢？出去制止吗？以又小又弱来救那又老又弱！这只能让巴纳斯山来取笑罢了，伽弗洛什很清楚，先一个老的，再一个小的，那个十八岁的凶残的歹徒先后两口就能把他们吞掉。

正在伽弗洛什犹豫的时候，那边已经开始了凶恶的袭击。这是老虎对付野驴，蜘蛛对付苍蝇。突然之间，巴纳斯山丢掉了那朵玫瑰，向老人扑去，揪住了他的衣领，掐他的喉咙，拽着不放，伽弗洛什费了好大的劲才没有叫出来。只一会儿过去了，俩人之中已有一个已被另一个压在下面，声嘶力竭地还在挣扎，但有一个铁一样的膝头抵在他的胸口上。可是，事情并不像伽弗洛什想象的那样。被压在底下的是巴纳斯山，而在上面的却是那老头。

一切都发生在离伽弗洛什只有两步远的地方。

老人受到了袭击，马上就狠命地还击，一瞬之间，进攻者和被进攻者就交换了位置。

“真是一个年老的猛将。”伽弗洛什心中暗想。

他禁不住拍起手来。但这鼓掌是不起什么作用的。掌声传不到那两个正在搏斗的人耳中，因为他们正在竭尽全力地搏击，气喘呼吁，耳朵已经不起作用了。

突然之间，什么声音也没有了。伽弗洛什自言道：“莫非他死了？”

老人一句话没说，也没喊。他站了起来，伽弗洛什这才听到了他说话，那是冲着巴纳斯山说的：

“起来。”

巴纳斯山起来了，那老人还是不放手，仍然抓着他。巴纳斯山恼羞成怒，看上去像一头狼被绵羊咬住了。

伽弗洛什使劲地睁着眼，耳朵也快竖起来了，极力地想使耳朵来帮眼睛的忙。他真是开心极了。

他的担忧得到了补偿，这件担忧是一个旁观者从良心出发而产生的。他听到了他们从黑暗之中传来的对话，隐含着一种说不清的悲哀的味道。老人提出问题，巴纳斯山回答。

“你多大？”

“十九岁。”

“你身体健壮，有力气，为什么不去干点活呢？”

“我不愿意。”

“你是干哪一行的。”

“浪荡游逛。”

“好好说。我能为你做什么吗，你想干什么？”

“我想当强盗。”

对话中断了。那老人似乎在深深地思索。他一动不动，也不松开巴纳斯山。

那个敏捷健壮的年轻的歹徒，时不时要乱踏一气，就像一头被铁夹子钳住了的野兽。他猛然一挣，来一个钩腿，拼命地胡乱扭动四肢，企图逃之夭夭。老人似乎什么都没感到，镇定自若地只用一只手抓着他的两只手臂，纹丝不动。

老人思考了一会，这才专注地盯着巴纳斯山，在黑暗中以温和的语调苦口婆心地对他进行了一番劝告，每个字都进入了伽弗洛什的耳中：

“我的孩子，你什么也不干，就踏进劳苦的人生。唉，你说你要浪荡闲逛，我说还是做点工作吧。有一种可怕的机器，你见过吗？它叫碾片机。应当提防这个东西，它是很阴险恶毒的，只要它拖住了你的一只衣服角，你整个人就会卷到里边去。游手好闲的恶习就好比是这机器。在你还没有被卷进去之前，不要碰它，趁机躲开。不然的话，你就完了，用不了多久，你就会陷进那一套滚动的齿轮中去。被它卡住了，你就什么也别想再得到了。你一辈子都要受苦，懒虫！不可能再休息了。毫不留情的苦役的铁手已经粘住了你。自己去挣钱养活自己吧，找活儿干吧，尽你的义务吧！像许多人做的那样！如果你不乐意，不肯干，那好，你就不会像别人那样。劳动就是法规。如果你认为是麻烦的事来拒绝，那你就会在被迫中劳动。你不愿意做工人，那就只好做奴隶。在这一方面劳动放开了你，为的只是在另一面紧紧地抓住你，你不做它的朋友，那就只好作它的奴才。啊！你排斥实实在在的人类的辛劳，你就会到地狱中去吃苦。别人唱歌的地方，也就是你悲痛哭叫的地方。你只能从一边，从下面远看着别人在劳动，你会认为人家在歇息。你眼前的光亮中会出现挖土的人，种庄稼的人，水手，铁匠，他们都是天堂里快乐的人。铁砧里是多么的明亮！使犁、捆草都是一种愉快。在风中自由航行的船是多么畅快！你这个懒虫，你锄吧，拖吧，滚吧，爬吧！拉着你的重轮，你会成为地狱里拉载重车的牲口！啊！你的目的就是什么事也不干。那好！你将在每一个星期、每一天，每一个钟头都是受罪受累的。搬什么东西你都会痛苦万分。每一分钟都会让你感到皮开肉绽。在别人看来像羽毛一样轻的东西，而你会觉得像岩石一样重。最容易的事物都会变得困难重重。生活将永远与你作对。连走一步路，呼吸一口气，都变成了非常费力的重活。你将感到你的肺是个一百斤重的累赘。走哪条路，也成了一个等待答案的难题。要想出去，只需轻轻推一下门，门打开了就来到了外面；但是如果想进去，那就只能在墙上打洞。别人要上街是怎样的呢？人家下了楼就是人，就是如此；而你呢，需要把你床上的褥单撕成一条一条的，接成一根绳子，你必须吊在这根绳子上，从窗口爬上去，而且是在刮狂风，下大雨，飞沙走石的黑夜，甚至，万一那绳子太短的话，就只有一种结果，那就是你会掉下去。胡乱地往下掉，掉在一个不知有多深的黑洞里，能掉在什么东西上呢？下面有什么就得跌在什么东西上，那是自己不能预测的东西。或者你顺着烟囱爬出去，如果烧死那也是罪有应得；或者通过排粪道爬出去，淹死了也是应该。还没告诉你得掩盖起多少个洞，每天得取下多少块石头又放上二十次，得埋藏多少灰渣在他的草荐里。有钱的先生，如果碰上一把锁，那他的口袋里肯定有为他准备好的钥匙。而你要想过去，就只能做出一副非凡的惊人的创举，你必须把一个大个的苏分成两片，工具是什么呢？那只能由你自己去想办法。那事是你一个人的。然后，你要把那两片苏的里面挖成空的，还必须慎重细心，不要损伤它的外表，还要再沿着周围的边刻上一道螺旋纹，使那两个薄薄的小片能够严密地合上，就像一个底跟一个盖似的。这样上下两片拧紧以后，旁人就无法看出破绽来了。在狱监们看来，这只是一个大大的苏，因为你是被监视的；而你看来，却是个匣子。在这匣子里你放什么东西呢？是一小片钢。你在一个表的发条上，凿出了很多的小齿，使它成了一把锯子。只有别针一般长的这把锯子，藏在苏里，你可以用它来锯断锁上的销子，门闩上的横条，挂在锁上的梁，你窗户上的铁条，以及你脚上的铁镣。完成了这一杰作，做成了这一奇妙的工具，这一个奇迹是那么的精巧，细致，微妙，艰苦，终于完成了，可是一旦被人发现是你干的，那你能得到的结果是什么呢？是去坐地牢。这就是你的前景。偷懒，贪图安逸，这是多么可怕的悬崖！你知道什么事也不做是一种非常悲哀的设想吗？什么也不干地生活在这物质的社会里！没有益处就是有危害，去做一个这样的人！那样只会把我们带到没有退路的死路上去。寄生虫的下场必然是可怜不幸的。那种人只会变成蛆。是啊！你不愿意工作！你只有一个想法，就是喝得好，吃得香，睡得甜。将来你能喝到的只是水，能吃到的只是黑面包，能睡的地方只有木板，你的手脚上还要铐上铁镣，让你整夜整夜地觉着冰凉！你想弄断那些铁镣，逃掉。这个主意不错。那你会爬行在草莽中，跟树林中的野人一块儿吃草。最终你又被逮了回来。那时，你将在阴沟里一连待上好几年，被一条链子拴在墙上，喝水时需要去摸你的瓦罐，吃的是狗都不会啃上一口的可怕的黑面包，吃的是早已被虫子蛀完了的蚕豆。你就要变成一只地窖里的土鳖了。唉！倒霉的孩子，可怜可怜你自己吧，你还很年轻，你离开母亲的喂养还不到二十年，母亲一定还在！我真诚的奉告你，听听我的话吧。你想穿高级的黑料子衣服，漆皮的薄底鞋，把头发烫起来，往蓬松的头发上擦香油，博得女人的欢心，看起来时髦漂亮。但最终你会被推成个光头，戴上一顶红帽子，套上一双红木鞋。你想戴个戒指在手指上，结果你的脖颈上会有一面枷。而且，你只要看一下女人，就会遭受棒打。还有，二十岁时你进去，五十岁时才能出来！进去的时候，脸色是绯红的，皮肤是鲜润的，眼睛也是明亮的，牙齿是洁白的，头发是美丽乌亮的，还是个小伙子，而出来的时候呢，什么都变了，腰也垮了，背也驼了，皱纹丛生，牙齿也掉光了，头发也变白了，非常的难看。哦！你选错了路，我可怜的孩子，懒惰的你想出了一个坏办法，最艰辛的活儿就是抢劫。听我的吧，不要再干那些懒汉的苦活计了。做一个坏蛋，并不是那么容易。做一个老实的人，倒是更方便些。现在你回去吧，好好想想我对你说的这一番话。刚才你想要我什么东西来着？哦，这儿有我的钱包。

老人把他的钱包放到巴纳斯山手里，放开了他，巴纳斯山接过来放在手上掂了一会儿，然后，小心谨慎又机械地把它放在了他骑马服后面的衣袋里，仿佛这是他偷来的。

老人讲完这些话结束了这件事，就转过身去，平静地接着散步。

“傻老头儿!”巴纳斯山小声唠叨。

读者也许已猜到那老人是谁了。

巴纳斯山愣愣地在那儿看着他在朦胧的夜色中消失。无疑这呆呆地凝望就导致了他的不幸。

这时，老人向远处走去，伽弗洛什却从旁边过来了。

伽佛洛什向旁边看了一眼，马白夫公公还是坐在那条石凳上，好像是睡着了。那个野孩子立刻钻出了他的草窠，藏在黑影里，径直向呆立在那里的巴纳斯山的背后爬去。就这样他没有被巴纳斯山看到，也没有被听见，就来到了他的身边。他把手轻轻地伸进了那身高级黑料的骑马服后面的口袋，拿到了那个钱包，缩回去，就像一只在黑暗中滑行的蛇，他又爬回来了。巴纳斯山根本不需要提防什么，而且是有生以来第一次在思考问题，所以一点儿也没有察觉。伽弗洛什又返回到马白夫公公身边时，从篱笆上面将钱包丢了过去，就急忙一溜烟地跑开了。

钱包把马白夫公公弄醒了，正好掉在他的脚上。他弯下腰捡起了那个钱包。他不清楚是怎么回事，打开钱包一看，那个钱包分成了两格，一个格里装着一些零钱，另一个格里则有六枚拿破仑。

马白夫公公很奇怪，让他的女仆把这些东西拿去了。

“这真是天上掉馅饼。”普卢塔克妈妈说道。

第五卷　结束与开端并不衔接

一、荒园连着兵营

四五个月以前，珂赛特的痛苦还是很强烈、很敏感的，她自己都没料到，现在居然平淡下去了。大自然、春天、青春的朝气，对父亲的爱意。小鸟般的欢快、鲜花，已经把一种无法说出、和忘却差不多的东西一点一滴地，日益浸入了这个年轻贞洁的灵魂。心在这里已完全熄灭了吗？还是只有一层灰盖着呢！其实她已经差不多感觉不到剧痛了。

忽然有一天，她想到了马吕斯。

“啊！我已经不愿意再见他了。”她说道。

就在那一星期，她看到一个长矛兵军官从那园子的铁栏门前边路过，他长得非常英俊，那军官穿着蜂腰、挺拔的军服，长着一张年轻姑娘的脸，手臂下有一把指挥刀，菱角胡子上上了蜡，戴着漆布的军帽，还有浅黄色的头发，不凸也不深陷的蓝色眼睛，圆圆的脸，他俗气，傲慢而好看，正好和马吕斯的形象相反。口中叼着一根雪茄。珂赛特想：“这军官肯定就是驻扎在那个巴比伦街的部队里的。

第二天的时候，她又看到他从这里走过。她注意了他路过这里的时间。

难道说是偶尔的现象吗？从那时起，她几乎每天都要看着他走过。

那一些军官们也注意到了在这座没有很好修整过的园子里，有一个很漂亮的女人站在那道丑陋的老古董铁栏门的后边，每当那个英俊的中尉经过那里时，差不多总是等在那里，读者想必对这个中尉很熟悉了，他就是忒阿杜勒·吉诺曼。

他们跟他说：“喂！那边有个小娘儿们正冲着你抛媚眼呢，留心一下吧！”

“我哪有那功夫呀，假如要留心每一个对我有意思的姑娘，那怎么了得？”那个长矛兵说。

此刻，马吕斯正怀着悲痛的心情，走向死亡的边缘，而且常暗道：“要是能在临死以前见上她一次就死而无憾了！”如果他真实现了这个愿望，他就会发现这时珂赛特正瞄向一个长矛兵，他会含恨而死，说不出一句话来。

这是谁的错呢？谁都没错。

跌入了苦闷中便等在那里，这是马吕斯的性格，而珂赛特却是陷进去了还要自己再挣扎出来。

而且现在珂赛特正处在那个危险阶段，即没有人指导，全凭女性自己面对想像中的那个一失足就酿成终生错误的阶段。此刻，年轻的孤单的姑娘好比就是那长在葡萄藤上的卷须，无论是云石柱子上的柱头或是酒楼里木头的柱子，都会不加分辨地沿着它攀上去。这对任何一个不管是贫困还是富足的无父无母的孤女一样，都是一个危险时刻，一种转瞬即逝，起着决定作用的时刻，因为错误的结合常常发生在最上层，财富是不能阻止错误的选择的；心灵上的错误配合才是真正的错误配合。而且，很多没有名气，没有家世，也没有财富的默默无闻的年轻男子，却是那个云石柱子的柱头，可以支撑起包容着伟大感情和思想的庙宇。没有什么分别，上层社会的一个男人，事事如意，有相当多的财富，脚上的长靴擦得很亮，讲着好像是过过油的动人的话语，假如我们不看他的外表，而看他的内心，即看他所给予女人的那些东西，那他就是一个非常愚蠢，内心藏着许多卑劣污浊的欲望的蠢货，是酒楼里的一根木头柱子。

现在珂赛特的内心世界是什么呢？平息下去或处于休眠状态的强烈的情感，游离不定的爱，清洁明净，达到某种程度就变得污浊，继续深下去就变得灰暗的东西。那个表面的形象是英俊的军官。在深层有什么印象吗？在深层的又下面呢？也可能有，但珂赛特并不知道。

突然有一件不常有的意外事件发生了。

二、内心的惶惑

四月的前半月，冉阿让进行了一次旅行。我们已经知道，冉阿让是每过一段长时间，就要出去一次的。一般需要一两天，顶多三天。他去哪里，谁也不知道，甚至珂赛特都不知道。不过有一次，他准备出发的时候，珂赛特一直坐着马车把他送到了一个很小的死胡同口，她看见了“小板巷”这三个字写在转弯的那个地方。在那里冉阿让下了车，原来的车又载着珂赛特回到了巴比伦街。冉阿让经常是在家用比较紧张时才去做这种短期旅行的。

所以这几天冉阿让不在家。临走时他说：“三天左右，我就会回来。”

那天掌灯以后，珂赛特一个人在客厅里坐着。她想排解一下烦闷，于是就打开了钢琴盖，一面弹琴伴奏，一面唱歌，唱的是《欧利安特》里的那曲《迷失在森林中的猎人们》，这可能是在所有的音乐中属于最美的了。唱完后，她就坐在那儿发呆。

突然，她听到园子中有人在走动。

不可能是她父亲，因为他出门了，也不可能是杜桑，她早就睡觉去了，当时是晚上十点钟。

客厅里的板窗早就关上了，她走过去将耳朵贴在板墙上仔细听。

似乎像是一个男人的走路声，而且走得很缓慢。

她急忙爬上楼，回到自己的卧室，将板窗上头的一扇小窗打开，往园子里看。那天正好是月圆。看得很清楚，和白天一样。

园子里并没有人。

她把大窗子也打开。园子里一点儿动静也没有，街上也和平时没有什么不同，一样的荒凉。

珂赛特心想，可能是自己搞错了，她以为听到什么声音，其实那只是韦伯的那首阴森古怪的合唱曲让她产生的错觉，那首曲子给人的感觉是可怕深远的，震颤山林的形象，人们在那里听到了在凄凉的暮色中人们彷徨徘徊时枯败的树叶在脚下发出的断裂声。

她不再想这个了。

珂赛特向来就不大清楚害怕是什么的。她血液里流淌着赤脚闯荡江湖，担惊受险的女人的那种成分。我们知道，她不是白鸽，而是百灵鸟。她身上有勇猛粗犷的气质。

第二天，比昨天早一些，天刚刚黑下来时，她到园中去散步。当时她心里正考虑着一些烦人的事情，仿佛又响起了昨晚的那种声音，似乎在离她不远的那些树下的阴影里，就有人在那里来回地走，走走又停停，停停又走走，但她告诉自己，两根树枝互相摩擦的声音是非常像人在草丛里的走路声的，她不再注意这个了。再说她也没看见什么。

她走出了那片“榛莽地”。要到台阶上还要再穿过一小片草坪。在她背后，月亮升起来了，她走出树丛的时候，她的身影正好被月光投射在她面前的草地上。

突然珂赛特站住了，非常吃惊。

就在她的影子旁边，一个非常可怕、吓人的人影被月光清晰地投射在潦草地上，那影子头上还戴着一顶圆边帽。

似乎那影子就在珂赛特的背后，立在树丛旁边，与她只相距几步远。

好长时间她说不出话来，更不敢叫喊，也不敢动一动或回过头去。

终于，她鼓起了全部的勇气，猛地将身子转了过去。

但什么人也没有。

她再往地上看。那影子也没有了。

她又壮着胆子，返回到树丛里，到那些拐弯的地方去找，一直找到铁栏门那儿，但什么也没找到。

她感到自己发了一身的冷汗。这次又是错觉吗？这不是开玩笑吗！会有一连两天的错觉吗？一次还可以说得过去，两次又怎么解释呢？最让人不能释怀的就是那个黑影绝对不是鬼影。因为鬼是不会戴圆边帽子的。

第三天，冉阿让回来了，珂赛特将她隐约的所见所闻告诉了他。她本希望从他那里获得一些安慰，想着父亲会耸耸肩膀，对她说：“是你这小姑娘神经有问题。”

但冉阿让却表现得有些不安。

“不能说这是无缘无故的。”他说。

他嘟哝了几句，就离开她来到了园子里，珂赛特看见他正在认真地查看那个铁栏门。

半夜里她醒来了，这一次她听明白了，很清楚的，紧靠着台阶的地方，就在她窗子底下，有人在走动。她跑过去打开了窗头上的小窗子。果然有一个在园子里，那人手中捏着一根粗木棒。她刚要叫出来，却借着月光看清了那人的侧面。那竟是她父亲。

她又躺下了，心想：“看来他真是很担心的。”

冉阿让就在园里过了一夜，其后又连看守了两夜。从板窗里，珂赛特可以看见他。

第三天，月亮慢慢地就不那么圆了，升的也比较晚了，大约在午夜一点的时候，突然她听到有人在大笑，然后又听到她父亲的声音在叫她。

“珂赛特！”

她急忙下了床，穿上她的长睡衣，打开了窗子。

她父亲就站在下面的草地上。

“我叫醒你，为的是让你放心。看，你看到的那个戴圆边帽的影子就是这个。”

同时，他指着一个月光投射在草地上的影子让她看，的确那很像是一个戴圆边帽的人的鬼影。而那个影子是来自于隔壁人家屋顶上的一个带罩的铁皮烟囱。

珂赛特也笑了，她一切的不安的猜想都被打消了，第二天，她跟父亲一块吃早点的时候，这个让烟囱鬼徘徊的可怕园子又让她说说笑笑得很开心。

冉阿让也变得平静了，珂赛特呢，并没有仔细留意方向问题，即那个烟囱是否的确就是在她看的或应该说是自以为看见的那个人影的方向，也没有留意当时天上的月亮是不是在一个方位。她没有再问自己：“那烟囱的影子会那么奇怪吗，有人发现了它，它因怕被别人当场捉到，就马上缩了回去。”因为珂赛特深信不疑的是，那天晚上，她一转身，那影子就消失了。珂赛特现在非常放心。她觉得她父亲的解释很令人信服，就算有人在天黑后或者半夜里在园里走动，她也不会再胡乱猜测了。

可是，过了几天，又有一件奇怪的事情出现了。

三、杜桑的叙述

有一条石凳，就在那园子靠铁栏门临着街的地方，它是为了遮挡别人好奇的视线的，石凳的旁边，栽有一棵千金榆，不过，说得准确些，如果有一个过路人从铁栏门和千金榆缝里伸过手臂来，还是可以触到石凳上面的。

还是四月里的一天，傍晚时分，冉阿让到街上去了，珂赛特在石凳上座着，那时太阳已经落下去了。树林中吹过来的风已些微有点儿凉意，珂赛特正在想心事，一种莫名的伤感逐渐占据了她的心房。这种在苍茫时分来临的不可抵挡的感伤，或者，是因为从此时半开的坟墓里产生的一种神秘的力量吧，谁能说清楚呢？

芳汀没准儿就站在这迷蒙的黄昏当中。

珂赛特站起来，踩着沾满了露水的青草，绕着园子慢慢地走，跟一个梦游的人似的。她以凄清的声调说道：“这时走在园子里，一定要穿木鞋才行。弄不好要感冒的。”

她又回到了石凳前。

正想要再坐下时，发现她刚才坐的地方，放了一块很大的石头，这可是刚才没有的。

珂赛特看着那石头，心中暗问：“这是怎么回事呢？”她想这石头肯定不能自己跑到座位上，绝对应该是有人放的，一定是谁从铁栏门的缝里伸过来了手臂。这个想法一产生，她就感到很害怕。这一次确实是害怕了。石头就放在那里，没有什么再可怀疑的了，她连碰也没碰，急忙逃开了，也不敢回过头再看一看。进了房子后她立刻就关上了临台阶的长窗门，把板门、门杠和铁闩都推上了。她问杜桑道：

“我爹回来了吗？”

“还没有，姑娘。”

（杜桑口吃的情况我们已写过了，提了一次，就不必再提了。请读者理解，我们不再重申了。那种把别人的缺陷一点一点地详记下来的乐谱，我们是很讨厌的。）

冉阿让很喜欢思考和夜游，他回家的时候经常是在深夜。

“杜桑，夜里您肯定是会关好花园的板门，再把门杠上好，还把那些小铁件很好地插到那铁环里，是吗？”珂赛特又问。

“是的，您就放心好了，姑娘。”

在这些方面杜桑是很认真的，珂赛特也很清楚，但她还是禁不住又加上一句：

“关键是这里太偏僻了！”

“如果说这个，”杜桑说，“那是对的。如果有人来危害我们，哼一声的时间我们都不可能有。尤其是，先生不在这大房子里住。不过您不必害怕，姑娘。我每天晚上都会把门窗关得像铁桶那样。两个女人，孤零零的！真的，一想到这个，我的汗毛都要竖起来了！您就想想吧。半夜时，许多男人跑到你的屋子里来，冲你说：‘不许出声！’一上来，他们就割你的脖子。死，算不了什么，死了就死了，你也很清楚，除了死就没有别的路了，恐怖的是那些人还要上前碰你，那可真受不了。并且，他们的刀子，肯定是不大能割得动的，天主啊！”

“不要说了，把什么都关得好好的。”珂赛特吩咐。

杜桑临时编造出来的戏剧性的台词把珂赛特吓得胆战心惊，可能也想到了前几个星期里碰到的怪事，所以甚至不敢对她说：“您去看看不知谁在石凳上放的石块吧？”生怕园子里门会忽然打开，那些“男人”就会闯进来。她让杜桑把整个房子，从顶楼到地窖，所有的门窗都认真地关好，再全部检查一遍。然后她把自己关进卧室里，把铁闩推上，又将床底检查了一遍，忐忑不安地睡了。整个夜晚，那块石头都在她眼前，像一座山那样大，上面布满了洞穴。

太阳升起来了，初升的太阳会让我们嘲笑夜晚所有的担惊受怕，而且这种嘲笑的程度是和我们所受过的惊恐成正比的，出了太阳，珂赛特一觉醒来，就把自己的一场心惊肉跳的恐惧当作了一场噩梦，她告诉自己：“我真是胡思乱想。和我上周晚上听到的脚步声那种错觉是一样的！和烟囱的影子也是这样的。现在我已变成胆小鬼了吧？”太阳光通过板窗缝强烈地刺射了进来，花缎窗帘都被它照得有点儿发紫，这让她重新找回了自信，脑海中的一切都被清除了，那块石头当然也随着消失了。

“不可能有石头在石凳子上，就像园子里不可能有戴圆帽子的人一样，这都是我做梦的缘故，才会出来什么石头和别的东西。”

她穿好衣服，来到了园子里，跑到石头那儿，感到自己发了一身的冷汗，石头还放在那里。

但这只是一瞬间的事。夜晚的恐惧到了白天就变成了好奇心。

“有什么呢，我来看看。”她说。

她把那块很大的石头搬开了，下面有一个东西，好像是一封信。

那是一个白色的信封。珂赛特拿了起来。一面没有姓名地址，另一面也没有火漆印。信封并不是空的，虽然散着口。有几张纸从里面露了出来。

珂赛特把手伸进去摸了摸。这时没有恐惧，也没有了好奇，而是困惑不解的开始。

珂赛特抽出信封里的东西来看，那是每一张上都编了号的一小叠纸，还写着几行很秀丽的小字，珂赛特心想，字迹看起来还很纤细秀气呢！

珂赛特没有找到名字，也没有找到签字。这是寄给谁的呢？可能是给她的，因为它就放在她坐过的那个条凳上。那么是谁送来的呢！她被一种不可抵挡的诱惑力震慑住了。那几张纸在她手里发抖，她想把视线移开。她看看天，看看大街，看看那些被阳光沐浴着的刺槐，飞翔在邻居屋顶子上的鸽子，然后她迅速地把视线移下那手稿，并告诉自己，她应该知道那里面写的到底是什么。

她念道……

四、石下爱心

把宇宙浓缩成只有一个人，把那唯一的一个夸张成上帝。这就是爱。

爱，就是所有的天使膜拜群星。

当灵魂为爱而悲伤的时候，它是多么悲伤啊！

见不到那个占据了整个世界的人，是多么空虚呀！啊！情人就是上帝，太真实了。人们会理解，万物之父如果不是为了灵魂才创造宇宙的，不是为了爱而缔造了灵魂，连上帝都会失望的。

远远地能看见那带有紫飘带的白绉纱帽下的莞尔一笑，已可以让心灵进到那美梦的宫殿了。

所有的东西都遮挡住了上帝，上帝只是在它们后面。东西很黑，人又不透明。爱一个人，就是要让他变透明。

有些思想本身就是祈祷。有时，不管你做什么姿势，灵魂都是双膝跪下的。

互相爱慕却又不得见面的人被无数种虚缈而实在的东西骗走了离别的伤感和愁怨。人们不允许他们见面，他们也不能互通消息，但却可以找到许多秘密的联络方式。他们互相传送飞鸟的鸣唱，花朵的芳香，孩子们的笑声，太阳的光彩，风的叹息，星星的亮光以及整个宇宙。这有什么难办的呢？为爱服务就是上帝的整个事业。爱能命令大自然替它传达书信，因为它是有足够的力量的。

呵，春天！你就是我给春天写的一封信。

未来很多是属于心灵的，而精神的很少。唯一能占据和充斥永恒的东西就是爱。必须以不竭来对待无极。

爱组成了灵魂。爱和灵魂的本质是相同的，与灵魂相同，爱是神的火星；同样就像灵魂一样，爱也是不能被腐蚀的，不能被割裂的，不干枯的。爱无尽头，无止境，它是人们心中的一个火源，什么东西也不能限制它，什么东西也不能让它熄灭。人们可以感到它的燃烧，一直到骨髓，它的耀眼，一直到天边。

呵！爱！敬慕！心心相印、两情相悦、双目交投的心醉！你会到我这儿来的，对吗，我的幸福！在沉静中肩并肩漫步！美满、灿烂的日子！有时我在梦中见到时间脱离了天使般的生命，到人间来与我的命运相伴。

相爱着的人们的幸福上帝是不能来添加的，除非能给予他们永久的岁月。一生爱过以后，还有爱的永恒，那的确是非常的好；可是，要从今生就开始，就把那无法言传的美妙的欢乐由爱来添加给灵魂，那真是难以办到，就连上帝也不能做到。天上上帝是饱和的，而在人间，爱是饱和的。

当你看一颗星星的时候，有两个原因，一是因为它发光，再就是因为它是看不到底的。在你身边有一种更加美丽的光彩和更强烈的神秘的引力，女人。

不管我们是谁，必须有能让我们呼吸的物质。如果没有它，那就跟缺少空气一样，不能呼吸。那样，我们就会死去。因为没有爱而死，那是不能想象的。这是灵魂的窒息！

当两个人被爱融解并结合成一个美妙和圣洁的一体时，他们这才算寻到了人生的秘密，他们成了一个命运的两端，一个神灵的两翼。飞翔吧，爱！

一个女人一边走，一边放射着光芒，来到了你的身边，这时，你就完了，你就爱上她了。只有一条路你能选择，就是竭尽全力地去想她，好促使她也能想你。

只能由上帝来完成爱的开始。

真正的爱会因为丢了一只手套或一条手帕而丧气，或者兴奋，而且需要把它的忠诚和期望托付给永恒。无限的大和无限的小一起构成了它。

你如果是石头，就该做一块磁石；假如是植物，那就该是含羞草；是人呢，就该做心上人。

爱是没有满足的。幸福有了，还想再有乐园；乐园有了，还想再要天堂。

你在爱中，那么所有的就都在爱中了。要你自己去寻找。天上有的，爱中都有，爱慕；爱中有的，天上却不一定有。

“她还会再到卢森堡公园里来吗？”“不会了，先生。”“做弥撒时她会来这个礼拜堂，对吗？”“现在她也不来这儿了。”“她还是住在这所房子里吗？”“她早已搬走了。”“她搬到哪儿了。”“她没说。”

太可怜了，连自己的灵魂在哪儿都不知道。

爱是幼稚的，其他的感情却很小气。把人变得渺小的感情很无耻。让人变得孩子气的感情很珍贵！

你知道吗？这件事很奇怪。我在黑夜中。临走时有人将天给带走了。

啊！拉着手，并着肩，睡在同一个墓穴里，黑暗中不时地轻轻互相触摸一下对方的手指，这已能让我永恒的生命得到满足了。

因为爱而承受痛苦的你，爱得再强烈一点吧。为爱而死，就是为爱而活着。

在这苦役中，有着惨淡星光的境界，爱吧！极乐就蕴藏在极苦中。

鸟雀们有巢可栖，有歌可唱，所以它们才是快乐的！

呼吸着天堂的空气的最高快乐就是爱。

深远的心灵，智慧的精灵，遵循上帝的旨意来接受生命吧。这是一种长期的考验，一种准备工作，为不可理解的未知的命运所做的。对于人来说，这个命运是真正的命运，是从他刚踏出墓穴的第一步就开始的。这时，在他眼前就会出现一种东西，他也开始会识别永恒的命运。永恒，认真想想这个词儿吧。无极只能是活着的人才能看到，而永恒是死了之后才能看到的。临死之前，忍痛吧，仰慕吧，为了爱，为了希望。那些只爱外壳、形体、表面的人是不幸的，唉，如果一死那么一切都会消失得无影无踪。应该懂得去爱灵魂，以后你还可以再找到它。

我在街上看见过一个非常贫穷的因爱而受苦的青年。破旧的帽子，磨损的衣服，布满了洞的衣袖，鞋底也被水浸透了，而他的灵魂却被星光照射的透亮。

被爱，是多么重大的事！爱，更为重大的事！因为激情心也变得英勇了。心里除了纯洁的东西外，什么也没有，它只会依附在高贵和伟大的东西上，除此以外，什么也不会有。这里不会滋长邪恶的东西，就像冰山上不会生长荨麻一样。崇高安宁的灵魂是不能被庸俗的欲望的冲动所攀附的，它高高地盘踞在蓝天上，压制着疯狂、伪善、仇恨、卑下、虚荣，这些人世间一切的阴云和魔影，并且像山峰感知地震那样，只感到从命运底下传来的沉沉的震颤。

如果人间不存在爱，那么太阳也会熄灭。

五、珂赛特读了信

珂赛特读着信，逐渐进入了梦想。她刚好看到了那叠纸的最后一行，抬起眼睛碰巧就看到那个军官正按时经过这个铁栏门，英俊的脸高仰着。现在珂赛特却觉得他非常丑陋。

回过头她又认真地把玩着那叠纸。珂赛特想，纸上的字很秀丽，是同一个人写的，只不过墨迹不同，有时浓，有时淡，似乎是在墨水瓶里添了水，可以看出不是在同一天写的。所以，那是有感而发时随便记录的，没有规律，没有顺序，没有目标，随手拿来的。这类东西珂赛特从来没见过。她大致可以理解这些随笔里谈的东西，就像瞥见了一扇半掩着的宝库门。那些美妙的话语里每一句都让她感到炫目，让她的心被一种奇妙的光所照耀。从前她受过的教育多次向她提到过灵魂，爱却一次也没提起过，差不多像是光谈炭火而不讲光亮。这次，爱、痛苦、生命、命运、永恒、起始、终止，都被这十张随笔一个一个地委婉地展现在了她的眼前。仿佛是突然有一只张开的手把光明抛给了她。在那寥寥数行字中她感到了一种性格，它激动、热烈、崇高、真诚，一个宏大的志愿，巨大的痛苦和希望，一颗压抑的心，一种直率的爱慕。这算什么，是一封信吗？既没有收信人姓名，也没有寄信人姓名，既没日期，也没签名，言词急切而又别无他求的信，是天使给贞女的柬帖，尘世之外的秘密约定，孤魂送给鬼影的情书。仿佛是一个悲观绝望的陌生男子，要平静地到死亡中寻找安身之地，临走之前寄给一个不相识的女子关于他的生命的钥匙，命运的隐秘以及爱。脚已经踏向了坟墓，手指却还指向天空，印在纸上的一个个的字，可看作一颗颗的灵魂。

那么，谁把这几张东西送给了她的呢？谁写的？珂赛特毫不怀疑。只能是那个独一无二的人。他！

她的心亮了。一种从未有过的欢乐和切肤的酸楚掠过了她的心房。是他！他给她写的！他来过这里了！是他把手臂伸过了铁栏门！她已把他忘了时，他又找到了她！可是，她真的忘了他吗？不是，她从来没忘！她在迷迷糊糊的状态下偶尔曾这么想过一下。她一直爱着他，仰慕他。心中的火在她自己的灰底下偷偷地燃烧了很长一段时间。不过，她看明白了，它燃烧得只不过深陷了一些，如今又重新冒出来了，她整个人都被裹在了这火焰里。那一叠纸就像是一块火红的碎片，从另一个灵魂里爆出来落在了她的灰烬里，一场大火又开始燃烧了。随笔里的每一个字她都深切地体会到了："是的！"她道，"我很能领会这一切！这跟我以前从他眼中看到的那些心情是完全相同的。

忒阿杜勒中尉又从这铁栏门前经过时，她已经是第三遍读这随笔了。沿着街心的石块路面，他靴子上的马刺被震得响作一片，这使珂赛特不得不抬起眼看了一下。现在他在她眼中是那么俗气、笨拙、愚蠢、没用、又惹人厌恶、又没有礼貌，甚至还很难看，那军官觉得应该冲她笑一下。她慌忙扭过头去，她觉得很丢人，而且很生气，几乎想往他头上甩个什么东西。

她逃回了自己的房间，躲在卧室里一遍又一遍地读那几篇随笔，并把它背下来，认真的考虑，读够了还吻了它一下，然后才把它放在衬衣里。

这下完了，珂赛特又深深地陷到爱慕中去了，那跟神仙的境界似的。神仙洞府又打开了它的深渊。

整整一天，珂赛特都处在半痴半醉的状态中。她什么也不想，脑子成了一团乱麻。什么问题都不能思考，只能迷迷瞪瞪地满心期待着。她不敢做出什么承诺，也不愿意拒绝什么。而且很憔悴，心惊胆战。有时，她感觉自己好像处在幻境中，她问自己："这是真的吗？"这种时候，她就捏捏衣服里那一叠非常珍爱的纸，将它压在胸口，有纸角对皮肤的刺痛感，这会儿要是冉阿让看见了她，肯定会因为她眼中射出的前所未有的明艳而震颤。“是的，肯定是他！是他送给我的！”她自语道。

她还把这当作是天使的关爱，上帝的垂怜，又将他还给她了。

啊，美化了的爱！啊，胡思乱想！所谓天使的关爱、上帝的垂怜，竟不过是从查理大帝院越过拉弗尔监狱的屋顶所抛的一个面包团而已，而且是一个歹徒扔给狮子沟里的另一个歹徒的。

六、幸亏老人及时离开

冉阿让在傍晚时分出了门，珂赛特开始装扮自己。头发的发行是最适合自己的，穿的那件裙袍因为上衣的领口多剪了一刀，因此把颈窝露了出来，那样的领口，照姑娘们所说的，是“有点儿不正经”。其实压根儿没有什么不正经，无非是比其他的样式更漂亮了一些。她自己也不清楚为何如此打扮。

她要出门吗？不是。

她要等客人来吗？也不是。

天黑的时候，她下了楼，来到园子里。厨房对着后院，杜桑正在那里忙活。

她在树枝下面，偶尔需要用手分开那些树枝，因为有的枝子长得非常低。

这样走她来到了那条凳前。

那块石头还在原来的地方。

她坐下来，把一只白嫩的手放在了那石头上，好像要触摸它，跟它道谢似的。

蓦地她有一种说不明白的感觉：有一个人在自己背后站着，即使不用眼看，也能感受到。

她转过头去，并且站了起来。

的确是他。

他的脸色上去非常苍白，头上没有戴帽子，还变瘦了。近乎看不出他的衣服是黑的。他那俊朗的脸被黄昏的微光照得显青，两只眼睛藏在黑影中。在一层十分柔和的暮色中，他好像有种幽灵和黑夜的味道。从他的脸上反射出行将逝去的白昼的余光和即将远别的灵魂的思慕之情。

他如同一种已经不是人却还没变成鬼的东西。

他的帽子掉进旁边的乱草中。

珂赛特摇晃一下几乎跌倒，可并没有叫喊。她感到自己已被吸引住了，因此她一步一步地向后退。他则纹丝不动。她可以感觉到他的目光中有一种难以名状的忧伤，即便她看不到他的眼睛，她被这种东西裹住了。

珂赛特倒退着，碰上了一棵树，她就靠在了那棵树上。假使没有这棵树，她早就倒下去了。

她听到了在此之前从没有听到过的他的说话声，他的声音和树叶颤动的声音一般大小，而且说得非常不流利。

“请您原谅我来这里。我心中过于烦闷，快要死了，因此我就来了。您已看到我在这……这条凳上放的东西了吧？您认出我了吗？无须害怕。已经很久了，您是否记得那天你看了我一眼吗？那是在卢森堡公园的那个角斗士塑像的旁边。

还有一天您从我跟前走过去，是否记得？那是六月十六日和七月二日。很快就一年了。一直以来，我见不到您了。我去问那个出租椅子的妇人，她说她也没有再见到过您。当时您住在西街的一栋非常新的楼房的四层。您清楚我了解这些吗？我跟随过你。我也没有办法。然后，您就不见了。有一次，我在奥德翁戏院的走廊下看报纸时，突然看见您打这里经过。我就跑过去追。可是不是您。那个人戴的帽子和您的一样。晚上，我不时到这里来。您无须担心，没有人看见我。我到您窗子底下来看。我悄无声息地走路，怕您听见，不然，您会受惊的。有一天晚上，我就站在您背后，您转过身来，我就逃开了。还有一次，听到了您的歌声。我实在太开心了。就站在板窗外面听您唱，您不会生气吧？您不会在意的。不会，是吗？您知道，对我而言您就是天使，就让我多来几次吧。我觉得我行将作古，如果您清楚的话！我崇拜您！请别怪我和您讲话。我不明白我在说什么，或者让您生气了；您生我的气了吗？

“啊，我的上帝！”她叫道。

她好像快要死了一般的瘫了下去。

他连忙扶住了她，她还是往下坠，他只好用手臂紧紧地抱住了她，压根儿不清楚自己在做什么。他摇摇晃晃地扶着她，觉得自己满脑子浑浑噩噩，眼睛里闪着电光，脑子里一塌糊涂，他好像觉得自己在履行一种宗教职责，可却亵渎了神灵。其实，他把这个漂亮的女郎抱在怀里，已触到了她的身体，可一丝欲念也没有。爱情把他弄得头昏脑涨了。

她把他的手放在了自己的胸口。他触到了那叠藏在里面的纸。他小心地问：

“您爱我吗？”

她用差不多叫人没法听见的声音，轻得如风，回答道：

“别问，你早应该明白了！”

她把自己羞红的脸埋进那个青年的怀里，那个出色的青年早已神魂颠倒了。

他坐在了条凳上，她就待在他旁边。他们都一语不发。星星开始闪烁。他们的嘴唇是如何相碰的呢？为何鸟雀会歌唱，为何雪花会融化，为何玫瑰花会开，为何五月会姹紫嫣红，在荒凉的小丘顶上部分晦暗的树木后面为什么又有曙光在泛白呢？

这一吻，便什么都有了。

他俩一块呆住了，在晦暗中两双明亮的眼睛在相互注视。

他们忘记了天色已晚，也感觉不到石凳的冰凉，泥土和青草的潮湿，他们互相对望，情迷意乱，无意识当中两双手已紧紧地握在了一起。

马吕斯的膝头不时触到了珂赛特，他俩便都感觉身上一阵颤抖。

不时珂赛特结巴着说上一两句话。她的灵魂，在她的唇边的颤动，就如同是鲜花上的一滴露珠一样。

他们缓缓开始谈话。互诉衷肠打破了真情浓重的沉默。他们头上的夜空干净明丽。如同精灵一般纯洁的他们无所不谈，谈思念，谈倾慕，谈陶醉，谈理想，谈感伤，讲他们是怎样的两地思恋，遥遥相视，还有不得见面的痛苦。以及无以复加的亲密，他们互相倾诉心中的秘密。靠着自己的幻想，以天真直率的信任，倾诉了各自的爱情、青春还有还存留的那点孩子气。双方都把自己的心灌注到对方那里，一个小时后，男子得到了女子的芳心，女子也得到了男子的灵魂。他们彼此交融，彼此爱慕，彼此照亮对方。

当他们交流结束了，诉尽了心事，她将头靠在他的肩头上，问：

“您的名字是什么？”

“我叫马吕斯，您呢？”他问。

“我是珂赛特。”

第六卷　小伽弗洛什

一、风的捉弄

自打一八二三年开始，孟费郿的那家店子渐渐没落……即便还不到无以为继的境地，可债务的包袱逐渐地由小变大了。这段时间里，德纳第夫妻俩人又生了两个孩子，全都是男孩。这样他们就有了五个孩子，两个女孩，三个男孩。还真不少！

后来生的那两个孩子，德纳第大娘在他们还不大的时候就把他们处理掉了。她为此还非常高兴。

说处理掉，是完全有道理的。这个女人本来就天性不健全。这种范例决不仅限于此。就如同拉莫特·乌丹古尔元帅夫人一样的，德纳第大娘只有在自己的两个女儿的身上尽做母亲该尽的责任。此外，在她身上再也找不到母爱的踪迹。她恨整个人类，这是从她那几个儿子开始的。在儿子们面前，她马上变得穷凶极恶，在她心里多出一面无情的高墙。我们早已见识了她对自己大儿子的厌烦之情，至于其他两个小儿子，这种恨更是有过之而无不及。这是为什么呢？原因是，这是最让人害怕而又是最无法辩驳的答案，原因是：

“我可不想养一窝牛崽子。”那个已做母亲的女人时常会如此回答你。

我们来看看德纳第夫妇是怎么处理掉自己的两个小儿子的，他们不但推卸了做父母的责任与义务，而且从中获得了利益。

在前面的章节中，我们曾说起一个名叫马侬的女子，她抚养自己两个儿子的钱，是从吉诺曼这个大善人那里拿得的补贴，现在我们又要谈及这个女人。她当时就住在则助斯河边上，那条古老而陈旧的小麝香街的拐角处，而那条街已经最大限度地把自己的臭名声变得好一点。我们是否还记得，三十五年前，一场白喉流行病袭击了塞纳河沿岸地区，当时人们广泛地使用明矾喷雾法来治疗，那是一次绝好的试验机会，而现在的人们已用碘酒代替了明矾疗法。但那场袭击却使得马侬姑娘失去了两个儿子，并且一个在早上另一个在当天晚上接连死掉了，他们当时都还是小孩子。这算得上是一次不小的打击。这两个小男孩可是马侬的命根子，他们意味着马侬每月有八十法郎的入账。而这八十法郎是由住在西西里街的巴什先生来代付，他是吉诺曼先生的年息代理人，是一位退了职的公证人。两个孩子如此一死，这每月八十法郎的补贴也会随之不了了之。马侬因此必须想个办法。她本来就是当年那个肮脏与腐化的社会中的一员，大家彼此了解，也彼此心照不宣并暗中帮助，马侬心急火燎地想要得到两个孩子，而德纳第夫人恰好就有两个。并且年龄、性别都所差无几。对马侬来说，这是一笔不错的投资；而对德纳第来说，这又是一笔好生意。因此，原来小德纳第们变成了小马侬。而马侬姑娘也把家搬到了钟锥街。那会在巴黎，换一个地方居住就可以和自己以前的出身告别。

政府的民政部门没有丝毫察觉，自然不会有何怀疑，这一次调包行动取得了成功。可德纳第在出租孩子时，要求每个月必须得到十法郎，马依姑娘当场同意，并表示按时支付。而吉诺曼先生当然就继续每月支付八十法郎。他每隔半年来看孩子们一次。他没看出任何不对劲的地方。他每次来，马依姑娘都会说：“亲爱的先生，你瞧他们俩长得可真像您啊！”

德纳第趁机改叫容德雷特，这并无困难。而他的两个女儿以及伽弗洛什根本没时间去想她们的两个小弟弟，何谈关心和注意。人穷到某种地步，就成了冷血的行尸走肉，相互间谈不上关心与爱护，对陌生人视而不见。在那会儿，即便是你的亲生骨肉，也引不起你足够的关注，他们就如同是往来不定摇曳不定的影像，若有若无，一片虚无，时常让你把他们同无形的鬼魅混为一谈。

德纳第太太原本打定主意不要那两个儿子了，可临完末了，在把他们交给马依姑娘的那个晚上，她猛然觉得心里发虚，或许是假装出来的心虚吧，她对丈夫这样说：“这样做是种遗弃孩子的行为啊！”德纳第也看出了她心虚，就用一种僵硬的语言回答她说：“你要清楚，让—雅克·卢梭可要比我们干得高明得多！”而德纳第太太从心虚变成了慌乱，她说：“要是警察来查问这件事如何办？你说说，德纳第，我们这样做难道是被许可的吗？”德纳第这样回答她：“当然全都是被许可的。谁都会认为这是堂堂正正的，并且，谁会对这种不名一文的小孩儿感兴趣而跑过来看个明白呢。”

马依姑娘是那种非常会吓唬人的人。她爱打扮布置。她家里的摆设显出一副穷酸相，却又非常考究，她的同屋是一个入了法国籍的英国姑娘，这人是个非常有本事的女贼。这个女贼和巴黎的一些阔人有交往，而受到人们的尊敬，图书馆里的勋章和马尔斯小姐的金刚钻的失窃案都与她有关，后来因为另一些刑事案子她更为有名。人们都叫她“密斯姑娘”。

那两个小男孩，自从跟了马依以后，日子过得很安逸。因为那八十法郎，他们就是有利可图的东西了，所以备受关照，穿的和吃的都很好，几乎成了两个“小先生”，他们与伪母亲的关系比亲生母亲还好。而马依姑娘则做出一副出身上流的样子，从未在他们面前说暴露身份的话。

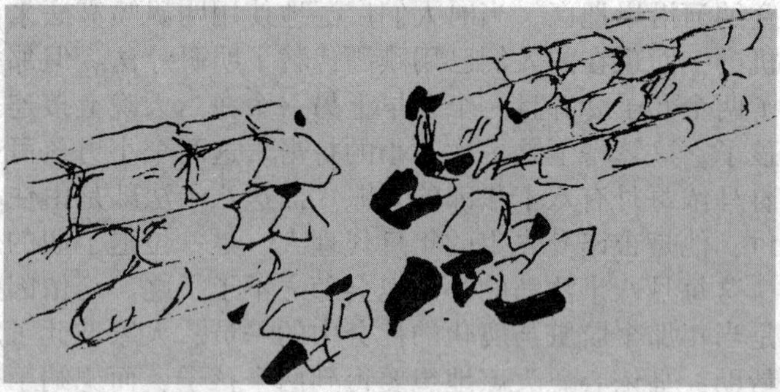

就这样，他们一起过了几年。德纳第确实是先知先觉。有一天，当马依按例给他送来那十个法郎时，他对她说：“现在是到了由‘父亲’来让他们受教育的时候了。”

那两个命运多舛的孩子，近几年一直受到无微不至的关照，完全没有想到现在要靠自己在这个人生的大舞台上混饭吃了。

类似于在德纳第这种贼窝里进行的大规模的搜捕行动，紧跟着还有一系列的搜查和拘捕，这对于那个隐藏于公开的社会之下的那个肮脏而罪恶的秘密世界而言，可以说是一场浩劫，这种种冲击会带来形形色色的崩溃和倒塌。德纳第的不幸带来了马侬的不幸。

当马侬姑娘把那张有关卜吕梅街情况的条子给了爱潘妮没多久后，某天，一批警察意外地出现在钟锥街上，马侬被抓了起来，密斯姑娘也遭到了同样待遇，而那整栋房子里的所有人，全是怀疑对象，都被抓了起来。当时，那两个小男孩正在一个后院里玩，根本没有看到这场大搜捕行动。等到他们回家后，他们才发觉家门被人封了，而所有房子也都空了，没有一个人。在他们对面摆摊的一个补鞋匠把他们叫去，拿出一张马侬留下的纸条交给他们。那上面写着的一个地址是："西西里街，八号，年息代理人，巴什先生"。那个补鞋匠还说："这里不能再住下去了。你们去纸条上的那个地方吧，离这里不远。从这向左第一条街就是了。拿着这个纸条去跟人打听打听吧。"

那个大孩子牵着小孩子走了，手里握着那纸条。当时天十分冷，他那小小的指头冻得僵硬，握不太牢，没抓住那纸条。当他们走到钟锥街拐弯的地方时，一阵寒风就吹走了那纸条，天早已黑了，两个孩子也没机会再找回那纸条。

他们能做的，只有在街上到处游荡。

二、小伽弗洛什托拿破仑的福

在春天，巴黎经常会刮一阵一阵的锐利的寒风，人们不仅会觉得冷，更会觉得冻，这种春风就算是在晴朗的艳阳天里也很扰人，仿佛是门窗关得不够严实而冷空气就从那些缝隙直往温暖的房间里灌一样。就像冬天的那扇阴森寒冷的还半掩着，风就从那门口刮进来。一八三二年春天，本世纪欧洲的首次大流行病突然间就爆发了，以前从来没像那次寒风般地凛冽。和以往冬天半掩的门相比，那一年的门冻得更加厉害些。那简直就是一扇通向坟墓的门。人们都能感觉到在那种寒风中的森森鬼气。

在气象学家眼中，这种寒风的特点就是它充满强电压。那段时间还常常会有雷电交加的大风暴。

有一个晚上，冷风刮得呼呼的，就像严冬又回来了，资产阶级又穿上了冬天的毛皮大衣，而小伽弗洛什一直穿着他那身破布条似的衣服，站在圣热尔韦榆树旁边的一家理发馆前发呆，他冷得直哆嗦，但看上去很高兴。他脖子上的那条围巾是他不知从什么地方捡来的一条女式羊毛披肩，他把它当成了围巾。看上去，小伽弗洛什一直都在羡慕一个蜡做的新娘模型，那蜡新娘敞着胸，头上戴着装饰性的橙花，在橱窗后面的两盏煤油灯之间来回转着，还对着路上的行人甜甜地微笑；实际上，小伽弗洛什之所以老看着那家铺子，是在等待时机看是否能从柜台上偷块香皂，再向一个乡下的剃头匠换一个苏。他经常干这种事来解决吃饭问题。他干这事还挺在行，把它叫作刮那刮胡子人的"胡子"。

他一边观赏新娘，一边不时地瞟瞟香皂，同时还不停地念叨着："星期二……不，不是星期二……是星期二吗？……大概是吧……哦，的确是星期二。"

没有任何人知道他到底在念叨些什么东西。

如果这些自言自语与他上顿饭有关的话，他就有三天没沾过一粒米了，因为那天可以肯定是个星期五。

剃头匠正在店子里给一个顾客刮胡子，店子里生着火，他也不时地转过身来看一眼他的敌人，他看到的是个冷得直发抖，两只手都插在兜里，而脑瓜子里分明又不怀好意的不知羞耻的野孩子。

正当小流浪汉在盯着看那新娘、那个橱窗和那块香皂的时候，两个穿得干干净净、比他个子更矮的男孩子胆怯地转动门把手，走到店子里去了，看上去他们一个五岁、一个七岁，不知道他们说了什么，像是在请求施舍，因为他们的动作看上去就是在哀求，样子可怜巴巴的。两个人都在说话，但说什么又听不大清楚，大的那个孩子冷得牙齿直打战，小的那个又因为哭泣梗塞了声音。剃头匠转过身来，怒形于色，手里还拿着剃头刀，左手推那大孩子，一个膝盖推小孩子，把他们俩一并赶到了大街，又关了店子的大门，同时还说：

“莫名其妙地来了，让别人挨冷受冻？”

那两个孩子只好重新开路，一边走一边不停地哭。这当儿，天上来了一片乌云，马上就下起雨来了。

小伽弗洛什跳到他们面前对他们说：

“怎么了，小伙计们？”

“我们俩现在不知道今晚睡到哪儿去。”那个大的回答说。

“就因为这个问题？”伽弗洛什说，“这有什么大不了的，也值得你们抹眼泪吗？真是两个大傻子！”

然后，他就像个大哥一样，摆出嘲讽的样子，有一种充满怜爱而又命令式的声音说：

“跟我来吧，小家伙们。”

“是，先生。”那个大点的孩子说。

两个小孩子跟着他走，就像是跟着一位大主教向前走一样。两个孩子停止了哭泣。

伽弗洛什带着他们走上了圣安东尼街，往巴士底广场的方向走去。

伽弗洛什一边向前走，一边又转过头来狠狠地再看了一眼剃头匠的店子。

“那家伙心肠太狠了，老白鱼，”他低声念叨着，“这家伙也是个英国佬。”

一个姑娘看见他们三个人由伽弗洛什领头，一个跟着一个地往前走，就大声地笑起来。而她的笑声显然是不甚尊敬的。

“您好，公车小姐。”伽弗洛什对她打招呼。

过了一会儿，他又想起了那个剃头匠，他说：

“叫他老白鱼还叫错了，他可不是鱼，简直就是条蛇。剃头匠，我决定去找个铜匠，打了铃铛装在你的尾巴上。”

那个剃头匠惹恼了他。在他跨过一条水沟时，看见一个看门的老太婆，她嘴唇上长着胡子，手里提着扫把，那副模样，都可以去勃罗肯山上见浮士德了。

“大妈，”他对那人说，“您骑马上街来了？”

说了这些，他又一跷脚，把污水正好溅到了一个过路人那双漆皮做的靴子上面。

“小坏家伙！”那人愤怒地朝他叫唤。
“您想去告我吗？”
“就得告你！”那人气呼呼地说。
“现在是下班时间，”伽弗洛什说，“我们不再受理起诉了。”
但是，当他们沿着那条街往下走的时候，他看见了一个十三四岁的女乞丐，蜷缩在一扇门边，冷得直发抖，她穿的衣服太短了，连她的膝头也遮不住。而那个女孩子已经不小了，却衣不蔽体。年龄一天天增长，常常会使我们感到难堪。正好是在腿脚需要遮盖住的年纪上而衣裙变得太短了。
“悲惨的姑娘！”伽弗洛什说，“她连一条蔽体的裤子都没有。接着，把这个拿着吧。”
他边说边解下脖子上的那条暖烘烘的羊毛围巾，给那女孩子披上，暖暖她那已经冻得乌青了的肩头，这样，这条围巾又变成了披肩。
女孩子呆呆地看着他，接受了那条围巾，什么话也没说。人穷到一定程度就糊里糊涂的了，再苦再痛也不会喊苦叫痛，而受到别人的恩惠也不知说谢谢了。
接着：
“噗……”伽弗洛什说，他全身打战，抖得比圣马丁还要厉害，圣马丁最后还留下了半件大衣。
他就噗这一下……而那场雨下得更大，像泼水一般。真是恶毒的老天，连人行善也不保佑。
“真是岂有此理，”伽弗洛什叫着说，“这是干什么？雨下得更大了！仁慈的天主，如果还要继续下，我只能要求退票了。”
他又向前走。
“还好，问题不大，”他一边说，一边又看了一眼那个缩在羊毛披肩里的女孩子，“她这身毛衣还不错。”
他看了一眼天上的那片乌云，叫道：
“糟了！”
那两个小孩子亦步亦趋地紧跟在他后面。
他们走过一个面包店，那家店的橱窗外面还有厚铁丝网保护，因为面包就像金子一样贵重，需要铁丝网的保护。伽弗洛什转身对他的小跟班们说：
“伙计们，你们还没吃晚饭吧？”
“先生，”大的孩子回答他说，“从今天早上起我们就一直没吃过东西。”
“难不成你们俩无父又无母吗？”伽弗洛什郑重其事地问。
“不要瞎说，先生，我们当然有父母，我们只是不知道他们身在何方而已。”
“有的时候，与其知道，还不如不知道。”伽弗洛什用一种非常老练而深沉的口吻说。
“我们都走了两个小时了，”大的孩子接着说：“我们在很多街边墙角翻找东西，想弄点儿吃的，但什么也没找到。”
“我知道这个，”伽弗洛什说，“能吃的东西已经被狗吃掉了。”
他停了一会儿，又继续往下说：
“啊！我们把作者弄丢了。我们到底怎么了。不应该这样子，小家伙们。把前辈们弄丢了，真是笨。可不得了！我们非得给自己弄点儿东西来吃了。”

除了这些，他也不追问他们俩的来历。没有地方可住，难道还有比这件事更简单的吗？

那个大的孩子，似乎很轻易地就回想起青年时代那种不知烦忧日子了，他大声地说：

“真是一想来就让人发笑。妈妈曾经许诺过，等到了树枝礼拜日那天，她还要带着我们俩去找一些祝福过的黄杨树枝。”

“嗯。”伽弗洛什小声应着。

“我们的妈妈，”那大孩子继续说，“就是和密斯姑娘住在一起的那个夫人。”

“不一般。”伽弗洛什这样说。

但他没有再说别的什么，他已经在他那身褴褛的衣服的角角落落里仔仔细细地找了个遍。

最后他终于抬起了头，那种神气，也许原本是一种满意的表情，但我们却分明从他脸上看出了极度的兴奋。

“伙计们，别再叹气了。看，这已经够我们吃上一顿晚餐了。

只见他从身上的一个衣兜里掏出来一个苏。

还没等这两个孩子表示他们的高兴，他已经在他们俩人的背后推着他们向前走了，一直把他们推进了那家面包店，又把那个苏放在了柜台上，然后大声叫道：

“嘿，伙计！要五生丁的面包。”

那伙计就是这家店子的老板，他拿起一个面包和一把刀准备切面包。

“请把它切成三块，伙计！”伽弗洛什说。

然后他又郑重其事地补了一句：

“我们总共三个人。”

他看那面包伙计仔细地端详了他们三人以后，拿的是一个黑面包，就马上用一根指头深深地塞进自己的鼻孔，使劲地吸了一口气，好像他的大拇指头上拿着一点儿弗雷德里克大帝的鼻烟一样，对着那人的脸，他怒气冲冲地大叫道：

“Keksekca”

读者们，如果有人把这句话看成是俄语或波兰语，或约维斯人和波托古多斯人隔江呼喊时所用的野蛮语言，我们就要指出来，这不过是读者们几乎天天都会用到的一句话，它就是“Qu´est-ce que cestque cela?”的一种说法罢了。那个面包店的老板已经听明白了，回答说：

“怎么了！这可是上好的二级面包呀。”

“您说的就是这块黑炭一样的面包吧，”伽弗洛什立即回敬他一句，语气从容而高傲，“我要的是白面包，伙计！就像用肥皂洗过的面包！今天我请客。”

那面包店老板忍不住笑了，他一边重新拿出一块白面包来切，一边用一种充满怜意的眼光打量着这几个孩子，这种眼光又让伽弗洛什很不高兴。他说：

“有什么问题吗，伙计！您为什么要用这种眼神来看我们？”

说实话，这三个孩子就是连在一起还不到一米宽。

面包切好后，那个老板收下了那一个苏，然后伽弗洛什对另两个孩子说：

“动手吧。”

但那两个孩子却愣愣地望着他，不知要干什么。

伽弗洛什忍不住笑了起来，说：

“哦！对了，你们这些小家伙还太小，还听不懂这是什么意思。”

于是他换了一个词：

“吃吧。”

他递给他们每人一块面包。

他觉得那个大一点的孩子应该更能跟自己交谈交谈，也应该享受多一点优惠，让他打消一切顾虑来填饱他的肚子，他就挑出最大的一块，拿到他面前，说：

“拿这块大的去吃吧。”

他留给自己吃的是那三块面包中最小的一块。

这三个可怜的孩子，也要算上伽弗洛什，真是饿得够呛了。他们大口大口地啃咬着面包，但既然钱已收过了，那面包店老板见他们三个还呆在店子里占地方，就显出极不耐烦的神情。

“我们还是到大街上去吧。”伽弗洛什说。

他们三个又向巴士底广场方向走去。

每当从一家亮着灯的店子前路过时，那个小孩子就会停下来，他脖子上用一根绳子挂着一块铅表，他总是在停下后把那表拿起来看看时间。

“真是个活宝。”伽弗洛什说。

说完后，他仿佛又感慨万千，从牙缝里挤出话来：

“不要紧，如果有一天我有了孩子，我会让他生活得更好一些。”

面包已经吃完了，他们也走到了那条又潮又黑的芭蕾舞街的拐角上，从这个地方一眼就能看见那个位于街尽头的拉弗尔斯监狱的那扇不太高但却阴森恐怖的问讯室的窗口。

“喂，伽弗洛什，是你吗？”有一个人问。

“是你呀，巴纳斯山？”伽弗洛什回答说。

这就是刚才遇见那野孩子的人，不是别人正是乔装改扮了的巴纳斯山，他的鼻梁上架着一副夹鼻蓝眼镜。但伽弗洛什一眼就认出了他。

“混蛋！”伽弗洛什又说，“你这身麻麻的像膏药颜色一样的皮，还装模作样得像个医生一样戴副蓝眼镜。不过，看上去，还真神气！”

“嘘，”巴纳斯山说，“你小点儿声。”

他连忙把伽弗洛什拉到黑暗处，让那些店子的灯光照不到。

而那两个小孩子也跟着他走了过去。

他们一起来到一个大车门的黑色圆顶下面，这地方既不会被人看见，又淋不着雨。

“你知不知道我这是去哪儿？”巴纳斯山问。

“去后悔不应该去的修道院。”伽弗洛什回答说。

“烂掉你那根舌头！”

巴纳斯山继续说：

"我这是打算找巴伯去。"

"哦!"伽弗洛什说,"她原来叫巴伯。"

巴纳斯山压低了嗓门。

"不是她,而是他。"

"哦,巴伯!"

"对了,巴伯。"

"他不是已经被抓起来了吗?"

"他又自己溜了。"巴纳斯山回答说。

他便匆匆忙忙地对那野孩子说,就在那天早上,巴伯被带到刑部监狱去,当走在"候审通道"里时,他本来应该向右拐,但他却向左拐,就这样溜了出来。

伽弗洛什非常赞赏他的这种聪明机智。

"这老油条!"他说。

巴纳斯山又把巴伯这次逃脱的详细情节说了几句,最末了,他说:

"啊!事情可还没结束呢。"

伽弗洛什一边听着他说,一边把巴纳斯山的一根拐杖拿了出来,他老到地拔出那拐杖的上半部分,便露出了一把锋利的尖刀。他立刻又推了回去,说道:

"哦,你还带了这个。"

巴纳斯山眨眨眼睛。

"笨蛋!"伽弗洛什说,"你难道还要和活阎王拼个你死我活吗?"

"我不知道,"巴纳斯山并不怎么在意地说,"随身带根针也是会有用处的。"

伽弗洛什又问了一句:

"今晚你究竟想干什么?"

巴纳斯山又压低了嗓门,轻描淡写地回答:

"有点儿事儿要做。"

他突然又一下子转变了话题,说:

"我又想起来一件事。"

"什么事?"

"是几天前发生的一件事。你回忆回忆。我碰见了一个有钱人。他教导了我一顿,还给了我一个钱包。我把那钱包放在兜里。就一分钟后,我再摸那兜,就是空空如也的了。"

"你就只得到了那番教导。"伽弗洛什说。

"那你呢?"巴纳斯山说,"你这是要去哪儿呀?"

伽弗洛什指着那两个现在由他来监护的孩子说:

"我带他们找个地儿去睡睡觉。"

"睡觉,到哪儿去睡?"

"去我家睡。"

"什么,你家?"

"是的,去我家里。"

"你有地方住吗?"

"是的,我当然有地方住。"

“你住哪儿？”

“大象的肚子里面。”

尽管巴纳斯山是那种向来都不喜欢大惊小怪的人，这次却犯起迷糊了：

“大象的肚子里？”

“对，是大象的肚子里！”伽弗洛什又说，“Keksek ça？”

这又是一句没有人写而每人都会说的话，它是指：“Qu´est-ce que cela a？”（这有什么？）

小流浪汉的这个充满深意的启示给巴纳斯山带回了平静的心情和完整的理智。对于伽弗洛什的居住地，他好像感觉好一点儿了。

“那是！”他说，“可不，大象肚子……你在那儿住得还可以吧？”

“还不错，”伽弗洛什说，“说实话，那儿真是舒服极了。住在那里面可比大桥下面好多了，那儿可没有该死的穿堂风。”

“那你又如何进去呢？”

“就这样进去呗。”

“难道那儿有一个洞吗？”巴纳斯山问。

“当然啦！可你一定不要说给别人听。那是在两条前腿之间。这就连‘croqueurs’也不知道。”

“那你也能爬得上去？哦，当然，我知道。”

“那简直易如反掌，噌噌两下便完事儿了，连影子也留不下来。”

隔了一会儿，伽弗洛什继续说下去。

“但为了这两个小孩子，我还得去找个梯子。”

巴纳斯山笑了。

“这两个小家伙，你是从哪儿捡回来的？”

伽弗洛什随便地回答道：

“他们两个小家伙，是个剃头匠好心送给我的。”

说到这里，巴纳斯山警惕起来。

“刚刚你一眼就看出我了。”他小声地说。

他从口袋里面摸出两件小玩意儿，是两根包着棉花的鹅翎管，他往每个鼻孔里塞上一根。一下子，他的鼻子大变了样。

“你模样变了，”伽弗洛什说，“你没原先那么难看了，你应该一直塞上这玩意儿才好。”

巴纳斯山原本长得挺英俊，但伽弗洛什总爱油腔滑调的。

“说真的，”巴纳斯山问他，“你看我现在怎么样？”

他现在的音调完全不同于刚才了。眨眼功夫，巴纳斯山就换了副尊容。

“啊！你就演上一场波里希内儿让我们开开眼吧。”伽弗洛什叫着说。

那两个小家伙起先并没留心这二人的交谈，就忙着掏自己的鼻孔了，这时所见波里希内儿的名字，就走了过来，脸上流露出又高兴又渴望得到的神气。

但是巴纳斯山已经有了警惕之心。

“大家听着，如果我在广场上带着我的夺格，我的达格和我的狄格，你就算只给我十个大苏，我也会很乐意地演给你们看，可我们并没在过狂欢节。”

这句古里古怪的话让小流浪汉听到却产生了一种很独特的效果。他立刻转过身来，睁大他那双明晃晃的小眼睛，仔细地四下里张望，他看见有一个警察的背影，就站在离他们几步远的地方。伽弗洛什说了句，“啊，好！”就马上闭上了嘴，一边摇着巴纳斯山的手，一边说：

“好了，再见吧。我要带着这两个小家伙去找我的大象了。如果某个晚上你要我帮忙的话，就尽管到那地方去找我。我住楼上。没有看门的。你说找伽弗洛什先生就可以。”

“好吧。”巴纳斯山说。

他们就互相告辞，巴纳斯山向格雷沃走去，伽弗洛什向巴士底广场走去。伽弗洛什拖着那个大的，大的拖着小的，那个小的还回了几次头来望着刚才说的波里希内儿，而那已经越走越远了。

巴纳斯山在发现警察时，说了一句黑话才告知伽弗洛什，但那句话却并不高明，只是把“狄格”这两个音节，用各种方式先后重复了五六遍。“狄格”这个音节，不是单独说的，而是放在一个句子里经过融合处理的，它是说：“当心，说话要注意。”而且，巴纳斯山的这一句话，包蕴着文学美感，但伽弗洛什却没能体会出来，“我的夺格、我的达格和我的狄格，”这是流行在大庙附近地区的一句黑话，意思是“我的狗，我的刀和我的女人”，这在一个大世纪中普通的小丑和红尾经常使用的，这个大世纪就是莫里哀写作和卡洛画画的那个世纪。

在巴士底广场的东南角，在运河旁边的古寨监狱下面的水道上开辟出来一个停船的船坞，以前在那船坞的不远处，有一座稀奇古怪的建筑，二十年前的人们能很容易地看到，但现在的人们都已记不起来了，只是还有一点记忆的价值，因为那建筑物是人们根据“科学院院士，埃及远征军总司令”想象出来的。

我们虽然叫它做建筑物，实际上只是一个小小的模型。但这个小模型本身算得上巨大，它是拿破仑一个计划的巨大残骸，一次又一次地风暴已经把它吹得越来越远离我们而终于成为了历史的遗物，但这反倒使它那本来是暂时性的骨架具备了莫名的永恒性。那实际是一只身高四丈的大象模型，内部是木制的架子，外部涂有装饰，象背上矗立着一座塔，倒有些像是座房子，当年被某个工匠涂上了绿色，后来经过长时间的风雨侵蚀而变成了黑色。广场的角上空旷而冷静，这头大象宽宽的额、长长的鼻子、大大的牙齿、背上的高塔、宽阔而结实的臀部、四条像房屋柱子一样的腿，每当夜晚星光闪烁，便出现了这样一副令人毛骨悚然的图像。大家谁也不知道那有什么意义。那象征着人民的力量。肃穆、神奇、壮烈。这不知道是个怎样的既有形状又有体魄的大力神站立在巴士底广场上那既无形体又无踪影的鬼魂旁边。

外地人来这里几乎没人来参观这座建筑，而平时路过它的人更不会投出一瞥。它已经慢慢风化毁坏了，腰腹部的泥灰常会脱落下来，它变成伤疤处处，早已没有了观赏价值。自从一八一四年开始，一般文明人所说的所谓“市容检察官”们就几乎把它忘于九霄云外了，它还是立在角落里，满身是病，站都站不太稳了，它被围在一道已经腐朽的木篱笆里面，那些酗酒的车夫们随时都可以折磨它、破坏它，以至于遍体鳞伤，尾部已经露出了木制本色，腿间也长满了杂草，又因为这三十多年来广场四周的地势在逐渐往上升——大都市的地面都是这样偷偷往上升高的，它就陷在一块地势较低的地方了，它下面的土地似乎还在不断向下陷。它成了垃圾废物，没有人再注意他，人们厌恶它，但它还是雄壮而严肃的，在财主们看来它肮脏丑陋，而在思考者看来它却抑郁愁闷。它仿佛是一堆很快就会被人们扫掉的垃圾，又仿佛是一个穷途末路很快就会被人砍掉脑袋的国王。

前面我们曾经提过，这里的景色到了夜里会很不一样。每当夕阳西下，这只年老的大象就另具风韵，在那种静谧幽远让人心悸的黑暗中，它仿佛变得年轻，勇力十足，有威慑力。它是历史的遗物，它的时代已经过去了，所以在黑夜笼罩下它仿佛又回到了过去，回到了它的那个时代，而深深的夜色与它的庄严本色正相般配。

这大象、粗糙、笨重、拙劣、陈旧、庄严、基本上没有成型，但毫无疑问，它仍具威势而庄重，有一种美丽而神秘的肃穆氛围和野蛮之气，现在却已经看不出这些了，它的地位已被一个带着烟囱的特大火炉所取代了，让它高抬着头稳稳地坐在那黑漆漆的九塔建筑的旧基座上，这仿佛是一种资产阶级取代封建制的象征。很容易理解，人们用一个火炉来象征一个锅的力量的年代。这个年代肯定要成为过去，它已经在慢慢地逝去，人们已开始明白，锅炉之所以能释放能量，那只是因为人们的头脑中产生了能量的缘故，也就是说，是思想，而不是火车头，在带领人类向前走。让思想位于车头前面，是正确的做法，但是千万不能误把坐骑当作骑手。

无论如何，为了返回巴士底广场，前人用泥灰塑造大象是表现伟大，而后人用紫铜制造火炉烟囱却表现了渺小。

而它得到了一个响当当的名字，它被人叫作七月纪念碑，这火炉烟囱便成了一次半路流产的革命的标志，一直到一八三二年——今天我们想起来仍令人不禁扼腕——还被一层高大无比的脚手架所包围，还被一大圈木板篱笆围着，那只大象完全受到了孤立。

小流浪汉带着那两个小家伙要去的地方，就是这个广场的一角，远处有一盏回光灯正好微弱地照着这里。

请读者同意我们先向您陈述一个简单的事实再继续我们原话题，这个事实是：二十年前，根据禁止流浪及破坏公物的禁令，轻罪法庭对一个未经许可就自行居住在广场那大象里的孩子实行了判决和处理。

这件事实说完以后，我们再继续往下说。

走到那庞大的建筑跟前，伽弗洛什想到这两个小家伙突然间看到这个庞然大物时可能会害怕，就对他们说：

“伙计们，别害怕。”

接着，他从木头篱笆上的一个口子钻了进去，又帮着那两个小孩子翻了过去。那两个孩子有点儿胆小，悄无声息地紧跟着伽弗洛什，完全信任这个把面包分给他们吃、承诺有地方给人们睡觉、自己却一身褴褛的小救星。

有一把梯子倒在木篱笆边上，那是附近工地上的工人白天做工时使用的。伽弗洛什使出浑身力气把那梯子竖了起来，靠在那大象的一条前腿上面。那梯子的最上头，差不多就够着了大象肚子上破出的一个黑洞。

伽弗洛什把梯子和洞口指给那两个小孩子看了看，又告诉他们：

"上去吧，请进去。"

那两个孩子很害怕，互相望着。

"伙计们，你们害怕呀。"伽弗洛什说。

他又补一句：

"你们看我的。"

他根本不用那把梯子，只见他抱住那粗糙的大象前腿，迅速窜到了那黑洞口。他头望里一伸，就像一条溜缝的蛇一样，一下子就滑到了那象肚子里去了，过了一会儿，那两个孩子又看见了一点点他的头；出现在那黑洞口上，仿佛是个苍白的东西，又看不太清楚是什么。

"好了，"他朝他们喊，"上来，小家伙们。快来看看，你们不知道这里面有多舒服！"他又朝大的孩子喊，"上来，快！我伸手扶你一把。"

这两个孩子互相推搡着，小伽弗洛什一面吓唬他们，一面又给他们鼓气，这时，雨也下得更加厉害了。那个大孩子决定冒险试一下。那个小的，看见他的哥哥往上面爬去，而自己一个人站在这庞然大物的两腿之中，急得差点儿哭了，但他还是不敢爬。

那个大孩子顺着梯子一级一级地往上爬，那梯子不太稳，左摇右晃的，伽佛洛什不断地鼓励他，不停地叫唤，就像个武师在训导徒弟或是骡夫赶骡子前进的样子：

"别怕！"

"对了，就这样！"

"继续，别停下！"

"把脚往这儿踩!"

"手抓紧!"

"勇敢点儿!"

等他快爬到了，伽弗洛什牢牢抓住他的膀子，用力地向自己身上拖。

"到了!"他说。

那小把戏已经过了缝隙了。

"现在，"伽弗洛什说，"等一下我，先生。先到里头坐会儿吧。"

他又像刚才那样钻进缝子里，一会儿又从里面钻出来，动作像猴子一样的迅捷灵巧，他沿着象腿往下滑，落在草地上，一把把那个小的拦腰抱住，把他又送到梯子中部，自己跟在他后面爬，朝上面那个大的叫道：

"我推着他，你在上面拉他。"

这功夫，他们俩又是推，又是拉，又是拖，又是顶，总算是把那个小的送进了洞里，还没等他回过神来，伽弗洛什已紧随他钻进了洞里，他又顺脚把那梯子踢了，不停地拍手，叫嚷着说：

"我们终于成功了！拉斐德将军万岁!"

欢呼了胜利以后，他接下去说：

"兄弟们，欢迎到我的家来。"

伽弗洛什也分明有四海为家的满足感。

啊，垃圾的新用途！伟大事物的帮助！伟大的慈悲！这座巨大却没有什么用处的建筑本是皇帝一念之间的产物，现在却变成了流浪汉的家。小人物受到了大建筑物的欢迎和款待，那些身着节日礼服的有钱人，当他们从巴士底广场走过时，瞪着一双圆眼睛，以不屑一顾的眼神看着这只大象，嘴里还说："这玩意儿到底还有什么用处?"这玩意儿的用途就是让一个失去双亲、衣食无着、四处漂流的穷孩子不再被遭受风吹日晒和雨雪摧残，让他不再会因为在污泥里睡觉而生病，也不会因为睡在雪地里而死去。这玩意儿可以充当收留那些被社会遗弃的无辜人员的场所。这玩意儿的存在可以减轻公众的罪恶。那个不被任何一家人接待的流浪者可以以此为窝。这头年老的大象，穷途末路，贫病交加，早被人们遗忘、丢弃，浑身伤痛，就像是一个魁梧的叫花子站在十字路口向人们伸手乞怜，它似乎对这个没鞋穿、没帽子戴、呵手取暖，只有口剩饭吃的小叫花子起了可怜之心。这都是巴士底广场那只废旧大象的实际用处。拿破仑的一时心起，没被人们支持，却得到了上帝的支持与响应。本来只想成为华而不实的东西，现在却让人不禁心生敬佩之意。为了达成皇帝的意愿，以前必须要用紫石英、青铜、铁、金、云石才行，而现在只是几块破木头，几根椽条，一点石灰就能让上帝满意了。他本来只想用这头威猛无比、高昂着鼻子、背驮宝座，欢畅喷溅的喷泉围绕其四周的庞大的铜像来代表民众的力量，而现在上帝给它派更光辉的差使，保护一个小孩子。

伽弗洛什钻到那个洞里去，前面曾说过，就像是躲在肚子下面的一条缝隙里去了，从外面可以说一点儿也看不出来，那缝隙又非常窄，也只有猫儿和小孩子能钻进去。

"首先，"伽弗洛什说，"得告诉看门的，说我们不在家里。"

他深知自己家中的一切情况，动作轻车熟路，摸黑进去，拿了一块木板来挡住洞口。

伽弗洛什又回到这黑暗的地方。那两个孩子听到了在磷瓶里燃亮了火柴的嗤嗤声。那个时代还没出现代化学火柴，标志那个年代进步的是菲玛德打火机。

这突如其来的光亮晃得他们睁不开眼；伽弗洛什又点燃一根绳子，这种绳子事先在松脂里浸过，被人们叫作地窖老鼠。这地窖老鼠点燃后，烟子很大而亮光很小，他们只能把这只大象肚子的内部看个大概。

这两个小家伙开始四下里张望，他们觉得像是个关在海德堡大酒桶里的人一样，要是说更准确点，就像圣书中说的，像那个被鲸鱼吞入肚中的约拿。在他们面前，完整的一套高大的骨架子现出来，并包围了他们。头顶上，有一条长长的褐色的梁木，隔一段距离，就有两根弓状的粗大的横木条搭在梁上，就这样组成了脊柱和肋骨，钟乳状的石膏，挂在上面，就像是五脏六腑，左右肋骨间结着一大张蜘蛛网，这就是铺满尘土的横膈膜。他们还看见在那些角角落落里，到处都有一些黑点，像是活的，快速地从这边窜到那边，又很快窜向别处。

从象的背部落在它肚子上的石灰碴把一些原来低凸不平的地方补平了，这使得他们就像是在地板上走来走去。

那个小孩子紧挨着他的哥哥，小声说：

“黑漆漆的。”

伽弗洛什听见这话很生气。他觉得让这两个小鬼受点触动才能改变他们那种低落的情绪。

“你们俩瞎说什么呢？”他大声叫道，“想开开心？摆摆样子？是不是不住杜伊勒里宫就不行？难不成你们真是蠢到了这种地步？说话啊，明白对你们说，我可不是一个傻瓜。难道你们是教皇副官的儿子吗？”

针对惊慌来一点儿粗鲁无礼是很管用的。它有安抚情绪的作用。那两个孩子都向伽弗洛什走了过来。

伽弗洛什看他们俩这样做，心一下子软了，像一个慈爱温和的父亲，他的语气变得亲切而柔和，他对小的那个说：

“傻瓜，”他的口吻即使说这种话也不凶恶，“外面才是黑漆漆的呢，外面下大雨，这儿淋不着；外面风刮得厉害，这儿吹不着；外面全是人，这儿大家都是一家人；外面没有月光，这儿还有点燃的蜡烛，你说是不是？”

两个孩子看着这房子，已经不像起先那样害怕了，但伽弗洛什可不想让他们闲着来参观屋子。

“快点。”他说。

同时他把他们俩推向一个地方，我们很愿意把那叫作卧室。

那里放着伽弗洛什的床。

床上可谓应有尽有。可以说，有褥子、被子，甚至还有一间有帘子的壁厢。

一条草垫就是褥子，一条宽大的灰色粗羊毛毯子是被子，很暖和，也是全新的。而那间壁厢是下面这个样子：

三根很长的木条，插在地上的石灰碴里，不太看得出来，可以说，是插在象肚皮上的石灰碴里，前面两根，后面一根，顶上用一根绳子拴住，形成一个尖尖的架子。架子头顶着一幅铜丝纱，是随便罩在那上头的，但显然是内行人用铁丝扣好了的，所以罩住了那三根木条。地上还有一圈大石头块儿，把那纱罩的边儿紧紧压住，别的东西就进不去了。其实这个纱罩只是一块动物园里做鸟笼子的铜纱。伽弗洛什那张床像是在鸟笼子里一样，正好被这纱罩完全罩住，这整个结构就像一个爱斯基摩人的帐篷。

而帘子自然就是说这块纱罩了。

伽弗洛什把几块用来压纱罩的石头移走，两块重叠着的纱就露出一条缝。

“小鬼，快爬进去！”伽弗洛什说。

他小心地安排那两个家伙进去以后，自己随后也爬了进来，他又把那几块石头放回原处，严严地关上了帐门。

三个人一起躺在那条草垫上。

虽然他们都是小孩子，却没有一个能在那壁厢里直立起来。伽弗洛什手里还一直拿着那根地窖老鼠。

“现在，”他说，“睡觉吧！我要灭灯了。”

“先生，”那个哥哥指着铜丝纱罩向伽弗洛什，“这个东西是什么？”

“这个，”伽弗洛什一本正经地回答，“这个是用来防耗子的。睡觉吧。”

可他还想再说点儿什么，以教育这两个毛头小子，于是又说道：

“这些东西全是植物园里的，是野兽用的东西。整个仓库里都是这些东西。你只要先翻一面墙，再跳过一扇窗，然后爬进一道门就到了，这些东西想要多少就有多少。”

他一边说，一边用那条毯子裹住那个小弟弟，还听见他轻轻地、含糊地说：

“啊！真暖和！真好！”

伽弗洛什为这条毯子感到得意万分。

他又指着在他们身下的那条编得很结实又很厚实的草垫，对那个大哥哥说：

“这东西，本来是给长颈鹿用的。”

过了一会儿，他又说：

“这些都是那些动物用的。我都拿了来，它们也没有生气。我对它们说：‘大象要用。’”

又过了一会儿，他又说：

“我翻墙过去，全不理睬政府。这没什么大不了的。”

两个孩子满脸好奇而敬畏他的表情，面前这个人什么也不怕，点子多，和他们一样到处流浪，过着孤苦的生活，身体又瘦又小，是个贫苦的人，却又仿佛什么都会干。他们现在看来，他不是个普通人，脸上是一副老练而世故的表情，但他的笑容又天真而灿烂。

“先生，”大的那个小声地问，“难道您连警察也不害怕吗？”

伽弗洛什只说了这句话：

“伙计！我们从不说警察，而说‘cognes’。”

小的那个圆睁着双眼，但他什么也没说。本来他睡在床边上，大的那个睡在中间，而伽弗洛什就像个母亲一样，拿了一块又破又旧的布，垫在草垫下面当作枕头。然后，他又对那个大孩子说：

"这个地方，你们说，舒服不舒服?"

"舒服!"那个大的回答道，他看着伽弗洛什，就像个被解救出来的天使。

这全身都淋透了的小哥儿俩慢慢暖和起来了。

"那我问你，"伽弗洛什又说，"刚才你们为什么要哭呢?"

他又指着小的那个对哥哥说：

"他这么小的娃娃，我就不说他了，但是，你都这么大了，还要哭，太笨了，像个猪头一样。"

"圣母呀，"那个大的说，"开始我们并不知道是去什么地方找住处。"

"伙计!"伽弗洛什继续说，"我们也从不说'住处'，我们说'pioue'。"

"后来我们很害怕，只有我们两个人，得在这种黑夜里。"

"我们也不说'黑夜'，而说'sorgue'。"

"谢谢您，先生。"那个孩子说。

"听着，"伽弗洛什说，"以后不要再像刚才那样莫名其妙地抹眼泪。我会照料你们的。你们会知道，还有很多有趣的事。夏天，我带你们和我的一个朋友，萝卜，去冰窖里玩，再去码头上洗澡，然后不穿衣服跑到奥斯特里茨桥前面的木排上去，逗那些在那儿洗衣服的女人们生气，她们又喊又骂，你们不知道，那才有劲呢！我们还可以去看看那个骨头人。他可是活人。在爱丽舍广场上。他是个教民，但瘦得让人感到害怕。除了这些，我会带你们去看戏。我们一起去看弗雷德里克·勒美特尔演戏。我有法子搞到票，我认识很多演员，还跟他们一起演过一次戏。我们都差不多高，在一块布下面来回跑，假装是大海里的浪涛。我还可以在我的戏院子里给你们找一个工作。我们还要去看野蛮人。那些野蛮人，并不是真的。他们身穿肉色紧身衣，上面有皱褶，他们胳膊肘上用白线补上的地方也看得见。看完这些，我们就去歌剧院。我们可以随着捧场队一起进去。歌剧场的这些捧场队组织得很好。我才不会尾随那些在大街上捧场的人走呢。在歌剧院，有人会给二十个苏，这些人都是笨蛋。大家叫他们擦碗布。另外，我们再去看看杀人。我带你们去见识一下那刽子手。他的家在沼泽街。叫桑松先生。他的门上有个邮箱。啊！有趣的事可不少呢!"

这时，那支蜡烛滴下一滴油落在了伽弗洛什的手指上，这让他又回到了现实之中。

"倒霉!"他说，"这烛芯这么快就烧了一大半。注意！我们一个月至多只能花一个苏来买蜡烛。躺到床上就应该睡觉。我们可没闲功夫读保罗·德·柯克的小说，再说灯光会从门缝透到外面去，'cognes'（警察）一眼就会看见的。"

"还有，"那个大孩子羞怯地加上一句，只有他敢和伽弗洛什对话并发表自己的意见，"这烛花会落在草垫上面，要当心烧房子。"

"我们不说烧房子，"伽弗洛什说，"我们只说'riffaude le bocard'。"

外面的风雨更猛烈了。伴随着隆隆的雷声，倾盆大雨直打在这只巨象的背上的声音也清晰可闻。

"冲吧，大雨!"伽弗洛什说，"我可喜欢听整瓶子的水沿着这房子的大腿流下去的声音了。冬天是个傻瓜，它白白丢失了自己的货物，白费劲，它一点儿也淋不湿我们，只好叽里咕噜，像个送水老伙计。"

伽弗洛什的对这雷雨的全部效果是以十九世纪哲学家的态度照单全收的，但在他的话中刚触及雷声，就随即来了一道非常强烈与晃眼的闪光，不知什么东西进到象肚子里来了。差不多是同时，轰的一声霹雳，非常猛烈。那两个孩子惊叫了一声，猛地坐了起来，差点儿撞开那纱罩，而伽弗洛什转过身去把他那大胆的脸对着他们，随着这雷声放声笑起来。

“安静，小家伙们。别把这屋子掀翻了。这雷打得可真不错，没有更好的了！这与那种眨眼睛的闪电不一样。仁慈的上帝真伟大！好家伙！差不多可以和昂比古媲美了。”

然后，他又把纱罩弄好，把那两个孩子轻轻地推到床头边，又把他们的膝盖压平，放直，还说道：

“仁慈的上帝点起了他的蜡烛，我就可以不点我的了。小家伙们，该睡觉了，我的小伙子们。不睡觉可不好。不睡觉你会‘schlinguer du couloir’，这按上层社会的说法，你会口臭。把被子盖好。我要熄灯了。你们行了吗？”

“行了，”那个大孩子小声说，“舒服极了。头就像是枕着个鸭绒枕头。”

“我们不说头，”伽弗洛什大声说，“我们说‘tronche’。”

那两个孩子挤在一处，伽弗洛什让他们好躺在草垫上，又将毯子拉过来一直盖住了他们的耳朵，第三次用他那种像神一样的语言命令他们：

“睡觉。”

与此同时，他也吹熄了蜡烛。

光刚刚熄灭，这三个孩子头上的纱罩就被一种奇怪的震动摇得晃起来。那是一片轻细的听不清楚的金属的声音，好像有一些爪子在爬。有一些牙齿在咬那些铜丝。同时还伴随着一片尖细的叫声。

那个五岁的孩子，听到在他头上有这一片嘈杂声，被吓得出了一身冷汗，他拿胳膊肘碰碰哥哥，但他已经听伽弗洛什的话而进入梦乡了。这时，小的那个再也忍不住了，他大起胆子来叫伽弗洛什，屏住气，小声喊道：

“先生？”

“嗯？”伽弗洛什说，他睡上一会儿。

“这是什么？”

“是老鼠。”伽弗洛什回答。

他又躺回草垫上睡下来。

大象的身体里实际有成千上万只老鼠在这里生长繁育，它们就是我们起先说过的那些黑点点，有亮光时，它们不敢到处动，灯一灭，它们就满世界地跑，它们闻到了那位高超的童话作家贝洛所描写的“又鲜又嫩的肉”的气味，就全都朝着伽弗洛什的帐篷扑过来，一直爬到顶上，使劲啃铜丝网，就像是要打穿这个新式的纱橱。

但小的那个孩子睡不着：

“先生！”他又喊。

“嗯？”伽弗洛什说。

“老鼠是什么东西？”

“就是耗子。”

听到这个解释，这个孩子安心多了。他以前也看见过几只白耗子，并不可怕。但他又一次高声叫道：

“先生？”

“嗯？”伽弗洛什说。

“您为什么没养只猫呢？”

“曾经有过一只，”伽弗洛什说，“我以前也弄来过一只猫，可它们把它吃掉了。”

这一次的解释完全破坏了前一次的好效果，那个小的又害怕得发抖了。他们俩开始了第四次交谈：

“先生！”

“嗯？”

“您说谁被吃掉了？”

“那只猫。”

“谁把它吃了？”

“老鼠。”

“小耗子吗？”

“是的，那些小耗子。”

那小孩子想起那些吃了猫的小耗子，害怕得不得了，紧追不舍地问：

“先生，那些小耗子们会不会也吃我们呀？”

“这很难说！”伽弗洛什说。

这孩子害怕得快受不了了。而伽弗洛什又继续说下去：

“不用害怕！它们没法进来。再说还有我在呢！好了，握住我的手。别再讲话了，睡吧。”

同时，伽弗洛什又抓住那哥哥的手。孩子紧紧地把这么只手揣在怀里，放心多了。勇敢和力量往往会产生这样的神奇的交流，他们的四周又安静了，那些耗子被他们说话的声音给吓跑了，几分钟后，它们又再来捣乱已经没什么关系了，三个孩子已进入了沉沉的梦乡，他们什么都听不见了。

漫漫长夜悄悄地流逝。寂静而空旷的巴士底广场黑漆漆一片，寒风和着雨水一齐袭来，巡街的警察查看各家的门户、小路、圈地、黑暗的街角，搜查晚上四窜的流浪汉，他们从这只大象跟前走过，这只庞然大物巍然耸立，一动不动，两眼看着黑暗的地方，仿佛在睡梦中默许了自己的行为，保护着那三个睡得正香的小孩子，让他们免受天灾人祸的打击。

为了能很方便地洞悉以下会发生的事情，我们应该还没忘，当年，巴士底的警察护卫队是驻扎在广场的另一角，所以他们既看不到也听不见大象这边的动静。

天亮前不久，从圣安尼街跑过来一个人，他越过广场，绕过七月纪念碑的大篱笆，一直跑到了大象的肚子下边。如果有什么光照在他身上的话，我们可以看到他全身湿透了，明显就是在大雨中淋了一夜。走到大象下面后，他呼唤了一声，声音很怪，那声音不是人类的语言，只有鹦鹉可以模仿。他一连叫了两下，以下只是这种声音相近的文字记录：

“叽哩叽咕。”

叫第二声时，从象肚子里传出一声清脆、欢快而年轻的回答：

“有。”

差不多是同一时间，原先堵住洞口的那块木板被移开了，一个小孩子从象腿滑了下来，体态轻盈地落到那人旁边。这孩子正是伽弗洛什。那个人就是巴纳斯山。

而那叽哩叽咕的叫声，必定是先前伽弗洛什所说的“你说找伽弗洛什先生就行了”的意思。

他听到他的叫声，立刻惊醒了，他掀起一角纱罩，从那壁厢里爬出来，又将纱罩放好，才打开门板，顺象腿落到地面。

黑暗中，那个人和那孩子一句话都没说，互相看清楚以后，巴纳斯山才说了一句话：

“我们需要你的帮助。”

那孩子也不问原因。

“好。”他说。

两个人就沿着巴纳斯山的来路向圣安东尼街走去，那有一长列的起来赶早市的运装蔬菜的车子，他们匆匆忙忙地在车列中东穿西插，朝前快步走去。

那些菜贩子们都蜷在菜堆里打瞌睡，这时雨仍下得很大，他们干脆用布褂子把眼睛也遮起来了，一眼也没看这两个匆忙行进的怪人。

三、越狱风波

下面的事情，是同一个晚上在拉弗尔斯监狱中发生的。

虽然德纳第被单独关在一间牢房里，但是他和巴伯、普吕戎、海嘴四个人已经商量好了打算逃跑。巴伯当天就把自己的事办好了，这些我们从先前的巴纳斯山和伽弗洛什之间的交谈中已经知道了。

巴纳斯山应该在外面接应他们。

普吕戎在待在刑房的那两个月中做了两件事：一是编了一条绳子；二是想好了一整套逃跑的计划。以前，监狱规定让罪犯自己处理自己，关押他们的地方惨无人道，四面的墙用整条石头砌成，屋顶也是用条石搭的，地用石板铺成，搁着一块布榻，有一个围着铁条的透风的洞口，一扇包了铁皮的门，这个地方被叫作囚牢，但有的人认为这种地方太可怕了。现在，这种地方被改造了：一扇铁门，一个围着铁条的透风洞口、一块布榻、石板地面、条石搭成的屋顶、条石砌成的四面墙，并名字也改叫刑房。那房子在正午的时候会透进一点微弱的亮光。这样的房子，我们知道，不再是囚牢，但还是有很多不方便的地方，就是说，它使那些本来应该进行劳动的人能空下来思考问题。

普吕戎，就是由于喜欢思考问题，才拿着一条绳子从刑房中走了出来。在查理大帝院子里，大家都把他当成是危险的人物，所以有人就让他到新大楼里去了。他在那里第一找到了海嘴，第二找到了一根钉子。前者，代表犯罪，后者，代表自由。

对普吕戎，我们到这里应该有一个全面的认识。这个人，外表看来体质像是个柔弱的书生，脸上带着早已准备好了的忧伤神气，是一个打造磨炼好了的汉子，聪明、狡猾，眼神温柔和顺，笑容凶恶残暴。眼神中流露出他的意志，而笑容则表现出他为人的本性。他最先学的技能是冲着屋顶，他那拔除铅皮的本事获得了长足的发展，采用人们称之为“切牛胃”的办法去破坏屋顶的构造以及溜槽。

当天，有一些泥水匠在整修那座监狱房顶上的石板瓦，这有利于逃跑计划成功实施。圣贝尔纳院和查理大帝院以及圣路易院三者间并不是完全分离的了。三个院子之间搭起了很多脚手架和梯子，这就意味着，犯人们多了一些可以通向外界的凭借。

新大楼本来就是那座监狱防守得不够严密的地方，到处都裂开了，几乎再也找不到比它更加破败的了。盐硝严重侵蚀了那些墙壁，所以必须在每间寝室的拱状圆顶上加一层木板加以保护，因为经常从那上面落石块到睡在床上的犯人身上。房间早就破得不行了。但人们还是执迷不悟地将那最重的罪犯，拿行话说来，就是把那些“重案子”关在这栋大楼里。

新大楼里，有一间四层上下相叠的寝室，还有一间顶楼被叫作气爽楼。一道宽敞的壁炉烟囱——这可能是前拉弗尔斯公爵的厨房烟囱，从底楼一直穿过四层楼，把房间都一分为二，像是一根又扁又平的柱子，一直通向了屋顶。

海嘴和普吕戎住在一间寝室里。为预防万一，人们让他们俩人住在下面的一层楼上。真巧，他俩的床头正好都靠壁炉烟囱。

德纳第住的地方，就是那叫气爽楼的顶楼，正好在他俩头上。

路上的人，走过消防队的营房，站在圣卡特琳园地街的班家大院的大车门前面，就可以看到一个满是花草木盆的院子，里面有一座圆形的白色的亭子，那亭子有两翼，都安了绿色的百叶窗，极富让·雅克所梦寐以求的牧场情趣。不到十年以前，还有一道又高又大的黑墙矗立在这亭子上面，样子很难看，亭子就紧挨着这面空洞洞的墙。拉弗尔斯监狱的巡逻通道就在这面墙头。

圆亭后面的这堵墙，让人联想到贝尔坎背后的密尔顿。

那堵墙虽然已经算是很高了，但还是可以从墙头上看见一道更黑的屋顶，那就是新大楼的屋顶。屋顶上的四面天窗全装上了铁栏杆，那就是气爽楼的窗子。有一根烟囱从屋顶上支出来，也就是那穿过几层楼的那道烟囱。

气爽楼位于新大楼的楼顶，是间很宽敞的顶楼，有几道门都装了三层铁栏杆，还有两面板门，也都包上了铁皮而且钉满了大大的铁钉子。我们从北面进去，左边是那四扇天窗，右边，正好对着天窗有四个很大的方铁笼子，四个笼子没连在一起，之间有一条窄窄的通道，笼子下面是一段齐胸的墙，上面是一段一直达到屋顶的铁栏杆。

从二月三日晚上开始，德纳第就单独被关在其中的一个铁笼子里。人们最后也没有弄清楚，他是怎么样，又是和谁串通，搞到了一瓶据说是德吕发明出来的有麻醉作用的药酒，这群罪犯因而以“哄睡者”著称于世。

在很多监狱里都有那些奸诈狡猾的狱吏，他们半官半匪，从旁帮助罪犯逃跑，又向警方谎报军情，从中牟利。

也就是小伽弗洛什把那两个孤儿带去象肚睡觉的那天晚上，普吕戎和海嘴得知巴伯已在那天逃掉了，并且会和巴纳斯山一起在外面接应他们越狱。他们偷偷地从床上爬起来，用普吕戎找到的那根铁钉一点一点地挖床头的壁炉烟囱。那些灰碴子全都落到了普吕戎的床上，这样别人不会听见。狂风暴雨混杂着雷声，使各个房间的门在门臼中撞来撞去，监狱里就此到处响起令人心悸而很合时宜的撞击声。囚犯们虽已被吵醒了，但他们又假装睡着了，以配合海嘴和普吕戎的行动。普吕戎手脚利索，海嘴身强体壮。狱卒睡的那间单人房间，开了一道铁栏门正对着寝室，他还没有听到什么响动时，那两个凶恶的罪犯已经把墙壁给挖通了，他们顺烟囱向上爬，捅破烟囱顶上的铁丝网，就到了屋顶上。风雨更加猛烈了，那屋顶上滑得站不稳人。

“这是个多好的有机可乘的夜晚啊！”普吕戎说。

在他们和那条巡逻通道之间有一道宽六尺、深八丈的鸿沟。在那沟底，他们看见了一个站岗的士兵，他的步枪在黑夜里闪闪发光。

他们把那条普吕戎编制好的绳子，一头绑住烟囱顶上那刚被他们弄弯的铁条，一头甩向巡逻通道，一下便跨越了那鸿沟，两只手抓紧墙，翻身上墙，一个在前，一个在后，沿绳子滑下去，落到了班家大院旁边的一个小房顶上，顺手又拉回那根绳子，跳进班家大院，穿过院子，把房门上的小窗子推开，抽动那根挂在窗子旁边的索子，打开大车门，就到大街上了。

他们摸黑捏着钉子，脑子里盘算着计划，从床上爬起来到这一共不到三刻钟。

他们很快就遇到了在四周游荡的巴伯和巴纳斯山。

那根绳子，他们在抽回来时弄断了，剩下一段留在屋顶上的烟囱口上。他们没怎么受伤，就是手掌差不多全给擦破了。

那天晚上，德纳第已经知道了，不知他是如何知道的，他总是睡不着。

快到凌晨一点时，夜黑沉沉的，风雨大作，他看见两条人影，在屋顶上，从他待的铁笼子外穿空而过。其中一个在天窗上稍做停留，只是一眨眼功夫。这人是普吕戎，德纳第看得清楚，心里明白。这就可以了。

德纳第被监禁的罪名是在晚上手持凶器谋财害命。总是有一个值班的士兵扛着枪在他的笼前来回走动，每两个钟点换个人。气爽楼的亮光来自一个挂在墙上的烛台。这罪犯的脚上拴着两个重五十斤的大铁球。每天下午四点，有一个狱卒领着两只大狗——当时都这样做——送些吃的东西来，那是一块重两斤的黑面包，一壶凉水、一满勺有几颗豆子的素汤，放在他床边，顺便检查一下脚镣牢不牢，敲敲那些铁东西。这个人带着大头狗每晚来两次。

德纳第以前被同意可以留下一根铁扦样的东西，用来把面包插在墙缝里，“防止被老鼠吃掉。”他说。德纳第被严密地看管着，所以没人认为这根铁扦会有危险。后来大伙儿才记起来，曾经有个狱卒说：“就给他一根木扦就安全多了。”

早上两点钟换班，一个新兵代替了那个老兵，过了一会儿，那人又带着大头狗来检查，他没发现有什么不对，就是觉得那个“丘八”太年轻“一副乡巴佬样子”，就走了。两小时后，四点了，又该换班了，才发现那个新兵已倒在那笼子边睡得像块石头了。而德纳第，早已踪影全无。他的脚镣被弄断了，就放在地上。那个铁笼子的顶上，有了一个洞，再上面，就是屋顶上，也有了一个洞。他床上的一块木板不见了，可能被他拿走了，因为那以后再也没找到。在那铁笼子里，又发现了半瓶迷魂酒，是那士兵没喝完的，但他已经被迷倒了，而他的刺刀也给人拿走了。

而这一切都被发现时，大家都觉得德纳第已经逃到天边了。实际上，他还只是从大楼里逃出，并没到安全地带。他的逃跑计划还有一大部分没有实施。

德纳第来到大楼屋顶后，他找到了普吕戎剩下的那截绳子，仍旧悬在烟囱顶的铁条上，可是绳子不够长，他做不到像海嘴和普吕戎那样，越过巡逻通道逃走。

从芭蕾舞街走到西西里王街，我们马上会发现右边有一小块极脏的空地。上个世纪，这里本有一栋房子，现在就留下了一面后墙，而且是名副其实的破房子的危墙，有四层楼高，立在紧邻的房子中间。很容易就能认出这一残迹，现在人们甚至还看得见上面的那两扇大方窗，中间，在最靠右墙的那扇窗户顶上还有一条方椽，放在那儿是用来承重的，已有虫子咬过的痕迹。以前人们从这些窗口望出去，可以看见一堵阴森恐怖的高墙，正是拉弗尔斯监狱的围墙，巡逻通道就在那上面。

那栋房子被毁坏后，靠街边剩下一块空地，其中一半围着一段由五根条石组成的栏杆，那木板已经腐烂了。围栏里面，紧靠着那半倒不倒的危墙墙根，隐藏着一间小木头棚子。围栏上有一道门，几年以前，那门上还有销子。

早上三点过一点儿，德纳第就到了那堵危墙的顶端。

他如何来到这里的呢？谁也不知道，也无法想象。天上的闪电也许一路上都碍事，但也一路上都给他帮忙。他有没有用上那些泥水匠的梯子和脚手架，从一个屋顶越到另一个屋顶，从一个圈栏越到另一个圈栏，一个间隔越到另一个间隔，开头是查理大帝院子的新大楼，然后是圣路易院子的大楼，巡逻通道的墙，从这儿又爬到这危房上来的呢？可是这条路线，各环节间的连接问题又多又无法解决，所以几乎是不可能的。他有没有把他的那块床板当成桥来用，搭在气爽楼与巡逻通道的墙之间，然后沿墙边，绕监狱趴在地上爬行了一圈，最后到了这栋危房呢？但是拉弗尔斯监狱的这条巡逻通道的墙凹凸不平，有的地方高出一段，又有的地方低下去一段，位于消防队营房附近的那段是低下去的，而班家大院这一段又高了出来，一路上都不断有建筑隔开，拉莫瓦尼翁大宅附近的那段墙和对着铺石街的那段就不一样高，到处是陡壁和直角，而且，哨兵们也能够发现一个逃犯的影子，所以这样说明德纳第的逃跑过程也没有多大可能性。用这个办法都是逃不掉的。德纳第强烈地想恢复自由，所以急中生智，把深渊变成浅沟，铁栏杆变成柳条栅栏，双腿残疾者变成运动员，不能走路的人变成会飞的鸟，愚笨变成直感，直感又变成智慧，智慧成就天才，他是不是情急之下想出了第三种办法呢？谁也不知道。

逃狱的奇迹有时无法说明白。逃脱危险的人，让我再三声明，通常是急中生智，在那种使他们成功越狱的微妙的微明之中，经常会有星光和闪电，寻求活路的毅力和奇妙的语言一样令人惊叹。当我们说及某个逃犯时，常常要问："他如何能够越过这房顶呢？"同样，当我们说到高乃依的时候，也常常要问："他是从哪儿找到那句令人叫绝的‘死亡’的呢？”

反正，德纳第流了满身的汗，全身淋透了，衣服破成一片一片的，两只手上的皮都磨掉了，双肘流血，两个膝盖也被撕破了。最后总算是跑到了那堵危墙的墙头上——这是孩子们想象的——，他伸直全身，趴在那上头，再没有丝毫的力气了。他和街道之间还有一段四层楼高的又高又陡的墙壁。

他手里的那条绳子实在不够长。

他所能做的只有等，脸色死白死白的，浑身乏力，开始时的希望全化成了泡影，虽然这黑沉沉的夜色让他隐藏得很好，但他心里却一直想着天很快就会亮了，想到附近圣保罗教堂的钟很快要敲四点了，他更加恐惧，因为那时候是哨兵换岗的时间，有人就会看见那士兵躺着睡着了，而他头上的房顶破了一个大洞，他失魂落魄地看了看他身下那四层楼的令人恐惧的高度，又看了看路灯那微弱的光和那条又湿又黑、渴望走在上面又非常危险、既可能面临死亡又充满了自由的街道。

他心里不停地想着，和他一块儿商量越狱的那三个人是不是已经脱险了，是不是正在等他，会不会来帮助他。他竖着耳朵仔细听。他到了那墙头后，只有一个巡逻队经过，街上再没别的人。那些从蒙特勒伊、夏罗纳、万塞纳、贝尔西去市场的菜贩子都走了圣安东尼街。

敲四点钟了。德纳第听见这钟声吓得汗毛都立了起来。很快，监狱里传出一片乱哄哄的响声，那是发现有人逃跑后肯定会有的声音。开门，关门，铁门斗的尖叫，卫队的嘈杂，狱卒们那沙哑的嗓音，枪托撞上石板地面的声音，混在一起传出来了。在那些寝室的窗口，数盏灯忽闪忽闪的，新大楼顶上还有火炬在快速晃动，附近营房中的消防员也被派了过来。火光照着他们的钢盔，冒着狂风暴雨在各个屋顶上晃来晃去。这时，德纳第看到，在巴士底广场方向，有一片不太明亮的颜色，在这凄风冷雨的天空中逐渐亮起来。

而他，困在仅十寸宽的墙上，倾盆大雨不停打击着他，左右两边都是死路，一动也动不了，又怕头一晕掉下去，又怕再被抓回监狱，他的思想，像个钟摆，在两个念头间摆来摆去。掉下去只有死路一条，趴着不动就只有被抓回去。

正在这山穷水尽之时，他突然看见——这时的街道还是黑漆漆的一片——有一个人沿围墙，从铺石街走过来，停在他此时趴着的墙头的正下方。他刚来不久，又来了另一个人，也是鬼鬼祟祟的，接着来了第三个人，又是第四个。大家到齐后，其中一个打开栅栏门的销子，大家就都到那有木棚的圈栏里去了。他们正好站在德纳第的下方。这些人明显是为了避免街上行人的注意和不远处拉弗尔斯监狱放哨的士兵的注意，才把这块空地当成了会议室。应该说一下，当时的大雨让那个哨兵缩回了放哨的岗亭里。德纳第看不清他们的长相，只能用他那自知没有生机的垂死所具有的毫无指望的注意力，尖着耳朵去听听他们说什么。

德纳第听见这些又都说黑话，这燃起了他的一线生机。

第一个人小声而清楚地说：

“我们走吧。大家干吗还要留在这里。”

第二个人回答说：

“这下雨天连鬼火也点不燃。再说警察也快来了。那边有个值班的哨兵。我们在这儿会被人抓住。

“Icigo”和“icicaille”两个字都是“此地”的意思，前一个是流行于便门附近的黑话，后一个流行于大庙附近，对德纳第而言，这就像是一道曙光。根据“icigo”，他猜出那人是普吕戎，因为普吕戎以前是便门一带的恶棍，根据“icicaille”，他知道那人是巴伯，巴伯干过很多事，曾经在大庙一带卖旧货。

大世纪的陈旧黑话，能说的人也只是大庙附近的人了，巴伯可以说是唯一能地道地说这种黑话的人了。如果他当时没说“icicaille”，德纳第怎么也认不出他来，因为他换了另一种口音。

这当儿，第三个人插了话：

“别急，再等一会儿。现在还不敢十分有把握地说他用不着我们了。”

这句话是用法语讲出来的，德纳第一听，就知道他是巴纳斯山，他这个人认为自己高人一等，他能听懂所有的黑话，但从不说。

第四个人没说话，但从他那无法隐藏的宽阔的肩膀上看，德纳第立刻就认出来了，他就是海嘴。

普吕戎不同意，他非常着急，忍不住了，但他一直很小声地说：

“你对我们说什么？客店老板的逃跑几乎失败了。他不知道这其中的门道，真的！撕开衬衫和垫单，用来做根绳子，在门上打了洞，造假证件，作假钥匙，拧断脚镣，结好绳子丢到外面去，藏起来，化装，这些事都是小窍门！这老板几乎做不到，他不懂得工作！”

巴伯说这些话，全是用那种普拉耶和卡图什常挂在嘴边的正统而古老的黑话，而普吕戎说话，则用的是一种新颖的，极富创造力的、不因循守旧而色彩丰富的黑话，两者的区别，就好像是拉辛的语言与安德烈·舍尼埃的语言之间的差异。巴伯继续说：

“那个老板说不定当场就被抓回去了。这必须鬼精灵才行。而他现在还只能当当学徒。可能他被一个暗探骗了，更糟的是可能被一个伪装的同行给出卖了。听，巴纳斯山，监狱里的那种叫声，你听见了吗？你看那有一片亮光。他已经被抓回去了，别担心！没事儿，他也就只能再去蹲上二十年班房了。我一点儿也不怕，我可不是个胆小鬼，你们都清楚，但是如今只能开溜，否则，我们就也要倒霉了。你别发火，不如和我们一起去喝瓶老酒吧。”

“朋友有难，我们不能坐视不理。”巴纳斯山嘀咕着。

“我跟你说，他没救了！”普吕戎说，“事到如今，那客店老板不名一文。我们也无能为力。我们还是离开这儿吧。我时刻觉得有一个警察已经捏住了我的手。”

巴纳斯山只能微弱地反对了，情况是这样：这四个人，以他们信奉的那种匪徒间的互爱互助永不相弃的义气，将自己的生死置之度外，在拉弗尔斯监狱附近整整走了一夜，盼望着德纳第会奇迹般地出现在某个墙头上。

那个雨夜几近完美，暴雨让街道上空无一人，越来越冷，他们淋得湿透了，鞋底也全破了，监狱里又传来一片令人心惊胆战的嘈杂声。巡逻队来回搜查，希望之光越来越弱，恐惧重新爬上他们心头，这些都使他们不得不放弃。一会儿后，他们四下离散。德纳第趴在墙头上，心慌气急，好比墨杜萨海船上的遇险乘客，坐着一块木排，远远看见一只船，却又消失得无影无踪了。

他不敢叫，怕被人听见，这就前功尽弃了，他突然想到一个法子，最后的一个点子，一线生机；他又掏出那段普吕戎留在新大楼烟囱上的绳子，朝木栅栏圈子抛过去。

那绳子可巧正落在他们脚边。

“一个‘veuve’。”巴伯说。

“我的‘tortouse’！”普吕戎说。

他们抬头往上看。德纳第又向外探了探脑袋。

“快！”巴纳斯说，“你另一截绳子在哪儿，普吕戎？”

“在这儿。”

“把它们结在一起，再把绳子扔给他，拴住墙，就有足够的长度下来了。”

德纳第冒死大声一点儿叫道：

“我都冻僵了。”

“待会儿会让你暖和过来。”

“我不能动。”

“你顺绳子往下滑，我们在下面接你。”

“我的手发麻了。”

“把绳子绑在墙头，你还行吧。”

“不行。”

“我们必须上去一个人才行。”巴纳斯山说。

“四层高呢！”普吕戎说。

有一段泥灰砌成的管子——是以前住在这个木棚里的人生炉子用的——顺向墙面向上，差不多够得着德纳第待的地方。烟囱上已裂开多道口子，也差不多全破了，早就塌了，只剩下一点遗迹。那管子一点儿也不宽敞。

“我们可以从这儿往上爬。”巴纳斯山说。

“一个‘orgue’！。”巴伯说，“在这烟囱里钻，肯定爬不过去！一定要有个‘mion’才行。”

“必须有一个‘môme’。”普吕戎说。

“上哪儿去找孩子？”海嘴说。

“等一下，”巴纳斯山说，“我想起来一个办法。”

他轻手轻脚地把栅栏门打开一条缝儿，四下里看看没见人，悄悄出了门，顺手关上，就跑向巴士底广场了。

七八分钟了，对德纳第说来简直就是八千个世纪那么长，巴伯、普吕戎、海嘴手心里也都捏着一把汗，门总算又开了，巴纳斯山，大口大口地喘着气，带回来了伽弗洛什。雨还在下，所以街上决不会有什么人。

伽弗洛什走了进来，轻松地看看那几个匪徒。雨水不停地从头发里流下来。海嘴第一个问他：

“小鬼，你是个大人吧？”

伽弗洛什耸了一下肩膀，答道：

“我这种‘môme’是个‘orgue’，而你们这种‘orgues’才是‘mômes’。”

"这小子嘴还挺尖!"巴伯说。

"巴黎的小孩可不是吃素的。"普吕戎说。

"你们想干吗?"伽弗洛什说。

巴纳斯山回答他说:

"想让你从这烟囱里爬上去。"

"带上这个寡妇。"巴伯说。

"还要系上这只乌龟。"普吕戎补了一句。

"在这墙头上。"巴伯又说。

"在那扇窗户的横木上。"普吕戎又补上一句。

"就这些?"伽弗洛什问。

"就这些!"海嘴回答。

那孩子仔细打量了一番那些绳子、烟囱、墙壁、窗户之后,从嘴里冒出一些不十分明白、但蔑视意味明显的话,意思是:

"这点儿屁事?"

"那墙头上有一个人要你救他下来。"巴纳斯山又说。

"你愿意吗?"普吕戎问。

"傻蛋!"那孩子回答了一句,似乎认为这问题太奇怪了,他马上就脱了鞋子。

海嘴一下扛起伽弗洛什,让他上了板棚顶,那虫伤累累的板棚顶板显然不堪重荷而左右摇闪,他又把普吕戎趁巴纳斯山找这孩子的功夫重新结好的那条绳子交给他。孩子走向烟囱,在靠近棚顶的地方有一个大口子,他一下就钻了进去。他慢慢向上爬,德纳第见有人来救他,觉得有了活路,就将头往边上伸,微明的曙光照亮了他满是汗珠的前额,土灰色的颧骨,瘦长、阔大的鼻子,乱蓬蓬竖立的灰白头发,伽弗洛什一眼就认识了。

"哦!"他说,"原来是我老爸!……啊!无所谓。"

然后他一口咬住绳子,使劲向上爬去。

到了屋顶后,他像骑马一样跨坐在墙头上,把绳子紧紧地绑在窗子横木上。

一会儿功夫,德纳第就下到了街道上。

脚一沾地,知道自己安全了,他就不再麻木僵硬,也不打战了,刚刚被他摆脱的危险境地,像一股轻烟般消散得无影无踪,他又成了原来那凶残异常的他了,站稳后,能自主行动了,他迈开步子向前走 。他讲出的首先是:

"现在,我们应把谁吃掉呢?"

这个字直白得让人直打哆嗦,毋庸多言,它的意思是杀人,是谋害,是强取豪夺。"吃"的真实意义是"吞咽下去"。

"大家靠近点,"普吕戎说,"我们说几句,大家就各走各的路。卜吕梅街有一宗生意,似乎有利可图,那条街人不多,有一栋单独的房子,正对花园有一扇已经腐朽的铁门,还有两个孤零零的女人。"

"太好了!为什么不干呢?"德纳第问。

"你的闺女,爱潘妮,已经去看了。"巴伯回答道。

"她给马侬了一块饼干,"海嘴说,"无利可图。"

"这闺女并不笨，"德纳第说，"但还是应该去看一眼。"

"没错，"普吕戎说，"理应去看一眼。"

这功夫，这些人似乎没人留意伽弗洛什，他坐在一根撑栅栏的条石上，看他们说话，他等了一下，可能是指望他老爹转过身来，然后，他穿好鞋子，说：

"没事了吧？你们再用不上我了吧？我想走了。我还要去叫醒我那两个小家伙呢。"

说完，他就走了。

那五个人，也从木栅栏里鱼贯而出。

伽弗洛什走到芭蕾舞街就不见了，这时，巴伯拉看德纳第，悄声问道：

"你注意那个小鬼了吗？"

"哪个小鬼？"

"爬到墙头上给你绳子的那个。"

"我当然注意到了。"

"嗯，我也不敢肯定，我倒觉得他就是你的儿子。"

"别管了！"德纳第说，"那不一定。"

他也走了。

第七卷　黑话

一、起　源

“Pigritia”是个令人恐惧的字。

它制造了一个世界，“la pègre”，“盗窃”之意，它还制造出一个地狱，“la pégrenne”，“饥饿”之意。

可见，懒惰就是母亲。

她有一个儿子和一个女儿，儿子叫盗窃，女儿叫饥饿。

我们说的是什么？是黑话的问题。

什么是黑话？它既是民族语言又是土话，它是人民和语言二者的偷窃行为。

三十四年以前，讲述这个阴森悲惨的故事的人在另一本与现在这本书有共同宗旨的书中，曾说及一个讲黑话的匪徒，在当时曾引起舆论界的轩然大波。什么？怎么？黑话说到底是太丑陋了！这种话只有那些囚犯、坐苦役牢的人、监狱里的人以及社会上最坏的人才说，等等，诸如此类，不胜枚举。

这些表示反对的见解，我们从来都没有弄明白。

从那时候开始，两个伟大的小说家，巴尔扎克和欧仁·苏，一个是洞悉人类心灵深处的观察者，另一个是人民的英勇无畏的朋友，和《一个死囚的末日》的作者一八二八年干的一样，让匪徒们说他们自己的语言，这同样引发了相似的反对之辞。人们再三声明：“这些作家居然写出这种肮脏污秽的语言，他们到底想要我们干什么？黑话太不雅观了！一听黑话连头皮都发麻了！”

谁会说不是这样呢？绝对不会。

为了了解一个伤口、一个深渊或是一个社会时，从何时开始，谁曾认为深入下层，到最底层去不对呢？反之，我们从来就视深入观察为勇敢者所为，怎么说也算得上是一种质朴而有帮助的行动，和接受且完成任务一样，都是应该被注意且受到同情的。不做彻底的调查，不进行完整的研究，半途而废，何苦这样呢？只有条件达不到时才可以中止行动，而行动者本人没有理由不坚持到底。

诚然，深入社会组织的下部，从土壤与污泥的交接处开始寻找，去湿湿的污流中寻找，把那种粗俗难耐，还淌着淤泥，流脓喷血，每个字都像是生活在阴湿烂泥中的那些虫子身上的恶心的环节一样的语言抓出来，并且把它们活生生地暴露在阳光下和大家面前，这种工作丝毫不具吸引力，并且困难重重。在思想的光辉下直面这些大言不惭而且不绝于耳的黑话，是最可悲哀的事了。它就像一种刚从污水池中出来的不能见阳光的怪物。人们就像是看见了一团荆棘在抽动、匍匐，跳来跳去，直往黑的地方窜，圆睁双眼来吓人，它们全身长满刺，活生生却样子极为恐怖。这个字像只爪子，那个字像只淌血的盲眼，某一句话像个半开半合的蟹螯。而所有这些都是鲜活，它们按某种混乱却又不失秩序的东西的丑陋的生命力生活着。

现在我们的问题是，丑恶的东西，从什么时候被排除在研究范围之外了呢？

疾病又是从什么时候开始赶跑了大夫们？一个人，如果死活都不研究毒蛇、蝙蝠、蝎子、蜈蚣、蜘蛛这些动物，看见它们就赶它们回洞，口中还念叨着：“啊！这太恶心了！”这样他还能被当成一个生物学家来看待吗？思想家见了黑话转身就走就和外科医生见了痈疽转身就走一样。这也好像是一个语言学家不愿弄清语言的实际问题，一个哲学家却不思考人类的实际问题。所以，应该对不知底细的人讲明白，黑话是文学园地中的一个奇迹，它也是来源于人类社会。我们所说的黑话到底是什么？黑话就是劳苦大众使用的话语。

说到这儿，人们会打住我们，他们可以把个事理推广开去，尽管推而广之有时会产生消解作用，他们可以说，每一门手艺，每一个职业，还包括上等级社会中的每一个阶层，每一门知识都有各自的黑话。生意人说“蒙培利埃可发售”，“优质马赛”；兑换商说“延期交割，本月末的手续补贴”；玩牌者说“畅通无阻，黑桃没戏了”；诺曼底法庭执达吏说“在租户明令禁止的区域，当声明对拒绝者的不动产具有继承权时，不可以在这些区域收取利益”；闹剧作家说“喝倒彩”；喜剧作家说“我垮了”；哲学家说“三重性”；猎人说“红野兽，食用野兽”；骨相家说“和蔼，好斗，醉心于秘密”；步兵说“我的黑管”；骑兵说“我的小火鸡”；剑术师说“三度，四度，冲刺”；印刷工说“加铅条”；以上所有这些印刷工、剑术师、骑兵、步兵、骨相家、猎人、哲学家、喜剧作家、闹剧作家、法庭执达吏、玩牌者、兑换商、生意人说的话，都是黑话。画家说“我的刷子”；公证员说“我那来回跳的人”；剃头匠说“我的助手”；鞋匠说“我的帮手”，也全都是黑话。如果苛刻一点，假如我们必须这样看，那些表示左右的各种说法，比如船员们说“船右舷”和“左舷”，道具人员说“庭院”和“花园”，教堂杂务人员说“圣徒的”和“福音的”，也都是黑话。以前曾出现女秀才的黑话，现在还有娇女人的黑话。朗布耶的大宅子在圣迹区附近。甚至公爵夫人也说黑话，拿王室复辟时期一位极显赫又美丽动人的夫人在情书里的话可作例子：“从这些谗言之中，你能发现很多原因，我是迫不得已才逃走的。”外交人员使用的数字和代码都是黑话，教廷国务院用“二十六”来代表罗马，用“grkztntgzyal”代表使节；用“abfxustgrnogrkzu tu XI”代表摩德纳公爵，这也是黑话。中世纪，医生们管胡萝卜、小红萝卜和白萝卜叫“opoponach，perfroschinum，reptitalmus，dracatholicm angelorum，postmegorum”，还是黑话。糖厂老板说“砂糖、大糖块、净化糖、精制糖块、热糖酒、黄砂糖、块糖、方块糖”，他为人诚恳，但也说黑话。二十年以前，某一派评论家们所说的“文字游戏和一语双关的俏皮话构成了半个莎士比亚”，这也是黑话。有两个诗人和艺术家极富深意地说，倘若德·蒙莫朗先生并不十分懂得韵文和雕塑，他们会叫他“布尔乔亚”，这说的也是黑话。古典的科学院院士管花叫“福罗拉”，管果子叫“波莫那”，管大海叫“尼普顿”，说爱情叫“血中之火”，说美貌叫“迷人”，说马叫“很能跑”，管白色或三色的帽徽叫“柏洛娜之玫瑰”，管三角帽叫“玛斯的三角”，他也说的是黑话。黑话还存在于代数、医学、植物学里。人们在船上使用的语言，让·巴尔、杜肯、絮弗朗和杜佩雷等，在风帆、桅杆、绳子临风呼啸，用传声器发号施令，船边动刀动斧，整艘船摇晃不停，寒风呼啸，在隆隆大炮轰击声中使用的那种发展完善、别具匠心、令人诚服的海上语言也是黑话，但这种颇有英武豪放之风的黑话与那种在鬼怪领域里使用的粗鄙的黑话相比，就像是雄师与豺狗的差别。

这已毋庸置疑。但是，无论大家有什么话可说，如此理解黑话，还是从一个极为宽泛的角度来说的，再说也不是每一个人都认为有道理。而我们，却要把它的定义限制在它以前那种清楚、明白、不变的范围里，黑话就是黑话。无可争议的黑话，令人叫绝的黑话（姑且把这两个词搁在一起），历史悠久，自成一个世界的黑话，我们再说一遍，它就是指贫民窟里广泛使用的粗鄙、令人惊疑、险恶、不善、凶恶、残忍、模糊、卑劣、鬼祟、不吉利的话语。濒临堕落和痛苦的边缘的穷人们正在进行着对抗，并且决定与所有的幸福和统治大众的法律做抗争，这种残酷的抗争，时而狡猾，时而残暴，又险又狠，它进攻社会秩序的武器有针刺（采用阻险计策），还有棍棒（采用犯罪行动）。为了配合这种抗争，穷人就自己发明了一套用于斗争的语言，就是我们讲的黑话。

把人类历史上的任何一种语言，换句话说，由文明带来的或使文明更为发达完善的一种因素，不管是好是坏，也不管是不是成体系，把它救出被人遗忘的角落和枯干的水井，让它继续活下去而不至于灭绝，从中可以了解社会的许多方面，对文明也是一种贡献。普劳图斯，有意无意地，叫两个伽太基士兵以腓尼基语交谈，就属于这类贡献；莫里哀曾经让他的很多人物说东方语言和各地的方言，也属于这类贡献。又有人表示反对：腓尼基，好极了！东方语言，也有意思！而方言，也还不错！这都是一个国家或一个地区所使用的语言。但这是黑话不让黑话绝种有什么用处？让它继续活下去又有什么用处呢？

对于这个问题，我们只想简单说一句。如果认为研究一个国家或一个地区所使用的语言是有价值的，那么，研究一个劳苦阶层所使用的语言就更具价值。

这种黑话，在法国，举例来说，一直使用了四百余年，它的使用者并不局限于某一个劳苦阶层，全部劳苦大众，只要人类可以生存的劳苦阶层都使用它。

还有一点，我们必须着重声明，研究社会的畸形和残疾，揭开它的秘密好进行治疗，这根据自己的喜好来选择或放弃是完全不可能的。那些从事风俗和思想研究的历史学家们，他们的工作也极具重要价值，并不比那些从事大事件研究的历史学家们差。后面这类人研究的内容包括文明的表面现象、皇位的争抢、王子的出世、国王的婚姻、战争、会议、知名人士、正大光明的兴衰变革，这都是表层的东西；而前面这类史学家则研究内在、本质、劳动、痛苦、满怀期望的人民、受压迫的女人、呻吟不断的小孩、人们的明争暗斗，看不见的残暴行径、成见、公然的不公平现象、法律内部的反抗，心灵不知不觉的变化、老百姓微弱的挣扎、几乎快要饿死的人，裸露着四肢的孤苦无依的人，无母无父的孩子，走投无路遭变凌辱的人和那些在黑暗中晃荡的魑魅魍魉。他要做的是心怀同情之心而又不失严肃地深入那些难进的深渊里，以同胞手足之情去对待那些乱七八糟混在一起的人，淌血的人和行凶的人、流泪的人和诅咒的人，没饭吃的人和酒足饭饱的人、受冤而不敢言语的人和不做好事的人。难道这些深入洞察人心的历史学家所肩负的责任不比那些研究表面功夫的历史学家重要吗？谁会觉得但丁说得比马基雅弗利少呢？难道说，文明的内蕴因其艰深晦涩就比不上其表面吗？如果没把山洞搞清楚，我们又怎能说了解了整座山呢？

顺便还得说一下，从以上那些话看来，我们可以推论出两种完全相异的历史学者，他们的不同我们并非知道得很清楚。一个历史学家，他虽然研究老百姓们公开的、看得见的生活，而他并不了解他们暗中的深层次的生活的话，绝不可能取得惊人成绩；而如果一个人不能及时地变成了解外部事物的历史学家的话，就没有成为一个优秀的研究内在事物的历史学家的可能。风俗和思想史与大事记历史相互融合得很紧密，反之亦然。这是两种不同的事物，它们相互影响、紧密相连、互为原因。老天爷在一个国家的表层常留下线条，其中肯定会有不鲜艳却显而易见的相互平行的线条，而它内部深层次的任一混乱都会影响到表层。历史的内容丰富而广阔，真正的历史学家对这一切都应该关心。

人不是仅有一个中心的圆圈，而是一个有两个焦点的椭圆。事物是一方面，思想又是另一方面。

语言要不务正业时就会用黑话来伪装自己。这时其中的用词造句像是戴了面罩，那些比喻也是破败不堪的。

因此，它变得不堪入目。

人们差不多不认得他了。这是法语，人类了不起的语言，不是吗？它做好登台的准备，掩护不轨行为，可以出演整部坏戏中的每个人物。它走路一瘸一跛，走不太稳了，两腋下架着拐杖在圣迹区摇摆着走来走去，那拐杖一下又变成大头棒子，它说自己拿着破碗要饭，各种怪物把它弄得古里古怪的，它在地上爬，还能抬起头来，像蛇一样。从那以后，它什么人都演，造假的人把它弄成了斜眼，放毒的人让它长了锈，放火的人给它涂层松烟，杀人犯给它涂上胭红。

当我们站在社会的边缘，作为诚实人去倾听，就常能听别人的交谈。我们听得出什么是问话什么是回答。我们听到一些讨厌的声音在轻声细语，听不清说什么，仿佛是人在说话，但还不如说是狗叫，又不太像人话。这说的就是黑话了。那些字长得奇形怪状的，有一种说不清楚是什么怪物的味儿。我们好像听见七头蛇的语言。

这里鬼魂在黑暗中的用语。像微风般拂入人耳，就像是傍晚时分听人猜哑谜。人在痛苦中没有一线光明，犯罪时更看不到一丝亮光，这两种黑暗共同造就了黑话。天上的黑暗，行为的黑暗，语言的黑暗。这是种像癞蛤蟆一样恐怖的语言，一大片雨、黑夜、饥饿、邪恶、诈骗、残酷、裸露、毒气、寒冬（穷人眼中最好的季节）组成了昏黄暗淡的迷雾，它在里面跳来跳去，爬着前行，唾沫横飞，就像魔鬼一样扭动着身子。

我们应该同情那些受罚的人。唉！我们自己又是谁？对你们说话的我又是谁？听我说的你们又是谁？我们来自何方？谁敢担保我们来到这个世界上以前没做过什么？地球和监狱中有相同的方面。谁敢完全否认人不是因为触犯天条而又被抓进监狱的囚犯呢？

你们睁大双眼仔细去看看人生吧。从不同角度看去，我们不难发现人生处处充斥着惩罚。

别人都说你幸福吗？好吧，而你却天天都在担心着。每一天都有大的或小的麻烦来骚扰。昨天你还在操心一个亲戚的身体问题，今天又得操心自己的身体状况，明天又会出现钱的问题，后天又会遭人诽谤，大后天会有一个朋友的不幸的消息；接着又得关心天气，又摔碎了东西，弄丢了，又有件什么高兴事，但心里不舒服或脊梁骨疼；再者又是完成一件任务完成得如何的事儿。且不说心里的各种烦恼，一个连着一个，刚走一片乌云，又来另一片。一百天里也找不着一天阳光灿烂的日子。这岂能说你是少数的那几个幸福人之一！而别的人，却总是身处那种长年见不到光明的漫漫长夜之中。

有头脑的人几乎不用这些词语：幸福的人和不幸的人。这个世界分明是另一个世界的前台，根本没有幸福之人。

人类只能这样分类：身处光明中的人和身处黑暗中的人。

目标在于让身处黑暗中的人数减少，而让身处光明中的人数变多。这也是我们大呼“教育”“科学”的原因。学会读书，就仿佛是点亮了火炬，每个字的每一音节都闪烁着火光。

但是光明不等于快乐。身处光明之中的人也会不开心，光亮大量积聚会引发燃烧。火焰对飞行不利。燃烧还能继续飞行，只有天仙做得到。

即使你想明白，也找到了心爱之物，你仍会有痛苦。黎明的第一道曙光中，满地都是泪泪抽泣。

二、根　源

身处黑暗中的人说的是黑话。

伏在最阴暗的深处的思想一点儿也不安静，上下闹腾，看着这些受了酷刑却负隅顽抗的谜一样的语言，社会哲学必须认真而严肃地思考。这上面有清楚的刑罚。每个音节上都有烧过的印迹。一般来说，出现在这里的字词句也都像是受了刽子手的烙刑而缩作一团且烧焦了一般。有的好像还冒着烟。有的句子会让你觉得：就像是一个匪徒突然在你面前脱下衣服，肩头上露出一个百合花的烙印疤痕。没什么人愿意拿这些被法律贬斥了的语言来表现思想。那种语言里的比喻法有时非常大胆，甚至给人一种被铁枷箍过的感觉。

但是，虽有这些情况，也正由于这些情况，这种怪异的语言，在对铜臭和荣誉都照单全收、没有一点偏见的方格子世界里，也就是我们常叫作文学的世界里，应该有自己的一席之地。这些黑话，有它内在的语法规律和韵律特征，并不以人的意志为转移。这是语言的一种。如果从一些单词的丑陋中我们能看出曼德朗的影子，我们也能从一些换喻的优异中发现维庸也有类似的说法。

这是一句著名的意味深长的诗句：

Mais où sont les neiges d´antan?

这是一句黑话诗。“Antan”（源自“ante annum”），这是土恩王国的黑话用语，意为“去年”，引申出“以前”的意思。三十五年以前，一八二七年那一大批犯人出发的时候，在比塞特监狱里的一间牢房里还会看见一个被判罚大桡船服刑的土恩王拿铁钉写在墙上的这一名句“Les dabs d´antan/trimaient siempre ponr la pierre du Coësre.”它的意思是“以前的国王总会去举行祝圣仪式的。”以这个国王看来，祝圣，与苦刑无异。

“Décarade”的意思是一辆重车飞似的出发，有人说它来自维庸，这也有道理。这个字总让人想像为四只铁蹄下的火花，用一个微妙的象声词就概括了拉封丹那句优美的诗：

“六匹骏马拖一辆车。”

用纯文学的眼光来看，比黑话更加丰富而特别的研究内容也没有什么了。这是语言中的一整套体系，一个不健康的树瘤，一种嫁接上的导致肿瘤的致病枝条，一种根源于高卢大树，而其古怪枝叶遍布半边语言的寄生物。这就是黑话多个方面中通俗的一面。但是，在那些持正当的严肃认真态度——就像地质学家研究地球一样——来观察语言的人眼中，黑话则是一片冲积而成的沃土。我们再进一步深挖，在各种深度会发现，黑话中比古代法语更古老的还有普罗旺斯语、西班牙语、意大利语、东方语（地中海地区港口城市使用的语言）、英语和德语，有从罗曼语分化出来的法兰西罗曼语、意大利罗曼语和罗曼罗曼语，有拉丁语，还有巴斯克语和克尔特语。真是深厚而与众不同的结构系统。这是全体劳苦大众在地下共同劳动的结晶。每一个被诅咒的民族、阶层都往上铺过土，每一种苦难都垒过石，每一颗心都上过沙。不计其数的凶恶、低贱、性急、走过短暂的生命就在宇宙中消失的灵魂差不多都在我们之中呈现出各自的本来面目，用一个模样奇特的词语作外形出现在我们眼前。

从西班牙还能说两句吗？其中有许多古老的哥特语中的黑话。比如“boffette”（风箱），源自“bofeton”；“vantane”以及后来的“vanterne”（窗户），源自“vantana”；“gat”（猫），源自“gato”；“acite”（油），源自“aceyte”。需要从意大利语角度说两句吗？比如“spade”（剑），源自“spada”；“carvel”（船），源自“caravella”。需要从英语角度说两句吗？比如“bichot”（主教），源自“bishop ”；“raille”（间谍），源自“rascal”，“rascalion”（流氓）；“pilche”（套子），源自“pilcher”（鞘）。需要从德语角度说两句吗？比如“caleur”（侍者），源自“kellner”；“hers”（主人），源自“herzog”（公爵）。需

要从拉丁语角度说两句吗？比如“frangir”（破），源自“frangere”；“affurer”（偷窃），源自“fur”；“cadène”（链条），源自“catena”。有一个字，存在于陆地上的任何一种语言中，具有无比的力量和神奇的威力，那就是“magnus”，是苏格兰语中“Mac”（族长）的组成部分，例如“Mac-Far-lane”，“Mac-Callum-more”（注意，克尔特语中“mac”是“儿子”的意思）；黑话中是“meck”的组成部分，后来变成“meg”，也就是“上帝”的意思。需要从巴斯克语角度说两句吗？比如“gahisso”（鬼），源自“gaiztoo”（恶）；“sorgabon”（晚安），源自“gabon”（晚上好）。需要从克尔特语角度说两句吗？比如“blavin”（手绢儿），源自“blavet”（喷泉）；“ménesse”（女人，带贬义的词），源自“meinec”（戴满了钻石的）；“barant”（小溪），源自“baranton”（泉水）；“goffeur”（锁匠），源自“goff”（铁匠）；“guédouze”（死神），源自“guenndu”（白与黑）。最后还想了解一点吗？黑话中，埃居被叫作“maltaise”，这是为了纪念以前在马耳他大桡船上使用的货币。

除了以上说到的语言角度的根源以外，黑话还有一些别的更加自然的，完全由人们臆想出来的根源。

首先，由文字演化而来。这对于语言来说是比较困难的。用一些文字去表现形体具备的东西，既不知道采用什么方法，也不清楚何以为之。这是人类每种语言都有的基础，我们可以叫它语言的核心。黑话中到处是这种字，它们天然生成、毫无根据，完全由人脑创造，没有来源，也不是通过派生而成，这些词我行我素、粗俗而难登大雅之堂，有时丑恶不堪，但能一针见血地完成表达任务，具有很强的生命力。刽子手（taule），森林（sabri），害怕，逃跑（taf），随从（larbin），将军、省长、部长（pharos），鬼怪（rabouin）。很难再找到比它们这些欲盖弥彰的词更怪异的东西了。有的字，像“rabouin”，粗野而令人恐惧，让你的脑海里不时地浮现出独眼的巨大无比的鬼怪模样。

其次，就是隐含的比喻。一种语言，又要充分表现又要遮得密不透风，它就只能大量地使用这些隐含的比喻。这种比喻和谜语差不多，它为企图不轨的强盗土匪和妄想逃狱的罪犯提供避难所。黑话是语言中隐含比喻最多的。“Dévisser le c oco”（转脖子），“tortiller”（吃），“être gerbé”（挨审），“urrat”（偷面包的人），“illansquine”（下雨），都是古老而极富表现力的话，从它们身上不难发现其时代背景，它用挨个站立的长矛队的矛杆来比喻雨水如注的线条，用一个字就表现出“下刀子”这个人们常说的换喻。有时，黑话在从初始阶段向高一级的进化过程中，有的本来很粗俗直白的字眼会变为隐含着比喻的形式。“鬼”从“rabouin”变成了“boulanger”，这就成了送东西进火炉的人。这种说法很幽默，但是少了威猛的气势，就像是走高乃依一路的拉辛和承埃斯库罗斯之风的欧里庇得斯。黑话中一些产生于跨越不同时期的句子既有粗俗直白的一面也有内敛隐含的一面，仿佛在凹凸镜中的鬼怪影像。“les sorgueurs vontso-llier des gails à la lune”（小偷要在晚上去偷马），这让人感觉仿佛遇上了一群鬼，也不清楚眼前是什么东西。

再次，对付紧急局面的办法。语言支撑着黑话的生命。它一时心血来潮随心所欲，任意挑选语言材料，而且常会进行必要的随意凶残的扭曲改造。有时，它改变一些平常字本来的样子，把它们混在黑话独有的词语中，造成一些极富表现力的词组，从中我们不难看出前两种情况——原始改造和隐含比喻——的合二为一：“Le cab jaspine，je marronne que la roulotte de Pantin tsime dans le sabm.”（狗咬人，我怕巴黎的公共马车已到了森林里。）“Le dab est sime，La dabuge est merloussière，la fée est bative”（老板是笨蛋，老板姑娘奸诈，长得美。）而最普遍的现象是，为了搅乱别人的听觉，黑话不区别“aille”，“orgue”，“iergue”或“uche”这些字尾，而只是从它们中间随便挑一个出来，加上一些平常生活用语中的字后面。比如：“Vousiergue trouraille bonorgue ce gigotmuche?”（你觉得这羊后腿好不好?）卡图什对一个狱卒就说过这句话，他这样说是要问他送的越狱的钱让他满不满意。最近几年，才加了个字尾“mar”。

黑话本身是一种经常有腐蚀作用的俗话，所以它自己也容易受到腐蚀。另外，它总是躲躲藏藏的，一觉得自己被人看清了，就要改弦更张。和所有的植物相反，太阳一照，它就只有死路一条。因此，黑话总在不停地代谢生命，补充新的活力，它的行动秘而不露，手脚利索、永不中断。它走十年比一种平常语言走一千年要远得多。这样一来，“larton”（面包）成了“lartif”，“gail”（马）成了“gaye”，“fertanche”（麦秸）成了“fertille”，“momignard”（孩子）成了“momacque”，“siques”（破衣服）成了“frusques”，“chique”（教堂）成了“égrugeoir”，“c-olabre”（脖子）成了“colas”。最开始时，“鬼”是“gahisto”，后来变成“rab-o uin”，随后又变成“boulanger”（面包师），“神甫”是“ratichon”，后来成了“sanglier”（野猪）；“小刀”是“vingt-denx”（二十二），后来成了“surin”，再后来又成了“lingre”；“警察”是“railles”（耙子），后来成了“roussins”（高头大马），再后来成了“rousses”（红毛女人），再再又成了“marchands”（棉纱带贩子），再后来又成了“coqueurs”，又再变成“cognes”；刽子手是“taul-e”（铁皮砧垫），后来成了“charlot”（小查理），再后来成了“afigeur”，又变成“becquillard”。十七世纪，“sedonner du tabae”（互相奉上鼻烟）代表“相互殴打”，而到十九世纪，则要说“se chiquer la gueule”（互相咬狗嘴）。这两个初终端中间，还有过二十种不一样的说法。对拉色内尔来说，卡图什的黑话几乎和希伯来语没什么两样。这种语言中的词语本身和它的使用者一个德行，不知道停止，永远在躲避。

然而，因为总是来回地变，有时，陈旧的黑话又会摇身一变再次流行。它有自己持续生存与发展的根据地。十七世纪的黑话以大庙为其根据地；当比塞特还是监狱时，就保留了土恩国的黑话。在那些黑话里，人们可以找到字尾“arche”，这是古代土恩国民的用语。比如“Boyarchestu”（你喝吗?）“il croyarche”（他相信）。但是，永不停止的改变仍然是一项法则。

一个哲学家，如果有功夫研究这种不停更新的语言，他会常常陷入痛心却有好处的思考之中。不会再有比这更有效果、更有教育意义的研究项目了。黑话之中，每个隐含比喻和词语都根源于一个教训。那些人说“打”是“假装”的意思，他“打”病，狡猾奸诈是他们的力量。

在他们的理解中，“人”与“黑影”是紧密相连的。夜晚是“sorgue”，人是“orgue”，后者由前者派生而来。

他们的习惯是把社会看作陷害他们的环境，看作是一种能导致死亡的因素。他们谈论个人自由与谈论个人健康是一致的。“病人”就是一个被抓起来的人，“死人”就是被判了刑的人。

那些关在四面都是石头墙的牢房中的人，最害怕的就是那种阴冷黑暗，只有自己一个人的孤立生活，他把地牢叫作“castus”。在这个潮冷悲惨的地方，外面的生活总是让人感到无比欢乐。也许你会认为，能自由地走路是戴着脚镣的犯人所最渴望的吧？不，能起舞才是他最渴望的，一旦脚镣被弄断，他首先的反应是“他可以跳舞了”，所以，他把能弄断脚镣的锯子叫作“村子里的舞会”。每个“人名”都是一个“核心”，非常相似。匪徒都有两个脑袋瓜子，一个是指挥他一生的行动的脑袋，另一个是临死前还在他脖子上的脑袋，他管那个引逗他做坏事的叫“神学院”，当替死鬼的那个叫“树桩子”。一个人如果只剩一身破布条和满脑子的坏主意，物质和精神两者都只能用“无赖”这个词来形容时，他就接近犯罪的深渊了，他仿佛一把锋利的匕首，贫苦凶残是它的双刃，只是黑话可不说“一个无赖”，它说“一个磨锋利了的”。苦役犯蹲的房间是什么？是应该受到诅咒的火坑和地狱。苦役犯则被叫作“成捆的柴伙儿”。最后，匪徒们口中的监狱叫什么呢？“学堂”。这个词制造出一整套的刑罚制度。

你们是否想知道专用词汇中所说的“lironfa”的那种叠歌，是从苦役牢的什么地方发展起来的？我来解释吧：

以前，有一个又长又大的地牢位于巴黎的小沙特雷。它紧紧挨着塞纳河，比河水矮八尺。只有一门道是入口，再没别的任何窗子通气口一类的通道了。人可以进得去，空气不行。地牢那圆的拱形房顶用石头砌成，地上的烂泥有十寸厚。开始的时候，地上铺了石板，但长时间被水侵蚀，那些石板都烂掉了，满地的裂口。地道的两头横贯着一根粗重的长梁，距地面有八尺高，那上面，每隔一段系着一条长约三尺的铁链，头上有一个铁枷。那些被判处到大桡船上服刑的犯人就被关在这地牢里，一直到被送往土伦为止。这些犯人，都要被弄到那些横梁下面的左摇右晃的铁枷上受刑。那些链子，像倒挂着的手臂，那些铁枷，像张开的手掌，将那些悲惨的人从脖子处吊起来。再钉上铆钉，他们便丝毫不能动弹了。链子不长，因此他们无法躺着。在那黑漆漆的洞中，他们被牢牢地挂在横梁下面，费尽九牛二虎之力才能吃到面包喝到水，圆拱房顶压着头，稀泥泡着半条腿，大小便顺双腿往下流，全身松软乏力，好像四马分尸一样，屈着胯骨，弯着膝盖，两手紧托链条才能缓口气，睡觉只能这么立着，铁枷随时可能弄醒他们，而其中也就有人永远睡过去了。为了吃点东西，他们往往用脚勾起别人丢在稀泥里的面包沿大腿送到手上。他们需要如此过多长时间？一个月，两个月，可能半年，有人还过了一年。这是大桡船的会客室。偷一只国王的野兔，就会被送到这里来。他们在这个坟墓一样的地狱里能做些什么呢？人在坟墓里能做什么，他们就做什么，等待死神降临；人在地狱里能做什么，他们就做什么，放声歌唱。在一切没有任何希望的地方，都会有歌声。在马尔他的水面上，每当一只大桡船划过来，歌声总是比桡声先被人听见。一个违反国王禁令擅自打猎的可怜人，苏尔旺尚，就在这地牢里待过，他说：“那时我唯一的支柱就是诗韵。诗索然无味，韵又能做什么呢？”在这地牢几乎诞生了全部的使用黑话的歌曲。“Timoloumisaine, timou-lamison”，这首蒙哥马利大桡船上苍凉的叠歌就是诞生自此。除几首欢快些外，大部分的歌曲都是悲哀的，有一首却很温和恬美：

这里是
小投枪手表现的场合。

你还是省省心吧。你永远无法消灭人类心灵中永不褪色的爱。

这个世界，到处是鬼鬼祟祟的行为，大家互相守口如瓶。秘密，是大家共有的。在穷苦人眼中，秘密是在团结的基石上产生的共同体。泄露秘密，就是凶残地抢夺其中每个人的私有财产。黑话是极富力度的语言，它把“揭发”叫作“吃那块东西”。这意味着，泄密的人自私地拿走了大家的东西，他从每人身上挖一块肉来补充自己的营养。

被人扇耳光是什么？俗气的带隐含性比喻的答案是：“就是看三十六支蜡烛。”在这里，加入了黑话：“Chandelle，camonfle.”于是在普通语言中“Camouflet”和“耳光”同义。这样隐含性比喻——这一难以丈量的弹道——帮助黑话，由下层向上层渗透，从罪恶之地来到了文学殿堂里，依照普拉耶的：我点燃自己的“camoufle”（蜡烛），伏尔泰写出了：朗勒维·拉波梅尔可以挨上一百个“camouflets”（耳光）。

深入研究黑话，随时会眼前一亮。广泛细致地研究这种不同寻常的语言，人们可以逐步走到正规社会与罪恶社会那幽深神秘的会合点上。

小偷，也有他的炮灰，可以偷的东西，你，我，每个人都一样；“le/pantre，”（Pan：人人。）

黑话，就是语言中的苦役犯。

多么有希望的人那活力十足的思维能继续深入到底层，被苦难的罪恶力量限制软禁在那里，让一种不知其名的工具把它捆绑在那深不见底的地方，你定会手足无措。

啊，身处逆境时，人的苦心！

唉！难道这些黑暗中的灵魂就没有救世主了吗？难道这些人命中注定就只能原地不动，祈望那位骑着飞马和半马半鹰怪兽的无上天神、那位沐着晨光长着双翼如神仙般下凡的斗士，那位象征光明未来的飞将军来解救他们的灵魂吗？它将永远徒劳地向光明的未来呼号吗？它将终身囚禁于那一片黑暗的洞中，心悸地听那妖魔鬼怪步步进逼，看着那丑陋凶恶的头颅、嘴角流涎的下巴、虎爪、蛇身、虺腰，忽高忽低，上蹿下跳于泥沼中吗？难道它就应该处于这种地方，毫无希望，不见一丝光明，对灾难与妖魔的进逼都无能为力，只能害怕、忧虑，披头散发，紧托着手臂，就像那在昏天黑地中受难、冰清玉洁、一丝不挂的安德洛墨达一样，永远被绑在阴湿硬冷的石头上吗？

三、哭和笑的黑话

就像我们看见的，全体黑话，包括四百年以前的和当今的黑话，都体现出一种晦暗的特质，有时用一种忧郁情绪，有时又用一种威慑神色给所有的词汇涂上象征色彩。从中我们可以体会出当年在圣迹区玩牌的流浪汉们的气愤而忧郁的神气，他们的纸牌是自己发明的，我们现在还留有几副。比如其中的梅花八，就是一棵长着八个大花瓣的大树，这是表现森林的一种奇异的方法。树下烧着一堆火，三只兔子将一个猎人穿在树枝上放到火上烘，树后面还有一口锅，冒着热热的气，锅里是一只狗头。可以看出，这幅画体现的是一种对烧死走私犯和煮死铸私钱犯的不满之情，但将这些画在纸牌上，可谓极尽阴森恐怖之能事。在黑话的世界里，各种形式的思想，甚至是歌曲、嘲弄或吓唬，也都有这种别无他法和抑郁的特点。一切歌曲——某些调子已收集——都苍凉凄切卑贱到让人忍不住泪流满面。鬼怪的世界把自己叫作“可怜的世界”，它与一只时常准备藏匿的野兔、逃窜的老鼠、飞跑的小鸟很相似。它刚刚表达了一点自己的意见，就欲言又止，除叹气以外就别无他言了。我们曾听说过这句倒苦水的话：“我不明白，上帝，人类的父亲，怎能让自己的儿孙们受苦受难，于他们的呼救充耳不闻。”劳苦大众一想到这个问题，总是认为法律面前自己微不足道，也没有能力与社会抗争，于是就心悦诚服地乞求同情与恩赐，人们觉得他们意识到了自己的不对之处。

但到上世纪中期，发生了一些变化。歹徒们常唱的那种监狱歌曲，呈现出高傲和欢乐的情绪。larifla 取代了悲哀叹息的 maluré。至十九世纪，差不多所有的大桡船、苦役牢、囚犯们的歌曲都充斥着极度轻松疯狂的味道，让人百思不得其解。人们在那里常常听闻的这几句疯狂涌动的叠歌，就像被忽明忽暗的磷光引导，跟着笛声与鬼光涌进了森林一样：

向那边看啊，就是那边嘛，
放声歌唱啊，慰劳自己吧！
就是那边啊，快去看看吧！
大声地歌唱，开怀畅饮吧！

在地窖里或森林中一个角落里掐死了人，大家就要唱这支歌。

可怕的现象。那些阶级原来情绪不高，而到了十八世纪，这些陈旧的伤感悲哀之情都不见了。他们开始微笑。上帝和国王都是他们取笑的对象。说及路易十五时，他们称法国皇帝为“庞坦侯爷”。可以说，他们心情放松而欢快。从这些穷苦人中透出一丝不甚明亮的光芒，似乎他们心中的压抑已经远离了他们。这群身处黑暗世界之中，不再只是在行动上具有不畏一切的胆量，在精神方面也拥有了傲视一切的胆量。这表现他们抛弃了那种认为自己过错太多而惭愧地心绪，他们已经觉得自己获得某种支持，它来自一些思想家和空想者之中，是一种难以名状的下意识行为。这也表明，某些学说和强辩中已经出现了有关盗窃和抢劫的话题，使它们的罪恶获得一定程度的减轻，但却丑化了这些学说和强辩。反正，这表明，即使没有发生变动，很快也将会有惊天动地的暴动。

等一下。现在谁是我们控诉的对象呢？十八世纪吗？它的哲学吗？显然不是。十八世纪所取得的成绩是健康而优异的。狄德罗带领的百科全书派，杜尔哥带领的重农学派，伏尔泰带领的哲学家，卢梭带领的乌托邦主义者，组成四支伟大的队伍。他们为人类走向光明的历程做出了巨大的贡献。他们是人类走向进步的四个急先锋，狄德罗走向美，杜尔哥走向功利，伏尔泰走向真理，卢梭走向正义。可是，哲学家们的四周，还有强词夺理的人，这是混迹于花丛中的毒草，是逞威于处女林中的鞭子。刽子手们在最高法庭的楼梯上烧毁那个世纪的非凡的以解放为写作宗旨的书籍的同时，许多没能传名于世的作家却得到皇帝的特许而写出大量的极具破坏性的作品，专门给劳苦大众看，其中好几种，非常奇怪，居然被某个亲王收藏在秘密的图书馆里而得到保护。这些大家不知道的影响深远的小事，似乎未被人发现。但有一种情况是，保持神秘状态有时更加危险。之所以仍是秘密，因为它是不公开地在地下展开的。在全部的这类作品中，最具引导百姓走向邪恶之路能力的，大概非勒蒂夫·德·拉布雷东的作品莫属了。

这部作品，全欧洲都很流行，而以德国为最厉害。在德国，席勒在一出名剧《强盗》中进行了简明的阐释之后，在一段时间中盗窃和抢夺就一下子引起了众人的注意，与财产和工作作对，从一些肤浅、似是而非、虚假、表面正确而本质错误的思考中汲取养分，并用它们来伪装自己，躲在里面，采用某个深奥虚渺的名词，让自己摇身一变成为理论，并采取这些手段在勤劳、苦难正直的大众之中进行普及而产生不良后果，就是调配这种混合药物的药剂师也全然不觉，而那些受到影响的大众也就无从知晓了。一旦发生这种事，都很严重。苦痛引发愤怒，享受荣华富贵的人们瞎了眼或睡着了（那时眼睛不睁开）的时候，受压迫的人们心中的仇恨就在一些抑郁不乐或不怀好意地躲在黑暗角落里有所期待的人胸中被点燃了，并开始研究这个社会。仇恨从事的研究，非常恐怖！

所以，如果时代的不幸必须这样，那种让人听之动容的以前叫“扎克雷运动”的动荡就会爆发，与之相比，纯粹为政治而发生的骚乱只是小事一桩，那已经不是被压迫阶级与压迫阶级的对抗，而是穷困对富足的抗争。那种时候，一切将坍塌毁灭。

扎克雷运动是人民群众发起的抗争行动。

十八世纪末，这种危机眼看就要爆发，而大革命——这光明坦荡的行为——一下子挡住了它的去路。

法国革命只能称作是一种内藏锐利刀剑的思想，它奋力出击，只一个动作就完成两个使命：遏制罪恶和散播良善。

它消除了麻烦，传播了真理，驱散了邪气，净化了时代，给人民群众加了冠冕。

可以说，它再造了人类，重塑了人类的精神气质，给了人类新的灵魂，人权。

十九世纪接受了它的成果并从中获益，到如今，刚才我们论及的那种不幸根本不可能发生了。长着眼睛的人都会认为这理所当然！聪明人谁也不会心生畏惧！革命像疫苗一样，抑制了扎克雷运动的生长。

多亏有那次革命，让社会换上新颜。封建制和君主制已不能再存活于血液中毒害我们了。中世纪从我们体内完全消失了。在这个时代，再也没有会带来巨变的内部的争斗纠缠，再也没有脚底那种似有似无的潜流的声音，再也不会发生那种产生于鼹鼠的坑道、显现于文明表面的难以言状的骚乱，地再不会裂，岩洞再不会下陷，再也看不见突然从地底冒出的妖怪的脑袋了。

革命的看法就是道德的看法。人权的感情很容易发展成为责任感。大众的法律，便是自由，这是罗伯斯庇尔所用的令人叹服的概念，别人有了自由自己就没有了。自一七八九年始，所有的人都认为自己很伟大而给予充分的发展，所有的穷人都因享有人权而喜形于色，快要饿死的人也对法兰西的诚恳很有把握，公民们用尊严武装精神。谁是自由的，谁就自爱，有权参与选举的人就是统治者。自此生出了不可腐蚀性，自此灭绝了病态的想法，打那以后，人们在诱惑面前勇敢地低下了头。革命的净化作用居然如此神奇，一旦被拯救，如在七月十四日，又如在八月十日，全体贱民都消失了。崇高而不凡的人民首先喊出的是“绞死盗贼!”进步生出了浩然正气，理想和完全真理只能正大光明。一八四八年，押送杜勒伊里宫宝藏运送车的人是谁？是圣安尼郊区那些收破衣服的人。破烂儿护着宝贝。他们虽身着陋衣，却因品行高尚而正义凛然。在那些车上的一些箱子没关紧，有的干脆就是半掩着的，一百只宝石盒子光辉耀眼，那顶满是钻石的古老王冠，顶上缀着一颗价值三千万象征王权和统治权的红宝石，就在那里面。他们，光着双脚，护卫着它。

这也充分说明扎克雷运动不会再爆发了。我对那些聪明人感到遗憾。昔日的恐惧心理在这里最后一次派上用场，以后只能退出政治舞台了。红鬼的大弹簧断了，如今没有一人还没有看穿这一点。稻草人再也唬不了人。鸟儿和它成了熟人，鸠雀落在它头顶上，资产阶级以此为笑谈。

四、两个责任：关心和期盼

如此说来，社会的危险就一点儿也没有了吗？当然不。决不会再有扎克雷运动。对此，社会足以放心，不会再有血液上涌冲晕脑袋的事情了，但是它必须小心呼吸。脑溢血的危险解除了，而肺痨的危险还在。社会的肺痨就是贫穷。

慢性侵害和突袭同样能致命。

我们应该不知疲倦地再三提出：应该把没有生活来源的穷苦大众放在首位，为他们排忧解难，让他们享受空气和阳光，关心他们，让他们见识更广，觉得光辉耀目，给他们创造各种教育途径，给他们树立劳动榜样而非不务正业的榜样，减轻他们所承受的重荷，加深他们对总体目标的理解，减少贫穷增加财富，开阔大众集体劳动的场所，像布里亚柔斯一样，从各个方向对受压迫和软弱的人伸出一百只手，运用全体的力量于这一崇高责任，让所有能双手劳动的人有工厂的工作，让所有聪慧的人能进学校学习，为天才们建立实验室，提高工资，减轻惩罚，争取收支平衡，换句话说，改变福利和劳动以及享受和需要之间的比例关系。总而言之，要让社会机器为苦难而愚昧的人增添光明和温暖，不让同情者忘之于脑后，这是人们相互关爱的最重要的义务，而最需要政治做的，就是让自私的人也明白这一点。

还必须说明的是，这一切只是个开端罢了。问题的关键在于：劳动只有变成权利，才能成为一种法制。

在这里，我们就不详谈了，这不是合适的场合。

假如自然界是人类的支柱，人类社会就应该提前觉察。

聪明智慧和精神的增长与物质的提高同样必要。人的一生中，知识有如盘缠干粮，思想最重要，真知仿佛水稻小麦是粮食，智力如果少了科学和哲理的根据就只有干涸。精神不汲养就像胃不进食一样悲哀。如果有比饿死渴死更令人痛心疾首的东西，就非黑暗中死去的灵魂莫属了。

进步一直偏向问题的消除。人们总会有惊讶不已的一天。人类总是往高处走，所以身处底层的人们就一定会本能地从苦痛之地逃脱出来。简单提高一次水平就可以把贫穷处理掉。

对这种善意的消除如果不信任的话，就不对了。

过去对现在的确有强烈的影响。它会东山再起。重返年轻状态的尸体是无比可怕的。看！它昂首阔步地来了。它就像是个凯旋者，这死尸是它征服的对象。它率领着自己的队伍——各种迷信，佩戴着宝剑——高举专制的旗帜——愚昧无知，到达了，它刚打了十次胜仗。它前进，它恐吓，它笑，它来到了我们的面前。而我们，不能垂头丧气。让我们卖了汉尼拔驻军的营地算了。

我们有信念，还需要害怕吗？

和河流一样，思想也无处可退。

但那些不管以后的人该多思考一下。他们不想前进，他们否认的真实对象是他们自己而不是什么将来。他们甘心情愿染上不易察觉的病，他们以从前作为接种疫苗。只有死亡这一唯一的出路能对死亡说“不”。

所以，不要死亡，身体死得越慢越好，灵魂则要永生，这是我们心之所愿。

不错，总有一天会得到答案，斯芬克司总有一天会说明真相，问题总有一天会被解决。不错，人民在十八世纪已经启了蒙，而到十九世纪他们就会完全成熟。这一点，只有傻瓜才不相信！大家都过上美满的生活，很快就会遍地开花、人人共享，这种憧憬是不容置疑、理所当然地会成为现实。

世界上的一切都由来自各方的巨大非凡的推动力掌握着，在一段时间内让它们具有合理性，换句话来说：平衡；换种说法：趋于平等。一种天地共生的力量来自人道又控制人自身，它善于产生奇迹，对它说来，运用聪明才智解决困难就像编排一个意外改变的故事情节一样容易。由于人类世界里的科学和上天机遇两方面的协助，它并不惊异于被提出的问题里那些令蠢人头痛而不知所措的矛盾。它综合分析种种思想，从中获得解决办法的能力，这与通过对各种情况的综合分析获得教训相差无几，人类可以将一切期望付诸这种进步的神奇的力量，总有一天，进步会促成东西方在墓穴深处的会面，促成伊玛目和波拿巴在金字塔中的交谈。

现在，在这蔚为壮观的思想征途上，我们不要停止，不要犹豫不定，不要间歇。和平哲学是社会哲学的主要内容。它的目的，它应该取得的成绩，是以研究充满敌意之对抗的动机来平息怒气。它调查，它探索讨论，它分析，接着，它再组合起来。它工作的方式是切除，它把所有方面的仇恨统统切掉。

人们已经多次看见过风暴将一个社会消除的现象，人类历史上许多民族和国家都这样消亡了，还有许多风俗、法律、宗教，一天之内全被突袭而来的台风刮毁。印度、迦勒底、波斯、亚述、埃及的文明一个接一个地灭亡了。为什么？我们不清楚。这些不幸是因何而来？我们不清楚。这些社会，当时是无法解救的吗？其中它们自己是否应负些责任呢？它们是不是对一些总会导致不良后果的方面执迷不悟，最后终致毁灭呢？在一个国家或民族得如此令人心惊的毁灭中，咎由自取的成分占多大分量呢？没有办法解决这些疑问。笼罩在这些已经绝灭的文明表面的是一片黑暗。它们透不过一滴水，它们全军覆没了，再毋庸多言。回首从前的无数时代，我们就好像是看见了雄阔大海中的惊涛骇浪，里面航行着多只大型的船：巴比伦尼尼微、塔尔苏斯、底比斯、罗马，经不起狂风浊浪的袭击，先后船翻人亡，让人忍不住胆战心惊。然而，那里黑暗，这里充满光明。我们弄不清古代文明生了什么病，却清楚自己的文明出了什么问题。我们在何处都可以将其曝于阳光之下，我们景仰其秀色，也要将其罪恶坦然地暴露出来。它什么地方病了，我们就在什么地方下药，只要弄清情况就可以琢磨原因，因病施药。我们的文明是二十个世纪的结晶，它模式古怪，却灿烂辉煌不同一般，应该得到医治。可以肯定能得救。医治它，当然很好，晓之以理，就更好了。现代社会的哲学应以此为一切行动的指导纲领。现在的思想家肩负的重要使命之一，就是随时洞悉文明的健康状况。

我们要再三说明，这种洞悉产生的动力是激励人心的，也正是为这种动力，我们才在这个悲哀痛苦的故事之中加入几句正经的闲话。社会可以毁灭，人类却永远要生存。地球表面的几处伤口般的火山口，仿如脓疮般的硫质喷气孔，还有一座流脓血般喷发的火山，它们并不是地球致命的原因。人民的病患也不是人民的致命伤。

尽管这样，那些对社会进行临床医治的人，都会有无能为力的情况。最坚强、最温和、最理智冷静的人也有不知所措的时候。

未来真会出现吗？眼前的黑暗让人们心生恐惧，就会问自己这个问题。自私的人与贫穷的人相见是悲哀而阴冷的。就自私的人而言，他们有很多成见，受发家致富教育的毒害，贪得无厌的欲望，不择手段地攫取金钱，对苦难生活十分畏惧，有些已变成了对受难者的反感，不惜一切代价要满足自己的想法，极其自负以至精神封闭；就贫穷人而言，他们有羡慕之心、嫉妒之心，见人幸福而心生怨气、想要得到满足而发自心底的兽性冲动、迷惑不解的心、愁闷、期待、怨命、不良而又单纯的无知。

还该继续看天吗？我们所看到的天尽头的那个亮点，是不是一个正在熄灭的天体呢？理想，挂在远方的天空，是如此细小，孤寂，不引人注目，闪着亮光，让人不寒而栗，它的周围，如山般高耸的艰难险阻和阴风冷雨包围着它，它与云边的星星的境遇差不多。

第八卷 畅快和失望

一、春色秀美

读者已经明白，爱潘妮照马依的意思，去卜吕梅街看清了那个住在铁栏门里的女人，并随即把那帮歹徒拦住，又带着马吕斯到了这里。马吕斯，在那铁栏门外面仔仔细细地观察了几天后，就像磁石牵引着铁屑，有情人被意中人吸引至其房前，学着罗密欧与朱丽叶的故事，钻进珂赛特的院子里去了，当年罗密欧还有墙要翻，而马吕斯只需要使上一点劲，把铁栏门上年深日久已经坏掉、和老人的牙齿没什么两样的、已经生了锈的门框上那不牢固的铁条从臼里挪一根出来，又瘦又细的他进去就方便得很了。

那条街从来没有路人，马吕斯又只选择天黑后才来，所以他是安全的，不会有人发现他。

从他们俩人接吻而幸福神圣地发誓互许终身以后，马吕斯每天必来。如果在这生命中的关键时刻珂赛特爱上的是一个行为放浪不知自爱的男人，那她一辈子都完了，因为宽容慷慨的人总是逆来顺受，珂赛特正是这种人。女性的宽容慷慨就表现为让步。爱情，当发展到一定阶段，就常常和那种使人身不由己的抛弃贞操而以身相许的盲目感情混为一谈。可是，高尚的人，你要战胜多少危险啊！你一颗真心，别人却只看肉体，这种事司空见惯。心还是你自己的，你只能背地里看着它颤抖。爱情是极端的，它不是帮你就是害你。这也就是人生命运两极的观点。人的一生中，爱情是最最遵行这种残忍的非祸即福的两极观点的。爱不是死亡就是生命。是摇篮，也是灵柩。一种情感在人心中可以产生两种完全背离的决定。在上帝创造的一切中，最光明的是人的心灵，可惜的是，导致极端黑暗的也是人的心灵。

上帝垂怜珂赛特，她遇到了与她有益的那种爱。

一八三二年五月的每个夜晚，在那荒凉清静的小院子里，在那花草茂盛的植物丛中，总有两个人在黑暗中互相映照，他们纯洁无邪，天真烂漫，满心幸福，身处人间却胜似神仙伴侣，纯真，忠诚，沉醉，满面春光。珂赛特觉得马吕斯就是一个国王，马吕斯觉得珂赛特就是一个天使。他们依偎着相互注视，手心相握，但俩人之间仍存在一段没有跨越的距离。他们不是没有胆量，而是没有想到要跨越。马吕斯觉得珂赛特的纯洁是一道栅栏，而珂赛特觉得马吕斯的忠诚让她有了依靠。那一吻是空前绝后的。从那之后，马吕斯只是轻吻珂赛特的手，或者围巾和头发。在他眼中，珂赛特已不是一个女人，而是一种香氛。他呼吸着她。她没有抗拒，他也别无他求。这让珂赛特欢乐，让马吕斯满足。他们俩就被这种幸福包围着——这种幸福大概就是两个灵魂间的赞许吧。那是两颗天真无邪的心在理想的国度中的不可言传的初次燃烧。是两只天鹅邂逅于处女星空。

在这种两心相许的时刻，欲望在崇拜的威慑下安静降服，像天仙童子般纯真的马吕斯，或许可以召妓，但他决不会把珂赛特的裙边掀过她的脚踝。有一次，珂赛特弯腰去捡东西，由于衣领开得稍大而现出了脖子根，马吕斯就把眼睛移开了。

他们俩之间有什么事发生？一点儿也没有。他们只是真心相爱罢了。

每当夜幕降临，两个人一起待在院子里，那里就变得生意盎然。所有花都为他们盛开，香气四溢，他们也敞开心胸迎向花丛。周围的花草，正是生机蓬勃、枝繁叶茂的时节，看着这两个窃窃私语的恋人，也觉得春光惹人醉。

他们说些什么呢？仅有声息，别无他物。这些声息已足以让整个自然界脉动不已了。当我们在书本中看到这些话时，就会觉得那仿佛是微风一拂即散的树林烟雾，完全参不透其伟力之所在。在情人们的甜言蜜语中，剔除那些发出心底的、像竖琴弹奏出的音符，就只剩下一团黑影，你说，什么！就只是这些！没错，只是一些孩子气的话，每人都重复多次的话，没有意思的玩笑话，没有用的多余的话。蠢话，但同时也是人类最深刻最了不起的话！值得拿出来说说、听听的话！

这些蠢话，这些肤浅的文字，只有傻瓜和坏蛋才从未听过，也从不曾亲口说过。

当时珂赛特对马吕斯这样说：

“你知道吗？……”

（这两个人彼此都胸怀坦荡质朴的童真之情，在所有的交谈中，怎么也不能随便说“你”这个字，他们俩人对此都说不清楚。）

“你知道吗？我叫欧福拉吉。”

“欧福拉吉？怎么可能，你不是叫珂赛特吗？”

“啊！珂赛特，多么难听的名字，这是我还小的时候别人随口说的。我真正的名字是欧福拉吉。你是不是讨厌这个名字，欧福拉吉？”

“我喜欢……只是珂赛特也不错。”

“你认为相比之下珂赛特更好些吗？”

“嗯……我想是这样。”

“那么我也这么认为。不错，珂赛特真是好一些。那你就叫我珂赛特吧。”

她微微笑了起来，这使她仿如天上园林中放牧的仙女，这些话也是她们才说的话。

又一次，她一眼也不眨地看着他，大声说道：

“先生，您长得不错，相貌英俊，您有智慧一点也不傻，您知道的比我多得多，但是我肯定，说‘我爱你’这句话的时候，我可比您体会到更多！”

马吕斯，正当此时，心驰神游，就像听见了星星唱的一支情歌。

或者，她会在他咳嗽以后轻轻拍打他，并对他说：

“请别咳嗽，先生。别人在我家里的时候，未征得我允许是不能咳嗽的。咳嗽很不好，还让我担心。你必须身体健康，因为，最重要的是，如果你不健康，我会非常难过的。你让我如何是好呀！”

这些话真的只可能是天堂中的语言。

有一次，马吕斯对珂赛特说：

“你回想一下，以前有个时候，我以为你的名字是玉秀儿。”

因为这些话，他们笑了一个晚上。

又有一次在交谈中，他突然想起，大声说：

“啊！有一天，我在卢森堡公园，差点儿就砸碎了一个老伤兵的骨头。”

但是话就此打住了。否则，他就会说到珂赛特的吊袜带上面去了，他绝不可能这样做。这是有一道隐形的堤坝，一说到与肉体有关的话，就自然产生出一种不可侵犯的畏惧之心让这个纯真磊落的情人不再向前挺进一步。马吕斯总是这样设想，他与珂赛特的生活中，只应该是这样而不该有别的东西：每夜他到卜吕梅街来，移动法院院长铁栅栏门上的那根仿佛故意帮助他的旧铁条，与她同坐在石凳上，傍晚时分抬头看星空，让他膝部裤腿上的折边紧挨着珂赛特宽大的衩裙，轻触她的指甲，称呼她“你”，依次闻每朵鲜花……永远如此，不要中止。这时，朵朵白云在他们头顶的天空中飘动。微风拂走了比白云更多的人类的幻想。

难道在这种几近拙笨而纯粹的爱情中，就没有任何奉承的语句吗？不。对心上人说“奉承话”，这是温柔抚爱的第一方式，以试探的心情有保留地进攻。奉承，就像是亲吻时隔着一层面纱。那里面，已经羞羞答答地表现出了不甚尊重的亲近之想。在这种羞涩的不尊重的想法面前，心，为了更深厚的爱，退缩了。马吕斯在甜言蜜语中浮想联翩，或者说，像天空一样蔚蓝。天上的飞鸟，当它们与天使同游蓝天时，也应该能听见。但其中还有生活、人情、马吕斯坚定不移的信心。那是岩石洞中的语句，是日后新房中情话的引子，是委婉地表达真情，歌与诗的合奏，鹧鸪“咕咕”求偶之声的和蔼的夸大，是流露崇拜之情的全部如鲜花丛般美丽、散发迷人香气的绮丽词汇，是互诉心曲时不可言传的轻声鸣唱。

“啊！”马吕斯轻轻地说，“你真美丽！我不敢正视你。所以我只敢想你。你是一种美的化身。我不清楚自己到底是怎么了。只要你从衩裙下露出你的鞋尖儿，我就心神无定。并且如果你叫我猜猜你怎么想时，我就觉得一片夺目的光亮！你的话总是让我心悦诚服。有时我觉得你这种人只应在梦中出现。你说话吧，我会倾听。我敬重你。啊，珂赛特！这是多么怪异，多么令人迷醉，我简直要疯狂了。你是我最可尊敬疼爱的人，小姐。我用显微镜仔细观察你的脚，用望远镜仔细观察你的心灵。”

珂赛特回答他说：

“从今天早上到现在，我对你的爱与时俱增。”

这种交谈中的问答，没有明确目的，任意而为，但总是能够琴瑟和谐，融为一体。

珂赛特总是那么天真、纯朴、热情、真诚、坦率、明朗。我们可以说她通体晶莹。看见她，总让他觉得看见了春天，看见了晨光。她眼睛里饱含露水。珂赛特是晨光结晶而成的女人。

马吕斯对她，由崇拜而敬重，这顺理成章。而实际上，他是个刚刚被修道院培养出来的小寄读生，他的话的确具有不凡的洞察力，有时还合乎情理，关怀备至。她的孩子话也不是只有孩子气。她看得准，不会弄错任何事情。女人是依靠内心和善的天性——那种永远正确的本能——来理解和交谈的。女人的话总是说得美丽而尖锐，无人能比。美丽而尖锐，整个女性就蕴含其中了，全部特质也尽在此处了。

在这种幸福时分，他们时刻会热泪盈眶。一个被踩死的金龟子，一片落自鸟巢的羽毛，一根折断了的山楂枝条，都会引发他们的悲戚，痴痴地看着，被轻轻地怅然若失所笼罩，直想大哭一场。爱情有时会生出一种控制不住的伤感情态。

同一时刻——这些互相矛盾的情况只是一忽即过的爱情游戏——他们又会开怀大笑，毫无羁绊，兴趣盎然，有时就像是两个小男孩一样。但是，尽管已陶醉了的纯真心灵已无忧虑，而天生的性别差异却是无法抹除的。它在俩人心底仍然很醒目，可以让人粗俗，也可以让人崇高。不管他们有多么天真纯洁，在这种最单纯的并肩私语中，还是能感到区别恋人与朋友的那种可敬而神奇的尺度。

他们两相敬重，就像对待神灵一样。

还是有永远一成不变的东西。他们相爱，互相微笑，翘起嘴扮鬼脸，互相交叉手指，谈话直接用“你”，时间在其中分分秒秒地过去了。夜幕下，一对恋人和鸟雀、玫瑰一起隐没在黑暗的角落中，用眼睛说出自己心中的话，在黑暗中互相吸引，这时，宇宙的巨大天体依然在运行着。

二、幸福的麻痹效用

幸福让他们神志不清，日子也过得糊里糊涂。那个月里，巴黎霍乱流行，死了很多人，他们都不关心。他们互诉衷肠，把自己的全部呈现给对方，而这全部都围绕着自个的身世。马吕斯对珂赛特说，自己无父无母，名字是马吕斯·彭眉胥。是个律师，靠给几个书店写了东西维持生计。他的父亲以前是个上校。是个英雄，但他自己，马吕斯，和他那个富裕的外公意见不合而离开了那个家庭。他也隐约说起自己是个男爵；但是这个对珂赛特来说无关紧要。马吕斯男爵？她听不明白。她不知道是什么。马吕斯就是马吕斯。而她自己对他说，是在小比克布斯修道院里长大的，她的母亲和他母亲一样都死了，她的父亲人称割风先生。还说他为人和善，慷慨解囊，但他本身也很穷，他节衣缩食以让她衣食无忧。

说来让人想不通，自从认识了珂赛特，马吕斯对自己以前的那种交响乐一样的生活中种种事，即使是才发生不久的事，都没有什么印象了，珂赛特告诉他的事成了他生活的全部。他甚至没想过应该告诉她那天晚上在德纳第破屋子里发生的一幕，告诉她他父亲如何烧伤他的手臂，他古怪的态度以及聪明的逃脱的过程。马吕斯忘了所有这些，甚至天一黑，他就忘了自己当天上午做了什么，在哪儿吃的午饭，和谁讲过话，常有歌声萦绕于耳，让他碰不到别的任何思想，只有当他看见珂赛特时才又活力四射了。所以，生活在天堂里的他，自然忘记了人世间的俗事了。他们俩人承负着这种非物质的快乐的重压，神志不清。这俩人得了情人的梦游病，以这种状态生活着。

唉！谁又不曾经受这些考验？为什么好事总是一波三折？为什么生命还会继续下去？

爱差不多代替了思想。爱让人健忘，人们什么也记不得了。你和疯狂的爱情讨论逻辑问题吧。在人们头脑中的纯粹的逻辑联系并不比世间存在的规则机体多。在珂赛特和马吕斯眼中，世间只有马吕斯和珂赛特，别无他物。他们身边的世界已陷入洞中。他们的生活被黄金的光环笼罩着。前前后后都空空荡荡。马吕斯差不多从来不曾想起过珂赛特的父亲。在他的脑袋里，一大片夺目的七彩亮光遮没了一切。这两个恋人说了些什么呢？我们早就知道，说花、燕子、西下的太阳、东升的月亮，这类重要的事物。他们谈了全部的东西，又什么也没谈。恋人们的全部，都是虚幻的，她的父亲，那些现实中的人与事、那个破屋子、那些歹徒，那件胆战心惊的事，这值得一提吗？那种梦魇般的画面，真是曾经发生过的吗？他们俩人，彼此爱慕，这就足够了。其他的什么也没有。或许是这样：在我们身后，地狱的坍陷和进入天堂是连为一体的。谁见过魔鬼吗？他们真的存在吗？有人真胆战过吗？有人真受过难吗？全都不知道。在那上面，有的只是一朵玫瑰色的云。

那两个人就这样生活着，无比高尚，世所罕见，他们不在天的底部，也不在天的顶端，他们处于人和高级天使中间，身处泥淖之上，玉宇之下，云雾之间；差不多丧失了骨与肉，全身布满灵魂和憧憬；降落地面就觉得实体太少，升入天空又觉得俗气太多，似乎处于原子那种要落不落的飘浮状态中；看上去已凌驾于生死之上，不知道昨天、今天、明天的枯燥交替，陶醉地、沉迷地、飘飞地，有时，轻灵到可以一下就升入太虚幻境，并且可以一去不返。

他们就这样睁大眼睛在温柔乡中酣睡。啊！现实被梦境麻痹了的奇妙的沉睡病！

有时，尽管珂赛特美丽无比，马吕斯还是在她面前闭上了双眼。闭上眼睛便可最好地体悟灵魂。

马吕斯和珂赛特都没有想过这种状态将引他们走向何方，他们觉得别无所求了。人们总是莫名其妙地幻想爱情引导人们去某一个地方。

三、厄运初始

冉阿让丝毫没有察觉。

珂赛特并不像马吕斯那样神志不清，她心情很轻快，这使冉阿让很高兴。珂赛特也有她的心事，她那甜蜜的担忧，满脑子的马吕斯，但她还是像以前一样，一张纯洁美丽的脸，充满可爱纯真的笑容。所以，冉阿让没什么可发愁的。而且，一对恋人商量妥当之后。一切都发展很顺利，妄图让他们美梦破灭的第三者总是被一些常用的手段——每个恋爱中的人都会玩弄的手段——欺瞒过去。所以，珂赛特从不违逆冉阿让。他要去外面走走吗？好，我可爱的父亲。他想待在家里吗？太好了。他想和珂赛特共度良宵吗？这最让她高兴了。因为他总是十点就去睡觉，这一天，马吕斯就只能在十点后，在街上听到珂赛特打开台阶上的长窗门后，才能进入院子。当然，马吕斯白天从不会出现。冉阿让早已忘了马吕斯的存在了。只是有一回。一个早晨，他突然问珂赛特："怎么回事，你背上的衣服上全是石灰！"前一天晚上，马吕斯太激动了，以至于把她压在了墙上。

那个老杜桑，习惯早睡，一干完家务活儿，就想上床去，和冉阿让一样，什么也不知道。

马吕斯从不到屋子里来，当他和珂赛特待在一处时，俩人就躲在台阶旁的一个暗角里，这样街上的人看不见也听不见他们，坐在那里，说是谈心吗？但通常只是互相握紧手，不停地揉捏，眼睛则痴痴地看着树枝。在这当儿，这一个的痴想是如此深邃缥缈，如果进入那一个的痴想，就算是近在三十步之内的雷声，也不会对他们构成骚扰。

纯洁得没有一点瑕疵。共处的时光，差不多同等洁净。这种感情是一种百合花瓣和白鸽羽毛的收藏。

他们处于院子与大街中间。每当进出，马吕斯都要把铁栏门上那根动过的铁条放回原位，不留任何蛛丝马迹。

他常常到十二点后才会走，回到古费拉克那里。古费拉克对巴阿雷说：

"你相信吗！马吕斯这段时刻凌晨一点才会回家！"

巴阿雷回答说：

"你能怎么样？年轻人总要做傻事的。"

有时，古费拉克双臂交互着，做出一本正经的样子，告诉马吕斯：

"年轻人，你这样真是辛苦得过头了！"

古费拉克是个很实际的人，他不喜欢那种隐秘天堂笼罩在马吕斯身上的光环，不习惯那种暗地里的爱情，他耐不住了，经常提醒马吕斯，想让他面对现实。

一个早晨，他就这样教训了他一顿：

"亲爱的，看看你的样子，我觉得你就像身处于月球、梦想国、幻想省、肥皂泡城市里。说说吧，做个乖孩子，她叫什么？"

但马吕斯始终守口如瓶。他宁愿让别人拔了指甲，也不愿说出珂赛特这三个不可外泄的神圣高贵的三个字中任何一个。爱情，光辉如曙光，死寂如坟墓。但古费拉克发现马吕斯有所改变：他不言不语，却喜形于色。

春光灿烂的五月之中，马吕斯和珂赛特饱尝幸福之果：

争论还称呼对方"您"，这只不过是为了呆会儿可以更好地用"你"相称；

没有止境，详尽细致地谈论不相干的人物，再一次证明：对于爱情这一出感人至深的歌剧而言，脚本毫无用处；

对于马吕斯而言，听珂赛特讨论服装；

对于珂赛特而言，听马吕斯讨论政治；

并肩促膝，听一辆辆马车驰过巴比伦大街；

注视天上的同一颗星星或草丛间的同一只萤火虫；

不言不语地静坐一处，比交谈更让人快乐；

等等，等等。

但是，各种各样的麻烦越走越近了。

有一个夜晚，马吕斯穿过残废军人街去赴约，他走路从来不抬头，当他正拐到卜吕梅街的时候，有人在他旁边叫住他：

“晚上好，马吕斯先生。”

他抬头一看，见是爱潘妮。

这让他觉得怪怪的。自打那天，爱潘妮带他到卜吕梅街后，他再没想过她，也再没见过她，他把她早已忘于脑后了。原先他对她心存感激，是她给他带来了现在的幸福，但和她见面还是有点儿别扭。

如果觉得幸福和纯真之情会引人入完美世界，那就错了。我们已然发现，专心致志的感情只能让人记不起现实。这时，人会忘了使坏，也会忘了行善。感激之情、责任心，不该忽略的和讨人心烦的记忆都会了无踪影。在另一时候，马吕斯也许会完全不同地对待爱潘妮。从他爱上珂赛特以后，他甚至从没认真地想过这个姑娘的全名爱潘妮·德纳第，而这个姓氏也存在于他父亲的遗嘱里。几个月前，对这个姓氏，他还非常爱戴。我们真实地再现马吕斯的心情。被爱情包围的他，甚至连自己的父亲也有些淡忘了。

他有点为难地说：

“啊！是您吗，爱潘妮？”

“您干吗叫我‘您’？难道我有对不住您的地方？”

“别这么说。”他回答道。

诚然，他并不是不满意她。一点儿也不。但是，现在他已经叫珂赛特‘你’了，就只好叫“您”，别无他法。

见他没话可说，她叫道：

“喂，您……”

她又不说了。从前的她非常随意，胆子也很大，现在却好像无话可说了。她的笑容装也装不出来。她又说道：

“那……”

她又停住了，低头立在那里。

“晚安，马吕斯先生。”她突然匆匆说了这句话，回头就走了。

四、在英语中翻滚在黑暗中叫喊的“CAB”

第二天，六月三号，一八三二年六月三号，这个日子应该明确一下，因为当时有些重要事件，像雷雨前的乌云，沉沉地布满巴黎的上空。这一天，傍晚时分，马吕斯沿昨晚那条街前行，心里充斥着令人高兴的事，忽然发现爱潘妮正穿越树林和街道走向他这边。连着两天，做得过头了。他赶紧回头，换了条路，从先生街往卜吕梅街走去。

爱潘妮跟他到了卜吕梅街，以前她从不这样。她过去只要看着他走过大路就够了，从没想过和他见上一面。只是昨天黄昏时分，她才第一次想和他说说话。

他并没发觉爱潘妮跟踪着他。她发现他移动铁栏门上的铁条，到院子里去了。

“哟！”她说，“他去她那儿了。”

她来到铁栏门边，把那些铁条逐一挪挪，很快就发现了马吕斯动过的那根。

她冷硬低沉地说：

“那怎么可以，丽赛特！”

她走过去在铁栏门的石基上坐下，紧挨着那根铁条，就像是它的守卫。那地方是铁栏门和旁边墙壁的交结处，有一个黑黑的角落，爱潘妮藏在那儿，谁也看不见。

她就在那里待了一个多小时，纹丝不动，只顾着想心事了。

快到晚上十点的时候，卜吕梅街上走来两三个人，其中一个是迟到的老先生，慌慌张张地来到这了无人迹、名声不好的地方，靠着那铁栏门，来到门墙相邻的凹入地带，突然听见有人用沙哑凶恶的声音说：

“难怪他每晚必来！”

那过路的人四下张望，什么人也不见，也不敢往那个黑黑的角落里瞧，心生恐惧。他又匆匆地离开了。

这人还好，立刻就走了，因为他刚走不久，就有六个像是喝醉了的巡逻兵，一前一后地隔一段一人沿着围墙走到卜吕梅街来了。

第一个人停在那院子的铁栅栏门前，等其他几个，不一会儿，六个人到齐了。

这伙人开始小声说话。

“就这儿。”其中一个说。

“院子里有狗吗？”另一个问。

“不知道。不过不要紧，我带了一个团子喂它。”

“你带油灰来砸玻璃窗户了吗？”

“带了。”

“这铁栏门年时不短了。”第五个人说，他的声音总在肚子里打转。

“这最好了，”开始那第二人说，“用锯子锯它不会叫出声，也很容易锯断。”

还有一个人一直没讲过话，他开始仔细地研究那铁栏门，就像刚才爱潘妮所做的一样，把那些铁条逐一挪动。他摸到了马吕斯弄松的那一根。他正要抓那根铁条，黑暗中忽地伸过来一只手，打在他的胳膊上，他觉得就像有人朝他当胸一推，这时有一个粗哑的声音轻吼了一声：“有狗。”

他眼前有一个脸色蜡黄的姑娘。

那个人突然间来不及躲闪，大吃一惊，他的样子马上变得凶神恶煞一般，野兽受惊时样子最恐怖，它那种被吓着的模样也最吓人。他后退一下，声音不连贯地说：

“这是何方怪物？”

“你的女儿。”

正是爱潘妮在回答德纳第。

爱潘妮现身时，另外五个人，也就是，铁牙、海嘴、巴伯、巴纳斯山和普吕戎，都悄无声息，从容不迫，一句话也不说，像所有在晚间行动的人一样，以一种专业的沉着而阴狠的从容，向他们靠拢了来。

他们手中都握着古里古怪的凶器。海嘴手里的那把弯头铁钳被歹徒们叫作“包头巾”。

“他妈的，你在这儿干吗？你想干什么，脑子出问题了吗？”德纳第尽可能地压低嗓门咆哮着说，“你来碍什么事啊？”

爱潘妮笑了笑，跑过去搂住他的脖子。

“我在这里，亲爱的老爸，因为我在这里。难道连坐在石头上也不行吗？是你们不该来这里。你们来干吗？你们早就明白是块饼干吗。我也对马侬说了，没什么办法，这里。可是，亲我一下，我亲爱的父亲！我很久没见过您了！您已经出来了，这么说？”

德纳第挣脱爱潘妮的胳膊，小声抱怨说：

“行了。你已经亲了我了。不错，我已经出来了，我不再待在那里头了。现在，你走吧。”

但爱潘妮非但没放开他，还越抱越紧了。

“亲爱的老爸，您是如何出来的？您绞尽脑汁才出来的吧。告诉我吧！还有老妈呢？她老人家在哪儿？告诉我她的情况。”

德纳第告诉她：

“她生活不错。我不清楚，不要揪住我不放，你走吧，听见没有？”

“我可不想走，”爱潘妮做出孩子撒娇的模样说，“您已经四个月不管我了，我不能和你见面，也亲不上您。”

她又紧紧抱住父亲的脖子。

“行了，已经太傻气了！”巴伯说。

“赶快！”海嘴说，“宪兵队快来了。”

那个声音总在肚皮里打转的人说了两句诗：

> 今天不过新年，
> 另挑日子亲吻爹和娘。

爱潘妮转过来向那五个人说：

“哟，普吕戎先生。您好，巴伯先生。您好，铁牙先生。您记不起我了，海嘴先生？日子还好吧，巴纳斯山？”

“知道，大家都记得你！”德纳第说，“但是白天也罢，晚上也罢，别再搅和了，一边儿去！”

“现在是狐狸活动的时间，而不属于母鸡。”巴纳斯山说。

“你分明清楚得很我们有事而来。”巴伯继续说。

爱潘妮抓着巴纳斯山的手。

"当心，"他说，"小心割手，我手里可有一把没套子的刀呢。"

"我亲爱的巴纳斯山，"爱潘妮娇声嗲气地说，"你们应该信任我。我是父亲的女儿，可能。巴伯先生，海嘴先生，开始时别人想知道这宗生意的事儿，那是我的任务。"

值得一提，爱潘妮没有说黑话。自从和马吕斯相识后，她觉得再也说不出这种丑陋的话了。

她的手又瘦又小，柔弱无力，她用它紧紧地握着海嘴那又粗又大的手指，接着又说：

"您很清楚我并不笨。平时大家都相信我。我也曾为你们做过一些事。这一次，我调查清楚了，你们会无益地暴露自己的，知道吗。我起誓，这房子无利可图。"

"有几个独居的女人在里面。"海嘴说。

"没了。她们搬家了。"

"可那些蜡烛不会搬家，不管怎么说。"巴伯说。

他还指着树尖上面给爱潘妮看，那里有座凉亭，其顶层的房间里，来回闪动着亮光。杜桑在晚上把洗好的衣服晾起来。

爱潘妮仍不愿就此放弃。

"好吧，"她说，"她们是穷光蛋，这里是没钱的破草棚。"

"见鬼去吧！"德纳第咆哮着说："等我们把这里翻个面，等我们让地下室变成屋顶，阁楼放到地底下，我们再告诉你有法郎、苏，还是几个小钱。"

他把她往旁边一推，想冲上去。

"我的老朋友巴纳斯山先生，"爱潘妮说，"我求您了，您心地善良，就别再进去了。"

"当心，差点儿就会弄伤你的手。"巴纳斯山对她说。

德纳第有一种特别的坚定口气说：

"滚开，小妖怪，我们男人有自己的事要做。"

爱潘妮松开抓着巴纳斯山的手说：

"你们非进这房子不可了？"

"大概是吧。"那声音转在肚子里的人不认真地说。

于是，她背抵在铁栏门上，直面这六个全副武装、在黑暗中依然面目狰狞的歹徒，小声而果断地说：

"但是，我，我不想这样。"

那些歹徒都呆住了。声音总在肚子里打转的人撇了一下嘴。她接着说：

"伙计们！听着。别再废话了。我说真的，首先，如果你们翻入院子里，如果你们碰碰这铁栏门，我就叫，还敲别人的门，吵醒所有的人，让他们把你们全抓住，我会喊警察。"

"她说到做到。"德纳第告诉普吕戎和那个声音在肚子里打转的人。

她摇摇脑袋，说：

"从我爸开始。"

德纳第靠近她。

“离我远点，老头子！”她说。

他后退几步，嘴里嘀咕着抱怨说，“她到底想怎么样？”又补上一句：

“母狗！”

她笑了起来，那声音让人毛骨悚然。

“你们无论如何都别想进去。我不是狗的女儿，我是狼生的。你们一共六个，与我有何相干？你们都是男人。但我，是个女的。你们别担心，我可不怕你们。你们听着，你们休想进去，因为我不喜欢你们进去。你们要是靠近我的话，我就喊叫。我已经跟你们讲明白了，狗，就是我。你们这帮人，我一点儿也瞧不上。你们快点滚开，我看见你们气就不打一处来！除了这里，你们喜欢去哪儿就去哪儿，就是不准到这儿来！你们拿刀，我就脱鞋子打你们，没什么不同，你们敢冒险的话。”

她向那伙人迈出一步，气势慑人，她忍不住笑了起来。

“鬼！我不怕。夏天我没东西吃，冬天我没衣服穿。真可笑，你们居然以为自己唬得住一个女人！怕？有什么好怕的！不错，好可怕！就是因为你们都有蛮横的野女人，你们大吼一句，她们就连滚带爬地躲到床下面去，不就这么回事吗！我，我什么都不怕！”

她圆睁双眼，死死地看着德纳第说：

“就是你，我也不怕！”

然后，她张大那两只血红的眼睛，把那六个歹徒一一看了一遍，又说：

“我老爸用刀子把我捅个全身是洞，明天一大早别人发现我死在卜吕梅街的石子路上，或者，一年以后，别人从圣克鲁或是天鹅洲的河里，用网子捞出早就霉烂了的瓶塞和狗粪堆，在那里面发现我的尸体，我都无所谓！”

她只好停一下，因为一阵干咳噎住了她的气息，一连串的咳嗽声从她那又窄又弱的胸口里传出来。

她继续往下说：

“我只需叫上一声，就会有人来，全没戏。你们只有六个，我是全部的人。”

德纳第靠近她一点。

“不要过来！”她大声叫道。

他马上站住了，轻言轻语地对她说：

“行了，行了。我不过来，但得小点儿声讲话。我的女儿，你不许我们干事吗？可是我们总得找饭碗呀。你就不能帮爹一把吗？”

“你真烦。”爱潘妮说。

“可我们也必须生存，必须吃……”

“饿死也活该。”

说完，她又回去坐在那门的石基上，小声唱起来：

> 我的手臂胖乎乎，
> 我的大腿胖乎乎，
> 生活可是比不如。

她用膝盖托住肘，下巴靠在手掌心里，一只脚摇来摇去，一脸满不在乎的神色。裙袍上满是洞。她那干瘦的肩膀就露了出来。旁边的一盏路灯照出她的侧面像的表情，非常坚定惊人。

面对这个姑娘，六个歹徒真被唬住了，他们无精打采，不知所措，一起躲到黑暗处去商量，又气又急，只能抬抬肩膀。

这时，她也看着他们，脸色沉静又充满野气。

“她肯定有事，”巴伯说，“有问题。难道她爱上了这里的狗吗？白跑这趟可吃亏了。两个女人，一个在后院住的老头子，那窗户上的帘子还真是不错。那老头子肯定是个犹太人。这可是一宗好生意呀。”

“那好，你们五个，进去好了。”巴纳斯山说，“好好干。我留在这里守着这姑娘，万一她有动静……”

把从袖子中掏出藏着的刀子在灯光下亮了亮。

德纳第没说什么，似乎想听听大家的意思。

普吕戎，好歹有点儿威信，而且，我们明白，这“生意是他找到的”，还没说话。他好像在沉思。大家从来都觉得他一贯是勇往直前的。他们知道，只是想要要威风，有一天，他洗劫了一个城区的警察岗亭。另外，他还作诗写歌，这些使他有相当的威信。

巴伯问他：

“你不吱声，普吕戎？”

普吕戎还是没开口，随后，他用几种姿势摇了摇脑袋，才大声地说：

“是这样：今天早上我见两只麻雀在打架，晚上又遇到这个死活纠缠的女人。这都不吉利。我们干脆回去吧。”

他们就走了。

巴纳斯山，边走边嘀咕：

“无所谓，如果大家没意见，我还可以踢她一脚。”

巴伯回话说：

“算了。我从来不打女人。”

走到街角上，他们又站住，说了几句让人不解的话：

“今晚我们住哪儿？”

“巴黎底下。”

“你带来了铁栏门的钥匙吧，德纳第？”

“那当然。”

爱潘妮一直望着他们，看见他们按原路返回了。她站起身，沿围墙和房屋，爬着跟踪他们。她这样跟到了大街上。在那儿，他们分头走了。她看见他们在黑夜里行走，就像是和黑夜融为一体了。

五、晚上的玩意儿

歹徒们离开后，卜吕梅街的夜晚重新安静下来。

刚才那一幕，如果在森林中上演，森林决不会感惊讶。那些大树、丛林、灌木，那些纠缠在一起的枝条，深深的草丛，造出一种幽深晦暗的氛围，在荒郊野外蠕动的生物在其中看见了突然现身的无形者，人之下者从中穿过雾阵看见了人之上者，我们生人不了解的各种玩意，都到那里集会。那些鬣毛直立的猛兽在某种神力进逼时，会惊吓得不知所措。黑暗中的各种力量相互熟悉，在它们中间，存在一种神奇的平衡。吸血兽性，狂喝暴食的饕餮，生着爪子和牙齿的专为填饱肚皮以求活命的本能，惊慌失措地看着那张在裹尸布下身着颤抖而宽大的裹尸衣来回走动或直直站立的没有表情的鬼脸，它们看上去就像是过着一种可怕的地狱生活一样。这些全由物质充斥而成的暴力好像没有勇气和那种由广大黑暗聚集而成的莫名的实体交往。一张挡住前路的黑脸一下子遏制了那凶恶残暴的野兽。那些来自坟墓的让那些来自洞穴的心生恐惧和手足无措，凶猛的害怕阴险的，在吃尸鬼面前，狼群也后退了。

六、马吕斯把住址老老实实地告诉了珂赛特

正当那个长着人面的母狗护卫着铁栏门，六个歹徒被一个姑娘唬退时，马吕斯正在珂赛特身边。

夜幕中群星无比明亮，树枝无比激动，草儿无比芳香，睡在枝头的小鸟的叫声无比甜蜜。夜空静穆，景色醉人，这一切和他们当时心中回响的旋律组成一部优美的和弦。马吕斯在他一生中，此刻最钟情、最幸福、最快乐。但他看出珂赛特可不高兴。她哭过。她的眼睛还是红红的。

在这场一直令人高兴的美梦中，头一次出现了乌云。

马吕斯最先说的是：

“出了什么事？”

她回答说：

“没什么。”

然后，她就坐在台阶旁边的石凳上了，当他慢悠悠地走过去挨着她坐下来时，她又说：

“今天早上，爸爸叫我收拾一下，说有重要的事，我们可能要离开这里了。”

马吕斯从头到脚打了一个彻底的寒战。

人的生命终止时，死，就叫离开；初始时离开，则与死无异。

六个礼拜了，马吕斯一点点地、一步步地、逐渐地、渐进地拥有了珂赛特。纯粹是一种观念上的占有，但都是深入细致的。就像我们以前讲过的，人刚开始爱的时候，总是在灵魂与肉体之间选取了前者；到以后，又更多地选择了后者；福布拉斯和普律多姆这些人还进一步说：“因为根本就没有灵魂。”而这些尖酸的语句幸亏只是一种亲慢而已。所以马吕斯对珂赛特的占有，就像是精神上的占有，但他却用自己全部的灵魂来围绕她，还用一种无法想象的信念，充满妒意地紧握住她。他占有她的微笑，她的呼吸，她的体香，她那双蓝色眼睛的透彻的光明。她轻柔细腻的皮肤（当他触摸着她的手时）、她脖子上的那颗充满吸引力的痣，她全部的想法。他们以前就约好了：做梦时一定要梦见对方，他们说到做到。所以，珂赛特每一个梦都被他占有了。他常常目不转睛地看着她脖子后部的那几绺短发，并轻轻呵气去拂它们，宣布那几绺短发全是他的。他仰慕而崇拜她的衣着、她缎带所打的结、她的手套、她镶着花边的袖口、她的短统靴，他把它

们看得很神圣，而它们又都是属于他的。他常常晕沉沉地觉得她头发里的那把精细的玳瑁梳子也是他的，他甚至自忖（情窦初开时的瞎想）：她衩裙上的每根线、袜子上的每个网眼、内衣上每根皱褶，全都是他的。他身处珂赛特旁边，总是觉得旁边是自己的财富，是他的东西，是他的暴君和农奴。他们俩人的灵魂仿佛已经融为一体了，想要取回来，却分不清了。"这个灵魂属于我。""不，实际是属于我的。""我敢打赌，你搞错了。绝对属于我。""你认它作你，但实际是我。"他们俩人已互相成为对方的一部分了。马吕斯觉得珂赛特就活在他的身体里。拥有珂赛特，占有珂赛特，在他看来，是和呼吸连在一起的。正是处于这种观念、这种痴迷、这种纯真和前所未有的完全占有的欲望，这种拥有所有权的观念的围绕之中，他突然听说"我们要离开了"这句话，突然听见现实中一个粗鲁凶残的声音对他说："珂赛特不属于你了！"

马吕斯的美梦被搅醒了。我们早就讲过，这六个星期之中，马吕斯生活在超现实之中。"离开"这个词野蛮地将他猛推回现实之中。

他说不出一句话来。珂赛特觉得他的手冰凉冰凉的。现在该她讲话了：

"你出了什么事？"

他有气无力地答话，珂赛特听不太清楚，他说：

"我不明白你是什么意思。"

她又说道：

"今天早上我父亲叫我收拾一下日常用品，说他准备把换洗衣服让我放进箱子，他要出去旅行一次，我们很快要走了，要我整理好一个大的箱子，再给他整理一个小的出来，这些都得在一星期内做好，还说我们可能去英国。"

"但是，这实在让人害怕！"马吕斯声音很高。

毋庸置疑，马吕斯此时觉得，所有任用权力的事情，所有暴行，最不可理喻的暴君的全部罪行，布西利斯，提比利乌斯或亨利八世的全部所作所为，都不比这一行为残酷：割风先生打算带女儿去英国，因为他有事要办。

他轻声轻气地问：

"你什么时候出发？"

"他没说时间。"

"你什么时候再回来？"

"他也没说。"

马吕斯站起身来，声音冷硬地问：

"珂赛特，您去吗？"

珂赛特转过她那双悲哀无比的眸子来看着他，糊里糊涂地说：

"到哪儿去？"

"英国，您去吗？"

"你为什么要叫我'您'？"

"我问您，您去吗？"

"你想我怎么样？"她双手交缠着说。

"这么说，您打算去了？"

"如果我父亲要去呢？"

“这么说，您打算去了?”

珂赛特紧紧握住马吕斯的一只手，没有回答他。

“那行，”马吕斯说，“这样的话，我去别的地方。”

珂赛特不明白他说什么，但可以感觉到这些话的分量。她一下子变了色，一张脸在黑暗中也惨白惨白的。她口齿不利索地说：

“你说这些是什么意思?”

马吕斯看着她，然后慢慢地抬头望星空，他说：

“没什么。”

他垂下眼睑时，看见珂赛特冲他轻轻地笑，在黑暗中，女人对自己心上人的微笑，特别光彩照人。

“我们真笨！马吕斯，我有办法了。”

“是什么?”

“我们走，你也走！然后我再告诉你我们去哪儿！你到那儿找我吧！”

现在的马吕斯完全恢复了理智。他重新现实起来。他大声地对珂赛特说：

“跟你们一起走！你神经不正常了吗?那要钱，我哪来的钱呀！到英国去?现在我还有，我也不太清楚，最少十个路易没还给古费拉克。他是我的一个朋友，你不知道。我有一顶破帽子，值三个法郎，我还有件外套，掉了几颗扣子，我的衬衫也破破烂烂的，袖子都开口了，我的靴子还漏水。这六个星期里，我把这些都忘了，也没告诉你。珂赛特！我是个穷光蛋。我们只在晚上相会，给了你我所有的爱。如果我们白天相会的话，你会给我一个苏！去英国！嗨嗨！我连办理出国护照的钱也没有!”

他飞快地冲过去站到附近一棵树前，胳膊环着头，额头靠着树干，他感觉不到肉被树弄疼了，也感觉不到太阳穴被狂涌的热血冲击着。他没有动，只等着倒下，好像是丧失全部希望的塑像。

他这样站了很大一会儿。可能永远逃不出这个深渊了。终于，他转过身来。他听见身后响起了一阵悲哀轻缓的哭泣声。

珂赛特在悲伤地流泪。

他朝她走去，在她面前跪下，又慢慢低下身去，捧着她露在裙袍外边的脚尖，轻轻吻着。

她没有反对他这样，什么也没说。女人有时会变成一个令人同情的忍耐的女神，接受别人的爱的礼拜。

“别哭了。”他说。

她小声地说：

“我可能要走了，你又不能跟我一起走!”

他又说：

“你爱我吗?”

她一边涕泣一边回答，她说话时，眼中满是泪水，这样的话语特别动人魂魄：

“我仰慕你!”

他用一种难以言状的温柔语气说：

“别哭了。你说，可以吗，为了我，你别再哭了？”

“你爱我吗，你？”

他抓着她的手，说：

“珂赛特，我从不对人起誓，因为我怕这样做。那让我觉得仿佛父亲就在身边。但现在我可以对你以最神圣的心情起誓：一旦你走了，我就去死。”

这些话，满含伤感气息，却又郑重而沉静，让珂赛特听了很害怕。她感到一股阴森的实体路过时发出的寒气。因为害怕，她不再哭了。

“现在，听我说，”他说，“明天你别再等我了。”

“为什么？”

“后天再等吧。”

“可那是为什么？”

“你总会知道的。”

“整整一天不见你！那不可能。”

“我们不吝惜这一天，或许就可以一辈子在一起了。”

马吕斯又小声地自言自语：

“这人历来如此，天黑后才会客。”

“你说谁呀？”珂赛特问。

“我？没说什么。”

“那你希望怎么样？”

“后天再说吧。”

“你必须这样吗？”

“对，珂赛特。”

她双手捧住他的头，踮着脚来够到他身体的高处，想从那双眼睛里发现他那个希望。

马吕斯继续说：

“对了，你该知道我住哪儿，说不定会有事情发生，谁也不敢肯定。我在那个叫古费拉克的朋友家里住，在玻璃厂街十六号。”

他从衣兜里掏出一把对折的小刀，用它在石灰墙上刻下了“玻璃厂街，十六号。”

这时，珂赛特又开始仔细地看着他的眼睛。

“告诉我你的打算，马吕斯，你在计划一件事。告诉我吧。告诉我，让我可以安心睡觉！”

“我是在想：上帝不会拆散我们。后天你再等着我吧。”

“后天，我怎样才能等到后天？”珂赛特说，“你，你在外面，来来往往。男人多幸福啊！我，我孤零零地待在家里。呵！真让人心烦！明天晚上你要干吗，你？”

“有件事，我要去碰碰运气。”

“那我就祈求上帝，助你成功，心中念着你，盼你来。我不问了，你并不想告诉我。你是我的主人。明晚，我会在家里唱你最喜欢的《欧利安特》，曾有一天晚上，你在我板窗外听过。我的上帝！真让人心烦，光阴太慢了！你记清楚，九点整，我就在院子里等你。”

“我也一样。”

他们也许并没有察觉，两个人由同一种思想激励着，由那种交驰于两个恋人间的电流牵引着，沉醉于痛苦的欢乐之中，不约而同地紧紧相拥，双唇也不经意地合在一起，神魂激荡，热泪盈眶，同看繁星似锦的夜空。

马吕斯从院子里出来时，街上没有一个人。爱潘妮正爬着跟踪那六个人。

当马吕斯把头靠在树上使劲想办法时，他有了一个计划，一个计划，是啊，只是就算他自己，也觉得很荒谬而不大可能。他大着胆子决心去碰碰运气。

七、年轻的心和年老的心坦诚相待

这时候，吉诺曼公公已经有九十一岁。他一直和吉诺曼姑娘一起住在他自己的那所位于受难修女街六号的旧房子里。我们还没忘记，他可是一个死也不弯腰屈服、不服老、不怕痛苦侵袭的老古董。

但前不久，他的女儿常说：“我的父亲不太行了。”他再不掴女佣人的耳光了，当巴斯克给他开门慢了一些，他也不再像以前那样重重地用手杖敲打楼梯板了。七月革命时的六个月，没太让他生气。他可以说是毫无感想地看着《通报》中凑合起来的这句话：“安布洛-孔泰先生，法兰西世卿。”实际上这个老人有很深的苦恼。从肉体和精神两方面，他都可以毫不屈服，不妥协让步，但他觉得自己心力逐渐衰竭了。这四年之中，他无时无刻不在等马吕斯，自信天衣无缝，就像人们常说的，拿准了这小浑蛋总会有一天找上门来，但到后来，心情沮丧的时候，他常常自言自语，万一马吕斯再迟迟不来……他倒不怕死，他怕的是可能再也见不到马吕斯了。再也见不到马吕斯，以前他从没想到会有这种事；现在他却经常为此心寒。这种源自天性和真情实感的离别之恨，只会加深外公对那个不知感恩图报、撒手就走的孩子的爱。在零下十度的十二月的晚上，人们最想要的是太阳。吉诺曼先生觉得，他是外公，怎么也不能向外孙先让步的。“我更愿意去死。”他说。他觉得自己完全正确，但只要一想起马吕斯，那种垂垂老矣的人所有的宽厚仁慈之心和无能为力的落寞之情就会爬上他的心头。

他开始掉牙了，这让他更加不舒服了。

在吉诺曼一生中，没有哪个情妇得到过像他对马吕斯付出的这种深厚的爱，但他不敢承认这一点，因为他觉得那会让他大发雷霆，还会让他觉得惭愧。

他让人挂了一幅画像在床头，这样他一睁开眼就看得见，那是他另一个女儿，那个已经去了的女儿，彭眉胥夫人十八岁时的老画像。他常常目不转睛地盯着它看。有一天，他边看边说了这句话：

“我觉得，他长得很像她。”

“像我妹妹吗？”吉诺曼姑娘跟着说，“那当然。”

老头子又说了一句：

“也像他。”

有一次，他并膝坐着，半闭着眼睛，没精打采的，他的女儿硬着头皮问他：

“父亲，您还怪他吗？……”

她没说完，不敢再说了。

“怪谁？”他问。

“那悲惨的马吕斯？”

他猛地抬起满是皱纹的头，把他那干瘪的拳头搁在桌上，非常粗鲁地大吼道：

“悲惨的马吕斯，您说！这位先生是个怪物，是个流氓，是个良心泯灭的华而不实的小子，没有良心，没有灵魂，是个蛮横凶恶的坏蛋！”

同时他又背过头去，不让女儿看见他眼眶里已饱含泪水。

三天后，他连着四个小时一声不吭，他突然对他女儿说：

“我早就荣幸地请求了吉诺曼小姐别再在我面前提他。”

吉诺曼姑娘什么也不想做了。她得出这一结论：“自从我妹妹干了那件傻事以后，父亲就不再爱她了。看得出来，他讨厌马吕斯。”

她说的“自从她干了那件傻事”，就是指她嫁给了那个上校。

另外，正像人们想到的，吉诺曼姑娘曾想让她喜欢的那个长矛兵军官来代替马吕斯的位置，但她失败了。代替人忒阿杜勒一点希望也没有。吉诺曼先生不愿意随便换个假的。心中的空缺，不是任何东西都可以填补的。对忒阿杜勒来说，那份遗产虽然诱人，他却不喜欢违心地去哄人开心。长矛兵一见老头子就心烦，老头子见了他也不舒服。忒阿杜勒中尉是个开心的人没有问题，但话多，轻浮，而且浅陋粗俗，自高自大，可是不注意交朋友，他情妇不少，这敢肯定，但是太爱夸张，也可以肯定，而且夸张的手段不高。一切的优点也有其不足的方面。他对吉诺曼先生神吹他在巴比伦街兵营附近的风流韵事，让老头子的脑子都要炸了。而且有时那位忒阿杜勒中尉就身穿军装、头戴三色帽徽来看他。这让他简直受不住了。吉诺曼先生只好对他的女儿说：“我已经受够了这个忒阿杜勒，要是你愿意，还是你去理他吧。在这没有战争的年代，我不太想见军队里的人。我也搞不清楚自己到底是喜欢要指挥刀的人还是拖指挥刀的人。战场上，刀剑的对打声总还可以忍受，反正，比指挥刀的套子在石板路上拖来拖去的响声更好听一些。而且，挺胸挺得像个御林军，腰却扎得紧得像个小娘们儿，把女人的紧身衣穿在军装下，这是安着心要闹个双重笑话。当一个人真正成为人的时候，他应与自吹自擂和装腔作势保持同样的距离。既不口若悬河，也不哗众取宠。你自己去侍候那忒阿杜勒吧。”

他女儿白费了功夫，仍对他说：“但他怎么说也是您的侄孙呀。”如此看来，这个吉诺曼先生虽然全身上下都是称职的外公，却丝毫算不上一个叔祖父。

实际上，因为他并不算笨，又会做比较，忒阿杜勒这一来只能让他加深对马吕斯的思念。

一个夜晚，是六月四日的晚上，但吉诺曼公公还是毫不介意地在壁炉里生起了旺旺的火，他已经打发掉了自己的女儿，她到隔壁屋子里做针线活了。他一个人待在自己那间墙上全是牧羊图画的卧室里，把双脚放到炉边的铁栏上，正身处于展开成半圆形的科罗曼德尔九折大屏风的正中央，身体全都搁在一把锦缎的大围椅之中，弯着肘放在桌上（桌上的绿色遮光罩下点着两根蜡烛照明），拿了一本书在手中，却没有看。

他的衣着，服从于他一向的爱好，是一身“荒唐少年”的装束，与加拉的古老画像差不多。他穿这身衣服出门的话，一定会引起许多人的起哄，所以每当上街时，他女儿就要再在外面给他套上一件主教穿的那种宽袍子，把里面的衣服遮住。待在家里时，除了早上起床和晚上上床以外，他不会穿睡袍。“那东西显老。”他说。

吉诺曼公公心中充满了关爱和痛苦，他一直想着马吕斯，而往往是痛苦的成分更重。他那已忍无可忍的哀怨之情，最后总会高涨而变为狂怒的。他已到了决心执迷不悟、情愿承受痛苦的程度了。这时，他正在告诉自己，事到如今，已再不可能指望马吕斯回来了，假若他想回来，早就回来了，还是别再痴心妄想了。他常常逼自己承认：一切都完了，这辈子再也见不到“那个小子”了。但他的心痛苦异常，长久的骨肉亲情也不甘心作罢。“怎么！”他说，这是他痛苦时常说的话，“他不再回来了！”他已光秃的头垂到了胸前，眼睛晕晕沉沉地看着壁炉里的炉灰，脸上充满悲伤而怨怒的表情。

他深深地沉入了这种幻梦之中，这时，老仆人巴斯克走进来问道：

“先生，您愿意见见来访的马吕斯先生吗？”

老头脸色苍白，仿佛是遭了电击的尸体，忽地一下，直着身子坐了起来。全身的血液都涌向了心脏，他语句不连贯地说：

“他是姓什么的马吕斯？”

“不知道，”巴斯克被他这样子弄得慌里慌张的，他说，“我没见到他。刚刚是妮珂莱特对我说的，她说‘来了个小伙子，您就说马吕斯先生吧。’”

吉诺曼公公小声嘀咕着说：

“带他来吧。”

他坐回原有的姿态，头有点发抖，眼睛直盯着房门。门推开了，进来一个年轻人。就是马吕斯。

马吕斯走到门口就站住不动，好像是等着别人让他进去。

他的衣服，破得不能再破了，还好是在遮光罩的黑影笼罩之中，看不清楚。人们看得清的是他那平静而郑重的脸，但那张脸却愁云满布。

吉诺曼公公又吃惊又高兴，痴痴地看了半天还是只见眼前一片亮光，就像人们碰见鬼了一样。他差点儿晕过去，只看见马吕斯四周七彩缤纷的光团。那真的是他，真的是马吕斯！

总算等到了！等了整整四年！他现在抓住他了，甚至可以说，他一下子就抓住了全部的他。他觉得他英俊、高贵，超出一般，长大了，不再是孩子了，仪态出众，风度翩翩。他本来想伸开双臂，呼唤他，冲向他，他的心一片喜悦，胸中溢满了跳动的知心话，这一腔仁爱，却一晃即逝，话差不多快说出来了，但他天生的性格，绝不可能这样，我们看得到只是冷漠木然的表情。他粗声粗气地问：

"您到这儿来干什么？"

马吕斯羞惭地说：

"先生……"

吉诺曼巴不得看着马吕斯冲上前来抱住他。他恨马吕斯，也恨自己。他觉得自己粗鲁凶恶，也觉得马吕斯冷酷无情。这老头子认为自己的心非常和蔼善良，又很痛苦悲哀，而表面人又只能马着脸，这的确让人不舒服又想发脾气。他又变得痛苦而烦恼。不等马吕斯讲完，他就用抑郁不乐的声音问：

"那您来这儿是为了什么？"

这个"那"字的意思是假如您不是为拥抱我而来的话。马吕斯看着自己的外公，发现他的脸像云石一样苍白。

"先生……"

老人的声音还是严肃而凶恶：

"您来是为了求我原谅吗？您总算知道自己错了吗？"

他满以为这样可以让马吕斯体会出他的心愿，让这"孩子"在他面前低头。马吕斯全身一阵颤抖，别人希望他做的是要他承认自己的父亲错了，他头也没抬地说：

"不，先生。"

"既然不是，那您还干吗要来？"老人的声音和脸色都变得更加严厉，悲哀痛苦得很。

马吕斯扭结着双手，往前一步，用细微而发颤的声音说：

"先生，可怜可怜我吧。"

这话打动了吉诺曼先生。但是太迟了，如果说得早一点，这话或许能让他心软。老头站起身来，两只手拄在拐杖上，双唇惨白，额头发抖，但他身材高大，比低垂着头的马吕斯还高。

"可怜您，先生！小小年纪，要一个九十一岁的老头可怜您！您的生活才刚开始，而我的即将终结，您去看戏，去跳舞，去喝咖啡，打弹子，您聪明能干，会讨女人欢心，您相貌不凡，我呢，炎炎夏日我朝炉火吐痰，您在畅享人世清福，而我在身受老年活罪，疾患，孤独！您有完整的三十二颗牙、健康的肠胃、明亮的双眼、力量、胃口，好的身体、兴致、满头黑发，我，我连白发也脱落了，我没了牙，失去了腿劲，丧失了记忆力，总是弄混三条街的名字：沙格街、麦茬街和圣克洛德街，我已经变成这个样子了。您前程似锦，我，我现在什么都快看不清了，我已步入黑暗，您在追求女人，那可以肯定，但我，这个世界一个爱我的人都没有了，您还要我可怜您！上帝，就是莫里哀也想不到这件事。律师先生们，如果你们在法庭上如此言笑，我真要衷心地祝贺你们了。您真好笑。”

然后，这个九十多岁的老头用愤怒而严肃的声音说：

“您到底要我做什么？”

“先生，”马吕斯说，“我知道我的到来惹您生气了，但我来只是求您一件事，说完我会立即离开。”

“你是个笨蛋？”老头说，“谁要您离开？”

这句委婉地表达了他心头的这句贴心话：“求我原谅就行！快来把抱住我的脖子吧！”吉诺曼先生觉得马吕斯很快就会走了，是他的不和善的表现让他失望了，他这种生硬的态度正在赶他走，他心里想到这些，痛苦就随之加深，他的痛苦马上又变为恼怒，这让他更加冷漠生硬。他希望马吕斯明白他的意思，但马吕斯就是明白不了，这让老人火冒三丈。他又说：

“怎么！您走了，我，您的外祖父，您走出了这个家，鬼知道到什么地方去了，您害您的姨妈成天担心。您在外边，完全可以想象出来，那很方便，过独身生活，吃、喝、玩、乐，想什么时候回家就什么时候回家，逍遥自在，什么都不对我说，借了钱也不用我还，您存心当个喜欢胡闹、砸玻璃窗户的捣蛋鬼，四年后，您回来了，却向我只说了这两句话！”

他是以此挽回外孙的心，但这种严词厉色让马吕斯哑口无言。吉诺曼先生叉起双臂，这副模样威风十足，他冷酷无情地朝马吕斯吼道：

“快点了结吧。您来这儿求我一件事，您说的是这意思吧？那好，是什么？什么事？快说出来吧。”

“先生，”马吕斯说，他的神色就像个濒临深渊、半只脚已经踏出去了的人，“我来求您同意我结婚。”

吉诺曼先生摇铃。巴斯克走过来打开了一丝房门。

“叫我女儿到这儿来。”

一秒钟后，门又打开了，吉诺曼姑娘没进房间，只是站在门口。马吕斯站着，闭口不言，垂着双手，脸色像是犯了罪的样子，吉诺曼先生在房间里走来走去。他转身对女儿说：

“没什么。这是马吕斯先生。打个招呼。他打算结婚。就这事儿，你可以离开了。”

老人的话简洁匆忙，嗓音沙哑，表明他很少这么激动。姨母表情慌张，看了马吕斯一下，似乎不太认识一样，没有任何示意，也没开腔，就被他父亲的怒吼给骂走了，溜得比飓风刮着跑的麦秸还快。

然后，吉诺曼公公又走过来背靠着壁炉，说：

“您想结婚！二十一岁结婚！这是您计划好的！您只要被同意就行了！一个手续问题。坐下吧，先生。自打我不再有和您见面的荣幸以来，您搞了一次革命。雅各宾党人得势。您该心满意足了吧。您不是被封为男爵加入共和党了吗？两边不吃亏，您真行。用共和为男爵封号伴奏。七月革命中您获得了勋章了吧？

卢浮宫里您人缘还不错吧！先生？离这儿不远，两步之遥，诺南迪埃街正对着的圣安东尼街上，在一栋房子三层楼的墙上，镶着一个圆炮弹，题写着：一八三〇年七月二十八日。您最好看看去。作用极佳。啊！他们做了很多好事，您的那伙朋友！另外，以前贝里公爵先生塑像站立的那个广场，他们不也建了座喷泉在那儿吗？您说打算结婚？跟谁？请问您要跟谁结婚，这并不会让您觉得不礼貌吧？”

他没再说下去。但不等马吕斯回答，他又凶巴巴地说：

“请问，您有工作吗？您有钱吗？您的律师为生计，您能有几个钱？”

“一分钱也没有。”马吕斯说，话说得果断而坚决，简直是肆无忌惮。

“一分钱也没有？您就凭着我给的那一千二百利弗过日子吗？”

马吕斯没说话。吉诺曼先生继续说：

“啊，我明白了，是因为那是个富家小姐吗？”

“她跟我差不多。”

“怎么！没有财产做嫁妆？”

“没有。”

“会继承遗产吗？”

“可能没有。”

“不名一文！她父亲是什么人？”

“我不知道。”

“她姓什么？”

“割风姑娘。”

“割什么？”

“割风。”

“呸！”那老头子说。

“先生！”马吕斯提高了嗓门说。

吉诺曼先生开始自言自语，让他说不下去。

“好，二十一岁，没工作，一年一千二百利弗，彭眉胥男爵夫人每天去菜市场买两个苏的香菜吧。”

“先生，”马吕斯觉得他快走投无路了，慌里慌张地说，“我真诚地哀求您！求求您，求求天神，双手合十，先生，我给您跪下了，请同意我和她结婚，成为夫妻。”

老头大声地笑起来，声音尖厉而悲伤，他一边笑一边咳嗽，说：

“哈！哈！哈！您肯定已告诉自己：‘倒霉，我去见那死老头，那个糊涂的老笨蛋！可惜我不到二十五岁！否则，我就只要丢给他一份意见征求书！我什么都不用对他做了！不要紧，我会告诉他，老傻瓜，我看你来了，你幸福过头了，我打算结婚，我要娶的老婆可不在乎她是什么小姐，不在乎她的父亲是谁，我穿不起鞋，她穿不起衣服，这也无所谓，我决定将我的事业、我的未来、我的青春、我这辈子统统丢到水里去，脖子上绑着个女人，义无反顾地沉入苦海之中，我已决定这样做，你必须同意！’那老头子一定会同意。那行，我的外孙，就依你想的，绑上石头，去娶你那个什么吹风，什么砍风吧……不，先生！那可不行！”

“父亲！”

“不行！”

听到他说“不行”这话那阵势，马吕斯明白没有什么希望了。他垂着头，犹犹豫豫地，慢慢地一步步地走过房间，仿佛要走，但更像要死了。吉诺曼先生的眼睛从没离开过他，当马吕斯打开房门就要跨出时，他赶紧用心浮气躁的高龄老人的稳健步子往前跨上四步，一手抓紧马吕斯的衣领，竭尽全力，把他拉了回来，丢在一把围椅里，对他说：

“告诉我事情的来龙去脉。”

当马吕斯不假思索地喊出“父亲”时，一切形势都改变了。

马吕斯傻傻地看着他。这时吉诺曼先生那张时阴时晴的脸上，只是一种宽厚淳朴的表情。严厉的老头子变成慈爱的外公了。

“好吧，让我们谈谈，你说说，告诉我你的风流韵事，不必害羞，全说出来！活见鬼！年轻人没一个好的！”

“我的父亲。”马吕斯又说。

那张老脸立时焕发了青春，不知不觉地充满了笑容。

“对，这很好！称呼我你的父亲，待会儿再看吧。”

在那样的紧急而暴躁的氛围中，现在出现了一些东西，是那么好，那么甜蜜，那么大度，那么仁爱，这让从绝望中忽然又看到一线希望的马吕斯，觉得迷惑不解，但又欢欣雀跃。他恰好坐在桌子边上，桌上的烛光，照亮了他身上的烂布衣服，吉诺曼先生看见，非常惊奇。

“那好，我的父亲。”马吕斯说。

“啊呀，”吉诺曼先生中途截断他说，“难不成你真的穷得不行了？你穿得像个贼。”

他拉开抽屉，摸出一个钱包，放在桌上：

“看着，这是一百路易，用这去买顶帽子。”

“我的父亲，”马吕斯马上又说，“我亲爱的父亲，您要是了解我爱她有多深就好了。您无法想象，我第一次碰到她，是在卢森堡公园，她经常去那儿，开始时我没留意，后来也不知为什么，我居然爱上了她。啊！为此我很烦恼！现在我每天都去见她，在她家里，她父亲不知道，您看，他们快要离开了；我们天黑以后在种满花草的院子里见面。她父亲要带她去英国，这时我才觉得：‘我得去见外公，告诉他这件事。”我会先发疯，我会死掉，我会生一种病，我会跳水自尽。我必须和她结婚，不然我会疯狂的。事情就是这样，我觉得全说给您听了。她住在一个花园里，有一扇铁栏门，在卜吕梅街，挨着残废军人院。”

吉诺曼公公欢天喜地的在马吕斯身旁坐着。他听他说话，以此为享受，同时，也深深地吸了一撮鼻烟。当他听到卜吕梅街三个字的时候，一下就不再吸了，那剩下的鼻烟屑全落在膝盖上了。

“卜吕梅街！你说的是卜吕梅街吗？让我想一下！挨着那儿有个兵营吧？对，没错，你表哥忒阿杜勒跟我提起过，那个长矛兵，那个军官。一个女孩子，我的好友，是个女孩子。没错，卜吕梅街。以前叫卜洛梅街。现在我记起来了。卜吕梅街，一扇铁栏门里的一个女孩，我曾听别人说过。在一个花园里。一个中等人家的漂亮小姐。你的眼光还行。听说她长得白生生的。偷偷告诉你一句，那个傻大兵还曾对她有所示意呢。我不清楚他发展到哪一步了。那都无所谓。再说他的话也不可信。他喜欢吹牛，马吕斯！我认为这很不错，像你这种小伙子会和一个姑娘谈上恋爱。这是你这么大的人常会做的事。我更乐意你谈上恋爱，总比变成个雅各宾党好多了。我更乐意你爱上一条短布裙，真见鬼！就算是二十条短布裙也行，也不愿意你喜欢罗伯斯庇尔。就我而言，说实话，作为无套裤汉，我只有一个爱好，就是女人。美丽女人就是美丽女人，这没什么可说的！没人会说不同意。而说到那姑娘，她背着父亲接待你。她做得对。我也有过这种事，我本人。有很多次。你明白怎么办吗？干这事儿，不能急于求成，不能陷入悲剧境地，不要谈婚论嫁，不要去见斜挎着佩带的市长大人。只要傻傻地做个聪明人。我们都有常识。做人不能太老实，不要结婚。你来见外公，我实际上是个好好先生，总是在一个旧抽屉里放着几卷路易。你对他说：'外公，这样那样。'外公就说：'这很容易。'年轻人要过，年老的人要破。我曾经年轻，你也会变老。好了，我的外孙，你把这留给你的孙子就行。这儿有两百皮斯托尔。逍遥自在去吧，加油干！不会更好了！事情这么应对。不要结婚，那没什么不同。你明白我说的这些话吗？"

马吕斯像块石头一样，没法再说什么，不停地摇头反对。

老头子开怀大笑，挤眉弄眼，拍了一下他的膝盖，定定地看着他的双眼，微耸着肩，对他说：

"笨蛋！让她做你的情妇。"

马吕斯脸色惨白。外公刚才说的那些，他一点儿也没听明白。他啰里啰嗦地谈到什么卜洛梅街、中等人家的漂亮小姐、兵营、傻大兵，仿佛一连无数的黑影在马吕斯面前一晃而过。这其中，都和珂赛特无关，珂赛特是一朵百合花。这老头子满口胡言。但这满口胡言概括成一句话，马吕斯弄明白了，而且是极其凶恶地玷辱了珂赛特。"让她做你的情妇"这句话，就像一把利剑，插在这位郑重其事的小伙子心头。

他站起身，拾起落在地上的帽子，迈着坚决而稳重的步子走向门口。走到后，他转身对着这外公鞠了深深的一躬，高抬着头，说：

"五年前，您侮辱了我的父亲，今天，您又侮辱了我心爱的姑娘。我不再求您什么了，先生。从此一刀两断。"

吉诺曼公公被吓傻了，张着嘴巴，举着手臂，力图站起来，但不等他开口讲话，门已关上，马吕斯消失了。

老头像遭雷击了一样，半天动不了，不能讲话，也无法呼吸，好像喉咙被个拳头死死塞住了。后来，他才用尽全身力气从椅子上站起来，用一个九十一岁老人最快的速度，冲向门口，打开门，大声叫道：

"救命啊！救命啊！"

他的女儿来了，然后，佣人们也来了。他伤痛欲绝地喊道：

"快去追他！逮住他！我对他怎么了？他疯了！他走了！啊！我的老天爷！啊！我的老天爷！从此以后，他再也不会回来了！"

他奔向面街的那扇窗户，颤颤巍巍地用他的老弱无力的手开了窗，探出去大半身，巴斯克和妮珂莱特在后面拉住他，他叫着：

“马吕斯！马吕斯！马吕斯！马吕斯！”

但是，马吕斯什么也听不到了，这时，他已经走到圣路易街的拐弯处了。

这个九十多岁的老头儿两次或三次将双手举向鬓边，心灰意冷，跌跌撞撞地向后退，倒进一张围椅里，脉搏停止了，声音消失了，眼泪干涸了，晃着脑袋，抖着双唇，像个白痴，他的眼里和心底，就只有一些阴森沉重、虚无缥缈、像黑夜一样的东西了。

第九卷　他们去向何方？

一、冉阿让

就在那天下午，快四点时，冉阿让一人在马尔斯广场上的那条最冷清的斜坡上坐着。现在他几乎不同珂赛特一起上街了，这可能是为了小心一些，可能是为了可以安静地养养神，可能只是因为人人都可能有的习惯地慢慢转变。他身着一件工人褂子，一条灰灰的帆布长裤，头戴一顶突出的鸭舌帽，遮住自己的脸。他如今并不操心珂赛特的事情，心情平静甚至快乐，前段日子让他放不下心的那些猜疑已经没有了，但最近两个星期以来，他却为另外一件事忧心忡忡。有一天，当他在大街上散步时，突然看到了德纳第，还好他换了装扮，德纳第完全没看出他来；但从那之后，冉阿让又碰见过他许多次，现在已经毫无疑问，德纳第常在这附近出没，这足以让他决心要好好想想办法。德纳第的出现，就代表着会有数不清的麻烦。

除此以外，那时巴黎并不安定，政治上不稳定，这对于隐姓埋名的人来说，产生了一种麻烦，就是警察变得很警觉，善于怀疑，他们在搜查佩潘或莫雷那种人时，很有可能发现冉阿让这种人。

为了这些缘故，他已经满腹心事了。

最近又有一件令人费解的事，让刚刚有所缓和的他再次受到打击，因此他变得格外小心。就在当天早晨，他起得的最早。到院子里去散步，那时珂赛特还没打开板窗，他突然发现有人刻在墙上的一些字，可能是用铁钉子刻的：

玻璃厂街十六号。

这件事刚刚发生。那堵老墙的石灰早就变成了黑色的，但新刻的字却白得显眼。墙根的一丛荨麻叶子上面，还覆盖着一层才落上去不久的细石灰粉末。这有可能昨晚才刻上去。这到底是什么？是联络地址吗？是给什么人留下的暗号吗？是用来警告他的东西吗？反正，很明显，这房子已经有些不明不白的人偷偷进来过了。他记起了不久前让他一家子都惊慌失措的可疑事件。他满脑子想的都是这些事。他怎么也不会告诉珂赛特墙上被人刻了几个字，免得她害怕。

深思熟虑、权衡再三以后，冉阿让决定不再待在巴黎，甚至法国，而去英国住会儿。他已经告诉珂赛特了，打算八天内出发。现在，他在马尔斯广场的斜坡上坐着，把这些事翻来覆去地想了又想：德纳第、警察、刻在墙上的那些字、这次出远门和弄一张出国护照的麻烦。

他正在这样想来想去，突然发现阳光把才到斜坡顶上不久靠他背后的一个人的影子射到他面前。他正想转过身去，就有一张折了四折的纸落到他膝盖上，好像扔纸的手就在他头顶上丢下来的。他捡起来，打开来看，那上面用粗铅笔写了几个字：

赶忙搬家。

冉阿让赶紧站了起来，但斜坡上没别的人，他四下里找，只发现了一个比小孩子大一点又比大人小一点的人，身穿一件灰色的布褂子和一条土灰色的灯芯绒长裤，正翻过矮墙，慢慢走向马尔斯广场的那条沟里。

冉阿让快步往家走去。心里一点儿也不轻松。

二、马吕斯

马吕斯心灰意冷地离开了吉诺曼先生的家。他来的时候，希望只抱了一点点，走的时候，失望却很大很大。

另外，只要是彻底地观察过人的心性的人，就会理解他此刻的心情。外祖父在外孙面前乱七八糟地讲了什么长矛兵、军官、傻大兵、表兄忒阿杜勒，这没对他产生任何坏的影响。一点儿也没有。编戏剧的诗人表面地看可能会趁外公向外孙泄密之机让情况变得千头万绪，但是过多的戏剧化色彩会有损其真实性。马吕斯现在这个年纪死活不相信人会使坏，但还不至于什么都相信。猜疑之心就像皮肤上的皱纹。刚步入青年的人还没长这种皱纹。让奥赛罗魂不守舍地面对老实人并不意味着什么。怀疑珂赛特？马吕斯或许可以做各种坏事，但决不会怀疑珂赛特。

他不停地在街上走，人烦的时候常会这样。对于记忆之中的任何事他都不去想。凌晨两点，他返回了古费拉克的家，和衣一头栽到褥子上。当他昏昏沉沉地睡去时，天早已经全亮了。他迷迷糊糊地睡着，脑子里还在想着乱七八糟的事。他睁开眼睛时，发现古费拉克、安灼拉、费以伊和公白飞都立在房间里，戴上帽子，慌张地干这干那，正打算出门。

古费拉克告诉他：

“你去不去给拉马克将军送葬？”

他听着这些话还以为古费拉克说的是中国话。

他们没走多久，他也出了门。二月三日出那事儿时，沙威给过他两把枪，一直都留在他这儿。上街时，他把这两支枪放在衣兜里面。里面的子弹丝毫未动。很难说明白是什么诡异的念头促使他带了这两把枪。

他在大街上胡乱地逛了一天，有时天下雨，他也丝毫未觉，他从一个面店铺中买了两块面包，想当作晚饭吃，把面包一揣进口袋，就忘得一干二净了。有人说他跳进塞纳河洗了一个澡，但他什么也记不清了。有时候，脑袋里有一炉火。马吕斯正处于这个关头。他没什么希望，也没什么可害怕的了，从昨天晚上开始，他就走上这条路了。像只热锅上的蚂蚁，他心急火燎地等待天黑，他脑子里还有一个想法是清楚的：九点钟要和珂赛特相会。这最终的幸福是他全部的未来，再往后，就只有黑暗的一片。他走在最冷落的大街上时，常会听见在巴黎那方面有一些古怪的声音。他打起精神，侧耳倾听，说：“是打起来了吗？”

天黑不久，刚九点钟，他谨守对珂赛特所做的承诺，走到卜吕梅街来了。当他往那铁栏门走来，却什么也想不起来了。他已经两天没见过珂赛特了，他很快就能见到她，别的一切念头都没有了，他现在只有这一件最最深刻的满意的事了。这种渴望了数个世纪才得到的几分钟，总是有那种超出一切和言之不尽的感觉，一旦它出现，就会占据一颗心。

马吕斯移开那根铁条，钻到院子里去了。珂赛特却并不在她以往等他的地方。他跨过草丛，走进台阶旁的角落里。“她肯定是在那儿等着我呢。”他说。但那也不见珂赛特。他抬头一看，发现房子里各个板窗都是关着的。他在院子里转了一遍，没有一个人。他再回到房子前面，只想寻出他的心上人，心急火燎的，心中充满疑惑，心乱如麻，异常难受，仿佛一个在不恰当的时刻回家的家长，对着板窗乱敲乱打。打一会儿，又打一会儿，也不管她父亲会不会突然打开窗子，探出头来，凶狠地问他想怎么样。这时的他，就算此事真的发生，和他心里猜测的事一比，根本不值一提。打过一阵后，他又大叫珂赛特的名字。“珂赛特！”他高声地喊。“珂赛特！”他的声音更加紧促。没有回应。完了，院子里根本没人，房子也是空的。

马吕斯失望透顶，死死地盯着那所阴森暗沉，如坟墓般黑暗和死寂而更显空荡的房子。他看着石凳，他和珂赛特坐在上面，一起度过了那么多美妙的时光！然后，他坐在台阶上，满怀柔情也下定了决心，他打心眼儿里祝福自己的心上人，又告诉自己：“珂赛特这么一走，我只能一死了之。”

突然，他听见一个街上的声音穿过树丛向他喊道：

“马吕斯先生！”

他站起身来。

“嗯！”他说。

“是您吗，马吕斯先生？”

“是我。”

“马吕斯先生，”那声音又说道，“您的那伙儿朋友正在麻厂街的街垒里等着您呢。”

这个声音他似乎认识，有点像爱潘妮那沙沙粗粗的声音。马吕斯跑到铁门边，挪开那根可移动的铁条，伸出头去，看到一个人，像是年轻男子，跑向黑暗的地方消失了。

三、马白夫先生

冉阿让的钱包对马白夫先生一点用也没有。令人敬佩的马白夫先生，一向立得正行得端且童心未泯，他决不会要那份星星送的礼，决不同意星星能自己制作金路易。他更想不到从天而降的东西是伽弗洛什送来的。他把钱包当成拾来的别人的丢失品，交到区上的警察那里，进行失物招领。这钱包就真的变成了丢失品，毋庸多言，没人去认领，它什么忙也没给马白夫先生帮上。

这段时期，马白夫先生还是没能时来运转。

在植物园和他那奥斯特里茨的园子里的靛青实验均告失败。前一年，他已无力支付女管家的佣金，现在，他又欠下几个季度的房租。那家当铺，十三个月以后，就把他那套《植物图说》的铜版给出手了，几个铜匠用它做了几个平底锅。他以前有很多本零散不成套的《植物图说》，这下没了铜版，再也补印不了了，就把那些插图和零页也作为废物便宜地卖给了一个收旧书的。他一生的心血现在已化为乌有。他就指望变卖那些以前的藏书来换碗饭吃。当他看到那赖以生存的微弱的财源也即将消失时，他就让那园子自生自灭，再也不管它了。以前，他有时还吃得上两个鸡蛋和一块牛肉，但现在已很长时间没吃过了。他只有一块面包和几个土豆。他连最后的几件木器也卖了，然后，只要不是必需品的被子、衣服、毛毯一类的东西，还有植物标本和木刻图版，他全给卖了，但是他还是留下了一些非常珍贵的图书，那里边有些版本非常罕见，比如一五六〇年版的《历史上的圣经四行诗》，皮埃尔·德·贝斯写的《圣经编年史》，让·德·拉埃写的《漂亮的玛格丽特》，书上还印着题给纳瓦尔王后的词，贵人维里埃-荷特曼写的《使臣的职守和尊严》，一六四四出的一本《拉宾尼诗话》，一本一五六七年出的迪布尔的作品，上面印着非凡的题词："威尼斯，于曼奴香府"，还有一本一六四四年里昂出版的第欧根尼·拉尔修的书，里面有十三世纪梵蒂冈第四一一号手写本的著名译文和威尼斯第三九三号以及三九四号两个手写本的著名译文，亨利·埃斯蒂安把这些都进行了校对阅读而且成绩斐然，书中保存了多利安方言的全部篇章，这些只有那不勒斯图书馆里十二世纪的著名手写本里还找得到。马白夫先生的睡房里一直没有烧火，为了省蜡烛，他天不黑就上了床。好像他已没了邻居，每次出门，别人都及时躲开，他也发现了。小孩的困苦能赢得一个当母亲的女人的同情，年轻人的困苦能赢得一个年轻姑娘的同情，而老头子的困苦谁也不会同情。这种困苦是最冷漠而残酷的。但是马白夫公公还是保留着一部分他那种孩童般的平静。当他观望那些藏书时，总是容光焕发，当他专心致志地看着第欧根尼·拉尔修的书时，他总是面有喜色。他的一个玻璃书柜并非必需之物，但他还是留了下来，独一无二的。

有一天，普卢塔克妈妈告诉他：

"我没东西准备晚饭了。"

她指的晚饭，就是一块面包和四五个土豆。

"可以先赊账吗？"马白夫先生问。

"您知道没人愿意赊账了。"

马白夫先生打开那个书柜，像是一个父亲被逼着交一个儿子去给别人斩首，他犹豫挑哪一个一样，面对那堆书，他看了老长一段时间，始终无法下定决心，最后终于还是狠着心从那里面抽出一本，夹在手臂下面，出了门。他两小时后回来了，那书已不见了，他放了三十个苏到桌子上，说：

"用这做晚饭吧。"

从此以后，普卢塔克妈妈看见在这位老实质朴的老人脸上，始终笼罩着一层灰蒙蒙的面纱。

第二天，第三天，每一天，都再现着这一幕。马白夫先生带出去一本书，带回来一个银币。那些卖旧书的见他只能靠卖书过活，就压价到用二十个苏买下了当初他用二十法郎才得到的书。有时，他遇到的购书贩子就是从前卖书给他的那个人。左一本右一本，他整套的书就这样没了。有时他会安慰一下自己："但我已经八十多岁了。"这话的意思仿佛是，在书全卖光以前，他一点儿希望也看不到。他的忧郁，与日俱增。而有一次他也非常开心。他去马拉盖河沿卖了一本罗

贝尔·埃斯蒂安印的书，得了三十五个苏，却又拿四十个苏在格雷街上买了一本阿尔德印的书。“我还有五个苏没给他。”他满怀激动之情地对普卢塔克妈妈说。当天，他什么也没吃。

他加入了园艺学会。学会里的人知道他生活贫困，会长去探望他，告诉他要告诉农商大臣他的事，而且已经说了。“唉，到底怎么回事！”大臣感慨良深地说，“当然啦！一个老科学家！一个专门研究植物的学者！一个安身乐道的老实人！埋应帮帮他！”第二天，马白夫先生接到一份请柬，请他到大臣家去吃饭。他高兴得全身颤抖，还让普卢塔克妈妈也看看请柬。“我们有望了！”他说。到了吃饭的日子，他来到大臣的家。他发现看门的看见他那破布条一样的领带，那件太宽大不合身又样式过时的旧衣服，那抹过鸡蛋清的皮鞋，非常惊讶。谁也没跟他说过话，大臣也是如此。晚上快十点钟，他还在等着别人跟他说一句话，突然听见大臣夫人，一个敞胸露怀、拒人千里之外的美人问：“那个老年人是谁？”他走着回去，午夜时分才到家，那时大雨倾盆。为了这次晚餐，他的马车费还是卖了一本埃尔泽维的书才得到的。

每天睡觉以前，他都会把那本第欧根尼·拉尔修的书看几页，这是他的习惯。他对希腊文钻研得很深，所以能从中读出趣味，现在他什么别的享受都没有了。又这样过了几周。突然有一天，普卢塔克妈妈生病了。如果说有什么事比没钱上面包铺买面包更烦人，那就是没钱去药店买药。一个傍晚，医生给开出一种很贵的药。而普卢塔克妈妈病得更重了，必须得有人看着。马白夫先生把书柜打开，里面空空如也，一本也没留下。他现在唯一有的就是那本第欧根尼·拉尔修的书了。

他把这最后的一本书夹在腋窝下出了门，那天是一八三二年六月四日，他去圣雅克门找现在的鲁瓦约尔书店的老板，换了一百法郎。他把那摞五法郎的钱往老妈妈床头柜上一搁，什么也没说就退回自己的房间了。

第二天天刚亮，他在园子里那块倒塌的石碑上坐着，通过栅栏人们能够看到他一坐就是一个早晨，一动也不动，双眼雾蒙蒙地盯着那凋零枯败的花畦。有时下雨他也感觉不到。到了下午，一些特别的响动从巴黎的四面八方传了过来，似乎是枪声和鼎沸的嘈杂声。

马白夫公公把头抬起来。他见一个花匠路过这儿，就问他：

“这是什么？”

那花匠扛着一把铁铲，异常轻松地回答：

“暴动了。”

“什么！暴动？”

“没错，打起来了。”

“那干吗要打？”

“啊！鬼知道！”花匠说。

“在哪儿？”马白夫又问。

“兵工厂附近。”

马白夫公公到房间里，戴上帽子，习惯性地想拿本书来夹在胳膊下，但没找到，只好说：“啊！对了！”就慌慌张张地出了门。

第十卷　一八三二年六月五日

一、问题的浅层

什么东西组合成了暴动？什么也没有，又什么都有。慢慢放出的电，一下子烧起来的火焰，飘荡的力，浮动的风。这种风和有主意的头脑、空幻的想法、苦难的灵魂、强烈的感情和咆哮的悲痛相遇，就会带走这一切。

带它们到哪儿去？

毫无目的地。路经政府，路经法律，路经他人的豪华和蛮横。

受到打击而发怒的信念，受到挫伤的热情，受到鼓动的怒气，受到抑制的斗志，疯狂的年轻人的勇气，武断慨然的豪情，好奇心，喜新厌旧的习气，对新鲜玩意儿的渴求，让人喜欢看一场新演出的广告而且还喜欢在场子里听道具人员吹哨子的那种心情；各种各样深藏于心的怨恨，由来已久的哀怨，苦闷烦恼，所有怨天尤人自以为是的意气；不舒心，漫无边际的幻想，被陷于重重包围的绝路上的野心；指望从毁灭中找到出路的人；另外，最底层的泥灰，那种一点就燃的烂泥，这全都是组成暴动的因素。

最高尚的和最卑下的，不属于任何一方的游手好闲伺机逞强的人，流浪者，无业游民，十字路口的恶棍，晚上睡在荒无人烟的地方，拿天空的黑云作房顶的人，宁愿乞讨为生而从不愿付出劳动的人，一无所有无依无靠的单身汉，光着胳膊，腿上沾满了泥，都是暴动的附属物。

无论是谁，如果在心灵深处暗暗的仇恨地位，生活或命运等方面的任何一件，就快到暴动的地步了，一旦暴动开始，他就会全身发抖，觉到自己身处漩涡之中。

暴动就像是一种社会大气之中的龙卷风，由于气温适宜而很快形成了，并不断地来回旋转，同时跳跃轰劈，把高个子和小个子、坚强者和软弱者，树干和麦秆、统统卷起，夷平，碾碎，摧毁，连根铲除，裹走。

谁如果被它卷走，谁如果让它遇到，肯定会惨遭不幸。它会让他们相互撞击而毁灭。

它把一种与众不同的威力传达给它掌握中的人。它用时势生成的力量武装遇到的第一个人，它利用所有可以投射的锋利武器。它让石头变成炮弹，让挑夫成为大将。

一些阴险凶狠的政治权威认为，为政权着想，有点暴动是有好处的。暴动使军队接受考验，团结资产阶级，让警察活动活动身手，检阅社会上各种组织结构的力量。这是一种操练，甚至可以说是一种打扫卫生的运动。经历暴动后的政权能更加茁壮，就像按摩后人体会更加舒服。

三十年以前，有关暴动人们还有别的看法。

对任何事情都觉得自己才具“正确思想的理论，反对阿尔赛斯特的非兰德，夹处在真理和谬论中间的折中主义，诠释、劝规，掺杂着谴责和谅解，自命不凡、代表哲理的中庸主义常常非常迂腐。人们所说的中庸主义就来源于一整套的政治论见。冷水热水中间有温水派。这一学派，表面看上去很高深，实际很肤浅，它只是仔细调查结果，不追究原因，它站在半科学的高度谴责公共广场上发生的骚乱。

这个学派宣称：那几次暴动让一八三〇年的成就大打折扣，所以这项非凡事业失去了一部分纯洁性。七月革命为人民吹拂了一股清风，清风拂过后，马上有了清爽的天空。而暴动再次让天空布满浓云，让那次被人们齐声欢呼的革命在争论中丧失了很多光彩。七月革命，与别的连续而来的打击造成的前进一样，制造出很多隐伏的骨折，暴动触痛了这些藏起来的伤痛。人们会说：“啊！这里已经断掉了。”七月革命以后，人们觉得被挽救了，暴动以后，人们觉得倒了霉。

“一遇暴动，店铺都得关门，股价大跌，经济衰退，市场疲软，事业中断，人们纷纷破产，缺少现金，私有财物得不到保障，大家猜疑纷纷，企业动荡不安，资金回笼，劳动力很贱，到处都人心不稳，没有城市能够幸免。所以处处都出现了危机。人们算过一笔账，暴动的第一天让法国损失了两千万，第二天四千万，第三天六千万。暴动三天就开支了一亿二千万，也就是说，只为财政着想，那仿佛经受了一次旱涝之灾，或是打败了一场仗，一个装备了六十艘战舰的舰队被歼灭了。

“当然，历史长河之中，暴动有它的动人之处，用铺路石当武器的战争与用枝条木梃当武器的战争相比，两者都具有不相上下的雄壮与悲哀；一方面具备森林的气质，另一方面又具备城市的勇气；一方面有让·朱安，另一方面又有贞德。暴动把巴黎最具特色的性格照得鲜艳而雄伟：慷慨、忠贞、乐观、豪迈、智勇双全的大学生，坚毅不挠的国民自卫军，店员的露宿地，流浪者的堡垒，过路人对死亡的轻蔑，学校和军队对峙。总而言之，战士们之间的差别只在于年龄，种族，都是些宁死不屈的人，有人二十岁为理解献身，有人四十岁为家庭而逝。内战中的军队心情可不轻松，它用谨慎沉着对抗勇敢果断。暴动体现出人民群众的大无畏精神，也同时给资产阶级的勇气以锻炼的机会。

“这非常不错。但为这全部，就值得流血牺牲吗？而且除此以外，你还应考虑考虑变得没有什么希望的前程，被扰乱了的进步，好心人的不安，感到失望的诚实自由派，因看到革命自由伤害而自觉幸运的外国专制主义，一八三〇年被打击下去的人如今扬眉吐气了，他们还说：‘我们早知会这样！’还会说：‘巴黎长大了，可能，但法国无疑是变小了。’又会补充：‘大屠杀是成功地压制了狂涨的自由维护了社会治安，但这种充满流血牺牲的治安并不光荣。’总而言之，暴动对于国家和人民来说都不是一件好事。”

那帮离高明差点儿的人——资产阶级——如是说，那帮人因此满足就很自然了。

而我们，我们不用那个太模糊，因此也太方便的“暴动”一词。对于一个民众运动和另一个民众运动我们不能一视同仁。我们只是问一次暴动的花费是不是和一次战争的花费相同。首先，战争何故爆发：这里，出现了一个战争问题。难道战争所带来的灾难比不上暴动所带来的灾难吗？其次，所有的暴动都带来灾难吗？就算七月十四日要花费一亿二千万，又有什么呢？安置菲力浦五世去西班牙，法国为此就付了二十亿。即使必须代价相同，我们也更加愿意为七月十四日支付这笔开销。而且，我们不喜欢这些数字，他们仿佛切中问题要害，而实际上都是无用的空话，既然要谈论一次暴动，我们就必须把它拿来解剖分析。在以前说过的那种教条主义的言论中，只提到效果，而我们要找的是原因。

让我们来好好说说。

二、问题的实质

有暴动和起义，这是两种性质的愤怒，其一是错误，其二就是权利。在仅有的一个公正合理的民主政权中，有时少数人会夺权篡位，于是人民全都站了起来，为夺回自己的权利，可以发动武装反抗。在全部有关集体主权的问题上，起义是全体对部分的反抗，暴动是部分对全体的反抗；得看杜伊勒里宫接待何人，如果那是国王，对它攻击就属正义行为，如果那是国民公会，对它攻击就属非正义行为。八月十日用大炮对准民众是错的，而在葡月十四日就对了。表面差不多，内在却不相同，瑞士雇佣军保护的不对，波拿巴保护的就对。公开选举在自由自在之下的所有作为，不能被街道改变。这种道理在完全是文明范围中的事物上也同样适用，老百姓的本能，昨天明白，明天就有模糊的可能。同一种暴怒，用来反对泰雷是正当的，而用来反对杜尔哥就错了。砸破机器，掠夺仓库，挖翻铁轨，推倒船坞，纠集起来强横霸道，不依法对待进步人士，学生杀死了拉米斯，拿石头赶着卢梭离开瑞士，这些全是暴动，以色列反对摩西，雅典反对伏西翁，罗马反对西庇阿，是暴动，巴黎反对巴士底，是起义。大兵反对亚历山大，水手反对哥伦布，是同一种反抗，骄横自大的反抗。为什么？因为亚历山大手持利剑对亚洲的所作所为，和哥伦布凭借指南针对美洲的所作为一样，他们相同的是，找到了一块新大陆。送一个新大陆给文明，这让光明获得很大发展，因而所有为这些进行的反抗都是不正确的。有时人民甚至背叛了自己，老百姓成了人民的叛徒。例如私自买卖食盐的贩子进行了长时间的反抗，这种正当的慢性斗争，一旦临到危急关头，临到安全的日子，人民获胜的时候，却突然向皇室臣服，一下子变成了朱安暴乱，致使反抗王室的起义，变成了维护王室的暴动！愚昧的悲哀伟作！私盐贩子们从王室的绞刑架下逃出来，还没把脖子上的绳套取下来，就戴上了白帽徽。“废除食盐专卖制度”，一下子变成了“国王万岁”。奇怪透顶了！圣巴托罗缪节的屠杀者，九月的扼杀者，杀害科里尼的人、杀害德·朗巴尔夫人的人、米克雷、绿徽党、辫子兵、热胡帮、铁臂骑士，这全都是暴动，旺代是天主教一次大的暴动。人权激发的声音清晰可辨，它并非都来自老百姓互相冲撞的喧闹声，有丧失理智的狂怒，有裂开的铜钟，鼓动武力反抗的钟并非全发出青铜声。狂热和愚昧的骚乱与前行中的动荡并不一样。站起身来，可以，但只该是以向上为目的。请把你的选择指示给我。起义只能够是以前方为目标的。别的任何“起来”都不好。全部后退的阔步都是暴动，退步是一种对人类的暴行。起义是突然间的真理怨气的喷发。为起义挖出的铺路石闪烁着人权的火花。这些石块只把尘渣留给暴动。丹东反对路易十六的举动是起义，阿贝尔反对丹东的举动是暴动。

所以，就像拉斐德说的，从某个方面来说，如果起义是最崇高而权威的义务，暴动也就是不可救药的罪恶行为。

在热量大小上也存在差异，起义是火山，暴动是草火。

我们知道，有时反抗在政权内部发生。波林尼维克干的是暴动，卡米尔、德穆兰统治管理国家。

有的时候，起义能将死物救活。

通过公开选举来解决所有的问题还是个全新的主意，过去四千年时间里满是人权遭到侵犯和人民遭殃的事实，每个历史阶段都带来了与时势相适应的抗争方式。在恺撒执政期间，没有出现起义，但有尤维纳利斯。

愤怒取代了格拉古兄弟的悲剧。

恺撒时代，有被流放到赛伊尼的犯人，也有被历史年表记录下来的人。

在此，我们不说巴特莫斯的惨重流放，这也引发了理想世界对现实社会的巨大抗议，让其变成广泛而普遍的嘲讽，使尼尼微的罗马、巴比伦的罗马和所多玛的罗马做出《启示录》的伟大启示。

约翰立在岩石上就跟斯芬克司蹲在基座上一样，人们也许会不理解他，他是个犹太人，用希伯来语，而著《编年史》的是个拉丁人，准确地说，他是个罗马人。

那些尼禄们的黑暗统治，应该也这样被阐述出来，先用刻刀雕琢是枯燥平淡的，应该让雕刻的痕迹具备简洁又讽刺的风格。

暴君让思想家能更好地进行观察，随即连续而来的言谈是激烈的言谈。当某一个统治者夺走了群众的言论自由时，作者就会不断进行强调。沉默不语能生出神奇的力量，让思想剔除杂质而像青铜般坚硬，历史上的压抑让历史学家具有了精确性。一些文章坚固得像块花岗石，事实上是被暴君的压力逼出来的。

暴政让作者不得不缩小叙述范围，也加大了力度，在罗马的西塞罗时代，评论韦雷斯的作品具有一定的力度，可是评论卡利古拉的就差多了。简洁的语言会更有力量进行打击，塔西佗的看法是很有力的。

公正和真理结合成了一位伟人的正义感，碰到事情时进行如雷雨闪电般的打击。

顺口说一句，应该说塔西佗并没有在历史方面击败了恺撒。罗马王室是传承给他的，恺撒和塔西佗一先一后出现，都是了不起的角色。他们的邂逅是神秘地未给安排，在历史舞台上他们上下场的先后顺序有所规定。恺撒是伟人，塔西佗也是伟人，上帝不让俩人见面。打击恺撒的裁判官也许过头了些，所以变得不公平。上帝意非所愿。非洲和西班牙交战，西西里海盗被消灭，在高卢、布列塔尼和日耳曼地区传播文明，这些光辉事迹掩盖了鲁比肯事变。这都巧妙而细微地启示出了神圣正义，那些对举世闻名的夺权者不进行批判的令人害怕的历史学家在思前想后，就让恺撒被塔西佗原谅了，这样就让非凡人物有了一些可减罪的情形。

当然，专制统治就是专制统治，就算是实行专制统治的君主有才干，他也很有名，也会出现腐败和堕落，但由于没有廉耻之心的暴君统治而出现的有关道德方面的灾难更加丑陋恶劣。在这些时期耻辱是暴露于光天化日之下的，塔西佗和尤维纳利斯这类模范人物，当着我们大家的面有意地谴责批判这些不容辩白的耻辱。

维特利乌斯统治下的罗马比西拉统治下的更糟。克劳狄乌斯和多米齐安统治时期的恶劣的畸形，与暴君的凶残面目是一致的。专制统治者应对奴隶们的卑劣负全部责任，这些堕落的人身上表现出来的不良行径是他们主人的体现。社会权力并不洁净，人心胸狭窄，天性普通，精神和臭虫差不多。卡拉卡拉统治时是这样，康莫德统治时也是这样，海利奥加巴尔统治时仍是这样。但恺撒当权时，罗马元老院中只传出了一些鹰巢自身的异味。

这个时期塔西佗和尤维纳利斯这些人出现了，看上去好像晚了一点，这个阶段谁都会发现出现了示威运动者。

例如尤维纳利斯和塔西佗，和《圣经》时代的以赛亚及中古时期的但丁一样，都是个人。但暴动和起义是老百姓，有时错误，有时又正确。

通常情况，暴动由现实物质引发，但起义总是属于精神范畴，暴动就好像是马赞尼洛，起义则是斯巴达克。起义被限制在思想范畴中，暴动则是饥饿问题。加斯特发了脾气，加斯特有时也有道理。关于饥荒，暴动，比如比尚赛事件，动机正确，悲壮正确，为何还仅仅是暴动呢？因为它的本质虽然不错，却采用了错误的形式。尽管有权有势，但横行霸道，尽管力量强劲，却任意恣行，胡作非为一阵，跟一头盲眼大象没什么两样，行进之中毁灭了一切，随后留下一堆老弱病幼的尸首，他们并非出于本意却无意间让那些天真无知的人白白流了血。抚育人民是个好的愿望，而杀害他们却是个恶劣的方法。

所有的武装起义，合法的也算在内，比如八月十日和七月十四日，开始的时候差不多都一样地乱成一片。总会有骚动和糟粕先于法定权力的解放，暴动是起义的序曲，同一条河流根源于急流，人们一般把起义归入革命的范围。有时候，起义发源于高山，那是正义、明智、公理、民权的世界，理想象雪一样晶莹剔透，从岩石到岩石路径长途的倾泻，在它明亮可鉴的水流中反衬出湛蓝的天空后，就变成雄伟的名山大川，拥有胜利的豪迈气魄，忽然间，起义事业在资产阶级洼地中迷了路，像莱茵河流向了沼泽一样。

这全是陈年旧事，将来全是新的一种局面。公开选举有它的可敬之处，它原则上取消暴动，你给了起义人选举的权利，他们的武力装备就被你解除了。战争因此销声匿迹，街垒战也好，国境战也好，都是一样。这是肯定要发生的进步。不论今天怎么样，和平只能等到明天再说。

总而言之，起义和暴动不一样，但纯粹的资产阶级，并不明白这种微小的差别。在他们眼中，这全部都是民变，完全是叛乱，是守门狗的抗争，想咬主子；想咬人就必须拿铁链子绑好关进笼子里去，狗或大呼或小叫，一直到狗头突然变大的时候，暗地里隐隐约约出现了一张狮子脸。

于是资产阶级大叫起来："人民万岁！"

这样解释一番，以历史眼光来看，一八三二年六月的运动到底是什么？算暴动？还是算起义？

这是一次起义。

根据这次恐怖事件的舞台装饰来看，我们可称之为暴动，但这流于表面化，我们还应具备区别暴动形式和起义本质的能力。

这次一八三二年的事变，其爆发速度和熄灭的惨痛都显示出非凡的不平常，连那些把它仅仅看成是一次暴动的人谈论它时也使用了尊重的口吻。他们认为这只是一八三〇年事变的余波。他们宣称，已激动不安的思想不可能一天就安静下来。不能一刀就完全地切断任何一次革命。在恢复平静以前，必得有一段动荡时期，仿佛高山逐渐到达平原，就好像如果没有汝拉山区就没有阿尔卑斯山，没有阿斯图里亚斯，就没有比利牛斯山一样。

近代史上，这次震撼人心的事变，巴黎人的脑子里称之为“暴动时期”，这无疑是本世纪最夺目的一次风暴。在我们正式的行文重新开始以前又说说这件事。

下面我要说的事情是现实中发生地充满了戏剧性的事件，历史学家没有时间和机会就忽略了它，但是，我们要重点说明，这其中有生活，让人紧张不安又全身颤抖，好像以前已经说过，有的细枝末节，就像是大事情中的小叶子，已经从古老的历史上消亡了。所谓的暴动时期很多这种小事情。有些司法机关的调查，其出发点不是为历史而有其他原因，没有全部公之于世，也许是因为没有调查得足够仔细而深刻。在大家都已清楚了解的公开宣布的情况之中，还有另外一些事，也许是忘了，也许是当事人死了，后人已无从知晓，所以我们要来公开一些。这些大局面中的很多演员都没有了，事过一天，他们就闭口不言。而我们以后要说的，可以说是我们亲眼目睹的。我们变了一些名字，因为是讲述史实而不是公开披露，但我们说的都是实情。我们写作时的条件只可以表现某一事件的一个部分，自然是一八三二年六月五、六号两天中最被人们忽视的细节。我们想做的是使读者在我们撩起黑暗的帷幕之后，能对这次惊人的群众事变的真相了解个大概。

三、埋入坟墓：重生的希望

一八三二年的春天，三个月以来，霍乱虽然让人们的精神停滞，还给他们激动的心情笼罩了一层无法说清的阴沉的死气，巴黎的情绪还是像以前一样的一触即发。就像我们在前面提到的，这个大城市和一尊大炮差不多，火药已上了膛，稍有火星就一爆而炸。在一八三二年六月，拉马克将军的死成了那颗火星。

拉马克将军德高望重又大有作为。帝国时期和王朝复辟时期，他先后表现出了两个阶段应有的勇气：上战场的勇气和上讲台的勇气。他雄辩家的口才和战场上的英勇一样非凡，人们从他的话语中觉出一把利剑。就像他的前辈富瓦一样，在高举义旗后又高扬起自由之旗。他身处于左与极左中间，人们爱戴他，因为他接受未来给予的机遇，群众爱戴他，因为他以前对皇帝表现了忠诚。起先与热拉尔伯爵和德鲁埃伯爵一起，他是拿破仑的几个小元帅中的一个。一八一五年的条约让他火冒三丈，就像是他本人受到了侮辱。他非常痛恨威灵顿，所以老百姓喜欢他，他十七年间差不多没有参与其中的任何一次事件，他不动声色地牢牢记住了滑铁卢的惨痛历史。在他临终前一刻，胸前紧紧抱住的是百日帝政时期一些将领送给他的一把剑。临终时，拿破仑念叨的是“军队”，拉马克念叨的是“祖国”。

他的死，是意料之中的事，人民认为他的死是一种损失而不愿他死，政府认为他的死是一种危机而不愿他死。他的这种死，是一种悲哀。和别的苦难相同，悲哀也可化为反抗。当天正是这种情况。

预定安葬拉马克是在六月五日，临近那天及当天早晨，送葬队伍要途经的圣安东尼郊区人声鼎沸。人们最大限度地武装了自己。有的细木工带上工作用的铁夹“去撬门”。其中一个把鞋匠用的那种引线铁钩弄掉钩子，磨尖铁柄，做成一把匕首。另一个，“动手”之心太切，一连三天都没脱衣服就睡了。一个叫龙比埃的木工，有一个同行问他“去哪儿?”“我呀！还没找到家伙。”“那怎么办?”“我去工地拿我的两脚规。”“干吗?”“不清楚。”龙比埃回答。一个叫雅克林的送货工，只要碰见别的工人就和他说：“你跟我来。”他用十个苏买了点儿酒，说：“你有活干吗?”“没有。”“去费斯比埃家吧，他家在蒙特勒伊便门和复罗纳便门之间的地带，到那儿你能找到活儿干。”费斯比埃家中有一些子弹和武器。一些有点名气的头目，“到处进行串联”，也就是说，一家一家地召集自己的人马。位于宝座便门左近的巴泰勒米的店子里和卡佩尔的小帽子酒店里，那些畅饮的人，每一个都表情郑重，凑在一处密议。有人听他们说：“你的手枪呢?”“在我的褂子里。你的呢?”“在我衬衣里。”在横街的罗兰作坊跟前，在一所被烧过的房子的院子里，工具工贝尼埃的工作间前面，一伙伙的人小声地商量着。其中有个情绪最高涨的人，名叫马福，他从未在一个工作间里工作上一个星期，没有老板愿意留下他，“因为每天都要跟他吵一架。”第二天马福就死在梅尼孟丹街的街垒里。在那同一次战斗中死去的卜雷托，是马福的助手，别人问他：“你这是为了什么?”他回答说：“为了起义。”有一伙工人在贝尔西街角上集会，等着一个叫勒马兰的人，他是圣马尔索郊区的革命工作人员。命令差不多都是公开传达的。

六月五日那一天，时雨时晴，交替不断，给拉马克将军送葬的队伍，安排了正式的陆军仪仗队，横穿巴黎，那队伍为预防万一而加强了一点兵力。两个营，用黑纱罩着鼓，反背着枪，一万名国民自卫军，腰上佩着刀，国民自卫军的炮队与棺材同行。一队年轻人牵引着灵车。紧随灵车之后的是残废军人院的士官们，他们手握树枝。再后面是成千上万的老百姓，神色紧张，形状怪异，人民之友社的社员们、法学院、医学院、所有国家的逃亡者，西班牙、意大利、德国、波兰的国旗，横条的三色旗，各种各样的旗帜，一应俱全，小孩子们舞动着青树枝，正参加罢工的石匠和木工，有人头戴纸做成的帽子，看一眼就知道他们是印刷工人，两个或三个人并排地走，他们高声喊叫，差不多每个人都舞动着手中的棍棒，有人舞动着指挥刀，乱七八糟，但众人同心，有时杂乱，有时能组成队伍。有的一小队人选出了自己的带头人，有一个人，光明正大地佩戴着两把手枪，好像是自己队伍的检阅者，那支队伍只好当着他的面撤出了送葬的队伍。在大路的横街上、树枝上、阳台上、窗台上、房顶上，人头攒动像蚂蚁行列，男人、女子、小孩子，都睁着一双双惊恐不安的眼睛。一群全副武装的人经过，人们就神色紧张地看着。

政府一直在旁观。注目的同时它紧抓着利剑。人们能够看到，在路易十五广场上，有四个卡宾枪连，全都是长枪短铳，子弹上膛，枪匣充实，人人骑着大马，受军号统率，万事俱备，只欠行动命令了；在拉丁区和植物园附近，每条街都有保安警察分段站岗进行防卫；酒市上有一个中队的龙骑兵，格雷沃广场上有一半第十二轻骑联队，巴士底有另一半，则肋斯定有第六龙骑联队，卢浮宫的院子里全都是炮队。剩下的军队在军营，还没算上巴黎周围的联队。忐忑不安的政府，在市区中布置二万四千士兵，在郊区布置三万士兵，防卫群情激昂的老百姓产生行动。

送葬队伍中散播着各种各样的非正式消息。有人谈论正统派的阴谋；有的谈论着雷希施塔特公爵，人民都希望他出来恢复昔日帝国雄风的时候，上帝却要他非死不可。一个隐藏了名字的人传言说，到某个时候会有两个工头被争取过来，他们将面对老百姓开放一个武器工厂。最明显的是，在这些送葬的人当中，大部分人都显得又兴奋又沮丧。这么多人激动异常，一心想要干些暴躁而又崇高的事情，其中有时也会有人满口脏话、貌似匪徒，他们说的是：“抢！”有一些骚乱会让一潭清水变浑，从潭底挖出一堆污泥。这种情况，在“办得好”的警察局眼中，丝毫不觉得惊奇。

送葬队伍从死者的宅第，迈着激动又沉重的步子，途径几条大路，慢慢地到达了巴士底广场。天时不时地下着雨，人们一点儿也不在乎。有几件意外事件发生了：灵车经过旺多姆纪念碑的时候，有人看见费茨·詹姆斯公爵站在一个阳台上，头戴着帽子，就朝他扔了很多块石头；一根旗杆上的高卢雄鸡被人拔了下来，拖在烂泥中向前走；在圣马尔丹门，有人拿剑刺伤了一个宪兵；第十二轻骑联队中有个军官高声嚷道“我是共和党人”，综合工科学校的学生，被强制于校内不准出去谁知突然出现，大家齐呼：“万岁！共和万岁！”这是在送葬队伍中演奏的小插曲。汹涌而至的围观人群，像滔天江水，一浪推一浪，从圣安尼郊区走下来，到了巴士底，就与送葬的人群会合，一种腾跃翻滚的惊人声势让人群开始更加激昂。

人们听见有人对另一人说：“你看到那个下巴上长着一小撮红胡子的人吧，他待会儿就会指示大家应该几时开枪。”传说在以后的另一次暴动的凯尼赛事件中，这个小红胡子做了同样的事。

灵车途径巴士底，顺运河边，穿过小桥，来到奥斯特里茨桥头广场。它停在这里。这时若从天上望下来，这群人，就像是彗星，头在桥头广场，尾巴自布尔东河岸一直延伸，遍布巴士底广场，再沿林荫大道一直拖到了圣马尔丹门。一大堆人围在灵车周围。吵闹的人群一下子安静了下来。拉斐德念了悼词，向拉马克道别。那一时刻庄重严肃而扣人心弦，全场的人都脱帽致敬，每个人的心都怦怦直跳。人群中突然出现了一个黑衣骑马人，手中高举着一面红旗，有人说那是一根长矛，尖上挂着一顶红帽子。拉斐德转过了头。埃格泽尔芒离开了人群。

这面红旗引发了一场风暴，很快就消失了。从布尔东林荫大道到奥斯特里茨桥，人声鼎沸得就像海潮怒吼一般，人群开始骚动不安。两声非常高昂激动的喊叫传了出来：“拉马克去先贤祠！拉斐德去市政府！”一群年轻人，在大片喝彩声中，迅速开始将灵车里的拉马克向奥斯特里茨桥推去，牵引着拉斐德的马车沿莫尔朗河边走去。

在拉斐德周围那片欢呼的人群当中，人们看到一个叫路德维希·斯尼代尔的德国人，并指示给人们看，那人参加过一七七六年的战争，在特伦顿由华盛顿率领着作战，在布朗蒂温，由拉斐德率领着作战，后来活到一百岁。

这时，在河左岸，市政府的马队在桥头截住去路，右岸，从则肋斯定开来的龙骑兵在莫尔朗河边展开来。引着拉斐德的人群在河边转向处，突然发现了他们，就大声叫道：“龙骑兵！龙骑兵！”龙骑兵慢慢地行进，悄无声息，手枪插入皮套，马刀装在刀鞘里，短枪插入枪托套，脸色阴郁地看着。

从小桥走出去两百步，他们停住了，拉斐德坐的马车就到他们跟前，他们退向两边让出一条道，让马车走过去，然后又合成一队。这时，龙骑兵和群众已经直面相对了。女人们慌乱地四下逃散。

在这紧要关头出了什么事呢？谁都弄不明白。在那两片黑云相撞的黑暗无光的时候。有人说兵工厂那边传过来了冲锋号声，也有人说有一个小孩子用匕首给了一个龙骑兵一刀。实际情况是突然一连响了三枪，第一枪击中了中队长灼雷，第二枪击中了孔特斯卡尔浦街一个正关窗户的聋耳老女人，第三枪擦着一个军官的肩章飞过。有个女人叫道：“动手太早了！”人们突然发现从莫尔朗河沿对面的兵营里冲出一中队龙骑兵，手举马刀，经过巴松比尔街和布尔东林荫大道，横冲直撞。

这时候，风起云涌，暴动已事成定局。石块四处横飞，到处都能听见枪声，很多人跳下河岸，绕过那段现在已经被填满了的塞那河湾，卢维那岛，那个天然的巨型堡垒上全是士兵，有的拔木桩；有的开手枪，如此形成了一个街垒，那些被赶回来的年轻人，牵着灵车，一路急驰，越过奥斯特里茨桥，冲向保安警察的队伍，卡宾枪连飞奔了过来，龙骑兵见人就砍，群众都四下里飞逃，整个巴黎城都响起了一片加入战斗的吼声，人人高喊：“拿起武器！”人们跑着，相互冲撞着，逃离着，反抗着。暴动由愤怒鼓动起来，就好像烈火被狂风煽动起来一样。

四、当年的喧闹声势

任何奇怪特别的事都比不上暴动的最初骚乱。一切在同一时间全部爆发。这是可以预知的吗？是的。这都是事先安排好的吗？不是。从什么地方开始的？街心。从什么地方掉下来的？云层顶端。在这个地方起义是经过事先的秘密策划的，但在另一个地方却又是突如其来的。最先看见的人可以把握住人们的共同趋势并带领他们一起跟着自己走。刚开始的时候，人们满怀恐惧和惊慌，同时也混合着一种令人害怕的得意之情。刚开始，各种声响嘈杂沸腾，商店关门，摆出来的商品都不见了；然后，七零八落的枪声，行人四处飞蹿，大车门被枪托撞击的声音，人们听见一些女佣人在大门后的院子中边笑边说："这下可有热闹看了。"

不到一刻钟功夫，巴黎有二十个不同的地方差不多同时发生了这些事：

在圣十字架街，有二十个留着胡子和长头发的年轻人走进一家咖啡馆，很快又出来了，手里举起一面横条三色旗，旗子上系着一块黑纱，其中三个带队人都拿着武器，一个有指挥刀，一个有步枪，一个有长矛。

在诺南第耶尔街，有一个衣着十分齐整洁净的资产阶级，挺着大肚子，嗓音洪亮，光着头，额头很高，黑胡子直挺挺地向左右两边张着，毫不避讳地给路过的行人发子弹。

在圣彼得蒙马特尔街，有一些人光着膀子扛着一面黑旗走在大街上，黑旗有这么几个白色大字："共和或死亡！"绝食人街、钟面街、骄山街、曼达街，都有好多群人舞动着旗帜，其上的金色大字写着"区分部"，而且还有一个编号。那里面还有一面旗，红蓝两色间夹有一条窄窄的白色带，窄得看不清楚。

圣马尔丹林荫大道有一个武器工厂遭到抢劫，另有三个武器商店也被洗劫，第一个位于波布尔街，第二个位于米歇尔伯爵街，还有一个位于大庙街。几分钟内，二百三十支步枪都被群众抓在他们的成百上千只手中，差不多每支都是两响的，六十四把指挥刀，八十三把手枪。为了让大多数人有武器，就一个人拿步枪，一个人拿刺刀。

对着格雷沃河沿的地方，有些年轻人从一些女人的房间里用短枪向外面射击。其中一个还有一支转轮的短枪。他们拉响门铃，走进屋去，在房间里做子弹。这些女人中的一个说："以前我都不知道什么是子弹，直到我丈夫告诉我了才知道。"

一群人冲破老奥德里耶特街的一家古玩店的门，进去拿了几把弯背刀和一些土耳其武器。

在珍珠街上，躺着一个被步枪击中的泥水匠的尸体。

随即，在右岸、左岸、河边地带、林荫大道、拉丁区、菜市场区，许多上气不接下气的人、工人、大学生、区的工作人员看着告示，大声叫道："武装起来！"他们敲碎路灯，解下马车的马，掘出铺路的石头，翻出房屋的门板，挖树，翻地下室，滚酒桶，堆石头，石子，家具，木板，修筑街垒。

人们逼着资产阶级共同行动。人们走入女人的房间，让她们交出不在家中的丈夫们的刀枪，还用白粉在门上写上"武器已交出"。有的人还在刀枪的收据字条上写上“他们的名字”，还说：“明天去市政府领取。”人们解除了街上单独的哨兵和去区公所的国民自卫军的武器装备。军官们肩上的徽章被撕掉。在圣尼古拉公墓街上，有个国民自卫军军官被一伙手拿棍棒和花剑的人追逐着，费了九牛二虎之力才躲到一所屋子里去，一直待到晚上改变了装扮才出来。

在圣雅克区，一群群大学生由自己的旅店里冲出来，走向圣业森特街上的进步咖啡馆，这在其上方，或走向马蒂兰街的七球台咖啡馆，那在其下方。在那地方，有一些年轻人站在墙角石上发放武器。人们为修筑街垒抢劫了特兰斯诺南街上的建筑工地。只有一个地方，在圣沙瓦街和西蒙·勒弗朗街的拐弯处，居民反抗了，他们动手拆除了街垒。只有一个地方，起义的人群后退了，他们已经修筑了一个街垒在大庙街上，与国民自卫军的一个排交手后就抛弃了那个街垒，由制绳街逃跑了。那个排在街垒里边捡到一面红旗、一包弹药和三百颗子弹。那些国民自卫军把那面红旗撕成一条一条的，系在他们的刺刀尖上。

我们慢慢地在这里依次叙述所有的事，但那时候在那座城市中每一处都在同一时间爆发出喧闹沸腾之声，就好像千万道闪电汇集而成的一阵隆隆的电声。

还没有一个钟头的时间，只一个菜市场区，就一下子多出了二十七座街垒。那座有名的第五十号房子就是中心所在，即以前让娜和她一百零六位战友的堡垒，在它两边，一边是圣美里教堂的街垒，一边是莫布埃街的街垒，三条街被这三座街垒控制着，那是阿尔西街、圣马尔丹街和正对着的奥白利屠夫街。两座街垒都呈现出曲尺形状，一座从骄山街拐向大化了窝，一座从热奥弗瓦一朗之万街拐向圣河瓦街。巴黎别的二十个区，沼泽区、圣热纳维埃夫山的许多座街垒还不包括其中，梅尼孟丹街上有一座，门是一扇从门臼里脱落出来的车马大门，另外一座，就挨着天主医院的小桥，是把一辆解了马的苏格兰大车倒过来修筑的，三百步外就是警察局。

游乡提琴手街上的那个街垒里，有个衣着讲究的人在给工人们发钱。在格尔内塔街上的街垒里有个骑着马的人，交给那个看上去像是街垒头头的人一包东西，像一卷钱的样子，还说：“喏，这是活动经费，葡萄酒，等等。”一个长得白皙干净的青年，没戴领带，在街垒间挨个传达口头命令，还有一个，手握一把指挥刀，头戴一顶警察的蓝帽子，正在叫人站岗放哨。在几个街垒的内里，酒厅的门房成了警卫室，而且暴动依据的是最高超的陆军作战计策。挑选了那些狭窄、坎坷、弯来弯去、凹凸不平、东拐西绕的街道，尤其是菜市场周围地方，一片街道错综得像密林之林，实在让人佩服。有种说法是，人民之友社指挥了圣阿瓦区的那次起义。有一个人被人杀死在朋索街，从他身上找到了一张巴黎市区图。

而暴动的真正的领导者，是充斥于大气中的一种不可言状的急躁情绪。那次起义，一方面修筑了街垒，另一方面差不多占据了所有的驻军据点。没用上三个小时，像一大串火药不间断地燃烧，起义者就占领了右岸的兵工厂，王宫广场，整个沼泽区，波邦古武器制造厂，加利奥特，水塔，菜市场周围的全部街道，左岸的旧军营，圣佩拉吉，莫贝尔广场，双磨弹药库和每一个便门。到下午五点钟，他们已经完全占领了巴士底，内衣店、白大衣店，他们的侦察兵马上就要到达胜利广场了，银行，小神父兵营、邮车旅馆已在他们的势力威慑之下了。三分之一个巴黎都暴动了。

每一个地方的斗争规模都很大，人们还解除武装，到别人家里去搜查，争先恐后地抢劫武器商店，这样一来，这场斗争本来是从石块开始的，最后变成了枪支相拼。

下午六点左右，鲑鱼通道激战尤酣。一头是暴动者，另一头是军队，大家互相以铁栏门作掩体朝对方开火。一个旁观者，一个梦游的人，本文的作者，那时曾经去靠近这两座火山的地方进行实地观察，结果因双方火力太猛被困在那通道里不得动弹。为了躲开枪林弹雨，他只把自己藏在两家商店中间的那种半圆柱子旁边，在这种生死存亡的危急关头，他在那儿躲了差不多有半个小时。

这个时候，集合鼓敲响了，国民自卫军赶紧穿上军装，拿好兵器，宪兵从区公所里走了出来，联队从兵营里走了出来。对着铁锚通道的地方，一个鼓手被人刺了一刀。还有一个，在天鹅街，被三十多个年轻人围攻，那些人戳破了他的鼓，抢走了他的刀。另外一个被人杀死在圣辣匝禄麦仓街上。在米歇尔伯爵街上，三个军官一个一个都气绝身亡倒在地上。很多国民自卫军在伦巴第街负了伤，退回去了。

国民自卫军的一个支队在巴塔夫院子前面，找到一面红旗，上面写着这些字："共和革命，第一二七号。"这么说那次真应算作一场革命吗？巴黎的核心地区，经过那次起义，变成了一种纷繁杂乱、让人不辨方向的大型山寨。

那地方就是病灶，毫无疑问问题就出在那儿。在别的任何地方，都只能说是次要的小冲突罢了。可以用来证明所有的问题都根源于那里的证据，就是那里到现在还没有发生流血事件。

在为数不多的几个联队里，士兵们人心不稳，这更加让人为不知道危机的结果而加倍害怕。人们不曾忘记一八三〇年七月第五十三联队宣布中立时人民的欢呼雀跃,两位长期征战沙场而一直威风凛凛的将领,罗博元帅和毕若将军,拥有指挥权,罗博为主帅,毕若为副将。几个加强营一道组成了一个巡逻队,在国民自卫军几个连的官兵保护之下,由一个斜佩着绶带的警务官员率领,去起义地带的大街上进行视察。起义者也在几个岔路口的拐角上让人站岗放哨,监视敌情,还毫无畏惧地派出一队巡逻兵去街垒外边巡逻。作战双方都互相监视、警惕着对方,军队被政府握在手里,但政府却还没有拿定主意,天就要黑下来了,人们已经可以听到圣美里的警钟。那时在任的陆军大臣,曾参与过奥斯特里茨战役的苏尔特元帅,满脸阴愁郁郁地看着发生的所有事情。

这些上了年纪的军人，一向只习惯于进行正规的战略部署，他们的魄力的根源和行为的统帅只存在于作战的计策，面临现在这样的铺天盖地一样的所谓人民公愤，竟然到了不知所措的地步，革命的走向让人捉摸不透。

郊区的国民自卫军紧急万分地、乱糟糟地赶了过来。从圣德尼还跑来了第十二轻骑联队的一个营，从弯道跑来了第十四联队，陆军学校的炮队已经到达了崇武门战场，从万塞纳下来了数门大炮。

杜伊勒里宫及周围地区却人迹罕见。路易-菲力浦镇定如常。

五、巴黎特殊的方面

我们在前面曾说过，两年以来，巴黎爆发的起义有很多次。除了那些起义的地段以外，巴黎别的地区在暴乱时期通常总是平静得令人惊奇。巴黎对这一切有很强的适应性；那只是一场暴动罢了，没什么大不了的，再说巴黎要做的事还多着呢，这一点小事不会让它大惊小怪。这些巨大都市仅靠它们自己就有各种各样的演出上演。这些宽敞的都市仅靠它们自己就可以把内战和那种难以言明的非同寻常的平静包容起来。每次起义降临，人们一听到集合或者报警的鼓声时，店老板通常习惯性地只说一句话：

“圣马尔丹街大概又要出热闹了。”

或者这么说：

“圣安东尼郊区。”

经常性地，他还会懒洋洋、慢腾腾地补上一句：

“就在那附近。”

后来，人们听见那些阴森悲哀得让人心碎的稀稀落落或稠密连续的枪声时，那个店老板又说：

“动真格了吗？是啊，动了真格了！”

又过一段时间，如果暴动逐渐蔓延过来，声势也更猛烈了，他就赶紧把店铺关门上锁，飞快地套上制服，这些行动的意思是，为了让他的货物安全，他宁愿自己身处险境。

十字路口，通道上，死胡同里，人们都在相互开火，街垒被攻陷，被夺回，又被攻陷；血流成河，机枪把屋子的门和墙射得全是窟窿，躺在床上的人被流弹击中身亡，满街的尸体。隔了几条街，人们就可以听见咖啡馆里有人玩台球，让那象牙球撞击台案的声音。

与这些硝烟弥漫的街道两步之隔的地方，就有满腹好奇的人在谈天说地，戏院开门迎客，上演闹剧。出租马车穿梭其中，过路的人进城来吃上一顿酒席的地方，有时就是热火朝天的战场。一八三一年，有一个地方的火并突然停了下来，是为了让一对新婚宴尔的恋人及他们的亲戚朋友安全地通过封锁线。

在一八三九年五月十二日的那场起义中，圣马尔丹街有这么一个残疾小老头，他推着一辆手推车，那上面全是一些装满某种饮料的瓶子，还盖上了一块破破烂烂的三色布，从街垒向军队走去，又从军队向街垒走去，不断地来回供应了很多杯椰子汁，在他眼中，双方没什么不同，他有时把椰子汁给政府军队喝，有时又给无政府主义者喝。

比这更加令人费解的东西只怕是没有了，而这也就是巴黎暴动才具有的特殊方面，别的任何城市都没有。能够这样，有两个必须具备的条件：巴黎的伟大不凡和豪迈性格。必须是属于伏尔泰和拿破仑的城市。

但是在一八三二年六月五号的这次武力斗争中，这座大都市察觉出某种东西比它自身更有力量。它感到恐惧。人们发现，在那些离交战地点最远和最“无心参与”的地区里，门、窗户还有板窗在白天里全都是关着的。勇敢者拿起武器，懦弱者四处躲藏。那种无心过问、只对自己操心的行人在大街上已经绝迹了，许多街上空空如也，就像才凌晨四点钟的光景。人们都不厌其烦地聊着一些令人骇异的新闻，散发着一些有关生死问题的消息，说什么“他们已经成了国家银行的主人”，“光一个圣美里修道院，他们就有六百个人，在教堂挖了战壕还修筑了防御工事”，“防线并不牢靠”，阿尔芒·加莱尔去会见克洛塞尔元帅，元帅说：“您应该先调一个联队的兵力来”，“拉斐德正生着病，但他却告诉他们说：“我站在你们身边。无论何方，我都会跟随你们前往，只要那地方有空间放下一把椅子”，“应该在任何时刻都有充分准备，夜里会有人在巴黎的冷清地区抢劫那些不和大家住一块儿的独家独户（在这里我们见识了警察的想象力，这个与政府待在一处的安娜·拉德克利夫）”，“在奥白利屠夫街上安置了炮兵阵地”，“罗博和毕若已经谋划好了，午夜时分或者最晚到破晓时分，就有四个纵队在同一时刻对暴动的中心地区发动进攻，第一纵队从巴士底来，第二纵队从圣马尔丹门来，第三纵队从格雷沃来，第四纵队从菜市场区来；军队可能会撤出巴黎，向马尔斯广场退去；会有什么事情发生，谁都不清楚，但是，这次，无疑事态非常严峻”，“人们都非常关注的苏尔特元帅思前想后，迟迟不做出决定”，“什么原因让他不马上发动进攻呢?”“毫无疑问，他深谋远虑没人能猜得到。这只上了年纪的雄狮似乎在黑暗中闻出了一只不知名的古怪的动物”。

到了傍晚的时候，所有的剧院都关了门，巡逻兵们神色阴郁愤怒，他们来来回回地在街上巡视，搜查过路的人，把那些鬼鬼祟祟的人抓了起来。九点钟的时候，就已经抓回来八百个人，警察局监狱人满了，刑部监狱人满了，拉弗尔斯人也满了。尤其是在刑部监狱，人们叫那条长地道为巴黎街，那上面全铺了一层麦秆，囚犯成堆成堆地互相挤着躺在上面，那个里昂人，拉格朗日，正在朝着这帮囚犯疯狂地进行演讲。这些身子躺在麦秆上的人，只要稍微一动，就响起一片大雨倾盆的声音，别的几个监狱里的囚犯，都重重叠叠，相互压着，睡在一间敞着的大堂屋子里。每个地方的空气中都充斥着紧张的因子，人心浮躁动荡，这种情况在巴黎可不常见。

甚至是在自己的家里，大家也用各种方法来进行防御。那些母亲们，妻子们，心里紧张害怕，只听见她们说：“啊，我的上帝！他现在还在外面！”好不容易才会听到一辆马车碾过远处的石板路。大家站在门口听着那些远远传来的，隐约模糊的击鼓声、呼叫声、吵闹声，他们说：“这是马队开过的声音。”或者说：“这是那种驮着弹药箱的马车跑过的声音。”他们听见了军号声、鼓声、枪声，而最让他们心惊胆战的则是圣美里的警钟声。大家都在等打响第一炮。一些人手持武器突然在街角出现，大叫：“快回家，你们！”然后立刻就不见了踪影，大家慌里慌张地把门闩插上，说：“这还要闹腾到什么时候去呀?”夜越来越深了，巴黎暴动的火焰似乎随之越变越令人心惊胆战了。

第十一卷　原子和风暴的结拜

一、对伽弗洛什的诗的来源作几点说明。这诗从一位院士处受到的影响

在兵工厂前，人民和军队交火以后，紧跟在灵车之后死死地压着（也许可以这样说）送葬队伍的头部的那群人，现在已迫不得已只能掉回头来向后退，前边的人挤着后边的，这样就使一连好几条林荫大道上的人群一下子发生了大的混乱，那情景就像海潮落去时那样惊天动地。人群互相挤压，队伍也溃散了，大家东奔西跑，逃窜，躲藏，有的人大声呼喊着向前面冲过去，有的人脸色惨白各顾各逃命去了。林荫大道上的一群群人就像滔滔江水，眨眼功夫，就洪水决口般溢出左右河岸四处漫溢，仿佛打开了闸门，同时流向那两百条大小街道。正当这时，有个衣衫褴褛的男孩，打梅尼孟丹街向下走来，手中握着一枝刚刚在贝尔维尔坡上摘来的怒放的金链花，来到一个卖废物的女人的房子跟前，一眼就看到有一支长管手枪放在柜台上面，他把手中的金链花往大街上一扔，大声叫道：

“我说，大妈，您这东西，借我先用一下。”

他一把抓过手枪，拔腿就跑。

此后两分钟功夫，一大群资产阶级被暴动吓傻了，他们蜂拥而至阿麦洛街和巴斯街，疯狂地奔逃，这群人遇见这小男孩一边舞动着手里的长枪，一边唱着歌：

夜里什么都不见，
白天太阳四处照。
先生接到无名信，
乱挠头皮心慌躁。
你们应该积积德，
芙蓉衩裙尖顶帽。

这个小男孩子自然是小伽弗洛什了。他正准备去参加战斗。

当他走在林荫大道上的时候，他发现那把手枪实际上缺少撞针。

他唱着这首歌来调整步子，还有那些他随口哼出的别的几支歌，是谁写的？我们没法回答。有人知道吗？可能就是他写的。伽弗洛什对流传在民间的各种歌谣本来就很熟悉，他还经常加上他自己的调调。他是个小精灵蛋，又是个小淘气鬼，他常常把自然界的各种声响和巴黎的声调混在一起弄成一锅大杂烩。他把飞鸟们的鸣叫和工作间里的各种噪音拼在一起。他认识一些学画画的小青年，他们可谓真是有共同的语言。有人说他以前曾经学了三个月的印刷活。有一天他还曾给法兰西学院的院士巴乌尔·洛尔米安做过一件事，伽弗洛什是个有一定文学基础的流浪儿。

在那个大雨滂沱的黑夜，伽弗洛什收留了两个小家伙，让他们睡在大象肚子

里，但他完全没想到他款待的这两个小家伙是自己的亲兄弟，他代老天爷做了一次好事。夜里，他救了自己的亲兄弟，早上又救了自己的亲爸爸，那一晚上他就是这样度过的。天蒙蒙亮的时候，他走出芭蕾舞街，紧赶慢赶地回到大象肚子里，动作麻利地从象肚子里取出那两个小家伙，让他们和自己共享了一顿不伦不类自编自创出来的早餐，然后就离开了他们，把他们托付给那个人称街道的好母亲，这个母亲以前也给过他或多或少的教导。和他们道别时，他和他们商量好了晚上去原地相见，并向他们讲演了这样一段告别词："我要把手杖弄断，也可以说，我想开开小差，再者，照宫廷说法来讲，我要开溜了事。小宝贝儿们，倘若你们没能找着爹和娘，今天晚上就再回到这儿来吧。我请你们吃夜宵，还给你们地方睡觉。"那两个小家伙，可能是被什么警察抓起来关进了拘留所，也可能是叫什么跑江湖的人给拐带了，或者根本就是陷入巴黎这座广阔无边的大迷阵中走不出来了，他们没再出现。今天，在社会的底层，这类失踪事件比比皆是。伽弗洛什再也没见过他们。从那个晚上开始，过了十个或是十二个星期了，他还经常抓抓头皮，说："我的那两个小家伙到底去哪儿了呢？"

这当儿，他手里抓着那把手枪，来到了白菜桥街。他发现这条街上现在仍然开着门的店铺就只剩下一家了，而让人值得细想的是，那开着的一家铺子是卖糕饼的。这可真算得上是老天爷给安排的一个绝好的机会，让他在进入苍茫的宇宙以前可以再吃上一个苹果饺。伽弗洛什不再向前走了，他摸了一下自己的裤子兜，掏遍整个背心口袋，摸过了褂子口袋，终于还是一无所获，没有一分钱，他只好尖声喊叫："救命啊！"

生命之中的最后一个饼子，但吃不到嘴里去，这的确让人很不舒服。

伽弗洛什却没有因为这一点而停下前进的脚步。

两分钟之后，他走到圣路易街上。当他横穿御花园街时，他觉得有必要对那个没有吃到嘴里去的苹果饺进行一点补偿，于是就满怀欢欣鼓舞之情，趁天还没有黑下去，把那些剧场的海报挨个撕下来，觉得痛快淋漓。

他向不远处看去，看见一群面色红润的像财主一样的人从他跟前经过，他耸了一下肩膀，顺口就倒出了这几句极富哲理韵味的苦水：

"这帮靠利息养活的家伙，长得真是肥头大耳呀！这伙人，吃喝不愁，天天被酒肉包围着。你去跟他们打听打听，他们是怎么花那些钱的。他们肯定回答不出来。他们吞了那些钱，就这么简单！都跑到他们肚子里去了。"

二、伽弗洛什往前走

手里握着一把手枪，神气活现地从大街上走过，虽说那枪没有撞针，但这在官家人眼里总还算得上是件挺重要的事，所以伽弗洛什越走越来劲。他大呼小叫，同时还断断续续地唱着《马赛曲》：

"一切都很好，我的左脚痛得很。我的风湿要了我的命，但是，公民们，我很开心。只要资产阶级还撑得直腰，我来给他们唱首倒台歌。什么是特务？是一群狗。狗杂种！我们一定要毕恭毕敬地对待狗。假如说，我手中的这把枪也有一只狗的话，那再好也没有了。我的朋友们，我自大路上走来，锅已烧得滚烫，里面的肉汤也已经翻滚，眼看要沸腾起来了，清理尘埃杂质的时刻已经到了。向前，好样的！让那龌龊的血液灌溉我们的土地！为祖国，我宁愿牺牲自己的生命，我不会再和我的小老婆见面了，呢，呢，全完了，是的，妮妮！这算什么，快乐万岁！斗争，他妈的！专制统治，我受够了。”

这时候，一个国民自卫军的长矛兵骑马过来了，马倒在地上，伽弗洛什把手枪搁到地上，把那个人搀起来，然后又替他把那匹马也扶了起来。做完这些事以后，他从地上捡起手枪就继续向前走。

托里尼街上，一切安静如常。这是沼泽区才有的麻痹情形，和周围大片大片的喧闹沸腾之声形成了鲜明的对比。四个老太婆在一家大门口前面围成一堆闲谈。苏格兰有一种巫婆三重唱，巴黎倒还有这么个老婆子四重唱。在阿尔木伊荒原之上，有人对麦克白说：“你将来要当上国王。”可能也有人在博多瓦耶岔路口上阴沉沉地对波拿巴说过。这差不多是毫无差别的一种乌鸦叫。

托里尼街上的这几个老太婆，只把自己的事情放在心上。其中有三个是替人守大门的。另一个是捡垃圾的，她背着一个筐子，手里还提着一根有钩子的棍子。

这四个老太婆就好像是在人的生命暮年阶段的衰竭、凋零、颓唐、悲哀这个角落上，每人占据一角。

那个捡垃圾的老太婆，态度恭敬而谦虚，在这群站在风里的女人中，捡垃圾的嘘寒问暖，守大门的关心照料。这是因为角落里的垃圾堆归守门人分配，要不好要不坏，这由堆垃圾的人一时的心情来决定。扫把下面也存在很大的不同。

那个背着筐子捡垃圾的老太婆知道什么是好，什么是坏，她朝着那三个守门的老太婆笑笑，这是怎样的笑容！她们正在谈论这些事情：

“真不得了，您的那只猫仍然那么凶恶吗？”

“我的上帝，猫，您清楚，天生就和狗合不来。反倒是那些狗在叫苦呢。”

“人也在同样地叫苦。”

“但猫的跳蚤可不会跟着人走。”

“这一点倒可以不再说什么了，狗，一向是不安全的。曾经有一年，我记得，狗是过多了。报纸上就只好报道出这件事。那时候，在杜伊勒里宫里，仍有很多辆大绵羊拖着罗马王的小车子，您还没忘了罗马王吧？”

“我认为人们更喜欢波尔多公爵一些。”

“我，我见过路易十七的面儿。我更喜欢路易十七一些。”

“肉价又涨了，巴塔贡妈！”

“啊！别再说了。一说到肉，真是不能再坏了，糟透了，除了一些筋筋脑脑儿的肉渣外，别的什么也买不到了。”

说到这里，那个捡垃圾的老太婆抢着说：

“诸位大姐，我干的这活儿才不容易呢。垃圾堆也差不多没什么东西可捡了，没什么人再扔东西，全都吃到肚子里去了。”

“还有人比我们还穷呢，瓦古莱姆妈。”

“是吗，这话倒不假，”捡垃圾的那个女人谦虚地说，“好歹我也算是有份工作。”

谈话停了一会儿。那个捡垃圾的女人在人类渴望夸张的天性的推动下，又继

续说道：

“早上回到家，我就清这个筐子，我干经理的活儿（也许她想说的是干清理的活儿）。我的房子里到处都是一堆一堆的东西。我把破布条放进篮子，水果心、菜帮子放进木头盒子，内衣内裤放进我那壁橱里，用毛线织的东西放进我那五斗柜里，废纸放在窗户角上，把那些可以吃的东西放在瓢里，碎玻璃块放进壁炉，破烂鞋子袜子放到门后面，骨头放到床的下面。”

伽弗洛什正站在她们身后听着她们的谈话。

“老太婆们，”他说，“你们干吗谈论政治？”

四张嘴巴，像一阵排炮同时一齐射向他。

“这也是个活不长的。”

“他爪子里到底是个什么东西？一把手枪！”

“真是太过分了，你这小叫花子！”

“这帮人不把官府打倒就安静不下来。”

伽弗洛什对此一点儿也不在乎，他只是拿大拇指挑起鼻尖，还张开手掌，以此表示回击。

捡垃圾的女人叫起来：

“光脚丫的坏种！”

刚刚替巴塔贡妈回答的那个老太婆，恶狠狠地，拍着两只手说：

“肯定会遇到麻烦事，肯定。那边那个留着一小撮胡子的家伙，每天早上，我都能看见他搂着个戴粉红色帽子的姑娘从这里路过，今天早上，我又看见他从这里路过，但手里搂的是一支步枪。巴舍大妈说上个星期爆发了一场革命，在……在……在……突然就记不清了！在蓬图瓦兹。而现在你又遇上这个令人恶心的小坏蛋也拿着一把手枪！我听到人说，则肋斯定到处都安着大炮。我们已经受了这么多罪，如今总算可以过安心点的日子了，这帮家伙却又来找麻烦，您让政府有什么办法？仁慈的上帝，那个坐在囚车上凄凄惨惨地从我跟前经过的王后！这些又会让烟叶涨价。脸皮可真叫厚！总会有一天，我会看见你被人绞死，小坏种！”

“你正用鼻子吸气，我的老情人，”伽弗洛什说，“把你那烟囱管好好擤擤吧。”

然后他就离开了这儿。

走到铺石街上，他忽然又记起那个捡垃圾的老太婆，自言自语地说：

“你侮辱革命者，你的看法可不对，刨墙根角落的大娘。这手枪，对你可是有用的，是为了让你可以多装些吃的在那破筐子里面。”

他突然听见身后有响动，那守大门的女人，巴塔贡，赶上了他，远远地高举着一个拳头大叫：

“你这个杂种！”

“那，”伽弗洛什说，“我很清楚用不着我费心。”

过了一会儿，他路过拉莫瓦尼翁公馆，在那个门口发出号召：

“出发去参加革命！”

随即，他的内心被一种凄凉悲切的情绪所笼罩，他看着那把手枪，仿佛替它可惜，像是要感动它一样。他对它说：

“我已经开始行动了，但你却没法行动。”

这条狗能够让人忘记那条狗。有一只瘦得只剩骨头的卷毛狗正冲着他走过来。伽弗洛什心里感到非常不舒服。

“我悲惨的嘟嘟，”他对着那只骨头狗说，“你是不是吞吃了一个大酒桶？你全身都被紧紧地箍着。”

然后，他朝着圣热尔韦榆树走过去。

三、理发师的脾气发得有道理

以前把伽弗洛什好心好意收留在大象肚子里的那两个小家伙赶走的剃头匠，现在正在店子里给一个以前在帝国的军队里当过兵的老军人刮胡子，同时他们也互相交谈。剃头匠自然而然地就和那个老兵说起了这次起义，然后又说起拉马克将军，从拉马克将军又说到了皇帝身上。这是一个剃头匠和一个老兵的交谈。如果普律多姆身临现场的话，他一定会以此进行艺术创作，题目就叫《剃刀和马刀的交谈》。

“先生，”那剃头匠说，“皇上的马技高超吗？”

“不高超。他还不会从马背上下来。但还从没上马背上摔下来过。”

“他有很多宝马吗？他的马应该都很好吧？”

“当他把十字勋章赏给我的那天，我仔仔细细地看了看那匹马。是一匹母跑马，全身都是白的，两只耳朵间的距离很大，脊背低陷。瘦长的头上有一颗黑星，颈子比较长，膝盖骨向前突出很多，肋骨宽阔，肩膀倾斜，臀部健壮。比十五个巴尔姆还要高一点儿。”

“好一匹骏马。”剃头匠说。

“那可是皇帝陛下的马。”

剃头匠觉得听见这个称呼以后应该稍微安静一下。他这么做了之后，继续说：

“皇上只有一次受了伤，不是吗，先生？”

那老兵用一种亲眼目睹事件经过的人所应该有的从容而严肃庄重的口气回答说：

“在脚后跟上。在雷根斯堡战场。那一天是我所见过的他穿得最讲究的一天。他那身衣着干净得像一个崭新的苏。”

“您呢，退役兵先生，您大概常常会负点伤吧。”

“我，”那老兵说，“啊！那有什么大不了的。在马伦哥我脖子窝被人砍了两刀，在奥斯特里茨我右边手臂被击中一次，在耶拿我左屁股也被击中一次，在弗里德兰让人刺了一刀，刺在……这里，在莫斯科河，糊里糊涂地挨了七八下长矛，在吕岑，我的一个手指头被一颗开花弹炸没了……啊！还有，在滑铁卢，我的大腿上被打了一铳，只有这些了。”

“这真不错，”剃头匠语调顿挫地大声赞叹道，“战死沙场，多好！说句心里话，与其生病，吃药，贴膏药，洗肠子，找大夫，一直折腾到身子一天天坏下去，躺在一张破烂床上慢慢等死，我宁愿让子弹射穿我的肚皮！”

“您不怕疼？”那老兵说。

话音刚落，一种爆炸声，令人生畏，震得那理发店直晃。橱窗上的一大块玻璃突然成了碎片。

“啊，上帝！”他大叫，“真的来了一颗！”

“一颗什么？”

“炮弹。”

“就这儿。”那老兵说。

他从地上捡起一颗还在不停滚动的东西，原来是一颗圆石子。

剃头匠向那被打碎的玻璃快步走过去，看见伽弗洛什正飞快地跑向圣约翰市场。

“您都看到了！”那剃头匠的脸色现在已从白变青，他怒吼道，“这小坏蛋为做坏事而做坏事。难道我招惹他了，这野家伙？”

四、孩子遇到老人很吃惊

这个时候，圣约翰市场的据点已被收缴了武器，伽弗洛什走过来，正巧与安约拉、古费拉克、公白飞、弗以伊带领的人会合了。他们多多少少有一些武器。巴阿雷和让·勃鲁维尔也到了这儿，他们人数就更多了。安约拉的手里是一支双响猎枪，公白飞手里的是一支编有国民自卫军号码的步枪，他那件骑马服没有扣好，看到两把手枪插在腰带上面。让·勃鲁维尔的是一支老式马枪，巴阿雷的是一支短枪，古费拉克则挥舞着一根去掉套子的带剑手杖，走在前面是弗以伊，他手握一把出了鞘的马刀，喊道：“波兰万岁！”

他们来到莫尔朗河边，没系领带，没戴帽子，喘着大气，淋着雨，两眼发亮。伽弗洛什不慌不忙，开始和他们说话。

“你们上哪儿去?”

“跟我们一起走吧。”古费拉克说。

巴阿雷跟着弗以伊后面走，像湍流中的一只鱼，上蹿下跳。他穿着一件鲜红鲜红的坎肩，有什么说什么一点儿也不顾忌，一个过路人被他那件坎肩惊动了，那路人仿佛吓破了胆一样高声说道：

“赤党来了!”

“赤党，赤党!”巴阿雷反驳着说，“害怕得好笑，资产阶级。而我嘛，我在虞美人面前从不会发一下抖，小红帽也不会让我觉得害怕。资产阶级，听我的没错，让那些长角的动物去生那种怕红病吧。”

他看见有一张布告贴在墙角上，那是一张这个世界上最不起眼的纸，巴黎大主教允许在封斋节前后一段时间内吃蛋类食品的通告，是让他的那群“羊羔”们看的。

巴阿雷高声说：

“羊羔，只不过是猪崽的文明一点的说法。”

他顺手从墙上撕下那张通告来。这个动作让伽弗洛什叹服。从此以后，伽弗洛什就留意起巴阿雷来了。

“巴阿雷，”安灼拉指出，“你不应该做这事儿，那张通告，让它待那儿也不碍事。我们今天的事儿可跟它无关，你为它浪费火气太划不来了。省省心吧。力量不能在无关紧要的时刻浪费，不论是人的精力或是枪支的火力。”

“各人想法不同，安灼拉，”巴阿雷反击说，“主教的那张通告让我很气愤，我吃不吃鸡蛋他管不着。你是个外表冷漠内心火热的人，我呢，喜欢爽快。我可没有白费力气，我劲头正足呢，我把那通告撕掉，以赫拉克勒斯的之名!正是热热身。”

伽弗洛什注意到了赫拉克勒斯这个词。他一向喜欢抓住一切时机来扩大自己的知识面，再说那个撕掉通告的人也是值得敬佩的。他问他说：

“什么是赫拉克勒斯?”

巴阿雷回答说：

“那是拉丁文，该死的意思。”

在这儿，巴阿雷看到一个白脸长着黑胡子的小伙子在一个窗口上看他们走过去，他认出了那人，或许是ABC社的一个朋友吧。他朝他喊道：

“快点，弹药!‘Para bellum’”

“帅哥!的确是。”伽弗洛什说。他现在也认识拉丁语了。

和他们一块儿走的有一长串嘈杂的人，大学生，艺术家，艾克斯苔古尔德社的社员们，工人，码头工，有人手握棍棒，有人手持刺刀，有几个还像公白飞那样，把手枪插在裤腰上。这群人中间还有一个老人也在跟着走，他看上去非常老。他没有任何武器。他的神情表明他正在想事情，但还是全力往前走，生怕掉在队伍后面，伽弗洛什发现了他。

“这是什么?”他问公白飞。

“是个老头儿。”

他是马白夫先生。

五、老头儿

我们先说一下事情的经过。

当龙骑兵冲过来时，安灼拉和他的那些朋友们正好走到布尔东林荫大道的储备粮仓那一带。安灼拉、古费拉克、公白飞以及别的一大群人，都顺着巴松比尔街边走边大叫："去街垒。"当他们走到雷迪吉埃街时，看见一个老头子，也正走着。

那个老头儿走路的样子歪歪扭扭，像个醉汉，这引起了大家的注意。除此以外，虽然那个早晨天一直都下着雨，还相当的大，但他却把帽子紧紧地抓到手里。古费拉克认出他就是马白夫先生。他认识他，是因为他以前陪送马吕斯一直到他家大门口，且有很多次了。他早就了解这个上了年纪的藏书成癖的教会事务员，从来就怕吵怕闹，胆子小怕惹是生非，现在发现他居然身处这种乱哄哄的场合之中，两步之外就是马队的冲袭，差不多是身处枪林弹雨之中，雨中不戴帽子，在流弹乱飞的街区穿行，免不了很吃了一惊。他招呼了他一下。这个二十五岁的起义战士就和那个八十岁的老头开始了交谈：

"马白夫先生，您回家去吧。"

"为什么？"

"这里乱七八糟会出事的。"

"那太好了。"

"可能还会有人拿着刀互砍，乱放枪呢。"

"那太好了。"

"会有大炮轰炸。"

"那太好了。你们要到哪儿去，你们这帮人？"

"我们要去打倒政府。"

"那太好了。"

然后，他马上就跟着他们走了，从此以后，他再没说过一句话。他的步伐一下子变得坚定不移了，有的工人扶着他走。他摆摆头，拒绝这种帮助。他差不多是走在队伍的最前端的，他在前进着，但神色却像是入睡的人。

"骨头好硬的一个老头子！"大学生们暗自悄声地说。队伍中所有的人都知道了这件事，有的说，这人以前是国民公会代表，也有的说，这老头子投票同意绞死国王。

队伍走到玻璃厂街上来了。小伽弗洛什在前面放声大唱，这歌声取代了前进的号角声。他这样唱道：

> 月亮爬上了夜空，
> 何时我们去森林？
> 小查理问小查丽。
> 咚，咚，咚，去沙图。
> 我只有一个天主、一个国王、一小文钱、一只皮靴。

百里香上有晨露，
两只小山雀飞来了，
喝了香露还想要。
喳，喳，喳，去巴喜。
我只有一个天主、一个国王、一小文钱、一只皮靴。

两只可怜的小狼崽儿，
醉得像那只画眉鸟，
老虎在洞里哈哈笑。
嘻，嘻，嘻，去默东。
我只有一个天主、一个国王、一小文钱、一只皮靴。

你起誓来我赌咒，
何时我们去森林？
小查理问小查丽。
叮，叮，叮，去庞坦。
我只有一个天主、一个国王、一小文钱、一只皮靴。

他们向着圣美里方向走去。

六、新战士

越往前走，队伍人数越多。到皮埃特时，有个长得高高大大而满头花白的人，参加到队伍中来，古费拉克、安灼拉、公白飞，都留意到了那人那粗犷而无畏的面容，但谁也不认得他。伽弗洛什一心忙着唱歌，吹口哨，哼小调，在队伍最前面领着大家往前走，正用他那把缺少撞针的手枪托敲打很多店铺的板窗，而没留神那个人。

到了玻璃厂街上，他们路过古费拉克的家门。

“真巧，”古费拉克说，“我忘记带钱包，又弄丢了帽子。”

他从队伍里出来，两步三步地飞奔到楼上他的房间里，他拿上钱包和一顶旧帽子。他又从一堆脏衣服里面拿出一只大到大提箱样的大方盒子。他爬下楼时，守门的女人喊住他。

“德·古费拉克先生！”

“门房大妈，您尊姓大名呢？”古费拉克口气很冲地对他说。

这守门的女人一下被他弄得丈二和尚摸不着头脑。

“您早就知道，我是守门的，我叫富旺大娘。”

“好的，如果您还要叫我德·古费拉克先生的话，我就叫您德·富旺大娘。好了，您说吧，您有什么事？要跟我讲什么？”

“有一个人找您。”

“是什么人？”

“不知道。”

“他在哪里？”

“在门房里。”

“真倒霉！”古费拉克说。

这当儿，一个工人打扮的年轻人从门房中走了出来，个子又瘦又小，面色焦黄，还有斑点，一件布褂子破出了洞，一条灯芯绒裤子两侧都补过补丁，不像个男人，倒像个身着男装的姑娘，一张嘴，天知道，根本不像个女人的声音。这小伙子向古费拉克问道：

“请问马吕斯先生在不在？”

“他不在。”

“今天晚上他会不会回来？”

“不知道。”

古费拉克补充了一句：

“我看不会回来了。”

那小伙子盯着他看，问道：

“为什么？”

“因为。”

“您打算到那儿去？”

“这跟你有什么关系？”

“您愿意让我替您背这个大盒子吗？”

“我打算上街垒去呢。”

“您可以让我随您一起去吗？”

“随便你，”古费拉克回答说：“什么人都可以在大街上走。街道上的铺路石不是大家的。”

然后，他飞快地跑出去追赶他那群朋友。追上他们后，他就把那个大盒子交给其中一个背上。过了整整一刻钟，他果然发现那个小伙子还真的在他们后面跟着走。

队伍想到什么地方去不能随它便。以前我们曾说过，它是被一阵风吹着向前跑的。他们走过了圣美里，莫名其妙，自然而然地就走到了圣德尼街。

第十二卷　科林斯

一、科林斯诞生之后的历史

如今的巴黎人，经过菜市场走入朗比托街时，就会看到有一家加工筐篮等物的铺子，这个铺子在右边正对着蒙德都街的地方，铺子的招牌上有一个拿破仑的模拟人像，是用柳条编制的，那上面有一行字：

拿破仑根本就是个柳条人。

经过这里的人不一定会想得到近三十年前这个地方所发生的悲剧。

这里便是当时的麻厂街，在此前更加古老一点的名字叫“chanverrerie”街，科林斯就是开设在这里的那家有名的酒店。

大家应该还记得我们前面曾说到的一个街垒，就是那个建在这里，被圣美里街垒挡住的那个。现在人们根本已不记得这街垒了。这麻厂街的街垒就是我们要探访的。

我们使用一种简便的方法，使说明更方便一些，在讲述滑铁卢战役中我们曾利用过这种方法。在现在朗比托街的入口处，也就是当年从圣厄斯塔什拐角周围到巴黎菜市场的东北角一带，是杂乱无章横七竖八的房屋。为了更清楚起见，大家可以假设这里的街道是一个字母“N”，上面是圣德尼街，下面是菜市场，左边是大化子窝街，右边是麻厂街，两街中间是斜着的小花子窝街，蒙德都街横穿过这三条街，而且是非常曲折迂回的。这里的房屋之间仅留有一条窄窄的缝隙，像建筑工地上胡乱丢弃的七堆石头，形状各异、大小不等、方向不同，呈岛状分布在由菜市场到圣德尼街，由天鹅街到布道修士街上，这四条街就如同迷宫似的纵横交错。

那些小巷既拐弯抹角，又狭窄阴暗，两边还有些九层的楼房，同样是破旧倾斜，所以我们也只能说这里的房屋间是窄窄的缝隙。在麻厂街和小花子窝街的两旁，房屋破旧到正面都是由大块木料面对面支撑的程度。街旁是店铺，店铺门前有打了铁箍的护墙石，也有成堆的垃圾，店铺非常暗，几乎像地窖。但行人走路时仍得紧挨着店铺，因为街道的水沟很深，狭窄的街心常年都是湿的，又粗又大的铁栏门设在街边的小路口上，已有上百年的历史了。但在修建朗比托街时，这些都荡然无存了。

蒙德都的叫法恰如其分地描绘了这里的街道，即弯曲迂回。而陀螺街的名称更形象，那是和蒙德都相通的一条街，位置稍远一些。

人们会发现，从圣德尼街进入到麻厂街，就仿佛走进一个延长的像管子一样的漏斗，因为街面越走越窄。走到这条街的尽头时，如果没发现在两边都有一条走得通的巷子时，行人还以为自己走进死胡同了，因为靠近市场有一行高高的房子挡在街口，而两边的巷子又黑又窄，很难看见。这就是两头通向布道修士街和天鹅街、小花子窝街的蒙德都街了。一座比其他房子低一些的房子，像伸向大海的岬角一样倾向街心，它位于死胡同里边右边那条巷子的角上。

这座三层的房子有着三百年的历史，一直开着一家远近闻名的酒店，生意兴隆。经常可以听到从酒店里传出来的笑声，老泰奥菲尔的两句诗说的就是这里：

哀伤情人自逝去
轻忽转身如逐人

在这样的风水宝地，酒店老板祖祖辈辈开着酒店。

作文字游戏是马蒂兰·雷尼埃时代的风尚，当时酒店的名字叫“玫瑰花盆”，酒店的招牌是一根粉红色的柱子。纳托瓦尔是一位奇想派大师，受人尊重但被现在的呆板派们所看不起，他经常坐在酒店里雷尼埃常坐的桌子旁喝酒，而且是多次光临酒店，为了致谢，他曾画了一串科林斯葡萄在那根粉红色的柱子上。酒店老板非常自豪，在纳托瓦尔画的那串葡萄下面写上“科林斯葡萄酒店”几个金字，这样，就改变了原来的旧招牌。“科林斯”的称谓也由此诞生了。喝酒的人极其自然地愿意文字简单一些。简单的文字，就像步履蹒跚。“玫瑰花盆”的名字也就逐渐由“科林斯”代替了。那位被称为于什鲁大爷的，是酒店的最后一代店主，他让人将那根柱子漆成蓝色，因为他早已不了解有关酒店的这些典故了。

酒店的布局大致是这样的，楼下的一个厅里设有账台，楼上的一个厅里设有球台，中间是一道接通楼上的螺旋形楼梯，这里白天也点着蜡烛，烟迹在墙上随处可见，酒就摆在桌子上。在楼下房间的地面上有通向地窑的活动地板，搭着梯子。于什鲁和他的家人住在三楼。女仆住在房顶下面的两间小顶楼里，由二楼大厅的一个暗门，穿过像梯子的一道楼梯就可到达顶楼。那间有账台的厅和厨房在楼下，共同占着地面层。

人们在于什鲁大爷的店里不只是喝酒，还要吃饭，于什鲁大爷或许是个天生的化学家，但他是个实际上的厨师。鲤鱼灌肉（carpseau gras）是于什鲁发明的店里独有的特色菜，作法是在鲤鱼肚里放上肉馅。人们坐在店里吃东西，桌子上是漆布作的台布，上面点着一支蜡烛或者是路易十六时代的油灯，发出微弱的光。这里有很多是远道而来的客人。有一天清早，于什鲁突然想到要让路过酒店的行人知道他的这一绝技，于是他随手在墙上写下了几个大字：CARPES Ho GRAS，这几个字是他用一筒毛笔蘸满墨汁写的，像他的烹饪本领一样，技法上颇有独到之处，引人驻足。

在一年冬天,雨夹着雪急下,于什鲁即兴把 CARPES Ho GRAS 改为 CARPE Ho RAS,去掉了第一个单词的词尾字母和后一个单词的词首字母。当时的季节和天气使这句话具有了不寻常的意义,尽管它本来是一则不起眼的为吸引顾客而设计的小广告。

在这种情况下，不懂法文的于什鲁大爷居然懂得了拉丁文，他在烹调中领会了一些道理，而且，在索性废除封斋节这一点上不逊色于贺拉斯。尤为让人吃惊的是，它还可以被说成是“敬请光顾”。

上面的这些在现在都已荡然无存了。蒙德都迷宫在今天大概也没有了，从一八四七年开始，它便遭到破坏，几乎被毁掉了。麻厂街和科林斯也已隐没于朗比托街的街面下。

假如科林斯不是古费拉克和他的朋友们联络的地方的话，那就是他们聚会的场所，这一点我们曾经提到过。是格朗泰尔发现科林斯这个地方的。他第一次是冲着“Carpe Ho ras”去科林斯的，之后是为了“Carpes au gras”。他们在酒店里吃、喝、又喊又闹；他们从来都是受欢迎的，尽管他们有时少付账，欠账，甚至是不付账。于什鲁大爷本来就是个老好人。

我们称于什鲁为老好人，他留着横胡子，经营着一家店铺，他的形象让人觉得好笑。来到于什鲁店里的人都不得不看他那张表情总是凶巴巴的脸，那种表情让人以为他随时做好吵架的准备，也不高兴为人服务，仿佛故意要吓走客人一样。但在这里，永远欢迎顾客，就像曾在前面提到过的那样。于什鲁的这一特点使一些年轻人愿意到他那里去，他们会说：“还是去听于什鲁大爷唠叨吧。”这使得酒店的经营欣欣向荣。于什鲁本来就是个使刀弄棍的行家。他经常会纵声大笑。他心胸宽阔，笑声也格外浑厚爽快。虽然面带愁容，但心里却很快乐。你越怕见他，他越高兴，其实鼻烟壶产生炸裂的仅仅是个喷嚏，他就如同那种像手枪一样的鼻烟壶。

于什鲁的老伴，模样又丑又怪，长着胡子。

于什鲁大爷在一八三〇年左右离开了人世。他的拿手好菜“鲤鱼灌肉”也随之失传。那家店铺由他的老伴接着开着，她没有得到一丝慰藉。酒店的厨艺却让人望而却步，水平大不如从前。原本就很差的酒，如今更糟糕了。古费拉克和他的朋友们还像以前一样常去科斯林。博须埃的话是“因为怀念过去的人。”

寡妇于什鲁说话枯燥，发音也怪，她经常怀念她以前在农村时的生活。她对自己年轻时在农村度过的日子还有着一部分印象。“以前，听知更鸟在山楂林里唱歌就是我的幸福”，这是她自己的描述。

楼上的厅房，又长又大，那里是餐厅，里面摆放着方凳、圆凳、条凳、靠背椅和桌子，还放着一个断腿的旧球桌。在厅的一角上有一个方形的出口，楼下的人，从那道螺旋形状的楼梯上来，穿过这个出口，就可到达楼上，这个出口就像轮船上的升降口一样。

这间厅房看起来非常简陋，光只能从一扇很窄的窗户透过来，那里随时都点着一盏煤油灯。只剩下三条腿的家具随处可见。墙上除了一首写给寡妇于什鲁的几行诗之外，没有任何修饰，只是刷过点石灰浆，那诗是这样写的：

十步之外她可怕，两步之内她恐怖。
她的突出的鼻子里长着个肉块；
大家看了直发抖，担心肉块飞到自己这儿，
某一天她的鼻子，终要掉进她口中。

诗是用木炭写上去的。

这诗很形象地刻画出了寡妇于什鲁的模样。但她整日来来回回在诗前面走，跟没这回事似的。

她有两个女佣人，每天帮着她把酒坛子摆放到每张桌子上去，那坛子里装的都是劣质酒。她们还会把剩汤倒在陶碗里留给那些饥饿的人。这两个女佣分别叫马特洛特和吉布洛特，是不是还叫其他的什么名字，大家也不太清楚。马特洛特出奇的丑，头发是红色的，肥胖、满身赘肉，说话尖声尖气，虽然在于什鲁大爷生前她很得宠，但实在丑得连鬼怪都不如；而且依照当地规矩，她还得排在寡妇于什鲁之后。和吉布洛特相比之下，马特洛特还能好看一些。那个吉布洛特，每天最早起床，最晚睡觉，毫无怨言地服侍着包括马特洛特在内的每一个人，而且经常面带笑容，她苍白瘦弱，神情倦怠，眼皮低垂眼圈也是蓝的，所以脸上的笑容也是有气无力，若有若无的。

有一面镜子悬挂在账台的上方。

古费拉克在餐厅外面的门上用粉笔写道：

如果你能，就吃吧；如果你敢，就吞吧。

二、最初的欢乐

赖格尔·德·莫时常在若李的房间里住，这大家都是知道的。有这样一个住的地方，就像小鸟有根树枝。他们两个人吃住、生活都在一起。他们所有的事都没什么差别。两个人几乎是形影相随。他们在六月五日那天去科林斯吃饭。若李那天鼻塞，患了严重的感冒，而且传染给了赖格尔。若李穿戴讲究，而赖格尔则逊色很多。

大约在上午九点钟的时候，两个人来到了科林斯酒店。

他们到了楼上。

迎接他们的是马特洛特和吉布洛特。

赖格尔点了牡蛎、干酪和火腿。

两个人坐到了一张桌子旁。

除了他们之外，酒店里没有其他客人。

吉布洛特递给若李和赖格尔一瓶葡萄酒，她认识他们。

还没吃完几个牡蛎,就听见有人从楼梯的升降口探出头来说:“打街上路过这，布里干酪的香味就扑鼻而来。把我引到这了。”

是格朗泰尔的声音。

格朗泰尔搬过一个圆凳，在桌子旁坐下。

见此情景，吉布洛特送来了第二瓶葡萄酒。

于是酒店里就有三个人了。

赖格尔对格朗泰尔说：“你准备把这两瓶酒都喝完吗？”

格朗泰尔说：

“别人虽然聪明，但你比别人高明。男人是不会败在两瓶酒面前的。”

若李和赖格尔在吃，格朗泰尔也开始喝起酒来。一下子半瓶酒就被他喝了。

赖格尔说：“你的胃上有孔吧？”

格朗泰尔说：“你的衣服袖子上倒确实有一个。”

“赖格尔大师，你的衣服真未免有点太破了吧。”格朗泰尔喝了一杯酒之后接着说。

赖格尔答道：“破衣服才好，我可以随便穿戴，不必拘谨，想怎样就怎样。除了感到热的时候，我是不需要考虑它的。破衣服给人的感觉就像老朋友一样。”

“没错，就像老朋友一样。”若李大声应和着。

“鼻子不通的人讲这话尤其如此。”格朗泰尔在说。

“刚才你是从大路到这里的吗？”赖格尔问格朗泰尔。

“不是。”

“刚才我和若李看见送殡队伍的领头从这经过。”

若李接着说：“那情景真让人感到惊讶。”

赖格尔叫道：“巴黎的局势动荡，而这里倒静得出奇，这地方以前一定都是修道院！杜布厄尔和索瓦尔，还有勒伯夫神甫都有过记录。以前，在这条街周围教士到处都是，有穿鞋的，有不穿鞋的，有光头的，有满脸胡子的，花白的、黑的、白的，有方济各会的，小哥们会的，嘉布遣会的，加尔默罗会的，小奥古斯丁的，大奥古斯丁的，老奥古斯丁的……，如同蚂蚁一般，在街上随处可见。

“别提那群教士们，一提他们我就浑身不舒服。”格朗泰尔说。

紧跟着他又大声说：

“糟糕，我吃了一个坏牡蛎。我肯定又要开始焦虑了。臭牡蛎，丑招待。真讨厌。我刚才路过黎塞留街大公共图书馆。一想起那里像臭牡蛎壳的图书，我就倒胃口。那么多纸张，那么多墨水，还有那么多不知所云的文章。这些全都是要旨尽心思的呀！一个愚蠢的家伙居然说人是两只脚的少了羽毛的动物。而且，一个漂亮得像天使一样的姑娘也打那里经过，她真是太美了，看得出她非常快乐。我认识她，但她却被一个癞蛤蟆样的银行老板看上了，就在昨天，她可真是过于走运了。上帝！猫追老鼠，但也追小鸟，有钱人就像铃兰一样讨女人欢心。就在两个月前，她还欢天喜地地在自己的房间里做针线活呢，在她的紧身衣上缝上很多个小铜环。她应该是快乐的，守着一盆花，她有一张自己的床，是帆布作的。转眼间银行老板娶了她。而且就是在昨天。这个上当受骗的小女人仍然是兴高采烈的，今天早晨我又看见她了，她居然还是那么迷人，真是见鬼了。那奇丑的银行老板似乎对她并没什么太大的影响。毛虫会在蔷薇花上留下明显的印迹，而相比之下，女人就比蔷薇花好了几分，也可能是差了几分。我的天，道德已不复存在了。香桃木代表着爱情，桂树意味着战争，和平永远是橄榄树，而亚当差点被苹果核噎死，无花果树就是女人的裙子。有谁想弄清楚法权是怎么回事？高卢人要将克鲁斯变成自己囊中之物，罗马则持反对态度，并要高卢人说出克鲁斯何罪之有。布雷努斯的回答是：他们犯了阿尔巴错误，他们有菲代纳对你们的罪过，以及埃克人、伏尔斯克人、沙宾人对你们所犯下的罪过。你们与他们是邻居。克鲁斯人和我们是邻居，我们与克鲁斯人关系融洽，就像你们与你们的邻居一样。我们想占领克鲁斯，就如同你们侵占了阿尔巴。'克鲁斯不会失败的。'罗马说。于是布雷努斯拿下了罗马。在此之后，他还喊着：'法权就是 VæVictis。上帝！人世间怎么这么多凶神！这简直让人难以忍受。"

若李接过他递过来的酒杯，添满酒，但这杯酒并没使他的话停下来，喝上一大口之后，他继续说了下去，谁也没意识到："布雷努斯像那银行老板占有漂亮姑娘一样吞下了罗马，他们都是凶神。哪里有什么羞耻。所以，任何事情都不可信。喝酒是唯一可信的。不管你怎么想，可以像乌里地区瘦公鸡的待遇，也可以像格拉里地区的肥公鸡的待遇，都没什么大不了的，别忘了喝酒就行。刚才你们还跟我提大街上的事，提送葬的队伍。说不定又有一场革命了。善良的老天居然想得出这种鬼办法。他随时都想使天底下的事顺畅一些。这里出了毛病，那里有了问题。革命早些发生吧。上帝已经管不了这么多事了。假如我是上帝的话，事情就不会那么复杂了，我只需灵敏地给他们指出方向，而不是时时刻刻都看管着，对待人间的事，要像绣花一样均匀整齐地去处理，而不能将线弄得一团糟，根本不用采取什么特别行动和安排。人和事的变革促成你们口中的进步，但是，某些特殊情况也着实让人气恼。普遍人对于"人和事变"来讲无法全部满足，事变和人中需要的是革命和天才。就像天空不能缺少彗星地划过一样，突发的重大事件经常是不可逆转的，顺序也不会省略。耀眼的星星总是出现在人们不经意的时候。像一个长长的扫帚一样，这样的星让人感到惊讶。恺撒就是这样死的。上帝赐给他一颗彗星，他挨了布鲁图斯一刀。北极光、革命、大人物、九三年、拿破仑，还有一八一一年的彗星乍现眼前。上帝！让人惊奇的强光在蓝色的布告牌上闪耀！极其壮观。注意一下吧，闲散的人们。无论是天空的星星，还是人世的景象，都一律是乱七八糟的。我的天，过分了，同时又不足。这些粗鄙的方法显得那么典雅大方。上帝早已无计可施了。一场革命带来的到底是什么？带来的是上帝失败的证据。他难于将现在和将来衔接起来，于是，他就发动事变。上帝其实并不富有，我估计我这种猜想是不会错的，看看那找不到一粒米吃的鸟儿，连十万利弗年金都没有的人，人类的悲惨历程，甚至达官贵人也在劫难逃，再想想寒冷的冬季里山上穷人的褴褛穿戴，极不相称地笼罩在明亮的阳光中，还有貌似珍珠的露珠，好像粉玉的霜雪，都是假的，七零八落的人群和胡编乱造的故事，而且太阳上也看得见不少的斑点，月亮上也有不少的洞，满目苍凉。他的确仪表不凡，但却无法将所有的事安排妥当。就像破了产的商人举办舞会一样，他来了一场革命。对于天神来说，不能凭其表象去判断。一个困苦的世界在明媚的阳光下展现在我的面前。不成功之处在现实的发展中不难见到。这导致了我的懊丧。今天是六月五号，你们看我从早晨到现在，我始终在期待天明，现在天也快黑了。我敢说天到了这时还不亮，今天整天都不可能亮了。时针被一个薪水很少的人胡乱拨弄。旧世界彻底瘫痪了，什么都是杂乱无章的，没有秩序，我持反对态度。人在接受上帝的游戏，得到的并不是想要的，想要的又得不到，如同孩子。一句话，我生气了。还有，我一见秃子赖格尔·德·莫就难受。他这笨蛋居然和我同岁，这让我感到耻辱。当然，这只是评说，不是辱骂。世界照常是世界。我心安理得，我的这些话没存恶意。我崇高的上帝，我敬爱你。奥林匹斯的每个神明和天堂的天神，我要说，我本来就不应是个巴黎人，像个在球拍间跳来蹦去的羽毛球似的忽而掉在不学无术的人群中，忽而掉在散漫淘气的人群之中。做个土耳其人就太好了，整天看东方美女们跳埃及的妙不可言的色情舞，像在做梦一样，也可以当日耳曼的小亲王，给日耳曼联邦提供一半步兵，然后得意地将国境线当成栅栏，把自己的袜子晒到上面去。我本来的生活应该是这样的！没错！我坚持自己要做个土耳其人，不会改变。总有人对土耳其人有成见，我不知道这其中的原因，穆罕默德有他的优点，神明天堂和美人国度的创造者是值得我们敬重的！只有伊斯兰教才拥有天堂，不能侮辱她！我要为此喝掉这杯酒。整个宇宙笨极了。那些笨蛋本可以在鲜花开放的夏天和一个漂亮姑娘到地里去，那里有许多新麦秆堆，宽敞的空间里飘溢着茶香，但听说他们却非要去打仗，直至体无完肤这种荒唐的事情实在是过于多了。一个我刚在杂货店里看到的破灯笼让我感到必须带给人类光明了。没错，我又有哀痛的情绪了！整个吃下一只牡蛎和一场革命一样让人不舒服！我快悲观绝望了。天啊！这旧世界真让人恐惧！那里的人总是彼此欺诈，彼此伤害，彼此勾结，彼此屠杀，无计可施！”

叽哩咕噜地讲完这些话后，格朗泰尔一阵咳嗽，罪有应得。

若李说：“提到革命，仿佛没任何问题，马吕斯在谈恋爱。”

“你们清楚他爱的是谁吗？”赖格尔问。

“不知道。”

“不知道？”

“的确不知道。”

格朗泰尔喊道：“马吕斯在谈恋爱！这太容易了。马吕斯可能发现了一种水蒸气，他自己是一种雾。马吕斯像个诗人。诗人就是疯子。神明阿波罗。马吕斯与他的玛丽，或是什么玛丽亚、玛丽叶特、玛丽容在一起，该多有意思。我知道那会是什么样子。爱意浓重到不记得亲吻。他们在现实中清清白白，在梦幻中成双成对。两个人心息相通。他们在星星上找到休憩之地。”

格朗泰尔正打算喝另一瓶酒，可能还打算接着啰嗦下去，一个陌生人出现在楼梯的洞口，那是个野小子，还不到十岁，表情快乐，雨水湿透了全身，破衣烂衫，小个子，脸色发黄，嘴巴撅着，眼睛灵活，一头浓发。

这三个人他是肯定不熟悉的，但他没有丝毫犹豫，进来就问赖格尔·德·莫：

“您就是博须埃先生吗？”

赖格尔对他说：“博须埃是我的化名，你有什么事？”

“是这么回事，大街上的一个黄头发的大高个子问我是否认识寡妇于什鲁，我说我认识，她住麻厂街，他又叫我到那去找一位博须埃先生，去对他讲‘ABC’，而且他给我十个苏，我想他在和你寻开心呢。”

赖格尔对若李说：“借我十个苏”，然后又转身说：“格朗泰尔，再跟你借十个苏。”

那个男孩得到了这二十个苏，这是赖格尔从别人手上借的。

“先生，谢谢了。”那男孩对赖格尔说。

“你叫什么名字？”赖格尔问那男孩。

“小萝卜，我是伽弗洛什的朋友。”

赖格尔说：“在这和我们待一会吧。”

格朗泰尔也说：“咱们一块吃午饭。”

“我负责游行队伍里喊‘打倒波林尼雅克’口号，不能和你们一块吃了。”男孩说。

然后，他来了一个最高敬礼，一只脚向后迈一大步，转身走了。

男孩刚离开，格朗泰尔就又连珠炮地讲起来：

“他是一个地道的野孩子。野孩子什么样的都有。搞公证的野孩子称蹦沟仔，大师傅的野孩子称煲锅，面包师的野孩子称顶罩，服务生的野孩子称打杂的，船员的野孩子称海贼，当兵的野孩子称跑腿的，泥猴是油画师的野孩子，生意人的野孩子叫跟班，侍卫的野孩子称使唤，皇帝的野孩子叫王子，精灵鬼怪的野孩子称小妖。”

听到这，赖格尔沉思道：“也就是说，ABC是拉马克的葬礼。”

格朗泰尔说：“刚才那小孩说的黄头发大高个应该是安灼拉，他这是来警告你的。”

“那我们要不要去？”博须埃问。

“外面下着雨呢，我声明，跳壕沟我行，挨雨浇我不去。我可不喜欢因此而生病感冒。”

“我觉得还是留在这里好，”格朗泰尔说，“吃午饭比参加葬礼有趣多了。”

“也就是我们都不去，接着喝酒。不参加葬礼没关系，但我们不会错过革命。”赖格尔说。

若李大声叫：“好，革命可不能少了我。”

赖格尔摩拳擦掌说：

“一八三〇年的革命真是需要发展。它实在让民众感到难过。”

格朗泰尔说：“依我的想法，你们所说的革命基本上是无关紧要的。目前的政府并不让人嫌恶。那是衬在皇冠下面的土布小帽。皇帝的御杖的一端还是安有雨伞的。路易-菲力浦的御杖在这种雨天就有了两种功效，一方面，御杖的一端可以对付他的臣民，另一方面，御杖另一端的雨伞可以对付老天爷。”

酒店里漆黑一片，乌云遮挡住了所有阳光，所有人都去“凑热闹”了，店铺和街上都几乎见不到人了。

博须埃大声说：“这时候到底是中午还是夜里，眼前一片黑，吉布洛特，点上灯。”

格朗泰尔闷头喝酒。

他唠叨着：“安灼拉小看我，他知道若李有病，格朗泰尔喝醉了。他让小萝卜来找博须埃，如果他愿意来找我，我会和他去的。他真不走运，他算计错了。我不会给他送葬的。”

博须埃、若李和格朗泰尔于是就不准备离开酒店了。快到下午两点钟的时候，他们趴着的那张桌子上到处是空酒瓶，两支蜡烛还在亮着，一支放在一个绿铜烛台上，另一支插在一个玻璃瓶里，瓶口都已破毁了。格朗泰尔让若李和博须埃喝足了酒，而博须埃和若李带格朗泰尔走进了乐园。

中午过后，格朗泰尔就不只喝葡萄酒了，虽然葡萄酒能让人飘飘然，但味道一般。葡萄酒对那群正经喝酒的人来讲，只有利，没有弊，让人醉倒不醒的力量也有好坏区别，葡萄酒属于好的一面。格朗泰尔沉醉于酒，忘乎所以。当他觉到晕头转向时，不仅不就此罢手，反而继续地进行。他扔掉葡萄酒，又开始喝啤酒。啤酒是没完没了的。他想让自己迷醉不醒，但没有鸦片，也没大麻，他只好寄望于烧酒，烈性啤酒和苦艾酒的混合物使自己麻木，酣然睡去。而这三种酒混合起来便铸造成了人的灵魂。这是三个万丈深渊，仙境的蝴蝶也会落难于此，还要在薄似蝙蝠羽翼一样的水雾中变成三个鬼怪：梦幻、夜魅和死神，主宰着灵魂的动静。

格朗泰尔距离那种酩酊大醉还很远。博须埃和若李极尽鼓动之能事，格朗泰尔异常高兴，他们推杯换盏。格朗泰尔手舞足蹈，抵在膝盖上的手有力地握着，领带也解开了，骑在一个凳子上，双腿叉开，右手举杯，杯里满满的都是酒，他高谈阔论，向马特洛特大声命令：

“赶紧打开所有宫门！让法兰西学院畅通无阻，每个人都有拥抱寡妇于什鲁的权利！干杯。”

他又转头对于什鲁大妈说：

“经久不衰的圣女，出来吧，请允许我好好看看您！”

若李跟着大声说：

“马特洛特，吉布洛特，格朗泰尔的酒钱已经很多了，别再让他喝了。到现在为止，两法郎九十五生丁已被他稀里糊涂地喝掉了。”

格朗泰尔跟着说：

“谁把天上的星星拿来作蜡烛，还摆在桌子上，我还没允许呢。”

醉得一塌糊涂的博须埃，还能保持一点清醒。

窗子开着，他就坐在窗头上，雨水淋湿了他的后背，他在看着另外两个人。

这时，突然从后面传来喧闹声和脚步声，夹杂着“戒备起来”的喊声。他回身见到一行人正在麻厂街口圣德尼街上走着，安灼拉也在里面手上还有一支步枪，伽弗洛什提把手枪，弗以伊，一把马刀，古费拉克一把剑，让·勃鲁维尔一根短铳，公白飞一支步枪，巴阿雷一支卡宾枪，都走在队伍里，人群后面跟着另一帮持有枪械的人。

卡宾枪的子弹可以从麻厂街这头射到另一头。博须埃马上用两只手作话筒状，对着大声叫：

“喂，喂，古费拉克！古费拉克！”

古费拉克循着声音看见了博须埃，他一面向前走一面说：“干什么？”博须埃问他要到什么地方去。

“造街垒。”古费拉克答道。

“就在这地方造吧！这地方好！”

“赖格尔，你说得对。”

古费拉克一个手势，这群人都挤进了麻厂街。

三、格朗泰尔开始感到天黑下来了

他们选定的地方的确很好。整条街入口宽中间窄，后头就像死胡同，科林斯地处要塞，蒙德都街街口在两边，防守不难，进攻只有圣德尼街一面，是敞开的一面。博须埃即便喝醉了，也看得很准，绝不逊色于汉尼拔。

这一群人涌入街后，街上的人都非常恐慌，大家都赶紧闪开。转瞬间，街上所有的店铺，房屋的窗门、帘子、篱笆、大小板窗、板帘、顶楼，等等从下到上一律全关上了。一个老女人，过度恐慌，担心流弹袭入，在晾衣服的架杆上放了一个厚厚的床垫，挂在窗外。酒店来不及关上，那群人已经进到酒店里了。“我的上帝，我的上帝。”于什鲁大妈边叹气边说道。博须埃下了楼，去找古费拉克。

若李在窗子那冲古费拉克大声说：

“你该带上雨伞。否则你又会感冒的。”

这期间没几分钟，酒店的门上的二十根铁栏杆已被拿走，街上长达二十多米长地段的石头也都给挖走了。一辆两轮马车上装着三大桶石灰由街上经过，驾车的是一个烧石灰的生意人，叫安索，他被伽弗洛什和巴阿雷挡住，翻倒车子石灰被铺到石块底下了。安灼拉打开了酒店地窖，用所有空酒桶撑住了石灰桶；弗以伊在桶和车周围堆了很多的鹅卵石来束牢，他的手指是很擅长在精致的扇子上着色的。所有的东西都是现凑的，谁也不清楚是哪里来的。木桶上面的柱子是从一间房子的外墙上拆来的。等到博须埃和古费拉克转回来的时候，堡垒已经建好了有一人多高，占了半条街。由建设到破坏，人们的双手最善于这样去做。

马特洛特和吉布洛特也在修建堡垒的队伍之中。吉布洛特负责运石灰碴。她还是那副懒散的样子。她像往常给客人递酒一样递石块给别人，迷迷糊糊。

一辆由两匹白马拉的马车走过大街。

博须埃见此情景，狂奔过去拦住马车，疏散上面的旅客，赶走了售票员，扶持“女士们”从马车上下来，然后，连车带马拉了过来。他说：

“科林斯前不走公共马车。”

车卸了后，两匹马沿着蒙德都街跑了，马车被掀翻了，成了街垒的一部分，整条街都被堵上了。

于什鲁大妈哆哩哆嗦，害怕得躲到楼上了。

她不停地在轻轻在嘀咕着，眼睛朦胧得什么也看不清。也不敢发出声音。

“天要塌陷了。”她在说着。

若李吻了寡妇于什鲁的脖子，对格朗泰尔说：“我一直想着女人的脖子都是特别光滑的呢，于什鲁大妈的脖子又粗又皱。”

这个时候，格朗泰尔酒兴正酣。他一下子抱住了正上楼的马特洛特，不停地大笑。

他大声叫着：“真难想象马特洛特有多难看，像一只怪物。一个做天主堂屋顶瓦当上饕餮头像的哥特人爱上了其中最丑陋的一个塑像，就如同当年皮格马列翁一样，于是就生下了马特洛特。他向爱神请求赋给她生命。这样就有了马特洛特。伙计们，看她那铬酸铅色的毛发多像提香的情妇。她很仁慈。我作证，她在斗争中勇往直前。仁慈的女人通常都很勇敢。于什鲁大妈也不示弱。她嘴上有胡子。那是她丈夫留给她的。算是乌萨女兵，正确！她同样勇往直前。她们一定能名扬郊区。伙计们，这个政府肯定会被我们打败的，这是毫无疑问的，就像脂肪酸和蚁酸之间有十五种中介酸一样毫无疑问。我和这些事可是一点关系也没有。听着，我的数学不怎么样，所以我一直不讨我父亲的喜欢。我所知道的就是仁爱和自由。这是乖孩子格朗泰尔！我一直都没钱，也无心去赚钱，所以也不觉得缺钱，当然，如果我富有我不会叫这世间再有苦难的人！谁都会看在眼里的！我的天，如果善良的人都是富翁，那该有多好！我一直认为，耶稣基督能有路特希尔德的财富，他将有足够的能力造福人类！马特洛特，请来拥抱我吧！多情又害羞的姑娘！你的脸庞使女人们愿意亲吻，你的双唇激起情人亲吻的愿望！”

古弗拉克说：“别折腾了，酒鬼。”

格朗泰尔答道：

“我是多情种子！我是探花郎！”

在街垒上面，安灼拉昂首挺胸，紧握步枪的站在那。安灼拉跟个斯巴达人或清教徒似的，这我们大家清楚。他能和莱翁尼斯达并肩战斗，牺牲在温泉关，也能和克伦威尔协作作战，烧毁罗赫达。

他大声叫道：“格朗泰尔，滚到其他地方喝酒去。这是战斗的场所，不是醉酒的场所。别给街垒抹黑！”

安灼拉的愤怒对格朗泰尔发挥了神奇的作用。仿佛冰水浇头，他一下子清醒了。他一只手臂支在桌子上，坐在窗户旁，非常亲切地对安灼拉说：

“我佩服你，你清楚的。”

“滚开。”

“我想在这睡上一觉。”

“滚到别的地方去睡。”安灼拉嚷道。

但格朗泰尔仍亲切而有点为难地看着他说。

“允许我在这里睡吧……一直睡到我死。”

安灼拉不屑地对他说：

“格朗泰尔，你什么也没法做，包括信仰，思想，志愿，生和死。”

格朗泰尔庄重地回敬他说：

“你等着看吧。”

接着他又含含混混地说了几句话，就倒在桌子上，这是酒醉的正常反应，安灼拉冷不防地使他很快就睡过去了。

四、希望安慰于什鲁大妈

巴阿雷定定地看着街垒，大声叫着：

“这条街真算是无遮无掩了！太好了！”

古费拉克希望能够安慰一下于什鲁大妈，因为她在酒店里也弄坏了一些物品。

“于什鲁大妈，有一天你说吉布洛特在您窗口挂的毯子让你挨了罚款？”

“没错，亲爱的古费拉克先生。但天啊！您不是想让这张桌子也报废吧？那条毯子，还有顶层掉下的花盆，我已交了一百法郎的罚款，你们怎么能如此对待我的东西？还讲不讲道理。”

“没问题，于什鲁大妈，我们正在为您打抱不平呢。”

于什鲁大妈对这话看起来并不明白，她不知道自己拿到了什么。以前，一个阿拉伯女人向她的父亲告状说她的丈夫打了她一耳光，她要求她父亲替她做主，为她报仇，她父亲问她挨打的是哪边脸，她说是左边，于是她父亲扬手给她右脸一耳光，并对她说：“回去告诉你丈夫，就说他打我女儿，我打他老婆。”于什鲁大妈得到的安慰和这没什么不同。

雨不下了。出现了一群新战士。一些有用的物品，如一桶火药，装着硫酸的篮子、狂欢节用的火把，三王来朝节时留下的灯笼等，被一些工人藏在衣服下面运过来了。不久前五月一日刚过完这个节日。听说是一个百货店老板提供的这些战备。他叫贝班，住圣安东尼郊区包括麻厂街的那盏路灯在内，和圣德尼街上的路灯遥相呼应，周围所有街道——蒙德都街、天鹅街、布道修士街、大小花子窝街上的路灯都被打碎了。

所有的事都由安灼拉、公白飞和古费拉克控制着。这时，两座街垒在一起进行，并且都临近科林斯，呈曲尺形状，大街垒位于麻厂街，小街垒位于紧邻天鹅街的蒙德都街。小街垒仅仅由木桶和石块砌成，非常窄，里面的五十多个工人中有三十多个人有枪，来这里的时候，他们从一家店里拿来了所有的武器。

这是天底下最让人目瞪口呆的队伍了。一个是小外褂，一把马刀配两支长长的手枪，一个是衬衫加圆边帽，外带挂个火药葫芦，另一个牛皮纸护胸铠甲，佩带一把引绳锥，是做马具用的那种。其中一个嚷着：“让他们一个不留，用我们的刺刀！”他手上并没刺刀。另外一个人用伪军用的那种皮带捆在自己的骑士服外面，还系着一颗子弹盒，上面有块红色的毛呢，还有“大众秩序”四个字。队伍的编号都刻在枪支上，没领带，有帽子的也很少，许多人打赤膊，外加几根长矛枪。这些人年龄不同，相貌各异，年轻人原本白净的脸晒成了紫黑色，跟码头工人似的。大家齐心协力，干劲十足，憧憬着美好的未来，谈论着凌晨三点左右就会有同盟部队来协助，会惊醒整个巴黎。他们抑制不住激动地谈论着这些危险的事。大家互相都不认识但极其亲密。这就是高压之下产生的奇迹：陌生人之间的凝聚力。

他们在厨房里点上了炉火。水罐、勺子、叉子等酒店里的器具被烧熔在一个模子里做成枪弹。他们一边做，一边喝酒。横七竖八的锡皮、子弹和杯子乱扔在桌面上。于什鲁大妈、马特洛特和吉布洛特害怕得有的呆了，有的透不过气，有的吓得惊醒过来，她们扯着旧布作包扎的药布，待在那间有球台的房间里，有三个战士过来帮忙，三个都是长头发，留胡子，很快乐，拣着旧布条，来回抖着。

那个大高个，就是以前古费拉克、公白飞和安灼拉在皮埃特街看到的那个人，在小街垒里，做事很卖力。伽弗洛什待在大街垒里。那个到过古费拉克家并询问马吕斯情况的小伙子在马车被掀倒的时候就无影无踪了。

伽弗洛什高高兴兴，手舞足蹈起来，积极地为大家鼓劲。他上上下下，来来往往，大声叫着，异常热烈。他几乎在为所有人加油。他用自己的苦难来指挥，用自己的欢乐作动力。伽弗洛什无处不在。他的形象和他的声音随时随地让人们都能感受得到。他占据了世界，时刻都在。他差不多是奋争的象征，因为他，人们不会停止。连街垒也能感到他的存在。他让散漫之人感到紧张，懒惰的人，疲惫的人感到兴奋，使有的人快乐，有的人不安，有的人激动，教训这里的学生，又指导那里的工人，一会这儿，一会那儿，随处转，穿梭于人群喧闹之中不停地说，不停地走，指挥着这班人马，一个庞大革命队伍中的小人物。

他瘦弱的胳膊不停地舞动着，弱小的身体里不停地发出声音：

“快点干吧！再加把油！拿点石灰碴塞上这个洞。这街垒太小了。再加高些。一些物品都扔到上面去。毁掉屋子。街垒就如同吉布妈妈的茶会。看看这还有道玻璃门。”

听到这话，工人们跟着喊起来。

“一道玻璃门能起什么作用？”

伽弗洛什反驳说：“你们倒是有用，街垒的玻璃门意义重大。虽然不能阻拦别人进攻，但可防止别人拿下它。这种带有玻璃瓶底的墙在别人偷苹果时作用很大。这道玻璃门会把敌人的脚皮割开，如果他们想登上街垒的话。上帝，玻璃实在是厉害之物。伙计们，你们实在缺乏天才的想象！”

另一方面，他很气恼自己那没撞针的手枪，他一个挨一个地求道：“给我一支步枪。给我一支。怎么不给我一支呢？”

古费拉克说：“这支给你。”

伽弗洛什回了他一句：“有什么不行的呢，一八三〇年和查理十世战斗的时候，我就曾有过步枪。”

安灼拉的肩头一动。

“小孩要等到大人都有了之后才有份。”

伽弗洛什昂首挺胸地扭过头对他说：

“我会拿过你的枪，如果你死在我前面。”

“野小子！”安灼拉说。

“毛小子！”伽弗洛什说。

街上的一个在闲蹓跶的小痞子吸引了他们，伽弗洛什冲着他叫：

“过来，小伙子！难道你不准备为国家做点贡献？”

那小痞子忙不迭地跑开了。

五、备　战

那时，一些出现在报纸上的麻厂街的街垒被说成是万夫莫开的，他们做了这样的形容。他们说街垒像一幢楼房，这并不对。它的实际的平均高度在六尺到七尺之下。它的选型用意在士兵能藏在街垒之后或站在上面居高临下，而且能从里面的一条石头台阶跳到墙上，跨出去街垒的前脸是石块和木桶构成的，加上一些木柱和板子，还有翻倒的马车和轮子，乱七八糟的外观上就像乱生乱长、纷繁杂乱的一个整体。街垒的这边是酒店，那边和那里的房子之间的路口只能容下一个人通过。绳子束紧了马车的辕轩，立起来，上面的红旗飘在街垒的上空。

蒙德都街那里的小街垒，藏在酒店的后面无法看见。一个实际上的犄角堡就在两个街垒之间形成了。安灼拉和古费拉克为了有联系外面的通路，反对在布道修士街通向菜市场那一段蒙德都街上修筑街垒，也不担心敌人从布道修士街打进来，尽管那里有危险，也艰难。

这种没有阻塞的通路，就如同福拉尔兵法中的交通小路，假若没有这条小路以及麻厂街的那个小缺口，除了酒店形成的那个突角，这个街垒里面就如同一个全面封闭四边形。大街垒与街尽头的高楼之间也只有二十多步的距离，所以认为街垒背靠着那排房子是没问题的，那边的房间里都住上了人，但门窗上上下下都关上了。

还不到一个小时的时间，所有的事情均已就绪，但那一群英勇无比的人却一顶毛皮帽也没见到，枪刺的影子都没有。此时也会有几个资产阶级经过圣德尼街，只向麻厂街看了看街垒，他们迅速离开了。

修完两个街垒，竖好红旗，他们就把酒店的一张桌子拉了出来，古费拉克站到上面。古费拉克将安灼拉拿过来的盒子打开，里面全是枪弹。看见枪弹时，多厉害的人也不免紧张，全场都安静了。

古费拉克笑着给人们分发枪弹。

每个人都有三十发子弹。很多人手上有火药，就将烧熔的子弹头做更多的子弹。他们将那一整桶火药放到店门边上的另一张桌子备用。

现在，队伍集合的号角声响遍整个巴黎，但已是单调之极，不再吸引人们的注意了。发出的声响一会近，一会远，来来回回，煞是难听。

之后街垒修好了，每个人固定在一个位置上，枪装备好了，士兵也各就各位，路上已看不见行人了，万籁俱寂，天慢慢地变黑了，夜色渐浓，街里死寂得让人心惊肉跳，他们就在那站着，许多耸人听闻的事物笼罩着他们，他们勇敢地握住手中的武器，静静地准备着。

六、等　候

在静候期间，他们做什么呢?

这段历史应该被讲出来。

士兵们在做子弹，女人们在做药布，一口大锅里正熔着铅锡，准备做出新的子弹，火在锅底熊熊燃烧着，值岗士兵手握枪支站在堡垒上，安灼拉在四处转着巡逻着，公白飞、古费拉克、让·勃鲁维尔、弗以伊、博须埃、若李、巴阿雷和其他几个人聚在一块，像往常安闲日子里朋友聚会一样，坐在已是防战洞的酒店里，背好已装备的枪支，在离街垒只那么两步路的地方，他们热情地在朗诵着一些情诗。

诗是这样的：

幸福的日子在我们的记忆中，
那时我们正年少，
装扮漂亮，
是我们最大心愿。

那时候，你和我，
年龄相加也不足四十，
我们的陋室，
是那样的阳光明媚，哪怕是在冬季。

多美丽的日子！曼努埃尔爽快又智慧，
帕里斯落座宴席，
富瓦雷霆万钧，
你的衣针弄伤了我。

所有的人为你着迷！无人关心我的存在，
那时我与你一同赴普拉多晚宴，
你是那样的妩媚！我心中在想：
蔷薇花遇见你，也会羞得低下头。

他们在说：她太美了，太迷人了！
瀑布一般的头发！
只是她的上衣，隐去了她的翅膀；
她那别致的小帽，就像绽开的花朵。

牵着你柔软的手臂，徜徉街头，
路人看着我们，想的是：
多么幸福的一对，
艳丽的日子属于他们。

我们在自己的天地里品尝爱情，
尽情拥抱爱的甜蜜。
我的话还没说出口，
你已告诉了我你的心里话。

索邦才是温柔乡，
我对你，爱慕之至，从黎明到黄昏。
多情的人向来如此，

爱诞生在拉丁区里。

在莫贝尔广场，在太子妃广场，
小屋里热情洋溢，
看着你美丽的腿上套上长长的丝袜，
一颗明星冉冉升起。

我曾研究过柏拉图，已无多少记忆，
连马勒伯朗士和拉梅耐，也无法比上你，
你送我的一朵花儿，
胜过他们给予的千百倍。

你给我似水柔情，我给你无限爱意；
啊，小屋里满是星光！在那里我拥着你！
清晨，你揽镜自顾，
我就那样凝望着你。

月夜，星光，花前，丝带，纱幔，
此情此景，如何忘怀？
默默相视痴语时，
浑然不觉窗外事。

我们的花圃飘满郁金花香，
你把裙裾作帘幕，
我手持着白泥烟斗，
日本瓷杯送与你手上。

那些让我们笑个不停的事啊，
你的燃了的手笼，丢失的长围巾！
那天晚上，相约共进晚餐，
卖掉了莎士比亚的画像。

我如同乞讨，你给予仁慈，
在你不小心的时候，我亲近你柔软的臂膀，
但丁的书成了我们的台子，
我们爱意长驻，同吃一百个栗子。

我初次碰你热情的双唇，
在那温暖如春的小屋里，
你发际散乱，羞涩地扔下我，

我茫然无语，想起上帝。

念及我们那么多的甜蜜，
包括那记不清丢掉的丝绢，
阵阵轻叹，
离开我们惆怅的心，飘向浩渺宇宙。

如此的时间，如此的场合，让·勃鲁维尔的缠绵的诗句里，记载着年轻时的难忘记忆，在星空下，在凄清的街面上展开，在险象环生危在旦夕面前，平添苍凉的魅力。

小街垒里此时点亮了一盏彩色的纸灯笼，带蜡的火炬也在大街垒里亮了起来。大家知道这是从圣安东尼郊区来的火炬，每年油荤星期二时，戴着面具的人们乘马车去拉古尔第区在马车前面使用的那种火炬。

为了聚集火炬发出的光，火炬装在避风笼子里，三面围着石块，火炬的光齐齐地照在那面红旗上。漆黑的街巷和街垒，只有那面红旗是亮的，让人感到恐怖。

那红旗的颜色在火炬的映照下现出极其可怕的紫红色。

七、皮埃特街上入伍的人

夜已经黑透了，什么事也没有。只有些若隐若现的嘈杂声，偶尔也能听见很远的地方几声微弱的枪响。目前的形势只能表明政府在不慌不忙地纠集力量，对付这五十人的将是六万人。

此时，安灼拉颇感焦虑，就像面对危险桀骜不驯的那种人一样。他去找正在做枪弹的伽弗洛什，他去了楼下的厅里，见到柜台上仅有的两支蜡烛和满是火药末的桌子，一切都考虑安全。外面丝毫不见烛光。暴动的士兵已留心着不能让楼上有光。

伽弗洛什心不在焉，心思不全在子弹上。

那个在皮埃特街入伍的人进来，他用两条腿夹着一支大步枪，坐到最不见光的一张桌子旁。伽弗洛什正在想着那些有意思的事，全然没留神周围的动静。

那个人进来的时候，伽弗洛什茫然的目光恰巧落在那支枪上，心里爱慕之极，那人一坐下，他就立刻站了起来。要是有人曾注意过这个人的行踪，就会清楚他已摸清了整个街垒和其中的每一个人。但来到这间厅堂开始，他却又仿佛目无一切，对眼前的情景不理不睬。伽弗洛什小心翼翼地走到这个陷入沉思的人跟前，转了几圈，唯恐打扰他似的。此刻，他的脸上的表情既调皮又庄严，欣喜又担心，好玩又凝重，露出了老人的种种怪异之处，那表情似乎在说："行吗?""不会吧!""我看花眼了!""一定没错!"……诸如此类。伽弗洛什东倒西歪地站着，衣服口袋里的两只手捏着拳头，头机械地摆着，他做了一个丑陋之至的鬼脸，尤其是那下嘴唇。他惊呆了，不知道事情是怎么样的，知道了之后就非常高兴。他那表情就仿佛在奴隶市场大堆的臃肿的女人当中找到一个苗条的美女，在垃圾画布中选出一张拉斐尔的亲笔。他调动了自己所有的聪明和感觉。伽弗洛什显然在经历一件了不起的事。

安灼拉进来的时候，他的这种情绪到了巅峰。

安灼拉对他说："你身材小，难发现。由你到街垒外面去巡视一番，顺着墙壁走，然后把外面的动静汇报给我。"

伽弗洛什双手叉腰，神气十足地说：

"多大的人都能发挥作用！简直好极了！我马上就去。但相信小个人的同时，你也要防着大个子……"伽弗洛什的目光移向那个人，小声对安灼拉说：

"注意那个高个了吗?"

"怎么了?"

"是个奸细。"

"你确信?"

"十几天前，在王家桥的栏杆上，我在乘凉时，就是他提着耳朵拉我下来的。"

安灼拉马上走出酒店，恰好一个码头搬运工在那里，他悄悄地对这个人说了几句话。那个人离开房子，很快又回来了，还带着三个人，这四个人都虎背熊腰，过去站在那个人身后，也不打扰他，那人手支着身体靠着桌子，一动不动。很明显，这四个人已有了准备，随时可以行动。

安灼拉问那个人：

"你是干什么的?"

猛然被这么一问，那人很惊讶。他直视着安灼拉看过来的目光，看上去他已知道发生了什么。他显露出桀骜不驯的笑，从容地说：

"我知道出了什么事……请便吧!"

"你是特务吗?"

"我是公务在身。"

"你叫什么?"

"沙威。"

安灼拉示意那四个人。转瞬间，沙威就被扯住衣服，扑倒在地，捆了起来，全身都被摸了遍。

在沙威身上几个人搜到了一张小卡片，放在两片玻璃之间，一面是国徽和"视察和警惕"的字样；另一面是"沙威，警侦人员，五十二岁"的字样；上面还有当时警署署长"M·吉斯凯"的签字。

除此之外，还搜出一块表，一只钱包，里面有几枚金币。这两样东西都物归原主了。一个信封被从下面的口底内翻出。安灼拉打开信封，纸上是署长的亲笔信：

"执行完政治任务，沙威将马上负特殊使命观察耶拿桥附近，确证是否有人在塞纳河右岸出没滋事。"

检查过之后，沙威被反剪两手，绑在酒店厅堂里，和他绑在一起的就是典故中的那根木柱。

伽弗洛什看着事情的发展，不作声，只点头默许，此刻，他向沙威走去，说："这下子是猫落在了小老鼠手上。"

事情进行的异常干脆，结束之后，酒店旁边的人才明白。沙威也没出声。知道沙威已就擒，古费拉克、博须埃、若李、公白飞和其他一些人都前来观看。

沙威被五花大绑，丝毫不能动弹，靠着柱子，他昂首挺胸，从容不迫，毫不畏惧地站着。

安灼拉说："他是个奸细。"

他又回头冲着沙威说：

"街垒被攻破前两分钟将送你去死。"

沙威的回答一点惧色也没有：

"怎么不马上杀了我?"

"这样可多省一粒子弹。"

"用刀也可以。"

"你这奸细，"安灼拉说，"我们是法官，不是罪犯。"

然后，他对伽弗洛什叫道：

"赶紧去做你该做的事！按我的吩咐。"

"我马上去。"伽弗洛什喊着说。

正说着，他又停住说：

"记着，我要那支步枪！人你们要，枪我要。"

他兴高采烈地走出大街垒，手上还打了个军礼。

八、勒·卡布克身上的疑问

伽弗洛什刚离开，就出现了一件极其恐怖的事。我们不该回避这件事，记下它，可以让大家看到一个完整的社会和革命诞生的壮观景象，翔实逼真。

大家清楚，那支队伍是由各式各样的人逐渐组合成的。人们彼此并不关心对方身世。在安灼拉、公白飞和古费拉克的手下当中，有一个蛮汉，身着工装，粗枝大叶，说话时比比画画。他叫勒·卡布克，可能是名字，也可能是外号，可能根本就没人认识他，他那时醉了，也可能根本就没醉，与其他几个人将酒店的一张桌子拉了出来，围坐下来。他不停地和其他几个人碰杯，也不住地望着街垒后面的一座六层大楼，高高地位于整条街之上，正对着圣德尼街。

他突然大声叫着：

"先生们，看出来没有？到那座楼上放枪才好。待在窗户那儿，谁进来谁送死。"

"没错，可惜门关着呢。"一个人说。

"可以去敲开!"

"没人会开。"

"那就砸开门。"

勒·卡布克快步到楼前，他拎起门前的一个大锤就敲。没人答应。他接着敲。还是没人。第三次再敲。仍旧没人出来。

"屋里有人吗?"他喊。

一点回音也没有。

他拿起一支步枪，用枪把砸门。这扇门很结实，是一条甬道门，一律由栎木

造的，里面还嵌了一层铁皮，门很低，也很窄。整幢房子被砸得山响，门却丝毫没动。

但屋里的人有了反应，四层楼上的一扇小窗里透出了光，一个老头拿着蜡烛，打开了窗户，他是看门的，一脸的恐惧。

砸门的声音静了下来。

老头问："先生们，你们有什么事？"

"打开门。"勒·卡布克的声音。

"不能开，先生。"

"一定得打开。"

"没办法。"

勒·卡布克用枪对着老头，但他在楼下，夜里又很黑，老头根本看不清他。

"到底给不给开？"

"没法开，先生。"

"你还说不？"

"我说不开，我的好……"。

老头的话还没讲完，枪弹已经出去了，由下巴、咽喉，射穿了后颈。老头无声无息地栽了下去。蜡烛的光不见了。只能瞧见窗户那一个不动的人头，还有蜡烛的烟升起。

"自找的！"勒·卡布克把枪放在地上说。

话音刚落，他的肩膀猛然被一只有力的手抓住，有人在说：

"跪下。"

这刽子手回身遇上了安灼拉一张严肃的脸毫无表情。他手上提着一支枪。

他听见枪响，就过来了。

他的左手抓住了勒·卡布克的衣服和背带。

“跪下。”他再次喊道。

这个彪形大汉，在安灼拉瘦弱的身躯但却巨大的气势面前，如同一根芦苇，跪了下去。勒·卡布克企图反抗，却又觉得自己已被巨人牢牢地控制着。

安灼拉此时惨白着面孔，头发凌乱，衣领开着，他的俊美的脸像极了古代的忒弥斯。从侧面看上去，是那样的刚毅，他的鼻和眼的轮廓表现出了愤慨和贞静，古代人讲，他适宜做司法工作。

所有街垒里的人都围拢过来，但都觉得自己对即将发生的事无能为力。

勒·卡布克低着头，一动不动，抖个不停。安灼拉松开他，拿出自己的怀表，对他说：

“精神集中，你可以祈祷，也可以思想。给你一分钟时间。”

“饶了我吧！”他含含混混地说，然后垂着头絮叨着几句乱七八糟咒骂的话。

安灼拉一直盯着怀表，时间过后，就揣起来了。然后，他抓起缩成一团的勒·卡布克，揪着他的头发，枪对准了他的头。周围很多胆大的旁观者中，有不少人别过脸去。

枪声过去，人们看到勒·卡布克倒在地上额头朝着前方。安灼拉扬起脸，他的眼睛冷峻地向周围扫了一圈。

然后，他踢着勒·卡布尔的尸体说：

“扔到外面去。”

那凶手的尸首还在不停抽动着，三个人抬着由小街垒上面抛到了蒙德都街上去了。

安灼拉站在那，想着什么。大家都不清楚表面的静寂下面隐藏的是什么样可怕的事情。猛然间，他喊了起来，周围一片安静。

“先生们，”他说，“这个人所做之事是罪恶的，我的举动是丑陋的。我杀他是因为他杀了人。我只能这样，革命是要有原则的。在这里，我们颂扬博爱，我们赞美和平，革命队伍不能遭人唾骂，所以在我们这里，杀人比在其他地方更不可饶恕。我杀了那个人。我被逼无奈出手，我同样会问自己，我会让你们看到我是怎样做的。”

大家都不寒而栗。

“我们和你同生死。”公白飞大声叫了起来。

安灼拉接着说：“我再补充几句。我杀了那个凶手，是为了需要；但需要是旧世界的遗毒，它源于因果报应。文明要求遗毒灭亡，天使再现，因而报应灭亡，共和再造。目前还不合适这样讲。但不管怎样，我仍要说。爱即明天。我运用了死亡，但我厌恶。黑暗、闪电和可怕的刑罚都会在明天消亡。没有了鬼怪，也就不需要天使了。未来的日子里，一片祥和，谁也不伤及谁，大家心中只有爱。光明注定会来临的，那样的世界里，满是阳光、活力、友爱和美满。这样的目标激励着我们去奋斗，去死。”

安灼拉的嘴闭上了，不再讲话，他在刚刚杀过人的地方，木立着。面对他的思虑，大家却小声议论着。

在街垒的一处，让·勃鲁维尔和公白飞并肩站着那，看着安灼拉，他们双手紧握，心怀敬重就那么看着这个牧师一样冰清玉洁的坚毅青年。

我们来说说后来的事情。战斗结束后，尸体送交检查时，从勒卡布克的手上搜到一张警务人员证件。有关这件事，本书作者一八四八年时曾有过一份一八三二年递交警署署长的专门报告。

还有需要说明的。那时警方怀疑勒·卡布克就是铁牙，大概有证据。实际上，勒·卡布克死后，铁牙的称号就听不见了。铁牙无影无踪，仿佛一夜间完全消失了。他的身世无人清楚，下场也是一塌糊涂。

所有参加革命的人对事情来得快，去得也快尚没镇定下来，古费拉克就见那个早上到他家询问马吕斯的年轻人回到了街垒。

这个小伙子看起来不害怕也不担心，这时急着过来找那些革命战士。

第十三卷　黑暗笼罩马吕斯

一、卜吕梅街至圣德尼区

刚才黄昏的时候，叫马吕斯去麻厂街街垒，对他而言，仿佛是死神在临近。在他想寻死的时候，死神主动上门，他在墓门前，有人递给他开启的钥匙。对绝望的处在黑暗中的人来说，一条即便是阴暗的路也是有意义的。马吕斯从他多次走过的路走出园子，说："我们一起走吧？"

马吕斯哀痛欲绝，失去了所有的信心，两个月来青春和爱情的沉迷，他对生命的把持已丧失了力量，屈服于绝望之中，此刻的他只想死去。

他抬腿向前面跑。他身上恰巧带着沙威的两支枪。

他原本记着看见过的那年轻人，在街上已没了踪影。

马吕斯从卜吕梅大街走开后，经过林荫大道，残疾军人院前面的广场和桥，爱丽舍广场路易十五广场，来到里沃利街。街上的商店都还在营业，女人们在店里买东西，莱泰咖啡屋里有人在吃冰激凌，英国糕点铺里也有人吃点心。屈指可数的几辆邮车驶出亲王旅馆和默里斯旅馆。

通过德乐姆路，马吕斯来到圣奥诺雷街。街上的商店都已打烊了，那些生意人在虚掩的门前聊天，路灯亮着，街上有人走动，像往常一样，每栋楼的房屋里都有灯光。王宫广场上停留着骑兵。

马吕斯继续顺着圣奥诺雷街前行。王宫之后，亮着的房屋就越来越少了，商店门已关牢没人站在街上谈话了，路越来越黑，人却渐渐多了起来。此时街上的人已是成群结队的。人堆里听不清说话，只有连成一片低声说话的声音。

一群群人在枯树喷泉旁边停留，神态抑郁，旁边路人穿梭，他们也岿然不动。

人群推进到勃鲁维尔街街头时，就不动了，那里水泄不通，小声讨论着的人们一个挨着一个，密密麻麻。人群中找不到黑衣圆帽的装扮，那些人都是穿着布衣、头发散乱，戴鸭舌帽和面带灰色。黑暗的夜里，这么多人在涌动。即便无人挪动，也有脚踏路面的声音传来。在离他们更远些的鲁尔街、勃鲁维尔街和圣奥诺雷街，唯一的一扇窗内闪着烛光。一些灯笼散见在街头上，越来越少。那时的灯笼状似星星，绑在绳子上面，落到地上的影子如同大蜘蛛。这几条街上仍旧有人。街上有堆在一处的枪支和士兵，刺刀在闪着。没有人胆敢通过这里去看个究竟。到了那里，只有军队，其他一切都被阻断了。

马吕斯既不盼什么，也不怕什么。只要有人叫他，他就去。他千方百计越过那里的人群和士兵，躲开巡视和哨卡。他兜了一圈，来到贝迪西街，向着菜市场方向去了。等来到布尔东内街转角的地方时，就看不见灯笼了。

越过人多的地带和士兵的哨卡，他进入了一个恐怖的地方。那里漆黑一片，什么也看不见，没人也没兵，阴森森的让人害怕。仿佛掉进一个深渊里。

他仍旧接着走下去。

他又前行一段。身旁有人跑动。是男的？女的？是几个人？他不知道。一过去就看不见了。

转来转去，眼前是一个小巷，他估计是陶器街，他在小巷中间部分撞上了一个东西。他一摸，感到是一辆翻在地上的小车；周围地上满是泥水、石块。还有一座废弃的已修筑一部分的街垒。他跨过那些石头，到了街垒的另一面。他贴着墙，顺势向前移动。快到废址的时候，他发现好像有白色物体在前面。他上前，看清了是什么东西。原来是博须埃早上放掉的那两匹白马，蹓跶了一天，转到这里来了。它们漫无目的地游荡，随处落脚，就像人无法明白上帝的旨意一样，它们也不明白人类的企图。

马吕斯从两匹马身旁走过。来到一条街，猜想是民约街，突然，一粒子弹从他耳边擦过，黑夜中也不知是从哪打过来的，把他头上方一家理发店刮胡子的铜盘射了个洞。这个洞直到一八四六年，人们还能在民约街近菜市的地方见到。

枪声至少表明这里有人。但在这之后，他就没见到其他任何东西了。

他仿佛走在黑夜下山的台阶上。

马吕斯依旧朝前走。

二、巴黎景象

要是有人能像鸟一样飞起来，他会在巴黎上空看到整个巴黎城的悲惨景观。

小街小巷中建的多如牛毛的街垒和防线，穿过圣德尼街和马尔丹街，在巴黎中心菜市场老区，圣德尼街和圣马尔丹街看过去，就仿佛一个巨大的黑洞。在这里看不到头。这儿的路灯被毁，窗户紧关，无一点光、一点声音、一点活力。革命的气息在游荡，此刻黑夜即是主宰。在黑暗中增强士兵的斗志，将黑暗拉过来一块，这是革命的重要策略。那天夜里，所有亮着的窗口都挨了子弹。亮没了，里面的人有的也死了。所以一点声音也没有了。住户都是战战兢兢，不知所措，大街上也是让人难以承受的恐怖景象。此时，镶着玻璃的窗户，带有犬牙的烟囱，和沾水的路面都反不出一点光亮由上往下顺着黑暗看过去，大概在较近的地方能看到一些房屋的轮廓，隐约的火光映出的曲线，在废墟中稍稍泛光的就是街垒了。除此之外，漆黑一片。上面的一些恐怖的影子，一动不动，是圣雅克塔和圣美里教堂等，夜色使之成了可怕的怪物。

在这里，像地狱一般让人恐惧的地方，那位能飞起来鸟瞰巴黎的人尚可借着这里线路没完全中断，尚有几盏路灯，看见巴黎有枪刺和军刀在闪，战车在行进，部队在无声地一点点地壮大，逐渐聚集革命中心的周围，形成坚实的堡垒。

设防的地带就像奇形怪状的野人寨，里面死气沉沉，这里经常谁都可以来的街上，此时留下的唯有绰绰黑影。

阴森恐怖的地方，如万丈深渊般，随时都可能遭到来自各方的进攻，这种地方，让人进退两难，一样不寒而栗，进去和等在外面的人都瑟瑟发抖。一些士兵潜伏在每条街的拐弯处，捉摸不定的夜色中是设下的圈套。死了。在此之后的所有地方，光亮只是枪膛射出的子弹，遇到的也只有死亡，不会再有其他的了。死亡从哪里来？无人知道，也无人清楚它如何来，在什么时间来，但却知道它是必来无疑的。这是政府军和革命者，自卫军和民众，资产阶级和暴动组都必须关注的一个地方，他们都要在此探索。大家只能如此。或者胜，或者败，或生或死，别无选择。境况如此，如同黑暗一样坚定，使得最畏缩的人有了意志，最勇敢的人有了怯意。

另一方面，两方又都有着相同的斗志，相同的顽固。其中一方没有人考虑撤退，但前行只有死路一条；另一方也没有人考虑跑掉，但留下来，一样是死。

所有的都将在明天完成，不管谁输谁赢，不管革命的结局怎样。这一点，政府和所有党群最清楚，小资产阶级也不例外。所以，茫茫夜色中，黑暗将伴随发生的一切，一直渗透着人们忐忑不安的情绪；大家越来越焦躁地注视着将要发生的斗争。此时，只有一种声音存在——圣美里的警钟声，听了让人觉得如同将死之人的残喘，如同残忍谩骂的凶恶。阴森凄凉的夜色里，钟声雷鸣般悲壮，哀鸣不止。

上苍似乎同意人类即将进行的事情，这是常见的。这种坚固的默契存在于上苍和人类之间。当时夜空一片黑暗，乌云密布，遮住整个天空。被漆黑包裹的阴森恐怖的街道，就像一个无比庞大的坟墓。

这里久经磨砺，一场政治斗争正在上演，恣肆的青年人，各种秘密组织，学校和财迷的资产阶级要互相厮杀于此，繁荣的巴黎隐藏在人们的叹息中，人们在或近或远将要遭受灾难的地方祷告，但愿灾难的结束快点到来，黑暗中到处是人们的诅咒声。

这声音是如此的恐怖，却又如此的神圣，像野兽怒吼，也像上帝的温言，思想家会为此沉思，弱者会为此惊恐，上接雷鸣，下触狮吼。

三、边际尽头

马吕斯进入了菜市场。

与别的地方相比，这里更苍凉，更寂静，更加见不到人。死寂的空气如同从坟墓中散发出来一样凝结在街道上。

夜色里，天空反映出从圣厄斯塔什挡住麻厂街高楼的屋顶，这是科林斯街垒的火炬光的作用。马吕斯向发光的地方前进。亮光带着他走进了甜菜市场。模糊中他望见了布道修士街的街口，也是漆黑一片。他进到里边。哨卡设在街的另一端，他没被发现。他感到这就是自己要找的地方。他小心抬脚向前移。大家知道蒙德都街的一小部分曾被安灼拉空出作为与外界的联系通道。马吕斯目前的位置就在这空出部分入口蒙德都街的拐弯处。

马吕斯身在暗处，这里和麻厂街会合的地方一团黑。他注意到距他稍远的街上有点亮光，还有酒店的一小部分及其后面的一盏亮着的灯笼，有人蹲在地上，还有枪。他看到的这些与他仅有十脱阿斯之遥。已到了街垒的里面。

酒店被街右面的建筑遮住了，马吕斯看不见其他部分，以及大街垒和旗帜。

马吕斯只有一步的路程了。

此刻，他烦闷地抱着胳膊，坐在墙角，想到了自己的父亲。

彭眉胥上校是位英雄的军人，共和时期他勇敢地保护了法国边界，他曾随同皇帝到了亚洲；他有过热那亚、亚历山大、米兰、都灵、马德里、维也纳、德景斯顿、柏林、莫斯科的记忆、欧洲每一次胜利都有他的功绩，他勇敢善战，战功赫赫，人未老，发已白，他全身披挂，战火在他身上留下了痕迹和衰老，板房、营地、战场到处有他的足迹，南征北战二十多载，返回故里，和蔼可亲的他付出了他的一切，无愧于他的法兰西。

马吕斯想到了自己，此刻该自己上阵了，要像自己的父亲那样英勇顽强，大义凛然，无所畏惧地抛头颅、洒热血。街道就是自己的战场，内战就是自己的斗争。

对他来说，内战如同地狱般张开大口要吞掉他。

他不禁浑身抖了一下。

他一想到那把被外祖父卖掉的剑就难过，那是父亲的剑，是英雄之剑，但现在他意识到这把剑不追随自己是有道理的，它远见卓识，事先知晓革命来临，所以远离尘世，它是来自马伦哥和弗里德兰的，它不愿意在麻厂街参加这种巷战，地道战，水沟战，和发生在黑暗中的战争，它不愿像以往那样再加入这种斗争。马吕斯想。父亲临终前自己如果接过那把剑，它现在又在这里，自己会勇敢地举起它，而它也会如天剑般万丈光芒！他想到外祖父是对的他留住了父亲的荣耀，即便卖掉或扔在垃圾堆里，也比它再参加血腥战斗要好，所以马吕斯此时庆幸这把剑不在这里，不在自己手上。

之后，他失声哭了起来。

实在是恐怖。但要做什么呢？珂赛特走了，他无法照旧生存下去。没有了她，他唯有死去，他明明告诉过她这些的。而她显然明白这一切，她离开了，真正不理马吕斯的结局了。而且她没对马吕斯说一句话，也没通知他，她信也不写，她有马吕斯的地址，就这样她走了。这充分说明她心中已没有马吕斯了。此时为什么还要活着？而且，就在这里逃走？面临街垒而离开？告诉自己已知道了战争，要躲开？丢开自己的战友不顾！可能战友们正盼望着他！他们以少敌多！不想爱情，不想友情，自己食言，全然不理！难道用爱国来作为害怕的托词。然而，这一切是不应该的，如果此时自己的父亲在这里，面对自己的畏缩，定会手持宝剑冲自己喊："冲上去，懦夫！"

头脑里纷繁复杂，他渐渐地低下了头。

猛然间他抬起头。思想出现革命性的转变临近死亡的人都具有这种特征。对所要做的事浮现在他眼前的是壮丽而不是惨烈。难以说清是思想发生了什么变化，街垒战在他看来却发生了很大的变化。原本头脑中零乱的东西一股脑地涌现，却没让他焦躁。他有了每一个问题的答案。

考虑一下父亲生气的原因。革命在一些形势下是能够上升到足够的高度的。彭眉须上校的儿子投身这样的斗争，难道会有辱其身份吗？这是另外一种情况，而不是蒙米赖或尚波贝尔。现在是高尚目标的问题，而不是伟大的领土问题。国家虽然在灾难之中，人类的心情却很高涨。而且，国家一定在灾难之中吗？法兰西在斗争中，自由却是一种胜利，在自由的胜利之下，法兰西将埋下斗争的痛苦。而且，内战到底意味着什么，人们站在另一角度又会是怎样的想法。

内战到底怎样理解，有外战吗？人与人之间的打斗，难道不是兄弟间的残杀吗？战争的争夺点决定了它的质。没什么内战，也没什么外战。对战争而言，正义和非正义包含了一切。对人类而言，为了进步而反对滞后的过去的斗争，有时是有意义的，尤其在大同社会还没到来的时候。谁能对这种战争指手画脚？那些可谓耻辱的战争是与戕杀人权、先进、高尚和真理连在一起的，武器也才被称为凶器。无论内战，还是外战，都可能背负不义或犯罪的罪名。如果不以正义与否来判断战争，就没有理由以一种战争去降低另一种战争。卡米尔·德穆兰的长枪怎么会逊色于华盛顿的剑？莱翁尼达斯和蒂莫莱翁，一个反抗外侵，一个反抗暴君，哪一个更神圣？他们分别在保卫和救助。不知道其目的的情况下，人凭什么贬斥城里的武装反抗？如果那样的话，布鲁图斯、马塞尔、阿尔怒·德·布兰肯海姆、科里尼，就都成了凶犯了。密林战，巷战，有什么不行的？这就是昂比奥里克斯、阿尔特维尔德、马尔尼克斯、佩拉热领导的斗争形式。当然，昂比奥里克斯抗击的是罗马，阿尔特维尔德抗击的是法国，马尔尼克斯抗击的是西班牙，佩拉热抗击的是摩尔人，但他们在反击外侵上是一致的。君主制，剥削和神权都可算作外族。精神的家园遭受专制制度欺凌，就像领土遭受武力攻击，为了要回国土，打击暴君和打击英国人没什么两样。有些时候反抗是不起作用的，理论过后看的是实践；理论先行，革命结束；被缚的普罗米修斯起头，阿利斯托吉通完成。精神受知识振奋，精神受八月十日鼓舞。埃斯库罗斯身后必须是特拉西布尔，狄德罗身后必须是丹东老百姓惯于向主子低头，世界满是秽气，民众经常屈服于权势。必须有人对民众进行宣传，促进他们，鼓舞他们去争取应得的利益，让他们的目光朝向真理，和让人惊异的光芒。他们有必要在利益的斗争中接受雷击，闪电可以让他们警觉。所以应当敲响警钟，开始斗争。必须让神圣的人物出现，让他们领导人民大众，脱离神权、暴力和放纵、专政。视谁为暴君？路易-菲力浦并不是暴君，他的残暴尚逊色于路易十六。他们是有着明君称号的。真理不能埋没，事实是明朗的，其本质不容任性处理，所以，侵略必须被还击，丝毫不能退缩，路易十六和路易-菲力浦负有君权，带着侵犯人权的内容，权力要得到保护就必须推翻他们，只有如此，才能让法国前进。法国的皇帝垮台，其他权贵也随之消亡。一句话，让真理充满社会，让自由获得尊严，让人民成为人民，让百姓握有主权，让法兰西重获桂冠，赋理智和平等以力量，民众自主，仇恨消失，消除通向大同路上的阻碍，让法律确定人类的位置，难道这不是天底下最正义的斗争吗？难道这不是最崇高的事业吗？这样的战争才能为民众带来和平。现在世界上还有一个庞大的堡垒，里面是敲诈、剥削、压迫、迷信、特权、暴力和黑暗它一定要灭亡。一定要使它化为废墟。奥斯特里茨是场卓绝的斗争，巴士底更是斗争的制高点。

大家对灵魂的某种特性并不陌生：人即使处于激动的巅峰，也能清醒地处理问题，它在人体内，无处不在，灰心丧气，悲观失望，难以说服自己的焦虑时刻，也照常能思考和解决问题。杂乱的思维中混有逻辑，在头脑的风暴中，推理在维持着。马吕斯此时的状态就是这样的。

马吕斯情绪不高，但勇气有所增加，尚不足够坚定，他仍有些恐惧，看着街垒，他前后思量着。街垒里的人在小声嘀咕着，没有动静，这让人觉得已到了最后关头了。马吕斯看见四楼上有人站在窗边向下望，全神贯注，他想也许是个侦探。实际上那就是被勒·卡布克枪杀的门房。只借着那点微弱的烛光，在下面是无法看清楚的。那张脸惨白着；一动不动，直盯盯地看着前方，披头散发，嘴张着，趴在窗户上，在周围忽明忽暗火光的映衬下，极为怪异这倒可以看成是已死的人在注意着将死的人。血从人头流出，像条细细的红线，一直滴至二楼才停止，血迹消失。

第十四卷　失望的崇高

一、红旗一

什么都没出现。圣美里的钟声响过十下，安灼拉和公白飞来到大街垒旁边坐下，手拿卡宾枪。他们不说话，在注意着远处极细小的走动声。

在死气沉沉的夜色里，忽然有种欢快轻松的歌声从圣德尼街那里传来，调子和《在月光下》相同，歌词听得很真切，结尾处添加一声鸡叫：

泪水顺着我的鼻子流，
若毕，我的朋友，
借你的战士与我，
允许我说句话给他们啊
军帽母鸡头上戴，
它们抵达了郊外，
喔喔喔喔呀。
他们相互握手。

安灼拉说："是伽弗洛什在唱。"

公白飞说："他是在给我们送情报。"

寂静的街巷响起一阵急促的脚步声。伽弗洛什敏捷地从马车上跳过来，像个杂技演员似的，然后他来到街垒，他上气不接下气地说：

"有人到了！我的枪！"

街垒里顿时一片死寂，有人在摸枪。

安灼拉问他："需要我的卡宾枪吗？"

"那支步枪归我。"伽弗洛什的话。

接着他把沙威的那支步枪拿了过来。

两个巡逻员也差不多和伽弗洛什同时返回驻地。他们中的一个在街口巡视，另一个负责在小花子窝街巡视。在布道修士街的那个哨兵还在那里。这表明桥和菜市场那里没有出现什么事情。

红旗上的那点光反射到街面上，使得麻厂街上的几块石头尚能模糊看见，如同尘雾缭绕中的一个窟窿，出现在革命士兵的面前。

所有的人都各就各位了。

安灼拉、公白飞、古费拉克、博须埃、若李、巴阿雷以及伽弗洛什等四十三名革命士兵一律在大街垒里蹲着，头高出街垒壁。每个人都屏息敛气，全神贯注，把步枪和卡宾枪靠在石头上，随时准备开火。在科林斯的上下两层楼的窗户边，由弗以伊带着六个人守在那里举枪待命。

一段时间之后，整齐的脚步声清楚地从圣勒那边传来，听得出人很多，声音越来越大，一直向这边走来，丝毫没有间隔，越来越近，让人感到可怕。任何别的动静都不存在了。这重重的脚步声让人想象着群魔众妖，阴森森，寒气逼人。就像死神到来一样。逐渐逼近的脚步声忽然静了下来。似乎能听到很多人在街口的喘息声。然而却不见任何东西，模模糊糊在街底里有数不清的金属丝在夜色里摇摆，就像晃动在人合上的眼皮前的一个亮丝丝的网。那里是刺刀和枪管闪耀在火光下形成的。

两方似乎在对峙，时间又过了一会。猛然黑暗中有人在喊，看不清人，他的声音听起来特别的恐怖：

“口令？”

一阵举枪的声音一起响起。

安灼拉嘹亮地回答道：

“法兰西革命。”

“开枪！”那边喊道。

亮光闪过，旁边的建筑染成了紫色，仿佛开了又关的火炉门。

街垒里传来了恐怖的断裂声。是那面红旗倒下了。旗杆，实际是马车的辕木，禁不住这阵狂风暴雨般的扫荡而折断了。子弹经过墙壁弹到街垒里，使好几个人因此而受了伤。

这次猛然射击足以让人胆战心惊的了。来势如此凶狠，使所有人都不得不去想想，哪怕是最勇敢的人。他们面临的是一整个联队的兵力。

古费拉克大声说：“同志们，节约子弹，等他们进来后，我们再开枪。”

安灼拉说：“我们必须先立起红旗。”

红旗正倒在他脚下，他捡了起来。

外面传来金属碰撞的声音，他们在给枪喂子弹呢？

安灼拉接着说：

“谁敢将旗帜再送到街垒去立好？”

无人反应。很明显，街垒是第二次扫射之地，去那里，无异于送死。再勇敢的人也难免犹豫。安灼拉自己也觉得恐惧。他接着再问：

“无人想去？”

二、红旗二

他们在科林斯建街垒开始，就没太留神马白夫公公。马白夫公公却从来未脱离组织。他一进酒店，就坐在楼下厅台的后面。他几乎是彻底绝望了。他看起来什么都不看，也什么都不想。古费拉克，还有其他几个人几次三番告诉他情形的可怕，他却仿佛什么也听不见，也不躲避。无人和他说话，他的嘴却经常在动，有人与他说话，他却又闭着嘴，眼睛里一点生机都没有。街垒遭射击前的几个小时，他就一直坐在这里，两拳触膝，头前伸，像在看着一个深渊，他就一直这样坐了几个小时不动。他不受任何干扰，他的思想已彻底没有街垒了。后来所有人都各就各位，酒店的厅堂里就只有三个人了：受绑的沙威，看管沙威的士兵，还有这位马白夫公公。射击开始了，他好像被惊醒了，身体一下子站起来，他走出了酒店，此刻，他听到了安灼拉的声音：“无人敢去？”这位老人站在了他们面前。

所有人不禁大吃一惊，接着有人惊叫："他是国民公会代表！投票人！代表！"

但他可能根本没注意这喊声。

他走向安灼拉，所有人的人不禁钦佩地闪出道路，他拿过红旗，步履蹒跚却一步一个脚印地拾级而上，安灼拉惊呆了，所有人都不敢上前。那景象如此辉煌，所有的人都脱帽致意。他白发苍苍，前额布满皱纹，干瘦憔悴，干枯的手举着红旗，慢慢进入火炬的火线之中，越走越高，更让人感到可怕。周围的人仿佛看见九三年的阴魂，举着骇人的红旗，慢慢从地下升起。

他到了最上面的台阶，前面是无数看不清的枪口在对着，他傲然挺立在街垒上，奋不顾身，所有的街垒里的人都在看着这壮丽的景象。

没有人大声呼吸，这种死寂只有在这种情形下才会发生。

老人手舞着红旗，他的声音冲破了黑暗：

"革命万岁！自由万岁！博爱！平等！"

从街垒里传出来低沉、急促、像诵经一样的声音。这大概是街对面的警官例行公事，劝其投降。

然后，刚才喊口令的那个人又喊道：

"滚回去！"

马白夫公公，铁青着脸，满眼怒火，高高举起红旗：

"共和万岁！"

"开枪。"对面的声音。

再一次，街垒遭到枪击。

老人双腿一抖，立刻又站了起来，手松开了红旗，他的身体直直地倒了下去，双手抱在胸前。

鲜血如涓涓细流流出他的身体。他苍老的面庞，绝望地向着天空。

街垒里的革命战士群情激愤，他们一起走向老人，忘记了危险，忘记了害怕。

安灼拉说："这种处决皇帝的人是英雄。"

古费拉克贴着安灼拉说：

"我不想让你失望，但这话只能你自己听。这个老人绝对比得上处决皇帝的代表们。我知道他。他的名字是马白夫公公。我不清楚他今天是怎么了。他糊里糊涂，但一贯老实。你看他的头。"

"糊涂的头颅，布鲁图斯的心。"

于是，他大声喊道：

"同志们！他为我们年轻人树立了楷模。他在我们犹豫的时候冲了上去！他在我们畏缩的时候奋不顾身！看看这颤抖的老人，再看看发抖的年轻人！他无愧于自己的国家，他有着无比的英雄气概。他虽死犹荣。我们要好好保卫他的遗体，像对待我们活着的父亲那样保卫他，他在我们中间，这街垒牢不可破。"

随之是一片坚定有力的响应的声音。

安灼拉俯下身，轻轻扶起老人的头，在他的额头上吻了一下，轻轻地拿开他的手臂，小心翼翼地解开他的衣服，向周围的人指着那斑斑血痕，安灼拉说：

"我们的红旗就在这里。"

三、伽弗洛什和安灼拉的卡宾枪

马白夫老人的身上盖着于什鲁大妈的一条黑色围巾。六支步枪组成的担架将老人慢慢地送进酒店的厅堂，放置在一张大桌子上。

大家全神贯注地在做着，全然忘了身处险境。

担架走过沙威时，安灼拉盯着阴阳怪气的特务说：

"等会就轮到你了。"

伽弗洛什一直留在自己的位置上巡逻着，他这时好像觉得有人悄悄地向街垒过来。他一下子大叫道：

"大家小心！"

古费拉克、安灼拉、让·勃鲁维尔、公白飞、若李、巴阿雷、博须埃，一齐急急地冲出了酒店。但却赶不及了。一排雪亮的刺刀密集在街垒的上面。一帮警卫正从马车或缺口跳入街垒，冲向伽弗洛什，伽弗洛什只向后撤，并没逃走。

可谓千钧一发。就像奔腾的洪水，汹涌而来，要冲破江堤缺口时的恐怖景象。还有一秒钟，街垒就会被占领了。

巴阿雷举起枪射向第一个冲入的警卫，第二个冲入的刺杀了巴阿雷。古费拉克已被打倒在地，他在呼救，一个虎背熊腰的壮汉拿着刺刀逼向伽弗洛什。伽弗洛什疲弱的手臂举起那支大步枪，瞄准那个壮汉。但枪里没有子弹。那壮汉狂笑不止，举枪刺向伽弗洛什。

刺刀还没等到跟前，那壮汉已应声倒地，枪从手中落下。又一颗子弹击中了逼向古费拉克的那个警卫，他横在了石头上。

是马吕斯，他来到了街垒。

四、火药桶解围

马吕斯亲眼目睹了战斗开始的景象，他藏在索德都街的拐弯处，不寒而栗，没了主意。但不一会，他就从那种莫名其妙的情绪中挣脱出来，看到那紧张的危险时刻，马白夫老人的死，巴阿雷的牺牲，古费拉克的危险，伽弗洛什的灾难，和所有斗争的战友，他所有的犹豫荡然无存了，他和他的两支手枪参加了战斗。他一枪挽回了伽弗洛什，一枪挽回了古费拉克。

在不断地枪声和警卫的喊声里，对方的士兵大举进犯街垒，此刻已有很多手握步枪，露出大半部身体的士兵出现在街垒上方。他们已占据了三分之二街垒，为防暗算，他们犹豫着没跳入街垒。冲着街垒，他们在观察着，提防着。他们的刺刀，带着羽毛的军帽和恐慌的脸出现在微弱的火光下。

马吕斯手上没了枪。他扔了没子弹的两支手枪，注意到了厅堂旁边的火药桶。

他正看着，还有一个人也在看着，并瞄准了他。忽然一个人抓住了枪筒，并堵住了枪口是那个穿灯芯绒裤子的年轻搬运工。枪打在了他的手上，或许是身上，马吕斯躲了过去，他却中弹了。烟雾迷茫中，看不清发生的事情。马吕斯面向厅堂，这一切他几乎不清楚。他模模糊糊看到枪筒和那只枪口上的手，也仿佛听到枪响。但所有的事均是一眨眼的时间就过去了，那种情况下，人们不会只留心一件事情。混乱中，大家只感到眼前越来越危险，发生的事情都是模模糊糊的。

革命的士兵虽然惊讶，却并未退缩；他们集合一处。安灼拉喊道："等一下，别瞎放枪！"的确，开战时的形势下，他们会错伤本部人。大多数人已经在二楼和顶楼的窗户处备战，从上而下，准备应战。与安灼拉、古费拉克、让·勃鲁维尔、公白飞一起的还有几个敢死队员，他们毫无遮拦地站在街前房屋旁，对面是街垒上的密压压的敌军。

所有这些都那么从容不迫，在庄严而雄壮的气势下进行的。双方互相对峙着，枪都端在手上，相距近到能够对话。这时，一个穿着制服的军官打破了沉寂，大声叫着：

"放下武器！"

"开枪！"安灼拉说。

双方同时开火，一时间烟雾缭绕，什么都看不清了。

在浓烈呛人的硝烟中，传来一些受伤和将要死去的人的呻吟声。

双方的人数都减了很多，却都在原地，都在静静地喂弹上膛。

这时，猛然传来一声怒吼：

"趁早滚开，否则就把街垒炸开花。"

所有人都转向了那个人。

马吕斯第一个冲入酒店，拿起火药桶，沿着街垒，借着烟雾迷蒙，跑到石头笼子旁边。他抽出石块中间的火炬，将火药桶搁到上面，稍一下压，桶底就通了，易如反掌，这一切都在马吕斯一上一下的动作中解决了。此刻，对面的所有人都恐惧地看着这一切，马吕斯坚定地站在那里，手擎火炬，表情刚毅，火炬伸向火药桶，他厉声大叫：

"快滚开，否则我就点火了。"

马吕斯又站到了马白夫老人站过的地方，岿然屹立，前仆后继的精神在光大。

一个士兵嚷道："炸了街垒，你也一样死！"

"那是自然的。"

但他一样手持火炬，准备点火。

街垒上的人一下子全跑光了。丢盔弃甲，扔下伤员，逃向街口，在黑暗中完全消失了。整个场面一团糟。

街垒得救了。

五、让·勃鲁维尔殉难

马吕斯被团团围住了。古费拉克搂住了他的脖子。

"你来了！"

"好极了！"公白飞说。

“你到得太及时了！”博须埃说。

“要不是你，我就没命了！”古费拉克又说。

“要不是你，我也没救了！”伽弗洛什也说。

马吕斯问：

“领袖在哪？”

“你就是领袖。”安灼拉说。

马吕斯满脑子的热血，如今又起了飓风。风在他心中旋转，他却感到似在身体之外，吹得他站立不稳。他好像感到自己已与尘世隔绝两个多月的无限的愉悦和爱情忽然间变成了现在这种样子。珂赛特的远离，为国捐躯的马白夫老人，眼前的街垒，以及自己成了起义的领袖，这些在他眼中如同骇人听闻的噩梦。他必须全神贯注，才能让自己感到眼前的一切是真实的。马吕斯还没有成熟到能够懂得那些自己认为没法做到的事正是应马上着手做的，那些不好预测的事也正是应小心谨慎的。他观察自己的一切，就像观察他看不明白的一场戏一样

沙威在那儿始终被绑着，战争开始以来，他连头也没转一下，他像殉道徒一样束手就擒，又像法官一样傲慢冷峻，他看着眼前发生的一切。头脑混乱的马吕斯几乎没发现他。

此刻，敌对官兵没了动静，听得见他们在街的尽头的脚步声，却不上前，也许他们在听候命令，也许在有增援部队后再行进攻。革命的士兵又开始巡视，几个医科大学生开始替受伤的战士包扎。

酒店所有的桌子都搬出来了，除了用来做药布的和枪弹的几张桌子及陈放马白夫老人的桌子外，都放到了街垒上，于什鲁大妈和女仆的厚褥子也都拿了下来，铺在地上做桌子用。伤员被挪到了厚褥子上。科林斯酒店里的三个女人，没人知道她们现在的境况。事后才知道她们藏在地窖里。

所有人都为街垒的得救而欢欣鼓舞，但很快又开始惊恐不安了。

在大家点名核实时，发现缺了一名战士。是谁？原来是英雄可亲的让·勃鲁维尔。伤员那里找不到他。尸体堆里也找不到他。很明显他被敌人捕获了。

公白飞对安灼拉说：

“他们手上有我们的人，我们同样也有他们的人。非要杀了这个特务吗？”

“一定，”安灼拉说，“然而让·勃鲁维尔的命更宝贵。”

他们是站在捆绑沙威的柱子旁说这些话的。

公白飞又说：“在我的手杖上绑块手绢，我来当谈判代表，用他们的士兵换回让·勃鲁维尔。”

安灼拉的手拉着公白飞的手臂说：“注意！”

一声扳动枪机的响动从对面传来。

一个男子的声音从那边接着传来：

“法兰西万岁！未来万岁！”

那是让·勃鲁维尔在喊。

接着是枪响和闪过的火光。

一切都静了下来。

公白飞喊着：“他们杀了他。”

安灼拉看着沙威说：

“你们的人刚刚杀了你。”

六、求生的奋争紧随临死的奋争

通常战争总是这样的，进攻街垒差不多都是从正面进行，为免遭埋伏或迷失在曲折的街巷，他们也不用迂回打法。所以，革命者的精力聚集在大街垒，那里必然是战争的焦点，时时有危险。然而，马吕斯却关注小街垒，还到那里看了看。那里只有一只彩灯笼在石堆中飘动，见不到一个人。而且，蒙德都街和小花子窝及天鹅街的斜巷也是一点声音都没有。

马吕斯看了一遍，准备返回时，有人在黑中低声地喊着他：

“马吕斯先生！”

他吓了一跳，这就是两小时前在卜吕梅街时铁栏门那边喊他的那个声音。

他四下看了看，什么也没看见。

马吕斯心想是自己弄错了，他想是那些周围不一般的事物在他头脑中产生的错觉。他又迈了一步，想离开街垒在的这个地方。

“马吕斯先生！”又有人在喊。

这回听得真真切切，他没有再迟疑，他四处观望，看不见任何东西。

“是在您脚前。”有人说。

他俯下身去，注意到黑暗中什么在向他爬过来。它趴在铺着石块的路上。就是它在讲话。

在彩灯笼的映照下，一件布衫，一条扯破的粗绒布长裤，光着脚，还有隐隐约约似血的东西。马吕斯依稀看到一张脸仰起来向着他，那脸苍白着，他说：

“您不记得我了？”

“不记得了。”

“我是爱潘妮。”

马吕斯立即俯下身子，果然是那个革命的孩子，她着一身男装。

“您在这干什么？您怎么来到这儿？”

“我快要死了。”她对马吕斯说。

有些语言和事物可以让沮丧的心情激动起来。马吕斯如梦方醒似的大叫道：

“您身上有伤！待一会，我抱您去厅堂。会有人为你包扎伤口。伤得重吗？怎么样才能不让你感到痛呢？伤在哪里？救人！我的上帝！您究竟为了什么要在这里？”

我把胳膊伸到她身体下，试着抱她起来。

他碰着了她的手。

她呻吟了一下。

“我碰疼你了吗？”

“一点点。”

“但我仅碰着您的手。”

她将手伸给马吕斯，马吕斯看到有个黑窟窿在她手心上：

“您的手怎样了？”

“它被打穿了。”
“打穿了!”
“是的。”
“挨什么打的?”

“一颗枪弹。”
“怎么是这样?”
“刚才您没注意瞄准您的那支枪吗?”
“注意了，还注意到枪口上有只手堵着。”
“那只手是我的。”
马吕斯不寒而栗。
“您发疯了！真可怜！幸亏只是伤到了手，关系不是很大。我把您放到床上去。会有人为您包扎好伤口，一只手被打通了，是不会死的。
她的声音细细的：
“子弹打穿手，接着穿过了我的背。没必要搬我去其他地方了。我对您说，您如何才能将我的伤口包扎好，您一定比外科医生做得好。您过来坐在我身边的这个石块上。”
他按她说地坐了下去，她头枕着马吕斯的膝，没有看马吕斯，自言自语地说着：
“啊！这真是好极了！太舒适了！就这么样吧！我已经不感到疼了。”
她停了一下，然后，她用力转过脸，看着马吕斯说：
“马吕斯先生，您清楚吗，您到那园子来，我感到不自在，我真傻，指给您看那房子的人就是我，而且，回过头来，我心中总该知道，像您这样的年轻人……。”
她一下子止住了话，也许她心中尚有很多感伤的话，然而她却跃过去没说，她脸上带着悲惨的笑，她继续说：
“您一直认为我长得难看，不是吗?”
她又接着说：

“您看看，您已经不行了！此时没有人出得了街垒。您清楚是我引您来这里的！您快要没命了。我保证。但我发现您被瞄准时，我还是用手堵了枪口。这有意思极了！那样做，原因仅在于我希望死在您的前面。我挨过那枪后，就爬到这里，谁也没发现我，也没有人接我回去。啊！如果您明白，我疼得很厉害，我一直在紧咬着我的衣服！此时我感到很舒适。您记不记得，我有一天去您的房间里，在您的镜子前看自己，还曾有一天，您记不记得，在大路上我碰上您，还有很多女人在旁边做工。那时鸟的歌声多动听啊！这些仿佛是发生在昨天。您把一百个苏给我，我还告诉您我不要您的钱您应当捡起那枚钱币，您不是富翁。我没想到叫您捡起它。那天的阳光好极了，天也不冷。马吕斯先生，这些您记不记得？啊！我真感到快乐！我们都快死去了！”

她的神色让人觉得如癫狂般，阴森、和让人心痛。布衫被撕开了，她的胸口露着。她一边说话，一边用受伤的手掌捂着胸口上的另一个枪眼，鲜血就像葡萄酒流出酒桶一样从枪眼中一阵阵淌出来。

马吕斯看着这个受害人，心里非常难过。

她突然大叫着：“啊！又来了。我没办法吐气了！”

她拎起布衫，牢牢地咬住，两条腿直挺挺地停在路面的石头上。

伽弗洛什如小公鸡般的声音这个时候在大街垒里响起。小伙子在一张桌子上站着，把子弹装进他的步枪，欢快地在唱一首那时很流行的歌：

拉斐德一出来，
丘八太爷就叫着：
“赶紧逃！赶紧逃！赶紧逃！”

爱潘妮抬起身子细细听，她的声音低沉：

“是他。”

她转过来朝着马吕斯：

“我弟弟也到了。别让他发现我。我会挨骂的。”

马吕斯听到这，心里非常悲伤和忧虑，想到自己的父亲让自己向德纳第一家报恩的遗嘱，他问：

“您的弟弟？您弟弟是哪一个？”

“那个孩子。”

“唱歌的那个？”

“是。”

马吕斯动了动，想站起来。

她说：“啊！您别离开，现在没有多少时间了。”

她差不多坐起来了，她的声音却非常低沉而且气不够用，有时需要停一会来呼吸。她把自己的脸尽可能贴近马吕斯的脸。她表情怪异地接着说：

“您听着，我不想戏弄您。我衣袋里的一封信，是写给您的。昨天就已经放进我的口袋了，有人让我将它放到邮筒里。但我留了下来。我不希望您得到这信。然而过会我们再次相见时可能您会怪我。死去的人可以再相见，不是吗？拿走您的信吧。”

似乎已不再觉得痛了，她用自己那只被射穿的手颤抖地握着马吕斯的手。她将马吕斯的手放进自己的衣袋里，马吕斯真的摸到了一张纸。

她说：“拿走吧。”

马吕斯取走了信。她点了点头，以示赞许和满意。

“此刻为了感谢我，请答应我……”

她止住不说了。

马吕斯问：“答应你什么？”

“先要答应我！”

“我答应。”

“答应在我死后，吻一下我的前额。我能感觉到。”

她把头再次放到了马吕斯的膝上，闭上了眼睛。他想着这个不幸的人已死了。爱潘妮静静地躺着，马吕斯正想着她已离开人世时，她又忽然缓慢地把眼睛睁开。那种神色虚忽缥缈不是人间所有，她的声音似传自另一个世界，苍凉地说：

“马吕斯先生，还请听我说，我想我很久前就有些爱您了。”

她又一次努力地笑了笑，就与世长辞了。

七、伽弗洛什极会算路程

马吕斯实践了自己的承诺。他吻了那苍白布满冷汗的额头。这不意味着不忠于珂赛特，他以无奈的悲伤心情向这可怜的人道别。

他从爱潘妮那里得到信，感到非常惊讶。他很快觉察到这其中的重大意义。他急急忙，要了解信上都写了什么。那可怜的人差不多还没彻底闭上眼睛，马吕斯就想着去看那封信了，人心就是如此。他轻轻地放她到地上，就离去了。有些东西让他没有办法在尸体前读信。

他到厅堂里面，凑到一支蜡烛跟前。信上的地址是女人写的，信是用女人的雅致折叠好封存好的，上面写道：

玻璃厂街十六号，古费拉克先生转马吕斯·彭眉胥先生。

他打开信，读着：

“亲爱的人，不碰巧，我父亲让我们马上离开这。今天晚上我们在武人街七号。我们将在八天里前往伦敦。珂赛特。六月四日。”

他们之间的感情纯洁到马吕斯辨别不出珂赛特的字。

事情的经过几句话就可以讲明白。所有的事都是爱潘妮做的。六月三日晚上的事过后，她心中就有了双重计划：一要阻断她父亲和匪徒打劫卜吕梅街的那一家，另一个是要将马吕斯和珂赛特拆开。她碰上了一个找开心想穿女人衣服的不认识的年轻男子，就以自己的破衣服换到她身上的这套衣服，打扮成个男人。那个在马尔斯广场将“赶紧搬家”扔向冉阿让的人就是她。冉阿让真的回到家就对珂赛特说：“今天晚上我们将离开这，与杜桑一起住到武人街去，下了礼拜去伦敦。”这出乎意料的计划让珂赛特很焦虑，急急给马吕斯写了两行字。然而这封信如何才能交给邮局？她向来不一个人独自到街上去，如果让杜桑去，她会觉得怪，会把信交割风先生看。正当她着急的时候，她看见了近段经常在园子周围徘徊的爱潘妮，爱潘妮穿着一身男装从铁栏门外一闪而过。珂赛特叫住了这个“小工人”，递交她五法郎，告诉她马上把信送到那个地方。然而爱潘妮将信塞进了自己的口袋内。第二天，也就是六月五号，她去古费拉克家去找马吕斯，不是去送信，只想到那看看，对于吃醋的情人来讲，这很好理解。在门口，她等马吕斯，最起码等古费拉克，也只是为了看看。古费拉克说“我们到街垒去”的时候，她一下子在脑子里有了办法。她想自己不管怎样也是不能活了，还是就死到街垒里吧，也一起将马吕斯带进来。她走在古费拉克后面，弄清楚了他们修筑街垒的地方，而且知道她收起了那封信，马吕斯没有办法获取消息，黄昏的时候他一定会到每天见面的地方，她在卜吕梅街等着马吕斯，并以马吕斯的朋友之名约请马吕斯，她觉得肯定可以引马吕斯来街垒。她估计马吕斯没看到珂赛特一定会伤心失望，她也的确没算错。她再次回到麻厂街。我们刚刚知道了她在街垒所做的一切。她宁愿害人所爱也不许别人夺己之爱，自己得不到就谁也别想得到，如此的嫉妒心让她痛快地走上死路。

马吕斯不停地吻着珂赛特的信。从此看出她还爱着他！他一度觉得自己不应当再有死的想法了。随之他自己又想：“她要离开了。她要被她父亲带去英国，自己的外祖父也不准与她结合。所以，命运丝毫无变化。”像马吕斯那样魂牵梦绕的人思考这种一生的大事，结果只能是死路一条。想着要在无法承受的烦闷中生活，不如死掉算了。

他马上又想起还有两件事他一定要做：让珂赛特知道他的死心，并作最后的道别；还有要将那个不幸的男孩，就是德纳第的儿子和爱潘妮的兄弟，带出马上就要到来的灾难。

他身上带着一个刚刚爱上珂赛特时随时记下想法的随笔的夹子。他扯下一张纸，留下几行铅笔字：

> 我们的结合是不现实的。我向自己的外祖父提过要求，他不赞许，我没有钱，你也没有让我去过你家，没见到你，你清楚我对你的承诺，我是信守诺言的。我死心已定。我爱你。你读到我这封信时，你的身旁将有我的魂灵在，并给你微笑。

因为没有信封，他将信对折两下，写下地址：

> 武人街七号，割风先生住宅，珂赛特，割风小姐收

他将纸夹子放到衣袋里，马上就叫着伽弗洛什。那家伙听见了就跑过来，满脸是喜悦和讨好的表情。

“你愿意为我做件事吗?”

“无论任何事,”伽弗洛什说,“善良的上帝的上帝!要不是你,我早就熏焦了。”

“你看到这封信了吗?”

“看到了。”

“接着。立刻转到街垒外面(伽弗洛什心下紧张,开始搔着自己的耳朵)。你明早将信交由这个地方,武人街七号割风先生住宅,珂赛特,割风小姐收。”

这无畏的家伙回答:

“当然好,但不行!街垒这段时间会被人抢去,而我不在。”

“估计不会有人在黎明前进攻街垒,也决不会在明日中午前占领街垒。”

对方让这街垒休整的时间真的在增加。在夜战中,经常会发生这种短时间的中止,但随之却常是更加残酷的攻势。

伽弗洛什说:“可以,明早我送过去,没问题吧?”

“那就晚了。街垒可能被阻断,所有道路都不通,无法出去了。你马上就出发吧。”

伽弗洛什没有反对的借口,但他还是站在那没动,犹犹豫豫,满脸苦相地一直在搔着耳朵。突然,他又像只小鸟似的飞快地拿走了信。

“可以。”他说。

他通过蒙德都街跑了出去。

伽弗洛什心意已定,他有了办法,但担心马吕斯不同意,所以没讲出来。

他是这样想的:

“此刻还有几分钟才到夜里十二点。武人街也比较近。我马上就送过去,还来得及返回。”

第十五卷　武人街

一、吸墨纸成了泄密纸

一个城市的动荡与一个人灵魂的恐慌相比又算什么呢？人心深于人民。冉阿让此刻正受着心灵的痛苦折磨。以往的艰难险阻又全都浮现在眼前。在骇人心魄，祸福难料的革命面前他与巴黎一起颤抖。几个小时的时间足以让他的命运和心情一下子掉进黑暗中。我们可以说正有两种思想在他那儿斗争，就像巴黎也有的一样。黑白天使就要在危崖上的桥面搏击。谁能把谁扔下去？哪一个是胜利者？冉阿让由珂赛特和杜桑陪着，在六月五日前夕，搬至武人街。他正面临一场剧烈的变化。

珂赛特在从卜吕梅街走之前，试图去阻止在珂赛特和冉阿让间出现不和谐，这在他们共同生活以来还是第一次，尽管还不至于发展到冲突，但已有了矛盾。一个是一定要搬，另一个是不愿意搬，这足以让他忐忑不安了，他自己成了固执己见难以讲话的人了。他觉得别人已发现了他的秘密，而且在追捕自己。珂赛特就不得不迁就了。

在去武人街的途中，他们两个人都紧闭着嘴不说话，各怀心事。冉阿让忧心忡忡，没注意珂赛特的烦闷，珂赛特心事重重，也没注意冉阿让的惊恐。

冉阿让以往从家里走时，从未带过杜桑，这次他带上杜桑一起离开。他预计自己一般不会再回卜吕梅街了，他不能扔下她不理，又不能告诉她自己的隐情。他认为她诚实可信，愿管闲事经常是仆人出卖主人的开端。但杜桑不爱理闲事，仿佛生就是冉阿让的仆人。她结巴，一口巴恩维尔农村女人的土话，她经常说："我就一样一样的，我拉扯自己的活，尾巴没我的事。"（我就这么样，我做我的事，其他的和我没关系。）

此次差不多是慌乱地离开卜吕梅街，冉阿让其余物件都没带，只有那只散发香气，珂赛特经常说是"形影相随"的小提箱。倘若要搬满是东西的大箱子，就必须有经纪人了，那也是见证人。在巴比伦街上包了一辆车，他们就离开了。

杜桑好不容易才被允许带上几件换洗衣服裙袍和梳妆工具。珂赛特自己只带上了文具和吸墨纸。

冉阿让为尽可能不被发觉，时间上也有所计划，直到天黑了才从卜吕梅街的房间走出来，珂赛特也因此有时间写信给马吕斯。他们来到武人街时天已黑透了。

所有人都不声不响地睡了。

武人街的这套房子是面向后院的，一层楼里有两间卧室，一间用餐室和一间与之相邻的厨房，外加一间斜顶的小房间，里边的那张吊床是杜桑的卧具。用餐室也是起居室，在两卧室之间。必备的日用品和生活用具在房间里都有。

人生来如此，会无缘无故地没事找事，也会无缘无故地放任自己。冉阿让的忧虑心情，自从搬到武人街后不长时间，就开始变弱，而且逐渐消退。周围的宁静好像可以对人的精神发生作用。冉阿让呆在古巴黎的一条这样的小巷里，昏暗宁静的街和房屋感染了他，小巷很窄，车辆被一块绑在两根柱子上的横木板拦住面对城市的噪声，这里安安静静，即使白天，阳光也是昏黄的，就像年迈的老者一样，两排超过百年的高楼默默相对，也许能这样讲，在这样的气氛里，人已没有了激情。这里的人都记性差，不想什么也不回忆什么。待在这里，冉阿让觉得心平气和。怎么能在这种地方找到他呢？

他第一关心的事是把那“形影相随”的小提箱搁在手边。

他平静地睡了一夜。有人说，人在黑夜里会清醒，我们可以添上一句，就是人在黑夜里会感到平静。他第二天清早起来时差不多是兴奋的。用餐室简陋之至，一张旧圆桌，一个碗柜，上面歪挂着一面镜子，一张围椅和几把靠背椅，都被虫蛀了，杜桑的包堆满了椅子，然而冉阿让却觉得这间屋子美。有个包裹露了一条缝隙，看到了冉阿让的国民军制服。

珂赛特一直待在卧室，要杜桑送过来盆肉汤，一直到黄昏时才出来。

杜桑整整忙碌了一天，这只是一次小小的搬家，她在五点钟左右放了一盘冷鸡在餐桌上，珂赛特为了父亲，勉强看了一眼。

然后，珂赛特向冉阿让道了晚安，谎说头疼厉害，回到自己的卧室去了。冉阿让有滋有味地吃了一个鸡翅膀，然后用肘支在桌子上，慢慢地高兴起来，又有了安全感。

吃着这餐简单的饭时，他有两三次听到杜桑在说：“先生，外面热闹极了，巴黎打起来了，然而那时他正乱想着，什么也没问。实际上，他根本没注意听。

他站了起来，在门和窗户之间不停地走来走去，心里越来越安定了。

安定的心情下，他又想到了珂赛特，她是唯一使他惦念的人。他惦记的不是她头痛，那只是神经出了点小小的问题，姑娘喜欢有的脾性，暂时的，很快一两天内就没有了，此刻他想着未来的生活，他只要一想到这事，就与往常一样，心里非常高兴。一句话，他不知道还有什么能干扰他们已重新再有的美好生活，甚至到无法继续下去的地步。有的时候，仿佛什么都不行，有的时候，又仿佛什么都行，冉阿让此刻就是万事如意的那种心情。这种开朗的心情经常是尾随烦闷的，就像黑夜之后就是白天一样。这原本是确定的正反交换的自然界规律，也是鄙陋的人口中的对比方法。躲在偏僻安静的小胡同里，冉阿让逐步远离了近段使他惊慌失措的各种忧虑。他头脑中原有的层层黑色，此刻开始有了曙光。这回安全从卜吕梅街转移算是万幸了。出去到伦敦哪怕只有几个月的时间，说不定是聪明之举。去法国或是去英国，会有何不同？只要珂赛特和自己在一起就足够了。珂赛特就是自己的王国。他的幸福是由珂赛特决定的。而他，又能否确保珂赛特感到幸福呢？这个问题以前曾使他忧心忡忡，此刻他却完全没去想。以往觉察到的痛苦已彻底没有了，他现在是彻底的乐观了。他认为，既然珂赛特就在眼前，就是属于自己的，这种将现象作本质的经历谁都有过。他非常高兴地计划着领珂赛特到英国，在他的幻想中，他发现自己能在任何地方实现自己的幸福。

他正慢慢地踱着步，突然看见一样奇怪的东西。

他从碗柜上面那面斜挂着的镜子里清楚地看到几行字：

亲爱的，不碰巧，我父亲让我们马上离开这。今天晚上我们住武人街七号。我们将在八天内去往伦敦。珂赛特。六月四日。

冉阿让被猛地惊呆了。

昨天晚上，珂赛特回家后，马上把吸墨纸的簿子放到碗柜上面的镜前，那时她极度伤心，放在那后就不记得了，甚至没发现它是摊开在那的，而且又正好是在卜吕梅写的几行字后拿来吸墨的那页纸。之后她才叫卜吕梅街的那个经过的小工人送走。信纸上的字完全被吸到那张吸墨纸上去了。

字从镜子里反射出来。

于是有了几何学中提到的那种对称现象，吸墨纸上的字在镜子里显出本来面目，此时冉阿让看到的就是昨晚珂赛特写给马吕斯的信。

这极简洁却又很让人惊讶。

冉阿让朝着镜子走过去。他又重新读了那封信，但仍怀疑。好像他在闪电中看着那些字显现出来。那是梦幻的现象。不会那样的。那是不现实的。

他的感觉逐渐转为清醒。看着珂赛特的吸墨纸，他慢慢有了真实感。他拿着吸墨纸，说着："是从这里来的。"他很激动地仔细辨别上面的字，觉得字母反过来真是又奇特又难看，根本是什么东西也看不出来。然后他自言自语道"但这什么也不能表明，这不算什么文字。"他深深地出了一口气，觉得心中畅快极了。什么人在这种恐慌的时刻没有过如此盲目的快乐呢？灵魂在梦想尚未彻底毁灭时，是不肯向绝望低头的。

他不停地看着手中的吸墨纸，傻乎乎地觉得运气，差点笑起来，自己居然会受错觉的戏耍。突然，他又看到了镜子上，见那里面的反映。镜子里的几行字残酷地明明白白地显现在那，不会再想着是错觉了。一而再，再而三的错觉只能说明其真实性，这就是从镜中反出来的手迹，看得见，摸得着。他知道了。

冉阿让一个趔趄，软软地倒在碗柜边上的旧围椅里，吸墨纸也掉下来了，他垂头丧气，不知所措。他告诉自己，很明显了，世界上从今往后不会再有阳光了，这一定是珂赛特写给别人的。他感觉自己的魂灵在狂躁不安，在黑暗中悲惨号叫。去将掉到狮笼里的爱犬抢回来吧！

马吕斯此刻并没见到珂赛特的信，这很怪，也让人感叹，一不小心却让冉阿让在马吕斯得知内容之前获取了秘密。

到现在为止，冉阿让还没有在磨难面前失败过。他有过骇人的试探，遭受了很多困难的考验，法律的残害以及残忍地被社会丢弃，悲惨的命运，都向他发起过攻势，他都没有退缩和投降。如果有必要，他也受过残暴的迫害，放弃自己重新具有的人身不可侵犯性，以及自由，不惜被害，丢掉所有，承受一切，成为一个奋斗自勉，无欲无求的人，所以有时被认为像殉道者的他无私无我。经过千难万阻和无数痛苦之后，他的良心似乎无懈可击了，但现在要是有人看清他思想深处时，就会认识到，他的心里不是那么平静的。

原因在于那么多命运的残忍的考验中，这次是最骇人的。他未经受过这种夹板气。他觉得最诚最深的感情也在暗中移动。他觉到一生中从没有过的撕心裂肺的痛楚。哎，可以讲，人生唯一的最残酷的挑战就是眼看着要失去心爱的人。

不幸的老冉阿让对珂赛特的爱当然只是父对女的爱，然而，我们以前曾提到过，他没亲没偶的状况使得这种父爱中出现了其他的爱，他爱珂赛特如女儿，如母亲，如妹妹，而且，因为他没有过情妇，也没有过妻子，他的这种感情因为人性不喜欢接受拒绝支付证书，而和一些模糊，蒙昧、圣洁、盲目、无知、幼稚，及像天使、天仙般的情感混在一起，那是最最坚固的感情，说是感情，但更像本能，说是本能，但更像魔力，实在却又看不见分不清，准确地说，这种爱混杂在对珂赛特的广阔的慈爱之间，就像埋在深山里的不见阳光，没被挖掘的金矿脉一般。

大家回忆一番我们曾提到过的这种状态。他们彼此无法有任何结合，以至无法在灵魂上结合，但他们却相互陪伴。除了珂赛特这个孩子之外，冉阿让不清楚在自己漫漫人生中还能去爱什么。一般来讲，五十岁附近的人都有在炽热恋情后产生的爱，就像树叶在进入冬季后由嫩绿变成暗绿，但冉阿让心里却从未有过。所以我们多次提及，在内心的默契之下，在崇高道德之下，冉阿让只有作珂赛特的父亲。这父爱中是冉阿让与生俱来的祖孙之爱、父女之爱、兄妹之爱、夫妻之爱组成的，甚至有母爱在其中，他爱珂赛特，而且尊崇她，将之视为光明视为栖身之所，视为家庭，视为王国，视为天堂。

所以，一旦他发现所有的全都要毁灭，她要离开，从自己的手上离开，她要逃脱，所有的都像烟云般，化为乌有，呈现在眼前的是让人万箭穿心般的局面：她已心有归宿，将她自己的一生的幸福寄托给他人，她已经有了心爱的人，自己只是她的父亲而已，我再也不存在了。他无法再有怀疑的时候，他告诉自己她扔下自己即将远离的时候，他的痛楚已超出了他能背负的。以前自己那样殚精竭虑，最终却是如此下场！而且，还能说什么！什么都没有此刻，就像我们提及的，他愤怒得全身战栗不已。他已深切感到自己以往的自我中心的意识在苏醒在起作用。那个“我”又在他心底悲鸣。

心理崩溃并不少见。当自以为步上绝路的想法渗透到身体里，就一定能毁灭掉他心中的一些关键的东西，而这关键的东西经常就是他自身。痛苦一旦如此强烈，良心的力量就不堪一击。这当口就是生与死的时刻了。人们当中此时能坚强屹立，闯过去的人不会多。无法超越痛苦，就无法顾全公德。冉阿让再次拿起吸墨纸，想印证那几行字终究无法否定，他低着头，睁大眼睛，一动不动，满脑子乱七八糟很显然他的心里已彻底崩溃了。

他凭着夸张的联想本领，琢磨着，他看上去安静得骇人，人若安静到如雕塑般时，是骇人的。

他估算着不知不觉中自己的命运走出的惊人的一步，他想起自己极其困难才打消的去年夏天的那次恐慌，今天他又看到了万丈深渊，只是这次他不是在洞口，而是到了洞底了。

事情听都没听过，而且让人难过。他什么都不知道，就掉进洞底。他的生命之光彻底消失了，他无出头之日了。

出于本能，他觉察出那几次情景，几个日期，珂赛特脸上的红晕和苍白，组织起来考虑，他告诉自己“他就是”。失望时做出的估算一贯准确无误，像神箭般射中靶心。他一下子猜到了马吕斯。他并不晓得这称呼，但猜到了这个人，他残酷地在记忆中搜寻，他清晰地看见卢森堡公园里闲逛的可疑陌生人，那个无所事事的流浪汉，想吃天鹅肉的痞子，那个笨蛋，那个无赖，只有这种人才能冲有父亲关爱的姑娘卖弄风情。

他得知事情是由于这个年轻人造成的之后，冉阿让反省自己，在心灵深处，却见到了憎恶，尽管他下狠心重塑自己的灵魂，尽管他尽力使自己所经历的痛楚和不公正转变成慈善，使自己能够重新做人。

人在巨大的痛苦面前会精神萎靡。痛苦使人悲痛欲绝。经历巨大不幸的人会觉察到有种东西又在自己的心中出现，年轻的时候，剧烈的痛苦让人伤心，到了老年，它会置人死地。当热血沸腾，发如黑漆，头颅如火焰般擎在肩上，生命还未撕掉几页，剩下很多，心中满是爱的情感，在别人那里心跳还有共鸣，尚可回头是岸的前景，姑娘也在笑脸相待，前景广阔活力无限，要是此时失望骇人的话，那么岁月掠过，黄昏临近，暮色渐浓，人渐老去，一片萧瑟，墓上的星光显出失望又会意味着什么？

他正呆呆地想着时，杜桑进来了。冉阿让站起来问道：

“是哪边？您清楚吗？”

杜桑懵了，只好回答说：

“您是说……”

冉阿让再问：

“刚才您不是告诉我打起来了吗？”

杜桑说：“是的，先生，是在近圣美里那边。”

人潜藏最深的思想经常会在无知觉中促动人去做一些机械的举动，就是在这种作用下五分钟后，冉阿让去了街上，他自己并清楚地觉察到。

他坐在房屋门前的护墙石礅上，光着头。他似乎在安静地听着。

已经黑天了。

二、野小子仇恨路灯

就这样他待了多长时间？那让人悲伤的苦思有过什么样的跌宕？他振作了？他妥协了？他已是弯腰驼背了吗？他能再站起来，在自己的良心上寻回牢固的落脚点吗？也许他心里也没把握。

那条街非常寂寥。几个胡思乱想，急着回家的资产阶级过去，也没发现他。人在情急之下都只想自己。像往常一样，点路灯的人点着七号门对过的路灯后就离开了。冉阿让坐在黑暗的角落，要是有人看他，会认为他是个死人，他像个冻死鬼，一动不动地坐在门边的护墙石上。失望原本能够让人沉寂。倡导武装反抗的钟声在响，如狂风般的鼓噪声在响。圣保罗教堂的钟在一片狠敲烂打和混乱嘈杂的声音中庄严缓慢地响了十一声，警钟是人发出的声音，时钟是上帝拥有的声音。冉阿让丝毫不觉时间的流逝，他一动不动地傻坐着。此时，一阵爆破声响发自菜市场，然后又是第二声，更加凶猛，这也许即是刚才我们看到的被马吕斯打败的那次对麻厂街街垒的进攻。死气沉沉的黑夜接连两次的巨响显得特别凶狠，冉阿让也猛吃一惊，他朝着声响的方向站了起来，然后马上又坐到护墙石上，抱着手臂，头渐渐垂到胸前。

他又开始和自己进行悲壮的对话。

他突然仰起头，他听到附近有人走路的声音，借着路灯光，只见从通向历史文物陈列馆的那条巷子里欢快地走来一个黄皮蜡瘦的年轻人。

伽弗洛什刚进武人街。

伽弗洛什抬头四下环顾，好像在找什么。他显然注意到了冉阿让，但并没有搭理他。

伽弗洛什抬头看了一会，又低头看，他踮着脚去摸那里的门和临街的窗户，所有门窗都被关上或锁上了，试了五六个后，小伙子耸了一下肩，嘟囔了一句：

“去他妈的！”

然后他又向上看。

以冉阿让那种心情，此前他是不会与任何人讲话的，也不会回答别人的话。此刻他却不禁主动和这小伙子讲话。

“小伙子，”他说，“你打算干什么？”

“我找吃的，我饿了，”伽弗洛什清楚地回答而且附上一句：“老小伙！”

冉阿让从自己的背心口袋里掏出五法郎。

像只敏捷易动的鹡鸰似的，伽弗洛什从地上捡了一块石头。他早留神那个路灯了。

他说：“哎，你们这里还亮着灯。你们不遵从规定，我的朋友。这是扰乱秩序。毁了它。”

石头砸向路灯，玻璃碎得一阵响，对面房子里的几个资产阶级将头从窗帘下探出来，喊着：“又是九三年的那套！”

路灯剧烈摇晃，灭了。街上立刻黑了下来

伽弗洛什说：“必须这样，老朽街，把你的睡帽戴好吧。”

然后他转身朝冉阿让说：

“你们称街屋的那座大楼什么？是历史文物陈列馆吧？那里的又大又粗的石柱子，需打扫打扫，好好地修造一个街垒。”

冉阿让来到伽弗洛什身边，小声说道：

“不幸的人饿了。”

他在伽弗洛什的手上放了一枚值一百个苏的币。

伽弗洛什一看这么大的币就吃了一惊，他的鼻子仰起来，黑暗里这枚大钱的光眩晕了他的眼睛。他从别人那里知道有这种值五法郎的钱，早就非常羡慕，如今自己看见了。真是美极了。“我来看一下上面的老虎。”他说。

他欢天喜地地研究了一会，转过身，把钱交还冉阿让，严肃地说：

“我仍旧是爱去砸路灯，老板。这个老虎您还是拿回去。我无论如何也不受别人的毒害。这东西有五个爪，然而却碰不到我。”

“您有妈妈吗？”冉阿让问。

“说不定多过您的。”

冉阿让接着说：“那好，这个钱就留给你母亲吧。”

伽弗洛什觉到了心中的感动。而且他先前看到这个与自己说话的人没戴帽子，使他对这个人多了份喜欢。

他说："难道这不是为了不让我去砸路灯？"

"你想砸什么就砸什么。"

"您是个老实人。"伽弗洛什说。

他对这个人的信任在增加，然后又问：

"您就在这条街上住吗？"

"对，问这干什么？"

"您愿意对我说七号在哪吗？"

"为什么要问七号？"

小伙子不说话了。他用力将指甲伸到头发里，他担心话太多，只说了一句：

"唉，没事。"

冉阿让不禁心动。急切的时候人的思维经常会变得敏捷。他对伽弗洛什说：

"我正在等信，你就是到这送信来的吧？"

伽弗洛什说："您？又不是女的。"

"信是送给珂赛特小姐的，是吧？"

伽弗洛什嘀咕着："珂赛特？是，我看是这个怪怪的名字。"

冉阿让接着说："该由我转交这封信，你给我吧"。

"如果是这样的话，你应当明白我是打街垒过来的。"

"是的。"冉阿让说。

伽弗洛什伸手进一个衣袋里，拿出一张对折两次的纸。

随之他打了个军礼。

他说："文件是由临时政府签发的，向它致敬。"

冉阿让说："交由我吧。"

那张纸被冉阿让高举过头上。

"您别想着它是一封情书。虽是送给一个女人，然而却是为了众生的。我们在斗争，我们尊重女人。我们和那些花花公子不同，我们不会像狮子一样，把小母鸡交送骆驼。"

"交由我吧。"

伽弗洛什又说："我看，您确实像个老实人。"

"快交由我吧。"

"拿过去吧。"

然后他递给冉阿让那封信。

"珂赛先生，您务必尽早给珂赛特小姐，她正在等着。"

能发明出这个词，伽弗洛什很得意。

冉阿让说：

"回信是送到圣里美吗？"

伽弗洛什喊道："真是乱弹琴，信是由麻厂街的街垒送到这的。我马上就回去了。晚安，公民。"

伽弗洛什说完就走了，向着来时的方向如出笼的小鸟般飞开了。他像炮弹一样，飞快地在黑夜里消失了，仿佛在黑暗里破出一个洞，武人街又开始了死气沉沉，这个让人惊讶的小孩就像是由阴影和魂灵组合的，一会功夫就在一行行黑暗的房屋间没了踪影，像一缕轻烟般散去了。他仿佛整个消失了，然而，几分钟后的碎玻璃的清脆响声和路灯掉到地上的声音再次惊醒了那些资产阶级们。伽弗洛什正路过麦茬街。

三、珂赛特与杜桑均在梦乡之时

带着马吕斯的信，冉阿让回到了家。

他在黑暗中摸索着上了楼梯，像一个捕得猎物的夜猫子，暗自庆幸自己身在暗处，悄悄把自己的房门打开又关上，仔细辨别四下是否还有动静，所有的一切表明，珂赛特和杜桑已经睡下了，在菲玛德打火机里他放了三四根火柴，手极度颤抖，才有一点亮光，他是做贼心虚。后来，蜡烛终于亮了，他把那纸张铺开，两肘支着桌子在看。

人情感异常激动的时候，是无法仔细往下看的。像抓俘虏似的，他一下子抓过这张纸，使尽全身力气地捏成一团，在激愤或狂喜中，他一下子到了信尾，一下子又回到了开头，指甲深陷到纸里，他只注意到了大致的意思，重要的情节，其他的都看不见了，他的注意力在高度激动着。冉阿让在信里只注意到这些内容

"……我死心已定。你读到这封信的时候，我的魂灵会与你同在。"

看着这里，他幸灾乐祸，大喜过望，心情上的急转弯几乎冲倒了他，他又惊又喜，长时间地盯着马吕斯的信，惬意地想象着仇人惨死的动人场景。

他心里一阵阵恶毒地狂欢着，如此也就没什么了。事情好转比预想的要变得快多了。他命里的拦路虎马上就没有了。它自动自觉地自己退出了。他冉阿让一点也不曾涉足此事，之间也无他的错，"这个人"就快死掉了。甚至可能他已死了。想到这，在热烘烘的脑袋里，他开始估计着："错了，他还没死。"很明显，信是让珂赛特明早看的，他在十一点和午夜间的两次爆炸中没发生什么，要等天亮，街垒才会遭认真地进攻，但不要紧，只要"他"在斗争的队伍里，他就完蛋了，那套齿轮已咬紧了他。冉阿让觉得自己已解脱了。如此，他又能单独与珂赛特一起生活了。没有了竞争，前面出现了光明。他要做的就是把信塞在口袋里。珂赛特一辈子也无法知道"他"的下落。"只要顺水推舟就行了。这个人肯定逃脱不掉。假若目前他还没死，早晚他一定要死。太幸福了！"

告诉完自己这些后，他觉得心里烦躁惊恐。

他立刻下楼，叫醒了看门的人。

冉阿让在大约一个小时后出去了，身上是全套的国民自卫军制服，还拿着武器。看门的人很容易就在周围给他弄齐了装备。他带着一支有子弹的步枪和一只装满子弹的弹盒。他向菜市场方向走过去。

四、伽弗洛什过于激动

伽弗洛什此刻碰到了出乎意料的事情。

仔细地砸碎麦茬街的路灯后，伽弗洛什来到了老奥德烈特街，他认为有了好机会，因为一只"老猫"他也没碰上，他能够全部把自己能唱的歌唱出来。他根本没被歌扯慢，脚底下越来越快了。他沿着那里睡了的或惊恐的房屋，一道洒

着下面这些鼓动性的歌词：

树林里小鸟们在诅咒，
讲昨天阿拉达
随着一个俄国佬老了。
这路是漂亮女子走的
哎呀。

我的朋友比埃罗，闲话不少，
由于小米拉那日
在她的玻璃窗上敲，叫上我。
这路是漂亮女子走的，
哎呀。

淫女子，太巧妙，
她们毒害我，
还想害奥菲拉先生进陷阱。
这路是漂亮女子走的，
哎呀。

我钟情爱神，她善挑逗，
我钟情阿涅斯，我钟情巴美拉，
莉丝想冲我玩火，自己却被烧了。
这路是漂亮女子走的，
哎呀。

我过去看过苏珊特
还有泽以拉的头巾
我的魂灵与它们的皱褶合到一处。
这路是漂亮女子走的，
哎呀。

当爱神在自己闪亮的阴影中
戴好罗拉玫瑰，
哪怕下地狱我也心甘。
这路是漂亮女子走的，
哎呀。

让娜面向镜子在穿衣！
有一天，我的心飞走了，

我想是让娜她拾起来了。
这路是漂亮女子走的，
哎呀。

夜晚跳过四人舞出来，
我让星星看斯代拉，
并告诉星星看看她。
这路是漂亮女子走的，
哎呀。

伽弗洛什边唱边花样繁多地表演着。叠勾的支点就是他的姿势。他的脸有各式各样，五花八门的脸谱，那上面的千变万化，滑稽突兀就连狂风里的破床单上的洞也无法比。遗憾的是只有他自己，而且在黑夜里，无人看到，即便有人也看不见。这种宝藏是被隐埋了。

猛然间他停下来不唱了。

他说："浪漫的东西暂时停下一会。"

一扇大车门的门洞里有一幅图画，是人物画；被他的猫眼睛注意到了：那画上有辆小手推车，车上有个睡着的奥弗涅人。

小车的车杆触在地上，车箱的边上靠着奥弗涅人的脑袋。倾斜的车板上蜷缩着他的身体，他的两只脚垂落地面。

伽费洛什丰富的经验让他一看便知他喝醉了。

这是在周围推送货品的工人，他喝了过多的酒，死睡着。

伽弗洛什想："如此这般，在夏天的晚上，是很有益的。这个奥弗涅人熟睡在自己的小车上。我将给共和国这辆小车，给王朝这个奥弗涅人。"

他心里闪过一阵光亮，有了办法。他想道："我将这小车放到街垒上才叫好。"

那个奥弗涅人正在打呼噜。

伽弗洛什拽着奥弗涅人的脚，从后面又从前面地拖那小车，奥弗涅人一分钟后就舒舒服服地躺到了地上。

没什么牵绊着小车了。

伽弗洛什身上有很多东西，因为他已习惯了处处时时设防。他在衣服口袋里摸到一张破纸和一小截红铅笔，那是从一个木工那里偷来的。

他写着：

法兰西共和国
收到你一辆小车

他还把自己的名"伽弗洛什"签到上面。

他把那张写好的纸条塞到那个正打着呼噜的奥弗涅人的灯芯绒背心的口袋里，然后双手抓着车杆，向着菜市场那边奔过去，那辆小车欢快地被推送得咔嗞咔嗞巨响。

对于他来说，这么做是危险的。因为有哨所在王家印刷局。伽弗洛什没料到是郊区的国民自卫军守卫在那里。那一帮人里有的已被吵醒了，有几个人从行军床上把头抬起来。两盏路灯接连被砸，还有那一长串怪声怪调的歌，已经足矣，那条街上的人本来就谨小慎微，太阳下去了就睡觉了，蜡烛也早早就被罩住了。这野小子在一个小时内，如同一只玻璃瓶里的苍蝇，把这里搅得鸡犬不宁。郊区哨所的看守的头已留意到了。他正在静候着。他同样谨小慎微。

这看守的头对小车的疯狂滚动再也忍受不下去了，无法等下去了，他打算出去巡视。

他说："他们有很多人！我必须慢慢靠上去。"

那条无政府主义的七头蛇显然已从笼子里探出来，在那里胡搞乱弄。

看守头轻手轻脚，捏了一把汗，钻出了哨所。

正要离开老奥德烈特街的伽弗洛什拽着小车，猛然撞上了一身军服，一顶军帽，一绺帽缨和一支步枪。

他赶紧站住。这是他第二次止步。

他说："哎呀，是他。公共秩序，您好啊！"

伽弗洛什只紧张了一小会，很快就没了。

那看守头吼道："痞子，你上哪去？"

伽弗洛什回答说："我没称你资产阶级，公民，凭什么辱骂我？"

"上哪，坏蛋？"

伽弗洛什又说："昨天大概你还聪明，先生今早你却丢了饭碗。"

"痞子，我问你上哪？"

伽弗洛什回道：

"您讲话非常讨人喜欢。我实在看不出您的年龄。您该卖掉自己的头发，每根一百法郎。如此，你能得五百法郎。"

"你上哪儿？你上哪儿？你上哪儿？匪子！"

伽弗洛什接着说：

"这都是粗鄙的语言。别人下回喂你奶的时候，必须仔细擦净您的嘴巴。"

那个看守头把刺刀端了起来。

"穷鬼，究竟说不说你上哪？"

伽弗洛什回答："我准备去请医生，我的长官，为我太太接生。"

看守头狂叫："你找死！"

伽弗洛什立即意识到事态的发展，用给自己带来麻烦的东西救自己，这是聪明之举。是那辆小车的麻烦，该用它来护卫自己。

班长一向伽弗洛什扑来，小车就像炮弹一样猛然被顺势一推，凶猛地冲向了看守头，整个撞上了他的肚皮，他四脚朝天，掉进街边的臭水塘，步枪向着天空响了一枪。

岗哨里的人听见看守头的狂叫，一股脑跑过来，随着那声枪响，无目的地胡乱放枪，之后又装子弹接着放。

这阵捉谜一样地扫射持续足有一刻钟，而且几块玻璃被击碎了。

伽弗洛什此刻正发病般向后跑，过了五六条街才站住，在红孩子商店拐弯处的石头上坐下来喘着气。

他侧着耳朵在听。

一阵呼吸过后，他朝着枪声密集的方向，举左手到鼻子，连续向前送三次，并且用右手敲着后脑勺，这种姿势是巴黎的野小子们鄙视一切的表示，是从法国式的嘲讽中精炼出来的，很明显，效果不错，到目前为止它已流行了半个世纪。

一个烦人的想法搞糟了刚才的开心。

他说："是啊，我只管哈哈哈地笑个畅快，笑痛肚皮，但找不到方向了，得绕弯了。我必须赶紧赶回街垒，时间不能再耽搁了。"

说着，他就抬步向前走。

一边跑，他一边说：

"啊，先前我唱到哪了？"

他又唱起那首他的歌，同时向小巷里跑，黑夜里歌声渐渐变小：

然而还有很多的巴士底狱，
我要摧毁
今日所谓的公共秩序
这路是漂亮女子走的，
哎呀。

你们来参加九柱戏啊！
把一个大球滚过去，
撞烂旧世界。
这路是漂亮女子走的，

哎呀。

悠悠历史的善良众生，
把你们的拐杖擎起，
把卢浮宫里带花边的破王朝砸烂。
这路是漂亮女子走的，哎呀。
我们曾攻克它的铁栅栏，
那天国王查理十世，
惊慌失措丢了魂。
这路是漂亮女子走的，
哎呀。

岗哨那帮人的攻击还是有成果的。抢过了那辆小车，还抓获了那个醉汉。小车给人没收了，醉汉后来给当成同谋交由军事法庭审理。那会儿的检查部门也追着此事，向社会表达了无限的忠诚。

伽弗洛什在大庙的不一般行为成了有口皆碑的传奇故事，这在那群沼泽区的资产阶级老浑蛋们的脑袋里算是件极度可怕的大案：夜袭王家印刷局哨所。

第五部 冉阿让

第一卷 战争在四座墙间

一、圣安东尼郊区的暗石与大庙郊区的漩涡

那两个注意社会苦难的人或许会提及的街垒，并不在本书所讲故事发生的时间范围内。这两个街垒是在一八四八年钻出地面的，是在那次不可避免的六月起义时，那是迄今为止最大规模的巷战，这两个街垒从两个不同角度观察，都标志着那回情势的危急。

某些时候，在一点办法也没有的情况下，那些乱民会从他们的烦闷中，从他们的沮丧里，从他们的困顿里，从他们的忧虑里，从他们的遗憾里，从他们的愤怒里，从他们的蒙昧里，从他们的黑暗里站起来抗击，以至反对原则，反抗自由、平等、博爱，以至反抗普选，反抗所有人选建的政府，乱民有的时候会向人民展开进攻。

穷鬼反对普通法，暴民攻击平民。

那些日子是黑暗惨淡的，因为即便在暴乱的时候，仍有某种法律，斗争中仍有自杀的意义；而且，糟糕的是，在穷鬼，乱民、暴民、流氓这些侮辱性的词语里，人们感到的经常是错在统治阶层而不错在苦难的人；错在特权阶层，而不错在身无分文的人。

轮到我们说这些词时，心里难免难过，并带着深深的敬意。原因在于要是站在哲学角度去考察与这些词相连的种种事实，人们就经常可以找到苦难中伟大的地方。暴民统治在雅典荷兰是穷鬼创建，群氓多次救了罗马，乱民紧随耶稣基督之后。

下层社会的奇异景观有的时候也让思想家崇拜。

圣热罗姆在说："罗马的恶习，世界的法律"这句富有诡秘色彩的话时，也许他心中所想的即是那些乱民，一切穷鬼，无家可归的人，可怜的人，他们中间出现了使徒和殉道者。

那些含辛茹苦和流血的众生的愤慨，违背他们看作如生命的准则的野蛮做派和辱没人权的暴行，都促进人民搞政变，是必须阻止的。那些用心良苦的正直人，恰恰是为了保护人民才与他们斗争。然而在与他们斗争时，又感到他们有可原谅之处！在抗击他们时又感到他们是那么的高尚，让人尊重！这种情况的确不

多见，人们在做本分事时又感到为难，差不多还受其他力量的干涉，使你难以前进；你坚持走是情理之中；然而良心在满足时却同时是闷闷不乐的，尽了责任，却又感到痛心。

我们赶紧讲出来，一八四八年六月这次特殊事件，差不多无法将之列进历史的哲学范畴里。在有关这次暴动我们以往用过的词语，必须全部扔掉：我们在这次暴动中感到了劳动人民要求权利的激动和愤慨。必须制止，因为是责任，因为它攻击了共和。然而，实际上，一八四八年六月究竟是什么事变？是人民抗议自己的一次暴乱。

不离主题，讨论就无法跑到主题之外，所以，让我们把读者的注意力短时间地驻留在我们先前说过的那个街垒上一会，这是那次起义的标志，是仅存下来的。

一座街垒堵在了圣安东尼郊区的入口，另一座拦住了通向大庙郊区的道路；人们如果亲眼看过为内战而修建的这两座可怕的街垒，矗立在六月灿烂的天空之下，就永远不会忘掉了。

圣安东尼街垒很是庞大，它有四层楼那么高，七百法尺那么宽。它立在那个郊区的很多岔路口，阻在那里，也就是说，从这头到那头他接连挡着三个街口，时高时低，时断时续，时前时后，乱七八糟，有成排的雉堞在大缺口，随之又是一个挨一个的土堆，形成一群楼堡，许多突角朝前伸着；后面，稳固地立着两大排伸出的郊区房屋，呈现在目睹过七月十四的广场，有如一条天堤。母垒后方的几条街的纵深的地方有十九个街垒分布在那。人们一旦看见这母垒，就能知道人民的困苦在郊区已达绝境，很快就变成灾难。街垒是用什么修筑的？有人讲是故意毁坏的三座五层楼的废料修建的。还有人说，这是一切激愤制造出的奇观。它有着由仇和恨修建的所有建筑，也即废墟中让人心碎的景象。人们既能说：“谁造的？”也能说：“谁破坏的？”只是即兴之作，心情所致。啊！这板门！这铁栏！这屋檐！这门框！这破火炉！这破铁锅！所有的都能拿来！所有的都能扔掉。所有的，推吧，滚吧，挖吧，破坏吧，推倒吧，坍塌吧！那是铺路石、碎石子、木柱、铁条、破布、碎砖、烂椅子、白菜根、破旧衣服和咒骂的合力，它即伟大又卑微。那是建在地狱上的模糊世界。原子边上的大怪物，一座孤独站立的墙和一个旧汤罐；所有废弃物可怕的组合，西绪福斯在那扔了他的岩石，约伯也在那丢掉了他的瓦片。总之，非常骇人。那是打赤脚人的福祉，路边的斜坡上有一些小车倒在那；一辆庞大的货车，横卧在面目狰狞的街垒正面。车轴向天，仿佛垒壁上的疤痕；许多支手臂高兴地把一辆马车拉上土堆，辕木朝天，仿佛等着天马行空。这原始街垒的修建者，好像在故意创制恐怖的同时，加进些野孩子的有趣。这个大怪物，这次暴动的生成物，让人想到历次革命，好像奥沙堆在贝利翁上，九三年堆在八九之上，热月九日在八月十日之上，雾月十八日在一月二十一日之上，葡月在牧月之上，一八四八在一八三〇之上。广场当之无愧。街垒也受之无愧地屹立在被毁掉的巴士底狱的原址上。假若要为大海修筑堤坝，它就会这样修。凶猛的波浪在这怪里怪气的废墟上印下什么烙迹。是什么波浪？人民。我们仿佛看到了不化的吵闹声。仿佛听到一群激情而又秘密的大蜂，在这如蜂窝般的低垒上嗡嗡叫着。这是一堆荆棘吗？是酒神祭天的狂欢节吗？是街垒吗？这个建筑好像要展翅高飞，让人眼花缭乱在街垒既难看，却又在零乱无序中显现威严。在这些让人沮丧的废堆里，有人宇屋顶架，裱有花纸的阁楼天花板，有玻璃窗的插在砖瓦堆上等待架炮的框架、拆开的烟囱、衣柜、桌子、长凳，还有乱七八糟连乞丐都不要的破烂，里面蕴藏怒火，却也一无所有。如同百姓的破烂破木头，旧砖破瓦，废铜旧铁，均由圣安东尼郊区的大扫帚扫出来，用它的困顿修造的街垒，有的木块仿佛断头台一样，断链与带底座的架子如同绞刑架，废墟里露出一些平摆着的车轮，这为无政府的建筑抹上残忍折磨民众的古老刑具的恐怖一笔。圣安东尼街垒把所有的当作武器，所有那时可以拿来进攻社会的都有了，这哪里是斗争，而是愤慨之至的爆炸，在卫护街垒的短枪里，一些大口径枪射出破碎的陶器片小骨头，纽扣，甚至床头柜脚上的小轮盘，都是铜制的，非常可怕。暴虐的街垒难以言喻地向上天咆哮着，当它挑战军队时，街垒到处是狂怒的人们，他们高高占据街垒，紧密地集合一起，头顶是刀枪、棍棒、斧子、长矛和刺刀，呼呼作响的是大风中的红旗，哪里都有指挥命令的吼叫，进攻的歌声、战鼓声、女人的哭声，还有饿鬼恐怖的大笑。壮观而又生动，仿佛从后面闪亮放光的一只电兽。起义意志的云朵笼罩街垒上面，如同上天的声音般，人民的声音在响着，在庞然大物的乱石框里现出让人讶异的威严。这是堆废物，却也是西奈。

就像先头我们提到，它是革命的攻击，攻击什么？攻击革命。这街垒有冒险，混沌，和恐惧，是不明和不知，它的反方是制宪议会、人民主权、普选权、国家、共和政体，是《马赛曲》遭到《卡玛尼奥拉》的进攻。

大胆而又勇猛的挑战，原因在于老郊区是英雄。

郊区和棱堡是彼此帮助的，郊区支持棱堡棱堡也借势郊区。如同伸向天海的海边崖石，这巨大的棱堡打击非洲将军们的计划在那撞了墙。它的石穴，肿痛，疣子，还有弓背塌腰的丑样，好像在硝烟中做鬼脸嘲讽讥笑。散了花的枪炮在其中淹没了，进去便被吞掉了，沉到深坑里去；枪炮只能打个洞；乱七八糟的轰击有什么用？那些有过最恐怖战斗经验的队伍，在这个如同野猪般立着鬃毛，庞大如猛兽的堡垒面前惊慌失措。

在通向林荫大道，水塔旁边的大庙街拐弯的地方，距离这一公里，要是有人敢把头从达尔麻尼商店铺面的角上伸出去，一定会远远地发现，在上面通向贝尔维尔坡道的街尽头，有一堵怪墙，有房子正面三层楼那样高，仿佛是连接左右两排楼房，如同这条街自己折起来成一面高墙，一下子拦住了去路。这墙是由铺路石建的，它笔直、整齐、冷漠、垂直，这种齐整是由角尺、拉线和铅锤完成的。很明显墙上没有水泥，但就如同一些罗马的墙壁，没有半点对建筑自身牢固朴实的损伤。由其高度我们能估计其深度。它的檐和墙基的平行要求是非常严格的。我们能在灰面的墙面上发现几乎无法看出的黑线般的枪眼，等距相隔。一直到街尽头也没一个人影，全部门窗都紧闭着，那块摆在街的纵深处的挡路牌让这街成了死胡同。墙静立着，肃穆，没有人，也没有动静。

这怪物藏在六月灿烂的阳光里。

这即为大庙郊区的街垒。

即便是最大胆的人，在现场看到它，这神奇莫测的怪物，都会不禁苦思冥想。经过装修榫合后，街垒像叠瓦般分布着，笔直又对称，然而却死寂恐怖。这地方有学问，同时也有黑暗。我们感觉这街垒的头是一位几何学家或是一个妖精。看到的人都在悄悄议论着。

有的时候，有些士兵、军官或人民代表从寂静的街心冒险走过时，就能听到尖利的低叫声，接着是过路人扑倒、伤了或死了，要是他们躲过了，就会发现百叶窗、碎石堆或墙沙灰里的子弹。有的时候会是一枚实心炮弹，街垒里的人用生铁煤气管做了两个小炮，两头堵上麻绳头和耐火泥，很节省火药，差不多一击就中。随处是死尸，一摊摊的血迹露在铺路石上，我记起街上有白粉蝶飞来飞去，夏日仍旧君临万物。

受了伤的人把周围的大门道塞得满满的。

人在这地方会觉得被无形的人瞄准着，而且清楚有人在瞄着整条街。

在大庙郊区入口的地方，运河的拱桥在那里呈驼峰形状，后面是密匝匝的军队在等候进攻，士兵在全神贯注庄严地监视着这座不动、阴森、麻木的棱堡，而这里将有死亡。有几个人小心地爬到拱桥高处，谨慎地不让军帽沿露出来。

英雄的蒙特那上校对街垒赞不绝口，他对一个代表说："多美的建筑！一块凸石都没有！的确是太完美了。"他前胸的一枚十字勋章猛然被一粒枪弹击碎，他躺了下去。

有人说："懦夫！有能耐就出来呀！让人看看！他们敢吗？只能躲起来！"大庙郊区的街垒有八十个人看守，承受一万人进攻，它挺了三天。第四天上使用了在扎阿恰和君士坦丁的计策，打漏屋子，从上面进攻，才拿下街垒。只有头巴特尔米被害，其余八十个懦夫谁也没准备逃跑。我们很快就会讲到巴特尔米的故事。

圣安东尼的街垒震天动地，大庙郊区的街垒寂静无声。两座棱堡在恐怖和阴森方面不一样，一个咆哮狂叫，另一个以假欺人。

要是将这次悲壮惨烈的六月起义看成激愤和神秘的组合，我们觉得有条龙在第一个街垒里，第二个街垒的后面是斯芬克司。

这两个堡垒是两个人做的，一个是库尔奈一个是巴特尔米。圣安东尼街垒是库尔奈修筑的，大庙区的街垒是巴特尔米修筑的。堡垒上都各有修筑者的形象。

库尔奈生得魁梧，肩宽，面色红润，拳硬，勇敢，忠实，目光恳切而且炯炯有神，让人害怕。他无所畏惧，不屈不挠，暴躁易动，以诚待友，但对敌人却非常强硬。他经常与斗争、打仗、冲突搅和在一起，这让他很快乐。他当过海军军官，从他的声音和举止判断，他是从海洋和风暴中来的；他在斗争中勇守飓风式的做派。天才之外，库尔奈还有些像丹东，就像神性之外，丹东还有点像赫拉克勒斯一样。

巴特米尔五短身材，又瘦又弱，脸色惨白，少言少语，如同一个可怜的孤儿。他被一个警察打过耳光，于是他就一直在观察，找机会，警察最后被他杀了，他也因此在十七岁时被关进监狱。他在出狱后修筑了这座街垒。

巴特米尔和库尔奈后来全被流放去了伦敦，注定了巴特米尔要了库尔奈的命，那是一场残酷的决斗。他在不长时间以后和一桩奇案有染，中间还关系到爱情。依照法国裁决，这种案子可能减罪，但英国法律却判了死刑。巴特米尔被绞死了。这就是灰暗社会的结构。一些可怜的人，因为缺少物质和道德的泯灭，而使他的聪明也一定包括坚强，可能不太伟大，在法国起于监狱，在英国止于绞刑。在此种情势下，巴特米尔只擎了一面旗，就是黑旗。

二、深渊里不讲话，还能做什么？

在暗中开展了十六年教育的暴动！一八四八年时就比一八三二年六月精炼多了。与我们以往描述的两个庞然大物相比，麻厂街的街垒只是一张草图，雏形而已，然而在当时，已是非常骇人的了。

安灼拉目睹了那些革命的人，充分利用着晚上的时间，原因在于那时马吕斯什么都不关心。不但维修了街垒，还加高了两尺。各地运到的乱东西堆在像一列护卫长枪的插在铺路石缝的铁钎上，使乱七八糟的街垒看起来更乱。这棱堡的外形横七竖八的，向里的一方绝妙地成了一面墙。

他们修好了铺路石砌成的台阶，好登上如同城堡般的墙顶。

街垒里面也被清扫了，包括地下室，厨房变成了战时病房，伤员得到包扎，地上或桌上的炸药被收起来，子弹头被熔来做子弹，包扎用的碎布被整理好，散在地上的武器有了分派，棱堡里面也清扫了，收拾了废弃物，尸体也抬走了。

死尸放在控制范围内的蒙德都巷子里。那边的地上早就到处是血了。有四具尸体是郊区国民自卫军的士兵。安灼拉命令将其制服放到一旁。

安灼拉说服大伙休息两个钟头。安灼拉的说劝即是命令，但听命的却只有三四个人。弗以伊利这两个小时里在酒店对面的墙上留下了这样的题字：

人民万岁！

他是用钉子在石头上凿出这四个字的，这几个字直至一八四八年还能从墙上明显看到。

那三个女人借晚上暂时不战，索性逃了，这让那些革命的人放松了。

她们想办法藏在附近的一所房子里。

大多数伤员仍然能接着战斗，这也是他们的希望，在草荐和草捆铺的垫子上，五个重伤战士躺在那里，这是在成为战地病房的厨房里五个战士中有两个是保安警卫。他们最先接受上药包扎。

地下室里只有黑布裹着的马白夫老人和被捆在柱子上的沙威。

安灼拉说："此地为停尸房。"

这间房里面，一支蜡烛微弱的光在摆动着，停尸台仿佛横梁似的在柱后深处，所以马白夫躺着，沙威站着，就如同是一个大十字架。

那辆长途马车的辕木，尽管炮火已经打烂了它，然而他却仍旧立在那，那上面能挂面旗。

安灼拉身上有着出言必行的王者风范，他把牺牲的老人的染满鲜血的上衣挂了上去，那衣服上面有子弹孔。

无法开饭。面包没有，肉也一样。十六个小时里，酒店里有限的东西已被街垒里的五十多人吃得精光。在坚持中的街垒到了某时肯定会变成墨杜萨木排了。大家肯定要忍受饥饿的折磨了。圣美里街垒里，六月六日（斯巴达式的日子）的凌晨，那群喊着要面包的革命者围住让娜，让娜说："还想吃？目前是三点钟，我们大家在四点钟时就都完蛋了。"

安灼拉不准喝酒，就是因为少吃的，他不让大家喝葡萄酒，只限量地给点烧酒。

他们在酒窖里找到了封好的满满的十五瓶酒，安灼拉和公白飞看过了这些瓶子。公白飞过来时说："这是于什鲁的存货，他以前开饮食杂货店。"博须埃说："这保证是正宗的好葡萄酒，好在格朗泰尔睡了，要不然这些就保不住了。"安灼拉没理会这些说法，他发出命令，这十五个瓶子任何人不得碰，而且为便于能被圣品般保存，被放到了马白夫老人躺着的桌子下面。

他们在凌晨两点钟时候清查人数，还剩三十七人。

东方渐白。他们没多会儿才刚灭了插在石块凹穴里的火炬。街垒里这个小院子由街道框着，在黑暗中透过令人毛骨悚然的浅浅曙光，看着就像一只破船的甲板。战士们像黑影一样往返走动着。所有死寂的房屋逐渐在骇人的黑窝上，黑灰的背景里显现形状，但高处的有些烟囱已是灰白色了。一种近似白又近似蓝的颜色开始出现在天空上。鸟群边飞边欢快地唱。街垒后的高楼朝阳，其屋顶有霞光，呈粉红色。晨风吹着四楼一个窗口上一个死人的灰白头发。

古费拉克告诉弗以伊："我非常高兴熄火。火光在风中闪动让人焦躁，仿佛带着惊慌。如同胆小鬼的才智，那火炬的光摆动着，因此虽然在闪，却不亮。"

人和鸟的心灵在曙光中醒来，所有的人都在聊着。

一只在屋檐上来回走的猫被若李发现了，他于是进行了哲学分析。

他大叫："猫为何物？它是一副校正药。上帝发明了老鼠，说：'哎，我错了。'然后他就又发明了猫，猫是来修正老鼠的。老鼠和猫就是发明者再次审阅他的原创之后的校正。"

学生和工人们围着公白飞，在说着一些死去的人。说着让·勃鲁维尔、巴阿雷、马白夫说着勒·卡布克，还有安灼拉的哀痛。他说：

"阿尔莫迪乌斯和阿利斯托吉通、布鲁图斯、谢列阿、史特方纽斯、克伦威尔、夏绿蒂·科尔黛、桑德，这些人在事过之后都焦虑过我们的心是那么不安静，人的生命却又是那么的难测，因此，即便出于民众利益或人的自由而去谋杀（假设有这种谋杀），谋杀后的懊悔仍旧会强于因民众受益而感到的慰藉。

谈天的主题随时在变，一分钟后，公白飞由让·勃鲁维尔的诗歌转向翻译《农事诗》的罗和古南特比较，然后又将古南特与特利尔比较，又说了几节马尔非拉特的译文，尤其是由恺撒的死而发生的奇迹。说到恺撒，又说回到布鲁图斯。

公白飞说："恺撒的失败是公平的。西塞罗严酷地对待恺撒是正确的。这种严酷并非辱骂，荷马遭佐伊尔辱骂，雍吉尔遭梅维吕斯辱骂，莫里哀遭维塞辱骂，莎士比亚遭蒲伯辱骂，伏尔泰遭弗莱隆辱骂，这是嫉妒和仇恨的结果，这是一条亘古的规律，有才华的人免不了要受诽谤，伟人也难免会听到狗叫。但佐伊尔和西塞罗不同，西塞罗用思想裁断，布鲁图斯用利刃来裁断。说到我，我反对后面的裁断，但古代却不禁止。恺撒毁了鲁比肯协议，视人民赠予的地位为自己所赐，元老院议员进时也不站起，就像欧忒洛庇说的：'行径像皇帝，像暴君，如同暴君般掌政。'他是伟大，非常可惜也许非常好，教训是深切的。他身上挨了二十三刀，与向耶稣脸上吐唾沫相比更让我没有感觉。元老院议员杀了恺撒，奴仆打了耶稣。上帝是人世辱没最多的人。”

博须埃立在一个石堆上，高过大家，手里拿着卡宾枪，对聊着的人喊道：“啊，西达特伦，啊，密利吕斯，啊，勃罗巴兰特，啊，漂亮的安蒂德！让我如同洛约姆或艾达普台翁般的希腊人，诵读荷马的诗吧！”

三、清晰与忧伤

安灼拉到外面巡视，他打蒙德都街出去，绕来绕去地顺着墙走。

这些革命者好像大有期盼。他们在夜里把敌人击败了，这让他们差不多预先就开始小看凌晨的进攻。他们面带笑容，既不怀疑自己的事业，也不怀疑自己的胜利。另外，还肯定会有援军来帮他们。他们对此寄予厚望。法兰西士兵的一些力量源于这种对胜利的轻率估计，未来的一天已被他们清楚地划成三个部分：早上六点，一个“他们动作过的”联队要再次来袭；中午，整个巴黎起义；黄昏，爆发革命。

圣美里教堂的钟声从昨晚开始就一直响着，这意味着让娜的大街垒一直在坚守着。

一切期盼以欢乐而又骇人的低语一组组传下去，好像蜂窝里嗡嗡的打仗声。

安灼拉再次出现。他在外面的黑暗中进行了如老鹰般沉静的侦察。他抱着两只胳膊，一只手按住嘴，注意了一下这种欢乐的议论。之后，透过渐白的晨曦，他容光焕发地说：

“全巴黎的军队都要出发了。三分之一的军队冲着你们所据的这个街垒，另外还有国民自卫军。我辨别出了正规军第五营的军帽以及宪军第六队的军旗。你们将在一个小时后受到袭击。昨天仍很激昂的民众，却在今早没了声音。用不着等候，没有任何希望。没有一个郊区可以彼此呼应，也没军队来支援。你们被丢掉不管了。”

人群嗡嗡的声音里丢下这些话，如同狂风骤雨的第一个雨点落在蜂群上。人们鸦雀无声在难以言喻的沉闷中，仿佛听到死神在飘动。

但仅仅是短短的一瞬间。

从最后边的人群中传出一个声音，冲着安灼拉大叫：

“即便是这种形势，我们仍旧是将街垒加到二十尺高，我们斗争到最后。同志们，我们用尸体来反抗。我们要表示，尽管民众丢掉共和党人不管，但共和党人是不会背弃民众的。”

这些话将每个满腹惆怅的心中的意见表达了出来，人们热情地叫着。

人们一直不清楚这个讲话人是谁，他是一个穿着工作服的无名小辈，一个陌生人，被遗忘的人，一个勇敢的过路人，在人类的危难时刻或社会缔造之时，总是常有这类默默无闻的伟人，他以最崇高的方式，在某一特定时间，讲出有决定意义的话，就像闪电般，一瞬间代表着民众和上天，然后就隐没在黑暗里了。

这样坚定不移的精神，蔓延在一八三二年六月六日的空气中，差不多同时，革命者也在圣美里街垒里传出历史性的呼声：“无论有没有援助，我们就在这里拼到最后，直至最后一人。”这呼声载入了史册。

我们能够看出，尽管两个街身处异地，然而却又是相通的。

四、少五个人，多一个人

那个无名小卒发出了“尸体的反抗”这代表大家意愿的呼声以后，人们齐声发出特殊的既让人赞同又让人害怕的声音，苍凉却又激昂，仿佛已经胜利了

“死亡万岁！我们大家全留下来！”

安灼拉问：“为什么要全部留在这儿？”

“全留下！全留下！”

安灼拉接着说：

“地势好，街垒结实，三十个人够用了。何必让四十个人送死？”

人们回答：

“因为谁也不想走！”

安灼拉喊道：“公民们，”他的声音带着激动“共和国人员少，要节约人力。虚荣意味着浪费，假若一些人的任务是从这里走开，那么这种任务也如同其他任务，必须去完成。”

安灼拉一贯遵守原则，在同事中他有着绝对里形成的绝对权威。尽管他掌握这样无限止的权力，然而大伙还是低声议论着。

安灼拉百分之百是个首领，看到议论，他就坚持自己的想法，他接着高傲地说：“什么人担心只留下三十人，出来说说。”

嘀咕声逐渐加大。

有声音从人群中传出：“从这里走开，说得轻巧，整个街垒已被包围了。”

安灼拉说：“菜市场那里还没有。没有人守卫蒙德都街，另外布道修士街通向圣婴市场。”

另一个人在人群中说道：“到了那里就会被擒。我们会被郊区的或正规的自卫军撞见，看到工人服和便帽他们就会问：‘你们是哪里的？你是街垒的人吧？’然后让你伸过手，察觉火药味就给毙了。”

安灼拉没应声，他的手碰了公白飞的肩膀一下，他们来到下面的厅堂。

很快他们又打那里出来。安灼拉双手端着四套他命令留下的制服，后面的公白飞托着皮带和军帽。

安灼拉说：“有了制服就不难混入他们的部队逃走了。这至少可以给四个人了。”

制服被丢在没了铺路石的地面上。

临危不惧的人们谁也不动一下。公白飞接着说下去。

他说：“行啦，你们要有些同情心。你们清楚目前问题在哪吗？是妇女。请问有没有妇女有没有孩子？身边一大群孩子，用脚摇摇篮的妈妈有没有？有谁没看到过喂奶的母亲，在我们这里，有的话请举手。是的！你们想自我牺牲。告诉你们，我也情愿如此，但我不希望女人的阴魂在我旁边呜咽。你们可以死，但不可以牵涉他人。即将有的自杀是崇高的，但自杀亦有范围，不能扩大；何况你身边的人如果受自杀影响，那这就是谋杀了。必须替那些金发儿童和白发老人考虑。听着，刚刚安灼拉告诉我，他看见天鹅街拐弯的六楼小窗口上有一只小蜡烛在亮着，玻璃窗上有一个颤抖的老妈妈的头影，她看上去一夜未合眼，在等着。

这或许是你们某个人的母亲。那么，这个人要马上走，快点回到母亲那里告诉他：‘妈，我回来了！’这个人尽管放心，我们这的行动仍旧进行。一个人需用劳动去抚养其亲属时，他就没资格选择死。要不然就背弃了家庭，那些有姐妹和女儿的人想过了吗？你们自己死掉了，是挺好，但明天怎么样？年轻女子缺少面包，这是让人害怕的，男人能够去要饭，女人只有卖身了。啊！这些亲爱的人是那么的雅致温柔，她们有花边软帽又说又唱，让家里充满纯洁的气息，仿佛鲜花般溢香流彩，人世纯洁的童贞意味着有天使在天上，让娜，莉丝，还有咪咪，这些可爱又诚实的人是你们的骄傲，也是你们要祝福的，我的天啊，她们要忍受饥荒了！还让我说什么呢？的确有卖身的地方，但你那双在她们身边发抖的幽灵的手是无法拦住她们进去的。回忆一下那些街巷，堵塞的道路，还有那些在商店橱窗前来来回回袒胸露臂的堕落女人吧。她们以前也一样是贞洁的。有姐妹的人应当为姐妹想想，这些小巧漂亮的女子因贫穷、卖身、保安警卫圣辣匝监狱而堕落，她们脆弱，优秀，害羞，雅致，贤德，秀气。比五月丁香还艳丽。哎，你们自己去牺牲！哎，你们已离开人世！行啦你们要从王权那里解放人民，然而却将自己的女儿送到了保安警卫那。朋友们，请留意，要有恻隐之心。女人，这些不幸的女人，人们对为她们考虑已习以为常。女人没接受等同男子的教育，对此我们自认合理，禁止她们读书，禁止她们思考和关注政治，你们也不准许她们今夜去停尸房辨别你们的尸体吗？行啦！有家的人要慈悲一下，痛快地与我们握别，从这里走开，好使我们安心行动。我清楚，从这里走开需要勇气，还有困难，然而越是困难越是要称赞。有人讲：‘我有枪，我是这街垒的人，只能这样，我不离开。’只能这样，讲得很痛快。但是，朋友们，明天还在，但明天你已离开人间，可你的家仍旧在。这该多伤心啊！看吧，脸如苹果般结实可爱的孩子，边笑边咿呀学语，你亲他时觉得他是那么娇嫩，你可清楚他遭弃之后是什么样吗？我见到过一个，小小的，就这么高，他父亲死后，被几个善良的穷人收留了，但经常他们自己也没有吃的。孩子经常挨饿。发生在冬季。孩子从来不哭。有人看到他经过没生过火的炉旁边，大家清楚，烟筒上粘着黄土。孩子的小手剥着泥巴吃。他的呼吸声音是沙哑的，面色惨白，两腿无力，肚子胀大。他一句话也没有。别人问他，他也不说。他死了。快死的时候，有人送他去纳凯救济院，在那里我见到了他，那时我是那里的住院医生。今天，你们里面有着父亲的，周日就带着孩子到幸福地去走走，用你结实的手握着孩子的小手。请所有的父亲想象着自己的孩子就是这个孩子。我记得这不幸的孩子，光着身子躺在解剖台上的时候，肋骨凸出就像墓地草丛中的坟穴历历在目。我从小孩的胃里发现了泥土一类的东西。他的牙缝里有土渣。行啦，我们问问自己，请良心讲话吧！统计结果表明，被遗弃孩子的死亡率是百分之五十五。我再重申一次，这关系到妻子、女儿和孩子。我没说你们。大家都知道你们是怎样的，上帝啊，所有人都明白你们是勇敢的战士。大家都清楚你们在为崇高的事业贡献自己的生命，心中觉得幸福和光荣。大家都清楚你们觉到已被选择去庄重而有价值的奉献，要为胜利贡献自己一分力量。这当然很好，可你们不是一个人，应该为别人考虑不能只为自己想。”

人们都忧郁地埋下了头。

人的心里会在最悲壮之际发生多怪异的矛盾！公白飞说他自己也不是孤儿。

他考虑到了其他人的母亲，却不记得自己的了。他打算贡献自己，他是“只为自己着想的人。”

马吕斯忍着饿，激动兴奋，连续不断地被丢掉，他遭受着痛苦的蹂躏，这是最残酷的蹂躏，他心中充盈着激情，觉得末日就要到来，然后就进入一种呆滞的梦幻当中，这是甘心牺牲的人临死前常有的情形。

从他身上，生理学家能够探讨已被科学掌握，而且已被归类的逐渐剧烈的狂热痴呆症，它发源于极度的忧伤，与极度快乐的感觉很像马吕斯属于那种失望也能让人痴迷的情况。他如同旁观者一样观察一切，就像我们提过的，他眼前的一切对他而言是那么遥远，他可以知道大概情况，却看不见细小的地方。他从火光中看到来来去去的人，他听见别人说话就仿佛从深渊里传出。

但他却被此事激活了。他的心灵似乎被此景象碰触，他猛地清醒了。他仅有的愿望那是去等死，他不想更改主意，然而在悲惨的梦境里他也想过，他的死并不能阻止他去挽救其他人。

他提高嗓音：

“安灼拉和公白飞讲得有道理。别做没有价值的牺牲。我赞成他们，应当尽快。公白飞的话应有决定意义。你们里面凡是有家属的，有母亲的，有姐妹的，有妻子的，有孩子的都出来。”

谁也没动。

马吕斯又说：“那些已成家的男子和有家庭负担的人走出来。”

安灼拉尽管是街垒的领袖，但马吕斯的威信很高，因为他是救命人。

安灼拉说：“我命令你们！”

马吕斯说：“我请求你们！”

接着，受公白飞激动，受安灼拉命令和受马吕斯请求的勇敢的战士们，开始相互揭露。一个年轻人对一个中年人说：“对，你是家长，你离开吧。”那人回道：“对，你有两个姐妹要养。”空前的争论开始了，只看谁不被赶出墓门。

古费拉克说：“赶紧，一刻钟后就赶不及了。”

安灼拉又说：“同志们，我们是共和政体，采取普选制。你们自己将该走的人挑出来吧。”

人们遵守了，五分钟左右后，大家公认的五个人走了出来。

马吕斯喊着：“有五个人！”

这里仅有四套衣服。

五个人说：“可以啦，要有一个人留下。”

接着是一场大方的辩论。主题是谁留，所有人都说其他人没有留的理由。

“你，你有一个爱你的妻子。”“你，你有年迈的母亲。”“你父母都不在了，三个兄弟谁来管？”“你有五个孩子。”“你才十七岁，很年轻应该活着。”

英雄的战士们聚集在这些伟大的堡垒里，难以想象的事在这司空见惯，他们已觉不足为奇了。

古费拉克重复说道：“抓紧！”

人群里有人对马吕斯叫着：

“你来定是谁留下吧。”

那五个人一起说：“行，你决定，我们服从。”

马吕斯不知道会有什么会更让他激动，然而一想到将选一个人去送死，他浑身血往上涌，他的脸原已惨白，不会更白了。

他向那五个面带笑容的人，他们眼睛冒火，就像古代坚守塞莫皮莱的英雄，冲着马吕斯叫：

“我！我！我！”

马吕斯定定地数了数，确实五个人！接着，他向下面的四套制服看去。

就在这时，如从天降，第五套制服落到了这四套上面。

第五个人有救了。

马吕斯抬起头，看到是割风先生。

冉阿让刚到街垒。

或许他已掌握情况，或者出于本能，或许是巧合，他打蒙德都巷子来。多亏他那套国民自卫军制服，非常顺畅地过来了。

革命队伍在蒙德都街上设的岗哨，没有为此发出警报。这个哨兵放他入街时心里在想：“也许是援军，最多不过是个囚徒。”岗哨此时不尽职尽责就过于严重了。

没有谁留神到冉阿让走进棱堡，此刻被选的五个人和四套制服吸引了所有人的目光。冉阿让也看见和听见了，他静静地脱掉身上的制服，扔了进去。

真是没办法形容当时的激动场面。

搏须埃问：“他是谁?”

公白飞回答道：“一个拯救人民的人。”

马吕斯深沉地接着说：

“我知道这个人。”

人们因有了这保证而安心了。

安灼拉转过来对冉阿让说：

“同志，欢迎！”

他又说：

“你清楚所有人全都要死。”

冉阿让一声没吭，帮那个他挽救的战士穿上他的制服。

五、从街垒上面观察到的情形

安灼拉极度担忧的最大原因就在于在这危急关头和在这严正无私的地方，大家的境况。

安灼拉是一个十足的革命战士，然而绝对完美地看，他仍有缺憾，他过于像圣鞠斯特，不怎么像阿那卡雪斯·克罗茨；然而在“ABC 朋友”间他的想法受公白飞影响；不长时间里，他慢慢从他狭隘的信条里走出来，向广阔的进步迈进；他开始知道，最后的伟大变革是将法兰西共和国变成壮观的全人类的共和国。对眼前而言，因为残酷的环境已经出现了，他坚持使用暴力；在这点上，他不更改；对骇人的历史长卷般的学派他坚定不移，可以拿三个字来总结：“九三年。”

安灼拉一只胳膊肘倚着枪管，立在铺路石建成的台阶上。他在思考着；似乎一阵穿堂风过他一阵颤抖；面对死亡的情况下，人仿佛觉得坐在了三脚凳上。他那洞悉心灵的眼眸发出遭到抑制的光。他猛地抬起头，金黄的头发向后一甩，如同散着发际的神仙乘着一辆黑色的四马星星战车，又如同一只被吓着的猛狮散着鬃毛形成光环。安灼拉于是喊着：

“公民们，你们有没有前瞻过将来的世界？城市的道路上阳光四射，门前郁郁葱葱，各族人民如兄弟般亲切，人们公正无私，老人祝愿孩子，过去歌颂现在，思想家无拘无束，信仰绝对公平，上天等同宗教，上帝是直接的牧师，人们的良知是祭礼台，无怨无恨，工厂和学校友爱和睦，赏罚由名誉好坏来代替，每个人都有事做，每个人都有权利，每个人都可以享受和平，没有流血和战争，母亲们兴高采烈。应当控制物质，这是第一步；完成理想，这是第二步。你们想想目前的文明达到什么程度。原始时代，人类恐怖地注视七头蛇在兴妖作怪，喷火的火龙，带鹰翼虎爪的怪物在天上飞，猛兽威胁着人类；但人们布置了伟大的智慧的陷阱最后捕到了这些怪东西。

“七头蛇被驯服了，这就是轮船；火龙被驯服了，即火车头；怪鸟就要被驯服了，它已被捉到了，它就是气球。某一天，人类会最终实现普罗米修斯的事业，随意驱使这三种老怪物七头蛇、火龙和怪鸟，水、火、空气将由人来主宰，他在别的生物中的位置就像以往古代天神在其心中的位置。振作精神吧，前进！公民们，我们朝向何方？朝向科学，它将是政府；朝向物质，它是社会仅有的动力；朝向自然法则，它自己兼具赏罚，事实的必然性导致了其产生；朝向真理，它的诞生就像朝阳升起。我们朝着各民族大团结的方向前进，我们要到达人类的统一。丢掉空想，也不再有寄生虫。我们的目标就是让真理来控制事实。欧洲的巅顶之上举行文化的大会，接着在各大陆的中心召开智慧的大议会。就像事情已有过一样。古希腊每年召开两次近邻盟会，一次是在众神之地德尔法，一次是在英雄之地塞莫皮莱。在欧洲将要有其近邻盟会，全球也将有其盟会。这即为十九世纪的孕期，法国孕育着这一伟大的未来。法国自然应成为古希腊雏形的建构者。弗以伊，听着，你是勇敢的工人，百姓的儿子，人民的儿子。我尊重你，的确你真切地看到了未来世界，是的，你占理。弗以伊，你已失去了父母；但你视人类为母，真理为父。你将死在这里，也即在此获胜。公民们，不管今天有什么出现，我们都是由我们的成或败进行了一次革命。就仿佛火灾照明整个城市，革命照明整个人类一样。我们展开的是怎样的革命？就像我先前说的，是正义之战。只有一条原则在政治里：就是给予自身的主权。它就是自由。两个或两个以上的有这种主权的人集合起来就形成了政府。然而在这种组织里并没有放弃什么。所有人都拿出一些主权来使公法诞生。每个人拿出来的均是等量的。这种所有人做出的等量的让步叫作平等。这种公法就是对各自权利的卫护，而不是什么其他的。那种集体对个人的卫护叫作博爱。所有主权集结成社会。集结点是一个枢纽，即所说的社会联系，有人叫社会公约，大同小异，原因在于公约中原就有联系之意。我们需弄明白什么是平等，原因在于假若顶峰是自由的话，那么基础就是平等。公民们，平等并不意味每个植物都长得一样高，一些高大的青草与矮小的橡树构成社会，邻里间的嫉妒需彼此克制；但各种技能在公民那却均有相同的出路；在政治上，投票具同等分量；在宗教上，一切信仰均有相同权利；免费义务教育是平等的工具。应由此起步：即识字的权利。要强迫实行初等教育，中学对所有人开放，这即为法律。同等的文凭会形成社会的平等。没错，教育！这是光明！光明！所有的都源于光明，又返回光明。公民们，十九世纪是崇高的，然而二十世纪却将是幸福的。那个时候不再有什么与旧历史相像，大家也不会如此恐惧占领、侵犯、篡夺，恐惧国家间的武装战争，恐惧国家间的通婚导致文化阻断，恐惧形成世袭暴君，恐惧一次会议导致民族分裂，恐惧一个王朝的倒塌导致国土流失，恐惧两种宗教间进行正面斗争会走向如黑暗中两只公山羊相斗在太空独木桥上的绝境；人们不必再忧虑灾荒、剥削，或者由于穷苦而卖身，或由于没了工作而遭难，没有了断头台，杀害和战争，还有数不清的事件中的出乎意料的情况。人们差不多能讲：'再也没有事变了。'人民会非常幸福。人类会像地球似的实现自己的法则；心灵与天体间的和谐又有了。我们的精神就像星星围着太阳旋转一样围着真理旋转。朋友们，讲这些话时我们所在的时代是黑暗的，然而这是为将来要贡献的惊人代价。革命要为通行交出一回税。啊人类会得到拯救，能够站起来并获慰藉！在这街垒里我们对人类保证。除了牺牲的巅顶，我们还能在哪里欢呼博爱呢？啊，这里聚集着有思想的人和穷困的人；这街垒并非由石块、梁柱和废弃的铜铁组成，而是两堆东西，一个是思想，一个是苦难。苦难在此碰上了思想，白昼拥抱黑夜于此并告诉它：'我与你一起去死，而你将与我一同复生。'信念从所有失望的拥抱中喷出；痛楚于这里做最后一搏，理想将得以长存。这种搏击与长存的并拢让我们为之去死，兄弟们，死在这里即死在未来的光明里。我们的坟墓将光辉灿烂。"

安灼拉没有结束而仿佛短暂地停住了讲话。他的嘴唇在静静地抖着，似乎仍在说着什么，所以那些人全神贯注地看着他，期待他再说下去。虽然听不见鼓掌，然而人们小声议论了很长时间。如同一阵轻风，一席话中，智慧在闪着光芒，就像树叶的簌簌声响一般。

六、马吕斯心中惊恐，沙威语言简单

我们说说马吕斯的心里想法。

我们可以对他的思想情况做一下回忆。先前我们说过，目前所有的东西于他只是幻觉。他的分辨力很低。我们再说一次，马吕斯位于临死的人上面又大又暗的阴影底下，他自己觉得已到了坟墓里，到了围墙外面，眼前他是以死人的目光看活人的脸。

为什么割风先生出现在这儿？他干吗要来？来做什么？马吕斯没有探问这些。何况，失望的一个特征就是它缠绕着我们自己，也缠绕着别人，全部的人死在此地，他认为似乎是有道理的。

然而他内心沉甸甸地，想着珂赛特。

割风先生没有与他讲什么，也没看他，仿佛全然没注意马吕斯的喊声："我知道他。"

说到马吕斯，割风先生的表现让他没有精神负担，假若可以用此来比喻这种心情，可以讲，他非常喜欢这样的表现。他一贯认为与这个难测威严又模糊不清

的人是根本没有可能的。况且已有很长时间没有见他了，马吕斯的性格原本就是小心又害羞的，这更让他没法与之交流了。

那被选出的五个人走出蒙德都街，出了街垒，像极了国民自卫军。中间有一人哭得很厉害。在走之前，他们和所有留下的人拥抱。

这五个重又踏上生命之途的人离开后，安灼拉记起了应被杀掉的那个人。他下到地下室，捆在柱子上的沙威正在想着什么。

安灼拉问："你有什么需要吗?"

沙威回答：

"你们何时杀我?"

"稍等，现在我们尚需全部的子弹。"

沙威说："那就给我来点水吧。"

安灼拉自己给了他一杯水，并帮他喝了，因为沙威是捆着的。

安灼拉又问："不要其他的了?"

沙威回答说："我在柱子这非常难受，你们太不善良，让我如此过夜。你们愿怎么绑怎么绑，但至少让我像他那样躺到桌子上。"

他的头向着马白夫老人的尸体点了点。

大家记得这房间的里面有一张大的用来熔化枪弹头和做子弹的桌子。做完子弹和炸药用光后，桌上没什么东西了。

四个战士遵照安灼拉的吩咐从柱上把沙威解下来。第五个人的刺刀抵在他胸上。他的手被反绑背后，脚被一根用作鞭子的很结实的绳子绑着，他只能走十五寸的小步子，如同上刑场的犯人，他们让他走到那张桌子旁，放他在桌上，拦腰牢牢地捆住。

为防万一，他的脖子上还有一根绳套着。他无法逃跑，在监狱里，此种捆绑法叫作马领缰，由脖子开始捆，分叉绑肚子，再由大腿又绑到手上。

一个人在沙威被捆期间在门口关注地看着他。他的影子让沙威转过头，认出是冉阿让。他丝毫不紧张，骄傲地低下眼皮，说："不足为奇。"

七、事态严峻

不一会就天亮了，却没一扇窗打开，门也没一扇半开半关，这是拂晓，尚没醒来。街垒对面麻厂街那端的军队已离开了，就像我们先前说的，好像它已无阻，而且在不好的死寂里向路人开放。圣德尼街如同底比斯城内的斯芬克司大道般的寂静。十字路口被光照着，却不见一个行人。再也没有什么比晴朗时凄清的街道更让人感到凄惨的了。

人们虽然看不见什么，但能听到。远处有秘密活动在展开。能够判断，紧要时刻即将来临。就像岗哨昨天夜里撤离，如今已全部撤出一样。

街垒比遭首次袭击时更结实了，那五人走后，人们又加高了一些。

按照对菜市场侦察过的人的看法，为预防后面有不测，安灼拉做出重要决策。他把那条一直都畅通的蒙德都巷子堵住了。还挖了有几间屋子长的铺路石，现在，这个街垒塞住了三条街：前面麻厂街，左边天鹅街和小花子窝，右边蒙德都街，这时的确好守了，但也把人封死在里头了。三面受敌却无一条出路。古费

拉克笑道："确实是堡垒，然而却又像捕鼠的笼子。"

安灼拉在小酒店门前放了三十多块石头，博须埃说："挖多了。"

要发起袭击的那方异常的静，因此安灼拉吩咐大家各就各位。

每个人都得了一定量的烧酒。

再也不会有什么会比一个打算冲锋的街垒更让人诧异的了。大家如同看戏似的选好自己的位置，彼此紧贴着，肩并肩，肘依肘。还有人用石头垛成一个座。有墙角挡着就走开点，找一个可守的突出部位就躲进去，左力手的人就更有优势了，去其他人觉得别扭的地方去。很多人找到能坐着打仗的地方。人们都希望自由自在地抗击敌人和舒适地去死。一个一八四八年六月激战中的战士，他是一个勇敢的枪手，他放好一张伏尔泰式的靠背椅，从屋顶的平台上射击，他就在上面被机枪子弹射中。

领袖一发出准备战斗的命令，所有无序的行动一下子停住了。彼此不再闲聊或扯拽，或这一伙那一伙地待在一块，大家都全神贯注，等着袭击的人。一个街垒在危难时刻前是无序的，但危难到来时却有规有矩；危难形成了秩序。

安灼拉提着他的双响枪，停在自己备好的枪眼前时，人们都不出声了。然后是一连串的清脆嗒嗒声顺着墙交替地乱响起来，战士们在喂弹上枪。

另外，他们充满信心，作风顽强；高度的奉献精神让他们异常坚定，希望已不属于他们然而失望仍在这里。维克尔讲过，失望是最后的武器，它在有的时候能够引向胜利。极度的决心能够形成极度的智慧。死亡之船里面的人或许能免去翻船的危险；棺材盖能变成救命板。

大家的注意力转向，也许可以说是都集中到街的那端，这就像昨天夜晚一样，现在天亮了，看得很真切。

等待没多久。圣勒那方很显然开始起动了，但却和第一次袭击不同。

链条发出咔嗒声，庞然大物的抖动声让人心慌，金属跳动在铺路石上的声音，震天的轰隆声，表明一个骇人的铁制东西在前移，扰动了这里寂静的古老街道的心脏，这些街道修筑的初衷是要使思想和经济利益顺畅，并非为巨大战车从此走过而修。

全部紧盯着街那端的目光都变得极其凶猛。

一座大炮出现了。

大炮被炮兵们推着，上面安好了炮弹，前面的拖炮车已脱离，炮架由两个人把着，车轮边有四个人，其他人紧随子弹车，大家注意到导火线被点燃了，在冒烟。

安灼拉吩咐："开枪！"

整个街垒开始了枪战，大量浓烟从骇人的爆炸声中滚滚而出，人和炮笼罩其中，之后烟雾淡了，又看见了人和炮；炮兵们不紧不慢地让大炮准确地来到街垒对面。没打中任何人。炮兵长使劲把炮的后端压下去，使炮口升高，小心地将炮口瞄准，有如天文学家调整望远镜。

博须埃大叫："炮兵们，打得不错。"

街垒里的人全都鼓起掌来。

一会儿，大炮正巧放到了街中央，跨着街沟，准备发炮。让人害怕的大炮口正对着街垒。

古费拉克说："行啦，过来呀！粗鲁的东西过来了，先把手指抖抖，现在举起拳头。军队的大爪子举向了我们，街垒会猛震一次。火枪开道，大炮袭击。"

公白飞接着说："这是新式铜制八磅重弹捣炮，如果锡的分量在这种炮里多于铜的百分之十就会发生爆炸，如果锡过多就会发软。有时会有砂眼缺口出现在炮筒内。为免除这点，并且提高炸药分量，大概要用十四世纪时的方式，把连串的无缝钢圈从炮筒外面的后膛一直加到炮耳。现在，只能最大限度地去补漏，有人通过检查大炮的用具在找着砂眼缺口，然而有更佳途径，即使用格里博瓦尔的流动星去检测。"

博须埃指出："十六世纪的炮筒里面有来回线。"

公白飞说："没错，这样可以使弹道威力提高，但降低了瞄准。另外，短程射击时，弹道达不到必要的倾斜度，抛物线太大，弹道不太直，难以击到途中全部目标，但这些都是打仗中严格要求的；这点会随着敌方的逼近和快速袭击而更加关键。十六世纪的这种有膛线的炮伸张力不够的原因在于炸药力量不足，这是因为受制于炮弹学，比如要稳定炮架。总而言之，大炮无法随心所欲，很大的一个缺陷就是力量方面的。光速每秒可达七万法里，而炮弹时速却只有六百法里。这反映了耶稣高过拿破仑很多。"

安灼拉说："再装子弹！"

街垒的墙要如何抵挡炮弹呢？是否会被击出一个缺口？这的确是种情况。革命战士又在装枪弹时，炮兵们也同时在装炮弹。

棱堡里的人满怀忧虑。

炮打出去了，忽然听到一声巨响。

有人欢呼着："到！"

伽弗洛什在炮弹击中街垒时蹦了进来。

他是打天鹅街方向进来，他轻松巧妙地进到小花子窝斜街正对面的一侧的街垒。

伽弗洛什的到来，比炮弹的影响还大。

炮弹隐没在乱七八糟的烂砖碎瓦里，最多打碎了那个公共马车的一个轮子和安索那的那辆破车。面对这些，街垒里的人都大笑着。

博须埃冲着炮兵们喊："再过来啊！"

八、炮兵们仔细了

伽弗洛什被大伙围起来了。

然而他却没功夫说点什么。马吕斯哆嗦着拉他到一边。

"你到这里来干吗？"

小伙子说："啊！您呢？"

他大胆又淘气的目光紧盯着马吕斯。心里的自豪让他的眼睛又大又亮。

马吕斯严肃地接着问：

"是什么人让你回来的？到底你把我的信送没送到地方？"

关于送信的情形，伽弗洛什有些失误。因为他着急返回街垒，没能把信交给收信人，而是急急地送出去了。他自认他把信随便交由一个他看都没看清的人，实在是草率大意了。那人的确没戴帽子，然而这却什么也不能表明。所以，他有点惭愧，而且担心马吕斯怪罪。他使用了一个最简单的方法来脱离困境，就是撒谎。

"先生，那信被我交给守门人了。那位小姐睡觉了，她醒来一定会看见的。"

马吕斯送信的初衷有两个：一是与珂赛特诀别，另一个是让伽弗落什逃生。他的心意只实现了一半。

送信以及街垒里割风先生的到来，马吕斯将二者联系起来。马吕斯指着割风先生，对伽弗洛什说：

"你认识他吗？"

伽弗洛什回答说：

"我不认识。"

我们先前说到，的确伽弗洛什遇见冉阿让时是在夜里。

无序和病态的猜想离开了马吕斯。他了解割风先生的政治主张吗？他也许是共和派的人，那也就不奇怪他来加入斗争了。

这个时候，伽弗洛什已经在街垒的另一端大声叫着：

"我的枪哪去了？"

古费拉克叫人还他那支枪。

伽弗洛什提醒"同志们"（他对大伙的叫法），街垒被围困了。他好不容易才进来了。参加战斗的一营战士，在小花子窝斜巷里架好枪保护天鹅街那一边。正对面是军队的主力，另一边是把守布道修士街的保安警队。

伽弗洛什说完这些，又继续说：

"我允许你们发一排狠枪给他们。

此刻，安灼拉听着，同时也从枪根口认真观察着。

来袭的队伍对那发炮弹绝对是不怎么理想，没接着放。

一个连的步枪去到大炮后面，台领街里头步兵们把铺路石撬起，砌成一座矮墙，像胸墙一样，差不多十八寸高，面向街垒。我们能看到在这墙的左角处外，圣德尼街上有一营郊区军队集合在那里的前几排士兵。

安灼拉正看着，感到了子弹盒被从子弹箱里拿出来的特别响动。他还注意到那个炮长左移了一下大炮，在调整作瞄准。然后炮兵开始装炮弹。那炮长自己挨上去点燃大炮。

安灼拉大叫着："低头，去墙边集合，跪到街垒边上！"

伽弗洛什来的时候，这些革命战士们都来到小酒店前，从各自岗位走开了，此刻都一窝蜂地向街垒涌去；但还没等按安灼拉的命令去做炮已经响了，声音让人害怕，仿佛连珠似的，这确实是一发连珠弹。

大炮对着棱堡的缺口打，由那儿的墙反弹回去，碎片打死俩人，三人受了伤。

假若再这么下去，街垒就无法支撑了，连珠弹可以直接进到街垒里。

一阵恐慌和乱七八糟的声音传来。

安灼拉说："先防备着下一炮。"

然后他把自己的卡宾枪压低，对准那个正趴着给大炮校方位的炮长。

炮长是个好看的炮兵中士，年轻，金黄头发，表情温和，一脸的聪明相很适合这种骇人武器天生的要求。这种武器的威力不断提高，最终一定会让战争自身消亡。

公白飞站在安灼拉身边看着这个年轻人。

公白飞说："太可惜了！杀戮是多么丑恶的行径！就这样吧，无帝王就无战争。安灼拉，你对准他，不看他一下。想象一下，他英勇，可爱，有所作为，而且聪明，炮兵营里的人都学识丰富。他有父母，有家，说不定还在恋爱之中，他最大不会超过二十五岁，做你的兄弟没问题！"

安灼拉说："他就是的。"

公白飞回道："对，他同样是我的兄弟，就这样吧，别打死他。"

"别干涉我。应该做的仍要去做。"

安灼拉大理石般的脸庞上慢慢滴下一滴眼泪。

就在这时卡宾枪的扳机被扣动了，一道闪亮。那个炮长身体动了两下，两只胳膊向前伸着，脸向上，仿佛想吸点空气，接着侧倒在大炮上，不动了。人们能够看到鲜血流出他的后背。他的胸膛被打通了。他死了。

搬走他，然后换一个人，赢得了几分钟的时间。

九、采取偷猎者的方法和影响过一七九六年判决的一种从不虚发的枪法

街垒里到处是议论声。大炮又要再次袭击了。街垒在这种连珠炮的打击下一刻钟后就会坍塌，一定要降低它的杀伤力。

安灼拉这样命令道：

"要把一块床垫放到缺口那。"

公白飞说："床垫上都是伤员，已经没有了。

比较远处，小酒店拐弯的一块界石上，冉阿让坐在那里，枪夹在双腿间，一直到现在，他对发生的一切没做任何打听。他好像没听到附的士兵说："有支枪坏了。"

听到安灼拉的吩咐，他站了起来。

大家记得以前刚来麻厂街集合的时候，见过一个老妇人，她为防流弹，在窗前放了床垫，那是个紧挨街垒外面的一座七层楼楼顶的一扇阁楼窗。床垫横放在两根晾衣棍上，用两根绳子挂在窗框的两个钉子上，从远处看，那两条绳子就像两根线。能够非常真切地看到绳子，好像两悬空的头发丝。

冉阿让说道："谁愿借我一支双响的卡宾枪。"

安灼拉将刚装的子弹的枪交与他。

冉阿让对着阁楼开了一枪。

此刻只一根绳子托着床垫。

冉阿让又开了枪。另一条绳子碰了碰阁楼的窗玻璃，床垫从中间滑溜下来，掉到街上。

整个街垒欢呼鼓掌。

大伙嚷着：

"有一个床垫了。"

公白飞说："好啦，可是谁拿它进来？"

床垫掉在街垒外面，在敌对双方之间。现在部队对炮长的死极端气愤，士兵全部在石砌的防线后面卧倒，大炮不得不静下来，必须再调整，他们朝街垒开枪。革命战士为了不浪费子弹，不理睬他们。枪碰上街垒就炸了，所以街上子弹乱飞，极其危险。

冉阿让出了缺口，到了街心，顶着枪林弹雨，跑向床垫，拿着就往街垒奔回。

他自己用床垫塞好缺口，紧挨墙，以免炮兵看见。

完成之后，大伙等着再一次袭击。

不一会。

大炮狂叫一声，一堆霰弹射出，却无弹跳现象。炮弹在床垫面前失败了，达到了预想的效果，街垒得救了。

十、晨　光

此刻，珂赛特醒了。

她的房间窄小，干净，清幽，有一扇长格玻璃窗向着东面，对着后院开着。

珂赛特一点也不清楚巴黎的事。昨天傍晚她尚不在此地，杜桑说"似乎有点吵"的时候她已经回寝室了。

虽然珂赛特仅睡了几个小时，但她睡得非常好。也许因为那张她睡在上面的洁白的小床的缘故，她做了一个幸福的梦。她梦见一个长得像马吕斯的人在亮光中站着。醒的时候，阳光灿烂，让她觉得好像梦在继续。

梦醒后的第一个感觉是快乐。珂赛特觉得非常安心，就像几个钟头前的冉阿让，因为她坚决拒绝不幸，她的心形成一股反抗的力量。她不明原因地有着一种强烈的希望，然而随之而来的就是一阵难过，她已经有三天没看见马吕斯了。她认为他应当接着自己的信了，该知道自己在哪，他那么聪明，一定能够找到自己大概就是在今天，说不定就在今早。天完全亮了，然而因为阳光平射，她觉得还早，但要迎接马吕斯，应当起床了。

她觉得如果失去马吕斯，自己就不可能活下去，所以丝毫用不着怀疑马吕斯就要到了。什么相反的看法全部拒绝，这点非常确定。她焦虑了三天，非常难过。慈悲的上帝！太恐怖了，马吕斯走了有三天了。此刻上帝给予的讽刺这一考验已是旧事，马吕斯马上就来了，而且会带来好消息。人年轻的时候就是如此。她很快地擦了擦眼睛，她想不必心烦，也不打算接受它。未来对一个陌生人的笑容即是青春，而自己就是这个陌生的人。她认为幸福非常自然，似乎自己的呼吸即为希望。

而且，珂赛特也想不起对这回不该多于一天的分离马吕斯跟她说了什么，有哪些理由。人们都知道，一枚小钱掉地上一滚就消失了，这是那样的妙，让你找不着，我们有的时候在思想上也会有这种笑料，它们藏在我们头脑里的角落中，就这样结束了，它们已经消失殆尽回忆不起来了。珂赛特仔细想了会，然而却无效果，因此觉得有点心烦。她对自己说，不记得马吕斯的话是不对的，这是她自己的不对。

她下床作身心洗礼：祈祷与梳洗。

我们最多给大家说一下婚礼时的新房，但不可以说处女的卧房，请将就着，可以描写一下但散文就不可以了。

这是含苞的花心，隐在内里的洁白，是未开的百合花心，未承受阳光抚慰之前，是不允许俗人张望的。花苞般的女人是圣洁的。慢慢打开洁白的床，自己亦羞怯于那让人称赞的半裸体，白嫩脚藏进拖鞋里，镜子前隐去胸脯，仿佛那是只眼睛似的，家具断裂声传来或有街车通过，她就立刻将衬衣提起来挡着肩膀。要打好缎带的结，挂好衣钩，拽紧束腰，因为又冷又羞，她颤抖着，这里根本无须担心，那些可爱的虚惊使屋子里弥漫着难言的顾虑。各种各样的装扮就像晨光里的云彩般让人着迷，所有的原本不合适讲说，稍微提及一点已属过多了。

触及一个起床的少女，人的目光应该比对一颗刚升起的星星更真诚。不小心看到了可能看到的就要更加尊重。桃子上的小细毛，李子上的霜，雪花的亮晶体，蝴蝶的翅膀，它们在这不懂得自己即为贞节的人面前，充其量是些鄙陋的东西。一个少女还不是一件艺术雕像，还只不过是梦的薄光。她的卧房躲在希望的幻想下。大意地去看无异破坏了似有似无，忽明忽暗的情调，而仔细地去看就是亵渎了。

所以我们根本不对珂赛特醒来后的一些既柔媚又慌乱的小动作做什么描写。

在一个东方寓言里，由神发明的玫瑰原来是白色的，但亚当在它开时看了一眼，它因为害羞就变成了玫瑰色。在鲜花和少女面前，我们该停住，应该意识到她们都是应受到尊敬和赞美的。

珂赛特非常迅速地穿戴好，梳妆好；当时的装扮非常简单，女人们的头发没有再卷成鼓鼓囊囊的发环，也不用将头发从中间分到两旁还要用垫和卷托住，也不用在头发里加入硬硬的衬布。珂赛特将窗户打开，向四周看了看，想着能在街中某段，某个拐弯或路面上看见马吕斯。但外面什么都没有。很高的墙围住了后院，从缺口处只能看见花园什么的。珂赛特认定这些花园会非常不好看，到目前为止，她第一次感到花不好看，觉得去看十字路口的一段小水沟会更好些。

忽然她哭得很厉害。这倒不是内心多变的缘故，而是希望被失望的心情打击了，她的境况是这样的。她隐约觉察到一种说不清的害怕。的确，所有的都从天空一飞而过。她觉得把握不住任何东西，想到了无法见他的面就无异于失去了他；想着马吕斯也许会突然出现的念头是个不好的兆头，而不是什么好事。

但是，阴影散去，她又开始安静下来，又有了希望和不自觉地对上帝信任的笑容。

房间内的人全在睡着，附近是外省的平和氛围。所有的百叶窗都关着。门房也没打开门杜桑还没醒来。珂赛特非常自然地想着父亲也仍在睡。她肯定是承担了极深的痛楚，以至于此刻仍感到很伤心，由于她说父亲没有善待自己，她寄望于马吕斯。她祈祷着不要让这光明散去。她时不时地听见有很沉的震动声由远处传过来。她私下里想："奇怪，有人这么早就闭通车辆的门。"实际上那声音是袭击街垒发出的。

位于珂赛特的窗子下面几尺，有一个雨燕的窝在围墙的旧屋檐下，燕窝从屋檐边上突出来，所以从上面看见这个乐园的内部。窝里母燕伸展双翅，如同扇子般护住小燕，公燕忙碌着来回飞着，通过嘴衔来吃的和接吻。这个乐园在初起的阳光中闪闪发亮。"哺育后代"的法则在此露出笑容并展现它的神圣，清晨灿烂的阳光中有着一种温柔的秘密。发丝笼罩在阳光中的珂赛特，满心幻觉，心灵里的狂热恋情和外面的晨光映照着她，她机械地把身子向前探去，她差点不敢承认自己在看着燕窝的时候想到了马吕斯，面对这个小小的家，公燕和母燕，母亲和幼子，深深的柔情自她心中升起。

十一、弹不虚发，人也无伤

袭击的队伍接着放枪。交替打排枪和霰弹而事实上却没什么损伤。只是科林斯的正上方倒霉了，二楼的格子窗和屋顶阁楼已是被弄得大大小小都是洞，而且在逐渐变形。守护在那儿的起义者需侧着身子闪过。而且，这同样是一种袭击街垒的战术，既疲劳战，为的是耗损对方弹药，只要被困的人反击就算上当了。只要觉得对方火力减弱了，就能知道他们缺少弹药了，则可以发起攻势。然而安灼拉并没上当；街垒根本不反击。

那边的军队发一排枪，伽弗洛什的腮帮子就被他用舌头鼓起，显出非常地轻蔑。

他说："可以啦，扯开床垫。我们得有药布。"

古费拉克骂着霰弹是废物，他冲着大炮说：

"你这家伙，太散了。"

打仗的时候，人们就仿佛在舞会里，彼此想着鬼主意。也许街垒的平静让袭击的那方不安了，唯恐有意外，他们觉得有必要知道石头后的事情，看看这座冷漠的，不做反击的墙里面在做什么。革命战士忽然注意到邻近的屋顶上一个消防用的钢盔闪亮在太阳底下。高高的烟囱旁依着一个消防队员，他似乎在那站岗。

他恰巧能直接地看到街垒里。

安灼拉说："这种监视很妨碍我们。"

冉阿让已还安灼拉枪了，然而他仍有自己的枪。

他静静地把枪对准了那个消防队员，钢盔在一秒钟后被击中，掉在街中央，发出响脆的声音。士兵着了慌，马上逃跑了。

又有一个人来监视，替代了原先的人。他是个军官。冉阿让再次放上子弹，对准这第二个人，军官的钢盔被击落去和那士兵的钢盔会合去了。军官没有继续下去，也非常迅速地离开了。他们知道这种提醒。然后就不再有人在那了，他们不监视街垒了。

博须埃问冉阿让："怎么你没把那个人打死？"

冉阿让没答话。

十二、无秩序支撑着秩序

博须埃小声地附着公白飞的耳旁说：

"他对我的提问没作答。"

公白飞说："他枪下留人。"

仍记得那些久远事情的人清楚郊区的国民自卫军在镇压起义时同样非常英勇。特别是在一八三二年六月那段时间里，他们勇猛且无所畏惧。那些开小酒店的——庞坦、凡都斯和古内特在"企业"因起义而中止时，看到没什么客人来舞厅，于是全成了小狮子，他们为保护郊区小酒店代表的秩序而贡献了自己的生命。所有的思潮在这种一齐有着世俗气和英雄气的时间里全都有自己的骑士，效益也有自己的侠客。普通的目的没有降低它在运动中的胆气。银行家见白银堆压下了就唱《马赛曲》。人们狂热地为钱袋洒热血；有人凭借斯巴达式的热情保护小店铺，这些小店铺是这小不点国家的浓缩。

我们能够这样讲，实际上这所有的里面并无什么不庄重之处，这里社会各部分间的斗争以后会在某一天获得平衡。

那阶段的另外一个特征是无政府主义蒙混进了政府至上主义（此为正统派的古怪称谓），大家在保护着秩序，然而一点纪律都没有。战鼓在一个国民自卫军上校的吩咐下忽然不明原因地敲了集合的命令；某上尉一兴奋就冲上了火线，某自卫军为"主义"，为自己而战。人们在某种紧张时刻，在这样的"时间"里，依据自己的本能去做什么，而不去求得领导的指令。在治安队里有纯粹的游击队员，有人如法尼各般将武器举起，还有人如亨利·方弗来特般提起笔写文章。

在这种时代，文明是某种利益的组合，却并非是某些规律的表征，这很倒霉，它也可能自己觉得是在危急中。它急迫地进行呼吁。所有人都以自我为中心，而且凭着己见去防护和帮助它；无论是谁都会想自己要承担挽救社会的任务。

有的时候，这样的狂热会到杀人的程度。国民自卫军的一个分队私下组建了一个军事法庭，五分钟内就将一个捕获的革命战士处以死刑而且马上执行。让·勃鲁维尔即是被这样的一个临时的机构害了。林奇裁判这种残忍的东西，谁也无权去怪罪对方，原因在于美国的共和政体就是如此做事的，就像欧洲的君主政体。这样私设的刑罚再辅以误解则会更加复杂。保罗·埃美·加尼埃，一个青年诗人，在一个起义的日子里被人持刀在王宫广场追赶，他被逼藏到六号大门洞里。有人嚷道："又一个圣西门主义者！"他们准备害他。那时他胳膊下面夹着圣西门公爵的那本《回忆录》。一个国民自卫军从书面上一读"圣西门"，就马上喊着："处死他！"

一连的郊区国民自卫军于一八三二年六月六日在上尉法尼各率领下，因为他的古怪毛病和一时兴起，导致了麻厂街的大量伤亡，这个人我们以前曾说起过。一八三二年革命结束后，这起事件在司法预审里被记录和确证。法尼各上尉脾气暴，爱冒险，是个小市民，他在维持秩序的人中像个雇佣兵，我们曾描写过这种人的特点，他是个兴奋而又不知天高地厚的政府至上主义者，他无法控制自己而要早些进攻，而且野心勃勃想着自己率部队独自攻下街垒，他不断地看见红旗，而后又看见当成黑旗的破衣服，这让他无法抑制怒火，他把开会的那些长官和将军们大骂一顿，原因在于他们觉得还没到总进攻的决定性时刻，套用他们的一句话"让反抗的人在他们自己的肉汁里熟。"而法尼各则觉得时机已经成熟，熟的东西理应掉到地上，因此他就要试。

他率着一帮与他一样坚定的人，目击此事的人把他们叫作"一群疯子"。这就是害死让勃鲁维尔的那个驻守在街拐弯处的营里的第一连。他在没有人能想到的时间里指使手下袭击街垒。这种行为仅有意愿而没有谋略，带来的是法尼各这帮人的巨大死伤。他们尚未到达街的三分之二处，就受到街垒的一次全面射击，四个最大胆的士兵跑在最前面，他们死在棱堡跟前非常近的地方。国民自卫军的这帮人是非常勇敢的，然而仍旧是少军人的顽强，停顿了一会他们就撤了，剩下十五具尸体在街中央。就在他们停顿之时，革命战士们有了再放枪弹的时机，破坏力极大的第二次射击击中了其他未及赶回街角掩体里的人。有一段时间，他们腹背受敌，在两股霰弹之间，还有大炮轰击，因为还没有吩咐大炮停止开火。这位胆大而又粗心的法尼各即为霰弹打倒中的一个。炮火打死了他，也即死在被接受命令派。

安灼拉被这回猛烈但又散漫的袭击惹怒了，他说："这帮笨蛋！他们打死自己的人，却空费我们的弹药。"

这些话安灼拉是以起义中纯粹的将军名义说的。革命者和镇压方在力量相差极大的情况下打仗，革命者很短的时间里就差不多耗尽了他们只有有限的几只枪能射击，人员的减少同样是一种局限。一个弹盒空了，一个人牺牲了就不能填补了。镇压方则有整个部队，也不存在人员问题，万塞纳兵工厂使他们不必算计着弹药，镇压方的联队多如街垒里的人数，兵工厂多如街垒里的弹盒，因此是以百对一的斗争最终街垒肯定会被攻下，除非忽然爆发起义，将天神火红的利刃加在天平之上。要是出现了这样的情形，所有的都将站起来，大街上会热闹非凡，人民的堡垒会快速多起来，就像雨后的春笋，因为这，巴黎会非常震惊，一个神奇而又绝妙的情景发生了，一个八月十日再次降临，一个七月二十九日再次降临；绝妙的光芒显露出来，张着血淋淋大嘴的权威就要逃离，还有部队这只狮子，它会看到从容不迫站立其面前的预言者——法兰西。

十三、浮起一丝希望

保护街垒的道义和猛烈撞击的多重心情里什么样的都有，英雄的精神，青年人的生机，荣誉的欲求，兴奋的狂热，有理想，有不动摇的信仰，有赌徒的坚定和坚强，尤其是时有时无的一丝希望。

在这种断断续续的时间里，在没料到的时候，一个隐约的希望抖着浮起在麻厂街的街垒里。

“你们听，”始终小心防备的安灼拉忽然喊着“巴黎好像醒了。”

六月六日的清早，一两个钟头内这群革命战士真的勇气大涨。一丝微弱的希望在圣里美接连的警钟声中又活动起来了。街垒同样在梨树街和格拉维利埃街修造起来了。一个年轻人在圣马尔丹门前，一个人拿着卡宾枪冲着一个骑兵连开火。他在林荫大道上一点躲藏没有地一膝点地，枪顶在肩上，对准并打死了骑兵中队长，之后回过头说：“又少一人，我们用不着再受他的罪了。”那个年轻人被砍死在马刀下。一个圣德尼街的女人躲在放下的百叶窗后向保安警卫开枪。她一开火，就能看见百叶窗动。一个十四岁的孩子在高松纳利街被人抓获，他满口袋的子弹。颇有几个岗哨遭到袭击。卡芬雅克·德·巴拉尼将军指挥的装甲兵在贝尔坦·波瓦雷街口出乎意料地遭到排枪的凶猛袭击。在卜朗什-米勃雷街，有破烂坛罐和其他器具从屋顶飞向经过那里的军队，这是凶兆。这种情形苏尔特元帅得知后，这位拿破仑的老上尉不免沉思起来，他想起在萨拉戈萨的时候，絮歇元帅说过的一句话：“老太婆把尿壶里的尿倒到我们头上时，我们就不行了。”

人们想着起义已被镇压不再扩大的时候，这种常见症再次发生了，怒火重新点燃，大家把这些叫作巴黎郊区柴堆上飞动的火花，这些所有的东西让军事将领们惊慌不定。他们着急地想把刚出现的火灾消息。在还没扑灭以前对莫布埃街、麻厂街和圣里美街的袭击被延后了，为的是集中火力对付这些人，一下子把他们都消灭光。一些纵队被分配到有骚动的街上把那里肃清，再在旁边的大街小巷里追击，时而轻手轻脚，谨慎防备着，时而又脚底加快。那些有过冷枪射出的门被军队破开，与此同时林荫大路上聚集的人被骑兵赶走了。这样的镇压自然导致了骚乱和军民矛盾。这些响动就是在炮响和排枪响之间安灼拉听到的。除此之外，他注意到有人在街的那端用担架把伤员抬走，他告诉古费拉克：“伤员不是我们这边的。”

希望没有持续多长时间，很快微弱的光亮就过去了。孕育中的起义还不足半个钟头就没有了。就是无雷的闪电一样转眼间隐去，革命战士觉得冷漠的人民把一块铅棺盖，盖到他们这些坚定勇敢、不屈不挠的被遗弃的人身上。

那一时刻的民众行动好像已初步有了规模，然而却夭折了。目前，陆军大臣和将军们可以关注着这三四个仍旧立在那的街垒了。

清晨的太阳从地平线升起。

一个革命战士向安灼拉问道：

“我们这些人全饿了。什么也不吃，我们就如此去死吗？”

安灼拉一直用胳膊肘支着胸墙，看着街的顶端，点了点头。

十四、这里发现了安灼拉情人的名字

古费拉克在安灼拉身旁一块铺路石上坐着，接着骂那大炮，巨响之后喷出很多霰弹，安灼拉每次都会用一长串的话来嘲笑它。

“不幸的老东西，你狂吼乱叫，我为你感到不舒服，你哑巴了，这不像在放炮，像是咳嗽。”

旁边的人一阵哄笑。

英雄气度和欣慰的心情在古费拉克和博须埃身上伴着危机在逐渐增加，如同斯卡隆夫人饮食替代了逗乐，因为葡萄酒没有了，他们就向大伙输送快乐。

博须埃说：“我钦佩安灼拉，我惊讶于他的沉稳和大胆。他一个人生活，这也许让他有点忧郁。安灼拉不满于崇高事业带给他的独身索居，而我们这群人，还有情人让我们疯狂，即让我们勇敢。如果谁能像老虎般去恋爱，那他至少也会如同狮子般去打仗。这也是回报了那些对我们假以颜色的女人们。罗兰自己死在别人那里，目的是让安杰丽嘉苦闷。我们从女人那获得了勇敢。一个没有女人的男人如同无撞针的手枪；恰恰是女人让男人斗志昂扬。既如冰水般冷漠，又如烈火般凶猛，这种人真是难以理解。”安灼拉仿佛没听人说话，但要是有人在他身边，就可以听见他的嘀咕声：“祖国。”博须埃仍在说笑着，古费拉克忽然喊起来：

“来了个新东西!”

接着又学看门人的通报声，说了一句：

“六磅炮阁下。”

的确，台上又多了个新角色。这个是第二门大炮。

炮兵们既快又卖力地摆弄着，在第一门炮边上架的第二门炮，准备开炮。

于是就出现了收场的形势。

没一会，这两个大炮即开始战斗，冲着街垒开火，作战分队和郊区分队排枪协作。

离得稍远一点的地方，还有其他炮火的声音。这两炮狂轰滥炸麻厂街垒的时候，还有两门炮分别对着圣德尼街和奥白利屠夫街开炮，圣美里街被炸得像筛孔似的，遍身是伤。四座大炮的回声都凄惨地哀号着。

彼此呼应的还有警犬凄怨的叫声。

轰打麻厂街的两门炮分别用霰弹和实心弹。

使用实心弹的炮瞄得高，预计炮弹打中街垒顶层，削平后将铺路石击成碎片，如用霰弹般去打那些革命战士。

如此轰炸目的是赶走棱堡上面的起义者，逼他们到街垒中去；这也意味着总攻就在眼前了。

战士们被实心弹赶离街垒顶，小酒店窗口的战士也被打走之后，突袭中队就能冲进街道而不受袭击，甚至不被发觉。能够一下子爬到楼堡内，就像昨天夜里一样，有谁清楚呢？说不定使用奇袭之计能够攻下街垒。

安灼拉说：“一定要降低这两门炮的干扰，”然后他高声叫着：“向炮兵射击!”

所有的人都做好了准备。安静了很长时间的街垒再次开火了，他们凶狠而又畅快地接连射出七八排枪弹，浓烟滚滚，满街都是，让人无法睁开双眼。几分钟后，人们从有着一条条火光的烟雾中望过去，模糊地能够看到有三分之二的炮兵倒在了炮轮底下。还站着的几个炮兵坚持着不慌张，还在使用着火器，但火力已弱了。

"太棒了，"博须埃对安灼拉说："很成功。"

安灼拉摇了摇头说：

"如此成功。街垒在一刻钟后就只有十粒子弹了。"

伽弗洛什仿佛听见了这话。

十五、伽弗洛什到外面去

古费拉克突然注意到在街垒的下面，在外边，在街道上，火线下，有一个人。

伽弗洛什从小酒店里拿了个装玻璃瓶的筐从缺口走出去，轻松自如地自顾自地把街垒边上死在那里的国民自卫军满是子弹的弹药包扔到筐里。

"你在做什么？"古费拉克问。

伽弗洛什翘着鼻子：

"公民，我在给筐装东西。"

"你没看到霰弹吗？"

伽弗洛什回答他说。

"对，是在下雨。又如何呢？"

古费拉克狂叫道：

"进来！"

伽弗洛什说："过会就来。"

然后，他一下跳到街中央。

我们还记得在法尼各连撤下去时，有一大堆尸首留在那。

整条街的路面上，这一具那一具地横着差不多二十具尸体。对伽弗洛什而言，此乃二十来个弹药包，对街垒而言，此乃大量的子弹。

街上的烟有如迷雾。所有看见过一朵云停在峡谷中两座峭壁间的人都可以想象这种烟，在阴郁的两排高房子间被挤压，而且仿佛被浓化了的样子。它慢慢上升，而且不断地有添补，使得光线越来越模糊，甚至白昼也显得黯淡了。这条街从这端到那端，根本不长，但打仗的人却几乎相互看不到。

这可能是指挥袭击街垒的将军们期望和策划的模糊，但同时也为伽弗洛什带来了便利。

伽弗洛什身材小，在这层烟雾的回环中，就可以不被人发现地在这条街上走出很远的地方。他把最开始的七八个弹药包倒光，危险算不上大。

他紧挨着路面向前爬，手脚飞快地移着，牙齿叼住筐，扭着身子，如波浪般向前溜，如同蛇一般，从一具尸首到另一具尸首，倒光一个个弹药包或子弹盒，如同猴子剥核桃。

他距街垒尚近，街垒里的人却不敢喊他回来，担心让对方注意。

他从一个排长的尸体上发现一个打猎用的火药瓶。

“以备万一。”他边往口袋里塞边说着。

他不停地前行，到了烟雾不那么浓烈的地方。

接着在石堆后面潜藏的一排前线阻击兵和聚在街角的郊区的阻击兵，突然一齐对着那个在动的东西指指点点。

伽弗洛什正把一个弹药包从一个界石旁的中士身上往下解，一粒子弹击中了尸体。

“好家伙！”伽弗洛什说：“他们居然打我的这些死尸。”

第二粒子弹落到他身旁，路面上的石块被打得闪金星。第三粒子弹掀倒了他的筐。

伽弗洛什观察了一下，注意到射击来自郊区那边。

他笔直地站着，头发飘在风中，双手叉腰双目直盯着那群开火的国民自卫军，唱着：

楠泰尔人难看得没人爱，
这也只有怪伏尔泰；
帕莱索人大笨蛋，
这也只有怪卢梭。

接着，他把筐捡起来，把倒出来的子弹都捡回来，一颗也不留，又向着开火的地方接着走，去拿另一个弹药包；在那儿，第四粒子弹还是没打中他。伽弗洛什唱着：

我无法当公证人，

这只有怪伏尔泰；
我仅是一只小麻雀，
这也只有怪卢梭。

他的第三段唱词被第五颗子弹引了出来：

快乐为我之本，
这只有怪伏尔泰；
穷困为我之格调，
这也只有怪卢梭。

如此持续了一段时间。

这情景的确吓人，但也确实动人。别人向伽弗洛什开枪，而他在和开枪的人开玩笑。他的神气似乎感到很有趣。这是小鸟在追着去啄打猎的人。他以一段歌来反应一次开枪。那些人接连瞄准，但一直没打中他。那些国民自卫军和士兵边瞄准边乐。他俯下去，又立起来，藏进一个门角，随后又蹦出来，躲着看不到了然后又出现了，跑走又返回，冲着枪弹扮鬼脸又拿子弹，又拿弹药包，往筐里装。起义战士们焦躁得透不过气，眼睛紧紧盯着他。街垒在抖，但他却在唱。他既非小孩，也非大人，而是个像小精灵一样的顽童。能够这样讲，他是一个不折不扣的乱战里的侏儒。子弹围着他，然而他更敏捷。他与死亡恐怖地玩着捉迷的把戏。每逢要命的妖怪到他眼前时，这个顽童都会来个“啪”的弹指将之弹走。

但一粒子弹比其他的子弹都更准些，换句话，比其他的更狡猾，打中了如同磷一样的小顽童。人们看到伽弗洛什摇摇晃晃地走了几步，就软了下去，叫喊声从街垒中发出，然而小顽童的身体里，有着稳健的魔力；他一到路面，便如同巨人到大地上般。伽弗洛什倒下去了，但很迅速地又将身体立起来。脸上长长地淌着一条血，他坐了起来，他举起两臂，看着射击那边，又唱了起来：

我确实倒了，
这只有怪伏尔泰；
鼻子掉到小溪里，
这只有怪……

他没唱完。第二粒子弹猛然让他止住了，这是由起始那个人打出来的。这回他无法动了，他面向着地倒了下去。这个崇高的小灵魂消失了。

十六、大哥怎样变父亲

就在这时，戏剧化的目光是可以随处可见的，卢森堡公园里，两个小孩互相拉着手，分别差不多有七岁和五岁。他们被雨浇湿了，他们走在有阳光的小路上，大孩子带着小孩子，他们衣服破旧，脸色惨白，如同两只小野鸟。小的那个说：“我很饿。”大点的那个如同保护者左手领着小弟，右手拿着根小棍。

花园里只有他们两个，别无他人，铁栅栏门在革命的时候依警方吩咐关上了。驻扎在里边的军队已离开去打仗了。

小孩们为什么会在这儿？也许是从半关着门的收容所里逃出来；也可能从旁边，从唐斐便门，天文台的瞭望台上，也可能从旁边的十字路口，在那里的一个高高在上的三角门楣的装饰上写着："今捡到一布裹婴孩"。从那边卖艺的木屋子里逃出来；也许是前一天晚上关门时，他们避开看门人，在阅报亭里过了一夜？他们实际上是流浪，但又似乎非常自在。流浪却又似乎非常自在，就是没有家可回。这两个不幸的孩子真的是已无家可回了。

大家应该还记得，这就是那两个让伽弗洛什忧虑的孩子，也就是德纳第的孩子，曾借给过马侬当作吉诺曼先生的孩子，现在就如同没了根的断树枝上落下的叶子，随风满地翻滚着。

在马侬家的时候，孩子们的衣服是干净齐整的，那个时候得对吉诺曼先生交代，如今已是破破烂烂了。

这些孩子从这个时候起就被打入"弃儿"队伍，由警方核实、收容、走失，再从巴黎的马路上找到。

不幸的孩子只有遇上现在这种乱世，才可能到公园来。要是被看门的人看到了，非赶走这些小要饭的不可。原因在于贫穷的孩子是禁止进公园的。实际上人们应想得到，是孩子，他们就有看花的权利。

幸好铁门关闭，他们两个方才待在里面。他们违章溜进公园，就不得不留在里面。虽然铁门关上了，检查人员却不能休息，人们以为他们一直在检查着，然而他们尽管在做着，却很散漫；他们和广大人民也一样，承受着惊吓，对园外面的关注远大于对园内的，所以他们没再对花园进行检查，也就没发现这两个犯有轻罪的小孩。

昨天夜里有雨，今天早上仍有雨点。然而六月时节的急雨算不了什么。暴雨下过后一个小时，就很难感到灿烂的晴天流过泪。夏天的地面非常迅速地被烘干，如同孩子的脸。

在夏至之时，白天的太阳可称得上是毒辣的，它指挥了所有的东西。它趴在地面上，仿佛在吸着什么。太阳似乎渴了，急雨像一杯水很快就喝光了。早上的时候，到处是纵横交错的小溪，中午时却又尘土飞起。

被雨水浸湿，阳光拂干的青草是最让人赏心悦目的了，这是夏天的鲜亮。花园和草地，雨露附在根上，阳光依在花上，一齐成为喷发各种香气的香炉。所有的都在欢快地唱着，笑着，都在散发着自己的芳香，让人幸福地沉醉其中。

有的人没有其他要求了，只要蔚蓝的天空存在，他们就可以说："如此足矣！"他们醉于美妙的梦想之中，对自然的钦慕让他们淡然面对善恶，他们对宇宙绞尽脑汁，对人却满不在乎，他们搞不懂，当人能在树林里欢快和畅想的时候，怎么还要去为那些挨饿之人，干渴之人，寒冬里无衣穿的人，由于淋巴而弯腰驼背的孩子去多想；为破床，阁楼，地狱，还有破旧衣裳中发抖的姑娘去操心；这些安逸却无情的灵魂，没有同情的心自娱自乐。怪的是广袤的宇宙让他们很满足。但是他们却难以理解人的重要需求，以及事物中的博爱。为之而接受的进步，他们不去思考。另外，在人与天的结合而形成的不定限方面，他们也一样不能感觉到。只要有无限，他们就高兴。他们从未觉得快活，然而却时常神魂颠倒。心甘情愿沉湎于此，他们的日子就是这样。他们认为人类的历史只不过是一些片段而已，这不是什么完美，真正的万有游离在外，为人的这些细小事情去费心又为了什么？人痛苦，非常可能，然而看看那升起的红星！妈妈没有奶，新生儿快死了，我一无所知，你看看显微镜下枞树的横切面的美妙的圆花形吧！和最漂亮的精美花边比较一下！这些思想家不记得爱了。黄道带居然让他们关注到看不见孩子在哭。上帝让他们看不见灵魂。此为一种类型的思想家，又崇高又卑下。贺拉斯是这样，歌德是这样，也许拉封丹也是这样；对于不可一世的利己主义，对贫困无所思想的旁观人，天晴了就注意不到尼禄，太阳能帮他们挡上火刑台，看到断头台在行刑时尚找光线的效果，对叫喊、哭泣、咽气的喘息声他们都听不到，警钟声也同样听不到，只要有五月，他们就感到十全十美了，只要头顶金黄和绛紫的云彩在，他们就志得意满，并发誓一直享受到星光全无，鸟儿不叫的时候为止。

于光芒四射中，他们就是黑暗。他们没有意识到自己的不幸。但他们确实是这样。一个人缺乏同情心就什么也没有了。我们该歌颂并同情他们，就像我们又要同情又要歌颂一个又是黑夜又是白昼的人一样，他们的眉下无眼，仅有脑门上的一颗星星。

就某些人的想法，思想家的残忍才算高明的哲学。即便如此，在这种高明里也有缺陷。一个人能够不朽，能够同时是瘸子，伏尔甘即是例证。人既能高人一等，也能低人一等。有无数不完整的东西在自然中，什么人清楚太阳是不是盲目呢？

那该如何去做？相信什么人呢？什么人敢说太阳虚伪呢？有些天才，优秀的人，有些星官们也有犯错的时候？那个在天上，在顶上，在最巅顶，在顶上的东西，赠予大地无限光明然而它看到的不多，看不清或根本看不见？这不让人失望吗？错了。太阳的上面到底还有什么？上帝。

一八三二年六月六日上午十一点左右，卢森堡公园人迹罕至，景物美丽。阳光底下，成梅花形状的树木和花圃散发芳香和耀眼的色彩，在正午烈日底下，全部的枝叶好像全在欢快地彼此拥抱。埃及无花果树丛中一片莺啼，麻雀唱着凯歌，啄木鸟在板栗树上用嘴啄着树皮上的洞。花圃有了百合的合法王位；最雍容的香气来自洁白。石竹花的芳香散在空气中，树林里玛丽·德·梅迪契的老白嘴鸦在谈恋爱。阳光附着着郁金香，郁金香发着亮光，真的就是色彩绚丽的火焰。全部的郁金香花圃边蜜蜂在忙碌地飞舞着，如同火花上的星星，和着就要来的阵雨，所有的都漂亮，都快乐；接连润泽的雨水，铃兰和金银花恰好能够得到而不必不安。燕子低飞表现了可爱的危险，这里所有一切都沉醉在欢乐里，生命是多么的美好，整个世界在诚挚，帮助，支持，父爱，温柔和曙光里。天上掉下来的思想如同我们亲着孩子的小手般柔和。

石像在树底下，洁白，裸露着，在阳光的映照下，树荫为它们穿上了一件衣裳；这些仙女们身上忽明忽暗，周围都是光亮。在大水池附近的地面上，干得如同烧焦般。总是刮风，满是灰尘。几枚晚秋的黄叶在开心地彼此追逐如同野孩子在玩耍。

满世界的光明让人觉得难言的宽慰。到处涌动着生命、树液、暑热和芬芳；我们从自然中觉察到那种巨大的源泉；我们从满是爱的微风中，从来回的响声和反射中，从尽情享用的阳光中，从尽情流淌的金色流体中觉得一切是无尽头的；我们从这艳丽如火的帷幕后看到了亿万星辰的主宰——上帝。

感谢细沙，使得这里无一丝泥痕，多方雨露，使得这里无一缕灰尘。花儿沐浴一新；全部成花样钻出地下的丝绒、绫缎、彩釉和黄金均一点斑点也没有。这种艳丽是无缺憾的。园林沐浴在欢乐的自然和谐中。一种只在天上才有的安静与无数种音乐和谐共处，鸟巢中的咕咕声，蜂群的嗡嗡声，还有瑟瑟风声。这个时节里，全部声音协调地共同完成一个完满的协奏春天的万物井井有条，茉莉迎着丁香落；有的花晚些绽放，有的昆虫却来得非常早；六月红蝶的排头兵和五月白蝶的后卫队亲密之极。梧桐穿上新衣。高大俊朗的贾树在和风中层层叠叠，气势不凡。旁边兵营的一个老兵从铁门外看着说："此乃一个披挂整齐的春天。"

自然整个在进食，所有的一切都到齐了。时间到了。天上挂着大幅蓝幕，他们中间或多或少在互相残杀，是善恶神秘的结合，然而它们中间没有谁饿着肚子。

两个被抛弃的孩子到了大池子边，阳光下他们有些晕沉沉的，他们想着避开，在奢华面前，这是穷人和弱者直接的反应——胆怯，虽然并不是在人前；他们藏到天鹅棚后。

顺风的时候，到处能时断时续地听到喊叫声、嘈杂声和很吵的咔咔声，是机枪的声音，另外还有闷闷的打拍声，那是在开炮。烟从菜市场那儿的屋顶上喷出来。一种很像呼唤的钟声在远处回荡。

这两个孩子好像没注意这些响声。小点的那个孩子时不时地小声说："我饿。"

差不多同一时间，另有一对也走到大池子边；可能是父子，一个五十岁左右的老人拉着一个六岁的小孩。小孩手里有一大块蛋糕。

在这段时间里，夫人街与唐斐街上的一些河边的建筑，有卢森堡公园的钥匙，公园铁门关了以后，房客能够通过它进到公园里。后来这种权利被取消了。这父子俩可能是从这样的房子里出来的。

两个穷孩子看到"绅士"过来，就藏得更隐蔽一些。

这是有钱人。说不定是马吕斯热恋时遇见的那个人。他听过在大池边他教育自己的儿子"什么事都不要过分"。他神态亲切而高傲，一直在笑，嘴合不上。这种笑容是因为牙床大，无法包住，显现在外面的是牙齿而不是心灵。孩子手上是吃剩的蛋糕，似乎吃多了。因为是动乱时期，孩子身上是国民自卫军的服饰；但父亲的装束是有钱人的，这是小心起见。

父子俩在有两只天鹅的大池边站住，这个有钱人好像非常喜欢天鹅，他走起路来很像天鹅。

此刻天鹅在游水，这是它们的特长，姿势非常好看。

假若两个不幸的孩子在听，而且也懂事了，他们就能听到一个冠冕堂皇的人的话。父亲告诉儿子：

"贤德的人活着，无欲无求而满足。孩子，看着我，我不喜欢奢侈。没有人会看到我穿带有金片或宝石的衣服，我将这虚假的光环让给那些头脑有问题的人。”

这时从菜市场那边传来的低沉的叫唤声、钟声和吵闹的声音一齐提高起来。

孩子问：“是什么?”

父亲回答说：

“是为庆祝丰收的土神节。”

猛然，他看到天鹅的绿色小房后面，站在那里动也不动的两个破衣烂衫的孩子。

“此时恰是开始。”他说。

待了一会儿，他又说：

“公园里来了无政府。”

此刻儿子吃口蛋糕，接着吐出来，突然哭了。

父亲问他：“为什么哭?”

孩子回答：“我不饿。”

父亲的笑意更深了。

“不一定要饿了才吃蛋糕。”

“我烦这块点心，不新鲜。”

“你不要了?”

“不要了。”

父亲冲着他指了指天鹅。

“扔给有蹼的鸟吧!”

儿子拿不定主意。他不想要这点心了，然而是什么原因要把它送掉呢。

父亲接着说：

“要善良，应该同情动物。”

然后他拿过点心，扔到池子里边。蛋糕掉到岸边的水里。

天鹅在比较远的池中央吃抓到的东西。它们没注意到这个有钱人，也没注意到点心。

有钱人觉得点心白白扔掉了，觉得心疼，于是想办法做出着急的样子，终于天鹅注意到这边。

它们注意到什么东西在水面上，然后如同帆船般慢慢转向点心，表现出白色珍禽的雍容气度。

“天鹅看懂了手势。”有钱人说，自得于自己的笑话。

此刻城内的骚乱突然加剧了，变得更加残酷。几阵风吹过最能表明问题。目前能够听到真切的战鼓声、喧闹声，小分队的枪声、沉闷的警钟和炮声在彼此呼应。这时太阳被一团阴云挡住。

天鹅仍旧没游到蛋糕那儿。

父亲说：“我们回去吧，他们在袭击杜伊勒里宫。”他拉着儿子的手，又说：

“在杜伊勒里宫到卢森堡间，距离如王位到爵位，很近。枪声会像暴雨般。”

他看看阴云。

“也许还要下雨了，天也参加，王朝的旁支失败了。赶紧回去吧!”

孩子说：“我想见天鹅咬蛋糕。”

父亲说：

“这太危险了。”

然后他领走了小有钱人。

孩子惦记着天鹅，不停地回望大水池，一直到排成梅花形的树在转弯的地方挡住他的目光。

此刻，两个小流浪汉与天鹅一起走到点心近旁。点心飘在水上，小的那个定定地看着，大的那个看着离开的有钱人。

父亲和儿子到了崎岖的小道上，它通向夫人街那边满是树丛的大阶梯。

看不见他们后，大的那个孩子马上伏到水池的圆边上，左手抓着池边，贴着水面，差不多要掉下去了，他另一只手用棍子挨近点心。天鹅见有人抢，加快游，它们飞快游动，结果对小渔夫有利，水在天鹅前面流向后面，漾开的波纹推着点心飘向小孩的棍棒。天鹅到了，棍子也恰巧碰上点心。孩子的一个飞快地举动吓跑了天鹅，他拨过点心，拿到蛋糕就站起来。蛋糕泡湿了，然而他们又饿又渴。大点的孩子将点心分成两份，一大一小，大的留给弟弟，自己留下小的，他对小点的孩子说：

“拿着，填肚子吧。”

十七、已故的父亲等候要死的孩子

马吕斯从街垒里冲了出来。公白飞紧随其后。然而太晚了。伽弗洛什已经牺牲了。公白飞端回那筐子弹，马吕斯把那孩子抱了回来。

哎！他心里想着，他想在儿子那里回报那个父亲在他自己父亲身上所做的，但德纳第救回的是他活着的父亲，而他，抱回的是死孩子。

马吕斯抱着伽弗洛什进街垒的时候，和那孩子一样，他的脸上也满是血。

他俯身抱伽弗洛什时，他的头盖骨被一粒子弹伤到了，但他没感觉。

公白飞用他的领带替马吕斯包扎前额。

人们把伽弗洛什搬到马白夫老人在的那张桌上，俩人用一块黑纱遮好，老少两个人刚刚够用。

公白飞将拿回来的筐内的枪弹分给战士们。

每个人有十五发。

冉阿让还待在那里，静静地坐在界石上。公白飞交给他那十五发子弹时，他摇了摇头。

“这里有个奇特的人，”公白飞小声告诉安灼拉，“在街垒里，他竟不打仗。”

安灼拉说：“这却没有阻止他护卫街垒。”

公白飞回答说：“有一些特别的英雄。”

古费拉克听到，又加上一句：

“他不同马白夫老人。”

应该说明的是，对街垒射来的火力对街垒里面作用非常小。没参加过这样如旋风般战斗的人而言，无法想象在如此激烈作战中，还能有安静的时候。大家来回走着，随便说着什么逗着乐，散散漫漫。一个我们知道的人在霰弹里听到有人跟他说："我们似乎是单身汉在吃午饭。"我们重申一次，麻厂街，街垒里面真的很安静。所有的变化与各段全部已完成或将要完结，情形由危急转到骇人，从骇人或许要变成绝望，情形越来越暗，街垒里也被英雄的战士们照得越来越亮。安灼拉严阵以待，他的姿态就像斯巴人青年人，他发誓要将光光的剑贡给忧伤的天才埃比陀达斯。

公白飞带着围腰在为伤员处理伤口，博须埃和弗以伊在制造枪弹，用料是伽弗洛什从排长死尸那里带回的火药。博须埃对弗以伊说："我们很快就要乘马车去别的星球了。"古费拉克如同少女整理针线盒般地在认真地在他捡来的几块位于安灼拉身边的几块铺路石上排放一整套武器：他的剑杖、枪、两支马枪和一支手枪。冉阿让一声不吭，看着自己对面的墙。一个工人拿小绳在头上系好于什鲁大妈的大草帽，说："为防中暑，艾克斯苦古尔备地方的青年在欢快地聊天，似乎赶着最后一次说家乡话。若李从钩子上取下于什鲁大妈的镜子，检查自己的舌头。几个起义者从抽屉里发现些差不多霉烂的面包皮，贪婪地在吃着。马吕斯焦虑着，自己的父亲会怎样说自己呢？

十八、秃鹫成了被猎之物

我们要详细说说街垒内独具的心理状态。所有与这次让人惊异的巷战有关的特点都不能漏掉。

无论我们说街垒里有何等特别，但对里面的人而言，这是一种幻想。

内战里有种启示，所有不清楚的世界的烟雾与残酷的烈火混合，革命就像斯芬克司，什么人参加过一次巷战，这无异于做了一个梦。

我们在谈到马吕斯时已说过这里给人的感觉，我们还会看见它的后果，它高于人的生活却又与人的生活不同。一到街垒外，就不清楚先前到底在那看到过什么。那时人变得非常骇人，然而自己并没意识到。身边都是人的脸上显露的战斗思想，头脑中都是将来的光明。那里有横着的死尸与站立的灵魂。时间简直太久了，仿佛永恒般。人在死亡里存在着。有些影子走过去，什么东西？看见了血手；这里有骇人的惊天动地的响声，却也有让人惊慌的沉寂有张嘴叫嚷的，也有张着嘴没动静的；人的确在烟雾里，说不定是在黑夜里。人们仿佛觉得已摸到了未知深渊中的凶险的淤泥；人注意着自己指甲上的某种红色，其他的都不记得了。

我们重新回到麻厂街。

忽然，他们在两次炮火同时发射中，听到远处的报时钟声。

公白飞说："这是中午的时间。"

十二声响没敲完，安灼拉就直立起来，响雷般的声音从街垒顶传来：

"搬铺路石进来，顺着窗台和阁楼窗子排列整齐。一半人拿着枪，一半人运石头。时间非常紧张了。"

一队消防人员，列打仗队形，扛着斧子出现在街的那端。

这肯定是一个纵队的前锋。什么纵队？一定是突击队，消防队执行打破这座街垒的命令，所以须在攀登的士兵之前前进。

很明显，他们要展开像一八二二年克雷蒙·东纳先生所说的"大刀阔斧"

的袭击。

安灼拉的吩咐准确快速地展开了，因为这种准确和快速尤其是街垒和轮船必需的，从这两个地方逃离才是没有可能性的。不足一分钟安灼拉吩咐将科林斯门口三分之二的铺路石运到二楼和阁楼，又一分钟没到，这些铺路石已经齐齐地堆了起来，把二楼窗子和阁楼的老虎窗的一半塞满了。在弗以伊——主要的修建者——的仔细安排下，小枪筒已穿过几个洞缝通出去。由于已没有了霰弹，所以窗户上的守护非常容易。为打开一个洞，那两门炮发射实心炮弹，对着墙中间轰炸，只要能打出洞来，就开始射击。

放好作为最后抵挡的铺路石后，安灼拉指挥着将摆在马白夫停放的桌下面的酒瓶运到二楼去。

“什么人喝这酒?”博须埃问。

“那些人。”安灼拉答道。

然后人们把下面的窗子塞好，而且将晚上用来闩酒店大门的铁门闩搁在手边以备需要。

这是一座纯粹的堡垒，街垒成为壁垒，酒店成为瞭望台。

他们把余下的铺路石拿来填街垒的缺口。

进攻的人非常明白街垒里面的人一定要节省枪弹，他们不慌不忙地让人气愤地做着安排，没到时间就出现在火力下，但这只是表象，实际并非如此，他们看上去非常自在。袭击前的预备总是慢得有规律，然后就是电闪雷鸣。

安灼拉在他们的放慢中可以把所有的重新检查一番，使之更加妥善。他觉得既然他们要去牺牲，就要牺牲得壮烈。

他告诉马吕斯：“我们二人是指挥。我到里面做最后的吩咐。你留外面监视。”

马吕斯就在街垒上面放哨。

安灼拉钉死厨房的门，我们知道，此处是战地临时医院。

他说：“别让伤员被碎弹片击着。”

地下室里，他作了最后的吩咐，简单又短小，他从容不迫，弗以伊听着，并作为众人代表作出回应。

“在二楼备好斧子来砍楼梯。有没有备好?”

“有。”弗以伊说。

“多少把?”

“两把斧子和一把战斧。”

“嗯。我们共二十六名革命者没有倒下。我们有多少枪?”

“三十四支。”

“余出八支。把这八支同样安好枪弹，搁在手边。把剑和手枪别到腰里。街垒里留二十人，六个人潜伏阁楼和二楼，由石缝间打攻击者。谁也别没事干。过一阵战鼓敲响进攻号。下面的二十人就去街垒。谁先到位谁最棒。”

安排好了，他转过来对着沙威说：

“我还记得你。”

手枪被安灼拉扔在桌子上，他说：

“谁最后一个从这屋里走出去，谁就把这特务的脑浆打出来。”

“在这里？”有人问。

“不是，别让这尸体与我们自己的人搅和在一起。蒙德都巷子的小街垒极易跳过去。它仅高四尺。他被捆得很牢固，领他去那，在那地方结果他。”

此刻有人比安灼拉还镇定，他就是沙威。

这时冉阿让到了。

他夹在战士们里，站了出来，问安灼拉：

“您是司令员吗？”

“对。”

“先前您感谢过我。”

“而且是以共和国的名义，这个街垒里有两位救命的人：马吕斯、鼓眉胥，还有您。”

“您觉得我能获奖励吗？”

“没问题。”

“那我向您请求一回。”

“什么奖励？”

“由我来枪毙此人。”

沙威抬头见冉阿让，他做了一个难以发现的动作说：

“这是公平的。”

安灼拉再次为马枪里安放枪弹，扫了一下周围：

“有谁不赞同吗？”

然后他转过来对着冉阿让：

“带特务走。”

冉阿让在桌子的一头坐下，确实已据有了沙威。他端着手枪，一声轻响“喀哒”，表明子弹已上膛。

差不多同一时间人们听到号声。

“注意！”马吕斯从街垒上面叫着。

沙威以其特殊的方式无声地笑了笑，注视着革命战士说：

“你们的健康状况好不到哪去。”

“所有人全出来！”安灼拉大声说。

我们来描绘描绘，革命战士一窝蜂地往外冲时，沙威冲其后面叫了一句：

“过会再见！”

十九、冉阿让复仇

只留下冉阿让和沙威了，冉阿让把绑住犯人的绳子打开，绳扣在桌底下，之后他示意沙威站起来。

沙威笑着按示意去做了，脸上的笑仍旧让人没办法猜透，然而却露出一种被绑的骄傲来。

冉阿让像人们身有重负的畜生的皮带般抓过沙威的腰带，拖在自己身后，缓慢地离开酒店，因为沙威的两条腿仍绑着，所以仅能迈小步子。

冉阿让的枪在手里捏着。

他们从街垒里面的小方场过。革命战士聚精会神于马上来临的进逼，全都转过身去了。

马吕斯自己被安排到围墙里头的左边，他注意到他们过去。他心中燃起的恐怖的火光，把受刑的和杀人的两个人照亮了。

冉阿让并不轻松地让绑腿的沙威从蒙德都巷子的战壕爬过去，然而他却从不放手。

他们从这座墙跨过去后，就只剩他们两个人在小道上，没有人看得见他们。革命者也被房屋拐弯挡住了。离他们前面几步远的地方，是从街垒里运出来的死尸，堆在那里，很骇人。

从这堆尸体中能辨出一张脸，惨白着，披头散发，一只手被穿透了，半裸的女人的胸，她是爱潘妮。

沙威斜眼看了看，特别平和地轻声说："我似乎认识她。"

他然后转过来冲着冉阿让。

冉阿让胳膊下面是枪，注视着沙威，目光在说："是我，沙威。"

沙威说：

"你复仇吧。"

冉阿让在兜里拿出一把刀，然后把它打开。

沙威叫着："匕首！没错，这更适宜你。"

冉阿让将沙威脖子上的绑绳切开，然后是手腕上的，再俯身切开脚上的，他站起来说：

"您解放了。"

沙威是轻易不会惊讶的。此刻，尽管他擅长自控，但却也难免惊讶，所以瞠目结舌。

冉阿让接着说：

"我认为自己出不去了。要是我有幸离开，我在武人街七号住。名为割风。

沙威如同老虎般皱皱眉头，一个嘴角轻轻动着，牙缝里嘀咕着：

"你要小心。"

"走吧。"冉阿让的话。

"先前你讲的是割风，武人街？"

"七号。"

沙威低低地又说了一次："七号。"

他再次把大衣扣好，大衣两肩挺阔，又有了军人的风采，转向后面，两臂交叉，一只手擎着脸，向麻厂街去了。冉阿让看着他离开。沙威走出几步又返回，冲冉阿让大声说：

"您确实让我烦，杀了我更好。"

沙威自己并没意识到，他和冉阿让讲话时不使用"你"了。

"您去吧。"冉阿让说。

沙威慢慢地走了，一会儿，他从布道修士街角绕开了。

沙威没影了之后，冉阿让朝天放了一枪。

他返回街垒，说：

“结果了。”

那时的情形是：

马吕斯正忙着外面，无暇顾及里面，此前他还没认真看地下室里被绑的特务。

太阳底下的沙威跨过街垒里，马吕斯认出了他。他头脑里猛然掠过一丝回忆。他想到了蓬图瓦兹街的侦察兵，他送自己两把手枪，就是现在马吕斯用的，他不仅记忆起他的模样，连他的名字也想起来了。

和他的其余想法相同，这个回忆也是隐隐约约、不甚明了，他无法确实，所以自己在心里对自己说：

“难道他不是告诉我他叫沙威的那个侦察员吗？”

也许还赶得上自己出去为他讲话？然而先要弄明白他到底是不是沙威。

“安灼拉！”

“怎么了？”

“他叫什么？”

“谁？”

“那个特务。你知道他叫什么吗？”

“当然。他告诉了。”

“什么名字？”

“沙威。”

马吕斯直立起身体。

这当口传来一声枪响。

冉阿让返回来叫：“结果了！”

马吕斯惆怅的心中掠过一个寒噤。

二十、死人有道理，活的没错误

街垒就要开始临死前的奋争了。所有的都为这崇高的最后一刻带去了悲壮的肃穆：无数从空中传来的爆破声，密匝匝的军队装备完好在看不清的街道上前进的响动，骑兵的时有时无的奔跑声，前行的炮兵发出的巨大的响震声。迷宫一样的巴黎上空是排枪声和大炮声，屋顶上升起战争的金黄色的烟雾，远处有种难言的怪叫，随处都是骇人的光亮，圣美里的警钟这时变得如哭泣声，暖暖的季节，天空有阳光和浮云，多彩的时光和可怕的阴森森的建筑。

由于这麻厂街的两排建筑打昨晚起就成两面墙了，不允许人靠近，门窗都紧关着，百叶窗也被关闭了。

那个时代与我们今天的形势很不一样，民众觉得国王赐的宪章或立法政体时间太长，应该到头的时候，空气中到处是民愤的时候，城市准许挖去它的铺路石的时候，革命战士对民众低低地传达口令而听者面带笑容时，此刻的民众应该讲是满怀起义情绪的，他们协助作战，接着房屋和与房屋依存的临时堡垒就相互结成一体。起义者在时机还不到时，在革命明显得不到支持时，在老百姓不承认起义时，就一点盼头也没有了。革命者的周围，城市成了荒漠，人心漠然，没有躲避的地方，街道是帮攻占街垒的藏身之处。

我们不可以一下子让民众背离自己意志去加速向前走。什么人要逼民众，他肯定失败！民众根本不由人指挥。他们能丢开起义者，不理睬他们，起义者这个时候就无人过问了。一个建筑是一面峭壁，一扇门意味着回绝，一个建筑物的正面是一座墙。这墙能看能听，就是不想管你。它能够打开点来救你。不，这墙是法官，看你并宣判你。那些屋子的门死死地关着，多阴森，好像已经死了，实际上内部仍活着。里面的生命似乎一时歇下来了，然而却是有的。二十四个小时里，谁也没走出过，但谁也没少。大家在石洞里来回走着，休息，起床，所有人凑在一块吃喝；人们惊慌紧张，这很可怕！惊吓能让人理解这骇人的冷漠，惊吓里混着不知所措，就更是情理之中了。这种事情有的时候是存在的，惊吓变成了兴奋，恐惧可以转为狂热，就像小心转成暴怒般，然后就有了这么种深奥的说法："疯狂沉稳。"高度害怕的火光能形成一缕沉闷的烟，那即为怒火。"他们想做什么？他们没有满足的时候。他们会牵扯和平的人，似乎革命还不足够！这些人到这做什么？他们独自去逃命吧！该着是他们的错，自己的事自己担，和我们没联系。不幸的街巷被乱扫一通，这帮流氓。一定别开门。"然后房屋就像坟墓了。革命战士在门前拼命奋争，他们看着霰弹与刺刀，要是他们喊出来，他们明白会有人听到，但没有人出来，他们能有墙作护身，能够有人救自己，墙内很多肉耳，然而这些人却心硬如铁。

该埋怨谁？

谁也不能埋怨！该怨所有的人。

怨活在一个残缺的时代。

乌托邦却成了革命者，从哲学的反击到武装反击，由密涅瓦到帕拉斯，总有危险，乌托邦贸然前进变成暴乱，清楚自己的结果，却由于急躁，不得不屈服，坦然地面对灾难而非胜利。它为那些不接受自己的人们贡献，一点怨恨也没有，进而还要为他们辩护，它的伟大表现在能忍耐抛弃，它能百折不挠地面对阻拦，对不讲恩义的人温柔关爱。

到底是不是不讲恩义？

对人类而言，是的。

对个人而言，不是。

前进是人活着的方式。人活着的一般状况被叫作进步；人类的统一步骤被叫作进步。进步在进步；它畅游天地，想至非凡的神圣境地有的时候，它会站住，等着与落后的人聚；它会休整，这时恰好在某个马上要出现的美好的迦南前苦想；它同样会在长夜入眠；人类的精神被阴影笼罩，人类在黑暗里探求，不能让在沉睡的进步醒过来，这是让思想家苦不堪言之所在。

"上帝也许已经不在了。"热拉尔·德·奈瓦尔有一天告诉本书作者。他混淆了上帝与进步，视运动的暂停为上帝的消失。

绝望是不对的，进步一定会醒来的。能够这样说，即便它睡了，仍是在进步，原因在于大家看到了它的成长。他再站立的时候，大家发现它高了。进步就像河水，永远不会静下来不修堤，别扔石块；阻拦会让河水喷发泡沫，让人兴奋，形成混乱；然而混乱一过，我们就意识到了进步。革命在秩序，也就是全世界的安宁到来前，在整个大地一片安详来临前，它总是以革命为歇脚点的。

进步为何物？我们先前曾说到，它是民众恒远的生命。

但是个人眼前的生活有的时候会反击着人类恒远的生活。

每个人都有各自不一样的利益，他寻找此利益，而且护卫着它却并没有越权的罪过，这一点我们须面对；为眼下的计划能够让某种程度的自私存在；现在的生活具备自己的权利，不一定要为将来接连奉献着自己。现在的一代人拥有从地球经过的权利，不可以逼着他们为后代减少自己的行程，他们与后代是平等的，未来会让后代经过。"我存在。"一个声音在轻轻地说。这个人就是我们。"我正年富力强，我谈着恋爱，我年岁大了，我要调整，我有孩子，我劳动，我会赚钱，事业发达，我有房租出，我具备资金投到政府企业中去，我快乐，我有妻有子，我爱所有这些，我要生活下去，别打搅我，这些理由让这些人非常冷淡地对待人类高尚的先头部队。

另外，我们应该接受这一点，就是只要战斗开始，乌托邦就从其灿烂夺目的领地里走开，它是明天的事实，它以打仗的形式，那是昨天用过的方式。它是未来，然而却与旧日一般行动。原本它是圣洁的思想，然而却转成野蛮的行动。在它的勇猛中混同着暴力，它该对此承担责任；这暴力是衡量再三才有的，背离原则注定要受罚。革命般的乌托邦，手里举着旧军规打仗；它处死特务和叛徒，毁掉活人，而且把他们扔到无名黑暗里。它利用毁灭，这非常厉害。乌托邦好像对光明没了信心，那原本是它永恒的力量。它以利剑反抗，但任何利剑都不是单刃的，而是双刃的，一面伤了别人，另一面就伤及自身。

有了这种保留——而且非常庄重地——后，我们只有歌颂那些奋战未来的光荣士兵，乌托邦的牧师，不管他们是否胜利。即便他们没有成功他们仍旧值得尊敬，说不定恰恰由于失败，才觉到更加威仪。和进步相适应的成功值得民众欢呼；而勇敢的失败更值得民众同情。一个壮观，一个伟大。对牺牲者的景仰，我们大大对得起成功者的，我们觉得华盛顿不如约翰·布朗崇高，萨康纳和加里比也一样不如。

总要有维护失败的。

对这些致力未来，而最终没有成功的伟人，人们的对待是有失公允的。

大家埋怨起义的人传播恐怖，每个街垒似乎都在打杀。人们怪罪他们的理论，对他们的行为动机也表示怀疑，恐怕他们另有他意，而且还指责他们的思想。他们被埋怨不应该抵制现有的社会制度，不应该制造这么多穷苦、悲痛、不满和绝望，不应该挖出地下的石块，修街垒来打仗。人们对他们嚷着："你们毁坏了通往地狱的铺路石！"他们就能够这样说："这恰恰表示我们修街垒的目的是正大光明的。"

和平解决理应是最完美的方式。总而言之，我们看到铺路石的时候，我们必须承认，我们会想起那只熊，这样的善良让社会不安。然而社会要自我救助；我们好意提醒，不用高度的药物，用友好互助来查明疾苦和病情，之后再使之康复，此乃我们做出的提醒。

不管怎样，从全球各个地方，这些人都盯着法国，凭着理想中的不变逻辑，为崇高的壮举而斗争。即便他们牺牲了，尤其在牺牲之时同样让人钦佩。他们把自己的生命奉献给进步而无所求，他们完成了上帝的吩咐，形成宗教的行为。在某种时刻，他们如同演员接台词般的，浑然忘我地依据上帝的排演，走进坟墓。

这个毫无盼头的斗争，还有这从容不迫的逝去，他们全不拒绝，目的是想将这始于一七八九年七月十四日的无法抵制的运动，送到它灿烂的巅峰——世界性的结局。这些战士是传教士，法国的革命来自上帝。

另外，除了另一章中已提到的不同之外，下面这点不同也应提及：革命是有人接受的起义，而被人拒绝的革命就是所谓的暴动了。起义的爆发，就是将某种思想放到民众眼前经受考验，要是民众投下的是黑球，意味着是枚干瘪的果子，起义就变成草率行动了。

一旦空想成了现实，一声呼喊就马上投入战斗，然而这却并非民众的风格，这些民族也并非时时如英雄如烈士。

他们注重现实。起始他们就不喜欢革命，首先，起义的下场通常是祸患；另外，起义的动机总是很不实在。

忠诚的人只为理想，而且也总是为理想奉献自己，这很伟大。起义由狂热而来。狂热的头脑能够激愤，所以端起了武器。然而每一次反对政府或政体的革命，指向都更深远。比如我们应该重点指出，一八三二年的革命领导人物，特别是麻厂街的进步青年所对抗的，并不全部是路易-菲力浦。在真诚的讲话中，大部分人可以对这个在君主制和革命之间动荡的皇帝的长处有个公平的评价，无人仇视他。他们从路易-菲力浦那里进攻世袭神权王位的旁支，就像他们从查理十世那进攻的是嫡系。

我们曾做过说明，他们打倒法国王朝，主要目的是在全球打倒人对人以及特权对民权的篡夺。要是巴黎无君，就意味着地球上没了暴君。他们这样推理，他们的目标无疑非常远，或许非常含混，他们面对阻挠时却阵，然而他们是崇高的。

事实即是如此。人们献身给虚幻的东西；这些虚幻的东西于奉献的人而言差不多总是梦想，一句话，是让人类稳固的信念变得含混的梦想。革命战士为革命涂上金色，然后将诗情赋予它。人们投身如此惨烈的事业中去。并为之沉迷。什么人能知道呢？说不定能够胜利。

他们人少，与一支完整的部队抗衡，然而出于对人权和自然法的维护，出于对每个人不能丢掉的主权的维护，出于对正义、真理的维护，他们能在必要时如同三百个斯巴达人那样去死。他们没想着堂吉诃德，而是莱翁尼达斯他们一直勇敢前进，参加斗争，就不会退缩，低头向前，期冀有空前的成功，更加好的革命重新有了自由的前进，期冀人类更崇高，世界获救，最惨也不过是塞莫皮莱而已。

这些战斗我们先前已讲过理由，它们由于为了进步而经常不得成功。百姓不喜欢听从战士的指挥。这群木讷的老百姓，他们的不堪一击来自他们的呆板，他们恐惧冒险，而理想是有冒险性的。

另外，我们应该记得存在着一个利益上的问题，跟理想和感情格格不入，有的时候胃能让心麻木。

法国之所以崇高和美好，原因就是它不像另外些民族那样让肚皮突出，它可以敏捷地在腰上系好绳子，它第一个醒来，最后一个入眠，它向前走，它在探求。

这恰恰是由于它是艺术家的缘故。

理想不过就是逻辑巅顶，美丽一样是真的顶点。拥有艺术的民族也同时是纯粹的民族。爱美即要光明。所以最先由希腊擎起欧洲的火炬，也就是文明的火炬，然后传给意大利、法国。伟大的民族先锋队伍！他们在运转生命之灯。

妙在一个民族的诗情是它进步的细胞。文化的分量由想象力的分量来称。然而传播文化的民族理应是坚强的。像科林斯一样，没错！像西巴利斯一样，不可以。什么人喜欢怯懦，什么人就得衰落。别做业余爱好者，也不要作杰出的演奏家，应该当艺术家。对文化而言别把它提炼细化，而是要让它纯净化。这样我们就可以给人类理想的范例。

现代理想的典范是艺术，手段是科学。依据科学，我们就可以完成诗人的壮观幻想——社会美。我们要以 A+B 再筑乐园。文化到了如此程度，壮丽之中就不能没有精确，科学手段即促进了又充实了艺术的情感。梦想一定要策划。原来是征服者的艺术，须用科学作支点，此乃其原发力。骑具的结实是非常关键的，现代的才智即是用印度天才作运输工具的希腊天才，大象的身上骑着亚历山大。

那种受规矩僵化和受利欲熏染的民族不适合做文化的指挥。崇拜偶像或金钱可以让负责走动的肌肉退缩，丧失上进心。民族会因迷醉于宗教的传统和商业的买卖中而变差，质量下降，同时也使其眼界变窄，缺乏那又是人又是神的智慧——为世界而战的智慧，此智慧原来能够让民族变成传道士。巴比伦无希冀，迦太基同样没有。只有雅典和罗马有，而且在经过多少个世纪的黑暗以后，还有着文化的光圈。

法国、希腊、意大利也一样具备这样的民族素质，它具备雅典人的美和罗马人的崇高。除此之外，它是仁慈的。它无私奉献，比别的民族更以尽忠为乐，以牺牲为乐，但如此气质是断断续续的，这非常危险，尤其对那些法国要走，他们非要跑，或者法国要站下来，他们非要走的人。法国同样有过唯物主义的过错，这种不同一般的头脑闭塞的思想有的时候让人丝毫想不到伟大的法国，而只能是米苏里州或南卡罗来纳州而已。该如何做？巨人装矮子，广袤的法国时而也会忽然喜欢渺小。如此罢了。

这样的情形没什么好说的了。如同星宿，民众有暂时消逝的权利。只要光明再来，暂时的消逝别变成黑夜，所有的就都非常好。黎明与复活一个意思，光明再来与“我”的延续一样。

我们平和地观察这些事。对尽忠的人而言，在逼迫之时死在街垒或流亡全都能够接受。忠诚热忱的实质是无私。就让被遗弃者遭遗弃吧。流浪的人被流放吧，唯一我们祈祷的是高尚的民众别倒退太远；别以重新找回理智为由，在下坡路上走得太过。

有物质，有时间，有利益，有肚皮，然而肚子没理由是仅有的智慧。现在的生活应该受关注，我们承认，然而永恒的生命也有其权益。哎！在上高处的时候，偶尔也会掉下来，历史上这样的情况也常发生，这让人失望。曾有一个民族荣耀一时，达到理想，之后却掉进淤泥而仍觉得心满意足。要是被问及丢掉苏格拉底去找法斯达夫的原因时，它会说：“原因在于我喜欢政客。”

再讲几句话，然后我们再返回这次乱战。

我们这时提及的战争不过是理想面前的痉挛。碰上阻拦的进步像病了一样，它于是就有惨兮兮的癫痫。内战是进步的痛处，我们在进程中肯定会碰上。这是这场戏里无法躲开的一个阶段，又是一幕，同时又是幕间休息，社会上的苦难的人是剧中主人公，戏的真正名字是“进步”。

进步！

这呼喊象征着我们的想法，这出戏进展至今，其中的思想尚要接受超过一次的磨难，或许我们能够掀开帷幕，至少使其光芒真切地显现出来。

这时读者手边的这本书，不管中间出现过什么样的间隔、特例或缺憾，从开始到结束，从全书到细节全是由恶到善，由不公平到公平，由假向真，由黑夜向天亮，由欲望到良心，由堕落到生存，由野蛮行为到责任，由地狱到天堂，从一无所有到上帝。它始于物质，止于心灵；它始于七头蛇，止于天使。

二十一、英　雄

突袭的战鼓声传来。

暴风般的疯狂进攻。街垒在昨晚的黑暗里仿佛被一条大蟒轻轻地挨近。此刻是白昼，在开放的大街上突袭无疑是不可能的；另外，凶猛的兵力也显现出来。大炮已经开始疯叫，街垒遭到军队的凶猛冲击。如今暴怒变成了技巧，一支精良的步兵排成纵队，在一定范围内，等距地在布置在国民自卫军和保安警察队中间，而且有数不清可以听到却看不到的人在后面支持，朝大街冲过来，他们敲着战鼓，吹着军号，工兵前头开道，从容不迫地在密集的子弹中向前行，直达街垒，如同铜柱般将重量压到一面墙上。

这面墙挺住了。

革命战士猛烈射击。街垒里人在顶上争着上攀，那情景带着一簇如鬃毛般散开的亮光。袭击非常凶猛，很快周围都是进攻的人了；如同狮子对待群狗，街垒脱离开这群士兵，围追的人笼罩着，无非像悬崖被浪花撞击一样，很快又现出巨大的黑色陡壁。

纵队在逼迫下撤开后重新集合在街上，他们什么护卫也没有，然而非常可怕的是，他们用可怕的排枪袭击棱堡。看到过烟火的人肯定知道那种叫作礼花的交错的火焰，想想看这礼花是横着而非竖着的，每团火焰上面都有一粒实心弹，一大粒霰弹或者一粒散子弹，死亡于一系列的雷电之间散开着。街垒就在它下面。

两方面有着相同的意志。在这里。英勇很像粗野，而且与某种残忍的英雄举动混合着，这最初源于牺牲自己的精神。那时期的国民自卫军战斗就如同轻步兵。军队想完结这场斗争而革命者想接着打下去。在年富力强之际面对死亡，这让无所畏惧成了疯狂之举。所有人在乱战里全觉到了在这最后时间里的崇高形象。死尸到处都是。

安灼拉在街垒的一端，马吕斯在另一端。安灼拉记挂整个街垒，暂时躲起来，以伺战机三个连看都没看见他的士兵就躺在了他的枪口之下。马吕斯相反是一点掩护都没有地在打仗成了大家的目标。他的大半部分身体出现在棱堡顶上。一个小气鬼能在发疯时一掷千金，毫不可惜，然而却比不上一个苦思的人动作起来的骇人。马吕斯非常骇人，而且又冥思不醒。打仗时他就像在梦里，仿佛是一个幽灵在射击。

被围困的人弹药逐渐减少，但他们的讽刺却没停止。他们仍旧玩闹着，就在这座坟墓里。

古费拉克光着头。

博须埃问他："你的帽子呢？"

古费拉克回答说：

"被他们的大炮炸飞了。"

也许他们还高傲地点评一番。

"确实搞不懂这群人，"弗以伊悲惨地叫着（他读着一些名字，有的很出名，一些旧日军界人士），"他们应允加入而且发誓帮我们，他们以名誉保证过，他们是我们的长官，但却丢掉了我们。"

公白飞仅回以严肃的笑：

"有的人如人观察星星般地去信守名誉——离得很远。"

街垒里都是碎弹片，如同下了一场雪。

攻方人多，守方占地利。从一座高墙上，革命战士可以很近地对准那些士兵，他们在死尸和伤员中间趔趄着，或是在斜坡上摇摇晃晃前进。的确使人称奇，这街垒是那么结实，算得上是一个牢固的阵地，一夫当关，万夫莫开。但突袭队伍不断在增加队员，而且在枪弹密集中总有援助，他们残酷地逼近了，目前正一步步，一点点却很确定地前行着，如同在旋紧压榨机的螺丝，街垒被渐渐进逼。

突袭不间歇地进行着，恐怖逐渐增强。

接着一场可与特洛伊战争相提并论的斗争在麻厂街上，在那堆铺路石上开始了。这些面色疲倦、衣裳脏乱、倦怠已极的人，十四个小时没吃东西，没睡觉，只有几发子弹了，此刻正摸着没了子弹的空袋子；他们差不多全有伤，发黑的带血的布条裹着头或胳膊上的伤，血从衣服的破窟窿里淌出来，有些武器不过是坏枪和又破又钝的刀，然而仍作为巨人的使唤。街垒遭到了十次围攻，攀登，然而一直没被拿下。

应该对此战有些想法，我们想象着把一群骇人的斗士身上点着火，然后再来看火灾。这并非一场斗争，是一个火炉的壁膛。他们的嘴里有火焰在出没，他们的脸很怪异。这已不是人形；起义者被火包围着；看着这群穿梭于火焰中的火蛇确实让人心惊肉跳。我们对两方一齐展开的接连的大规模屠杀情景不做描写，原因在于只有巨幅英雄史诗才有资格用一万两千行诗句来描述一场战争。

真的如同波罗门教的地狱，是那种十七种地狱中最骇人的，《吠陀》中叫作剑林。

肉搏战展开了，短兵相接，手枪射击、长刀砍、拳击、上下远近，随处都是，通过屋顶酒店窗口，几个人来到地下室，通过通气孔开火。这是一比六十的战斗，相差太大。科林斯的门脸已被弄掉一半，状极怪。窗户遍体鳞伤，玻璃与窗框全没了，剩下一个怪里怪气的窟窿而已，塞着横七竖八的铺路石。博须埃牺牲了，弗以伊牺牲了，古费拉克牺牲了，若李牺牲了，公白飞在扶伤员时挨刺三刀，透过了胸，仅向着天看了一眼就死了。

马吕斯接着作战，到处是伤，特别是头部满脸是血，仿佛是只红手帕盖着。

只有安灼拉没受伤。他没武器，便左右伸手，一个战士在他手上随意丢了一把刀。他的四支剑只留下碎片，和马林雅诺的弗朗索瓦一世相比，多出一把。

荷马说：“居住在快乐的阿利斯巴的特脱拉尼斯的儿子阿希勒被狄俄墨得斯害死了；墨西斯特的儿子于利亚处死了特来梭斯、奥菲提奥斯、埃赛普，还有阿巴巴莱河神与无可指责的布科里奥生育的儿子贝达希斯；乌利西斯打倒了贝谷斯的毕弟特；安提罗科打倒阿培莱；波里波特斯打倒阿斯第耶；波罗达马斯打倒西兰的奥多斯；透克洛斯打倒阿埃达翁。欧里毕勒的标枪除掉了梅冈提奥斯。英雄之王的阿伽门农摧毁了埃拉多斯，那是波浪汹涌的沙特诺以斯河浇灌的悬崖城市中的一个。”在古时的英雄史诗里，埃斯特朗第安拿着两端冒火的利刃袭击巨人斯汪蒂坡尔侯爵，为了保护自己，侯爵把城楼拔起扔向他。在古老的壁画中能够发现布列塔尼与两个装备好的波旁公爵，他们佩有徽章与战盔，骑马端斧，铁面罩、铁靴，铁手套，一匹马身上是银鼠马衣，另一匹马套着蓝呢子；冠冕的两个角间的狮子是布列塔尼的象征，铁盔帽舌上的一朵大大的百合花是波旁人的标识。实际上，要想显示奢华，不用跟伊奉似的头顶着公爵的高顶盔，跟埃斯勃朗第安似的擎着火炬，或者跟波罗里达马斯的父亲费里斯似的，从埃非尔带回欧菲特王的礼品，那是一副好甲胄，只要把自己的生命献给信仰或忠诚就足矣。昨日尚是博斯或里摩日的农民的幼稚的小战士，菜刀塞在腰里，在卢森堡公园里孩子们的保姆身边转悠，这个脸色惨白的年轻学生，全神贯注地解剖或读着一本书，一个拿剪刀剪胡子的金发少年将俩人聚到一起，给他们宣传一番责任，拉他们到布什拉街口或者是卜朗什一米勃雷死巷里对面站好，让一个为手中的旗帜，另一个为了理想战斗，使两个人都觉得自己的战斗是为了祖国；仗将打得非常凶猛，步兵和外科医生这两个对手，他们在人类战争的大战场上的身影能够同多虎的里西君王美加莱在与崇高如神明的埃阿斯肉搏时同日而语。

二十二、一步步

那个时候还活着的领袖只有安灼拉与马吕斯守在街垒两头，中间古费拉克、若李、博须埃，弗以伊与公白飞抵挡了很长时间，已挺不住了。尽管大炮没打出能通行的缺口，但却从棱堡的中间弄出一个很大的凹形。这里的墙上已经被炮轰倒，下落的破砖烂瓦向内或向外掉，堆成堆，在墙里外产生斜坡，外面的方便进攻。

一次关键性的进攻开始了，这次突袭胜利了。士兵拿着密匝匝的刺刀向前凶猛奔去，无法阻挡；陡坡上的烟雾里露出了突袭部队密林般的队伍，此刻大势已去，负责中间防守的革命者们慌忙中撤走了。

有的人开始有一丝隐隐约约的生存下去的愿望，他们不想在枪弹中等待死亡。此刻护卫自己的本能让他们大喊大叫，人再次回到动物的情形。在逼迫下，他们撤回碉堡后的一座七层楼前面。这里能够保命。仿佛堆成一面墙，它由上到下死死地关闭着。有足够的时间在军队来到棱堡之前把门打开又关上，仅需一眨眼的功夫。这门猛然半开又马上闭上，对这群绝望的人而言，这即是生命。在房子后，大路畅通宽广，能够逃走。他们拿枪托砸门，用脚踢门，叫嚷着，祈求着，但无人开门。四楼窗口上，仅有死人头在注视着。

然而，马吕斯和安灼拉，另外还有七八个人围在他们旁边，奔过去保卫他们。安灼拉冲着士兵嚷："别靠前！"一个没服从的军官被安灼拉击毙了。这时他紧贴着科林斯的房子，在棱堡的小后院，他两只手分别拿着剑和枪，打开酒店的门，挡着来者。他冲着那些绝望的人喊着"这是唯一开着的门。"他以自己身体保卫他们，自己一个人对付一个战斗营，让他们从他身后走过。人们全部冲了进去。安灼拉摇动着马枪这时它发挥了棍棒的功效，这就是所谓的"盖蔷薇"，可以拔下周围和面前的刺刀，自己最后进门，此刻恐怖的瞬间来到了，战士们想关上门，士兵们想进来。门被关得异常凶狠，最后关紧后，门框上能看见一个抓了门框的士兵的五个手指。

马吕斯留在了外头，他的锁骨被子弹击中，他觉得头晕目眩，栽倒地上。此刻他双目合上却仍意识到被一只手有力地抓着。他心里仍旧盘旋着最后对珂赛特的思念，他刚有机会产生一个想法："我被俘了，要被枪毙了。"之后就昏过去了。

在跑进酒店的人里没发现马吕斯时，安灼拉也有一样的念头。然而这时候只有时间想自己的死。安灼拉上好门闩和插销，钥匙在锁眼里转两圈，然后上好锁，此刻外面传来剧烈的拍打声，士兵使枪托，工兵使斧子。进攻的人聚在门前，发动进攻。

能够这样讲，士兵们全都暴怒了。

他们被炮长的死惹火了，更坏的是，士兵里在进攻前几小时的时候散播着革命者残害俘虏的消息，传说酒店里发现了一个士兵的无头死尸。这种肯定引来祸患的谣言常伴随内战，就是这种流言，引发了特兰斯诺南街的事件。

门堵好后，安灼拉告诉其余的人：“即使死也一定要让他们付出很多。”

接着，他向马白夫和伽弗洛什所在的桌子走去。两具僵直的身体在黑布下面，一大一小，从冰凉的裹尸单子上模糊可见俩人的脸。尸布底下垂出一只手，向着地面，是马白夫老人的手。

安灼拉俯身吻了这只可敬的手，昨天晚上他吻了老人的前额。

这在他一生中是唯一的两次吻。

概括点说，这里的抵抗是坚强而不屈服的街垒之战如同底比斯城门之战，酒店之战如同萨拉戈萨巷战。不放过战败者，无和谈的可能性，大家以死相拼。间歇喊着：“投降！”时，帕拉福克斯的反应是：“大炮之后用刺刀拼杀。”在突袭时于什鲁酒店所有的东西都利用上了：进犯者遭到窗口和屋顶雨点般的滚石袭击，伤亡惨重，暴怒异常，另外地窖和阁楼的冷枪，凶狠地袭击，疯狂地反抗，最终门被攻破，开始了残酷的杀戮。进犯的人闯入酒店后，地上的烂门板绊了脚，他们居然一个起义者也没发现，上旋的楼梯已砍开了，在楼下的厅堂里横放着几个伤兵刚死，全部幸存者都在二楼，他们通过原来是楼梯通道的天花板的窟窿，凶狠地射击。他们射出的是最后的枪弹了。这些面临绝境的斗士在子弹打完后就一点弹药也没有了。所有人手里都有两个我们曾提及的安灼拉藏起来的瓶子，他们以这种可怕的并且容易破裂的粗家伙打击攀上来的人。瓶里面是镪水。我们实事求是地反映这残酷的杀戮。确实让人感慨，他们已将所有的物品当成武器。阿基米德的名誉并未受希腊的硝烟影响，巴亚尔的名誉也未受到滚烫的松脂的伤害；所有的战争都是让人害怕的，无抉择的可能。虽然是从下往上打多少不顺手，但围攻者的成功率仍然很大。天花板的窟窿周围一会儿就满是死人的脑袋，长长的血往下滴着。乱七八糟的声音难以言表；笼罩在浓烈的战火里如同在黑夜里作战，其骇人程度绝非言词可传达。这样地狱里的厮杀毫无人道，已非巨人与壮汉之间的交手，如同密尔顿和但丁。但与荷马不同。妖怪在进逼，幽灵在反抗。

此乃险恶的英雄主义。

二十三、俄瑞斯忒斯挨饿，皮拉得斯醉

后来，围攻的人搭成人梯，辅以断楼，上了墙，抓牢天花板，砍伤洞口剩下的几个反击战士，二十来个围攻的人，中间有士兵、国民自卫军和保安警队，多数人在骇人的上攀时脸被伤，血模糊了双眼，场面混乱。他们异常激愤，兽性十足，闯入二楼。只有安灼拉一个人立在那里。他没枪弹，也没有利刃，只拿着一个枪筒，枪托断在围攻者的脑袋上了。他退到一个角落，用弹子台把自己和进犯者分开，他笔直地站着，双目炯炯有神。他拿着那支断枪脸色骇人，没有人胆敢靠上来。猛然有人喊道：

“他是首领，炮长是他害的。他选的地方倒是不错，他就这么等着吧，就在这儿杀了他！”

安灼拉说：“放枪吧！”

他把那只破枪管扔了，抱着双臂，昂首挺胸。

壮烈就义总是很让人感叹的。安灼拉抱着双臂，等待死亡，拼杀的巨响在房子里一下子安静了，乱七八糟也马上不见了，仿佛坟地一样的萧瑟。安灼拉站定在那里，什么武器都没有，凛然不可侵犯。这位青年好像对吵闹有某种魔力，只有他没有伤。他行动高贵，表情动人，满身是血，如同一个不会受伤的人那样满不在乎，仿佛仅靠自己从容的目光就可以让这帮残忍的人心怀敬意地向他开火。他那俊朗的脸，这时染上自身的骄傲，他变得神采奕奕，似乎不疲倦，也不会受伤，二十四小时惊心动魄的战斗后，他仍旧精神抖擞。后来在军事法庭上一个证人提及的也许就是他："我听见有人管一个起义者叫阿波罗。"一个国民自卫军举枪对准安灼拉，却又放下了，他说："我觉得自己好像在射击一朵花。"

安灼拉的对面形成了一个小队，共十二人他们无声地备好枪支。

随后一个班长喊道："瞄准！"

被一个军官拦住了，他说：

"等一下。"

他对安灼拉说：

"您要蒙上眼睛吗？"

"不用。"

"我们的炮长是您杀的吗？"

"对。"

格朗泰尔醒过来有会功夫了。

我们还想得起来，格朗泰尔从昨晚开始就在酒店楼上睡觉，在椅子上坐着，趴在桌了。

他就像以往的那种形态：烂醉。他在讨厌却让人着迷的烈性酒精的作用下昏昏睡去。他在的桌子太小，对街垒而言，发挥不了什么功效，因此也就给他用了。他一直是一种姿势，胸贴着桌子，脑袋枕着胳膊，玻璃杯、啤酒杯和酒瓶在旁边。他的深睡就像狗熊冬眠，就像喝饱血的蚂蟥，排枪，炮弹，霰弹由窗子进来甚至嘈杂的叫声，都丝毫没影响到他。有的时候他以打鼾来响应炮声。他似乎在等待一粒枪弹，让自己别醒过来。他身旁有几具死尸，猛然看去他和这些已死去的好像沉睡的人没什么两样。

嘈杂声没把一个醉鬼叫醒。安静却让他清醒了。人们不仅一次地看过这类奇怪的事情。格朗泰尔对周围的塌陷丝毫不知，而且似乎他的睡眠更加安稳。安静在安灼拉面前的嘈杂对这个沉沉睡着的人也发挥了惊醒作用。就如同飞奔的一辆快车一下子停住，车里酣睡的人就会醒过来，格朗泰尔一下子将身体直起来，把两只胳膊打开，揉揉眼睛，看了看，打了个呵欠，总算知道了。

酒醒后如同把帷幕打开。他一下就明白了幕布挡着的一切。他脑子里显出各种情况，二十四小时内的事他不清楚，然而一睁开眼睛，就都知道了。一下子冷静下来，迷醉的时候的昏迷，那满头雾水，不见了，紧随其后的是甩不开的真真切切的现实。

围攻者注视着退到角落里的安灼拉，如同受弹子台藏着一般，丝毫没见到格朗泰尔。那个班长正想再发命令："瞄准！"他们猛然从旁边传来响亮的声音：

“共和国万岁！我也算一个！”

格朗泰尔站了起来。

他漏掉了灿烂无比的战斗全过程，这时在他变得伟大的目光中闪耀。

他又说了一遍“共和国万岁！”而且迈着坚定的脚步走过屋子，挨着安灼拉站到排枪的前面。

他说：“你们一回杀两个吧！”

然后转过来对安灼拉温和地说：

“您答应吗？”

安灼拉笑着和他握了握手。

笑容还没过去，就传来了枪声。

安灼拉身负八枪，如同被子弹钉着似的依在墙上，只是头低了下去。

他脚下是格朗泰尔。

之后不长时间，围攻的人把最后几个躲起来的起义者驱散出来，他们跃过一个木篱笆朝阁楼开火。阁楼里开了火。窗口里有人被丢出来，其中几个仍活着。两个轻骑士兵正试图把烂了的公共大马车扶起来时，阁楼里出来的两发子弹结果了他们。扔出来的人中有一个穿罩衫的，刺刀捅透了他的肚子，他躺在地上叫着一个士兵和一个起义者一起由瓦砾坡上溜下，谁也不放手，狠狠地扯在一块掉了下来。相同的拼杀在地窖里也发生着，喊声，枪响，还有残忍的践踏声，随之一下子静下来，街垒被攻陷了。

士兵开始在周围的房子搜索，而且去追杀那些逃亡的人。

二十四、被捕获的人

马吕斯真的被抓了，他成了冉阿让的俘虏。

他倒下去时，尽管没了知觉，他仍觉到一只手有力地从后面抱住了他，那是冉阿让的手。

冉阿让仅仅是冒险等在那里，他没加入拼杀。那种危急时刻，除了他，谁也不会想到受伤的人。多亏了他，搏击时他仿佛一个神似的随时出现，扶起倒下去的人，送到地下室裹伤。空当的时候，他修修街垒。然而像打人，进逼或者是个人的自卫等他肯定不会去做。他静静地帮着忙。另外，他只有几处擦伤。子弹不喜欢他。假若他到这个坟墓时想的是自杀，那他确实失败了，然而我们对他会想着自杀这种背离宗教的行为表示怀疑。

在浓烈的烟雾里，冉阿让似乎没注意马吕斯，实际上他始终看着他。马吕斯被枪击倒时，冉阿让像老虎一样灵活地扑向他，如同抓一个猎物，带走他。

疯狂的进攻这时都冲着酒店门口和安灼拉等人，谁也没注意冉阿让，他两只胳膊托着昏死的马吕斯，打这没了铺路石的战场过去，在科林斯房子的转弯的地方没了踪影。

大家知道在这转弯的地方是成一个海岬伸向街道的，这里有几尺见方那么大，可以遮住枪弹，也可以遮住人的视线。偶尔火灾里也会有留下的一间房屋，在最凶猛的海上，在岬角的另一端或暗礁的最里边，一个宁静的小地方，爱潘妮即是在这种街垒里的梯形秘密之地死的。

冉阿让停在这，轻轻地放马吕斯到地上，他贴着墙，环视四周。

那时情形非常紧张。

也许现在在两三分钟里，这面墙还是个藏身之处，然而如何才可以离开这杀戮场呢？他忆起八年前在波隆梭街时的担忧，他怎样逃脱的，在那时是难的，但现在却是没办法的了。面对他的是一座绝情的七层房屋，像聋了似的无声无息，仿佛只剩那个趴在窗上的死人，他的右面是很低很矮的街垒，把小花子窝堵上了打这跃过去好像不难，然而一排刺刀从屏障上面露出来，那是潜藏在那里防守街垒外边的战斗队伍。从这街垒跳出去，绝对是引发排枪开火，任何人冒险从这堆铺路石筑的墙上伸出脑袋，都会成为六十发子弹的靶子。战场在他们左面，墙角后边对的是死亡。

如何做？

唯有一只小鸟方可脱身。

一定要马上想办法、做决定。离他几步远的地方正在打仗，好在他们都凶猛地抢占一个地方——酒店的门；然而假若有一个士兵，哪怕只有一个，记起绕过来，从旁边进攻，那就全失败了。

冉阿让看了看前头的房子，再瞅瞅身边的街垒，接着怀着绝望又瞧了瞧地面，心乱如麻试图用眼睛从地面挖个洞。

因为全神贯注，不清楚在这种临死奋争之际隐约却能抓到的东西出现了，而且产生在他的脚边，仿佛是目光完成了梦想一样。他注意到几步之遥的低墙下的一扇铁栅栏门，门的一部分上面盖着落下的铺路石，而这墙外面就是被残酷地防守和窥视的，门是装在地上的。铁门的材料是粗横铁棍，差不多有两平方尺大。它赖以支持的铺路石架已挖没了，似乎铁栅栏已经被打开了。穿过铁条能见到一个像烟囱管道或储水池的管子似的黑黑的洞口。冉阿让越狱的看家本事仿佛一道闪光掠过头脑，他猛奔过去。掀起铺路石，挪开铁栅栏，他把死尸般丝毫不动的马吕斯背上，往下去；身带重荷，他借手肘和膝盖的力量，到这好在不算深的井里，然后，放下顶上的重重的铁栅栏门；铺路石被震动后又掉下来，有的掉到门上，此刻冉阿让踩到了地面下三米的有石块的地上；他如同一个异常激动的人，在几分钟内，凭借巨人般的力量和雄鹰的灵活实现了这一切。

冉阿让和晕过去的马吕斯来到一个地下长廊。

再也没有这更保险的了，这里非常安静，是黑暗的夜晚。

他的眼前再次浮起他从大街落入修女院时的情景，然而现在他驮的是马吕斯，而不是珂赛特。

这时他仅稍稍听得见上面传来的进攻酒店的可怕的嘈杂声，仿佛是一种隐隐约约的耳语一般。

第二卷　利维坦的肠子

一、海洋使土地贫瘠

每年巴黎都要把二千五百万法郎丢进海洋。

这并不是修辞上的隐喻。用什么方式抛丢？夜以继日。为了什么？不为什么。想干什么？没考虑过。为什么要这样呢？不知道。用什么器官？肠子。它的肠子是什么？下水道。

二千五百万是从专业角度估计出来的最低的约数。

今天，经过长期的摸索，科学已经揭示出最肥的肥料就是人类。说来令人惭愧。中国人比我们知道得更早。埃格勃说过，没有一个中国农民进城不用竹子扁担挑满满两桶我们称之为污物的东西回去。幸亏有人粪，中国的土地仍和亚伯拉罕时代那样充满活力。中国小麦的收成可达一粒种子收获一百二十倍的麦子。任何鸟粪都没有首都的垃圾肥沃。多个大城市都有很肥沃的粪肥。利用城市垃圾对田野施肥，这肯定是会成功的。如果说我们的黄金是尿粪，那么相反，我们的尿粪就是黄金。

我们的这些黄金般的粪尿是怎样来处理的呢？我们将它倒在深渊里去了。

我们花了大笔钱，派船队到南极去收集海燕和企鹅粪，而让身边不可估量的致富因素流入海洋去了。如果将全世界损失的人和兽的粪便归还土地而不是抛入水里，就足够让全世界人丰衣足食了。

那墙角的垃圾堆，半夜在路上颠簸的一车车污泥，让人讨厌的清道夫的运输车，铺路石遮盖着在地下流动的臭污泥，你知道这是什么吗？这是盛开着鲜花的牧场，是碧绿的草地，是薄荷，百里香，鼠尾草，是野味，家畜，是大群雄牛晚上叫着的吃足的“哞哞”声，是香喷喷的干草，是金黄色的麦穗，是你们桌子上的面包，是你们血管里的血液，是健康、快乐和生命。神秘的造物主就是要让地上不断变化，天上不断改观。

把这些归还给大熔炉，你就会得到丰收，平原得到的养料会变成人类的食物。

你们可以扔掉这些财富，而且还觉得我很可笑。这是你们愚昧无知的突出表现。

统计学数据表明，仅只法国一个国家的河流多年就将五亿法郎丢进了大西洋。注意，这五亿法郎，我们可以用来支付国家预算中的四分之一。可是人们居然这样高明，宁愿把这五亿法郎扔进河里。人民的养分从我们的阴沟一滴一滴地注入河流，又让河流倾向大海。阴沟的每一个噎就值一千法郎。这样，两个结果就产生了：土壤贫瘠，河流受到污染。田畦产生饥饿，河流则带来疾病。

比如说，就像众人所知的那样，现在泰晤士河已使无数人中毒。

说到巴黎，最近人们已只得把绝大多数的阴沟出口移到下游最后一道桥的下面。

一种设有活门和放水闸门的双管设备可以引水进来又排泄出去。一种极简单得就像人的肺一样的排水法已在英国几个地区大量采用，把田野的清水引入城市的同时又把城市的污水输出给田野。这种世界上最简单的一进一出，可以节省下以前被扔掉的五亿法郎，但是，人们想的是其他事情。

现在的做法是想干好事却弄成了坏事，动机是好的，但后果却很糟糕。由于阴渠使用不合理，他们以为他们正在使城市清洁，实际上都正在使人民憔悴。当这种只是清洁而伤元气的阴渠都换成了具有两种功能的、吸收后又能归还的排水系统，再配合一套新的社会经济体制的时候，土地的产物就可以提高十倍，会大大缓和穷国问题。加之，各类寄生虫也被消灭，这些问题就会得到解决了。

目前，公共的财富正在流进河流中。流失连续不断。"流失"这字眼很合适，就为此，欧洲破产了。

说到法国，我们已提到过其数额。巴黎人口现在占全国的二十五分之一，而在世界所有阴沟中巴黎的粪汤是最具财富的，所以在法国，估计在每年被抛掉的五亿法郎中巴黎损失二千五百万还是个比实际低的数目。如果这二千五百万用在经济和享受方面，可以使巴黎更加繁华，但这个城市却把它消耗在了下水道里。所以我们可以这样说，巴黎最大的挥霍，包括它奇妙的节日，波戎区的狂欢，它的盛宴，它的挥金如土，它的繁华奢侈和华丽，都是在它的阴渠。

因此，是盲目而又拙劣的政治经济学说使公众的福利受到损失，被扔进水里，被沉入深渊。为了公众的财富，应该使用圣克鲁的网。

从经济角度讲，可以做这样的总结：巴黎是一个漏了的筐子。

巴黎这个模范城市，是一切有水平的首都的典范，多个国家都想仿效它。然而，在我们所指出的这些方面这个理想的首都，这个创造、推进试验的雄伟的摇篮，这个精神的中心，这个城市之国，这个创造未来的地方，这个巴比伦和科林斯的集大成者，却要使一个福建农民耸肩嘲笑。

模仿巴黎将会使你破产。

另外，特别是在那些远得无法追忆而又没有理智的挥霍方面，巴黎自己也是模仿别人的。

这些令人吃惊的无能是不新鲜的！这不是只在近代产生的愚昧行为。古人和今人的行为是相同的。李比希曾说："罗马的下水道把罗马农民的福利给吞没了。"当罗马的农村被阴沟毁了以后，它又使意大利精疲力竭了。它把意大利抛进阴沟以后，又把西西里也抛进去，接着是撒丁和非洲。罗马的阴沟席卷全世界，下水道将全市和全球都吞没了。这是座不朽的城市，没有底盖的坑。

在这些事和其他事件中，罗马都起到了领先作用。

以一切文化城市固有的傻劲，巴黎模仿了这个样板。

出于我们刚才的解释程序的需要，在巴黎的地下另有一个巴黎，一个阴沟的巴黎，有它的道路、十字路口，它的广场、死胡同，它的动脉及其污泥的循环，只是少了人形而已。

什么也不要恭维，也不能恭维，因为这里应有尽有。有壮丽卓绝的一面，也有不光彩的一面；如果说巴黎具有雅典城的光明，提尔城的实力，斯巴达城的道义，尼尼微城的英才，那么它也有着吕代斯的污泥。

何况，巴黎的力量也在这里打下印记，它巨大的肮脏沟道，在所有的大建筑中，人类中几个人物体现出这一奇特典型，如马基雅维利、培根和米拉波，都是可耻的伟大。

如果视线能穿透地面，就会看到巴黎的地下有一个巨大的石珊瑚形状，其海绵孔比起这块上面矗立着伟大古城的、周围有着六法里长的土地下面的窄路和管道不会更多，这还不包括地下墓窟——这是另一种地窖，也不包括错杂的煤气管道和庞大的直通到取水笼头的饮用水管道系统，仅仅阴渠本身在河的两岸下面就形成了一个黑暗的网道，这座迷宫的引路线就是斜坡。

在这里，在湿润的烟雾中，出现了大老鼠，仿佛是巴黎分娩出来的。

二、阴渠的历史

让我们想象一下，像揭盖子那样把巴黎揭开，笔直的向下看，这个地下的阴渠网就像画在两边岸上与河流衔接的树干。右岸的阴渠总管道如同树枝的主干，较细的管道仿佛树枝，死胡同则好像是枝丫。

这幅图形是很粗略的，只是大体上相似，地下的分枝常常有直角，而这在植物中是罕见的。

如果我们把这奇异的实测平面图想象成在一个黑底子上平视到的一种奇怪而乱七八糟的东方字母表会更像一些，那奇异的字母，表面上混乱不堪，好像是很随便地，有时在转角的地方，有时在尽头处相互拼凑在一起。

在中古时代，罗马帝国后期和古老的东方，污水坑和阴渠曾起过很大作用。在那里，瘟疫流行，暴君死亡。见到这些腐烂物的温室、惊人的死亡的摇篮时，民众则几乎产生一种宗教性的恐惧。贝拿勒斯的害虫深坑同巴比伦的狮子坑一样，会使人头晕目眩。犹太士师书中曾记载，蒂拉发拉查崇敬尼尼微的污物坑。让·德·赖特就是从蒙斯特的沟渠中引出他的假月亮来的，东方的莫卡那和他相貌酷似，这个蒙着面纱的霍拉桑先知，使他的假太阳从盖许勃的污井中升出来。

在阴渠的历史中包含着人类的历史。古罗马的罪犯尸体示众场讲述了罗马的历史。巴黎的阴渠是个可怕的古老的东西，它曾是坟墓，又是避难所。一切人类法律所追究的或曾追究过的，包括罪恶、智慧、社会上的抗议、信仰自由、思想、盗窃，都曾藏在这沟里。十四世纪巴黎的拿着棍棒抗税的人，十五世纪拦路抢劫的强盗，十六世纪蒙难的新教徒，十七世纪的莫兰集团，十八世纪的烧足匪徒都曾藏在这里。一百年前，从那儿出来的夜间行凶者碰到危险的小偷又溜了回去，树林里有岩石，巴黎就有阴渠。乞丐，也就是高卢的流氓，他们把阴渠当作圣迹区，一到晚上他们就像退入帷幕之中一样，奸猾又凶狠地钻进位于莫布埃街的进出口。

晚上，一贯在抢钱死胡同或割喉街干坏事的人很自然会在绿经阴沟或于尔博瓦桥排水渠居住。关于那里的回忆数也数不清。在这长而寂寞的阴沟中出没着各种鬼怪，到处是霉烂的东西和瘴气，有的地方有一个通气洞，在这洞口维庸曾和外面的拉伯雷闲谈。

古老巴黎的阴渠，是一切排泄物和一切铤而走险者汇聚之地，政治经济学的观点把它看成是人体的碎屑，而社会哲学则认为是垃圾堆。

阴渠就是城市的良心，什么东西都在那儿聚集、对质。这个死灰色的地方有黑暗处，但已没有秘密，每种事物都现出了原形，或至少是现出了它最后的样子。垃圾堆的优点就是不说谎话。在这里藏着朴实，那里有巴西尔的假面具，但人们看得见硬纸和细绳，里外都可看到，面具上还涂上了一层诚实的泥污。紧挽着的是司卡班的假鼻子。文明社会里的一切卑鄙丑恶的东西，一旦没有用了，就都扔在这真相的阴渠里，这里社会上许许多多渐渐变坏的东西的终点。它们隐没在那儿，展开示众，这些杂乱的东西是一种自由。在这儿，没有了假象，没办法再粉饰，污秽脱下了衬衫，赤裸裸一丝不挂，它使空想和幻景溃败得原形毕露，显示生命终时的邪恶的面孔。现实和灭亡。这里，一个瓶底承认着酗酒行为，一个篮子柄叙述着仆役生涯，这儿，曾有过文学观点的苹果核，又变成了苹果核。一个大铜像上的肖像已经完全变成了绿色，该亚法的痰与法斯达的呕吐物相逢了，在这里，一个从赌博场中出来的金路易撞上了用来悬挂上吊绳子的钉子，一个惨白的胎儿，被最近狂欢节时为在歌剧院跳舞而穿的有金箔装饰的衣服裹成一团，一顶审判过犯人的法官的帽子，躺在这曾是马格车的衬裙的污物旁边，这不但友爱，而且亲密。一切涂脂抹粉的形象都变成了一塌糊涂。最后，面纱终于被揭开，阴沟是一个毫无廉耻之徒，它暗示一切。

淫荡败德的坦率使人感到痛快，心情舒畅。当世上之人长期忍受了以国家利益为重的大道理之后——诸如那些装腔作势的宣誓、政治的明智、人类的正义、职业的正直、处世的严正以及法官的清廉等等，再走进阴沟里见到表明这一切的污垢，那确实是件令人愉快的事。

同时，这也是一个教训。正像刚才所说，阴渠反映着历史。圣巴托罗缪的鲜血从铺路石缝中一滴滴渗入阴沟。这文明的地窖，把大量的暗杀、政治和宗教性的杀戮后的尸体吞进去。用沉思的眼光看待一切历史上的全部的凶手都在这儿，在丑陋的昏暗的地方，跪在地上，把他们用作围腰用的裹尸布的一角，凄惨地抹去他们干的邪恶勾当，里面有路易十一和特里斯唐，弗朗索瓦一世和杜普拉查理九世和他的母亲，黎塞留和路易十三，卢夫瓦，勒泰利埃，阿贝尔和马亚尔，他们刮着那些石头，试图消灭他们邪恶勾当的痕迹。人们听见这些更怪的扫帚在拱顶下发出的声音；人们在那里闻到社会上严重的灾难发出口恶臭，某些角落发出微红的反光。洗过血手后的可怕的水在那里流淌。

社会观察家应当进入这些黑暗角落，这是地下的实验室的组成部分。哲学是思想的显微镜，任何事物都想躲开它，却怎么也躲不了。狡辩抵赖是没有用的。托词暴露出自己的哪个方面呢？卑鄙无耻的那一面。哲学用正直的眼光紧追罪恶不放，决不允许它逃掉。已经过去而被忘却的事，已经消逝而被贬低的了，哲学都能认出来。根据它能破衣恢复皇装，也可以根据烂衫寻出女主人，利用污水坑它可以使城市还原，利用稀泥它可以让习俗再现。从一块碎片它可以推测出这是双尖耳底瓮还是水罐。凭着羊皮纸上的一个指甲印，它可以区分出是犹大本土的犹太族和移居的犹太族。从剩余残痕它恢复原貌，是善恶真假，是皇宫中的血痕，地窖中墨水的污渍，妓院的油迹，曾经的考验，坦然接受的引诱，吐出来的丰盛的宴席，品德在低三下四时留下的皱纹，灵魂因为粗俗而变节时留下的迹象，以及罗马脚夫上的梅沙琳胳膊的印迹。

三、勃吕纳梭

中世纪的巴黎阴沟充满着奇异色彩，到十六世纪，亨利二世曾打算试探一下，但失败了。近百年来，污坑已被置之一旁，听之任之了，迈尔西埃证明了这一点。

古老的巴黎就是这样，专门吵架，犹疑不决，在暗中摸索，以至于长期在愚昧阶段滞留。后来，到了一七八九年城市才显示出其具有怎样的智慧。但在质朴的古代，无论在精神上和物质上，首都都还不太有头脑，未能铲除和流弊一样的垃圾。什么都是障碍，到处都产生问题。就像是沟渠，与任何路线都是相抵触的。在阴沟里，人们辨不清方向，在城市中，意见也不能统一，上面没办法理解，下面是没办法弄清。乱七八糟的舌战下面是乱七八糟的地窖；在代达罗斯上面垒起了巴别塔。

巴黎的阴渠有时会突然泛滥，如同这条人们不知道的尼罗河突然发了怒。说来可耻，于是阴渠里的洪水就产生了。有时，这文明的肠胃消化不良，污物倒退回城市的喉咙，巴黎就充满了污泥的味道。阴沟倒流和悔悟相似，很有好处，它是不受欢迎的警告，巴黎城因污垢如此放肆而愤怒了，它不能容忍污秽卷土重来，必须妥善清理。

八十岁的巴黎人对一八〇二年的水灾记忆犹新。在胜利广场，路易十四的铜像所在地，污泥浆扩散成十字形，由爱丽舍广场的阴沟出口流到圣奥诺雷街，由圣弗洛朗丹的阴沟口流到圣弗洛朗丹街，钟声街的沟口流到鱼石街，绿经街的沟口流到波邦古街，拉普街的沟口流入洛盖特街；它淹没了爱丽舍广场的街边阴沟高达三十五公分；南边塞纳河的大沟管发挥了倒流作用，泥浆覆盖了马萨林街、埃坦特街、沼泽街，直到一百〇九米的地方才止住，离拉辛的旧居不过几步之遥。这泥浆在十七世纪对诗人的尊重超过了国王。圣皮埃尔街水位最高，超出排水管三尺，圣沙班街的泥浆面积最宽的地方处达到二百三十八米长。

本世纪初，巴黎的阴渠是个神秘的地方，污泥从来不受好评，而它的坏名声同时也引起恐怖。模模糊糊地，巴黎知道它下面有个可怕的地窖。提起这地窖，人们就如同说起底比斯的那个可以作为比希莫特的澡盆的庞大污秽坑，里面有数不清的十五尺长的蜈蚣。对那几个熟悉的地点，清沟工人的大靴子从不敢冒险涉入。那个时候距离清道夫用两轮马车扫除垃圾的时代已为期不远——圣福瓦和克来基侯爵在车顶上友好共处——，垃圾是直接经沟中倒的，而疏通阴沟的任务只能交给暴雨。而暴雨却远不能完成冲洗任务，反而会堵住阴沟。在罗马，还留有一些和污坑有关的诗，被称为“喏本尼”，巴黎则把自己的阴渠侮辱性地称之为臭洞；以科学和迷信眼光来看，人们都一致认为它是恐怖的。对卫生和传奇来说，臭洞都显得不协调；在穆夫达阴渠的臭拱顶下出现了鬼怪僧侣全部马穆塞的尸体都被扔进巴利勒利阴沟里。法贡认为是沼泽区阴渠的大敞口引发了一六八五年可怕的恶性热病，直到一八三三年这个大敞口仍在圣路易街向着露天敞开，几乎就在“殷勤服务处”的招牌对面。莫特勒里街的阴沟敞口因引发瘟疫而十分有名，它那带刺的铁栅栏就像一排牙齿，它好像张开龙嘴向这不幸街道上的人们吹送着地狱的气息。巴黎阴暗的排水沟在群众的想象里是一种丑恶的无数东西的混合体。阴沟是无底的坑。阴沟是巴拉特。就连警署也从未想到过要查看一下这些癞病区。谁有这个胆量去探索这不为人知的东西，探测地的黑暗，深入发掘这个深渊？这是一个让人畏惧的事。但竟然有人自告奋勇。污秽沟也存在哥伦布。

一八〇五年的一天，是皇帝难得在巴黎出现的日子，一个叫特克雷或克雷特的内政大臣，观看了主人的起床接见，能听见崇武门伟大的共和国和帝国的了不起的士兵们佩剑发出的铿锵声，埃斯科河英雄们簇拥在拿破仑的门口，包括来自莱茵河、阿迪杰河和尼罗河部队里的人，茹贝尔、德泽、马索、奥什、克莱贝尔等将军的战友，弗勒律斯的汽艇观察员，美因茨的投弹手，热那亚的架桥兵，金字塔战役的轻骑兵，带着茹诺炮弹硝烟味的炮兵，迅速把停泊在茹德泽的舰队打败的装甲兵。他们有的曾跟随波拿巴在洛迪桥作战，有的曾陪同缪拉在曼图亚打仗，还有的曾抢在拉纳之前到达芒泰贝洛的深洼路。当时所有的军队都聚集在杜伊勒里宫的院子里，以一班或一排为代表，守卫着在休息的拿破仑。当时正处于极盛时代，大军已取得马伦哥战役的胜利，接着将在奥斯特里茨大败敌军。

“陛下，”拿破仑的内政大臣说，“昨天我见了您的帝国里的最勇敢的人。”

“谁？”皇帝粗暴地问，“他做了什么？”

“他想做一件事，陛下。”

“什么事？”

“视察巴黎的阴渠。”

这个人是真实存在的，他叫勃吕纳梭。

四、不为人知的细节

视察开始了。这是一次可怕的在漆黑的夜里向瘟疫和窒息性的瓦斯进军的战役，也是一次有所发现的旅行。这次探险的幸存者之一，在当时还是一个又年轻又聪明的工人，几年前他还谈起一些奇怪的细节，当时，勃吕纳梭认为与他呈给警署的报告的公文文体不称而将这些细节删掉了。当时的消毒方式很简陋，勃吕纳梭刚刚越过地下网的头几条支管，二十个工人中的八个就拒绝再往前走。工作很复杂，免不了要疏通，因此在清除的同时还要测量、标明水的进口，数清铁栅栏和管口，了解分支的详细情况，标出流水的分叉处，弄明白各个蓄水池的界限，探测总管上的子管，从拱心石处测量每个沟道的高度，从拱顶开始处阴沟槽底的宽度，最后决定要么从阴沟底要么从街面和每一进水口成直角的水准测量纵坐标。进展很艰难。下沟用的梯子经常陷进三尺深的稀泥之中，在沼气中灯笼闪烁不定，清沟工人不时因失去知觉而被抬出去。有的地方简直是深渊。土地陷下去，石板地塌陷了，阴沟变成暗井，工人们看不见立足之地。一个工人忽然不见了，大家又用力把他拽出来。按照福克瓦的建议，在差不多打扫干净之处每隔一段距离，大家就用大笼子装满浸透树脂的旧麻点燃来照明。有的地方的墙上长满了畸形的菌，像肿瘤一样。在这样令人喘不过气的地方，石头本身也像有病一样。

在探险中，勃吕纳梭是从上游到下游去。在大吼者街两条水管分叉处的一块突出的石头上，他辨别出一五五〇年这一时期。这块石头表明费利贝尔·特洛姆前进到这里为止，他曾受亨利二世委托视察巴黎的地下沟道。这块石头是十六世纪留在沟中的标记。在明索沟管和老人堂街沟管上，勃吕纳梭发现了十七世纪的手工工程，是一六〇〇年到一六五〇年建造的拱管，他还在集流管道西段发现了十八世纪的工程，这是开凿和建成的一七四〇年拱管。这两条管道看来要比一四一二年环城阴沟的泥水工程更加破旧更加古老，尤其是一七四〇年那条年代较近的工程，更是如此。当时梅尼孟丹清水溪被抬高到巴黎大阴沟的地位，就像一个农民忽然高升为国王的第一侍从，一个乡巴佬变成了勒贝尔一样。

在很多地方，特别是在法院下面，大家发现了建造在沟渠中的古老地牢的密室。在丑恶的寂静中，一个铁枷挂在一间密室内。他们发现所有密室都被砌死了，还有一些古怪的东西：比如一八〇〇年植物园丢失的那只猩猩的骸骨，这大概跟十八世纪最后一年里在贝纳丹街出现的出名的、无可争辩的鬼魂有关系，这个倒霉的家伙最后淹死在阴沟里。

通往马利容桥的拱形长巷里，有一个保存得完好无缺的拾破烂的背篓，令识货的人赞叹不已。终于清沟工人敢于用手摸索污泥的里面藏着大量贵重物品如金银饰物、宝石、硬币等。如果一个巨人用筛子对这些污泥进行过滤，就可以从这筛子里得到几个世纪的财富。在大庙街和圣阿瓦街两根支管分叉的地方，人们拾到一个奇怪的胡格诺新教徒的铜质纪念章，章的一面是一头猪，它戴着红衣主教帽子，另一面是一只狼，头上戴着罗马教皇三世冠冕。

最稀奇的发现是在大阴沟的进口处。过去这个进口是用铁栅栏关着的，如今只剩下一些铁链子。一块肮脏的、没有形状的破布挂在其中一个链子上——肯定是谁经过这儿时被钩住了——在黑暗中飘动着，最后成了破布条。勃吕纳梭把灯笼凑近这块破布仔细察看。是很细的麻纱布，可以看见在一个比较完整的角上绣着一个纹章的冠冕，下面有七个字母：LAVBESP。这是一个侯爵的冠冕，这七个字母的含义是罗贝斯冰，大家认出还是裹葬马拉时用的尸布。据历史考证，年轻时的马拉有过一些风流韵事，这是他在阿图瓦伯爵家当兽医时，跟一位贵妇私通后留下的床单。这是遗物或纪念品。在他去世以后，由于他家里仅有的一块较细的料子就是这块床单，所以被用来给他裹尸。老女人们用这块留着他的欢乐的布裹起这悲哀的人民的朋友，把他送入坟墓。

勃吕纳梭不管这块布。他们把这破布留在原地，并不将它毁掉。这是表示轻视呢还是尊重呢？在这两个方面马拉都当之无愧。况且命运已在那里留下足够的印迹，以致让人产生顾虑，不愿意去碰它。加之，属于坟墓的东西就应该让它留在它选择的地方。总而言之，这是一个奇怪的遗物。在那里面，一位侯爵夫人曾睡过，马拉则在里面腐朽，它经过先贤祠，最后却到达了老鼠沟里。华托曾把这块床上的破布的全部褶裥都画了出来，结果则应该受到但丁的凝视。

从一八〇五年到一八一二年，对巴黎地下污水沟的全部视察共花了七年时间。勃吕纳梭一边走一边做出指示，在他的领导下终于结束了这浩大的工程。一八〇八年，他加深了明索街的沟槽，并添设了新的沟管，一八〇九年，他把沟道通到圣德尼街又延伸至圣婴喷泉，一八一〇年又延伸到冷大衣街和妇女救济院的地下，一八一一年，再扩展到小神父新街、玛依街、肩带街和王宫广场，一八一二年延伸到和平街和昂坦大道。与此同时，他消毒净化全部沟网。从第二年起，他女婿纳谷就当起了他的助手。

这样，旧社会在本世纪初消灭了它的双层底并装扮了它的阴渠。无论怎样，起码这一次这些东西是被打扫干净了。

回首过去，巴黎的阴渠弯弯绕绕，处处是裂缝，看不到石块铺的底，坑坑凹凹，有的地方有奇怪的拐弯转角，毫无理由地升高降低，臭烘烘的，粗陋，野蛮，在黑暗中沉淀，铺沟石疤痕累累，墙上有刀剑伤痕，惊险怕人。阴沟的分叉向四面八方延伸，壕沟纵横交叉，枝节很多，仿佛鹅掌，又像坑道里的星岔道，像盲肠和死胡同，拱顶起硝，污水坑毒气四散，墙上渗出水泡疱的脓水，沟顶的水往下滴，到处一团漆黑；没有什么比这排污水的古老的地下墓室更可怕了，这是巴比伦的消化道，是洞和坑，是四通八达的深渊，是巨大的鼹鼠洞，在那过去是荣华富贵的垃圾堆上，人们仿佛看见了那只瞎眼的大鼹鼠在黑暗里徘徊，这个鼹鼠就是过去。

再说一遍，这就是往日的阴渠。

五、现在的改善

现在，阴渠是整洁、凉爽、笔直而又端正的，几乎称得上英国所谓“体面”的那种理想的阴渠。它是体面的，浅灰色的，几乎像由直线拉齐一样笔直。就像是一个商人摇身一变成了政府顾问。里面差不多是明亮的。污泥在里面也守规矩了。初一看时它很可能被看成是从前常有的君主和王子逃亡时的一条地下长廊，那个时候是“老百姓拥护他们的君王”的好日子。现在的阴渠是漂亮的，风格朴质，好像是被赶下诗坛的笔直的十二音节的古典诗躲进了这座建筑物里，仿佛已与阴暗的浅白色的长拱廊的每一块石块融合在了一起，每个排水孔都是一个拱廊，在污水沟方面里沃利街也成为模范地区。另外，如果说在什么地方几何线条合适的话，那就只能是在大城市的粪窖里。在那里，一切都是走最短的路线。现在的阴渠已拥有了某种正式的表面。甚至在警方的报告里提到它的时候也不再有失敬之处了。在官方文件中对它的称呼是高雅严肃的，过去称为肠子，现在则叫作长廊；过去叫作窟窿的，现在称为孔洞。维庸快要认不出他的临时旧居了。当然，仍有古得无法追忆的啮齿类居民在这个地窖网里，现在比以前任何时候都多；经常有一只有老须的老鼠，冒险把头探出沟窗外察看巴黎人；这只寄生鼠已经习惯了，它很满意它的地下宫殿。污泥已没有了从前的狰狞相，以前雨水污染阴沟，现在则将它冲洗得干干净净。但是，也不能掉以轻心，在里面仍然有瘴气。更准确点说，它是改善的，而不是无可挑剔的。尽管使用了全部改善环境卫生的办法，警方和公共卫生委员会仍然无法解决问题，阴沟仍散发出一股暧昧的令人疑心的气味，就像忏悔后的达尔杜弗似的。

不管怎样，我们应承认，打扫阴渠是一种对文明的礼拜，从这点来看，达尔杜弗的良心比奥革阿斯的牛棚更先进了，无疑，巴黎的阴渠得到了改善。

这不只是进步，而且是蜕变，在古老的和现在的阴渠之间，曾经发生过一次革命。谁进行了这场革命呢？

是我们所提及而被众人遗忘了的勃吕纳梭。

六、将来的提高

挖掘巴黎的下水道是很不容易的工程。如同未能完成的巴黎建筑一样，为它的劳动已经历了十个世纪而未能结束。确实，阴渠受到了巴黎扩展的影响。就像是一种地下黑暗的有无数触须的水蝗，城市在上面扩展，它就在地下延伸。每当城市开辟出一条路，阴渠就会长出一只手臂，在以前的君主政体时期就建造了二万三千三百米的阴渠，这是一八〇六年一月一日的巴黎。我们后面还会谈到，从那时开始，工程曾经被坚决有效地修复过并连续不断地被修复；拿破仑修建了四千八百〇四米，一个古怪的数目；路易十八，五千七百〇九米；查理十世，一万〇八百三十六米；路易·菲力浦，八万九千〇二十米；一八四八年的共和国，二万三千三百八十一米；现在的政府，七万〇五百米；到目前为止，总共是二十二万六千六百一十米，这条六十法里长的阴渠成了巴黎巨大的肚肠。分支工程在黑暗中始终进行着，规模庞大而不为人所知。

正像我们见到的那样，现在巴黎的地下迷宫比起本世纪初已增加了十倍还多。人们难以想象，为了让这条阴渠能相对完善一些，必须作什么样的努力，具备什么样的坚韧精神。好不容易，旧的君主制度的巴黎市政府和十八世纪最末十年的革命市政府开通了一八〇六年的长为五法里的阴渠。这项工程受到了各种阻碍，或因土质，或因巴黎劳动者的偏见。巴黎城是修建在一块铲不动、锄不松、钻不进、人力很难解决的特殊矿床上。在这样的地质构造上，矗立着的却是被称为巴黎的具有历史意义的奇特构造，再没有比这一结构更难以打破和疏通的了；无论采取什么办法，工作一开始和冒险深入这积层以后，地下的阻力就接连不断地出现。有稀粘土，活水泉，坚石以及科学的专门术语称之为芥末的软而深的淤泥。当十字镐费力地挖进这一石灰石层时，就轮流出现了一层层薄薄的粘土和一层层结晶片，其中还镶嵌着亚当时代以前的海中牡蛎壳。有时，忽然有一条河流冲破刚开凿的拱顶，将工人淹没；有时又忽然冒出一股泥石流，像一条粗暴的瀑布，像打碎的玻璃一般，可以折断最粗的支柱。最近在费耶特，为了把总管安在圣马尔丹运河下面，必须既不停航，又不抽干运河水。由于河床出现了裂口，水突然灌满地下工地，超出了水泵的抽水能力，因此，不得不让一名潜水员去摸索大水池狭窄入口处的裂缝，好不容易才堵住了它。在别的地方，靠近塞纳河处，甚至离河相当远的地方，如贝尔维尔、大道和吕尼埃通道上，存在着能淹没人的无底流沙，在那里，眼看一个人沉下去。除此之外，还有腐烂气味、令人喘不过气来可能埋住人的塌方、突然的地陷以及令工人们慢慢感染斑疹伤寒。最近，挖掘克利希街的地下长廊同时利用砌道来为乌尔克运河安装一根主要的输水管道，(这必须在十米深的坑道中施工)；冒着塌方的危险挖掘时，经常遇到腐烂层，要用支撑加固，从医院路直至塞纳河修建了皮埃弗式的拱顶；为了避免使巴黎在蒙马特尔区酿成洪灾，也为了使这一广达九公顷的、殉教者街便门附近的滞水塘有个出口，人们不分白天黑夜地干，在地下十一米深的地方建起了一条从布朗希便门到欧贝维和耶大路的沟道；在不开沟的前提下，鸟喙小栅栏街六米深的地下修建了一条地下沟管，这真是前无古人。做完所有事情之后，工程指挥蒙诺就去世了。

在城市的各个地方，从圣尔尼横街到鲁尔辛街的三千米的阴沟建成之后；利用弩弓街的支管把税吏街、穆夫达街十字路口的雨水灾害排除之后；用碎石块在流沙上和混凝土砌成路基之后，圣乔治街的沟管筑成以后；指挥完危险的纳泽尔圣母院街的支管降低工程之后，在做完这所有事情之后，杜罗工程师就去世了。这样勇敢的功绩竟连一个公报都没有，这实际上比在战场上进行愚蠢的厮杀要有用得多。

一八三二年的巴黎的阴渠和现在的样相差很远，勃吕纳梭曾主动提议，但直到发生了霍乱，才确定要进行后来的巨大的重建工程。说来奇怪，例如，和威尼斯一样，被称为大运河的阴沟的总渠在一八二一年时，有一段肮脏的死水是露天敞放在酒葫芦街的。直到一八二三年，巴黎才从衣袋里找出了二十六万六千〇八十法郎十生丁用于掩盖这湾死水。到一八三六年，才出现了战斗便门、古内特和圣芒代的三个排泄口以及机械装置、排污水渗井和净化支管的吸水井。我们已提及，巴黎的阴渠二十五年来修缮一新，而且增加了十倍还多。

三十年前的六月五日、六日也就是起义的日子，许多地方基本上还是旧阴沟。当时大多数街道的街心裂了缝，现在已经鼓起来了，在一条街或十字路口的斜坡的最低点，人们常常看到长方形铁栅栏又大又粗，行人的脚底已把铁杠摩擦得锃光发亮了，每当车辆经过就既滑又险，马也容易失足。桥梁建筑的正式术语将这个低点和栅栏生动地称之为“陷阱”。到一八三二年，老式的污水坑还在无数的街道不知羞耻地张着它们的大嘴巴，例如在明星街、圣路易街、大庙街、老人堂街、纳泽尔圣母院街、梅利古游乐场街、花堤、小麝香街、诺曼底街、杜鹿桥街、沼泽街、圣马尔丹郊区、胜利圣母院街、蒙卫特尔郊区、船粮仓街、爱丽舍广场、雅各布街、图文农街。就是如此这是巨大的船篷的石缝，有时围着界石，极其放肆。

巴黎的沟渠在一八〇六年时差不多还是一六六三年考察时的数目：五千三百二十八脱阿斯。勃吕纳梭之后，一八三二年一月一日时，是四万〇三百米。从一八〇六年到一八三一年，以平均每年七百五十米的速度修建；这以后的每一年，在混凝土的地基上，用碎石搅和着水泥建造的八千甚至一万米沟渠，花费是一米两百法郎，现在，巴黎的六十法里阴渠共耗费了四千八百万法郎。

除了我们在开始时指出的经济方面的进步之外，严重的公共卫生问题仍与巴黎的阴渠这个大问题密切相关。

巴黎处于夹层之中，一层是水一层是空气。正如，两次钻探所指出的那样，这层水聚积在很深地层下，是位于白垩纪和侏罗纪的石灰石之间的绿砂石层，所产生的用一个圆盘表示出来，半径是二十五法里，无数河流、小溪从那儿流出。在一杯格勒内尔井水里，我们可以喝到塞纳、马恩、里纳、瓦兹、埃纳、歇尔、维埃纳和卢瓦尔这些江河的水。这是干净的水，首先从天空降下，其次来自地底。但那层空气却不卫生，它是从沟渠里产生的。呼吸里掺杂了污水坑的腐朽气味，并由这里而产生出这股臭味。经科学证明，从一堆粪中取出的空气比从巴黎上空取的空气还要纯净，过了一定的时间，进步发生作用了，机械渐渐变得完善，一切都变得明朗了，我们可以用这层水来使这层空气变得干净，也就是说要对沟渠进行冲洗。我们知道，清除阴渠就等于把污泥还给土地，把粪肥送回土地，使肥料返回田地。对于公众来讲，这件简单的事情就会减少污染，提高健康水平。现在，巴黎疾病已经扩散到了以卢浮宫为中心周围五法里范围内。

我们可以说，十个世纪以来，脏水坑造成了巴黎的疾病，阴沟就像这个城市的血液中的疾病。人民的本能在这方面从来不会出错。从前，修建阴沟的职业一直是交给刽子手去做的，因为它差不多和剥马皮卖肉的职业一样危险，一样令人厌恶，它被认为是可怕的。为使一个泥水工下到臭坑里必须付出很高的工资，挖井工人犹豫着，不肯把梯子放进污坑里去，因为那时的俗语说：“下坑像入墓”。正如我们已说过的，各种可怕的传说使这个巨大的沟槽充满了恐怖，这个可怕的肮脏潮湿的地方保存着地球变化和人类改革的印迹，在那里，我们能够找到一切天灾人祸的遗留品，从大洪水时期的贝壳直到马拉的破衣服。

第三卷　陷入泥潭，心却坚定

一、阴渠和它的让人想不到的地方

冉阿让就待在巴黎的下水道里。

这是巴黎和大海的又一个类似的地方。潜水员就像在大湖里一样，在下水道里照样失踪。

这种转移是很能让人感到奇怪的。就在市中心，冉阿让就从城市里出来；一眨眼，就像在掀开盖子又盖上的功夫里，他就从中午到了半夜，从明晃晃的白天到了绝对的黑暗中，从雷电似的漩涡里到了死气沉沉的坟墓中，从喧闹到达绝静，而比波隆梭街的变故更让人莫名其妙、不可思议的，则是冉阿让从极其危险的境地到了绝对安全的地方。

这实在是一个奇特的时刻：突然陷入地窖消失在巴黎的地牢里，离开四处是死亡的街道来到这能够活命的坟墓里。冉阿让一时觉得眼花头昏，他竖起耳朵仔细地倾听，痴痴呆呆似失常了一般。这个救命的陷阱突然在他脚下打开。大慈大悲的上帝如同让他上当一般。这真是上帝布置的可爱的埋伏！

但是冉阿让不知道自己带进阴沟的是个活人还是个死人，因为受伤者丝毫都没有动静。

他最开始的感觉是失明。他忽然看不见任何东西。他觉得在一分钟的时间什么都听不见，耳朵也聋了。激烈的互相残杀的怒吼就在他上面，只相隔几尺远的距离，但是，正像我们曾经提及的，因为有很厚的土层相隔，所以声音到了他所在之处就变得微弱，听不清楚，似乎是从大地深处发出来一般。但是这已经足够，因为他觉得脚下踏实。他先伸出一只胳膊，然后又伸出另一只，手碰到了两边的墙壁，他发现巷道不是很宽；他又拿脚在地面滑了一下，发觉地板是湿的。他担心地上有洞、深坑、小井或其他什么东西，小心地迈出了一步。他觉得石板路伸向远方。一股恶臭让他意识到自己待在什么地方。

过了一会，他已经能看了。几缕光线从他滑落而下的通风洞射了进来，他的眼睛已适应了地窖的环境。他开始能够分辨出某些东西了。他用以躲藏的地下巷道——这是称呼这一地方的最好字眼——后面堵着一道墙。这是一条术语上所谓分支管的死胡同。在他前面是另一堵黑暗的墙。从通风洞射进来的那少许光线消失在冉阿让前面十步或十二步，只能在几米长的阴沟的湿墙上现出一点淡淡的白色，再向前一点就是一片漆黑了；穿进去就如同被吞没一般，好像很恐怖。但是人还必须钻进这堵浓雾般的墙，而且还得抓紧时间钻。冉阿让记起了他在铺路石下面看见的那道铁栅栏，偶然能够安排一切，士兵们很可能也会发现它并走进陷阱来搜查。此时此刻耽误一分钟都不行了。现在他把已经放在地上的马吕斯重新抱起来——一个运用得非常贴切的词——背到背上，义无反顾地向前走入了黑暗。

事实上一切并非如冉阿让所预想，他们俩并没有脱离险境。另一个并不见得多小的困难在前面等待着他们。迅如闪电的斗争使他们掉进到处是腐烂气息和陷阱的地窖，现在混乱又让他们从地窖来到了粪坑。冉阿让在地狱里从一个圈子落入另一个圈子。

五十步以后，问题出现了，冉阿让只好停了下来。这条巷道和另一条横管道是相通的。面前出现了两条路。该走哪一条呢？左边的还是右边的？在这绝黑的迷宫怎么判断方向？我们已经说明过，这座迷宫的坡度就是它的引线，顺着斜坡，直通河流。

立刻冉阿让胸中有数了。

他想自己也许是处在菜市场的阴沟里，所以，如果选择了左路，那么顺坡而下，十五分钟以后就能到达塞纳河的一处位于交易所桥和新桥之间的出口——一个巴黎人口最多的地方，大白天出现在那儿。他可能会走到一个十字路口，那儿聚集了一群游手好闲的人们。当路人看见两个血淋淋的人从他们脚底下钻了出来，会是多么惊诧啊！警察会马上过来，因为武装的保安警察就在不远处。那么还不等他们出洞口，他们就会被逮住。所以倒不如信任了这黑暗，钻入这座曲折的迷宫，后果如何任由上帝定度吧。

于是冉阿让上了坡路，拐向右方。

当他拐过巷角以后，他又什么都看不见了，因为远处通气洞的光线完全消失，前面是一片黑暗。然而他还是不断向前走，奋力地快走。马吕斯双臂搂住他的脖子，双脚托在他身后。他一只手摸索着墙壁，另一手抓住马吕斯的胳膊。马吕斯的脸靠贴在他的脸上，血在流着。他觉出一股微温的水流淌在身上并湿透了自己的衣服，他知道它来自马吕斯，但是受伤者的挨在他耳朵旁的嘴里还有一股湿湿的热气发出，这证明他还有生命，因为他的呼吸并未停止。和第一条通道相比，冉阿让这时所走的要宽一些。冉阿让非常不易地走着。昨天夜里还没有流光的雨水在沟槽当中聚成一道小激流。他为了不使自己的双脚泡在水里，就必须贴着墙走。如同人在黑夜中看不见的地方摸索一样，冉阿让如此摸黑向前走，最终在地下黑暗的管道里迷失了方向。

然而，渐渐地，或许他的眼睛已适应了这种黑暗，或许一点浮动着的光亮从远处通气洞透进这浓雾中来，他的视觉又模模糊糊地恢复一点，他开始朦胧地觉出自己有时碰到的是墙，有时正穿过拱顶，在夜间睁大眼睛，在那里终于找到了光亮，与此同时，在灾祸中灵魂鼓胀，终于，找到上帝了。

要分辨方向是很困难的。

这样说吧，阴渠的线路是与它重叠着的街道的线路的反映。当时在巴黎有两千两百条街道，所以我们能够想象出地下那所谓的阴渠——黑黢黢、支管似林。如果把每一段阴渠都接起来，那么当时已建成的就有十一法里长。就像我们前面提到过的一样，要不是最后三十年特殊的辛苦劳动，目前的路网不会多于六十法里了。

很不幸的是冉阿让一开始就搞错了，他并不像他自己所预想的那样待在圣德尼街的下面。在圣德尼街下面有一条直通向被称作大渠的总渠的路易十三时期的石砌的老沟，它在右方只有一个拐角；这条老沟在旧圣迹区下面只有一条叫作圣马尔丹沟的支管，支管的四臂成十字形。冉阿让的所待的地方是蒙马特尔沟渠，它和进口挨近科林斯小酒店的小花子窝斜巷的沟管相通，但和圣德尼街的地下管是从不相通的。因为蒙马特尔阴渠是古老管网中最复杂的迷宫之一，所以在这里面迷路是很容易的。幸亏冉阿让已经穿过了菜市场的阴渠，这条阴渠的平面图显示出数不清的岔道，像杂乱的鹦鹉栖架一样，然而摆在他面前的难题并不止这一个，这的确是街道了，但拐角也有许多个，像一个大问号似的出现在黑暗中：首先，在他左方的石膏窑街大阴渠是个颇伤脑筋的东西，它乱糟糟的变成 T 字和 Z 字形的支管从邮政大厦地下和麦市圆亭下面一直伸到塞纳河，最终以 Y 字形结束；其次，处在他右方的钟面街的弯曲巷道及其三条岔道，没有一条不是死胡同；再次，在他左边的玛依街的分支，曲里拐弯地伸到卢浮宫下面排污水的地下室，几乎在进口处就如同一柄长柄叉，还有许多伸向四面八方的分支；最后，在他右边是绝食人街底下的死胡同，在到达总沟之前，到处还有许多没包括在内的小隐蔽之地；唯一一个可以引导他到一个较远因此也比较安全之地的出口是总沟。

只要冉阿让对于我们在这儿所描述的这一切有稍微地概念，那么他只需摸一摸沟墙就能知道自己其实不在圣德尼街的地下沟渠中。他会觉出自己手下摸着的既不是打磨出来的老石块，也不是那种就是在阴沟里也是高贵而堂皇的用花岗石和石灰浆砌成的地基、造价是八百利弗一脱阿斯的古代建筑；他会觉出自己摸到的是被资产阶级的泥水工程称之为“碎石货”的现代廉价货，造价二百法郎一米的经济又节省的措施加上底下有一层混凝土的碎磨石拌水泥砂浆。然而冉阿让对这些却一窍不通。

他虽然心情焦虑，但还是镇静地朝前走，一切都看不见，一切都不知道，他在靠运气，也就是靠上帝保佑。

可以说有一种恐惧的东西渐渐地侵袭了他。他的心灵充满的是包围他身体的黑暗。他走在谜中。这个污水沟渠的交叉让人眩晕，简直是太可怕了。这是凄惨的，如果在巴黎的黑暗中被捉住。冉阿让毫无目标地探索着路线，但是他必须找到。他冒险所走的每一步都有成为最后一步的可能，因为这是个全然陌生的地方。他如何走出这个地方？他能不能找得到出路？他能不能及时找到出路？这个巨大的带着石头孔穴的地下海绵允许人钻进钻出吗？在黑暗还有没有料想不到的疙瘩让自己碰到？能走到复杂异常以至无法跨越的地方吗？俩人是不是会同归于尽？一个流血过多而死，一个被饿死。迷路而最终留下两具尸体在夜的角落里难道会成为他们最后的结局？他什么都不知道。他问自己但又回答不上来。它是个深渊，巴黎的肠道。他是在魔鬼的肚子里穿行，就像预言家预知的一样。

忽然发生了一件让他大吃一惊的事。在最想不到的时候，他继续向前走，可是发现自己已经不再在爬坡了，因为小河的水不是迎着脚尖下泻；相反是在冲击脚跟。阴渠不是上升。原因何在？他能否突然到达塞纳河？虽然这危险很大，可是退回去的危险会更大。所以他还是向前走了。

他根本没有走向塞纳河。巴黎有一处是驴背形的地势在河右岸，各边皆为斜坡，一边的污水流入塞纳河，一边汇入总渠。驴背形斜坡把两股水分开，其顶端是一条走向不断变化的，最高的分水岭，在圣阿瓦沟渠中，过了米歇尔伯爵街；在卢浮宫沟渠中，靠着林荫大道；在蒙马特尔沟渠中，靠近菜市场。冉阿让站到了这个分水岭的最高峰。他的路线是正确的，走向总渠，可是他什么都不知道。

冉阿让每遇见一个分支管，他就去摸索拐角，但是如果他发现自己所在的巷道比出口宽一些，他就不走进去了，而是沿着原来的路线前行。因为他相信窄路通的是死胡同，只能使他离开出路，即离开目标。他的判断是正确的。就这样他躲过了黑暗中的四个迷宫为他设下的四个陷阱，前面我们已经列举过。

有一阵他感到自己回到了正常的活跃的巴黎的下面，而不是由暴动造成的惊慌的有着断绝交通的街垒的巴黎的下面。忽然他听到头顶上的响声；虽然距离不近，但连接不断，似雷鸣般，这是车辆滚动时发出的声音。

他估计自己大约走了半点钟的功夫，但是他并不想休息，只是把抓住马吕斯的手换了一换。黑暗愈发深幽，可是他安心于这一深幽。

突然前面出现了自己的影子。一种微弱的几乎看不清的红光把影子烘托出来，并在两边巷道的粘粘的壁上移动，脚下的路和头上的拱顶在红光的映照下现出模模糊糊的紫红色。他惊诧地回头去看。

一点可怕的星光，在他身后，在他刚刚走过的但现在他感到离自己很远的沟巷中，把沉重的黑暗划破，似乎在注视着他。

在阴渠中升起了保安警察的昏暗的星光。

八到十个黑影，在星光后面乱动，笔直、模糊、骇人。

二、解　释

上级在六月六日的白天，下达命令搜查阴渠。他们恐怕战败者会把阴渠作为避难之处，由警署署长吉斯凯作巴黎隐蔽处搜索的负责人，而毕若将军负责肃清巴黎的公开的暴乱分子；他们构成了有联系的双重的作战，这就需要官方武力的双重战略，下面由警署承担，上面有军队代表。警察和阴渠清洁工人组成三个小队，搜索着巴黎的地下管道。他们分别在河右岸、河左岸和市中心。

马枪、刀、剑和棍棒武装着警察。

此时正是河右岸的巡逻队的灯笼照着冉阿让。

这组巡逻队刚刚把钟面街下弯曲的巷道和三条死胡同检查完毕。当他们用手提灯笼照射死胡同头时，冉阿让已经走过了巷道口，因为在他看来这巷道比总渠窄。所以他没有进入。这些警察在离开钟面街巷道时，似乎听见有个声音从总渠传过来，这的确是冉阿让发出的脚步声。警察班长把灯笼举起，警察们就向声音发出的迷雾中张望。

这一瞬间对冉阿让来说无可名状。

还好，因为尽管他看见了灯笼，而灯笼却照不见他。冉阿让是黑影而灯笼是光。他藏在很远处的黑暗中。他不走了，挨墙缩着。

退一步讲，冉阿让也不晓得身后晃动的是什么东西。失眠、饥饿和紧张，把他带到一个幻觉的世界。他望见一个火光，妖魔围在四周。怎么回事？他不知道。

冉阿让停住脚步，什么声响都没了。

巡逻队静静地听了一会，却什么都听不见。他们看了看，看不见任何东西。他们商量了一下。

当时在蒙马特尔的阴渠里有一种叫“值勤处”的十字路口，倾盆大雨时；急流在那里受阻积水成塘，所以“值勤处”后来就被取消了。巡逻队现在就在这交叉路口缩头缩脑。

冉阿让看见一群妖魔围在一起。这些猛犬把头挤在一块，低声说着，讨论着。

这些守夜犬开会的结果是认为自己搞错了，在这儿没有声音也没有人，没有必要钻进总沟去，这是浪费时间，应该赶紧到圣美里拉那里去，而且如果有什么事要做或者要追踪什么“布桑戈”也应该在这个地区。

旧的诅咒不断使党派换上新装，在一八三二年，“布桑戈”这个词代替了雅各宾派。已经过时了，以及德马格派——当时还不流行但以后却影响非常大。

班长下达命令转向左边，向塞纳河坡岸前进。但是要是他把警察分成两组，朝两个方向搜查，那么冉阿让必然被捕无疑。这的确是千钧一发的时刻。也许这是警署的指示，担心会和人数众多的暴徒作战，所以不准巡逻队分散搜捕。巡逻队开始离开，让冉阿让待在后面，而对于这一切，冉阿让什么都不知道，除了灯笼突然消失之外。

为了尽到警察的责任，班长在走之前，向冉阿让所在之地开了一枪，枪声像提坦巨人的肠鸣一样，在地下坟墓中发出不断地回响。一块泥巴掉进了小股水流中，水正溅到冉阿让前面稍远一点的地方，他知道子弹打中了他头上的拱顶了。

渠道里回响的脚步声，由整齐缓慢到越走越远、越走越弱。黑影向远处运动，一丝弱光投射在拱顶上，晃动着，飘浮着，变成了一个浅红色的圆点。圆光越来越弱，最终不见了。深沉的寂静重新恢复，完全的黑暗里，只有眼瞎耳聋与之相伴；冉阿让一直背墙而立，很长时间都一动不动，睁大双眼、支起两耳，直至巡逻队鬼影般地消失了。

三、他被盯上了

公正地讲，当时的警察即使在局势最严峻的时刻，还在镇静地尽心尽力地管理和监视着街道。他们认为绝对不能让一次暴动成为坏人们胡作非为的幌子，不能因为政府在遭受灾难就懈怠了对于社会应尽的责任。在他们执行特殊的任务时，正常的工作并没有受到什么打扰，相反他们能够及时地完成任务。虽然数不清的政治事变已经拉开了序幕，警察们身上承受着革命即将爆发的压力，但是他们并没有因起义和街垒而分散精力，比如现在一个小偷就被警察盯上了。

在六月六日下午，就有这种事发生在距离塞纳河右河滩残废军人院桥稍远一点的地方。

那一带的面貌现今已改变了许多，河滩已经不存在了。

在河滩上，有两个人似乎在彼此看着对方，他们之间隔了一段距离，好像一个在尽量躲着另一个。走在前面的人尽量拉远距离，后面跟着的人则拼命缩短它。

这好比一局棋，无声地、远远地下着。两个人好像都很悠闲、缓缓前行，似乎他们都担心步子急了会传染给对方，以至让对方也加速步伐。

如同一个馋嘴的猎手在跟踪猎物，但猎手又装作不是故意的神情。而那猎物并不一无所知，它狡猾地提防着。

不远不近的距离还在继续着，就像猎狗在追捕黄鼠狼一般远近。前面被跟踪的是个个子不大、面容瘦削的男子，而后面那人则个子很高，长了一张让人看了就觉得难受的粗鲁面孔。

前边设法逃走的那个小个子意识到自己处于劣势，他要躲开后者；但是他逃跑时的神情却非常愤怒，目光里闪烁着逃窜者特有的阴沉和恐惧，只要你注意观察，你就会感受到。

这是一片荒僻的河滩，连一个过路人都没有；驳船到处泊着，上面既没有船夫也没有装卸工人。

如果人们想看清这两个人，只要站在河岸对面，他们便会清晰入目，前面那个头发耸立，衣服破烂，遮遮掩掩，那颗焦虑的心似乎在破长衫下发抖；后面的显然是个典型的公务人员模样，身穿制服，制服的纽扣一直扣到下颚。

如果从较近的距离来看他们，读者也许会认识他们。

后者要干什么呢？

可能为了让前面的那个人穿得更暖和吧！

因为一个身着制服的人去跟踪一个穿着破烂的人，那么他的唯一目的就是使那人扔掉破衣服，穿上国家的制服。但是关键问题在于颜色。蓝色服装代表的是光荣，红色衣衫则是倒霉的象征。

紫红色是下等人穿的颜色。

前面想逃跑的那个人穿的就是这种紫红色，它是烦恼的象征。

如果国家公务人员让犯人在前面自由行动而不立即逮住他，解释只有一个：他要通过他来实现更大的目的——犯人可能要参加一个重要的聚会，趁此就可以抓住一批比他更有价值的人。这就是所谓的“放长线”。

这种推断在很大程度上是对的，因为穿制服的那个向河滩上正走过来的一辆空马车的车夫打了一个手势，车夫明白，马上转过马车慢慢地跟着这两个人走，显然他们是一伙的。然而走在前面的那个被认为可疑的穿着破烂的人并没有注意到这一切。

街车在爱丽舍广场上滚动，手拿马鞭的车夫的上半身露出了护墙。

“身边备用一辆街车”，这是警署给警察的秘密指示之一。

这时，俩人来到了通向河滩的斜坡，进行着彼此都无可厚非的战略，斜坡当时可为从巴喜来的马车夫到河边饮马之用。后来为了对称整齐，它被修平了。人的眼睛是没什么障碍了，但马儿却快渴死了。

穿罩衫的人似乎要上斜坡，逃到爱丽舍广场，然而虽然那里树木成林，同时却是密布警察，不过是另外一个下手的好地方。

河岸的这边离“弗郎索瓦一世住宅”——一八二四年勃拉克上校从莫雷移到巴黎所住房屋——比较近，附近安置了一个卫队。

但是那个被跟踪的人并不按监视者预想的那样，向饮水的斜坡走去，而是还在沿着河岸在河滩上继续走，这太让监视者感到惊讶了。

显然他处境危急。

他想跳进塞纳河吗？否则，干什么？

河岸是不能上去了，斜坡和阶梯都没有了，这是塞纳河拐角处，它接近耶拿桥，河滩愈走愈窄，以至成为一个细条淹没在河中，他的处境只能如此：右边是陡墙，左边和前方是河流，后面是追踪的公安人员。

这边河滩的尽头是一堆六七尺高拆毁东西而遗留下的废料，他挡住了跟踪者的视线。这人是不是想藏到瓦砾堆后面？可是别人同样能够绕过去，这种想法是愚蠢的。他绝对不会这样做。小偷还没幼稚到这种地步。瓦砾堆成小丘，像海岬似的，伸到河岸的高墙边。

“小偷”翻过小丘，在追踪者的视线里消失。

追踪者利用自己不再被看见的优势，放步飞奔。可是等他绕过垃圾堆却吃惊地发现，小偷已经不见了。

穿罩衫的人再也找不到了。

从废物堆到河滩不过三十步，前面就是冲击岸墙的河水。

逃亡者哪儿去了呢？跳河或爬上河岸都是不可能的，因为追踪者都能看得到。

穿制服的人一直走到河滩头上，极力思索尽目搜寻，两手不住地抽动。突然他拍着额头恍然大悟。原来有一扇宽矮的拱形铁栅门挡在水和土地的相接之处，一把很重的锁和三根粗铰链锁牢了它。这种铁栅门被装在河岸下面，一半露出了水面，一股黑水从里面流出来，进入塞纳河。

一种带拱顶的阴暗长廊在生锈的粗栅栏后面，清晰可见。

这个人抱着胳膊看着铁栅栏，脸上现出一种谴责的神情。

不仅看，他还走上前推了推铁门，但是门很牢固，根本就推不动。刚才可能门被打开了，而且肯定又给关上了，但是如此锈迹斑斑的铁栅门却没有发出任何声音，不能不让人感到奇怪。这只能证明开门的是钥匙，而不是一把弯钩。

这个合理推断立即让他恍然大悟。

“简直太不像话了！竟然有公家的钥匙！”他愤慨地说道。

可是他立即又心平气和了：

“好！好！好！好！”

一连串单音节词从他嘴里窜出，嘲谑且有力地表达了他此时此刻的很多念头。

说完了，他又隐蔽在废物堆后面，也许想看着那人出来，也许想看看别的什么人会不会进去，也许还有其他什么念头，总之就像猎狗等待黄鼠狼一样，耐心又愤愤不平。

至于那辆紧跟在后面的街车，也在靠河栏杆处停住了。马车夫料到会逗留很长时间，就把马鼻子套在打湿了的燕麦麻袋——一种巴黎人很熟悉的袋子——里，就像有时政府在他们嘴上上了套一样。耶拿桥行人稀少，他们在走远之前，还不断回望河滩上的人和河岸边的马车——景色中静止的两个点。

四、他同样负着自己的十字架

冉阿让不再停止，不断走下去。

路愈来愈难走。圆拱顶的高度并非一成不变，一般的高度是按人的身高来设计的，大约五尺六寸。为了不让马吕斯撞着拱顶，冉阿让不得不弯着腰走；他必须不断弯腰，然后不断直起身来摸墙。因为石头和沟槽又湿又滑，所以很不利于手和脚来支撑。在城市的污秽中他磕磕绊绊地向前摸。通风洞间隔的距离很远，这就使透进来的日光，像月光一样黯淡；除此之外，全部都是迷雾、腐烂的气味和黑暗。冉阿让又饿又渴，特别是渴，虽然他身边到处都是水，却不能喝，像呆在海上一样。尽管他的体力因生活的简朴而异乎寻常的充沛——像我们已经知道的一样。——并且几乎不因年岁而衰减，但是此时他开始往下垮。他觉得疲惫不堪，体力的渐渐衰减使背后的负担愈加沉重。马吕斯也许已经死了，因为他的身体就像死尸那样沉重。为了让马吕斯的胸部不被压住，而且让他的呼吸尽可能地畅通无阻，冉阿让背着他。老鼠在他两腿间不断穿梭。其中有一只甚至来咬它，老鼠们被惊动了。新鲜空气不时地从阴沟盖吹进来，让他清醒了许多。

大约在下午三点，他到达了总管。

阴渠的突然扩大，开始让他感到惊讶。

因为巷道突然宽得手摸不到两边的墙，高得头碰不到拱顶。的确大阴渠宽度八尺、高度七尺。

在蒙马特尔的阴沟和大阴渠接头的地方，还有两条坑道，分别通向普罗旺斯街和屠宰场，两者形成一个十字路口。面对这种选择，比冉阿让愚笨的人肯定会无所适从，束手无策。然而明智的冉阿让走进了最宽大的总沟渠。但是难题又产生了：上坡，还是下坡？形势的严峻使他无暇顾及任何危险，因为他必须去塞纳河，即下坡。所以他向左转弯。

多亏他是这样做的。如果他把总管想象成两个出口，分别到贝尔西和巴喜，正如名称所指，巴黎地下河右边的总管就是这里，那么他就完全错了。我们应该记得，这条大阴渠其实就是过去的梅尼孟丹小河，若是沿河上行，就会到达它的出发点，即位于梅尼孟丹街小丘下的河源，那是一条死胡同。大阴渠和从过去的卢维耶岛输入塞纳河的支管，没有任何管道是直接相连的，这条支管从波邦古区起，经过阿麦洛阴沟，把聚集的巴黎的水流最终泻入塞纳河。它是总管道的辅助导管，但在梅尼孟丹街下面和总管分开。因为这里有一块高地，它把水分为上下游。要是冉阿让向右转走上坡，那么他就彻底绝望，因为他的千辛万苦、精疲力尽换来的是黑暗中的一堵墙。

当然必要时还可以退后几步，进入受难修女街的巷道，然后坚定地在布什拉街的地下鹅掌十字路口进入圣路易沟管，再向左，进入圣吉尔街沟管，然后，向右，躲过圣塞巴斯蒂安阴沟，来到阿麦洛街沟，然后如果能够走出巴士底监狱下的“F”形沟道，就会到达兵工厂附近的塞纳河出口。可是，这样走的前提是：绝对明了这个如巨大珊瑚般的阴渠的每一道分岔和直管。但是，我们再重复一遍，冉阿让对此什么都不知道，不论它是如何曲折可怕。要是有人问他这是什么地方，“在黑暗中”大概就是他的回答吧。

本能使他有了得救的可能，走下坡路。

他的右边是拉菲特街和圣乔治街的沟管以及昂坦大街下的巷道，前者岔开像两个爪子，后者还带有支管，冉阿让放弃了它们。

穿过那条也许是马德兰教堂的支管，冉阿让停下，歇息。他非常疲惫。一束几乎闪亮的光从一个颇大的出气洞中射进来，这可能是昂儒街的洞眼。冉阿让把马吕斯轻轻地放在一条长凳上，像哥哥对待受伤的弟弟一般。在出气洞的白光的照射下，马吕斯的脸血肉模糊，像刚从坟墓深处挖出来一样。他紧紧地闭着眼睛，粘在太阳穴上的头发像干了的红色画笔一样，嘴角凝着血块，两臂下垂，四肢冰冷。在领带结上有一块已凝固了的血块，衬衫蹭到伤口里，衣服的呢子磨着大口子里露出的肉。冉阿让撕开他的衣服，把手放在他胸口试了试，心还跳。冉阿让把自己的衣服扯下来，尽力包扎好伤口，给他止住了血。然后，他俯视着一直昏迷不醒、近乎不能呼吸的马吕斯，在朦胧的光线中用一种无法表达的仇恨瞅着他。

在解马吕斯的衣服时，冉阿让在他的口袋里发现了昨晚就忘记的面包和他的笔记本。吃完面包，冉阿让打开笔记本。他在第一页上看见马吕斯写的字。我们不会忘记他是这样写的：

“我的名字叫马吕斯·彭眉胥，请把我的尸体送到我外祖父吉诺曼先生家，他的地址是：沼泽区，受难修女街六号。”

冉阿让借助出气洞的光看完了这几行字，呆呆地，似乎在思索什么，低低地反复念着，“受难修女街六号，吉诺曼先生。”他重新把笔记本放到马吕斯的口袋，面包让他体力恢复了不少，他又背起马吕斯，小心地把他的头靠在自己的右背上，沿着下坡走下去。

这个大阴渠大约二法里长，它是沿着梅尼盈丹山谷的最深谷底线修造的，路面大部分铺着石块。

巴黎的街名像火炬一般，给读者把冉阿让在巴黎地下的路线照射的清楚明白。可是冉阿让是没有火炬的，他一无所知。什么东西都无法让他知道自己正穿过市中的哪一区或者自己已经过哪条街。只有那渐渐暗下去的微光显示着太阳正离开街面，黄昏快到了。头顶上一直滚动着的车轮声变得时断时续，然后又像是消失了。他想自己已走出巴黎市中心而接近某个荒僻地区，像河岸的尽头或者靠着郊区的马路。因为房屋和街道少了，所以阴沟的通风洞也不多了。冉阿让的周围越走越黑，他继续在黑暗中摸索。

墓地的黑暗异常可怕。

五、流沙如同女人，既奸诈又狡猾

他觉着自己走进水中，因为脚下是淤泥而非石块路了。

有时在苏格兰或布列塔尼的某些海滨，一个人——游行者或者渔民——退潮后在远离海岸的沙滩上走，突然他感到几分钟后自己已行走困难。脚下的海滩像沥青一样，粘在鞋底的似乎不是沙子却是粘胶。沙滩的确是干的，可是每走一步提起脚来的时候，脚印里却灌满了水，虽然这样，视野所及还是辽阔匀净而安宁的海滨，丝毫没有什么改变，沙滩望过去到处都没什么区别，辨认不出哪里是坚实的土地，哪里是下陷的地方。在行人的脚下是成群的海蚜虫在欢乐地乱蹦。人还是尽力地朝前走，向着陆地，向着海岸。他心里很平静，担心什么呢？可是他也觉出脚好像每走一步都加重了许多。突然他往下陷。陷进去二三寸。忽然他走错了，于是他停住想找别的方向。可是当他向下一看，突然发现脚没了。原来沙子已经把脚给埋没了。他从沙里拔出脚，想向回走，后转，然而越陷越深。沙到了踝骨，他拔出来向左跳，沙就到了小腿，他向右蹦，沙就到了膝下。于是他恐惧地意识到自己被困在了流沙中，下面是一片人不能走，鱼不能游的恐怖地带。他扔掉身上的所有东西，就像船遇难后卸去一切一样，可是太晚了，沙已没过了膝盖。

他摇着手里的帽子或手帕大声叫喊，可是他越陷越深；如果海滩上恰好没有人而附近也没有勇敢的人，如果海滩离大陆很远而流沙层又是出了名的险恶，那么他就完了，陷入流沙，被它惊心动魄地埋葬掉，这是一场漫长的然而又必然的埋葬，它没完没了，既不延迟也不加快，毫不留情地历时几个小时，当你还十分健康自由自在地站着的时候，它就逮住了你，拖住你的脚，你每一次的喊叫、挣扎，只能让你更陷落一些，它似乎在用加倍的搂抱来惩罚你的反抗，于是，你渐渐地沉入了地下，可是在你完全沉没以前，它还让你充分欣赏天边的树木、葱郁的田野、平原里的村子冒着的烟，海上的帆船、又唱又飞的鸟儿，还有太阳和碧空。陷进流沙，其实就是海潮变成坟墓，它从水底升到活人面前。埋葬毫不留情地在每分钟进行。可怜的人儿为了逃避埋葬，他坐着、躺下又爬起来，可是一切动作都伴随着进一步的埋葬；竖起来，又陷下去。他感受到了埋没；他扭着双臂，哀告、呼喊，向着行云，然而他绝望了。这时流沙到了他的腹部，然后是胸部，只有上半身还露在外面。他伸出双手，狂乱地呻吟，痉挛的手指捏住沙，妄图用这沙土来阻住身体的下陷，用胳膊撑住，想挣脱这软套子，疯狂般呜咽着；沙不停地上升。到了肩，到了颈，只剩头了。嘴还在喊，沙灌进来，声音没有了。眼睛还在睁着，沙盖住它，黑暗。然后额头下沉，一缕发在沙上发抖，一只手穿过沙面，伸出来，挥动，摇摆，然后不见了。就这样，一个人凄惨地死去。

有的时候是骑士和马，有的时候是车夫和车子，一同陷落，埋葬在沙滩底下。这是土地淹没了人，而不是水弄翻了船。这种被海洋浸透的土地像原野、像波涛。然而它是个陷阱。具有深渊般的欺诈。

类似阴险的意外之灾，经常在各地的海滨发生，或许也会发生在三十年前的巴黎的阴渠中。

巴黎的地下沟道在一八三三年以前经常会意外塌陷，那时一些加固工程尚未动工。

无论是老沟中铺了底的地下层，还是新沟中浇上坚硬石灰的混凝土，一旦渗入了水，它就会失去支撑而弯曲。在这种地面上，一条褶就意味着一道裂缝，一道裂缝就能导致崩塌。沟道可能陷进去一长段。这种裂缝，即深渊中污泥的龟裂，所谓地陷。什么是地陷？它是海滨流沙突然陷入地下，它是阴沟里的圣米歇尔山的沙滩。浸湿的土地已不是土地，它所有的分子溶解开来，处于一种稀泥的状态，但它还不是水，有时也很深。一个人如果遇到这种情况，其处境是相当凶险的。如果其中的水多于泥，人就会被淹没而迅速死亡；如果泥多于水，这便是下陷，死亡便很缓慢。

我们怎么来想象这种死亡呢？若说海滩上的沉陷是怕人的，那么在沟渠中呢？没有了碧空万里，丽日高悬，光天化日下的众多音响、生命，远处的小船、过路的行人，直到生命的最后一刻，人的心里还存着侥幸的希望；但是在沟渠里

却是另一番天地，黑色的拱顶，完工的墓穴，耳聋眼瞎地死在泥沼中，令人窒息的污秽里，临终时在污泥中扼颈伸爪恶臭满嘴地咽尽了最后一口气，污泥代替了沙粒，硫化氢代替了飓风，垃圾代替了海洋！任凭你怎样的呼喊、咬牙、抽动、挣扎、喘息，在你头上的城市却依然如旧！

这种死亡的恐怖是无法用语言来形容的。死亡有时会因为它某种可怕的崇高而弥补它残忍的一面，在遇难的船里，在火中，人都可能会有不错的表现；人往往是在殉难中变了样子。然而不能在阴沟里。这种死是不干不净的。这样的咽气是耻辱的，最后的幻觉是卑贱的。因为污泥和耻辱是同义词。它渺小、可耻、丑恶。如果像克拉朗斯那样在甘美芳香的装满葡萄酒的大木桶中死去，那无话可说；但是如果像艾斯右勒洛那样死在清道夫的垃圾坑中，那可太令人感到恐怖了，丑恶的挣扎于粘泥之中。这里黑似地狱、污泥成池，垂死者不知道自己变成的是个鬼还是癞蛤蟆。

坟墓在别的地方是阴惨的，在这里却是畸形。

地陷的深度、长度和密度有时三四尺，有时八或十尺，有时深不见底，它随地下层土质的好坏而变化。

这儿的淤泥差不多变硬了，那儿却还是液体状态，吕尼埃地陷一天要吞没一个人，而在菲利波泥坑，消灭一个人只要五分钟。淤泥的负重情况随其密度的变化而变化。孩子能够逃脱的地方，成人可能丧生。人想活命的首要条件是扔掉所有负荷。所以任何一个疏通阴渠的工人发觉到自己脚下的地要下陷时，首先要做的事是丢掉工具袋，或者提篮或者背筐。

地陷产生的原因有许多，例如，土壤的易碎性；人力所不及的地下崩塌；夏季的暴雨；冬季连绵的雨水；长时间的毛毛雨；等等。有时在一块沙土地或泥灰地周围的房屋，因重量过大，而使地下沟廊的拱顶变形，沟底或许会不堪重压而折裂。在一个世纪以前先贤祠的下陷就像这样把圣热纳维塞夫山上的一部分沟管堵住了。当时如果有阴沟上房屋的压力下坍塌时，其反映就是街心出现锯齿形裂缝，它在整段裂开的沟顶上产生，显然情况危险，但抢修还是来得及的。但有时内部的毁坏并不显露出来，这样，清理渠道的工人可能遭殃。当他们一点准备都没有地进入通了底的沟中时，就有丧命的可能。查查旧时的档案记载，有好几个挖井工人就这样葬身地底。像一个叫勃雷士·布脱兰的清道夫就陷入卡事姆-卜勒纳街下面崩塌的沟渠里。他是最后一个埋葬在一七八五年取消的圣婴公墓中的工人——尼古拉·布脱兰的兄弟。

还有一个艾斯右勒洛子爵，我们已说到过的那个年轻英俊的莱里达围城战英雄之一，他们穿着丝袜，用小提琴开路攻城。有一天晚上，艾斯古勃洛在他表妹苏蒂公爵夫人那儿，突然公爵来了，他急忙避开，藏在博特莱伊阴沟的洼地里，淹死了。苏蒂夫人听完别人对她的讲述后，就拼命地闻醒盐，因此忘记了哭。爱情在这种情况下是经不起考验的。海洛拒绝为利安德擦洗尸体，蒂丝白在比拉姆面前捏住鼻子说："呸!"

六、陷落的地

在冉阿让的前面是一块陷落的地。

那时在爱丽舍广场的下面是经常发生这种地陷的，这里的地下层的流动性非常大，对水利工程不是很有利，地下的建筑也不是很牢固。圣乔治区的流沙比这种流动性的土壤还坚固，只有在石块加混凝土筑成地基之后流沙才可以克服；殉教者区臭气熏天的有沼气的粘土层也比这流动性的土壤牢靠，这粘土稀薄得让殉教者区地下长廊的沟道只要用一条铸铁管来沟通。一八三六年，就在冉阿让此时所处的地方，当局拆除并重建圣奥诺雷郊区下面的旧石砌沟渠，当时从爱丽舍广场至塞纳河地下全部是流沙，由于这一阻碍让工程拖延了近半年，因此引起沿岸住户，尤其是各大公馆和有马车的住户极大地抗议。那时确实下了四个半月的雨水，塞纳河的水位升高了三次，这使工程不但艰巨，而且很危险。

头天晚上的暴雨造成了冉阿让遇到的地陷。铺路石的下面没有坚实的支撑，只有沙子，因此铺路石弯曲而能让雨水积聚。铺路石一旦被雨水浸透，坍塌就随之而来，在沟槽裂开后便陷进了泥沼。到底坍塌的地方有多长？这没办法讲清楚。在这里黑暗无论在什么地方都浓重，这是个夜里洞穴中的泥坑。

冉阿让觉得他脚下的地沟陷落了，他踩进了泥浆。这里下面是淤泥，上面是水。可是他还得走过去。重新转身走回路是不可能了。现在冉阿让力气已枯竭，马吕斯也正濒临危亡。有没有其他路可走呢？因此冉阿让继续往前走。刚开始在洼地里走几步并没有觉得很深，可是越走他的脚就越陷得深。过不了多久水漫过了膝盖，而淤泥深到腿的一半。显然这淤泥的稠度只可以承受一个人的重量而不能承受两个人的。如果是马吕斯和冉阿让单个人走过去，那还有脱险的可能。冉阿让继续举着这个垂死的人朝前走，这大概是具尸体了。

当水漫到腋下的时候，冉阿让在这淤泥深处几乎不能活动，他觉得自己在往下沉。密度在支撑重量的同时也是一个障碍。冉阿让由于一直举着马吕斯往前走而消耗了大量的体力，他正在往下陷。现在唯有他的头部露出水面，可是他两手还是高举着马吕斯。在一些描绘洪水泛滥的古代油画中，孩子就是这样被他的母亲举起的。

他继续下沉，为避水保持呼吸他昂起头。在这样的黑暗中如果有人看见他，一定会认为这是个在暗中流荡的面具呢；他模糊地看见上面马吕斯那倒垂的头和青灰色的脸孔；他使劲地把脚往前伸，碰到了一个硬硬的东西。这是一个支点。

真危险！如果再迟一点就怕不行了。

他站直了身子又弯下来，使劲地在这个支点上站稳脚。他感到自己似乎踏上了生命的第一级阶梯。

在污泥中万分危急的时候触到的这个支点原来是另一斜坡的开始，它在水底下拱着，弯而没断，好像是用石块砌得很不错的建成拱形的一整条相当坚固的地板。虽然已经有部分陷入水中，但这段沟槽还是很坚实，的确是一个斜坡。人只要一踩上这斜坡就可以得救。冉阿让踏上这平坦的斜坡走到了泥沼的另一面。

当他走出水面碰到一块石头时，他就跪倒在地。他以为本该这样，就这样他待了片刻，他的灵魂沉浸在一种不知怎样地向上帝祷告的言语之中。

他重新站起身来，打着战，觉得臭气逼人，浑身僵冷，他弯腰去背这具淌泥浆的濒临死亡的人，一种奇异的光彩充溢着他的心灵。

七、人在认为可以上岸时反而失败了

他又继续走。

另外，虽然在陷坑里他没有死去，但是他感到自己的力气在那里都已经用完了。现在他举步维艰，每走几步路就要大口喘气，因为最后的一把劲把他的力气都耗尽了。有一回他只得坐在一条长凳上来改变马吕斯的姿势，那时他觉得自己再也动不了了。不过虽然他的体力消耗很大，但是毅力却和以前一样。过了一会儿他又站了起来。

他不停地走，而且走得很快，几乎走上一百步他都不抬头，不呼吸，猛然他撞在一堵墙上。原来他已经走到了阴沟转弯的地方，由于低着头走路，所以撞到了墙上。他抬起头来向远处看，在他的前面很远的地方，在地沟的顶端，他看见了一束明亮的光线，这次是吉祥的白色的光，而不是凶光，这是白天的亮光。

冉阿让看见了出口。

冉阿让觉得自己好像是一个堕落到地狱中的灵魂，在熊熊大火的炉里，突然间看到了地狱的出口。那烧残的翅膀带着这灵魂疯狂地朝光芒四射的大门飞奔而去。冉阿让恢复了他钢铁般的腿力。他感觉不到疲乏，也感觉不到马吕斯的重量，他在跑，而不是在走。在他慢慢走近时，出口也越来越清晰了，这是一个圆形的拱门，比那随着沟顶的降低而慢慢变小的沟管窄，没有那逐渐降低的沟顶高。这沟管出口的地方好像一个漏斗的内部，非常可厌的变窄，像拘留所里面的小门，在监狱里是合适的，但是在沟里却不合适，因此后来被改正了。

冉阿让来到了出口处。

他在那里站住了。

确实，这是出口，但是走不出去。

粗铁栅栏关着。这铁栅栏被一把像一块大砖似的、锈得发红的厚锁固定在石头门框上，看起来它很少在它那被氧化了的铰链上旋转。还可以看见锁孔，在铁锁横头里深深地嵌着粗厚的锁闩，看得出这锁是双转锁，是一种监狱里用的锁，以前在巴黎人们很喜欢用这种锁。

在铁栅栏的另一面就是野外、阳光和河流，河滩不是很宽，但是可以走过去，远远的河岸，巴黎——一个易于藏身的深渊，辽阔的天边，还有自由。可以辨认出在河的右边下游是耶拿桥，残废军人院桥在河的左边上游；这是一个比较适合等到天黑逃走的地方。河滩的对面是大石块路，这是巴黎最偏僻安静的地区之一。在铁栅栏的空格里有苍蝇飞进飞出。

天已经快暗了，大概是晚上八点半了。

冉阿让把马吕斯放在墙边沟道上不潮湿的地方，然后来到铁栅栏前，两手紧紧地抓住铁条，使劲地摇晃，可是没有一点震荡。铁栅门一动不动。冉阿让一根接着一根地抓住铁棍，想拔下一根不太牢固的铁棍来破锁撬门。但是一根铁棍也拔不动。比老虎牙床上的牙还牢固。既没有撬棍，又没有能撬的东西，就克服不了困难。门无法打开。

就死在这里，难道？怎么办呢？会有什么事情发生呢？他已经没有力气往回走，又走那条吓人的已经走过的路线。再说，这靠奇迹才能脱险的洼地怎样再次穿过呢？穿过洼地以后，警察巡逻队就没有了吗？两次躲过巡逻队是不可能的。并且，朝哪里走？往什么方向？顺着斜坡到不了目的地。即使可以到达另一个出口，又可能会让一个盖子或者铁栅堵住。毫无疑问，所有的出口都是这样关着的。很侥幸在进来时遇到了那个开着的铁栅门，其他沟口肯定都是关闭的。唯有在监狱中越狱才能成功。

一切都完了。由于上帝不应允，冉阿让所做的一切都没用处。

巨大而阴暗的死网网住了他们俩人，冉阿让感到在暗中抖动的黑线上那只非常可怕的蜘蛛在来回爬行。

他背向铁栅栏，倒在地上，他不是坐下而是跌倒在地，他的头垂在两膝中，靠着一直没动的马吕斯。出路没有了。各种辛酸他都尝尽了。

在这沉重的令人丧气的时刻，他想起了谁？他惦念着的不是马吕斯，更不是他自己，而是珂赛特。

八、一角被撕下的衣襟

就在他处于万分沮丧之中时，有一只手突然放在他的肩膀上，一个声音轻轻地对他说：

“一人一半。”

难道黑暗中竟然还有人？这比绝望更像梦境。冉阿让一点脚步声也没听到，他以为自己是在做梦。这有可能吗？他举起头来看了一下。

在他面前站着一个人。

这个人穿着一件罩衫，赤着脚，左手提着鞋，他肯定是为了走近冉阿让时不让别人听到他的走路声，所以脱掉了鞋。

虽然说相遇是这样突然，但是冉阿让一刻也不犹豫，他认识这个人。他就是德纳第。

可以这么说，冉阿让经历过需要快速对付的意想不到的打击，他早已习惯了惊慌，尽管他被惊醒，但他马上就恢复了清醒的意识。而且，到了一定程度，处境不会更恶劣，困难也不会再升级，德纳第这人也不会让这里的夜更黑暗。

等待了一会儿。

德纳第为了挡光就把右手举到额际，然后又皱了皱眉头眨了眨眼，这个动作配上稍闭的双唇，表明一个精明的人打算去认出另一个人。可是他认不出来。刚才我们说过，冉阿让满脸的鲜血和污泥，变得面目全非，而且他背着阳光，即使是在白天，别人也不一定能认得出来。相反，德纳第正面对着铁栅栏的光——这地窖中的光，的确是这样，尽管他很暗淡，但是能看得一清二楚，正像俗话所说，说得不错，冉阿让一下子就认出了德纳第。由于所处的情况不同，使这一即将开始的两种处境和两个人之间的秘密斗争有利于冉阿让。相遇的两个人，一个是面目模糊的冉阿让，另一个是原形毕露的德纳第。

冉阿让马上发现德纳第并没有认出他。

在这个昏暗的地方他们俩人相互观察了一番，就像在进行较量，德纳第首先开口说话：

“你准备如何出去？”

冉阿让没有作声。

德纳第往下说：

“你必须出去，虽然用小钩无法开锁。”

“不错。”冉阿让说。

“那么一人一半。”

“你是什么意思？”

“你呢，杀了人，而我有钥匙。”

德纳第指着马吕斯继续说道：

“我想帮助你，虽然我并不认识你，不过你得够朋友。”

冉阿让开始明白了，德纳第待他当作了一个凶手。

德纳第又说：

“听着，朋友，你在杀人之前肯定会先看别人口袋里有什么。分给我一半，我就给你开门。”

他让一把大钥匙从那件有着无数洞的罩衫下面露出一半来，然后又说：

“你想看一下田野的钥匙是什么样的吗？这就是。”

这是老高乃依的说话方式，冉阿让“呆住了”，甚至怀疑他所见到的是否真实。这时德纳第的形象就像从地底下冒出来的善良天使，是外表看上去很可怕的老天爷。

德纳第把手伸进罩衫的一个大口袋里，掏出一根绳子递给冉阿让。

“接着，”他说，“我还另外送你这根绳子。”

“一根绳子，做什么用？”

“你还得有一块石头，不过在外面你能找得到，那儿有一堆垃圾。”

“一块石头，有什么用？”

“蠢驴，既然你打算把这傻瓜丢到河里，就该有一块石头和一根绳子，否则他就会漂起来。”

冉阿让拿过绳子，大部分的人都会这样不自觉地接受东西。

德纳第打了个响指，突然好像记起了一件事：

“喂，怎么搞的，朋友，你竟然能逃脱那儿的洼地！我不敢冒险去那儿。呸！你真难闻。”

过了一会儿，他又说：

“你不回答我问你的话是对的，这是学习应付在预审推事前的那尴尬的一刻钟。另外，什么也不说就不怕说得太大声。虽然我看不清楚你的脸，而且你的姓名我也不知道，但是你不要认为这样我就不知道你是什么人，你想干什么。无论什么我都知道。你杀了这个人，你现在想要把他藏在什么地方，现在你需要河，这是藏祸的地方。我想帮助你走出困境。我很乐意帮助一个身陷困境的好人。”

尽管他在称赞冉阿让的沉默，但很显然他也在想方设法让他开口。他想从侧面观察冉阿让，于是就推推他的肩膀，并用他那一贯的中等音量的声音叫道：

“谈到洼地，你为什么不把这位先生丢进去？你真是个稀奇古怪的家伙。”

冉阿让还是缄口不语。

德纳第把一块作为领结的小布拉到喉结处，这更表明了一个一本正经的人的精明，他又说道：

“应该说你这样做大概是聪明的。工人明天来补洞，一定会发现遗忘在这儿的巴黎人，他们大概会依据一点点的线索找到你的足迹把你抓住。有人路过这阴沟。是谁？他是从哪里出去的？是否有人见他出去？警察非常警觉。阴沟是险恶的，可以揭发你。找到这样的东西是少见的，会引起别人注意，很少有人会利用阴沟做事情，而河流却是为大家服务的。真正的坟墓是河流。在时间过去一个月之后，这人会被别人在圣克鲁的网里打捞上来。好吧，这有什么关系呢？这仅仅是一具腐烂的尸体而已，是谁杀了他呢？巴黎。你干得不错，这样一来法院绝对不会过问。”

德纳第的话越多，冉阿让也就越沉默。德纳第再一次推推他的肩膀。

“现在生意要结束一下，我们平分吧，我的钥匙你也看见了，你的钱也该给我看看了。”

德纳第像野兽一样，一脸凶相，表情可疑，既含着恐吓，但同时又表现得很和善。

有一件怪事，那就是德纳第的神情很不自然，同时态度也不自在，他说话很低声，虽然说没有弄得很神秘，但是却常常把手指放在嘴上轻声说“嘘！”让人不容易猜出其中的原因。这里就只有他们两个人。冉阿让觉得在附近的角落里还藏着别的盗贼，可是德纳第不想和他们分赃。

德纳第又说：

“结束我们的生意吧！那傻瓜的口袋里到底有多少钱？”

冉阿让在自己的口袋里寻找。

我们记得他习惯于带点钱在身上。他的生活要求他随时对付困难和阴暗，他只能这样做。可是这一次他没有准备，因为昨天晚上他在穿国民自卫军的军服时心情很沮丧，所以钱包忘了带上。在他的背心口袋总共有三十法郎左右的零钱。他把沾满了污泥的口袋翻转过来，然后把一个金路易、两个五法郎还有五六个铜币放在沟管的长凳上。

德纳第的下唇伸长了，他很有深意地扭了一下脖子。

“杀了他你没有得到很多钱。”他说。

然后他肆无忌惮地搜了冉阿让和马吕斯俩人的口袋。由于冉阿让背着光线，任由他翻。德纳第在翻马吕斯的衣服时，用魔术师一样快捷的动作撕下了他的一角衣襟，然后把它藏在自己的罩衫里没让冉阿让发现，也许他认为这块破布以后可能会帮助他识辨出被害者和凶手。除了三十法郎之外，他再也找不出什么。

"对，"他说，"你们两个人合起来，也就这么点钱。"

他把法郎全都拿走了，把自己所说的"一人一半"忘记了。

对铜板他稍微犹豫了一会，考虑了一下，咕哝着也拿走了：

"没什么关系！杀人就拿这点钱太少了。"

说完这话之后，他把大钥匙从罩衫底下拉出来：

"朋友，现在你该出去了。和集市相同，从这里出去是要交钱的。你已经付过钱了，出去吧。"

然后他笑起来了。

他用钥匙来帮助一个不熟识的人，并让除他之外的另一个人通过这道门，他是不是出自全部无私利的目的去救一个凶手？这一点很可疑。

冉阿让在德纳第的帮助下把马吕斯背在身上，然后德纳第一边踮着光脚的脚尖走到铁栅栏门前，一边打手势让冉阿让跟上来。他看了看外面，把手指放在嘴边，观察了几秒钟之后，他把钥匙插进了锁孔。铁闩滑动，门转动了。很明显这铁栅栏门和铰链都已被细心地上了油，动作轻快，没有发出一点"吱呀"声，开关的次数要比一般人想象得多，这种轻快是阴森的。这样的轻快让人想到那些暗暗地来去匆匆，悄悄地进进出出的夜间行路人还有那些伤人的豺狼的脚步。肯定有一个秘密集团是这阴渠的共谋。窝主就是这默默不语的铁栅栏门。

德纳第开了半扇门刚好让冉阿让的身子能通过，门又被他关上了，他拿着钥匙在锁里转了两圈，几乎没有发出任何声响，他就又重新钻进黑暗之中。似乎他是在用老虎的毛茸茸的爪子走路。过了不久，已经看不见这个可怕的老天爷了。

冉阿让走到了外面。

九、在内行人看来马吕斯好像已经死了

轻轻地，他把马吕斯放在河滩上面。

他们出来了！

黑暗、恐怖和腐烂的气味都已置于他的身后。在他的周围充满着健康、纯洁、快乐、新鲜以及可以自由呼吸的空气。夕阳西下，四周一片静谧，这是一种令人心旷神怡的静谧。黄昏来到，夜幕降临，这是所有需要黑影作大衣逃离苦难的人的朋友和大救星。天地苍穹辽阔祥和，他的脚下流水潺潺，像在接吻。能听见爱丽舍广场上榆树丛中鸟巢在空中交谈对话，互道晚安。稀稀落落的几颗明星（在淡蓝色的天空中有些引人注目，这只有静思默想者才能看见）在辽阔无边的天际里发出不易辨认的微弱的亮光。夜把无限的所有温柔撒到冉阿让的头上。

天已经暗了，人在几步之外就看不清楚，可是还有足够的余晖来辨认走近时的人，这是明暗难分的最好时辰。

在很短的时期冉阿让不知不觉地被这庄严而又安抚人的宁静所感染，人都有这么一种忘怀的时刻，一切思想都消逝了，悲惨的人不再被痛苦所折磨，和平就像梦想着的人被夜幕所笼罩，在那黄昏的余晖中，就像在那明亮的天空中一样，

星星布满了心房。冉阿让情不自禁地抬头仰望这无边无际的皎洁如水的夜色，在永恒苍穹庄严神圣的静谧中，他滑入了冥想，沉浸在祈祷和出神之中，但是突然间，他似乎又恢复了责任感，他弯腰对着马吕斯，又用手捧了些水，然后轻轻地在他的脸上洒了几滴水。虽然马吕斯的眼睛并没有睁开，但是那微张的嘴还有呼吸。

正在冉阿让想要把手再一次伸进河里的时候，忽然间他感到一种不知名目的干扰，在他的身后好像有什么人似的，虽说没看见。

我们在别的地方曾提及过这种众所周知的感觉。

他把头转过来。

就像刚才一样，在他后面确实有一个人。

在离蹲在马吕斯身边的冉阿让后面不远的地方，站着一个身材魁伟的大个子，他裹着一件长大衣，双臂在胸前交叉着，他的右手握着一根能见到铅锤头的闷棍。

在薄暮中，这真像一个鬼魂，在黄昏时分一个普通人看见了会害怕的，而令一个深思熟虑的人害怕的则是闷棍。

冉阿让辨认出这人是沙威。

大家肯定能猜到追捕德纳第的就是沙威而不是别人。出乎他的意料沙威离开街垒以后就去了警署，受到了警署署长本人短暂的接见，在他作了口头汇报之后就马上复职，我们应该还没忘记他身上的字条，他的职责包括监察爱丽舍广场的右河滩，最近那里已经引起公安当局的注意。在那里他看到了德纳第并且跟踪他。另外的事情我们也都已经知道了。

大家也清楚了这扇门在冉阿让面前这么殷勤地打开是德纳第在耍手段。所有被监视的人都有最敏锐的嗅觉，德纳第觉得沙威一直都待在这儿，他应该扔一根骨头给这只警犬。送上一个凶手，这对沙威来说该是一个很意外的收获！替罪羊是从来不会被拒绝的。德纳第放冉阿让出去代替他，这样给警察一个猎物，让沙威不至于白等，这总会使密探高兴，从而使他放弃追踪，让自已在一桩更大的案件中被忘记，同时自己又赚了三十法郎。对于他本人来说，就计划着以这样转移视线来脱身。

冉阿让又撞到了一个新的暗礁上。

从德纳第的手中又掉到沙威手中，这两次连续的相遇，实在令人难堪。

我们曾经说过，冉阿让已经面目全非了，因此沙威也就没认出他来。沙威没有垂下手臂，而用一种不易察觉的动作抓稳闷棍，同时用简短冷静的声音问：

“您是谁?”

“我是我。”

“是谁，您?”

“冉阿让。”

沙威牙齿咬住闷棍，弯腰屈膝，把两只强壮的大手放在冉阿让的肩上，就如两把老虎钳一样把他夹紧，经过仔细审视之后认出了他。他们俩人的脸差不多要碰到一起了，沙威的眼光使人感到很恐怖。

在沙威的紧握下冉阿让动弹不得，仿佛狮子在经受短尾山猫爪子的折磨。

"沙威警长，"他说，"我被您抓住了。实际上，从今天上午开始我就已经把自己看作您的犯人了，在给了您地址之后我丝毫没有设法从您那儿逃脱的念头，您把我抓起来吧！我只是想请您答应我一件事。"

沙威似乎没有听见，他脸上表现出一种凶恶的沉思的表情：嘴唇被那耸起的下巴挤到鼻子底下，眼睛盯着冉阿让。然后，他把冉阿让放下，直起身子，把闷棍抓在手里，同时用含糊不清的声音问道：

"您在这儿做什么事？这是什么人？"

他和冉阿让说话一直不再用"你"这个称呼。

冉阿让回答的声音似乎把沙威给唤醒了：

"这正是我打算和您说的事，您无论怎样处理我都行，但我只求您一件事，那就是您先帮我把他送回家去。"

沙威没有拒绝，因为他的脸上起了皱，这在别人看来是他有可能做出让步的表现。

他再次弯下腰，从口袋里掏出一块手帕，用水浸湿，把马吕斯额头上的血迹擦干净。

"这人以前住在街垒里"，他低声地似乎在自言自语，"就是大家管他叫马吕斯的那个人。"

一级密探，在认为自己将要死亡前，还在察看和监听着一切，并且能听得到和能收集一切。临死之前还在侦察，在依着坟墓的第一级石阶的时候，他还在作记录。

他握住马吕斯的手并寻找他的脉搏。

"这是个受伤的人。"冉阿让说。

"他死了。"沙威说。

冉阿让答道：

"他还没有死。"

"是不是您把他从街垒带到这儿？"沙威问。

他一定有很重的心事，所以他根本没有追究从阴沟里把人救出来这令人不安的事，也没有注意冉阿让对他的提问保持沉默。

好像冉阿让也只有一个想法，他说：

"他住在他外祖父家里，在沼泽区受难修女街……他外祖父的名字我记不起了。"

冉阿让在马吕斯的衣服里找，拿出一本笔记本，从里面翻出一页马吕斯用铅笔写的纸递给沙威。

空中还有足够的光线能辨认出字迹。而且沙威的眼睛里有夜鸟眼一样的粼光。他认出了马吕斯写的几排字，口里念念有词："吉诺曼，受难修女街六号。"

然后他喊了一声："车夫！"

我们没忘记有辆以防不时之需的车在等着。

马吕斯的笔记本被沙威留下了。

不一会儿，从饮马处斜坡上下来一辆马车，来到河滩上，沙威和冉阿让并肩坐在马车前的长凳上，把马吕斯放在后座长凳上。

关上车门后，马车上了河岸，开始向巴士底狱的方向飞驶而去。

离开河岸后他们来到了大街上。车夫坐在他的位置上抽打着那两匹瘦弱的马，像一个黑影。车厢里是冷冰冰的沉默，马吕斯的身体纹丝不动地靠在后座角上，头耷拉在胸前，双臂垂着，双腿僵硬，好像只等一具棺材了。沙威就像一尊石像，冉阿让像亡魂；车子每次经过路灯时，黑暗的车内像被偶尔的闪电照成灰暗的苍白色，这三个纹丝不动的悲剧性的尸体、石像和幽灵被命运结合在一起，在共同惨淡地对质。

十、英勇献身的孩子回来了

每次碰到街石引起的震动，就有一滴血从马吕斯的头发中掉下来。

马车到达受难修女街六号的时候已经是晚上了。

最先下车的是沙威，他看了一下门牌，然后拿起那个有着公羊和森林之神角力的像式样古老的沉重的熟铁门锤，在门上重重地敲了一下。门开了一半，沙威推开了门。看门人露出半个身子，迷迷糊糊地打着呵欠，手里举着蜡烛。

房子里全部的人都已经睡了。在沼泽区一般人都睡得挺早，特别是在暴动时期。这个被革命吓坏了的老区到睡梦里寻找安全，就如同孩子们听说妖精要来了就急忙把头钻到被窝里。

这时冉阿让抱着马吕斯的肋部，车夫抱着马吕斯的腿，把他从车里抬出来。

冉阿让一边抱着马吕斯，一边把手伸进他衣服上那个撕得很大的口子去摸他的胸口，证实他的心脏还在跳动。好像是车子的震动在一定程度上恢复了马吕斯的生命，他的心跳比刚才有力了一些。

沙威跟看门人说话的语气就像政府工作人员对叛乱者的门房说话时的口气：

“这儿有叫吉诺曼的吗？”

“是住这儿，您有什么事找他？”

“我们送他的儿子回来。”

“他的儿子？”看门人瞠目结舌地问。

“他死了。”

冉阿让跟在沙威的后面，他那又旧又脏的衣服让看门人觉得有点讨厌，他向门房摇了摇头意思是还没死。

沙威的话和冉阿让摇头所表达的意思看门人似乎都没懂。

沙威又说：

“他去过街垒，现在他在这儿。”

“去过街垒！”看门人喊了起来。

“他自己去送死。赶快去叫醒他父亲。”

看门人没动身。

“赶紧去呀！”沙威继续说。

而且又补充了一句：

“这里明天要葬人了。”

沙威觉得街道上常常发生的事故是排列有序、各分门类的。任何一件偶尔发生的事故都有自己的一格，这是警觉和监督的第一步；可以说有可能发生的事是放在抽屉里的，当街上闹事、过狂欢节、发生暴动或有丧事时，就根据不同的场合从抽屉里拿出一定数量的案例来。

巴斯克是看门人唯一叫醒的人。他又叫醒妮珂莱特；妮珂莱特叫醒吉诺曼姨妈。大家认为外祖父总能很早知道这件事就让他睡觉没叫醒他。

他们把马吕斯抬到二楼，放在吉诺曼先生套房里一张旧的长沙发上，家里另外的人谁也没有发现。巴斯克找医生去了，妮珂莱特打开衣橱，这时冉阿让感到自己的肩膀被沙威撞了一下，他懂得沙威的意思，就下楼去了，沙威跟在他后面。

看门人带着他们来时一样的那种似睡非睡的恐怖神情看着他们离开。

他们重新坐回马车上，车夫在自己的位子上坐下。

“沙威侦察员，”冉阿让说：“再允许我一个请求吧。”

“什么事？”沙威很粗鲁地问。

“将来无论你怎么处置我，让我先回一次家吧。”

沙威把下巴缩进大衣的领子里去，默不作声了一会儿，然后把前面一块玻璃放下：

“车夫，”他说，“武人街，七号。”

十一、在绝对中动摇

在路上他们都没再说话。

冉阿让作何打算？终止他已经开始的事，告诉珂赛特马吕斯在哪里，也许再给她一些有用的指示，做些最终的安排，如果有可能。至于他以及和他本身有关的已经完了，如果是另一个人遇到像他被沙威逮捕的这种处境，也许会想到他要进入的第一所牢房门上的铁棍还有德纳第提供的那根绳子，但是冉阿让没有抗拒；可以肯定地说，自从冉阿让见过主教后，他对所有的侵犯，包括对自己的侵犯，宗教信仰让他徘徊不前了。

自尽，这种在一定程度上表明灵魂的死亡和对未知境界的神秘的粗暴行为，对冉阿让来说是不现实的。

进入武人街口，由于街道太窄车子进不去，就停下了。冉阿让和沙威双双下了车。

车夫谦卑地给“侦察员先生”拿出他车上那被凶手的泥浆和受害者的淤血弄脏了的乌德勒支丝绒。他的理解是这样的。他说要付给他一笔赔偿费，而且还从口袋里掏出他的记录本，要侦察员先生给他写上“一点证明”。

车夫递过来的那小本子被沙威推回去了，然后他问：

“连同这丝绒的钱和车费，总共该付你多少钱？”

“总共七小时过十五分钟，”车夫答道：“另外我的丝绒是全新的。总共八十法郎，侦察员先生。”

沙威从口袋里掏出四个金拿破仑，打发走了马车夫。

冉阿让猜测沙威打算步行把他带到白大衣商店哨所或者历史陈列馆哨所那里，这两个地方离这儿都不远。

他们走进依然没有人迹的街上。沙威跟在冉阿让的身后，他们来到七号，冉

阿让敲门，随后门开了。

“可以了，”沙威说，“上去吧。”

他脸上带着奇怪的表情似乎很费力地说：

“我在这里等您。”

沙威的这种做法和他的一贯作风不一样，冉阿让看了看他。然而，既然冉阿让已决定自首并结束一切，沙威现在对他的这种高傲的信任，就像一只猫给一只老鼠的、和它爪子差不多长的一点自由的信任，这种信任的做法没有让冉阿让很惊奇。他把大门推开，跨进屋内，冲那拉了床边开门绳的睡在床上的门房喊了一声：“是我！”之后就上楼去了。

走到二楼，他休息了一会儿。所有痛苦的道路都不会没有停留站。就和大部分老式住宅一样，楼梯平台的窗子是一扇吊窗，正打开着，在这里楼梯可以取光并且可以看见街道。那些装在街对面的路灯还照亮了一点楼梯，这样就能节约照明。

也许冉阿让为了喘口气，也许是不自觉地伸出头看看窗外，看看街心。整条街都有路灯照亮，街道很短。冉阿让惊喜地发现的是，没有人了。

沙威已经走了。

十二、外祖父

巴斯克和看门人把最初放在长沙发上躺着纹丝不动的马吕斯抬进客厅里。吉诺曼姨妈也已经起床了，医生在他们去叫之后也随后赶到。

吉诺曼姨妈什么事也做不了，她只是握着双手，慌慌张张地来回走动，只会说：“上帝呀！怎么可能这样呀！”偶尔，她加上一句：“每个地方都要沾上血了！”在最初的恐惧消失之后，她的脑海里出现了某种对待现实的哲学，她用“结果肯定是这样的”叫喊来表达，她还没有加上“我早就这样说过”这一人们在这种情况下常用的话。

按照医生的嘱咐，搭了一张帆布床在长沙发旁边。在医生检查完马吕斯知道他的脉搏还在跳、胸部只受了轻伤、唇角的血其实是鼻腔的血之后，就让他不用枕头平卧在床，头和身体一样平或者比身体略低一点，上身裸露，为让呼吸顺畅。在看到脱马吕斯衣服的时候吉诺曼小姐就退了出去。她去卧室里念经。

马吕斯上身没有内伤，一颗被皮夹挡住的子弹顺着肋骨偏斜，形成一个可怕的但不深的伤口，所以没有生命危险。由于地下的长时间步行让打碎的锁骨脱臼，这才是不轻的伤呢。在他的两臂上有刀伤。虽说脸上没有破相的伤口，但是头上似乎都是刀痕，头上的伤口会带来什么后果呢？伤口是伤及了头盖骨呢？还是仅仅停留于头皮的表面？目前都不能判断。伤口引起的昏迷是一个严重的症状，并不是所有的人都能从这种昏迷中苏醒过来。另外，流血已使受伤者非常虚弱。从腰以下的下半身受到街垒的防护。

巴斯克和妮珂莱特把床单和衣衫撕成布条做绷带，妮珂莱特在缝布条，巴斯克在卷布条。由于没有包伤用的旧布纱团，医生暂时拿棉花卷来止伤口的血。在床旁边，放外科手术用具的桌子上点燃着三根蜡烛。医生把马吕斯的脸和头发用冷水洗干净。不一会儿一桶水就变成了红色。手里拿蜡烛的看门人在照亮。

医生似乎在非常忧愁地想着什么。偶尔摇一下头，好像在回答自己心里的问题。对于病人来说，医生的这种神秘的自问自答是不利的表现。

正在医生轻拂马吕斯的脸庞并用手指轻轻地碰一下他那一直没抬起的眼皮时，客厅对面的一扇门被打开了，一张苍白的长脸出现在那里。

这人就是外祖父。

暴动让吉诺曼先生很紧张，两天来，他又生气又发愁，前天晚上不成眠，昨天一整天发烧。晚上，他吩咐家人把屋子里所有的插销都插上，非常早就上了床，因为太疲劳而模模糊糊地睡着了。

上了年纪的人睡觉容易惊醒；吉诺曼先生的卧室紧挨着客厅，虽然大家都已很小心，但还是有声音惊醒了他。门缝里漏进的烛光让他感到非常奇怪，他就起身摸黑出来了。

他一只手抓住半开的门的把手，在门口站着，他的身子裹在一件直挺挺的没有褶子的像件殓衣的白色晨衣中，他的头略向前倾而摇晃着，神情诧异，像一个正在窥视坟墓的幽灵。

他看到了床褥子上那个鲜血淋漓的年轻人，脸变得像蜡一样惨白，两眼紧闭，嘴巴张着，嘴唇没有血色，上身赤裸，满是紫红色的伤口，纹丝不动，所有这一切都被照得一清二楚。

外祖父的脸上霎时间露出了骷髅般土灰色的棱角，那双因年事已高而角膜发黄的眼睛，蒙上一层透明的亮光，他那骨瘦如柴的身躯从上到下哆嗦起来，垂下来的两臂像断了的发条，那两只老而颤抖的手的手指叉开，这表露了他的惊愕。从他那打开着的晨衣里能看见那可怜的白毛竖立的双腿，他的膝盖向前弯曲，轻声地说：

“马吕斯！”

“老爷，”巴斯克说，“少爷到街垒里去了，有人把他送回来了，而且……”

“他死了！”外祖父的声音很可怕，“咳！这无赖！”

此时由于一种阴森森的变态让这个百岁老人像年轻人那样站直了身子。

“先生，”他说，“您是医生，您先告诉我他是死了，是吗？”

医生很焦急，他没有回答。

吉诺曼先生一边扭绞着双手，一边骇人地大哭起来：

“他死了！他死了！他到街垒上被别人杀了！他是为了恨我、为了对付我才这样做！啊！吸血鬼！这副模样回来见我！我确实是命中遭灾，他死了！”

他似乎感到气闷，走到一扇窗前把窗户打开，面向黑暗站着，对着街和黑夜说起话来：

“子弹打穿他，刀刺他，被割断喉头，毁灭，被别人撕碎，被切成碎块！你们看看这无赖！他分明知道我在等他，他的卧室我叫人布置好，他小时候的照片我把它放在床头；他明明知道他任何时候都可以回家，他明知许多年来我一直在叫他回来，他明知我每天晚上坐在火炉旁边两手放在膝上因无所事事而消瘦！这一切你都知道，你明白只要你回家，只消说一声‘是我’，就马上是一家之主，我一定会依顺你；你就能任意摆布你的傻瓜爷爷！这些你都知道，可是你说：‘不，我决不回去，他是个保王派！’你就心存恶意上街垒寻死！为了报复我曾跟你说过的有关德·贝里公爵先生的话！这是多么卑鄙！您静静地安息吧，睡吧！他死了。这是我醒来后发现的事。”

医生离开马吕斯片刻，来到吉诺曼先生跟前，挽着他的手臂，他开始为这祖孙俩担忧了。外祖父回转身，用他那圆睁并且布满血丝的眼睛看着他，很冷静地对他说：

“谢谢您，先生，我很镇静，我是一个男人，路易十六的死我见过，我可以忍受事变，有一桩很可怕的事情就是想到你们的报纸让所有的东西都变坏了，你们有拙劣的作家、能言善辩的人、律师、演讲家、法庭、争辩、进步、光明、人权、出版自由，其结果就是你们的孩子这样地被别人送回家！咳！马吕斯！太不幸了！他被杀了！在我眼前死去！一个街垒！咳！这强盗！医生，您大概是住在这区的吧？啊！我认识您，我看见过您的车子从我窗口经过。我告诉你，如果您以为我在发火，那么您就错了。一个人不可以对一个死去的人生气。这样很愚蠢。这孩子是我抚养大的。在他还很小的时候，我已经老了。去杜伊勒里的花园里玩的时候他就要带上小椅子和小铲子，他用小铲在地上挖洞，为了不被看守人责备，我就跟在后面用我的手杖填洞。有一天他喊了‘打倒路易十八！’就离开了家。错不在我。他有金黄的头发和红润的脸庞。他的母亲已经过世。您注意到没有，所有小孩子的头发都是金黄色的？这原因是什么？他是卢瓦尔省人，一个强盗的儿子。在父亲的罪行面前孩子是无罪的。当他就那么一点高的时候，我记得他说不清‘d’字。他像一只小雀一样说话的声音又轻柔又含糊。这孩子的确非常漂亮，我记得有一回在法尔内斯的《赫拉克勒斯》像前，很多人围着他，称赞他并爱慕他。他的容貌和油画里一样。我朝他大声叫喊，拿拐杖吓唬他，可是他清楚这是在逗他玩。一大早，他就到我的卧室里来，我责备他，可是他让我感到自己像被阳光温暖着一样。大家拿这样的孩子没有一点办法。你一旦被他们抓住、缠住，就再也不放过你了。的确，这个孩子是最可爱的。如今，你们对你们的拉斐德，你们的班加曼·贡斯当，还有你们的狄尔居尔·德·高塞勒持什么看法？我的孩子是被他们杀的！这样做是不可以的。”

他走近面色雪白依然纹丝不动的马吕斯。他又开始扭绞他的手臂，医生也走回病人的身旁。外祖父没有血色的嘴唇机械地颤抖着，他的话像临终咽气时那样不易听清楚：“咳！没心没肺的东西！啊！政治集团分子！哼！无赖！九月杀害王党的人！”他以一种临死前的人的低声责骂着一个死人。

慢慢地，正像内心的火山必然要爆发一样，外祖父又开始说一大串的话，可是他似乎已没有气力说出来，他的声音像从深渊里传来那样轻微：

“我不管了，反正我也要死了。你们想想，在巴黎任何一个女人都乐于向这家伙献身。这家伙宁可去打仗而不去寻欢作乐、尽情享受人生，像猪狗一样地被机关枪扫射！这到底是为了谁？为什么缘故？为了共和政府！宁可不去旭米耶跳舞，这本该是年轻人的事！虚度青春二十年。共和国是一个好听的卑鄙谬论！可怜的母亲们，为何生下这些漂亮的孩子！好了，他死了。大门堂下要有两起丧事。仅仅为了赢得拉马克将军的欢心，你自己被害成这副样子。你从拉马克将军那里得到什么！一个暴虐无知的军人！胡言乱语的人！为了一个死人去拼命！怎能不让人发疯！想想看！仅仅二十岁！也没回头望望是否有东西留下！可怜的老头子们现在只能孤独地死去。在你的角落里躺着吧！孤僻鬼！说实话，这下是再好也没有，这正是我所期盼的，我会被整死的。我到了一百岁了，我已十万岁了，我太老了。老早我就可以死了。好了，这下行了。一切都完了，真是痛快！干吗还要给他闻阿摩尼亚，还有这大堆的药呢？傻医生，您这是白费劲！得了，他已完全死了，死了。我是行家，我也死了。做这件事他倒不半途而废。说实话，如今这是个非常丑恶的时代，这是我对你们的看法，也是对你们的思想、制度、主子、神谕，还有对你们的医生、无赖作家、乞丐哲学家，以及对六十年来那些让杜伊勒里宫的大群乌鸦慌乱四窜的革命的看法。既然你没有丝毫的同情心，就这样白白地送死，那么我也不会对你的死感到遗憾，有没有听到，凶手！”

这时候，马吕斯的双眼慢慢地睁开，他的目光还是笼罩在沉睡后苏醒过来的惊讶之中，滞留在吉诺曼先生的脸上。

“马吕斯，”外祖父大喊，“马吕斯！我的小马吕斯！我的孩子！亲爱的儿子！你又活过来了，你睁开眼望着我了，谢谢！”

第四卷　沙威失去了信念

沙威拖着沉重的脚步缓缓地离开了武人街。

这是他有生以来头一回如此垂头丧气，也是他有生以来头一回把手放到了背后。

在此以前，沙威一直习惯于模仿拿破仑那两种著名姿势中表示当机立断的那一种，即将两臂抱在胸前。拿破仑的另一种姿势是将两手放在背后，只有当拿破仑犹豫不决时才会采取这一种姿势。沙威一向是个果敢的人，这种姿势对他来说是陌生的。可是现在，他不知不觉地采取了这种姿势，因为他从内心深处感到惶恐不安，全身上下也因此而觉得迟钝麻木。

他下意识地专拣僻静的街道走。

但在他的意识中却清楚地知道自己要到哪里去。

他选择了一条通往塞纳河的最近的路：先到榆树河沿，沿着河边走过格雷沃广场，最后在离沙特雷广场哨所不远的圣母院桥的拐角上停了下来，塞纳河在圣母院、交易所、鞣皮制革河岸和花市河岸之间形成了一个方形水池，池中急流滚滚，波翻浪涌。

这里一向是令水手们心惊胆战的地方。没有比这里更危险的地方了。虽然这里的河面并不宽，但因为受到桥头磨坊边一排木桩的阻挡，水流显得十分湍急。又因为河上的两座桥离得非常近，更增加了其险恶程度。当河水经过桥洞时，掀起巨大的波浪，河面汹涌澎湃，波浪恶狠狠地冲击着桥墩，恨不能将它们连根拔起。因此长期以来，不论是谁，只要是不幸在这儿掉进水里，即使是水性最好的人，也绝没有生还的可能。

沙威现在就站在这里的河岸上，他将双肘支撑在岸边的栏杆上，双手托着下巴，指甲藏在浓密的胡须里，陷入了深深的沉思之中。

某种巨大的、彻头彻尾的变化正在心里发生，他必须反省一下自己，这种反省使得沙威感受到一种深深的痛苦。

几个小时之前，沙威还是个头脑简单的人，但现在，情况已不再如此，他那颗在执行任务具有清晰思维的脑袋如今十分混乱，就像一块起了云雾的水晶一样失去了它往日的清澈。

沙威的良心不断地提醒他注意自己的职责，使他为难的是这职责具有两面性，这一点他无法欺骗自己。事实上，当他在塞纳河滩意外地碰见冉阿让时，心情十分混杂，既有狼抓到猎物时的残忍，又有狗找到主人时的欢欣。

他仿佛看见自己的面前有两条路，两条路都是笔直的，这一点让他六神无主，手足无措，因为在此以前摆在他面前的只有简简单单的一条路。现在的状况让他为难，他不知道这两条路中他应该选择哪一条。

他的处境之糟实在是无法描述。

曾经被一个坏人所救，后来又报答了他的恩情，这种做法实际上违反了他的意愿；不得不对一个惯犯平等相待，而且还帮他的忙，借此来报答他曾经施给自己的恩惠；自己成了被他人释放的对象，临走时还对释放自己的人说“你可以走了”；为了徇私情而将普遍的义务和警察的职责置诸脑后；但同时又隐隐觉得自己徇私情的背后还隐藏着某种共同的、神圣的东西；之所以做背叛社会的事是为了让良心得到安宁。以上这些称得上荒唐悖谬的事他通通都做了，这些事全都沉甸甸地压在他的心头，令他惊慌失措。

最让他惊愕的事是冉阿让居然原谅了他；最令他害怕的事是他沙威也原谅了冉阿让。

自己是怎么啦？沙威再也找不回那已经失落的自己。

下一步该怎么办呢？将冉阿让送到警察局，这显然是违背天理的；放掉冉阿让，这显然违背了警察的职责。第一种情况会使他们这些所谓权威的执行者在人格上变得比苦役犯还要卑下；而第二种情况又会使囚犯凌驾于法律之上，并肆意践踏法律。不论采取这两种方案中的哪一种，都会使他沙威的荣誉受到损伤。同时这两种方案都是有罪的，前者相对于天理，后者相对于法律。沙威的命运里出现了断崖，而断崖之下则是深不可测的峡谷，沙威就处在这种既无出路又无退路的绝境之中。

这些尖锐对立的状况迫使他不得不努力地去思索，这种思索使他的内心焦躁无比，因为他不习惯于长时间的思考，这种不习惯使他苦恼。

他的思想中某些新产生出来的成分很明显是对往日的自我的叛变，这种思想对情感的背叛使他愤怒无比。

他的思考一向不会超出他狭窄的职业范围，此外，任何内容、任何场合下的思考都会使他疲惫不堪，而且结果往往是徒劳的，对昨天所发生的一切进行反思是对精神的折磨，因为在受到巨大的冲击之后，还不得不强迫自己去了解自己的内心是一件非常痛苦的事。

他刚才做的事使他又惊诧又迷惑，他，沙威，作为一个警察，居然违反了警章，忘掉了社会和司法制度，背弃了一切的法律，将一个囚犯释放，并坚信自己的做法没有错，只有这样才能使自己的良心觉得安稳；为了私人之间的恩怨而将法律抛诸脑后，对一个警察来说意味着什么？每当他想到这里，他的全身就开始发抖。他的职业习惯和责任心命令他立刻赶回武人街去把冉阿让逮捕起来，毫无疑问这是他应该做的事，但是他却迈不开脚。

似乎有什么东西挡在他的面前。

怎么回事？在这个世界里，除了至高无上的审判庭、执行判决、警署和权威之外，难道还有更高的东西存在吗？这一点让沙威既烦闷又苦恼。

劳改犯变得崇高圣洁，法律则变得无力而渺小，这都是沙威的行为所导致的结果。

沙威和冉阿让，一个是执法者一个是接受法律制裁者，两个本应该服从法律的管辖的人，而今都高踞于法律之上，这难道不是极其可怕的事情吗？

怎么？在这种骇人听闻的事发生之后，当事人竟没有受到惩罚！冉阿让超越于社会权威之外而获得了自由，而他沙威，而他沙威却不得不继续服从于政府的管辖。

他思考的内容变得越来越出轨了。

其实他本来应该责备自己，因为他没有履行自己的职责将那个暴动者带到受难修女街去；但他已无暇顾及这一点，还有更让他担忧的事。再说那个暴动者肯定已经死了，法律对于死亡的人是不予追究的。

只有冉阿让才是他精神上最要命的负担。

冉阿让实在是一个令沙威感到费解的人，曾经有效指导沙威人生的一切准则在冉阿让的面前都失去了作用。冉阿让的宽容与饶恕使沙威觉得压抑。他的脑海里出现了另外一些事，这些事他曾经认为是虚假的，现在全都变成了事实，马德兰先生的身影与冉阿让重叠在一起，融合成一个人，一个值得尊敬的人。一种令沙威害怕的情感出现在他的心里，那就是对一个苦役犯的钦敬之情。对一个劳改犯感到钦佩，这种荒谬的事也会发生在他的身上吗？他因此而发抖，但却无法去除这一情感。他的内心在经过了一番徒劳无效的挣扎后，不得不承认这个表面上卑贱的人确实具有崇高的品质。而正是这一点让沙威感到不舒服。

一个经常做好事的坏人，一个对他人充满同情的苦役犯，温和，助人为乐，仁善，以德报怨，宽容，怜悯，没有一丝一毫复仇的念头，宁可自己受到伤害也不愿意去打击敌人，救助曾迫害过他的人，追求高尚的道德，几乎可以称之为凡人中的天使！沙威不得不承认这一切都是真实的。

但沙威不愿意让情形就这样延续下去。

当然，再说一遍，他并不是心甘情愿地向这个即使他愤怒又使他诧异的人、这个令他讨厌的天使、这个丑陋的英雄认输。当他和冉阿让面对面地坐在马车里时，他所尊奉的法律像一只发怒的老虎一次又一次地在他心里咆哮，每每使他差一点儿冲向冉阿让抓住他并把他吞进肚子里。他无数次地想要逮捕冉阿让。是啊，如果真这么做的话一点儿困难也没有，只需要向路边的哨所嚷一声："这里有一个越狱的惯犯！"警察会一拥而上，然后只需对警察们交代说："这个人由你们来处理！"自己就可以放心地走开，什么都不用管了，甚至连后事如何都不必去打听。这个人将永远接受法律的惩处，成为一名囚犯。这样处理难道不是很公正吗？沙威这样问着自己。他确实曾经想过要逮捕这个人，但就像现在这样，他做不到。每次当他将手伸向冉阿让的领子时，他的手总是抖个不停，紧接着便仿佛不堪重负一般垂了下来，他仿佛听见内心深处有个声音在责备他："好哇，居然出卖自己的救命恩人，然后再在本丢彼拉多的水盆中洗你的爪子！"

接着他又想到了自己，与冉阿让的高尚道德对比，他觉得自己似乎变得低下和渺小了。

一个苦役犯居然会成为他的恩人。

他为什么允许这个人拯救自己的性命？他在街垒中的时候有权利让自己死于他人之手，他当时实在应该利用这一权利煽动别的起义者跟他一起反对冉阿让，强迫他们枪毙他，如果这样的话，情况会好得多。

他曾经拥有的坚定信心瓦解了，他感到极端痛苦，他觉得自己已经被连根拔起。他手中的法典只剩下一些残根断桩了。他必须和一些陌生的顾虑打交道。他发现他心中出现了一种和法律上的是非截然相反的情感，而在过去，法律一直是他心中唯一有效的尺度。如果依然停留在以前的判断标准上，就无法应付当前的情况了。目前出现的事全都是他以往从未料想到的，但现在全都涌现出来并且压倒了他。他心里出现了一个新的世界：接受别人的好意并给予回报，具有牺牲精神，善良，宽容，从对他人的怜悯出发所做的事情动机良好但却违背了法律；尊重个人，再没有最终的判决，也不再有入地狱的罪过，法律的眼睛也会流下怜悯的泪水。似乎上帝的正义和人间的正义处在对立的状态。他眼前的黑暗中仿佛升起了一轮道义的太阳，这轮太阳因为生疏而使他觉得可怕。他厌恶这一切，却又因这一切而感到应接不暇，就好像一只猫头鹰被迫像雄鹰一样俯视大地。

他告诉自己，这一切都是真实的，因为事情总会有例外，权力也有束手无策的时候，规章制度面对事实有时也会茫然无措，并不是这个世界上的一切都可以用法律条文去规范，人有时得服从意外发生的事，一个苦役犯的崇高品质可以使公务员的职业道德相形见绌，鬼怪可以变成神圣。他意识到命运中充满陷阱，他也绝望地认识到他无法避免这些突然发生的事。

他不得不承认善良确实存在，这个苦役犯确实具有善良的品质，而他自己，居然也有生以来第一次做了好事，这使他觉得自己堕落了。

他认为自己怯懦而软弱，他因此而厌恶自己。

沙威的对自己的要求是这样的：不讲什么人道、伟大、崇高、只希望自己不犯错就罢了。

可是现在他已经犯了错误了。

他怎么会落到这种地步，这些事情怎么会发生？他自己也难以解释，他双手捧头苦苦思索，但一点用也没有，他依然找不到答案。

他一直希望让冉阿让再次接受法律的制裁，冉阿让一直都是法律惩罚的对象，而他沙威则是法律的奴隶。他一直不敢承认自己在抓住冉阿让的那一瞬间就想将他放走。他似乎是下意识地松开手，放走了他。

各种令人困惑的新问题出现在眼前，他自问自答，但答案连他自己都感到吃惊。他问自己：“这个苦役犯，这个绝望的人，我对他的追捕对他产生了巨大的迫害，当我受伤倒在他面前时，他完全可以复仇，可以发泄心中的仇恨，即使是为了自身的安全，也应该杀死我，他却原谅了我的罪过，让我活着。他所做的是什么？是在尽他的责任吗？不是，这似乎是更进一步的答案，而我，我也赦放了他，我所做的又是什么？尽我的责任吗？不对，也更进了一步，这是否意味着在职责之上还有另外的东西存在？”为此他十分惊慌，他心中的天平散架了，一只托盘掉进了深渊，而另一只则飞上了天空。不论是上面的还是下面的都令沙威感到恐惧。他并不是所谓的伏尔泰主义者哲学家或无神论者，相反，他虽尊敬教会，但却是把它当作组成社会的一个神圣的部分来认识的，遵守公共秩序是他的原则，这些已经足够了；自从他成为警察，他已经将他的职责奉为他的信仰，他认为他做密探就像别人担任神父一样。我们像这样来描述他是出自最严格的意义，一点也没有讽刺的意味。他的头脑中只有一个上级：吉斯凯先生。除此以外他几乎意识不到上帝的存在。

但现在他却出乎意料地感受到了上帝的存在，并因此而心绪烦乱。

上帝的出现使他迷失了方向，他不知道自己应怎样对待上帝这位新出现的上级，他知道无条件地服从，不抱怨，不辩解是一个下级应该永远遵守的原则，但在这个太令人惊诧的上级面前，他唯一能做的是辞职。

但一份给上帝的辞呈应该怎样递交呢？

然而他的思路总围绕着一个问题打转，这个问题对他来说具有无比的重要性。那就是：他违法了，这是一桩可怕的罪行。他居然对一个私自潜逃的苦役犯视而不见，他放走了这个犯人，他的行为阻止了法律对一个违法者的应有的制裁，他不知道自己怎么会做这样的事。他不敢确定自己是否还是自己，他找不到自己行为的原因，他只觉得头晕目眩。在此以前某种盲目的信念是他生命的支柱，由这一信念出发他拥有一种黑暗的正直。如今这一信念已瓦解，这一正直也随之消失。他所坚信的一切原则都不复存在了，而他一直不想正视的真理却在无情地虐待着他，今后他必须以另一种人的面目存在，一种因良心上的蒙蔽被去除而带来的痛正在他心中形成。他不愿见到的事在他眼前发生。他觉得自己和过去的生活脱了节，内心无比空虚，自己被撤了职，成了无力的人，他被毁了。在他心中，正统的权力已死去，他也失去了活着的理由。

他居然也会受到感动，这太可怕了！

像花岗石一样坚固，却又猜疑不定！是一个用法律铸成的执掌惩罚的铜像，但在这铜像的乳房下却又跳动着一颗毫不驯顺的奇特的心！居然以恩报恩，虽然人们公认这并不是善而是恶！明明是条看门狗却去舔人！明明是又冷又硬的冰块，却融化成了水！明明是僵硬的铁钳，却变得像人手一样温暖！一向紧握的手指居然松开了！这件事实在太可怕。

一向奋勇前进的他却迷失方向，不得不步步后退。

他不得不说服自己：世界上没有永远有效的“正确”，教条并非是完美的真理；法典也有缺陷，社会并非十全十美，权力并非牢不可破，永恒不变的东西有一天也会破碎。法官也是普通人，法律也有失误的时候，法庭则难以避免错判！一条可怕的缝隙出现在碧色玻璃一般无边无际的高天上。

沙威的精神所受到的震动是一颗诚朴的心所能受到的最大的震动。失常的灵魂，是那被迫抛出的正直，它直接和上帝发生碰撞，并被撞得粉碎。这实在是奇特的现象。负责治安的司炉工和掌握权力的司机共同在铁马的背上沿着直硬的道路盲目的奔驰，却被一束光打下了马背！他一向是一个坚定、直接、正确、严密和完善的人，如今竟也低头认输了，火车头居然开上了通往大马士革的路！

上帝永远活在每个人心中，这是人心中真正的良心，它不会受虚假良心的摆布，它让心中的火焰永远燃烧，它命令光记住太阳，当心灵被虚伪的绝对所蒙蔽时，它帮助心灵认清什么是真正的绝对，人性必胜，人心永存，这一闪光的事实是人类精神中最壮观的景色，这一点沙威能理解吗？他能意识到这些吗？他能有所领悟吗？不能。这种不理解不由分说压迫着他的脑筋，他觉得脑袋都快胀破了。

这一切不但没有使他发生变化反而害了他，他满腔恼怒，却又不得不忍受，因为这一切，继续生存下去对他来说变得无比艰难，甚至连呼吸都不再顺畅。

他的视野里出现了陌生的事物，他不习惯这种状况。

在此以前，他眼里的世界始终是一个清晰、单纯、透明的平面，没有任何含糊、不确定的地方，一切都那么肯定，一切都是规划好的、互相连贯的、清楚的、准确的、划分明确的、既有规定又有范围，一切都可以推测；权力本身四平八稳，永不会被颠覆，也不会让人茫然无措，沙威所见到的令人不解的东西只出现在底层。出格的、意外的、杂乱无章的、正向深渊滑动的趋势，这些会出现在下层，发生在叛乱者、坏人和卑下者的身上。当沙威将脸孔朝向天空时，他惊讶地发现上层也出现了深渊，这是前所未有的事。

到底是怎么回事？为什么一切都变得紊乱不堪，一切都被彻底摧毁了，今后以什么为依据呢？信仰已经彻底坍塌。

怎么回事？一个怀着宽容之心的坏人居然发现了社会的弱点！而对法律忠心耿耿的勤务员却处于两种罪状的夹缝之中：不论放了这人还是逮捕这人都是有罪的！政府的命令并非全部正确，忠于职守的人也会找不到出路！这些居然全都成了事实！一个曾经伏法的匪徒居然成了掌握真理的人而挺直了脊梁；这太让人难以置信。难道法律在一个改变了面貌的罪人面前本应让步而且还应道歉？

事实正是这样，沙威亲眼见到了这些，亲自接触了这些，他不仅不能否认这些，而且他本人还是其中的一个组成部分。这真是可怕的事情，真实的现实怎会变得如此畸形？

如果让事实发挥它们的职能，它们唯一的作用只是充当法律的论据。这些事实来自上帝，那么，无政府状态是否也会由上帝送来呢？

这样，痛苦夸大了，错觉令人沮丧，一切能限制和修改他这种坏印象的因素也都不存在了，社会、人类、宇宙，在他的眼前仅仅是一个简陋而丑恶的框架，

刑法、案例、法律的权力、最高法院的裁决、司法界、政府、拘禁和镇压、官方的智谋、法律的正确、权力的原则，一切政治及公民安全所依靠的信条、主权、司法权、法典中的逻辑、社会的绝对性、普遍的真理，以上这些全都成了断壁残垣、废物堆和杂物，而他沙威，原本是秩序的维护者，清廉的警员，为社会看守大门的猛犬，现在已经成了一个失败者，而且已倒在地上，而在这废墟之上，有一个人高高地站立着，这个人头上戴着绿帽，绿帽周围环绕着光圈，难道他思维混乱了吗？居然在头脑中出现了这种可怕的幻象。

难道这些能忍受吗？不能。

如果世界上存在着这种反常现象，沙威的经历就是极好的例证。眼前摆着两条路：一条是逮捕冉阿让，将其送入牢狱，另一条是……

沙威离开了栏杆，昂着头，迈着稳健的步子走向沙特雷广场，广场的角落里有一个挂着灯笼的哨所，沙威就朝着它走去。

走到哨所后，他透过窗子看到房间里有一个警察，他推开门走进去，警卫人员从他推门的姿势就能认出他是自己人。沙威报了自己的姓名，让警察查看了证件，在一张点着蜡烛的桌旁坐下，桌子上有一支笔，一个铅制墨水瓶和几张纸，这些是为记录口供和夜间巡逻时寄存物品准备的。

与桌子相配的是一张有麦秸坐垫的椅子，按照规定，所有这类哨所中都应该这样配备。桌上还有一个黄杨木做的碟子，碟子里盛着木屑，以及一个装满红色糨糊的硬纸盒，这种红糨糊是用来封印的。这两样东西也是固定不变的。这样的桌子及摆放格式是对应于低级别警官的。

沙威拿起笔，又拿来一张纸，开始在纸上书写以下内容：

出于有利于工作的目的，以下几点请大家注意：

第一：请求警局局长能阅此文稿。

第二：当在押者被从预审处送来等待搜查时，总是光着脚站在石板上。有不少犯人因此而引发咳嗽，增加了医药费的数额。

第三：当对可疑人物进行跟踪时，每隔一段距离有一个替换的警察，这一点很正确，但在执行重要任务时，则应至少有两个接替者这样，如果一个警察在工作中表现软弱，另一个人可以对其进行监督，也可以顶替他。

第四：特别禁止玛德栾内监狱的犯人拥有桌子，哪怕情愿为此付租费也不允许，这一点令我费解。

第五：玛德栾内监狱食堂口窗口只安装了两根栏杆，犯人有可能触摸女炊事员的手。

第六：有一些被人称作“吠狗”的在押者，他们的任务是传唤其他在押者到探监室去，如果犯人不向他们付出两个苏的服务费他们便不把名字喊清楚，这种行为属于抢劫。

第七：在纺织车间，如果出现断线，工头就扣掉犯人十个苏，实际上断线并不对纺织品的质量构成损害，因此工头的行为属于滥用职权。

第八：访问拉弗尔斯监狱的人不得不穿过儿童院才能到达埃及人圣玛丽接待室，这一点不合理。

第九：警察经常在警署的院子里谈论司法官审案的情况，这是严重违反纪律的，因为警察的身份是神圣的，不应该将他在预审处听到的话随便传播。

第十：让亨利夫人监管监狱板门的小窗口并不合适，虽然她是一个正派人，在她的管理下监狱食堂十分干净。但让她掌管监狱板门的小窗口则有损文明大国的监狱形象。

沙威写下以上那些字时使用的是最端正肃穆的字体，哪怕连一个逗号都不曾遗漏，他书写时态度坚定，十分用力，笔在纸上沙沙作响，最后他签上了自己的名字：

沙威
一级侦察员
于沙特雷广场哨所
一八三二年六月七日
凌晨一时许

然后他把纸上遗留的墨水吸干，将纸按书信的样子折叠后装进信封封好，在背面写下“呈交政府的报告”，然后放在桌上，便转身走出了哨所。有铁栏杆和玻璃的门在他身后关闭了，他斜穿过沙特雷广场，来到河岸边，停在不久之前他站立的地方，机械而又准确。他将双臂支撑在石头栏杆上，和原来的姿势一模一样，似乎从来不曾变动过一样。

此刻，四周暗夜沉沉，像坟墓一般阴森幽暗。星星被乌云遮住了，天空阴沉黑暗铺满厚厚的黑云。居民区里看不见一星灯光，连过路的人都没有，游目四顾，周围寘无人迹。圣母院和法院的钟楼在夜空中衬托下显出它们的轮廓。路灯的红色光影铺在河岸边的石块上，迷雾中，前后排列着的桥的影子变了形。因为下了雨，河水上涨了。

我们知道，沙威所在的位置正是塞纳河最湍急的地方，在这里，一个个可怕的漩涡翻滚着，无休无止地转出深深的螺旋。

沙威低头望了望水面，水面黑黝黝的，什么都看不清楚。只听见水流动的声音，但看不见河流。在这令人头晕目眩的深渊里偶尔闪现出一丝波光，但也十分微弱，像蛇身一样曲折，水不知为什么就是具有这种魔力，即使是在伸手不见五指的暗夜，也能抓住光线，使自己的形体变得像水蛇一样。那一丝波光转瞬就消失了，眼前的一切又模糊一片。这里仿佛是存在于广袤无垠的天地之间的一道裂痕，下面似乎是无底的深谷，河岸峻峭直立，隐藏在朦胧的水汽中，突然河岸消失了，只剩下无边的空旷。

沙威虽然看不清任何东西，但却能感受到水的冷气和石块的潮味，似乎在这冷气和潮味中也充满了敌意。一股猛烈的风从深深的谷底直扑人面。沙威在想象中仿佛看见了水位的上涨，水流发出凄怆的悲鸣，高大的桥体带着阴郁的神情站立在令人忧愁的空荡荡的夜色中，这一切让人感到恐怖。

沙威就这样呆呆地站着，已经有几分钟之久，他仿佛正通过眼前的黑洞专心致志地凝视无限的虚空。在“哗哗”的水声中，沙威忽然摘下头上的帽子，放在栏杆旁边。只一瞬间的功夫，他就站在了栏杆上，如果这个时候有某个夜归的行人看见这一幕景象，一定会把那个站在栏杆上的高大黑影当作妖怪或鬼魅。只见这个人影朝着河水弯下身子，一会儿又立起来，然后笔直地向前倾斜，沉没到黑暗之中，水面发出重物落水时的沉闷声响。至于这个消失在水中的人影以后的情况就只有地狱中才有记载了。

第五卷　外祖父与外孙

一、林中空地

在上章的故事结束不久，蒲辣秃柳儿老汉碰上了一件惊人的事。

蒲辣秃柳儿老头是一个养路工，他工作的地段是孟费郿。在本书故事中那些有关社会底层的、黑暗的章节里我们早已接触过这个人。

你们可能还多少有点印象，这个蒲辣秃柳儿是一个常干些违法事件的家伙。他对人放暗箭，或是明目张胆地拦路抢劫。养路工与盗贼是他具有的双重身份。他幻想曾经有人在孟费郿森林中埋藏了大宗宝藏，他渴望自己有一天能幸运地发现这些财宝，比如说，从某个树根旁的泥土中挖出来等等。事实上，他靠肆无忌惮地搜刮他人钱财过活。

不过，最近一段他不得不谨慎行事。因为不久前他刚从一件危险中侥幸逃脱。情况是这样的：在容德雷特破屋中他和一群盗贼一起被警方抓获。但他酗酒的恶癖却使他获释，因为没有人能弄清楚他在现场的身份是强盗还是受害者，在警方行动的那个晚上，他一直醉醺醺的，按照规定，可以免予追究，于是他便获得了释放。被释后，他不得不在政府的管治之下给加尼至拉尼路段铺设碎石路基。他的一生差点因上次的抢劫而完蛋，因此他再不敢轻易干这种事情了，整天精神抑郁，沉默寡言，酗酒的程度有增无减，因为是酗酒解救了他。

前文提到的那件使他惊心动魄的事就发生在他回到养路工的住处之后不久。

某一天的清晨，蒲辣秃柳儿照例去上工，当然，也可能是前往以前作案时常常埋伏的地方。太阳还没有出来他就出了门，途中，他发现一个人的背影在树林中晃了晃，虽然清晨的光线很微弱，而且中间还隔着一段不小的距离，蒲辣秃柳儿依然认出这个背影似曾相识。他虽然常常酗酒，但记忆力却依然清晰正确，这是他在做违法的事情时必须具备的本领。

蒲辣秃柳儿努力地回想自己曾经在哪里见过这个男人，但却顶多只能唤起一个模糊的记忆，无法得到确切的答案。因此他只好一步一步地对这个人进行判断。这个男子不是本地的，他是一个初来乍到者。他一定是徒步走来的，而且走了整整一夜，因为这个时间段没有班车，他一定来自不远的地方，否则他不会不带行囊。他很可能来自巴黎。但他为什么要在这个时候跑到这种地方来？他的目的是什么？

蒲辣秃柳儿想到了森林中的宝藏，同时在苦思冥想之后又记起了一些线索，几年前他也遇到过类似的人，或许这两个人是同一个人。

由于过分努力地思索，他不知不觉低下了头，这很自然，然而也是一个失误。因为当他再度抬起头来时，那个人已经消失了，光线暗淡的森林里再也看不到那人的踪影了。

“真糟糕！不过我一定会再次发现他。我应该到他所属的教区中去寻找，这个凌晨就跑进森林里的人一定有什么秘密，这个我终究会弄清楚的。这是我的森林，发生在这里的事我必须了解。”他一边想，一边拎起他那锋利的十字镐。

“拿上它，既能挖地又能搜身。”他自言自语地说着。

蒲辣秃柳儿下意识地走进森林，似乎是想把断了的线索再接起来。他选择了一条在他看来可能是那个男子走过的路向前追赶。

当他走出一百来步的时候，天色亮了起来。借着天光，他在好几处沙土上发现了脚印，被踩倒的草丛，折断的小树，还有那些倒在荆棘丛中的嫩树枝，它们正试图恢复原状，姿势缓慢而优雅，就像一个刚醒来的美丽姑娘伸懒腰时弯曲的胳臂。这些都为他提供了蛛丝马迹。他循着这些线索往前走，但线索很快就消失了，他向着密林的深处越走越远，前面出现了一片小土丘。一个过路的猎人哼着吉约利曲调从远处的小径经过，这使他突然想出了一个好主意：爬到树上去瞭望一下。他虽然有一把年纪了，但丝毫也不影响他爬树的速度。蒲辣秃柳儿选中了那边的一棵高大的山毛榉树，看起来对蒂蒂尔和蒲辣秃柳儿这类人很合适。蒲辣秃柳儿爬上这棵树，尽力爬到最高的地方。

蒲辣秃柳儿睁大双眼搜索着森外中最荒凉最杂乱的地区，突然，那个男子的身影闯进了他的视野，他心头一喜：“看来爬树真爬对了！”

可男子的身影一晃又消失了。大约他走进，不如说溜进了密林中的一块空地中，那块空地离蒲辣秃柳儿所在的地方相当远，而且隐藏在许多大树的环绕之中。但蒲辣秃柳儿对这一带很熟悉，那块空地在一堆大石块旁边，一棵生病的栗树站在空地上，树身上还钉着一块锌牌，这些特征蒲辣秃柳儿早就注意到了。这块空地被人们称作“布拉于矿地”，这堆石块堆在这里已经有三十年了，没有人知道它的用途，而且那堆石头现在也还在原地，因为除了木栅栏，石堆的寿命最长。

蒲辣秃柳儿满怀兴奋，不顾一切地从树上溜了下来，野兽的窝已经发现了，现在的关键是如何抓住野兽。蒲辣秃柳儿断定他朝思暮想的林中财宝就在那儿。

但要到达那个空地那儿却太困难了。如果走小路，就得绕弯儿，至少得花十五分钟；而走直路则必须穿越一片多刺的茂密的荆棘丛，而且至少得走大半个小时。蒲辣秃柳儿并不知道这一点，他错误地选择了直路。人们往往相信直觉，直觉虽可贵，但往往给人带来失败。即使荆棘上长满尖刺，他也视而不见。

“沿着里沃利狼路走。”他对自己说。

蒲辣秃柳儿错误地直接向前走，实际上蒲辣秃柳儿更擅于走弯路。

荆棘丛牵牵缠缠，他毫不在意地钻了进去。

一路上他和矮树、荨麻、山楂、野蔷薇、飞廉和一摸就破的紫莓做斗争，被荆棘刺扎得狼狈不堪。

然后他又不得不在一个谷底渡过一条河流。

当他汗流浃背，衣衫湿透，气喘吁吁，满身伤痕，气急败坏地赶到布拉于矿地时，已经是四十分钟以后了。

整个矿地空无一人。

蒲辣秃柳儿冲到石堆前，石堆依然堆在原地，没有人动过它们。

而那个男子却早已消失在密林之中了。看来他已经逃跑了。他往哪边走了？他穿过了哪一边荆棘丛？不得而知。

最让蒲辣秃柳儿肝肠寸断的，是眼前那一堆位于石块之后、栗树之下的泥土。这泥土很显然是刚刚挖出来的，泥土边丢着一把十字镐，地上是一个深深的洞。

洞中空无一物。

“强盗！”蒲辣秃柳儿忍不住破口大骂，攥紧的双拳直指天空。

二、马吕斯决心与家庭作战

马吕斯处于半死的状况之中已经很长时间了。几个星期以来，他一直发高烧，昏迷不醒，脑部受损十分严重。这主要是因为头部受伤后又受到剧烈震动的缘故，而伤本身倒在其次。

他整夜地发着高烧，说胡话时常喊着珂赛特的名字；有好几次，他濒临死亡的边缘，在死的阴郁中，他喊出来的依然是珂赛特的名字。他身上有一些很危险的大伤口，这些伤口容易感染，再加上气候的因素，常常会将毒素引往心脏，导致死亡。因此，只要天气一变化，尤其是遇上暴风雨，医生总是心惊胆战。他反复交代周围的人一定要避免让病人受刺激。包扎伤口也相当繁难，因为那时的医生还不懂得用胶条去固定纱布和夹板。为给马吕斯包扎伤口，妮珂莱特用掉了整整一条床单，并说床单和天花板一样大。氯化洗剂和硝酸银终于制服了坏疽。每当马吕斯病危时，吉诺曼立刻就变得和外孙一样半死不活，绝望地守在床前。

看门人发现这段时间有一个老人每天都来打听马吕斯的病情，有时甚至一天两次。老人衣冠整洁，满头白发，每次都留下一大包裹伤布。

马吕斯是在几个月前的一个夜晚被送到他外祖父家中的。从那个令人悲愁的夜晚到现在，已经整整四个月了。终于，九月七日这一天，医生宣布他的病人已经度过了危险期，进入了康复期，但由于锁骨曾被折断，马吕斯还必须在床上多躺两个月，而最后剩下的伤口往往是最不容易愈合的，为此，病人不得不忍受长时间的换药，内心厌烦无比。

实际，正是因为这旷日持久的伤病与调养，使他侥幸没有被抓获。因为人民群众的怒火，即使是在法国也只不过能持续六个月而已，人们普遍认为，暴动的责任应该由大家来负，因此在某种意义上可以说社会对这件事睁一只眼闭一只眼。

除此以外，吉斯凯曾下令让医生举报带伤求医的人，这一卑鄙的命令让公众们勃然大怒，甚至国王也因此而龙颜大怒。国王的怒火保护了受伤的人们。除了战斗中抓获的俘虏以外，军事法庭没有胆子传讯其他任何一个伤员。正因为如此，马吕斯才得以安心静养。

吉诺曼先生为外孙的伤忍受了世界上最深的痛苦，之后又获得了世界上最大的快乐。他执意整夜与病人做伴，没有人能劝止他，他甚至把他的大靠背椅都挪到了外孙的床边。他强迫他的女儿用家中最好的麻纱布料为马吕斯做纱布和绷带。吉诺曼小姐却是个有头脑的人，她巧妙地蒙骗过外祖父，悄悄将细软布料保留下来。只要有人向吉诺曼先生解释用粗布裹伤比用细布好，用旧布比用新布好，吉诺曼先生从来都拒绝相信。只要一开始包扎伤口，他必定要亲眼看着才放心，而吉诺曼小姐则因为腼腆而回避。当医生用剪刀剪掉死肉时，老头儿总是嚷着："哎呀！哎呀！"当他为病人递送汤药时，他那慈祥的脸和哆嗦的手让人感动莫名。他一遍遍地向医生提同样的问题而自己却意识不到。

那天，一听到医生宣布病人已脱离险境，这位善良的老人快乐到了极点。他一下子赏给看门人三个路易。晚上，他在自己的寝室里弹着响指代替敲板，跳起了嘉禾舞，嘴里唱着：

好一个让娜
生在凤尾草中的棚子里
她那惹人的短裙
令我动心
你就住在她心里，爱神
因为你的箭筒
就在她双眼之中！

我歌颂让娜
若拿她和猎神狄安娜比
我更喜欢的是让娜和她
高耸的、布列塔尼人的乳峰！

巴斯克透过门缝偷偷地张望，发现他唱完歌后跪在椅子上，很可能是在祈祷。

而在此之前，他并不太相信上帝。

马吕斯的病情日渐好转。每当病情有了新的起色，外祖父都会有许多可笑的行动，为了表达喜悦，他做出许多机械的动作，无缘无故地从楼下跑到楼下，从楼下跑到楼上，甚至在一天早晨给他漂亮的女邻居送了一大束鲜花，使女邻居大吃一惊，而女邻居的丈夫则因此而跟她大吵一架。吉诺曼先生还试图让妮珂莱特坐在自己的膝头上，他管马吕斯叫："男爵先生。"他甚至喊出"共和国万岁"的口号。

"还会有危险吗？"他不断地这样问医生，他常常聚精会神地注视马吕斯吃饭，目光像老祖母一样慈爱。他忘掉了自己，他的自我已经消失了，马吕斯成为他和这个家的主宰，他怀着愉快的心情把自己变成了他外孙的孙子。

轻松愉快的心情使他返老还童，成了一个令人尊敬的孩子。他躲在病人的背后冲他微笑，为的是怕大病初愈的人感到疲倦或厌烦。他因为心满意足而变得快乐，显得又可爱又年轻。他洋溢着喜色的脸再配上满头的银丝，显得无比柔和、庄严。他脸上的皱纹也为他的优雅举止增添了可爱的气质。喜悦使这位老人身上闪耀着朝阳的曙光。

而马吕斯，不论别人如何替他包扎，对他进行护理，他整个精神始终只围绕着一个名字：珂赛特。

烧退了，神志清醒了，他也不再喊这个名字了，别人以为他或许将其遗忘了，实际上他的闭口不谈正暗示着他对这个名字无时或忘。

珂赛特情况如何他丝毫也不了解，在他的回忆中，麻厂街发生的一切就像雾一样朦胧，模模糊糊的人影在他的记忆中飘荡，他的那些朋友，包括爱潘妮、伽弗洛什、马白夫、德纳第一家，全都和街垒中的硝烟混合在一起，阴郁凄惨。奇怪地出现在这次暴动事件中的割风先生就像是存在于这场风暴中的一个哑谜，令人感动；马吕斯也不了解自己的性命是如何保住的，也不知道是谁以何种方式救了他。他的周围也无人知晓这一切，他们能告诉他的只是那天晚上，他是被人放在街车中送到修女街来的。过去，现在和将来，在他那混乱的头脑里犹如坠在重重迷雾之中，但在浓雾的核心，有一点是坚定不移的，那是一个清楚准确的轮廓，一个坚硬如铁的东西，一个决心，一个誓愿：重新找到珂赛特。在他的意识里，生命是与珂赛特合而为一的，他无论如何不愿意只得到其中的一个，任何人，哪怕是外祖父，命运或地狱如果要逼他活下去，都必须先为他重新建起那失去的乐园。

但他却从未想到过他可能遇到的细节。

这里应该受到强调的是：外祖父对他的关切与照顾丝毫不能让他感动，也不能得到他的欢心。这首先是因为他对详细情况毫不知晓，其次，当他发着烧，处在病态中时，对这种过分的关爱怀着戒备之心，认为外祖父是为了使他软化才做出这种新鲜的举动。因此他的反应很淡漠。外祖父的微笑完全白费。马吕斯认定只要自己任人支配，什么话也不说，事情就易解决。而只要一提到珂赛特，人们立刻就会改变态度，外祖父也会原形毕露，情况会变得棘手，是否门当户对等家庭问题又会重新被讨论，讥讽和异议将接踵而至，割风先生，切风先生，财富、贫穷、困苦，脖子上赘着重物，将来。强烈反对，做出结论，拒绝。马吕斯已做好准备与这一切对抗到底。

在他逐渐康复的过程中，不满又在心中产生。过去的旧疤痕再次破裂，他记起以前，彭眉胥上校插到他和吉诺曼先生之间，马吕斯认定这个人不怀好意，因为他曾以不公正的态度对待马吕斯的父亲，而他本人又极为凶恶。随着身体的日渐复原，他对待外祖父的态度又开始变得像以前一样生硬。而老人则以柔顺的方式忍受这一切。

吉诺曼先生虽然什么也没有说，但从马吕斯被送回家到他恢复知觉以来这段日子里，对吉诺曼先生连一声“父亲”也没有叫过，这一点吉诺曼先生并非没有察觉。马吕斯也不叫他“先生”，而是想方设法将这两种称呼都避开。

该发生的事情显然即将来临。

马吕斯想知道自己的力量有多大，于是在正式斗争前先试探了一下，也就是所谓的“摸底”，这是常有的情况，一天清晨，吉诺曼先生随便拿了一张报纸，便开始随便议论国民公会，并且不假思索地说出了作为一个保王派对丹东、圣鞠斯特和罗伯斯庇尔的看法。马吕斯接口说：“九三年的人是光荣的。”吉诺曼先生立即闭口不言，而且整整一天都没再说一句话。

马吕斯一直以为外祖父还像以前那样又固执又刚强，因此便将外祖父的沉默不言理解为内心愤怒的聚积，并推断一场激战即将爆发，因此在心里早已做好迎战的准备。

他下定了决心，一旦他的要求被拒绝，他就马上扯下夹板，任凭锁骨脱臼，拆除所有伤口上的包扎，并拒绝进食，以身上的伤痕作为最有力的武器，要么得到珂赛特，要么就死掉。

他以病人那种抑郁的顽强意志等待着有利时机。眼看这个时机快要降临了。

三、马吕斯的出击

一天，吉诺曼先生的女儿正在整理大理石橱柜上的瓶瓶罐罐，吉诺曼先生俯下身子用柔和的声音对马吕斯说：

“如果我是你，我的小马吕斯，我现在肯定是吃肉而不是吃鱼，因为一个病人如果想站起来，就应该多吃排骨，而鲽鱼只是对刚开始恢复健康的人有用。”

此时的马吕斯已恢复得差不多了。他从床上坐起来，集聚起全身的力量，双拳紧握，支撑在床上，凝视着外祖父的脸，尽量做出可怕的样子，说：

“提起排骨，我正好有件事想跟你谈。”

“什么事？”

“我想结婚。”

“这我早就知道了。”外祖父说完哈哈大笑。

“什么？你已经知道了？”

“当然。你会得到那个小姑娘的。”

马吕斯惊喜之极，四肢颤抖，几乎连气都喘不上来。

吉诺曼先生接着说道：

“没错。你肯定会得到那个美丽动人的小姐。每天，她都请一位老先生来替她打听你的情况。她差不多每日哭泣，为你准备纱布，从你受伤以来一直这样。这些我全打听清楚了。她的住址是武人街七号。没错吧？是的，你想得到她。好吧，你会如愿以偿的。这一点出乎你的意料吧？你曾想用计谋，并在心中暗想‘我要直接对外祖父摊牌，这个摄政时期和督政府时期的遗老，这个曾经是风流公子的人，这个没变成惹隆德时曾经是陶朗特的人，他曾经有过自己的风流史，曾经拥有爱情，也曾和风骚的女人勾勾搭搭，也曾有过自己的珂赛特，他曾志满意得过，也曾展翅飞翔，他也曾经历过青春岁月。这一切他应该没有忘却，等着吧，我要跟你们作战！’唉，你这个轻率冒失的家伙。我们谈到排骨，你却趁机提出‘我要结婚’。你太会借题发挥了。看来，你曾做好准备要跟我吵架，你不了解我虽年纪一大把却仍是胆小鬼。你怎样想？你一定满怀抱怨，因为你发觉外祖父愚蠢的程度出乎你的意料，这一来，你打算发表的演讲白费了，律师先生，这太有意思了。算了，别发脾气了。你想干什么都行，我都同意，吃惊了吧？傻小子！听着，这事我全打听清楚了，我也会玩诡计。她很漂亮，而且十分贤惠，‘长矛兵’什么的并不存在，她真是个小可爱，她为你做了许多纱布，她爱你，如果你死了，我们两个全都活不成，我和她的棺材会摆在一起。当你的病情刚开始好转时，我就想让她到你的床前来，但这种事只会发生在小说里。姑娘心上的美男子一受伤就立刻把姑娘送到他床前，这种做法不合适。你姨妈会怎么说呢？孩子，当时你绝大部分时间是赤裸着身体的，你这里完全没有办法让妇女进来，这一点你问一下妮珂莱特吧，她一直守在你身边。另外，美女并不是退烧药，医生准会这么说。好了，不必多说了，总之，说定了，决定了，确定了，你和她结婚吧。我这样是太专断了。我清楚地知道你并不喜欢我，我一直在想怎样才能得到你的欢心呢？有办法了，小珂赛特抓在我手里，我想，如果我把她送给他，他可能会多少产生一点对我的爱，即使不，他也会讲出他的原因，啊，你以为我会怒火冲天，大喊大嚷，一口否决，抡起拐棍痛打年轻人。根本不可能。珂赛特，通过了！爱情，通过了！我完全同意。麻烦你快结婚吧，先生；我心爱的宝贝，祝你幸福！”

话音刚落，老人就哭起来。

他搂着马吕斯的头，把它紧紧压在他那老年人的胸前，两个人一起哭着。他们的行动体现出了世界上最深的幸福。

马吕斯突然大声喊道：“我的父亲！”

“这么说你爱我！”老人回答。

他们谁也说不出话来，仿佛窒息了一般，这短短的时刻真是难以形容。

过了一会儿，老人说：“他叫我父亲，看来他已经不再计较了。”语气结结巴巴。

马吕斯从老人的双臂中钻出来，用柔和的声音说：“我认为我可以见她了，父亲，因为现在我已经康复了。”

“这一点我也想到了，明天你们就可以见面。”

“父亲！”

“什么事？”

“今天见面不行吗？”

“可以，那就今天吧。对此妥协一点是很值得，因为你叫了我三声‘父亲’让我想个办法让人把她送来。跟你说，这些都在我预料之中。诗里早已记载过这些事情，安德烈·舍尼埃《生病的年轻人》的结尾，这个安德烈·舍尼埃就是在九三年被大人物们砍头的那个安德烈。”

吉诺曼先生觉得马吕斯好像皱了皱眉。实际上，高兴得快发疯的马吕斯根本就没有听外祖父说话，珂赛特在他脑子里占的成分比一七九三年多得多，这一点读者应该知道。

用“砍头”这个词可能不太合适，实际参加革命的那些天才人物用心并不坏，这毫无疑问，他们是英雄，当然如此，是安德烈·舍尼埃让他们感到有些麻烦，所以他才被送上了断……我的意思是，从公众利益的角度出发，那些大人物在热月七日，将安德烈·舍尼埃请上了……

吉诺曼先生不知道往下该怎么说，他被自己的话难住了，结束也不是，取消也不是。他女儿这时进来给马吕斯整理枕头，在冲动的控制下，外祖父以这个年龄的人所能有的最大速度冲出卧室，把门带上，满脸通红，嘴角带着白沫，双眼凸出，好像他的喉咙被人掐住了一般，他迎头碰上了正在候客室中擦鞋的仆人巴斯克。他揪住巴斯克的衣领，愤怒地嚷道“那些强盗杀害了他！这一点我可以在十万只长舌鬼面前立誓！”

四、割风先生手中的书

珂赛特和马吕斯又见面了。

关于这次相见的具体情况，就不必说了。像太阳这一类的事物，试图去描绘是不应该的。

当时，包括巴斯克和妮珂莱特在内的全家人都待在马吕斯的卧室里，这时，珂赛特进来了。

她站在门口，脸庞似乎笼罩在光环之中。

她出现的时候，外祖父正准备擤鼻涕，他的动作一下子停止了，用手帕捂住鼻子，眼睛从手帕上方瞪着珂赛特。

“太可爱了！”他大声喊道。

接着就开始很响地擤鼻涕。

珂赛特像进了天堂一般，既忐忑不安，又满腔兴奋，迷醉无比。她因为太幸福而不知所措。她脸上红一阵白一阵，说话结结巴巴，渴望投入马吕斯怀里可又不敢这么做。因为在众目睽睽之下她觉得很不好意思。别人却并不同情这对甜蜜的恋人，大家全待在这儿，谁也不离开。其实他们根本不需要别人在场，他们只希望单独相处。

跟着珂赛特进来的是一位老人，他满头银丝，神态庄重，面带微笑，可这微笑中却带着沉郁和某种说不清楚的东西。他正是“割风先生”，也就是冉阿让。

他全身“穿着考究”，这和看门人描述的一样，身着一套崭新的黑色西装，打着白领带。

这个衣着整齐的资产者，看起来像一个公证人的人正是那个在六月七日的晚上背着死尸，可怕的闯进门来的人，但看门人现在已认不出他了。当时的他扶着昏迷不醒的马吕斯，自己的脸上也涂着血迹和污泥，衣服破烂，丑陋之极，慌张失色。

可是门房的嗅觉还是苏醒了，他忍不住偷偷对他的妻子说：“说不清为什么，我觉得这个人我似曾相识。”

在马吕斯的房间里，割风先生靠着门框发呆，好像不愿意和别人在一起似的。他胳膊下夹着一个小包裹，看起来像是用绿色发霉的纸包着的一本八开的书。

吉诺曼小姐小声对妮珂莱特说：“这位先生总随身带着书吗？”因为她自己很讨厌看书。

吉诺曼先生听见她的问话低声回答说：“正是，他是一位学者。怎么？他看起来不对劲吗？布拉先生也是一位连走路都抱着书的人。”

说着，他一边鞠躬，一边大声打招呼：

“切风先生……”

他并不是故意将名字念错，他身上的贵族习性使他常常不在意他人的名字。

“切风先生，能代替我的外孙彭眉胥男爵向令小姐求婚，我感到很荣幸。”

“切风先生”鞠了一躬作为答礼。

“那么，一言为定。”外祖父说。

他转过身来，面对着马吕斯和珂赛特，高举两臂为他俩祝福，并嚷着：“你们的恋爱得到了许可！”

他们丝毫不需要别人再说第二遍，就已经开始低声交谈起来。马吕斯把胳膊支撑在躺椅上，珂赛特站在他旁边，轻声地说：“上帝！我终于又见到您了！真的是你！为什么您居然就这样去打仗？太过分了。这四个月来我几乎死掉，您太坏了，怎么会去参加战斗！难道是因为我得罪了您？这一次就算了，今后再不许做这种事。刚才，当有人去请我们的时候，我高兴得差点死去，而此前简直是苦海无边！这身衣服一定很难看，我没来得及换，看到我穿着这种皱巴巴的衣服，您的家长会怎么想呢？您为什么不说话？只听我说吗？我们还在武人街住。听说您的肩膀伤得很厉害，死肉都用剪刀剪去了，伤口宽得可以放进一只拳头。我听了这可怕的消息，哭个不停，眼睛又红又肿。一个人的痛苦能达到这么深，真是奇怪。看起来，您的外祖父是个好人。别动，别把手肘支着，注意点，否则伤口会疼。噢，我太高兴了，苦难的日子终于结束了！我忘记我想对您说什么了。我太傻了。您还爱着我吗？我们在武人街住，那是个没有花园的地方。我从早到晚给您做纱布，您看，我手指头上都磨起了茧子，这全都怪您！”

“天使！”马吕斯回答。

除了“天使”以外，其他所有的字眼都已经被恋人们说得不能再说，而“天使”是唯一常用常新的词。

过了一会儿，因为有人在旁边，他们便不再交谈，只是不时轻轻地相互碰一下手。

吉诺曼先生转过身大声对房间里的人说：

“请大家都出声说话吧，来呀，弄出闹哄哄的声音吧，尽量大声说话，使两个孩子好互相聊天。”

然后他走到马吕斯和珂赛特身边，小声对他们说：“你们不必太客气，取消‘您’这个称呼吧。”

这个陈旧的家中忽然充满光明，这使吉诺曼姨妈十分惊诧，但这种惊诧是恶意的。她的目光中不带讽刺，她也没有像鹰那样对这对野鸽子满含妒忌。她的眼光是迟钝麻木的，因为这个可怜的女人已经五十七岁了，她错过了自己的青春，只好欣赏他人爱情的成功。

“吉诺曼大姑娘，”她父亲说道，“你终于目睹了这种事情，我早就告诉过你你会看见的。”

吉诺曼先生停了一下，又接着说：

“好好看一下别人的幸福吧。”

接着他又转向珂赛特说：

“她就像是戈洛治画出来的画一样，真是太美了。坏东西，你打算将她据为己有吗？淘气包，你幸运地过了我这一关，你得到了你的幸福。如果我的年龄比现在小十五岁，我一定会跟你决斗，谁赢了谁就能得到她。你看，小姐，我已经爱上你了。这很正常，这也是你应有的权利。一个出色的、动人的婚礼很快就要举行了。我们教区的教堂是圣沙克雷芒的圣德尼教堂，但你们的婚礼可以在圣保罗教堂举行，我可以得到许可证。那是一座耶稣会教士建造的漂亮教堂。它修建得很美，它的对面就是红衣主教比格拉的喷泉，结婚之后，你们应该去瞻仰一下圣路教堂，它是耶稣会的驻外建筑，你们一定会不虚此行的。女孩子们生来就是为嫁人做准备的，女孩子都该结婚，小姐，这一点我非常赞同，我希望有一个圣卡特琳永远不要戴帽子虽然当老处女并不坏，但没有温馨之感，《圣经》上说应该使人口增长，我们需要贞德来挽救国家，我们也需要像绮葛妮妈妈这样的人来增加人口的数量。因此，所有漂亮的女孩们都结婚吧。我真不知道做处女好在哪里，当然，她们在教堂里可以拥有单独的礼拜厅，她们可以参与童贞圣母善堂的事务，见鬼，事实上，如果和一个漂亮、正直的男人结婚，只过一年，你的怀里就会有一个欢乐的婴孩在吃奶，婴儿的大腿肥胖得脂肪都堆了起来，粉红的小手在你的胸脯上摸来摸去，他的笑容像晨光一样灿烂，这实在是比黄昏时手持蜡烛朗诵"象牙塔"好得多！"

然后，这位年届九十的老人以脚跟为轴转了一圈，像上足的发条一样接着说道：

你不要再想入非非
就这样吧，阿尔西帕
你不久就会成亲。

"我记起一件事！"

"什么事，父亲？"

"你曾有一个知心朋友，不是吗？"

"是的，他叫古费拉克。"

"现在他情况如何？"

"已经过世了。"

"那就算了吧。"

他挨着他们坐下，让珂赛特也坐下，然后用布满皱纹的手把他们的四只手握在一起。

"这个小宝贝太漂亮了，珂赛特实在是一件优秀的作品！她看起来真像一位高雅的夫人，虽然她只是一个年轻的女孩。让她仅仅成为男爵夫人实在是太可惜了，她是为当侯爵夫人才出生到这个世界上来的。看，她的睫毛长得多漂亮！你们要牢记，孩子们，这一切是天经地义的。相亲相爱吧，一定得有点痴劲。爱情是人类造出来的傻东西，但却体现了上帝的智慧。互相爱慕吧，但是，"他忽然变得满脸愁云，接着说道："太倒霉了，我刚刚意识到这件事：我的钱当中有一大部分是终身年金，如果我活着还好说，一旦我死掉，再过大约二十年，你们就会双手空空，可怜的孩子们！到了那时，男爵夫人就不得不用白嫩的双手去操持家务啦！"

"欧福拉吉·割风小姐拥有六十万法郎。"一个严肃的声音用平静的语调说道。

这是冉阿让在说话。

他静静地站在屋里快乐的人的身后，始终没说过话，人们几乎忘了他的存在。

"欧福拉吉小姐是谁？"外祖父吃惊地问。

"就是我。"珂赛特说。

“六十万法郎！”吉诺曼先生喊了出来。

“实际数额大概会少一万四、五千法郎。”冉阿让补充说。

他把一个纸包放在桌子上，这个纸包吉诺曼姨妈先前还以为是书。

冉阿让亲手打开包，包里露出一叠钞票。数过之后，这叠钱共计五十八万四千法郎，其中包括五百张面额为一千法郎的和一百六十八张面额为五百法郎的钞票。

“这本书太棒了！”吉诺曼先生说。

“五十八万四千法郎！”吉诺曼姨妈小声念道。

外祖父接着说道：“吉诺曼大姑娘，这一下很多问题都迎刃而解了，对不对？马吕斯这个小鬼头儿，居然在梦之树上摘到了一个有钱的女孩儿！当代这些年轻恋人们方法真多！男学生找了个有六十万法郎的女学生！路特希尔德都不如小天使聪明！”

吉诺曼小姐则又一次小说念道：“五十八万四千法郎！五十八万四千就相当于六十万！”

而马吕斯和珂赛特对这些细节却并不在意，他们沉浸在彼此对视的目光中。

五、森林里的财宝

详细的说明看来已经不必要了，读者已经明白，商马第案件发生之后，在冉阿让第一次越狱期间，幸亏他抓紧时间赶到巴黎，将他在海滨蒙持勒用马德兰先生的名字挣得的钱及时从拉菲特银行中提取出来，然后深深地埋在孟费郿的布拉于矿地里——他担心再次被捕，果不其然，他很快又再次入狱——六十三万法郎的纸币并不占地方儿，他把它们盛在一个纸盒里，又把纸盒放入一个小橡木箱中，又在纸盒与橡木箱之间填满栗木碎屑，目的是防止纸盒受潮。他把他另外一个宝贝，主教的烛台也放进了小木箱里。我们记得，他是带着这对烛台从海滨蒙特勒出逃的。

有一天傍晚，他曾被蒲辣秃柳儿见到，那是蒲辣秃柳儿第一次见到冉阿让。从那以后，只要冉阿让需要钱，他就到矿地里去拿。前面涉及他有几次出远门，目的就是为此。在灌木丛中有一个极隐蔽的地方，只有他一个人能找到，他把十字镐藏在那里。马吕斯的身体初步复原的消息传来后，他明白到了用这笔款项的时候了。于是就把钱全数搬取回来。正是在那一天的清晨，蒲辣秃柳儿第二次在树林中见到了他。

冉阿让为自己留下了五百法郎，因此钱的总数是五十八万四千五百法郎。“以后的事以后再说吧。”他对自己说。

这笔钱刚从拉菲特银行取出时是六十三万，它和目前这笔钱之间相差的部分被一八二三到一八三二年间的花销占去了。在修女院时，五年时间只用了五千法郎。

一对灿烂耀眼的银制烛台被冉阿让摆在了壁炉架上，杜桑不禁满心羡慕。

另外，冉阿让已经知道沙威再也不会来纠缠自己了。有人跟他谈起过这件事，他自己也曾在《通报》上看到关于这件事的公告，更加证实了沙威已经在交易所桥和新桥之间一条洗衣妇的船底下溺水而死。死前留下了一封遗书，他从未有任何过错，而且很受上级的赏识，人们只能认为他因精神失常而自杀。冉阿让这样猜测：“他都把我抓住了，却又放了我。唯一的解释是他神经错乱了。”

六、各尽所能

家里在为婚礼做着一切准备。在征求了医生的意见之后，婚期被定在二月份。而现在才十二月。几个星期很快就过去了，日子过得幸福美满，欢乐无比。

外祖父也同样快乐，他往往长时间地注视着珂赛特。

“真是一个奇妙的漂亮姑娘！她脸上的表情是多么柔和温顺呀！毫无疑问，我的心上人，你是我见过的姑娘中最漂亮的一个！将来，她的德行将散发出紫罗兰一样的芬芳。这是个不折不扣的仙女！应该和她一起置身于高雅的环境之中，马吕斯，孩子，你是个有钱的男爵，答应我，不要再当律师了。”

珂赛特和马吕斯的处境仿佛是从坟墓里忽然进入了天堂一般。他们二人因为这种突如其来的巨大转变而目不暇接，张口结舌。

马吕斯问珂赛特：“你知道这一切是怎么发生的吗？”

珂赛特回答：“不知道。但我觉得上帝的目光正注视着我们。”

冉阿让为了让事情进展顺利，正在处理和调停全部的事务，为婚礼铺平道路。他急切地盼望她幸福的日子早点来临，从外表上看，他的快乐并不亚于珂赛特。

由于他曾经当过市长，在处理珂赛特的身份时，他巧妙地解决了这个难题，这其中的奥妙之处只有他一个人知晓。如果坦白地交代她的出身，谁也不知道会不会因此而破坏婚事。因此，他为珂赛特消除了一切隐患。为安全起见，他把她讲述成一个父母双亡的孩子。珂赛特是孤儿；她是另一个割风的孩子，而并非他的亲生女儿。割风弟兄曾经是小比克布斯的两名园丁。有人受委托到修道院调查情况，所得到的结果都是最好的。

“谁？先生？”

“安德烈·舍尼埃！”

“是，先生！”可怜的巴斯克被吓慌了。

全部是由最受人尊敬的见证人提供的。善良的修女们不知道这中间有什么曲折。她们闹不清所谓父亲方面的关系，也不喜欢去刨根问底，当然，她们一直也没弄明白珂赛特的父亲到底是哪一位割风。

她们说出的话正是别人希望听到的，她们的语气十分诚恳。冉阿让办妥了身份证明书，珂赛特就是欧福拉吉·割风小姐这一事实在法律上得到确认。她被宣称为父母双亡。冉阿让被指定担任珂赛特的保护人，名字确定为“割风”，吉诺曼先生则被指定为保护人的代理人。

至于那五十八万四千法郎，是一个不愿说出姓名的人留给珂赛特的遗产，本来是五十九万四千法郎，其中一万法郎作为珂赛特的教育费花掉了，这一万法郎中有一半交给了修道院。这笔遗产先由第三者代为保管，等珂赛特成年时或结婚时交给她。这其中难免有些漏洞但别人并未发觉，与这件事有利害关系的人一个被爱情蒙蔽了，另外的人也被这六十法郎欺骗了。

珂赛特这才知道这位她一直称之为“父亲”的老人并非她的亲生父亲，而是一个亲戚，她的父亲是另一位割风。幸亏是在这个时刻，否则她一定会很悲伤。但现在，这件事对于她只不过是小小的阴影，微微的抑郁；在这无法描述的欢乐时光中，她的心情欢快无比，使得那点不快转眼就消失了。她有了马吕斯。自从这位青年出现后，老父就踪影全无了。人生就是这样。

而且，多年以来，珂赛特身边一直有些解不开的谜，对此她已习惯。凡是经历过神秘童年的人，往往对许多事情不再追究。

她依然管冉阿让叫“父亲”。

珂赛特满心舒畅，她对吉诺曼老爷爷很崇拜。确实，他对她讲过很多赞扬的话，也给了她无数的礼物。冉阿让为珂赛特创造正常的社会地位和名正言顺的财产，与此同时，吉诺曼先生却在为珂赛特的结婚礼品篮做准备。吉诺曼先生最愿意干的事儿是追求豪奢。他把他祖母留给他的一件班希出产的花边衣服作为礼物送给了珂赛特。“这种样式又流行了”，他说，“老古董又成了时髦品，我老年时少妇们的衣着与我幼年时老太太们的衣着一样。”

他打开那尘封已久的科罗曼德尔漆的名贵五斗橱，在里面翻动，嘴里说：“让这个老古董坦白坦白它肚子里都装着什么。”他在拱出式抽屉里乱翻，里面满满地塞着他妻子、他所有的情妇和上辈的衣服。包括中国的绣花缎子、大马士革锦缎、中国丝绸、画花的绉绸，在火上烤过的浮毛的图尔料子衣服，用金线绣的手帕，上面的金线不怕水洗、几块不分正反面的王妃绸、热那亚和阿朗松的桃花、老式的金银首饰，装饰着精巧战争画的象牙糖果盒、装饰品、缎带，他将这些全都送给了珂赛特。珂赛特又惊又喜，对吉诺曼先生满怀感激，对马吕斯深情款款，梦想着用丝绒和缎带编织出一个无限的幸福。她觉得天使在捧着她的结婚礼品篮，她觉得她的心长出了有马林花边的翅膀，在蔚蓝的天空中飞翔。

我们在前文已提到，这对情人迷醉的程度只有外祖父的狂喜才能与之相提并论。受难修女街也仿佛有人在吹奏着欢乐的铜管乐。

每天清晨，外祖父都会给珂赛特送来一些古董。应有尽有的衬裙花边环绕在她身边，像盛开的鲜花。

一天，不知是被哪一话题所引发，常常爱在幸福中谈论严肃问题的马吕斯说：

“革命期间的那些人物是如此伟大，他们的威望似乎已经存在了好几个世纪了，比如卡托和伏西翁，他们二人自古以来就一直受到人们的凭吊。”

“古锦！”吉诺曼大声说，“谢谢你，马吕斯，我想找的正是它。”

第二天，一件漂亮的茶色古锦衣服又被添加进了珂赛特的礼品篮中。

对于这堆服装，外祖发表了他智慧的结论：

“爱情，当然不错，但必须将这些东西作为陪衬。幸福需要一些没有用的东西。幸福只是必不可少的东西，还必须有许多奢侈品来作为调味剂。必须有一个宫殿才能迎接爱情，爱情少不了卢浮宫，有了爱情，还得有凡尔赛的喷泉。如果给我一名牧羊女，我会尽量使她成为公爵夫人。把头戴雏菊花冠的费莉带来，给她十万利弗的年金。在大理石柱廊外为我展示广阔无垠的田园风光。我赞美牧人的棚屋，同时也赞美大理石和金光闪闪的仙境，单一的幸福就像干面包一样，即使吃了，也不像筵席那般丰盛。我需要的是额外的和非必需的东西，我需要的是荒唐的、无用的、过分的东西。在斯特拉斯堡教堂我曾见过一座报时钟，有四层楼那么高，它并非为报时而制造的，让它报时是委屈了它。每次当它报完中午和夜半的钟点后（中午是太阳的时辰，午夜是爱情的时辰），或者报了别的钟点后，就会现出许多图案，有月亮和星星、大地和海洋、鸟儿和游鱼、福玻斯菲贝，属于同一类的数不清的玩物：如十二个门徒，查理五世，爱波尼和沙别扭斯，另外还有许多吹喇叭的镀金小人儿，随时播放的美妙动听的乐曲，声音振动天庭。一个缺少装饰的平庸的平时用的钟哪能跟它相比呢？把斯特拉斯堡的大钟与那些摹仿黑森林里杜鹃叫声的小闹钟相比，我更喜欢前者。”

吉诺曼先生还发表了一通关于婚礼的荒谬言论，言论中甚至乱七八糟地涉及了十八世纪的妓女。

“你们对过节的方式一点也不了解。在当代，你们连一天快乐的日子也不知如何过。”他大声地说，“你们的 19 世纪毫无精神，它过于拘谨，它不明白什么是富有，它不了解高贵。它在所有的方面都被剃光了，你们的第三等级没有价值，是畸形的。结了婚的资产阶级妇女的追求仅仅是如何设置出一个有最新设置的、贵妇人式的漂亮小客厅，客厅里有紫色的木器和碎花纹的棉布。滚吧，滚吧，守财奴娶了吝啬鬼；金碧辉煌的场景，在蜡烛上粘金路易。这个时代就是如此，我真巴不得逃到比沙马特族的住地更远的地方去！唉，早在一七八七年，我已经预见到有的方面全都不行了，我亲眼目睹了罗安公爵、蒙巴松公爵、苏比斯侯爵、都阿尔子爵和法国的官员们乘坐二轮马车造访隆桑。这些都有报应。这个世纪人们全都是吝啬鬼，大家经商，在交易所投机，赚大钱。人们对自己进行修饰，但只注意外表、人们衣着挺括，清洗得干干净净，用肥皂刮光胡须，剃得漂漂亮亮，梳头发，打发蜡。光亮滑溜，又擦又刷，外表整洁。完美无缺，像石子般光滑。行为举止既谨慎又讲究，然而他们内心却像垃圾堆和臭水坑一样，甚至一个用手擤鼻涕的放牛人都会被它的肮脏吓得避之唯恐不及，这一点我可以凭着我情妇的贞操发誓。我献给这个时代的题词是这样一句话：‘污秽的洁净。’你别在意，马吕斯，请允许我发表意见。我从未诋毁过你的人民大众，这你清楚，我常常把人民大众挂在口头，但请允许我略微对资产阶级说点不恭敬的话，我也身在其中。打是亲，骂是爱。这一点我干脆明说吧，今天的人们根本不知道婚礼该如何举行。唉，说实话，以前那种优雅习俗的消失真让我惋惜，所有失去的东西都使我感到惋惜。那种体现在每一个人身上的文雅行为，骑士的豪侠，殷勤而又亲切的风度，使人快乐的豪华音乐是婚礼的组成部分，楼上演奏管弦乐，楼下敲着锣鼓，舞会，酒宴上洋溢着快乐的容颜，过度修饰地对女人的奉承话，唱歌，焰火，纵情地欢笑，各式各样，要什么有什么，许许多多的大的绸带结。我常常回想起新娘的袜带。新娘的袜带与维纳斯的腰带像亲表姐妹一样，特洛伊战争的原因是什么？当然是海伦的袜带！战争因何而起？狄俄墨得斯和赫克托尔互相用长矛相斗的原因是什么？正因为帕里斯拿走了她的袜带。荷马本来可以为珂赛特的袜带写下《伊利亚特》。他可以给我起名为“内斯托”，然后把我这个啰嗦老头儿写进他的诗中。朋友们，以前，那可爱的以前，人们举办婚礼是十分考究的，先认真地写一份婚书，然后再请客人吃一顿丰富的盛筵。居雅斯刚出门，加马什就进门，可是，当然，胃是一只有意思的动物，它要它应得的东西，婚礼中也应有它的位置。酒席十分丰富，宴席中，一个不戴修女头巾的美女坐在身边，她的胸脯只略微挡住一点，啊，那个时代的人们太快乐了，人们开怀大笑！那个时代，青春就像一束花，每位年轻人都手拿一支丁香或手捧一束玫瑰，哪怕是战士也会成为牧羊人！如果你恰好担任龙骑兵上尉，你会想办法改名为弗罗利昂，每个都尽力让自己变得好看，都在打扮自己，他们全身紫红。一个资产阶级的人像一朵花，而一个侯爵则是一颗宝石。人们从不穿扣襻鞋，也从不穿长靴，每个人都标致美丽，擦着油，闪闪发光，身着金褐色的服装，舞姿优美，又漂亮又爱修饰，剑却不妨仍挂在腰间，蜂马有嘴有爪，那是一个《高雅的印度》里描绘的时代！那真是个又优雅又豪奢的世纪！我对天发誓，那时大伙儿玩得真痛快！而当今的人们却严肃过分，有钱人没有一个不小气，女人则个个假装正经；你们的世纪是个不幸的世纪，你们赶走了美神，因为她们的服装过于裸露，唉，你们像遮盖丑八怪一样把美掩藏起来。革命以后，包括舞女在内，人人身穿长裤，连跳滑稽舞的女演员也不得不刻板严肃，即使当你们成双成对跳着轻快舞蹈时也正正经经，如果态度不庄重不严肃大家会觉得有所缺憾，一个正在举行婚礼的二十岁的青年心中的偶像是罗耶-科拉尔先生。这种威严产生的后果你可知晓？它让人变得渺小，你们应该明白：欢乐并不仅仅是愉快，它还包括伟大，快乐的恋爱吧，见鬼！你们的婚礼要热烈，要让人头晕目眩，要喧闹沸腾，应发出幸福的杂乱的声音！在教堂里时应该庄重。这我承认，但弥散结束后，我们就要不顾一切地围绕着新娘跳旋转舞蹈了就像梦幻那样。婚礼应该是堂皇而又惹人遐想的。见鬼，至少在这一天应置身天堂。让自己成为天神吧！啊，你们可以变成地仙、娱乐的神，欢笑的神，有钱的神；你们都变成小妖怪！朋友们，新郎都应该如阿陀勃朗第尼王子一样。和天鹅，雄鹰一起飞翔在高天之上，痛痛快快地享受生命中唯一的千金一刻的时光，即使第二天又陷入资产阶级式的、青蛙般的生活中去，不要因为省钱而削弱婚礼的光辉，不要在你们容光焕发之时节省金钱，结婚可不同于日常生活，啊，如果照我的想法去布置，婚礼定会好得呱呱叫。我们可以听树林中小提琴的演奏，我的节日像天一般蓝，并且闪着银光。这个日子，我要邀请所有的田野之神，还要请山林里的仙女和海中女神来光顾。婚礼应该是一片粉红的云朵，像安菲特里特那样，裸体的山林仙女、水泽仙女，头发装饰得漂漂亮亮，院士对女神们念颂四行诗，海兽拉着双轮车前进。

特里同快步向前走
他用海螺吹奏美好音乐
听到的人神魂飘荡！

这才叫作婚礼，否则，就算我是外行好了，见鬼去吧！”

当外祖父大发诗兴，兴致勃勃自言自语的时候，珂赛特和马吕斯却不经意地互相凝视着，含情脉脉。

吉诺曼姨妈面对这一切，平静而又沉稳。这五、六个月以来她已经受到了不少刺激，马吕斯回家了，被人送回来，浑身流着血。是从街垒中被送回来的，马吕斯死了，接着又活了，马吕斯与家人合好了，然后订了婚，要和一位贫穷的女孩结婚了，马吕斯就要和一个非常有钱的姑娘结婚。最后一件让她吃惊的事是那六十万法郎。很快，那种初次接受圣礼的人对世事的冷漠感又在她身上恢复了，她按时做礼拜，拨动念珠，看祈祷书，在房间的角落里轻声读《圣母颂》，同时在另一个角落里则有人小声说着“我爱你”。她觉得珂赛特和马吕斯像两个模模糊糊的影子，实际上她自己才是影子。

苦修者身上有一种呆滞状态，心灵已经麻木了，对我们所谓的生活丝毫不了解，普通人的任何感情他都没有，地震和灾难除外，既不觉得欢乐，也不觉得痛苦。吉诺曼老人对女儿说：“这种虔诚的信仰，就像头部患了感冒一样。你失去了对生活的嗅觉。闻不到臭味，但也闻不着芳香。”

此外，她那老处女的踌躇已经被六十万法郎一卷而空。她没有征求她对马吕斯婚事有何意见，因为父亲一向轻视她的存在。他依照自己的念头，仅仅从激情出发处理事务，他唯一的念头是使马吕斯满意，暴君已变成了奴隶。至于姨妈的存在以及她的想法，他从来没考虑过。她即使再温顺，这件事还是触怒了她。她表面上若无其事，但内心深处都存有反感。她心想：“父亲决定婚事时不和我商量，那么决定我的财产继承问题时我也不去问他。”她确实很富有，而她父亲却相反。因此在这个问题上她把决定权留给了自己。如果这桩婚姻是贫困的结合，她可能会任由他们去过穷日子。外甥先生娶了一个女乞丐，那让他也去当乞丐吧。但让姨妈高兴的是珂赛特有六十万法郎，因而她对这对情人的看法也有了改变。六十万法郎是值得看重的，看来，她的财产只能是留给这两个青年了。原因是他们不缺少这笔钱。

未婚夫妇被安排到外祖父家中住。家中最漂亮的寝室是吉诺曼先生的，他坚持要把它让给他们。“这样做会使我变得年轻，”他说，“这个打算由来已久。我一直希望婚礼在我的房间里举行。”新房被他用许多高雅的古玩装饰起来，有一匹非常名贵的料子，他认为产于乌德勒，他把它装饰在墙上和天花板上，料子以绸缎作底，上面绣着金色毛茛花及绒起莲香花。“在洛许格荣，昂维尔公爵夫人做床罩时用的就是这种料子。”他将一个萨克森的彩色瓷人摆在壁炉上，瓷人露着肚皮，捧着一个手笼。

七、幸福中的残梦

这对情人每天都见面。割风先生陪同珂赛特前来。对此，吉诺曼小姐说：“事情弄颠倒了。未婚妻送上门来让情人追求。”之所以养成这个习惯，是因为马吕斯病后需要康复，而促膝交谈时，坐在受难修女街的沙发椅上显然比坐在武人街的草垫椅上更舒服，因此珂赛特便留下了。就像相互间约好了似的，马吕斯与割风互不搭话。如果割风先生不陪伴的话，珂赛特就来不了，因为女孩子都必须有一个年长老者陪在身边。在马吕斯看来，割风先生只是珂赛特到来的前提。他认可这个前提。当马吕斯含糊不清而又直截了当地谈到改善全民生活的政治问题时，他和割风先生之间的谈话比简单的“是”“不”稍微多了一点。有一次谈到教育问题时，马吕斯认为教育应该是免费的和强制性的，应想方设法使人人都受教育。总之，教育应普及到每一个公民，就像人人都应得到空气和阳光一样。这个问题马吕斯和割风看法一致，二人差不多交谈起来，马吕斯发现割风先生十分擅长辞令，在某种程度上可以说是谈吐高雅，但这其中似乎缺少点东西。割风先生缺少的是上流社会绅士所具有的某种特征，但在另一些方面，他却又超越了他们。

在马吕斯的内心和思想深处，有许多针对这个和蔼而又冷淡的割风先生的疑问，只是并未开口询问。他有时怀疑自己的记忆力。一个大洞，一个黑暗的角落，一个由长达四个月的垂死挣扎所挖掘出的深渊，存在于他的记忆之中。许多事情消失在这里面。他甚至对自己是否真的在街垒里碰到这位严峻而又镇定的割风先生这一点发生了怀疑。

在他的思想里，令他感到惊讶的并不仅仅是从前种种事情的涌现和消退。不要以为他已经摆脱回忆往事给他带来的困惑，即使是在欢乐无比、心满意足的时候，这些困扰也会使我们满怀伤悲地回顾以往。一个人如果从不回想那已经逝去的日子，那他就是缺少思想感情的人。当马吕斯双手托着头部时，他的脑海深处总浮现出那动乱而又朦胧不明的往事，他看见马白夫倒了下去，他听见伽弗洛什在硝烟弥漫中唱歌，嘴唇感觉到爱潘妮冰凉的额头。他所有的朋友，安灼拉、古费拉克、让·勃鲁维尔、公白飞、博须埃、格朗泰尔出现在他面前然后又消失了。它们曾经真的存在过吗，这些珍贵的、苦难的、勇敢的、可爱的、凄惨的，抑或只是梦中的影子？一切都被暴动埋藏进了它的烟雾之中。这些热情如火的人都曾怀抱崇高的理想。他一边想着，一边问自己，逝去的往事让他头晕目眩。他们到底在何处？难道真的全都死了吗？摔倒在黑暗之中，除他以外，其他的人都随风而逝了。他觉得这一切似乎全都消失在舞台之幕的背后。生活中有许多情景就像幕的降落。上帝转移到下一幕去了。

他还是原来的自己吗？他本来很贫困，但现在十分有钱；他原本被人抛弃，现在拥有了家庭，他原本毫无希望，如今却要和珂赛特结婚了。他觉得原本黑乎乎的自己穿越一座坟墓之后变成白色的了。而别人却都没能走出这座坟墓。有时这些从前的故人，又重新回到他的身边，包围着他，使他消沉；而他一想起珂赛特，心情立刻又平静下来。这些关于灾难的回忆只有靠这幸福才能冲走。

在这些逝去的人们当中似乎也有割风先生。马吕斯始终很犹豫，他不敢确信眼前这个割风先生，有血有肉，神情庄重地坐在珂赛特身边的割风先生，是否就是街垒中那个割风先生。在他处于昏迷状态时的噩梦中，第一个割风出现了，然后又消失了。另外，这两个割风的性格相差太大，马吕斯很难向他提出这些疑问，也从未想过要这样做。这一特别的细节我们已经提到过。

他们二人共同守着一个秘密，而且他们从不涉及这个方面，似乎俩人之间有某种约定这也并非如人们设想的那样十分少见。

有一次，马吕斯对割风先生进行了试探。他有意在讲话时提到麻厂街，并转身对割风先生说："您知道这条街吧？"

"哪条街？"

"麻厂街。"

"我对这个名字一点印象也没有。"割风先生用自然的语气答道。

他的回答只和街名有关，而与街道无涉，这使马吕斯更加相信了。

"毫无疑问，"他暗想，"我肯定是做了一个怪梦。这是错觉而已。那是一个和他很像的人。割风先生从未到过那里。"

八、找不到的人

极端幸福的日子虽然令人心醉神迷，但丝毫也消除不掉马吕斯心中的其他牵挂。

婚礼正在准备阶段。当美好的日子快要降临的时候，他正努力对往事进行艰难而又细致的考虑。

他应该对很多方面满怀感激，不仅为他父亲，也替他自己回报别人的恩德。

其中之一是德纳第，另一个是送马吕斯回吉诺曼先生家里的陌生人。

马吕斯不愿意在婚后的幸福生活中把他们丢诸脑后，他下决心找到他们，他害怕如果不报答他所受到的恩惠，就会给他未来的明朗光辉的日子抹上阴影。他不喜欢欠着别人的债不还，他要在开始即将到来的快乐生活之前，在“过去”的手里拿到一张债务了结的收据。

德纳第确实拯救过彭眉胥上校，虽然他是个坏人。除马吕斯之外，所有的人都肯定德纳第是个恶徒。

马吕斯对当时滑铁卢战场的实际状况并不了解，不知道这一情况：他父亲当时的处境非常奇异，德纳第虽然救了他的父亲，却不是他父亲的恩人。

与德纳第相关的各种情况似乎全都没了踪影，马吕斯聘用的所有侦探全都找不到德纳第的踪影。德纳第的妻子预审时死于狱中，这悲惨的一家中仅剩下的两个人，德纳第和他的女儿阿兹玛，早已藏进了黑暗之中。存在于现实中的那条深渊已悄悄地把他们吞没了。水面上没有一丝颤动，一点战栗，甚至连暗淡的圆形水波都不存在，显示不出任何东西掉入的迹象，人们完全无法探查。

德纳第的妻子已死，蒲辣秃柳几未参与此案，铁牙失了踪，主要的被告已从监狱潜逃戈尔博破屋的绑架等于作案未遂。案情依然暧昧不明，只有两个帮手被刑事法庭抓获。一个叫邦灼，又叫春天，还有一个名字是比格纳耶；另一个叫半文钱，又叫二十亿。对他们进行审讯后判处他们十年的苦役。对那些在逃同谋的处罚是终身苦役。缺席审判主犯德纳第，并判处死刑。遗留下来的唯一一件与德纳第有关的事就是这一判决。一道惨淡的光投射在殓尸布中包着的名字上，像是一只棺材旁的蜡烛。

而且，因为害怕再次被捕，德纳第藏到了黑洞的最深的角落，判决将他埋入了深深的黑暗之中。

另一个，那个拯救了马吕斯的陌生人，刚开始时寻找工作有了点进展，后来又寸步难行了。人们想方设法找到了那辆在六月六日夜晚把马吕斯送到受难修女街的街车。车夫说，六月六日，他奉一个“警察”的命令把车停在爱丽舍广场河岸的旁边，大阴沟的出口处，从下午三点一直等到傍晚；晚上九点左右，河岸对面的阴沟的铁栅栏门打开了，一个汉子背着个死人从里面走出来，警察等的正是他，他逮捕了那个汉子，抓住了死人。在警察的命令之下，车夫不得不允许“这一群人”都坐进了他的马车里，首先去的是受难修女街，放下死人，车夫说，他认出死人就是马吕斯先生，他能认出来，虽然马吕斯这一次是活人——然后剩下的人又坐上马车，马在他鞭子的抽打下将车拉到了历史博物馆门附近，坐车的人让他停车，他们下车后在街上付了车钱便走了。那个人被警察带走了，此后的事他就不知道了，当时天色已经很黑了。

我们已说过，马吕斯本人任何东西都记不得了。他唯一记得的是当他在街垒中向地面倒下去时，一只有力的手从背后托住了他，然后他就什么也不知道了。他醒过来时已经到了吉诺曼先生家中。

他千方百计地推想，但找不到答案。

他无法怀疑他本人。他怎么会在塞纳河滩残废军人院桥附近扶起来呢？他明明是在麻厂街倒下的。一定有人把他从菜市场背到了爱丽舍广场，如何背过来的？从下水道背过来的，这样的忠诚与奉献实在是骇人听闻！

这个人是谁呢？

这个人正是马吕斯要找的人。

这个人，他的救命恩人，一点消息也没有，一点线索也没有，哪怕连一点迹象都没有。

马吕斯的调查已扩大到了警察局，虽然马吕斯的行动一直很小心。但在警局他得到的结果和在别处一样，一点问题也解决不了。警署知道的并不比马车夫多，他们对六月六日下水道大栅栏那儿抓过人这件事毫不知情。警察没有为他们提供任何与这件事相关的报告。警察局认为这件事纯粹是瞎编出来的，是马车夫撒的谎。一个马车夫为了得到钱，通常无所不为，包括造谣。但马吕斯不能怀疑，除非他不相信自己，因为事情是确实存在的，这一点我们已说过了。

这个奇特的谜当中的一切，找不到答案。

那个人，那个神秘者，背着昏迷的马吕斯从大下水道的栅栏门里走出来，这是马夫亲眼所见的，因为他救了暴动者，被埋伏的警察当场抓获，后来他怎样了？警察去了哪里？那个人逃走没有？警察为什么对此保持沉默？警察受贿了吗？这个人，马吕斯的救命恩人为什么完全不向马吕斯通报他还活着呢？这种大公无私和慷慨献身的精神同样崇高伟大。这个人为什么再也不出现了呢？大概他不想要任何报酬，但不想接受别人感激的人是不存在的。难道他已经死了吗？他是什么样的呢？他的长相如何？没有人能回答。马车夫的回答是：“那天晚上天色太黑了。”而巴斯克和妮珂莱特当时吓得魂飞魄散，只关心满面血污的小主人。只有门房，当他用蜡烛照亮可怜的马吕斯时，看到了这个人，他提出的特征是：“那个人的神态十分骇人。”

马吕斯一直保存着他被送回外祖父家时穿的那件布满血迹的衣服，希望能有助于找寻。当他认真观察这件衣服时，发觉衣服下摆的一边被很奇怪地撕裂了，而且还缺了一块。

一天晚上，马吕斯跟珂赛特和冉阿让谈起了这件奇特的经历，也讲了他做的许许多多没有结果的调查。“割风先生”的冷漠让他无比烦躁，他情绪激动，像发脾气一般嚷道：“无论这个人是个什么样的人，他做的事实在让人钦佩，先生，你知道他所做的事吗？他像天使一样到来，他把我从战火中抢救出来，把我拽进下水道，把我背起来！在那糟糕的管道中弓着腰，弯着腿，在黑暗与脏水中，走了将近一法里半，先生，背上还有个死尸呢！他的目的只是为了拯救那个死人。而那个死人就是我。他告诉自己：‘没准还有一丝希望，为了这可怜的一丝希望，我愿意冒生命的危险！’而他却冒了二十次生命危险而不仅仅是一次！每一步对他来说都说危险的，证据是他一出阴沟就被捕了。先生，你了解这人所做的一切吗？他并不想要任何报酬。当时我是个什么人？一个起义者。什么样的人？一个败兵。啊，如果我拥有珂赛特的六十万法郎……”

再阿让插口说：“这钱是您的。”

马吕斯继续说道：“那么，我宁愿花掉全部的钱去寻找这个人。”

再阿让什么也没说。

第六卷　无眠的夜晚

一、一八三三年二月十六日

一八三三年二月十六日至十七日是祝福之夜，天门在它的黑影之中敞开了。这一夜是马吕斯和珂赛特的新婚之夜。

这是喜乐吉祥的一天。

这并非外祖父幻想的那种美妙的佳节，不是新婚夫妇头上有小天使和爱神出现的仙境，不是那种婚礼画中出现的喜事场面，可以用来装饰大门的那种，而是一次甜美畅快的婚礼。

一八三三年的结婚仪式和今天的不太相同，英国那种极其细致的抢妻子的行为，法国还没有采取。一离开教堂就开溜，羞羞答答地把幸福包藏起来，破产者的行为和《雅歌》里的狂欢合并在一起。把自己的天堂放在颠簸的马车里，让自己的神秘心境中夹杂上马车的喀哒喀哒声。用小旅馆中的某张床来代替新床，将生命中最宝贵的记忆留在那种按夜计费的普通的卧室之中，另外还要和马车夫以及旅馆女招待接触，大家并不明白这当中所具有的贞洁、美妙和端庄合适。

我们生活的这个十九世纪下半叶，市长以及他的肩带，神父和他的坎肩，法律与上帝早已不够了，必须得添上朗朱莫驿站的车夫；身穿蓝色的上衣，红色的袖口翻出来，金属的臂章上装饰着铃铛形状的钮扣，皮质的绿色裤子，对尾巴被扎起的诺曼底双马骂不绝口，肩章带是假的，帽子上打着蜡，粗头发上洒了粉，长长的马鞭，沉重的靴子。英国贵族那种高雅的做法法国也没有仿效：像冰雹一般把后跟磨坏的拖鞋和旧鞋扔向新婚夫妇的马车，摹仿丘吉尔那种“马尔波罗式”或“马尔勃路克式”，在他结婚的日子，姑妈的愤怒给他引来了福气，我们的婚礼中还没有破鞋和旧拖鞋，用不着急，好习俗还在扩展，不久就会到来的。

而从一八三三年起往前一百年，人们举行婚礼时是从从容容地，那个时代，真奇怪，人们认为婚礼这件喜事是属于私人的，同时作为礼节也属于全社会，喜事的隆重气氛并不会被家长式的作风所损坏，狂欢是允许的，只要它不出轨，这并不会损伤到幸福。另外，家中开始了两个命运的结合，一个家族将从这结合中产生，他们的成家立业将由新房做出证明，这些全都是好事，全都是值得尊敬的。

在家中举办婚礼的人并不因此而感到不好意思。

于是，在吉诺曼先生家中，婚礼按照已过时的方式进行。

虽然举办婚礼表面上看是普通而自然的事，但加上公布、通知，再加上办结婚证，去市政府、教堂，也难免有点麻烦，要在二月十六日以前准备好是不可能的。

恰好十六日是星期二，是狂欢节的最后一天，因为我们偏爱精确，因此才谈及这一细节，为此，大家都很犹豫，尤其吉诺曼姨妈不知如何是好。

“狂欢节的最后一天！”外祖父高声说，这太棒了，俗话说得好，

结婚狂欢节
子孙都孝顺

别管那么多，就定在十六日吧！马吕斯，你愿意推迟吗？”

“当然不愿意！”那位情人回答。

“举行婚礼吧！”外祖父说。

这样，婚礼在十六日如期举行。尽管这天大家都沉浸在欢腾的节日之中。那天是个雨天，但即使全世界都躲在雨伞之下，情人们也总能见到天上那块幸福的蓝天，这样情人们也就不在意了。

结婚前一天，当着吉诺曼先生，冉阿让将那五十八万四千法郎递给了马吕斯。

冉阿让从今以后不再需要杜桑，她留在珂赛特身边，珂赛特把她提拔为贴身女仆。

吉诺曼家已为冉阿让准备了一间漂亮的卧室。而且是特意布置的，再加上珂赛特说：“求你了，父亲”，冉阿让难以回绝，差不多快同意居住在这里了。

快到婚期时，冉阿让出了点事，但不太严重：他右手的大拇指被轻微压伤。他不希望，包括珂赛特在内的任何人因这件事费心，他也拒绝别人替他包扎或看视他的伤口，但因为必须在手上包着布，将手臂用绷带吊起来，这样他就没有办法签字了，作为珂赛特的代理保护人，吉诺曼先生代替了他。

跟着情人们到市政府和教堂里的人很少，因此读者不妨跟着我们去走一遭儿，按照惯例，当剧情发展到新郎在上衣翻领饰孔上插一束花时，人们也就背过身不再观看演出了。但我要谈到的是一件没被参加婚礼的人注意到的，发生在从受难修女街到圣保罗教堂路上的小事。

那时，圣路易街北段的末段正在翻修。从御花园街开始路就不通了。婚礼的车辆不能径直到达圣保罗教堂，唯一的办法是从另一条路走。而绕林荫大道则是最近的路线。而客人当中有人提醒大家说因为当天是狂欢节，那条路上车辆非常多，“为什么?”吉诺曼先生问。“因为有化装游行。”“太棒了！”外祖父说：“这两位青年一旦结婚，就开始了严肃的家庭生活，让他们把观看狂欢节的装饰当作准备吧，我们就从那儿过。”

于是，他们走上了林荫大道。珂赛特和吉诺曼姨妈坐在第一辆轿车之中，吉诺曼先生和冉阿让也在这辆车中。按照规矩，马吕斯不得不离开未婚妻，坐在第二辆车中。刚离开受难修女街，婚礼的队伍就混入了漫长的车队之中，像两条无穷无尽的链条一样，一条从马德兰教堂通往巴士底监狱，另一条则从巴士底监狱通往马德兰教堂。

林荫道上人人带着假面具，滑稽者、小丑和傻瓜不断地活动着，尽管雨不时地下着。巴黎在一八三三年这个令人轻松舒适的冬季把自己装扮成了威尼斯。这类的狂欢节今天我们已见不到了。如今，狂欢节已经扩到一切现象之中，所以真正的狂欢节也就不存在了。

过路人都拥挤在道路两旁，充满好奇的人们簇拥在窗口。观众们沿着剧院立柱廊子周围的大平台挤得水泄不通。人们想看的除了化着妆、戴着面具的人，还有像隆桑那样的、只有狂欢节才有的车队，包括出租马车、市民马车、带篷大车、皮蓬两轮小车、单马有篷双轮车在内的各式各样的车辆，遵照警章的严格规定，一辆挨着一辆，按顺序前进，仿佛行驶在铁轨上一样。车队中每一个人都身兼观众和演员两职。这两条方向相反的平行的、连绵不绝的车队被警察控制在林荫路的两边，在这两条像河流一样的车队中，一点故障都不允许发生，它们一条向下游流动，一条向上游流动，一条奔向昂坦大街，另一条则奔向圣安东尼大街。法国贵族院议员和公使的装有徽章的车辆则在大路中央通行无阻，像肥牛车这类欢乐而又出色的车队也受到这种优待。在这巴黎的狂欢中，英国人挥动着马鞭，游览马车中坐着西麦勋爵，他们招摇过市，车得到了一个像下等人绰号一样的名字。

维持治安的警察则像看守羊群的狗一样，顺着车队来回跑。车队里的私人轿式马车十分守纪律，里面姨婆和老太太挤得满满的，化了装的小孩子们则精神焕发地立在门口，男小丑七岁，女小丑六岁，这些可爱的小孩子们觉得自己正式加入了公众的快乐之中，他们态度严肃，像官员一样，深刻体会到自己所扮演的可笑角色具有的尊严。

一旦车队被阻挡在某一个地方，路两边车队中的一支就不得不停止，直到阻塞排除为止，整个队伍往往会因一辆出故障的车而全部瘫痪，然后才能接着行进。

大路右边那一列是通向巴士底的，婚礼车队就在这一行列之中。当到达白菜桥街附近时，车队停了一会儿。就在同一时刻，对面那列开往马德兰教堂的车队也停了下来，一辆戴假面具的人乘的车也停在这里。

这种车辆，或者描述得更精确一点，这类装满戴假面具的人的货车，在巴黎是为人所熟知的。如果某个狂欢节或封斋节中不见这种车的踪影，人们就会觉得不大对劲儿，会说：人的头还高的卡桑德、阿勒甘、高隆比娜，在车中颠来簸去，奇奇怪怪的人无奇不有，有土耳其人，也有野人，有手扶侯爵夫人的大力士，也有满嘴脏话能让拉伯雷掩耳的女人，与此相同，骂街的泼妇能让阿里斯托芬闭上眼睛，假发是用麻丝做的，汗衫是桃红色的，头戴帽子的人服装讲究，作怪相的人的眼镜，能引来蝴蝶的雅诺式的三角帽，对行人发出的怪叫，支在大腿上的双拳，大胆放肆的姿势，双肩露着，戴着假面具，实在是连一点羞耻心也没有。一个头戴花冠的马车夫带着这伙放肆的、乱哄哄的人物到处游逛，这种车就是这样一个团伙。

正如特斯毕斯马车是希腊所需要的，瓦代的出租马车是法国所需要的。

包括模仿本身在内，一切都可以被可笑地摹仿。农神节原本是古代对美的摹仿，后来对其不断进行夸张和扩大，使之演变为狂欢节。在以前，酒神节中的巴克科斯把葡萄藤戴在头上，置身于日光之中，将美妙的半裸的身体和大理石的乳房显露出来，但今天的巴克科斯却身穿北方褴褛的湿衣服，容颜憔悴，最后演变成在狂欢节里戴面具的人。

化装车辆是从古老的王朝时代就已起源的传统，路易十一就曾从经费中拨出“图尔城铸的二十苏用作三辆化装竞赛马车的街头活动费”，给了法官。今天，是由老式的双轮马车来运载这样一群闹嚷的人口，或者由一辆官方的敞篷四轮马车来装着这群活跃的人。他们拥挤在车顶上，只容六个人坐的马车装着二十人。有的坐在座位上，有的坐在折叠加座上，还有的坐在车篷侧面和辕木上。连马车的灯笼上都骑得有人。有的人站着，有的人躺着，有坐着的，有蹲着的，有跷着腿的。男人腿上坐着妇女。像金字塔那样的一群狂人，堆在蠕动的人的头上，远远就能看见。那些嘈杂的高车，像一座欢乐的高山处在闹哄哄的人群中，科莱、巴那尔和毕龙出现了，他们的满口脏话使气氛大大加强，他们把一大串的猥亵的黑话抛向公众，这辆马车带着一种胜利的神情显得过分庞大，原因是装的人太多。前面人声鼎沸，后面一片杂乱。车中的人们要么乐得前仰后合，要么在怒骂、吊喉咙、乱嚷、发脾气；欢乐在咆哮，讥讽火焰四射，像皇帝一样轻松快乐地君临一切。一台剧情已发展到巅峰的滑稽戏由两个女人扮演着，她们又干又瘦，这是胜利欢笑的车。

这种笑确实令人疑心，它不是豪爽的笑，而是无耻的笑。这种笑的任务在于向巴黎人宣布狂欢节的到来。

这些无耻堕落的车辆，带给人的是难以言传的黑暗感，它会引发哲学家的思考。从这些车辆中可以发现官方和公娼之间的内在的相似之处，因为车队中有的车是当权者的。

卑劣和丑陋被结合为逗笑的东西，用来引诱群众的是无耻和淫荡，和别人抗衡的私人侦探支持卖笑，使人快活，四轮马车装着这堆活怪物开过，这正是群众爱看的，破衣服上缀着金片，一半肮脏一半明亮，这些人又嚷又唱；人们因为这耻辱拼凑起来的胜利而喝彩，如果这条有二十个头的快乐水蛇在群众中的游动受到警察的阻挠，大家就不觉得在过节，这一点太让人痛心。但有什么办法呢？这些用花朵和绸带装饰的两轮垃圾车，同时受到人们笑声的侮辱和饶恕。普遍性放荡的同伙正是大众的笑声。人民被某些病态的节日所腐蚀，从而堕落为流氓而逗笑的丑角则是群氓和暴君的必需品。帝王有罗克洛尔，老百姓就有巴当斯，如果巴黎不是一座杰出的大城，那它就是一座狂乱的大城。政治中包含着狂欢节。巴黎满心愿意地欢迎堕落在这里矫情做作。它只向那些杰出者们——如果它还拥有杰出者的话——提出一个请求：“在这些赃物上替我涂脂抹粉吧！”同样，罗马也有这种特点，她喜欢尼禄这个巨人般的搬运工。

刚才我们提到的那辆巨大的四轮马车，满载着变形的蒙面男女，轻便地停在路的左边。这时，婚礼车队也恰好在路的右边停了下来。隔着大路，蒙面人的车辆从这边看见了对面新娘的车辆。

“咦！”一个蒙面人说，“举行婚礼的人。”

“我们真，他们假。”另一个说。

不一会儿，整个车里的蒙面人全部忙乱起来，人们开始向他们起哄。这是一种对戴面具的人的队伍的一种友好的态度，刚才对话的两个蒙面人不得不和大家一起共同对付人群。他们把菜场中流传的所有骂人的话全用出来，才刚刚抵抗住群众的利口巧舌，一些怕人的暗喻在蒙面人和群众之间对换。

此时，同车的另两个蒙面人，其中一个有大鼻子、黑乎乎的大胡子、苍老的西班牙人和另一个戴着面具、年纪很轻、个子矮小的骂街女子正在低声谈话，当他们的同伴正和看热闹的人唇枪舌剑时，他们也看到了婚礼车。

喧闹的声音掩盖了他们的低语，一点也听不到，敞开的车子被雨淋透了，二月的风还谈不上暖和，因此这位骂人的、敞着怀的女子，在与西班牙人对话的同时，一边发着抖，一边咳嗽，还夹杂着笑声。

他们的谈话是这样的：

“喂！”

“怎么，父亲？”

“那个老头你看到了吗？”

“哪个？”

“在那边，靠我们这边的第一辆婚礼马车。”

“那个戴黑色领结，手臂挂着的？”

“对。”

“怎么样呢？”

“我敢肯定我认识他。”

“噢。”

“我敢打赌，如果我不认识他的话，宁愿让别人砍下我的头，而且这辈子从未说过‘您’、‘你’、‘我’。”

“今天的巴黎只不过是个木偶罢了。”

“如果弓着腰，你能看到新娘吗？”

“不能。”

“新郎呢？”

“新郎没在这辆车里。”

“噢！”

“除非另一个老头就是新郎。”

“你肯定能看清新娘，如果你再把腰弯下去一点。”
“这做不到。”
“不管怎么说，我绝对认识这个爪子上有点东西的老头。”
“认识他有什么用？”
“不知道。可能有用。”
“我对老头没什么兴趣。”
“我认识他！”
“你随便吧，爱认识不认识。”
“奇怪。为什么婚礼行列中会有他呢？”
“我们不也一样吗？”
“这婚礼车是从哪儿来的？”
“我怎么知道？”
“听着。”
“什么？”
“有件事你应该做一下。”
“什么事？”
“你从我们的车上下去，然后跟踪那辆婚礼车。”
“为什么？”
“打听清楚它的目的地，它的主人是谁。快点儿，快跑吧，女儿，你年纪小。”
“我根本不能离开车子。”
“为什么？”
“我是受雇佣者。”
“对呀，真糟糕！”
“我今天一整天都得替市政府骂街。”
“是的。”
“一旦我下了车，警务侦察员立刻就会把我抓走的。这一点你清楚。”
“对，我明白。”
“今天我被政府买断了。”
“不管怎么说，我讨厌这个老头。”
“你又不是年轻女孩，老头怎么会让你烦恼呢？”
“他在第一辆车里。”
“那又怎么样呢？”
“在新娘的车子里。”
“因此他一定是新娘的父亲。”
“这和我有什么关系？”
“我说了他是父亲。”
“父亲又不仅仅只这一个。”
“听我说。”
“什么？”

“我如果出去的话，只能戴着面具。我藏在这儿，别人不知道我在这儿。但面具明天就没有了。今天，星期五，斋期从今天开始了。我必须得藏进我的洞里去，但你是自由的。”

“并不是很自由”。

“总比我强。”

“你是什么意思?”

“你应该努力弄清楚这辆婚礼车到哪里去?”

“到哪里去?”

“是的。”

“我明白它到哪儿去。”

“去哪儿?”

“到蓝钟面街。”

“首先，它走的不是这个方向。”

“那么，是去拉白区。”

“也有可能去别的地方。”

“它很自由，参加婚礼的人很自由。”

“不只这一条，跟你说，你得想办法帮我弄明白这婚礼是怎么回事。老头在里面，这对新婚夫妇住哪儿呢?”

“说什么也不干！这样才好玩呢。”八天之后再去寻找一家在狂欢节路过巴黎的人家太不容易了，像沙里淘金一般，根本办不到。”

“无论怎么样，你得努力。听见了吗？阿兹玛?”

大道两边两列车向着相反的方向行动，蒙面车渐渐地看不见婚礼车了。

二、绷带依然吊着手臂

谁有能力来实现自己的理想呢？因此上天必定会进行筛选，我们意识不到自己是候选人，天使在投票。被选中的是珂赛特和马吕斯。

在市政府和教堂里，珂赛特光彩照人，艳丽非凡。杜桑在妮珂莱特的帮助下将她打扮得非常漂亮。

珂赛特身穿班希生产的带镂空花边的连衣裙，里面是白色的软缎衬裙，外面罩着英国的针织花面纱，脖子上是一串光润的珍珠项链，头戴橘子花编的花冠；一切都那么洁白无瑕，珂赛特在这种雅净的装扮下光耀动人。在光明中，这美妙的天真不仅扩大而变得神圣了，就像一个贞女正转化为天仙。

马吕斯漂亮的头发又闪亮又芬芳，几条街垒战留给他的浅色疤痕在卷发下若隐若现。

外祖父衣饰华贵，神采飞扬，巴拉斯时代全部优美的举止都通过他的服装和姿势高度集中地表现出来。珂赛特由他引领着。由于冉阿让吊着绷带不能挽扶新娘，因此吉诺曼先生便代替了他。

冉阿让穿着一套黑色西装，面含微笑跟在后面。

外祖父对冉阿让说：“割风先生，今天是大喜的日子。我投票决定，从此悲哀和伤痛永远结束了，从今而后，任何地方都不会再有愁闷，我向上天发誓，我宣布快乐来临。苦难失去了存在的理由。现在实际还存在着不幸的人，这是上帝的耻辱。人的本性是良善的，因此人并没有造成痛苦。所有痛苦，其根源与核心是地狱，也就是说，是魔鬼的杜伊勒里宫。好哇，我现在也说出迷惑人心的话来了！我，我已经没什么政治观点了，我只希望人们全都富足，也就是说都快乐，我只需要这一点。”

所有的仪式都举行了：无数次对市政府和神父提出的问题无数次回答“是”，在市政府和教堂的登记册上签了名，交换结婚戒指，在有白色皱纹布的伞盖下，在香烟缭绕之中，肩并肩地跪着，然后，他们在大家的羡慕和赞赏中手拉着手。马吕斯身穿黑色的礼服，她则身穿白衣，戴着上校肩章的教堂侍卫在前面开路用手中的戟把石板跺得咚咚响，他们在两列宾客之间走着，走出教堂那两扇大开的门，所有的程序都结束了，已经快要上车了，珂赛特还不相信这一切是真实的。她瞅瞅马吕斯，瞅瞅大家，瞅瞅天空，仿佛担心从梦中醒来。她的那种又惊讶又担忧的神情，为她平添了一种难以描述的魅力。在回去的路上，马吕斯和珂赛特共同坐在一辆车上，他们的对面坐着吉诺曼先生和冉阿让。吉诺曼姨妈则降了一级，坐在第二辆车里，外祖父说：“孩子们，现在你们是男爵和男爵夫人，年金三万利弗。”于是珂赛特和马吕斯紧靠在一起，用天使般的美妙声音在马吕斯身边说：“居然是真的。我姓马吕斯了，我是你的夫人了。”

他们二人容光焕发，他们所处的正是那一去不复返、永远也找不回来的刹那之间，也就是说，是置身于整个青春和全部快乐交叉所形成的那个光彩夺目的点上。他们的情况正如让·勃鲁维尔的诗句中所说的“他二人的年龄相加还不到四十岁”。这一结合是崇高的，他们就像两朵百合花。他们不是在相互注视，而是在互相礼拜。在珂赛特眼里，马吕斯处于荣光之中，马吕斯则觉得珂赛特置身于圣坛之上，实际上二人已不知不觉合而为一，珂赛特觉得置身于一片彩云之上，而马吕斯呢，则觉得自己被火焰般的光芒包围着。里面有理想，有事实，那里是接吻和梦幻般的相会，还有新婚的枕席。

他们是从苦痛中走过来的，回想起来真让人迷醉。现在的时刻在他的眼中已变成爱意和光明的，一切悲戚、失眠、哭泣、忧愁、慌张、和失望，这一切使那一即将到来的美好时刻更增加了魅力；悲哀已经对欢乐起了衬托作用。受过折磨真太有好处了！她们幸福的光圈是由不幸来构造的，他们的感情因长期恋爱的苦闷而升华了。

两颗心同时都觉得销魂蚀骨。马吕斯微带情欲，珂赛特则有些害羞。“让我们再去看看卜吕梅街我们那个小花园吧。”他们小声说。珂赛特的衣服褶皱搭在马吕斯的身上。

梦幻和现实混合在一起组成了这一天。又有实质又有假设。目前还有时间进行猜测，这一天，从中午开始一直梦想的午夜的情景带给人的是难以形容的激动，动人的幸福充溢在两颗心中，使得过路的人也感染了轻松快乐的情绪。

在圣安东尼街圣保罗教堂前面，行人们停了下来，为的是通过马车玻璃看一看珂赛特头上橘子花的颤动。

最后，他们回到了受难修女街的家中，马吕斯与珂赛特带着胜利的欢乐并排走上楼梯，而从前，人们在这楼梯上拖回了快要死的马吕斯，门口拥护着接受施舍的穷人，并将祝福呈给新婚夫妇，鲜花到处都是。家里和教堂一样，芳香四溢，接在神香之后的是玫瑰花。他们仿佛听到歌声从天上传来，上帝在他们心中；他们的未来就像满天星斗一样灿烂，他们的眼睛里出现了闪耀在头上的晨曦之光。时钟突然响了，马吕斯凝目观看珂赛特那吸引人的裸露的粉红臂膀以及那透过上衣的花边朦胧可见的皮肤。发觉马吕斯的目光后，珂赛特羞得满脸通红。

应邀而来的吉诺曼的老朋友们将珂赛特围在中间，抢着叫她“男爵夫人”。

现在已经担任上尉的忒阿杜勒·吉诺曼，特地从他部队的驻地夏尔特尔赶来参加表弟彭眉胥的婚礼，珂赛特并没有认出他。

他呢，则对妇女们将他称为“美男子”这一点司空见惯，根本记不得珂赛特和别的女人。

吉诺曼老爹心中暗暗想道：“幸亏我没相信那些与这个长矛兵有关的谣言。”

此刻，珂赛特对冉阿让展现出前所未有的温柔与体贴。她与吉诺曼老爹十分融洽，他把欢乐作为格言与准则，与此同时，她全身也散发着芳香般的爱与善。幸福的人祝愿他人也得到幸福。

她仍然用她小时候那种语气与冉阿让聊天，用微笑来表达她的亲热。

饭厅里摆着酒筵。

这类大规模的嘉宴中不可或缺的装饰品是亮如白昼的灯光。昏黑与朦胧不明是快乐的人难以忍受的，他们不喜欢处于黑暗之中。夜色可以忍受，而黑暗则不可以。即使没有太阳也会创造出太阳。

饭厅就像一个大熔炉，摆满了令人心情畅快的物品。正当中，洁白耀眼的饭桌的上方，悬挂着一盏威尼斯产的用金属片制作的烛台，上面装饰着各种各样的灯：蓝的，紫的，绿的，红的，都栖身于蜡烛中间，有多个分枝的烛台分布在这盏悬挂着的烛台四周，三重和五重的枝形壁灯反射镜挂在墙上。玻璃、水晶、玻璃器皿，餐具、瓷器、陶器、瓦器、金银器皿，全都光华耀眼，小巧玲珑。花束全都插在烛台的空隙之间，因此，凡没有烛光的地方就有花朵。

三把小提琴和一支笛子在候见室里轻柔地演奏着海顿的四重奏。

冉阿让坐在客厅里的靠椅上，这张靠椅在门背后。敞开的门几乎把他全遮住了。快上桌吃饭时，珂赛特突发奇想，用双手展开她的新娘礼服，对冉阿让行了个屈膝大礼，她闪着温柔而顽皮的眼睛问道：“你觉得快乐吗，父亲?”

“我很高兴。”冉阿让回答。

“那你笑一下。”

于是冉阿让笑了起来。

过了几分钟，巴斯克宣布筵席已准备好了。

吉诺曼先生让珂赛特挽着他走在前面，客人们则跟在后面一起进入餐厅，他在桌旁按指定的位子座。

新娘的两边摆着两张大安乐椅。

一张属于吉诺曼先生，另一张属于冉阿让。吉诺曼先生坐下了，但另一张还空着。

人们一齐寻找着割风先生。

他已走了。

吉诺曼先生问巴斯克：

“割风先生去哪儿了？”

巴斯克答道：“老爷，割风先生正让我转告您，他受伤的手有点疼，不能陪男爵先生和夫人吃饭，他请大家谅解，他明天早晨再来。他刚走。”

有一小会儿功夫，喜宴因为这个空安乐椅的存在而觉得有点扫兴。但有吉诺曼先生，割风的缺席也就不在乎了，外祖父兴致之高能抵得上两个人。他确切地指出，如果割风先生感到不舒服，那最好早些上床休息，又说，这仅仅是轻微的一点“疼痛”罢了。这些说明已足够了。更何况一个小小的阴暗角落在欢乐海洋中又算得上什么呢？正处在自私和接受祝福中的珂赛特和马吕斯除了去感受幸福外又能看见什么呢？吉诺曼先生忽然想出一个主意，说：“嗨，这椅子空着，马吕斯，过来，虽然依照规矩你应坐在你姨妈身边，但你坐过来她不会介意的。这把椅子是你的。这不但很合理而且显得亲热，就好像财神与福星碰在了一起。”全桌一致鼓掌。马吕斯便坐在了珂赛特旁边本属于冉阿让的椅子上。这一安排使得本因冉阿让的缺席而不乐意的珂赛特心满意足。如果马吕斯能成为候补者，即使连上帝都缺席珂赛特也不在乎。她把她那穿着白缎鞋的软软的小脚放在马吕斯脚上。

空缺已被填上了，人们已忘了割风先生，大家并不觉得有任何缺憾。五分钟后，全桌的客人们欢声笑语，忘记了一切。

饭后的水果点心端上来后，吉诺曼先生手端一杯不太满的香槟站起身来，吉诺曼先生因为怕手颤而将酒洒出。所以才只倒了半杯。他向新婚夫妇敬酒。

“你们难以避开两次训诫。”他大声说，“早晨受到教父的训诫，晚上则应接受外祖父的。听着，我要劝诫你们的是：‘你们相亲相爱吧！’我不想去舞弄一堆浮华的辞藻，我直接说出‘你们幸福吧！’天地万物之间就属斑鸠聪明了。哲学家们认为，欢乐应有节制，我却认为：‘尽情享乐，像魔鬼般热恋，如醉如痴’。哲学家们是瞎编，我一定要把他们的哲学塞进他们的喉咙里！人们难道会嫌香味过浓，玫瑰花开得太盛，唱歌的黄莺太多，绿叶过密，生命中的清晨太多吗？难道人会觉得爱情过盛？难道双方会爱得过了头？爱丝特尔，你太漂亮了，内莫朗，你得注意，你也太美丽了！这完全是蠢话！难道相互之间的迷恋会过分吗？爱抚会过分吗？陶醉会过分吗？难道生命的活力会太多？幸福会泛滥？欢乐应有分寸。呸！打倒哲学家！高高兴兴就是最大的聪明。你们快快乐乐吧，让我们也快快乐乐吧！我们是因为好心而感受到幸福吗？还是因为我们感到幸福因此我们善良呢？桑西之所以是桑西，原因是因为它属于哈勒·德·桑西还是因为它体重一百〇六克拉？我不清楚，生活中处处是这类难题；关键是得到桑西和幸福。幸福吧！别太吹毛求疵，要盲目地服从太阳。太阳就是爱情。而爱情指的就是女人。啊！至高无上的权威正在这儿，这正是女性。你们问一下这个反叛的马吕斯吧，他算不算珂赛特这个小专制者的奴隶。他是主动的，这个胆小的家伙！女人！罗伯斯庇尔是立不稳脚跟的，掌权的还是女人。我只不过是这个王党的保王党员罢了。亚当是什么？他是夏娃的国土，对于夏娃，一七八九年是不存在的。在君王的权杖上，有时是百合花，有时装着一个地球，查理曼大帝的权杖是铁制的，路易十四的权杖是金制的，而这些权杖统统在革命的大拇指和食指中被折断了，就像拧弯两文钱的麦秆一样容易，它们完了，断了，躺倒在地上了，权杖没有了。但你们试试对这块有香草味的小手帕造反吧，我倒要看看你们谁有这个胆子。试试看，它为什么结实？因为是块布头。啊，你们属于十九世纪，那又如何呢？我们属于十八世纪！我们的愚蠢程度是一样的。你们把霍乱称为流行霍乱，管奥弗涅舞叫朱卡沙，不要认为你们这样做会大大地改变宇宙，你们永远都得爱女人。我相信你们摆脱不了。这些女妖精是我们的天使。对，爱情，女人，亲吻，你们蹦不出这个圈子，而我，我还盼着能钻进去呢。你们当中是否有人目睹金星升向天空，她是这一深渊里卖弄风情的女子。色里曼纳住在深海里，她抚慰着下方的一切，就像一个俯视着狂风怒涛的美女。海洋是一个狂暴的阿尔赛斯特。即使他正在嘀咕，只要维纳斯一出现，它马上满脸笑容，野兽立刻变得温顺了。我们大家也一样。发怒，喊叫，霹雳，怒火万丈。女人一登上舞台，仿佛升起了一颗星，大家立刻变得俯首帖耳。六个月前，马吕斯还在战斗之中，今天却在举行婚礼。干得好。不错，马吕斯，好，珂赛特，你们做得对。大胆地为了对方而活着吧，要极尽亲昵之能事，让那些无法这样做的人气得发疯，你们崇拜对方吧！你们用小巧的鸟喙去衔起地上的幸福草，想方法用它们构筑一个一生的安乐窝。啊，爱，被爱，这是年轻人才有的奇迹！你们别以为这是你们的发明创造。我也曾拥有过梦幻、幻想和叹息，我的心灵也曾浪漫过。爱神是一个六千岁的小孩，爱神有权利拖着白色的长胡子，玛士撒拉与丘比特相比只是个小孩。男与女相爱了六十个世纪了，这使一切问题都得到了解决，狡猾的魔鬼痛恨男子，而男子比他还狡猾，他去爱上女子。这样他获得的利益胜过魔鬼带给他的坏处。自从世界诞生之日起，这种巧妙的事就产生了。朋友们，这一创造已很陈腐了，但同时又很新颖。你们利用这个创造吧，目前，你们可以是达夫尼斯和克罗埃，以后你们再变成菲利门和波息斯。当你们彼此相处时，就应该不再需要任何东西，珂赛特应成为马吕斯的太阳，马吕斯则应充当珂赛特的世界。珂赛特，对于你来说，马吕斯的微笑就是你的晴朗天空；对于马吕斯来说，妻子的泪珠就是你的雨水，最好在你们的夫妻生活中永不下雨。宗教为你们的爱情祝福，你们得到了一支好签，是头彩，应认真保存，锁好，不要浪费，要相亲相爱，别的都可以不管。相信我的话吧，这才符合理智。而理智是不会骗人的。你们互相敬爱应达到敬神的程度，每个人都以自己的方式崇拜上帝。但是，热爱自己的妻子是信仰上帝的最好的方式。我的教规就是‘我爱你’，谁爱着，谁就是正教派。把神圣放入宴会和迷醉之间是亨利四世对神的亵渎。‘畜生’这句粗话的宗教我不信奉。因为这其中女人被忘记了。让我惊诧的是亨利四世的亵渎话竟会是这样的。朋友们，女人万岁，别人说我老了，我觉得我越活越年轻。我非常想去树林里听风笛，使我陶醉的是这两个孩子都是又美丽又快乐的。千真万确，我想结婚，如果有人同意嫁给我。如果上帝创造我们不是为了狂热地爱的话，很难想象还有别的原因。情话不断，精心装扮，当小可爱，做一个女人最喜爱的男人；从早到晚亲吻爱人，因为自己的爱妻而感到自豪，洋洋自得，显示而又自满；这正是生活的目的。这些就是——请不要见怪——我们那个时代，我年轻时的观点。我发誓！迷人的女子在那个时代太多了，漂亮的脸蛋，年轻的女郎！我让她们意乱情迷。因此互相爱恋吧！如果不谈恋爱，我不知道春天的作用在哪里；至于我，我请求上帝，把所有美好的，他曾拿给我们看的东西都收回去，珍藏起来，将花儿、鸟儿、美女重新放入他的宝盒。孩子们，请接受一个老人的祝福吧！”

这个晚上气氛既轻松愉快又亲切和谐。节日的基调由外祖父极为舒畅的心情确定下来，为了这将近百岁的热情，众人都努力行事，大家跳了一会儿舞，笑声不断；这是一个和谐的婚礼。真应该请“从前”这位老好先生光临。实际上，吉诺曼先生就是“从前”这位好好先生的化身。

欢腾热闹的场面过去后，已经安静下来了。

新婚夫妇则不见了。

吉诺曼的房屋午夜刚过就变得像庙宇一般。

我们就在这里停止吧。一个面带微笑的天使站在新婚之夜的房门前。将一根手指按在唇上。

心灵在这欢度爱情的圣地前面，不自禁地进入了冥思的境界。

微光肯定在房顶上闪耀。欢悦的光芒布满房屋，而且从墙上的石缝中渗透出来，轻轻划破了暗夜。这件命运注定的神圣的喜事，一定有一道圣洁的光芒射入太空。将男人和女人融合在一起的卓绝的熔炉是爱情，单个的人，三位一体，最终的人，普通人的三位一体由此产生。两个和合心灵的产生，定会使幽灵感动。情人是教士，感到惊慌的是被抢走的处女。上帝那儿也会有或多或少的欢乐光顾。只要是爱情的结合，就是真正崇高的姻缘。就具有理想的境界。在黑夜里有一块黎明的天空，那是一张新婚之夜的床，如果天空那些值得敬畏而又迷人的形象能被肉眼看到的话，我们就可以看清夜里那些长着翅膀的陌生人那些形体，那隐身的蓝颜色的旅行者，他们弓着身子，像黑影一般簇拥在一起的脑袋，在发着光的房顶的四周，他们很满意，为新婚夫妇祝福，互相指点着处女新娘，略微有点紧张，人间的幸福反映在他们圣洁的容颜上，当新婚夫妇处于至高无上的心醉神迷状态中时，以为身旁没有他人，但如果留神倾听，就会听到翅膀的纷乱的簌簌声。完美的幸福带来了天使们一致的关切。整个天空为这间黑暗的小卧室充当房顶。爱情融化了两个人的嘴唇，当为了创造而互相挨近时，在这个难以描述的接吻上空，广阔无边而神秘奥妙的星空，也会为之震颤。

除掉这一快乐外再没有其他欢乐，这是最真实而决不虚假的幸福。只有爱才会让人销魂蚀骨。除此以外，一切都是悲哀的。

爱和曾经爱过，这些足够了。没有必要再希求别的。在生活中那些黑暗的缝隙里并不能找到别的珍珠，只有爱这一幸福是完美的。

三、依依不舍

冉阿让后来怎样了呢？

奉珂赛特的亲热命令，冉阿让笑了。然后乘别人不注意，飞快地起身，走进了候客室，没有人注意这一点。

正是在这间屋子里，八个月以前，他满身泥污，血痕与尘土，把外孙送到了外祖父手中。

古老的木器上有着花叶的雕饰，以前放置马吕斯的长椅上坐着琴师。

巴斯克身穿黑色上衣、短裤、白色的袜子戴着白手套，在每一盘要上的菜四周放上玫瑰花环。冉阿让把自己吊着绷带的手臂指示给他看，请他代为解释早退的原因，然后就出去了。

冉阿让静静地站在黑暗中，饭厅闪亮的格子窗正对着大街，他站在窗下听着。嘈杂的声音从酒席上一直传到耳朵里，其中有外祖父那高昂的命令式的语调，小提琴的声音，杯盘的叮当声，欢声大笑，在这喧哗的欢乐中他能听出珂赛特那柔和而又快乐的声音。

他离开受难修女街，向着武人街走去。

路上，他依次走过圣路易街，圣卡特琳园地街，白衣商店等，这条路非常长，但三个月以来，他和珂赛特每天都走这条路从武人街到受难修女街，为的是躲开拥挤和老人堂街的泥泞。

正因为这是珂赛特走过的路，因此他抛开了其他任何路线。

冉阿让回到了家中。他点亮蜡烛，然后上楼。房间空荡荡的，杜桑也不在了。在房中走动时，冉阿让的脚步声比平常的响。全部的橱柜都大开着。他走进珂赛特的房间，床上的垫单已经没有了。只有一个既没有枕套也没有花边的细棉布的枕芯，搁在床头叠好的被套上，垫褥的麻布套子露了出来，再不会有人来睡了。珂赛特喜爱的一切女人用的小东西她都随身带走了，只有笨重的木器和四面墙还留着。杜桑的床也一样，光秃秃的，只有冉阿让的床是铺好的，似乎在等待他的归来。

冉阿让向墙上看了看，将几扇橱门关上从这间屋子走到那间屋子。

最后他回到自己房间，把蜡烛放在桌上。

他把右手上的吊带解开，他使用右手的时候看样子就好像右手从来没有受过伤似的。

他向床铺走去，不知是故意还是无意，他把目光停留在那些“难舍难分的东西”上面，这就是那只他从不离身的小箱子，珂赛特曾忌妒过的那只。六月四日当他来到武人街时，便把它放在床头的一张小圆桌上。他快步走向圆桌，从口袋里摸出一把钥匙，把小箱子打开。

慢慢地，他把十年以前珂赛特离开孟费郿时身上穿的衣服拿出来；首先是黑色的小衣服，然后是黑色的方围巾，然后是笨重的小童靴，珂赛特现在大概还穿得下，因为她的脚小巧玲珑。其次他又拿出厚厚的粗斜纹布紧身的上衣以及针织品的小裙子，又拿出有口袋的围裙，又拿出毛线袜。这双毛线袜还非常可爱的保持着小孩腿的形状，并不比冉阿让的手掌长。这些全是黑色的，是他带到孟费郿去给他穿的。他把它们取出来放到床上，他回想着，他回忆着，在那个冬季，一个严寒的十二月，她半裸的身体在破烂的衣服中发着抖，穿着木鞋的小脚冻得通红。是冉阿让，让她脱下了那身破衣烂衫，换上了孝服，当她的母亲在坟墓中看到女儿在替她戴孝，尤其是看到她穿着暖和的衣服时候是多么欣慰啊！他记起了孟费郿的森林，当时他和珂赛特一起穿越大森林，他想起了当时的天气状况，记起了那没有叶子的树，没有小鸟的树林，没有太阳的天空；虽然情况是这样，但一切依然那样可爱。他把小衣服在床上摆好，把围巾放在短裙的旁边，又把绒线袜放在靴子里，把内衣放在连衣裙的旁边，他一件一件地观看，她才只这么高，她怀抱着她的大玩具娃娃，她把她的金路易放在围裙口袋里，她欢声笑语，他们手拉着手向前走，在这世界上，她只有他一个人。

于是，他倒在床上，他那白发苍苍的头搁在床单上，他虽然一向镇静，但此刻这个老人的心碎了，他把头埋在珂赛特的衣服里，发出沉痛的哭声，如果这时有人从楼梯上经过就会听到这哭声。

四、“不死的肝脏”

我们曾见过的从前那种可怕的搏斗，如今又一次出现了。

雅各和天使只搏斗了一晚上。然而，多少次我们眼见冉阿让在黑暗中被自己的良心抓住，与它进行生死搏斗。

从来没听说过如此险恶的斗争！有的时候是失脚摔倒，有的时候是土地塌陷。多少次，这颗狂热追求正义的良心把他紧紧地抓住并制服！多少次，那无法躲避的真理把膝盖压上他的胸膛！多少次，光明将他打倒在地，他大声求饶！而主教在他身上和内心点燃的这一严格的光明之火，在他不希望看见时，却不顾一切地熊熊燃烧！多少次，在争斗中，他重新站起来，手扶着岩石，靠着诡辩，在灰尘中翻滚，有时良心被他压在身下，有时又被良心制服！多少次，在含糊其词，支支吾吾，在那为了私心杂念而为违背真理所做的似是而非的推论的背后，他听见良心在他耳边愤怒地呼叫：“阴谋者！不要脸！”多少次，在难以推卸的责任面前，他偏执的思想痉挛地来回辗转！违抗上帝，因悲痛而淌汗，有多少只有他自己才知道的依然在流血的暗伤！在他悲惨的生命中有过多少伤痛！有多少次，他受了致命的伤害，碰到了惨重的挫折，又重新站立起来，鲜血直流，这时他茅塞顿开，内心绝望之极，灵魂却重获平静！即使是失败了，他也觉得自己胜利了！良心使他四肢脱臼，使他受尽万般的苦楚，在筋断骨折之后，良心立在他的面前，令人敬畏，光芒四射，然而却神态宁静地对他说：“现在没事了，平安了。”

唉，经过这种痛苦的拼搏之后得来的平安是多么凄凉的一种平安啊！

这一夜，冉阿让知道他正在打最后一仗。

一个令人肝肠寸断的问题出现了。

命运并非笔直的大道，在命运已由上天注定的人面前，出现的并不是一条直路，既有绝路，也有死胡同，黑暗的拐角，让人心急如焚的多岔道的歧路。此刻，冉阿让正停留在一个最危险的岔道口上。

他到达了一个至关重要的善恶并行的交叉路口。这个隐含的交叉点就在他眼前。这次和以往一样，在痛苦的曲折之中，两条路在眼前展开，一条引诱着他，另一条惊吓着他，究竟走哪一条呢？

当我们凝目注视中，黑暗中有一条可怕的路，一个神秘的手指在指引着他。

又一次，冉阿让不得不在可怕的宁静港湾和诱人的险恶陷阱之间做出抉择。

听说灵魂是能痊愈的，而命运却不能。这是真的吗？命运无法更改，这是多么可怕的事！

问题是这样的：

冉阿让应对珂赛特和马吕斯的幸福采取什么样的态度？这一幸福的产生是他心甘情愿、一手造成的，是他费尽心机使之产生的，当这个成果出现时，他心中的满意正如一个铸剑师看见从自己胸口拔出的滴着鲜血的剑上有自己铸造的标记那样。

珂赛特拥有了马吕斯，马吕斯占据了珂赛特，他们要什么有什么，财富也不缺乏。这全是他创造出来。

但这个现在已成为事实，并摆在眼前的幸福让冉阿让应如何去面对呢？他应该强行进入这一幸福中去吗？是否应该把它看成是自己的私有物？珂赛特毫无疑问已属于另一个人！但他冉阿让还能维持和珂赛特之间一切能维持的关系吗？当一个和从前一样受到敬重但只能偶然见面的父亲还是理所当然地进入珂赛特家中吗？他能把过去的一切带入未来的日子中去而对此保持沉默吗？他是否有权利坐在这个明朗的家庭中并且戴着面具？他是否能面带微笑用他那苦难的双手来和孩子们纯洁的手相握呢？他能够把他那从法律意义上讲曾沾染过耻辱的双脚放在吉诺曼客厅中那安详的壁炉柴架上吗？他能就这样一言不发地与珂赛特和马吕斯共同分享幸福吗？他是否要加深自己头上的阴影并且使他们头上的乌云也加重？他打算将他的祸患渗入他们的幸福中去吗？还是接着瞒下去？一句话，他将作为一个阴森命运的哑巴呆在这两个幸运儿的身边吗？

我们必须首先对无数厄运习惯之后才能正视那些赤裸裸地呈现在我们眼前的可怕问题在这严峻的问号后面隐藏着善与恶。你将怎么处理？司芬克斯问道。

冉阿让双目一眨不眨地凝视着司芬克斯，他早已习惯了这些考验的来临。

他从不同的角度去思考这个残酷的问题。

使溺水者得救的木船是珂赛特，这个可爱的生命。怎么办？抓住它，还是放开它？

如果抓住它，他就可以摆脱苦难，重回阳光之中，使衣服和头发里的苦水流干净，这样他就得救了，他就能活下去了。

松开手吗？

迎接他的就是深渊。

在痛苦中，他和思想之间进行谈判，说得准确点，他在斗争；手脚并用，火气冲天，他的内心时而反对自己的意志，时而反对自己的信心。

对冉阿让来说，痛哭是一种幸福。这可能使他头脑清醒。但开始时相当强烈。一阵波浪在他内心像解脱了锁链的猛兽一样爆发出来，比过去把他推向阿拉斯时的波涛更加凶猛。过去回过头来和现在直面相对；在比较之后，他放声大哭，眼泪的闸门轰然打开，这个伤心失意的人哭得直不起腰来。

他觉得他没有了出路。

让人叹息的是，这种在私心杂念和责任感之间进行的猛烈拳击，使我们在无法消除的理想面前步步退却时，变得心绪杂乱。它顽强地抵抗着，使我们因为后退而恼怒，寸土必争，渴望找到逃避的可能，当我们正找寻出路时，我们背后忽然出现一堵墙，这是多么可怕的障碍！

他感觉到神圣的身影挡住了他的去路！

怎么也摆脱不掉那严厉的苍天！

因此，和良心之间的斗争永无休止之日。

死心吧，布鲁图斯！死心吧，卡托！为了上帝，良心是无底的深坑。为了良心，一生事业可以舍弃，家产可以舍弃，财富可以舍弃，成就可以舍弃，自由和国家也可以舍弃，舒服可以舍弃，安息可以舍弃，快乐可以舍弃。还有！还有！还有！倒空瓶子，把罐子侧过来，最后连自己的心也要舍弃！

真的有一个这样的深坑，存在于古老地狱的某一处烟雾之中。

如果在最后的关头拒绝舍弃，难道是不可原谅的吗？难道这个深坑有权利无休止地折磨人吗？漫长的锁链难道不是已经超过了人的忍受力了吗？如果西渚福斯和冉阿让说："受不了了！"难道有人会出言责备吗？

摩擦限制了物质的服从，那么，灵魂的服从难道是无限的吗？如果并不存在永恒的运转，要求永恒的忠诚是否合理？

第一步算不了什么，真正艰难的是最后一步。和珂赛特的婚姻及其后果相比，商马第事件算得了什么？即使是再度被捕和变得一贫如洗又算得什么？

啊，即将迈出的这一步是多么阴沉呀！接下来的一步又是多么黑暗啊！

这一次怎样才能不转过头去呢？

大凡殉难的人都具备一种高尚的品质，一种侵蚀性的高尚，这种磨难使人变得神圣。刚开始还能忍受，坐在烧红的铁质宝座上，头戴烧红的铁冠，手持烧红的铁地球，拿着烧红的权杖，而得披上燃烧的外衣，难道受苦受难的身体永远也不能反抗，永远也没有摆脱肉刑的时候吗？

最后，冉阿让在失望中平静下来。

他思考着，他默念着，他考虑着这个在光明和黑暗中来回起落的神秘天平。

要么让这两个有着光明前景的孩子来承担他的刑罚，要么他自己去承受那无可挽回的沉沦，要么，牺牲珂赛特，要么，牺牲他自己。

他的结论是什么？他的决定是什么？

面对这永恒的命运的审讯，他的内心将做出什么样的回答？他决定开哪一扇门？他决定将生命中的哪一边关掉并从此封闭起来？当处于悬崖绝壁的围困之时，他选择什么？他接受哪一条绝路？他对这些深渊中的哪一个点头认可？

整整一夜，他因为苦思而头昏脑涨。

一直到天明，他始终保持着同样的姿势，即：在床上，上身压在双膝上，像被沉重的命运所压倒一般，也许已被压垮了。他双拳紧握两臂前伸，保持直角，好像一个刚从十字架上取下来的人一样，脸挨着地被扔在那里。他整整呆了十二个小时，在这个寒冬腊月的漫长黑夜中的十二个小时里，他浑身冻得冰凉，但没抬一下头，没说一句话，一动也不动，就像一个死人一样，此时，他的思潮在地下翻滚蹦跳，时而像七头蛇，时而像鹰鹫。突然，他猛烈地颤抖起来，他的嘴贴在珂赛特的衣服上亲吻着，这时人们才发现他还活着。

谁？人？冉阿让不是一个人待着，并无他人在旁吗？

那是一个潜在的"人"。

第七卷 最后的苦涩

一、第七层环形天和第八层星宿天

婚礼的第二天十分安静，出于对幸福的人的尊重，大家让他们单独相处，也允许他们起得稍微晚一些。而来访以及贺喜的喧闹更晚一些才会出现。

二月十七日，中午刚刚过一点，当时巴斯克胳膊下夹着抹布和鸡毛掸，正忙忙碌碌地清扫他的候客室。这时，响起轻轻的敲门声，而不是按门铃，看来这位客人是很知趣的。巴斯克把门打开，门外站着割风先生。他带领他进入客厅，客厅里十分杂乱，是昨晚快乐节日后留下的战场。

“天哪，先生，”巴斯克看到客厅后说，“我们都起晚了。”

“你的主人起来了吗？”冉阿让问。

“先生的手好些了吗？”

“好些了。你的主人起来了吗？”

“哪一位？旧主人还是新主人？”

“彭眉胥先生。”

“男爵先生？”巴斯克直起身子问。

主要是在仆人看来，身为男爵有些东西是属于他们的；也就是哲学家们所说的沾头衔光的人，这正是他得意之处。马吕斯是一名共和国的战士，这一点已经证明了，而现在却和他的心愿相反，成了一名男爵，为了这个称号，家里曾发生过一次小小的革命；现在，吉诺曼先生在坚持这一点，而马吕斯反倒不在乎了。不过彭眉胥上校曾遗言说：“吾子应承袭吾之爵位。”马吕斯听从了。还有已成为主妇的珂赛特也很愿意做男爵夫人。

“男爵先生？”巴斯克重复道，“让我看看去，你去通报说割风先生来了。”

“不，别说是我。只说有人要求和他单独谈话，别说出我的姓名。”

“噢！”巴斯克说。

“我要给他个出乎意料。”

巴斯克又“啊”了一下，是对第一个“噢”的说明。

然后便走出去了。

冉阿让独自一个人留在客厅里。

刚才我们说过，这个客厅十分杂乱。如果你仔细去听的话还能隐隐约约地听到婚礼上的喧闹。各种各样从花环和头发上掉下来的花朵摆在地上。在水晶吊灯上，燃烧过头的蜡烛像蜡制的钟乳石一样挂着。所有的木器都离开了原来的地方。在几个角落里，几把靠近的椅子分别凑在一起，似乎有人在聊着天。看起来，整个场面是十分欢乐的。这已经逝去的节日，还遗留着某种美感。这一切都曾经是快乐的。在乱放的椅子上，在有些枯萎的花朵中，在熄灭灯光之后，大家都会想起欢乐。太阳光在吊灯的光芒消失后高高兴兴地进入了客厅。

几分钟过去了。冉阿让一动不动，依然呆立在巴斯克离去的地方。他脸色惨白，因为一夜无眠，他的眼睛深陷在眼眶之中，几乎看不见；黑色服装上出现了皱纹，呢子和床单摩擦后起的白毛沾在他的手肘上。冉阿让盯着地板上太阳光画出来的窗框看了又看。

门口传来声音，他抬头向门口看去。

进来的是马吕斯。他的头高高昂起，嘴角含笑，脸上闪烁着难以名状的光彩，春风满面，目光中饱含胜利的喜悦，原来他也是一夜没睡。

“是您呀，父亲！”一看见冉阿让，他便这样叫道，“那个傻瓜巴斯克还一脸神秘呢！您来得太早了！才刚十二点半，珂赛特还睡着呢。”

当马吕斯称割风为“父亲”时，其含义是“无上的幸福”，我们知道，他们中间一直存在着隔膜，冷淡和拘谨，存在着需要打碎的坚冰和应该融化的冰块。深深的陶醉使马吕斯主动消除了隔阂，融化了冰块，他已经和珂赛特一样将割风先生当作父亲来对待了。

他心中有说不完的话，这正表现出了他那圣洁的极乐状态，于是他接着说道：

“见到您太高兴了！您不知道，昨天您的离去使我们多么扫兴！早安，父亲。您的手怎样了？好点儿了，对吗？”

他对自己做出的回答十分满意，又接着说道：

“我们俩一直在谈论您。珂赛特非常爱您。这里还有您的房间呢，您别忘了这一点。我们已经不需要武人街了，真的，不再需要了。当初，您怎么会选择那样一条街去居住呢，那是一条有病的街，满脸愁容，丑陋不堪，还有一道栅栏横在街头，而且冷得要命，简直没法住。您住到这里来吧，今天就来。否则珂赛特会跟您算账的。她已经打算牵着我们的鼻子跟着她走，这一点我预先通知您。您的卧室您已经看过了，它紧挨着我们的房间，窗子对着花园，门上的锁已经让人修好了，床也铺好了，房间收拾得整整齐齐，您需要住进来就行了。在您的床前，有一张马德勒支丝绒的旧圈手椅，那是珂赛特放的，她对它说：‘你张开双臂迎接他。’每当春天到来就会有一只黄莺飞到您窗前的刺槐花丛中，再过两个月您就能见到它了，它的窝位于您的左边，而我们的窝则在您的右边。黄莺在左边歌唱，珂赛特则在白天欢声笑语。您的房间朝着正南方，您的书珂赛特会放在那里的，包括《库克将军旅行记》，还有旺古费写的另一本游记，以及您全部的家当。再就是一只您珍爱的小提箱，我们已经选了一个十分体面的角落留给它。我的外祖父十分赞赏您。您二位十分谈得拢，我们将共同生活在一起。您会玩惠斯持纸牌吗？如果您会的话，外祖父会更高兴的，在我去法院的日子里，您就带着珂赛特去散步，让她挽着您的胳膊，就像从前在卢森堡公园一样。我们决定一定要使日子过得完美幸福，而您也应该分享这一幸福，听见了吗？父亲？今天您就和我们一块吃早点吧？”

“先生，”冉阿让说，“我要告诉您一件事。过去，我曾经是一个苦役犯。”

对于思想和耳朵来说，耳朵所听到的尖声是有一个极限的，“我曾经是个苦役犯”这几个字从冉阿让的嘴巴里出来进入马吕斯的耳朵里时，已经超出了听力的极限。马吕斯没听见，他只觉得有人对他说了话，但他并不明白说的是什么，他呆住了。

这时他才注意到，和他说话的这个人表情可怕，他心情的激动使他直到此刻才发现冉阿让的面色惨白得吓人。

冉阿让解开右手上的包着的黑领带，将包手的布解掉，把大拇指露出来给马吕斯看。

“我手上根本没有伤痕。”他说。

马吕斯看了看他的大拇指。

“什么伤也没有。”冉阿让又说。

的确，手指上一点伤痕也不存在。

冉阿让接着说道：

“我不参加你们的婚礼比较合适，我尽量不出现，我装作受了伤的样子，为的是避免作假，避免婚书上出现无效的东西，避免我的签名。”

“那这是为什么呢？”马吕斯结结巴巴地问道。

冉阿让回答：“这是因为，我曾受罚服过苦役。”

“您几乎要让我疯掉了！”马吕斯惊骇地喊道。

“彭眉胥先生，”冉阿让说，“在苦役场我曾待过十九年，原因是盗窃。后来，我被判处无期徒刑，原因是偷盗以及重犯。目前，我还违反了放逐令。”

马吕斯企图躲避事实，他想否认这件事，想拒绝面对事实，但全都没有用。他被迫屈服了。他有点明白了，但又明白得过了头，这种情况下总是会发生这种事的，他觉得丑恶在他的心头一闪而过，一个让他发抖的念头在他头脑中擦过。他隐隐约约看到了他未来糟糕的命运。

“把全部的情况说出来！把一切都说出来！”他嚷着，“您是珂赛特的父亲！”

说着，他后退了两步，脸上现出难以形容的厌恶。

冉阿让抬起了头，他的神情是如此的自尊，以至于他似乎高大得快顶到了天花板。

“您得相信，先生，虽然法律不承认我们这种人的誓言……”

他停止了一下，然后用一种至高无上的、阴沉的充满威严的口气说了下去，声音缓慢，尽量说清每一个字，强调每一个音节：

“……您必须信任我。我，珂赛特的父亲，当着上帝的面发誓，彭眉胥先生，我不是的。我是一个法维洛勒的农民。我是靠修剪树枝来维持生活的。我叫冉阿让，而不是叫割风，我与珂赛特之间毫无关系，您放心吧。”

马吕斯含含糊糊地说：

“谁可以证明这一点？……”

“我，既然我是这样说的。”

马吕斯望着这个表情沉痛但心态平静的人，如此平静的人说的不会是谎话，冰凉的东西往往是真诚的，这坟墓般的寒冷中包含着真实的东西。

“我信任您。”马吕斯说。

冉阿让点点头说明知道了。他接着说道：

“我跟珂赛特有什么关系？仅仅是一个过路人而已。十年以前，我还不知道她的存在。我心疼她，这是真的。自己老了，看着一个孩子从小到大地成长，肯定会爱她的。我觉得，您可以这样去理解，我还有着一颗和心一样的东西。她是个无父无母的孤儿，她需要我，这就是我为什么爱她的原因。孩子太弱小了，任何一个人，即使是我这样一个人，也会去做她的护卫者。对珂赛特，我尽到了保护人的职责，我并没有认为这一点小事真的可以当善事来看待，但如果这是善事，就算我做了吧。这件可以减轻我罪过的事请您记下来。现在，珂赛特已经走出了我的生活，我们各走各的了。从今以后我和她之间再没有任何关系了。她是彭眉胥夫人。她已换了靠山。这种改变对她是有好处的。一切都很顺心。至于那六十万法郎，即使您不提，我也会想到的，那是别人托我存放的钱，那笔钱为什么会在我的手中？这一点关系不大，我已将这笔钱还给了主人。别人无权向我提出更高的要求。我交还这笔款项并讲出我的真实姓名。这是我的事，我本人希望您了解我的身份。”

说完，冉阿让坦然注视着马吕斯。

马吕斯此时心头如一团乱麻，茫然不知所措。他心中的滔天大浪是由命运中的狂风吹起来的。

我们生命中都曾有这类内心混乱之极的时刻出现。这时，我们脱口而出的是首先出现在头脑里的话。这些话有些并不该说。我们难以承受那些突然露出真相的事情，它像毒酒一般，使人昏迷，新出现情况使马吕斯惊慌之极，不知所措，他的话甚至像责备别人不应该泄露真情。

“您为什么要把这些告诉我？”他喊道。“是什么东西强迫你说出来？你完全可以将秘密保存在心中。您既没有被告发，也没有人跟踪您，也没有人追捕您，你之所以要泄露这件事一定出于某种原因，说出来。还有别的事，您为什么要承认这件事？有什么理由？”

“理由？”冉阿让回答时声音如此地低沉、弱小，几乎不像是在对马吕斯说，而是在自言自语一般。“是的，是什么原因促使这个苦役犯说出‘我是一个苦役犯？’是啊，这个原因十分奇特，我是为了诚实。您看，最让人痛苦的是我的心被一根线牵着。尤其在人到老年的时候，这些线就变得极为坚实，生命中其他的一切都可以消灭掉，而这些线却都坚不可摧。如果我能将这根线扯掉，将它拽断，解开，或剪掉疙瘩，走得远远的，我就可以得救，只要离开一切就都解决了。在布洛亚街就有公共马车，我走掉，你们就幸福了。我也曾想办法拉断这根线，我使劲抽着，但它却牢不可断，我的心都快被拔出来了。于是我说：‘只有不离开这里我才能活下去，只有留在这里我才有命。’就是这样，真的，您的话有道理，我很蠢，为什么不简单地留在这里？您在您的家里给我分了一间房间，彭眉胥夫人非常爱我，她对那只沙发说：‘张开双臂迎接他’，您的外祖父非常盼望我来陪伴他，他和我相处融洽，我们共同住在一起，在一张桌子上吃饭，珂赛特挽着我的手臂，……彭眉胥夫人，请原谅，我叫习惯了。我们住在同一个天花板下面，在一张桌子上吃饭，围着同一个炉火，冬天我们在炉边取暖，夏天出去散心，这一切是多么快乐，多么幸福，这些就是全部。我们像一家人一样住在一起，一家人！”

说到这几个字时，冉阿让表现出一副怕见人的样子，他将双臂抱在胸前，眼睛望着脚边的地板，似乎要挖一个洞，忽然他又说起话来：

“一家人！不可能！我没有家，我，我不属于你们家。我不是人类家庭的成员。在家庭生活中我是个多余人，世界上家庭很多，但没有一个是我的。我是一个不幸的，到处漂泊的人。我是否曾经有过父母？我对这一点几乎也产生了怀疑。从我把这孩子嫁出去的那一天起，一切都结束了。我看到她很幸福，并且和她所爱的人待在一起，这里有一个和蔼的老人，有一对天使生活在一起，幸福快乐，万事如意，于是我告诉自己：‘你，可千万别进去！’我可以撒谎，当然，隐瞒你们所有的人，仍旧当割风先生。若是为了她，我可以撒谎。但现在为的是我自己，我不能这样做。是的，只要我不开口，一切照旧，你问我是什么理由强迫我泄露真相？一个奇特的原因，那就是我的良心。不说出事实其实十分容易。我一整夜都在说服自己，您说我吐露机密，而我来告诉您的事是多么地不同凡响，的确，您有权让我说出来。真的，我曾经一整夜为自己寻找原因，我也找到了很充分的理由，我已尽了我最大的努力。但有两件事我办不到：我不但没有把拽着我、盯着我、封着我的心的线切断，而且也不能在我一个人独处时，让那对我轻轻讲话的人闭嘴，因此，现在我来向您承认一切。或者说，差不多是一切。还有一些关系不大的，只和我个人相关的，我便保留了下来。您已经得知了主要的部分，我已经把我的秘密告诉了您，我在您面前说出了我的机密，这个决心并不容易下。我为此整整斗争了一夜。您以为我不曾告诉自己说，这并不是商马第事件，将我的姓名隐藏起来，对别人并无损伤。并且割风先生为了报答我的恩情而将“割风”这个名字亲自送给我的，我完全有权利保留它。我在您给我的房间里可以愉快地生活，我不会妨碍别人，我会留在我自己的角落里，珂赛特是您的，我感觉到我和她也同在一所房子里。每个人都拥有自己的合适的幸福，接着当我的割风先生，这样的话，一切都不成问题了。是的，除了我的良心，其他的一切我都感到快乐，但我心灵深处是黑乎乎的。这样的幸福还有所欠缺，必须自己满足才行。我如果依然当割风先生，我的真面目就遮掩起来了，但当你们兴高采烈的时候，我心里却有一件不明不白的事，你们是堂堂正正的，而我却是黑暗模糊的，如果这样，就等于是在没有任何提醒的前提下我直接在你们家中放入了徒刑监狱，当我和你们一起坐在桌边时，我却在心中暗想，一旦你们知道了我的身份，你们会把我赶出大门，我接受仆从的侍候，如果他们知道了，一定会喊着：‘这太可怕了！’我用手肘碰着您，而您有权利拒绝这样，我可以通过欺骗来和你们握手！令人尊敬的白发老人和让人鄙弃的白发老人在你们的家中共同分享着敬爱，当你们最亲近的时候，每个人都以为对方的心是完全敞开的！当我们四个人在一起的时候，却有一个陌生人处在您的外祖父、你们俩和我之中！我虽然和你们生活在一起，心中琢磨的却是是否应将我心中那怕人的井盖揭开：我这样做是将我这个死人强加在你们这些活人身上，我将被判决终身过着这样的日子！难道你不为此发抖吗？我在人群当中被压在最底下，因而我也是一个最凶恶的人。而我将每天都犯这样的罪行！也将每天重复这一欺骗！我不得不天天将这个黑暗的面具戴在脸上，而你们则每天都会负担我的一部分耻辱，瞒藏难道不是过错吗？保持沉默难道是容易的吗？不，没有那样简单。我的假话，我的虚假的行为，我的不正确的地位，我的无聊，背叛和罪恶，我得一点一点地吞进肚子里。吞了又吐，半夜时分吞咽完毕，中午再一次开始，我说早安时是在欺骗，我说晚安时也是在骗人，我在欺骗行为上睡觉，我吃面包时将谎言也吃下去，我面对着珂赛特时，以囚犯的微笑去答复那天使的微笑。那我将是一个万恶不赦的骗子！目的是什么？为了得到幸福，为了自己的幸福！我难道有得到幸福的权利吗？我是一个置身于生活之外的人啊，先生。”

冉阿让停了下来。马吕斯则听着，这种连续的思想和伤悲是不能打断的。冉阿让将声音放得更低一些，他的声音已不能说得低沉，而是死气沉沉：

“您问我是什么原因让我说出来？既没有人告发我，也没有人跟踪我，也没有人追捕我。但，我的确被人告发了！的确有人跟踪和追捕我。谁？我自己！我自己挡住了我自己的路。我自己拖住我自己，我把自己向前推，我自己逮捕我自己。我自己执行这一切。当一个人被自己抓住时，那是真的抓住了。”

说着他一把揪住自己的衣服向马吕斯靠近，继续说道：“您看看这个拳头，它抓住这领子时是不准备放掉的，您看不出来吗？而良心则完全是另外一种拳头啊！如果想生活得幸福，先生，那就应该永远不懂得职责。因为一旦懂得，它的铁面无私就会因为你的懂得而惩罚你，不，是酬答。他把你扔进地狱里，你会觉得上帝就在你身边。一旦那种剖腹挖心的惩罚快要结束，自己与自己也就相处融洽了。”

他用沉痛而强调的语气接着说道：

“彭眉胥先生，这和常情不相符，我是一个诚实的人。我要抬高我在自己眼里的地位，因此只能在您面前贬低自己。我以前也遇到这类的事，但不如这次沉痛，那算不了什么。是的，一个诚实的人。如果出于我的错误，您依然尊敬我，那我就不算诚实；如今您瞧不起我，我才是诚实的。命中注定，我能得到的只是依靠欺骗换来的尊重，这使我觉得自卑并增加了内疚的感觉，如果我要自尊，就必须接受别的鄙夷。我要想重新站起来，只有这一条路。我是个从不违背良心的苦役犯。这一点难以让人相信，这我知道。但是我有什么办法呢？事实如此。我对自己许下诺言，我就会实践它们。某些相遇使我们凑在了一起，某些偶发事件使我们负责任，您看，彭眉胥先生，我生命中遇到的事可真不少。”

冉阿让又停了下来，用力吞下口水，似乎他的话语中有着某种苦涩，他又接着说下去。

“当一个人身上发生了这样怕人的事情时，他没有权利瞒着别人，从而让别人与他一起担当灾祸，他没有权利使别人也传染上瘟疫，没有权利使别人在毫不知情的情况下顺着他的绝壁向下滑。无权用自己的红帽子去连累别人，没有权利悄悄地把自己的痛苦变成别人的幸福的累赘。一个生着看不见的疽痈的人走近健康人，偷偷用疽痈去碰他，这是多么卑鄙的行为！割风尽管把他的姓名送给我，但我没有权力使用，他可以送出，但我不能占用。名字是本人的代表。您看，先生，我动了脑筋，我念过一点书，虽然我只是一个农民，但大道理我还是知道的。您看，我的措辞还算合适。我对自己进行自我教育。是啊，骗用一个名字，占为己有，这是不道德的，像钱包或怀表一样，字母也可以被偷走。签一个有效的假名字，做一个有效的假钥匙，撬开诚实大门上的锁进入他的家中，你就永远抬不起头来，永远得斜着眼偷瞧，心里真正感到羞耻，不行！不可以！不可以！不可以！我宁愿受苦，流血，痛苦，用指甲撕下肉上的皮肤，在痛苦中整夜整夜地打着滚，折磨自己的心灵。这，正是我来向您说出这一切的原因正如您所说，我情愿这样做。”

他艰难地喘着气，吐出了最后一句话：

“从前，为了活命，我偷了一块面包，现在，为了活命，我不盗窃名字。”

“为了活命！”马吕斯插了一句，“您不再需要这个名字了，为了活命？”

“啊，我明白我自己的意思了。”冉阿让几次缓慢地抬起头来，又低垂下去。

一段时间的沉默。两个人都不开口，都深入到了各自思想的深处。马吕斯在桌边坐下，弯着一根手指托住嘴角，冉阿让则来回走着，在一面镜子前停了下来，他看着镜子但却没有瞧见自己，像是在回答内心的推测一般，他说：

“直到现在我才松了一口气！”

他又开始踱步，走到客厅的另一头，扭过头来，他发现马吕斯正注视着他走路，于是他用一种难以描述的语气对他说：

“我走路时脚步有点拖拉，现在，您知道这是什么原因了。”

然后，他正面对着马吕斯说：

“先生，现在请您想象一下，我依旧叫割风先生，在您家中住下去，我是您家里的人，我住在我的卧室里，每天早晨我穿着拖鞋来吃早点，晚上，我们三个人去看戏，我陪着彭眉胥夫人一起到杜伊勒宫和王宫广场去散心，我们待在一起，你们以为我和你们一样；有一天，大家都在的时候，正在谈笑风生，忽然，你们听到一个声音叫着：‘冉阿让！’从黑暗中伸出一只可怕的警察的手，猛然一下将我的假面具撕掉了！”

他又一次沉默了；马吕斯发着抖站了起来，冉阿让又说：

“您感觉如何？”

马吕斯用无言来回答。

冉阿让继续说道：

“您看，我不保持沉默是正确的！继续好好地过你们的幸福日子吧！就像生活在天宫里一样，做一个天使的天使，在明朗的阳光中生活，请对此感到满意吧，一个可怜的受苦人是如何向您坦白并且尽他的职责，这一点您就不必在意了。您面前站着的是一个悲惨的人，先生。”

马吕斯在客厅里慢慢地走过去，当他走到冉阿让身边时，向他伸出了手。

但马吕斯不得不去握那只并未向他伸出的手，冉阿让任凭他握，马吕斯觉得自己握的似乎是一只大理石的手。

“我外祖父有一些朋友，”马吕斯说，“我会想办法让您得到赦免。”

“没有用的。”冉阿让回答，“别人都以为我已经死掉、这足够了。死人不会再被监视。在别人眼里他们正在安静地腐烂，死亡，就相当于赦免。”

接着，他收回那只马吕斯握着的手，用一种严峻的自尊语气补充道：

“另外，尽我的责任，它就是我应该请求帮助的朋友，我只需要我自己良心的赦免，这是唯一必需的。”

这时，客厅那一头的门慢慢地被打开了，从半开的门里露出了珂赛特的头。只看得见她可爱的脸，蓬松的头发，非常好看，睡意还留在眼皮上。她像小鸟将头伸出鸟巢似的探了探头，先看看她的丈夫，又看了看冉阿让，她脸上的笑就像是玫瑰花心里的一个微笑，她大声对他们说：

"我敢打赌，你们在谈政治，为什么不和我在一起？太傻了！"

冉阿让打了个寒噤。

"珂赛特！……"马吕斯结结巴巴。然后便停住了，他们俩人就像是有罪一样。

珂赛特，继续高高兴兴地轮流看他们俩人。天堂的欢乐在她的眼睛里闪烁。

"你们被我当场抓获了，"珂赛特说，"刚才我在门外听见我父亲割风说：'良心……尽他的天职……'这是政治呀！我不喜欢听，第二天就谈政治，既不公正也不应该。"

"珂赛特，你错了，"马吕斯说，"我们谈的是生意，我们在谈你的六十万法郎存在哪里最合适……"

"还有其他的，"珂赛特打断他的话，"我来了，你们欢迎吗？"

她干脆走进门，进入客厅。她身穿一件白色宽袖百褶晨衣，从脖子一直垂到脚跟在那种天上金光闪耀的古老的哥特式的油画里，常常出现这种美丽的宽大衣服，里面可以放进一个天使。

她在一面大穿衣镜前停下，注视着自己的全身上下，然后，突然用难以形容的饱含喜悦的声音喊道：

"从前有一个国王和一个王后。啊，我太高兴了！"

说完，她对着马吕斯和冉阿让行了一个屈膝礼，说道：

"就这样吧，我来坐在你们身边的沙发上，再过半小时就该吃早饭了，你们尽管说你们的，我知道男人们总是有话要说，我会乖乖地等着。"

马吕斯亲热地挽着她的手臂说：

"我们在谈生意。"

"想起来了，"珂赛特说，"刚才我打开窗户，花园里来了许多小丑。都是些不带面具的小鸟，今天是斋期的头一天，可小鸟并不吃斋。"

"我说了我们在谈生意，我亲爱的珂赛特，快去吧，我们再谈一会儿，我们在谈数字，你会觉得厌烦的。"

"你今天的领结打得很漂亮，马吕斯。你可真俏皮，大人。不，我不会厌烦。"

"你肯定会的。"

"不会。因为是你们在谈话，我虽然听不懂，但我只要能听着你们说话，听着心爱的人的声音，至于说的是什么就用不着去了解了。我的要求仅仅是和你们在一起。不管怎样，我要和你们待在一起。"

"你是我亲爱的珂赛特！但这件事不可以。"

"不可以！"

"对。"

"好吧。"珂赛特说，"我本来要告诉你们新闻的。我本想告诉你们，外祖父还没醒，姨妈去教堂了，我父亲割风房间里，烟囱在冒着烟，妮珂莱特找来了修理烟囱的人，杜桑和妮珂莱特吵架了，妮珂莱特嘲笑杜桑是结巴。可你们什么也不晓得。啊，这不可以？我也一样，轮到我了，你看，先生，我也会说：'不可以。'看看是谁上了当？求求你了，我亲爱的马吕斯，让我和你俩在一起吧。"

“我们必须单独谈话，我可以发誓。”
“那么，请问，难道我是一个外人吗？”
冉阿让不说话。
珂赛特转而面向他。
“首先，父亲，您，我要求您吻我，您干吗站在这儿不说一句话，不帮我说话？这样一个父亲是谁给我的？您看到了，在家中我很痛苦，我的丈夫打我，来，立刻吻我一下。”
冉阿让走近她。
珂赛特转向马吕斯：
“你，给你一个鬼脸。”
冉阿让又向她走近一步。
珂赛特向后退。
“父亲，您脸色苍白，您的手臂是不是很疼？”
“手已经痊愈了。”
“您没睡好是不是？”
“不是。”
“您心里闷得慌？”
“不是。”
“那么吻我一下吧，要是您身体很好，睡得香，心情愉快，我就不责怪您。”
她又一次把额头凑向他。
冉阿让吻了一下这闪耀着天堂光彩的额头。
“笑一笑。”
冉阿让听从了。一个像幽灵般的微笑。
“现在和我一起对抗我的丈夫吧。”
“珂赛特……”马吕斯说。
“做出生气的样子，父亲，让他知道我一定要留下来。你们可以随便在我面前讲话。难道你们会以为我傻成这个样子。难道你们的谈话惊人到这种地步！生意，把钱存到银行里，这没什么了不起，男人们总爱故弄玄虚。我就要留在这儿。看我一眼，马吕斯，今天早晨我很漂亮。”
她可爱的耸耸肩，装出一副赌气的模样看着马吕斯，那样子说不出的迷人。俩人之间仿佛闪过一朵电花，即使旁边有人，他们也顾不得了。
“我爱你！”马吕斯说。
“我崇拜你！”珂赛特说。
两个人情不自禁地拥抱在一起。
“现在，”珂赛特一边摆弄着晨衣的一个褶皱，一边胜利地噘着嘴说，“我留在这儿。”
“还是不行，”马吕斯用恳求的语气说：“我们还有事情没讲完。”
“还是不可以？”
马吕斯严肃地回答：
“真的，珂赛特，确实不行。”

"啊，您用男子汉大丈夫的口气说话，先生，好吧，我走。您，父亲，您也不帮着我，我的丈夫先生，我的爸爸先生，你们都是专制者，我去告诉外祖父。如果你们以为过一阵儿我会向你们低头，那你们就想错了。我有我的自尊心，我等着你们，我一离开你们就会感到烦闷，这一点你们很快会发现的。我走了，活该！"

她说完就出去了。

两秒钟后，门又开了。两扇门中间再一次出现她鲜艳美丽的脸，她大声对他们说：

"我很生气！"

门关上了。黑暗再次出现。

这就像一道出乎意料的、迷路的阳光，突然间穿透了暗夜。

马吕斯走过去查看了一下，门的确是关上的了。

"可怜的珂赛特！"他低声说，"如果她知道这件事……"

一听这句话，冉阿让立刻颤抖起来，他六神无主地盯着马吕斯。

"珂赛特！啊，对了，您会把这件事告诉珂赛特的，这是当然的。我还没有考虑过这件事，一个人有勇气做某件事，却没有勇气去做另一件事。我求您，我哀求您，先生，请用最神圣的诺言答应我，不要让她知道。您已经知道了，这还不够吗？我自己说出这件事，没有受任何人的胁迫，我可以对所有的人说，对全世界说，我都不在乎，但她，她完全不懂得这件事的性质，这会吓着她的，什么？一个苦役犯，别人就不得不向她解释：'这是一个在苦役场服刑的人。'有一次，她曾看见过一些戴着镣铐的囚犯，啊，上帝呀！"

他倒在一张沙发上，双手捂住脸，别人听不见他的声音，但通过他肩膀的抖动，能发现他在哭。那是无声的，沉痛的泪。

他因为啜泣而窒息，他痉挛着，向后倒在椅子背上，想喘口气，他双臂下垂，满脸泪痕，马吕斯听见他用低沉的发自深渊一般的声音说"噢，我真不想活了！"

"放心，"马吕斯说，"我会保守秘密的。"

马吕斯的感受大概并没有达到应有的深度，但从一个小时前开始，他不得不承受这件突如其来的骇人的事，同时，在他的眼前，一个苦役犯渐渐地与割风先生合二为一，悲凉的事实一点一滴地感染着他，形势的转变也使他渐渐地明白了他和这个人之间正在产生某种距离，他补充道：

"我不得不向您提出，至于您十分诚恳地转交给我们那笔钱，这个行为十分光明正大，您应该得到感谢，您说一个数字吧，一定让您得到满足，不要顾虑数字提得太高。

"谢谢，先生。"冉阿让温和地说。

他思考了一会儿，机械地把食指放到大拇指的指甲上，放大嗓门说：

"差不多都办完了，只剩下最后的事情……"

"什么事？"

冉阿让十分踌躇，几乎是有气无力，含含糊糊地说：

"您已经知道了，先生，您是主人，您是不是觉得我不应该再见珂赛特了？"

“我认为最好不要再见。”马吕斯冷冷地答道。

“我再也不能见她了。”冉阿让低声地说

于是，他向门口走去。

他把手搁在门把手上，拧开了闩，门已打开了一半，冉阿让让门开到能通过一个人的程度，又停了下来，然后把门关上，转身面对马吕斯。

他的脸色已不再是苍白的，而是如土一样呈现青灰色，眼睛里已经没有了眼泪，但有一种悲惨的火光。他的声音显得极为镇定：

“可是，先生，”他说，“如果您能容许，我想看看她，我的确非常希望见她。如果不是为了见到珂赛特的话，我不会向您说出这一切，而且我会离开这里。但只因为想留在珂赛特待的地方，为了能继续见到她，我才坦白地把一切向您说清楚。您知道我的想法，是不是？这件事是可以理解的，您想，她和我在一起已经九年多了。刚开始时，我们住在大路旁的破房子里，后来住在修道院，再后来又在卢森堡公园旁边住。在那里，您第一次看见了她。您一定还记得她那顶蓝毛绒帽子。后来我们又到残废军人院区去住，那儿有一个铁栅栏和一个花园，在卜吕梅街。我在后院住，在那儿我可以听见她弹钢琴的声音。我的生活就是这样，我们从未分开过。这样的日子持续了九年零几个月。我相当于她的父亲，她则等于是我的孩子。彭眉胥先生，我不知道您能否理解这一切，现在让我离开，再也见不到她，不能再跟她说话，什么也没有了。这实在困难极了。如果没有什么不合适的话，请允许我偶尔来看望珂赛特吧，我不会总是来，也不会停留很长时间，您跟别人交代一下，允许我在下面一楼的小屋子里坐一会儿。我从仆人走的后门进来也没问题，但这会让别人感到惊异。我想走大家走的后门比较好。真的，先生，我想见珂赛特。可以按您的愿望将次数减到最少。将心比心，请您替我想一想吧，我只剩下这一点了。此外，还应注意的是，如果我再也不来了，也会导致不良后果，因为别人会觉得奇怪。因此，我能做的就是在晚上，黄昏的时候来。”

“每晚来吧，珂赛特会等着您。”马吕斯说。

“先生，您是个好人。”冉阿让说。

马吕斯对冉阿让鞠了一躬，失望被幸福送出了大门，两个人分了手。

二、疑　点

马吕斯心中纷乱如丝。

为什么他一直很讨厌珂赛特身边的这个人，如今他找到了答案，依据本能，他觉察到这个人身上有一种说不清的谜。而这个谜，则是最深的耻辱——苦役。割风先生正是苦役犯冉阿让。

他的幸福生活里忽然出现这样一件事，就像一只蝎子出现在斑鸠的巢中。

从此，马吕斯和珂赛特的幸福是否就得和这个人息息相关？这是不是一个难以改变的事实？将这个人视为已缔结婚姻的组成部分来接纳？难道再没有别的办法了？

马吕斯娶珂赛特时难道也娶了这个苦役犯？

尽管头上戴着光明和快乐的皇冠，尽管正享受着一生中黄金时刻中的美满爱情，哪怕是一个正快乐得出奇的天使，或者是一个在光荣里被神化的人，一旦遇到这类打击，也会被迫发抖的。

马吕斯自己询问着自己，这是不是由自己造成的？这是一个当突如其来的、完全的改变发生时，常常会有的状况。他是不是一个没有预见的人？他是不是太草率？他是不是在无意中办了冒失的事情？或许有一点。他是不是不够谨慎，还没全面了解周围的情况，就一下子钻进了这个以和珂赛特结婚为结尾的爱情故事之中？他发觉，经过一连串的自我分析之后，我们正被生活一点一滴地矫正着；他发现，在他的个性中有着幻想和妄测的特点，很多特质中包含着内在的烟雾，这是他的特征。一旦达到恋爱和痛苦的极端，它就扩大了，心灵和温度改变了，烟雾笼罩了整个身体，留给他的只是一个模糊的意识。我们曾不止一次地指出过马吕斯性格中这种特别的成分。他回忆起当他在卜吕梅街沉迷于爱情时，在那令人迷醉如梦的六七个星期里，他居然一次也没有向珂赛特问起过戈尔博破屋中那谜一般的悲剧，在斗争中，受害人奇怪地保持沉默，后来又逃走了。他怎么会丝毫没向珂赛特提到？而这只不过发生在不久之前，而且还那样的怕人！怎么他居然都没有向珂赛特提到德纳第的名字，尤其是在碰见爱潘妮的那一天？现在他对他当时的那种沉默完全无法理解。其实他察觉到了。他记起当时他晕头涨脑，他因为珂赛特而感到心醉神迷，一切都淹没在爱情里，双方都陶醉在理想境界中，当然，在这浓烈而又醉人的心境中，可能还有一丝难以察觉的理性混了进来，有一个朦胧的、隐约的本能，试图把他害怕接触的这一骇人的事件隐藏起来，他不希望在其中担任任何角色，他想从这件事逃开，既是这件事的叙述者或证明人，而又不担任揭发人，这实际上是不可能的。再加上几个星期转眼即逝，除了互相爱恋以外，什么事也做不了。最后他将全部情况权衡了一下，在多次的检查思考之后，他不知道当时即使他让珂赛特知道戈尔博的埋伏案，并向他提到德纳第的名字，后果又会怎么样呢？即使他早已得知冉阿让是个苦役犯，情况会跟现在不同吗？自己会发生变化吗？珂赛特会改变吗？他会后退吗？他对珂赛特的爱会减少一点吗？他会不娶她吗？不会。目前的既成事实会有丝毫的变化吗？不会。所以，没有任何值得后悔的，没有任何值得自责的。一切都不错。有一个上帝在护佑着这些被称为情人的陶醉者们，马吕斯在盲目的状态里走了一条即使他清醒时也会走的路。爱情蒙住他的双眼后将他带向何处呢？带进了天国。

但天堂之侧却有地狱相伴，情况因此而复杂化了。

以前马吕斯心中已有的对这变成了冉阿让的割风的反感，如今又掺进了厌恶之情。

而在这厌恶中，可以说，也夹着一点同情甚至还包含着惊讶之情。

这个盗贼，这个囚犯，居然将一笔钱奉还。这笔钱是什么样？六十万法郎。这笔钱的秘密只有他一个人知道，他原本可以据为己有，但他却全部奉还。

另外，他还主动坦白了他的身份，没有任何东西来强迫他吐露。如果有人了解了他的底细，原因也在于他本人。他承认了，不仅要忍受羞耻，还有为可能到来的灾祸做准备。一个面具不仅仅是一个面具，还是一个避风港，对一个判了刑的人来说的确如此。他丢弃了这个避风港。一个假的姓名等价于安全，但他却拒绝接受它。作为一个苦役犯，他完全可以永远藏在一个清白的家庭中，但他抵制住了这一诱惑。动机是什么？是由于良心的不安。这一点他自己已用无法压制的真诚语气说明白了。总之，不论冉阿让是个什么样的人，他对良心有所发现这一点是肯定的。一种不知什么样的神秘的要求重新做人的渴望在他心中出现。而且，从一切迹象看来，良心的不安在很早以前就已支配了这个人。庸俗的人是不可能拥有这种极其善良和极端公正的心灵的。良心的觉醒代表着灵魂的伟大。

冉阿让是个诚实的人。这是一种确实看得见，摸得着，不可怀疑的诚实，这一点单凭他付出的痛苦代价就可以得到证实。没有必要进行任何查问，这个人说的一切可以完全相信。这样，对马吕斯来说，位置奇怪地倒置了。割风先生给人的感觉是什么？怀疑。而冉阿让让人产生什么感觉呢？信任。

经过苦苦的思索，马吕斯对冉阿让做了一份总结，调查了他的功过，他想办法使之得到平衡。但这一切就像发生在暴风雨中一样。马吕斯试图对这个人有一个清晰的观点，可以说他一直深入到了冉阿让的精神深处，然后又在烟雾濛濛之中，在厄运迷漫之中，再一次找到了失去的线索。

他诚实地归还了钱款，坦白地承认自己的罪过，这都是好的。这仿佛是满天阴云中出现的片刻清朗，接着乌云又变得黑暗了。

虽然马吕斯的回忆十分杂乱，但依然保留了一些朦胧的印象。

容德雷特破屋中的那一次经历到底是怎么回事？为什么警察来了，这个人不但不告状，反而逃走了。现在马吕斯明白了，原来这个人是个在逃的惯犯。

另一个问题是：为什么这个人会出现在街垒之中？马吕斯已清晰地回忆起了过去的这件事，现在，当他处于激动的情绪之中时，这件事就像靠近火焰的隐形墨水一样，重新显出了字迹。这个人曾经来到街垒之中，但却没有加入斗争之中。他来干什么？对这个问题做出回答的，是一个鬼魂：沙威。当时，冉阿让那充满愁苦的影子把捆着的沙威拖出了街垒，这一点马吕斯完全记得。蒙德都巷子拐角后面可怕的手枪声还在他耳边回响。这个奸细和犯人之前很可能有愁恨，一个阻碍了另一个。冉阿让到街垒里是复仇去的，他来得比较晚。他大概知道沙威被囚禁了。科西嘉岛式的复仇深入到社会的底层。成了他们的法律；即使是那些心已一半向善的人对这种复仇也不会感到惊诧，可见其平凡之极。一个已开始悔过的犯人，对于盗窃良心已产生不安，而对于复仇则觉得不算什么，他们的心就是这个样。冉阿让将沙威杀死了，至少看起来这件事是这样的。

最后还有一个问题，但这个问题难以回答。马吕斯觉得这个问题像一把钳子：冉阿让为什么会这么长时间地和珂赛特一起生活？上天开的是什么样的可悲玩笑，使这个孩子接触这样的一个人？难道上界也存在着双人链，上帝也喜欢将天使和魔鬼放置一处？难道在神秘的苦难监狱中一个罪人和一个纯真的孩子可以互相做伴？难道在那被当作人类命运的判刑人的队伍里，两个额头，一个天真，一个怕人，可以凑得如此之近，一个笼罩在晨曦的神圣白光中，另一个则永远在一道惨白电光的照耀下面无人色？是谁决定了这莫名其妙的搭配方式？使这个圣洁的孩子和这个老犯人生活在一起的是一种什么样的奇迹？将羔羊和豺狼拴在一起的是谁？而更让人莫名其妙的是，狼被拴在了羔羊的身上？因为狼爱上了羔羊，这个野蛮的人崇拜这柔弱稚嫩的人，九年以来，恶魔一直作为天使的支柱而存在，珂赛特的降生，她的童年和青年期，这向着生命和光明奋发生长的贞洁少女，一直依赖这个丑恶男人的忠诚保护。问题一层一层越来越明显了。但数不清的谜也随之出现了。深渊之下又产生了深渊，这使得马吕斯在俯瞰冉阿让时不能不头晕目眩，这个陡崖峭壁似的人究竟是怎么回事呢？

《创世记》中的古老信条有永恒的生命力。在一直生存着的人类社会中，直到未来的某一天，社会被一种更宏大的光明改变时，这两种也依然存在：高尚的和卑鄙的。行善的是亚伯，为恶的是该隐。那么这个心地善良的该隐又是什么人呢？这个盗贼，他虔敬地全心全意地崇拜着圣女，他保卫她，教养她，守着她，虽然他自己一身肮脏，他却使她品质崇高。这个盗贼是个什么样的人？他本身是垃圾，但却尊崇一个纯洁的人，在他的培养下，她洁白无瑕，这又怎样解释呢？这个培养了珂赛特的冉阿让到底是个怎样的人？有着一张黑暗的脸的冉阿让，他唯一的追求就是阻止阴影和云雾挡住一颗正在上升的星辰，这又怎样理解呢？

这个秘密属于冉阿让，也属于上帝。

马吕斯面对这双重的秘密，他开始向后退，可以说，一个秘密已使他对另一个秘密放下了心。显然，上帝和冉阿让一起参与了这一奇迹的创造，上帝有他自己的工具，他用的是他愿意使用的工具。他对人类负责任。上帝的方法我们能知道吗？在珂赛特的身上，冉阿让付出了劳动。他多多少少培养了这个灵魂。这一点无可怀疑。这又如何呢？工匠本人虽让人害怕，但作品却十分出色。上帝我行我素地展示他的奇迹，为创造出一个可爱的珂赛特，上帝使用了冉阿让。他很高兴选中这个奇怪的助手。我们能责备他什么呢？厩肥不是不止一次地帮助玫瑰在春天绽放吗？

马吕斯询问着自己，同时肯定自己的答案是合理的。在我们所提到的所有方面，他没敢对冉阿让进行深入的挖掘，但又不愿承认他的胆怯，他深爱珂赛特，珂赛特已经属于他，珂赛特纯洁得难以描述。他对此万分满意。还有什么是需要弄清楚的？珂赛特本人就是光明，光明还需要进一步的明朗化吗？他已得到了一切，还希求什么呢？一切都有了，还不满意吗？冉阿让这个人与他不相干，当他俯瞰这个人的不幸的阴影时，他已牢牢抓住这可怜的人严正地宣告：我与珂赛特之间没有任何关系，十年前，我还不知道世界上有这个人呢！”

冉阿让只不过是个过路人。他自己也是这么说的。是呀，他不过是路过，不论他是谁，他的任务已经完成了。从今而后，珂赛特的靠山是马吕斯，在明媚的蓝天里，珂赛特找到了她的同类，她的情人，她的丈夫，她的杰出的男人，珂赛特长出了双翅，化成了神，她把那丑陋的空蛹冉阿让抛在她身后的地上，然后飞上了天空。

马吕斯不论缠绕在什么样的思想里，说到底，他对冉阿让总怀着某种程度的厌恶。可能这种厌恶来自尊敬，因为他觉得这个人有“神圣的一面”，但不论他如何处理，无论他找什么样的理由为他开脱，最后依然不得不返回这一点：这是个苦役犯。也就是说，是一个在社会的台阶上没有位置的人，因为他位于楼梯最低一级的台阶之下，苦役犯排在最后一个人的后面，苦役犯也不配算作活人的同类。法律剥夺掉了他身上所有能剥夺的全部的人格尊严。虽然马吕斯属于共和派，但却赞成严酷的刑罚制度，在他的眼里，受过法律惩处的人，法律的判决他完全拥护。可以说，他还没有接受哪怕一丁点儿进步的思想，对于什么可以由人来决定，什么是由上帝决定的，他还辨别不出来，对于法律和权利，他还区分不开。

人们总以为自己有能力处理难以挽回和难以补救的事情，对于这种自诩的能力马吕斯还从来没有认真思考分析过。他认为，一旦破坏了成文法规，就应受到永久的处罚，这一点可以理解，在他看来，社会将某些人遣送入地狱是一种文明的行为。他还停留在这样的水平上，当然以后会进步，因为他有着善良的天性，而这一天性中则包含着进步的可能性。

从这样的思想范畴出发，他认为冉阿让变形、可憎。这是一个恶人，一个苦役犯。对于他来说，这个词就像是末日审判时的号角声，在对冉阿让进行长久的观察之后，他最后的态度是扭转头，“魔鬼退下”。

我们应该承认并重点提出的是，马吕斯曾经对冉阿让提出问题，而冉阿让对他说：“你在让我招供”，实际上他并未提出有任何决定性的问题。他并不是没有想到这些问题，而是他害怕面对这些问题。容德雷特破屋？街垒？沙威？谁知道要搜寻到什么时候才能结束。冉阿让并不像个畏缩的人。谁知道马吕斯在追问这些问题的时候是否希望冉阿让真的说下去？我们难道没有经历过，在某些重要的时刻，我们提出问题之后，却自己塞住耳朵不愿听到答案？这种软弱的现象往往在恋爱期间会出现，对险恶状况的过分关注是不慎重的，尤其是在我们生活中那难以割舍的一面又不幸与其有关联之时。冉阿让失望的解释可能会暴露出一些骇人的真相，谁知道珂赛特会不会被这丑恶涉及？谁知道地狱之光有没有在珂赛特那天使般的额头上留下痕迹？从霹雳中喷出的闪电之光仍然属于霹雳。天命决定了相互之间的这种关联，由于沉暗的反光规律的作用，即使是无罪的人也会沾染上罪恶的痕迹，令人厌恶的邻居可能在最清白的容颜上留下影响，不管对还是错，马吕斯开始害怕了。他知道得已经太多了，他打算就这样蒙混过去，并不想知道究竟，在失望中，他糊里糊涂地抱走珂赛特，而对冉阿让闭起眼睛。

这个人属于黑夜，属于那活生生的可怕的暗夜。他哪敢刨根问底呢？对黑影进行盘问是一种恐惧。谁能知道它将作何回答。黎明可能会被它永远玷污！

在这样地想法中，一想到这个人今后会和珂赛特保持联系，马吕斯便六神无主。当时他对这些可怕的问题持退让的态度，不敢提出。而这些问题一旦提出很可能促使他做出一个毫不留情、快刀斩乱麻的决定，此刻他差点埋怨自己当时没有把它提出来。他认为自己心肠太软，太宽容厚道，也就是说，太软弱了，他在这种软弱心理的支配之下做出了不谨慎的妥协。他被人感动了。他不应该这样，他应该干脆利落地甩开冉阿让。冉阿让是个闯祸的人，他应该牺牲他，把他赶出家门，他责备自己，他埋怨自己被激动，一下子弄晕乎了，变得目盲耳聋，被人拽着跑。他对自己十分不满意。

现在怎么办呢？他对冉阿让的来访十分讨厌。这个人到他家来，有什么用呢？怎么办呢？现在他已经头昏脑涨，他不想深入思考，不想细致思索，也不愿追问自己，他已经允诺了，被动地允诺了，即使是对一个苦役犯，尤其是对一个苦役犯，也决不能违反诺言，然而他首先应负起责任的仍是珂赛特。总之，他被一种战胜一切的厌恶感控制了。

全部这些想法在马吕斯的脑海中乱七八糟地上下翻滚，从一种想法转到另一种。每一种都让他激动不已，因而他又极其惊惶。这种情绪要想瞒住珂赛特是非常困难的。但爱情是天才，马吕斯成功地做到了。

此外，他装作无意识地向珂赛特提出了几个问题，天真纯洁，像鸽子般洁白的珂赛特丝毫也没有怀疑；他向她提起她的童年和少年时代，于是他越来越相信，对于珂赛特来说，只要是人所能具有的善良、慈爱和值得尊敬之处都能在冉阿让身上找到。马吕斯的预料和推理都不错，这棵吓人的荨麻关爱并且保护了这株百合。

第八卷　傍晚的残月

一、地下室

第二天，傍晚时分，冉阿让去敲吉诺曼家的大门。巴斯克迎接了他。当时他正好在院子里，似乎他已经受过嘱咐。有时候，我们会对仆人说："你在这儿待着，等着某某人，他很快就到了。"

还没等冉阿让走到跟前，巴斯克就问道：

"男爵先生叫我问一下先生，是上楼呢，还是就在楼下？"

"在楼下。"冉阿让回答。

巴斯克的态度十分尊敬，他打开地下室的门说："我去通知夫人。"

冉阿让走了进去，这是一间有拱顶的地下室，有时这间地下室的作用是作酒窖。从一窗有铁栏杆的朝向街心的红格玻璃窗中，透进昏暗的阳光。

在这间房间里，灰尘安安静静地待着，这是一间从未被拂尘，扫打天花板的掸子和扫帚打扫过的房间，不像别的屋子。还没有制订消灭蜘蛛的计划。一个精致的、黑色的大蜘蛛网挂在房间里，上面沾满死苍蝇，装模作样地铺在一块窗玻璃上面。房间又小又矮，一堆空酒瓶堆积在墙角，墙壁被漆成了赭黄色，大片的石灰剥落下来。在房间的里面有一个壁炉，被刷成了黑色，炉架又窄又小，炉中有火，很明显，他们已料到冉阿让的回答是"在下面"。

火炉的两旁放了两把扶手椅，一块床前小垫铺在扶手椅之间，代替地毯，小垫上几乎没有羊毛了，只剩下粗绳。

火炉中的火光混合着窗子里透进来的黄昏的天色给房间增添了一点光亮。

冉阿让疲惫之极，他不吃不睡已经好几天了，他倒在一张扶手椅中。

巴斯克走进来，在炉架上放了一只点着的蜡烛，然后又走了。冉阿让垂着头，下巴抵着胸口，既没看见蜡烛，也没看见巴斯克。

忽然，他兴奋地站了起来，珂赛特已出现在他后面。

他虽然并没有看见她进来，但他能感觉到这一点。

他转过身来打量着她。她的美丽的确令人仰慕。但他那幽深目光所看到的不是美丽的容貌而是灵魂。

"啊，不错，"珂赛特大声说，"这可真是个好主意！父亲，我知道您有些奇怪的爱好，但我怎么也没想到会这样。马吕斯对我说您希望我在这里接待您。"

"是的，是我。"

"您的回答我已经猜到了。好吧，我会和您大吵一场的，我先警告您。从头来吧，父亲，先来吻我。"

她把面颊凑过去。

冉阿让一动不动。

"您不动，我看清楚了，这一点说明有罪。算了，我原谅您，耶稣说：'把另一边面颊转向他。这儿。'"

她将另一边脸颊凑过去。

冉阿让还是不动，似乎他的脚被钉在了地板上。

“这可严重了，”珂赛特说：“我哪一点冒犯您了？我要生气了，您得跟我和好。您来和我们一起吃饭。”

“我已经吃过了。”

“撒谎。我请吉诺曼外祖父来，让他责骂您，祖父可以训斥父亲。快跟我一起到客厅里去吧，马上出发。”

“不行。”

这时，珂赛特有点摸不着头脑了，她将命令的语气转为提问。

“为什么？您来看我，却选中了家中最简陋的一个房间，这儿我实在待不下去了。”

“你知道……”

冉阿让又改口道：

“夫人，我很独特，这一点您知道，我有我的怪癖。”

珂赛特拍着小手：

“夫人！……您知道……又是一件新鲜事！这是什么意思？”

冉阿让对着她苦笑。有时他就这样笑着。

“您应该当夫人，您已经是夫人了。”

“但对您并非如此，父亲。”

“别再管我叫父亲。”

“为什么？”

“称我让先生，或者让，随便您。”

“您不是父亲了？我不再是珂赛特了？让先生？这是怎么啦？这简直像革命一样，这一切！出什么事了？请您看着我。而且您也不愿和我们住在一起！您不接受我的房间！我哪里得罪了您？我什么地方冒犯了您？难道出了事？”

“没有。”

“那又为什么呢？”

“让一切都恢复原来的样子吧！”

“您为什么改变姓名？”

“您的姓名不是也改了吗？”

他仍然微笑着面对她，并说道：

“既然您可以是彭眉胥夫人，我也可以是让先生。”

“我一点都不明白，这简直愚蠢之极。我要去问问我丈夫是否容许我管您叫让先生。我希望他不同意。您太让我难受了，即使您有怪癖，但也没有必要让您的小珂赛特难受呀！这一点不好。您没有权利变得这么厉害，您原本是十分善良的！”

他不说话。

她快速地抓住他的双手，用难以制止的动作，把手靠近自己的脸颊，然后又紧紧地把手贴着她的脖子，放在下巴下面，这一举动是极其温柔的。

“啊，”她说：“请您发发慈悲吧。”

她又接着说：

“我说的仁慈指的是和气。住到这里来，还像以前那样做有益的短时间散步，这里也有小鸟，和卜吕梅街一样，和我们一起生活吧，离开武人街那个洞，别再让我们猜谜，和别人一样，跟我们一起吃饭，一起进早餐，做我的父亲。”

他将手收了回去。

“您已经有了丈夫，您不再需要父亲了。”

珂赛特生气了。

“我不再需要父亲了！这话太没有人情味儿了，我简直不知道说什么才好！”

“如果杜桑在场的话，”冉阿让说话时就像一个正在找寻靠山、抓住一根树枝就不会松手的人，“她会证实我真是一个有自己的一套习惯的人，什么事也没发生，但我就是喜欢住在我那黑暗的角落里。”

“这里太冷了，看东西也看不清。要当让先生，这实在太糟了，我不想让您称呼我‘您’。

冉阿让说：“刚才我来的路上，在圣路易街乌木器店里我看到一件木器，如果我是个漂亮的妇女，我就要将这件木器买下来。一个很漂亮的梳妆台，样式很新，就是用你们所说的香木做的，上面镶嵌着花纹，还有一面相当大的镜子，还有抽屉，非常好看。”

“哼！奇怪的人！”

于是她用十分可爱的表情，咬紧牙关，咧着嘴，对冉阿让吹气。就像美神在学一个小猫的动作。

“我十分生气，”她又说，“从昨天起，你们全都在惹我生气。我心里十分气愤，我不明白您不支持我对抗马吕斯，马吕斯不帮我对付您，我落了单。我布置得非常好：一间卧室。如果我请得动上帝，我想把上帝也请进去。而你们却把房间扔给了我。我的房客溜掉了。我让妮珂莱特做一顿美味的晚餐，‘人家不吃您的晚餐，夫人。’还有我的父亲割风先生居然让我叫他先生，还让我在一个怕人的、陈腐发霉的地窖里接待他，这里，墙上长出了胡子，水晶器皿被空瓶子代替了，窗帘被蜘蛛网代替了。我承认，您性格古怪，这是您的个性。但对于刚结婚的人总应该暂时停战吧？您不该马上就变得这么古怪。在那可怕的武人街，您居然能住得十分舒适。而我在那里却觉得悲观失望！你对我有什么不满意的地方？您让我分外难过，呸！”

接着，忽然又一脸正经地盯着冉阿让说：

“您是因为我幸福了才不高兴吗？”

虽然是天真的话语，却无意中说到了点子上。这是一个对珂赛特来说十分单纯，对冉阿让来说却十分残酷的问题。珂赛特本想让他疼一下，结果却使他心碎肠断了。

冉阿让脸色惨白。他没有回答，停了一会儿，用一种难以描述的声音自言自语地、轻声地说：

“我活着的目的就是她的幸福。现在上帝可以将我召唤走了。珂赛特，你幸福了，我就没什么价值了。”

“啊！您对我称‘你’了！”珂赛特叫了起来。

于是她蹦过去搂住他的脖子。

冉阿让紧紧地、热烈地将她抱在胸前，暂时失去了理智，他觉得他似乎重又找到了她。

“谢谢，父亲。”珂赛特说。

冉阿让却因这种激动的情绪而变得非常伤心，他慢慢挣脱珂赛特的胳膊，并拿起了帽子。

“怎么啦?”珂赛特问。

冉阿让答道：

“我走了，夫人，别人在等着您。”

走到门口，他又补了一句：

“我对您用了‘你’，请转告您的丈夫，以后我不会再这么称呼您了，请原谅。”

冉阿让离去了，只剩下珂赛特为了这莫名其妙的告别而呆立着。

二、再一次让步

第二天，冉阿让在同一时刻到来。

珂赛特不再问他什么，也不再表示惊奇，不再抱怨说觉得冷，也不再提客厅的事了。她避免称他为父亲或让先生。她随便对待他称“您”，也随便他称她为“夫人”，但她的欢乐却减少了。如果她有可能发愁的话，她会发愁的。

她和马吕斯很可能已做过一次这类的谈话，她的爱人在不做任何解释的情况下将他要说的话说了出来，同时还使她的爱妻感到满意。恋爱中的人对爱情之外的事物的好奇心是不会太大的。

地下室已经经过了初步的整理。巴斯克把瓶子拿走了，妮珂莱特则将蜘蛛网清除掉了。

以后，每天同一时刻冉阿让都会到来。他没有勇气违背马吕斯的话。马吕斯则想方设法在冉阿让来的时候回避。家里人已经习惯了这种新情况了。杜桑也帮忙对此做出了解释“先生一贯是这样的。”她重复着，外祖父则做出这样一个结论：“这是一个怪人。”这句话说明了一切。此外，一个九十岁的人不可能还有别的社交活动，一切都只是马马虎虎而已。一个新人的到来免不了让人感到拘谨，已经没有什么空地方了，一切的习惯都已养成。不论是割风先生也好，切风先生也好，吉诺曼外祖父希望这“先生”最好别来，他还说：“这种怪人并不少见，他们经常做些奇怪的事，有什么目的呢?没有。戈那勃勒侯爵比他还怪。他买了一座宫殿，却依旧住在阁楼里，的确有些人会有古怪的举动。”

没有一个人能，哪怕是隐隐约约地意识到某些可怕的东西隐藏在整个事件之中。谁能猜想到这样的事呢?印度有一种沼泽，那里的水十分奇特，无法理解，没有风时水面波浪滚滚；本该风平浪静时却波浪滔天。人们只看到水面上无故波涛汹涌，不知道水底有七头蛇在爬行。

实际上很多人都有某种秘密的怪物，某种自已养成的病痛；一条反噬自身的龙，一种使人在夜间辗转反侧的绝望。这种人在大街上来来去去，和其他人没什么的区别。我们不知道他们怀抱的痛苦，这些悲惨的人身上寄生着一种可怕的有一千颗牙的生物，它会导致他丧命。这种人是深渊，是死水一潭，深极了。这一点我们并不知道。有时，不知什么原因，水面偶尔会出现混乱，闪现出一圈神秘的水纹，转瞬间消失了，突然间又出现了，一个水泡升上来，然后破灭了。这是一件不足挂齿的然而却十分可怕的小事。这是一只呼吸着的，不为人知的野兽。

人往往有某种古怪的习惯，有人喜欢在别人离开的到来，在别人显示自我时隐藏起来，不论什么时候总穿着一件土墙颜色的外衣，走路专拣僻静的小路，偏爱无人走的街道。从不加入别人的谈话，远离人群和节日，表面上看起来十分富有，实际却很清贫，尽管有钱，但却总是自己装着钥匙，将烛台放在门房里，从小门进屋，走隐蔽的楼梯，等等。所有这些微不足道的怪诞行为，诸如涟漪气泡、水面那转眼即逝的波纹，往往来自同一个可怕的深渊。

就这样，几个星期过去了。珂赛特渐渐被一种新的生活占据了。婚后有种种事务，如拜客、做家务、娱乐等大事。珂赛特的娱乐并不花钱，归纳起来就是：和马吕斯待在一起，和他一同出门，和他相处，是她生活中的大事，他们随时手拉手地逛街，在阳光里，大路上用不着躲避，就只他们俩人，在大众面前出现，这对他们来说是永不厌倦的新的快乐。珂赛特的一件不顺心的事是杜桑因和妮珂莱特不合告辞而去，想让两个老处女友好相处是不大可能的。外祖父十分健康，有时马吕斯为几件诉讼出庭辩护，吉诺曼姨妈居于次要地位，她安然而知足地在新夫妇身边生活着。每天，冉阿让都会来。

“你”这个称呼不见了，使用的是“您”，“夫人”和“让先生”，这样，他在珂赛特面前就不同了。他设法使珂赛特与他保持远距离，这已经起了作用。她越来越快乐，但柔情却日渐减弱。实际上，她仍然爱着他，这一点他也能感觉出来。有一天，她忽然对他说：“您曾经是我的父亲，但现在已不再是，您曾经是我的叔叔，但现在也不是了，您原本是割风先生，现在却成了让先生。您究竟是谁呢？我不喜欢这样。如果不是因为我知道您很善良的话，我会害怕见您的。”

他仍旧在武人街住，离开珂赛特区住的地区，他下不了决心。

开始时，他仅仅和珂赛特待几分钟，然后便离去。

渐渐地，他养成了将探视时间稍微延长的习惯，就像是因为白天变长了，他才这样做似的，他来得早一点，走得迟一些。

有一天，珂赛特脱口而出地叫了他“父亲”。冉阿让那忧郁的老年人的脸上划过一道欢乐的光，“叫让。”他提醒道。“啊，对了。”他一边大笑一边回答。“让先生。”“很好”。他说，他扭转身去背着她擦掉眼中的泪水。

三、追忆卜吕梅街的花园

这是最后一次了。等这最后的微弱光线闪过，彻底的熄灭就到来了。不会再有亲热的表示，见面问候时不再接吻，再也听不到“父亲”这一声温暖的称呼了！他就这样按照自己的意愿和计划，接二连三地拒绝自己的幸福，他首先是在一天之中整个儿地失去珂赛特，然后再一点一点地失掉他，这就是他承受的苦难。

眼睛已经习惯了地窖里的光线了。总之，对于每天见珂赛特一面，他已十分满足了。这一刻当中集中了他所有的生活追求。他坐在她身边，静静地望着她，或者说一说过去的日子，她幼年时代，她在修女院的时光，以及她的小朋友们。

有一天下午，——四月初的天气已经十分温暖了，但微带凉意。正当阳光灿烂之时，在马吕斯和珂赛特的窗户外面，花园已经醒来了。山楂花含苞欲放，开放在老墙上的一排紫罗兰艳丽如同宝石。粉红色的狼嘴花在石缝里张着大口，在绿草丛中，小白菊和金毛茛可爱的生长着，白蝴蝶也已经初次登台了。风，作为天长地久的喜讯的使者，早已在树林中演奏着晨曦的大型交响乐，老诗人则将其称为"新春"。马吕斯对珂赛特说："我们应该去看一看卜吕梅街的花园，马上就出发吧，不要做忘恩负义的人。"于是他们二人出发了，就像两只燕子飞向春天的怀抱。在他们看来，卜吕梅街的花园就像是他们的黎明。在他们的生活，已经产生了某种接近爱情的春天的东西。因为原本有租赁契约，所以卜吕梅街的房子现在还是珂赛特的。他们又来到了那个花园和房屋，他们又在那儿会面了，并且忘记了一切。当天傍晚，和往常一样，冉阿让来到了受难修女街。"夫人和先生一道出门了，还没回来。"巴斯克对他说。他安安静静地等了一个小时，珂赛特一直也没有回来，他低着头离开了。

对于这次重访花园的行动，珂赛特心醉神迷，并且因为这"整整一天的从前的生活"而快乐非凡，第二天，她除了谈这件事外没有涉及别的。她一点儿也没意识到她没见到冉阿让。

"你们是怎么去的？"冉阿让问她。

"走着去的。"

"回来的时候呢？"

"坐街车。"

最近，冉阿让发现年轻的夫妇在过俭省的日子。为此他十分苦恼。马吕斯是严格遵守节省这一戒律的，而对于冉阿让，这个词则完全有它特别的含义。他试着问道：

"你们为什么不自己买一辆车呢？你们很有钱，而一辆漂亮的轿式马车一个月只要五百法郎。"

"我不知道。"珂赛特回答。

"就说杜桑吧，"冉阿让说，"她走了，您并没有再添人，为什么？"

"妮珂莱特一个就够了。"

"您应该有一个女仆来收拾房间呀。"

"我不是有马吕斯吗？"

"你们应该有自己的房子，自己的仆人，一辆马车和剧场里的包厢，这些全都不过分。为什么把钱财放着不用？钱财可以为你们增加幸福呀！"

珂赛特不说话。

冉阿让的访问时间没有变短，相反，如果心在向下沉落，就难以再停下来。

当冉阿让希望别人忘掉时间，从而使访问变长一点时，他就赞赏马吕斯，说他是个帅小伙儿，高贵、勇敢、聪明、口才好、心肠善良。珂赛特则加以补充。然后冉阿让再对其进行赞扬，简直没完没了。马吕斯这个名字中包含着无穷无尽的意义。仅仅由六个字母组成的名字中包含着好几本书的内容。这就使冉阿让得以多待一会儿。当珂赛特在他身边忘记一切时，他心中是多么地温暖啊！这是他疗伤的良药。有好几次，巴斯克接连两次来通知：“吉诺曼先生让我通知男爵夫人，晚饭已经准备好了。”

这时，冉阿让便满腹心事地回家去。

马吕斯曾经将他比喻成一个蝶蛹，难道这个比喻有真实的一面吗？冉阿让难道真的是个蝶蛹，他坚贞不变地来探望他的蝴蝶？

有一天他待的时间比以往都长。第二天，他注意到火炉中没生火。“咦！”他想，“没生火。”他对自己这样进行解释：“很简单，四月已经开始了，冬天早已结束了。”

“上帝，这里太冷了！”珂赛特一边进屋一边喊。

“并不冷啊！”冉阿让说。

“那么，是您吩咐巴斯克不生火的？”

“是的，五月快到了。”

“但我们六月还要生火，这个地窖全年都必须生火。”

“我觉得可以不要火了。”

“这又是您的怪念头！”

第二天，火又燃起来了。但那两把扶手椅却摆到门口去了。“这是为什么？”冉阿让思索着。

他去把椅子搬来放在火炉旁。

他的勇气随着炉火的重新燃起而点燃，他使他们的谈话比平时又延长了一些。当他打算起身离去时，珂赛特说：

“昨天我丈夫和我谈了一件奇怪的事。”

“什么事？”

“他对我说‘珂赛特，我们有三万利弗的年金，你有二万七千，外祖父给我三千。’我回答：‘一共是三万。’他又说：‘你有没有勇气只过三千法郎的生活？’我说：‘可以的，即使没钱也行，只要能跟你在一起。’后来我问他，‘你为什么对我说这些话？’他说：‘只不过是了解一下。’”

冉阿让无话可说。珂赛特大概是想听听他的解释，而他却只是抑郁地听着。他回到武人街；由于全副精神都集中于这件事，他差点走错了大门。他进的不是自己的家，却是隔壁的房屋，差不多快到三楼了他才发觉自己错了，这才返回。

他的精神受着猜疑的折磨，马吕斯一定是以为这六十万法郎来路不明，谁知道呢？他大概是发现了这笔钱是属于他冉阿让的，他对这来历不清的财产有怀疑，不愿收下。他宁愿和珂赛特过清贫的日子，也不愿依靠这令人怀疑的财产过富裕生活。

此外，冉阿让开始朦胧地察觉到了主人的逐客之意。

第二天，当他进入地下室时感到十分惊讶，扶手椅不在了，甚至连普通的椅子都没有一把。

“啊，怎么了？”珂赛特进来叫着说，“扶手椅没有了，去哪儿了？”

“它们不见了。”冉阿让回答。

“太不像话了！”

冉阿让结结巴巴地说：

“是我让巴斯克搬走的。”

“为什么?”

“我今天只待几分钟。”

“即使只待一会儿也不必站着呀!”

“我想巴斯克的客厅里需要扶手椅吧。”

“为什么?”

“今晚你们大概有客人。”

“今晚一个客人也没有。”

冉阿让也无话可说了。

珂赛特耸耸肩。

“叫人搬走扶手椅!那天又叫人熄火,真古怪!”

“再见!”冉阿让轻声说。

他没有说:“再见,珂赛特。”但也拿不出勇气来说:“夫人,再见。”

他心情沉重地走了出去。

这一次,他终于懂了。

第二天,他没来。到了晚上,珂赛特才发现。

“咦,让先生今天没有来。”她说。

她心中有点压抑,但并不强烈,马吕斯的一吻就使她忘记了这件事。

以后的日子里,冉阿让再也没来过。

珂赛特并未注意这一点,她度过她的夜晚,睡她的觉,像平常一样,她只在她醒来时才会想到。她是如此地幸福。很快,她派妮珂莱特到让先生家探问一下他是不是病了,为什么昨晚没来。妮珂莱特捎来让先生的回话,他一点也没有生病,他非常忙,他很快就会来,他尽量早一些来。而且,他还要出去做一次短期的旅行。夫人应该记得他有常常作短期旅行的习惯,不必为他担心,也不必惦念他。

当妮珂莱特进入让先生家时,她向冉阿让重复了她主妇的问话:“夫人叫我来问问让先生昨天晚上为什么没有来。”“我已经两天没去过了。”冉阿让和气地说。

但妮珂莱特并没有记住他提到的这一点,回去也没有向珂赛特说。

四、引力与消失

在一八三三年晚春和初夏的时候,沼泽区那稀少的过路人,店铺里的商人,在门口闲站的人,都注意到一个衣着整洁的、身穿黑色服装的老人,在每天的黄昏,按着确定的时刻从武人街出来,沿着靠圣十字架街的那一边,经过白大衣商店,走过卡特琳园地街,到达披肩街,再向左转走进圣路易街。

一到这里他就放慢脚步,头向着前,什么也看不见,什么也听不到,只是聚精会神地盯着一个目标,这是一个光芒闪耀的地方,这里不是别的,就是受难修女街的拐角。他越是接近这条街的拐角,他的眼睛就越是闪出光芒,有某种像内在的晨曦一样的欢乐,使他的眼珠闪闪发光,他的神情像是被吸引住了,又像是受了感动,他的嘴角轻微地抖动着,像是在对着一个隐形的人说话,他恍惚迷离地微笑着,于是他故意走得越来越慢。看起来他好像一方面希望走到,另一方面又担心走得太近。当他离这条对他产生吸引力的街只有几幢房子远的地方,他的步伐缓慢地使人几乎以为他并没有走。他的头摇摆着，目光专注，就像指南针在寻找两极。虽然他极力拖延着到达的时间，但目的地终究还是到了。一到受难修女街，他就停下脚步，浑身颤抖着，神情忧郁中带着胆怯，从一幢房屋的角落里探出头来，望着这条街，他的目光凄惨，似乎是一种难以办到的事使他眼睛昏花，又像是关闭了的天堂的反射。于是，一滴眼泪，慢慢地聚积在眼角上，汇聚成一大滴之后便掉落下来，流到腮边，有时停留在嘴角边上。老人品尝到了泪水的苦涩。这样，他持续待了几分钟之久，像石人一样；然后他又沿着原路走回去，用同样的步子，越走越远了，他的目光也随着黯淡下去。

后来，这位老人慢慢地不再往受难修女街的拐角上走了，他在圣路易街的半道上停下来，有时远一些，有时近一些。有一天他在圣卡特琳园地街的拐弯处停了下来，远远地望着受难修女街，接着，他安静地摇了摇头，似乎在拒斥自己的一点要求，就返回去了。

很快，他连圣路易街也走不到了。他走到铺石街，摇摇头就往回返；再后来他不超过三亭街，最后他不超过白大衣商店，就像一个发条没有拧紧的钟，钟摆摇晃的幅度越来越短，唯一等待的是完全停止下来。

每天，他按着相同的时间走出家门，开始了他相同的路程，但并不走完，也许他是在下意识地不断减少。他整个的面部表情表达了唯一的一个念头：何苦呢。眼睛已没有了神采，没有了光亮；眼泪也已干了，它不再聚积在眼角上；思索的双眼十分干枯，但老人的头却总是面向前方；有时下巴抖动，他可怜的脖子瘦得起了皱纹。有时天气不好，他胳膊下夹着一把伞，但从未打开过，那个地区的女人们常说：“这是个傻瓜。”孩子们则跟在他后面笑他。

第九卷　黑暗与崇高

一、同情的原谅

幸福的人免不了心狠！自己该多么满足！除此以外什么也不需要了！他们一是达到了“幸福”这个人生的伪目标之后，竟然忘记了“天职”这个真正的目的！

但如果因为这件事而责怪阿吕斯却并不公正。

我们已经解释过，马吕斯在婚前并未盘问过割风先生，后来，他又害怕盘问冉阿让，他对他被动地答应冉阿让十分后悔，他多次认识到对失望者的妥协是不对的，他唯一的办法是让冉阿让逐渐地离开他家，并尽最大的努力让珂赛特忘记他。他想方设法使自己经常夹在珂赛特与冉阿让之间，这样她就不会再看到冉阿让，也不会想起他，这实际上等于是消失，比忘记的程度更深。

马吕斯做了在他看来一定得做和公正的事，他有充足的理由使用柔和以及坚定的措施摆脱掉冉阿让，他认为他有充足的理由做这件事，其中有些理由很重要。这一点我们已经知晓，以后我们还将得知其他的理由。在一个案子中他偶然碰到了一个过去曾是拉菲特银行职员的人，他并未费力就得到了一些绝密材料，他对这些材料无法深入追究，因为他必须遵守他的诺言，即不泄露秘密，而且还要为冉阿让的危险处境做出考虑。他觉得，当前有一件重要任务需要他去完成，这就是：尽量谨慎地将六十万法郎归还那个他正在寻找的原主。目前他不使用这笔款了。

而珂赛特，则对这些秘密毫不知情，如果要责骂她，未免太严苛了。

有一种极强的磁力存在于她和马吕斯的中间，这使她发自本能地、机械地按马吕斯的愿望去行动。她感觉到马吕斯对让先生有一定的主意，因此她依从他。她觉察到了他那虽未明言但却很显然的意图给她的压力，虽然她丈夫并没有说什么。她从不回忆马吕斯忘记的事情，她的顺从主要表现在这里，她做到这些并不费劲。她自己也不明白这是什么原因，而且这一点也无可厚非，她的心与丈夫的完全一致。因在，那些在马吕斯的头脑里被阴影遮盖住的东西，在她的头脑里同样变得灰暗了。

实际上我们用不着过分追究，对冉阿让的这种忘记和删除仅仅是表面化的。她不是忘记，而是疏忽了。其实，她对这个很久以来就被称呼为父亲的人十分爱戴，但她对丈夫爱得更深。因此她内心的天平有点向一边倾斜。

有时，珂赛特谈到冉阿让时觉得有些奇怪，马吕斯就宽慰她说：“我认为他不在家，他不是说过要去旅行吗?”“对，”珂赛特心想，“他以前常常这样。但从未这么久。”她曾让妮珂莱特到武人街去看过几次，打听一下让先生是否已经旅行归来。冉阿让教她回答没有。

珂赛特于是不再多问，在这个世界上，她唯一需要的人是马吕斯。

我们还会提到，马吕斯和珂赛特也曾经出过门，他们去过维尔农。马吕斯带珂赛特去给他父亲上坟。

渐渐地，马吕斯使珂赛特摆脱了冉阿让，珂赛特服从了他的安排。

另外，在某些情况下，人们指责孩子们背信弃义，也算过于严苛，其实这些不像人们认为的那样有罪。这是一种自然产生的忘记。我们在别处提到过，自然的含义是“向前观望”。在自然的界限下，众生分为到达的和离开的两类。离开的面对着黑暗，到达的则脸向着光明，产生于这其中的距离对老人是不利的，但对于青年人则是无意识的。这种在开始时并不能感觉到的距离，一旦慢慢扩展下去就会像树的分枝一样，虽然小枝并未离开主干，但仍然在渐渐地离去。但这不是他们的错误。青年人倾向于快乐、节日、耀眼的光彩和爱情，而老人则日渐衰亡。虽然相互能见面，但紧密的联系已不存在。生活稀释了年轻人的感情，而坟墓则使老年人感情淡漠。不要因此而错怪了这些无罪的孩子们。

二、油枯灯尽

一天，冉阿让下楼之后，在街上只走了两三步，便在一块界石上坐了下来。伽弗洛什看到他坐在这块石头上沉思，那是六月五日至六日的晚上。他在这儿停留了几分钟后上楼去了。这是钟摆最后的晃动。第二天，他没出门，第三天，他没有下床。

他的门房替他做简单的饭菜，内容是少量的蔬菜或几个土豆，外加一点猪油，看了棕色的陶土盘后，她嚷道：

“您昨天怎么没吃东西呢？可怜的好人！”

“吃了。”冉阿让回答。

“可碟子是满的。”

“您看，小罐已空了。”

“这只能说明您喝水了，并不能说明您吃了饭。”

冉阿让问道：“我老是只想喝水呢？”

“这是口渴，如果不在同时吃饭的话，就是发烧。”

“我明天再吃。”

“或者在圣三节吃。今天为什么不吃呢？难道有这种说法！‘明天吃！’把我做的菜整盘都剩下来？我做的白菜味道非常好！”

冉阿让握着老妇人的手和气地对她说：“我答应您一定吃掉它。”

门房则说：“我对您很不满意。”

冉阿让除了见这位老妇人外，很少见别的人。在巴黎，有些无人走的街道和无人进的房屋。冉阿让住的街道和房屋就属于这一类。

在他还能上街时，他曾经从锅匠那儿买了一个值几个苏的小铜十字架，挂在床前的钉子上。望着这个绞刑架总是有好处的。

一个星期以来，冉阿让在房中一步也没走。他总是躺着。看门人对她丈夫说：“上面的老人起不了床了，也吃不下东西，他活不了多久了，他非常难过，她的女儿一定嫁得不好。这一点我坚信。”

她丈夫则用男人的威严口气回答：

“如果他有钱，就应该请医生来看一下。如果他没钱，就没有医生。如果没有医生，他就会死掉。”

“如果他有医生呢？”

“那他还是会死。”她丈夫回答。

看门的女人用一把旧刀，把门前长出的青草除去，这些青草长在她称之为‘我的铺路石’的石缝中。她一边干活一边嘀咕着：

“真可怜，这样正直的一个老人！他像子鸡一样清白！”

街边走过一个本区的医生，她看见后，就自作主张请他上楼。

她对他说：“在三楼，您进去吧。那老人睡在床上动不了。钥匙一直插在门上锁孔里。”

医生给冉阿让看了病，并且跟他说了话。

他下楼后，看门的女人问他：

“怎么样，大夫？”

“您的病人病得很厉害。”

“他得的是什么病？”

“什么病都有，但又什么病都没有。这个人看起来像失去了一个亲人。他会因此而死掉的。”

“他跟您说了什么？”

“他说他很健康。”

“您还来吗，大夫？”

“来，”医生回答，“但需要另一个人也来。”

三、他已拿不起钢笔

有一天傍晚，冉阿让非常艰难地用手臂把自己支撑起来。他为自己把脉，但已经摸不到脉搏，他的呼吸已变得短促异常，而且不时中断；他承认自己从未这样病弱过。于是，大约是某件特别重的心事，促使他拼命挣扎着坐了起来，穿上自己的衣服。因为他并不出门，因此他穿上他的工人装，他恢复了这种服装，他喜欢这种打扮。他在穿衣服时中断了好几次，只不过为了穿短上衣的袖子他已汗流满面。

自从他独自生活以来，他就把床放到了前厅，目的是尽量不占这套十分空旷的房间。

他打开手提箱，又把珂赛特的衣服拿出来。

他摊开这些衣服，并把它们铺在床上。

壁炉架上仍放着主教的烛台。他从一个抽屉中拿出两只蜡烛，插在烛台上，当时是夏天，天还亮着，但他已点燃了蜡烛，只有在放死人房间里才会这样大白天点着蜡烛。

他从一件家具走到另一件家具旁边，每走一步，都使他耗尽精力，衰微之极。他不得不坐下来，这绝对不是普通的疲倦，那些消耗掉的体力可以再恢复，但对于他只有一点能动的精力了，这是一个耗费已尽的生命，正渐渐地一点一点地在最后的难以坚持的努力中消耗殆尽。

他倒在镜子前面的一把椅子里，对于他来说，这镜子是一种不幸，但对于马吕斯来说却是一种幸运。正是在这面镜中，他看到了珂赛特吸墨纸上反面的字迹。他已认不出镜中的自己。他已经八十多岁了，马吕斯结婚前他看起来还不到五十岁，但仅仅一年功夫，他就老了三十岁。他额头的皱纹已经不是年龄的标志，而是死亡的神秘的暗示。无情的指甲的掐痕，他已能感觉到，他两腮下垂，面色如土，嘴角下弯，和以前墓碑上刻的人的脸差不多，他望着空中，脸上是埋怨的神情，就像在一个悲剧中，某位主角正在埋怨他人。

他所处的这种状态，是沮丧的最后阶段，这个时候，痛苦已不会再有变化，它已经凝固住了，似乎是凝聚在灵魂上的失望。

夜色降临了，他费力地把一张桌子和一把旧扶手椅拽到壁炉边，将笔、墨水和纸放在桌面上。

完成这些后，他昏倒了。清醒过来后，他觉得很渴。他拎不动水罐，只好艰难地把它侧过来靠近嘴边，喝了一口水。

然后他面向床铺坐着，因为他已经站不住了，他望着那套黑色的小孝服和他所有的心爱的东西。

这种沉思默视一直持续了几小时，但却像是只过了几分钟，忽然，他感觉到寒气向他袭来，他打了个冷战，他撑住桌子，主教烛台的火照耀着这张桌子，他拿起了笔。

但因为很久没用的缘故，笔尖弯了，墨水也凝固了，他不得不站起来在墨水瓶中洒了几滴水，这使他不得不停止、起坐两三次，他只能用笔尖背面写字，而且还不断地擦着额头。

他的手发着抖，缓慢地写下几行字：

> 珂赛特，我祝福你，我要解释。你丈夫认为我应该离去是有理由的。但有些误解存在于他的头脑中，但之所以会这样是可以理解的，他是个好人，在我死后，你应该永远爱他。彭眉胥先生，你也应该永远爱我亲爱的孩子。珂赛特，你会发现这张纸的，下面是我要对你说的话，你会看到以下数字的，如果我没记错的话，听着，这笔钱是完全属于你的。全部细节如下：白玉是挪威的产品，黑玉是英国产的，黑玻璃产自德国。玉石比较轻，比较贵重，价值比较大。我们可以在法国造出这些与德国产品一样的装饰品，仅仅需要一个两英寸见方的铁砧和一盏用来融化蜂蜡的酒精灯。过去，人们用树脂和黑烟灰来制造蜂蜡，四法郎一市斤。我发明了一种用虫胶和松节油制造的新方法，这就只需花费一个半法郎，并且质量更高。用这种胶把紫色玻璃粘在黑铁的底托上，就能制造出扣子。用紫色玻璃做铁托的饰物，用黑色玻璃来充当金色底托的饰物，西班牙是个盛产玉的国家，它购买了许多这样的饰物。……

这时他停了下来，笔从手中滑落下来，和从前那样，他又一次从心底发出号啕大哭，渗透着深深的失望，这个可怜人双手捧头，思索着。

“唉！”他在内心叫喊着（这可怜的哀叫，只有上帝能听见），“这下完了，我再也不能见到她了。她就像一个微笑一般，从我身边经过。我进入黑暗之前，没有机会再见她一次了。唉！哪怕是一分钟也好，一刹那也好，让我听听她的声音，摸摸她的裙边，看她一眼，天使就是她！这之后再让我死去！死并不可怕，可怕的是死了之后再也见不到她了！她会向着我微笑，会向我说话。这样难道会损坏别人吗？不，完了，永远完了，我孤孤单单。我的上帝呀，我的上帝！我永远见不到她了！”正在这时，传来了敲门声。

四、墨水洗刷出的清白

就在这一天，或者说得更确切一些，就在这天晚上，马吕斯吃完晚饭刚回办公室，因为还有一份案卷要研究，这时巴斯克给他送来一封信，并且说：“送信的人现在在会客室里。”

珂赛特正挽着外祖父的手臂在花园中漫步。

和人一样，一封信也可以有一种不端庄的外表。粗糙的信纸，笨拙的折叠方式。这类信只要一看就叫人不喜欢。巴斯克拿来的这封信就是这一类的。

马吕斯接了过来，信上散发出一股烟味，他看了看信封上的地址：送给先生，彭眉胥男爵先生，他的公馆。熟悉的烟味使他认出了笔迹。而惊诧是会使人迸发出闪光的，马吕斯在这一闪之下，头脑立刻清醒了。

烟味，以及这神秘的备忘录，使他忆起了许多事，就是这种纸张，这种折叠方式，极淡的墨水，熟悉的笔迹，尤其是烟味的味道，他的眼前出现了容德雷特的破屋子。

这巧遇是多么奇特！这是他曾努力找寻的两种踪迹之一，不久前他还在竭尽全力地寻找它，以至于认为它永远消失了，没想到它居然自动送上门来了。

他立刻把信拆开，读道：

> 男爵先生：
>
> 我原本会成为德纳男爵、院士（可学完），如果上帝赐给我聪明才智的话，可惜我不是。我仅仅是跟他同名而已，如果我能因为这件事而获得您的关照的话，我将不胜荣幸。如果我能蒙受您的恩惠，我一定会报答您的。我这儿有一个秘密，是鱼某人有关的。这人又和您有关系。这个秘密我可以告诉您，希望能荣耀地为您服物，我将送给您一个最简洁的方案，把一个无权在您尊贵的家中居留的人敢出去。男爵夫人出身高贵，道德的圣地难以和罪恶共处一室而不损商自身。
>
> 我在会客石等待男爵先生的命令。
>
> 敬颂
>
> 大安

这封信署名：“德纳”。

签名不假，只是缩短了一点。

此外，还暴露了真相的是文字的含混与别字连篇。这已经是一个完备的身份证了，用不着再怀疑。

马吕斯心情十分激动。在惊诧过后，他觉得幸运。但愿现在还能找到他想找的另一个人，那个曾拯救了他马吕斯的性命的人，那样他就再没有什么别的要求了。

他拉开写字台的抽屉，拿了几张钞票，放进口袋里，关上抽屉后立刻按铃，巴斯克把门推开一半。

“把他带进来。”马吕斯说。

巴斯克通报：“德纳先生。”

一个人走了进来。

进来的这个人使马吕斯感到惊异，因为他根本不认识这个人。

这个人年纪比较大，长着一个大鼻子，下巴埋在领结里，戴着绿色的眼镜，还有一个双层的绿色绸子的遮光用的帽檐。头发十分光滑，与眉梢一般齐，像是英国上流社会马车夫的假头发。他头发花白颜色。穿一身黑衣服、是一种磨损的黑色，但还算干净；背心口袋上吊着一串装饰品，看起来像是表链。一顶破旧的帽子拿在手中，弓着背走路，一鞠躬，背就显得更弯了。

一看见这个人就会发现的他的衣服太过于宽大，即使扣子已扣得很认真，但看上去仍然不像为他缝制的衣服。

这里必须插入一点题外话。

当时在巴黎的博特莱依街，离兵工厂不远的地方，有一个精明的犹太人，住在一座不伦不类的房子里，他的职业是把一个坏人装扮成好人的模样。时间并不长，否则，坏人会觉得不舒服。这种装扮立竿见影，可以持续一两天，价格是一天三十个苏，方式是穿一套与普通的好人很接近的衣服。这个出租服装的人的名字是“更换商”。这个外号是巴黎的小偷们送给他的，他的真姓名不知道是什么。他的服装室十分完备，那些被他用来装扮人的旧衣破服还算过得去；他划分专业和类型；在他的店铺里，每个钉子上都挂有磨损和打皱的服装，与社会上某种身份的人相对应，这边是行政官员的衣服，那边是教士的衣服，再那边是银行家的衣服，退伍军人的服装则在另一个角落里。当一个诈骗犯在巴黎上演大型戏剧时，他是他的化妆师。盗贼和骗子把他简陋的房间当作进出的后台。一个衣衫褴褛的坏人进入这个服装室，交出三十个苏，挑选一套与他今天要扮演的角色相一致的衣服，然后，当这个坏人走下楼梯时，他已经变成另外一个人了。第二天，又守信地将衣服送回来。这个“更换商”将一切都信托给扒手，而且也从未失窃过。这些衣服的共同缺点是“不合身”，因为不是专为穿衣服的人定做的，对一部分人来说太紧，对另一部分人来说又太宽，没有一个人穿着合适。任何一个比普通人高大或矮小的坏人，穿“更换商”的衣服时都会觉得不舒服。太胖或太瘦都是不应该的，“更换商只为普通身材考虑，他随便照着一个乞丐的身材来做衣服，那个人既不胖也不瘦，既不高也不矮。因此要求衣服对每个人都合身有时是有些困难，只能是顾客迁就衣服。谁的身材特殊谁就认倒霉。比如说，政界人士那种上下一身黑的衣服是合适的，但皮特穿的话就嫌肥，加斯特尔西加拉穿则太瘦。在“更换商”的服装目录里，和政界人士身份相一致的衣服说明如下，照抄下来是：“黑呢上衣一件，黑色紧面薄呢裤一条，绸背心一件，长筒靴和衬衣，”旁边还注明：“以前的大使。”另外还有注释，也抄录如下：“在另一个盒子里有烫好的整洁的假发，一副绿色眼镜，一串装饰品，棉花里裹着两根大拇指长的小羽毛管。”这些都和政界人士，以前的大使官相一致，可以说，这套衣服已经很旧了，缝线已变白了，胳膊肘部位有一个扣子大小的洞，隐约可见，此外，胸前缺一颗扣子，这只是一点细节而已，政客应随时将手插入衣服里靠胸的地方，目的就是为了遮挡一下缺少的扣子。

如果马吕斯对巴黎的这种秘密机构很熟悉的话，他会马上认出，这位马斯克带进来的客人身上穿的政客服装就是在“更换商”那衣钩上租来的。

马吕斯十分失望，因为他眼前的这个人并不是他等待的人。他对新来的这人表示不欢迎，他对他从头打量到脚，当时这个人正深深鞠躬，他不客气地发问：

“您有什么事？”

这个人露齿一笑算作回答，笑容很亲善，但很像是鳄鱼那种温存的微笑：

“我想在社交界中居然不曾荣幸地拜见过您，这是不可能的。我想，几年前在巴格拉西翁夫人家中我们见过面，在法国贵族院议员唐勃莱子爵大人的沙龙里也见过您。”

无赖们常用这种策略，假装认识一个其实并不认识的人。

马吕斯密切地观察着这个人说话的方式，思索着他的口音和动作，但却因此而更加失望了，这着混杂着鼻音的声调，和他所期待的那种尖细、僵硬的声音一点也不一样，他一下子有点摸不着头脑。

“我并不认识巴格拉西翁夫人和唐勃莱先生，”他说，“我从未到这两家去过。”

他的声调微含怒气。但这人仍然亲切地坚持说：

“那我一定是在夏尔勃里昂家中见过先生。我和夏尔勃里昂十分熟识，他很和气。有时他对我说：‘德纳，我的朋友……你不过来跟我喝一杯吗？”

马吕斯的神色越来越严厉：

“我从来没有荣幸地受过夏尔勃里昂的接待。直说吧，您干什么来了？”

听了这种严厉的口气，这个人鞠躬更深了。

“男爵先生，请听我说，在美洲的巴拿马有一个地区，这个地区里有一个叫若耶的村子，村中只有一幢房子。这是一栋用太阳晒干的砖砌成的四方形的大房子，四层楼，这座房子的每一边各长五百尺，上一层比下一层缩进十二尺，这样，房屋的四周就空出一个环绕一圈的平台，中间是一个院子，里面堆积着粮食和武器，没有窗子，但有枪洞，没有门，但是有梯子，梯子从地上一直架到二层平台，从第二层又架到第三层，从第三层又架到第四层从梯子可以下到内院，房间没有门，只有吊门，也没有楼梯，只有梯子；夜间，吊门被关上，梯子被拿走，在枪眼里，大口枪和马枪都瞄得准准的，根本走不进去；这里白天是房子，晚上则变成堡垒，共有八百户人家，这村子就是这样的。为什么要这么谨慎呢？因为这是一个食人者出没的危险区域；但人们为什么还要去呢？因为这是一个可以发现黄金的美妙地方。”

“您到底想干什么？”马吕斯的情绪由失望转为不耐烦，于是打断了他的话。

“我想说的是，男爵先生，我是一个老外交家，十分疲倦了，我已厌倦了旧文化，向往着未开化的生活。”

“还有什么？”

“男爵先生，自私是这个世界上的法律，当公共马车走过时，无产者总是回过头去，而一个在自己田里劳动的有产的农民就不会回头。穷人家的狗冲着富人叫，富人家的狗则冲着穷人叫。每个人都只为自己，人们追求的对象是金钱，金子就是磁铁。”

“快说，还有什么话？”

“我想去若耶居住。我们一家三口人，还有妻子和女儿，一个漂亮的姑娘，路程太长，路费又太贵，我需要钱。”

“这和我有什么关系呢？”马吕斯问。

这个陌生人像秃鹫一样把下巴伸出领结之外，并用一个含着双重意义的微笑来回答马吕斯的质疑。

“男爵先生难道没有看我的信吗？”

这话有点说对了。实际上，马吕斯并没有特别注意信的内容。他因为关注笔迹，因此忽视了内容。他差不多记不起来了。但现在他又得到了一点新的蛛丝马迹。有一个细节引起了他的注意：我的妻子和女儿，他盯着这个不认识的人，目光深邃。比一个审判官看得还细致，他几乎是在窥探，他只说道：

“说清楚些。”

陌生人的双手放在背心的口袋里，他抬起头，但并未挺直脊背，他的那因通过眼镜片而发绿的目光，也仔细地察看着马吕斯。

“好的，男爵先生，我说得再明白一点，我将向您出售一个秘密。”

“一个秘密！”

“一个秘密。”

“跟我相关？”

“多多少少有一点。”

“什么样的秘密？”

马吕斯听着，他对这个人的观察越来越细致了。

“我现在不谈报酬，”陌生人说，“我讲的东西您会觉得有意思的。”

“接着往下说。”

“男爵先生，有一个盗贼和一个杀人犯藏在您的家中。”

马吕斯一阵战栗。

“我的家中？不会的。”他说。

陌生人用衣袖肘撣了撣帽子，态度十分镇定，他接着说：

“杀人犯和盗贼。请您注意，男爵先生，我这里说的并不是以前的旧事，这件事没有过期，也不会失效，法律的具体规定和神的忏悔也不能将其取消，我讲的这件事发生在最近，就在不久前，此刻还没有被法律发现。我往下说吧。这个人骗取了您的信任，差不多进入了您的家中，他使用了一个假名字。我把他的真名告诉您，不取分文。”

“我在听。”

“他的名字是冉阿让。”

“我知道。”

“我将他的身份告诉您，但仍不要酬劳。”

“说吧。”

“他是一个老苦役犯。”

“我知道。”

“我已经荣幸地对您说了，您才会知道的。”

“不是，我早就知道。”

马吕斯语气冷淡，两次回答：“我知道。”话语简短，表示出不愿交谈的态度，这使陌生人暗自恼火。他用怒气冲冲的目光看了马吕斯一眼，但很快又熄灭了。这回虽然十分迅疾，但人们只要见过一次，以后就能辨认出来，他的目光并未逃过马吕斯的眼睛，某些只能发自灵魂的火焰，可能烧灼眼睛，就像思想的通风洞一样，就像地狱前的玻璃不能遮挡任何东西一样，眼镜也不能。

陌生人带着微笑说：

“我不敢和男爵先生对抗，总之，我了解实际情况，这一点您知道。现在我将告诉您一件只有我一个人知道的事情。这关系到男爵夫人的财产。这个秘密十分特别，它可以出售，我先把它献给您，只要两万法郎，十分便宜。”

“这个秘密我也知道，和别的秘密一样。”

那人觉得有必要降价：

“男爵先生，给一万法郎我就说。”

“您没有什么可说的，您想说的我全都知道。这一点我再次申明。”

又是一道光闪过那人的双眼，他大声叫着说：

“今天我总得吃饭呀！对您说，男爵先生这是一个特别的秘密，我马上就说出来，给我二十法郎吧。”

马吕斯用眼睛盯着他，说：

“正如我知道冉阿让的名字一样，我知道您所谓的特殊秘密，同时也正如我知晓您的名字一样。”

“我的名字？”

“不错。”

“这并不困难，男爵先生，我已将我的名字荣幸地写给您看了，并且说出来了：德纳。”

“第。”

“什么？”

“德纳第。”

“这是谁？”

箭猪在危险到来时，会竖起刺来，金龟子会装死，老看守员会装腔作势，而这个人则大笑起来。

然后，他用手指把衣袖上的一点尘土掸下去。

马吕斯继续说：

“同时您还是工人容德雷特，演员法杜邦诗人尚弗洛，西班牙贵族堂·阿尔瓦茨内，也是妇人巴查利儿。”

“什么妇人？”

“您曾在孟费郿开过小酒店。”

“小酒店？从来没有这回事！”

“我说过了，您是德纳第。”

“我拒绝承认。”

“还有，您是一个坏人，接着。”

马吕斯从口袋中掏出一张钞票，甩在他脸上。

“谢谢，对不起！五百法郎！男爵先生！”

那个人手足无措，鞠躬，双手捏着钞票仔细地看。

“五百法郎！”他又重复了一遍，满含惊讶，他小声地、口齿不清地说：“值钱的钞票！”

于是，他突然说道：

“好的，让我们自在一点吧！”

说完，他像猴子般敏捷地将头发向后一甩，摘下眼镜，将两根鸡毛管从鼻孔中取出来，并把它们藏好，这些东西刚才已提到过并且在这本书的另一页上它们也出现过。就像脱掉帽子一般，他改变了他的脸谱。

他的眼睛亮了起来，他的额头露了出来，凹凸不平，有的地方长着疙瘩，而且皱皱巴巴。鼻子也恢复了鹰钩形状，一个奸诈凶恶的掠夺者的形象出现了。

“男爵先生说的完全正确。”他用毫不带鼻音的清晰的声音说，“我就是德纳第。”

他伸直了他的驼背。

确实是德纳第，他相当惊讶，如果他能惊慌的话，他也会惊慌失措的。他这次来本打算让别人大吃一惊的，结果吃惊的反而是他本人。这种屈辱换来的是五百法郎，虽然，他收下了，但仍不免于惊讶。

尽管他已化了装，而且是第一次见到这位彭眉胥男爵，男爵立刻就认出了他，并且对他完全了解。这位男爵不但知道德纳第的事，似乎也了解冉阿让的事。这个差不多还没长胡子的年轻人是个什么样的人？他如此之冷酷却又如此之大方，他知道别人的名字，知道所有他人的名字，却又慷慨解囊，像法官一般对骗子进行呵斥，然而赏钱时又像一个上当的傻子。

我们还记得，德纳第虽然曾与马吕斯做过邻居，但从未见过他，这种事在巴黎是很平常的。他曾模模糊糊听他女儿提起过有一个名叫马吕斯的穷青年在那栋房子里住。他给他写过一封信，这我们知道，但他并不认识他。他还难以在头脑中将这个彭眉胥和那个马吕斯合为一体。

至于彭眉胥这个名字，我们还记得，德纳第在滑铁卢战场上只听见过最后两个音，他对这两个音一向十分轻蔑，人们瞧不起简单的一声道谢，这一点合乎情理。

另外，他让女儿阿兹玛在二月十六日那一天，跟踪这对新婚夫妇，靠女儿的帮助，再加上自己的搜寻，终于得到了许多细节，他从黑暗的深处，抓了不止一根秘密的线索。在施展了不少手段后，他发现，至少，在经过推理归纳之后，他猜出了那天他在大阴沟里遇到的人是谁。从这个人出发，他很容易地得到了他的名字。彭眉胥男爵夫人，他知道，就是珂赛特。但关于这一点，他决定小心从事。珂赛特是何许人，这一点他并不清楚。他隐约地预测，他对芳汀的历史一直认为不太清楚。说这些有什么用处呢？为了保守秘密而得到这些报酬吗？他认为自己有比这值钱的东西要出卖。还有，从一般情况看来，如果证据不足就来向彭眉胥男爵透露“您夫人是一个私生子。”其结果只能是使告密者的腰眼里得到丈夫的脚踹。

在德纳第眼里，还没跟马吕斯开始交谈。他不得不先后退，变换战略，丢掉阵地，走上另一条战线；虽然主要的事情还没有达成协议，他口袋里已经有五百法郎了。另外，有一些具有决定意义的东西他还没说出来，他认为，以此来对付那个既知道一切、又将自己武装得相当好的彭眉胥男爵，他仍然是个强者，所有的对话，对德纳第来说，都像是搏斗一般，在即将开始的这拼搏中，自己的状况到底怎么样呢？他虽然并不了解他谈话的对象是谁，但他知道他想说的内容是什么。他在暗中很快地检查了一下自己的力量，当说完“我是德纳第”之后，他等待着。

马吕斯在思索着。德纳第终于被他抓住了。他多么希望能抓到这个人，现在，他就在他的面前。他可以实现彭眉胥上校的遗嘱了。这位英雄欠下了这个盗贼的恩情，父亲从基金中给马吕斯开的汇票到如今还没有兑现。他觉得这是一种屈辱。当他面对德纳第时，他的头脑中存在着复杂的念头，上校居然不幸被这个坏人所救，他感到应对此进行报复，但无论如何，他很满意。上校的灵魂终于可以从这下流的债权那里解脱出来了，他觉得，他将把他父亲的名声从他身后的债务监牢中解救出来。

除掉这一责任，他还要弄清楚另外一个问题，那就是珂赛特的财产的来源问题，他希望他能办到这一点。机会已出现在眼前，德纳第大约会知道一些情况，细致地摸一下这个人的底细也许会有用处。他就从这里开始。

那“值钱的钞票”已被德纳第藏在了背心的口袋之中，他用一种温和的接近柔情的表情望着马吕斯。

马吕斯打破了静寂：

“德纳第，我已对您说出了您的名字，现在，需不需要我来说出那个您将要告诉我的秘密？我也有我的情报，您会发现我知道得比您更多。您说冉阿让是杀人犯和盗贼。因为他曾抢劫了一个富有的手工业厂厂主马德兰先生，并导致对方的破产，因此他是一个盗贼，因为警察沙威是他杀死的，因此他是个杀人犯。”

“男爵先生，我不明白。”德纳第说。

“我把话说明白点，听着，大约在一八二二年，加来海峡省的一个区，有一个名叫马德兰的人，他过去曾经和司法机关有过纠葛。后来他重新做人，恢复了声誉，变成了一个百分之一百的正直的人。他创立了一种行业，生产黑色玻璃珠子，并让全城的人发了大财。至于他自己也发了财，则是次要的和偶然的事。他是穷苦人的救星，他设医院、办学校、看望病人、出钱为姑娘们做嫁妆，他帮助寡妇抚养孤儿，成了地方上的一名保护神。他不愿接受勋章，人们提名他当市长。一个被释放的苦役犯知道这个人过去曾被判刑，于是揭发了他的这一隐情，致使他被捕，当这个人被抓起来后，这个苦役犯又利用这个机会来到巴黎，从拉菲特银行——这一情报是出纳员提供的——，用一个假签名，冒领了马德兰存款上五十万以上的存款。这个抢劫马德兰先生的苦役犯正是冉阿让，至于另外一件事，您也没什么可说的，冉阿让杀死了沙威，他使用的是手枪，当时我正在现场。”

德纳第像一个打了败仗又反败为胜的人似的，满脸神气地看了马吕斯一眼，并且像在一分钟内收复了全部失地一般。但微笑立刻又浮现在他眼前，因为下级即使胜利了，在上级面前也应该显得温和，因此他只是对马吕斯说：

“男爵先生，我发现我们走错了路了。”

为了突出这句话，他故意把一串饰物转了一圈。

“怎么！”马吕斯说：“这些您能推翻吗？这都是事实。”

“这只是假想而已。我很荣幸得到了男爵先生的信任，这使我有义务向他申明，首先应注意事实和正义。我不想看到有人被别人不公正地控告。冉阿让并未抢劫马德兰，也并没有杀死沙威。”

“这实在让人不能相信！为什么？”

“有两个理由使我这样说。”

“哪两个？说出来！”

“第一，他并没有抢劫马德兰先生，因为马德兰先生本人就是冉阿让。”

“您说什么？”

“第二，他并没杀死沙威，因为沙威是自己杀死自己的。”

“您这是什么意思？”

“我是说，沙威是自杀的。”

“拿出证据！拿出证据！”马吕斯怒火满怀地问道。

德纳第像念十二音节的古诗一般，一个字一个字地重新说了一遍：

“警察——沙威——被人们发现——在交易所桥的——一条船下——淹死了。”

“拿出证据。”

德纳第从旁边的口袋里取出一个灰色的大信封，里面似乎装有一些折叠程度大小不一的纸。

“我有我的案卷。”他镇定地说。

他又补充道：

“为了您的利益，男爵先生，我曾经细致地了解了我的冉阿让。我说过冉阿让就是马德兰，我又说过除了沙威本人以外，没有别人杀死他。我根据证据才这样说，不是那种手写的可以怀疑的证据，有时为了献殷勤而瞎胡乱写，我的证据是印刷品。”

德纳第一面说，一面从信封中取出两张报纸，报纸陈旧发黄，散发出一股烟味。前面一张，折叠的边缘已经破裂了，成块地往下掉，看起来比另外一张更旧。

“两件事，两种证据。”德纳第说。于是他把两张报纸打开递给马吕斯。

读者应该知道这两张报纸，比较旧的那一份是一八三二年七月二十五日的《白旗报》，这一张报我们可以在本书的第五卷第一四八页看到原文。这篇文章证明马德兰先生与冉阿让确实是同一个人。另外一张是一八三三年六月十五日的《通报》，证明了沙威是自杀的，附文章说明这是从沙威向警察局长的口头汇报中摘引出来的；当他被囚于麻厂街时，一个暴动者宽宏大量地饶了他的性命，那人可以用枪把他打死，但却没有打他的头部而向空中开了一枪。

马吕斯读了报，这些事很明显，日期准确证据无可怀疑，这并不是专门为了证明德纳第的话而故意印刷出来的报纸，《通报》上刊登的消息是由警方提供的。马吕斯无法怀疑。那个出纳员提供的情况不真实，自己也弄错了。冉阿让一下子从云雾中现了身，变得伟大了，马吕斯忍不住欢声大叫。

“那么，这个不幸的人的确令人敬佩；这笔财产的确属于他！他就是马德兰，护卫了整整一个区！冉阿让还是沙威的救命恩人。这是个英雄，是个圣人！”

“他既不是圣人也不是英雄，”德纳第说，“他是个杀人犯和盗贼。”

他又用一种开始感到自己有了权威后的语气加了一句：“我们得平静下来。”

马吕斯本以为盗贼、杀人犯这类名词已经消失了，可它们又一次出现了，他像被人迎头泼了一盆冷水一般。

“您还是这样！”他说。

“总这样。”德纳第说。“冉阿让虽没有抢劫马德兰，但他还是个盗贼，他没有杀死沙威，但他的确是个杀人犯。

马吕斯问：“您指的是四十年前那桩可怜的盗窃案吗？从您手边的报纸来看，他已表示终身改过，克己为人，品德高尚，悔过自新了。”

“我再说一遍，男爵先生，我说的杀人和盗窃是最近发生的事。我要告诉您的事别人毫不知情，从来没有人听说过，您可以在其中发现被冉阿让以高超的手段送给男爵夫人的那些财产的来源何在。我说手段高超，是因为他以送钱的方法钻进一个高贵的家庭中来分享幸福，同时又隐瞒了罪恶，享用着抢来的钱财，藏起自己的名字，建立了一个新家，这样的事笨人是做不出来的。”

“这里我可以打断你的话，”马吕斯提醒道“但你接着往下说吧！”

“男爵先生，我向您和盘托出吧，报酬就由您慷慨地赐予好了。这的确是个值大量黄金的机密。您会问我：‘我为何不去找冉阿让？’理由很简单，他舍弃了那些钱，把钱给了您，我知道这些，我认为他的计策十分巧妙，但他现在两手空空了，如果去找他，他会把他的一无所有展示给我看，既然我去若耶需要钱，我高兴来找应有尽有的您，而不想去找身无一文的他。我觉得很累了，请让我坐下吧。”

马吕斯示意他坐下，自己也坐了下来。

德纳第在一张有软垫的椅子上坐下来，将两张报纸又塞回信封之中，小声嘀咕着，并用指甲敲着《白旗报》说：“这是我费尽周折才找到的。”然后，他架起二郎腿，靠着椅背，这说明他说话是十分有信心的，然后他进入正题，严肃地、有分量地说出了下面的话：

“男爵先生，大约在一年以前，一八三二年六月六日，就是暴动的那天，在巴黎的大阴沟里，在阴沟和塞纳河的交接之处，在残废军人院桥和耶拿桥之间，有一个人在那里。”

马吕斯忽然把他的椅子挪了挪，靠近了德纳第的椅子。这个举动被德纳第觉察到了，继续进行慢慢地讲述，就像一个已经引起听众兴趣的演说家那样，并已感到对方在自己的话语下激动起来，忐忑不安。

“这个人必须隐藏起来，原因与政治没有关系，他将阴沟当作了家，并持有一把钥匙。我再说一遍，六月六日那一天，大约是在晚上八点左右，这个人听到阴沟里有声响。他吃了一惊，就藏起来，窥视着，这种响动是走路的脚步声，在黑暗中有人向这边走过来。这可太奇怪了，除了他本人以外阴沟里还有别人。离这里不远，是阴沟的栅栏门，那儿射进来的一道光使他看清了新来的人，这个人背上背的东西也看清楚了，他弯着腰向前走，这个弓着身子走路的人是过去的一个苦役犯，他背上的东西是一具死尸。如果有现行杀人犯的话，那就是他。至于抢劫，毫无问题。人从来不会无故做坏事。这个人正打算把死尸扔进河里去。请注意这一点，快达到铁栅栏出口的时候，这个苦役犯从阴沟的远处来到这里，途中他一定会经过一个可怕的洼地，他似乎可以把尸体扔进洼地，但第二天，通阴沟的工人在洼地劳动时就会发现被害者，因此杀人犯没有这样做。他宁愿在重压之下越过洼地，他为此一定付出了巨大的力气，他也冒着相当大的生命危险，我不知道他是怎么活着出来的。”

马吕斯又把椅子挪近了一些，这时，德纳第深吸一口气，他接着说：

“男爵先生，一条阴沟不是和‘马尔斯广场’，那里什么都没有，连地方都没有。在这里两个人不得不见面。这事发生了，虽然两方面都不乐意，但住房和过路的人不得不互相打招呼，过路的人向住户说：‘我背着这个东西，我必须走出去，这你知道，把你的钥匙给我吧’，这当然不能拒绝，因为这个苦役犯力气极大。但这个有钥匙的人和他商谈，目的是拖延时间。他注意看了看这具死尸，但看不清楚。只觉他是个年轻人，衣着十分讲究，大约是一个有钱人家的孩子，脸上血肉模糊，他一边说话，一边想办法把死者后背上的衣服撕了一块下来，但杀人犯并没发觉。您懂我的意思吧，这是一种物证，这是一个重新发现线索的办法，并可以证实犯人所犯下的罪行。他将物证放入口袋。然后，打开铁栅栏门，将这个人和他背的累赘放出去后，又关上门然后逃走了。他不希望受到牵连，尤其不愿意在旁边看着凶手将尸体扔进河里。现在您明白了，背尸体的人是冉阿让，现在跟您说话的正是那个持有钥匙的人，至于那块衣襟……”

说完这句话，德纳第将一块撕下来的沾着深色斑点的黑呢子碎片从口袋中掏了出来夹在大拇指和食指中间，举到他眼睛的高度上。

马吕斯面色苍白地立起身来，呼吸艰难双目紧盯这块黑呢，一句话也不说，他眼望着这块破布，同时身体向后退到墙边，右手伸到后方，在墙上摸索着一把钥匙，这钥匙插在壁炉旁边壁橱锁眼上。找到这把钥匙后他打开壁橱门，将手臂伸了进去，并不用眼睛去看，他充满惊诧的眼光一直停留在德纳第手中展开的破布上。

此时德纳第接着说道：

“男爵先生，这个被害的青年是一个受了冉阿让诱骗的，身上带着大量财物的外国阔佬，这一点我有充分的理由。”

“这个青年正是我，衣服就在这里！”马吕斯大喊着，将一件沾满血迹的旧衣服扔在地板上。

接着，他夺过德纳第手上的衣服碎片，蹲在衣服前，将手中的碎片与缺了一块的衣襟拼在一起，缺口完全吻合，破布正好将衣服补得完整无缺。

德纳第张口结舌，心想："我完了！"

马吕斯立起身来，颤抖着，心中又失望又喜悦。

他一边在衣袋中摸索，一边恼怒地走向德纳第，将手举到他面前，手中抓着的都是五百和一千法郎的钞票，几乎触着他的脸：

"你这个卑鄙的家伙！你说谎，诽谤，狡诈凶残，你本意是要诬告这个人，相反证明了他的无罪，你本来要陷害他，结果却增长了他的光荣！你才是盗贼，杀人犯！我见过你，你这个容德雷特的德纳第，在医院的贫民窟中居住，我所掌握的和你相关的事情足够将你送去服苦役，甚至去比服苦役更遥远的地方，只要我愿意。这是一千法郎的钞票，拿着！你这个罪大恶极的赖皮！"

于是他把一张一千法郎的钞票丢给德纳第。

"啊！容德雷特的德纳第，卑鄙的刽子手，这回你该受到教训了，出卖机密的旧货商，在暗中活动的东西，下贱的人！拿着这五百法郎滚蛋，滑铁卢保护了你！"

"滑铁卢！"德纳第嘀咕着，把一千和五百法郎塞进了口袋。

"不错，杀人犯，在那儿你拯救了一位上校的性命……"

"一位将军。"德纳第昂起头说。

"一位上校！"马吕斯愤怒地回答，"为一位将军的话我一分钱也不会给你！你到这里来为的是破坏别的声誉！我跟你说，你犯过所有的罪过！滚，不要再来了！但愿你能幸福，我只希望这一点。啊！鬼怪！再给你三千法郎，拿去！明天就离开这里，带着你的女儿去美洲，你的老婆早死掉了，可恶的骗子！我将监督你起身，强盗，那时我再给你两万法郎，滚到别处去死吧！"

德纳第一边深深鞠躬，一边答道："无限感激，男爵先生！"

德纳第怀着莫名其妙的心情出了门,这上千法郎给他的是甜美的轰击。像雷霆轰击般,钞票铺天盖地而来,他心里又惊又喜。

他的确受到了雷击，但他愿意这样。如果当时有避雷针的话，他反而会觉得遗憾。

让我们快点把这个人的事情说完吧。在此刻的事情发生两天之后，在马吕斯的布置之下，他使用一个假名，将两万法郎全汇往纽约，然后他带着汇票和女儿阿兹玛前往美洲而去。德纳第作为一个失败的资产者和险恶坏蛋是无法改变的。到了美洲，他还是和在欧洲一样。好事一旦碰到了坏人往往会被变成坏事。德纳第利用马吕斯这笔钱成了一个贩卖黑奴的商人。

德纳第刚一出门，马吕斯就冲向花园，珂赛特正在散步。

"珂赛特，珂赛特！"他嚷着，"来！快点来，一起出门。巴斯克，叫辆街车！珂赛特，来，啊！我的天啊！救我性命的是他！别再浪费时间了！快戴上围巾！"

珂赛特还当他是疯了，但依然听从了他的吩咐。

他喘不上气来，用手按住狂跳的心，他大踏步地来回走着，他亲吻着珂赛特："啊，珂赛特！我是一个卑鄙的人！"他说。

马吕斯心情乱极了，在他眼前模糊地出现冉阿让的形象，说不出的崇高与惨淡。显示在他眼前的是一种独一无二的美德，既至高无上又温顺和蔼，即伟大又谦逊。这是一个神圣般苦役犯，一个基督。在奇迹的面前，马吕斯头晕目眩，他不了解自己到底看到了什么，只知道崇高之极。

不一会儿，街车到达了门前。

马吕斯让珂赛特先上车，然后自己也上了车。

“车夫，武人街七号。”他说。

“啊，太幸福了！”珂赛特说，“我简直不敢向你提到武人街，我们去看望让先生！”

“是你父亲，珂赛特，他比以往任何时刻都更是你的父亲。我猜出来了，珂赛特，你说过，你从来没收到我让伽弗洛什送去的信，肯定是他拿了这封信。珂赛特，他为了救我去了街垒。他已经发誓要像天使那样，他顺手又拯救了别人，他救了沙威。天啊，我的忘恩负义简直骇人耳目！珂赛特，他是你的保护人后来又成为我的保护者。你想啊，那里有一个可怕之极的、足够让人几千百次陷身于污泥中的洼地，然而，珂赛特，他却使我平安度过。当时我处于昏迷状态之中，我什么也看不到，什么也听不到，对自己经历的事半点也不知情，我们去接他，让他跟我们一起回来。不论他是否愿意，再也不许他离开我们了。但愿他在家中！希望我们能找到他！今生今世我将永远崇拜他。对，肯定是这样，你懂吗？珂赛特？伽弗洛什把信送给他了，一切都明白了，你懂了吗？”

珂赛特半点都不明白。

“你说得很正确。”她对他说。

这时，车轮正滚滚向前。

五、暗夜之后的光明

听见敲门声，冉阿让转过身来。

他用低微的声音说：“进来。”

门打开了，进来的是珂赛特和马吕斯。

珂赛特跑进房间里。

马吕斯则靠着门框站在门口。

“珂赛特！”冉阿让说，他的身体从椅子上直竖起来，两臂张开，颤抖着，表情惊怖，面色惨白，看上去十分怕人。但目光中却透露出无限的快乐。

珂赛特因为过分激动而窒息，她倒在冉阿让的怀抱中。

“父亲！”她喊道。

冉阿让差点精神错乱，他张口结舌地说：

“珂赛特！她！是您！夫人！啊！我的上帝！”

于是，在珂赛特的紧紧拥抱之中，他喊着：

“是你啊！你在这儿！你原谅我了！”

马吕斯低垂眼帘，为的是不让眼泪流下来，他走近一步，嘴唇紧缩，微微痉挛，他强忍悲痛，轻轻喊道：

“我的父亲！”

“您也是，您也谅解我了！”

马吕斯说不出话来，冉阿让又说：“谢谢！”

珂赛特把围巾拽下来，把帽子扔到床上。

“戴着不方便。”她说。

于是她俯在老人的膝盖上，同时用可爱的动作撂开他的白头发，亲吻他的前额。

冉阿让任凭她摆布，神情迷离。

珂赛特隐隐约约知道了一点，她更加亲热似乎要替马吕斯补偿。

冉阿让含含糊糊地说：

“我太傻了。我以为我再也看不到她了。您想想，彭眉胥先生，你们进门的时候，我正想着：‘完了，她的小裙衫在这儿，我太可怜了，我见不着珂赛特了！’当我这样想，你们正在上楼梯，我多么愚蠢啊！蠢到这种程度！我们思考问题时忘记了上帝。怜悯的上帝说：‘你以为她们就这样丢弃了你吗？不会的，傻瓜，不会，怎么也不可能。来吧，这儿有一个可怜人渴望一个天使。’于是天使就出现了，我又见到了我的珂赛特，我又看见了我的小珂赛特！唉，我曾经是多么痛苦！”

有一阵儿，他差点儿说不出话来。后来他又接着说道：

“我确实需要偶尔见见珂赛特。一颗心往往需要有所寄托。但我又觉得我是个多余的人。我劝说自己：‘他们不需要你了，缩在你自己的角落里吧，你没有权利赖在那儿。’啊，感谢上帝，我又见到她了！你知道吗，珂赛特，你丈夫很漂亮！你有一个好看的绣花领子，这样很好！我喜欢这种花式。是你丈夫帮你选的，是不是？还有，你应当有几条开司米围巾，彭眉胥先生，让我称她‘你’吧，这不会持续太久了。”

珂赛特接着说：

“您就那样丢下我们，多不近人情啊！您去哪儿了？为什么离开这么长时间？以前，您也多次去旅行，但从未超过三四天。我让妮珂莱特去看，她总回答说：‘他还没有回来！’您是什么时候回来的？为什么不跟我们说？您变化很大，您知不知道？啊，坏蛋父亲！他生病了，我们居然不知情，你瞧，马吕斯，他的手，你摸一摸，居然这样冷！”

“这么说您来了，彭眉胥先生，您原谅我了！”冉阿让又说了一遍。

听完这句重复的话，那些堵塞在马吕斯心头的全部的东西终于找到了发泄的渠道，终于爆发了出来。

“珂赛特，你听见没有？他居然这样说话！让我谅解他。你知道他是如何待我的吗，珂赛特？他救了我的性命，他所做得比这多得多。他还把你给了我。在救我之后，在把你给我之后，珂赛特，你自己呢，又怎么样？他牺牲了他自己。他就是这么样的一个人。而他却对我这个忘恩负义、健忘、冷酷的、有罪的人说‘谢谢’，我即使一辈子给他做牛做马也难以回报他的恩情，珂赛特。他经历了街垒，阴沟、火坑、污水滩，为的是我和你，珂赛特！他背负着我，让我躲开一切苦难，而他自己却承担了全部。全部的勇敢，全部的道德，全部的英雄精神，全部崇高的品质，他全都具备！珂赛特，他真是一个天使！”

“嘘！嘘！”冉阿让小声说，“您为什么这么说？”

“但您！”马吕斯用生气的口气、尊敬的语调说：“您自己为什么不把这些事说出来？这是您的错，您救了别人的性命，却将真相瞒着别人！特别是，用暴露自己做为借口，您做的事是在诽谤自己，这太可怕了！”

“我说的是事实。”冉阿让回答。

“不是，”马吕斯说，“讲事实，应讲出全部的事实，但您却没有这样做。您就是马德兰先生，为什么不说？您救了沙威，为什么不说出来？您救了我，为什么不说？”

“因为我和您想法一样，我认为您说得有理。我应该走开。如果阴沟的事被您得知，您就会让我留下，因此我不能说。如果我说出来，大家都会觉得拘谨。”

“拘谨？谁拘谨？”马吕斯回答，“难道您还打算在这住吗？我们要把您带走，啊，天哪！我明白我是在完全偶然的情况下知道这一情况的。我们要把您接过去，您不能和我们分开，您是她父亲，也是我的父亲。这可怕的屋子您一天也不能多留了。您别以为明天您还会在这儿。”

“明天，”冉阿让说，“我不会留在这里，但也不会在您那里。”

“您这是什么意思？”马吕斯问，“啊，我们现在再也不让您去旅行。您别再离开我们，您是我们的人，我们再也不让您离开了。”

“这一回说话要算话。”珂赛特添上一句。“我们的车子在下面，我们要带您走，如果有必要，我们会动用武力。”

于是她做出用手臂抱起老人的姿势，满脸笑容。

“您的房间我们始终保留着，”她接着说道：“您知不知道花园现在有多么漂亮！杜鹃花开得正盛，我们用河沙将小路铺了一遍，沙中还有一些紫色的小河贝，我自己种植了草莓，每天浇水，您会吃到我的草莓的。不再有什么‘夫人’，也不再有什么“让先生”，我们都生活在共和国里，人们以“你”相称。对不对，马吕斯？生活的规则也发生了变化。您不知道，父亲，有一件令人伤心的事，一只知更鸟在墙头的洞里做了一个窝，却被一只该死的猫吃掉了。我那可怜、漂亮的小知更鸟，它曾把头从它的小窗口伸出来望着我！我为它流泪，我恨不能杀了那只猫！但现在谁也不会再哭泣。大家都欢笑，大家都高兴。您和我们一块儿回去，外祖父会非常快乐的！我们将给您在花园里分一小块地，您自己种植，让大家看看您的草莓能否长得和我的草莓一样高。还有，我事事听您的话，您也处处听我的话。”

冉阿让似听非听，他听见她那音乐般动听的说话声，但却没听见她话里的内容。一大滴眼泪，如灵魂中那幽滑的珍珠一般，出现在他眼角，于是他小声说：

“她在这儿，这足以证明上帝是悲天悯人的。”

“父亲！”珂赛特叫着。

冉阿让接着说道：

“是啊，能生活在一起，这该多美好！有很多鸟在树上，我和珂赛特去散步，和活着的人们一样，互相打招呼，在花园中互相问好，这多么甜美！一大清早就能见面。我们每个人都种着一块地。我吃她种出来的草莓，也让她摘我的玫瑰花，这该多好！可是……”

停了一下，他温和地说：

“可惜。”

眼泪被收回去了，没来得及流下来。冉阿让用一个微笑代替了它。

珂赛特的双手握着老人的手。

“上帝!”她说，“您的手更冷了，您生病了吗？您不舒服是吧?”

“我吗，没病，我觉得很舒服，可是……”冉阿让回答。

他停下来不说了。

“可是什么?”

“我很快就要死了。”

珂赛特和马吕斯一听，立刻浑身发抖。

“要死了!”马吕斯叫着。

“是呀，可这没什么关系。”冉阿让说。

他吸了口气，又往下说，脸上带着笑容：

“珂赛特，刚才你正在跟我说话，接着说吧，再说点，你的小知更鸟死了，说吧，让我听着你的声音。”

马吕斯惊呆了，他眼看着老人。

珂赛特迸发出一声凄惨的叫声。

“父亲！我的父亲！您应该活下去，您会活下去的，我要您活着，听见了吗?”

冉阿让脸上现出热爱的表情，抬头望着她的脸。

“啊，是的，禁止我死，是吧？谁知道？可能我可以听从。你们来的时候我正要断气，这样一来我停了下来，我觉得我好像又要活过来了。”

“您有旺盛的生命和活力，”马吕斯大声说，“难道您以为一个人会这样死掉吗？您曾经生活在痛苦之中，以后再也不会了。是我在请求您原谅我，我要跪下向您请求。您会活下去的，而且还会长命百岁。我们接您回去，从今以后一起活着，我们俩人唯一的愿望是让您幸福地活着!”

“您看，”珂赛特说，泪痕满面，“马吕斯说您不会死的。”

冉阿让微笑着说下去：

“彭眉胥先生，您带我回去，难道我就不再是现今的这个我了吗？不行，上帝具有和你我相同的观点，而且不会改变他的想法，我最好还是离开，死是一种妥当的安排。上帝比我们更知道我们需要什么。祝你们快乐，祝彭眉胥先生拥有珂赛特，青春应和清晨为伴，我的孩子们，你们的周围有紫丁香，有黄莺，你们的生命像朝阳下的青草地一样美丽，上天的喜悦在你们的心灵中充溢，现在我已没什么用处了，让我死去吧，肯定这一切都会变好的，你们看，应该懂事，如今一切都难以挽回了，我知道我彻底地完了，一个小时以前，我晕倒了一次，昨天晚上，我喝完了一罐水。珂赛特，你的丈夫很不错，你跟着她比跟着我强多了。”

门外传来声音，是医生进来了。

“早安和再见，医生，”冉阿让说：“这是我可怜的孩子们。”

马吕斯走向医生，他只挤出两个字“先生？……”但他的表情已代替了一个完整的问题。

医生给他的回答是一个富含表情的眼色。

“不能因为一件不愉快的事，就为自己寻找一个可以不公正地对待上帝的借口。”冉阿让说。

大家都沉默着，谁也不开口，人人都怀着沉重的心情。

冉阿让转向珂赛特，凝视着她，似乎要把她的形象永远记在心里似的。他虽然正向深渊沉没，但当他注目于珂赛特时，他还是会看得出神，她那苍白的脸应为她温柔的容颜而发出光彩，洞墓也因此而充溢着光芒。

医生替他把脉。

“啊，他原来缺少的是你们。”他望着珂赛特和马吕斯轻轻地说道。

然后他挨近马吕斯的耳朵轻声补充了一句。

“太晚了。”

冉阿让一刻不停地望着珂赛特，安静地看看马吕斯和医生。从他嘴里传出一句含糊的话来：

“死不算什么，糟糕的是再不能活着了。”

他忽然站起来，这种体力的恢复意味着临终的挣扎。他稳稳当当地走到墙边，推开打算搀扶他的医生和马吕斯，然后把挂在墙上的铜十字架取下来，接着又回来坐下，和他健康时的动作完全一样，自由自在。他将铜十字架放在桌上，并大声说：

“这就是伟大的殉道士。”

这时，他胸部下陷，他的头晃动了一下，似乎是被墓中的沉迷占领了，他的两手开始抠裤子的布，用的是手指甲。

珂赛特用手扶着他的肩膀，呜呜咽咽，想说什么，又说不出来。她的声音里夹杂着凄惶，也掺进了泪水，她说：“父亲，别离开我们，怎能在刚见到您的时候就失去您呢？”

我们可以这样认为，垂死者的挣扎像蛇的爬行一样，去了又回，反复不定，向坟墓走几步，再扭头向生命走几步，在死亡的行动中夹杂着探索的过程。

在经过了半昏迷状态之后，冉阿让又恢复了一点气力，他摇了摇头，似乎希望将黑暗甩脱，然后差不多恢复了完全的清醒。他捧起珂赛特袖子的一个角，亲吻了一下。

“他缓过气儿来了，大夫！他缓过来了！”马吕斯叫道。

“你们两个人都好，”冉阿让说，“我将让你们知道让我痛苦的是什么事。彭眉胥先生，您不愿动用那笔款子，这一点让我难过。那笔钱的确是属于您夫人的。我要向你们解释，我的孩子们。正因为如此，见到你们我很高兴。黑玉产自英国，白玉产自挪威，这张纸上的文字已说明了一切，以后你们再看吧。关于手镯我发明的方法不用焊药去焊金属扣环，而是把金属扣环钩紧，这样较为好看，而且价廉物美。你们知道，这可以赚很多钱。因此珂赛特的财产确实是属于她的。我讲得这么详细是为了让你们放心。”

看门人上楼来了，从半开的门探头向里张望。医生让她走开，但却没能阻止这个热心肠的人在离开之前向垂死的人大声问道：

“您需要神父吗？”

“我已经有了一个。”冉阿让答道。

“我已经有一个了。”他的手指似乎在指向他头顶上方的某一处，他似乎看见那儿有一个人。

大概，主教在这临终时刻真的来到了他的身边。

珂赛特轻轻地把一个枕头放在他的腰下面。冉阿让又说：

“别担心，彭眉胥先生，我请求您。那六十万法郎真的是珂赛特的，如果你们不去享用它，那我的一生就白过了。我们成功地制造出了玻璃装饰品。我们和柏林的首饰展开竞争，但难以和德国的黑玻璃相比。一罗打磨得十分光洁的珠子，共一千二百颗，只卖三个法郎。”

当我们深爱的人快要死去时，我们用眼睛盯着他，希望将他留下来，他们两个人已经痛苦得开不了口，不知道对这临终的人说什么才好。他们浑身颤抖着，失望地站在他面前，马吕斯紧握珂赛特的手。

冉阿让正一点一点地衰弱下去，他变得越来越弱，他已接近了黑暗的天边。他的呼吸时断时续，他的喉中发出嘎嘎的响声，这种声音不断地切断他的呼吸。他的上臂已动不了了，脚也不能移动了，当他四肢失灵，身体已经衰竭时，他崇高的魂灵却在飞升，并且在他的额头上显现出来。未知世界的亮光闪现在他的双眼之中。

他的脸逐渐失去颜色，但仍带着笑容。生命已经结束，这里剩下的是别的东西。他的呼吸已经停止了，眼睛睁得大大的，人们觉得这是一具长着翅膀的尸体。

他做手势让珂赛特走近，又让马吕斯到跟前来；这一定已经是最后一个小时的最后一分钟，他的声音非常微弱，似乎是从遥远的地方传来的，他和他们说话，但他和他们之间似乎有一堵墙把他们分开。

“过来，你们两个过来，我爱你们，啊，像这样死去该多好啊！你也一样，你也爱着我，我的珂赛特，我知道，你对你的这个老人一直怀着情感，你体贴入微，所以才把这个靠垫放在我的腰下面，你会为了我而稍微哭泣，对吧？但不要太过度，我不想让你真的难过伤心，你们应该好好地享受人生，我的孩子。我还有一件事要告诉你，最赚钱的是没有扣针的扣环，十二打的成本只合十个法郎，而卖出时则值六十法郎。这实在是很好的生意。所以，对于那六十万法郎，您不要再觉得奇怪了，彭眉胥先生。这钱是干净的，你们完全可以安心享用富贵。应该有一辆车，不时订一个包厢，经常到戏院去看戏，为自已做一些美丽的舞会服装，我的珂赛特，举办盛大的宴会来招待你们的朋友，应该活得非常幸福才是，刚才我给珂赛特写了一封信，这封信她会找到的，壁炉上的那对烛台留给珂赛特，烛台对我来说是金子的，虽然它只是银的，在我眼里它比钻石还贵重的，插在它上面的蜡烛能变成神圣的。送蜡烛给我的那个人对我是否满意。我不知道，但我已经尽了我最大的努力了。孩子们，你们别忘了我是一个穷苦人，你们随便把我埋在某一块地里就可以了，盖上一块石板，然后做上记号。这是我的遗愿。石头上别刻名字，如果珂赛特能偶尔来看望我一下，我会觉得快乐的。还有您，彭眉胥先生，您也来。我并不是一直对您有好感，这一点我得承认，为此我向您致歉。现在你们俩在我看来是一个人了。我十分感激您给珂赛特带来幸福。您知道吗，她那漂亮的、红润的双颊就是我的快乐。一旦她有一点憔悴，我心里就难过。橱柜里有一张五百法郎的钞票，我还没有用，这是用来施舍给穷人的。珂赛特，你的小裙衫放在这张床上，你看见了吗？你还认不认得？其实这仅仅发生在十年之前。时间过得太快了。我们曾经多么幸福。现在结束了。孩子们，别哭。我不会走得太远。在那儿，我可以看见你们。当夜幕降临时，只要你们认真去看，就会看见我的笑容。你还记得吗，在孟费郿，在树林中，你多么害怕啊，当时我拎起了水桶，你还记得吗？那是我第一次碰到你那双可怜的小手，它是冰凉的！当时，你的手冻得红通通的，于是，现在，小姐，它们却洁白如雪。还有你的大娃娃，你记得吗？你管她叫卡特琳。你十分后悔没带着它进修女院！有时你真使人发笑，我的可爱的天使！下雨的时候，你把草茎放进水沟中，一直看着它们漂远。有一天，我给你买了柳条做的拍子和一只黄蓝绿三色的羽毛球，你大概全忘记了。小时候你多么顽皮。你游戏，你把樱桃放在耳朵里。这些事都是从前的事了。我和我的孩子路过的森林，我们曾一起在下面漫步的树，我们一起躲藏的修女院，各种各样的游戏，童年时代那快乐的笑声，一切都消逝了。我一直认为这一切全都属于我，我太傻了。德纳第家的人个个狠毒，饶恕他们吧。珂赛特，现在我要告诉你你母亲的名字，她叫芳汀。记住这个名字：芳汀。当你听到这个名字时，你应该跪下。她曾受过许多的苦难，她深爱着你，她的痛苦正和你的幸福等值。这是上帝的布置。他在天上，他看着我们所有的人，他从他的星座中可以知道他做的一切。我就要离开了，孩子们，你们永远相爱吧。世界只有相爱是永恒的，有时，你们可以回想一下死在这里的那个可怜的老头儿。啊，我的珂赛特，这段时间我一直没见到你，这怪不着我，那时我心碎肠断，我走到你住的那条街上，一直到达拐角处，看见我走过的人一定认为我十分古怪，我就像疯了一样，有一次，我连帽子也没戴就出门了。孩子们，我现在已看不清什么了，我还想往下说，但是，算了。你们稍微地想想我，上帝保佑你们。我不知道我怎么了，我看见了亮光，你们两个再靠近我一点儿我快乐地死掉。把你们亲爱的头靠着我，让我把手放在上面。”

珂赛特和马吕斯跪下，心情慌乱，泪水纵横，声音哽咽，每个人靠着冉阿让的一只手，但那庄严的手已经静止不动了。

他向后倒了下去，两道烛火照耀着他；他白色的脸面向上天，珂赛特和马吕斯拼命吻他的手。

他死了。

夜空中没有星光，漆黑一团。在无边黑暗之中，有一个展开双翅的大天使站在那里，等待着这个灵魂。

六、荒烟蔓草

在拉雪兹神甫公墓里，离普通墓穴不远的地方，这个地方离墓园中那些高雅地区不近，离那些奇奇怪怪的、企图在永恒面前展示时髦样式的难看的坟墓也非常远，这是一个偏僻的角落，紧靠一堵旧墙，有一棵爬满牵牛花的大水杉树，在这棵树的下面，在杂草和青苔之中，有一块石板，这块石板和别的石板一般无二。时间长了也同样因剥蚀而斑点遍布。生了霉斑，布满青苔，洒上了鸟粪，因为雨淋潮湿而发绿，因为空气而变黑。它不靠近任何一条路，人们鲜有光顾，因为野草长得过高，非常容易把鞋弄湿。当太阳稍稍露脸时，会有壁虎出没，周围还有沙沙作响的燕麦，春天，红雀也会在树上欢鸣。

这是一块光秃秃的石板。凿石头的人只清楚这是用来筑墓的石头，除了它的长宽能够覆盖住一个人以外，没有任何的其他考虑。

墓石上没有姓名。

但在多年以前，有人曾用铅笔在上面留下了四行诗句，这四行诗句因风吹日晒风尘的冲刷也逐渐地模糊了，而此刻大概已经消失了：

他安息了。即便命运充满坎坷
他依旧苟活。失去了他的天使他就死去
事情的发生相当自然
好比夜幕降临，残阳西坠。